陈洁
沈静 著

那时山花烂漫

BLOOMING
MOUNTAINS

云南大学出版社
YUNNAN UNIVERSITY PRESS

图书在版编目（CIP）数据

那时山花烂漫 / 陈洁，沈静著. -- 昆明 ：云南大学出版社，2018
ISBN 978-7-5482-3422-7

Ⅰ. ①那… Ⅱ. ①陈… ②沈… Ⅲ. ①长篇小说－中国－当代 Ⅳ. ①I247.5

中国版本图书馆CIP数据核字(2018)第168982号

策划编辑：陈　曦
责任编辑：李　红
装帧设计：庄海萌

那时山花烂漫

陈洁　沈静　著

出版发行：云南大学出版社
印　　装：昆明市五华区理煜教育印务有限公司
开　　本：889mm×1194mm　1/16
印　　张：42.25
字　　数：1461千
版　　次：2018年10月第1版
印　　次：2018年10月第1次印刷
书　　号：ISBN 978-7-5482-3422-7
定　　价：126.00 元

社　　址：昆明市一二一大街182号（云南大学东陆校区英华园内）
邮　　编：650091
电　　话：（0871）65033244　65031071
网　　址：http://www. ynup. com
E-mail：market@ynup. com

故事背景

1951 年元旦，云南各少数民族代表组成的赴京观礼团在参加了中华人民共和国成立一周年国庆盛典后返回云南，在普洱召开的“普洱区第一届兄弟民族代表大会”上，二十六个民族（含支系）的首领立下誓言，并立起了民族团结誓词碑。

碑文如下：

我们二十六种民族的代表，代表全普洱区各族同胞，慎重地于此举行了剽牛，喝了咒水。从此我们一心一德，团结到底，在中国共产党的领导下，誓为建设平等、自由、幸福的大家庭而奋斗！

这块不朽的誓词碑已载入中华民族大团结的光荣史册。

民族问题是当今世界的热点问题，能否处理好民族矛盾，解决好民族问题，直接关系到每一个多民族国家的稳定和前途，关系到人类社会的发展和进步。

中国共产党始终高举民族团结的旗帜，捍卫民族平等，保护民族文化，实现了各民族团结一致，共同建设和平、统一、民主、幸福大家庭。

新中国成立初期，毛泽东主席代表党中央指出：“帝国主义过去敢于欺负中国的原因之一，是中国各民族不团结，但是这个时代已经永远过去了，从中华人民共和国成立的那一天起，中国各民族就开始团结成为友爱合作的大家庭，足以战胜任何帝国主义的侵略，并且把我们的祖国建设成为繁荣强盛的国家。”“国家的统一，人民的团结，国内各民族的团结，这是我们的事业必定要胜利的基本保证。”

时任中共西南局第一书记的邓小平曾指出：“在世界上，马列主义是能够解决民族问题的。在中国，马列主义与中国革命实践相结合的毛泽东思想，也是能够解决这个问题的。只要我们真正按照共同纲领去做，只要我们从政治上、经济上、文化上诚心诚意地帮助他们，就会把事情办好。只要一抛弃大民族主义，就可以换得少数民族抛弃狭隘的民族主义。我们不能首先要求少数民族取消狭隘民族主义，而是应当首先老老实实取消大民族主义。两个主义一取消，团结就出现了。”

2014 年 9 月，习近平同志在中央民族工作会议上强调指出：“民族团结是我国各族人民的生命线。做好民族工作，最关键的是搞好民族团结，最管用的是争取人心。要正确认识我国民族关系的主流，多看民族团结的光明面；善于团结群众、争取人心，全社会一起做交流、培养、融洽感情的工作；加强各民族交往交流交融，尊重差异，包容多样，让各民族在中华民族大家庭中手足相亲、守望相助；创新载体和方式，引导各族群众牢固树立正确的祖国观、历史观、民族观；用法律来保障民族团结，增强各族群众法律意识；坚决反对大汉族主义和狭隘民族主义，自觉维护国家最高利益和民族团结大局。”

新中国成立初期，云南各少数民族地区的状况千差万别，封建制度、奴隶制度、原始部落、氏族等多种社会形态并存，就是一部活的社会发展史。特别是高山地区的少数民族，生存环境恶劣，生产工具原始，几乎与外界隔绝，生活极度贫困。各少数民族由于长期受封建政权统治和国民党政府的欺压，分不清共产党和国民党的本质区别，对外族（特别是汉族）充满了恐惧、戒备和敌视。同时，民族矛盾也很尖锐，存在着各民族内部及各民族之间的压迫与被压迫关系，广大少数民族群众仍普遍受着领主、土司、山官等头人的剥削、奴役，民族矛盾仍然很尖锐。共产党人正是在这种复杂、恶劣的环境中开始了最初的民族工作。

一代年轻的民族工作队员忠实执行党的民族政策，在敌我矛盾、民族矛盾、少数民族内部上下层矛盾错综复杂的环境中，怀着对少数民族同胞深厚的感情，不畏艰险，跋山涉水，走村串寨，为各民族兄弟送去医药、衣食物品、生产工具，并向他们传授生产技术、文化知识；促成了少数民族之间的团结，战胜了境外敌对势力和国民党残军的袭扰、叛乱；带领少数民族同胞从原始社会末期、奴隶社会、封建社会等落后的社会形态直接过渡到社会主义。正是由于这样一批共产党人的艰苦努力，才使广大少数民族同胞对共产党人从陌生到亲近，从敌视到友善，从怀疑到信任，从反对到拥护。他们从共产党人身上感受到了祖国大家庭的温暖，感受到了党的阳光。

长篇电视连续剧《那时山花烂漫》依据众多客观真实的历史回顾和细节搜索，力求在参照史实的基础上对相关历史事件、人物、情节进行还原和加工，在艺术性中体现真实性。作者曾采访了多位新中国成立初期参与云南民族工作的老同志，搜集了丰富的历史资料，为本剧的创作提供了良好的基础和广阔空间。在这幅可歌可泣的历史画卷中，再现了那一代共产党人的忠诚和担当，他们勇敢地肩负起战斗队、工作队、生产队的重任，用青春和热血为边疆少数民族地区的稳定、繁荣，为实现民族区域自治打下了深厚、坚实的基础。他们用火一样的青春和生命谱写出中国革命交响乐中的非凡乐章，留下了一代共产党人为建设和平、民主、统一、幸福的祖国大家庭而奋斗的红色记忆。

一代共产党人的心血唤起了少数民族同胞的深刻觉醒，在共产党人的感召下，各民族代表义无反顾地立起了民族团结誓词碑，立下了不朽的誓言。

为创作本剧，中共云南省委宣传部有关部门曾向作者提供了相关参考材料，名称如下：

（1）云南省政协文史资料研究委员会编辑的《云南文史资料选辑》。

（2）云南省政协文史资料委员会编辑的《云南民族工作》《云南民族工作回忆录》。

（3）云南人民出版社出版的《王连芳云南民族工作回忆》。

（4）《中央访问团二分团访问纪实》。

（5）云南民族出版社出版的《云南少数民族概览》。

（6）云南民族出版社出版的《云南民族史》。

（7）云南民族出版社出版的《佤族文化史》。

（8）云南民族出版社出版的《傣族文化大观》。

（9）云南民族出版社出版的《云南少数民族风俗与禁忌》。

（10）澜沧县政协编辑的《澜沧文史资料》。

（11）云南人民出版社出版的长篇报告文学《世纪木鼓》（黄尧著）。

（12）1951年，毛泽东对邓小平关于西南地区工作的综合报告所作的批示；毛泽东在新中国成立初期关于少数民族问题的相关指示；邓小平在欢迎中央民族访问团西南分团大会上《关于西南少数民族问题》的讲话；周恩来在全国政协第一届全国委员会报告中关于少数民族政策的阐述；周恩来对中央民族访问团的有关指示；等等。

（13）本剧创作之前经云南省委宣传部有关部门安排，曾采访了亲历新中国成立前夕及新中国成立初期云南民族工作的刘树生、王连芳、唐登岷、马曜、胡鸿章等老同志，掌握了翔实、真切的历史材料。

故事简介

1950年年初，人民解放军在云南边境地区追歼国民党残军。某部营长高川率部攻入南沧县城，残军团长胡超武率部溃逃，县长石潭和女儿石三娇率保安队负隅顽抗，石潭被高川击毙，逃出县城的石三娇发誓要为父报仇。

高川受命追击胡超武残部，阻止曼龙土司刀光寿被其裹挟出境。部队急进中遭遇不明真相的佤族武装截击，为避免冲突，高川机智地用照明弹吓退佤族武装，带队突围。

高川的恋人、医疗队长钟喜莲随穿插分队赶到曼龙，遭遇残军和土司武装袭击，钟喜莲身负重伤。高川率部赶到，满腔怒火地下令攻击残军和傣族武装，钟喜莲用最后的力气告诫他必须执行上级命令，不能与民族武装交战。高川无奈撤回部队，含恨掩埋了壮烈牺牲的钟喜莲，发誓要为她报仇。

为贯彻党的民族政策，实现民主建政，团结各民族武装保卫边疆，南沧成立边疆工作委员会，调集军地优秀干部组成民族工作队，赴边境少数民族地区开展工作。边工委书记方明华任命高川担任民族工作队长，带领由几名战士和几名刚毕业的青年学生组成的工作队前往曼龙开展工作，与土司、头人交朋友，征集公粮。心怀仇恨的高川在老领导、地委书记张怀民严令下不情愿地接受了任务。

钟喜莲的妹妹钟喜妹刚从学校毕业，也参加了工作队。她无法理解为什么要去和杀害姐姐的凶手交朋友，唯一能让她说服自己的就是和自小崇拜的高川一起工作。

曼龙的情况非常复杂，山上是长年与傣族、汉族为敌的佤族岩猛、岩火部落，山下是既受国民党欺压又视共产党为洪水猛兽的土司刀光寿的领地，傣、佤两族长期对立，各有上千人的武装。盘踞在山中的土匪张云奎也有几百号人马，与国民党残匪紧密勾结。在工作队到达之前，土司刀光寿被胡超武残部胁迫出境，留下义子刀心荣担任土司代办，掌管曼龙。

高川带队前往曼龙的路上，营救了遭土匪绑架的刀光寿的女儿刀心妍。英武善战的高川给刀心妍留下深刻印象。在昆明接受过进步教育的刀心妍得知父亲的处境十分气愤，当即表示要协助高川的工作队进驻曼龙。钟喜妹得知刀心妍身份，立刻要向她复仇，被高川阻止。

高川的工作队接近曼龙大寨，正遇上刀心荣带领傣族武装为了一头耕牛准备与佤族部落开战。高川施展神枪威慑双方首领，化解了一场流血冲突。刀心荣并不领情，将高川的工作队挡在寨外。是夜，潜伏在曼龙镇的石三娇企图刺杀高川，高川负伤。

为迫使刀心荣赶走工作队，国民党特派员杜连仲不仅以刀光寿性命相要挟，还使出毒计，带领石三娇等属下装扮成傣族人血洗了佤族寨子，又装扮成佤族人杀了傣族寨子的人和耕牛。

为了平息傣、佤两族一触即发的战事，高川带伤前往佤寨，勇敢地面对数百名血脉喷张、决意复仇的佤族武士，揭穿了国民党特务的阴谋，化解了一场血腥战事。

为了化解傣、佤两族的矛盾，高川带伤去佤寨拜见大头人岩火，希望他归还傣族群众的耕牛，承诺以后不再滋扰傣族地方，并答应为佤寨运送救济物资。岩火受反动传教士挑拨，认定高川是和傣族土司串通好的，并说佤族人给傣族土司交了几辈子贡，如果共产党讲理，就该让傣族土司把过去交纳的东西统统还回来。高川无功而返。

钟喜妹对高川产生了朦胧的情感，一直喜欢她的队员李铁杉很不高兴，和她闹起别扭。高川发现钟喜妹的心理变化，及时阻止。

刀心荣按照杜连仲的要求，拒绝交纳公粮，命属官乃木把藏匿的大批粮食运往境外换取重金和武器，没想到运粮计划被高川掌握，解放军分队在山路上拦截了运粮队，乃木无奈地把马帮赶回属地，又被高川指作公粮。

杜连仲担心刀心荣动摇，派石三娇在曼龙潜伏、监视。石三娇为报杀夫之仇企图暗杀高川未能得逞，便釜底抽薪地收买乃木配合土匪张云奎袭击工作队守护的粮仓，放火烧了粮食，并掳走了刀心妍。

高川率小分队和傣族武装一起围攻小狼山匪巢，机智勇敢地救出刀心妍。

公粮被烧，工作队面临巨大困难，他们的口粮吃光了，百姓们又不敢把粮食卖给他们，高川一筹莫展。

刀心妍要求刀心荣接济工作队，刀心荣提出只要刀心妍马上和他成亲就答应她的要求。刀心妍拒绝，她心里已经有了高川。刀心妍偷着从府里带出食物给工作队，高川不接受。刀心妍误以为高川记仇，因为自己是土司女儿，所以不接受她，心里十分委屈。钟喜妹认定刀心妍在追求高川，心里非常别扭、反感。李铁杉在高川指点下给了钟喜妹很大安慰。

杜连仲、石三娇率领“敢死队”夜袭工作队，高川和队员们殊死抵抗，危急关头，刀心妍带领大批寨民前来支援，刀心荣以顾及刀光寿性命为由放跑了杜连仲一伙。

正当刀心妍内心痛苦地打算离开寨子的时候，高川提出欢迎她加入工作队。钟喜妹在高川、李铁杉的帮助下，改变了对刀心妍的态度，接受她为自己的同志。

工作队找到了刀家隐秘的粮仓和偷运来的武器。高川向刀心荣讲明了政策，提出用黄金收购刀家储藏的粮食，并当场和刀心荣立下字据。

政府人员在解放军的护送下把黄金运到曼龙，刀心荣十分惊讶，从小到大还没见过汉官用金子和土司换粮食。他按照约定，把私藏的粮食全部卖给了工作队。

高川把救济物资送上佤山，岩火终于明白共产党红汉人不会帮着傣族人对付他，答应与共产党合作，并与高川结拜为兄弟。副队长刘捍卫对高川与岩火结拜非常不满。他向上级写信告状，说高川违反政策、与刀心妍关系暧昧等等，建议撤消他的队长职务。

上级将高川调回审查。刘捍卫趁势提出要分清阶级阵线，动员百姓诉苦，并把土司府的家丁们拉出来参加革命。刀心荣认为共产党开始清算他了，与心腹密商出逃路线。

刀心妍到南沧寻找高川，向边工委书记方明华说明了高川在曼龙所做的一切。在她伤心失望的时候，高川回来了！激动的刀心妍不顾一切地扑到高川怀里，流着泪说以后不管去哪都要带着她！

身在境外的土司刀光寿在胡超武胁迫下给刀心荣写信，催促他和刀心妍尽快出境完婚。边工委决定利用这个机会设法将刀光寿接回国内，高川接受了任务，这让刀心妍十分痛苦。

刀心妍、刀心荣在境外与刀光寿见面，高川设计将那些“护送”刀光寿的国民党兵灌醉，匆匆踏上回程。杜连仲、石三娇带领残军追赶，被高川率部击退。

回到境内，刀心妍情不自禁地抱住高川，含着泪说她的任务完成了，以后再也不做让自己伤心的事了。

中央决定邀请云南各族首领赴京参加国庆观礼。工作队上山反复劝说岩火的义父、佤族大首领岩猛，终使岩猛答应下山，但要求工作队的人留下当“人质”。高川同意了岩猛的要求，带着工作队员留在佤山。

1950 年 10 月 1 日，天安门广场举行中华人民共和国成立一周年盛典，来自全国各地的少数民族代表在观礼台上向毛泽东等领导人热情欢呼，人心沸腾的热烈场面书写着共产党人创造的华夏一家、四海一聚的伟大壮举……

中南海怀仁堂，毛泽东、周恩来等笑容满面地接受着少数民族代表敬献的礼品。各少数民族代表洋溢着激动和兴奋的神情，依次向毛泽东等党和国家领导人献礼。

毛泽东、周恩来等领导人来到云南代表驻地，亲切接见民族代表。岩猛兴奋地送给毛主席一把长刀，毛主席回赠他一支勃郎宁手枪，同时希望阿佤人不要再砍人头祭谷子。

佤族山寨，有人造谣说共产党把岩猛骗下山杀害了。高川想尽办法向寨子里的人解释，头人半信半疑地宣称等到月亮圆的时候岩猛不回来，就让工作队的人抵命。

情急之中，区政府的佤族干部手举着岩猛与毛泽东的合影骑着马奔进寨子，工作队员和佤族群众们一起欢呼起来……高川完成了任务，也开始正视刀心妍对他的情意。

南沧县民族民主联合政府成立了，刀光寿、岩猛等人当选联合政府领导人。

国民党残匪威逼利诱边境地区的民族首领脱离人民政府管辖、联合反共，并派人给刀光寿、岩猛等人送去恐吓信。岩猛、刀光寿等人毫不畏惧，毅然参加人民政府。

李铁杉在工作途中遭到敌人暗害，壮烈牺牲。悲痛中的钟喜妹决心继续李铁杉未完成的工作，并光荣地加入了中国共产党。不久，她在救治边境寨民的过程中不幸染病，献出了年轻的生命。

杜连仲、石三娇带领“敢死队”潜入内地，企图杀害民族首领，破坏建政。战斗中石三娇抓住刀心妍当人质，掩护杜连仲等人逃跑，被高川击毙。

为了让所有民族首领共同宣誓拥护共产党，岩猛决定以来剽牛决定吉凶。

南沧城外广场，在人们的欢呼声中，岩猛头裹红包头，手执锋利的梭镖走到一头水牛前，在人们的欢呼声中将梭镖刺向水牛，硕大的牛身倒向左方，牛头正对着西南方向。人们知道这是大吉的征兆，爆发出雷霆般的呼喊。

岩猛、刀光寿等各民族首领立下誓言，竖起了民族团结誓词碑。

盘踞在境外的国民党残军策动叛乱，向边境各级人民政府发起反攻，四处偷袭工作队员。他们要挟岩猛、岩火联合反共，岩猛拒绝后遭到软禁，绝食而亡。岩火拿起岩猛留下的毛泽东赠送的勃郎宁手枪，悲愤自杀。

高川带领工作队掩护寨民上山后撤出佤寨，在山林中遭遇大队匪军。高川在激战中负了伤，刀心妍守侯在他身旁。当敌人妄想俘虏他们时，刀心妍拉响了最后一颗手榴弹……

解放军大部队进入边境地区剿匪平叛，刀心荣请缨参加战斗，带领傣族武装和佤族武士们一起配合解放军肃清国民党残匪。叛乱平息了，佤族大头人和解放军、人民政府领导一起按佤族习俗“栽石头”“喝咒水”，发誓永远是一家人，一条心。

岩火部落的武士们高声宣告：今天的誓言，人听着！鬼听着！老天老地、阿公阿祖也听着！今天以后，阿佤人和红汉人团结一心！生死同在！

万里晴空之下，民族团结誓词碑昂然矗立，峰峦叠嶂的群山中回荡着万众心声：中华人民共和国各民族团结起来！

剧中人物

高　川　男　25 岁　解放军某部营长　民族工作队队长
刀心妍　女　21 岁　土司刀光寿的女儿　民族工作队队员
钟喜妹　女　20 岁　民族工作队队员　医务工作者
李铁杉　男　21 岁　民族工作队队员
岩　虎　男　21 岁　佤族青年　后为民族工作队队员
波　香　女　19 岁　傣族青年　后为民族工作队队员
刘捍卫　男　28 岁　民族工作队副队长
和水泉　男　19 岁　解放军战士　民族工作队队员
武晓鹏　男　21 岁　民族工作队队员
花　蔓　女　20 岁　民族工作队队员
方明华　男　35 岁　解放军某团政委　南沧县边工委书记
罗开云　男　40 岁　前地方武装首领　解放军支队司令员
李国梁　男　22 岁　解放军排长
张怀民　男　40 岁　思普地委书记

刀心荣　男　24 岁　刀光寿之子
刀光寿　男　50 岁　傣族土司
刀　母　女　45 岁　刀心妍母亲　刀光寿夫人
根　赛　男　22 岁　傣族青年　波香的哥哥
乃　木　男　25 岁　傣族刀府属官
扎　布　男　25 岁　傣族刀府护卫
罕　富　男　40 岁　傣族寨主
曼　珲　男　40 岁　刀府管家
玉　切　女　18 岁　刀府丫鬟
玉　凤　女　18 岁　刀府丫鬟
哑　巴　男　40 岁　傣族群众
嘎　罕　男　50 岁　傣族群众
罕　宝　男　22 岁　嘎罕的儿子
召景哈　男　22 岁　车里县长　原西双版纳傣族议事庭长

岩　火　男　26 岁　佤族山寨头人
岩　猛　男　50 岁　佤族部落首领
扎　罗　男　40 岁　拉祜族头人
岩　坚　男　22 岁　佤族青年
桑　木　男　40 岁　佤寨头人
娜　月　女　24 岁　岩火妻子
尼　贡　男　45 岁　佤族部落首领
叶　黑　女　19 岁　佤族姑娘

岩　相　男　35 岁　佤寨头人

杜连仲　男　30 岁　国民党残军特派员
石三娇　女　22 岁　国民党县长之女　敌特
张云奎　男　40 岁　土匪头目
胡超武　男　40 岁　国民党残军团长　司令
永安乐　男　40 岁　反动传教士
吴铁匠　男　30 岁　国民党特务
张喜贵　男　30 岁　土匪小头目
尼　斗　男　40 岁　曼龙酒家掌柜　敌特
马师爷　男　40 岁　土匪师爷　国民党特务
石　潭　男　45 岁　国民党南沧县长　石三娇之父
李　弥　男　50 岁　国民党“云南人民反共救国军”总指挥

另有毛泽东、刘少奇、周恩来、朱德、邓小平、刘伯承、中央机关干部及解放军团长、官兵，思普地委、南沧边工委干部，波香父母、刀府佣人、傣族寨主及家人、傣族、佤族、拉祜族青年男女、群众，民族首领、国民党官兵、特务、土匪若干。

第一集

1. 全国解放初期　云南省西南地区　日外

滇西南山路上，解放军大部队浩浩荡荡向西行进……

字幕：1950 年年初，进军西南的人民解放军部队遵照大迂回、大包围、大歼灭的作战方针，强行军千余里，以“横扫千军如卷席”的气概一举歼灭云南境内的国民党军主力，昼夜兼程地向滇西南边境地区挺进，追歼国民党军残部。

步兵成纵队走在公路两侧，马拉火炮及车载装备行进在路中间，气势雄壮。
嘹亮的歌声在公路上回荡，响彻山谷，“向前向前向前！我们的队伍向太阳……”
解放军团长、政委策马而来，在路边高处立马。
政委方明华向队伍高喊：“同志们往前赶呐！追上敌人就是胜利！”
团长兴奋地喊：“往前赶呐！胜利就在你们的脚底板上！”
站在路边山坡上的文工团员打着竹板给部队鼓劲：“同志们，努把力，咬紧牙关追逃敌；人民战士意志坚，不留后患是第一！山高路远何所惧，追得敌人脱层皮！”
战士们气势高昂地加快速度前进……

2. 边陲重镇　南沧县城　日外

数百名狼狈溃逃的国民党残军进入县城，城中街道上百姓纷纷躲避，商铺店主们慌忙收摊子、上门板、关店铺……
佩戴上校军衔的民国党残军团长胡超武粗喘着对身边的副官下令：“派一个排在城门警戒，其他弟兄在城里搜集粮食、物资、马匹，让弟兄们吃顿饱饭，就地休整！”
副官：“是！”
副官正要离开，胡超武身后有人喊：“慢！”
一个佩戴中校军衔、斯文中透着坚定神色的军官（杜连仲）走近胡超武：“胡团座，此地不能久留，必须尽快撤离。”
胡超武不满地看着杜连仲：“撤你个鬼！自打元江惨败，弟兄们没日没夜地跑了几百里地，全他娘散了架了！再不休整，用不着共军动手，全得倒在野地里喂野狗！”
杜连仲：“团座，共军追击神速，很快就会到达。南沧是边境重镇，共军势必进占。我们多耽搁一分钟，就多一分全军覆灭的危险！”
胡超武勃然作色：“杜科长！七零九团是老子的队伍，老子说了算！（他转向一旁的副官）执行命令！”
副官敬礼：“是！”
杜连仲还想说什么，胡超武不再理他，转身走去。杜连仲无奈地跟上。

3. 南沧县城　日外/内

穷凶极恶的国民党（后简称“残军”）残军官兵分头对商铺和住户大肆抢掠……
一伙残军冲进商铺抢夺财物、物资……老板夫妇和伙计被枪逼在屋角，瑟瑟发抖。

4. 南沧县城　日外/内

一伙残军冲进一户殷实人家，把一家老小赶到户外，在屋内翻箱倒柜搜寻财物……

身穿长衫的男主人愤怒地喊："你们做什么？你们咋敢乱抢啊！你们是国军还是强盗啊？"

残军士兵用枪托将男主人打倒，女主人和孩子哭喊着扑向满头鲜血的男主人，男主人骂声不绝："强盗！天杀的强盗！"

5. 南沧县城　日外/内

一伙残军冲进饭铺，将所有的米面、菜肴、食物尽数抢走……店主作揖哀求，残军官兵根本不予理睬。

6. 南沧县城　日外

巷子里，一伙残军在民居拉猪逮鸡，殴打阻止他们的居民，巷内人哭猪嚎、鸡飞狗跳……

7. 南沧县城　日外/内

一伙残军冲入客栈，拉走商贩的马匹、货物，抢掠店内的财物……商客和店主、伙计奋力争夺马匹、财物，被残军官兵打倒、打伤。

店主怒不可遏地举起柴刀反抗，被残军小军官举枪击毙。

商客和伙计们不敢再反抗，眼睁睁看着自己的财物、马匹被残军拉走。

8. 南沧县衙　日外

县衙外停着几辆装有货物的马车，县府工作人员和身穿黑衣佩带武器的保安队员们把一件件货物从县衙里搬出来装车，显然是准备撤离。

胡超武、杜连仲带着数十名武器精良的官兵走近，搬运货物、装车的人们都停住手看着这些突然到来的残军。

胡超武扫了眼停在县衙外的马车，向部下做了个手势，十余名士兵立即上前抢夺马车，车夫和装车的保安队员与士兵争执……

胡超武拔出手枪朝天开了两枪，吼道："所有物资一律充军！谁敢阻拦格杀勿论！"

残军士兵们的冲锋枪对准了保安队员、马夫，逼迫他们退后，让出马车。

年约半百的县长石潭身穿中山装、戴着礼帽和几个抬着木箱的属下从县衙里出来。石潭快步走近，示意马车边的保安队员们不要妄动，而后感到意外地看着胡超武、杜连仲等人问："谁开的枪？你们、你们是哪部分的？"

胡超武一脸凶相地收起枪："兄弟是国军二三七师七零九团团长胡超武，这位是师部情报科科长杜连仲。你们县长呢？"

石潭拱手道："在下就是南沧县县长，石潭。"

胡超武打量着石潭，杜连仲阴着脸向石潭行了个军礼。

石潭作揖回礼："请问二位，贵部是从哪里撤下来的？有多少人马？"

胡超武没有正面回答："我部奉命进驻南沧休整，等待师部和主力到达，就地驻防，阻击共军。"

石潭难以相信："阻击共军？国军不是已经败了吗？整个云南不是都沦陷了吗？哦，卢主席已经发了文告，宣布云南起义，哦不，是投了共党了。"

胡超武逼视他："怎么，你也想和卢汉一样，背叛党国？"

石潭心慌地说："我要是背叛党国，就用不着慌里慌张地收拾家当，准备逃亡了。不瞒二位，省府已经电令我安抚百姓，等着共党来接收了。我现在就像断了线的风筝，不知道该往哪里去了。"

胡超武："算你聪明。像你这样的人就是真投了共党也是死路一条。共党是不会放过你的。"

石潭："胡团座，你们是从哪里过来，共军离南沧还有多远?"

胡超武不客气地说："共军很快就会追来。你马上集合保安团，在城东布防。另外召集人手，把县城里的粮食、物资、马匹和壮丁集中起来，配合国军修筑工事，阻击共军。"

石潭："你们真的要在南沧阻击共军?"

胡超武："废话！南沧是国军反共复国的最后堡垒，上峰严令我部坚守待援。你身为县长，必须恪尽职守，配合国军行动。县府所有人员，胆敢畏敌脱逃一律军法从事，格杀勿论！"

未等石潭开口，从他身后传来了清冽的女声："真是笑话，也不怕风大闪了舌头！"

胡超武、杜连仲寻声看去——

石潭的女儿石三娇带着两名背着冲锋枪的随从走出县衙，走近父亲，她身穿猎装，头戴鸭舌帽，项上系一条黑色围巾，脚蹬锃亮的皮靴，腰间的皮质子弹带上挂着两把左轮手枪，风姿飒爽中透着刁毒。

胡超武正要发作，被杜连仲悄悄拉了一下。

石潭赶忙向女儿示意："三娇，不许胡说。"

石三娇轻蔑地看着胡超武、杜连仲："我胡说？阿爹，谁不知道国军的主力在元江就被共军打光了，他们不过是些死里逃生的残兵败将，还敢在咱们面前耍威风。"

石潭担心地示意女儿别再说了。

胡超武手握腰间的枪柄，厉声说："你个不知死活的小娘们，胆敢辱骂国军?"

石三娇不顾父亲阻拦，同样手握枪柄，不示弱地说："骂了怎么样！什么狗屁国军，你的国在哪？在南沧吗？有种你去打共产党解放军，把国民政府的江山夺回来呀！哼，一群没了窝的野猪还敢对本姑娘嗷嗷叫！"

胡超武急眼地要掏枪，杜连仲连忙阻止。

石潭也阻止女儿："三娇，不许放肆！（他转向胡超武陪笑作揖）胡团长，小女张狂不羁，信口雌黄，实在是冒犯了。还请团座念她年少无知，多多见谅。"

胡超武要开口骂人，杜连仲拦住他抢先说："真是百闻不如一见啊。早就听说南沧石小姐是白马双枪、威震一方的女中豪侠，今日得见，果然是胆色过人，巾帼不让须眉啊。在下佩服。"说着向石三娇抱拳行礼。

胡超武不满地瞪了杜连仲一眼。石潭一时不知说什么好了。

石三娇娇蛮地仰起脸："算你识相。在南沧，没人敢对我们石家撒野，本姑娘统领的保安团，不是吃素的！"

杜连仲："好啊，就请石小姐带领保安团，配合我部固守南沧，阻击共军。"

没等石三娇开口，石潭忙说："杜科长，共军风头正劲，来势凶猛，堂堂国军主力尚且不能阻挡，我们区区一个保安团……"

胡超武故意说："怎么，怕了？还没见着共军的人影，就他娘没了牙口，改吃软的了?"

石三娇瞪着他说："闭上你的臭嘴！共军不是天兵天将，不是三头六臂的红毛妖怪，有什么好怕的？只要他们敢来南沧，就让他们见识见识本姑娘的枪法！"

杜连仲不顾胡超武的反应，伸出拇指夸赞："好！有气魄！既然石小姐不畏强敌，咱们就合兵一处，在南沧城下，与共军一决雌雄！"说着，他向石三娇伸出手掌。

石潭来不及阻拦，石三娇脱口答应："一言为定！与共军一决雌雄！"她紧握住杜连仲的手掌，以示决心。

这时，城门方向突然传来密集的枪炮声，众人吃惊地朝城门方向看去——

9. 南沧县城　日外

城门楼及城下工事里的残军官兵和保安队员纷纷用机关枪、冲锋枪、步枪密集射击……

距城门不远处，追击而来的解放军队伍一时受阻，分散在土坡、垄沟、树木等掩体后面用机关枪、步枪向城门上下的守敌射击……

腰挎双枪、英气十足的营长高川骑着毛色乌黑、四蹄雪白的战马疾驰而来，身后跟着骑马的通信员和水泉。

高川在机枪掩体后面跳下马，拍了一下战马的脖颈，战马训练有素地卧倒。紧随他跳下战马的和水泉也示意马匹卧倒。

高川进入机枪阵地，隐蔽着举起望远镜向城楼方向观察。

指挥机枪射击的连长李国梁弯着腰向高川报告："营长！敌人火力挺猛，强攻不是办法。"

高川果断地向身后喊："通信员！"

和水泉："有！"

高川："把炮排调上来！"

和水泉："是！"他取下腰间的军号，朝后方吹出号令。

解放军攻击阵地后方，几门小山炮排成一排，炮手从炮口装入炮弹，整齐发射……

炮弹接连在城头爆炸，守在城头的保安队机枪手、投弹手被炸飞，活着的人放弃抵抗，连滚带爬地离开城头工事……

和水泉吹响冲锋号，解放军战士们在红旗引领下冲向城门……

高川带着几名骑手策马冲进城门，他手中的双枪不停射击，中弹的残军和保安队员纷纷倒地。

攻入城门的解放军官兵沿街追歼保安队员和国民党残军……

仓皇还击、逃跑、躲避的残军官兵、保安队员不时地被解放军官兵击毙，有的保安队员和残军官兵扔下武器，跪地举起双手投降……

10. 县衙外　日外

副官惶恐地拎着手枪跑到胡超武、杜连仲跟前："团座！共军、共军打进城了！"

杜连仲、石潭、石三娇等人都显出惊讶。

胡超武急问："有多少人？"

副官急促地说："大概几百人。他们用炮炸开了城门，打进城了！"

胡超武抽出手枪，慌张地喊："马上集合队伍，快……"

没等他把"撤"字说出口，杜连仲接口喊道："快快集合队伍，迎击共军！"

胡超武朝他瞪眼："嗯？"

杜连仲对他使个眼色，转向石潭、石三娇急切地说："石县长，石小姐，共军是小股先头部队，人数不多，趁他们立足未稳，我们集中兵力消灭他们，守住县城！"

石潭犹豫地说："这、这可能吗？共军来势凶猛，我们守得住吗？"

胡超武也想反对，杜连仲拦住他，对石潭、石三娇说："共军攻入东门，沿街而来。石县长，石小姐，你们率领保安团，利用房屋街垒正面死守、阻击共军，我们国军向两翼迂回，从两侧围击，定将共军全部歼灭！"

未等石潭开口，石三娇一口答应："好！就这么说定了！"

杜连仲："事不宜迟，马上行动！"

石三娇跨上手下牵来的白马，抽出左轮枪向一旁的保安队头目下令："保安团的弟兄们，跟我来！"

她催动坐骑，带领保安队员们朝枪声密集的方向奔去……

石潭担心地抽出手枪，带着身边的保安队员追了上去，嘴里喊着："三娇！三娇！"

胡超武一把揪住杜连仲："你他娘疯了？胆敢擅自下令！"

杜连仲急忙压低声音说："团座，马上集合弟兄们，从西门撤出去！"

胡超武恍然大悟，转向副官："快，集合弟兄们，快撤！"

11. 临近南沧县城的山路上　日外

一架装饰考究的带篷马车在山路上行进，车后有两个骑马背枪、腰挎长刀的傣族汉子护卫。

南沧方向传来密集的枪炮声，赶车的傣族汉子扎布勒住马，欠身向远处张望。
坐在他身边的汉子拿起步枪看着传来枪声的方向，显出紧张。
扎布扭脸对车篷里说："大小姐，南沧在打仗，走不通了。"
车篷边的帘子掀开，一位学生装束、清纯秀丽的年轻姑娘向远处眺望。她是曼龙傣族土司刀光寿的女儿刀心妍。
刀心妍："南沧打仗了？什么人在打仗？"
扎布："一定是老黄皮和县里的保安队在和红汉人打。"
刀心妍："红汉人已经到南沧了？"
扎布："一定是的。红汉人凶得很，他们打下了南沧，说不定就会去我们曼龙。"
刀心妍："他们没那么可怕。红汉人和老黄皮不一样，他们进昆明的时候我看到了，全城的老百姓都上街欢迎呢，可热闹了。"
扎布："大小姐，汉人就是汉人，管他黄的还是红的，都好不了。"
刀心妍担忧地说："我们现在怎么办？他们要打多久？还有别的路吗？"
扎布："为了保险，还是绕山路吧。要晚两天回到曼龙了。"
刀心妍无奈地点点头，忧心地坐回车篷里。
扎布催马上路。

12. 南沧县城　日外

胡超武、杜连仲骑着马带领残军官兵仓皇逃出县城西门，残军中有的拉着抢来的牲口，有的赶着马车，有的背着花花绿绿的包袱，极其狼狈。

县城街心地段，石三娇带领保安队员们利用房屋、院墙等掩体与解放军激战……
石潭冒着弹雨靠近石三娇，慌张地喊："三娇，共军火力太强，还是快撤吧！"
石三娇躲在墙后双手举枪边射击边说："不能撤！必须顶住！等国军从两边包抄过来，共匪一个也跑不了！"
石潭无奈地和女儿一起向解放军射击。
保安团小头目猫着腰慌张而来，话不成句地报告："县长！大、大小姐！不好了！"
石潭、石三娇回望小头目，石潭惊问："怎么了？"
小头目："他们跑了！那个胡团长，带着国军跑了，全跑了！"
石潭大惊："什么？"
石三娇怒道："他们往哪儿跑了？"
小头目："西门，全都跑出西门了！"
石三娇怒骂："狗娘养的！竟敢骗我们，一群贪生怕死的狗杂种！我饶不了他们！"
石潭拉住女儿："三娇，快，快撤！再不走就来不及了！"
石三娇暴怒地向冲过来的解放军连续射击。
解放军战士从不同方向射来密集子弹，石三娇、石潭身边的保安队员纷纷中弹倒毙。
石潭和小头目拉着石三娇向后撤离，几名保安队员疯狂射击掩护他们。
解放军战士投过来的手榴弹接连爆炸，保安队员被炸得血肉横飞。
解放军战士们从不同方向冲了过来。
石三娇跳上白马，回身对父亲说："阿爹，快上马！"
石潭在女儿的拉拽和小头目的帮助下上了马，骑在女儿身后。石三娇催马跑去，小头目和几个保安队员边跑边向后射击、投弹，掩护二人。
硝烟中，高川策马驰来，手中双枪弹无虚发，举枪顽抗的保安队员一一中弹毙命。
石三娇催马跑向西门，高川纵马追赶。

石潭举着手枪向追来的高川胡乱开枪，高川追赶中举枪射击——
石潭中弹落马，石三娇赶忙勒住马，回身大喊："阿爹！阿爹！"
石潭用最后的力气示意女儿快跑，气绝身亡。
石三娇在马上惨叫："阿爹！——"
她举枪向追来的高川射击，两枪不中后子弹打光了。
小头目向高川开了两枪，转身用枪托砸向石三娇的马屁股，喊道："大小姐，快跑！"
白马蹿了出去，石三娇嘶声喊："阿爹！——"
小头目举枪要射纵马而来的高川，高川抬手一枪击中小头目眉心，小头目仰天倒毙。
余下的保安队员向高川投出手榴弹，高川抖动缰绳，战马敏捷地闪进一旁小巷躲避。
手榴弹爆炸后，高川跨着战马从一堵炸毁的矮墙后跃出，冲向敌人。
战士们也呐喊着冲杀过来……
掩护石三娇的保安队员们被悉数击毙。
高川策马追到西门，已看不见石三娇的身影。他遗憾地勒住马，看向远处的山路。
和水泉骑着马追过来，兴奋地说："营长，县城里的敌人全解决了！"
高川："命令各连打扫战场！"
和水泉："是！"他拿起军号吹响号令。

13. 南沧县衙　日外

县府门外已有解放军战士警戒，团政委方明华和团长在县衙外下马，几名战士和医疗队员将团部用品及医疗用品搬入县衙。

高川、和水泉骑马赶来，下马后向方明华和团长敬礼。
高川："团长，政委！"
方明华还礼后含笑说："高川，这仗打得利索！不过，你们不能休整。"
高川："有任务？下命令吧！"
团长："留下一个连打扫战场，你带两个连追击胡超武残部，一定要在他们逃出国境之前全部消灭！"
高川："是！"
方明华："胡超武残部一定会向曼龙逃窜，曼龙土司刀光寿很可能被他们裹挟出境。你对曼龙一带很熟悉，一定要抢在敌人之前赶到曼龙，务必阻止刀光寿出境！"
高川："明白！"
方明华："敌人溃逃途中一定会对沿途的民族村寨大肆劫掠，造成百姓死伤。团里派医疗队跟随你们行动，以便救治百姓和伤员。"
高川兴奋地说："太好了！喜莲也和我们一起行动吧？"
团长："瞧把你乐的，一提钟喜莲就合不上嘴。"
方明华笑着朝县衙里喊："钟队长！钟喜莲同志！"
"到！"随着清脆的答应声，身穿军装英姿飒爽、腰间皮带上挎着手枪，臂上戴着红十字袖标的医疗队队长钟喜莲快步出了县衙，面带笑容地走近高川等人。
钟喜莲含笑看了眼高川，转向方明华、团长："团长，政委，有什么指示？"
方明华："马上带领医疗小分队，和高营长一起行动。"
钟喜莲敬礼："是！"而后欢喜地看看高川。
高川心里高兴，却有些不好意思地笑着。
团长对方明华说："瞧见了吧，这就叫心里美。人家是上阵父子兵，他俩啊，是上阵夫妻将。"
方明华和周围的人都笑起来。高川、钟喜莲都有些不好意思了。
钟喜莲："团长，这话可不对呀，我们还不是夫妻呢！"
团长笑道："差不了几天了！你俩不是都表过态，等云南解放了就成亲吗？眼下就是最后一仗，等你们胜利归来，我和政委给你们主持婚礼，咱们也来他个双喜临门，好事成双！”

周围的战士们拍手叫好！

钟喜莲害羞地垂下头，高川憨笑地挠着头：“行，服从命令！”

钟喜莲嗔怪地捶了他一下。

方明华叮嘱道：“高川，最后一仗也不能大意。这一路上很可能遇到少数民族部落的武装，你千万记住，必须坚决执行政策，绝不能跟他们动武。”

高川郑重地说：“是！”

方明华：“出发时带上一些礼品，遇到民族武装，一定要以礼相待，机灵点。”

高川：“明白！”

14. 山路　日外

石三娇在山路上策马狂奔……

胡超武、杜连仲带领残军官兵沿着山路奔逃，正在通过一座山沟上的小桥……

石三娇远远看见溃逃的残军，愤怒地朝天鸣枪，纵马追上去。

胡超武、杜连仲拉住马缰回首看去——见石三娇策马追来。

胡超武示意副官：“干掉她。”

副官举枪瞄向石三娇，杜连仲连忙制止：“慢！留着她。”

副官看向胡超武，胡超武不满地看看杜连仲。

杜连仲：“她对我们有用。”说着策马过了小桥，迎向石三娇。

胡超武和副官带着几名卫兵也迎过桥去。

石三娇策马跑近，在杜连仲对面勒住马，举枪对准他怒骂：“混蛋！骗子！胆小鬼！你们背信弃义，临阵逃跑，害死了我阿爹！我要你们偿命！”

胡超武身边的副官和卫兵全都把枪口对准了石三娇。

杜连仲在马上故作愧疚地说：“石小姐，你误会了，我们没有临阵逃跑。共军来势太猛，没等我们集合队伍组织冲锋，就被共军打散了。弟兄们乱成一片，各自撤退，我和胡团长好不容易才把队伍拢起来，已经不可能侧击共军了。”

石三娇：“所以你们就弃城逃跑，把我们保安团留给共军，为你们打掩护、挡子弹？让我阿爹惨死在共军手里？”

杜连仲：“石小姐！石县长壮烈殉国，我也深感悲痛！请你冷静地想一想，如果我们撤不出来，全都被共军困住，石县长和保安团的弟兄们就有生存的希望吗？”

石三娇：“给我闭嘴！要不是你信誓旦旦地说要围歼共军，我和阿爹早就离开县城，平安撤退了！”

杜连仲：“你们平安得了吗？共军占领了南沧，就会控制所有的通道和村寨，你们能撤到哪去？逃得出共军的魔掌吗？”

石三娇：“照你这么说，我阿爹就该命丧南沧吗？”

杜连仲：“石县长恪尽职守，为国捐躯，堪为我辈楷模、党国英烈！石小姐率领保安团阻击共军，死战不退，掩护国军撤出南沧，为党国保存了反共复国的血本，功德无量啊！”

石三娇：“少给我说好听的！就凭你们这群残兵败将，还想反共复国？鬼才相信！”

杜连仲：“‘破釜沉舟，百二秦关终属楚；卧薪尝胆，三千越甲可吞吴！’眼下国军是败了，可胜败乃兵家常事，此一时彼一时也。石小姐久居南沧，不知天下之事。国军虽遭重创，党国精神尚存！党国最强大的盟友美国、英国绝不会坐视共匪荼毒大好江山，必定援助我们重整旗鼓，反攻复国！石小姐，要想为你父亲报仇雪恨，就请相信我，和我们一起撤离。留得青山在，就有消灭共匪，一雪家仇国恨的那一天！”

石三娇心有所动，犹豫着放下了枪。

胡超武：“石姑娘，共军马上就会追上来，快跟我们走吧！”

杜连仲一脸诚恳地催马上前，靠近石三娇说：“除了跟我们走，你无处可去。”

石三娇无奈地沉默。杜连仲拉过石三娇的马缰，两马并辔过了小桥。

胡超武心里佩服地看了看把石三娇领过小桥的杜连仲，转脸对副官下令："把桥炸了。"

副官："是！"

杜连仲把一个心腹军官招到身边，吩咐道："共军一定会绕行山路追击我们，你快马加鞭去趟小狼山，让张云奎带人阻截共军。"

心腹军官担心地说："他一个土匪头子，会听您的吗？"

杜连仲让他附耳过来，在他耳边密授机宜。

15. 山路　日外

高川率队沿着山路追击残军……

远处传来爆炸声。高川策马到路边高处站定，举起望远镜查看——

远处山沟上的小桥被炸毁，浓烟中可见炸断的桥体。

高川低声道："一群孬种，炸了桥你们也跑不了。"他策马回到队伍前，发出命令："加快速度！从前面的山梁绕过去！一定要赶在敌人前头到达曼龙！"

高川带领队伍快速向山间小路行进……

16. 傣族山寨　日外

寨子里，锣声急响，一男子敲着锣高喊："老黄皮来了！老黄皮来了！"

傣族百姓赶着猪牛等牲畜挑着担子惊慌逃逸……

刀心妍乘坐的马车刚进寨子，赶车的扎布看到寨民惊慌的样子，赶忙勒住马，站起身向寨口回望——

坐在他身旁的汉子以及跟在车后的两个骑马背枪的傣族汉子都紧张地拿起枪，回身张望——

果然有一支队伍快速接近寨口。

扎布跳下车说："大小姐，老黄皮来了，快下车躲一躲。"

刀心妍撩开车篷的帘子，不满地说："我们往前赶，甩掉他们不行吗？"

扎布急切地说："来不及了，快下车吧，大小姐。"

刀心妍只好下了车，想转身拿车上的东西，扎布忙不迭地拉着她离开马车。

刀心妍不情愿："我的箱子……"

扎布不由分说拉着她跑向一旁的竹林。

三个护卫的傣族汉子持枪关注着寨口方向，跟着扎布、刀心妍退进竹林，把马车留在路边。

高川率领的队伍进入寨子，和水泉、李国梁等官兵追着跑上山去的老乡喊："老乡们！不要跑，我们是解放军！"

寨民越跑越快……

和水泉朝天开了一枪，寨民听到枪声丢下牲畜物品全都躲了起来。

躲在附近竹林里的刀心妍听到枪声不由得紧张起来。

扎布和其他三个汉子隐蔽地端起枪，瞄着高川等人。

高川怒喊："和水泉！谁让你开枪的?!"

和水泉为难地说："我、我想让他们站住。"

高川："胡闹！枪一响，他们不更害怕吗？"

和水泉知错地咧嘴缩脖。

高川气恼地说："向他们喊话，喊啊！"

和水泉举起喇叭筒喊话："老乡们！——不要害怕！——我们是解放军！——"

李国梁也喊："老乡们！——回来吧！——"

其他官兵也高喊："老乡们！不要跑！——我们是解放军！——"

高川期待地看着逃向山上的老百姓。

高川身边的连长李国梁说："营长，老乡们把我们当成蒋匪军了。"

跟上来的钟喜莲用毛巾擦着汗说："都是蒋匪军造的孽。寨子里的百姓差不多都跑光了。"

高川对和水泉、李国梁说："命令各连不许进竹楼，不许动老百姓的任何东西！不许喝井水！"

李国梁："明白！"转身跑去。

高川转向钟喜莲："喜莲，这种行军速度，你们卫生队跟得上吗?"

钟喜莲把毛巾递给高川："放心，跟得上。我让队员们在寨子里查看一下，看看有没有身体不好，来不及逃走的百姓……"

高川："来不及了，把他们叫回来，我们得继续赶路。"

钟喜莲明白地转身走去。

高川看看走去的钟喜莲，用她的毛巾擦着汗，摘下帽子扇着风转望逃往山中的百姓，表情凝重起来。

和水泉走到刀心妍等人留在路边的马车旁，说："营长，这有辆马车。"

高川走到马车边，撩开帘子朝车篷内看了看。

和水泉："这是有钱人家的马车，是寨主的吧?"

高川对身边的战士下令："把马拴好，不许动车上的东西。"

战士遵命地拴马。

躲在竹林里的刀心妍见状低声说："扎布，他们不是老黄皮，是解放军。"

扎布竖起食指示意刀心妍不要说话，依然警惕地端枪监视高川等人。

和水泉拿出地图展开，对看着地图的高川说："营长，向前五十里，翻过一座大山，就是曼龙坝子了。"

高川："命令部队迅速通过寨子，继续前进，一定要在明天拂晓前赶到曼龙，拦住刀光寿！"

和水泉："是！"

躲在竹楼里的刀心妍听到高川的话显出诧异。

高川的部队从寨子中迅速通过……

部队远去后，刀心妍的马车完好地停在路边。

刀心妍、扎布等人回到马车边，望着远去的队伍。

扎布着急地说："大小姐，他们要去曼龙捉老爷。"

刀心妍紧张地说："快，我们快走！"

17. 佤族山寨　日外

守寨的佤族青年放响火枪高喊："黄皮兵来了！黄皮兵来了！"

随着枪声，守寨青年纷纷被击中倒地。

一群身穿解放军制服的土匪闯入寨子，残暴地掠夺、屠杀寨民，烧毁房屋……

身穿不合体的军装、粗壮魁梧的土匪头子张云奎嘶喊着指挥着匪兵在村中烧杀抢掠……

张云奎站在高处挥动手枪狂喊："把牲口和娘们都给老子带走！老子要共产共妻！带不走的统统烧光！"

寨中多座草房、竹楼被焚烧，寨民们四处逃窜。

匪兵拉走牲畜、抢夺食物、强抓妇女……

两个匪兵强行拖拽一个抱着孩子的妇女，妇女哭喊着反抗。

一个佤族汉子突然跳出来，挥着长刀扑向匪兵，匪兵们后退着向那汉子开枪，汉子中弹倒地……

抱孩子的妇女哭喊着扑向倒地的汉子……

寨民中有人冲向匪兵，又被匪兵射杀。

张云奎朝天开了两枪，嘶喊：“老子是共产党解放军！谁敢反抗解放军，他们就是下场！”

一群年轻的寨民聚集起来举着长刀、长矛向匪兵冲来……

张云奎高喊：“娘的，机枪！”

匪兵架起了机枪，对准冲来的青年寨民们。

寨民们毫无惧色地冲杀过来……

张云奎下令：“开火！”

匪兵的机枪吐出火舌……

年轻的寨民们倒下一片……后面的寨民并没有被死亡吓倒，继续向前冲来。

匪兵换上一匣机枪子弹，张云奎正要下令，忽听寨外传来枪声和军号声，他吃惊地转头看去，小头目张喜贵惊慌地跑来报告：“总爷！不好了，解放军打过来了！”

张云奎一愣：“扯球蛋！他们是飞过来的?”

张云奎走向一旁，登上高处，向寨外观望——

张喜贵说：“总爷，真是解放军呀，你听听。”

寨外传来嘹亮的军号声和部队冲锋时的呐喊声，张云奎朝寨外看去——

可见高川率领的队伍勇猛冲来，红旗招展着快速移近。

张云奎大吃一惊：“娘的，快撤！”

张喜贵挥着手枪对手下喊：“撤！快撤！”

匪兵机枪手向佤族寨民射出一串子弹……

又有不少寨民中弹倒地。

张云奎上了马，率先逃去。

匪兵们胡乱放着枪紧跟着逃去。

18. 佤族山寨　日外

高川骑着战马手持双枪率领队伍冲进寨子，战士们追击逃跑的土匪。

高川勒住马，对身边的和水泉下令：“停止追击！马上救人！救火！”

和水泉用军号吹出号令。

战士们扑向着火的竹楼、木屋，奋力救火……

钟喜莲和卫生员赶到一个受伤的汉子身边，要为他包扎伤口，那汉子一把推开钟喜莲，挣扎着爬起来，寻找武器。

钟喜莲忙用佤族话对他喊：“莫怕！我们是好人，解放军！是来救你们的！”

那汉子愣了愣，依然不信。

几个战士想劝开守在死者身边的妇女，那妇女怒骂着反抗，向战士吐口水。

两个战士扶起一个伤者将他带离着火的房屋，旁边蹿来一个汉子挥舞棍棒击打战士。一个战士举枪对准那汉子，立刻被身边的干部制止。

几个战士正在竹楼外扑火，一旁冲来几个举着长刀、长矛的汉子朝他们又劈又刺，战士们慌忙退避。其他战士赶过来劝阻，那些汉子转身跑去。

几个战士帮钟喜莲按住受伤的汉子，钟喜莲强行给他包扎。

连长李国梁向高川报告：“营长，老乡们分不清我们是谁，已经伤了好几个战士！”

高川：“冷静点！一定要耐心解释，让他们明白我们是解放军，是来帮他们的！”

李国梁为难：“可他们根本就不听解释，手里还都有家伙……”

这时，寨外传来潮水般的呐喊声，和水泉指着远处对高川说：“营长，快看！”

高川策马赶到高处向寨外看去——

寨外山路上及山林中有众多佤族汉子举着武器喊着杀声冲近。

李国梁望着呼啸而来的佤族武装："乖乖，这么多人?"

高川："快，命令部队撤出寨子，快！"

19. 佤族山寨　日外

呼啸而来的佤族武装冲进寨子，为首的几个扎着红包头的首领分别骑着马举着长矛、长刀从欢呼的寨民身前冲过，呼喊着冲向高川的队伍。

20. 山寨外　日外

高川带领队伍撤出寨子，却被另一路包抄过来的佤族武装拦住去路。

身穿黑衣、扎着黑包头的佤族汉子们放响火枪，挥舞着长刀、长矛，发出愤怒的呼喊。

高川下令部队停止前进。

佤族部落大头人岩火及武装首领们追到寨外，在离高川的队伍不远处停住。

岩火怒视着高川的队伍，伸平了手中的长矛，佤族武装立刻排列开来，摆出准备厮杀的阵势。

21. 山寨外　日外

高川身边的和水泉、李国梁等人立即拔出枪准备战斗。

和水泉紧张地说："营长，他们要干什么?"

李国梁："看样子是要和咱们干啊。营长，准备战斗吧?"

钟喜莲担忧地说："他们是民族武装，不能打。"

高川也紧张地盯着岩火率领的大批佤族武士："把枪都收起来，对他们喊话！"

和水泉举着个喇叭朝佤族武士们喊："佤族乡亲们！我们是中国人民解放军……"

钟喜莲拿过喇叭："我来。(她用佤族话喊）佤族乡亲们！我们是中国人民解放军！不是你们的敌人！我们通过这里是为了消灭蒋匪军老黄皮！请你们把路让开！"

高川注视着佤族武装的动静。

一会儿，扎着红包头的佤族汉子岩虎骑着马冲出队列，朝高川他们奔来。

和水泉又要拔枪，高川阻止了他。

岩虎背着卡宾枪挥着长刀来到队伍前面高喊："你们听着！不管你们是哪家的队伍，你们烧烂了我们的山寨，杀死了我们的族人！大头人要你们统统留下脑壳！"

高川忙喊："佤族兄弟！你们误会了！我们是共产党解放军，是老百姓的队伍！放火杀人的是蒋匪军，不是解放军！"

他向身边示意，李国梁将一包银元交到高川手中。和水泉从战士手中接过装着茶叶、盐巴的小筐，跟着高川走向岩虎。

高川紧张中挤出微笑走近，岩虎警惕地收起长刀，从背后扯过卡宾枪。

高川将那包银元递给马上的岩虎："佤族兄弟，请你转告大头人，我们解放军不会伤害你们。我们按你们的规矩花钱借路，请他给个方便。"

和水泉也将装着礼物的小竹筐递给岩虎。

岩虎打量一下高川，接过银元和装着物品的箩箩，拉过马头回了队列。

钟喜莲担心地问："高川，他们会让咱们过去吗?"

高川期待地望着佤族武装。

22. 山寨外　日外

佤族武装严阵以待。

岩虎策马而回，跳下马将高川给的东西放到岩火面前报告："大头人，他们是红汉人，要借路。"
岩火冷眼看着高川的队伍。
岩虎："他们说，烂寨子杀人的不是他们，他们是来救人的。"
岩火看看高川送的东西，冷冷地说："鬼话。吃鸡不吃皮，杀汉不杀夷。"

23. 山寨外　日外

高川、钟喜莲等人望着佤族武士们等待着。
岩虎又策马而来，向高川射来一支响箭。
响箭插在高川身前不远的地上。
和水泉拔起箭，交给高川。
高川打开箭上捆着的树叶包——里面是一颗子弹。
高川感到事态严峻。
李国梁："这是啥意思?"
高川："见鬼，他们要开战!"
钟喜莲："什么?"
高川紧急思索后作出决定："喜莲，前面的路一时半会过不去了。从这里向南可以经过小狼山到达曼龙，那条路你熟悉，你跟李连长他们从后面的林子突出去，绕道小狼山赶去曼龙。"
钟喜莲："那得绕很远啊。"
高川："没别的办法。我们不能都耗在这。"
钟喜莲："那，那你打算怎么脱身?"
高川："现在还不知道。我先带着队伍和佤族武装周旋。如果我们一起走，他们肯定会缠着我们。李国梁!"
李国梁："有!"
高川："钟队长给你们带路，你们连马上从后面的山林突出去，火速赶往曼龙!"
李国梁犹豫地想说什么，高川严厉说："执行命令!"
李国梁："是!"
高川转向钟喜莲："喜莲，带上几个卫生员，快出发吧。"
钟喜莲担心地说："你可要小心呐。"
高川："放心吧，我一定会追上你们。快走。"
钟喜莲虽然不舍，但只能服从命令。她和李国梁的连队向山林走去，边走边回望高川。
高川挥手示意她快走。

24. 山寨外　日外

岩火身边的武士岩坚指着进入山林的李国梁连队说："大头人，他们要跑!"
岩火向进入山林的李国梁连队看去，突然挥手喊："杀!"
佤族武装发出震慑人心的喊声，火枪、弩箭纷纷向高川的队伍打来，队伍中立刻有人负伤……
部队无奈地就地隐蔽，不少干部战士端枪准备还击，高川急喊："不许还击!不许还击!"
和水泉："营长!咱们就这么干吃亏吗?"
高川喝道："撤!撤到山上林子里去!不许还击!"

岩虎、岩坚带着佤族武装青年们举着长矛、长刀朝高川的部队冲杀过来，岩虎身边两个青年高举钉着牛头骨、鬼面的法器，鼓舞着众人。

高川的部队退向山林，佤族武装却从三面包围过来，不断向部队开枪或发射弩箭。

部队中又有战士倒下。
几个指挥员朝天鸣枪，想吓止佤族武装的进攻。
佤族武装毫无停止进攻的意思，继续逼近部队，向部队放枪、放箭。
部队中继续有战士中弹或中箭。
某连长忍不住地对高川喊："营长！我们就这么当靶子啊？再不还击，我们的战士就白白牺牲了！"
另一军官愤怒地喊："营长！打吧！"
高川强压怒火命令："谁也不许还击！谁敢还击，我枪毙了谁！"
指挥员和战士们只好尽量隐蔽。
佤族武装呼喊着围拢过来，不断射击、放箭。
高川见情势危急，忍无可忍地拔出双枪一跃而起，挺身向佤族武装连连射击——那些法器上的牛头骨、骷髅、鬼面被纷纷击落。
手执法器的青年愣住了，众人停止了冲杀。
岩虎、岩坚也愣在那里，看看被击毁的法器，又朝高川看过来。
高川又发两枪——
子弹分别从岩虎、岩坚头皮上擦过，他们的红包头被子弹钻出了洞。
岩虎、岩坚瞬间呆住，岩虎本能地扯下红包头，看着红布上的枪眼，很是吃惊。岩坚也扯下红包头看着上面的枪眼，不可思议地望向高川。
高川厉声高喊："佤族兄弟！解放军不打你们！你们也不要打解放军！你们不让我们借路，我们就绕过山寨！如果你们还要打，我就不客气了！"
说罢"啪"地甩出一枪。
岩虎手中的长矛被子弹削去了矛尖。
岩虎、岩坚惊恐地怔住了。
佤族武装停止了攻击，与高川的队伍形成对峙。

25. 山坡林中　日外

高川的队伍撤到山林中。
高川察看了受伤的战士，焦急、郁愤地思考着对策。
某连长："营长，我们牺牲了十多个战士，这笔账怎么算？"
另一军官："营长，让我们打吧！"
另一军官："对，狠狠打他一家伙，让他们知道知道解放军的厉害！"
高川急了："都胡说什么？啊？要是能打还用你们吵吵？不能和民族武装发生冲突，这是死命令！你们不知道吗？"
军官们愤而无言。
某连长："可是再拖下去，明天拂晓就赶不到曼龙了。"
高川："报务员！"
报务员："到！"
高川："向团部报告，请求指示！"

26. 山林中　日外

钟喜莲、李国梁带着连队沿着山林中的小路快速穿行……

27. 山寨外　日外

佤族武装把高川的队伍围困在山林中，不时发出喊声，却不再进攻。

山林中，汗流浃背的指战员们有的警戒，有的在树荫下等待命令，都显出急躁和无奈。
报务员向高川报告："营长，团长指示，不许和佤族武装发生冲突。尽快设法突围，赶往曼龙。"
高川接过电文看着，一时想不出主意。
某连长抱怨地说："不冲突，不冲突怎么突围?"
高川伤脑筋地皱起眉头。
某军官："是啊，不打一下，咱们出得去吗?"
另一军官："你看看他们，围得像铁桶似的，我们怎么突出去?"
高川烦恼地说："都给我闭嘴！就知道发牢骚，有用吗？都给我动动脑子，想法子突出去！"
军官们不吭声了。
高川拿起水壶一口气喝干了水，把水壶递给和水泉："找点水来。"
和水泉拿着水壶走去。
高川内心焦急地看着林子外的佤族武装，一筹莫展。

28. 靠近边境的傣族曼龙土司领地　日外

胡超武、杜连仲带着几百人的国民党残军从山岭土路上下来，进入曼龙地界。

傣族寨子，寨门前的青年放响铜炮枪示警。
寨中的男人敲锣呐喊："黄皮兵来了！黄皮兵来了！——"
寨民们慌乱地纷纷跑向家中……

从望远镜中看去——宽阔的稻田、绿树翠竹掩映的寨子……
胡超武放下望远镜对身边的军官们下令："这就是曼龙，是南沧最富的地方。你们分头进入各寨，把粮食、牲口和青壮男人集中起来，统统带走！"
军官们："是！"
军官们正要带兵出发，杜连仲喊："慢！"
他走近胡超武："团座，请收回你的命令。"
胡团长冷眼看着杜连仲："杜科长，有何见教啊?"
一旁的石三娇不解地看着杜连仲。
杜连仲："越是危难之际，我们越不能杀鸡取卵，断了后路。"
胡团长："后路？我们已经是国破家亡了，还有什么后路？执行命令！"
军官们："是！"
杜连仲厉色地说："慢着！"他转向胡超武："胡团座，上峰命令我们撤往境外，就是为了保存实力，以图反攻复国。南沧各勐的土司头人，都是我们反共的盟友。如果你大肆抢掠，激怒了他们，岂不是逼他们投靠共匪吗?"
胡团长不屑地说："老弟，就算你是师部的情报科长，也无权干涉我的行动吧?"
杜连仲："兄弟奉命随你部行动，就有代行监督的职权。如果团座一意孤行，使我们丧失了曼龙这个反攻复国的桥头堡，你该当何罪?"
一旁的军官们不知该听谁的，石三娇也显出紧张。
胡团长："少跟我来这套，老子现在是保命要紧！没有粮食，没有兵员补给，到了境外能站住脚吗?"
杜连仲："就是为了站住脚，我们必须严肃军纪，让曼龙土司相信我们！"
胡团长不解地看着杜连仲。
杜连仲："曼龙各寨有上千条枪，这是我们必须掌握的力量。"
胡团长："照你的意思，我只能带着弟兄们空手出境，去喝西北风吗?"
杜连仲："错。我们不仅要征集钱粮军需，还要把曼龙土司带出去。"

胡团长似乎明白了。

杜连仲："只要刀光寿在我们手里，曼龙的武装就得听我们调遣。"

胡团长："他要是不跟我们走呢？"

杜连仲："那就按叛国通共论处。"

29. 曼龙大寨　土司府　日外

砖木结构建筑的刀府颇有气势。

府门前的空场上，大队国民党兵持枪而立，虎视眈眈。

刀府的府兵、家丁武装也沿着院墙站成一排，摆出不相让的阵势。

府门外，身穿华贵傣族衣着的曼龙土司刀光寿警惕地望着走到他身前的石三娇和她身后的胡超武、杜连仲。

石三娇对刀光寿拱手行礼："刀土司，久违了。"

刀光寿认出石三娇："你不是石县长的千金吗？你怎么会到曼龙来？你阿爸呢？"

石三娇心怀隐痛道："共匪占领了南沧，我阿爹他……殉国了。"

刀光寿吃惊地说："啊？你阿爸他……那你们这是要去哪里呀？"

石三娇："刀土司，我给你介绍一下。这位是国军的胡团长，这位是杜科长。我们是被共匪追赶，撤到曼龙来的。"

刀光寿打量着胡超武、杜连仲等人，暗自猜测着。

胡超武假惺惺地拱手说："刀土司，兄弟奉命向境外转进，请你尽快提供五十担军粮、一万大洋的军资和五十名壮丁、三十匹驮马，叨扰了。"

刀光寿的干儿子刀心荣扎着饰有玉石的黄色包头、披着深色披风、挎着美式冲锋枪站在自家队伍前头，紧绷着脸注视着胡团长。家丁队长乃木挎着卡宾枪站在刀心荣身边。

刀光寿隐忍地说："刀某深知国军有难，军粮、军资一定如数提供。只是这壮丁和驮马……"

胡团长："国难当头，军情紧迫，容不得你讨价还价。如果刀土司不能全力配合，兄弟我只好下令强行征调了。"

刀心荣露出怒色。

刀光寿无奈地说："好吧，我答应就是了。"

第一集完

第二集

1. 曼龙寨子　日外

一个寨主带着寨丁将马匹、粮食交给带着士兵的国民党军官。

几名青壮男人被国民党兵拉走，他们的家人哭喊着阻拦，被国民党兵蛮横驱赶……

一位老人（嘎罕老爹）紧拉着自己的儿子喊道："宝罕！你不能去，不能去呀……"

国民党兵将老人推倒在地，宝罕喊着："阿爸！"上前推开士兵，要扶起父亲，却被士兵们绑起来拖走……

嘎罕老爹哭喊着："宝罕！宝罕！我的儿子！——"

2. 寨子里　波香家　日外

一个国民党小军官和几个士兵把一个上了年纪的傣族男人（波罕）从竹楼里抓了出来，波罕挣扎着不走，小军官抽了他一鞭子，高声叫骂："老不死的，胆敢私通共匪！带走！"

士兵用枪托搡着他，将他押离竹楼。

波罕的妻子儿女追了出来，妻子哭喊着上前拽住老人，哀求道："老总，求求你们放了他吧！他是好人呐！"

波罕的儿子根赛和女儿波香也拼着命冲过来想抢回父亲。

根赛、波香说："放了我阿爸！凭什么抓我阿爸?!"

小军官一鞭子抽在波罕妻子脸上，一脚将她踹倒在地。

士兵用枪托将根赛砸倒。

波香赶紧冲向母亲，喊着"阿妈"扶起母亲，既惊恐又愤怒地瞪着小军官喊："坏人！凭什么打我阿妈?凭什么抓我阿爸?"

小军官上前一把揪起波香，盯着她娇好的面容狞笑："小丫头，我看你也像个通共分子，带走！"

他把波香推给士兵。

波香母亲爬着喊："波香！我的孩子！放了我的孩子！"

根赛怒吼着："老黄皮！我和你们拼了！"

他奋力扑向小军官，几个国民党士兵上来一通枪托，将他砸倒在地。

波香母亲捶地哭嚎："波香！我的孩子！菩萨！救救我们吧！"

国民党士兵将波香和她父亲拽出院子，迎面遇上杜连仲，杜连仲身边跟着几个背着美式冲锋枪的官兵。

杜连仲喝道："站住！"

押着波香和波罕的士兵站住，小军官叫道："杜科长。"

杜连仲板着脸问："怎么回事?"

小军官说："这老家伙私通共匪。"他把一封信交给杜连仲，"杜科长请看。"

杜连仲抽出信打开看着。

波罕委屈地说："长官，这书信是南沧城里两个商人要我交给土司老爷的。我根本认不得汉字，不晓得写着些什么呀……"

小军官喝道："闭嘴！"

杜连仲冷着脸收起信，示意把波罕押走。

小军官转向士兵："押走！"

士兵们推搡着波罕父女，杜连仲问道："等等，这姑娘怎么回事？"

小军官露出淫亵眼色，说："这丫头和她爹是同党。"

杜连仲厉色地说："胡说，放了。"

小军官一怔，杜连仲又厉声道："放了！"

小军官无奈地应道："是！"

他示意士兵放了波香，其他士兵押着波罕跟着杜连仲等人走去。

波香喊着："阿爸！阿爸！"

院子里，根赛挣扎着爬起来，满眼怒火地将母亲扶起："阿妈，阿妈！"

母亲哭泣着说："根赛，快去求土司老爷！快去求求土司老爷吧！"

3. 刀府　日外

刀光寿恭敬地对胡超武说："胡团长，有话还是进府里说吧。"

胡超武傲慢地说："不忙，等我要的钱粮、马匹和壮丁都备齐了，我再进府。"

刀光寿看着站在一旁的石三娇，希望她帮着说句话。石三娇却故意转过脸去。

这时，杜连仲和那个小军官带着士兵将波罕押了过来。

波香、根赛搀着母亲，和大批寨民一起跟着来到刀府前。

刀光寿、胡超武看着来人，露出诧异之色。

杜连仲走到刀光寿、胡超武身前，示出手中的信件说："刀土司，这封信是南沧的共匪写给你的，你怎么解释？"

刀光寿吃惊地说："这位长官，你在说笑吧？我和共匪有什么关系？"

刀心荣警惕地盯着杜连仲和胡超武。

胡超武接过信看看，阴沉着脸把信交给刀光寿："刀土司，共匪要收买你，给你带信的人一定是通匪分子。"

刀光寿看着信，一脸阴郁。

胡超武逼视着刀光寿，说："对通匪分子该如何处置，刀土司很清楚吧？"

刀光寿心中恼恨，目露怒色，想着对策。

刀光寿身边的管家曼珲看出他心中不满，悄悄向站在他身后的刀心荣示意。

刀心荣会意地将冲锋枪子弹上了膛。

刀府家丁队长乃木也将子弹顶上了膛。

石三娇看在眼里，双手握住了两把左轮手枪的枪柄。

波罕哀嚎着："老爷！冤枉啊！"

波香、根赛和母亲一起在人群中期待地看着刀光寿。

刀光寿克制地收起信，转向胡超武："胡团长，他这样的年纪，会通共产党？"

胡超武："给共匪捎信就是通匪，格杀勿论！"

波罕急忙申辩："老爷！是两个汉族商人要我给你捎信，信上讲些哪样，我认不得啊！"

刀光寿一时无语。

波罕："老爷！冤枉啊！我去南沧是为府里买牛的！我没有通匪呀！"

波香跑近几步跪到地上哀求刀光寿："土司老爷！求你救救我阿爸！救救我阿爸！"

杜连仲冷眼看看波香，转向胡超武，示意他下决心。

刀光寿转向胡超武："胡团长，我可以作保，他……"

胡超武一把拿回刀光寿手里的信，掂着信说："刀土司，你也想背上通匪的罪名吗？"

刀光寿怔住了。

胡超武走到波罕面前，盯着他说："说，寨子里还有谁是你的同伙?"

波罕说："长官，我是冤枉的！冤枉的！"

胡超武把目光瞟向波香。

波香低着头把脸侧向一边。

胡超武微微冷笑，对身边的小军官说："把这个丫头带回团部审讯，老家伙就地正法。"

小军官说："是！"

小军官挥手示意士兵们将波罕父女押走。

波罕挣扎着喊："老爷！土司老爷！你救救我呀！我冤枉啊！"

寨里的老百姓也簇拥着移向前来，向刀光寿求情。

刀光寿抬手喊："慢！"

胡团长、杜连仲转脸看着刀光寿。

刀光寿走过来说："胡团长，曼龙是我们刀家的领地，我的人坏了规矩，就该由我处置！"

胡超武："你有寨规，我有国法！兄弟是国军，处决通匪分子义不容辞！"

刀光寿："你不能在我的领地杀人！"

胡超武目露凶光地喊："来人！"

小军官："有！"

胡超武手指波罕喝道："吊死他！"

小军官："是！"

波罕高喊："土司老爷！救命啊！老爷！"

波香惊恐地拉着父亲喊着："不！不！"

国民党兵强行将波香拉开。

波香母亲从人群中扑了出来，伏地喊着："不能杀他！土司老爷，你发句话救救他吧！"

根赛上前扶着母亲喊："老爷！你救救我阿爸！救救我阿爸！"

寨民纷纷发出求救的呼声。

刀心荣从刀光寿身后跨上前来，把枪口对准胡超武，高喊："把人放开！这是我们的寨子，不是你们汉人的地方！"

乃木和家丁们也都将枪口对准了胡团长等人。

杜连仲一摆手，几名手持冲锋枪的国民党兵立刻迎上去，将枪口对准了刀光寿、刀心荣等人。

杜连仲冷眼盯着刀光寿："刀土司，你想造反吗?"

刀光寿不甘示弱地说："杜长官，胡团长，我的人你们不能杀！"

寨民们骚动着喊："不能杀人！不能杀人！"

胡超武抽出手枪，对一旁列队站着的士兵们喊："散开！"

国民党士兵们立刻散开，枪口对准了周围的寨民们。

胡超武一脸杀气瞪着刀光寿："刀土司，你想让一个通匪分子毁掉你的曼龙大寨吗？枪一响，整个寨子的人都得死！"

刀光寿看着人数众多、武器精良的一排排国民党兵，迟疑之后对刀心荣说："心荣，放下枪。"

刀心荣不服地说："干爹！"

刀光寿低吼："放下枪！"

刀心荣只好按下枪口。

乃木和家丁们也都随着收起枪。

胡团长露出一丝得意，转向小军官："执行！"

国民党兵将绳索套在波罕的脖子上，把绳索一端抛过一棵大青树……

寨民们惊呼起来。

波香母亲呼喊着："不能啊！不能杀他呀！"

根赛悲痛地呼喊着："阿爸！阿爸！"

波香哭喊着“阿爸”，想冲过去，却被国民党兵死死拽住。

小军官挥手，国民党兵用力一拉，将波罕吊死在树上。

波香母亲昏倒在地。

根赛呼号着：“阿爸！——”

波香惨叫着：“阿爸！——”

寨民哭成一片……

胡团长朝天开了一枪，对寨民们喊：“都给我听着！谁敢私通共匪，就和他一样，去做吊死鬼！”

刀光寿不忍看地垂下目光。

刀心荣显得愤愤不平。

胡团长收起手枪，来到刀光寿身前冷笑着说：“刀土司，通匪分子已经处决了，他的家人，你打算怎么处置？”

刀光寿忍着怨气稍顿之后说：“我当然会处置。不过，你先把那个姑娘放了。她是个娃娃，没去过南沧，不会通匪。”

胡团长转脸看看被他的士兵押着的波香，又看看杜连仲。

杜连仲略一示意，胡团长朝小军官摆了下手。

小军官不大情愿地朝押着波香的士兵们挥下手，士兵放开波香，波香哭喊着奔向被吊死的父亲：“阿爸！——”

刀光寿对管家说：“按老规矩，收回他们家的寨公田，赶出寨子。”

管家：“是了。”

胡团长得意地说：“这就对了。处置通匪分子，不能手软。”

刀光寿侧身做个手势：“请到府里说话。”

刀光寿在府门外站住，下人帮他脱了鞋，他才转身请胡团长、杜连仲进府。

胡团长、杜连仲趾高气扬地带着随从穿着马靴进了刀府。

刀光寿克制着不满，跟了进去。

刀心荣愤恨地“哼”了一声，让下人脱了鞋进府。

波香跪到大树下哭喊：“阿爸！——阿爸！——”

根赛悲痛地晃动着昏厥的母亲：“阿妈，你醒醒！你醒醒啊！”

波香赶过来喊着：“阿妈！阿妈！——”

乃木带着刀府家丁上前驱赶波香一家，乃木凶狠地说：“你们马上离开大寨，不许再回来！快走！”

根赛乞求道：“求求你们，饶过我们吧！把我们赶出寨子，我们怎么活呀？我阿妈病着，我们没地方去呀！”

波香母亲醒过来，有气无力地哀求乃木：“行行好吧，放过我们吧……”

乃木：“快走！波罕私通共匪，你们也干净不了！”

波香：“我阿爸是冤枉的！他没有通匪！”

乃木：“还说冤枉？要不是老爷慈悲，你就让国军拉走做烂人了！快走！”

他身边的家丁也吆喝：“快走！快走！”

乃木：“不许再回寨子！回来就把你们当琵琶鬼，点火烧死！”

波香悲痛地和哥哥一起搀着母亲，向寨外走去。

4. 小狼山附近的山路上　日外

钟喜莲、李国梁带领的连队沿着山路快速行进……

路边山林中，一群身穿解放军军装的小狼山土匪分散躲避在草丛中、大树后，惊恐地看着林子外快速通过的解放军队伍。

小头目张喜贵躲在大树边，望着远去的解放军队伍低声道："上天保佑，幸亏没让他们撞上。"
一个喽啰凑近轻声说："张爷，他们走远了，咱们赶紧撤吧。"
张喜贵长吁口气挥下手："快走。"他带着喽啰们走向林子外。

5. 小狼山　日外

刀心妍乘坐的马车沿山路行进，那两个骑马背枪的汉子跟在马车后护卫。
坐在车篷里的刀心妍靠着身边的皮箱催促说："扎布，再快些，我们要赶在红汉人前面回曼龙。"
赶车的扎布扭脸说："我在赶呢，大小姐，出了小狼山路就好走了。"
刀心妍望着附近山上，担心地说："这小狼山上不是有土匪吗？碰上了怎么办？"
扎布："不怕，老爷给他们总爷写了信，还给了钱呢。"
刀心妍心情复杂地望向山坡，说："还要多久才能走出小狼山？"
扎布："快了，过了前面的山口，就走出小狼山了。"
刀心妍不再说什么，靠在行李上准备打盹。
突然，山林中传出一声枪响。
扎布勒住马车，惯性使刀心妍身子一纵，紧张地问："什么声音？是枪声吧？"
扎布和家丁立刻亮出枪，警惕地面朝山林。
山林中又传出几声枪响。
扎布等人都端枪向山林中搜寻。
枪声中，子弹在马车附近飞过，其中一颗子弹打在马车上，刀心妍吓得一哆嗦，捂起耳朵。
家丁盲目地向山林中射击。
扎布催马向前，边赶车边向林中射击。

6. 山路上　日外

扎布催马疾驰，刀心妍惊恐地抓紧车帮。
马车拐过一个山弯，前方又传来清脆的枪声。
扎布赶紧勒住马，吃惊地朝前看去——
刀心妍急问："扎布，干吗停下？"
扎布端起枪紧盯着前方说："大小姐，有人拦路。"
刀心妍朝前看去——
前面不远的路上果然有几个骑马拿枪的人挡住去路，他们当中有人身穿解放军的军装。
刀心妍感到意外又吃惊，说："解放军？"
拦路的是小狼山土匪张喜贵等人，他们摆开阵势，逼近刀心妍乘坐的马车。
扎布朝同伴喊："冲过去，保护大小姐！驾！"
他一手抖缰催马，一手朝前放枪。同伴们也放着枪朝前冲去。
拦路的土匪举枪射击。
坐在扎布身边的汉子中枪翻下马车。
土匪继续射击。
骑马的汉子先后中枪落马。
扎布拼命催马向前，马车从拦路的马队中穿过。
土匪迅速追来，继续射击。
扎布中枪，翻下车去，滚下山坡。
马车载着惊恐万状的刀心妍狂奔。
土匪们策马追了上来，小头目张喜贵伸手拽住拉车的马缰，将马车停住。
后面的人追过来将马车围住，目光凶狠地盯着刀心妍。

刀心妍不知所措地浑身瑟抖，战战兢兢地问道：“你们……你们想干什么？光天化日之下还有没有王法?!”

张喜贵：“嗬，火气大呢嘛！捆了！”

两人下马后跳上马车，要用绳子捆刀心妍。

刀心妍无助地喊：“干什么？你们是什么人？为什么绑我?”

张喜贵：“老子是解放军！绑的就是你！”

刀心妍：“放开我！放开我！我阿爸不会放过你们！”

一人用黑布蒙住她的眼睛。

张喜贵狞笑地说道：“我们会告诉你阿爸，你被解放军共产了！带走！”

刀心妍挣扎中绝望地喊：“放开我！放开……扎布！——救我！——”

一人扯过她的围巾堵住她的嘴，另一人摘下刀心妍手腕上的镯子、护身符，交给张喜贵。张喜贵接过镯子和护身符，得意地揣进怀里，一挥手，捆住刀心妍的人抖动缰绳，赶动马车。

众人打马而去，路上烟尘暴起。

7. 佤族寨外山林　傍晚外

佤族武装继续围困着高川队伍所在的山林。

山林中，口干舌燥的战士们有的张着嘴接住树叶上滴下的露珠，有的在舔潮湿的树根、草叶，有的靠在大树干上张大了嘴，大口呼吸潮湿的空气……

卫生队员忍着干渴拿着水壶依次给伤员喂水……

高川的战马“云里站”由于焦渴而躁动，双唇干焦起皮的和水泉安抚着战马，无奈地把水壶里仅有的水倒在宽大的树叶上，让“云里站”饮下。

高川一脸焦躁地带着两名军官察看着警戒哨，林子外面山坡上的佤族武装不时发出叫喊，向他们挑衅，射来弩箭。高川愤怒地抽出驳壳枪，又无奈地把枪插回枪套。

一军官声音嘶哑地说：“营长，我们已经断水了。再这么耗下去，麻烦就大了。”

高川唇干咽燥地费力说：“现在什么情况我不知道吗？净说废话。”他解下水壶晃了晃，不甘心地拧开盖子仰起头把水壶竖在嘴上，期待有水能滴下来，结果很失望。他拿着水壶嘶声喊：“和水泉！和水泉！”

和水泉跑过来：“营长！”

高川递过水壶：“找点水来！”

和水泉接过水壶，无奈地转过身，不知到哪里去找水。不远处几个战士的行为吸引了他——

几个战士围着驮运山炮、物资的马匹，用水壶、搪瓷口缸接着马尿。

和水泉快步走过去，视线中出现了“云里站”，他转向“云里站”走去。

高川和两个军官围着一张地图伤脑筋，想着突围出去的办法。

和水泉走近，略显怯懦地把搪瓷口缸递给高川。高川接过去急切地喝了一大口，突然感觉不对，全都吐了出来，瞪着和水泉问：“这他娘什么水?”

和水泉嗫嚅地回答：“不是水，是马尿。‘云里站’的。”

高川感到一阵恶心，他捂着翻腾的腹部，看了眼不远处的“云里站”——

“云里站”神闲气定地抬头叼片树叶，低头啃丛青草，不时抖抖乌黑油亮的身躯，踏动雪色劲蹄，对主人的境遇浑然不觉。

高川条件反射地吞咽一下，喉头撕裂一般钻心地痛，他下决心地屏住呼吸捏着鼻子举起口缸喝下一大口马尿，把口缸递给身边的军官。

军官发狠地说：“奶奶个熊。”捏着鼻子也喝下一大口。

和水泉担心地提醒道：“营长，天快黑了，佤族武士都相信有山神保佑他们，万一他们趁着天黑打过来，那咱们可就吃大亏了。”

高川张大嘴喘着说：“我知道，得尽快想个办法，摆脱他们。”

8. 佤族山寨外　夜外

山坡下的佤族武装中点起许多火把，岩火、岩虎、岩坚等头人看着一个魔巴（巫师）杀鸡取卦。

9. 山林中　夜外

高川观望着山坡下的佤族武装，看到佤族武士们架起的竹制土炮，突然一拍脑门，说：“快，让炮排把山炮架起来！”

和水泉和军官们都是一愣。

高川：“三连长，把机枪都集中起来，快！”

三连长不解地问：“营长，真要干呐?”

高川：“执行吧！”

10. 山坡下　夜外

魔巴看着鸡卦不禁一愣，岩火立刻询问究竟：“是吉是凶?”

魔巴发慌地说：“大头人，是大凶啊。”

岩火：“什么?”

魔巴：“卦上说，红汉人有神枪神炮，我们打不赢啊！”

岩火愣住了，岩虎、岩坚也心虚地看着岩火。

岩火转眼看着山坡上，露出不甘的神色。

11. 山坡上　夜外

战士架起三门山炮。机枪手们聚集在一起等待命令。

高川举起信号枪打出照明弹……两颗照明弹把四周照得雪亮。

12. 山坡下　夜外

岩火和身边的武士们被照明弹晃得睁不开眼，抬手遮挡着光亮眯眼看天，不知亮灿灿的是什么东西……

13. 山林中　夜外

高川命令：“目标是佤族武装背后的山头，给我齐射！”

炮手调整着炮口。

炮手指挥员下令：“预备！放！”

几个炮手同时放入炮弹，几门山炮射出炮弹。

14. 山坡下　夜外

佤族武士们听到炮弹的呼啸声，惊恐地望着天上。

炮弹在佤族武士身后的山坡上爆炸，发出阵阵巨响。

佤族武士们顿时慌乱地躲避着，有的趴在地上，有的四散而逃。

岩火和岩虎、岩坚也惊恐地蹲下，不知该如何应对。

15. 山坡上　夜外

几位炮手又将炮弹举到炮口。

指挥员："放！"

几个炮手放入炮弹，几门山炮再次射出炮弹。

炮弹在山坡上爆炸。

佤族武士们更加混乱……

山林中，十几个机枪手集合在一起。

高川下令："都把枪举起来，朝天射击，打得越猛越好！"他转向军官们："部队紧紧跟上，从东边突出去！"

军官们："是！"

高川："射击！"

机枪手们冲出树林集体朝天扫射，密集的枪声震彻山谷。

佤族武士们再也承受不住，四散而去。

岩虎、岩坚护着岩火撤向寨子。

高川的队伍紧随开路的机枪手们冲下山坡，突围而去……

16. 小狼山　土匪张云奎寨子　夜外

这是一个比较原始的山寨，举着火把的匪兵在寨子里巡逻。

张喜贵和那几个装扮成解放军劫持刀心妍的土匪策马进了寨子，把守寨子的匪兵呼喊着欢迎他们，有的打起呼哨。

被蒙着眼睛捆在车上的刀心妍听着刺耳的呼啸声惊慌不已。

17. 张云奎住处　夜内

厅堂里，张云奎从大烟床上探起身，两眼放光地问："你把刀光寿的姑娘抓来了？"

张喜贵："抓来了，就押在后院。"

张云奎下了床，得意地说："哈哈，刀光寿呀刀光寿，你也有今天！想当初为了两驮快枪，你要了我兄弟的命，今天老子让你加倍偿还！"

张喜贵卖乖地说："总爷，刀家的公主等您发落呢。"

张云奎："老规矩，老子骑完了赏给你们，挨个骑！"

张喜贵咧开嘴说："是了！我这就给您押后房去！"

一个精瘦的师爷抬手拦住张喜贵："慢着！"

张云奎翻了他一眼："马师爷，你有话说？"

马师爷凑近张云奎："总爷，刀家的丫头不能碰，得给国军送去。"

张云奎一歪脸："什么？给国军送去？老子替他们踩了佤族寨子，死了十来个弟兄，他们连个响屁都没放！这回绑了刀光寿的丫头，老子说什么也得出出气，换个好价钱！"

马师爷："总爷，国军亏待不了咱们。杜科长派来的人不是说了吗，等他们落稳了脚跟，就给您送金条和银元来。"

张云奎不屑地说："金条，银元？能送多少？有刀光寿的宝贝丫头值钱吗？"

马师爷一时无语。

张云奎狞笑道："马上派人去曼龙告诉刀光寿，让他带着三十万半开（云南银元）、二十条快枪来换人。不然的话，他的宝贝丫头就归我了，给我当压寨夫人，以后我们小狼山和曼龙刀家就是亲家了！哈哈哈……"

张喜贵等人也笑了起来。

马师爷无奈地劝道："张总爷，你可不能由着性子干，你得认清时局呀。"

张云奎："时局？时局跟老子有屁关系？不管是国军还是他妈共军，想踩我的小狼山，没那么容易！"

马师爷摇头微笑："共军跟国军不同，他们就是靠钻山林打游击起家的。这且不论，青蒙山游击总队的罗开云，还有拉祜的三佛祖都倒向了共产党，要是他们来对付你，结果会怎么样？"

张云奎暗自一惊："罗开云和三佛祖？这是真的？"

马师爷："千真万确。张总爷，眼下能帮你保住小狼山的，只有国军。"

张云奎不屑地说："国军？嘁。"

马师爷："杜科长说了，国军转进境外，是暂避共军锋芒，休养生息。等时机一到，一定会打回来的。到时候，小狼山就是反共救国的根据地，你张总爷嘛，少不了弄个师长、旅长，装备军饷都由美国人包圆，多好的买卖。"

张云奎："马师爷，这听得见看不着的买卖，我张某能当真吗？"

马师爷："只要你把刀家大小姐送到国军手里，我用脑袋担保，国军不仅会给你金条、银元，还会外加两挺机关枪。"

张云奎翻了翻眼睛："你就那么相信那个杜连仲？"

马师爷："杜科长可是有来头的，他背后是国防部保密局，通着天呢。眼下明面上国军是败了，可暗里头，南沧各地布满了他的眼线。说句不好听的，你要是不听他的招呼，怕是要惹上大祸呢。"

张云奎沉吟片刻，说："照这么说，我还真得把刀家的丫头送出去？这口恶气憋了我好几年了，就这么便宜了刀光寿？"

马师爷："总爷，此一时彼一时嘛，眼下要紧的是依靠国军对付共产党，这可是救国大计呀！"

张云奎无奈地点点头："好吧，你给姓杜的传个话，只要他真的给我金条、银元、机关枪，我就把刀家的丫头送给他。"

马师爷拱手笑道："放心，我这就去办。"

张云奎咬牙叹道："哎，真想把刀家的丫头当驴骑！"

18. 马厩　夜外

刀心妍被蒙着眼睛捆在木桩上，嘴里还塞着围巾。一个看管她的土匪在她身边转悠。

张喜贵带着人提着马灯过来，其中一人端着些饭菜。

站岗的土匪朝张喜贵哈腰："张爷。"

张喜贵来到刀心妍身前，打量着被蒙住眼睛的心妍，一脸坏笑地说："姑娘，爷给你送些吃的，乖乖吃，别找不自在。"

他揪出塞在心妍嘴里的围巾。

刀心妍立刻喊："放开我！坏人！放开我！"

张喜贵一手掐住她的下颚："死丫头，你敢叫唤，知道这是什么地方吗？喊破天也没人救你！"

刀心妍扭开脸质问："这是什么地方？你们到底是什么人？"

张喜贵淫笑不答。

刀心妍："你听着！我阿爸是曼龙土司！你们马上放了我，不然我阿爸饶不了你们！"

张喜贵做出戏弄的表情："嚯，吓死我们了，原来是土司家的大小姐！"

土匪们淫笑起来。

张喜贵凑到刀心妍脸旁闻了闻，刀心妍侧脸躲避。

张喜贵露着涎笑："嗯，大小姐就是大小姐，身上都是香喷喷的。"

他抬手摸刀心妍的脸庞："这小脸蛋也是俏生生的……"

刀心妍啐了他一口。

张喜贵一愣，抹着脸说："妈的，不识抬举！老子让你尝尝共产共妻的滋味！"

他上前撕扯刀心妍的衣服，刀心妍扭动着身躯躲避着，嘴里喊着："畜生！放开我！畜生！"

她抬起腿踢向张喜贵，张喜贵没防备，被踢得弯下了腰。
其他匪兵赶紧过来扶他："张爷！张爷！"
张喜贵捂着小腹嘶喊："给我扒！扒光了她！"
两三个土匪立刻上前撕扯刀心妍的衣服，刀心妍绝望地喊叫、挣扎着。
马师爷带人来到马厩，见状大喝："住手！都给我住手！"
几个撕扯刀心妍的土匪回身看着马师爷，马师爷过来怒冲冲地对张喜贵说："蠢材！谁叫你们碰她的？误了总爷的大事，你们有几个脑袋？都给我滚！"
张喜贵悻悻地被匪兵扶开。
马师爷提起马灯照了照衣衫不整、惊魂未定的刀心妍，对身边的匪兵说："押柴房去，锁起来。"
匪兵答应着上前给刀心妍松绑。刀心妍愤恨地喘息着。

19. 曼龙刀府　夜外

院子里支起火炬，国民党兵和刀府的府兵、家丁分别持枪站岗，气氛森严。

20. 刀府　夜内

厅堂里，刀光寿和胡超武、杜连仲、石三娇分别坐在藤竹椅上，刀心荣和副官分别站在刀光寿和胡超武身边。
曼珲管家带着一个捧着摆满金条、大洋的托盘的家丁走来，曼珲接过托盘放到桌子上。
刀光寿客套地对胡团长说："胡团长，你要带着人马远走他乡，这点心意，算是刀某奉送的军资，请收下。"
胡团长看了眼金条、大洋，向站在一旁的小军官示意，小军官上前拿走托盘。
杜连仲向胡团长示意，胡团长会意地含笑说："刀土司，要走的不光是我们。上峰命令兄弟护送你一家老小迁往境外，不得有误。还请刀土司尽快收拾行装，随兄弟上路吧。"
胡团长说话间不时地点动马靴。
刀心荣看在眼里，十分厌恶。
刀光寿十分犹豫地说："眼下战事未平，人心惶惶，我们走了，那么多的寨子和寨民，该怎么办呢?"
胡团长："好办。愿意走的，跟你们一起走，不愿走的，就替你守着领地。"
刀光寿："胡团长说笑了，境外没有我们的土地，寨民出去了，靠什么养活?"
杜连仲冷言："刀土司，你是对共产党存有幻想吧?"
刀光寿："哪里话，共产党红汉人势如洪水猛兽，连你们堂堂国军都败到了这步田地，我一个小小的土司，在他们眼里就是个蚱蜢。"
胡团长："这就对了。那些共匪全都是妖孽，共产共妻，无恶不作。他们所到之处生灵涂炭，赤地千里。像你这样的土司老爷，他们是一个不留，斩尽杀绝。上峰命兄弟护送你们出境，实在是为了保护你们免遭劫难啊。"
杜连仲审视着刀光寿，见他犹豫不决，便瞥了石三娇一眼，故意说："石县长一介文官，与共匪无冤无仇，可也未能逃过杀身之祸。刀土司难道心存侥幸，认为共匪会对你网开一面吗?"
刀光寿难以回答："这个……"
石三娇："连我阿爹那样没有领地田产，没有家奴，也没有万贯私财的人都不能免遭共匪的毒手，何况你这个拥有曼龙领地的大领主呢？如果刀土司执意留下，等共匪一到，你会比我阿爹死得更惨。"
刀光寿："石小姐，你们的好意我心领了。刀某知道局势险恶，可刀某身为曼龙土司，有守土护民之责，实在是不宜外出。"
胡团长："别人不走可以，你刀土司必须随兄弟出境。"
刀心荣正要发作，刀光寿用眼神制止了他。
杜连仲："上峰邀请刀土司共商反共大计，刀土司若是不去，那可就有通共之嫌了。"

刀心荣气呼呼地说："我干爹哪也不去！"

胡团长、杜连仲转眼瞪着刀心荣。

石三娇怒视刀心荣："刀心荣，你要把刀土司置于死地吗?"

刀心荣也不示弱："石三娇，这里是曼龙，不是南沧县城，轮不到你发话！"

刀光寿："心荣，不许乱讲！"

杜连仲冷笑着说："有个性，不愧是曼龙土司的继承人。你们真不想走也行，我们就留下来陪你们。团座，马上命令弟兄们修筑工事，我们就在曼龙和共匪决一死战。"

胡超武明白杜连仲的意思，故意说："对，豁出去了，我们和曼龙同归于尽！"

刀光寿赶紧说："不不，胡团长，杜长官，你们误会了。我不是不想随你们去，只是要我马上就走，办不到啊。"

胡团长："为什么?"

刀光寿："你有所不知，我的女儿心妍在昆明读书，时逢乱局，她正赶回家来。等不到她，我是不会走的。"

胡团长："这好办，兄弟先护送你和夫人出境，等你的千金回来了，兄弟再派人来接她。"

刀光寿："这不行，不见到她，我是不会走的。"

胡团长："刀土司，时局瞬息万变，耽误了行程，你怕是很难脱身呐。"

刀光寿坚持地说："不见到我女儿心妍，我绝不会走。"

胡团长忍耐地说："那好，我们陪你等三天。三天之后，无论你的千金回不回来，你都得跟我走。"

刀光寿沉默不语。

这时，一个小军官慌张进入厅堂："报告！报告团座……"

胡超武瞪着他："慌什么?"

小军官粗喘着说："观察哨报告，共军、共军追过来了！"

胡超武、杜连仲、石三娇全都吃惊地站了起来，刀光寿也跟着起身。

胡超武："什么？有多少人？离这多远?"

小军官："大概几十号人，肯定是共军的先头部队。他们顺着山路下来，用不了多久，就能到达东盘江了！"

胡超武惊讶地说："什么？马上集合队伍……"

杜连仲抢过话："来得好！"

胡超武、刀光寿、石三娇等人都看向杜连仲。

杜连仲："团座，刀土司，这正是我们消灭共匪，守护曼龙领地的大好机会！刀土司，你马上调集曼龙武装，和国军一起赶赴东盘江渡口阻击共军。"

刀光寿："阻击？杜长官，胡团长，我看这一仗还是不打为好……"

胡超武明白杜连仲的用意，故意说："怎么，刀土司不想抵抗共匪?"

刀光寿："不不，不是。我想那共产军一定有强大的后援，万一我们打输了，曼龙可就保不住了。"

杜连仲："仗还没打，就先灭了自家威风。刀土司，要想保住曼龙，就必须打胜这一仗。除非你另有打算，要把曼龙拱手送给共产党。"

刀光寿愠怒道："你这是胡言乱语！曼龙是我刀家的领地，我怎么会送给共产党？我是不想在曼龙打仗，不想让曼龙毁于战火。你们可以马上撤走，我可以掩护你们，可以去和共产党谈判嘛！"

胡超武："谈判？你没听说过与虎谋皮吧？你是自寻死路还是想去投靠共匪、背叛党国啊?"

刀光寿："我只想保住曼龙！"

石三娇："刀土司，如果共匪会和我们谈判，我阿爹还会惨死在他们手里吗?"

杜连仲逼视着刀光寿："要想保住曼龙，只有一个选择，就是和国军一起把进犯的共匪统统消灭！如果你按兵不动，放任共匪进入曼龙，那就是党国的叛逆，国军的敌人。"

刀光寿心乱如麻，一时无语。

胡超武没了耐心："来人！"

守在大门外的几个端着冲锋枪的卫兵冲了进来，虎视眈眈地站在刀光寿、刀心荣等人对面。

胡超武："刀土司，下令调集人马吧，不要贻误战机。"

刀光寿愤而无奈地说："你们……你们非要让曼龙遭大祸吗?"

刀心荣愤愤地说："你们凭什么逼我干爹？有本事你们自己去打红汉人！"

石三娇抽出双枪："刀心荣，别说傻话！你想让曼龙被共产吗?"

刀心荣："鬼话！我们刀家有的是人枪，管你是红汉人还是黄汉人，谁也别想把曼龙夺走！"

杜连仲盯着刀光寿抽出手枪："不消灭共匪，曼龙必遭大难。刀土司，是和我们一起抗击共匪，还是要和国军翻脸为敌，你决断吧。"

刀光寿自知已经没了选择权，无奈地叹道："心荣，去放号炮，吹号角，调集曼龙各寨所有寨丁……"

杜连仲："不！不许放号炮、吹号角，也不必调集各寨的寨丁。你们带上土司府的府兵家丁和曼龙大寨的寨丁，跟着国军一起赶赴江边，就足以对付这股共匪了。"

刀光寿还想说什么，胡超武厉声道："军情紧迫，马上行动！"

刀心荣不满地瞪了胡超武一眼，问刀光寿："干爹?"

刀光寿无奈地说："照他说的做。"

胡超武得意地转向副官："集合队伍，马上出发！"

21. 东盘江畔　夜外

刀光寿、刀心荣和胡超武、杜连仲、石三娇等人一起骑着马来到江畔，他们身后跟着装备精良的刀府家丁和手持步枪、火枪、长矛、长刀、弩箭等纷杂武器的寨丁，以及大队的国民党残军。

胡超武对刀光寿、刀心荣说："刀土司，让你们的人沿着江岸埋伏，阻击过江的共匪。"

刀光寿："那你们的人呢?"

胡超武："我们的人会占据几个主要阵地，发挥火力。其余的弟兄做预备队，以便向共匪发起突袭。"

刀心荣不满地说："明明是你们要打红汉人，凭什么让我们的人挡在前面?"

石三娇："曼龙是你们刀家的领地，你们的人当然要顶在前面。"

没等刀心荣反驳，胡超武厉声道："作战行动由我指挥，曼龙的人马必须听从我的调遣！这是战场军令，谁不服从就地处决！"

刀心荣想争执，刀光寿拦住他说："心荣！不要说了。就按胡团长的号令，让寨丁们熄灭火把，沿江埋伏。"

刀心荣极其不满地拧着脸下了马，前去指挥曼龙武装。杜连仲、石三娇也下了马，带着残军队伍跟了过去。

寨丁们熄灭了火把，沿着江畔展开，以树林、巨石、土坎、草丛等掩蔽物作为阻击阵地。残军士兵在地形有利的阵地上架起了机关枪，杜连仲守在机枪阵地上。

石三娇紧挨着刀心荣，明显在监视他。

一些残军的冲锋枪手夹在傣族武装之间，装备精良的残军敢死队在傣族武装后面督战。

刀光寿明白胡超武的用意，但却无奈地阴着脸。

胡超武带着刀光寿及卫兵在阻击阵地后方地势较高处观望阵地前开阔的江滩、平静的江水以及江对岸静谧的山林……

胡超武举起望远镜向江对面观察——

从望远镜中可见钟喜莲、李国梁带领的少数官兵打着火把出现在对岸山林中的小路上，接近了江边。

胡超武露出狞笑。

22. 东盘江畔　夜外

钟喜莲、李国梁带领数十名官兵赶到江边，经过长途奔袭，汗流浃背、气喘吁吁、口渴难耐的战士们迫不及待地捧起江水喝着，有的干脆把脸埋进江水中痛饮。

钟喜莲捧起江水喝了两口，对身边的李国梁说："李连长，我们已经到了曼龙地界，过了江不远就是曼龙大寨，刀光寿的土司府就在大寨里。"

李国梁也捧起江水喝了几口，捡起一块石头丢进江心，看着溅起的水花说："太好了，现在水浅，我们可以蹚过去。"

钟喜莲看看身边、身后的战士们，说："我们走得太快了，有一半的战士掉队了，没跟上来，要不要等他们来了再过江？"

李国梁看看身周的官兵们，自信地说："不等了。我们先过江，赶到土司府。"

钟喜莲："万一后面的同志们迷了路怎么办？还是等等吧。"

李国梁："我们留了路标，有指导员带着他们，会跟上来的。"他转向身周的官兵们下令："准备过江！"

他率先脱掉鞋，卷起裤腿，把鞋子塞进腰后的皮带里，挥手示意战士们跟着他过江。

钟喜莲也卷起裤腿，把鞋子插进后腰皮带间，跟着李国梁走到江水中。

23. 东盘江畔　夜外

埋伏在江岸上的傣族武装及国民党残军的各种枪口都对着江面……

杜连仲守在机关枪旁，等待开火。

石三娇瞪着一双怒目盯着涉水过江的解放军官兵，扳开手中双枪的机头。

隐蔽在阵地后方的胡超武举着望远镜观察，等到李国梁、钟喜莲和战士们接近江岸时，他举起手枪朝天鸣枪。

杜连仲举枪射击的同时喊："打！"

国民党残军的机关枪、冲锋枪吐出火舌……

石三娇开了两枪，对身边的刀心荣喊："打呀！开枪呀！打呀！"说着，她手中一支枪对准了刀心荣。

刀心荣端起卡宾枪朝江面扫射……

傣族武装的步枪、火枪纷纷向解放军开火……

多名解放军战士中弹，扑倒在江水中。其余战士们立即分散开向岸上的敌人还击……

李国梁挥着手枪边向敌人射击边喊："散开隐蔽！散开隐蔽！"

石三娇举着双枪向李国梁连续射击——

李国梁肩部中弹，栽倒在江水中。

钟喜莲举着手枪向敌人射击，和其他战士一起赶到李国梁身边搀起他，快步跑向江边的巨石后面隐蔽。

傣族武装和国民党残军不住地向解放军战士们射击……他们边打边发出叫喊声，傣族汉子们的喊声很是清晰。

分散在江畔的战士们有的就地卧倒，有的在石头后面隐蔽，各自为战地向敌人射击……

钟喜莲从医药包里拿出药棉、纱布，动作迅速地撕开李国梁肩部的衣服，为他包扎伤口。

李国梁恼恨地说："见鬼，紧赶慢赶，还是让敌人抢了先。"

钟喜莲急切地说："李连长，敌人很多，火力也很猛，赶紧让同志们撤过江去吧。"

李国梁不甘心地说："不行！这群狗娘养的残兵败将可算让老子追上了，不把他们收拾干净，算老子白活！"

钟喜莲："李连长，向咱们开火的不光是蒋匪军，还有曼龙土司的武装！"

李国梁："啥？"

钟喜莲："你听听。"

李国梁仔细听着，枪声中夹杂着傣族汉子的喊叫声。

钟喜莲："那些又喊又叫的，全都是傣家人。"

李国梁："真见鬼，这下麻烦大了。"

钟喜莲："上级严令我们不许和民族武装冲突，我们只能后撤。"

李国梁艰难地探起身朝敌人的阵地观望一下，敌人的火力依然密集，一排枪弹打过来，在巨石上弹起一溜白烟。

李国梁缩回来说："见他娘的鬼。不压住敌人的火力，我们撤不回去。"

钟喜莲："敌人和傣族武装搅在一起，我们怎么打?"

李国梁忍着伤痛对身边的战士说："瞄准蒋匪军射击，不打傣族人。"

战士手卷喇叭状向一旁喊："连长命令！瞄准蒋匪军射击！不打傣族人！"

分散隐蔽的战士们难以分辨目标，多半无法开枪射击。

残军机枪手疯狂射击……

李国梁对一旁的战士喊："打敌人机枪！"

他支起身子朝敌人机枪阵地开了两枪，高声喊："傣族乡亲们！我们是解放军！你们不要打了！不要上蒋匪军的当！"

杜连仲指挥机枪手向李国梁射击，一串机枪子弹扫射过来，李国梁再次负伤，倒在钟喜莲身边。

钟喜莲来不及再给他包扎，扯出一团药棉按住他的伤口，对一旁的战士急喊："快来人！快来人！"

几个战士赶了过来。

钟喜莲："快！把李连长和受伤的战士们送过江去，快！"

一个战士背起昏迷的李国梁撤向江面，其他几个战士开枪掩护。

医疗队员和战士们或背或扶着伤员撤向江面，负责掩护的战士们纷纷向敌人机枪阵地开火。

杜连仲指挥机枪手向带着伤员撤退的战士们射击，喊着："给我狠狠打！别让共军跑了！"

石三娇边打边对刀心荣喊："共匪要跑，快打呀！"

密集的子弹射向撤退的战士们……

负责掩护的战士们继续向敌人的机枪阵地射击。

残军机枪手中弹，杜连仲将他推到一旁，拿过机关枪扫射。

钟喜莲朝机枪阵地开了两枪，挺身用傣语呼喊："傣族乡亲们！不要打了！不要被蒋匪军利用！解放军是傣族人的朋友！不是敌人！——"

刀心荣听到喊声，显出迟疑。

石三娇瞄准钟喜莲开枪，钟喜莲中弹，她按住伤口强忍着挺起身又喊："傣族乡亲们！解放军是你们的朋友！我们要打的是蒋匪军！你们不要上当……"

杜连仲掉转枪口朝钟喜莲扫射，钟喜莲躲到巨石后隐蔽，艰难地扯出仅存的药棉按住自己的伤口。

一名战士想过去帮她，不幸中弹倒地。

另一名战士隐蔽地向钟喜莲移动，钟喜莲制止道："不要过来！掩护同志们撤退！"

战士继续向她移动，钟喜莲："执行命令！掩护同志们撤退！"

听到钟喜莲喊声的刀心荣停止了射击，傣族武装都陆续停止了射击。

杜连仲把机枪交给士兵，挥着手枪喊："给我打！不许停火！不能放跑一个共匪！快给我打！"

石三娇逼着刀心荣："刀心荣，不许停火！你听见没有?"

刀心荣不在乎地看着阵地前方说："他们进不了曼龙，不用打了。"

石三娇把枪对准他："刀心荣！你敢临阵抗命，不想活了?"

刀心荣也把枪口对准石三娇："这是老子的地盘，你才是不想活了！"

杜连仲赶过来喝道："刀心荣！带着你的人冲过去！放跑了共匪，军法从事！"

刀心荣："要冲你冲，老子不冲！"

石三娇："你敢抗命，就是通匪！"

刀心荣："老子就是不冲，你敢怎样?"

胡超武见状向督战的敢死队挥手，成排的敢死队员纷纷将子弹上膛，端着冲锋枪逼近刀心荣和傣族武装。

刀光寿心惊地瞪着胡超武："你们要做什么?"

胡超武："临阵抗命，贻误战机，军法不容！"

刀光寿："红汉人已经退了，把他们赶走就行了嘛！"

胡超武："扯淡！两军交战，你死我活！他们敢来送死，老子就要斩尽杀绝！"

他挥着手枪对刀心荣喊："刀心荣！快给老子冲上去！这是军令！"

刀心荣看了看刀光寿，刀光寿一脸无奈地点下头。

刀心荣气急无奈地一扭头，对傣族武装下令："冲！"

傣族汉子们纷纷起身，拿着各式武器缓慢地逼向钟喜莲和掩护战友撤退的战士们……

石三娇挥着手枪催动傣族武装："快！冲上去！杀光共匪，为我阿爹报仇！"

杜连仲见傣族武装动作缓慢，挥枪向残军官兵下令："冲上去！活捉共匪！"

残军官兵们分散着冲到傣族武装前面，逼向钟喜莲和负责掩护的解放军战士们……

钟喜莲忍着伤痛从巨石后面探出身子举起手枪，朝逼近的残军官兵开枪。

负责掩护的战士们也纷纷朝残军官兵开枪……

残军官兵们俯身隐蔽，傣族汉子们索性向后退却。

胡超武朝天鸣枪，大喊："弟兄们冲上去！打死一个共匪赏大洋五块！活捉一个赏大洋十块！"

杜连仲催促残军官兵："冲！冲上去！"

残军官兵们再次向钟喜莲和战士们隐蔽的江边逼近……

傣族武装也跟着向前逼近……

钟喜莲向逼近的敌人开了一枪，再扣扳机枪却没响，子弹打光了。她艰难地爬到牺牲在江边的战士身边，拿起他的步枪朝敌人开了一枪，子弹也打光了。她扔下枪，从牺牲的战士身上拿出一颗手榴弹，准备与敌人同归于尽。

残军官兵越来越近……

钟喜莲拧开手榴弹底盖，准备拉火。这时，她身后的江对岸传来清脆的枪声和嘹亮的冲锋号声。她转头看去——

对岸山林中星星点点的火把跳跃着接近江边，高川率领的队伍从山路上冲了下来，战士们高喊着，鸣着枪冲向河边。

残军官兵见状，如惊弓之鸟，不顾杜连仲、石三娇、胡超武的吼叫阻拦，转身就跑。傣族武装也跟着逃离江岸。

高川骑着战马的身影出现在钟喜莲的视线里，她激动地起身呼喊："高川！高川！——"

石三娇朝天鸣枪也拦不住后撤的傣族武装，她咬牙切齿地举枪对准钟喜莲，连开两枪。

钟喜莲再次中弹，满目期待地看着高川催动战马踏着江水向她奔来，她想再喊高川，却没能发出声音，身体晃动着倒在江水中。

高川率领的队伍冲向江岸……

高川跃马赶到钟喜莲身前跳下马，蹚着水跑到钟喜莲身边抱起她呼喊："喜莲！喜莲！"

钟喜莲的军衣被鲜血染红，乌黑的头发被江水浸湿，双目紧闭，一动不动。

高川怒火万丈地向身边的和水泉和军官们下令："追！给我追！不许跑掉一个敌人！给我统统消灭！"

和水泉吹响冲锋号……

战士们冲上江岸，追击逃敌……

高川抱着钟喜莲走上江岸，呼喊："卫生员！卫生员！"

突然，钟喜莲的手抓住了高川的胸口，高川一惊，忙喊："喜莲！喜莲！"

钟喜莲用最后的力气艰难地说："不能追，不能打傣族武装……"

高川愣着："什么?"

钟喜莲："敌人利用傣族武装……你不能打……"她再也无力地闭上眼睛，牺牲在高川怀里。

高川悲愤地呼喊："喜莲！喜莲！——"

第二集完

第三集

1. 曼龙　夜外

傣族武装和国民党残军乱成一片四散溃逃……

刀光寿、刀心荣和胡超武、杜连仲、石三娇等人一起骑着马狼狈地逃往曼龙大寨……

这时，他们身后传来解放军的军号声……

和水泉在江边高处吹响军号，命令战士们停止追击。

追击残敌的解放军战士们纷纷停住脚步，停止了进击。

2. 东盘江畔　夜外

高川抱着钟喜莲的遗体，怒视着逃跑的敌人。

几名撤回来的官兵跑近高川，军官不解地问："营长，为什么停止追击？我们一个冲锋就能打进曼龙大寨，把敌人统统消灭！"

高川两眼喷火地怒吼："撤！撤过江去，撤！——"

3. 曼龙刀府　夜外

残军敢死队和刀府府兵、家丁在大门和围墙上架起机关枪，密集布防。

刀光寿、刀心荣在府院内下马，乃木和管家牵走马匹。

刀光寿惶恐地对刀心荣说："你马上召集各寨的寨丁，都来守护曼龙大寨。"

刀心荣："是，我这就去。"

跟着他们进府院的胡超武下马后走过来，对刀光寿、刀心荣说："不必召集人马了，等共匪的主力到了，再多的人马也挡不住他们。"

刀光寿心慌地说："那咋个整？就白白等着共匪来烧来杀，眼睁睁看着他们毁掉曼龙？"

胡超武："三十六计走为上。刀土司，时间紧迫，我们明天就得上路。"

刀光寿："不行。心妍不回来，我不会走。"

胡团长："共匪很快会来报复，为了你的安全，你必须跟我们走。这是命令。"

刀光寿露出不满，刀心荣抢着说："命令个屁！谁敢命令我干爹？"

胡超武卫兵把枪口对准刀心荣。

刀心荣也举起了枪。

曼珲管家和乃木吓得心惊肉跳。

刀光寿喝道："心荣！把枪放下！不许插嘴！"

刀心荣愤愤地梗着脖子不吭声了。

胡团长轻蔑地笑笑，又正色道："刀土司，为了保证你的安全，我的卫兵就守在你的府里。"

刀光寿："不必了，我有府兵和家丁保护。"

胡团长："刀土司，你不会想要对抗国军吧？"

刀光寿阴沉着脸说："我从没对抗过国军，国军和县衙派下来的税费钱粮，我从没少交过一分一厘！"

胡团长："这就对了。明天必须上路，你要是不走，就别怪兄弟不客气了。"

他说罢朝大门走去。

刀光寿父子恨恨地盯着他。

胡团长转身说："顺便说一句，兄弟的人马对付大批共匪有困难，对付你的寨子，绰绰有余。"

刀心荣忍不住地喊："干爹！"

刀光寿抬手制止他说："不要说了！"

他自己心里却难以平静。

4. 曼龙大寨　夜外

寨门处及大寨边缘筑起简易的防御工事，残军士兵和傣族武装密布在工事里把守。

杜连仲、石三娇带着卫兵察看着防御工事。

石三娇杀性未退地手握枪柄，抱怨地说："刀家的人马就是乌合之众，根本不堪一击。我们丧失了江边阵地，还怎么阻止共匪的进攻？"

杜连仲含着阴笑瞥了她一眼："我们阻止不了共匪的进攻，之所以要打这一仗，是为了让刀光寿死心，断了他的退路。明天天一亮，他必须跟我们撤走。"

石三娇明白了他的意思，又问："刀光寿有这么重要吗？非要带走他不可？"

杜连仲："他留在曼龙，势必被共军利用，曼龙也就成了沦陷之地。我们带他走，手里就有了控制曼龙的筹码，会让共军对曼龙投鼠忌器，左右为难。曼龙就将成为我们反攻复国的前沿阵地和最结实的踏脚板。"

石三娇："我们真的能反攻复国吗？"

杜连仲："当然。有美国、英国的强大支援，我们很快就会集结起强大的军队，光复云南，重建党国。"

石三娇心中期待、眼中含仇地看着漆黑的寨外，恨不能马上看到"光复"的景象。

5. 山路上　清晨外

层林尽染血色霞光。

高川一脸悲愤地骑着战马，带着队伍在山路上行进。

队伍中，战士们用担架抬着钟喜莲等牺牲的战友的遗体，遗体上盖着雨衣、军衣……

血红的朝阳浮出远处的山峦。

高川突然策马奔上山坡，勒住马，战马嘶鸣着扬起前蹄。高川拔出驳壳枪朝天鸣枪，发出悲痛欲绝的怒吼……

6. 山路上　早晨外

马师爷带着几个骑马的土匪押送刀心妍。

马车上的刀心妍依然被蒙住眼睛、捆住双手，嘴里还塞着布。

他们顺着山坡拐了个弯。

7. 山路上　早晨外

高川带着队伍沿着山路走来……

押送刀心妍的马师爷猛见前方山路上出现解放军，惊慌地勒住马，喝令身后的土匪："快！快调头，快！"

土匪们赶着载有刀心妍的马车在山路上调头，马师爷催促着："快！快跑！"

骑着马跟在高川身边的和水泉指着较远处的土匪们对高川说："营长，你看。"

高川抬眼看去——

土匪裹挟着马车调转方向，加速跑去。

高川看见马车上有被捆着的女人，心生疑惑。

和水泉："他们不像是好人。"

高川抖动缰绳，催马追了上去。

和水泉和几个骑马的官兵也跟了上去。

高川追赶着马师爷等人，高喊："站住！站住！——"

被捆在马车上的刀心妍听见喊声，立刻挺起身子。

马师爷和土匪们打马加速。

高川催马追近。

赶马车的土匪慌忙对马师爷喊："师爷！他们追来了！"

马师爷抽出枪朝后面开了一枪，喝令跟着他的土匪们："挡住他们！快！"

土匪们纷纷亮出枪，向高川、和水泉等人射击。

高川、和水泉等人纵马躲闪着子弹，和水泉喊道："营长！是土匪！"

高川拔出双枪"左右开弓"——

两个土匪应声落马。

高川催马追了上去，边追边不断射击。

土匪们边跑边开枪还击。

马师爷对马车上的土匪喊："快！把小娘们弄上马去！快！"

马车上的土匪揪起刀心妍，一个骑马的土匪将她拎过去横在马上，打马狂奔。

高川飞马追来，双枪响过，接二连三地有土匪落马。

和水泉等人边追边射击。

有的土匪向坡下林里逃窜。

马师爷见身边土匪已经不多了，恼恨地拨过马头，向林中逃去。

挟持刀心妍的土匪和两个同伴逃向山坡。

高川追了上来，枪响处，两个土匪落马。

挟持刀心妍的土匪还在逃窜。

高川一枪将他打落马下，马受惊一纵，刀心妍从马上跌落下来。

高川赶上来，跳下马来到刀心妍身边抱起她，揪出塞在她嘴里的破布，摘下蒙住她眼睛的黑布。

刀心妍惊恐万状中看见高川英武的面庞和他军帽上红光闪烁的八一军徽。

高川："姑娘，别怕，我是解放军。"

刀心妍目光复杂地说："解放军？……"

高川："对，解放军。姑娘……"

刀心妍支撑不住地晕了过去。

和水泉等人赶了过来。

高川喊着："姑娘！姑娘！（转向和水泉）快，把马车拉过来！"

和水泉在马上答应："是！"

朝霞中，高川抱起刀心妍，朝和水泉牵来的马车走去……

8. 山坡上　日外

绿莹莹的草坡上繁花点点，姑娘的歌声从山上飘来。

一位身穿列宁装，腰间扎着皮带的年轻姑娘（钟喜妹）唱着山歌从山坡上快乐地走近，她不时地俯身采着鲜花，显得兴高采烈。

山路上，一个干部模样的男人（刘捍卫）和两个身穿学生装，腰间也扎着皮带的小伙子（李铁杉、武晓鹏）和车夫一起把修好的马车轮子装上车轴，可见马车上放着背包、行李，车边还站着一个瘦弱的女青年（花蔓）。

刘捍卫看了眼草坡上的钟喜妹，有些不悦地说："把她叫回来，要出发了。"

花蔓："我去叫她。"

李铁杉："不用，我去。"他走向山坡，手卷喇叭喊："喜妹！快回来！要出发了！"
钟喜妹摇着手中的鲜花喊："哎！——来了！"
她蹦跳着赶过来，突然身子一歪消失在草丛里。
李铁杉和戴着眼镜的武晓鹏对视一眼，赶紧跑了过去。
钟喜妹崴了脚，疼得她咧嘴呻吟，一手捂着崴伤的脚，另一手还攥着花束。
李铁杉、武晓鹏赶了过来，蹲下身子关切地问："怎么了？啊？伤哪了？"
钟喜妹痛苦地说："崴脚了，哎哟……"
武晓鹏试着活动钟喜妹崴伤的脚，钟喜妹疼得叫了起来。
李铁杉不满地瞪了钟喜妹一眼："你看你，路都不会走，还工作队员呢。"
钟喜妹："工作队员怎么了？还不是你使劲催，要不然我……哎哟，疼死了。"
李铁杉没好气地说："女娃娃就是麻烦，真麻烦。"
钟喜妹不服气地说："谁是女娃娃？我是工作队员！"
武晓鹏："好了，别吵了。来，我背你。"
钟喜妹拒绝地看着李铁杉："瞧你，还老同学呢，根本不知道爱护人。"
李铁杉转过身，弓着背说："上来，我背你走。"
钟喜妹倔强地说："不用，我自己能走！"
她说着想站起来，受伤的脚刚一沾地，又疼得叫了起来。
李铁杉板着脸说："行了，别逞强了，刘队长等着咱们呢。快上来！"
钟喜妹只好趴到李铁杉背上，手里还攥着那束鲜花。
李铁杉背着钟喜妹走向山路，武晓鹏跟在后面。
山路上，刘捍卫站在马车边，不满地看着走近的年轻人们，问："她怎么了？"
李铁衫背着钟喜妹走到马车边："崴脚了。"
花蔓关切地上前："怎么崴的？厉害吗？"
她和武晓鹏帮着李铁衫一起把喜妹扶上马车。
刘捍卫责备地说："你们是来参加工作队的，不是来游山玩水的。弄这些花花草草干什么？不知道我们要赶路啊？"
钟喜妹嬉笑着说："对不起，刘队长，我没想耽误时间。我采这些花是要送给我姐姐和高大哥的。"
花蔓："你姐姐？"
李铁衫："高大哥？"
钟喜妹："是啊。我姐姐和高大哥都是解放军，他们的部队肯定开到南沧了。到了南沧，我就能见到他们。"
刘捍卫不以为然地招呼道："好了，都上车吧。"
李铁衫、武晓鹏坐上马车，刘捍卫坐到赶车的旁边，车夫赶车上路。
李铁衫追问："高大哥是谁？"
钟喜妹："是我未来的姐夫呗。我姐姐说了，等云南解放了，他们就成亲。说不定呀，咱们还能赶上他们的婚礼呢！"
李铁衫、武晓鹏、花蔓都笑了。
刘捍卫一脸严肃地说："你们记住啊，你们到南沧是要参加民族工作队，去做艰苦的民族工作，不是去会亲访友，参加婚礼的！"
李铁衫在刘捍卫背后做个鬼脸，钟喜妹、花蔓捂着嘴偷笑。
钟喜妹忍着笑故意大声说："是！刘队长，我们记住了！"
她说罢也朝刘捍卫做个鬼脸吐着舌头，李铁衫、武晓鹏、花蔓强忍着偷笑。

9. 曼龙刀府　日内

后堂，刀光寿、曼珲管家、刀心荣及夫人在商议。

刀光寿抽着水烟说："不知道心妍现在走到哪里了，真叫我揪心呐。"
曼珲管家："按日子算，这一两天就该到了。"
夫人："老爷，你真的要走啊?"
刀光寿："不走不行啊。我们打了红汉人，他们在曼龙死了人，不会放过我的。"
刀心荣："是老黄皮逼着我们打的，红汉人要怪，就去怪老黄皮嘛。"
刀光寿："你以为，红汉人会和我们讲这个理吗？就算红汉人不来报仇，那个胡团长也会拉我走的。"
刀心荣："他敢？他有枪，我们也有枪!"
刀光寿："傻话，和他们动枪，动得过吗？唉，我怕是不得不走了。"
刀心荣："要走，我和你一起走。"
刀光寿："不行。你走了，那么多寨子交给谁？土地和粮食交给谁？你得守着!"
刀心荣一时无语。
刀光寿："我走了以后，你就是土司代办，曼龙的事情，就交给你了。你要守好我们的家业，保护好你心妍阿妹。"
刀心荣："是了。"
夫人："心妍不回来，我就不走。"
刀光寿："我没叫你走。你和心荣守在府里就是了。"
刀心荣："干爹，要是红汉人来寻仇，我该怎么办?"
刀光寿思忖着说："能挡就挡，挡不了就走吧。"
刀心荣："他们……真的像魔鬼一样吗？比老黄皮和日本人还要狠吗?"
刀光寿："日本人凶残一时，还是被老黄皮打退了，可老黄皮被共产党打得没了江山，可见他们有多狠。"
刀心荣："那共产党给你写的信里，说了些什么?"
刀光寿低沉地说："汉人的话，不能信。"

10. 刀府　日外

杜连仲与乃木在马厩旁密谈，杜连仲把两根金条塞给乃木，乃木感激地哈腰："谢谢杜长官……"
杜连仲神态冷傲地说："小意思，只要你听我的吩咐，为国军效劳，用不了多久，你就不再是小小的家丁队长了，我会让你掌管曼龙所有的兵马。"
乃木诚惶诚恐地躬身作揖："多谢杜长官提拔，小的一定听你的吩咐，为国军效劳。"
杜连仲示意手下军官拿过一只精致的小笼子，笼子里是一只漂亮的鸽子。
杜连仲将鸽笼递给乃木："这是一只战功卓著的军鸽，有要紧的事，就让它把消息传给我。"
乃木看看笼子里的军鸽，点头说："是了。"
杜连仲冷眼看着乃木："乃木，你记住，千万别跟我耍花样。你的背后，有我的人盯着你。"他说着透出一丝冷笑。
乃木发慌地说："不敢，乃木不敢和长官耍花样。"

胡超武带着副官、卫兵走进院子，杜连仲从一旁迎过来，二人心照不宣地对视一眼，一起进了刀府。

11. 刀府　日外

扎布浑身血迹，跌跌撞撞地走向府门。
乃木带着家丁从府里出来。
扎布踉跄跑近，无力地喊："乃木……"
乃木看见扎布，吃惊地："扎布?"
他赶过来扶住扎布："扎布，怎么回事？大小姐呢？大小姐呢?"

扎布瘫软地靠着乃木粗喘着说:“大小姐,大小姐她……”

12. 刀府　日内

刀光寿瞪大眼睛:“你说什么?是红汉人?”

跪在厅堂里的扎布有气无力地点头:“是,我看得清清楚楚,是红汉人拦路开枪,杀了我们的人,抢走了大小姐……”

胡团长和杜连仲心中有数地对视一眼。

刀夫人几乎要昏过去,丫鬟和刀心荣赶紧扶住她。

刀光寿愤怒地一掌拍在桌案上:“该死的红汉人!要报仇就冲我来,为什么要绑走我女儿!”

刀心荣发狠地说:“干爹,我带人去找他们!不把心妍阿妹要回来,就跟他们拿血拼!”

胡团长装腔作势地摇头说:“下策。大少爷,南沧有共匪的主力,就凭你们这点人马不够给他们塞牙缝的。”

刀心荣瞪着他说:“不是还有你吗?你不是要保护我们吗?”

胡团长也瞪起眼睛:“兄弟奉命保护你们出境!没有上峰的命令,不许擅自行动!”

刀心荣愤愤地说:“你不敢!你怕了解放军!”

胡团长:“放肆!你这是污蔑国军!”

刀光寿:“心荣!”

刀心荣:“在!”

刀光寿:“喊上曼龙所有的男丁!带上二十根金条、十万半开(云南银元),找他们要人去!”

刀心荣:“是了!”

胡团长拦住他:“慢!刀土司,你以为共匪稀罕你那几根金条、几块银元吗?”

刀光寿:“我就是豁上性命,也要把我女儿救回来!”

胡团长:“晚了!共匪在曼龙死了人,正急着报仇呢!大小姐落到他们手里,只有死路一条!”

刀光寿几乎站立不住。

曼珲管家伸手扶住他。

杜连仲:“共匪全是穷凶极恶的穷棒子,和你们土司老爷不共戴天!在内地,所有的士绅大户被他们杀得鸡犬不留,连三岁的孩子都不放过!你想要回你的女儿?那不是自投鬼门关吗?”

刀光寿夫人哭喊:“老爷,一定要把心妍救回来!”

她哭喊着晕了过去,丫鬟赶紧扶住她。

刀心荣赶到刀母身边:“干妈!干妈!”

刀光寿:“乃木!”

乃木:“在!老爷。”

刀光寿:“抬枪来!”

乃木:“是了!”

杜连仲:“刀土司!你想让曼龙的男丁都去送死吗?那些共匪杀人不眨眼,吃人不吐骨头!他们惨无人道,共产共妻,你以为你的女儿还……”

刀光寿听不下去,说:“不要说了!谁拦着我去救女儿,谁就是我的死对头!”

他说罢大步走向府外,刀心荣、曼珲管家、乃木、扎布紧跟着他。

胡团长:“站住!都给我站住!”

13. 刀府　日外

刀光寿父子愤怒地走出府门,乃木、扎布紧跟着他们。

胡团长、杜连仲在他们身后追来:“站住!”

府门前的一排国民党士兵立刻拦在门前,枪口对准了刀家父子。

刀光寿怒喊："走开！给我走开！"
士兵们却将子弹上膛。
刀光寿回头盯着胡团长。
胡团长目光阴鸷地说："刀土司，除了跟我走，你哪也不能去。"
刀光寿："你……"
刀心荣："凭什么？不把我阿妹救回来，我干爹不会跟你走！"
胡团长："来人！"
国民党小军官带人上前来，把枪口对准刀心荣的脑袋。
扎布等家丁也把枪对准小军官……
乃木紧张地瞟向杜连仲，杜连仲冷眼盯着刀光寿。
刀心荣："想干什么？你们有枪，我们也有枪！"
刀光寿："胡团座，你不要逼我！"
胡团长拔出手枪，对准了刀光寿："刀土司，兄弟军命在身，不敢违抗，你也不能。"
刀光寿："你……"
杜连仲冷眼盯着刀光寿："刀土司，我们不能眼看着你们刀家被共匪杀个精光！现在南沧各勐的土司头人都跟随国军去了境外，等着你共商反共救国大计呢。你放心，用不了多久，我们一定会为你报仇雪恨，让共匪血债血偿！"
刀心荣等着刀光寿发话。
刀光寿咬咬牙，无奈中悲愤地长叹："共产党红汉人！我刀光寿和你们结下仇了！从今以后，天上的太阳照你们，我诅咒太阳！地上的河水喂你们，我诅咒河水！曼龙大寨的人杀不死你们，化成毒蛇毒蝎也要把你们全都咬死！"

14. 南沧县衙（现已是边工委驻地）　日外

县衙门口挂着红旗和"中共南沧县边疆工作委员会"的牌子，有卫兵站岗。
李铁杉、钟喜妹、武晓鹏、花蔓等青年人和几个战士正在沿墙张贴宣传标语，钟喜妹崴伤的脚没好利索，捧着准备张贴的标语一跳一跳地跟着提着糨糊桶的李铁杉。
高川面色沉重地骑着战马带领队伍走向县衙，和水泉和几名骑马的官兵跟在他身边，刀心妍坐在载有弹药、物资的马车上，跟在他们身后。队伍中有战士用担架抬着钟喜莲和牺牲战士的遗体。
贴标语的战士看见高川的队伍喊道："高营长他们回来了！"
钟喜妹、李铁衫等人循声望去——
钟喜妹兴奋地喊："高大哥！"
她一蹦一跳地迎向高川，喊着："高大哥！高大哥！"
李铁衫等年轻人和战士们也迎了过去。
高川感到意外："喜妹？"
他下了马，心情沉重地对欢喜而来的钟喜妹说："喜妹，你怎么到南沧来了？"
钟喜妹欢快地说："我毕业了，参加革命了！我现在是民族工作队的队员了！"
高川一时难以表达。
钟喜妹向队伍里寻找："高大哥，我姐姐呢？她不是和你在一起吗？她在哪呢？"
高川身后的和水泉和战士们都肃穆而立。
高川难过地垂下头。
钟喜妹："我姐姐在哪？她没和你在一起吗？"
高川沉痛地说："喜妹，听我说。你姐姐她……牺牲了。"
钟喜妹怔住了，似乎没听懂高川的话。
高川："喜妹，你姐姐她很勇敢，她是……"

钟喜妹看见队伍中放有遗体的担架，扑了过去："姐姐！姐姐！——"
高川不忍阻拦地扭过头去。
坐在马车上的刀心妍不安地望着冲向担架的钟喜妹。
钟喜妹冲到担架旁，掀开盖着钟喜莲的雨衣，扑到遗体上放声哭喊："姐姐！姐姐！——"
高川痛苦地闭上眼睛。
钟喜妹扑在姐姐的遗体上痛哭着呼唤："姐姐！——姐姐！——姐姐，你醒醒呀，看看我呀……这是怎么回事？为什么会这样？为什么？"
和水泉难过地说："我们在曼龙遭到蒋匪军和傣族武装的袭击，钟队长她……"
钟喜妹悲伤欲绝地哭喊着："姐姐！——姐姐！——"
马车上的刀心妍不忍再看，内心忐忑地转过头去。

15. 南沧郊外山地　日外

松林中的空地上筑起十余座坟茔，正中的墓碑上刻着钟喜莲的名字。
方明华、团长和高川一起脱帽肃立在墓前，身后是排列整齐的战士们，还有悲痛不已的钟喜妹及李铁衫、武晓鹏、花蔓、刘捍卫等人。
高川神色坚毅地戴上军帽，抽出驳壳枪，对着钟喜莲的墓碑发誓："喜莲，战友们，你们放心，我们一定会消灭国民党残匪，为你们报仇！"
战士们齐声喊道："消灭残匪！报仇雪恨！"
钟喜妹捂着脸痛哭，李铁衫、花蔓在她身边流着泪安慰她。
高川举枪对天鸣枪，战士们整齐地举枪，朝天齐射……

钟喜莲的墓碑前，方明华、团长、高川、刘捍卫等人陪着钟喜妹向喜莲告别。
方明华把钟喜莲遗下的皮质药箱交给喜妹，心情沉痛地嘱咐道："钟喜妹同志，这是你姐姐喜莲用过的药箱，现在交给你了。"
钟喜妹双手接过药箱，捧在胸前，伤心落泪。
团长："喜妹同志，希望你能像你姐姐学习，做一个优秀的医疗队员。"
钟喜妹哭着点头，控制不住地抱着药箱扑到墓碑前跪下，撕心裂肺地哭喊着："姐姐！——姐姐！——"
看着伤心欲绝的喜妹，方明华、团长、高川、刘捍卫都很沉痛，高川已是热泪盈眶。

16. 曼龙刀府　日外

府门外，曼珲管家及部分随护家丁等候在马车和马匹旁，准备出发。胡超武、杜连仲和石三娇带着副官和一些卫兵守在一旁。
刀夫人、刀心荣将刀光寿送出府门，夫人依依不舍地含泪说："老爷，路上要小心呐，到了外面，尽快捎信来。"
刀光寿一脸愁容："放心，有佛爷和祖宗保佑，我不会有事。"
刀心荣不忍地说："干爹。"
刀光寿："心荣，我走以后，曼龙的一切就由你做主了。"
刀心荣语塞地说："干爹……"
刀光寿："你要记住，曼龙是刀家的阿公阿祖留下的家园，你的阿祖、阿公、阿爸，都把血洒在了曼龙，你要好好守住寨子，守好祖宗的基业。"
刀心荣含泪说："干爹放心，我记住你的话。"
刀光寿拍了拍刀心荣的肩膀，转身走向坐骑，乃木快步上前跪在马蹬下，刀光寿踩着乃木的背，在曼珲搀扶下上了马。
胡超武、杜连仲、石三娇也上了马。

刀光寿一行缓缓上路，胡团长带着部属跟着他们。

刀夫人望着刀光寿的背影泪流满面地说："老爷，一路保重啊……"

刀心荣含泪说："干爹！保重啊！"

刀光寿没有回头地摆摆手，与同行的家人、家丁在胡超武、杜连仲等人"护送"下远去……

17. 南沧边工委　日内

原来的县长办公室已被改造，堂内陈设简洁，墙上贴着毛泽东、朱德画像和云南地图、南沧地图。

团部官兵在收拾行军物品，高川不解地站在桌边，方明华把一杯热水放到高川面前，团长整理着个人物品，扎着武装带说："高川，你能及时停止追击，没有和傣族武装发生冲突，这很好。说明你脑子里绷着民族政策这根弦，师首长特地来电表扬了你。"

高川严肃地说："我没能完成任务，没资格接受表扬。"

团长："哎，有没有资格不是你说了算。我的时间很紧，部队马上调离南沧，执行别的任务……"

高川抢问："什么任务？"

团长："你先别急。我简单说几句，上级决定在南沧成立边疆工作委员会，方政委留下，担任边工委书记。你也留下，配合方政委工作……"

高川急了："我留下？我留下干啥？"

团长："具体工作方政委会向你交代。"

高川不解地看着方明华。

方明华："是这样，上级命令我们暂时停止在南沧边境地区的军事行动。"

高川："为什么？蒋匪军还没收拾干净呢！"

方明华严肃地说："你来看，（他指着铺在桌上的地图说）由于历史的原因，这些边境地区处在1941年划定的所谓'国界'之外，尽管中央人民政府不承认这条'四一年线'，但是目前还有许多外交问题没有解决。因此，中央决定，我们的大部队暂时不能越过'四一年线'。"

高川感到意外地说："不能过去？那些蒋匪军就不打了？"

团长插话："谁说不打了？只要他们胆敢进犯，就要坚决彻底地消灭他们！你不是有决心要为喜莲同志和牺牲的战友们报仇吗？正好给你个机会。"

高川还是没明白他要留下做什么。

方明华："我们下一步的工作非常艰巨。既要扫清敌特和土匪，又要团结边境地区各民族的土司头人，争取他们的合作，和我们一起建立民族民主联合政府。"

高川还是不大明白他能干什么。

方明华："你对青蒙山和曼龙地区非常熟悉，这对今后的工作很有利。那里的民族矛盾和民族问题错综复杂，能不能顺利开展工作，是我们要面对的新问题，也是军师首长和地委领导对我们的考验。怎么样，高川同志，有信心没有？"

高川迟疑地说："政委，我是个带兵的，还是让我跟团长走吧……"

收拾完毕准备出发的团长严肃地喊："高川！"

高川："到！"

团长："你带兵之前干过什么？"

高川："在思普根据地搞过征粮和反蒋动员。"

团长："那不就是民族工作吗？你是有经验的嘛！把你留下非常合适。"

高川："可是……团长，我还是想不通。"

政委："那就抓紧时间想通吧。一切行动听方政委指挥！"

高川很不情愿，没有回应。

团长严肃地问："有问题吗？"

高川没有回答。

团长提高了嗓音："有问题吗?"

高川违心地回答："没有!"

团长："这还差不多。(转向方明华) 老方，南沧刚解放，敌特和土匪一定会四处活动，你可要注意安全。我把一营一连给你留下，负责警戒。"

方明华："放心吧，不是有高营长在吗，我有什么好担心的?"

团长含笑与方明华握手告别，又转向高川："听政委的，不许闹情绪。"

高川服从地敬礼："是!"

18. 南沧边工委 日外

边工委大门外的街道上，部队齐整地列队待发。

团长和几位军官在大门处上马，方明华、高川等人在大门口送行。

军官下令部队出发。部队整齐行进。

团长在马上向方明华、高川等人挥手告别，高川显然想不通，沉着脸，目送团长和部队走去。

19. 边工委后院 日外

钟喜妹坐在石台上，抱着钟喜莲留下的药箱伤心地哭着。花蔓蹲在她身前，一边流泪一边用药剂擦着她崴伤的脚踝。

李铁杉站在钟喜妹身边，难过地劝她："喜妹，别哭了，坚强点。你姐姐是为消灭敌人牺牲的，是为解放云南牺牲的，她是光荣的烈士。方书记和刘队长不是说了吗，我们要向你姐姐学习，做个坚强的工作队员……"

钟喜妹哭着说："道理我都懂，可我就是伤心，就是想哭。一想起我姐姐，我就忍不住……"她说着说着哭得更伤心了。

花蔓边哭边说："想哭就哭吧，喜妹，我也伤心，我陪你一起哭。"

李铁杉对花蔓摆下手，皱着眉说："你就知道陪她哭，你不知道劝劝她呀? 哭坏了身子，还怎么做革命工作呀?"

站在一旁的武晓鹏难过地说："铁杉，别再说了，喜妹心里难过，就让她哭吧。哭出来，就好过些了。其实，我也想哭。"说着，他抹起了眼泪。

李铁衫："你看你，还男子汉呢，怎么像个大姑娘似的?"

花蔓反驳李铁衫："就你男子汉，就你坚强? 要是你的兄弟姐妹牺牲了，你不伤心? 你不流泪?"

李铁衫一时语塞。

钟喜妹抹着泪说："我不知道该怎么告诉我爸爸妈妈，要是他们知道了，会伤心死的……"

花蔓搂着钟喜妹一起哭。

李铁衫不再说话了，含着眼泪叹口气。

武晓鹏擦干了眼泪说："花蔓，你们别再哭了。总这么哭对身体不好。再说，刘队长不是让你们照顾那个被解放军救回来的姑娘吗? 你们还是去看看她吧。"

花蔓瞥了武晓鹏一眼，嫌他多嘴。

钟喜妹擦着泪说："花蔓，你先去看看吧，我一会就来。"

花蔓担心喜妹，不忍离去。

钟喜妹："去吧，快去。"

花蔓只好起身走去。

钟喜妹对李铁衫、武晓鹏说："你们也去吧，让我一个人待一会。"

李铁衫、武晓鹏难过地离去。

钟喜妹抽泣着，极力控制着内心的悲伤。

20. 边工委办公室　日内

高川不可思议地瞪着方明华说："什么？让我去曼龙，和刀光寿交朋友？"

方明华冷静地说："对。边工委决定，任命你为民族工作队队长，到曼龙和青蒙山区开展工作，首要任务是做通刀光寿和佤族部落首领的工作，让他们了解党的政策，说服他们参加筹建民族民主联合政府，并在当地征收公粮。"

高川瞪大眼睛看着方明华。

方明华："瞪这么大眼睛干什么，有问题吗？"

高川："我不干！坚决不干！"

方明华："高川同志……"

高川激愤地说："我不干！刀光寿是什么人？敌人！他和蒋匪军一起杀害了我们的战友，杀害了喜莲！我的政委同志，喜莲和战士们洒在曼龙的血还没干呢，我绝不和杀死他们的敌人交朋友！"

方明华严肃地说："高川！现在情况变了，刀光寿是我们要团结的对象！我们必须忘掉恩怨，顾全大局，按照党的政策去争取他，跟他合作！"

高川："我做不到，你还是让我回部队吧！"

方明华控制着情绪，说："你以为我是随随便便选个人来当工作队长吗？把你留下，是团党委研究之后，上报师首长和思普地委作出的决定，你以为你能想走就走吗？"

高川："除了曼龙，您让我去哪都行。除了刀光寿，您让我团结谁都行！"

方明华："你这个要求是错误的。你必须服从大局，忘记仇恨！"

高川："忘记仇恨？我忘不了！"

方明华："忘不了就埋在心里。"

高川："不可能，我绝不和刀光寿交朋友！"

方明华略一思索："看样子，我是和你说不通了。"

他拿起电话摇动手柄："喂，给我接思普地委，找张怀民书记！"

高川感到意外地看着方明华。

方明华："喂，张书记吗？我是方明华。高川同志留在边工委了，他要向你这个老领导报告。"他把电话递给高川。

高川有些尴尬地接过电话，立正说："张书记，我是高川。"

21. 思普地委　日内

地委书记张怀民站在桌旁拿着电话郑重地说："高川！我代表地委欢迎你！喜莲同志的遭遇我听说了，我希望你能以共产党人的胸怀放下仇恨，当好民族工作队长！你要记住，共产党人担得起天下，就担得起任何牺牲！我相信你一定能争取刀光寿，打开曼龙的局面！我等你的好消息！"

22. 南沧边工委　日内

高川呆立着："是，我……保证完成任务。"他无奈地放下电话。

方明华微笑道："这就对了嘛。当年在思普区，你可是专挑重担子的。在部队上一路征战，你也是专打硬仗的。现在摆在我们面前的，就是民族工作的一块硬骨头，能不能啃得动，是对我们每一个人的考验。"

高川心情复杂地沉默着。

23. 边工委后院宿舍　日内

女宿舍里，刀心妍坐在窗边目视窗外，显得冷漠且怀有警惕。

花蔓站在她身边，一脸好奇地问着："姑娘，你叫什么名字？是哪里人呀？你从哪里来，要去哪里呀？你是怎么被土匪抓的？你受伤了没有？身上有没有不舒服？”

刀心妍不作任何回答。

花蔓扭头看看站在门口期待答案的李铁衫、武晓鹏，无奈地摇摇头，说：“她是病了还是听不懂我说的话呀？”

李铁衫捅了下武晓鹏：“晓鹏，你问问。”

武晓鹏有些扭捏，李铁衫：“你不是会说傣族话嘛，问问她是不是傣家人。”

武晓鹏有些腼腆地用傣语问：“姑娘，你是哪里人？你叫什么名字？你从哪里来？要去哪里？”

刀心妍仍然目视窗外，不理不睬。

武晓鹏无奈地看看李铁衫，李铁衫：“用拉祜话问她，快问。”

武晓鹏用拉祜族话问：“姑娘，你是哪里人？你要去哪里？你叫什么名字？”

刀心妍还是毫无反应地目视窗外。

李铁衫：“你用佤族话问问。”

武晓鹏：“她不是佤族，不用问了。”

李铁衫：“你不问怎么知道？”

武晓鹏：“她肯定不是佤族，看都看得出来。”

花蔓不耐烦地低声说：“哎呀，她不会是个聋哑人吧？”

李铁衫制止她，说：“别乱说，耐心点。她一定是受了刺激，害怕了。”

花蔓只好继续对刀心妍说：“姑娘，你不要怕。解放军救了你，你就安全了。这里是南沧人民政府，我们都是人民政府的工作队员，是好人。你要相信我们，告诉我们你要去哪里，我们一定想办法送你去。”

这时，心怀悲伤的钟喜妹端着盆清水走到门口，李铁衫、武晓鹏赶紧让开，看着钟喜妹端着水盆进了屋。

钟喜妹把水盆放到刀心妍身边的桌上，转身从自己的床头拿过一条干净毛巾，浸了水拧干后展开递向刀心妍，和蔼地说：“姑娘，擦把脸吧。山路上灰大，你一头一脸的都是土。”

刀心妍警惕地看了看钟喜妹，钟喜妹悲伤的脸上竟然带着笑容，她把毛巾递到刀心妍手边。刀心妍下意识地接了过去，心思复杂地看看钟喜妹，把脸埋在毛巾里擦着。

花蔓、李铁衫、武晓鹏都舒了口气。

钟喜妹把毛巾从刀心妍手里拿过来，在水盆里投了投，拧干递给她，刀心妍接过去，继续擦脸。她见毛巾被自己擦得很脏，很是不好意思。

钟喜妹打量着刀心妍身上的学生装，本想问什么，看见衣服上撕破的地方，转身从自己的被子下面拿出一套干净的列宁装，递向刀心妍：“你的衣服撕破了，也沾了不少灰。一会儿换下来，我帮你洗洗。”

刀心妍看看钟喜妹手中的衣服，稍顿后突然用汉语说：“我要洗头。”

钟喜妹愣了一下，花蔓、李铁衫、武晓鹏都愣住了。

24. 办公室　日内

高川铁青着脸，听方明华布置工作。

方明华：“一支工作队只有十几个人，没有作战人员，可要面对的是拥有几百上千条枪的土司武装和民族百姓的不信任，甚至是敌意。稍有不慎，就会酿成大祸，后果不堪设想。”

高川的表情随着方明华的语气凝重起来。

方明华：“如果你还是想不通，没信心，执意要回部队去，我不勉强。”

高川：“我服从组织决定。不过，我有个请求。”

方明华：“讲。”

高川：“我完成了曼龙的任务，马上让我回部队去。”

方明华有所掩饰地说：“原则上同意。我希望你马上进入角色，把部队上的优良作风带到工作队里去，要让每一个队员既是工作员，又是战斗员。”

高川沉默地点头。

25. 边工委女宿舍　日内

刀心妍洗过了头，心情放松了些，花蔓帮着她换上钟喜妹的衣服。

钟喜妹拿着把小木梳要帮刀心妍梳头，刀心妍矜持地说："我自己梳。"

钟喜妹把梳子递给她，心妍接过梳子看着，觉得这木梳很别致。

钟喜妹看着刀心妍梳头，和气地说："你能告诉我们吗，你叫什么名字？家在哪里？"

刀心妍梳着头，不回答。

钟喜妹："我先自我介绍一下，我叫钟喜妹，钟表的钟，欢喜的喜，姐妹的妹。"

刀心妍没有表示。

钟喜妹："你像是傣族姑娘，对不对？"

刀心妍仍无表示。

花蔓在一旁说："我看出来了，你呀，像是大户人家的小姐，对不对？"

刀心妍有些警惕，仍不回答。

钟喜妹提醒她："花蔓。"

花蔓不在乎地说："本来嘛，我没说错吧？"

刀心妍沉默不语。

钟喜妹："你这是从哪里来，要到哪去呀？"

刀心妍不回答。

钟喜妹："其实，我们也是刚到南沧。我们都是在昆明读书，刚刚毕业。我是卫生学校的，她是长城中学的，叫花蔓。"

刀心妍没作出反应。

钟喜妹："你也是学生吧？是在昆明读书吗？在哪个学校？"

刀心妍不答话，她把头发挽成发髻，盘在脑后。

钟喜妹拿过自己的小镜子，让心妍照："梳得真好看，你自己看看。"

刀心妍接过小镜子照照，感到满意。

钟喜妹："哎，你和我们说说话吧，好吗？"

刀心妍把小镜子还给钟喜妹，还是不发话。

李铁杉、武晓鹏依然好奇地凑在女宿舍窗外探头向里看。

窗内的刀心妍看到他们，矜持地转过身背朝他们。

花蔓敲敲窗户框说："哎哎，贼头贼脑的干什么？革命队伍里不兴偷看啊！"

武晓鹏有些难堪地转过身，李铁杉却机灵地举起一叠材料说："谁偷看了，我是给你们送'注意事项'来了，你看。"

花蔓凑到窗沿上："注意事项？什么注意事项？"

李铁杉把一份材料递给她："喏，少数民族地区工作的注意事项，要好好学习哟，刘队长要检查的。"

花蔓接过材料看看，一脸顽皮地说："放心吧，不会比你们差！"

刘捍卫从院子深处走过来，打着官腔对站在女宿舍窗外的李铁杉、武晓鹏说："哎，你们两个，干什么呢？"

李铁杉、武晓鹏转向刘捍卫，显出几分紧张。

李铁杉："哦，刘队长，我们……正准备学习民族工作注意事项呢。"

刘捍卫带着官腔说："好，好啊，是要抓紧学呀，马上就要去民族区了，到时候出纰漏可不行啊。"他发现了钟喜妹屋里的刀心妍，瞬间被她的美貌所吸引，继而又眉头一皱，把李铁杉拉到一边轻声问："问清楚了吗？那姑娘到底是什么人？"

李铁杉摇摇头："她洗了脸，洗了头，什么话都不说。看样子，是个大户人家的小姐。"
刘捍卫感兴趣地朝宿舍的窗户里看了一眼，说："不要乱讲。你们抓紧时间学习，回头我要检查。"
李铁杉、武晓鹏答应着目送刘捍卫离去。

26. 办公室　日内

方明华对板着脸的高川说："除了严格执行三大纪律、八项注意，还要严格执行民族工作纪律，你看这些，省委刚发下来的……"他找出相关材料交给高川。
（画外）刘捍卫进了屋："方书记。"
方明华："刘捍卫同志。"
刘捍卫走近，和高川打个招呼。
高川大方地看着刘捍卫。
方明华："正式介绍一下，刘捍卫同志是地区民委派来的。高川同志，是我们部队里的英雄营长。"
高川与刘捍卫握手，互相问候。
刘捍卫非常热情地说："高营长，我们民族工作队有你这位大英雄保驾护航，那一定是马到成功啊！"
高川谦虚地说："别这么说，以后还要请你多帮助呢。"
刘捍卫："不客气，听说你在回南沧的路上还上演了一出英雄救美，回头得跟我们仔细讲讲。"
高川不愿接茬地笑笑。
方明华正准备说明："捍卫同志，高川同志……"
刘捍卫亮出手里的材料抢话："方书记，我起草了一份民族工作队的工作计划，重点是针对曼龙和青蒙山佤族部落的，请你审阅。"
方明华接过材料："哦，这么快就计划出来了？"
刘捍卫："不快不行啊，形势急迫嘛。我仔细考虑过，我们的工作环境非常特殊，复杂的民族关系和紧张的阶级关系交织在一起，区内的阶级斗争和境外帝国主义、国民党残余势力的威胁同时存在。面对这样一种局面，我们必须把民族工作的重点放在动员民族群众、团结民族群众上，让广大民族群众勇敢地站起来，摆脱剥削和压迫……"
方明华打断他说："同志啊，你得再花些工夫，好好领会省委、地委对民族工作的总体要求。我们做民族工作的最终目的，是在尊重和改造各民族传统习俗的基础上，达到各民族之间的相互认同，团结合作。（转向高川）高川同志，深入民族地区的工作非常艰苦，压力很大呀！"
刘捍卫不解地看着方明华和高川，高川没有表态。

27. 工委院内　日外

钟喜妹、花蔓拿着铜盆和要洗的衣服来到水槽边，喜妹的盆里装着刀心妍换下的衣服。刀心妍紧跟着她们。
钟喜妹不顾刀心妍的拦阻，拿起水瓢舀水。
刀心妍制止着说："你放下，我不要你给我洗衣服。"
花蔓边把水舀进盆里边说："这有什么，在我们革命队伍里，就是要互相关心、互相帮助嘛。"
刀心妍："不行，快给我吧，我自己洗！"
钟喜妹用身体挡着要抓铜盆的刀心妍："好啦好啦，别客气了。帮你洗件衣服算什么嘛。你刚到，路上又受了惊吓，应该好好休息嘛。快撒手。"
刀心妍坚持地说："我不要你帮我洗，我自己能洗。"
花蔓故意说："你洗？你一个大户人家的小姐，会洗衣服吗？"
刀心妍执拗地拉着喜妹身前的铜盆。
钟喜妹只好说："好好好，咱们别争了，一起洗好不好？"
刀心妍拉过盆："我自己洗。"

钟喜妹抓住盆说："不行，要么我洗，要么一起洗。"

刀心妍不知道该说什么了，无奈地看着钟喜妹。

花蔓从盆里拿起刀心妍的内衣打量着，打趣说："看呐，到底是大户人家的小姐，看这衣服料子，多讲究。哎，穿在身上是不是软软的、滑滑的，特别贴身？"

刀心妍沉默不语。

钟喜妹："哎，和我们说说吧，你们家到底在哪里？你阿爸是个寨主吧？"

刀心妍沉默。

花蔓猜测道："那，是个属官？"

刀心妍轻摇下头。

钟喜妹劝慰地说："哎呀，没关系，领导说了，寨主头人也是我们团结的对象，要动员他们跟共产党合作呢。"

刀心妍还是很犹豫。

花蔓："难不成，你阿爸是个土司？哈哈，不会吧。"

刀心妍终于开口说："我告诉你们，我姓刀，叫刀心妍，家在曼龙，我阿爸叫刀光寿，是曼龙土司。"

花蔓吃惊地说："曼龙土司？"

钟喜妹突然变了脸，扔下手中的衣服愤然转身，不顾脚踝的伤痛大步走去。

花蔓不知所措地急喊："喜妹！喜妹！"

刀心妍看了眼走去的钟喜妹，面不改色地拿起自己的衣服，准备清洗。

钟喜妹迎面碰上拎着暖水壶走近的和水泉，上前从他腰后的枪套里抽出驳壳枪，转向刀心妍大步走过去，怒火满腔地举枪对准刀心妍。

和水泉追过来，急切地说："哎！喜妹同志，把枪还给我！你不能这样！"

刀心妍看着钟喜妹，并不畏惧地一动不动。

钟喜妹扣动了扳机，枪没响。她显然不会用枪，愤怒地扳动着枪机……

和水泉放下暖水壶上前要拿回枪，钟喜妹怒不可遏地对他喊："你让开！我要打死她，为我姐姐报仇！"

刀心妍神态依旧地看着钟喜妹，毫不退缩。

（画外）高川喊道："住手！把枪放下！"

钟喜妹一愣，转脸看去——

高川大步走近，一把从喜妹手中夺过枪："喜妹，你要干什么？"

刀心妍做好了接受复仇的准备，一动不动地看着高川。

钟喜妹激愤地哭喊："你知道她是谁吗？她是刀光寿的女儿！我要杀了她，为姐姐报仇！"

高川深感意外地看向刀心妍，心头涌起恨意。

刀心妍并不胆怯地看着高川。

第三集完

第四集

1. 南沧边工委　方明华办公室　日内

方明华感到意外地说："什么，她是刀光寿的女儿?"

钟喜妹怨恨地说："她亲口对我说的，她阿爸叫刀光寿，是曼龙土司。"

高川阴沉着脸，流露出悔意。

刘捍卫也很诧异。

方明华："刀光寿的女儿，怎么会这么巧。"

刘捍卫："是啊，这真是太巧了。"

钟喜妹："方书记，高大哥，我姐姐是被刀光寿和蒋匪军一起杀害的，我为什么不能向刀家人报仇?"

高川心情沉重地看着方明华。

方明华："喜妹同志，你姐姐喜莲是在曼龙牺牲的，但是这笔账要算在蒋匪军头上。"

钟喜妹不解地看着方明华。

方明华："据我们判断，刀光寿的武装袭击我们，一定是被蒋匪军利用了，甚至是受到胁迫。他是在不能自主，也不了解我们的情况下，做了蒋匪军的帮凶。如果我们仇视刀光寿，把他看作复仇的对象，那恰恰是帮了蒋匪军的忙，增加了敌人的力量。"

钟喜妹不大理解地看看高川，高川沉默着。

方明华："相反，如果我们放下仇恨，真心诚意地去争取他，和他交朋友，就能促使他觉醒，让他明白我们共产党人心中只有民族大义和国家利益，没有任何个人恩怨。"

钟喜妹似乎明白了方明华的话，心里复杂地思考着。

方明华："我们的工作队要进入曼龙，重点就是要做通刀光寿的工作。靠近边境的不少土司领主听说共产党要来，早早地跑到国外去了，可刀光寿却留在了曼龙，这说明什么?说明他对国民党不抱希望，这就给我们的工作创造了很好的条件。现在高川同志从土匪手里救出他的女儿，正好向他说明我们是真心诚意和他交朋友嘛!"

刘捍卫："方书记说得对，这样的工作机会我们必须马上抓住。"

高川没想通："你是说，利用土司的女儿?"

刘捍卫："怎么是利用，这叫把握机会嘛。刀光寿不了解我们共产党，肯定对我们有戒心。我们救了他女儿，这不是最好的见面礼吗?"

方明华："重要的是，我们有了打开局面的契机。"

高川勉强明白，没表态。

方明华转向钟喜妹："喜妹同志，记住我刚才说的话，无论如何，不能在刀心妍面前表现出敌对情绪。相反，要好好照顾她，多给她讲讲我们的民族政策，帮助她打消戒心和疑虑。"

钟喜妹心情复杂地看看高川，不知如何表态。

方明华郑重地补充道："这是组织上给你的第一个任务，能完成吗?"

钟喜妹不情愿地点点头："嗯。"

方明华："好，你先去吧。"

钟喜妹敬礼后转身走出办公室。

高川思索地看着目送喜妹。

方明华转向高川、刘捍卫："咱们研究一下工作队进入曼龙的具体细节……"
刘捍卫："方书记，工作队的班子领导上是怎么考虑的?"
方明华："边工委决定，由高川同志担任工作队队长，副队长由你来担任。"
刘捍卫感到意外，又掩饰地说："哦……"
方明华："有什么意见吗?"
刘捍卫："不不，没意见，完全同意。"
方明华："那咱们开始吧，先分析一下刀光寿的情况……"
(画外)通信员："报告!"
方明华："进来!"
通信员进来，把一份电文交给方明华："王书记，地委发来的紧急电报。"
方明华接过电文，通信员转身离去。方明华看过电文，立刻皱起眉头："糟糕!"
高川、刘捍卫紧张起来。
方明华摊开电文说："上级截获了国民党残军发往台湾的电报，刀光寿被国民党残匪裹挟出境了。"
刘捍卫："啊?"
高川："那我们的工作计划要不要调整?"
方明华："不，按原计划执行。"

2. 边工委　日外

后院，钟喜妹走到晾衣服的架子前，看着已经晾干的刀心妍的衣服，心情难以言状。片刻，她强迫自己收下衣服，向宿舍走去。

3. 女宿舍　日内

刀心妍警觉地走到宿舍门口，向院子里观察——
李铁杉、武晓鹏、花蔓、和水泉等年轻人聚在院子深处学习进入民族地区的注意事项。李铁杉大声宣读着："……爱护少数民族的利益，不准动他们一针一线；二、禁止随便借用不必要的家具，不准强住房屋……"
和水泉插话："铁杉同志，这些我在部队上都学过，咱们学点别的好不好?"
李铁杉："你学过，我们还没学过呢，这都得背下来。"

刀心妍见他们没注意自己，下决心地出了宿舍，朝前院走去。

4. 女宿舍　日外/内

钟喜妹拿着晾干的衣服走向宿舍。
她推门进了屋，见屋里没人，心里有气地把刀心妍的衣服丢到床上，突然想到什么，转身出屋。

5. 边工委院内　日外

刀心妍来到前院，走向大门口，突然停住脚，躲到厢房边。
方明华、高川和一名炊事员端着米饭、细菜和热汤走过来，从刀心妍躲避的厢房前走过，走向后院。
刀心妍紧张地看着他们走进后院，赶忙快步走向大门口。

6. 边工委后院　日外

钟喜妹走向正在学习的李铁衫、花蔓、武晓鹏、和水泉等人。
李铁衫等人正在跟武晓鹏学习傣语，用傣语说着："你好、谢谢、老大爷、老大妈、小伙子、小姑娘、吃饭、睡觉……”

钟喜妹走近，问：“哎，你们看见刀家大小姐了吗?”

花蔓：“没有啊，她不是在屋里吗?”

钟喜妹：“她没在，屋里没人。”

花蔓感到奇怪地说：“那她能到哪去?”

方明华、高川和炊事员来到女宿舍门口。

炊事员喊：“刀姑娘！刀姑娘！方书记给你送饭来了！”

没人回应。

高川敲了敲门，还是没人回应。方明华向炊事员示意，炊事员试探着推了推门，门开了，里面空无一人。

炊事员感到奇怪地说：“她没在。”

高川立刻紧张起来，把手中的饭碗放到窗台上。

钟喜妹等人走了过来，方明华转向他们问：“刀家小姐去哪了？你们谁看见她了?”

钟喜妹：“我刚才回屋就没看见她，我也在找她呢。”

高川担心地说：“你对她耍态度了?”

钟喜妹：“没有啊。”

花蔓猜测地说：“她不会是跑了吧?”

高川紧张地看着方明华，方明华严肃地下令：“马上去找！所有的人分头去找，一定要把她找回来！”

所有工作队员行动起来……

高川：“和水泉！”

和水泉：“到！”

高川：“把马牵来！”

和水泉：“是！”

7. 边工委　日外

大门外，方明华、刘捍卫和工作队员们匆匆出了大门，分头而去……

高川、和水泉拉着马出来，上马而去……

8. 南沧县城　日外

刀心妍快步走在街上，她拦住一驾马车，不客气地问赶车人：“赶车的，你往哪里去?”

赶车人反问：“你要去哪里?”

刀心妍：“我去曼龙，能带上我吗?”

赶车人摆摆手，驾车而去。

刀心妍失望地向前赶路。

路边一个铁匠铺里的铁匠正在给顾客钉马掌，刀心妍匆匆而来，向马车主询问：“赶车的，你要去曼龙吗?”

车主摇头：“不去。”

刀心妍：“你拉我去曼龙，我给你十个半开。”

马车主：“钱倒是多呢，可惜我不去曼龙。”

刀心妍失望地离去。

铁匠揣测地看着走去的刀心妍。

马车主：“一看就是大户人家的千金，一个人上路，不遭打劫才怪。”

铁匠把手里的活交给伙计，正想去追刀心妍，就听见急促的马蹄声——

高川、和水泉骑着马追来，经过铁匠铺，朝刀心妍追去。

铁匠眯眼注视着高川。

高川纵马赶到刀心妍身前，把马勒住，瞪着刀心妍。

刀心妍站住，抬眼看看高川，赌气地想绕过马身。

高川："站住！"

刀心妍被吓住，站住脚。

高川跳下马，严肃地说："跟我回去。"

刀心妍绷着脸站着。

高川："怎么，你还想被土匪绑走吗？"

刀心妍赌气地看着高川。

高川："不用瞪眼睛，你想走我们不拦你，但是必须由我们护送。"

刀心妍知道自己走不了，转身往回走去。

高川看着她的背影嘀咕："想走就走，耍什么小姐脾气。"

他拉着马跟着刀心妍走去。

铁匠注视着走去的高川、刀心妍。

9. 曼龙刀府　日内

刀心妍的母亲在房内哭泣，丫鬟端来的饭菜她看都不看一眼。

刀心荣在一旁劝着："干妈，不要哭了，你要是哭坏了眼睛，等阿妹回来，你看也看不清了。"

刀母："你阿妹回不来了，她落到红汉人手上，再也回不来了……"

刀心荣义愤地说："哼，我就不信红汉人有三只脑袋八只手！干妈，你在家里守着，我带人杀到南沧去，拼死也把阿妹救回来！"

刀母："不能去！你干爹走的时候说下话，让你好好守住曼龙！"

刀心荣："可心妍阿妹在红汉人手里，我不去救她谁去救她？"

刀母哭着说："不能去，说什么也不能去……"

刀心荣恨恨地长叹："为什么天公不发怒，让天雷劈死那些红汉人！"

10. 芒崖佤族部落　日外

部落首领尼贡的大房外，年近六旬的尼贡和几位佤族头人与外国传教士永享乐、胡超武、杜连仲、石三娇等人和颜悦色地相聚一处。

永享乐："尼贡大头人，胡团长和国军弟兄们是来和你交朋友的，他们给你带来了你最需要的礼物。"

几名士兵将两门山炮和几挺机关枪抬到空地上摆好，另一个士兵将一小箱银元摆在地上，打开箱盖。

尼贡和头人们看着这些礼品，露出满意的神色。

胡超武对尼贡说："尼贡头人，这是兄弟的一点小意思，你收下，日后我们一起抗击共匪，确保芒崖部落不受共党祸害。"

尼贡含笑点头："好啊，你的好意我领了。我们既是兄弟，就不说两家话了。日后你的事就是我的事，我的事就是你的事。"

胡超武："没错，从今以后，我们就是兄弟，一家人。"

杜连仲："尼贡头人，既然我们做了兄弟，就该按照你们部落的规矩，栽下石头，立约盟誓才好嘛。"

尼贡："对对，杜兄弟说得对，我们应该起誓，栽石头，喝咒水，结拜兄弟！"

11. 芒崖部落　日外

神主牌位前，几个佤族武士挖了深坑，将一块大石头推到坑内。

尼贡和胡团长、杜连仲、石三娇各执木制酒碗，面向神主牌位起誓。

尼贡："老天老地、阿公阿祖，我尼贡代表芒崖部落，和国军胡兄弟、杜兄弟在这里栽石头、喝咒水，结拜兄弟。从今日起，若是哪个结拜的人毁了誓约，做了对不起兄弟的事，就要赔上和这块石头一样重的金子！”

胡团长：“不光是要赔金子，毁约的人要遭天打雷劈，不得好死！”

尼贡笑道：“对对，不得好死。胡兄弟，杜兄弟，我们喝下这碗血酒，就是亲兄弟了。”

胡团长、杜连仲、石三娇和尼贡一起抬了抬酒碗，喝下酒。

永享乐在他们身边鼓掌致庆。围站在他们身后的佤族头人和武士们挥动长刀、长矛高喊：“猛！猛！猛！”

刀光寿和管家曼珲、贴身随从站在佤族头人们身边，面无表情。

杜连仲与石三娇对视一眼，一起来到刀光寿面前，杜连仲含笑说：“刀土司，芒崖和曼龙的力量联在一起，我们反攻复国的势力就更大了。”

刀光寿：“我没心情管这些，我现在只想知道我的女儿心妍的下落。”

石三娇阴狠地说：“你现在应该想的，是怎么为她报仇。”

刀光寿负气地转过脸去，石三娇露出冷笑。

12. 边工委　方明华办公室　日内

刀心妍板着脸坐在桌前，方明华、高川站在桌旁。

刘捍卫和炊事员把饭菜端到桌上，刘捍卫说：“姑娘，这是方书记让我们给你专门做的饭菜，还有鸡汤，你趁热喝吧。”

刀心妍：“不，我不饿。”

刘捍卫：“哎，不能不吃啊，这老母鸡可是我们方书记自己掏钱给你买的，他自己都舍不得吃呢，快趁热吃吧。”

刀心妍感到意外地看看方明华，又看看站在一旁铁青着脸的高川，垂下目光。

方明华示意炊事员出去，和蔼地对心妍说：“刀家小姐，你是不是有什么误会呀？还是我们的同志对你态度不好啊？如果有的话，就请你说出来，好不好？”

刀心妍沉默着。

方明华：“我知道你想回曼龙，可你一个人走这么远的路，太不安全了。你放心，我们的同志会护送你回去，好不好？”

刀心妍想了想，突然说：“你们要去曼龙寻仇，要去捉我阿爸，对不对？”

方明华愣了一下，笑道：“谁说我们要去寻仇，要去捉你阿爸呀？”

刀心妍：“你们在曼龙死了人，不是要去寻仇吗？”说着，她故意看了高川一眼。

高川板着脸没理她。

方明华：“你看，我说你误会了吧。我们和你阿爸没有仇，我们的仇人是国民党残匪，就是你们说的老黄皮。刀家小姐，有件事我得告诉你，你阿爸已经离开曼龙，到境外去了。”

刀心妍感到意外：“啊？我阿爸走了？”

方明华：“我们也是刚刚得到消息，你阿爸和国民党残匪一起出境了。”

刀心妍激动地说：“不，不会，我阿爸不会跟他们走，一定是老黄皮把我阿爸绑走的！”

方明华：“你这么说有什么根据吗？”

刀心妍：“当然有。我阿爸，我们曼龙大寨所有的人都恨死了老黄皮！”

方明华：“是吗，为什么恨他们？”

刀心妍：“我们每一个寨子，每年都要交足县衙派下来的税费，负担已经很重了，可那些老黄皮还要向我们收缴大批的粮食、牲畜，很多寨子里的人连饭都吃不饱了，拿什么来交？”

方明华、高川、刘捍卫认真地听着。

刀心妍：“在我去昆明读书的那一年，老黄皮又冲到寨子里要钱要人，阿爸实在忍不住了，跟他们硬顶了起来……”

13. 闪回 曼龙刀府 日内

刀光寿愤怒地对坐在厅堂里的两个国民党军官说："要钱没有，要粮没有，要人更是没有！"

国民党军官："这么说，刀土司是不给我们面子了？"

刀光寿："你们是国军，一切支用由县衙供给，我们已经交足了县衙派下来的钱款粮食，现在又是农忙的时候，让我们派那么多农夫去受你们的差遣，地里的庄稼怎么办？粮食收不上来，明年我们拿什么交给县衙？你们真有难处，就去找县衙吧。"

国民党军官大怒："不识抬举！（他掏出一纸文书，亮给刀光寿）你看好了，这上面盖着县衙的大印，这批钱款枪械就是石县长让我们来找你要的，现在共匪猖獗，治安混乱，我们的弟兄担负着曼龙的防务和清剿共匪的重任！你要敢不听官令，不把钱款枪械按数交给我们，我就告你抗命不遵，涉嫌通匪！"

刀光寿："告什么都由你！我是一块钱也拿不出来，一条枪也没有！"

国民党军官大喊："来人！"

刀光寿也喊："来人！"

一群国民党兵冲进来，一排冲锋枪对准刀光寿。

刀心荣和乃木、扎布等一群家丁冲进来，枪口对准国民党军官。

国民党军官："刀光寿！反了你了？一个小小的土司敢和国军动武？你的曼龙大寨不想要了？"

刀光寿："砍一刀是死，砍三刀也是死！"

国民党军官："少废话！我限你三天之内交出二十支步枪、三万个半开！不然的话，就让你去县里坐班房！走！"

国民党士兵们跟着军官转身出了厅堂。

刀光寿怒火冲天地一拍桌子："什么世道！我堂堂曼龙土司，让他们这些老黄皮当牲口使唤！再这样下去，我们傣家人还有活路吗？"

刀心荣："干爹，跟他们拼吧！各寨的头人都忍不了了，就等着阿爸带头起事呢！"

刀光寿："他们要是敢拉我去坐班房，我就跟他们拼老命！"

（闪回完）

14. 方明华办公室 日内

刀心妍含着眼泪说："气归气，恨归恨，我阿爸还是得把钱和枪交给他们，再大的黄牛也斗不过虎狼啊。"

高川、刘捍卫显出义愤。

方明华："刀家小姐，我们共产党和国民党最大的区别就是以理服人、以德服人，绝不武力强迫。"

刀心妍看看高川，试探地问："这位解放阿哥，不是要带着枪兵去曼龙，去捉我阿爸吗？"

高川感到意外："我们……你怎么知道的？"

刀心妍不语，却用目光期待着回答。

方明华解释说："哦，高营长他们去曼龙的任务不是去捉你阿爸，是要说服你阿爸不要到境外去。请你不要误会。"

刀心妍依然不放心地说："可你们在曼龙死了人，你们真的不记仇吗？"

方明华："你觉得，我们把你当仇人了吗？"

刀心妍有些放心地松了口气，摇摇头，说："我在昆明读了三年书，你们的道理我懂一些。解放军进城的时候我看见了，全城的百姓都上街欢迎，这样的军队一定和老黄皮不一样。"

方明华："这就对了，解放军是人民的子弟兵，当然和蒋匪军不一样。刀家小姐，我们的高川同志要带一支工作队到你们曼龙去，你愿不愿意帮助他们做些工作？"

"我……"刀心妍看了眼高川，心情复杂地问方明华："你们是要住进曼龙，掌管我们的寨子吗？"

方明华笑道："不不，我们不会掌管你们的寨子。工作队的主要任务，是和你们刀家交朋友……"

刀心妍："交朋友?"

方明华："对呀? 怎么，不欢迎吗?"

"不不，" 她又看了眼高川，感到意外地点头说，"我欢迎。"

方明华："太好了！刀家小姐……"

刀心妍："不要叫我小姐了，叫我心妍就可以。"

方明华："那好，心妍姑娘，你阿爸走了，曼龙领地由谁掌管呢?"

刀心妍："应该是心荣阿哥。"

方明华与高川对视后，用目光询问刀心妍。

刀心妍："哦，他是我的族兄，很小的时候就没了阿爸阿妈，是在我们家里长大，也是我阿爸阿妈的干儿子。"

方明华思忖："干儿子?"

刀心妍："是。他的阿公阿祖都是曼龙的老土司，他阿爸原本要继承土司的，可惜在和英国人打仗的时候打死了，土司职位就由我阿爸接任了。我阿爸没有儿子，将来还会把土司的位子传给心荣阿哥。"

方明华："嗯，明白了。那要请你好好说服你心荣阿哥，不要和我们作对哟。"

刀心妍："不会的，心荣阿哥最疼我了。（她瞥了眼高川）这位解放阿哥救了我，我阿哥一定会报答他的。"

高川依然严肃地没表态。

刘捍卫："刀姑娘，我们要的不是报答，是要你阿哥接受我们的政策，跟我们合作。"

刀心妍盯着高川故意问："如果我阿哥愿意跟你合作，也算是一种报答吧?"

高川没想到她会这么问，一时无语。

方明华笑着说："好了，心妍姑娘说是报答，那就算是报答吧，我们接受了。"

刀心妍欣然地说："放心好了，我会让阿哥相信你们的。"

15. 曼龙大寨　日外

田边空地上，刀心荣指挥一排家丁举枪对准挂在绳子上的一溜抹了红颜色的葫芦瞄准射击。

刀心荣率先举枪射中一个葫芦，恶狠狠地对家丁们说："给我瞄准了打！瞄准红汉人的脑壳，统统打烂！"

扎布和家丁们接二连三地放枪，挂在绳子上的葫芦分别被击中。

乃木呼喊着跑来："大少爷！大少爷！"

刀心荣转向乃木。

乃木跑近喘着说："大少爷，我打听清楚了，南沧城里没有多少红汉人，解放的大队人马，都离开南沧城了。"

刀心荣发狠地说："好，把各寨的人马都给我喊来，等我到庙里求了签，选了吉日，就杀进南沧城，救出我阿妹！"

16. 南沧边工委　日外

十余位工作队员整齐地站在院子里鼓掌，方明华、高川、刘捍卫站在队列前，方明华示意大家停止鼓掌："同志们！我们南沧边工委第一支民族工作队今天正式成立了！"

方明华和大家一起鼓掌。

方明华："从明天开始，你们就要踏上征途，去曼龙各寨开展艰苦、细致的民族工作。边工委相信你们，一定能完成这项光荣而艰巨的任务！现在我宣布，边工委决定，任命高川同志为民族工作队队长！"

大家鼓掌，高川向大家敬礼。

刀心妍站在宿舍窗口，好奇地看着院子里的人们。

方明华:“任命刘捍卫同志为民族工作队副队长!”
掩饰着心中不满的刘捍卫面对大家的鼓掌保持着笑容。
方明华:“下面,向没有配枪的同志发放枪支!”
年轻人们一阵骚动,显然人人都希望配备枪支。
刘捍卫拿出名单:“我念到名字的同志到前面来领取枪支,武晓鹏!”
武晓鹏:“到!”
刘捍卫:“钟喜妹!”
钟喜妹:“到!”
刘捍卫:“花蔓!”
花蔓:“到!”

刀心妍看着钟喜妹等工作队员从高川手里领过枪,在和水泉等战士的指点下稀里哗啦地在那里摆弄,心中生出不快,转身离开窗口。

武晓鹏接过枪,显得很不适应,和水泉帮他检查了枪,又把子弹发给他。
钟喜妹把枪套挂到皮带上,枪的重量让她一时系不上皮带。高川走到她跟前帮助她系好皮带,把手枪插进皮带上的枪套。
喜妹心怀伤感地问高川:“高大哥,我像个女战士吗?”
高川稍顿:“像。你就是个女战士。”
钟喜妹:“我和我姐姐像不像?”
高川犹豫地说:“像,像……”
喜妹苦笑着走开了。
方明华走近,看着喜妹的背影说:“真是个好姑娘,你得多照顾她呀。”
高川怀着心事皱着眉,没回答。
方明华看着他,问:“怎么,有什么问题吗?”
高川担心地说:“政委,哦,方书记,工作队就这么十几个人,几乎没什么战斗力。万一遇上敌匪袭扰或是民族武装的刁难,恐怕很难应对。”
方明华郑重地说:“你们的任务不是作战。做民族工作靠的是真心诚意,不是靠武力征服。如果发生意外,即便工作队付出牺牲,也绝不能对民族武装开枪。”
高川顿感责任重大、任务艰巨。

17. 女宿舍　日内

刀心妍一脸不悦地脱下钟喜妹借她的衣服,换上自己的衣服,把钟喜妹的衣服丢在床上,转身走向门口。

18. 宿舍外　日外

方明华、高川谈着话走近,看见刀心妍出了宿舍,生气地走向前院。
方明华喊她:“哎,刀姑娘!”
刀心妍站住,却没转身。
方明华、高川走近她,方明华和气地问:“刀姑娘,你这是要去哪里呀?”
刀心妍赌气站着,不答话。
方明华看看高川,高川显出不解。
方明华又问:“怎么,有什么不顺心的事吗?你说出来,我给你解决。”
刀心妍忍不住地转过身,看着方明华说:“方领导,你不是说工作队去曼龙是去交朋友吗?”

方明华："对呀？怎么，你不相信？"

刀心妍："交朋友带那么些枪做什么？"

方明华明白了，微笑地解释："是为这个呀，刀姑娘，你们曼龙紧靠着边界，那些国民党残匪经常出没，我们的人不能没有自卫武器呀。再说小狼山的那股土匪吧，万一他们向工作队挑衅，你不能让我们的同志赤手空拳和他们斗吧？心妍姑娘，你们曼龙各寨有一千多条枪，我们可没觉得那是用来对付我们的，不然的话，我们工作队这十几号人，敢去你们曼龙吗？"

刀心妍似乎接受了解释，想了想，看看高川，又对方明华说："你们能保证不跟我阿哥动枪吗？"

方明华："我保证，就算你阿哥对我们的人动枪，我们的同志也绝不会朝你们的人放一枪。"

刀心妍似信非信地转向高川，问："是真的？"

高川不情愿地点点头，答："没错，是真的。"

刀心妍似乎相信了。

19. 铁匠铺　日外

伙计拉着马准备出发，铁匠低声说："要你传的话，都记下了？"

伙计："记下了。"

铁匠示意伙计上马："快去吧。"

伙计上马而去，铁匠目光阴沉地望着远去的伙计。

20. 边工委宿舍　夜内

高川站在窗前沉思。

在屋里帮高川擦着驳壳枪的和水泉试探地喊："营长，营长……"

高川没答话，显出烦躁。

和水泉："要是咱们在民族区遇上了敌人，怎么办呢？"

高川猛地转身："打！这有什么含糊的。"

和水泉吓了一跳，瞪大眼睛看着高川。

高川："瞪着我干什么？好好擦！"

和水泉："是。"

高川心绪难平地给自己倒了杯水，几口喝干。

和水泉嘀咕着说："可是，真遇上了敌人，就凭工作队这十几号人，又没什么战斗力……"

高川："十几号人怎么了？怕了他们了？"

和水泉："当然不怕。可工作队这些男男女女的，确实没啥战斗力呀，万一……"

高川："万一什么万一，战斗力是练出来的，你天生就有战斗力呀？（他从和水泉手里拿过枪）行了，我自己擦，你忙你的去吧。"

和水泉："我忙什么去呀？"

高川："爱忙什么忙什么去。"

和水泉撇撇嘴，不高兴地站到一边。

高川转头看他："怎么不吭气了？闹情绪？"

和水泉："营长，我还是想回部队去……"

高川："我不想回呀？（他意识到自己的声音太大，赶紧压低声音）我不想回吗？想回就能回了吗？咱们是革命军人，一切行动都得听从指挥。再有，坚决不能让队员们看出我们有情绪，懂了吗？"

和水泉认真地点头："懂。"

高川叹道："唉，说心里话，我真想明天就把曼龙的任务完成了，后天就一溜烟地回部队去……"

和水泉："我也这么想。"

高川白了他一眼，把枪递给他说："乖乖擦枪吧，我出去走走。"

和水泉接过枪，不满地擦着。

高川走到门边打开门，钟喜妹愣愣地出现在门口，显然是刚要敲门。

高川没想到："喜妹?"

喜妹心里沉重，说："高大哥。"

高川："有事找我?"

喜妹点点头："嗯。"

高川先是想让喜妹进屋，见和水泉探究地看着他们，便改了主意："好啊，咱们去院子里走走。(他临出门对和水泉说）好好擦枪，别东张西望的。"

和水泉："是!"

21. 工作队宿舍　夜内

李铁衫饶有兴致地把拆开擦好的手枪部件组装好，举起枪对着窗外瞄准，嘴里发出模仿枪响的声音："啪，啪……"

武晓鹏用一块手绢把手枪包好，一个队员们拿着印有民族语言和汉语对照的小册子，问武晓鹏自己的傣语发音是否正确，武晓鹏熟练地答复，显然他对民族语言很熟悉。

李铁杉转向武晓鹏："晓鹏，干吗把枪包起来?"

武晓鹏："我，我怕它走火。"

李铁杉故意说："包起来就不走火了?"

武晓鹏："咱们不是工作队吗，又不是去打仗，干吗还带枪啊?"

李铁杉："看你说的，咱们要去的可是紧靠边境的民族区，境外有大批的蒋匪军，山里还有土匪和反动武装，不带枪还行?"

武晓鹏担心地说："那，会打仗吗?"

李铁杉："那可难说，咱们得时刻提高警惕，做好准备。"

武晓鹏显得心虚，说："啊?"他拿着包好的枪，紧张起来。

李铁衫故意吓唬地指着武晓鹏的手枪："当心走火!"

武晓鹏吓得哆嗦一下，李铁衫开心地笑着，武晓鹏责怪地说："干什么你!"

李铁衫笑道："瞧把你吓的。"他得意地收起手枪，突然想起了什么，走向屋外。

22. 边工委院内　夜外

高川和钟喜妹站在树荫下谈心。

钟喜妹满腹委屈地低着头说："高大哥，我想去别的工作队。"

高川明白她的心思，温和地说："怎么，还是想不通?"

钟喜妹点点头，怨恨地说："我们为什么一定要和曼龙土司交朋友? 我就是想不通。"

高川："方书记不是说了吗，我们必须这么做。"

喜妹抬起泪眼看着高川："可我一想到我姐姐，心里就有说不出的恨。我使劲提醒自己，不要对刀家小姐有情绪，可我就是做不到……"

高川心疼地说："喜妹，我也和你一样，一想到喜莲，想到刀家和蒋匪军欠下的血债，我恨不得……可是不行啊，现在情况变了，我们不能把刀家当仇敌了。"

喜妹："那我姐姐，就白牺牲了?"

高川："不，不会。喜莲和成千上万的烈士一样，他们的血没有白流，今天的新中国就是用他们的鲜血换来的。方书记要我们忘记个人的仇恨，去和曼龙刀家交朋友，这是对我们的考验，也是要我们做出另一种牺牲。"

喜妹孩子气地说："让我牺牲什么都可以，我就是不想和曼龙土司交朋友!"

高川耐心地说："就算让你去了别的工作队，也还是要和别的土司头人交朋友。要是那些土司头人也害死过我们的同志，你怎么办？再换地方，还是不工作了？喜妹，咱们参加的是革命工作，必须服从上级的安排，不能依着自己的心情去选择，不能任性啊。”

喜妹无奈地沉默片刻，抹着眼泪抬头看着天空，难过地说：“如果我姐姐在天有灵，她会怎么想？”

高川心情沉痛地仰望夜空，叹道：“我也想知道，她会怎么想。”

喜妹伤心地哭出了声，高川安慰地搂住她的肩膀，喜妹扑到高川胸前，痛哭起来。

李铁衫从厢房旁边走来，突见树荫下钟喜妹扑在高川胸前痛哭，本能地躲到墙边，屏住呼吸。片刻，他探头看去——

高川搂着喜妹走向宿舍。

李铁衫心中不悦地转身要走，突然发现刘捍卫站在自己旁边，愣住了：“队、队长。”

刘捍卫冷着脸说：“副队长。你在这干什么？”

李铁衫：“哦，没，没什么，我随便走走。”

刘捍卫：“明天就要出发了，你不抓紧时间好好准备，早点休息，瞎转悠什么？”

李铁衫：“是，我这就回去。”他赶紧走向宿舍。

刘捍卫看看走去的李铁衫，又看看高川和喜妹走去的方向，若有所思。

23. 工委院内　夜外

刘捍卫在方明华办公室外徘徊，不时看看亮着灯的窗户，犹豫着是否进去。

方明华打开门出来，看到迟疑中的刘捍卫。

方明华：“捍卫同志，有事吗？”

刘捍卫有些尴尬地笑笑：“方书记，我……也没什么事。”

方明华：“有事就说嘛。”

刘捍卫：“那好，我就直说。方书记，我是这么想的，那个，高营长是个战斗英雄，能文能武，能和他一起工作，我感到非常荣幸。可是，他这种带兵打仗的好手，一下子转到民族工作上来，会不会有些不适应？啊，我主要是为工作考虑，没有别的意思。”

方明华会意地笑笑：“捍卫同志，你还不了解，高川同志早在创建根据地时期就做过民族工作，团结了不少民族武装共同反蒋，取得了不小的成绩。你别看他年轻，我可以负责任地说，他一定能带好工作队，完成任务。”

刘捍卫感到意外，说：“哦，是这样啊。那就好，那就好，您这么说，我心里就踏实了。”

方明华：“捍卫同志，你也做了多年的民族工作，也有不少工作经验，我希望你能很好地配合高川同志，多花些精力帮助那些年轻队员，到了曼龙之后，尽快打开局面。”

刘捍卫：“我明白，我一定按照您的指示去做。”

方明华：“快去休息吧，明天还要赶路。”

刘捍卫：“好，您也早些休息，我走了。”

方明华目视刘捍卫离去，若有所思。

24. 女宿舍　夜内

花蔓坐在床上欣喜地摆弄着发给她的手枪，不时地向窗外瞄准。

靠在另一张床上的刀心妍冷眼看着她，显出不满。

钟喜妹在一旁收拾东西，花蔓凑过来说：“喜妹，你以前打过枪吗？”

喜妹：“没有。”

花蔓无意中看到钟喜妹的小镜子，拿起来照了照，当她要把镜子放回去时，发现镜子反面夹着一张照片——照片上是两个年轻姑娘，其中一个是少年时的钟喜妹。

花蔓拿着镜子问：“喜妹，这就是你姐姐吧？”

喜妹转头看看，把镜子拿了过去，点头说：“嗯。”

花蔓抓住喜妹的手看着镜子上的照片："你姐姐长得真好看。"
一旁的刀心妍朝她们瞥了一眼。
喜妹没说什么，收起镜子。
花蔓再次举枪瞄准，而后转向刀心妍，问："哎，大小姐，你打过枪没有？听说你阿爸手下有一个团的兵力呢，是不是真的？"
刀心妍没答话，不屑地把脸转向一边。
花蔓感到了什么，收起手枪试探地问："大小姐，我是不是说错什么了？"
刀心妍冷淡地转向她："你是个姑娘家，这么喜欢动枪吗？"
花蔓有些尴尬："这，这是工作需要呀。"
刀心妍无意再说地转回脸去。

25. 小狼山匪巢　夜内

张云奎斜靠在床上，端着烟枪眯着眼问铁匠铺伙计："你们没搞错，那丫头真是刀光寿的闺女？"
伙计站在床前说："不会错，吴铁匠说了，这两天，共产党的工作队要去曼龙，刀家大小姐一定会跟他们一起走。"
张云奎放下烟枪，坐起身打个哈欠，打起精神说："真是苍天有眼呐，该让老子吃的肉，就落不到别人嘴里。喜贵。"
站在一旁的张喜贵："在。"
张云奎："给我盯好了，要是放过了刀家的丫头，我剥了你的皮。"
张喜贵："是。"

26. 南沧边工委　日外

边工委院门外，工作队一行十余人和驮带物资、电台的马匹、马车准备出发。
方明华与高川话别。
方明华："我再宣布一条纪律，到了曼龙以后，一切行动都要尊重刀府的意见……"
高川有些不解。
方明华："他们让你进寨子你就进，不让你进就不能进。他们让你们带枪进去你们才能带，不让你们带枪就坚决不带。"
高川："不让带枪？万一他们耍起蛮来，我们怎么办？"
方明华："只能说理，不能动武，这是铁的纪律，必须执行。"
高川无奈地说："是！"
方明华把一封信交给高川："这是罗开云同志写给小狼山匪首张云奎的信，你带着，如果碰上意外，就当是护身符吧。"
高川："罗开云？当年在佤山抗日的大英雄？"
方明华："就是他。他的人马参加了我们的边区纵队，为思普地区的解放立了大功呢！"
高川收起信："这就行了，有罗司令助阵，腰杆就硬多了。"
一旁的刘捍卫对方明华只叮嘱高川明显不满，故意对着帮助钟喜妹拿行李的李铁衫说："哎，李铁衫！你们别光顾着自己人，去帮帮客人嘛！这点觉悟都没有吗？"他指指正走向马车的刀心妍。
李铁衫忙答："是，刘队长！"
刘捍卫赌气地说："刘副队长！"
李铁衫："是，刘副队长！"
他赶到刀心妍身边，要和花蔓一起扶她上马车。刀心妍拒绝了，自己上了马车。刘捍卫走过去，细心地帮着她挪动行李物品，选择坐处。
花蔓把行李放上马车，自己也爬了上去，转向钟喜妹喊："喜妹，快来！"

钟喜妹瞥了眼刀心妍，不情愿地在武晓鹏和花蔓帮助下上了马车。
工作队出发了，年轻人们呼喊着向方明华等边工委领导挥手告别。
方明华和两位领导挥着手目送队员们上路。
坐在马车上的刀心妍看着前后向方明华告别的队员们和跨上战马赶上来的高川，显得心绪不平。

27. 曼龙大寨寺庙　日外

刀心荣骑着马带着乃木等家丁来到寺庙。
刀心荣在寺前下马，就着家丁打上来的井水洗了脸和手，一脸虔诚地走向寺门，在门前脱了鞋，跨进寺庙。

28. 寺庙内　日内

佛像庄严。
刀心荣上香之后双手合十片刻，跪拜佛像。
罄声悦耳。
刀心荣合十默祷。

29. 山路上　日外

高川带领的工作队赶往曼龙……
山路险峻，高川下了马，拉着马向上走着。
刘捍卫和队员们纷纷下马，拉着马上山。
马车上的钟喜妹、花蔓也下了车，推着马车上山。
留在车上的刀心妍犹豫地也想下车，花蔓对她说："你坐着吧，路上有泥巴，不好走。"
刀心妍坚持要下车，刘捍卫对她喊："刀姑娘！你不要动，就坐在车上，这是命令！"说着露出关切的笑容。
刀心妍无奈，只好坐在车上，有些不安地看着推车的喜妹和花蔓。

队伍爬上一处较陡的山坡，高川、刘捍卫分别帮着队员们把马和马车拉上山坡……
刀心妍乘坐的马车遇上麻烦，拉车的马匹吃力地上坡，把车拉得东摇西晃，在陡坡前，不论赶车的队员怎么吆喝，马匹还是不愿上坡。
钟喜妹、花蔓等队员使劲推车，李铁杉、武晓鹏也赶来帮忙。
刀心妍坐不住，要下车，高川赶过来喊："别动！坐好了！"
刀心妍被高川的喊声镇住，不敢动了。
高川过来和喜妹等人一起推车，终于把马车推上了陡坡。
喜妹开心地朝高川笑着，高川拿出毛巾帮她擦了下脸上的汗水。
刀心妍看着高川和喜妹，露出猜测的神色。
李铁杉显出不自然。
喜妹拿着高川的毛巾擦着汗，看着远处的风景说："看呐！多好的风景啊！"
花蔓高兴地呼喊起来，群山回荡着她的声音。
钟喜妹也喊了起来，听着群山的回声。
队员们都喊了起来，他们的喊声在山谷中回荡。
刀心妍看着孩子般开心的队员们，似乎受到感染。

30. 山林中　日外

张喜贵带着几个土匪喽罗来到靠近山路的树丛中，监视着路上。

一个喽罗赶来报告："张爷，来了！"
张喜贵："有刀家小姐吗？"
喽罗："有，还有几个女娃，都是白生生的。"
张喜贵心痒地舔了下嘴唇，咽下口水，说："好，弟兄几个有福享了。散开！"
土匪们分散隐蔽地向山坡下移动。

31. 山路上　日外

高川、和水泉策马而来，行到山势险峻处，高川勒住马向山林中观察。
和水泉也勒住马向山林中观望。
突然，高川胯下战马"云里站"警觉地动了动耳朵，仰着脖子嘶鸣起来……
高川勒住马向山林望去——可见山林中有树丛晃动。
高川警觉地跳下马喊："隐蔽！"
他拽了下缰绳，战马随即卧倒。
和水泉快速下马，操起冲锋枪扑到路边。
高川手持双枪蹲在战马前方紧盯着山坡上的树丛，高喊："喂！——你们是小狼山张云奎的人吗？"
没人答话，树丛里传出枪声，子弹打在高川身前。高川抬手一枪——
树丛中一个土匪发出惨叫。
张喜贵和几个土匪纷纷向高川、和水泉开枪……
和水泉移动到射击位置，一梭子子弹扫向土匪。

32. 山路上　日外

随后而来的工作队员们听到枪声都紧张起来，刘捍卫抬手示意大家："停下！"
李铁杉抽出枪："是枪声，有土匪！"
山林中的土匪朝他们射击，几颗子弹打在马车上。
花蔓尖叫着跳下马车躲到车轮旁，钟喜妹也跳下车，回头看看刀心妍。
刘捍卫关切地对刀心妍喊："快下车！"
刀心妍镇定地下了车，怒视着山林。
土匪又打来几枪，刘捍卫上前拉着刀心妍向车旁隐蔽。
花蔓尖叫着爬到马车下面。
刘捍卫叮嘱刀心妍："在这别动。"
他起身挥着手枪向队员们喊："跟我来！"
李铁杉等队员跟着刘捍卫冲向路边山坡，向山林中的土匪射击……
钟喜妹抽出手枪看了眼刀心妍，跟着刘捍卫、李铁杉等人冲去……
花蔓躲在马车下，闭住眼睛，捂着耳朵。她感到有人挤她，睁眼一看，竟是武晓鹏也慌张地躲到她身边，二人慌张尴尬地对视。
车边的刀心妍看看车下，露出轻蔑的神色，她突然伸手从花蔓腰间抽出手枪，起身向前方走去。
花蔓急喊："哎，我的枪！"

33. 山路上　日外

山路边，高川变换着位置向树丛中的土匪射击——
又有土匪中弹惨叫。
和水泉朝山坡上的土匪射出一串子弹……
林中的土匪们见势不妙，纷纷撤离射击位置。
张喜贵喊着："不许跑！给我打！压住他们！"

他一边向高川射击一边带着身边的土匪赶向刀心妍的方向。
高川转头看见山路上走来的刀心妍，立刻起身边向土匪射击边向她赶去。
张喜贵催促身边的土匪冲向刀心妍："快！那就是刀家小娘们，抓住她！"
土匪冲向刀心妍，刀心妍举枪向土匪射击。
土匪躲避着还击，子弹打在刀心妍身边。
高川急喊："趴下！快趴下！"
刀心妍毫不顾忌地继续射击，直到把手枪子弹打光。
土匪继续冲向刀心妍……
高川赶过来举枪连发，土匪接连中弹毙命。
张喜贵举枪瞄向高川，高川甩手一枪，子弹打穿了张喜贵的耳朵，疼得他满地打滚……
高川冲过去，用枪对准张喜贵，张喜贵捂着耳朵磕头求饶："长官饶命！长官饶命！"
高川厉声问："你是张云奎的人吗?"
张喜贵跪着答："是！是！小的是张总爷的人……"
高川掏出信说："拿着！这是罗开云司令给张云奎的信，叫他好好看看！你们再敢为非作歹，残害百姓，罗司令和解放军就剿平你们的小狼山！"
张喜贵接过信继续磕头："是！是！小的明白，小的一定转给张总爷。"
高川："滚吧！"
张喜贵忙说："多谢长官不杀之恩！"他连滚带爬地跑入林中……
高川走向路边。
刀心妍依然拿着枪站在路边，冷眼看着山林。
刘捍卫、李铁杉等人赶来，迎向高川。
刘捍卫神色夸张地说："高队长，土匪被我们打跑了！"
高川走过来看看刀心妍手中的枪，一把拿过去问："这是谁的枪？谁的枪?"
人群后面传来花蔓怯懦的声音："是我的。"
高川分开众人走向花蔓，刚想发火，又看见站在花蔓身后的武晓鹏，武晓鹏浑身是土，手枪却插在枪套里。
高川把枪还给花蔓，瞪着武晓鹏说："胆小鬼！"
武晓鹏、花蔓难堪地垂头不语。
高川转向队员们："出发！快速通过小狼山！"
队员们行动起来，刀心妍心有所思地注视着走向马匹的高川。

34. 曼龙大寨寺庙外　日外

刀心荣举着一支上上吉签出了寺庙，对等候在外的乃木和家丁们喊："佛祖保佑，是上签！"
乃木和家丁们欢呼起来。
刀心荣："乃木！召集各寨人马，到东盘江渡口会齐！我要杀进南沧城，救出我阿妹！"

35. 小狼山匪巢　日内

张云奎一巴掌把头上包着绷带的张喜贵扇个趔趄，张喜贵捂着脸露出哭相，被打烂的耳朵处渗出血迹。
张云奎怒喝："废物！连个丫头都绑不回来！"
张喜贵委屈地说："总爷，那丫头有解放军护着，他们有上百号人，还有机关枪和小钢炮，兄弟们实在是打不过呀……"
张云奎一愣："你说什么？解放军护着刀家丫头去曼龙了?"
张喜贵："可不是吗，他们的火力太猛了，领头的那个简直就是活阎王，一手一支匣枪，一抬手就撂倒一个弟兄。要不是我躲得快，我这条小命……"

张云奎："放屁！什么他娘的活阎王，他手里有枪，你手里是烧火棍吗？"

马师爷在一旁说："总爷，若是解放军真和曼龙刀家打联手，咱们的日子可就不好过了。"

张云奎："他们敢把老子怎么样？有种就来踩我的营寨，我叫他们有来无回！"

张喜贵哆嗦着拿出高川给他的信，递到张云奎面前："总爷，这是罗开云罗司令给您的信，是那个领头的共军让我带给您的。"

张云奎气冲冲地拿过信，看了看信封，吃惊地说："罗开云？"

36. 曼龙大寨　日外

刀心荣骑着马带领乃木及府兵、寨丁们赶向寨口……

远处传来阵阵号炮声和牛角号声。

寨子里有人慌乱地奔跑。

刀心荣勒住马朝远处张望。

乃木也是一脸诧异。

扎布跑来："大少爷！大少爷！"

刀心荣："扎布，出什么事了？"

扎布气喘地说："大少爷，佤族的岩火部落，要和我们'拉事'！"

刀心荣："和我们'拉事'，拉什么事？"

扎布："罕富寨主去收他们的官租，他们不给，还下山抢了耕牛，罕富的人去要，被他们打伤了。岩火部落下来几百号人，要烂掉罕富寨子！"

刀心荣愤愤地说："想烂我们的寨子，叫他们拿命来！"

第四集完

第五集

1. 曼龙刀府　日外

寨子里号炮、牛角号声不断。

刀心妍的母亲在丫鬟玉切、玉凤陪伴下惶恐地走出府门，惊慌地问：“出什么事了？为什么放炮？”

门前的家丁说：“太太，青蒙山上的岩火部落要和我们拉事，大少爷已经带人去东盘江了！”

刀母手捂心口说：“天呐，又要拉事了，又要动枪动刀了！（她满面忧愁地双手合十朝天祈祷）大慈大悲的菩萨！保佑我们曼龙寨子！保佑我儿心荣吧！”

2. 东盘江畔　日外

这里是傣族领地与佤族部落的分界地，河水从山林里流出，在傣族聚集的平坝上蜿蜒。

傣、佤两族的武装群众分别聚集在河两岸，各自鸣锣鸣枪、呼喊叫骂，战事一触即发。

佤族武装为首的是部落头人岩火，他全副武装居中立马，身边是岩虎、岩坚，像第一集出现时一样，三人都扎着红包头，背后背着弩弓或卡宾枪，腰挎长刀，手执长矛。聚在他们两侧的上百名佤族斗士有节奏地举着武器呐喊，随时准备冲过河去。

河对岸的傣族武装毫不示弱，在罕富寨主带领下举着武器高声怒喊，准备决一死战。

刀心荣率领乃木、扎布和府兵、家丁冲到河畔，傣族武装群众自动让开条路，刀心荣策马奔到河边，与岩火隔河对峙。

两族武装发出更大的喊骂声，不少人朝天放枪。

3. 山坡上　日外

高川和队员们越过坡顶，望着坡下绿油油的平坝，个个露出欣喜之色。

李铁衫兴奋地喊：“快看呐，曼龙坝子！多美的坝子啊！”

刘捍卫感慨地说：“可算到了，真是块风水宝地呀！”

武晓鹏、花蔓也向坝子看去，但却不好意思说什么。

钟喜妹想到了什么，走到高川身边，望着美丽的坝子轻声问：“高大哥，我姐姐是在哪里牺牲的？”

高川怀着隐痛说：“就在江边上。”

二人沉默地望着山下流淌的东盘江。

花蔓转向刀心妍：“大小姐，那边就是曼龙大寨吧？”

刀心妍没有回答，感怀地向久别的寨子望去……

刘捍卫责怪花蔓：“叫什么大小姐，要叫刀姑娘。”

花蔓自责地退到一旁。刘捍卫靠近刀心妍，含笑说：“刀姑娘，看到家了吧？”

刀心妍露出淡淡的笑容，没答话。

和水泉发现了什么，指着远处的河边对高川说：“营长，你看，那怎么有那么多人？”

高川朝和水泉指的方向看去——

东盘江两岸聚集着数百人，远远地传来号炮、牛角号声。

高川立刻变了表情。

花蔓也指着远处的河边问刀心妍：“大小姐，你看，那么多人聚在河边干什么呀？怎么还放枪啊？”

刀心妍向河边望去，神色骤变。

高川转头朝刘捍卫喊："刘副队长，带好队伍！"

他跳上马向河边奔去，和水泉也上马紧跟而去。

刘捍卫追了几步喊："高队长！注意安全呐！"

他见高川毫无回应地远去，担忧地长叹。

武晓鹏担心地说："怎么回事，是不是又出事了？"

李铁杉在一旁说："看样子，是武装械斗。"

武晓鹏吃惊地说："啊？这么多人？"

花蔓在一旁捅了他一下，他赶紧闭嘴。

刀心妍趁李铁杉他们不注意，拉过一匹马跨上去，拍马追着高川跑去。

花蔓急喊："大小姐！大小姐！回来！"

刘捍卫看着远去的刀心妍忙喊："站住！回来！（继而抱怨地）她跑去干什么？她跑去干什么？！"

4. 东盘江畔　日外

傣族、佤族武装隔江叫骂。

刀心荣在马上伸平手臂，傣族武装渐渐停止骂喊。

岩火也伸平长矛，示意自己的人马安静下来。

刀心荣怒视对岸的岩火高喊："岩火！你们这群山贼！抢了我们的耕牛还要抵赖！你们反了天了！"

岩火毫不示弱地喊："刀家少爷！耕牛我们没有抢，那原本就是我们山寨的！你们罕富寨主大白青天里说黑话，不是好人！"

刀心荣："胡说！你们打伤了罕富寨主，还要打烂他的寨子！你们有几条命？"

岩火："我们的命都在这里，一人一条！刀家少爷不和我们说理，我们就拿命来说！"

刀心荣："放肆！你算个什么东西，敢来和我换命！你不要忘了，你们的谷地是我们傣家租给你们的！你这个部落头人，是我们傣家土司封的！按照祖上定下的规矩，你们年年都要向我们纳贡！你给我好好算算，你们有几年没上贡了！"

岩火："你们的田地比我们多，你们的耕牛比我们多，你们的谷子烂在仓里吃都吃不完，为什么还要我们上贡？"

刀心荣："去问你的祖上吧！他们为什么接受傣家的封赏，为什么愿意向我们上贡！"

岩火："我们的祖上酒喝昏了，忘了火烧山的地方归我们佤族，洪水淹的地方归你们傣族，被你们黑心的祖上摆了蛊子！我们现在都醒了，不会再交你们一粒谷子、一块银钱！"

刀心荣："哼！大话涨不起河水！就算你生吞了豹子胆，我也要打到你认下祖上规矩！"

岩火："你有胆就过江来吧！让我砍下你的脑壳，祭奉我们的谷神！"

刀心荣："留下你的脑壳给我们祭祖吧！放炮！"

傣族武装中有人放响号炮，所有人摆出战斗姿态簇拥着刀心荣向河边挺进。

佤族武装中有人吹响牛角，所有的人紧随岩火、岩虎、岩坚向江边挺进。

刀心荣将冲锋枪子弹上膛，对家丁们高喊："准备放枪！"

装备精良的家丁们冲到刀心荣马前排成一排，举起冲锋枪、步枪瞄准对岸。

岩火高举长矛，岩虎、岩坚催马挡在岩火身前，端起卡宾枪。

佤族武装的枪手们也冲到岩火身前，举起步枪、火枪瞄向对岸。

千钧一发时刻，河面上传来高川的喊声："都住手！——不许开火！——"

刀心荣和家丁们寻声望去——

岩火、岩虎、岩坚也寻声望去——

高川纵马踏着浅浅的江水疾驰而来，马蹄踏起的水花在众人的视线里绽开，马上的高川犹如神兵天降。

刀心荣诧异地盯着策马奔来的高川。

罕富寨主和傣族武士们同样诧异地盯着高川。
岩火也感诧异地盯着高川。
岩虎、岩坚及佤族青年们也都盯着高川。
高川跨马奔到两族武装中间的河道里，勒住马朝两岸的武装群众高喊："都放下武器！不许开火！"
高川的喊声在河畔回荡。
刀心荣呆望着高川，一时竟不知所措。
乃木凑近刀心荣说："大少爷，是红汉人！他们是来寻仇的！"
刀心荣的表情骤变。

江对岸，岩虎对岩火说："大头人，他就是前久借路的那个红汉人，手里有神枪。"
岩坚也说："是了，他手里是有神枪。"
岩火盯着高川："红汉人是来帮傣家的？"
岩虎、岩坚无法回答。

刀心荣紧张地对乃木说："快去探一下，红汉人来了多少。"
乃木转身走去。刀心荣心慌地对傣族武装喊："快散开！散开！把枪对准红汉人！"
傣族武装纷纷散开，枪口对准策马而来的高川。
高川立马江中，扬起手臂高喊："两族的乡亲们！都放下武器！不要开火！"
傣、佤两族武装群众都怔怔地看着高川，一时没了主张。
刀心妍骑着马沿江奔来。
岩虎看见赶来的刀心妍，提醒岩火："大头人，你看，是刀家的女人。"
岩火朝催马奔来的刀心妍看去。
刀心妍催马而来。
岩坚拉开弩弓搭上箭："我射死她！"
岩虎："慢！大头人，红汉人是来帮助傣家人的！"
岩火一脸阴郁地说："有红汉人挡路，我们不打了。"
岩虎一声呼哨，佤族武装立刻散开跟着岩火奔进山林。
刀心荣望着突然散去的佤族武装，更觉诧异。
刀心妍策马奔向刀心荣："心荣阿哥！——不要打！不要打了！——"
刀心荣看见刀心妍，吃惊地说："阿妹？心妍阿妹！"
扎布惊喜地喊："是大小姐！大小姐回来了！"
傣族群众欢呼起来。
刀心妍奔向刀心荣。
高川、和水泉看着远去的佤族武装和欢呼中的傣族群众，露出欣慰之色。
刀心荣跳下马迎向刀心妍："心妍阿妹！——"
刀心妍也跳下马扑向刀心荣："心荣阿哥！——"
刀心荣抱住刀心妍激动地说："阿妹，你可回来了！"
刀妹云也激动地说："阿哥！"
刀心荣放开心妍，打量她说："阿妹，你怎么会穿汉人的衣服？你是怎么回来的？红汉人把你怎么样了？"
刀心妍："没有，阿哥，红汉人没把我怎么样，他们……"
刀心荣挡开心妍，挺胸移开视线。
高川在江畔下了马，走向刀心荣。
刀心荣眼中透出杀气。
刀心妍想解释："阿哥……"

刀心荣拦住她，迎向高川。

刀家的家丁们向刀心荣身后簇拥过来。

高川一脸正色，从容走向刀心荣。

乃木赶来凑近刀心荣说："大少爷，红汉人没来多少，只有十多个人。"

刀心荣面露不屑，审视着走近他的高川。

高川拿出公函，递向刀心荣说："刀家少爷，我们是共产党南沧边工委派来的工作队，我叫高川，是来和你们交朋友的。"

刀心荣傲慢地接过信看看信封上的字，随手丢在地上，轻慢地说："这里是曼龙领地，我们不欢迎红汉人，更不欢迎带枪的红汉人。"

高川几乎要发作，却强忍住。

刀心妍想劝解："心荣阿哥！"

刀心荣抬手拦住她，用挑衅的目光盯着高川。

高川拾起那封公函，克制地说："刀家少爷，你们曼龙领地归属南沧县管辖，这是人民政府的公函，你应该收下。"

刀心荣嘴角一动，露出一丝冷笑。

刀心妍看不过去，从高川手中接过公函，塞给哥哥："心荣阿哥，你不能这样对待客人！"

刀心荣："客人？扎布亲眼看见，是红汉人绑走了你！"

刀心妍："不是的！绑我的人是土匪，不是解放军！若不是这位解放阿哥救了我，我就再也回不来了！"

刀心荣半信半疑地看看妹妹，又看看高川。

高川："刀家少爷，我们工作队是代表共产党人民政府来曼龙开展工作的，我们的纪律是，一切行动听从你们土司的安排，你们让我们进寨子，我们就进，你们不让进，我们就不进。"

刀心荣怀疑地说："这话当真?"

高川："这是我们的纪律。当然，县里的公函，你一定要看。"

刀心荣重新看看公函信封，冷冰冰地说："那好，等我看了公函再说吧。没有我的话，你们不能进寨子。"他转身向傣族部众挥手："回寨！"

刀心妍不甘地说："心荣阿哥！为什么不让他们进寨子！他们是客人！"

刀心荣不由分说地拉着刀心妍离开河畔。

刀心妍被刀心荣拉着，心有不忍地回头看看高川。

高川神色冷峻地望着她。

刀心妍被刀心荣拉到马匹前，在武装部众的簇拥下跨上马，向寨中进发。

和水泉来到高川身边，想不通地说："营长，咱们真得听他的？不进寨子了?"

高川心中不平地望着远去的刀心妍和傣族群众，没有回答。

5. 山林中　日外

岩火率领佤族武装撤到山上，他勒住马，招呼一个头人："桑木！"

桑木头人来到岩火马旁："大头人。"

岩火："带上你的人回寨子去吧，你们要仔细守好寨子，傣家人说不定什么时候就会找你们寻事。"

桑木："是了。大头人，要是红汉人帮助傣家人找我们拉事怎么办?"

岩火："你仔细打听了，红汉人到底是不是来帮傣家人。若是他们敢和傣家人一起拉事，我就召集全部落的武士和他们开战，砍下他们的脑袋祭山神。"

桑木："是了。"

岩火率领岩虎、岩坚等人带领大批武士沿着山路走去……

6. 曼龙大寨　日外

刀心荣率领部众进入大寨，对乃木、扎布等下属高声下令："关上寨门！多留些人把住寨口，不许外人靠近！”

寨丁们关闭寨门，纷纷把守在寨墙边，枪口对准寨外。

7. 刀府　日外

刀心荣带着刀心妍和乃木、扎布及心腹家丁进入府院，对家丁喝道：“关闭府门！仔细把守！不许任何人进来！”

乃木、扎布带着家丁们关上府门，登上院墙布防。

刀心荣下了马，把刀心妍扶下马，刀心妍不满地说：“心荣阿哥，你这么紧张做什么？红汉人不是来打仗的！”

刀心荣不由分说地将她拉进府邸。

8. 刀府　日内

厅堂里，刀心妍的母亲迎向门口，张开双臂含泪呼唤：“心妍！”

进了门的刀心妍喊着“阿妈”，扑到母亲怀里，流下眼泪。

刀母紧抱着女儿流着泪说：“心妍，我的女儿，可把阿妈想死了！”

心妍哭着说：“阿妈，女儿回来了，回来了……”

母女俩抱着一起流泪，一旁的丫鬟们也忍不住抹起眼泪。

刀母把心妍推开一些仔细打量，看见她脖颈上浅浅的伤痕，心疼地抚摸着，又拉起她的手，见镯子、护身符都没了，愤愤地说：“女儿，告诉阿妈，那些天杀的红汉人，怎么欺负你了？”

心妍委屈地说：“阿妈，绑走我的不是红汉人，是土匪。（转向刀心荣）心荣阿哥，你为什么不让红汉人进寨子？解放阿哥救了我，他们不是坏人……”

刀心荣拦住她的话：“阿妹，告诉我，这小股红汉人后面，是不是还有大队人马？”

刀心妍：“没有，真的没有！他们是工作队，不是来打仗的，是来和我们刀家交朋友的！”

刀心荣：“这怎么可能？前些天红汉人到过曼龙，在东盘江边和我们打过，他们还死了人。他们一定是来寻仇的！”

刀心妍：“我知道他们在曼龙死了人，还死了一个女解放，对不对？你知道那个女解放是什么人？就是刚才不让你和佤族拉事，给你公文的那个解放阿哥的恋人！”

刀心荣有些吃惊，有些想不通。

刀心妍：“红汉人在南沧的大长官叫方书记，他亲口和我说，他们虽然在曼龙死了人，但会把账算在国民党老黄皮头上，不会算在我们刀家头上。他们的工作队，真的是来和我们交朋友的，不是来寻仇的。”

刀心荣一时想不明白地说：“好了，他们是什么人我们先不讲了。（转向丫鬟）玉切，把大小姐的衣服找出来，烧上热水，伺候大小姐洗去灰土。”

丫鬟玉切答应着去了。

刀心妍还想说什么，只见母亲抹着泪仔细端详着她，颤声说：“女儿啊，别去管什么红汉人了。来，跟阿妈来，阿妈有好多话要问你呢。”

刀心妍不情愿地被母亲拉向内室。

刀心荣看着刀心妍母女进了内室，才挥手让乃木进来。

乃木凑近说：“大少爷。”

刀心荣：“那些红汉人果真没进寨子？”

乃木：“没有，都停在寨子外面了。”

刀心荣：“他们后面，果真没有大队人马？”

乃木：“好像真的没有。”

刀心荣不解地思索片刻，拿出高川给他的政府公函，打开看着，看毕，他蹙起了眉头。

乃木：“大少爷，信上怎么说？”

刀心荣："信上说，红汉人已经彻底打垮了国民党政府，建立了新的红色政权，要我们刀家顾全大局，和他们红汉人搞团结，一起建立……（他又看了看信）一起建立民族民主联合政府。"

乃木："联合政府?"

刀心荣转动着脑子，想着对策。

乃木："大少爷，国军的胡团长说过，红汉人狡猾得很，你可千万当心呐。"

刀心荣："你以为我会相信他们？哼！"

9. 曼龙大寨外　日外

高川带领的工作队在寨子外的路边等待着，骄阳当头，钟喜妹、李铁杉等队员都显出了不耐烦。

高川站在路边的小坡上，望着远处有傣族武装把守的寨门，一筹莫展。

刘捍卫急躁地说："高队长，这样等下去不是办法吧？我们也太被动了。"

高川没说话，也忍着一肚子气。

和水泉凑近说："营长，刀家大小姐也太不够意思了，咱们救了她的命，可她……"

高川瞪了他一眼："就你话多！"

和水泉吐下舌头，退到一边去了。

刘捍卫不甘地说："咱们就这么等着?"

高川负气地说："等！"

10. 刀府　日内

热气腾腾的浴房里，刀心妍坐在纱绸浴帘遮挡的竹凳上洗浴，烧热的石头在她身边冒着蒸汽。专门伺候她的丫鬟玉切用水瓢从木桶里舀出热水，帮心妍冲着身子。

刀心妍还是一脸的不高兴。

刀母拿起水瓢舀出热水冲着女儿的头发疼爱地说："心妍呐，从你阿爸送你上昆明读书，一走就是三年，阿妈没有一天不想你呀……"

刀心妍："阿妈，我也每天想你呢。"

刀母："前些日子听说昆明到处抓人，闹得乱麻麻的，阿妈真为你担心呢。后来听说红汉人进了昆明，所有有钱粮、有田地的人家都要被拉去砍头，阿妈更是心惊肉跳啊。"

刀心妍："别听人家乱讲，阿妈，我不是好好地回来了吗？人家共产党根本就没有乱杀人。解放大军进城的时候，全城的百姓都去欢迎了，敲锣打鼓的，可热闹呢。"

刀母："你也去看了?"

刀心妍："嗯。"

刀母："你这孩子，真是不懂事。咱们刀家人，怎么好跟百姓娃子乱在一起?"

刀心妍："那有什么?"

刀母："有什么？你又不是没见过，不管什么时候，汉人的官军一到，总要跟我们刀家过不去，不是要钱粮，就是要牛马，最可恨的，就是要抓人。"

刀心妍娇声说："阿妈，我觉得红汉人跟以前的汉官不一样。"

刀母："不一样？什么不一样？如果前些天他们打进了曼龙，你敢说他们不要钱粮，不要牛马?"

刀心妍无法回答了。

11. 刀府　日内

厅堂里，佣人把几样精致点心摆上篾桌，刀心荣抓块点心尝了尝，感到满意。

12. 刀府　日内

刀心妍闺房内布置得整洁舒适。

梳洗一新的刀心妍在母亲和丫鬟玉切的帮助下换上漂亮的傣装，玉切把一双崭新的缎面绣鞋放到心妍脚前，要帮她穿上。

心妍撒娇地跺跺脚说："不穿不穿。我刚去学堂的时候，人人都笑我光着脚，只好一天到晚穿鞋子，难过死了。好不容易回到家，还要我穿鞋子。"

刀母："好，不穿就不穿。阿妈是怕你在学堂里穿惯了，回来不习惯。"

心妍："习惯。"她调皮地将绣鞋踢到一边，说："阿妈，你叫心荣阿哥把红汉人请进来吧，他们真的是好人呢。"

刀母："这得由你心荣阿哥做主。你阿爸走的时候留下话，曼龙的事情，都要听你心荣阿哥的。"

刀心妍露出意外的神色。

13. 刀府　日内

厅堂里，换好装的心妍和母亲一起来到厅堂。

刀心荣笑吟吟地说："阿妹，饿了吧，快来吃些点心。晚上我在府里设宴，为你接风。"

刀母也说："对，心妍，快吃些东西吧。"

心妍怀着心事来到小桌边，问："心荣阿哥，那些红汉人怎么办？他们是和我一起来的，是客人呐。"

刀心荣："阿妹，先吃点心，你慢慢跟阿哥讲，你到底是怎么和那些红汉人搞到一起的？"

心妍："我不是对你讲了吗，那个解放阿哥救了我，要不是他，我早被土匪绑到外国去了！"

刀心荣："那你告诉阿哥，你怎么认定绑你的是土匪，不是解放？"

心妍："我当然认定。他们把我绑进匪窝子，我听到他们讲的都是当地话。他们把我绑在一个臭烘烘的地方，他们，他们还想欺负我……"

心妍难过地靠在母亲身上流下了泪。

刀母哄着她说："好了好了，我的女儿，阿妈信你，一定是土匪干的。"

刀心荣猜测："土匪？除了小狼山的张土匪，这一带哪还有土匪？"

刀母："你干爹不是托人给张土匪送了钱吗？他怎么敢绑我的女儿？"

刀心荣："张土匪抢过我们的驮马，干爹带人打过他们，还杀了他的兄弟。"

刀母："他是要寻仇了？"

刀心荣："汉人没个好东西！若真是他张土匪干的，看我不烂掉他的窝子！"

刀母安慰心妍："心妍，不哭了，现在回家了，一切都好了。"

刀心荣拉心妍在椅子上坐下，问："阿妹，那些红汉人为什么要救你？他们都对你说了些什么？"

刀心妍："为什么要救我？阿哥，你见到土匪抢人，能不救吗？"

刀心荣："这不一样。"

刀心妍："怎么不一样？解放阿哥把我救到南沧城，共产党的长官对我可好了，还自己花钱买鸡给我吃呢。方书记说了，他们的工作队就是来和咱们刀家交朋友的。"

刀心荣审视着妹妹："阿妹，这些话，不是红汉人逼你说的吧？"

刀心妍："心荣阿哥，你说什么呀？"

刀心荣："红汉人放你回来，没要我们刀家赔他们人命，没要我们出钱出粮？"

刀心妍："没有。方书记要我告诉你，他们跟老黄皮不一样，不会难为我们。"

刀心荣思索着冷笑说："这就对了，他们不要钱粮，要的是我们的田地，我们的人马。"

刀心妍："这怎么会呢？你凭什么这样说？"

刀心荣："干爹说过，石头不能当枕头，汉人不能当朋友。红汉人长着三颗心，他们的话不能信。"

刀心妍："他们的话不能信，我的话也不能信吗？"

刀心荣无言地看着刀心妍。

刀心妍："解放阿哥救了我，我答应把他们领进曼龙大寨，他们是客人，是救我的恩人，为什么不让他们进寨子？"

刀母犹豫地说："心荣，就让他们进寨子吧，不是没多少人吗？"

刀心荣："干妈，干爹走时留下话，曼龙的事情由我做主。"

刀心妍生气地起身说："你不许他们进寨子，我就什么都不吃！"

刀心荣克制地说："好好，我的好阿妹，不要闹。阿哥和各寨的头人商议一下，看看该怎么办。"

刀心妍："有什么好商议的？我阿爸不是把曼龙交给你了吗？你不是土司代办吗？你发话就是了，谁敢不听？"

刀心荣："阿妹，就算干爹在，这么大的事也要和寨主、头人们商议，这是规矩。"

刀心妍负气地说："若是阿爸在，绝不会这样对待救我性命的人。"

14. 境外小镇　刀光寿居住的竹楼　日外

篱笆墙外有国民党士兵持枪站岗。

曼珲管家指挥下人、家丁把刀光寿的物品搬进竹楼，刀光寿走上竹木楼梯，站在平台上远望曼龙方向，面带愁容。

15. 破旧的教堂　国民党残军指挥所　日内

电台发出接收信号的嘀嗒声，报务员快速抄记着来电……

胡超武和杜连仲、石三娇及两位校级军官凑在铺开的地图前紧张地商议着。

胡超武指着地图说："此处距离'41 年线'不到二十公里，一旦共军越界追击，我们防不胜防。我们必须继续南撤，撤到孟墨、密支那地区，建立营地。"

石三娇不满地说："撤到那么远的地方，我们还能打回南沧吗？"

胡超武："现在要紧的是保存实力，等待支援。"

石三娇："等多久？我们要等多久？撤到孟墨、密支那，还能控制曼龙、芒崖的土司武装吗？"

杜连仲正要发话，报务员走近："报告，国防部从台湾来电。"

胡超武："念。"

报务员："获知你部成功转进缅甸境内，甚为欣悦。命你部在勐撒一带驻扎，建立反攻复国根据地。着即联合南沧各勐土司武装，成立'云南反共救国军'。蒋总裁特命原陆军第 8 兵团司令官李弥为'云南反共救国军'总指挥，不日将抵达缅北上任。特命原陆军第 8 军 237 师 709 团团长胡超武为反共救国军第一纵队少将司令，负责整编撤入缅境的国军部队；特命原陆军第 8 军 237 师情报科科长杜连仲为国防部驻第一纵队上校特派员，协助胡超武司令组建第一纵队各支队，掌控云南民间及地下武装。望你部克服一切困难，为反共复国建立功勋。国防部。"

石三娇显出不悦。

杜连仲看着石三娇："石小姐，看来国防部的长官们和你是同样见解。"

石三娇心里有气，没说出来。

胡超武拿过电报匆匆看罢，不满地说："见鬼，兵源物资呢？美国、英国的支援呢？钱呢？居然一句不提。就凭我们几百号人，就想建他娘的根据地，反攻复国？真是做梦！"

杜连仲颇怀壮志地说："胡司令，国防部既令我等在此建立根据地，就一定会给我们送来物资给养。我们虽然只有几百号人马，但是南沧各勐的武装有几千人。只要我们坚定反共救国的决心，联合南沧各勐的土司首领，就能组建起装备精良、声势浩大的反共救国军，把云南搅个天翻地覆。借用共匪毛泽东的话说，这就叫'星星之火，可以燎原'。"

胡团长不屑地说："特派员倒是信心十足啊。"

杜连仲："身为党国军人，就该心系党国存亡。有道是'国家兴亡，匹夫有责'。我等虽然困守蛮荒之地，但必须坚定信念，卧薪尝胆，厉兵秣马。等李总指挥一到，我们要像一把利剑，插回南沧，光复云南！"他转向石三娇："石小姐，你对此有信心吧？"

石三娇气愤地捶了下桌子，怒道："有个屁！真是岂有此理！我阿爹死守南沧，壮烈殉国。我单枪匹马杀出共军重围，不计前嫌和你们一起转战，在曼龙我身先士卒毙伤共匪，这一切都是白做的吗？我阿爹就该白白送死吗？你们和国防部都是睁眼瞎吗？为什么一句也不提？为什么不表彰我阿爹？为什么没有我的任命？为什么？”

杜连仲赶紧说：“石小姐，你别误会。我们和国防部刚联系上，确定部队番号和驻扎地是首要军务，必须最先上报，上峰自然最先批复。你放心，你和你父亲的功绩，胡司令已经另行电文上报国防部了，很快就会有批复。”他说着看了眼胡超武。

胡超武会意地忙说：“对对，石小姐，你们石家的功劳是跑不掉的，上峰一定会大加抚恤，重重地嘉奖。你就放心吧。”

石三娇怨气未消地扭着脸。

杜连仲劝慰道：“石小姐，自从离开南沧，你跟着我们一路辗转，历经战事，实在是辛苦了。眼下我们脱离险境，有了安身之地，你也可以放松心情，安歇一下了。”

胡超武：“对对，石小姐应该好好歇息，好好歇息。来人！”

副官：“有！”

胡超武：“马上把石小姐的房间安排好，一应物品一定要置办齐全。她缺什么短什么马上去镇上找齐，绝不能让她有半点委屈！”

副官：“是！”

石三娇并不领情地哼了一声，杜连仲劝道：“石小姐，先去休息吧，余下的事我们回头再议。”

石三娇不高兴地扭身走去，副官带着勤务兵跟着走去。

胡超武看着石三娇的背影，露出阴笑低语：“这小娘们，还真他娘够味。”

杜连仲心有防范地没表态。

16. 曼龙大寨外　日外

远处传来隆隆雷声，天边阴云密布。

高川看看远处变坏的天气，又看看手表，显出几分焦急。

刘捍卫凑近说：“队长，看样子要变天了，咱们还这么等着？”

高川想了想，转身向队员们说：“同志们，把马匹和马车赶到树林边去，就地搭帐篷，准备宿营！”

刘捍卫：“宿营？那粮食物资怎么办？淋了雨可不得了啊！”

高川：“和水泉！”

和水泉：“到！”

高川：“把电台、武器和粮食保护好！出了问题你负责！”

和水泉：“是！”

和水泉和几名工作队员迅速用雨衣、苫布盖住电台、弹药、粮食等重要物资。

李铁杉、武晓鹏等队员把马匹、马车赶向树林边。

钟喜妹、花蔓和其他队员一起准备搭建帐篷。

花蔓面露难色，对喜妹说：“咱们这是要住在野地里呀？”

钟喜妹点点头：“嗯，刀家不让咱们进寨子，只能住帐篷了。”

花蔓露出难以接受的表情。

李铁杉拴好马匹，对一旁的钟喜妹说：“看见了吧，刚一到就出事，这就是民族区。”

钟喜妹不屑地瞥了他一眼。

和水泉从马车上取下木杆，交给钟喜妹：“喜妹同志，来，把木杆捆起来，准备搭帐篷。”

钟喜妹接过木杆，见李铁杉找出砍刀要进树林，问：“哎，你干什么去？”

李铁杉：“去砍芭蕉叶，做屋顶。”

钟喜妹把木杆交给花蔓：“我也去！”

李铁杉故意说：“你也去？林子里可有蚂蟥啊。”

钟喜妹：“我才不怕呢！”她也拿了把砍刀跟着李铁杉进了林子。

花蔓拿着木杆，不知所措地露出哭相。

刘捍卫一边和队员一起盖马车上的物资一边对高川说：“高队长，我们是不是应该去刀府交涉一下，就算进不了寨子，也该给我们找个避雨的地方吧？”

高川扯着苫布，带着情绪说：“该说的我都跟刀心荣说了，鬼知道他打的什么主意，等他回话吧。”

刘捍卫一脸无奈。

17. 林子里　日外

钟喜妹跟着李铁杉用砍刀砍下一片片芭蕉叶，李铁杉边砍边说：“要是刀家硬是不让我们进寨子，那我们怎么办？不是白来了吗？”

钟喜妹：“怎么会白来呢？就算刀家不让我们进寨子，高队长也一定有办法。”

李铁杉：“是吗？什么办法？”

钟喜妹：“这得去问高队长，我怎么知道。”

李铁杉：“喜妹，高队长真有那么大本事吗？一来就当队长了，刘队长才当副队长。”

钟喜妹：“怎么，你怀疑高队长？”

李铁杉：“我哪敢呢，我就是担心，我们进不了寨子。”

钟喜妹：“你担心？你担心不赶紧想办法？”

李铁杉：“我能有什么办法？”

钟喜妹：“哼，想你也是没办法，你就会……哎呀！妈呀！——”

她惊恐地跳着脚。李铁杉赶紧靠近她：“怎么了？到底怎么了嘛？”

钟喜妹手颤着指指小腿：“虫，虫子！”

李铁杉蹲下身子，赶紧拍着钟喜妹的小腿，取出蚂蟥。

李铁杉捏着蚂蟥起身说：“说了林子里有蚂蟥，你还把裤脚挽那么高，看看。”

钟喜妹看见蚂蟥，喊叫一声转身飞奔而去。李铁杉忍不住笑了起来。

18. 刀府　日内

刀心妍被母亲强迫着尝点心，边吃边对母亲说：“阿妈，你相信我，那些红汉人不是坏人，他们讲道理，不抢百姓的东西，跟国民党老黄皮真的不一样。”

刀母：“心妍，你不是被他们摆了蛊吧？怎么总说他们的好话呢？你不知道，寨子里的波罕帮红汉人带回一封信，就被老黄皮吊死了。”

刀心妍：“什么？老波罕给吊死了？”

刀母：“可不是吗。”

刀心妍：“阿妈，我们傣家人被老黄皮害得还不够吗？那些黄皮兵一到，说抢就抢，说杀就杀，现在好不容易被红汉人打跑了，我们应该感激红汉人呐！”

刀母：“傻孩子，红汉人打老黄皮，是他们汉人的事。他们哪个打走了哪个，跟我们傣家没关系。”

刀心妍：“怎么没关系？要是红汉人早些打走老黄皮，阿爸还会被他们带走吗？”

刀母叹道：“还说呢，你阿爸要不是被老黄皮硬拉着去打红汉人，他也不会跟着老黄皮逃走了。唉，先不说这些了，快吃吧。”

心妍赌气地撇着嘴。

19. 刀府　日内

厅堂里，刀心荣和几个寨子的寨主在商议。

罕富寨主气呼呼地说：“大少爷，红汉人是来寻仇的吧？他们一来，就挡着我们和佤族拉事，我们寨子的耕牛怕是要不回来了吧?”

刀心荣:“谁说要不回来,他们敢下山来抢,我们就敢上山烂他们寨子!”

乃松寨主:“大少爷,罕富寨主,几条耕牛比起红汉人来,是小事了。”

罕富:“小事?若是你的寨子被抢了耕牛,你还会说是小事吗?”

乃松:“罕富寨主,不要动火气嘛。现在是红汉人到了寨子边上,你说是对付红汉人要紧,还是那几条耕牛要紧。”

罕富想回嘴,被刀心荣拦住:“乃松寨主,你要讲什么,接着讲。”

乃松:“是了。大少爷,红汉人是祸是福,现在还讲不清楚。前些天他们在曼龙死了人,可他们没有派大军来强打硬杀,没有来找我们寻仇嘛。单从今天拦着我们和佤族拉事来看,红汉人的确要强过老黄皮。”

刀心荣:“怎么讲?”

乃松:“那个红汉人的头人单枪匹马冲到河心,就把两边人马都压平了。那个红汉人怕是有神灵护佑啊!”

刀心荣:“乱讲,哪个神灵会护佑红汉人?”

乃松:“佤寨里有人传过话来,那个红汉人手里有两支神枪,厉害得很呐!”

刀心荣:“又是乱讲,什么神枪,谁见过?”

乃松:“佤寨里的人都见过。大少爷,他要是没有神灵护佑,为什么连枪都没放,一场大仗就给压平了?”

刀心荣:“佤族人被吓跑了,没的打了。”

乃松:“佤族人是被红汉人吓跑的。要是换了老黄皮,我们的寨子要向他们交多少钱、多少粮?怕是还要送几个女人哩。”

刀心荣不满地说:“照你这么说,我们该让红汉人进寨子了?”

乃松:“让不让他们进寨子,全凭大少爷做主。不过嘛,硬挡怕是挡不住的。”

刀心荣:“有什么挡不住?你真以为红汉人有三头六臂不成?”

乃松:“大少爷,共产党解放能有这么大的气候,怕是真有神灵护佑呢。不然的话,昆明的卢主席怎么会一下子转向了红汉人?依我看,国民党的气数真是尽了。”

罕富:“国民党确实要不得,他们的官老爷没给我们傣家做过一件好事。年年征粮、征税、征夫,搞得乡民没法生活。前些日子我们寨里嘎罕家的儿子在地里做着活,就被他们抓去了。老嘎罕急得发疯,我又有什么办法?如果他们再回来,怕是我们这些寨主头人也要被他们抢了。”

刀心荣不悦地说:“听起来,你们是要红汉人进寨子了?”

罕富:“不不,大少爷,我们是依着理说说。红汉人进不进寨子,你说了算。”

刀心荣:“你们别忘了,我干爹在老黄皮手里,我要是不挡红汉人,他会怎么样?”

罕富、乃松等一时无语。

乃木插话说:“各位寨主头人,你们不是都听说了,共产党解放到了哪里,都是要分田分地共产共妻的。谁要是不怕田地女人被共产党解放分了去,就让他们进谁的寨子好了。”

刀心荣:“胡说!在曼龙领地,所有的寨子是一家!你们都记住了,山外的鸟唱得再好听,还是要飞走的。”

罕富:“是了,土司是石头,汉官是流水。不管怎么样,我们都听大少爷的。大少爷,我们寨子的耕牛一定要去夺回来,不能让那些佤族人讨了便宜……”

刀心荣烦躁地摆手说:“好了!到底在说红汉人还是在说耕牛?你分分清楚好不好?”

20. 小狼山　张云奎匪巢　日内

张云奎斜靠在床上抽着大烟,丫鬟们在他身旁挑灯、续茶、捶腿,伺候着他。

马师爷把信放到桌上琢磨着说:“罗开云的意思,是要拉总爷投奔共产党啊!”

张云奎闭着眼不说话。

马师爷："这个罗开云早就和共产党连着肠子通着肺了，当年他在景谷拉起一两千人马，手下的干将几乎都是共产党。解放军还没打进云南，他的队伍就打下了澜沧、西盟和普洱，为共产党打了头阵。"

张云奎把烟枪交给丫鬟，喝了口热茶眯眼听着。

马师爷："眼下的时局嘛，表面上看国军是败了，卢主席也投了共产党。可国军在境外还有几万人马，在台湾还有上百万大军，又有美国人撑腰，说不准什么时候就又打回来了。总爷，我们该怎么办，得好好盘算盘算呐。"

张云奎半睁开眼睛哑着嗓子说："坐天下的吃天下，我吃我的小狼山。不管是国民党还是共产党，只要不断我张某人的财路，随他们争去，与我无关。"

马师爷："话是可以这么讲，不过共产党可是劫富济贫、分田分地、共产共妻的，对总爷这样靠马帮起家的一方豪强……"

张云奎翻了下眼皮："他罗开云不也是靠马帮起家的吗？你见共产党分他家财，共他老婆了吗？"

马师爷一时无语："可是……"

张云奎不耐烦地说："好啦，罗开云是远近闻名的大人物，能给我送来书信，也算是看得起我了。眼下的情形，是共产党坐天下，我们开罪不起。你去告诉弟兄们，以后不许碰共产党的人，也不许踏进共产党的地盘。咱们还是两边不靠，好自为之。"

马师爷："总爷的意思是好，可就是不知道国军那边能不能答应，万一他们怪罪过来……"

张云奎："怪罪个屁！不就是一群饭桶吗？号称什么中央军，被共产党打得连窝子都没了。他们敢来为难我，老子就真他妈投了共产党！看他们把我怎么样！"

马师爷目光阴郁地收起罗开云的信，点头说："好，就按总爷的吩咐办。"

21. 曼龙大寨外　傍晚外

天空黑云密布，雷鸣中下起大雨。

雨水冲淋着工作队搭起的几个简易帐篷、棚子和用苫布盖着的马车。高川、刘捍卫披着雨衣油布在草棚里躲雨。高川抹着脸上的雨水，依然期盼地望着远处的寨门。

刘捍卫忍不住说："高队长，我们不能太软弱了！我们是政府的工作队，为什么要听刀心荣的？难道他不让我们进寨子，我们就一直在这里淋雨吗？"

高川有些激动："你以为我愿意这样吗？想起刀心荣那副嘴脸，我就恨不得冲进土司府，狠狠教训他！"

刘捍卫："对嘛，我们就该进寨子去，看他敢把我们怎么样！如果我们不进寨子，怎么能发动群众？怎么做工作？这不是向土司妥协、低头吗？"

高川："方书记定了纪律，一切行动都要征求刀府的意见，我必须执行！"

刘捍卫愣了愣："这简直，简直匪夷所思嘛！"

22. 刀府　傍晚内

宽大的厅堂里灯火通明，刀心荣设宴为刀心妍接风，各寨寨主、头人坐在摆成圈的篾桌前，尽兴地享受美酒佳肴。

大厅中央笙歌融融，歌舞班表演着傣族歌舞。

刀心荣、刀心妍及刀母居中而坐，寨主、头人们不断地举杯，向刀心妍及刀母、刀心荣敬酒。

笙弦中，"赞哈"（傣族歌手）唱起情歌，年轻美丽的姑娘翩翩起舞……

刀心荣端着酒杯对刀心妍说："心妍阿妹，你去昆明读书前，干爹就对我讲过，等你读书回来，我们就成亲……"

刀心妍反感地说："我阿爸还在老黄皮手里，你居然有心说什么亲事？"

刀心荣尴尬地怔了怔："哦，干爹总要回来嘛，我只是想……"

刀心妍："那些红汉人怎么办？你到底让不让他们进寨子？"

刀心荣："我已经和寨主们商议过了，不能让他们进寨子。"

刀心妍："你……"

画外雷声轰鸣。

刀心妍揪心地说："下着这么大的雨，你不让他们进寨子，连个避雨的地方也不给，这是哪家的理嘛！"

刀心荣："阿妹，红汉人的事不要再说了。"

刀心妍："我偏要说。就算是过路的客人，也要给个避雨的地方嘛！这不是我们傣家的礼数吗？"

刀心荣："他们不是过路的客人，不用讲什么礼数。"

刀心妍生气地说："你不许他们进寨子，我就什么都不吃！"

刀心荣："不要闹，难道为了那些红汉人，你要阿哥作难吗？"

刀心妍愤愤地说："心荣阿哥，你就这样对待救了我的恩人吗？"

刀心荣生气地顿了顿，说："我在和你讲我们的亲事，你总扯那些红汉人做什么？难道你心里已经没了我这个阿哥吗？"

刀心妍一时不知如何作答，怨愤地起身离席，走向后堂。

刀母喊着她："心妍！心妍！"起身追过去。

寨主们都看着刀心荣，罕富凑近说："大少爷，大小姐离家太久了，怕是在外面有了相好，对你变了心了。"

刀心荣负气地举杯："鬼话！不许乱讲！喝酒！"

23. 刀府后院　傍晚外

楼台一隅，乃木紧张地打量周围之后，从鸽笼中抓出军鸽，将藏有情报的纸卷塞进小竹管，绑在杜连仲留给他的那只军鸽的腿环上，放飞军鸽……

有人躲在墙角暗中看着乃木的举动，没有显身。

24. 境外小镇教堂　傍晚内

石三娇居住的小屋里东拼西凑地摆了些家具，石三娇站在竹床边，一件件看着为她找来的衣物，似乎没一件满意的。

传令兵在门外喊："报告！"

石三娇继续挑选衣物："进来。"

传令兵推开门："石小姐，胡司令在大厅宴请各位军官和刀土司，请你赴宴。"

石三娇不屑地说："我没兴趣，不去了。"

传令兵迟疑地不知该不该走。

石三娇："对了，去给我烧一桶热水，我要梳洗。"

传令兵犹豫着。石三娇："去呀！"

传令兵："是！"他转身走了。

石三娇没好气地上前关上房门。

25. 教堂　夜外

军鸽远远飞来，盘旋之后认准了插在教堂一侧的旗子，落了下来，抖着翅膀咕咕叫着。

26. 教堂大厅　夜内

胡超武在大厅里摆下长桌酒宴，刀光寿、管家曼珲、杜连仲及大小军官在座。

胡超武站在长桌一端亢奋地说："弟兄们！蒋总统和国防部电令我部在勐撒建立根据地，整编第八兵团撤到境外的所有部队，组建'云南反共救国军'。用不了多久，原第八兵团司令官，咱们的总指挥李弥将军就会带着美国、英国援助的大批军火物资与我们会合，到那时候，国军就会大举反攻！"

在座的军官们在杜连仲带领下鼓掌叫好。

胡超武："在此，兄弟我代表'云南反共救国军'第一纵队向党国、向蒋总统宣誓——"

所有在座军官随杜连仲起立，站姿笔挺。

胡超武："我们要把党国的存亡担在肩上，坚定信念，厉兵秣马，等李总指挥一到，打回南沧，光复云南！

杜连仲和军官们齐声："打回南沧！光复云南！"

胡超武举杯："为了党国，干！"

杜连仲及众军官齐声："干！"

胡超武、杜连仲和众军官饮尽杯中酒。

胡超武见坐在身边的刀光寿没有喝酒，故意笑着说："刀土司，这杯酒一定要干呐。我等历经险境，死里逃生，今天可以算是重生之日，可喜可贺呀。来来，兄弟我陪你干了这杯酒。"他端起刀光寿的酒杯，递到他面前。

刀光寿勉强接过酒杯，故意说："胡团长，你说的话我不大听得懂，不知道今天有什么可喜之事啊。"

坐在刀光寿另一侧的杜连仲说："刀土司，胡团座已经是'云南反共救国军'第一纵队的司令官了，当然是可喜可贺了。"

刀光寿："哦，升官了呀，那就恭喜了。"他不冷不热地对胡超武举举杯，喝了酒。

胡超武表示理解地说："刀土司，委屈你了。这段时间先在这里忍耐一下，等我们的援兵、军火和物资一到，我们立刻打回南沧，送你回曼龙。"

刀光寿半信半疑地说："胡长官，国军真的能打回去吗？"

胡超武："那是当然。我们有美国、英国的支援，有大把的军火、物资，一定能打回南沧，光复云南。"

杜连仲："刀土司，胡长官已经请示上峰，任命你为'南沧反共救国促进会'的会长，等到我们打回南沧，你就不光是曼龙土司了，南沧县长也是非你莫属啊。"

胡超武："对对，非你莫属。"

刀光寿并不关心这些，关切地问："两位长官，我现在只关心我女儿心妍的下落，你们有她的消息吗？"

胡超武看向杜连仲，杜连仲说："请刀土司放心，国军的弟兄已经把你的千金从共匪手里抢出来了，不日将来此与你会合。"

刀光寿惊喜地问："这是真的？"

杜连仲："军中无戏言。"

刀光寿双手合十，感激地说："多谢杜长官，多谢国军弟兄们！"

胡超武："客气了，这是我们应尽的责任嘛。刀土司，只要你和国军精诚合作，我们不但要确保你家人的安全，还要请你和我们一起反攻南沧，开创复国大业呢！"

刀光寿："刀某一定尽力，一定尽力。"

胡超武举起酒杯："来，为我们精诚合作，再干一杯！"

刀光寿痛快地举杯，与胡超武、杜连仲碰杯后干了杯中酒。

一个心腹军官走到杜连仲身边对他低语，杜连仲听罢放下酒杯，向胡超武、刀光寿示意后朝大门走去。

27. 教堂　夜外

杜连仲走出教堂大门，走到一旁墙边，可见乃木放飞的军鸽落在窗台上发出"咕咕"的声音。心腹军官将军鸽带来的字条交给杜连仲，杜连仲看罢思索起来。

28. 教堂　石三娇居住的房间　夜内

石三娇用木桶里的热水擦洗完毕，穿上官兵为她找来的相对中意的百姓衣服，拿起木梳梳着湿漉漉的头发。

门外传来胡超武带着酒意的声音："石小姐！石小姐！"

石三娇怔了一下，整理一下衣服，走到门前开门。

胡超武端着酒杯一脸醉态地站在门口，嘴里不利索地说："石小姐，你也太不给面子了，干嘛自己躲在屋里，不来陪我喝几杯呢?"

石三娇略显不满地问："胡司令，你有什么事?"

胡超武进了门，向身后的士兵示意："抬进来!"

一个士兵端着放有酒瓶、酒杯、罐头和几样菜肴的托盘进屋，把酒和酒杯、菜肴摆在桌上。

石三娇看着那些菜肴，猜测着胡超武的动机。

胡超武示意士兵退下，对石三娇说："石小姐，你不够意思，这么重要的日子不和兄弟们一起庆贺。"

石三娇冷着脸说："你是要我庆贺你荣升司令吗？恭喜了。"

胡超武往桌上的酒杯里倒了酒，端起来说："哎，不光是庆贺兄弟我荣升司令，还有你想要的好消息。你不是想要上峰表彰你父亲吗？国防部来电回复，蒋总统亲自追授石潭县长'党国英烈'称号，授予忠勇勋章一枚。还有，国防部任命你为'云南反共救国军'第一纵队第一支队司令。怎么样，值得庆贺吧?"他把酒杯递给石三娇，要和她碰杯。

石三娇接过酒杯，冷淡地说："好啊，我这个支队司令能有多少人马？我们什么时候能打回南沧去，为我阿爹报仇?"

胡超武咧嘴笑道："石姑娘，不要急嘛。我们先得积蓄力量，养精蓄锐，等待时机嘛。来来，为祭奠你的父亲、党国英烈，也为你当上支队司令，干一杯!"

他和石三娇碰了杯，喝干了杯中酒。

石三娇转向窗外双手举杯，望着星空说："阿爹，你放心，女儿一定为你报仇!"说罢，她把酒洒在地上。

胡超武见状瞪着眼睛说："哎哎，这不行，这不算数。"他拿起酒瓶往石三娇的酒杯里倒酒："刚才那杯敬你爹了，这杯你喝。"

石三娇不情愿地喝了一口。

胡超武："哎，这可不行，你得干了。"

石三娇："抱歉，司令，我不胜酒力，干不了。"

胡超武："这不行，必须干了。我为你父亲向国防部请功，你总得表示感谢吧？再说，我是你的上司，我都干了，你不干，这可是坏了规矩，我得罚你。快快，干了干了。"他抓起石三娇端酒杯的手向上托。

石三娇推开他的手，不情愿地喝干了杯中酒。

胡超武又往酒杯里倒酒，端起杯递给石三娇："来来，好事成双，咱们再干一杯。"

石三娇："胡司令，我真的不胜酒力，也没心情喝酒，请你见谅。"

胡超武坚持地说："不行，我说了好事成双，就得好事成双。你必须喝，喝!"

石三娇反感地说："胡司令，你已经喝醉了，请你不要强迫我好吗?"

胡超武红着眼说："你说什么？我喝醉了？我强迫你？好啊，我就是醉了，就是要强迫你。你喝不喝？不喝我就真的要强迫你了!"

石三娇见状退一步说："那好，我可以陪你干了这杯酒，不过，你得答应我一个条件。"

胡超武："条件？什么条件?"

石三娇冷笑地看着胡超武……

第五集完

第六集

1. 境外教堂　石三娇居住的房间　夜内

（紧接上集）石三娇冷笑地看着胡超武："你给我一百个士兵，让我带着他们打回南沧，为我阿爹报仇!"

胡超武讪笑道："你这算什么条件？你也太心急了。给你一百号人，跟你回南沧，那不是白白送死吗？你知道南沧有多少共军？起码得有一个团!"

石三娇："既然这样，我就不陪你喝酒了。胡司令，你请吧。"

胡超武翻翻眼睛："请什么请？我的话还没说完呢。俗话说得好，君子报仇，十年不晚，报仇心切赔光本钱。这个道理你都不懂，你还当个什么支队司令?"

石三娇："支队司令我可以不当。只要能为我阿爹报仇，让我当马夫都行。"

胡超武："扯球蛋嘛，你怎么能当马夫呢？石姑娘，我们是患难之交，你的仇人就是我的仇人。我胡某对天发誓，就是豁上我的脑袋，也要为你父亲报仇!"

石三娇警惕地看着胡超武，没答话。

胡超武挨近石三娇，色迷迷地打量着她："来，我们喝下这杯酒，从今往后，就是一家人，不分彼此了!"

石三娇不接酒杯，半转身说："我说了不胜酒力，不再喝了。"

胡超武贴近她的身边，端着酒杯的手搂过她的肩，石三娇转脸盯着他，等着他下一步动作。

胡超武醉笑着说："石姑娘，我们都是无家可归、沦落天涯的苦命人，何不借酒消愁，及时行乐呢?"

石三娇："胡司令，你喝醉了，还是回去休息吧。"

胡超武："石姑娘，你不会敬酒不吃，要吃罚酒吧?"

石三娇："你想干什么?"

胡超武扔下酒杯，抱住石三娇强行亲吻她，要把她拖向床边。石三娇奋力挣脱，三拳两脚将胡超武打倒在地，从一旁抽出手枪对准了他。

胡超武急喊："来人！快来人!"

门被撞开，两名端着冲锋枪的士兵冲进屋，枪口对准石三娇："不许动!"

胡超武狼狈地爬起来，恶狠狠地喊："把她给我绑起来！绑起来!"

士兵逼向石三娇，石三娇举枪与士兵对峙。

杜连仲出现在门口："都住手！把枪放下！放下!"

士兵为难地看看胡超武，胡超武指着石三娇狂吼："别听他的！把这个小娘们给我绑了！绑了!"

杜连仲上前挡在石三娇与胡超武之间，急切地劝道："司令，你糊涂了？小不忍则乱大谋啊。"

胡超武气急败坏地说："这个臭娘们，敢和老子动手，我看她是活腻了，老子非教训她不可!"

石三娇毫无惧色地举着双枪，一支枪对准胡超武，另一支枪对准士兵。

杜连仲贴近胡超武耳边说："司令放心，这丫头我来处理，你回去休息吧。（他见胡超武还要指着石三娇大骂，便抓住他的双臂厉声劝阻）胡司令！你不想坏了党国大事吧？你喝醉了，马上回去休息!"

胡超武有些发愣地看着杜连仲，杜连仲转向两个士兵："送司令回去休息，执行命令!"

两个士兵过来搀着醉醺醺的胡超武，将他扶出了门。

杜连仲转向石三娇，露出歉意。石三娇不买账地把枪口对准他，冷着脸说："你也出去。"

杜连仲冷静地说："石小姐，让你受惊了，非常抱歉。"

石三娇："出去。"
杜连仲："两句话，说完就走。"
石三娇瞪着他，等着他说。
杜连仲："你不适合留在此地，如果愿意的话，明天跟我走，去执行特殊任务。"
石三娇："去哪里?"
杜连仲露出阴笑。

2. 曼龙大寨外　雨夜外

高川等人走近一家人的板房，见那家主人正在冒雨加固牛棚，便走上前去。
高川："老乡！老乡！"
那家主人警惕地打量高川。
高川："老乡，我们是共产党的工作队，是来帮助你们的！"
那家主人一哆嗦，迅速跑回屋里关上了门。
高川无奈，刘捍卫在一旁说："看吧，这就是服从土司的结果。"

高川等人仍在寨外奔走。
李铁杉提着马灯跑近："队长！高队长！"
高川："铁杉，什么情况?"
刘捍卫："刀府出来人了?"
李铁杉："没有！高队长，那边有个窝棚，快被风雨刮倒了！我们听见里面有人在哭！"
高川："走，看看去！"
李铁杉、和水泉等人跟随高川而去，刘捍卫也跟了过去。

3. 简易帐篷里　雨夜内

帐篷里挂着马灯，钟喜妹不安地说："这么久了，高队长他们还不回来。"
花蔓担心地说："是啊，不会有危险吧?"
钟喜妹："咱们不能就这么等着，走，找他们去。"
花蔓："找? 这么大的雨，怎么找啊?"
钟喜妹抓起油布说："你不去，我自己去。"
她说罢钻出帐篷。
花蔓喊着："哎，等等我！"
她也抓起油布钻出帐篷。

4. 林边　雨夜外

钟喜妹、花蔓钻出帐篷，穿着雨衣忐忑不安地守在帐篷外的武晓鹏紧张地问："哎，你们干什么去?"
钟喜妹："找队长他们去！"
武晓鹏："这么黑的天，这么大的雨，你们上哪去找?"
钟喜妹："你好好站岗吧，看好马和物资！"
她和花蔓披着油布快步走去。
武晓鹏颤声喊着："喜妹！花蔓！回来！注意安全呐！"

5. 刀府　夜内

刀心妍轻轻打开自己的房门，看看走道里没人，轻步走出房门，沿墙移向楼梯，慢慢下了楼梯。

一个佣人从走道过来，刀心妍赶紧躲到楼梯后面。
佣人从楼梯前走过，吹灭了一盏灯火。
刀心妍蹑足走向伙房。
伙房里，丫鬟玉切端着铜盆出来，刀心妍赶紧躲到门后。
玉切端着铜盆走向楼梯。
刀心妍快步进了伙房，找到一把雨伞匆匆打开门跑了出去。

6. 刀府　雨夜外

刀心妍打着雨伞小心地沿着马厩向外走。
院子里有披着蓑衣的家丁站岗。
刀心妍沿着马厩走向院角的小门。

7. 刀府　夜内

端着铜盆的玉切来到刀心妍房外，轻声喊："小姐，小姐！"
没人答应，玉切推开门进去。
房内，玉切喊着小姐，发现房里没了心妍，吃惊地扔下铜盆转身跑出门喊："太太！太太！小姐不见了！"

8. 曼龙大寨外　雨夜外

高川等人冒雨来到破旧的窝棚附近，窝棚里传出哭喊声。

9. 窝棚里　夜内

昏暗中，被赶出寨子的波香一家三口挤在漏风漏雨的窝棚里，波香母亲病得很重，已经神志不清，根赛、波香兄妹一筹莫展，波香不停地哭喊："阿妈，醒醒！阿妈，醒醒啊！"
根赛也在一旁抹着泪喊："阿妈！阿妈！"
波香哭着说："阿哥，快想想办法呀，再这样下去，阿妈怕是醒不了了……"
根赛一脸愁苦，毫无办法。

10. 窝棚外　雨夜外

高川脱下雨衣走到窝棚前，把雨衣铺到漏雨的地方。
刘捍卫、李铁杉、和水泉等人都跟着上前把雨衣、油布铺到漏雨的地方。

11. 窝棚内　夜内

窝棚内漏雨的地方一下子少了很多，风也小了很多，灯火不再剧烈晃动了。
根赛奇怪地看着棚板，搂着母亲的波香也奇怪地四下看着，外面的风雨声并没有减弱，棚里漏雨的地方怎么会少了呢？
兄妹俩猜测中露出胆怯的神色。
（画外）高川喊："和水泉、李铁杉！去找些绳子、树枝来，把墙板加固一下！"
（画外）和水泉、李铁杉："是！"
波香、根赛极为吃惊。
波香战战兢兢地说："阿哥，是汉人！"
根赛赶紧示意她不要说话，转头吹灭了油灯。
窝棚里瞬间暗了下来，波香、根赛大气不出地瞪着棚壁，不知道将要发生什么事。

根赛用颤抖的手慢慢抽出长刀。
波香恐惧地浑身发抖。

12. 窝棚外　雨夜外

高川、刘捍卫等人在加固窝棚。
李铁杉、和水泉找来绳子、树枝，和高川他们一起加固。
柴门突然打开，根赛握着长刀冲出来嘶喊：“走开！都走开！走开！”
高川本能地向后退了几步，刘捍卫等人都惊呆了，和水泉冲过来挡在高川身前。高川推开和水泉，和蔼地对根赛说：“傣家兄弟，我们不是坏人。我们是共产党的工作队，是来帮助你们的！”
根赛怒目圆睁地嘶喊：“走开！都走开！你们这些坏人！坏人！”
高川怔了怔，刚想继续解释，就听波香在窝棚里喊（画外）：“阿妈！阿妈！阿哥快来呀，阿妈昏过去了！”
根赛空劈一下长刀，返身进了窝棚，关死柴门。
窝棚里马上传出根赛的喊声和波香的哭声。
高川：“李铁杉！”
李铁杉：“到！”
高川：“快把喜妹喊来，这里有病人。”
李铁杉：“是！”
李铁杉跑去，高川难以平静地注视着柴门。

13. 寨子外　雨夜外

钟喜妹、花蔓披着油布在漆黑的雨夜里奔走，越走越感到没了目标。
花蔓紧靠着钟喜妹，紧张地说：“喜妹，咱们走到哪里了？怎么不见高队长他们呀？”
钟喜妹假装镇定地说：“你别急嘛，我不是在找吗？”
花蔓：“哪哪都黑乎乎的，你怎么找啊？”
钟喜妹：“花蔓，你是不是害怕了？咱们可是工作队员，不能害怕！”
花蔓：“谁害怕了，我就是，就是心里发慌！”
钟喜妹：“慌什么慌？不就是黑一点吗，这么胆小。”
花蔓：“我不是胆小，我就是……喜妹！”
她突然抓住喜妹的胳膊，两眼盯着前方。
钟喜妹被她吓着了，浑身一激灵：“干什么呀？啊？”
花蔓声音发颤地说：“前面，好像有人……”
钟喜妹浑身一紧，一手抓住腰间的手枪套：“哪里？”
花蔓紧贴着喜妹朝前指去：“那里，你看……”
钟喜妹朝前看去——
雨中果然有个身影。
钟喜妹拔出手枪喊：“什么人？站住！”
来人是刀心妍，她打着伞艰难地走来，筒裙已被雨水浸透，紧裹在腿上。
刀心妍：“是钟姑娘吗？是我！刀心妍！”
花蔓：“是刀家大小姐。”
钟喜妹扫兴地收起枪，和花蔓一起走向刀心妍。
花蔓：“大小姐！你怎么来了？”
刀心妍：“我来找你们……”
花蔓：“你阿哥同意我们进寨子了？”

刀心妍抱歉地摇头，难过地说："钟姑娘，我对不起你们……"
钟喜妹板起脸要说什么，附近传来李铁杉的喊声："喜妹！——钟喜妹！——"
钟喜妹赶忙答应："铁杉！——我在这里！——"
钟喜妹、花蔓寻声迎向李铁杉，刀心妍也跟了过去。
李铁杉匆匆跑近："喜妹，你们怎么四处乱走？哎，刀小姐怎么也在？"
刀心妍惭愧地说："我，我是来……"
钟喜妹打断她说："出什么事了？我和花蔓正找你们呢。"
李铁杉："快去，那边窝棚里有个病人，队长让你马上去。"
钟喜妹："走，快走。"
她随着李铁杉快步而去，心妍、花蔓紧跟而去。

14. 刀府　夜内

刀心荣匆匆进了刀心妍的房间，对一脸愁容的刀母说："怎么，心妍阿妹不见了？"
刀母："这孩子，一定去找那些红汉人了！"
刀心荣怨恨地说："她是被红汉人搅昏头了！扎布！"
扎布躬身答应："在。"
刀心荣斥责地说："老爷让你保护大小姐，你是怎么保护的？"
扎布胆怯地不敢回话。
刀心荣："小姐出了事，我剥了你的皮！"
扎布躬身说："是了，我这就去找大小姐。"
刀心荣："乃木！"
乃木凑上前："在！"
刀心荣："你也去找！一定要把大小姐给我找回来！"
乃木："是了！"他转身跟着扎布快步离去。
刀母担忧地说："这么大的雨，心妍要是淋坏了身子，可怎么好啊！"
刀心荣："淋坏了身子可以吃药，要是被红汉人教坏了脑筋，怕是没药可医了！"

15. 窝棚外　夜外

刀心妍、钟喜妹、花蔓跟着李铁杉快步走来。
李铁杉："队长！我们来了！"
高川迎过去，看见了心妍，感到意外地说："你怎么来了？"
心妍歉疚地低头说："解放阿哥，对不起，我阿哥他……"
高川："你马上回去！"
心妍一怔："回去？"
高川："你这样跑出来，你家里人不担心吗？快回去！"
心妍像是没听懂高川的话，呆呆地站在那里。
高川转向钟喜妹："喜妹，棚屋里有位病人，咱们想办法叫开门，给她看病！"
钟喜妹走到柴门前喊："老乡，我是工作队的医生，开开门好吗？"
高川："老乡，开门吧！我们的医生是来看病人的！"
窝棚里传出根赛的怒喊："走开！你们这些坏人！走开！"
刀心妍赌气地走上前，推开喜妹说："我来。"
钟喜妹显出不满。
刀心妍靠近柴门用傣语说："开门吧，我是刀心妍！"

16. 窝棚里　夜内

根赛、波香兄妹都愣住了，不相信这是真的。
门外又传来心妍的声音："我真是刀家的心妍，开门吧！"
波香惊讶地轻声说："是大小姐。"
根赛惊慌地说："这怎么会？这怎么会？"
他抖着手点上油灯，挨到门前打开门。
刀心妍站在门外。
波香、根赛兄妹慌忙跪身叩首，颤声喊："大小姐！"

17. 窝棚外　夜外

高川没想到根赛兄妹会向心妍下跪叩首。
刘捍卫露出鄙夷之色。
钟喜妹、李铁杉、和水泉等人也感到意外。

18. 窝棚里　夜内

心妍进了窝棚："快起来，解放阿哥说，你们家里有病人。"
波香："是，是我阿妈。"
心妍朝躺着的老人看去——波香的母亲昏迷着。
心妍："工作队的摩雅（医生）要给你阿妈看病……"
根赛、波香慌忙摇头。
波香："大小姐开恩吧！汉人的药我们不敢吃，求大小姐开恩，让我们回到寨子里去吧！"
波香说着哭起来。
根赛向心妍叩首说："大小姐开恩吧！让我们回到寨子里，请佛爷给我阿妈医病吧！"
高川凑近说："傣家兄弟，傣家妹子，请你们相信，我们的医生能治好老人的病，请你们相信。"
根赛、波香还是摇头。
刀心妍用傣语说："你们两个听我说，你们的阿妈病得很重，不看医生是不行的。让汉人医生给她看吧，由我做主，不会有人怪罪你们。"
波香、根赛还是不敢答应。
刀心妍："好了，我会对我阿哥讲，不管你们犯了什么错，都不能像野牛野马一样没了家，我会让你们回寨子的。"
根赛、波香再次向心妍叩首。
钟喜妹赶紧进了窝棚为老人诊断，她发现老人发高烧，立刻打开随身的药箱拿出药片对波香说："水。"
波香不敢回应地看看哥哥，又看看刀心妍。根赛也惶恐地看着刀心妍。
刀心妍镇静地说："水。"
根赛对妹妹点点头，波香这才端过水来，递给钟喜妹。
钟喜妹喂老人吃了药，把随身的毛巾沾了水盖在老人额前，对刀心妍说："老人身体很虚弱，又发高烧，这些药一定要按时吃，最好能加强营养。"
刀心妍把钟喜妹的话翻译给波香，波香忐忑地听着。
根赛壮着胆子问刀心妍："大小姐，我们几时能回寨子？"
刀心妍："我会对我阿哥说，叫你们回寨子。"
根赛再次向刀心妍叩首。
这时，外面传来乃木、扎布的喊声（画外）："大小姐！——大小姐！——"
波香、根赛紧张地望着刀心妍。刀心妍变了脸色，起身出了窝棚。

19. 窝棚外　夜外

乃木、扎布带着披蓑衣的家丁们围拢过来。

乃木、扎布喊着："大小姐！——大小姐！——"

刀心妍从窝棚里出来，高川上前说："土司府的人在找你，快回去吧。"

刀心妍倔强地说："心荣阿哥不让你们进寨子，我就不回去！"

高川："这不行，这样解决不了问题，而且，还会让问题更复杂。"

刀心妍："我不管。"

高川一时不知该怎么劝她。

乃木靠近喊："大小姐！大小姐！"他带着家丁围了过来。

刀心妍上前几步喊："乃木！你回去对我阿哥讲，不要找我！他不让工作队进寨子，我就不回去！"

乃木："大小姐，这可不行啊！不把你找回去，大少爷饶不过我们！"

扎布："大小姐，你行行好，跟我们回去吧，你不回去，大少爷饶不过我的！"

刀心妍："不要讲了！把我的话带给我阿哥，工作队不进寨子，我也不进！"

高川走近刀心妍，说："刀姑娘，不能这样……"

刀心妍："怎么不能？难道你们不想进寨子？"

高川："当然想进。可你这样做，根本帮不了我们！"

刀心妍像是听不懂地看看高川，拧脸朝乃木、扎布喊："你们还站在这里做什么？我讲的话你们没听到吗？"

乃木为难地说："大小姐，你行行好，跟我们回去吧！你不回去，我没法向大少爷交代呀！"

扎布："大小姐，我们一定要把你带回去，我们……"

刀心妍突然转身动作迅速地从钟喜妹的枪套里抽出手枪。

钟喜妹惊讶中竟没拦住她。

高川、刘捍卫等人都吃了一惊。

刀心妍举枪朝乃木站的方向连连开枪。

高川想制止都来不及。刘捍卫等人更加吃惊。

钟喜妹、花蔓本能地捂起耳朵。

乃木、扎布和家丁们吓得赶紧散开。

刀心妍举着枪喊："滚！不想死的给我滚回去！滚！"

乃木、扎布和家丁们迅速消失在雨夜中。

刀心妍依然举着枪，一脸怨恨。

高川走上前握住她手里的枪，严肃地说："你怎么乱开枪呢？"

刀心妍放开枪，赌气说："这里是我家的领地，我想做什么谁也拦不住！"

高川把枪还给钟喜妹，钟喜妹接过枪赌气地看着刀心妍。

高川克制地对刀心妍说："你这是胡闹，是在给我们帮倒忙！"

刀心妍激动地说："那我还能怎么做？我答应过帮你的，我说话算话！解放阿哥，你救了我，是我的恩人，心荣阿哥不让你们进寨子，我就和你们在一起！"

高川："不行！你马上回去！"

刀心妍坚定地说："行不行我说了算！我讲的话，句句作数！"

高川怔怔地望着刀心妍。

20. 刀府　夜内

刀心荣和母亲一起盯着浑身淋透的乃木、扎布。

刀心荣惊讶地说："你说什么？大小姐向你开枪？"

乃木狼狈地说："是了，大少爷，要不是躲得急，我怕是没命了。"
刀心荣愤懑地说："这个疯丫头，她到底要干什么？"
乃木："大小姐说了，大少爷不叫红汉人进寨子，她就不回来。"
刀心荣："昏话！她是中了邪了。"
刀母在丫鬟玉切的搀扶下手抚胸口说："心荣，你阿妹的性子你晓得，她要是拗起来，一寨子的牛也拉不动她……"
刀心荣："干妈，那你要我怎么办嘛？"
刀母："你就顺了她，让那些红汉人进寨子吧。"
刀心荣："这怎么行？干爹在老黄皮手里，他们要是知道红汉人进寨子，干爹会受苦的！"
刀母："红汉人不来，你干爹就不受苦了？"
刀心荣："可是，要是老黄皮计较起来，我该怎么说？"
刀母："就说红汉人是带着官军来的，他们老黄皮挡不住，我们更是挡不住！"
刀心荣犹豫着。
刀母："心荣！你要把干妈急死吗？要是你阿妹不回来，被红汉人掳走了怎么办？"
刀心荣无奈地作出决定："乃木！"
乃木："在！"
刀心荣："给红汉人传话，明天天亮，叫他们的头人进寨子谈判，不许带枪！"
乃木犹豫地说："是了。"
刀心荣心里难以平静，一脸阴郁。

21. 寨外　夜外

雨停了，高川、刘捍卫和工作队员们在营地边点起篝火，火上吊着铁锅烧水，队员们在火边烤着淋湿的衣服。
刘捍卫关切地把一件干净衣服披在刀心妍身上："来，刀姑娘，快披上，当心着凉。"
花蔓盛了碗热水端给心妍："喝点热水吧，暖暖身子。"
钟喜妹坐在李铁衫身边，心有郁结，不看刀心妍。
刀心妍舒心地接过碗喝了口水。
李铁杉烤着湿衣服，说："喜妹，刚才多亏了刀姑娘，不然那兄妹两个，根本不会让你给老人看病。"
钟喜妹嫌他多嘴，瞥了他一眼。
花蔓："哎，大小姐，那家人为什么被赶出寨子，他们犯了什么错？"
心妍沉吟片刻，说："那对兄妹的阿爸叫波罕，是为我们家养牛的。前些天，老黄皮闯进寨子，就是带走我阿爸的那些黄皮兵，他们硬说波罕私通你们共产党，被他们吊死了。"
花蔓、钟喜妹等人闻后变色。高川、刘捍卫严肃地看着心妍。
心妍："听我阿妈说，波罕确实给我阿爸带回一封信，是你们红汉人写来的。"
刘捍卫："是有这么回事，那是我们的同志希望刀土司能申明大义，配合解放军消灭国民党残匪。没想到，会是这样。"
心妍看了眼刘捍卫，想说的话没说出口。她把目光转向高川，高川绷着脸看着火苗，一言不发。
刘捍卫："刀姑娘，你们家里的情况你最熟悉，能不能帮我们想想，我们该怎么做，才能让你阿哥改变态度，让我们进寨子？"
心妍思索地说："其实，心荣阿哥也好，阿爸也好，都是被国民党老黄皮欺负怕了，加上对你们不了解，生怕你们……"
刘捍卫："可以理解，这正是我们一定要来的原因嘛。心妍姑娘，曼龙寨子为什么会跟佤族寨子起冲突？双方这么多人枪，一旦打起来，那得死多少人呐？"
心妍："这种事情，年年都会发生。"

花蔓："为什么？"

心妍："说起来话就远了，他们佤族祖祖辈辈都住在山里，后来粮食不够吃，就到山边开种我们傣家的田地，傣家的祖上不干，和他们打了仗，把他们打输了。后来，傣家的祖上同意把地租给他们，要他们年年上贡。靠近曼龙的几个佤族部落头人，都是我们傣家土司封给的。再后来，他们租去的山地打不下粮食了，他们不愿意再上贡了，就这样，为了田地和粮食，傣佤两族的寨子，年年拉事。"

花蔓："什么叫'拉事'呀？"

刀心妍："'拉事'就是寨子和寨子之间起了冲突，其中一方就去抢另一方的东西，主要是拉耕牛，逼着另一方去找他们说理。如果说不通，就只有打了，少的几百人，多的上千人，轻的动刀动棍，重的动枪动炮，如果事情平不下来，年年都要打。有时候就为了一头牛、一棵树甚至一条黄瓜也会'拉事'。"

花蔓、李铁衫、武晓鹏等人都露出想不通的表情，钟喜妹也显出不解。

刘捍卫："要我说，租地纳贡，这本来就是剥削嘛！"

心妍没听明白地看着刘捍卫，又转向高川。

高川依然盯着火堆，一脸严肃。

李铁杉突然说："队长，不如我们先去佤族寨子，做他们的工作，让刀心荣紧张紧张。"

刘捍卫正色说："什么话？我们是来消除矛盾的，不是来加深矛盾的！"

李铁杉低头不语了。

钟喜妹抱怨地瞥了他一眼。

刘捍卫："你们这些年轻人，不要把民族工作想得太简单、太浪漫了，要有最艰苦、最困难的准备。"

李铁杉显出自责。

高川转向心妍："刀姑娘，夜深了，我们还是送你回寨子吧。"

心妍："不，我讲过了，你们进不了寨子，我也不进。"

高川皱起了眉。

刘捍卫对刀心妍笑道："有觉悟，不愧是在昆明上过学，接受过进步思想。不过呢，你和我们不一样，我们是来工作的，你呢，是回家的，我们的身份不同嘛。你和我们在一起，不合适。"

心妍不满地问高川："解放阿哥，我和你们在一起，不可以吗？"

高川："不可以。"

心妍："为什么？"

高川："你刚从昆明回来，你阿妈一定很想念你，现在夜深了，如果你不回去，你阿妈和你阿哥会担心的。"

心妍不解地望着高川，眼中满是委屈。

（画外）和水泉喊："什么人？干什么的？"

负责警戒的和水泉警惕地盯着黑夜中的来人。

乃木带着家丁举着火把走近："刀府的！大小姐！大小姐！——"

心妍怨恨地转向乃木喊："乃木，你又来做什么？"

乃木："大小姐，大少爷发话了，明天天亮，请工作队的头人进寨子去！"

心妍没听清似的："你说什么？"

乃木："大少爷说了，明天天亮请工作队的头人进寨子谈判！"

心妍："真的？"

李铁杉、钟喜妹、和水泉、花蔓、武晓鹏等人立刻欢呼起来："噢！——让进寨子喽！我们胜利喽！"

高川露出欣慰之色。

心妍一吐怨气，露出笑容。

22. 曼龙大寨　日外

寨门大开，傣族武装青年在寨门处排开阵势，有人吹响牛角。

乃木、扎布背着枪站在中间，迎着向他们走来的工作队员们。

高川、刘捍卫走近寨门，队员们都跟在他们身后。

刘捍卫故作老练地低声对高川说：“高队长，一会谈判的时候不要紧张，要在气势上压过刀心荣。别看他耀武扬威地拉开架势，那就是个虚张声势。说到底，他是咱们的革命对象，咱们是对他宣讲政策，他听也得听，不听也得听。”

高川从容不语。

刘捍卫：“要是他敢摆土司架子刁难我们，不用你开口，看我怎么教训他。”

高川依旧从容不语。

乃木迎着高川等人挥手说：“站住！”

高川等人站住，从容地看着乃木。

乃木：“大少爷说了，只许头人进寨，不许带枪！”

高川坦然地点头，摘下双枪交给和水泉。

和水泉担心地说：“营长，不带枪怎么行？”

高川：“有啥不行，又不是去打仗。”

刘捍卫也摘下枪交给李铁杉。

李铁杉也很担心：“刘副队长，他们会不会不怀好意啊？”

刘捍卫强硬地说：“怕什么，我们背后有人民政府，有解放军，他们敢怎么样？”

高川、刘捍卫走向寨门。

钟喜妹、花蔓、武晓鹏等队员一脸担忧之色。

乃木、扎布侧过身，做出请的手势。

高川、刘捍卫从容不迫地进了寨门。

工作队员们不安地目送他们。

23. 寨内　日外

道路上隔不远就有一名持枪寨丁站在路边，百姓们神色紧张地站在路边看着从他们眼前走过的高川、刘捍卫，有人指指点点，有人小声嘀咕。

高川面带微笑向百姓们示意。

刘捍卫一脸严肃地跟着高川。

24. 刀府　刀心妍房间　日内

换了崭新的傣族装束的刀心妍由丫鬟玉切帮着梳好了头，心妍亲自挑选了头饰、手镯，让丫鬟帮着戴上，而后戴上有翡翠项坠的项链，心急地照了照镜子，快步走向房外。

25. 刀府　日内

心妍兴冲冲下了楼梯，走向厅堂，却被两名家丁拦住。

家丁：“大小姐，请回房去。”

心妍感到意外：“做什么？你们拦我？”

家丁：“大少爷吩咐了，让大小姐待在房里。”

心妍瞪起眼睛怒斥家丁：“昏话！我待在房里做什么？让开！”

家丁没有让开。

心妍更加愤怒地扬手给了挨近她的家丁一巴掌：“没脑子的，走开！”

家丁不敢再拦了，心妍怒冲冲走向厅堂。

26. 刀府　日内

厅堂里，刀心荣身着傣族盛装由家丁帮着系上武装带，特意在腰间挂上两把手枪。
心妍快步走近：“心荣阿哥，为什么叫他们拦住我?”
刀心荣正色道：“你出来做什么?”
心妍：“工作队是我带来的客人，我要去接他们。”
刀心荣：“没分寸！来人！”
他身边的家丁：“在！”
刀心荣：“把大小姐带回房去！”
家丁：“是了！”
心妍怒视靠近她的家丁：“走开！心荣阿哥，你到底要对他们做什么?”
刀心荣冷着脸说：“做什么？谈判！”
心妍：“谈判？谈判用得着这么多人枪吗?”
刀心荣：“这是男人的事情，不要你多嘴！”
心妍：“我偏要讲！”
刀母赶过来：“心妍！不要对你阿哥叫嚷！”
心妍：“阿妈……”
刀母：“不要说了！你阿哥为了你，已经答应见红汉人了，你还要怎么样?”
心妍：“阿妈，阿哥这副模样，哪里像是见客人，像是去打仗嘛！”
刀母：“这是你阿哥的事，我们女人家不要管了。”
刀心荣：“干妈，带她回房去，让她好好待着，不要乱串！”
心妍委屈地说：“阿妈……”
刀母：“走，跟阿妈回房去，走。”
心妍不情愿地被母亲拉走了。
刀心荣脸上仍含怨恨。

27. 刀府　日外

路上，高川、刘捍卫在乃木、扎布引领下走向刀府。
府外，府兵、家丁们手持各种兵器列成两排拉开阵势，居中的家丁执掌着黄绫盖伞和曼龙土司的旗帜。
刀心荣在罕富、乃松等寨主、头人和亲随家丁的簇拥下出了府门，走到两排家丁之间。
府外围观的百姓纷纷朝刀心荣下跪。
见到百姓们纷纷下跪，高川、刘捍卫一时不知作何反应。
府门外的家丁放响号炮，几人吹响牛角。
高川、刘捍卫朝府门前看去——
刀心荣冷眼看着走近的高川、刘捍卫，故意双手叉腰，露出两把手枪。
高川看了眼刀心荣腰间的手枪，明白了对方的用意，不卑不亢地走到刀心荣面前，客气地说：“刀代办。”
刀心荣矜持地说：“高队长。”
高川介绍刘捍卫：“这是刘副队长。”
刘捍卫故意严肃地对刀心荣点点头。
刀心荣浅作示意，侧身说：“请吧。”
高川：“刀代办请。”
刀心荣转身走进院子，高川、刘捍卫跟了进去。

刀心荣上了台阶，在门前脱了鞋。

高川、刘捍卫也跟着脱了鞋。

乃木、扎布露出没想到的表情。

刀心荣先是有些意外，而后和缓了表情对高川说：“请。”

高川：“大少爷请。”

高川、刘捍卫跟着刀心荣进了府门。

28. 刀府　日内

厅堂里，刀心荣请高川、刘捍卫入座，他自己和罕富、乃松等头人坐在高川、刘捍卫对面，佣人端上茶水点心，刀心荣抬手示意高川、刘捍卫随意。

在刀心荣身后站着乃木、扎布和几个荷枪实弹的家丁，虎视眈眈地盯着高川、刘捍卫，如临大敌。

刀心荣摆了下手，丫鬟玉凤端上一个放着几根金条的托盘，摆到高川身边的桌上。

高川不解地看看金条，又看着刀心荣。

刘捍卫：“你这是干什么？你以为我们是……”

高川示意刘捍卫不要说话。

刀心荣浅笑着说：“高长官，你救了我的阿妹，我代表干爹干妈表表谢意，请收下。”

高川淡淡一笑：“不必客气，那是我应该做的，请刀代办收回去吧。”

刀心荣：“不不，一定要收下。我们傣家人是最讲礼数的，不光是为了感谢你救了我阿妹。前些天，你们的人在东盘江和国军交战，有死有伤，虽说这和我们傣家人没有关系，可事情出在我们曼龙领地，我们刀家还是要表个心意。请高长官收下吧。”

高川：“东盘江的损失，我们会算在蒋匪军头上，大少爷不必多想。我们共产党是有纪律的，如果我收了这些金子，会受到严厉的处罚。请你收回去吧。”

刀心荣想不通地说：“这也要受处罚？莫非，高长官嫌我们给得少了？乃木！”

乃木：“在！”

刀心荣：“再去拿两根金条！”

几位寨主、头人注意着高川的反应。

高川笑道：“大少爷误会了，看来你确实不了解共产党，我们打江山、救百姓，都是出于责任，从来不为金钱。”

刘捍卫对高川的表现感到意外。

刀心荣：“不为金钱，那为了什么？”

高川：“为穷人翻身解放，为大小民族一律平等，为国家强大，不再受外国人欺负。”

刀心荣听不大懂地蹙起眉。几位寨主、头人也听不大懂地互相看看。

29. 刀府　日内

刀母的房间里，刀心妍心急地站在门边，恨不得冲出门去。

看门的丫鬟玉切垂首站着，挡在门前。

心妍生气地说：“躲开，让我看一眼！”

玉切不动。

刀母严肃地说：“心妍！还有规矩没有？”

心妍赌气地靠在门上，噘起嘴。

刀母：“过来。”

心妍故意站着不动。

刀母：“过来呀，阿妈有话和你说，快过来。”

心妍不情愿地走到母亲身前。

刀母指指面前的椅子："坐下，坐下。"

心妍撒娇地坐下。

刀母拿出一个银质护身符，拉过心妍的手，把护身符拴在她的手腕上。

心妍看着母亲认真的样子，不由得笑了。

刀母："笑什么嘛，你成天疯来跑去的，没有护身符怎么行呢?"

心妍调皮地说："阿妈，这个护身符真的管用吗?"

刀母："当然管用，这是波摩（巫师）亲手做的，很灵验的。"

心妍偷偷一笑。

30. 刀府　日内

厅堂里，刀心荣从丫鬟手里接过水烟袋，想了想先递给高川，高川示意不抽，他自己点上烟抽了一口，试探地说："共产党既然要和我们交朋友，那就劳动解放，帮我们一个忙吧。"

高川："请讲。"

刀心荣："绑架我阿妹的十有八九是小狼山的张土匪，我请解放出兵踩平小狼山，行不行呢?"

刘捍卫露出不悦。

高川喝了口茶，从容地说："对解放军来说，剿灭小狼山的土匪易如反掌。不过，现在还不是时候。"

刀心荣："怎么讲?"

高川："我们的上级已经给小狼山的张云奎下了通牒，敦促他放下武器，向人民政府投降。"

刀心荣："我本以为，只有国民党老黄皮才收编土匪，想不到共产党也这么做，说到底，你们都是汉人呐。"

没等高川开口，刘捍卫抢先说："刀代办此言差矣。国民党收编土匪，是让他们为虎作伥、为害一方；我们共产党招降他们，是为了改造他们，让他们重新做人。这就叫放下屠刀，立地成佛。"

刀心荣不屑地笑笑："先不说他了，既然解放不出兵，那我就挑个方便的时候，带上曼龙的人马踩平他们。"

高川转回话题："刀代办，我们来的目的，是要和你商量工作队进驻的问题，请你先说说你的想法。"

刀心荣："实不相瞒，曼龙是边疆不毛之地，百姓长期被汉人欺负，分不清共产党和国民党的区别，你们一旦进驻，很难保证你们的安全……"

刘捍卫不满地打断他："这叫什么话? 我们的安全还要你来保障吗? 别看我们只有十几个人，我们背后有强大的解放大军。如果有人不分黑白，敢和我们动武，人民政府和解放军是不会答应的。

高川示意他不要激动，和缓地说："刀代办，曼龙是边疆重地，工作队不进入，就不能履行人民政权的使命，人民政府是不会同意的。至于安全嘛，我们相信，曼龙的百姓是不会和我们为敌的。你们各位也应该把我们的来意向百姓们解释清楚，不要有什么误会。"

刀心荣："没什么误会。既然共产党已经占了南沧，我们愿意像过去一样，为官衙效劳，你们要钱要粮我们也给，要女人也可以，要多少我们尽量满足……"

刘捍卫刚想发话，高川拦住他，对刀心荣说："你还是误会了。新政府不会像旧政府那样对你们敲钉锤，强拉强要，更不会搞那些乌七八糟的名堂。我们的纪律是不拿群众一针一线，也不会要你们土司头人的任何东西。一句话，我们是要和平进驻，和曼龙百姓和平相处。"

刀心荣一时不知说什么了，把目光扫向在座的寨主们。

31. 刀府　日内

刀母房间，心妍紧靠在门边，神情紧张地透过门缝听着厅堂里高川和刀心荣的对话。

刀母看着门边的女儿，也跟着紧张起来。

32. 刀府　日内

厅堂里，罕富寨主对高川说："高长官，国民党连年重赋，寨民已是难养生息，现在红汉人当了政，你们这些官差，要我们出多少钱粮？往后的税赋又是怎么个收法？"

高川："这位寨主，人民政府不会难为人民群众，也不会难为土司头人。我们现在就可以向各位保证，我们一不要钱财，二不要牛马，工作队所需要的粮食物品，由我们自行解决，即便是买，也会严格按照本地市价公平交易。"

罕富没想到地看看其他寨主，又转向刀心荣。

刘捍卫："至于税赋，人民政府定下的公粮一定要交，多余的粮食物品，还是按照市价，公平交易。"

寨主们感到诧异地看向刀心荣。

刀心荣等听后显出难以相信的神色。

33. 大寨外　日外

钟喜妹、李铁杉、和水泉、武晓鹏、花蔓等工作队员焦急地等候在寨门外，向寨内张望着。

钟喜妹担忧地说："铁杉，刀家的人不会把高队长他们怎么样吧？"

李铁杉并不自信地说："不会吧，他们要敢怎么样，就是与人民政府为敌呀！"

和水泉摆弄着高川的双枪说："他们敢碰高营长，就叫他们尝尝解放军的厉害！（他扫了一眼把守寨门的傣族武装青年，不屑地说）别看他们一个个都拿着美国枪，我一个人就把他们全解决了！"

武晓鹏："我不信他们敢伤害高队长，我们是来工作的，又不是来打仗的。铁杉，水泉，咱们这么等着，越等越着急，要我说，不如咱们干点什么吧，总比干等着强啊。"

花蔓："咱们干什么呢？连寨子都不让进。"

武晓鹏："寨子外面不是还住着不少百姓吗，咱们去走访走访、宣传宣传，不也是做工作吗？"

李铁杉："对呀！土司不让我们进寨子，可拦不住我们接近群众啊！"

钟喜妹："太好了，咱们把群众动员起来，让土司干瞪眼！"

和水泉："那还等什么？说干就干！"

李铁杉："走，咱们分成小组，分头行动！"

众人兴冲冲地离开寨门。

34. 境外小镇　刀光寿住处　日外

胡超武、杜连仲带着几个卫兵骑马而来，他们在院子外下了马，把马交给跟来的卫兵，走进院子。院子里的哨兵向他们敬礼。

35. 刀光寿住处　日内

刀光寿略显惊讶地对站在他面前的胡超武、杜连仲说："什么？共产党红汉人进了曼龙？"

胡超武："不错，杜特派员得到了确切情报。"

刀光寿转向杜连仲："他们、他们要做什么？"

杜连仲："还能做什么，当然是去寻仇讨债的。"

胡超武："刀土司，曼龙已经是大难临头了。"

刀光寿："这、这可怎么好啊……"

杜连仲："刀土司，你马上给刀心荣写封信，让他赶走那一小股共匪。如果他们赖着不走，就立即消灭。"

刀光寿为难地说："这样做，岂不是要招来更大的灾难？解放军不会善罢甘休，一定会去报复……"

胡超武："怕什么，让刀心荣带着人马统统撤到境外来，到时候和国军一起反攻就是了。"

刀光寿："不不，这不行，这太冒险了。"

杜连仲："刀土司，你不这么做，共产党就会放过你们刀家吗？实话告诉你吧，护送你家千金的国军弟兄遭到了共匪袭击，你的千金已经被共匪掳去，当作他们的人质了。"

刀光寿吃惊地说："啊？他们又把心妍抓去了？"

杜连仲："千真万确。共匪的手段何其毒辣，你若是有半点屈从，就会钻进他们的绞索，任由他们宰割。"

胡超武："马上给刀心荣写信，杜长官会赶回曼龙，和刀心荣一起对付共匪，想办法救出你家千金。"

刀光寿犹豫。

杜连仲："刀土司，你不想眼睁睁看着共匪毁掉曼龙，毁掉你全家吧？除非，你对国军三心二意，对共匪存有幻想。"

刀光寿无奈地叹道："好吧，我写。"

36. 曼龙刀府　日内

厅堂内，谈判还在继续。

刀心荣："我听说，共产党的政府是由奴隶娃子坐衙当差，像我们这样有田产、有钱粮的人家，是要被赶尽杀绝的。"

高川："这都是谣传，在共产党的领导人里，有不少是在国民党政府或军队里做过大官的，他们不仅有田产、有钱粮，甚至还有过千军万马，和共产党结过仇呢。可如今，共产党不但没有赶他们杀他们，还把他们当朋友，请他们在人民政府里担任重要职务。像对昆明的卢主席和龙云先生，不都是这样吗？"

刀心荣想了想，说："可是，共产党走到哪里就在哪里搞共产，分田地。要是把我们的田分了，我们这些土司、头人靠什么生活？"

高川："请放心，我们不会侵害土司的利益，不分田，也不收枪。"

刀心荣用怀疑的目光看着高川。寨主头人们也露出不大相信的神色。

37. 刀府　日内

刀母房间里，心妍仍然站在门边，仔细听着厅堂里的对话，紧张得她额上满是汗珠。

刀母看着心妍，显得有些反感。玉切递来手巾让她擦汗，被她挥手赶开。

38. 刀府　日内

厅堂里，刀心荣："你方才的话，能不能让政府写个保证，交给我们？"

刘捍卫显出不满。

高川："完全可以。其实，在政府给你的公函里，已经把政策说得很清楚了。"

刀心荣从一旁拿起公函，仔细看起来。

高川："共产党的主张是，各民族不分大小，一律平等。我们很快会在南沧建立民族民主联合政府，曼龙土司是有影响的上层人士，我们希望他能尽快回来，在政府里担任重要职务。"

刀心荣放下公函，抽了口水烟袋说："听起来，共产党对我们傣家人还是有诚意的。这样吧，如果你们能帮我管教山上的佤族部落，让他们乖乖地向我们交田租、纳年贡，我就信你们。"

罕富忍不住插话："还要讨回我们的耕牛，要他们赔偿！起码要赔二十石谷子！"

刀心荣不满地看了眼罕富。

高川："讨回耕牛的事我们可以去做。"

罕富感到意外。

高川："但是，交年租、纳年贡的事情还要慢慢商量。人民政府希望的是，所有的民族同胞都能团结在一起，不管是傣族、佤族，还是拉祜族、傈僳族，都能和睦相处，不再争来斗去地打冤家，不再有欺压和仇恨，大家牵起手来做兄弟，一起建立新生活，建立各民族相亲相爱的大家庭。"

罕富、乃松等寨主头人听得有些发呆。

刀心荣："这些话，是你的官长说的？"

高川："是我们的领袖毛主席说的。"

刀心荣："毛……"

刘捍卫："毛主席是共产党中央的主席，也是中央人民政府主席。就是他领导着几百万解放大军打败了国民党蒋匪军，建立了新中国。"

几位寨主头人颇受触动。

刀心荣沉吟片刻说："这样了，你们讲的话我都听了，也记下了。后面的事情，我和寨主头人们商量一下，再给你们答复。"

高川："也好，三思而后行嘛！还是那句话，我们尊重各位的意见。"

刀心荣起身说："请了。"

高川、刘捍卫起身，向各位头人颔首告辞。

乃木、扎布送高川、刘捍卫出了厅堂。

39. 刀府　日内

刀母房间里，心妍在屋里走了几转，心急地打开房门。

门口的家丁把住了门。

心妍瞪了家丁一眼，气得一甩房门，怨声说："心荣阿哥也太过分了，还是不让人家进寨子！"

刀母不悦地说："心妍，安生一点好不好？"

心妍气得甩手跺脚。

第六集完

第七集

1. 境外　国民党残军营地　日外

十余名精干官兵身穿黑衣，挎着美制冲锋枪、手枪等武器，列队而立。

身穿便装的杜连仲、石三娇陪着胡超武“检阅”了这支作战分队，胡超武心有不甘地看了眼石三娇，石三娇面若冰霜地直视前方。胡超武转向其他官兵，露出满意的神色。

胡超武：“弟兄们，能否保住曼龙这块反共复国的基地，就全看你们的了！”

官兵们齐喊：“愿为党国效劳！”

胡超武转向杜连仲：“杜老弟，曼龙的共匪实力不明，此行凶险莫测，你要格外当心，多多保重啊。”

杜连仲：“身为党国军人，理应为党国赴汤蹈火。请司令放心，杜某一定竭尽全力，把共匪赶出曼龙。”

胡司令：“我是担心，万一刀心荣不听招呼，怎么办？”

杜连仲：“我把刀府的管家带上，让他亲口传达刀光寿的指令，刀心荣不会不听。”

胡司令点点头：“这就好。（他转向石三娇，有些不舍地说）石小姐，要不是特派员坚持，我是绝不忍心让你遣返曼龙，担当如此风险的。”

石三娇打断他：“这是我自愿的，身为支队司令，我一定会为党国掌控曼龙。”

胡超武故作担心地说：“精神可嘉，勇气可嘉。不过，曼龙已是虎狼之地，你可要谨慎再谨慎，务必以保全自己为第一要务，切切不可大意呀。”

石三娇：“司令多虑了。区区共匪，不足挂齿。”

胡超武故作赞许地向石三娇竖起拇指，无奈地转向杜连仲：“好吧，我祝你老弟和石小姐马到成功。”

他与杜连仲相互敬礼，握手告别。

杜连仲、石三娇带领小分队上路，胡超武看着杜连仲、石三娇的背影，露出怪异神色。

2. 曼龙刀府　日内

厅堂里，卸去武装带和配枪的刀心荣仍在和寨主头人们商议。

刀心荣显出疲惫，端着水烟袋微阖双目听着那些头人讲话。

罕富沉吟着说：“看起来，红汉人和老黄皮是不一样，这样的汉官我还真是没见到过。若是他们真能帮我讨回耕牛……”

刀心荣不满地说：“你除了那几条耕牛还认得什么？”

罕富卖乖地笑笑。

乃松：“凭红汉人的军力，进入曼龙是举手之劳，不费吹灰之力。为什么还要动那么多心思，跟我们谈判呢？”

另一头人：“听说共产党解放一路进兵，确实没有骚扰过沿途百姓，对各地的头人也都很好。”

罕富：“看起来，不让他们的工作队进寨子是不行的。我们跟他们硬斗，那是斗不赢的。”

乃松：“要我说，就答应他们算了。老黄皮跑了，头顶上没个官，也不踏实。”

罕富：“是啊，天下总是汉人的天下。不过，总要跟他们立个规矩，我们的人马不能归他们调遣，他们也不能随随便便地串寨子。”

乃松：“是了，规矩嘛是要立的。”

刀心荣睁开眼，冷着脸说：“听你们的话，是要和红汉人交朋友了？”

罕富犹豫地看看乃松，乃松说：“大少爷，眼下红汉人已经坐了天下，不和他们交朋友怕是不行了。要是和他们作对头，我们的寨子怕是保不住了。”

刀心荣左右为难，不知该作何决定。乃木凑近他与他耳语几句。

刀心荣露出诡笑，藏着心思说：“好吧，交朋友就交朋友，我倒要看看，红汉人跟老黄皮是不是两样。”

3. 曼龙大寨外　日外

李铁杉、钟喜妹等工作队员们分头走访寨外散住的百姓。

李铁杉、钟喜妹刚走进一户人家的院子，那家主人赶紧把孩子拖进门，关紧门板。

李铁杉对着门喊：“老乡！不要怕！”

钟喜妹：“我们是政府派来的工作队员，是来帮助你们的！”

门还是紧闭，没人回应。

钟喜妹疑惑地说：“他们是不是听不懂咱们的话呀？”

李铁杉失望地摇头。

4. 寨外　日外

武晓鹏、花蔓走近一户人家，热情地向院子里的主人打招呼。

主人冷眼看看他们，迅速扎紧篱笆，转头进屋去了。

武晓鹏站在篱笆外说：“老人家，我们是政府的工作队员，咱们说说话好吗？”

主人头也不回地进了屋，关上门。

花蔓一脸无奈。

5. 寨外　日外

和水泉为一户人家挑来水，刚把水桶放到水缸边，那家主人过来不客气地拿回扁担。

和水泉笑着说：“老乡，别客气，我再给您挑一担。”

那家主人提起水桶把他刚挑来的水泼在地上。

和水泉一脸尴尬。

6. 寨外　日外

李铁杉、钟喜妹神情沮丧地走在田边。

钟喜妹：“铁杉，曼龙的老乡怎么都这样啊？见了我们跟见到跳跳鬼似的。”

李铁杉：“他们不相信汉人，这都是国民党反动派造的孽。”

钟喜妹：“那我们怎么工作呀？连门都进不了。”

李铁杉：“别急嘛，做工作总是会有困难的，急有什么用？”

钟喜妹：“你不急呀？”

李铁杉：“我急，可我在想办法。”

钟喜妹：“你？你能想出什么办法？”

李铁杉：“我怎么想不出办法？等高队长他们谈判回来，我就想出办法了。”

钟喜妹：“吹牛！等高队长和刀家谈通了，还用得着你想办法？”

李铁杉发现了什么，向前方示意：“哎，你看。”

钟喜妹向前方看去——

根赛、波香兄妹跪在土坡上，身前插着点燃的木香，双双向寨子里叩头。

钟喜妹：“他们在干什么？”

李铁杉：“过去看看。”

两人走向根赛兄妹。

跪地乞求的根赛兄妹见李铁杉、钟喜妹过来，立刻警惕地站了起来。

钟喜妹认出他们，笑着说："哎，是你们呀！波香姑娘，你阿妈好些了吗？"

根赛防范地盯着李铁杉、钟喜妹，侧身护着妹妹。

波香看看哥哥，又看看钟喜妹，点点头，又摇摇头。

钟喜妹："这是什么意思呀？怎么，你还怕我们吗？"

波香又看看哥哥，胆怯地回答："汉人阿姐，我阿妈还是起不来……"

钟喜妹："走，我再去看看。"

波香用目光询问哥哥。

根赛很是犹豫。

李铁杉："根赛兄弟，别犹豫了，你阿妈病得那么重，不治疗会出危险的。"

根赛看看妹妹，波香不顾一切地拉起钟喜妹的胳膊就走。

根赛、李铁杉赶忙跟着走去。

7. 波香家的柴棚　日内

钟喜妹半跪在波香母亲身边用听诊器诊断，波香母亲昏沉沉地睁不开眼。

波香、根赛既紧张又期切地守在一旁。

钟喜妹收起听诊器说："波香，你阿妈得了肺炎，如果不及时治疗，会有生命危险的。"

波香着急地问："那，那该怎么好啊？"

钟喜妹打开药箱拿出注射器和针水说："我给你阿妈打一针，帮她退烧。你们要赶紧送她去县医院，不能耽误了。"

根赛见钟喜妹用注射器抽取针水，十分怀疑地拉了拉妹妹，问这是要做什么？波香也不明白地摇摇头。

钟喜妹拉过波香母亲的胳膊，准备打针。

根赛立刻不干了，拦住钟喜妹质问她要做什么？

钟喜妹解释说："你们别害怕，我给你阿妈打针，是给她治病，让她醒过来。"

李铁杉帮着解释："根赛兄弟，别紧张，给你阿妈打了针，她很快就会醒过来的。"

根赛还是不大相信，波香拉着哥哥说："阿哥，寨子里的佛爷、波摩（巫师）都不给阿妈看病，阿妈醒不了怎么办呀？"

根赛无奈地不说话了。

钟喜妹熟练地给波香母亲打了针。

波香、根赛紧张地盯着注射器。

钟喜妹："放心吧，你阿妈一会就醒过来了。"

波香凑到母亲身边，轻声唤着："阿妈，阿妈。"

根赛突然抓住李铁杉说："不要走，你们不要走，等到我阿妈醒过来！"

李铁杉忙说："根赛兄弟，你放心，我们不走。"

钟喜妹理解地笑笑，让波香端过水来，蘸湿手巾擦着老人的额头。

一会儿，波香母亲慢慢醒了过来，兄妹两人都感到非常吃惊。

波香含泪唤着："阿妈，你醒了……"

根赛看看醒来的母亲，感激地跪在钟喜妹面前说："汉人摩雅（医生），我们家里没有钱，没有礼，我给你磕头了！"

说着他向钟喜妹磕头。

李铁杉赶紧把他扶起来："不要这样，根赛兄弟，我们是共产党的人，就是为人民服务的，不要钱，也不要礼，更不要磕头。"

波香的母亲轻轻地咳嗽，钟喜妹让波香拿过水碗，托起老人慢慢地喂她喝水。

波香母亲目光迟疑地看着钟喜妹，波香告诉母亲是汉人医生救了她。

波香母亲望着钟喜妹双手合十喃喃地说："好人，好人呐！你是菩萨派来的救星吧？"

钟喜妹笑吟吟地说："大妈，我们是毛主席派来的，是为穷苦百姓服务的。"

波香母亲没听懂地说："毛主席……"

钟喜妹："对呀，毛主席才是穷苦百姓的大救星呢。"

波香母亲："他……是个菩萨？"

钟喜妹笑道："他比菩萨还管用呢。"

李铁杉突然从挎包里拿出毛主席画像，对波香一家展开说："看，这就是毛主席。他领导着全国百姓翻了身，当家做了主人！"

波香母亲盯着毛主席像再次双手合十："菩萨，菩萨呀！"

波香、根赛朝着毛主席像跪下身子。

李铁杉赶忙说："不要跪，不要跪，共产党可不兴这个。毛主席不是菩萨，是咱们老百姓的带路人！"

钟喜妹把波香扶起来。

根赛抓住李铁杉的手说："汉人兄弟，把你们汉人的菩萨留下吧！留下吧！"

李铁杉："留下可以，你好好听我说，毛主席不是菩萨，菩萨都是泥做的，不会讲话。毛主席是我们的领袖，他可是会讲话，会带着我们建设新中国呢！"

根赛从李铁杉手中接过毛主席像，激动地说："好菩萨，好菩萨！"

波香从哥哥手中接过毛主席像，含泪看着说："汉人阿哥说了，他不是菩萨，是个好汉人！"

钟喜妹赶忙说："对，是个好汉人，是个顶好顶好的汉人！"

8. 工作队露营地　日外

高川、刘捍卫等人听完钟喜妹的叙述大笑起来。

高川笑道："顶好顶好的汉人，说得对呀，喜妹，这样一来，他们就不再有戒心了吧？"

钟喜妹："没有了，他们兄妹两个跟我和铁杉说了好些话，他们还说，等到他们回了寨子，要是我们没有地方住，就住到他们家的竹楼去。"

高川："是吗，这可太好了，你们的工作很有收获嘛！"

刘捍卫："这说明什么？说明穷苦百姓和土司头人不一样，不同的阶级就有不同的感情，不同的觉悟。高队长，我建议马上开展访贫问苦的工作，刀家不让我们进大寨，我们就在寨子外面寻找突破口，等我们把穷苦百姓都动员起来，刀家还不让我们进寨子，那就是自我孤立！"

和水泉站起来说："对！我们就应该把百姓动员起来，要他们刀家好看！"

高川严肃地说："你坐下。访贫问苦动员百姓这没错，应该马上行动起来。但是，我们的目的不是孤立谁，要谁好看，是为了让更多的傣族百姓了解我们、信任我们。我们都不要忘了，方书记反复交代过，在曼龙的工作重点，是刀家。"

9. 曼龙镇　曼龙酒家　日外

装扮成客商的杜连仲、石三娇和蒙着面的刀府管家曼珲骑着马沿街而来，身后跟着牵着驮带货物的马匹的两名手下。临近曼龙酒家时，杜连仲抬头看看挂在酒家门外的幌子，对石三娇使个眼色，石三娇会意地点下头。

酒家院子有篱笆墙围着，中间是用竹木架起门头的栅栏门。

杜连仲、石三娇等人下马，牵着马匹进入酒家的栅栏门，酒家伙计迎上来，行礼后接过马缰绳。

酒家院子宽敞，正房是二层的酒家餐厅，侧面还有马棚和二层客房，厢房与正房之间都有通往后院的通道。

杜连仲："把掌柜的叫来。"

伙计应声而去。杜连仲向石三娇示意，带着曼珲管家踏上竹木搭建的客房楼梯，上了二楼。两名随从警惕地守在楼梯旁边。

10. 曼龙酒家　日内

杜连仲、石三娇、曼珲管家进入房间，曼珲摘下蒙面的围布，打量着屋内。

石三娇也打量着屋内问："这是咱们的据点?"

杜连仲点下头："对。酒家的掌柜是我们的人。"

此时，年约四十的掌柜尼斗进了门，恭敬地向杜连仲行礼："杜长官。"他认出曼珲，有些意外："曼珲管家。"

杜连仲示意他不要再喊曼珲的名字，对石三娇说："这是曼龙酒家的掌柜，尼斗。"

尼斗认识石三娇，恭敬地说："石小姐。快，快请坐，我给各位泡茶。"

石三娇打量着尼斗。

杜连仲对尼斗说："石小姐现在是'云南反共救国军'第一纵队第一支队司令官，从今天起，她协助我掌管南沧、小狼山、曼龙和青蒙山部落里所有的'钉子'，你也要服从石司令调遣。"

尼斗："明白，尼斗听从石小姐，哦不，听从石司令调遣。"

杜连仲转向石三娇："三娇，你就在这里住下。曼龙镇上往来的客商很多，便于隐蔽。生活和安全有尼斗照顾，他会尽心的。"

尼斗一边泡茶一边表示服从地点点头："是了。"

曼珲坐在一旁捧着竹烟筒抽烟，动着心思听着他们说话。

石三娇："我的任务是什么，怎么对付进入曼龙的共匪?"

杜连仲："不急。你要随时掌握进入曼龙的共匪和刀府的动向，特别是刀心荣，绝不能让他脱离我们的掌控。另外，我们在南沧、小狼山和青蒙山部落里的人，会把重要的情报传到这里，你要保证情报和人员的安全，随时和我联系。"

石三娇并不兴奋地点点头。

杜连仲含笑道："我们先休息一下。尼斗，去给我们弄些吃的。"

尼斗答应着退去。

杜连仲："等天黑了，我们和曼珲管家去拜访一下刀心荣，看看他的态度，然后再决定怎么对付进入曼龙的共匪。"

石三娇表示同意。

曼珲管家默默猜测着杜连仲要干什么。

11. 曼龙大寨外　波香家柴棚　日外

根赛在柴棚外整理着渔网对妹妹说："阿妹，你好好看着阿妈，我去河里捕些鱼来，给阿妈做鱼汤。"

波香帮着哥哥整理渔具，说："阿哥，多捕些鱼来吧，给阿妈做了鱼汤，再送一些给那些好汉人，他们救了阿妈呢。"

根赛："我晓得，我一定多捕一些。"

波香："明天我去山里采些菌子山菜，也送一些给好汉人。阿哥，要是我们有些钱就好了，可以带阿妈去看病。"

根赛扛起渔具说："这些天我多捕些鱼，到镇上换了钱，就带阿妈去看病。"

波香点着头，帮哥哥背上背篓。

根赛正要走，却见乃木带着刀府家丁走近，不由得怔住了。

波香害怕地靠紧哥哥。

乃木走到近前，带着凶相说："根赛，你胆敢让红汉人进你的家门，是不是想让我把你们赶进山里呀?"

根赛解释说："乃木头人，我阿妈病得很重，红汉人是给我阿妈医病的。"

乃木凶狠地说："那也不行！大少爷发过话了，哪个敢和红汉人来往就要重重地惩罚！你说说，我该怎么处罚你?”

根赛虽然愤怒却不敢反抗，说：“我们没有去找红汉人，是他们自己找来的，为什么要处罚我?”

乃木：“你个混账，还敢顶嘴！”

波香赶紧说：“是他们自己找来的，我们没有去找红汉人。”

乃木狞笑说：“没去找？红汉人不进别人家，为什么单单进你们家?”

波香不知道该怎么说了。

乃木对家丁们一挥手：“去！进去搜！看看红汉人留下了什么！”

家丁应声闯进柴棚。

根赛想阻拦：“不要进去！我阿妈病着呢！”

乃木一把推开他，进了柴棚。

根赛、波香慌忙跟了进去。

12. 波香家的柴棚　日内

波香母亲惊恐地看着闯进来的刀府家丁，艰难地想撑起来。

家丁一阵翻找，一人看见了贴在棚壁上的毛主席像，转身对乃木说：“乃木队长，你看。”

乃木捂着鼻子朝画像看去，上前一把撕下来，转向跟进来的波香、根赛：“这是什么？红汉人的鬼符?”

波香一把夺回画像：“这不是鬼符，他是好汉人！”

乃木给了波香一巴掌，抢回画像撕碎：“你生吃豹子胆了！”

波香母亲支撑着欠身求乃木：“乃木头人……”

根赛想冲向乃木，被家丁死死拽住，他怒喊：“乃木！凭什么打我阿妹！”

乃木：“凭什么？就凭你们私藏汉人的东西！（转向波香）你这个小妖娃子，就是你把红汉人招来的！红汉人摸过你了吧?”

波香捂着脸垂头哭泣。

根赛挣扎着喊：“乃木！你凭什么作践我阿妹?”

乃木：“作践她？要是轮到老子作践她，就是她的福分了！”

根赛：“你，大白天的说脏话，当心烂了舌头！”

乃木：“你敢骂我？把他押出去！”

家丁们将根赛推搡出柴棚。

波香拉着哥哥，被乃木一把推了出去。

13. 柴棚外　日外

根赛使劲挣扎，却被家丁们拽得死死的。

波香哭喊着：“放开！放开我阿哥！”

乃木：“把根赛押进寨子，罚他给府里扫茅房！”

根赛：“为什么罚我？为什么罚我?”

波香拉着哥哥，哀求地说：“放了我阿哥！放了我阿哥吧！”

乃木：“把她也拉上！”

家丁去拉波香，波香哭喊：“阿哥！阿妈！——”

根赛喊着：“放开我阿妹！为什么要拉她?”

乃木：“她不是喜欢招引红汉人吗？现在好了，红汉人要喝花酒了，要她去陪酒！”

波香挣扎着喊：“我不去！我不去！放开我！阿哥！阿妈！——”

根赛也挣扎着喊：“放开我阿妹！放开我阿妹！”

兄妹俩挣脱不了家丁们的拉拽，双双被拉走了。

波香母亲艰难地爬到门口，吃力地喊着：“波香！根赛……”

她支撑不住地昏了过去。

14. 曼龙大寨外　日外

工作队营地，高川和工作队员们正在清理物资。

和水泉引着扎布和两个家丁走近。

和水泉："队长！刀府来人了！"

高川看着扎布，刘捍卫和工作队员们也凑了过来。

扎布向高川躬了躬身说："长官，你们远道而来，鞍马劳顿，我家少爷为了表示心意，在镇上酒家备下酒宴为长官洗尘。"

高川："你家少爷太客气了，他的好意我们心领了，酒宴免了吧，我们希望能早些进寨子。"

扎布："我家大少爷说了，进寨子的事情在酒宴上给长官回话，请长官一定赏光。"

高川与刘捍卫对视一眼，对扎布说："那好，恭敬不如从命，就请你带路吧。"

扎布看了看钟喜妹等女同志，言辞躲闪地说："按我们傣家的规矩，主家没有女人出席，客人也不好带女人出席……"

高川、刘捍卫猜疑地对视……

15. 曼龙酒家　傍晚外

竹楼外挂着艳丽的灯笼和幌子，刀府的家丁在酒家院子里布了岗，几个打扮俏丽的傣族女人在竹楼前迎接客人。

高川、刘捍卫、和水泉在扎布的引领下骑马而来，在酒家院门前下了马，和水泉将马牵到院内，高川、刘捍卫被扎布请进酒家竹楼。

16. 曼龙酒家客房　傍晚内

房内，石三娇站在临窗的桌案旁检查着自己的两支左轮枪，杜连仲在一旁看着她，似乎想说什么，又没开口。

曼珲坐在饭桌边抽着竹筒烟，掌柜尼斗端着托盘进来，把几样菜肴摆到饭桌上。

杜连仲走到饭桌边，问："那边挺热闹啊，来的都是什么人?"

尼斗："是刀家少爷请共匪工作队的头人喝花酒。"

石三娇听罢立刻变了脸色。

杜连仲露出意外神色，走向窗边自语道："喝花酒？共匪也学会喝花酒了?"

曼珲不动声色地抽着烟。

石三娇收起双枪，转身走向门口，杜连仲一把拉住她："干什么去?"

石三娇："我去看看，刀心荣搞什么把戏。"

杜连仲示意她冷静："不能去。不能让他们知道我们在这。"

石三娇显出不甘心。

杜连仲露出威严，低声说："我们吃饭，吃完再说。"

石三娇只好随他走向饭桌。

曼珲神色淡定地已经自顾自地吃了起来。

17. 酒家　傍晚内

刀心荣和罕富、乃松等寨主头人在主厅里摆下宴席，见到高川、刘捍卫进来，刀心荣十分客气地双手合十相迎："高长官、刘长官大驾光临，荣幸荣幸。"

高川也合十还礼："刀代办客气了。各位寨主客气了。"

刀心荣请高川、刘捍卫入座。在一旁伺候的女侍殷勤地为众人斟酒。

刀心荣举起酒杯说："很是抱歉，让各位在寨子外面蹲了这么久。这杯酒，算我给你们赔礼了，请两位长官赏光，一来洗去风尘，二来接受刀某的一片心意。"

高川举杯说："大少爷的心意我们不能不领啊！希望这杯酒能带来吉祥，从今往后，我们能像朋友一样团结合作，共担使命。"

刀心荣："好说，好说，高长官请。"

高川与刀心荣碰了杯，又和罕富、乃松等头人碰了杯，刘捍卫也与在座的人碰了杯，大家一起喝下杯中酒。

18. 酒家偏房　傍晚内

几个年轻貌美的傣族姑娘正在涂抹胭脂，波香被乃木和刀府家丁带了进来。

乃木对姑娘们说："你们都听好了，拿出你们的本事来，哪个能把红汉人搞醉，拉进你们的花房，大少爷重重有赏！"

姑娘们掩口笑着。

波香挣开拽着她的家丁，想往外跑，被家丁揪了回来。

乃木上前打了她一巴掌："下贱货！再敢不听话，老子脱了你的筒裙让你去见红汉人！"

波香挣扎着喊："我不干！死也不干！放开我！"

乃木拧着波香的下巴恶狠狠地说："你敢不干？你不干，你家欠的官租就得加倍，你和你阿妈都得被赶到山里去！"

波香："我就是不干！死也不干！"

乃木对家丁说："灌她酒！看她干不干！"

家丁拿过酒壶要灌波香，波香挣扎着咬了家丁的手。

乃木狠狠打了波香几个耳光，喝命家丁："来呀！把这个寻死的妖娃子绑了！锁进柴房！等酒席散了，狠狠收拾她！"

家丁们把波香拖出了房间。

那些姑娘们吓得面露惊悸。

19. 酒家柴房　傍晚外/内

刀府家丁们把反绑着的波香拖到柴房外，打开门，连踢带推地把波香搡了进去，锁上了门。

（画外）波香在柴房里撞着门哭喊："放我出去！放我出去！"

柴房内，波香披头散发地用身体和头部撞着房门哭喊："你们这些没良心的坏人！放我出去！放我出去！"

20. 曼龙酒家　傍晚内

宴席上，刀心荣笑着说："刀某今晚请两位长官消解劳顿，饮酒清谈，可不可以请长官们把谈判的话题放一放，轻松一下，我会在明天把我们的意思告诉你们。"

高川："也好，我们就轻松一下，这样吧，请各位给我们介绍介绍曼龙当地的风俗习惯、风土人情，让我们多了解一些，避免闹出误会。"

刀心荣："我们傣家人确实有很多与你们汉人不同的规矩，如果长官们想知道，我们的属官可以慢慢对你们讲。说到风土人情嘛，也有些别致的地方，我们傣家人非常好客，特别是对你们这样的尊贵客人，更要请你们领略一下傣家特有的风情……"他微笑着拍了拍掌。

一道帘子掀开了，几个花枝招展的傣家姑娘面带羞怯进了屋，羞答答地站到高川、刘捍卫身后。高川、刘捍卫警觉起来。

几个寨主头人诡笑着观察高川、刘捍卫。

刀心荣笑着说："这些'小卜少'（姑娘）是为长官们准备的，她们特地来陪长官们喝酒，请二位长官随意享用。"

他向姑娘们使个眼色，姑娘们娇声细气地上来为高川、刘捍卫斟酒。

刀心荣观察着高川、刘捍卫。

高川明白怎么回事了，他放下酒杯，表情严肃地起身说："刀代办，我们共产党人不喝花酒，请你让她们退下去。"

乃松起身说："高长官，常言说入乡随俗嘛，曼龙历来就有吃花酒的习俗，长官们是客人，还请领受我们大少爷的一片好心，不必拘礼……"

刘捍卫起身说："这份好心我们不能领！要是我们领了，那和国民党反动派有什么两样？我们共产党人有严格的纪律、严肃的作风，请你们尊重我们的规矩。"

刀心荣笑道："请放心，这些'小卜少'不是我们强迫来的，她们以此为生，也以此为乐。二位长官就让她们在一起坐坐，快活快活嘛！"

高川："刀代办，我们尊重你们的习俗。但是，喝花酒是侮辱妇女，我们坚决不能接受。我看这些姑娘，并不都是自愿来陪客人喝花酒的吧？以此为生，不如说是生活所迫。大少爷，还是请你让她们退下去，不然的话，我们只好告辞了。"

刀心荣无奈地点点头："好吧，既然长官们没这个心情，就免了这道风情吧！"

他挥手让姑娘们退下。

高川向刀心荣举杯："刀代办，得罪了，我敬你一杯。"

刀心荣强作笑颜地说："哪里哪里……"

21. 柴房　夜外

根赛趁夜躲闪着赶来，向一个劈柴的伙计打听妹妹的下落。

伙计可怜他和波香，见四周没人，悄悄指了指柴房。

根赛迅速接近柴房，听到妹妹在柴房里哭泣，他观察了四周，快步绕到柴房后面，扒着小窗向里轻喊："阿妹，阿妹！"

22. 柴房　夜内

被绑住的波香听见哥哥的喊声，立刻停止了哭泣，冲到小窗口："阿哥，快救我出去！救我出去呀！"

根赛："阿妹，不要哭喊，阿哥救你出来。"

他拉开小窗的框子，爬进柴房，解开捆住波香的绳子。

波香："阿哥，他们逼我陪红汉人喝花酒，还逼我拉红汉人进花房……"

根赛扔下绳子，心疼地捧起妹妹的脸："阿妹，他们打你了？"

波香点着头，哭着扑进哥哥怀里。

根赛搂紧妹妹，愤愤地说："那些红汉人，根本不是好东西！他们和老黄皮没两样，都是黑心的狼！"

波香："阿哥，咱们逃吧，快逃吧！"

根赛把妹妹拉到小窗前，帮着她爬了出去。

23. 酒家　夜外

和水泉和两名刀府家丁一起守在酒家门外，和水泉胸前挎着冲锋枪，显得十分警惕。

24. 酒家　夜内

宴席上，刀心荣喝下一杯酒，重重地放下杯子说："好吧，二位长官，我现在就答应你们，你们的工作队可以进乃松寨子、罕富寨子，别的寨子嘛，不可以进。"

高川："好，就按你说的办。"

刀心荣："若是想进别的寨子，就得答应我的条件。"

高川："什么条件?"

罕富插嘴："把我们的耕牛要回来……"

刀心荣拍了下桌子，瞪了眼罕富，罕富只好噤声。

刀心荣："条件嘛，一是要帮我们刀家收官租，二呢，哈哈，若是你们能帮我去收佤族部落的官租，曼龙所有的寨子都可以让你们进，包括曼龙大寨。"

高川："很抱歉，大少爷，我们工作队可以帮你们做很多事情，但是，不能帮你收官租，特别是佤族部落的官租。"

刀心荣有些失望："那好了，先这么说吧。从明天起，你们可以进他们的寨子了。"他用手指指罕富、乃松两个寨主。

高川："谢谢了，我代表工作队的同志们，敬大少爷和两位寨主。"

高川、刘捍卫与刀心荣、罕富、乃松碰杯。

25. 酒家客房　夜内

房内，杜连仲换上黑色衣服，把两支美制冲锋枪和几支精致的手枪包进包袱。管家曼珲作好外出准备，在一旁默默看着。

石三娇把双枪插进腰间的枪套，用一块深色方巾裹住头，先出了门。

26. 酒家客房　夜外

石三娇走到客房外廊上，靠近木楼梯等着杜连仲、曼珲。

这时，酒家正房传来刀心荣的声音，石三娇转脸看去——

刀心荣和罕富、乃松寨主等人送高川、刘捍卫出了正房竹楼，刀心荣客气地双手合十说："高长官、刘长官慢走。"

高川也客气地双手合十说："刀代办请留步，两位寨主请留步。"

刘捍卫也在一旁客气地道别。

石三娇看见高川神色骤变——

（闪回）南沧县城内，硝烟中，高川策马驰来，手中双枪弹无虚发，溃逃中举枪顽抗的保安队员一一中弹毙命。

石三娇和父亲石潭骑在一匹马上，石三娇疯狂催马跑向西门，高川纵马追赶。

石潭举着手枪向追来的高川胡乱开枪，高川追赶中举枪射击——

石潭中弹落马，石三娇赶忙勒住马，回身大喊："阿爹！阿爹！"

石潭用最后的力气示意女儿快跑，气绝身亡。

石三娇在马上惨叫："阿爹！——"

（闪回完）

石三娇怒目圆睁地瞪着从和水泉手中接过马缰，牵着马走向院外的高川，抽出手枪冲向靠近高川的廊道一侧，举枪瞄准高川——

就在石三娇要开枪的瞬间，杜连仲从她背后箭步上来，一只手迅速抓住她的枪，强行转过她的身子，怒视着她。

石三娇愤恨地说："放开我！"

杜连仲："住嘴！"他扭着石三娇的胳膊迅速将石三娇带到房门前推进房内。

高川、刘捍卫、和水泉牵着马出了院门，高川似乎听到了什么，转头朝客房那边看了一眼，没发现异常，继续向前而去。

27. 客房 夜内

房内，石三娇趔趄后转身站稳，怒视杜连仲低吼："干吗拦着我？那个共匪杀了我阿爹，我要杀了他，为我阿爹报仇！"

杜连仲站在石三娇身前，严厉地说："混账！你这是违反军令，是破坏军国大计！按照军法，可以就地处决！"

石三娇怒火难平地说："好啊，你先让我杀了他，我的命随你处置！"说着，她还要往外冲，杜连仲一把抓住她的肩头，甩手给了她一巴掌："放肆！"

石三娇被打愣了，捂着脸瞪着他。

杜连仲转向一旁惊呆的尼斗和曼珲，示意尼斗把曼珲带出去。

尼斗把曼珲带出门，关上房门。

杜连仲气愤地双手抓住石三娇的肩膀，用力摇着说："你昏头了？就算你杀了他，能阻止共匪进曼龙吗？能把南沧夺回来吗？能光复云南、光复党国吗？蠢货！"

石三娇眼中溢出委屈的泪水，愤恨地说："我不管，我就要杀了他，给我阿爹报仇！"

杜连仲："糊涂！想报仇就得学会忍耐，懂吗？你以为我不想为你父亲报仇吗？我不想为战死沙场的弟兄们报仇吗？我们要杀的不是一个共匪，是要把所有的共匪统统杀光！可我们现在的任务不是杀一个共匪报私仇，是要为反共救国的崇高使命卧薪尝胆，积蓄力量，懂吗？像你这样轻举妄动，一旦暴露，所有的计划就全得完蛋，你就成了党国的罪人，懂吗？"

石三娇心里不甘，却不再犟嘴了。

杜连仲略有缓和地说："你就是报仇心切，一定要杀了那个共匪头目，也不能自己动手，要让刀心荣去杀，明白吗？"

石三娇并不想明白，依然是满腔愤怒，眼中喷火。

28. 南沧边工委 夜内

方明华兴奋地来到电台旁，对报务员说："快！快念！"

报务员手拿电报稿向方明华报告："高川队长来电，曼龙土司代办刀心荣已经同意工作队进入两个寨子……"

方明华高兴地击掌说："太好了！总算打响了第一炮啊！马上给高队长发报。"

29. 曼龙大寨外 工作队营地 夜外

篝火旁，队员们列队，表情兴奋地看着队前的高川。

高川神情激昂地说："同志们！方书记来电表扬我们了！他要求我们再接再厉、克服困难，争取早日进入曼龙大寨！大家说有信心没有？"

队员们高喊："有！"

高川："从现在起，我们分成两个工作组，大家做好准备，明天一早，分别进入乃松寨子和罕富寨子！"

队员们："是！"

30. 曼龙酒家柴房 夜外/内

乃木让家丁打开关押波香的柴房，走了进去。

房里没了波香，只有丢在地上的绳子。

家丁慌了："乃木队长，她跑了！"

乃木查看着房内，目光停在窗户上，恶狠狠地说："哼，她能跑去天上不成？走，去给老子捉回来！"

31. 波香家柴棚　夜外

根赛拉着波香跑回柴棚，根赛看看身后没有人追，迅速催妹妹进了柴棚。

32. 柴棚　夜内

病情加重的波香母亲借着昏暗的灯光看着逃回来的孩子，声音颤抖地说："波香，根赛，真是你们啊……"

波香、根赛跪到母亲身边流出眼泪。

根赛："阿妈，我们跑回来了……"

波香："阿妈……"

根赛："阿妈，那些红汉人不是好东西，和老黄皮一样喝花酒，还要阿妹去陪酒！阿妹不去，乃木头人就把阿妹锁进柴房，要狠狠整治她呢！"

波香掩面哭泣。

波香母亲艰难地说："波香，乃木不会放过你的，你快跑吧，跑吧……"

波香哭着说："阿妈，女儿能跑到哪里去呀？我跑了，谁来照顾阿妈呀……"

波香母亲流着泪说："女儿呀，阿妈不能看着你受罪呀。看着你受罪，阿妈比死掉还难过呀……"

波香扑到母亲怀里痛哭："阿妈……"

根赛止不住痛哭起来。

波香母亲紧抱着女儿泪流满面："我的女儿啊，跑吧，就是让野狼吃掉，也不能让他们抓去啊……"

波香抱紧母亲，哭着喊："阿妈……"

33. 刀府　夜内

小厅堂里，刀心妍质问扎布："你说什么，我阿哥请红汉人喝花酒？"

扎布："是呢。"

刀心妍："红汉人接受了？"

扎布："没有。他们说，共产党不喝花酒，把陪酒的小卜少都回了。"

刀心妍一脸怒色地深吸着气："真丢人，丢死人了！"

34. 刀府　夜外

两个用布遮挡着头的人影鬼鬼祟祟地走近刀府。

乃木带着家丁举着火把在府外巡逻，他听见路边竹林中有响动声，立刻拔出枪喝道："谁？什么人？"

竹林中里有人轻喊："乃木！是我！"

乃木警惕地走向竹林暗处。

黑暗中的人凑向乃木："乃木，是我！"

乃木露出吃惊的神色。

35. 刀府　夜内

刀心荣房间，刀心荣换了装束，走到放着铜盆的木架旁洗了把脸，从丫鬟手里接过手巾擦着脸。

刀心妍进了房间，没好气地说："心荣阿哥，我有话问你。"

刀心荣一怔，把手巾扔给丫鬟，挥手让她回避，而后看着刀心妍。

刀心妍："你为什么要请红汉人喝花酒？"

刀心荣不屑地笑笑："为这个呀，你不是要我好生招待你的客人吗？我可是把他们当成最尊贵的客人来招待的，怎么，又不对了？"

刀心妍："好生招待就是喝花酒吗？你到底想做什么呀？"

刀心荣："做什么？我的阿妹呀，你见过不喝花酒的汉人吗？"

刀心妍："喝花酒的是老黄皮，是国民党！"

刀心荣浅笑："你说对了，我就是想试探试探，他们共产党和国民党到底有什么两样。（叹了一声）还真是不一样啊，居然还有不喝花酒，不要女人的汉人。"

刀心妍："丢人！"

刀心荣："你说什么？"

刀心妍："我说丢人！你这么做，让我在他们面前抬不起头，扬不起脸！"

刀心荣："你、你给我听好，以后不许你再和红汉人来往！听到没有？"

刀心妍："我凭什么听你的？"

刀心荣："干爹要我管好曼龙，管好你！"

刀心妍："我不要你管！"

她执拗地转身走了。

刀心荣气得咬牙："你站住！你丢了魂了？"他走到榻前喊："来人！"

丫鬟应声进来，帮刀心荣点上水烟，刀心荣靠在榻上，丫鬟帮他捶腿。

（画外）乃木的声音："大少爷。"

刀心荣："进来。"

乃木进了屋。

刀心荣："什么事？"

乃木凑近刀心荣，附在他耳边嘀咕，刀心荣立刻变了脸色。

36. 刀府　夜内

刀心荣、乃木走进一间隐秘的房间，管家曼珲和杜连仲风尘仆仆地出现在刀心荣面前。

刀心荣惊喜："曼珲管家！"

管家拉着刀心荣的手："大少爷！"

刀心荣关切地问："曼珲管家，我干爹怎么样了，还好吗？"

管家掏出封信交给刀心荣："大少爷，老爷的信，你看了就知道了。"

刀心荣拆着信，瞥了眼杜连仲，立刻认了出来："是你？"

管家："哦，大少爷，看了信就知道了。"

杜连仲向刀心荣点头致意。

刀心荣朝他点点头，打开父亲的信看着，看罢，转向杜连仲说："杜长官就是特派员？"

杜连仲不卑不亢地说："不错。"

刀心荣请他入座，乃木给管家和杜连仲倒了茶。

刀心荣："我干爹在信上说，特派员有要事相告，请讲吧。"

杜连仲拿过随身的包袱，放在桌上打开，里面是两支美制冲锋枪和几支精致的手枪。

刀心荣看了看枪，目光转向杜连仲。

杜连仲："大少爷，这是兄弟的见面礼，请大少爷笑纳。"

刀心荣不卑不亢地说："好说。"

杜连仲："大少爷，刀土司在境外过得很好，你尽管放心。兄弟这次冒险过来，是替你干爹向你传些话的。"

刀心荣："请讲。"

杜连仲："听说有小股共匪到了曼龙，你一定要把他们赶走，不能让他们串寨子。"

刀心荣："这就难了，他们人虽少，可他们后面有官衙，有解放大军。"

杜连仲："大少爷，你干爹是认得清形势的，他晓得国军退守境外是暂时的，眼下几万国军很快就会在境外集结，随时准备反攻，共产党是秋后的蚱蜢，蹦不了几天。”

刀心荣：“既然国军做好了准备，那就赶紧打回来吧，省得我干爹连家都回不了。”

杜连仲听出刀心荣话里有话，加重了语气说：“大少爷，你可不要被几棵茅草遮住了眼。共产党胜得了一时，胜不了一世，国军一定会打回来的。如果你现在走错了路，你干爹的日子可就不好过了。”

刀心荣明知这是威胁，却无可奈何地说：“你倒是说说看，我该怎么对付共产党？”

杜连仲：“不合作，坚决不合作。先赶走他们的工作队，再把曼龙领地的粮食都收集起来，运到境外去。”

刀心荣：“这办得到吗？”

杜连仲：“只要你想办就办得到。”

刀心荣：“若是共产党派解放来怎么办？”

杜连仲：“跟他们打！能打死多少就打死多少。”

刀心荣：“特派员，你高看我们刀家了，凭我们的实力，能对付多少解放？”

杜连仲：“能对付多少就对付多少。你不用怕，实在打不下去了，国军会接应你们，统统撤到境外去。”

刀心荣冷眼看看杜连仲，转向管家：“曼珲管家，这真是我干爹的意思吗？”

曼珲管家犹豫地看看杜连仲才点头说：“是，是老爷的意思。”

刀心荣：“那就告诉我干爹，等着给我收尸吧。”

管家面有难色地干咳两声，说：“大少爷，老爷吩咐，一切事由都要和特派员商议。”

刀心荣冷笑道：“好啊，特派员一张嘴，我就得拼上全寨子的性命，这到底是哪家的理呀？”

杜连仲：“大少爷，兄弟并不是这个意思。现在共匪猖獗，党国处在危亡之际，如果大少爷能申明大义，在危难之中与国军精诚团结，共同对付共匪，日后成就了反攻大业，别说区区的曼龙，就是整个南沧县，也会由你们刀家说了算呀！”

刀心荣：“那自然好，可我只有千把人枪，怎么对付得了共产党？”

杜连仲：“当务之急是粮食，只要你把曼龙领地的粮食运到境外，就是为党国立了大功。”

刀心荣动着脑子说：“这样的大功，不是用嘴说说吧？”

杜连仲：“当然不是，国军会用最先进的枪械和你交换。”

刀心荣：“我要那么些枪做什么？真打起仗来，还不是要靠国军吗？”

杜连仲：“那也好办，我们给金条，用金条换粮食，这总可以了吧？”

刀心荣：“话说在前面，见不到金条，我一粒粮食也不会运出去。”

杜连仲当即掏出一个布包放到桌上，打开后露出几根金条。

杜连仲：“兄弟吐口唾沫就是钉。这是定钱，大少爷收下吧。”

刀心荣看看金条。

杜连仲：“下一回，兄弟就把换粮食的金条全都带来，另外再给大少爷带两挺美式机关枪，怎么样？”

刀心荣看看杜连仲，暗自转着心思。

37. 工作队宿营地　夜外

远远可见工作队住地点起几堆篝火，队员们围在火旁，传出悠扬的笛子声……

有人在竹林中悄悄向工作队移动，他的目光始终盯着那些工作队员。

篝火旁，武晓鹏吹奏着竹笛，花蔓唱着歌，高川、刘捍卫、钟喜妹、李铁衫和其他队员们为他们打着拍子……

注视工作队的目光仍在向前移动，渐渐靠近了工作队员们……

花蔓唱完了歌，大家拍手叫好。

李铁杉："咱们欢迎高队长唱一个好不好?"

队员们齐声叫好，鼓起掌来。

高川摆着手说："不行不行，我唱不好，还是听你们唱……"

队员们不干，吵吵着非让高川唱。

李铁杉："革命歌曲大家唱，队长不带头唱怎么行呢？同志们，高队长不唱行不行?"

队员们齐声说："不行!"

高川："同志们，同志们，唱歌我是真不行……"

花蔓："我们不信，哪有解放军不会唱歌的？和水泉，你说，队长会不会唱?"

和水泉被大家逼问，为难地看看高川。

钟喜妹："他会!"

高川看向喜妹。

钟喜妹："高大哥，我听过你唱的山歌，可好听了。"

队员们吵嚷着让高川唱，高川笑道："这个喜妹，那是多久的事了，这么多年不唱了，你不怕我跑调啊?"

钟喜妹："不怕，我们就是要听!"

队员们喊着让高川唱。

林中注视工作队的目光停了下来，一支枪伸了出来，瞄向工作队……

在队员们的催促下，高川站了起来："好，我就唱一段游击队的歌!"

队员们热烈鼓掌。

高川开口唱了起来——

"月亮爬上了东山，
营火燃烧在高山上，
游击战士快来舞蹈，
游击战士快来歌唱……"

队员们晃动着身子为他打拍子。钟喜妹听着高川的歌声回想起往事，表情起了变化。

高川在唱——

"我们的生活充满了战斗，
我们从不畏缩，从不惊慌。
我们的歌声充满希望……"

突然传来一声枪响，高川身子一歪倒在地上，捂住肩膀。

钟喜妹惊呼："高大哥!"

和水泉惊喊："队长!"

队员们全都吃惊地喊着队长起身围向高川。

高川忙喊："散开！隐蔽!"

队员们立即散开，拿起武器隐蔽着朝四外警戒。

武晓鹏紧张地卧倒时掉了眼镜，两手扒拉着找到眼镜，哆嗦地戴上。

和水泉端着枪朝几个队员挥手："跟我来!"

几个队员跟着他向竹林方向冲去，李铁杉过来对武晓鹏说："晓鹏，快!"

武晓鹏拿着枪起来，有些害怕地跟在李铁杉身后……

竹林中的人收起枪，悄悄隐去……

钟喜妹赶到高川身旁撕开他的衣服，可见血肉模糊，钟喜妹喊：“花蔓！把药箱拿来，快！”

花蔓紧张地颤声答应：“哎，来了……”

高川忍着疼痛说：“没事，没伤着骨头。”

钟喜妹：“你怎么知道？万一伤到了怎么办？”

刘捍卫凑近：“队长，你怎么样？”

高川咬牙摇头。

花蔓拿来药箱，喜妹要为高川包扎伤口。

刘捍卫：“这里太危险了，快进帐篷。”

他扶起高川，和钟喜妹一起把高川扶向帐篷。

38. 大寨外　夜外

和水泉和李铁杉、武晓鹏等队员在林子里搜索打黑枪的人，他们警惕地搜索到林边，武晓鹏紧张地靠在李铁杉身边，李铁杉突然说：“看，在那里！”

武晓鹏吓了一跳。

和水泉向野地里看去——

一个黑影快速跑动。

和水泉：“追！”

几个队员跟着和水泉追了上去……

第七集完

第八集

1. 曼龙刀府 夜内

刀心妍匆匆走进厅堂，紧张地问刀心荣："心荣阿哥，你听到枪声了吗?"

显然也是刚来到厅堂的刀心荣也有些紧张地说："听到了，像是寨子外面。"

刀心妍："谁在打枪? 对谁打枪?"

刀心荣："我怎么会知道。"

他走向门外，刀心妍跟了出去。

2. 大寨外 夜外

黑影跑向大寨……

和水泉等人穷追不舍……

他们追到大寨外，却不见了黑影。

队员们没了目标，和水泉看着黑夜中的寨门，喘着粗气。

李铁杉："见鬼，他能钻到地里去?"

武晓鹏声音发颤地说："一定是跑进寨子里去了，怎么办?"

和水泉没了主意。

李铁杉："要不，咱们进寨子，找他们要人!"

和水泉："不行，我们不能进寨子。"

李铁杉等人急而无奈。

3. 刀府 夜外

刀心荣、刀心妍走出大门，院子里的家丁都在射击位置上严阵以待。

乃木、扎布匆匆进了院子，走向刀心荣。

刀心荣："哪里打枪?"

乃木："不清楚，像是红汉人在的地方。"

扎布："是红汉人在的地方，有人对红汉人开枪。"

刀心妍一惊："什么? 伤到人没有?"

扎布："不清楚。"

刀心荣："见鬼了，谁打的枪?"

扎布："不清楚。"

刀心荣："你们清楚什么? 万一伤到了红汉人，他们岂不是要来报复?"

刀心妍快步走向府外，刀心荣忙喊："阿妹！你去哪里?"

刀心妍："我去看看，有没有伤到人?"

刀心荣："不行！你现在去了，他们会以为是我们的人放的枪!"

刀心妍："不是我们的人，还会是谁?"

刀心荣："是鬼！是寨外的野鬼！红汉人有本事，就让他们捉鬼去吧!"

刀心妍转身继续走向大门，守门的家丁将大门关闭。

刀心妍气愤地转身说："让我出去！"

刀心荣："不行！没有我的话，谁也不能让你出去！"

刀心妍怨愤地瞪着刀心荣，无奈地跺脚。

4. 工作队宿营地　夜外

和水泉、李铁杉、武晓鹏等队员回到营地，刘捍卫从帐篷里迎了出来。

和水泉大步过来："队长怎么样了？"

李铁杉、武晓鹏等队员也赶了过来，关切地问刘捍卫："队长怎么样了？"

刘捍卫抬手示意大家冷静："还好，喜妹给他包扎了，又打了针，已经睡了。哎，开黑枪的人呢？追上了吗？"

和水泉摇头叹道："没有，那家伙跑得比兔子还快，我们追到大寨边上，人就不见了。"

李铁杉："一定是跑进寨子去了。"

刘捍卫："是寨子里的人？"

和水泉："不是寨子里的人，他敢往寨子里跑？"

李铁杉："不是寨子里的人，就是国民党特务。"

刘捍卫略一思索，说："是什么人干的，我们终究会搞清楚。小和，你布置一下警戒，一定要提高警惕，发现可疑情况，要立刻鸣枪。"

和水泉："是。"

刘捍卫："你们抓紧休息吧，这件事不能影响我们的工作，明天一早，我们照常进寨子。"

和水泉："那队长怎么办？"

刘捍卫："留下人看护，实在不行，只能送回南沧了。"

和水泉等人的心情更加沉重。

5. 工作队营地帐篷　夜内

帐篷里吊着马灯，高川已经昏睡，钟喜妹取下盖在他额头上的毛巾，花蔓接过毛巾，在盆里拧了一把，递给钟喜妹，钟喜妹把毛巾又盖在高川的额上，而后守在他身边，试着他的脉搏。

6. 帐篷外　夜外

篝火旁，和水泉、李铁杉、武晓鹏等队员并没有离去，他们拿着枪，默默地守在帐篷外……

7. 刀府　夜外

府院里加强了警戒，乃木、扎布巡查着岗哨，沿着楼梯上了天台。

乃木猜测地问："扎布，刚才那一枪，是不是你打的？"

扎布："我正想问你呢，我看像是你打的。"

乃木："我打的？要真是我打的，红汉人一个也剩不下。"

扎布不屑地瞥他一眼。

乃木："要我说，就该把这些红汉人收拾了，看他们还敢来。"

扎布："他们当然敢。他们会铺天盖地地来，寨子里的人，一个也活不了。"

乃木白了扎布一眼："你是被红汉人吓破了胆了。"

扎布想说什么，又忍住了。

8. 工作队宿营地　帐篷内　夜内

钟喜妹守在高川身边，目不转睛地看着昏睡中的高川。

花蔓轻声问："喜妹，队长不要紧吧？"

喜妹没有回答，仍然看着高川。

花蔓靠着喜妹又问："他伤的是不是很重？"

喜妹叹道："比起以前的伤，算是轻多了……"

花蔓："以前？"

喜妹看着高川，似在回想。

花蔓："喜妹，跟我说说好吗？"

喜妹望着高川沉默片刻，低声说："那时候，我还很小。高大哥是区里的游击队队长，打游击的时候负了重伤，我姐姐把他背回家里，和爸爸妈妈一起照顾他……"

9. 闪回　山乡　钟喜妹家　日内

身负重伤的高川躺在床上，喜妹的父母精心地扶起他，喂他稀饭……

还是小姑娘的喜妹好奇地站在床边看着，看着头上缠着纱布的高川。

钟喜莲风尘仆仆地提着篮子进来，篮子里装了不少草药，喜莲观察了高川的情况，转身去收拾草药，喜妹跟着姐姐忙活起来……

小火炉上熬着草药，火光映红了喜莲的脸，喜妹靠在姐姐身上，看看炉火，又看看姐姐……

床前，喜莲细心地喂高川喝药……

喜妹在一旁看着，小嘴一张一张……

10. 闪回　钟喜妹家　日内

喜莲搀着渐渐康复的高川在地上行走……

喜妹在一旁看着。

高川身子一歪，喜莲赶紧扶住他。

喜妹开心地笑了。

11. 闪回　钟喜妹家　日外

喜妹跟着姐姐从外面回来，喜莲挎着的篮子里有一只鸡。

高川显然好多了，正在院子里劈柴，喜莲嗔怒地上前夺下高川手里的斧子，严厉地呵斥他。高川微笑着表示自己已经好了，喜莲生气地把篮子扔到地上，鸡跑了，高川动作夸张地去抓鸡，逗得喜莲忍俊不禁，喜妹也笑了起来。

12. 闪回　山乡　日外

痊愈的高川挎着双枪和喜莲一起告别喜妹父母，离开了家……

喜妹喊着追上他们，喜莲劝着她，让她回家。

喜莲和高川走出村口，喜妹又追了上来，喊着姐姐。

喜莲和高川向喜妹挥手，转身走远了。

喜妹跑上山坡，看着走远的姐姐和高川大声呼喊。

远处的喜莲和高川再次向她挥手。

喜妹流着泪，看着姐姐和高川的身影在开满鲜花的山坡上消失……

（闪回完）

13. 帐篷内　夜内

钟喜妹看着昏睡的高川，含着泪说："从那以后，我再也没见到姐姐……"

花蔓流着泪，忍着没哭出声，紧靠着喜妹。

14. 曼龙酒家客房　夜外

杜连仲、石三娇身穿黑衣、头扎黑巾走下竹楼，走向马棚。
石三娇轻声问："特派员，袭击共匪营地的枪手，是你派去的?"
杜连仲淡淡一笑，未作答。
石三娇追问："打死那个共匪头目了吗?"
杜连仲牵着马说："如果你还是放不下私仇，就给我回去反省，不要参加行动了。"
石三娇不再言语，牵着马跟着杜连仲出了栅栏门，上马而去。

15. 山林中　夜外

一群身穿傣族装束的汉子手持卡宾枪、冲锋枪等武器悄悄靠近佤族山寨……

16. 佤族山寨　夜外

那些身穿傣装的汉子潜到寨外，在头目的指挥下散开，扑向寨子……

在寨口站岗的两个佤族武士显出困倦，其中一人拿出竹烟斗装上烟叶，用火石打火吸烟，另一人凑近也想吸一口，突然发现同伴身后有黑影闪过来，他刚想说什么，身子一抖，直挺挺地倒下了，背后插着一把匕首。

吸烟的同伴吃惊地抬起头，见面前站着一个面相凶恶的傣装男子，他刚要呼喊，身后有人捂住他的嘴，用匕首割开了他的喉咙……

头目挥手催动手下冲进寨中，可以看清她正是装扮成傣族人的石三娇。
那个先倒下的武士挣扎着扣动火枪扳机，发出一声闷响。
石三娇回身朝那个武士连开三枪，转向手下高喊："杀!"

寨中巡逻的武士听到枪声立刻朝天鸣放火枪，敲响铜锣……
傣装汉子冲进竹屋杀人、放火烧房子……
一些佤族百姓跑出屋子，被傣装汉子射杀……
寨中百姓惊慌地四散奔逃……

桑木头人集合了一批武士，冲向枪声密集的方向。
一个身上染血的武士跑来："桑木头人！桑木头人!"
桑木头人急切地问："是什么人烂我的寨子?"
武士粗喘着说："是傣家人！个个拿着快枪，杀了我们好多人!"
桑木急喊："快！快去点燃烽火！让岩火头人来搭救我们!"
武士飞快跑去。
桑木挥起长刀对身边的武士们高喊："跟我来!"
武士们跟着桑木冲向战场……

17. 山林　夜外

山顶燃起烽火……

18. 佤族岩火大寨　夜外

寨中响起锣声、枪声。

大头人岩火披挂整齐地在大批武士簇拥下走向寨口，岩虎骑着马赶来说："大头人！桑木寨子点起烽火，一定是要烂寨子了！"

岩火看了眼远山的烽火，一脸怒容地拉过马上了马背，朝武士们高喊："大寨的男人，随我来！"

武士们跟随岩火冲向寨口……

19. 佤族山寨　夜外

傣装汉子所到之处已是火光冲天，横尸处处，那些奋起反抗的寨民纷纷被他们射杀……

桑木头人率领众多武士冲杀过来，火枪、弩箭射向傣装汉子。

傣装汉子们一排枪打向桑木等武士，桑木身边不少武士中弹倒地。

桑木受了伤，赶紧躲到一旁，咬牙说："这些畜生！快！把竹炮抬过来！"

石三娇向傣装汉子们下令撤退，她见身边一手下中了弩箭，痛苦地在地上挣扎，便抬枪将其击毙。

佤族武士放响竹炮，一团火焰射向傣装汉子。

两个傣装汉子被竹炮射中，倒地痛苦地翻滚挣扎，石三娇连开几枪将他们击毙，喝令其余的手下快速撤离……

岩火率领大批武士冲进山寨……

桑木头人一脸硝烟地被武士扶着迎向岩火："大头人！"

岩火在马上问："是汉人还是傣家人？"

桑木："是傣家人！杀了我们好多人，房子都快烧光了！"

岩火眼中喷火地转向岩虎："岩虎！"

岩虎："在！"

岩火："追上他们，砍下他们的脑壳！"

岩虎朝身后的武士们挥舞长刀："随我来！"

一批武士跟随岩虎冲去……

岩火望着四处燃烧的寨子，愤恨地下了马，走向横陈于地的尸体，痛心地看着那些战死的武士。

桑木悲戚地说："大头人，我的寨子烂完了，要为我们报仇啊！"

岩火紧咬着牙，看着死去的武士。

桑木："大头人，把部落里的武士都喊来吧！我们杀到曼龙去，烂掉他们的寨子！杀光他们的人！"

岩火走到身穿傣装的匪兵死尸旁，捡起尸体旁的卡宾枪，仔细察看着，说："那些傣家人，都有这样的快枪？"

桑木："是呢，打得我们抬不起头，睁不开眼睛。"

岩火酌量着说："我要约齐菁崖部落和芒崖部落的全部武士，才能打下山去，杀光他们！岩坚！"

岩坚："在！"

岩火："派人骑快马，给我阿爹岩猛头人和芒崖的尼贡头人送火炭信，我要和曼龙傣家决一死战！"

20. 山林中　夜外

石三娇带着那些身穿傣族服装的匪兵快速撤退……

岩虎带领一群佤族武士举着火把，呼喊着渐渐追近……

石三娇命令匪兵们停下，转身看着移近的火把，露出凶相。

一匪兵凑近说："长官，他们追上来了！"

石三娇："干掉他们，散开！"

匪兵们立刻散开，隐蔽地举枪等待。

岩虎率众武士呼喊着追了过来……

石三娇的枪口前出现了佤族武士的身影，她扣动扳机。

匪兵们纷纷向岩虎等佤族武士射击……

岩虎的马被击中，他一头从马背上栽了下来。

一些佤族武士被击中倒地……

岩虎起身捡起长矛扑向匪兵，他身边的武士也英勇地挥舞长刀、长矛扑向匪兵……

石三娇和匪兵们向岩虎等武士连连开枪……

几个武士倒下了，岩虎中弹后拼尽力气向匪兵掷出手中长矛，由于用力过猛，脚下一滑，沿着山坡滚落下去……

石三娇下令匪兵们撤退，匪兵们很快消失在林中。

那些被枪弹压迫在地上的武士纷纷爬起来呼喊："岩虎大哥！岩虎大哥……"

21. 山林中　夜外

受到枪声惊吓的波香在山林里慌张地奔走，她显然迷了路，一会朝左，一会又折回来朝右，努力辨认着方向，这时，山林中传来人声和脚步声，波香一惊，迅速躲到草丛中。

波香躲在草丛中偷偷看去——

林中出现了石三娇和匪兵们的身影。

波香见他们穿着傣族的衣服，刚想起身呼喊他们，就听石三娇喊了声："特派员！"

波香一惊，赶紧伏下身子。

杜连仲带着几个随从迎向石三娇："怎么样，干得利索吗?"

波香看见杜连仲，惊恐地伏在草丛中，不敢抬头了。

石三娇："三下五除二，干掉了一座寨子。"

杜连仲："弟兄们有损失吗?"

石三娇："少了四个，不过，没留活口。"

杜连仲："好，让弟兄们喘口气，下山再干一场。"

波香伏在草丛中不住地发抖……

22. 曼龙　清晨外

阴云笼罩着山林、田野……

23. 工作队营地　清晨外

和水泉、李铁杉、武晓鹏等工作队员仍然守护在帐篷外，个个神色凝重。

刘捍卫从另外一座帐篷出来，看到队员们不觉一愣："怎么搞的? 你们怎么都不睡呀?"

和水泉声音低沉地说："我们睡不着，我们想看看队长。"

刘捍卫抱怨地说："你看你，还是个战士呢，婆婆妈妈的经不起事，这要让队长知道了，他心里能好受吗?"

和水泉沉默了。

刘捍卫："你们也真是的，不好好休息，还能有精力工作吗?"

李铁杉："刘副队长，咱们还是等队长好了再进寨子吧……"

刘捍卫："这怎么行，好不容易争到了机会，要是错过了，我们什么工作也干不成了。都去准备吧，别在这守着了。"

和水泉心有抵触地说："刘副队长，我们进了寨子，队长怎么办? 总不能把他一个人留下吧?"

刘捍卫："当然不能。不是有喜妹同志照顾他吗? 怎么，你还信不过啊?"

李铁杉有想法，要说什么，又忍住了。

和水泉："你们进寨子去吧，我留下守护队长。"

刘捍卫："不行，进寨子比什么都重要，你不能留下。"

和水泉很不情愿地沉默着。其他队员也都沉默地站着。
刘捍卫有些急了："怎么回事？都站着干什么？快准备去！"
队员们无奈地散去，只有和水泉站着不动。
刘捍卫白了他一眼，走向一边。

24. 靠近山林的田地　清晨外

薄雾中，早起的寨民在田间劳作，几条耕牛在田边吃草。
山边林中闪出身穿黑衣的人影——石三娇和手下的匪兵已经换上了佤族服装，悄悄摸向田边……
在田里劳作的寨民听到耕牛的叫声，向田边看去——
只见身穿佤族服装的匪兵正要拉走耕牛。
寨民高喊着冲向田边："佤族抢牛啦！佤族来抢牛啦！——"
附近田里的寨民听到喊声，也跟着喊了起来。
大田里的喊声此起彼伏，越传越远。
石三娇掏出枪，朝呼喊着跑近的寨民开了一枪。
寨民中弹倒地。
一些寨民举着农具或火枪呼喊着冲了过来……
石三娇和匪兵们朝那些寨民开枪，又有寨民中弹倒地。
石三娇下令撤离，匪兵们开枪打死耕牛，向山林跑去。
田里的寨民放响火枪。
大田里陆续传出火枪声和锣声……

25. 工作队宿营地　帐篷内　清晨内

高川被远处的枪声和锣声惊醒，他迅速起身，伤口的剧痛让他险些摔倒。
同样被惊醒的钟喜妹赶紧扶住他："当心，你有伤……"
高川："是枪声，谁在打枪？"
钟喜妹："你身上有伤，得好好休息！"
高川推开钟喜妹，起身走向帐外，钟喜妹赶紧跟着他。

26. 工作队营地　清晨外

高川出了帐篷，见和水泉警惕地握着枪站在帐外，很惊诧地望着他。
高川："哪里打枪？"
和水泉："队长，你怎么起来了？"
刘捍卫和其他队员赶了过来，刘捍卫："高队长，你怎么起来了？"
高川："哪里打枪？有什么情况？"
和水泉："是大寨东边，响了有一阵了。"
远处依然响着枪声和锣声，大寨里也传出号炮声。
高川："把马牵来！"
和水泉："队长！你有伤……"
高川要发作地说："把马牵来！"
和水泉只好答应："是！"
刘捍卫想劝高川："高队长，你这伤……"
高川："全体队员注意警戒，谁也不许离开营地！"
刘捍卫愣住了。
高川扯下吊住胳膊的绷带，忍痛上了马。

钟喜妹担心地想说什么，却没敢开口。
高川纵马跑去，和水泉上马跟了上去。
钟喜妹揪心地看着远去的高川。

27. 山林中　清晨外

石三娇带着那些身穿佤族服装的匪兵满脸汗水地走向杜连仲。
石三娇："特派员！曼龙大寨让我们搅翻天了！"
杜连仲阴笑："听见了。让他们找佤族报仇去吧，杀他个昏天黑地，叫共匪插不上手，立不住脚。撤！"
石三娇和匪兵们跟着杜连仲走向林中。
伏在草丛里的波香战战兢兢地听着脚步声远去、消失，才慢慢起身，忐忑地抬头向四周张望，见没了人，才起身跑去……

28. 靠近山林的田边　清晨外

大批刀府亲兵、家丁、寨丁和寨民聚集在田边，围着死去的寨民和耕牛。
刀心荣看着死去的寨民和耕牛面部抽动，咬牙切齿。
刀心妍从人群中向前挤着，人们认出她，纷纷给她让路。
手持长刀，背着手枪的罕富寨主义愤填膺地说："大少爷！这笔血债，我们一定要讨回来！不杀光佤族山贼，我们没脸去见阿公阿祖！"
刀心荣浑身颤抖地说："乃木！"
乃木："在！"
刀心荣："把曼龙的男人都召集起来，我要杀上青蒙山，血洗佤寨！"
乃木转身高喊："杀上青蒙山！血洗佤寨！"
傣族武装集体高呼："杀上青蒙山！血洗佤寨！杀上青蒙山！血洗佤寨！"
人群中的刀心妍惊慌地看着身边呐喊的汉子们。
高川、和水泉策马而来，一些寨民让开路，高川在刀心荣等人对面下马。
刀心妍期盼地看着高川，她看见高川肩上有伤，显出诧异，要上前询问，被刀心荣拦住。
刀心荣、罕富、乃木等人一脸愤怒地盯着高川，当看见高川肩膀上的绷带处渗着血迹时，刀心荣略显不安。
高川看了看死去的寨民和耕牛，知道事态严重，走近刀心荣："大少爷，发生了什么事?"
刀心荣："你用眼睛看吧，这是山上的佤族人做下的，他们杀了我们的人，杀了我们的牛！"
高川："佤族人?"
刀心荣："你再用耳朵听听，我们傣家人要做什么！"
傣族武装高呼："杀上青蒙山！血洗佤寨！杀上青蒙山！血洗佤寨！"
人群中的刀心妍捂住耳朵，期切地看着高川。
刀心荣冷眼瞪着高川："这是佤寨欠下的血仇，我们一定要报！"
高川："大少爷，你冷静一下……"
刀心荣抬手拦住高川："不！这件事由不得你管！站到一边去吧！"
高川克制地说："大少爷，我只想问一句，你说是佤族人杀了人和耕牛，你们有没有人亲眼看见?"
刀心荣："当然有！哪个看见的?"他转向人群发问。
曾在田里鸣放火枪的青年罕有站了出来："我！我看见了！我看见那些佤族人来拉耕牛，我们的人拦他们，他们就放枪打死了人，打死了耕牛！"
高川怀疑地把目光转向躺在地上的死人和耕牛。
刀心妍专注地看着高川。
刀心荣："你还有什么话说?"

高川走近死去的耕牛看了看，说：“大少爷，能不能告诉我，佤族人以前来抢牛的时候，杀过人，杀过牛吗？”

刀心荣想了想：“牛没杀过，可他们伤过人。”

高川：“那么今天，他们为什么又杀人，又杀牛呢？他们既然是来抢牛的，为什么不把牛拉走呢？”

刀心妍的目光从高川转向刀心荣。

刀心荣：“我怎么知道？你去问他们嘛！”

高川转向青年罕有：“这位兄弟，你看见的那些佤族人，用的是什么武器？”

罕有：“个个都是快枪，还有手枪。”

“这就对了。”高川转向刀心荣：“大少爷，你仔细看看，打死寨民和耕牛的人，用的都是美国造的卡宾枪。”

刀心荣：“那又怎么样？佤寨也有卡宾枪。”

高川摇摇头：“依我看，那些人不是佤寨的人，也不是来抢耕牛的。”

刀心妍似乎明白了。

刀心荣：“什么？不是佤寨的人，那是什么人？”

高川：“是想让你们和佤寨火拼的人，是最最阴险的人。”

刀心荣盯着高川没说话，乃木低声说：“大少爷，他在乱讲，除了佤寨的人，谁会抢我们的耕牛？”

高川：“大少爷，如果是佤寨的人，他们抢不到牛，也不会把牛杀死。更不可能带着那么多美国枪，连人带牛一起杀！”

刀心荣似乎觉得有些道理，正在犹豫，扎布策马而来：“大少爷！”

刀心荣等人转向扎布，扎布跳下马，将一封麻草编成的信交给刀心荣：“大少爷，佤寨头人用弩箭射来战书，说我们血洗了他们的山寨，要和我们决一死战！”

刀心荣一愣，仔细看过麻草上的标记和裹在小包里的子弹、辣椒和火炭，想不通地说：“我们的人血洗了佤族山寨？鬼扯嘛！我们的人都在这里，哪个上过山？”

乃木：“大少爷，这一定是佤寨的人使鬼，倒打一耙。”

罕富：“是了，大少爷，他们杀了我们的人和牛，怕我们去寻仇，故意吓我们的！”

刀心荣思索地又看看那封麻草信。

高川：“大少爷，也许真的有人血洗了佤族山寨，故意栽到你们头上。”

刀心妍感到意外地看着高川。

刀心荣想不到地看着高川：“会有这种事？什么人会这么做？”

高川：“杀死你的寨民和耕牛的人。”

刀心荣感到不可思议：“鬼话，这不可能，绝对不可能！”

罕富：“大少爷，不信他的鬼话！我们还是把人都喊来，上山烂掉佤族寨子！”

乃木：“对，大少爷，我们杀上山去，扫平佤寨！”

刀心妍走到刀心荣身后想说什么，被扎布拦住。

高川：“大少爷！如果你们杀上山去，就是中了坏人的圈套！”

刀心荣：“谁是坏人？你明明白白地说给我！”

高川：“我就是说了，你也未必相信。”

刀心荣：“你根本讲不出来，我怎么会信你？”

高川：“大少爷，你看见我肩上的枪伤了吧？若是我问你，是谁向我打黑枪，你会怎么说？”

刀心妍的目光转向哥哥。

刀心荣：“这，这我怎么会知道……”

高川：“我来告诉你，向我打黑枪的人，和杀寨民、杀耕牛的人是一伙的，都是我们的敌人！”

刀心荣一时语塞。

高川：“如果你还不信我，就请派个人和我一起上佤寨，看看他们的寨子是不是遭了难，不就什么都清楚了吗？”

刀心荣："你说什么？你要上佤寨？"
高川："对。为了把事情搞清楚，必须上佤寨！"
和水泉吃惊地看着高川。
刀心妍也显出惊讶，脱口道："不，你不能去！"
刀心荣瞪了心妍一眼，盯着高川问："你打算带多少人去？"
高川："一个人。"
和水泉更加惊讶地看着高川。
刀心妍要说什么，又被扎布拦住。
刀心荣："一个人？去送死吗？"
高川："我不会死。请你派个有胆量的，给我做向导吧。他看到了什么，也好回来告诉你。"
刀心荣略显佩服地看着高川，对身边的人说："哪个和他一起去？"
居然没人吭声，刀心荣瞪起眼睛："哪个敢去？"
刀心妍正要说话，扎布上前一步："我去！"
刀心荣看着扎布，欣慰地说："扎布，有胆色！你去吧，若是有个意外，我一定……"
扎布："大少爷，扎布是孤儿，没有牵挂。"
刀心荣拍拍扎布的肩："扎布，若是你活着回来，我就认你做兄弟。"
扎布跪到地上，感激地说："大少爷，扎布若是死了，下辈子还给刀家做牛马！"
刀心荣搀起扎布，握住他的手说："扎布，你要活着回来，曼龙的人马去不去寻仇，就等你一句话了。"
扎布："大少爷，扎布就是死了，也会把话捎回来。"
刀心妍的目光从扎布转向高川。
刀心荣转向高川："高长官，你改主意了吗？"
高川："没有。不过，你得答应我一个条件，在我们回来之前，不能上青蒙山寻仇。"
刀心荣："我会请佛爷做法事，佛爷怎么说，我就怎么做。"
高川无奈地转向和水泉："你回去告诉刘副队长……"
和水泉不答应："我和你一起去！"
高川严肃地说："闭嘴！我命令你，回去告诉刘副队长，把这里的情况向方书记报告，回去！"
和水泉快哭了："队长！"
高川："回去！"
和水泉含泪向高川敬礼："是！"
他走到马旁，又转身回来，摘下冲锋枪说："队长，你带着吧……"
高川："啰嗦什么，回去！"
和水泉一咬牙，返身上马，看着高川说："队长！你要是今天不回来，我去找你！"
高川望着和水泉，什么也没说。
和水泉纵马跑去。
高川走到自己的马旁，上了马。
刀心妍难以相信地看着高川，不知该说什么。
扎布也上了马。
在刀心荣等傣族武装的众目注视下，高川、扎布策马而去……
刀心妍的目光追随着高川，万般忧虑。

29. 工作队宿营地　早晨外

刘捍卫吃惊地问和水泉："你说什么？高队长去佤寨了？你怎么不拦住他？"
钟喜妹、李铁杉等队员们急切地看着和水泉。
和水泉带着哭腔说："我拦得住吗？我要跟他去他都不准，发着火把我赶回来，要我告诉你，向方书记报告……"

刘捍卫急了："这不是胡闹吗！情况再紧急，也该和我商量一下吧？"

和水泉："来不及了，刀心荣马上要带着人马杀上山去，血洗佤寨呢！"

刘捍卫："这真是，真是胡闹！乱弹琴！报务员！"

报务员："到！"

刘捍卫："给边工委发报，报告方书记……（他慌乱地改着主意）不不，等等，全体集合，女同志留下！"

队员们紧张地看着他，刘捍卫又改了主意："还是先发报吧，马上发报！你们大家做好准备，除了女同志留守，全都准备上山！"

他匆匆走向架设电台的帐篷，边走边说："真见鬼，简直是个人英雄主义，逞能耐！"

钟喜妹赶忙问和水泉："小和，队长和谁上山的，有向导吗？"

和水泉："刀府的扎布和他一起去了。"

钟喜妹："就他们两个人？"

和水泉点点头。

钟喜妹："他刚负了伤，你怎么能让他自己上山呢？"

李铁杉："就是嘛，死活也得拦住他呀！"

花蔓："可不是嘛，万一队长出了意外，那我们怎么办呐？"

钟喜妹："花蔓，不许这么说！"

花蔓："我不是着急嘛。"

李铁杉："我们应该马上上山，把队长找回来！"

武晓鹏："我们连路都不熟，怎么找啊？"

和水泉突然发作地说："你们别说了！别说了！"

他蹲下身子，捂着脸哭了起来。

30. 刀府　日内

刀心妍在房间里匆匆换上学生装，扎上腰带，腰带上挂着支小手枪。

她整好装，从枪套里抽出手枪，麻利地检查一遍，插了回去。

一直站在一旁的丫鬟玉切忍不住说："大小姐，你真的要去追他？"

心妍板着脸说："要你管？快，给我穿靴子。"

玉切担心地犹豫着。

刀心妍："快呀，讨打了！"

玉切只好蹲下帮她穿靴子，不安地说："大小姐，还是和太太讲一声吧。"

心妍："你敢！当心撕你的嘴！"

她穿好靴子大步出了屋，玉切不知所措地没了主意。

31. 刀府　日内

刀心妍下了楼梯，径直走向厨房。

厨房里，下人们正忙碌着。

刀心妍冷着脸快步穿过厨房，出了门。

下人们个个看着发呆，没反应过来。

厨娘怀疑地说："是大小姐？"

32. 刀府　日外

刀心妍快步走向马厩。

她解开一匹马拉出马厩。
马夫试探地说："大小姐，寨子里出大事了，你还要出去？"
刀心妍厉声说："快备鞍子！"
马夫："是了。"

心妍骑着马跑向府门，在护院家丁惊异的目光里冲出府门。

33. 刀府　日内

刀母劈脸给了玉切一巴掌："死丫头，为什么不拦住她？"
玉切捂着脸委屈地说："我拦了，可大小姐说要撕烂我的嘴……"
刀母："没用的丫头，快去，把她给我喊回来。"
玉切赶紧出了屋。
刀母焦虑地自语："这个心妍，你想把阿妈急死吗！"

34. 工作队营地　日外

李铁杉、钟喜妹、武晓鹏、花蔓等队员着急地围着刘捍卫。
李铁杉："刘副队长，不能再等了，咱们还是快上山吧。"
钟喜妹："是啊，刘副队长，队长还有伤呢，万一支撑不住怎么办？"
花蔓："万一迷路了怎么办？要是佤族人把他扣下怎么办？"
刘捍卫烦躁地说："行行行，行了！你们吵吵什么？我不是在等方书记指示吗？没有指示怎么行动？都像他一样，想干什么就干什么，那不全乱套了？"
钟喜妹："队长是为了工作才上山的，他是为了……"
刘捍卫："他为了什么我还不知道吗？不管为了什么，不请示，不商量，那就是擅自行动！"
钟喜妹被噎得一时说不出话。
李铁杉："可队长不上山，刀心荣就要带人去打佤寨，那不是要出大事吗？"
花蔓："就是呀，那么多人动起刀枪来，那得死多少人呐。"
她拉了拉身边的武晓鹏，示意他说话。
武晓鹏有些腼腆地说："咱们还是去找队长吧，万一队长出了事，咱们的工作还怎么做呀。"
刘捍卫生气地说："什么怎么做，少了队长就不工作了？你是为队长工作的还是为党工作的？"
武晓鹏赶紧低下头。
钟喜妹刚想说什么，被刘捍卫打断："你们都给我听着，在上级没有明确指示之前，都给我老实待着，谁也不许再吵吵！"
李铁杉、钟喜妹等人十分不满，却不好再说什么。
刘捍卫嘟囔着要走："头都被你们吵大了。"
这时，和水泉牵着马走来。
李铁杉："小和，你去哪？"
和水泉："上山，找队长去。"
刘捍卫："站住！不许去！"
和水泉不买账："我必须去，我跟队长说了，要是天晚了他还不回来，我就上山找他！"
队员们的目光转向刘捍卫。
刘捍卫："那也不许去！"
和水泉不管不顾地要上马。
刘捍卫喊："和水泉！服从命令！"
和水泉只好站在马旁，赌气地瞪着刘捍卫。

李铁杉："刘副队长，要是再等下去，天就晚了！"

钟喜妹："刘副队长，难道上级的指示比高队长的安危还重要吗？"

刘捍卫："你们还有纪律没有？还要不要一切行动听指挥？"他指着李铁杉、钟喜妹说："你说说你们，啊，怎么一点规矩都不懂，等不到上级指示，我们就一窝蜂地跑上山去，那成什么体统？啊？不都成了自由兵了？那么大的山，我们连个向导都没有，我们怎么去佤寨？上哪去找高队长？万一我们在山里迷了路，出了意外，谁负责？"

钟喜妹想说什么，刘捍卫冲她说："你负责吗？"

李铁杉想说什么，刘捍卫冲他喊："你负责吗？"

李铁杉不吭气了，刘捍卫："你们想负也负不起！"

钟喜妹不甘心地说："可是，我们怕迷路，高队长怎么不怕？他还伤着呢。"

刘捍卫刚想说什么，花蔓插话："咱们还是想想办法，找个向导吧。"

刘捍卫怒道："找去呀！谁能找来向导，我给他记功！"

花蔓刚要说什么，钟喜妹突然发现了什么："哎，你们看！"

大家转头看去——

根赛阴着脸走近。

李铁杉意外："根赛！"

喜妹朝根赛走去，热情地说："根赛，你怎么来了？"

根赛站住，抽出长刀，怒视着喜妹和她身后的工作队员们。

钟喜妹一愣："根赛，你怎么了？"

刘捍卫见状忙说："怎么回事？他要干什么？"

李铁杉、武晓鹏等人赶上前来，挡住钟喜妹。

李铁杉："根赛兄弟，你这是干什么？"

根赛指着他们说："你们是坏人！你们害了我阿妹！"

李铁杉不解地看看钟喜妹，钟喜妹不解地问根赛："根赛，你说什么呀？"

根赛恨恨地说："你们逼走了我阿妹，你们害苦了我阿妹！"他举着长刀扑过来……

李铁杉赶忙护着钟喜妹躲开。

武晓鹏吓得躲到花蔓身后去了。

和水泉扑上去抓住根赛的胳膊，夺下他的长刀大喊："干什么你？疯了？"

根赛攥紧拳头喊："你们还我阿妹！——"他无奈地哭了起来。

李铁杉忙上前说："根赛兄弟，到底发生了什么事？你不要误会呀！"

钟喜妹也走上前问："根赛，波香怎么了？波香到底怎么了？"

根赛哭着喊："你们赔我阿妹！赔我阿妹！"

李铁杉、钟喜妹一头雾水。

根赛突然夺过和水泉手里的长刀，发疯似的劈砍着狂喊："你们赔我阿妹！赔我阿妹！——"

李铁杉、钟喜妹等人赶紧散开。

刘捍卫急得高喊："根赛兄弟，你不要误会，我们没有欺负你阿妹。"

根赛挥动着长刀喊："我要杀了你们！杀了你们！"

钟喜妹边躲边喊："根赛！我们没有害你阿妹！请你相信我们！"

根赛："我不信你们！我要杀了你们！杀了你们！"

（画外）刀心妍的喊声："根赛！把刀放下！"

根赛和工作队员们都寻声望去——

刀心妍催马奔来，她在马上喊着："根赛！把刀放下！"

根赛悲愤地垂下刀，大口喘气。

刀心妍下了马。

花蔓见了救星似的："心妍姑娘！"

刀心妍走近说："根赛，你听我说，红汉人没有喝花酒，没有让波香陪花酒。"
根赛怔了怔："大小姐，这是真的？"
刀心妍："我讲的话，你不信吗？"
根赛又怔了怔，转身走去。
钟喜妹忙问："根赛，你去哪里？"
根赛头也不回："我去把阿妹找回来！"
钟喜妹："怎么，波香不见了？"
刀心妍看看走去的根赛，没表态。
李铁杉："刀姑娘，你来得正好，我们正想请个向导，带我们去佤寨呢。"
刀心妍："快走，我带你们去！"
李铁杉："真的？"
和水泉："刀姑娘，你能行吗？"
刀心妍转身上马："快上马！还等什么？"
队员们转头看着刘捍卫，刘捍卫怔了怔，转头喊："报务员！"
报务员："到！"
刘捍卫："给方书记发报，就说我们上山去找高队长了！"
报务员："是！"
刘捍卫转向队员们："还愣着干什么？还不把马牵来！"
李铁杉、武晓鹏、和水泉等人上马。
刀心妍打马跑去。
钟喜妹也拉过马上了马背，花蔓急喊："喜妹，你也要去吗？"
刘捍卫转头说："你不许去！留下！"
钟喜妹："队长有伤，我必须去！"她说着打马朝心妍追去。
刘捍卫无奈地追了上去，李铁杉、武晓鹏、和水泉等人也策马跟上。

35. 佤族山寨　日外

被袭击的山寨里，烧毁的房子还在冒着烟，不少寨民抬着死者走向寨外，死者的亲属发出哀嚎……
伤处绑着绷带的桑木头人和岩火、岩坚一起巡查着走向寨口。
桑木悲伤地说："大头人，我的寨子烂完了，活下的人，也没住处了……"
岩火："桑木，阿佤人都是一个祖宗，一家人。你们搬到我的大寨去吧，我会让你们有吃有住。"
桑木感激地看着岩火："大头人，桑木躺在风里睡在雨里都不要紧，只要能报了血仇，桑木就对得起死去的兄弟了！"
岩火："放心吧，等菁崖和芒崖的武士一到，我就带着你们杀下山去，血洗曼龙！"

36. 曼龙大寨　佛寺　日外

刀心荣率领大批府兵、寨丁整齐地站在佛寺外的空场上。
大和尚走出寺门，站定。
刀心荣双手合十，双膝跪地。
府兵、寨丁全体合十、下跪。
大和尚开始念经……

37. 佤族山寨　日外

寨外，青年武士尼果飞奔而来……
岩火、岩坚和桑木走到聚集在寨口的武士当中，听见尼果的呼喊声："大头人！大头人！——"

岩火、岩坚走向尼果。

尼果跑到近前实在支持不住地扑到地上，上气不接下气地说：“大头人，傣家人，躲在林子里打我们，岩虎大哥……”

岩坚急切地说：“岩虎怎样了?”

岩火凝眉盯着尼果。

尼果：“好多弟兄都中了枪，岩虎大哥也中了枪，跌到山崖下面去了……”

岩坚上前拽起尼果：“为什么不去找他? 为什么不去?”

尼果胆怯地不知该如何作答：“我，我们……”

岩火过来拦开岩坚，冷眼盯着尼果问：“岩虎是从哪座崖子跌下去的?”

尼果：“是……断头崖。”

岩火转向岩坚：“去找！是死是活，都要给我背回来!”

岩坚：“是了!”

他正要招呼武士出发，就听有人呼喊着策马而来：“大头人！大头人！——”

岩火、岩坚等人转眼望去——

一个武士骑着马跑近，慌张地说：“大头人！傣家人和红汉人一起上来了!”

岩火、岩坚都显出惊讶，他们身边的武士们立刻做出迎战的姿态，纷纷抽出长刀、挺起长矛……

岩火：“来了多少人?”

马上的武士：“两个!”

岩火一愣：“两个?”

武士：“就看见两个！一个红汉人，一个傣家人!”

岩火不解地蹙额。

岩坚：“大头人，他们身后一定藏了很多人。”

桑木：“是了，两个人，就是吃下八只老虎胆，也不敢来闯青蒙山。”

岩火抽出长刀：“来多少，我们砍多少!”

岩坚抽出长刀向武士们高喊：“站开!”

武士们排列在岩火、岩坚身边，准备厮杀。

38. 佤族山寨外　日外

高川、扎布骑着马的身影从远处的山坡上显露出来，渐渐放大……他们从浓云的阴影中跑进光照地带，马蹄卷起烟尘。

站在大队武士前面的岩火、岩坚冷眼看着渐渐移近的高川、扎布。

39. 山寨外　日外

高川突然勒住马，扎布也跟着把马勒住，转头看着高川，露出轻蔑的神色。

高川眺望被烧毁的寨前——

血色阳光下，岩火和武士们挺立在赭石色的大地上，筑起令人生畏的屏障。

木鼓声声，岩火高高举起长刀，武士们齐声高喊：“猛！猛！猛!”

木鼓声与武士们的喊声在群山中激荡……

高川望着那些不屈的武士，露出钦佩之色。

扎布的目光从岩火和武士们转向高川，语气挑衅地说：“怎么，怕了?”

高川依然看着那些武士，平静地说：“你留下。”

扎布没听懂：“什么?”

高川：“我自己过去。”

扎布意外地看着高川。
高川："想活命就听我的！"
他一纵马，跑向岩火和武士们。
扎布望着跑向寨前的高川，没有跟过去。

40. 山寨外　日外

高川纵马奔向岩火和武士们……

岩火身后的武士们还在高呼："猛！猛！猛！"
岩火望着独马而来的高川，露出诧异之色。
高川策马跑到近前，勒住马，战马扬起前蹄，发出嘶鸣……

第八集完

第九集

1. 佤族山寨外　日外

(紧接上集) 岩火望着骑在马上的高川，伸平手臂，武士们停止了呼喊。

岩坚在岩火身边小声说："大头人，又是那个红汉人。"

岩火神色冷峻地盯着高川。

高川下了马，从容不迫地走向岩火。

岩火见高川肩膀缠着绷带、渗着血迹，显出猜测的神情。

高川在岩火身前不远处站住，拱手说："岩火头人，我是共产党南沧工委派来的工作队长，我叫高川，是来向你说明情况的。"

岩火盯着高川，思索着没有答话。

桑木小声说："大头人，他帮着傣家人。"

岩火依然盯着高川，似在等他继续说。

高川："岩火头人，我听说，昨天夜里，有人袭击了你们的山寨，杀了你们的人！我现在看到了，你们的寨子被烧了，死了不少人……"

岩火指着留在远处的扎布："你把那个畜牲喊过来，我要把他砍成烂肉！"

高川："岩火头人，袭击你们山寨的，真的是傣族人吗?"

桑木："还有假吗? 我们是面对面打过的！他们都是傣家人，个个手里拿着快枪！"

高川："别急，你们听我说。今天早晨，有一伙佤族人闯进曼龙傣家寨子，杀了人，还杀死了耕牛，你们能告诉我，他们是哪个寨子的人吗?"

岩火狐疑地看看岩坚，岩坚摇摇头："不可能，我们没有人下山。"

岩火："大白青天的说鬼话，我们没有人下山。"

桑木："那是傣家人使鬼！嫁祸给我们！"

高川："岩火头人，傣家死的人和耕牛我是亲眼看见的。如果不是你们佤寨的人干的，为什么他们都穿着佤族的衣服，手里都拿着美国快枪?"

岩火："去问鬼吧！傣家人烂了我们的寨子，山鬼去向他们讨债了！"

高川："那些杀死傣家人和耕牛的不是鬼，是人。大头人，既然你们的人都没有下山，请你告诉我，会有什么人肯为你们出头，去找傣家人寻仇呢?"

岩火："除去山鬼，没有人会为阿佤人寻仇。阿佤人的血债，我们自己去讨！"

高川："我听懂了。大头人，傣家人告诉我，昨天夜里，他们也没有人上山，没有人来袭击你们的山寨……"

桑木："鬼话！他们的死人就躺在这里！我们等着他们来收尸呢！"

高川："你是说，傣家人死在山寨了? 这就怪了，我在山下没听到有人报丧，更没看到有人上山来寻找尸首啊。"

岩火看看桑木、岩坚，又转向高川："红汉人，你是要我相信，那些杀我的人，烂我们寨子的不是傣家人?"

高川："大头人，如果傣家人死在你们山上，他们不会不来要尸首。那些留在这里的尸首，一定不是傣家人。"

桑木激动地说："你是不跌落山崖不死心！是不是傣家人，你自己来看！"
岩火发狠地瞪着高川："红汉人，若是你看错了，你和那个傣家畜牲就下不了山了！"
高川："大头人，如果他们不是傣家人，你就不能向傣家寻仇！"
岩火转身示意身后的武士们让开路，而后转脸看着高川。
高川从容地走了过来，跟着岩火从武士当中穿过。

2. 佤族山寨　日外

桑木把高川、岩火引到停放尸首的地方，指着几具穿着傣族服装的尸体说："看嘛！他们不是傣家人，是什么人?"
高川仔细观察着那几具尸体，努力寻找破绽。
岩火、岩坚盯着高川，显出敌意。
高川蹲下身子，拉起尸体的手臂看了看，突然想到什么，撕开尸体的衣服，露出死者胸膛。高川有了把握，转身撕开另一具尸体的衣服，露出他的胸膛。
岩火不解地看着高川，高川起身说："大头人，他们不是傣家人。"
岩火难以置信地瞪大眼睛。
桑木："胡说！他们明明就是傣家人，你别想蒙骗我们！"
高川："大头人，你们和傣家山上山下过了几代人，你们都该知道，傣家男人个个都要文身，不是文在手臂上，就是文在胸膛上。你看看他们，一处文身也没有。"
岩火惊讶地看着那两具尸体，又示意岩坚把另外两具尸体的衣服也扯开，依然没看见文身。
桑木："你说的不对！傣家人也不是个个都文身，他们没有文身，不能说他们不是傣家人！"
高川："就算傣家人不是个个都文身，十个里面有八九吧？这几个人一个文身的都没有，再看他们的脚，是常年穿鞋的脚，我问你，傣家人除了领主头人，有几个穿鞋的?"
桑木看看那几具尸体的脚，说不出话了。
岩火相信了高川，却压不下火地说："他们不是傣家人，那会是什么人?"
高川："大头人，如果我没猜错，他们是从境外跑回来的国民党兵。"
岩火："老黄皮?"
高川："对。他们装扮成傣家人来袭击你们的山寨，又装扮成你们佤族人去杀傣家人和耕牛，他们就是要你们互相残杀，让山上山下永无宁日。"
岩火两眼喷火地抽出长刀："天杀的老黄皮，天杀的老黄皮！"
他走到武士们身前，把长刀插在地上，单膝跪地仰天呼喊："青蒙山的山神！阿公阿祖！"
岩坚、桑木及所有的武士随之跪地。
岩火："阿佤人最大的仇人，是黑心汉人老黄皮！阿佤人杀不光他们，就请山神引来天雷劈死他们！引来天火烧光他们吧！"
众武士高喊："山神保佑！阿公阿祖保佑！"
高川被这震慑人心的场面所震撼，远处天际传来滚滚雷声。

3. 曼龙刀府　日内

厅堂里，背着枪挎着长刀的刀心荣、乃木刚进来，刀母就匆匆迎上前说："心荣！不好了！你阿妹上山去了！"
刀心荣吃惊地说："什么？阿妹上山了？她上山干什么?"
刀母："她是跟红汉人一起去的，这个心妍呐，万一遇上佤族人，可怎么得了啊！"
刀心荣一脸怒色："疯了，简直是疯了！乃木！"
乃木："在！"
刀心荣："去，多带些人上山，把她给我找回来！"

乃木应声而去。
刀心荣愤怒地站在原地，怎么也想不通。

4. 山谷　日外

波香披散着头发在山谷里走着，身上的衣服已经被划破多处。
她试探地朝前走着，越走越觉得恐慌。

草丛里，受了伤的岩虎苏醒过来，痛苦地呻吟着。

波香边走边抬头看着两面的山坡——
寂静的山林中不时传出鸟鸣。
她害怕地抱起双臂，无声地哭起来。

岩虎艰难地翻转身子，向草丛外爬动，每一使劲，都会疼得发出呻吟。

波香抽泣着在山谷里走着。

岩虎艰难地爬着，终于支撑不住，昏了过去。

天空中传来老鹰的鸣叫，一只老鹰在空中盘旋……
波香更加害怕，加快了脚步，突然，她被绊了一下，扑倒在地。
波香惊恐地撑起身向后看，不禁大惊失色——满脸是血的岩虎趴在她眼前。
波香本能地起身就跑，跑出一段才停下来，躲到大石头后面向岩虎看去。
岩虎依然趴在那里，一动不动。
波香松了口气，浑身无力地瘫倒在石头边上，她歇了歇，想到了什么，又小心地向岩虎看去。
岩虎还是一动不动地趴在那里。
波香犹豫地起身，谨慎地向岩虎走去。她提心吊胆地走近岩虎，仔细观察他。
岩虎趴着。波香壮起胆子走到岩虎身边蹲下来，试着他的鼻息，岩虎没有反应。波香轻轻碰了下岩虎，岩虎还是没有反应。波香用了些力推他，岩虎仍然没有反应。
波香向四周看了看，把岩虎翻转过身，听着他的胸口，显然，岩虎还有心跳，波香进一步查看岩虎的伤处，从自己裙子上撕下一些布条，为他包扎起来……

5. 山路上　日外

刘捍卫、李铁杉、武晓鹏、钟喜妹、和水泉在刀心妍引导下赶路……

6. 山林中　日外

寻找妹妹的根赛在林中不断呼喊着："波香！——阿妹！——"

7. 山路　日外

高川、扎布骑着马沿着山路下山……
伤痛和劳累使高川体力不支，他支撑不住地勒住马，想休息一下。
扎布也勒住马，回首看着高川，似在考虑是否过去帮他。
高川显得吃力地对扎布说："你先走吧，我歇一下，会追上你的。"

扎布目光阴沉地看看高川，又看看下山的路，似乎在犹豫着什么。
高川坚持着轻轻抖动马缰，让马慢步走着。
扎布也让马慢步走着，跟着高川。

8. 山林里　日外

波香在山林里采着草药……

9. 山路　傍晚外

天暗了，高川、扎布骑着马慢步走在山路上……

10. 山谷　傍晚外

波香点起一小堆篝火，用石头捣碎草药，敷在岩虎伤处，包扎起来。
岩虎还是昏迷不醒。
波香又从裙子上扯下布条，到溪水边蘸透了水，回到岩虎身边轻轻帮他擦着额头、脸庞……

11. 山路　傍晚外

刘捍卫、刀心妍等人牵着马在山间小路上行进……
刘捍卫疲惫地粗喘，却又心急地说："天快黑了，怎么还不到佤寨呀？刀姑娘，我们走的路对不对呀？"
刀心妍不敢肯定地看向前面："应该是对的。翻过这座山，就该看见佤寨了。"
刘捍卫："你可别搞错啊，要是迷了路，可就麻烦了！"
刀心妍犹豫地说："应该不会吧，要去佤寨，好像就是这条路。"
刘捍卫："好像？你以前去过没有啊？"
刀心妍："我怎么会去？佤寨和我们一直打冤家，让他们抓住还了得？"
刘捍卫、李铁杉、钟喜妹等人都愣住了，刘捍卫："你没去过？那你带的什么路嘛！绕了大半天，说不定已经迷路了！"
李铁杉："刀姑娘，你真的没去过佤寨？"
刀心妍摇摇头。
钟喜妹叹了口气，和水泉有些抱怨："天呐，这不是耽误事嘛。要是真迷了路，我们得转到哪去呀！"
钟喜妹凑近说："你好好想想，这条路真的能到佤寨吗？"
刀心妍感到大家情绪不对了，有些发慌地解释说："我虽说没去过佤寨，可我知道，翻过这座山，就是佤寨！"
刘捍卫为难地说："翻过这座山，怕是要天亮了。"
这时，远处传来根赛的喊声："波香！——阿妹！——"
钟喜妹："你们听，有人在喊。"
众人专注地听着，远处根赛在喊："波香！——阿妹！——"
钟喜妹："好像是根赛，在喊波香。"
刀心妍："是，是根赛在喊。"
刘捍卫："我们过去，说不定根赛认识佤寨的路。"
众人转身走向林中，刀心妍只好跟了过去。

12. 山谷　傍晚外

篝火边，波香把一些宽阔的树叶盖到岩虎身上。
岩虎醒了过来，发出低低的呻吟。

波香被吓着了，迅速与岩虎拉开距离，胆怯地看着他。
岩虎发现自己的伤处被包扎起来，奇怪地转头观望，模糊中看到波香蹲在近处。
岩虎努力地看清了波香，见是一个傣族姑娘，以为是个幻觉。
波香手里拿着树叶，不知所措地看着岩虎。
岩虎朝波香伸出手，想说什么，周身的疼痛又使他发出呻吟。
波香脱口说："不要动，你伤得很重。"
岩虎不动了，只是看着波香，他明白了，是这个傣族姑娘救了他，既想表示感激，又感到十分诧异。
波香犹豫地靠近岩虎，把树叶盖到他身上。
岩虎盯着波香，开口说："是你救了我?"
波香没回答，转身往火里添柴草。
岩虎："傣家姑娘，你……"
他猛烈咳嗽起来，周身疼痛难忍。
波香赶紧为他抚着胸口，转念拿起一片阔叶，走向溪边。
波香用阔叶舀了些溪水，回到岩虎身边，扶起他的头，喂他喝水。
岩虎喝了水，艰难地说："傣家姑娘，你是好人，岩虎记住你了……"
波香没说话，又喂岩虎喝了些水。
岩虎平静些后说："傣家姑娘，你怎么会一个人在山里?"
波香轻声问："你，还要不要喝水?"
岩虎表示不要了，说："我的袋子里，有吃的东西，你吃……"
他伸手想抓原本挂在腰边的袋子，却什么也没抓到。
波香转身从火边拣起自己找来的甘薯，递到岩虎嘴边，岩虎看看波香，张嘴咬了一口，又引发剧烈的咳嗽。
波香又帮他抚着胸口，而后自己咬了口甘薯，嚼过之后吐在手里，去喂岩虎。
岩虎瞪大眼睛看着波香。
波香把嚼碎的甘薯喂进岩虎嘴里。
岩虎咽着甘薯，眼角淌出泪水。
波香继续为岩虎嚼着甘薯，眼里也含着泪。

13. 山路上　傍晚外

高川、扎布骑着马缓缓走在山路上，高川完全是坚持在马背上，剧烈的伤痛使他满头汗水。
扎布神色复杂地观察高川，又向山路上观察，似要做点什么。
高川以为扎布着急了，便说："扎布，你先走吧，把佤寨的情况告诉你们大少爷……"
扎布语气冷冷地说："我们是一起上山的，当然要一起下去。我是不会丢下你的。"
高川淡笑："是吗，你还挺够意思。扎布，回去告诉你们大少爷，那些装扮成佤族人去山下杀人、杀牛的家伙都是国民党残匪，他们不会善罢甘休，一定会再来捣乱……"他气力不支说不下去了，捂着肩上的伤处大口喘着气。
扎布冷眼看着高川，一只手悄悄握住刀柄，慢慢抽刀……
高川突然看到了什么，向前探身，指着前面的山谷说："扎布，山谷里有人。"
扎布将刀插回刀鞘，松开刀柄朝山谷看去——山谷中亮着火光。
扎布："许是打猎的佤族，我们是绕开他们，还是走过去?"
高川正在思索，听到山中根赛在呼喊："波香！——阿妹！——"
高川、扎布都朝山林中看去，高川说："是在喊人，像是你们傣家人。"
扎布："是傣家人，是根赛在喊他阿妹。"
高川思索着说："波香？她跑进山里了?"

扎布："也许吧。"他催马向前走去。
高川："等等，我要下山谷，看看那是什么人。"
扎布勒住马，疑惑地看着高川："你这个样子，下得去吗？"
高川："如果你愿意，就和我一起下去，你若是不愿意，就先走吧。"
他下了马，朝路边走去。
扎布感到奇怪地看看高川，还是下了马，走向路边。

14. 山林里　傍晚外

刘捍卫、钟喜妹、刀心妍等人寻着根赛的喊声走向山谷边……
刀心妍脚下踩到了什么，她俯身查看，赶紧把踩到的东西捡起来，原来是岩虎掷出的长矛。
刀心妍拿着长矛喊："你们看，看呐！"
刘捍卫拭着脸上的汗水，和钟喜妹等人赶了过来。
钟喜妹："长矛？"
刀心妍："是佤族人用的长矛。"
钟喜妹："佤族人？"
和水泉有所发现地说："你们看，这里好像发生过战斗。"
大家散开仔细观察着——草木有烟火痕迹，地上有丢弃的长矛，还有弹壳。
李铁杉捡起一枚弹壳："你们看，弹壳！"
武晓鹏也捡起一枚弹壳："这也有，真的有人开过枪！"
刘捍卫："不是开过枪，是打过仗。"
刀心妍突然喊："快看！这里有血！"
刘捍卫等人赶过去，果然见树边草地上有成片的血迹。
钟喜妹担心地说："糟了，会不会是队长出事了？"
刀心妍顿时紧张起来。
和水泉也紧张地说："我们快找吧，说不定队长真出事了！"
刘捍卫紧张地望着四周拿不定主意，附近又传来根赛的喊声："波香！——阿妹！——"
钟喜妹："快去找根赛，问问他看见队长没有！"
刘捍卫："走，我们过去！"
众人匆匆循声走去……

15. 山谷　夜外

篝火边，岩虎已经坐起身靠在一块大石头上，身上依然盖着些阔叶。
波香坐在他对面，默默地往火里添柴草。
岩虎："我很小的时候，阿爸跟着头人去赶马帮，路上遇到劫匪，阿爸被打死了。我被卖给头人做'教客'（奴隶），先是被卖给尼贡头人，后来又被卖给岩猛头人，最后被卖给岩火头人。"
波香："头人们为什么要把你卖来卖去的？"
岩虎："因为我不怕死，会打猎，会打仗。头人给了我红包头，因为我砍的脑壳最多。"
波香："你这么拼命，可还是个'教客'。"
岩虎："我不怕，等我讨了女人，就不是'教客'了，这是我们佤族的规矩，和你们傣家不一样。"
波香："不是'教客'了，那你会做什么？"
岩虎："我会做头人，我要自己立寨子。"
波香沉默了。
岩虎："姑娘，你也是个奴隶娃子吧？"
波香难过地点头。

岩虎:“你的阿爸也死了?”

波香点着头,泪水涌出眼眶。

岩虎:“你阿妈也把你卖给了头人?”

波香用手捂着脸摇头,肩膀抽动着哭了起来。

岩虎:“姑娘,莫哭,你救了岩虎,岩虎会报答你的。哪个头人欺负你,告诉岩虎,等岩虎伤好了,去砍下他的脑壳……”

波香更加伤心地哭着。

岩虎不知道该怎么安慰她:“姑娘,莫再哭了,你要是认不得回去的路,岩虎会送你的……”

波香捂着脸摇头。

岩虎不知所措地想着该怎么安慰她,忽听山上有人在喊波香,他警觉地朝山上看去。

波香也听到了喊声,赶忙朝山上看去——

山上有几支火把在向山谷移动,喊她的声音清晰传来。

岩虎:“是喊你的?”

波香仔细听着:“好像,是我阿哥……”

岩虎仔细听了听:“我怎么听到汉人的声音?我知道了,红汉人进了你们寨子,是来帮你们拉事的,对不对?”

波香:“不,不是的!”

岩虎强撑起身子:“我要走,我要走……”

他支撑不住地摔倒了,波香赶紧过去扶起他。

岩虎推开波香:“我要走,我手里没有枪,没有刀,打不了……”

波香:“那你躲起来,躲起来吧。”

岩虎向旁边看着,寻找躲藏的地方,突然,他两眼发直地瞪着波香身后,显出惊愕。

波香回头看去——高川、扎布走近他们。

岩虎一把推开波香,踉跄地挪向一边,没挪几步又摔倒了。

波香恐惧地看着高川、扎布。

岩虎支撑起来又倒下,顽强地爬向一边。

高川:“波香姑娘,佤族兄弟!”

他正要上前,扎布却抽出长刀抢上去,朝岩虎举起了长刀……

波香惊恐地发出叫喊。

高川急喊:“住手!把刀放下!”

扎布举着刀走近岩虎。

波香吓得瘫到地上,捂住双眼。岩虎瞪着迫近的扎布,无奈中却毫无惧色。

扎布走到岩虎身边,挥刀要砍,刀在空中停住,他愣愣地转着眼珠。

高川的枪口抵在扎布的脑袋上,他声音低沉地说:“扎布,把刀放下!”

扎布狠狠瞪着岩虎,仍然举着长刀。

高川:“放下刀!”

扎布只好放下手,把刀插回刀鞘。

高川收起枪:“我不想伤害你,也不许你们互相残杀。你们没完没了地打冤家,死的人还不够多吗?”

扎布沉着脸转向一边。

波香恐慌地捂着心口,看看高川,又看看岩虎。

高川俯身说:“佤族兄弟,你受伤了?”

岩虎瘫倒在地上,像只受惊的豹子盯着高川,他认出了高川,目光转向他背着的驳壳枪,显出恐惧。

高川想扶起他,被他推开,岩虎的目光死盯着高川。

高川蹲下身,亲切地问:“佤族兄弟,你叫什么名字?”

岩虎盯着他,又看看一旁的扎布,不说话。

波香：“他叫岩虎，是岩火部落的武士。”

高川认出了岩虎，笑道：“啊，对了，我们见过面，对不对?”

岩虎还是盯着他不说话。

高川：“岩虎兄弟，不要怕，你还记得吧，上次我带着队伍跟你们借路，你们二话不说就放枪放箭，伤了我们不少战士，我们可是没还手，也没记仇啊！”

岩虎又看看高川背着的两支驳壳枪。

高川会意地说：“岩虎兄弟，我这两支枪，是打国民党老黄皮的，不是打佤族兄弟的，也不是打傣族兄弟的。相信我，我们是真心把你们当朋友，当兄弟，绝不会伤害你们。”

岩虎似乎放松了一些。

这时，近处传来根赛的喊声：“阿妹！——阿妹！——”

波香寻声喊：“阿哥！——我在这里！——”

刘捍卫、刀心妍、钟喜妹、根赛、和水泉等人从山谷一边跑近。

根赛见到波香，激动地喊：“阿妹！——”

波香喊着阿哥扑向根赛，兄妹两个抱在一起。

钟喜妹赶过来高兴地喊：“队长！”

高川站起身看着同志们。

刀心妍终于松了口气，用异样的眼光看着高川。

刘捍卫高兴地说：“高队长，可找到你了！”

李铁杉、和水泉、武晓鹏等人也跑过来：“队长！队长！”

扎布看见刀心妍，赶忙躬身行礼：“大小姐。”

刀心妍没有理会，依然关切地看着高川。

根赛、波香一起向心妍跪地行礼：“大小姐……”

刀心妍：“好了，快起来吧。”她的目光又转向高川。

钟喜妹关切地问高川：“队长，你的伤怎么样?哎呀，又流血了。”

刀心妍赶了过去：“解放阿哥，你的伤要不要紧?”

高川：“没什么，一点小伤。”

钟喜妹没好气地说：“昨晚有人打黑枪，伤了高队长。”

刀心妍：“是什么人打的?是寨子里的人吗?”

钟喜妹：“是……”

高川制止她：“喜妹！”

钟喜妹只好改口：“天那么黑，根本就看不到打枪的人。”

刀心妍想说什么，被高川打断了。

高川：“喜妹，这个佤族兄弟负了伤，你快看看他。”

钟喜妹赶紧走向岩虎，要为他治伤。

岩虎不干，在地上吼叫着不让钟喜妹靠近。

钟喜妹趁机察看了他包扎过的伤处：“波香，是你帮他包扎的?”

波香点点头。

刀心妍看看岩虎，对波香说：“波香，你怎么会和佤族伙子在一起?”

波香胆怯地说：“他受伤了，走不了路……”

钟喜妹对高川说：“队长，他伤得不轻，得马上治疗。”

高川对岩虎说：“岩虎兄弟，你身上有伤，自己回不了寨子。你是要我送你回寨子，还是先跟我们回去，等你治好了伤，再送你回寨子?”

岩虎没有回答，他强撑着起来，趔趄地走向一边。

高川等人关切地看着他。

岩虎没走多远，倒在地上昏了过去。

高川赶紧上前抱起岩虎："岩虎兄弟！岩虎兄弟！"

刀心妍注视着高川。

钟喜妹过来把着岩虎的脉："他昏迷了。"她打开随身药箱找出药片，又取下水壶打开盖子，把药片塞进岩虎嘴里，喂他喝水。

波香紧挨着根赛，担心地看着岩虎。

刀心妍看着高川、喜妹对岩虎的态度，颇有感触地转过身，对波香说："波香，你听我说，红汉人没有喝花酒，逼你陪花酒的不是他们。"

波香看看刀心妍，又看看哥哥。

16. 山林里　夜外

岩坚带着一些佤族武士举着火把在山林里呼喊着搜寻岩虎。

岩坚问那个回去报信的尼果："尼果，你想清楚！岩虎是从哪里落下山的？"

尼果指着前方："就是那边，那边的崖子上。"

岩坚招呼大家："走！"

众人呼喊着岩虎向前找去。

17. 山林里　夜外

乃木带着家丁们举着火把寻找刀心妍。

一个家丁（乃冒）发现了什么："乃木队长，快看！"

乃木向他所指方向看去——

对面山林里移动着星星点点的火把，传来佤族青年们的呼喊声。

乃木一惊："是佤寨的人。"

乃冒："大小姐落在他们手里，就遭殃了！"

乃木犹豫："他们的人不少啊……"

乃冒："怎么办，我们过去吗？"

乃木："这是在山里，他们比我们会转山。"

乃冒看出乃木胆怯了："乃木队长，他们没有抓到大小姐，要是抓到了，就不会在山里转了。"

乃木："有道理，我们把眼睛放亮，赶紧找！找到了大小姐，赶紧下山！"

18. 山林里　夜外

寻找岩虎的佤族青年们听到对面山上的喊声，也看见了闪烁的火把。

尼果凑近岩坚说："岩坚大哥，快看呐，像是傣寨的人！"

岩坚朝对面山上看着："不能让他们抓住岩虎！走，我们过去！"

佤族青年们跟着岩坚冲下山去。

19. 山林里　夜外

高川和刘捍卫、刀心妍、钟喜妹、波香、根赛一行人走在山林中，和水泉背着岩虎。他们听到对面山上佤族青年的喊声，都停住了脚。

和水泉放下岩虎，走向高川。高川擦着汗，注视着对面山上的火把。

和水泉："队长，好像是佤族寨子的人在找他。"

刘捍卫："队长，我们把人交给他们吧，那样安全些。"

高川思索着该怎么办。

岩虎醒了，听见了自己人的呼喊，试图站起来。

钟喜妹赶紧劝他："哎，别动，你身上有伤，不能走动。"

岩虎不动了，但在想着对策。

刀心妍对高川说："解放阿哥，先把他带回寨子吧，治好了伤再让他走。现在把他交给那些佤族人，他们一定会误会的。"

高川想了想，说："这样吧，喜妹，你们几个先下山，我跟水泉在这里等他们，如果他们是佤族寨子的人，就把岩虎交给他们。"

刀心妍着急地说："解放阿哥，我讲的话你没听懂吗？如果他们看见你们，会以为是你们伤了岩虎，不会善罢甘休的！"

根赛也说："是了，汉人阿哥，佤族人凶得很，不会和你讲理的。"

高川正在犹豫，近处传来乃木和刀府家丁呼喊刀心妍的声音，众人寻声望去——林中几支火把移近，喊声越来越近。

扎布："大小姐，是乃木他们。"

20. 山林里　夜外

乃木和家丁们边喊边找，乃木突然看见前面不远处的火把，立刻拔出枪喊："那里有人！"

家丁们都看过去，纷纷将子弹上膛。

乃木："快！围上去！"

家丁们朝火把围了过去。

21. 山林里　夜外

高川身边的刘捍卫、和水泉等工作队员也拔出枪，警惕地看着移近的火把。

刀心妍释然地说："不要紧，是喊我的，是乃木他们。"

高川示意大家把枪收起来。

扎布朝来人喊："乃木！——大小姐在这里！——"

乃木和家丁们迅速围拢过来。

高川等人看着来人。

波香赶紧躲到哥哥身后。

岩虎警惕起来。

乃木向刀心妍躬身说："大小姐！总算找到你了，太太和大少爷快急死了……"

刀心妍："急什么，这么些人和我在一起，我还能丢了不成？"

乃木："大小姐，请跟我们回去吧。"

刀心妍："我当然要回去。过来，这里有个受伤的人，你们把他背回去。"

她说着看向岩虎。

乃木一见岩虎立刻变色："大小姐，他是岩火部落的头目，是我们的死对头！"

刀心妍："你说什么？"

乃木："来呀！把他给我绑了！"

家丁们应着走过来。

高川伸臂拦住他们："站住！他是个伤号，你们不能绑他！"

刀心妍："乃木，你想做什么？"

乃木："大小姐，这家伙抢了我们的耕牛，还打伤了罕富寨主！我们要把他绑回去，用他换回我们的耕牛！"

高川："不行！两族拉事，要靠谈判解决问题，不能把人绑回去！"

乃木："大小姐，你问问红汉人，他们是帮佤族人，还是帮我们？"

刀心妍一时不知该说什么，看着高川。

高川："我说了，不许把人绑回去！"
乃木："这是我们傣家的事，由我们自己做主！来呀！绑了他！"
家丁们又涌向岩虎。
高川、刘捍卫、和水泉等人挺身挡住。
根赛、波香惶恐地抱在一起。
岩虎悄悄移向旁边。
刀心妍赶紧站到高川身前拦住家丁："等等！"
家丁们不敢上前了。
刀心妍："这件事情我做主了，不许绑他！"
乃木："大小姐，我们的耕牛怎么办？若是大少爷知道我们放跑了他，会责罚我们的！"
刀心妍："那也不许绑他！"
乃木发狠地说："扎布！还等什么？动手啊！"
扎布看看刀心妍，十分犹豫。
乃木对家丁们喊："听我的，动手！"
家丁们从几个方向涌向高川等人身后的岩虎。
高川等人只好散开阻拦。
刀心妍急喊："停下！都停下！乃木！你不听我的话，想死了！"
她拔出腰间的小手枪，朝天开了一枪。
乃木、扎布和家丁们都站住了，愣愣地看着刀心妍。

22. 山林里　夜外

岩坚等佤族武士们都站住了，看着对面山上。
尼果对岩坚说："岩坚大哥，是枪声。"
岩坚眼中透出杀气，盯着对面山上。
另一佤族汉子："怕是岩虎大哥被他们抓去了！"
岩坚："快，冲过去！"

23. 山林里　夜外

刀心妍愤怒地把枪对准乃木。
扎布和家丁们都不知所措地看着心妍。
乃木惶恐地说："大小姐……"
高川过来按住心妍的枪："不能开枪！"
刀心妍瞪着乃木，心有不甘。
对面山上佤族青年的喊声清晰传来。
扎布："大小姐，佤寨的人要过来了！"
刀心妍："来了更好，把岩虎还给他们！"
和水泉突然喊："岩虎！岩虎！"
众人这才发现岩虎已不见了踪影。
高川奇怪地四下看着："他跑了？"
钟喜妹："他伤得那么重，怎么跑了呢？"
波香紧抓着哥哥，两人沉默着。
乃木、扎布也围过来看，感到不可思议。
乃木举着火把朝山坡下看看，失望地转回身，狠狠瞪了波香、根赛一眼。
波香赶紧扭过身子。

扎布走到刀心妍身边："大小姐，快下山吧。"

刀心妍没有理会，看着高川。

佤族青年的喊声越来越近。

高川看看对面已经移到山下的火把："但愿佤寨的人能找到他。"

刀心妍收起枪："跑了好，背回寨子里，心荣阿哥不会放过他。"

24. 刀府　夜内

厅堂里，刀心荣愤怒地对刀心妍说："我当然不会放过他！上次抢我们耕牛，伤我们人的账还没算，这次又杀了我们的人，打死了耕牛，我要他们加倍赔回来！"

站在一边的乃木、扎布躬着身不敢抬头。

刀心妍："阿哥，这次来杀人的不是佤族人，他们是……扎布，你快说呀！"

扎布躬身说："大少爷，昨天夜里有人穿着我们傣家的衣服血洗了佤寨，那些人根本不是傣家人。"

刀心荣一惊。

扎布："佤寨的岩火头人向高长官保证，他们的人今早没有下山抢牛，更没有杀人、杀牛。"

刀心荣吃惊地说："那，那是些什么人？"

刀心妍："解放阿哥说了，他们是老黄皮装扮的，是要我们和佤寨血拼！"

刀心荣难以置信地说："他们，他们为什么要这么做？为什么？"

乃木、扎布都不作声。

刀心妍："为什么？他们想让曼龙大寨和佤寨的男人都死光，他们好回来欺负我们！"

刀心荣感到震惊地摇头说："不，不可能，这不可能！他们要对付的是红汉人，不是我们。"

刀心妍："阿哥，你还要相信他们？他们要对付红汉人，把阿爸带走做什么？分明是要对付我们！"

刀心荣心里乱糟糟的："好了，不要说了！今天的事情先放下，佤寨抢我们耕牛的事不算完。（他指着乃木、扎布）你们给我听好，再看见佤寨的人，一定给我抓回来！我要砍了他，警告那些佤族人，谁敢再抢傣家的东西，就要他们拿命来！"

刀心妍："阿哥，你这样做，佤寨的人也不会罢休，他们会来报复，砍我们的人！"

刀心荣："你到底站在哪一边，向着谁说话？"

刀心妍："我是在说理。"

刀心荣："你说哪家的理？这些年你都读的什么书？还懂不懂刀家的规矩！"

刀心妍："刀家的规矩是什么？就是没完没了地打冤家？就是把救我命的恩人挡在寨子外面，让人去打黑枪吗？"

刀心荣一愣："你说什么？谁让人去打黑枪了？"

刀心妍："问你呀！寨子里谁有那么大胆子，跑去向他们打黑枪，还打中了高队长！"

刀心荣："他们到底看清没有，是谁打的枪？"

刀心妍："你告诉我，打枪的人，是不是你派去的？"

刀心荣："鬼扯！我怎么会做这样的事？红汉人有多狠，难道我会不知道吗？我连寨子都不敢让他们进，还会派人去打黑枪？那岂不是引火烧身吗？"

刀心妍："不是你就好，现在世道变了，红汉人当了政，他们拿我们傣家人当朋友，不让我们和佤寨打冤家，这都是好心呐。"

刀心荣："红汉人，红汉人，你一嘴一个红汉人，红汉人钻到你心里去了！"

刀心妍："你倒是说说，他们有什么不好？"

刀心荣："我问你，我们的耕牛怎么办？佤寨欠我们的官租怎么办？有本事，你让红汉人把我们的耕牛要回来，让佤寨按规矩向我们交租！不然的话，我就不会跟他们合作，也不会相信共产党！"

刀心妍陌生人般的看着刀心荣，无言以对。

丫鬟玉切走近，躬身说："大小姐，太太要你去她的房间。"

刀心妍瞪了刀心荣一眼，转身走去。
刀心荣也瞪了刀心妍一眼，转头说："你们去吧。"
乃木、扎布躬身离去。
刀心荣："扎布，你留一下。"
扎布站住，转身说："是了。"
乃木看了扎布一眼，带着醋意离去。
刀心荣走到扎布身前，拍着他的肩膀说："扎布，我信你，从今以后，我会把你当兄弟。"
扎布要下跪，刀心荣赶紧拉住他："不要这样，扎布，你要答应我一件事。"
扎布："大少爷，一万件事我也答应。"
刀心荣："只有一件，你给我看住大小姐，不要让她被红汉人勾了去。"
扎布有些为难："大少爷……"
刀心荣："必须答应我。"
扎布："是了。"

25. 刀府　夜内

刀母房间，刀母责怪心妍："你怎么这么不懂事啊？你要把阿妈急死吗？"
刀心妍撒娇地说："阿妈，我不是好好的吗？再说，我有阿妈给的护身符，谁也伤不了我嘛。"
刀母："别和我耍嘴，从明天起，你哪也不要去了，乖乖跟着阿妈去佛堂念经，好好收收你的心。"
刀心妍："阿妈，我中学都念完了，还念什么经嘛。"
刀母："给我闭嘴，不去念经，我就把你关在家里，哪也不许去了。"
刀心妍："阿妈……"
刀母："没用的。你跟不跟我去念经？"
刀心妍念头一转："好嘛，我去。不过，阿妈要答应我一件事。"
刀母："什么事？"
刀心妍："我要让波罕家的人回寨子。"
刀母："波罕家的？"
刀心妍："阿妈，老波罕已经死了，你为什么还要为难他们？阿爸不是说过，波罕一家是最听话的吗？"
刀母："不是说，他私通红汉人吗？"
刀心妍："老波罕没有私通红汉人，那封信是红汉人写给阿爸的，波罕是屈死的！"
刀母："这事，是你阿爸发了话的，现在又是你阿哥说了算……"
刀心妍："阿妈，波罕的女人病得快死了，心荣阿哥还把他女儿抓去陪花酒，这是哪家的理呀！"
刀母："有这样的事？"
刀心妍："当然有了。波罕是屈死的，他的女人孩子没坏规矩，不能赶出寨子，不能没田种！阿妈，你就做回主嘛，让波罕家的人回寨子好不好？好不好嘛？"
刀母："好好，我答应。"

26. 工作队营地　夜外

高川、刘捍卫一行回到营地，钟喜妹等队员迎着他们。
高川下了马，几乎站不稳地扶住马鞍，他喘了口气，转头想对刘捍卫说什么，却一头昏倒在地。
钟喜妹惊呼："队长！"
刘捍卫、和水泉、李铁杉等人呼喊着围了过来……

27. 帐篷内　夜内

高川躺在草铺上醒了过来，见钟喜妹、刘捍卫守在一旁，和水泉、李铁衫守在帐篷口。

钟喜妹拿过一片药："来，把药吃了。"
高川摇头说："不用了。"
钟喜妹坚持地把药片递到高川面前："吃。我是医生，你要听我的。"
高川微笑地说："看你，小题大做。"
钟喜妹执意要他吃："吃。"
高川："喜妹，我们的药品很少……"
钟喜妹："不吃药就会发炎，就会发高烧，烧得你动都动不了，还会引发更严重的症状！"
高川："好嘛，会吓唬人了。你忘了以前我负伤的时候，在你们家躺了三个月，什么药也没有，不是照样……"
钟喜妹："谁说什么药都没有？我姐姐天天上山采草药呢。"
高川："对对，是有草药，我想起来了。喜妹，你也搜集一下草药方子，回头你问问波香，她给岩虎上的什么药……"
钟喜妹生气地说："你不打岔行不行？刘副队长，你发表个意见，让他吃药嘛！"
刘捍卫："好好，我说服他。高川同志，喜妹说的有道理，你必须吃药。"
高川："好好，我磨不过你们。"
喜妹把药片放进他嘴里，一手托起他的头，一手把水壶递到他嘴边，高川就着水咽下药片。
李铁衫看着喜妹如此细心地照顾高川，心中不悦地出了帐篷。
钟喜妹把高川扶到枕头上，说："你根本不应该活动，应该休息。今天又扯动了伤口，又出血了。"
高川："行了，别婆婆妈妈的。老刘，你们早点休息吧，明天还要进寨子，这可耽误不得呀。"
刘捍卫："你放心吧，我都安排好了，明天一早，我就带同志们进寨子。"
高川："一定要提高警惕，注意安全。"
刘捍卫："放心吧。"

28. 曼龙大寨　日外

刀心妍骑在马上，领着波香和背着母亲的根赛走到寨门前。
守寨的寨丁诧异地看着刀心妍。
刀心妍没好气地说："瞪着眼睛看什么？不认得我吗？"
寨丁哈腰说："大小姐，他们……"
波香露出忐忑神情，靠紧哥哥。
刀心妍："我要带他们回寨子，从今天起，谁也不许赶他们出去！"
寨丁赶紧点头："是了。"
刀心妍骑着马走向寨内，波香和背着母亲的根赛赶紧跟了进去。

29. 罕富寨子　日外

罕富寨主带着若干持枪寨丁陪同刘捍卫、李铁杉、武晓鹏、花蔓等工作队员在寨子转悠。
工作队员们像是被寨丁押着，都显得很不自在。
罕富不阴不阳地说："长官，我的寨子只有百八户人家，比不了曼龙大寨，转到这里，已经是寨边上了。"
刘捍卫："罕富寨主，我们要在寨子里住下来，请你给我们安排个地方吧。"
罕富为难地笑笑："哎呀，这就不好办了。我家的竹楼比不了土司府，住不了那么多客人。再说嘛，我们傣家人有傣家人的规矩，不好留汉人在家里住啊。"
刘捍卫听出了问题："那么，你们总有仓房吧？我们住仓房也可以。"
罕富："你看看，马上就要收粮食了，若是长官们占了仓房，收下的粮食往哪里摆呢？"
刘捍卫："照你这么说，我们是不能在你的寨子里住了？"

罕富："不敢，不过嘛，实在是多有不便呐。"

30. 罕富寨子　日外

刘捍卫和李铁杉等工作队员们分头在寨子里寻找住处，那些持枪的寨丁也分头跟随着他们。

刘捍卫站住，赌气地对李铁衫等队员们说："同志们，现在是你们发挥主动性，各显其能的时候！我们一定要在寨子里展开工作，打开局面，争取到百姓的支持！不能让躺着养伤的高队长说我们无能，更不能让去别的寨子的同志看我们的笑话！你们有信心没有?"

李铁衫、吴晓鹏、花蔓等队员齐喊："有！"

寨丁们诧异地盯着他们，不知他们要干什么。

31. 罕富寨子　日外

刘捍卫和工作队员刚走近一家竹楼，那家人赶回鸡鸭，扎住篱笆……

32. 罕富寨子　日外

井台边，有寨民用竹筒在打水。

花蔓口渴，跑近井台，笑着对打水的妇女说："阿姐，我喝口水可以吗?"

打水的妇女立刻收起竹筒，转身就走。

花蔓不解地愣在那里。

跟着他们的寨丁不客气地对武晓鹏说："这里的井水你们不能喝，要喝就去喝寨外的河水。"

武晓鹏："为什么?"

一只大狗跑来，朝武晓鹏、花蔓吼叫，花蔓吓得拽住武晓鹏往他身后躲，武晓鹏也害怕地做出赶狗的动作："去！去！"

寨丁幸灾乐祸地笑着。

花蔓急得喊："快把它赶走啊……"

武晓鹏边躲边对寨丁说："你你，笑什么笑，帮我赶走啊！"

寨丁笑着不动，大狗对着花蔓、武晓鹏狂吠，花蔓被吓得流出了眼泪。

寨丁更加放肆地笑了起来。

武晓鹏心中害怕，却不得不斗胆护着花蔓退后，大狗依然冲他们狂吠。

33. 罕富寨子　日外

李铁杉走进一个宽大别致的院子，跟随他的寨丁并没有拦他，也没有紧随他。

李铁杉在竹房外喊着："老乡！老乡！"

没有听到回答，他试探着走上竹房的台阶。跟着他的寨丁露出冷笑。

李铁杉喊着老乡，进了竹房。

34. 佛寺　日内

李铁杉进到竹房内，喊着："老乡！老乡！"

竹房里供着佛像，香烟袅袅。几个和尚冷眼盯着李铁杉。

李铁杉这才明白自己进了佛堂，赶紧躬身致歉，要退出去。

一个年长的和尚冷眼看着李铁杉穿着鞋的双脚，面露愠色，用傣语嘀咕了一句，另外的和尚不客气地拿起扫帚等物向外轰李铁杉。

李铁杉赶紧退了出去。

35. 佛寺外　日外

寨丁高喊着招来不少寨民，用傣语告诉他们李铁杉穿着鞋子进了佛堂，玷污了清净地方。

寨民们立刻围住李铁杉，指着他数落、谩骂。

李铁杉再三解释，寨民们不依不饶地围着他叫骂。

李铁杉边合十赔礼边退出人群，那些寨民簇拥着追他，不断地谩骂，有人举起农具要打他，也有人用石头丢向李铁杉。

李铁杉只好跑了。

36. 工作队宿营地　日外

钟喜妹在给高川换药，和水泉等人收拾着行装准备出发。

和水泉边往马褡子里装东西边说："营长……"

高川："叫队长，怎么就记不住呢?"

和水泉："是。队长，你说那个岩虎，会被他们寨子的人找回去吗?"

高川："但愿吧。"

钟喜妹："高大哥，哦，队长，你说波香她们一家，真能回寨子去吗?"

高川："刀家小姐答应过他们，应该能回去吧。"

和水泉叹了一声说："真没想到，这民族工作比打仗还复杂，有劲都没处使。"

高川："复杂就复杂，你叹气干什么?"

和水泉："没，我没叹气，就是有点感叹。"

高川："还学会感叹了，光感叹能把工作做好吗? 赶紧收拾，咱们去了乃松寨子，要干的事情多得很呢。"

和水泉："是。(他突然看见了什么) 哎，营长，哦不，队长，你看。"

高川转头看去——

刘捍卫带着李铁杉、武晓鹏、花蔓等工作队员向这里走来。

钟喜妹："他们怎么回来了?"

高川一脸疑惑。

刘捍卫远远地喊："高队长!"

高川猜测地迎了过去："老刘，你们怎么回来了?"

刘捍卫走近高川，一脸难色地说："别提了，我们上当了。"

第九集完

第十集

1. 工作队宿营地 日外

（紧接上集）钟喜妹、和水泉招呼李铁杉、武晓鹏、花蔓等人休息。

钟喜妹抱怨李铁杉说："铁杉，你也真是的，怎么穿着鞋就进佛堂了？那还不惹麻烦呐。"

李铁杉愤愤地说："我哪知道那是个佛堂嘛！跟着我的寨丁故意使坏，让我出洋相。"

钟喜妹："佛堂的样子你都认不出来？你也太大意了吧！"

李铁衫心里别扭地说："对，是我大意。我要是像你一样待在营地，就不会出这份洋相了！"

钟喜妹奇怪地说："哎，你什么意思？做得不对还不能说了？"

李铁衫赌气地说："说，说，你只管说。真是站着说话不腰疼。"

钟喜妹生气地说："你说啥？"

李铁衫故意转过脸去，却见高川、刘捍卫站在他面前，高川严肃地瞪着他，令他尴尬。

高川厉声道："犯了错误还不认账，还有理了？"

李铁衫理屈地说："我，我大意了，没注意那是个佛堂。"

高川："傣家的竹楼都不能穿鞋进去，何况是佛堂呢？你不是学了工作手册吗？不是背得滚瓜烂熟吗？怎么就做不到呢？"

李铁衫无话可说，垂下头。

刘捍卫拉着高川劝道："老高，高队长，来来。"他把高川拉到一旁："这也不能全怪我们的同志，这是有原因的……"

李铁衫心里不服气，脸色很难看。喜妹走到他身边，安慰地把水壶递给他，轻声说："算了，下回注意吧。"

李铁衫"哼"了一声，白了她一眼，转身走向一旁。

喜妹气得瞪着眼睛看着他，想说什么又忍住了，转身走向花蔓、武晓鹏。

武晓鹏向喜妹诉苦："喜妹，我跟你说，那个罕富寨主就是个老滑头，表面上笑嘻嘻的，一肚子鬼主意。"

花蔓："可不是嘛，不给我们住的地方，连水都不让我们喝！"

钟喜妹："不让喝水？"

武晓鹏把刚喝过的水壶还给和水泉，被走过来的李铁衫一把抢过去，赌着气大口喝着。

钟喜妹白了他一眼，对武晓鹏说："你说呀，为什么不让喝水。"

武晓鹏喘着说："他们不让我们喝寨子里的井水。"

钟喜妹："为什么？"

花蔓："他们说井水是傣家人的，汉人喝了就不干净了！"

和水泉："在部队上就学过，不能喝傣家的井水。"

花蔓："最可恨的是他们让狗围着我们叫，谁也不赶，吓都吓死了。"

钟喜妹："真的？"

花蔓带着哭腔说："你问晓鹏，那么大的狗，凶得要命，就离我这么近……"

钟喜妹："天呐，咬着没有啊？"

花蔓摇着头，委屈地说："喜妹，我不想进寨子了，我怕死了……"

她捂着眼睛哭了起来。

钟喜妹赶紧劝她："哎哎，别哭呀花蔓。"她抱怨武晓鹏、李铁衫："你们也是，花蔓怕狗，你们也不帮着撵开。"

李铁衫故意说："我又没看见。"

武晓鹏尴尬地低下头。

钟喜妹劝着花蔓："好了好了，不哭了，不是没咬着吗……"

刘捍卫气愤地对高川说："我敢肯定，一定是那个刀心荣在背后使坏，如果他真心让我们进寨子，罕富寨主敢这么对我们?"

高川思索着说："分析得对，在背后指使罕富寨主的，一定是刀心荣。"

刘捍卫："我们去找他，让他给我们说清楚，他为什么要这么干? 我现在更加怀疑，那个打黑枪的人，也是受他指使。"

高川一脸凝重。

2. 曼龙酒家客房　日内

杜连仲换上客商装束，把几根金条放进褡裢。

石三娇在一旁摆弄着手枪愤愤地说："折腾半天也没把共匪赶出曼龙，那个叫高川的共匪头子也只伤了点皮毛。要我说，干脆把小狼山的土匪调过来，和弟兄们一起大干一场，把共匪的工作队全都杀光!"

杜连仲冷漠地看她一眼，转向尼斗说："你派人把曼珲管家送回境外去。"

尼斗遵从地点头："是了。"

杜连仲转向石三娇："换好衣服，跟我走。"

石三娇："去哪里? 小狼山?"

杜连仲冷着脸说："路上告诉你。"

石三娇本想再问，但见杜连仲脸色冷酷，只好服从。

3. 佤族岩火部落　教堂　日内

岩火、桑木和众多教民站在教堂里，听着外国传教士永安乐布道。

永安乐："上帝的孩子们，万能的上帝为你们指明了祸乱来自什么地方，它来自山下，有一股汹涌的洪水奔涌而来，洪水带来了红色的魔鬼，他们要烧毁你们的家园，杀害你们的亲人! 那些魔鬼有一个同样的名字，叫作共产党……"

教民已经退去，岩火走到永安乐身前说："神父，我见过红汉人，他们不那么可怕。闯进我们寨子杀人放火的是国民党老黄皮，不是红汉人。"

永安乐："岩火头人，你的眼睛被大雾迷住了，即使魔鬼走到你身边你也认不出来。听我说，魔鬼是最善于装扮的，可在万能的上帝眼里，就算他们装扮成天使可还是魔鬼。你要相信上帝，不要被魔鬼迷惑了心，更不要被他们掳走了灵魂。阿门!"

岩火心乱如麻地随着永安乐在胸前划着十字。

4. 教堂外　日外

岩火心事重重地走出教堂，武士们和众多教民恭敬地等候在教堂外。

桑木头人凑近说："大头人，你真的信了那个红汉人，不去找傣家人寻仇了?"

岩火："你都看见了，那几个被打死的蟊贼，不是傣家人。"

桑木："死人不会说话，谁能肯定他们就不是傣家人? 大头人，神父昨晚告诉我，烂我们寨子的就是傣家人，他们的快枪是红汉人给的。"

岩火想了想，说："桑木，随你来的那些人怕是没多少吃的，先把房子造好，南山坡的大烟地归你了，把你的人安顿好吧。"

桑木想说什么，岩火已经走去，他只好跟了上去。

一个年轻汉子跑来："大头人！大头人！"

岩火停住脚，看着年轻汉子。

年轻汉子："大头人，岩坚把岩虎找回来了！"

岩火："在哪里？"

年轻汉子："刚到寨口。"

岩火大步走去，桑木头人和佤族武士们紧随而去。

教民中一个年轻姑娘（叶黑）听到岩虎的消息，格外担心地跟着岩火等人快步走去。

5. 佤寨木鼓房　日外

棚子般的木鼓房里安放着巨大的木鼓，棚外有许多木杆，上面挂着供奉木鼓神的牛头骨和人头骨。

受伤的岩虎被岩坚等人抬到放木鼓的台板上，岩坚用竹筒给岩虎喂水。

岩火在桑木等众人簇拥下走近。

跟随岩坚的武士们纷纷让开，岩火来到岩虎身边，查看他的伤情。

叶黑姑娘跟到人群中，关切地看着岩虎。

岩虎吃力地对岩火说："大头人……"

岩火审视着岩虎说："岩虎，你遇到了红汉人和傣家人，是这样吗？"

岩虎强撑着欠身说："大头人，我……"

他剧烈咳嗽起来。

岩火向岩坚等人说："抬去教堂，请神父给他疗伤。"

岩坚指挥武士们用树干和兽皮制成的担架抬起岩虎，走向寨内。

叶黑凑到担架旁，关切地问："岩虎，你伤到哪里了？伤得重不重？"

岩虎忍着伤痛说："不要紧，我会好的……"

抬担架的人加快脚步，叶黑匆匆跟去。

岩火思索地看着走去的众人。

桑木挨近岩火说："大头人，岩虎要是遇到了红汉人和傣家人，怎么可能回得来呢？"

岩火没理他，朝寨内走去。

6. 佤寨教堂　日内

武士们把岩虎抬到一张木板床上，永安乐走到岩虎身边，解开包扎岩虎伤处的布条，发现伤处用过药，表情起了变化。

岩坚、叶黑等人期盼地看着永安乐。

永安乐吩咐助手拿来放着药品和医疗器械的托盘，开始为岩虎治疗。

岩虎露出痛苦的表情。

叶黑揪心地看着永安乐给岩虎治伤。

7. 佤寨教堂　日外

岩火和桑木头人等在教堂外。永安乐走出教堂，面对岩火在胸前划着十字。

岩火也在胸前划着十字，问永安乐："神父，岩虎伤得怎么样？"

永安乐："大头人放心，他很壮实，养几天就会好的。"

岩火松心地点头，向永安乐道谢。

永安乐皱起眉说："大头人，岩虎在山里，有人给他治过伤。"

岩火警觉：“是傣家人给他治的?”

永安乐：“也许是傣家人，也许是红汉人。”

岩火警惕起来。

桑木头人：“大头人，不管是傣家人还是红汉人，见到岩虎应当把他捉回去杀掉才对，怎么会给他治伤呢?”

永安乐：“大头人，共产党红汉人是妖魔的化身，他们已经迷惑了傣家人，要和傣家人一起对付你们佤族人，你一定要管好部落里的人，不要让他们被妖魔哄骗了。”

岩火目光阴鸷，沉吟不语。

8. 佤寨　岩虎住处　日内

板房里，岩虎已经恢复了一些，靠在火塘边的草铺上，盖着兽皮。

叶黑把煮好的茶倒进竹杯，放到岩火、桑木面前的地上，恭顺地退到一旁。

岩火和桑木头人坐在火塘边，两人都阴着脸。

岩火声音低沉地说：“红汉人和傣家人没杀你，也没有抓你，还给你治了伤?”

岩虎顺从地回答：“是。”

岩火：“红汉人没有让你带什么话吗?”

岩虎：“没有。”

叶黑显出紧张。

桑木头人故意说：“岩虎，你伤得不轻，怎么能在红汉人眼皮底下跑掉呢?”

岩虎怨恨地看看桑木，但见岩火注视着他，只好回答：“有一些傣家人要把我绑去曼龙大寨，红汉人挡了他们。我听见岩坚他们在喊我，就顺着山坡跑掉了。”

桑木头人：“他们眼睁睁地看着你跑掉，没有追你?”

叶黑更加紧张地看着岩虎。

岩虎不情愿地回答：“没有。”

桑木头人观察着岩火的神色，岩火沉吟片刻，思索着说：“好好歇两天吧，向我阿爹进贡的日子快到了，你歇好了，去打只老虎回来。”

岩虎：“是。”

岩火起身说：“若是再遇到红汉人或是傣家人，就给我捉回来。”

岩虎：“是，大头人。”

岩火走向房门，叶黑向他行礼道别。

9. 佤寨　日外

岩火离开岩虎居住的板房，桑木头人和一些武士紧随着他。

传教士永安乐走近，向岩火施礼说：“大头人。”

岩火还礼：“神父，有什么事吗?”

永安乐表情神秘地说：“大头人，营盘街传来消息，共产党要联合傣族大寨对付佤族寨子，大头人最好早做准备。”

岩火：“哦? 消息是真的?”

永安乐：“千真万确，芒崖部落的永享乐牧师也得到消息，共产党要给傣族大寨运送武器，帮他们攻击佤族寨子。”

岩火一脸阴沉。

10. 曼龙大寨　刀府外　日外

刀府外靠近田边的树上拉起绳子，绳子上吊着几只葫芦。

不远处的空地上，刀心荣端着卡宾枪瞄准吊在绳上的葫芦连续射击，那些葫芦被接连击中……

站在一旁的乃木、扎布等家丁们齐声叫好。

刀心荣一脸得意地把枪交给乃木换弹夹，自己抽出手枪瞄向葫芦射击。

高川、刘捍卫骑马而来，在附近下马后走向刀心荣。

乃木趁刀心荣射击空挡对他说："大少爷，红汉人来了。"

刀心荣转向高川、刘捍卫，故作矜持地等着他们走近。

高川走到刀心荣身边，礼貌地说："刀代办。"

刀心荣："高长官，有要紧事？"

高川："刀代办，你亲口答应我们工作队可以进入罕富寨子和乃松寨子，可罕富寨主故意和我们作对，指使寨民对抗我们，甚至把我们的人赶出寨子，这可违反了你和我们的约定，你是不是应该发句话呀？"

刀心荣漫不经心地说："哦，是这回事呀。我昨天答应你们的时候，还没有蟊贼来杀我的寨民和耕牛，也没有人对你高长官打黑枪吧？"

高川不解地看着他，刘捍卫不满地说："你什么意思？"

刀心荣："罕富寨主不想让你们进寨子，一是担心寨民无知，和你们起了纠纷。二是怕你们再招来蟊贼，给他的寨子引来灾祸。"

刘捍卫生气地说："这、这不是胡扯吗？昨天来杀人杀牛的强盗，分明就是蒋匪军老黄皮嘛，不是已经和你们说清楚了吗？"

刀心荣抬手拦住他，对高川说："高长官，我对你说过，曼龙不是个安生的地方，你们的安全我无法保障。你现在受了枪伤，身体不便，还是先回南沧养伤去吧。"

刘捍卫激动地说："你想赶我们走？"

高川拦住他："刀代办，我们的安全不用你来保障，一个打黑枪的也吓不住我们。别说我只是受了点伤，就是那一枪打准了，要了我的命，我的上级也会再派人来接替我，我们的工作队绝不会离开曼龙。知道为什么吗？因为我们共产党人要做的事，谁也阻挡不了。"

刀心荣受到震慑，一时无语。

高川："希望你遵守约定，让我们顺利地进入乃松寨子和罕富寨子。"

刀心荣心里发虚地点点头："好吧，既然高长官这样坚持，那我就给你个面子。不过，进寨子之前必须要做一件事……"

高川："你讲。"

刀心荣："你得让山上的佤族人把抢走的耕牛还给我们，还得让他们保证，以后不再窜进曼龙领地，不再侵扰我的寨民。如果你能做到，你的工作队就可以进曼龙所有的寨子。"

刘捍卫："你这是……"

高川打断他："你说话算话？"

刀心荣："当然。"

高川发狠地说："好，咱们一言为定。"

刀心荣露出阴笑，看着高川、刘捍卫上马而去。

11. 曼龙大寨　日外

高川、刘捍卫骑着马出了大寨寨门，策马奔向宿营地。

高川脸色铁青，显然在赌气。

刘捍卫："老高，你真要去找佤族人要耕牛啊？万一要不回来怎么办？"

高川愤不作声地扬鞭催马，向前奔去。

刘捍卫追着他喊："哎，你这不是赌气吗？"

12. 佤寨教堂　日内

传教士永安乐带着桑木头人进了教堂，穿过大厅走到教堂后部，永安乐打开一间房门，示意桑木头人进去。桑木头人站在房门口愣了愣，顺从地进了房门。

房内，装扮成客商的杜连仲、石三娇站在桑木头人面前打量着他。

永安乐介绍道："桑木头人，这两位朋友是从勐撒来的，他们听说你的寨子遭了大难，要帮助你。"

桑木头人表示感谢地点点头。

杜连仲："桑木头人，你知道毁掉你的寨子的是什么人吗?"

桑木头人愤愤地说："明明是傣家人烂了我的寨子，可有一个红汉人上了山，硬说那些该杀的傣家人是黄皮兵装扮的，全都是鬼话，岩火头人竟然信了他。"

杜连仲："我们一路走来，听得真切。那个欺骗你们的红汉人就是指使傣家人血洗你们寨子的真正凶手。他这么做，就是要骗取岩火头人的信任。用不了多久，红汉人就会大批地来，掌管你们所有的寨子，让你们佤族人给他们当奴隶，当牛做马。"

桑木头人似懂非懂，但显出愤怒。

永安乐："共产党红汉人就是洪水猛兽，他们会给佤寨带来巨大的灾难。岩火头人被红色的魔鬼迷住了眼睛，看不到即将来临的凶险。桑木头人，我的朋友希望你能睁大眼睛，壮起胆子，和他们一起阻挡红汉人，保护你们的山寨，你们的家园。"

桑木头人表示同意，但有疑问。

未等他说话，杜连仲拿出两根金条放到他面前，让他眼睛一亮。

杜连仲："桑木头人，只要你跟我们合作，国军将满足你的一切要求。等到国军反攻回来，我保你取代岩火做部落的大头人。"

桑木有些意外："你们，是黄皮兵?"

杜连仲冷眼看着他，石三娇："这位杜先生是'云南反共救国军'第一纵队上校特派员。"她说着把一支手枪放到桑木面前："答应跟我们合作，就把金条收起来。如果不答应，我们的枪就会对准你。"

桑木头人答应地笑笑，收起了金条。

永安乐在杜连仲示意下，把桑木送出房间，关上了门。

石三娇轻蔑地说："这种没筋没皮的货色，能顶什么用?"

杜连仲自信地说："等着看好戏吧，只要共匪再上佤山，桑木一定会杀了他们。"

13. 刀府外　日外

宽阔的田边空场，一排木桩上绑着画有简单人脸图案的人头模型。

刀心荣纵马舞刀从木桩前奔过，他连续做出劈斩，将人头模型一一劈落。

旁边的家丁们欢呼叫好。

刀心荣调转马头，再次舞刀劈斩。

又有人头模型被劈落，家丁们又是叫好。

刀心妍骑着马跑来："心荣阿哥！心荣阿哥！"

刀心荣转向心妍："阿妹，你不跟阿妈去佛堂念经，跑来做什么?"

刀心妍跳下马："我有话问你。"

刀心荣不情愿地下了马："若是红汉人的事，就不要说了。"

刀心妍固执地说："阿哥，高队长他们要上山去找岩火，你为什么不给他们派向导?"

刀心荣："阿妹，除了红汉人，你就没别的话对我讲了吗?"

刀心妍："你回答我，为什么不给他们派向导?"

刀心荣："你也太操心了，那些红汉人从千里远万里远的地方打到这里，他们什么路没走过? 什么阵势没见过? 再说，高长官已经去过佤寨，他该认识路。"

刀心妍："那你也不该说话不作数啊！"

刀心荣："不是我说话不作数，你问问看，谁敢去给他们做向导? 谁敢去? 佤寨的人抢了我们的耕牛，又要和我们打冤家，要是见了我们寨里的人给红汉人带路，还不马上抓去砍了脑壳? （他转向家丁们）你们说对不对?”

家丁们调笑着喊：“对！对呢！”

刀心妍知道他这么做完全是故意的，生气地骑上马跑去。

刀心荣朝她的背影喊：“你去哪里？给我回来！你要是敢给红汉人带路，我就把他们统统赶走！”

14. 工作队营地 日外

李铁杉、武晓鹏、和水泉等队员打整好马匹行装，把一些要送给佤寨的物资用驮架搭上马背，准备出发了。

刘捍卫一脸担忧地走到高川身边：“高队长，没有方书记的指示，这样急着上佤寨，不妥当吧?”

高川整理着马褡子：“方书记去地委开会，十天半月才能回来，收粮的季节就要到了，不及时解决傣佤两族的纠纷，就会耽误征收公粮，我们的工作也很难开展。”

刘捍卫无奈地说：“那好吧，要去我去，你留下养伤。”

高川：“我的伤不要紧。再说，我和岩火打过交道，脸熟好说话。”

刘捍卫：“你就这么有把握?”

高川：“我上次去了，不是好好回来了吗？就算他们不想和我们谈判，也不会和我们动刀动枪。”

刘捍卫还想说什么，高川已经转向别处。

钟喜妹把一个药箱交给李铁杉，嘱咐说：“铁杉，什么药管什么用我都写在药袋子上了，你看清楚了，用的时候，千万别出错。”

李铁杉没耐心地说：“我知道，不会出错。”

钟喜妹：“一定要记得给队长换药，记得让他吃药。”

李铁杉：“嗯，忘不了。”

钟喜妹检查着他的干粮袋：“干粮带够了吗？可得省着点吃啊。你们饿了还能挺住，队长有伤，千万不能让他饿着。”

李铁杉：“嗯。”

钟喜妹：“你一定得照顾他，得让他按时休息，记住了?”

李铁杉不耐烦地说：“你还有完没完？怎么像个多嘴老奶似的，啰唆死了。”

钟喜妹嗔怪地撇着嘴瞪了他一眼。

花蔓帮武晓鹏扎紧绑腿，关心地说：“山里的蚂蟥特别厉害，一定得当心点。”

武晓鹏点点头：“嗯。”

花蔓：“手里拿根棍子，要是遇见毒蛇，赶紧赶开。”

武晓鹏又点点头：“哦。”

和水泉在一边说：“我说你们两个女同志，怎么只帮他们两个，不来帮我们大家呢？这也太偏心了吧，对不对呀，同志们?”

其他队员笑着附和。

钟喜妹、花蔓不好意思地跑一边去了。

刀心妍骑马赶来，拦住正要出发的高川等人。

送行的钟喜妹、花蔓看见刀心妍，表情不一。

花蔓：“哎，刀家小姐来了。”

钟喜妹不悦地拉下脸。

高川迎向牵马走来的心妍。

刀心妍：“解放阿哥，你们这就上佤寨吗?”

高川：“对。”

刀心妍："没有向导给你们带路，进到山里会迷路的。"

高川："放心吧，我们有地图，不会迷路。"

刀心妍着急地说："解放阿哥，听我的好不好，你们不要硬闯佤寨，那样一定会吃亏的！"

高川理解地说："我们去佤寨不是硬闯，就像到曼龙大寨一样，是去交朋友，去谈判的。"

刀心妍："要想和他们谈判，就用我阿爸的做法，派人去下书，约他们的头人在东盘江见面，不就行了？"

高川："那是土司老爷的做法，如果我们那样做，会让佤寨的头人产生敌意，以为我们是在帮你们傣族对付他们。"

刀心妍担忧地说："可是，万一你们谈不拢，他们要动武呢？你身上有伤，你们的人又这么少，怎么对付得了？"

高川从容地说："你把佤寨的人想得太可怕了。他们总不会一点道理都不讲，上来就和我们动武吧？"

刀心妍："我是说万一，你们没有准备怎么行呢？"

高川："我们有准备。就算我们失败了，我们的同志会吸取我们的教训，继续到佤寨去，一定要让他们相信我们，和我们交朋友。"

刀心妍听懂了高川话中的含义，无法理解地看着他。

高川回身招呼大家："出发！"

随他一起上佤寨的队员牵着马匹出发了。

钟喜妹、花蔓等队员挥手送着他们，钟喜妹一脸担忧。

刘捍卫神情复杂地目送高川等人走远。

刀心妍牵着马望着远去的高川，心中难以平静。

15. 山林中　日外

高川等人在杂草丛生的山林中艰难前行，高川不时地拿出地图辨别方向。

由于没有向导，他们还是迷了路。

高川和队员们商量之后，决定朝一个方向走，并在经过的地方留下标记。

队伍又朝前走，和水泉、李铁杉不断地在经过的树上刻下标记。

16. 山林里　日外

高川等人走了很久之后，疲惫的和水泉想靠在树上歇口气，却发现树上有自己刻的标记。

和水泉诧异地说："奇怪，怎么又走回来了？"

李铁杉也发现了树上的标记，对武晓鹏说："晓鹏，你看！"

武晓鹏见到标记，泄气地叹道："啊？不会吧！"

和水泉："队长！"

满脸汗水的高川回头看着他。

和水泉指着树上的标记："你看呐，我们又绕回来了！"

李铁杉："可不是嘛，这是我们刻的标记！"

高川过来看看标记，懊恼地一拳砸在树上，由于扯疼了伤口，不由得咧嘴。

和水泉："队长，你的伤不要紧吧？"

高川摆了下手："不要紧。"

武晓鹏等队员泄气地坐到地上。

和水泉："队长，这么转下去不是办法呀，咱们还是得找个向导。"

高川："这深山老林的，上哪去找向导？净说没用的。"

武晓鹏："队长，休息休息吧，实在走不动了。"

高川严肃地说："起来，都起来！这点路就走不动了，遇到敌人怎么办？还打得动吗？"

武晓鹏等队员只好起身。

李铁杉："队长，咱们得换个走法，不能再绕圈了。"

高川："这样吧，咱们顺着这个方向往山下走，争取找到山里的住户，把路问清楚。大家打起精神，跟紧点，别掉队！"

众人牵着马匹跟着高川顺山坡走去。

17. 山林里　日外

山林中，有一群衣衫褴褛、头缠黑布的拉祜族妇女在采摘野菜、野果，其中有人发现了什么，朝山林里张望。

高川等人牵着驮有物资的马匹出现了。

那个妇女立刻向同伴发出尖厉的呼喊，传递出表示危险的信号。

一时间，呼喊声此起彼伏，妇女们很快便隐没在山林中……

高川等人听着有节奏的呼喊声，都露出喜色。

李铁杉："队长，有人了！"

高川赶到一棵树旁向山林里望着。

那些妇女在山林中时隐时现。

和水泉不解地说："她们在干什么？不会招呼人来对付我们吧？"

高川："不像，她们好像很害怕，一定是把我们当成匪军了。走，我们过去。"

众人牵着马匹朝那些妇女隐现的地方走去。

高川喊："老乡！不要怕！别跑！——晓鹏，快喊话！"

武晓鹏用民族语言大声喊着："老乡！不要怕！我们是新政府的工作队！——"

一个拉祜族汉子悄悄跟在高川等人后面，跟了一段距离，他趁最后一名队员不备，冲上前将他摔倒，抢过马匹跑进林中。

他拉走的是高川的战马"云里站"，战马不断发出嘶鸣，不情愿地被拉祜族汉子拉着跑。

战马的嘶鸣声引起了高川等人的注意，

被摔倒的队员起身喊："有人抢马！有人抢马！"

高川拔出枪，对武晓鹏等人说："你们留在这里，看好马匹！和水泉、李铁杉，你们几个跟我来！"

和水泉、李铁杉等人操起枪跟着高川冲向林中。

拉祜族汉子拉着马狂奔。

和水泉发现了他，举枪瞄准，高川推开他的枪，把手指伸到嘴里打了声呼哨。

"云里站"突然长鸣一声扬起前蹄，把拉祜族汉子撞下了山坡，朝高川等人的方向跑了回来。

高川等人跑向那汉子滚落的地方，高川命令道："快！下去救人！"

他跟和水泉、李铁杉等人一起滑下山坡，寻找那摔下去的汉子。

18. 山坡下　日外

山坡下，李铁杉看见了躺在不远处一块大石头边的拉祜族汉子，赶忙招呼高川："队长！他在那儿！"

高川向大石头边望去——

那汉子头破血流地躺在地上，一动不动。

高川快步赶到那汉子身边，查看他的伤情："铁杉，快，他受伤了！"

李铁杉赶过来准备救治，突然，山坡上传来拉祜族妇女们愤怒的喊声。

那些妇女一个个手持竹矛、砍刀冲了过来。

高川立刻指挥队员们退后，与她们保持距离。

那些妇女围在那个受伤的汉子身边，对高川等人怒目而视，随时准备厮杀。

和水泉端起枪推上子弹。

高川瞪了他一眼："放下枪！"

队员们都收起枪，注视着那些妇女。

高川收起枪，朝那些妇女走近几步，对她们说："姐妹们，不要怕，我们是共产党的工作队，是好人！不会伤害你们！"

妇女们的表情没有变化。

高川见她们听不懂自己说的话，只好比画着说："你们这位兄弟受伤了，我们这里有医生，可以给他治伤。"

他见妇女们还是听不懂，便把李铁杉叫过来，拿过他身背的药箱，指着上面的红十字说："摩雅，他是个摩雅！给你们这位兄弟治伤，懂了吗?"

妇女们怀疑地看着高川、李铁杉。

高川解下腰间的手枪，让李铁杉也把枪摘下来，交给和水泉，然后举着药箱走向那个受伤的汉子。

妇女们见高川他们没有害人的意思，便没有阻拦他。

高川、李铁杉来到受伤的汉子身边，李铁杉赶紧打开药箱要为他包扎，却显得很不熟练。和水泉赶过来拿过治伤药和纱布，熟练地给受伤的汉子上药、包扎，故意对李铁杉说："在部队上学过。"

妇女们关切地看着那个汉子，有的竟哭了起来……

19. 山洞　夜内

拉祜人野居的山洞里点着火堆，李铁杉观察着受伤的汉子，两个妇女守护在汉子身边。

20. 山洞　夜外

高川和队员们在山洞外的火架子上煮好了掺着野菜的稀粥，盛到缸子里送给那些守在洞口的拉祜族妇女，妇女们谁也没吃，领头的人把稀粥端到洞里去了。

高川和队员们注视着她。

21. 山洞里　夜

妇女把粥端到受伤的汉子身边，细心地喂他。

李铁杉望着妇女，猜测着他们的关系。

22. 山洞外　夜

高川问领头的拉祜妇女："阿姐，你们怎么不住寨子，要住在山洞里?"

妇女："寨子烧了，被黄皮兵烧了。"

高川："寨子里的男人呢?就剩他一个?"

武晓鹏把高川的话翻译给那妇女，又把那妇女说的话告诉高川："男人没有了。前不久，黄皮兵到寨子里抢女人，寨子里的男人反抗，被他们全杀光了。幸亏这个叫扎木的男人上山采药，才躲过了一劫。"

高川等人听后十分惊诧。

高川告诉妇女们："姐妹们，你们不用担惊受怕了，现在已经解放了，那些欺压你们的国民党军队已经被解放军打跑了，有共产党解放军保护你们，再也不会有人欺负你们。人民政府一定会来帮助你们，帮你们建起新的寨子，让你们全都过上好日子。"

妇女们并不相信，有人说国民党兵没有了，可佤族大寨的山官头人更是惹不起，她们每年收来的粮食大部分要交给山官头人，如果不交，山官头人就会派人杀了她们的男人。

高川听罢武晓鹏翻译妇女们说的话，解下自己的干粮袋，让和水泉、武晓鹏也解下干粮袋，交给妇女们。

妇女们迅速接过干粮袋，做出感激的手势。

高川努力向她们表达："姐妹们，我们要去佤族岩火头人的寨子，你们谁愿意给我们当向导?哦，就是带个路。”

妇女们听懂了，连连摇头，表示不敢带路。

高川解释说：“你们不要怕，我们是要去劝说岩火头人，不要再让你们交粮食了，要向对待自己的姐妹一样对待你们，听懂了吗?”

经过武晓鹏的翻译、解释，领头的妇女相信了高川，带着歉意说：“汉人长官，我相信你们是好人，但要为你们带路，要大头人扎罗同意才行。大头人不发话，我们不敢为你们带路。”

高川对武晓鹏说：“你对她说，我们要去拜见大头人，和他交朋友。”

武晓鹏把高川的话转告领头的妇女，妇女答应带高川他们去见大头人扎罗。

23. 拉祜山寨　扎罗头人家　夜内

一座茅草和木头搭建的屋舍内，已是中年的扎罗头人身穿破旧的黑衣，头缠黑布包头和几个拿着原始武器的汉子围在火塘边，看着妇女们拿来的粮食、盐巴、茶叶等物。

扎罗猜疑地说：“自从上天老祖用泥巴造出人来，只有汉人来抢我们拉祜人的东西，从来没有汉人给我们拉祜人送东西。”

一个青年好奇地看着那些礼物，禁不住用手去抓，被扎罗制止了。

扎罗：“不要动。”

领头妇女：“扎罗头人，那些红汉人不是坏人，他们要去佤寨见岩火头人，要岩火头人不再下山打傣家人，不再和我们要粮食。”

扎罗摇了摇头：“汉人的话不要信，汉人的东西我们不能拿。”

24. 拉祜山寨　夜外

拉祜妇女们拿着物品走向高川等人休息的地方，领头的妇女遗憾地对高川说：“红汉人长官，扎罗头人不答应给你们带路，也不准我们要你们的东西。”

妇女们放下东西，默默离去。

高川望着走去的妇女们，不知该说什么。

李铁杉：“队长，怎么办?”

高川：“就地露营，天亮以后再想办法。”

25. 扎罗家　夜内

扎罗和几个汉子凑到门边，心怀忐忑地望着点起篝火露营的工作队员们。

姑娘站在窗边，好奇地望着篝火旁的汉人们。

26. 篝火旁　夜外

高川等人坐在篝火旁休息，武晓鹏吹着竹笛，笛声悠扬……

27. 扎罗家　夜外

扎罗和几个汉子站在门边，不解地望着这些与以往的汉人截然不同的汉人们，都露出疑惑之色。

守在扎罗家篱笆外的姑娘被武晓鹏的笛声吸引，拿出一片树叶放到嘴唇间，吹出悠扬的曲调……

扎罗本想制止那个姑娘，却又改了主意。

28. 篝火旁　夜外

高川等人听到悦耳的吹树叶声，转头看向扎罗家。

武晓鹏停了停，听听姑娘吹出的旋律，继续吹着竹笛与她呼应。

29. 扎罗家　夜外

姑娘听到与自己相和的笛声，吹得欢快起来。姑娘身边的妇女们也纷纷拿出口弦、树叶或弹或吹地合奏起来……

竹笛和树叶、口弦隔空合奏，美妙的乐声在夜空里飘荡……

姑娘欣悦地走向篝火……

扎罗身边的汉子赶过来想拦她，却没拦住。

扎罗有些担心地带着身边的汉子追着姑娘走向高川等人。

30. 篝火旁　夜外

姑娘跑到武晓鹏附近，武晓鹏带着微笑向她吹奏竹笛，姑娘也高兴地吹响树叶，二人合奏得十分动听，高川和队员们禁不住鼓起掌打着拍子。

那些拉祜妇女也围拢过来，吹着树叶，弹着口弦，露出笑容。

武晓鹏和姑娘奏完一曲，相互看着。武晓鹏露出微笑，姑娘也露出笑容。

高川和队员们热烈鼓掌叫好。

扎罗头人和几个手拿长矛、腰挎长刀的汉子走近，高川和队员们站起身，迎着扎罗向他行礼："扎罗头人。"

队员们也跟着向扎罗行礼。

扎罗和善地打量着高川，说："你就是红汉人长官?"

高川："扎罗头人，我叫高川，是共产党派来的工作队队长。"

扎罗："我已经听说了，你们是好汉人。可是，你要我们的人带路去佤寨，我不好答应你。若是惹恼了佤寨的头人，我们就要遭难了。"

高川："扎罗头人，我们去佤寨，就是要和岩火头人交朋友，我们给他带了很多礼物。请相信，我们不会让他为难你们。"

扎罗："你们要和岩火交朋友?"

高川："是啊，岩火部落和山下的傣家人闹了误会，要打冤家，我们要去劝说他，不让他们再打了。"

扎罗叹道："他们两家打了多少年了，我们拉祜人夹在他们中间，两边都惹不起。"

高川："请您放心，我们一定会说服岩火头人和山下的傣族头人，让他们和平相处，也好让你们拉祜人有一分安宁。"

扎罗："真能这样就太好了。可是，我的人能不能为你们带路，我不敢讲，要问了厄萨神才知道啊。"

高川不解地看着那个领头的妇女。

妇女解释说，扎罗头人要拜祭厄萨神，问神能不能为汉人带路。

武晓鹏把妇女的话向高川翻译，高川明白了："扎罗头人，那就请您去问问厄萨神吧。"

扎罗为难地说："我们现在连敬神的米也没有了，怎么去拜厄萨神呢?"

高川听懂后立刻让李铁杉拿来一袋米，对扎罗说："扎罗头人，这些米够敬厄萨神了吧? 另外，我们会给你们留下两驮粮食，帮你们度过饥荒。"

扎罗感谢地说："好，好，我这就去问厄萨神，你们等在这里，天一亮，厄萨神就有回音了。"

高川期待地望着扎罗。

31. 山林　夜外

山寨上方的林间，扎罗头人在领头妇女和姑娘陪伴下来到供奉厄萨神的参天大树下。

扎罗将一碗米、一碗水酒恭敬地洒到地上，双膝跪地向大树叩拜。

领头的妇女和姑娘也跟着叩拜。

扎罗举头对着大树说："厄萨神，红汉人进了山，要拉祜人给他们带路去佤寨，拉祜人带不带得路，请厄萨神让金丝雀传个话吧。”

他再次叩拜后，端坐树下闭目等待。

领头的妇女和姑娘也端坐一旁，闭目等待。

32. 拉祜寨子 夜外

篝火旁，李铁杉、武晓鹏等队员已经靠在一起睡着了。

和水泉在马匹旁警戒。

高川坐在篝火旁，默默等待着。

33. 山林 晨外

晨光熹微，山岚缭绕，林中传出清丽的鸟鸣声。

大树下，扎罗头人惊醒了，侧耳听着鸟鸣。

领头的妇女和姑娘也惊醒了，仔细听着鸟鸣声。

扎罗：“听清了？第一声鸟叫可是在东方?”

妇女：“是呢，是在东边叫的。”

姑娘也点头说：“是呢，扎罗头人，是在东边叫的。”

扎罗站起身说：“好了，厄萨神传来话了，可以给红汉人带路。”

34. 曼龙大寨寺庙 日内

佛像庄严，香烟袅袅。

刀心妍闭着眼睛双手合十跪在佛像前默默祈祷。

寂静中敲磬的声音悠扬悦耳。

老和尚数着念珠闭目诵经。

刀心妍虔诚地向佛像叩拜。

磬声悦耳。

35. 刀府 日内

刀母在丫鬟玉凤陪伴下来到厅堂，对伺候心妍的丫鬟玉切说：“去，把大小姐喊来。”

玉切：“太太，大小姐不在府里，去佛堂了。”

刀母：“又去佛堂了？这倒好，这孩子心里清净些了。”

靠在椅子上抽水烟的刀心荣说：“清净个鬼，阿妹去佛堂，是替红汉人烧香的。”

刀母：“心荣，不要乱讲。”

刀心荣：“我乱讲？你去问问她自己吧，一天去佛堂烧三次香，不是为了红汉人，又能为谁?”

刀母不满地看看他，却又没话可说。

刀心荣：“她再这么烧下去，佛堂里的菩萨都不灵了，佛堂怕是要起火呢。”

刀母听不下去：“哎呀，赶紧向菩萨赔罪，这样的话你怎么敢说嘛!”

刀心荣无所谓地说：“阿妹敢做，我有什么不敢说的。干妈，我们要好好想一想了，阿妹再这样下去，怕要惹出大事呢!”

刀母：“你干爹不在，我们能把她怎么样?”

刀心荣：“干爹不在，我在。”

36. 佛堂 日内

刀心妍朝佛像叩拜之后，依旧闭目合十，虔诚祈祷。

画外传来小和尚们念经的声音。

37. 寺庙外　日外

刀心妍缓缓走出寺庙，一群下了课的小和尚从她身边走过，纷纷向她合十行礼，刀心妍也向他们合十行礼。

刀心妍走到院门处，望着远处的群山，显出深深的忧虑。

38. 山路　日外

高川带领的小分队在拉祜族妇女的引领下走在山间小路上，那位姑娘开心地用树叶吹出美妙的旋律……

天色突变，乌云遮蔽阳光，山风呼啸……

拉祜族妇女告诉高川，沿着一条羊肠小道翻过前面的山就到岩火大寨了，高川和工作队员们艰难地赶着驮马攀上崎岖险峻的羊肠山道，一边是岩壁，一边是深谷，驮马恐惧地不愿前行，好在有高川的战马带头，队员们连推带拉地驱赶着驮马，跟随高川和他的战马走上狭窄的山道……

一时间，被飞云遮蔽的山上传来山里汉子粗犷的喊声："嘿——嗨！——"

高川等人抬眼望去——迷雾遮山，什么都看不见，只听见喊声从云里飘荡而来："嗨！——迎面来的人马让到路弯喽！——"

领头的妇女害怕地指点着前方山路对高川说："不得了了，山上下来了佤族马队，要出大事了！"

武晓鹏把妇女的话翻译给高川，高川不明白："出什么大事？山上下来的是什么人？"

姑娘恐慌地说："按照佤山的规矩，山路太窄，两个马队不能错开，上山的马队就要给下山的马队让路。可是现在，你们没路可以让了。"

高川听明白了，他向身后看看——狭窄的山路无法避让，驮马连掉头的可能都没有。

他心急地问："那该怎么办呢？"

领头的妇女："按佤族规矩，你们让不开路，就要把马推下山谷，把路让开。"

高川吃惊地说："把马推下山？这……"

说话间，山上下来的佤族汉子们已显出身影，骑马在前的尼果高声喊着："前面的人马让路喽！——"

领头的妇女害怕地拉着姑娘向后退，表示她们不敢再往前去了。

高川表示理解地笑笑，拿出钱交给妇女，表示感谢。

妇女不要钱，指着李铁杉背的药箱，希望得到它。

李铁杉为难地看着高川，高川示意把药箱给她，拉祜妇女抱着李铁杉给她的药箱，拉着姑娘匆匆朝马队后面走去。

高川转眼看着从山道下来的佤族汉子们——

佤族汉子们排成一路，有的骑马，有的赶着驮马，为首的是桑木头人。

走在最前面的尼果见到高川等人的马队，立刻停了下来，警惕地抽出长刀。

高川有些紧张地看着停在前方的佤族马队，想开口却不知如何解释。

尼果回首喊："桑木头人，有人挡路，是红汉人！"

骑在马上的桑木沉着脸说："按老规矩，叫他们把路让开！"

尼果高喊："挡路的！快快把路让开！我们一路喊着下来，你们没听到吗？"

高川解释："这位兄弟，我们是共产党的工作队，是去岩火头人的寨子送礼物的……"

尼果打断他："莫说闲话！我们头人有急事下山，你们不赶快让路，我们就不客气了！"

他和身后的汉子们都下了马，手持武器做好战斗准备。

桑木头人回身对后面的汉子低语："给岩火头人传话，红汉人偷偷摸摸上山来了，没安好心，要他早做准备。"

汉子把话传向队尾，最末的汉子听到后，转身向山上跑去……

高川见根本无法解释，只好回身下令："同志们，把马背上的物资卸下来，让路！"

李铁杉、和水泉等人急了："卸下物资，那马匹怎么办?""我们真的要把马推下山吗?"

高川："对!"

和水泉："队长，这可是六匹马呀！难道你的马也……"

高川厉声说："别再说了！执行命令!"

和水泉、李铁杉、武晓鹏等人无奈地卸下马背上的物资，将物资排放在山壁旁，不忍地看着马匹，等待高川的命令。

高川抚摸着自己心爱的战马"云里站"，下决心地抽出驳壳枪。

尼果和他身后的佤族汉子们不大相信地注视着高川的举动……

桑木骑在马上探着头观察着高川……

高川咬紧牙关，抚摸着战马的鼻梁，把脸贴到战马腮边，轻声说："老伙计，对不住了，我要完成任务，只能让你牺牲了。"

他颤抖地抬起手，把枪口对准战马的心脏……战马突然嘶鸣着扬起前蹄，在狭窄的山道上调转身躯，向后面的马匹冲撞过去，那五匹驮马被一一撞下山路，嘶鸣着跌落山谷……

高川的战马独自向山下跑去……

高川和队员们都被这惊人的一幕震撼了。

尼果等佤族汉子以及桑木头人都惊呆了。

高川回过神来，收起枪，朝尼果摆摆手，示意他们过路。

尼果和佤族汉子们上了马，从高川等人面前过去。高川和队员们紧贴着崖壁站着，为佤族马队让出了通道。

桑木头人从高川等人身前而过，一脸的冷漠。

待佤族马队经过后，高川招呼大家："快，解开垛子，把物资背上山去。"

和水泉犯难地说："队长，这么多物资，我们也背不完呐!"

高川："留下一个人看守，其他人先把一部分物资背上山顶，然后再回来背其他的。"

队员们都有些犯难。

高川："武晓鹏留下看守，其他人背上物资上山。都站着干什么，执行命令!"

队员们赶紧忙乎起来。

39. 山路　日外

高川和李铁杉、和水泉等队员沿着狭窄的山路或背或扛地把物资运上山坡，他们个个汗流浃背、气喘吁吁……

山林里传来佤族青年的呼哨声和呼喊声。

高川命令大家放下物资，警惕地观察四周。

林中出现了挥舞长刀长矛的佤族武士，向他们围了过来。

高川指挥大家："保持镇静！站在原地别动!"

和水泉端着枪站到高川身边，李铁杉等队员警惕地看着向他们冲来的佤族武士们。

佤族武士们冲到高川等人近前，长矛、弩箭、火枪都对准了他们……

第十集完

第十一集

1. 山路　日外

（紧接上集）佤族武士们冲到高川等人近前，长矛、弩箭、火枪都对准了他们……

岩坚赶上来，认出了高川，立刻伸平长矛喝止同伴："不要放箭！"

身上缠着绷带的岩虎稍后赶了过来，看见高川，不觉愣在马上。

高川向岩坚等人喊："佤族兄弟们！我们是共产党工作队！是来拜访你们岩火头人的！"

佤族青年们保持着准备战斗的姿势，谁也没动。

岩坚低声对岩虎说："又是那个有神枪的红汉人。"

岩虎看着高川，没有作答。

高川看见岩虎，笑着喊："岩虎兄弟！我们又见面了！你的伤怎么样了？"

岩坚看着岩虎，不知该怎么对待这些红汉人了。

岩虎低声说："这个红汉人救过我，他不是来打仗的。"

岩坚朝高川喊："红汉人！你们来这里做什么？"

高川："佤族兄弟！我们给岩火头人带来了礼物！我们是和你们交朋友来了！"

岩坚不信任地又看看岩虎。

岩虎重复说："这个红汉人救过我。"

岩坚犹豫一下，和岩虎一起走向高川。那些佤族青年们也警惕地跟着向前。

和水泉、李铁杉等人有些紧张。

高川微笑着对走近的岩坚、岩虎说："岩虎兄弟！你可以作证，我们是不会伤害佤族兄弟的！"

岩坚、岩虎走近高川。

高川指着他们背来的物资说："你们看，这些都是我们送给岩火头人的见面礼。还有不少留在山坡下面，请你们和我们一起去背吧。"

岩虎："你们没赶着马吗？"

高川："我们的马队在上山的时候遇上了你们佤族的马队，路太窄错不开，按照你们佤寨的规矩，我们的马被推下山谷，给他们让路了。"

岩虎、岩坚没想到地对视，岩坚看看地上的物资，又转向岩虎："从没听说汉人会舍掉马给我们让路。"

岩虎："他们是好汉人，是代表官衙来见大头人，大头人应该见。"

岩坚点点头，岩虎挥手向佤族青年们示意，让青年们随高川等人下去把其余的物资背上来。

岩虎等岩坚和青年们下坡之后，才礼貌地对高川说："放心，我会带你去见岩火头人。"

高川报以微笑，客气地示意他走在前面。

2. 岩火大寨　日外

高川等人跟着岩虎、岩坚及佤族青年一起扛着慰问物资走向寨口……

桑木头人带着武士骑着马追了上来，赶到众人前面拦住他们说："岩虎、岩坚，你们怎么敢把汉人带到大寨来？你们问过大头人吗？"

岩虎不买账地说："问没问过大头人，轮不到你来管。走！"

高川等人和佤族青年们继续走向寨口。

桑木头人忍着气打马而去，抢先进了寨门……

3. 岩火大房　日外

岩火居住的竹板楼外扎着篱笆，篱笆边插着许多木桩，上面挂着牛头骨，显示出岩火的威仪和身份。

岩火在桑木头人和几个武士的陪伴下走出大房，看着岩坚、岩虎等人拉来的驮着物资的马匹。

岩坚上前施礼说："大头人，这是红汉人送来的，是给大头人的见面礼。"

岩火怀疑地说："红汉人？哪里来的红汉人？"

岩坚："就是有神枪的那个红汉人，他救过岩虎，要和大头人交朋友。"

岩火的目光转向岩虎。

岩虎赶忙施礼："大头人，他确实救过岩虎，是个好汉人。"

岩火不满地瞪了岩虎一眼，走到马匹边上查看物资。

桑木头人跟着岩火说："大头人，红汉人一定是替傣家人来说话的，你还是不要见他们，撵下山去算了。"

岩虎不满地看看桑木："红汉人为了给你让路，按着佤寨的规矩丢弃了马匹。那么多的礼物，都是他们用肩背扛上山的。这样的汉人，不会是坏人。"

岩火暗自吃惊，思索不语。

桑木："汉人的肠子三丈长，绕也把人绕死。他们送来的东西，怕是不能要。"

岩虎恼恨地看着桑木。

岩火冷笑道："为什么不能要？进了我的山，什么都归我！我若高兴，可以砍他们脑壳！"

桑木："对对，大头人，不如砍了他们算了，省得他们去帮傣家人。"

岩虎更加恼恨地看着桑木。

岩火："我阿爹传来话了，红汉人没打过阿佤人，阿佤人也不打红汉人。"

桑木尴尬地说："啊，是啊。"

岩火转向岩坚、岩虎："去，把他们的头人带来。"

岩坚、岩虎："是！"

岩虎瞪了桑木一眼，与岩坚一同走去。

桑木很失望。

岩火冷眼看着寨口方向。

4. 寨口　日外

寨口有不少拿着武器的佤族汉子和围观群众簇拥在岩坚、岩虎身后，望着高川等工作队员。

高川摘下双枪，交给和水泉，从容走向岩坚、岩虎。

和水泉、李铁杉、武晓鹏等人的神情都很紧张，充满担忧。

岩坚、岩虎向两旁一让，佤族武士们和围观群众跟着让开一条路。

高川微笑着从岩坚、岩虎中间走过，走进寨门。

寨子里的男女老幼站在自家竹板屋外看着走近的高川，一脸冷漠。老人们嚼着槟榔，用打量猎物的眼神盯着高川。

5. 岩火大房　日外

篱笆外站着不少手拿武器的佤族青年，院内也是武士林立。

高川在岩坚、岩虎引领下进了院子，在大房前停下。

岩坚向房里喊："大头人！红汉人的头人到了！"

桑木从房里出来，仔细端详了高川，问岩坚："他没带枪吗？"

岩坚："带了，他把枪留在寨外了。"

岩虎怨恨地盯着桑木。

桑木看不出什么不对，转身进了大房。

岩坚、岩虎向高川做出请的手势，高川和他们一起进了大房。

6. 岩火大房　日内

岩火拿着竹烟筒坐在火塘边铺了兽皮的木椅上抽着烟，屋内挂着许多兽皮兽角，站着几位凶悍的武士。

岩坚、岩虎把高川领进屋，立刻站到岩火身边。

高川神情自若地向岩火拱手说："大头人好。"

岩火绷着脸朝旁边的木墩示意："坐吧。"

高川打量一下屋里的陈设和那些面色威严的武士，从容坐下。

岩火的女人娜月为高川冲了茶，放到他面前的地上，退到一旁。

高川道谢后笑着对岩火说："大头人，许多佤族山寨的大头人都答应和共产党合作，让我们的工作队进入山寨，你听说了吗?"

岩火："没有。你们汉人不住在平坝上，跑到我们山里来做什么?"

高川："来拜访大头人，和大头人交朋友。"

岩火冷漠地说："我不和汉人交朋友。"

高川怔了怔，略一思索后含笑说："不对吧，大头人，当年青蒙山游击总队的罗开云司令就是汉人，从民国二十五年打英国人到民国三十一年打日本人，他的队伍是和你们佤族十七王的队伍一起打的，罗司令是你们的朋友吧?"

岩火："罗司令算不得汉人，他的枝条伸得再远，根也在我们青蒙山。我们阿佤人永远不挡罗司令的脚步。"

高川："这就对了嘛！如今罗司令就是共产党的人，如果你相信罗司令，为什么不能相信我呢?"

岩火："山外传来话了，你们的'解放'有千军万马，枪炮成林。这些大军不是罗司令的队伍，我们不相信。"

高川："大头人，解放军是不会和你们作对的。你身边这些兄弟都和我见过面，你们朝我的队伍放过枪，打伤了我们不少人，可我们没有伤过你们一个人。大头人，解放军的枪炮永远不会对着佤族兄弟。"

岩火："那你来做什么？是不是要我们交出粮食，喂养山外的兵马?"

高川笑道："大头人，解放军不要你们喂养。我们知道你们的生活非常困难，人民政府派我们来，就是要了解你们现在最需要的是什么，政府会派马帮来，给你们送来粮食物品，帮助你们搞生产、多种粮食。"

岩火浅笑一下，不屑地说："别说笑了。以前老黄皮也来过，也说是送钱送枪，结果寨门一开，他们冲进寨子又杀又抢，这样的当我们不会再上了。"

高川："大头人，共产党和国民党不一样，我们不管走到哪里，都不会伤害老百姓。我今天是一个人来拜访你的，枪也留在了寨外。你可以想想，国民党的官员不会这么做吧?"

娜月似乎听懂了高川的话，善意地过来为高川添茶。

岩火和缓了语气说："好嘛，你送来的东西我收了，你还有什么话，就讲吧。"

高川："我希望大头人把从傣族寨子抢来的耕牛还给他们，以后也不要再和傣族打冤家了，你们的困难由人民政府来解决，需要什么物资我们会用马帮给你们驮来。"

岩火审视着高川，桑木头人在岩火耳边嘀咕了几句。

岩虎愤愤地盯着桑木。

岩火严肃地说："红汉人，你是和傣族土司串通好了吧？是来为刀家说话的，对不对?"

娜月的神色有些紧张。

高川："不对。我来是为了傣佤两族的团结，为了让傣佤两族百姓都能安心生产，过和平的日子。岩火头人，曼龙刀家向我承诺过，如果你们肯归还抢来的耕牛，他们愿意跟你们和平相处，谁也不再招惹谁。"

岩火轻蔑地笑道："我还以为共产党有多大本事，结果还是和国民党老黄皮差不多，谁的枪多就向着谁说话。”

高川：“岩火头人，这话怎么讲？”

岩火：“你来替刀家要耕牛，是你不敢得罪刀家，不是为了阿佤人。我还知道，你们在给刀家运枪，好让他们对付我们阿佤人。”

高川：“这话不对，我们从没给刀家运过枪。对佤族和傣族，我们是一视同仁、不偏不倚的。”

岩火：“不要扯谎了。我知道你们从哪条路上给刀家运枪，等我把枪截下来，看你还有什么话说。”

高川：“如果大头人愿意，可以把运枪的路线告诉我，我和你们一起去截。”

岩火取笑着说：“红汉人，又说假话了，按我们阿佤的理，可以砍掉你的头。你听好了，我们阿佤人给傣族土司交了几辈子贡，如果共产党讲理，就该让傣族土司把我们过去交过的东西统统还回来。不然的话，寨子里的人饿了，还会去抢。”

高川无言地看着岩火。

7. 寨口　日外

一群在教堂读书的孩子在传教士永安乐唆使下冲到寨外向和水泉、李铁杉等工作队员丢石头、吐口水，喊着“红汉人是魔鬼！”“红汉人滚回去！”等反动口号赶他们走。

工作队员们无奈地退让着，引来围观群众的笑骂声。

8. 岩火大房　日外

高川面色沉重地在岩坚、岩虎陪伴下走出篱笆院子。

围观群众朝他起哄。岩坚做出押送高川的样子，惹来群众的叫好声。

高川绷着脸向前走着。

9. 岩火大房　日内

岩火轻蔑地把高川用过的竹杯丢进火塘。

娜月往竹烟筒上装上烟丝，为岩火点着烟说：“岩火，我看这个红汉人不像是坏人。”

岩火：“你咋个看得出来？”

娜月微笑着说：“以前的汉人带着枪兵来，他不带；以前的汉人是不会笑的，他会笑。”

岩火听罢想了想，笑了。

10. 寨口　日外

那些围攻工作队员的孩子们一哄而散，围观群众也转向寨子里。

和水泉、李铁杉等人立刻返回来，朝寨内张望。

和水泉：“看，队长出来了！”

高川在寨口回身朝寨内看着，失望中暗下决心。

岩坚示意高川离寨：“请吧。”

岩虎的表情有些不舍。

高川恢复了自信，对岩坚、岩虎说：“岩坚兄弟，岩虎兄弟，请你们记住，我还会再来的！”他转身走向自己的同志。

岩坚、岩虎表情不一地目送高川。

一旁的人群中，传教士永安乐和桑木头人在嘀咕着什么。

桑木头人招过来几个武士，向他们布置着什么。

11. 山林里　日外

高川和队员们走在山路上。

见队员们都有些没精打采，高川打起精神对大家说："喂！怎么都跟霜打了似的？蔫了？"

队员们没有回应。

高川："看看你们，这么点挫折都受不了吗？那以后的工作还怎么干呢？来，打起精神，唱个歌怎么样？我起个头啊，向前向前向前——唱！"

没人回应。

高川："怎么回事？指挥不动了？不听命令了？"

和水泉："队长，现在哪还有心情唱歌呀。"

高川："怎么没心情？越是没心情就越是要唱！武晓鹏！"

武晓鹏："到！"

高川："把你的家什拿出来，给大伙伴奏！"

武晓鹏："是！"

他拿出竹笛，故意吹出个高扬响亮的调子。

高川："这就对了嘛，吹！你吹什么，大伙就唱什么！"

武晓鹏吹着竹笛，队员们跟着他吹的曲调"各自为政"地唱了起来。

林中，桑木头人带着一些佤族武士悄悄跟着高川等人。

桑木盘算着高川等人行进的路线，示意武士们加快脚步向前赶去。

12. 山里　日外

高川和队员们下了一道山坡，沿着山间的小溪行进。突然，前方传来战马嘶鸣声，高川等人向前方看去，惊喜地发现高川的战马"云里站"居然在溪边扬蹄嘶鸣，朝他们跑来……

和水泉惊喜地喊："云里站！"

高川和队员们欢呼着奔向战马，战马在高川等人前方停住，高川跑上前抱着战马的脖子激动不已……

林中，桑木头人和那些佤族武士已经埋伏在靠近小溪的林中，枪口和弩箭都对准了高川等人。

高川等人在溪边休息，高川欣悦地边饮马边为马冲洗……

林中，桑木头人把手枪子弹上了膛，朝高川等人瞄准。

佤族武士也把子弹推上膛，瞄准高川等人……

高川等人毫无防备地在溪边饮马、休息。

林中，桑木举枪准备射击。

佤族武士们准备射击、放箭。桑木的手指开始扣动扳机。

一支响箭呼啸着穿越空中。

桑木吃惊地扭头看去——

高川也抬头看着——

响箭呼啸而来，插在桑木身前，桑木更加吃惊。
画外传来岩虎的喊声："红汉人！——红汉人！——"

高川寻声望去——
岩虎从林中奔出，挡在桑木他们与高川等人之间。

桑木懊恼地说："撞见鬼了！"

高川笑着迎向岩虎："岩虎兄弟，你怎么跟来了?"
岩虎紧绷着脸对高川喊："红汉人！快快下山去吧！林子里有虎豹豺狼！若是盯上你们，你们就下不了山了！"
高川不解地望着岩虎，猜着他的话。
岩虎急切地喊："快快下山吧！你们救过岩虎，岩虎也为你们挡挡虎豹豺狼！"

林中，桑木恼恨地示意佤族武士们离去。

高川发现林中有人影移动，明白了岩虎的意思，拔出双枪说："出发！"
队员们纷纷离开溪边。
高川感激地说："岩虎兄弟，谢谢你！"
岩虎："快些走吧！下到平坝去，不要再上山了！"
高川："不，岩虎兄弟，我们会再来的！一定会再来的！"
岩虎不舍地目送高川等人远去。

13. 岩火大房　日外

岩火站在大房前的木台上，神色严厉地指着岩虎质问："岩虎！你吃了熊心豹子胆了，敢去串通红汉人！"
站在岩火身边的桑木目露凶光地瞪着岩虎。
站在木台下的岩虎否认道："大头人，岩虎没有串通红汉人！"
叶黑站在围观的寨民当中，担忧地看着岩虎。
岩火："还说没有? 桑木头人亲眼看到的！你还想瞒骗！"
岩虎："大头人，岩虎不敢瞒骗！桑木头人亲眼看到了什么，让他说说清楚！"
桑木："岩虎，你还敢嘴硬！你把红汉人送到山谷，这不是串通吗?"
岩火目光严厉地瞪着岩虎。
岩虎："桑木头人，你来告诉大头人，岩虎为什么要把红汉人送出山谷，你又是怎么亲眼看见的，讲啊！"
叶黑的目光转向桑木。
桑木："还用你来问我? 我带人盯着红汉人，是不让他们串进别的山寨！大头人，这有错吗?"
岩火看看桑木，又瞪着岩虎。
岩虎："不对！岩虎看得清楚，你是要杀掉红汉人！"
岩火略显意外地看看桑木。
桑木："鬼扯！没有大头人的吩咐，我怎么会杀红汉人? 大头人，不要信他的话，他是在扯谎！"
岩虎："大头人，岩虎没有扯谎！桑木头人就是要杀掉红汉人！"
岩火："岩虎！我有没有让你送红汉人出山谷?"
岩虎："没有。"

岩火："那你为什么要去?"

岩虎："我是见桑木头人跟着红汉人，我才跟去的。大头人，要是桑木头人杀了红汉人，红汉人就会仇恨我们！他们会像老黄皮一样派来官兵，烂掉我们的寨子……"

岩火："住口！胆小鬼，你是怕了红汉人！"

岩虎："不，大头人……"

岩火："岩坚！"

站在岩虎身边的岩坚："在！"

岩火："把岩虎赶出寨子，不许他再回来！"

岩坚、岩虎都很吃惊。

叶黑握在胸前的双手捂住嘴巴，生怕自己喊出声来。

岩虎："大头人……"

岩火瞪着岩坚："还等什么？把他赶出寨子，永远不许回来！"

岩坚只好和武士们一起抓住岩虎，把他拉向院外。

岩虎挣扎着喊："大头人！大头人！你责罚岩虎吧！不要赶走岩虎！不要赶走岩虎……"

叶黑忍不住地追着岩虎喊："岩虎！岩虎！"

桑木得意地看着被拉走的岩虎。

岩火愤怒地瞪着被拉远的岩虎。

叶黑追着岩虎凄声喊着："岩虎！——岩虎！——"

14. 寨口　日外

岩虎被岩坚等武士推出寨子，岩虎想冲回来，被岩坚等人拔刀挡住。

叶黑从武士身后挤过来悲切地喊："岩虎！岩虎！——"

岩坚等人挡住她，叶黑要冲出寨子，岩坚拦住她说："叶黑，不要出去！你若跟岩虎走了，永远回不了寨子！"

叶黑不顾一切地要冲出去。

岩坚挡着她说："叶黑！不要闹了！你跟岩虎走了，你阿爸谁来管?"

叶黑怔了怔，伤心地哭喊："岩虎！你千万别走远了！不要忘了我呀……"

岩虎绝望地呼喊："大头人！岩虎没有骗你！不要赶我走啊！——"

他悲痛地哭了起来。

岩坚面露不忍，却也无奈。

叶黑再次扒开挡着她的武士哭喊："岩虎！不要走远啊，我会去找你的！一定去找你！——"

岩虎放声痛哭。

岩坚把叶黑推向后面，忍着心痛对岩虎喊："岩虎！拿出砍头武士的勇气来，快快走吧！日后在林子里遇见，我还把你当兄弟！"

岩虎哭着喊："岩坚！你拿我当兄弟，就好好照顾叶黑！叶黑，好姑娘！岩虎的脚再长，也走不出青蒙山！只要我喝着青蒙山的水，就不会忘记你！"

叶黑凄声哭喊："岩虎！岩虎……"

岩虎双膝跪地，向岩坚等人拱手说："好兄弟们，岩虎要走了！从今以后，岩虎会把星星月亮当作你们的眼睛嘴巴，把山上的树林当作你们的手手脚脚！岩虎会求山神保佑你们，你们祭拜阿公阿祖的时候，也求他们保佑岩虎吧！岩虎是你们的兄弟！是你们的兄弟呀！——"

他肝胆欲碎地哭着向岩坚等人连连叩拜。

岩坚眼中含着泪水，却无能为力。

武士们个个面色悲伤，却不能留下岩虎。

岩虎叩拜完毕大喊一声，起身向山里跑去。

岩坚的泪水夺眶而出，朝着岩虎的背影呼喊："岩虎兄弟！你的话我记下了！愿山神保佑你呀！——"

叶黑掩面哭泣。

岩虎的身影跑远了，他绝望的喊声在山林里回荡。

15. 工作队营地　日外

钟喜妹、花蔓等队员迎着从佤寨归来的李铁杉、武晓鹏等人，热情地招呼着，急切地发问。

钟喜妹："哎，你们的驮马呢？"

李铁杉十分疲惫地说："别提了，上山的时候遇上下山的佤族马队，为了让路，我们的驮马都被丢到山谷去了。"

钟喜妹惊讶地说："什么？把马丢下山谷了？那，他们还耕牛了吗？"

李铁杉："还耕牛呢，连我们都差点回不来。"

钟喜妹："为什么呀？"

花蔓催着武晓鹏："快说呀，他们对你们动武了？"

武晓鹏："他们收下了我们送去的物资，可就是不还耕牛，在我们回来的路上，居然要打我们的埋伏。"

花蔓吃惊地问："天呐，打起来了吗？"

李铁杉："幸亏那个叫岩虎的汉子帮了我们，要不然，我们非吃亏不可。"

钟喜妹后怕地说："我的天呐，这多悬呐！"

16. 工作队营地　日外

临时搭建的棚架下支着木板桌，高川仰头喝干了搪瓷杯里的水，把杯子按到桌上，一副不甘心的神情："他们和傣族的积怨太深了，对我们也根本不信任，不管我说什么，他都不答应。"

刘捍卫犯难地说："这样一来，刀心荣就更有借口不让我们进寨子了。粮食眼看就要收了，再这么拖下去，别说团结土司头人，我们连征收公粮的任务都完成不了，那还怎么向边工委交代呀？"

高川想了想，说："我要回一趟南沧，直接向方书记汇报。"

刘捍卫："回南沧？"

高川："对，我要把这里的情况详细报告方书记，让边工委支持我们。"

刘捍卫："你等等，高川同志，我们现在什么工作都没进展，你向方书记汇报什么呀？那不是等着挨批评，自讨没趣吗？"

高川："怎么是自讨没趣呢？我们的工作遇到了困难，需要领导上给我们支持和援助，怎么是自讨没趣？"

刘捍卫："你想想啊，边工委派出了几支工作队，到不同的地方开展工作，如果别人的工作都很顺利，就咱们这里麻烦最多、困难最大，而且我们还拿不出解决办法，你说领导会怎么想？"

高川看着刘捍卫。

刘捍卫："要么是我们能力差，要么是方法不对头。你现在去找领导，肯定够咱们喝一壶的。"

高川不满地说："喝一壶？喝一壶就喝一壶。我连马尿都喝过，还有哪壶不敢喝？"

刘捍卫："我说，你怎么就不明白呀？要是我们的工作落在别人后面，那在领导眼里，是个什么印象？我们还怎么进步嘛！"

高川："捍卫同志，我严肃地提醒你，你这种说法是错误的，应该立即改正。"

刘捍卫愣了愣，叹了口气。

高川："我们要做的是完成任务，至于别的，我不考虑，也不该考虑。我要回边工委汇报，就是要请上级立即组织马帮向佤族寨子运送救济物资，只有这样，才能让他们归还傣族的耕牛，化解傣佤两族的矛盾。你明白了吗？"

刘捍卫无奈地说："好好，我收回刚才的话，好吧？"

高川："在我回南沧期间，你要带好队伍，多走访一些寨子外围的民族百姓，尽最大努力接近他们，争取他们的信任。”

刘捍卫：“你放心，我不会消极等待、无所作为的。”

高川：“那好，有重大情况及时向边工委报告。无论如何，不能和土司头人发生任何冲突。”

刘捍卫敷衍地说：“这我明白，我不会违反政策。”

高川还想嘱咐什么，就见钟喜妹走近了。

钟喜妹拿着件干净衣服：“队长！”

高川：“喜妹。”

钟喜妹：“坐着别动，把衣服换了，我给你检查伤口。”

高川躲避地说：“不用了，已经好了。”

钟喜妹：“不可能，别动，当心扯着。”她帮着高川解开衣扣。

刘捍卫摇头叹气地转身走了。

17. 刀府　日内

一身学生装、腰带上挂着手枪的刀心妍从楼上匆匆跑下。

坐在厅堂里的刀母接过丫鬟端来的茶，刚要喝就见刀心妍匆匆跑过。

刀心妍在母亲惊异的目光中穿过厅堂，跑出家门。

刀母回过神喊：“扎布！扎布！”

18. 刀府　日外

刀心妍骑着马穿过府院，在守院家丁发呆的目光中跑出府门。

19. 寨外田边　日外

刀心荣带着乃木等心腹家丁查看着即将收获的稻田。

刀心荣望着稻田对乃木说：“稻谷就要熟了。乃木！”

乃木：“在。”

刀心荣：“把大寨的兵丁分派到各寨去，不分白天黑夜，给我守着稻田，防备那些佤族山贼下来抢割稻谷。”

乃木：“是了，大少爷。”

刀心荣：“各寨收下的稻谷先交官租，都给我运到大寨里来。”

乃木：“是了。大少爷，听说了吧，红汉人从佤寨回来了，他们一条耕牛也没要回来。”

刀心荣不屑地说：“这就怪不得我了，要不回耕牛，就进不了我的寨子。”

乃木点头哈腰地附和，忽然间看到什么，朝远出指着说：“大少爷，你看。”

刀心荣向远处看去——

刀心妍骑着马奔出寨门，沿路向工作队营地方向奔去。

乃木：“看样子，又是去找红汉人了。”

刀心荣变了脸色，目光阴沉地看着远处的刀心妍。

20. 曼龙大寨外　日外

营地附近的小河边，钟喜妹、花蔓等队员边洗衣服边唱着歌，近处有队员在刷洗马匹。

刀心妍骑着马赶来。

花蔓看见骑马而来的刀心妍，对喜妹说：“哎，刀姑娘来了。”

喜妹朝刀心妍的方向看了一眼，不悦地说：“她怎么又来了。”

刀心妍骑马直奔营地。

21. 工作队营地 日外

刀心妍下了马，牵着马走向帐篷喊："解放阿哥！解放阿哥！"

刘捍卫从帐篷里出来，见到刀心妍先是一愣，转而笑着迎上去："刀姑娘！"

刀心妍礼貌地躬了躬身，问："解放阿哥在吗？我听说他从佤寨回来了。"

刘捍卫："啊，是回来了。不过，他有急事，赶回南沧了。"

刀心妍失望地说："回南沧？他走了？"

刘捍卫："啊，啊不，是去汇报工作，还会回来的。"

刀心妍释然地点点头："哦。"

刘捍卫："刀姑娘，我们高队长……哦，就是你的解放阿哥，他太为你们刀家着想了。"

刀心妍专注起来。

刘捍卫："你想啊，我们是人民政府派来的，进寨子那是天经地义的事情。可是现在呢，你阿哥这么一拦，就把我们拦在寨子外面了，还非要我们去佤寨要回你们的耕牛。你知道吗，高队长他们这次去佤寨担了多大的风险，差点被佤族武装打了埋伏！"

刀心妍吃惊地说："啊？解放阿哥他……"

刘捍卫："没有没有，幸亏是没打起来呀，要不然，这事情可就闹大了。要是我们受了损失，这责任算谁的？佤寨武装当然跑不了，你们刀家呢？也脱不了干系吧？"

刀心妍的表情凝重起来。

刘捍卫："这次高队长回去汇报，就是要请示我们的领导，对你们刀家，对刀心荣，到底该采取什么措施。"

刀心妍担心地说："你们，会派官军来吗？"

刘捍卫："不到万不得已，是不会那样做的。但是，这也取决你们刀家呀。要是刀心荣一意孤行，总是阴一套阳一套地阻挠我们，那我们怎么办？堂堂的人民政府，不能向他低头吧？"

刀心妍："你们会对我阿哥怎么样？"

刘捍卫："如果他能尽快觉悟，好好跟我们合作，我们当然既往不咎。如果他执迷不悟，继续为难我们，那就是存心对抗政府，与人民为敌，那样的后果是非常严重的。"

刀心妍听罢忧心忡忡。

刘捍卫："你也知道，我们高队长是忍着心里的仇恨和你们刀家打交道……"

刀心妍无语地垂下头。

刘捍卫："他的未婚妻死在了曼龙，虽说我们共产党人不报私仇，可那毕竟是他心爱的女人嘛。他是个能打能杀的军人，要不是有政策管着，他早就找你们刀家报仇了。"

刀心妍听得心慌意乱。刘捍卫："你最好告诉刀心荣，千万别和境外的国民党残匪有什么勾连，要是那样，性质就变了，我们对待他的方式也会改变。到那时候，高队长绝不会对他手软。"

刀心妍心慌意乱，不知所措地离去。

刘捍卫看着走去的刀心妍，露出一丝得意。

22. 山路 日外

高川、和水泉催马赶路……

23. 刀府 日内

刀心妍在自己的房间站在窗前，望着远方痛苦地思索……

24. 曼龙酒家客房 日内

房内，杜连仲从竹柜里拿出他的包袱打开，从里面拿出纸卷，展开后可见是空白的"委任状"。他抽出一张走到桌前，铺在桌上用镇纸压好，拿起毛笔开始填写内容。

石三娇在一旁抱怨："那个姓高的居然活着下了山，早知道这样，我们就该在山路上埋伏，干掉他。"

杜连仲像是没听见一样继续填写委任状。

石三娇："那个桑木头人就是个没筋骨的废物，指望他下手除掉共匪，那不是等着羊上树吗?"

杜连仲依然不理她，继续填写"委任状"。

石三娇愤愤地走到他身边，继续抱怨："刀心荣也是个草包，根本靠不住。他连一支小小的共匪工作队都赶不走，还能指望他和我们一起反攻南沧，消灭共匪? 要是照我的意思，把小狼山的人马调过来，早把共匪的工作队全杀光了，还能让那姓高的跑回南沧去? 我让他下地狱。"

杜连仲写完了，放下笔起身，没有理会石三娇，转向站在一旁的尼斗掌柜，吩咐道："马上派人去趟小狼山，把这份'委任状'送给张云奎，再给他带几根金条和两把好枪。"

尼斗接过"委任状"："是了。"

杜连仲："还有，把这封信交给马师爷。"他拿出早已写好的信交给尼斗。

尼斗接过信，躬身行礼后转身出门。

杜连仲转回身，冷眼看着石三娇，冷语道："你现在就站在地狱门口，一伸腿就进去。"

石三娇不解地看着他。

杜连仲走到桌前收拾着笔墨说："你被私仇蒙住了眼睛，看不到大局，看不到前途。与其这样，不如把你送回境外，听胡司令调遣吧。"

石三娇急了："我不去！我才不见胡超武那个老色鬼呢！你要是容不下我，我就自己回南沧去，杀了姓高的共匪，为我阿爹报仇！"

杜连仲看着石三娇，显出几分怜爱，和缓地说："你呀，就是个大小姐的脾性，一点城府都没有。"

石三娇赌气地撇着嘴扭过脸去。

杜连仲："我把你带到这来，一是为了让你避开胡超武，二是要你磨炼心性，学会对付共匪的真本事，担当重任。"

石三娇心有所思地看着杜连仲。

杜连仲："知道我为什么派人去小狼山吗? 共匪高川一定会返回曼龙，必定会经过小狼山。我命令小狼山的张云奎做好准备，一定要干掉他。"

石三娇兴奋地说："真的?"

杜连仲："我原本不急着这么做，可你实在是报仇心切，分不出轻重缓急，这么下去，肯定会误了大事，搅了我的局呀。"

石三娇有些不过意地垂下目光。

杜连仲："三娇，你在曼龙要做的事，都是关乎大局，切不可三心二意，马虎行事啊。"

石三娇："放心吧，特派员，我一定竭尽全力。"

杜连仲："你要利用镇上的商户在曼龙各寨大批收购粮食，运到境外去。另外，要控制所有商户和马帮客商，不许使用共匪发的钱币做生意，只能使用银圆、半开或是缅币，不能让共匪的货币在镇上流通。"

石三娇："我明白。"

杜连仲："最重要的是粮食。马上就要收稻子了，共匪一定会在曼龙征集大批粮食，我们要想尽一切办法阻止他们，不让他们拉走一粒粮食。"

石三娇颇有决心地郑重点头。

25. 南沧边工委　方明华办公室　日内

方明华对高川说："高川同志，你的做法我完全赞同。这次上佤寨，起码向佤族同胞证明了一点，共产党人和国民党是完全不一样的，我们绝不会欺压他们。不管他们多么不理解、不信任我们，我们还是坚持以礼相待、以诚相待，以最大的耐心和诚意帮助他们，和他们交朋友。"

高川："方书记，我希望边工委尽快组织一批救济物资运到佤寨去，为我们下一步的工作创造条件。"

方明华："我马上请示地委，争取多调集一些物资，不光要送到佤寨去，曼龙各寨的贫苦百姓，也要送。"

高川："那太好了！对了，方书记，佤族的岩火头人说，有人赶着马帮，给曼龙刀家运送武器。"

方明华："哦？消息可靠吗?"

高川："他怀疑是我们在给曼龙刀家送武器，还要和我打赌呢。"

方明华："打什么赌?"

高川："如果是我们给曼龙刀家送武器，他就砍了我的头。"

方明华笑道："这个岩火，还真有些豪气哩！这个赌他输定了。"

高川："我答应他，如果再发现运武器的马帮，我就和他一起截了它！"

方明华沉思着说："高川同志，这可是个重要情况啊，这说明敌人也在行动，想把曼龙大寨控制在他们手里。你必须提高警惕，抓紧做好刀心荣的工作，同时也要密切关注他，有没有反常的举动。"

高川："明白。"

方明华满意地看着高川："我看呐，你现在真是转过弯子了，想通了。"

高川似乎没明白他的意思。

方明华："还想回部队去吗?"

高川脱口道："当然想了。"

方明华笑着擂了高川一拳，高川咧着嘴捂住伤处。

方明华后悔地说："糟了糟了，打错地方了。伤怎么样了?"

高川："没什么，快好了。"

方明华："什么没什么，马上去医疗队，好好检查检查。"

高川："不用了，没事。"

方明华："什么没事？快去，走的时候再带上些药品，县里再紧，也得保证你们。快去！"

高川敬礼："是！"

26. 曼龙刀府　日内

刀心妍独自在屋内沉思……

丫鬟玉切推门说："大小姐，太太叫你去吃饭。"

刀心妍没心情："我不饿，不吃了。"

玉切："大小姐……"

刀心妍心烦地说："出去！"

玉切只好退去。

刀心妍愁容满面地思索着……

27. 曼龙大寨　日外

别致的塔式水井旁，波香用竹竿上的吊桶打上井水，倒进自己的水桶。

水打满后，她挑起水桶离开水井。

28. 波香家　日外

波香挑着水回到自家竹楼外，把水倒在水缸里。

她边倒水边问："阿妈，我阿哥回来了吗?"

没有听见母亲的回答。

波香朝屋子看看，放下水桶走上楼梯喊："阿妈，阿妈……"

29. 波香家　日内

波香进了家喊："阿妈！"
波香的母亲躺在火塘边，没有回应。
波香紧张地走到母亲身边，蹲下来摸着母亲喊："阿妈，阿妈！"
波香母亲一动不动，已经去世了。
波香推了推母亲，见母亲还没动静，把手伸到母亲脸前试了试，猛地缩回手，哭喊起来："阿妈！阿妈！——"
她起身哭着跑向屋外哭喊："阿哥！你在哪里呀，阿哥！——"

30. 罕富寨子　日外

田里的稻谷已开始收割，寨民们在各自租种的田里劳动。
田边可见刀府的府兵持枪看护着稻田。
田边树荫下，乃木和罕富寨主在府兵、寨丁的陪同下观望着稻田。
罕富："乃木队长，请大少爷放心，我们寨里的官租是一粒也不会少的。"
乃木："罕富寨主，大少爷特意吩咐，收下多少稻谷，不能让红汉人知道。"
罕富："哦，晓得了。"
乃木："除了你们的田租，其余的稻谷不要存在寨子里，统统运到大寨去，大少爷要派大用场。"
罕富："哦，大少爷要派什么用场?"
乃木冷眼示意他不该问。
罕富知趣地点头。
画外传来锣声，罕富、乃木向寨口方向看去。
乃木："怎么回事？为什么敲锣?"
罕富："怕是来了不该来的人吧。"

31. 罕富寨子　日外

刘捍卫带着李铁衫、钟喜妹、武晓鹏、花蔓等队员走向寨口。
刀心妍骑着马赶来："刘队长！刘队长！"
刘捍卫停住，转身看去，露出了笑脸。
花蔓轻声对钟喜妹说："刀姑娘来了。"
钟喜妹看了眼刀心妍，反感地朝前走去。
刀心妍在近处下马："刘队长，我和你们一起进寨子。"
刘捍卫高兴地说："哦，为什么呢?"
刀心妍："我要帮助你们，帮助政府。"
刘捍卫含笑说："好，好啊，这才像个进步青年嘛。走吧。"
队员们在刀心妍的陪同下进了寨子。
守寨的寨丁见到刀心妍纷纷躬身行礼，没人再去阻拦工作队员。
刀心妍牵着马走在工作队前面，寨中的百姓见到她纷纷下跪行礼。
刀心妍颇有公主派头地向下跪的百姓们示意："起来，都起来吧！"
一个寨丁上前帮刀心妍牵过马。
刀心妍颐指气使地吩咐："去，把罕富寨主给我喊来。"
牵马的寨丁立刻吩咐同伴："快去，大小姐要见罕富寨主！"
同伴快步跑去。
刘捍卫露出几分得意，微笑着与那些向刀心妍表示敬畏的百姓们打招呼。

李铁杉、武晓鹏、花蔓等队员们没想到心妍能起到如此效果，分别露出意外之色。钟喜妹冷眼看着刀心妍，心里依旧反感。

罕富、乃木带着亲随府兵、寨丁匆匆赶来，见到心妍和工作队员们，两人都诧异地站在那里，不知所措。

刀心妍显出不满："罕富寨主。"

罕富慌忙行礼："大小姐，罕富不知道大小姐驾临，怠慢了。"

乃木等人也躬身行礼。

刀心妍："好了，罕富寨主，这些红汉人是政府的工作队，也是我带来的客人。应该怎么待客，你心里有数吧?"

罕富做出回应的表情看看乃木，乃木回避地转移目光。

罕富只好说："啊，有数有数。请大小姐和各位官长到寨公所用茶，请。"

刘捍卫："不必了，罕富寨主，我们不是来做客的。现在是收获季节，寨子里的百姓都在忙着收割吧?"

罕富："是，都在田里。"

刘捍卫："那好，就带我们去田里吧。"

罕富没想到地看看乃木，乃木也感意外地看看刘捍卫，又看着刀心妍。

刀心妍表情如前地对罕富说："罕富寨主，带路吧。"

罕富无奈地请刀心妍和刘捍卫等工作队员们跟着他走。

刘捍卫昂首挺胸地向前走去。李铁杉、武晓鹏等工作队员们高兴地跟着走去。

花蔓开心地对钟喜妹说："刀大小姐就是管用，这下罕富寨主不敢刁难我们了。"

喜妹不屑地撇下嘴，一脸严肃地默默地走着。

乃木看着兴冲冲走去的工作队员们，完全没了主张。

32. 罕富寨子稻田　日外

宽阔的稻田远接逶迤的群山，白云的影子在稻浪上漂浮。

刀心妍、刘捍卫等人在罕富陪同下来到大田边上，众人望着丰收的稻田，都显出喜色。

刘捍卫感叹地说："好嘛，都说曼龙是个米粮满仓的风水宝地，今天一见，果然不假呀!"

李铁杉兴奋地说："刘副队长，这得算是丰收了吧？一亩田能收多少稻谷啊?"

刘捍卫故意说："这啊，得问罕富寨主。"

罕富尴尬地笑笑，没有作答。

阳光下稻浪滚滚，心妍心情舒朗地走向稻田。

田里的百姓都停止了劳作，敬畏地面向罕富等人。

心妍走进稻田，轻抚金灿灿的稻穗，禁不住俯身嗅着。

罕富走上几步朝田里的百姓们喊："你们这些憨人，丢了眼珠了？这是刀家的大小姐，曼龙的公主，还不快快下跪!"

田里的百姓们慌忙向心妍下跪。

心妍笑着说："起来，都起来！快接着收稻谷吧，耽误了收割，稻谷神可是要罚的!"

百姓们纷纷起身，向心妍躬身行礼后继续收割。

有人带头唱起了赞美稻谷神的歌，歌声在稻浪上飘荡。

远处田里也有人高唱起来，劳作中的百姓们随着领唱者合唱，稻田里回荡起劳动者的歌声，悠扬起伏的旋律飘向远处的群山，漾动蓝天上舒卷的白云……

刀心妍望着眼前的一切，显得十分惬意。

刘捍卫亢奋地挽起袖子，对工作队员们说："同志们，这是我们接近群众、开展工作的大好机会！大家都下田，和百姓们一起干吧!"

工作队员们纷纷挽着袖子下田，帮着百姓收割稻谷。

刀心妍意外地看着刘捍卫和工作队员们。

罕富、乃木更感意外。

百姓们见工作队员们下到田里割稻，都紧张地停住手，发愣地看着这些汉人。

罕富不知所措地对乃木说："你看这，这可怎么好？他们到底要做什么呀？"

乃木阴着脸说："看样子，他们是来抢稻谷的。"

罕富："这可怎么办呢？大小姐护着他们，我想拦也不敢呐。"

乃木："我这就回大寨去，告诉大少爷。"

罕富："快，快去吧。"

乃木朝身边的家丁挥下手，带着几个家丁匆匆离去。

稻田里的百姓们都慌了神，不知道工作队员们为什么要下田割稻子。

胆大的青年罕有跑向罕富，问："罕富寨主，红汉人为什么要割我们的稻谷，可是要占了我们的田？收走我们的稻谷？"

罕富没有回答，把目光转向刀心妍。

刀心妍还没从刘捍卫等人的行动中反应过来，就有几个百姓靠近她鞠躬行礼后双手合十地看着她。

上了年纪的老人问她："大小姐，红汉人为什么割我们的稻谷？他们会不会收走我们的田？"

刀心妍赶紧说："不不，不会的。你们放心好了，他们是在帮你们，不会收你们的田，不会抢你们的稻谷。"

百姓们还是顾虑重重，希望心妍劝工作队员们离开稻田，他们的稻谷还是由他们自己割。

刀心妍不知该怎么向他们解释了。

刘捍卫走近笑哈哈地说："刀姑娘，你告诉他们，我们这些同志都是劳动人民出身，都是受过苦的人！我们下田劳动，就是要让他们看看，我们和国民党是不一样的！"

心妍听罢有些尴尬，不知该不该对百姓们解释。

罕富过来站在心妍身边，指着百姓们说："你们这些憨人，有大小姐在！有我罕富在！哪个敢把你们的稻谷收走？哪个敢收你们的田？红汉人要割就让他们割好了，割下来的稻谷还是你们田里的！他们一粒也不会拿走！"

百姓们还是不放心地希望汉人离开他们的稻田。

罕富转向心妍："大小姐，我这样说对吧？"

心妍慌乱地点头："啊，对的，对。"

刘捍卫对百姓们说："乡亲们！你们放心好了！我们是人民政府的工作人员，是来帮助你们的！"

百姓们愣愣地看着刘捍卫。

罕富面露不满地看看心妍，心妍没做任何表示。

刘捍卫继续对百姓们说："你们想想看，过去国民党的官员，什么时候像我们一样，下到田里和你们一起劳动，一起收稻谷啊？"

百姓们迟疑地看着刘捍卫。

刘捍卫："你们不要担心，我们不会要你们的田地，除了公粮，我们也不会多要你们一粒稻谷！谁家要是有余粮，我们会按市价公平收购的！"

百姓们还是站在那里，不知道该听谁的。

刘捍卫："乡亲们，相信我们，快去割稻谷吧！"

百姓们还是不动。

刀心妍走到百姓中间，从一人手里拿过镰刀，对大家说："好了，你们信我好了！我也帮你们割稻谷，你们还是站着看吗？"

她说着要去割稻谷，百姓们躬着身拦着她，连说不敢当。

罕富赶紧走过来劝心妍："大小姐，这可不行啊！要是让太太和大少爷知道了，罕富可担当不起呀！"

心妍不高兴地说："担当什么？我要你担当了吗？走开！"

罕富只好退到一边。

心妍准备割稻子，百姓们纷纷跪了下来，求她不要割了。

刘捍卫见状很不是滋味。

李铁杉、钟喜妹等工作队员们也停住手，把目光投向刀心妍。

刀心妍对那些跪在她身边的百姓说："都起来！你们跪在这里，稻谷会自己掉下来吗？快起来！不要挡住我！"

百姓们只好起身，对心妍连连作揖。一个妇女将斗笠献给刀心妍，刀心妍高兴地戴上斗笠，弯下腰，并不熟练地割起稻谷。

远处有人唱起赞美的歌，百姓们受宠若惊地纷纷拿起镰刀去割稻谷。

两个妇女躬着身紧随刀心妍，生怕她伤了手或闪了身子。

罕富寨主左右为难地直搓手掌。

刘捍卫兴奋地割起稻谷。李铁杉、武晓鹏、花蔓等工作队员们也兴奋地割起稻谷。

钟喜妹冷眼看着刀心妍，隐隐地透出仇恨。

第十一集完

第十二集

1. 曼龙刀府 日内

厅堂里，刀心荣把水烟袋“啪”地摔在桌子上，狠狠瞪着扎布：“扎布！”

扎布忐忑地说：“在。”

刀心荣：“你是怎么答应我的？”

扎布：“我一早去大田巡查，回来的时候，大小姐已经出去了。”

刀心荣：“废物。”他阴沉着脸对坐在一旁的刀母说：“阿妹到底想做什么？竟敢带着红汉人去罕富寨子，简直是没了王法，连祖宗规矩都不要了！”

刀母：“乃木，快去把大小姐喊回来，去呀！”

乃木满头是汗躬身说：“太太，大小姐的脾气谁都知道，我咋个喊得回来嘛。”

刀心荣：“喊不回来就给我绑回来！”

刀母：“心荣！”

刀心荣：“干妈，再不对她动家法，怕是再也管不住她了！”

刀母：“你干爹不在，怎么可以动家法？乃木，你跟我去罕富寨子，我去把她喊回来！”

刀心荣赶紧拦住刀母：“干妈，你以为你去喊她，她就能回来吗？”

刀母：“她是我的女儿，阿妈的话，她能不听吗？”

刀心荣：“莫说你的话了，就是干爹的话，她现在也未必肯听了。”

刀母：“这怎么会呢，不会的！乃木，我们走！”

刀心荣再次拦住刀母：“干妈，你还没看出来吗？阿妹的心被红汉人偷去了！她心里除了红汉人，什么都不在了！”

刀母：“这怎么可以，怎么可以啊！我去喊她回来！看她还听不听我的话！”

乃木劝道：“太太，请听乃木说句话。大小姐性子犟得很，你现在去喊她，万一她硬是不听，岂不要让寨子里的人和红汉人看笑话？依我看，不如让大小姐尽了兴，等她要吃要睡了，自己也就回来了。到那时候，太太再好好劝劝大小姐。”

刀母犹豫着。

刀心荣发狠地说：“等她回来，就不许她再出家门！”

2. 罕富寨子 田里 日外

钟喜妹、花蔓坐在田边休息，她们相互看着磨出血泡的手掌，钟喜妹从药箱里找出纱布，要给花蔓包扎，花蔓要先给喜妹包扎，两人正争着，一个上了年纪的傣族妇女把一碗水递给她们，心疼地看着她们。

钟喜妹感激地对老妇说：“老阿妈，我们不渴，你自己喝吧。”

老妇坚持让她们喝，钟喜妹举着军用水壶摇摇说：“我们背着水呢，你看。”花蔓也拿起水壶说：“老阿妈，我们真的有水，您自己喝吧。”

老妇悄悄把一块粑粑塞给钟喜妹。

钟喜妹赶紧推让：“老阿妈，你留着吃吧，我们不饿。”

老妇轻声问：“姑娘，你们从哪里来的？没有家了吗？”

钟喜妹猜着老妇的话，花蔓拿出记录着傣族日常用语的小册子翻着，终于明白了：“她是问我们从哪里来，有没有家。”

钟喜妹笑着说：“老阿妈，我们有家，家在很远的地方呢。”

老妇不解地问：“你们家里不好生活了吗？从很远的地方跑到我们这里割稻谷，为了换饭吃吗？”

钟喜妹和花蔓相互看看，花蔓又赶紧翻看小册子。

钟喜妹回答：“老阿妈，我们不是来做苦工的。我们是人民政府的工作队，是来帮助你们劳动的。”

花蔓：“老阿妈，我们公家人饿不着的，您就别为我们担心了。”

钟喜妹把粑粑塞还给老妇，老妇不明白地问：“你们阿爸阿妈不要你们了吗？你们有男人吗？”

钟喜妹拿过花蔓手里的小册子翻着，花蔓误解地说：“噢，她是问我们来的路上，爬没爬过山。”

钟喜妹：“山呐，当然爬过，爬过好多呢！”

花蔓：“是啊，好多好多。”

老妇吃惊地看着她们，难以置信地摇摇头，转身走了。

钟喜妹、花蔓不解地看着走去的老妇，钟喜妹礼貌地说：“老阿妈，你慢走！”

老妇快步走去，碰上走来的武晓鹏，很不客气地瞥了他一眼。

武晓鹏有些糊涂地走近钟喜妹、花蔓，问：“你们和那位老阿妈说什么了？她怎么不高兴了？”

钟喜妹：“我们没说什么呀？”

花蔓：“是啊，她问我们什么我们就说什么，怎么突然就不高兴了？”

武晓鹏：“她问你们什么了？”

钟喜妹：“她问我们来的时候爬了多少山，我们说爬了好多，她就不高兴了。”

武晓鹏想不通。

花蔓：“没错，她就问我们爬没爬过山，她说（学着老阿妈讲的傣语）‘坡咪莫咪’……”

武晓鹏听罢一愣：“什么呀，她是问你们成没成家，有没有男人！”

钟喜妹、花蔓目瞪口呆，片刻才害羞地互相指责，钟喜妹抱怨地说：“瞧嘛瞧嘛，都怪你！”

花蔓：“你还不是没听懂，怪我做什么……”

两个人嗔怪地互相打着，花蔓突然“啊”的一声捂住手掌，钟喜妹也咬牙捂住手掌。

刀心妍走近：“钟姑娘！花姑娘！哎呀，你们的手掌怎么了？都磨破了？”

钟喜妹不理睬地转过脸去。

花蔓笑着为刀心妍下台阶：“没关系，受锻炼嘛！大小姐，你的手呢，给我看看。”

心妍：“别叫我大小姐，叫我心妍就好。”

她把手伸向花蔓，花蔓抓着她的手看：“哟，你的手也快起泡了，疼不疼？”

心妍略一点头：“有一点，他们不要我再割了。”

花蔓：“是别再割了。你和我们不一样，手磨破了，你阿妈会心疼死的。”

心妍：“我们有什么不一样？你们的手磨破了，你们的阿妈不心疼吗？”

武晓鹏插话：“她们不光有阿妈心疼，还有好多好多人心疼呢。”

钟喜妹瞪起眼睛警告他，花蔓：“晓鹏！再胡说我一辈子不理你！”

武晓鹏笑着躲开了。

刀心妍不解地看看武晓鹏，又看看钟喜妹、花蔓。

钟喜妹不客气地说：“我们的阿妈知道我们做的是革命工作，吃苦受累是应该的。你就不同了，你是土司家的大小姐，吃苦受累的事情，是不会让你干的。”

心妍脸上掠过一丝不快。

武晓鹏：“心妍姑娘，你要是能参加我们工作队就好了，你上过中学，汉语讲得这么好，寨子里的百姓们又听你的，对我们的工作太有利了！”

钟喜妹对武晓鹏的话显出不满，花蔓没发觉，跟着说：“是啊，你回去跟你阿妈说说看，要是能和我们一起工作，那该多好！”

心妍露出向往的神色。

钟喜妹抱怨地瞪了花蔓一眼，花蔓不知道自己说错了什么，显出尴尬。

罕富寨主带着掌着盖伞的寨丁匆匆赶来。

罕富："大小姐！大小姐！"

心妍的情绪被破坏了，她转头看着罕富，露出不悦。

罕富走近恭敬地说："大小姐，不要在这里晒着了，还是去我家里歇歇吧。"

他让寨丁用盖伞为心妍遮阳，心妍示意寨丁走开："走开，我不要打伞。"

她板着脸对罕富说："我要不要歇息自己知道，不要你管。"

罕富："大小姐，你的身子金贵呐，万一累出毛病，罕富不好向太太交代呀！"

心妍固执地说："我不要你交代，我就是要和她们在一起。"

钟喜妹："刀姑娘，你还是去休息吧，别再为难罕富寨主了。"

心妍："我不。你们不歇，我也不歇。"

钟喜妹向花蔓示意，让她劝走刀心妍。花蔓显出为难。

罕富也是一脸尴尬。

刘捍卫走近："罕富寨主！"

心妍、钟喜妹、花蔓都转向刘捍卫。

罕富客气地说："长官。"

刘捍卫："罕富寨主，你们的稻谷长得不错啊，这一季，算是高产了吧？"

罕富不愿回答："啊，借祖上的恩德，稻谷长得好，长得好。"

刘捍卫："你能不能估计一下，这一亩地的产量有多少？"

罕富警觉地看看田地："这个嘛，说不好了。要等打下稻粒，一箩箩地称过才知道。"

刘捍卫："我看呐，好的田能有五六百斤，差些的田也得有四五百斤吧？"

罕富："说不好，说不好啊。"

刘捍卫："那就麻烦你统计一下，把你们寨子的公粮数报给我，怎么样啊？"

罕富躲闪："啊，我，我四处转转，四处转转。"

他向刀心妍施礼后带着寨丁走了。

刀心妍明白了刘捍卫为什么问产量，她看看走去的罕富，又看着刘捍卫。

刘捍卫看着罕富的背影自语："老滑头，想和我们打埋伏。"他转向刀心妍："心妍姑娘。"

心妍礼貌地看着刘捍卫。

刘捍卫微笑说："你很少参加田里的劳动吧？"

心妍浅笑着点点头。

刘捍卫："劳动是最能锻炼人的，你要是能经常和百姓们一起劳动，那思想觉悟肯定会有很大的变化。"

心妍没大听懂。

刘捍卫："不过，今天还得感谢你呀，没有你帮忙，我们很难和这里的百姓打成一片呐！"

心妍半懂不懂地笑笑。

刘捍卫转向钟喜妹、花蔓："你们两个怎么样？哎，手怎么了？"

钟喜妹、花蔓都把手背到背后，摇着头说："没什么。"

刘捍卫严肃地说："什么没什么，把手伸出来。"

钟喜妹、花蔓只好伸出手，包扎的纱布上渗着血迹。

刘捍卫皱起眉说："看看，都磨破了，还说没什么。"

钟喜妹、花蔓显得不好意思。

刘捍卫："你们呐，还是缺乏锻炼。刚割了一会稻谷，手就磨成这样，百姓们见了会怎么想？共产党的工作队员，娇嫩得像个大小姐，一看就不像是劳动人民，那他们以后还敢相信你们吗？"

钟喜妹、花蔓一副犯了错误的神情。

刀心妍不能理解地看着刘捍卫和喜妹、花蔓。

刘捍卫换了口气："好了，先休息一下，不要再割稻谷了。一会去寨民那里了解情况，了解一下他们的生活状况和粮食产量，了解得越细越好。"

钟喜妹、花蔓点着头。

心妍看着他们，似乎感到自己有些多余。

刘捍卫转向心妍："刀姑娘，我还想发挥一下你的作用。你能不能把寨子里管事的人都召集起来，和我碰个面?"

心妍爽快地说："可以，我把他们都喊来。"

3. 刀府　日外

府门外，波香的哥哥根赛跪在台阶下伤心地哭着。

护院的家丁在一旁嘀咕讥笑。

4. 刀府　日内

内室里，刀心荣正在仔细看着一张地图思索。

乃木进来："大少爷。"

刀心荣折上地图："什么事?"

乃木："波罕的儿子根赛在外面求大少爷，他的阿妈死了，想要'买土盖脸'（乞求下葬的土地）呢。"

刀心荣："波罕的儿子? 他们一家不是被赶出寨子了吗?"

乃木："是大小姐把他们领回来的，大小姐还说……"

刀心荣不耐烦地说："好了，按规矩办就是了。"

乃木："可是根赛没钱买土，他是想……"

刀心荣："没钱买土还盖什么脸? 赶他走，叫他把死人抬到山里去。"

乃木："是啊，我也想赶他走了。可是，他们家毕竟是大寨的人，要是不让他给死人盖脸，就这么抬进山里去……"

刀心荣："怎么，又想要我赊给他?"

乃木："不不，大少爷，我是怕脏了山林呀。不如这样，他既然拿不出钱，就叫他的阿妹给府里做劳役。大少爷，波香那丫头，俊俏得很呢。"

刀心荣明白他的意思，浅笑着说："行了，你去办就是了。"

乃木应着躬身而退。

刀心荣展开那张地图，研究起来。

5. 波香家　日内

波香母亲的遗体停在板上，覆盖着白布。

波香跪在母亲的遗体旁哭泣着问根赛："阿哥，乃木要我去府里做什么?"

根赛哭着说："去做劳役，我若是不答应，刀家就不让阿妈盖脸，要我把阿妈抬到山里去……"

波香更伤心了："阿妈……"

根赛："我没有办法，只好答应他了……"

兄妹俩跪在母亲遗体边悲痛地哭着。

6. 罕富寨子　寨公所　日内

罕富把刀心妍和刘捍卫请进堂内，两人还没落座，罕富就招呼一些寨子里管事的人还有部分老人拿着山鸡、腊肉、鲜鱼、火腿、鸡蛋等各种各样的礼品挤了进来，恭敬地把礼品献给刀心妍。

刀心妍毫无准备地赶紧表示拒绝："不要这样，不要这样，你们不要这样……"

刘捍卫不明白地看着这场面，问："这是干什么? 我们可不收礼啊。"

罕富对刘捍卫说："这是献给大小姐的。在曼龙领地上，田是土司的，水是土司的，天上地下没有一样东西不是土司的。土司家的人走到哪里，哪里的百姓就要赕（奉献）他，这是我们的规矩。”

心妍：“罕富，谁要你跟我讲规矩，这些东西我不要，叫他们拿走，都拿走！”

罕富躬身说：“大小姐，这可不行啊，坏了祖上规矩，罕富是要遭罚的。”

那些来“赕”心妍的人纷纷跪下，恳求心妍接受他们的礼品。

刘捍卫被晾在那里，不知该做什么表示，很是尴尬。

心妍拿出大小姐派头，对跪着的众人说：“都起来，都起来！你们不是要赕我吗？好，把你们的东西都收起来，我不要你们赕这些，我要你们告诉我今年的收成，告诉我你们的寨子能交多少公粮，可以了吧？”

罕富不解地看看心妍，又不知如何是好地转向众人。

纷纷起身的众人面面相觑，都不知该怎么表态。

刘捍卫：“刀姑娘说得对，给土司送礼上贡，那是封建传统，我们不提倡。我们想了解的，就是你们今年的收成，到底能交多少公粮？罕富寨主，你带个头，先说说吧。”

罕富遮掩地说：“长官，大小姐，我已经讲过了，稻谷没有打出来，称不出有多少。这收成嘛，还不好说呀。”

众人附和着罕富，又胆怯地看着心妍。

刘捍卫也看着刀心妍。

心妍不满地说：“你们这些人，自己的田里能收多少稻谷，连个数都没有吗？”

众人躲闪着不再开口。

罕富：“大小姐，这个，实在是不好说呀。”

心妍：“有什么不好说？（转向众人）你们这些人，都哑巴了？”

众人垂首不答。

刘捍卫：“罕富寨主，看来你们是故意回避我的问题，这样吧，既然你们不愿说，那我就去问百姓们。我相信，寨子里的百姓会对我们讲真话的。”

罕富冷眼看了看刘捍卫。

心妍拿不准地看着刘捍卫。

7. 南沧县城　日外

方明华带着高川、和水泉来到马帮集结的空场上，可见许多马匹和堆放着的物资，赶马人正将驮架放上马背，捆上物资，做着出发的准备。

一些身穿便衣的武装人员也在帮着赶马人将物资放上驮架。

高川看着这场面，显出兴奋：“这么多物资，这对我们的工作帮助太大了！”

方明华笑道：“什么你们的工作，我们的工作，是党的工作！”

这时，全副武装的李国梁出现在高川面前，敬礼道：“报告，马帮护卫队集合完毕，请方书记、高队长指示！护卫队长李国梁！”

高川惊喜地说：“李国梁？你小子从哪蹦出来的？”他亲热地拉住李国梁的胳膊使劲摇晃：“伤好利索了？”

李国梁：“利索了。营长，我们连调给了边防支队，罗开云司令特意派我来当你的护卫队长。”

高川开心地说：“好啊，我们又在一起了！哎，罗司令的部队进驻南沧了？”

方明华：“快了。他率领的边防支队马上就会移防南沧，随时应付突发情况。”

高川：“太好了，有罗司令压阵，我就彻底踏实了。”

方明华：“你们两个老搭档在一起，一定要确保马帮万无一失啊。”

高川、李国梁敬礼：“坚决完成任务！”

8. 小狼山　张云奎匪巢　日内

房内大床边，马师爷将几根金条、两把二十响驳壳枪放到小桌上，又拿出一张委任状递给张云奎。

张云奎靠在床上抽着大烟，眯眼看着马师爷的举动。片刻，他喝了口茶水，欠起身接过马师爷手里的委任状，看过沉吟道："这个保安团长，是个什么官啊?"

马师爷："国军上校，左近六乡的防务都归总爷管辖。"

张云奎："我有那么大的能耐吗?"

马师爷："杜特派员说了，事成之后再给您添一百支快枪，两挺机枪，外带五万半开。"

张云奎盘算着点点头，说："听起来是桩好买卖，可国军的人马不是不远吗？他们怎么不下手呢？倒把这么肥的差事给了我。"

马师爷："国军正在调兵遣将，准备一举剿灭南沧的共党，只是时机还没到。现在，各地的民团乡练有不少投了共党，都被列入了国军的清剿名册。总爷，咱们的地盘和共党连着，不算在这边，就得算在那边。两头不靠，怕是难以维持了。"

张云奎："国军天天吵吵着要反攻，也没见着动静。这共产党的马帮是块肥肉，也是个难捅的马蜂窝。一旦捅炸了，我的小狼山可就保不住喽。"

马师爷："总爷，吴铁匠报告说，共党的马帮只有十几条枪护送，咱们只当他是过路的商客，做了这一票，既能在国军那里买好，又得了不少钱财物资，共党若是怪罪过来，咱们就来他个死不认账。现在南沧没有共党的重兵，他们不能把咱们怎么样。总爷，这可是一石三鸟的好买卖呀!"

张云奎沉吟不语。

马师爷："上回咱们弄丢了刀光寿的闺女，特派员和胡司令心里还窝着火呢。特派员的意思是，这一票张总爷做也得做，不做也得做，否则的话，国军可要来和总爷结账了……"

张云奎翻了翻眼睛，盘算着喝了口茶，收起小桌上的金条、手枪。

9. 曼龙寨外　林中墓地　日外

根赛、波香兄妹已经埋葬了母亲，二人在母亲坟前跪着叩头，悲伤哭泣。

刀府的家丁冷眼站在一旁，显然是来看着根赛兄妹的。

根赛对波香说："阿妹，别再哭了，阿妈已经下葬了，我们走吧。"

波香哭着说："阿哥，我不想去土司家，我不想去呀……"

根赛无奈地说："阿妹，别哭了，你要是恨阿哥，就狠狠打阿哥吧……"

波香掩面哭泣。

根赛："阿哥要是不答应，阿妈就不能下葬啊……"

兄妹俩抱在一起痛哭。

家丁催促："好了好了，人也埋了，哭也哭了，快走吧！跟我们回府去!"

兄妹俩依然抱在一起哭泣，家丁过来拉起他们，推搡着把兄妹二人赶离墓地。

波香一步一回头地哭喊："阿妈！——阿妈！——"

两个家丁凶狠地边推搡边吼："走！快走!"

根赛兄妹哭喊着被家丁推离墓地。

10. 曼龙酒家　夜内

掌柜尼斗在包间里宴请几位镇上的商户，他为商户们斟着酒说："几位都是镇上的大商户，我这里有桩好买卖，特意说给你们，大家一起赚大钱。"

商户甲："什么好买卖？说来听听。"

尼斗："马上就要收稻子了，我这里有位境外来的大客商，要买大批的粮食，有多少买多少，价钱也比市面上高一成。到时候，你们几位收回的粮食，我可以替你们包下来，保证你们赚大钱。"

商户乙有些怀疑："境外的客商买这么多粮食，不会是给逃走的老黄皮买军粮吧?"

尼斗："军粮也好，民粮也罢，我们都是生意人，只要能赚大钱，管他买去做什么用呢?"

有几位商户赞同地点头附和。

商户乙："这可不一样啊。眼下是共产党红汉人坐天下，若是我们把粮食卖给了境外的黄皮兵，被红汉人晓得怪罪下来，我们可吃罪不起呀。"

商户甲："说的是啊。尼斗掌柜，你那个境外来的客商是不是给黄皮兵买粮食啊？要是这样，我可不敢卖他粮食，万一被红汉人知道了，怕是要赔上脑袋呢。"

商户乙："就是嘛，这桩买卖我们不敢做，还是留着脑袋要紧。"

尼斗正要开口，就听包房门口传来石三娇的声音（画外）："得罪了国军，你们的脑袋照样保不住。"

尼斗和商户们都朝门口看去——

石三娇掀门帘进来，身后跟着一个面相凶恶的随从。

商户们面面相觑，不安地看向尼斗。

尼斗恭敬地向石三娇躬身行礼："大掌柜。"

石三娇走到桌边扫了眼在座的商户们，冷着脸说："实话告诉你们，我要买的就是国军的军粮。你们几位有多大财力，能收多少粮食，我心里都有数。"

她向随从示意，随从把一个小包袱放到桌上。石三娇打开包袱，可见里面是一根根金条。她拿起两根金条掂着说："识相的，就把收来的粮食全都卖给我们，这是定钱。（她把金条扔到桌上）不识相的，就把脑袋准备好，我随时来取。"她抽出两把手枪，恶狠狠地放到桌上。

商户们心惊胆战地不敢出声。

石三娇："怎么，没人拿定钱？都不想要脑袋了？"

几个商户胆怯地相互看看，都颤抖着伸出手，一人拿了一根金条。

石三娇："这就对了。跟本掌柜合作，包你们大有赚头。不过有一条，在曼龙镇上购粮卖货，必须要用银圆或是缅币，不许用共匪的货币。谁敢使用共匪的货币，谁就得掉脑袋。"

商户们惊恐地默默应承。

石三娇："我们在曼龙有的是眼睛，会紧紧盯着你们。你们谁敢耍花样，和共匪勾连，就得赔上全家人的性命。实话告诉你们，共匪的天下支撑不了多久，国军有英国、美国的援助，很快就会打回来。你们帮国军采购军粮，就是为反共复国立了大功，党国一定会重重地奖励你们，明白了吗？"

商户们忐忑地点头应承。

石三娇露出阴笑。

11. 刀府　夜内

偏房里，洗过澡的波香穿好衣服，被佣人带出房间。

乃木等在屋外，眼馋地上下打量着出来的波香。波香胆怯地低着头。

乃木向佣人示意，佣人把波香带走。

12. 刀府　夜内

刀心荣卧房，刀心荣靠在躺椅上抽着水烟，丫鬟在给他捶腿。

佣人把波香带了进来，躬身说："大少爷，这是新来的波香。"

刀心荣微睁眼睛看着波香，波香紧张地不敢抬眼。

刀心荣示意丫鬟和佣人都出去。

佣人向波香交代："好好伺候大少爷，不然当心你的皮。"

佣人和丫鬟都出了屋，关上了门。

波香站在那里，紧张得发抖。

刀心荣盯着波香："你站在那里做什么？过来。"

波香战战兢兢地走到刀心荣身边，垂着头。

刀心荣："你不懂得该做什么吗？"

波香蹲下，忐忑地给刀心荣捶腿。

刀心荣仔细看着波香，波香俊俏的脸蛋让他感到满意，他探过身，用水烟杆扳着波香的脸，波香恐惧地躲开。

刀心荣："我是要你来捶腿的吗？"

波香不解地停住手，慌乱地不知所措。

刀心荣："我要你来陪我。"

波香被吓着了，本能地缩着身子。

刀心荣挨近波香："把衣服脱掉。"

波香交抱双臂，颤声说："不，大少爷，我不干……"

刀心荣："你不干？你不想伺候我？"

波香流着泪摇头："不……"

刀心荣站到波香身边，逼视着她："你敢不听话？"

波香缩着身子，使劲摇头："大少爷，你放过我吧……"

刀心荣不高兴了："把衣服脱掉。"

波香摇着头跪下："大少爷，你放过我吧，求求你，求求你了……"

她磕着头哭了起来。

刀心荣拽起波香，把她抱起来走向床边，波香挣扎着反抗，抓伤了刀心荣的脖子，刀心荣大怒地扔下她，狠狠踢了她几脚，朝门口喊："来人！"

佣人进了屋："大少爷。"

刀心荣怒道："把她给我拖出去，交给乃木，给我好好惩治她！"

佣人上前把波香拖出房间，刀心荣摸着被抓伤的脖子，一脸怒色。

13. 罕富寨子　打谷场　日外

李铁杉、钟喜妹、武晓鹏、花蔓等队员和百姓一起在木制打谷架前摔打稻谷。

各家百姓把打下的稻谷堆成一个个小丘，而后装进口袋或竹箩。

一些背枪的寨丁和寨里管事的人赶着牛车来到场内，各家百姓先后将一袋袋谷子放到车上。

李铁杉和钟喜妹等队员不解地看着这场面，钟喜妹禁不住问身边的百姓："哎，这是干什么？为什么把谷子都给了他们？"

百姓顺从地回答："是官租，年年要交的。"

钟喜妹、李铁杉等人表情严肃地看着收官租的寨丁。

嘎罕老人的谷子几乎被收光了，他突然大哭起来，嚎啕着在地上打滚。

嘎罕求寨丁给他留下一袋谷子，却被寨丁推倒在地。嘎罕在地上痛哭。

其他百姓虽然同情，却不敢有什么表示。

武晓鹏上前要扶起嘎罕老人，老人却哭嚎着不起来。武晓鹏用傣语问他发生了什么事，老人哭着不回答。

李铁杉问身边的百姓："他怎么了？他的谷子怎么都被收走了？"

百姓悄声回答："他借了寨主的高利贷，收来的谷子，都还债了。"

李铁杉同情地看着在地上大哭的嘎罕。

钟喜妹在李铁杉身边说："这也太可恶了，把谷子都收走了，他们一家人怎么活呀？"

李铁杉愤愤地说："这是剥削，地地道道的剥削！不行，我看不下去了，实在看不下去了！"

14. 罕富寨子　日外

"我也看不下去！"仓房外四面透风的草棚里，刘捍卫指着身后的仓房对李铁杉、钟喜妹、武晓鹏、花蔓等队员激愤地说："寨主头人剥削百姓不说，他们还阳奉阴违，故意隐瞒粮食产量。你们看看，到现在了，一粒粮食也没运进仓房，都运到哪去了？显然是在跟我们唱对台戏嘛！"

站在一边的刀心妍显得很尴尬。

刘捍卫："同志们，我们不能再等了。当前最重要的任务就是征收公粮，谁要是对抗征粮，那就是对抗人民政府，就是反革命，那就必须发动群众和他斗争！"

队员们同样激奋地附和着刘捍卫："对！发动群众！和他们斗争！"

心妍不知道要发生什么，显得很不安。

刘捍卫对心妍说："刀姑娘，我希望你和我们站在一起，发动百姓和寨主头人做斗争！"

心妍心里很矛盾，犹豫地说："我，我想等解放阿哥回来，问问他。"

钟喜妹不满地看着刀心妍，露出怨愤。

15. 山路上　日外

群山逶迤。高川带领着马帮排成长队，在蜿蜒的山路上行进。

马铃声清脆，有人唱着山歌。高川骑马走在队伍的前面，心情显得十分舒朗。

16. 山间　日外

张云奎和手下张喜贵、马师爷带着土匪们埋伏在林中，准备伏击马帮。

一个土匪匆匆跑近，抹着汗说："总爷，来了，马帮来了！"

张云奎探起身，拿起望远镜看去——

望远镜中果然出现了高川带领的马帮。

张云奎观察着嘀咕："妈的，什么只有十来条枪，三十条也不止！"

马师爷："总爷，这么肥的买卖，不能放了呀！"

张云奎："闭嘴！轮不到你开腔！"

马师爷不敢言语了，却显得心里不甘。

17. 山路上　日外

负责探路的李国梁举着望远镜向前方观望——

从望远镜中可见，山林中有树丛摇动。

李国梁策马来到高川身边："高队长，前面山坡上有埋伏。"

高川接过望远镜观望之后，猜测："是小狼山的土匪？"

李国梁："队长，我有办法对付他们。你带着马帮继续向前走，速度一定要慢。到了前面山弯处，我带着护卫队钻进林子，抄到土匪后面，打他个措手不及。"

高川略一思索："好，就这么干！"他回头喊："和水泉！"

和水泉："到！"

高川："让大家放慢速度！"

和水泉："是！"

山弯处，李国梁带着几名护卫队员隐入山林……

18. 山间　日外

张云奎从望远镜里看见穿着军装的高川、和水泉等人骑马走近，他放下望远镜，自语道："妈妈的，走得这么慢。"

张喜贵："总爷，我带着弟兄们冲过去吧？"

张云奎："冲个屁，等他们走近了再说。"

19. 山路　日外

高川等人骑着马走近了张云奎匪帮的埋伏地。

高川警惕地察看山上。和水泉等人也警惕地向林中张望。

20. 山间　日外

林中，马师爷来到几个土匪埋伏的地方，蹲在树丛里观望山路上的高川等人。
一土匪："师爷，总爷怎么还不发令？等什么呢？"
马师爷没答话，举起驳壳枪向高川瞄准。
这时，土匪们身后响起了枪声，土匪们顿时乱了。

李国梁和护卫队员们隐蔽地接近埋伏的土匪，纷纷向土匪射击……

林中，马师爷高喊着："打！给我打！"他向马帮开了枪。
高川、和水泉等人迅速向路边隐蔽。
子弹打在高川等人近处。高川等人观察着土匪埋伏的地点，举枪还击。

21. 山间　日外

张云奎大怒："娘的！哪个狗日的开的枪！"
张喜贵也是莫名其妙。
张云奎："去！叫他们停火！快去！"
张喜贵跑去。

22. 山间　日外

林中，马师爷朝身边的土匪喊："冲！冲过去！打死他们总爷有赏！冲啊！"
几个土匪果真边开枪边冲向山路。
山路边，高川举枪连开数枪。
几个冲向山路的土匪纷纷中弹倒地。
马师爷吓得赶紧躲到树后。
高川保持着射击姿势，目光炯炯地寻找着目标。

林中，李国梁高喊："喂！你们是小狼山张云奎的人吧？我们是罗开云司令的队伍！你们敢打马帮，就是跟罗司令结下仇了！"

山林里，张云奎听到喊声大吃一惊，赶紧发话："喂！罗司令的弟兄！误会了！张某人不敢和罗司令结仇！你们赶马过山吧！"

李国梁喊："你们听着！罗司令要求你们向南沧人民政府和解放军投降！你们要是不听劝告，继续作恶，罗司令会亲自带兵来剿灭你们！听清了没有？"

张云奎转向小头目："娘的，撤！"
小头目朝土匪们挥手示意。
一土匪吹响牛角号，埋伏在林中的土匪们纷纷后撤。

23. 山间　日外

山路边，高川起身收起枪，看着在林中隐现的土匪身影。

李国梁带着护卫队员走近："队长，土匪都撤了！"
高川笑道："罗司令的名头真管用啊，仗都不用打了。和水泉！"
和水泉："到！"
高川："让大家继续赶路！"
和水泉："是！"
高川跨上马背，对李国梁说："出发！"

24. 刀府　日外

刀心妍在府前下了马，扎布牵过马，紧张地说："大小姐，你可回来了。"
刀心妍："怎么，府里出事了？"
扎布："你去罕富寨子的事，乃木报告了太太和大少爷，他们气得很呢。"
刀心妍不屑地扭过脸，走上台阶。
扎布担心地说："大小姐，大少爷发了火，怕是要整治你呢。"
刀心妍不在意地说："整治我？他敢？"
她走到门口，玉切赶紧过来帮她脱了靴子，心妍昂首走进府去。

25. 刀府　日内

刀心妍走进厅堂，才发现厅堂里空荡荡没有人，玉切在她身后说："大小姐。"
刀心妍竖起食指"嘘"了声，轻声问："我阿妈和阿哥呢？"
玉切小声回答："大少爷在太太房里商议事情呢，要不要我……"
心妍赶紧摆手："不要不要，快去弄水，我要洗澡。"
玉切答应着："是了。"转身去了。
心妍踮起脚轻步上了楼梯。

26. 刀府　日内

水房里蒸气弥漫，刀心妍在纱绸浴帘围挡中坐在竹凳上冲澡，玉切帮她冲洗长发。
心妍感到手掌疼，她看着发红的两手，发出轻哼。
玉切："大小姐，你的手怎么了？"
心妍收回手："没什么。玉切。"
玉切："哦。"
心妍："告诉我，我阿哥和我阿妈都说我什么了？"
玉切不敢说。
心妍："玉切，你是我的丫鬟，一切都得听我的。我要你讲的话你不讲，就不怕我把你赶出府去？"
玉切发慌地说："大小姐，我要是讲了，你可不能让太太和大少爷知道啊。"
心妍不耐烦地说："快说。"
玉切忐忑地说："是了。太太和大少爷说，大小姐的心被红汉人偷去了，等大小姐回来，就把你关在房间里，再也不让你出府了。"
心妍似乎有些得意，不在乎地说："就讲了这些吗？"
玉切："是了。"
心妍心中有数地想着对策。

27. 刀府　日内

厅堂里，佣人把饭菜摆上了桌，刀心荣和刀母坐到桌边。

换了傣装的刀心妍走进厅堂，就像什么事也没发生地喊：“阿妈，心荣阿哥。”

刀心荣刚想发作，刀母盯了他一眼，示意他冷静。

心妍到桌边坐下，拿起筷子就夹菜吃：“太好吃了，我都快饿死了。玉切，给我添饭来，要满碗。”

玉切应着给心妍盛饭。

刀心荣一脸的郁闷。

刀母故作笑容地说：“这孩子，骑马骑得累了？饿成这样。”

心妍故弄玄虚地说：“阿妈，你知道我去了哪里吗？”

刀母本想装傻，刀心荣生气地脱口说：“罕富寨子，带着红汉人一起去的。”

心妍毫不在意地说：“对呀，什么都瞒不过你。阿妈，我到稻田里割稻谷了，割了好多呢！”

刀心荣意外地瞪着心妍。

刀母：“啊？你去割稻谷了？”

心妍：“是啊，经文里不是说，要和众生百姓同甘共苦吗？我得去试试啊。”

刀母：“这孩子，念了经文就去割稻谷。伤到手没有？快让阿妈看看。”

刀母拉过心妍的手，看到她手上磨出的红印，心疼地抚摩着说：“你这孩子，怎么能去割稻谷呢？累伤了身子可怎么好啊！”

心妍：“才不会呢。阿妈，罕富寨子的百姓看到我去割稻谷，他们可高兴呢！寨子里的赞哈（歌手）还为我唱赞歌呢！”

刀母的情绪被心妍感染了：“是啊？我们心妍成了稻谷神了，赞哈都给她唱赞歌了！”

刀心荣无奈地说：“她若是稻谷神，就有两千岁了。”

心妍不在意地笑道：“阿妈，这一季的稻谷长得可好了，寨子里的人都说今年风调雨顺，是个好年景呢！”

刀心荣刚想说什么，被刀母抢了先。

刀母：“咱们曼龙本来就是风水宝地，只要不闹兵灾，年年都是好光景啊！以往稻谷熟的时候，你阿爸也会去田里拜稻谷神，也会割些稻谷，让赞哈唱赞歌呢！”

心妍：“阿妈，明天我陪你去田里，咱们也去拜拜稻谷神吧。”

刀母：“好，好啊。”

刀心荣忍不住插嘴：“阿妹，红汉人也去割稻谷了？”

心妍：“是啊，他们帮百姓割稻谷，割了好多好多。百姓给他们水喝，他们不喝，给他们吃的，他们不吃……”

刀心荣：“那他们想干什么？”

心妍：“他们说……哦，他们说是为人民服务。”

刀母不理解地看看刀心荣。

刀心荣点点头：“我懂了，他们不是在割稻谷，他们是在割人心。”

刀母：“割人心？”

心妍：“你说什么呀？你以前见过官衙里的汉人来帮百姓割稻谷吗？”

刀心荣笑笑：“是啊，红汉人就是比老黄皮厉害。他们哪里是在割谷子，完全是在摆蛊子。”

心妍：“你……”

刀心荣：“好了，你今天累了，吃罢饭早些休息。明天就不要去罕富寨子了。”

心妍：“为什么？”

刀心荣：“你不是要陪干妈去拜稻谷神吗？就在大寨的田里拜吧。”

心妍：“我陪阿妈拜过稻谷神，也不能去罕富寨子吗？”

刀心荣：“不能去。”

心妍：“为什么？”

刀母：“心妍，你总和红汉人搅在一起，会把百姓的心搅乱的！”

心妍一时无语。

刀心荣："干妈的话你听到了，你要是再去找红汉人，我就把你关起来，送到境外去！"
心妍："你敢！"
刀心荣："你看我敢不敢。"
刀心妍："阿妈……"
刀母："照你阿哥说的做，不然的话，阿妈再也不护着你了。"
心妍气得丢下筷子起身走了。
刀母和刀心荣气恼地对视，刀心荣："乃木！"
乃木进了厅堂："在！"
刀心荣："给我看好院子，不许大小姐再出去！"
乃木迟疑着。
刀心荣："听到没有?"
乃木："是了。"

28. 山间　日外

高川带领的马帮在崎岖的山路上艰难行进……
队员们奋力将驮着物资的马匹拉上陡坡……
高川等人牵着马匹蹚过溪流……
朝阳中，马帮翻越山冈……

29. 曼龙刀府　日外

波香扎着头巾，穿着破旧的衣服在刀府后院的伙房外打扫垃圾。
厨娘将装有泔水等秽物的木桶拎出来放在地上，指使波香去倒掉。
波香默默地上前将泔水倒进另外的木桶，而后刷洗厨娘拎出来的木桶。
佣人将便桶丢给波香让她清洗，而后和厨娘幸灾乐祸地小声嘀咕。
波香忍着屈辱清洗便桶。

30. 刀府　日外

乃木对护院的家丁吩咐着什么，家丁们点头应承。乃木晃悠着向后院溜达。

31. 刀府　日内

刀心妍房间，丫鬟玉切帮着心妍梳好头盘成发髻，插上头饰。
心妍戴上带有翡翠项坠的项链，选了几只手镯戴上，吩咐玉切："给我拿学生装，我要出去。"
玉切发慌地说："大小姐，太太和大少爷吩咐了，不让你出府……"
心妍扒开玉切自己到竹柜前取出学生装，绷着脸开始换衣服。
玉切急道："大小姐，玉切求求你了，你再出去，太太和大少爷会责罚我的。"
心妍边换衣服边冷冷地说："你不怕我责罚你吗?"
玉切乞求地说："大小姐是菩萨心肠，就替玉切想一想吧。万一太太和大少爷怪罪下来，把我赶出府去可怎么好啊。"
心妍："我就不能把你赶出府吗?"
玉切跪下哀求："大小姐，你就发发慈悲吧，你这样出去，是害了玉切呀……"
心妍看看玉切，有些不忍地动着脑子，很快有了主意。
心妍："好了好了，你快起来。"
玉切依然跪着："大小姐答应不出府，我就起来。"

心妍："你讨打呀？让你起来就起来嘛，还敢和我讲价钱。"

玉切抹着泪站了起来。

心妍拿出些钱币交给玉切："喏，到镇上去，给我买些香粉、花油，还有……你觉得我该添什么，就买来好了。"

玉切似乎明白了心妍的意思："大小姐……"

心妍："让扎布赶车，和你一起去。"

玉切感激地说："大小姐……"

心妍嫌啰唆地说："还不快去？"

玉切："是了。"她快步出了房间。

心妍露出调皮的笑容，扎着挂着枪套的皮带走向窗前，心情不错地看着窗外，片刻，她的神色骤然变化。

从窗口看去——乃木在角门处拦住抱着柴火的波香，不怀好意地逼着她。

32. 刀府 日外

角门处，乃木一脸淫亵地将波香逼向柴房："死丫头，你敢不伺候大少爷，看老子怎么收拾你！"

波香丢下手里的柴火左右躲闪，却无法抽身。

乃木威逼着说："进去，给我进去，敢不听话，我把你卖到花窑去！"

波香不敢高喊地躲闪："走开，让我走……走开！"

乃木抓住波香，用力将她推向柴房，波香奋力反抗。

画外传来心妍严厉的声音："乃木！"

乃木一愣，转头向楼上看去——

刀心妍在窗口举着手枪对准乃木，愤怒地喊："给我放手！你这个畜生！"

波香挣脱乃木，低头跑去。乃木朝波香看了一眼，呆愣地向楼上看去。

刀心妍："你给我站在那，不许走开！"

乃木举着手赶紧答应："是，是了，大小姐别开枪，别开枪啊……"

33. 刀府 日外

心妍一身学生装从后门出来，握着手枪愤怒地走向乃木。

乃木双腿发颤地求饶："大小姐，我错了，大小姐，饶了我吧，大小姐……"

心妍上前劈脸给了乃木两个嘴巴，怒目圆睁地喝道："畜生！大白天就敢做丑事，想死了你？"

乃木求饶："大小姐饶命，乃木不敢，是那个小贱人她……招惹我呀！"

心妍举起枪对准乃木的脑门："再敢胡说？一枪打烂你的狗头！"

乃木慌忙改口："不敢不敢，大小姐饶命，大小姐饶命！乃木再也不敢了！"

心妍："说，波香怎么会在府里，谁把她拉来的？"

乃木："大小姐，这是大少爷吩咐的。波香的老娘死了没钱盖脸，大少爷赏了他们盖脸土，她阿哥亲口答应让波香到府里干杂役，来顶债的……"

心妍气愤地瞪着乃木："鬼话，这一定是你的主意，对不对？"

乃木："不不，真是大少爷的吩咐，不信你去问大少爷嘛。"

心妍："问个鬼！波香来做杂役，你就敢光天化日欺负她，这是谁的主意？"

乃木扇了自己一嘴巴："我是畜生，大小姐开恩，我再也不敢了，再也不敢了。"

心妍："哼，再敢做下流的事，我一枪打烂你的脑壳！"

乃木点头哈腰说："是是，我再也不敢了，不敢了。"

心妍："去，把我的马牵来。"

乃木答应着走出两步，突然反应过来说："大小姐，你要出府啊？"

心妍："啰唆什么，快去牵马！"

乃木为难："哎哟，大小姐呀，大少爷可是吩咐了，不能让你出府啊！"
心妍举起枪对准乃木，厉声说："你去不去？"
乃木："别别，大小姐，要是大少爷怪罪起来，我可担不起呀！"
心妍打开手枪保险，再次对准乃木："再敢啰唆，我打死你，然后把你的丑事告诉我阿哥，把你们一家赶出寨子！"
乃木："别别，大小姐，我去，我去。"
心妍鄙夷地盯着走向马厩的乃木。
乃木将马牵到刀心妍身前，刀心妍拉过马缰对乃木说："跪下！"
乃木明白地跪到马镫下，刀心妍踩着乃木上了马，抖动马缰催马而去。
护院的家丁们愣愣地看着骑马而去的刀心妍，又看看被逼无奈的乃木。
跪在地上的乃木懊恼地给了自己一巴掌："这下惨了，我要倒大霉了。"

34. 曼龙领地　日外

刀心妍策马奔向罕富寨子……

35. 罕富寨子　日外

李铁杉、武晓鹏等工作队员们在寨子里贴着"交纳公粮、支援国家""公买公卖、反对剥削"之类的标语，不少寨民在一旁围观，李铁杉刚想对他们解释标语的含义，他们却散去了。
李铁杉很是尴尬。

钟喜妹、花蔓在寨子里向群众宣传政策，百姓们都是听上两句摇着手表示听不懂就离开了。钟喜妹向百姓发传单，百姓们大都不接，个别接了传单的百姓看上一眼马上还给了她，摆手而去。
刀心妍在近处下了马，百姓们纷纷站住向她鞠躬行礼。
刀心妍牵着马走向钟喜妹、花蔓。
花蔓看见心妍："哎，大小姐！心妍姑娘！"
心妍走近问："花姑娘，钟姑娘，你们在做什么？"
钟喜妹没好气地亮出手里的传单："宣传政策，动员百姓们交公粮。"
花蔓："心妍姑娘，你来得正好，帮我们跟百姓们说说吧，他们都听你的。"
心妍看看周围的百姓，问："解放阿哥回来了吗？"
钟喜妹警惕地说："你有事？"
刀心妍："我，我想……"
花蔓："你问高队长？他还没回来呢。"
心妍拿过喜妹手里的传单看了看："你们写的这些，寨子里的人根本看不懂。"
花蔓："是啊，所以要你帮忙嘛！"
钟喜妹心里矛盾地看看刀心妍。
心妍迟疑地："我要等解放阿哥回来再说。"
钟喜妹不满地撇了撇嘴。

36. 仓房外的草棚里　日外

刀心妍跟着钟喜妹、花蔓进了工作队休息的草棚。
刘捍卫用帽子擦着汗，端起凉水喝了一气，情绪激动地对李铁杉、武晓鹏说："落后，这里的群众太落后了！我们费了那么多口舌，动员他们和寨主做斗争，可他们倒好，一见到罕富，就像猴子撞见老虎，转眼间人就跑没了！"
李铁杉："寨子里的百姓有这样的传言，土司是山林，汉人是流水，他们和土司寨主之间有世代相传的宗族关系，所以他们不愿意与寨主斗争，更不可能与土司斗争了……”他看到进来的刀心妍，不再说下去了。

刀心妍坐立不是，很不自在。

花蔓：“刘副队长，心妍姑娘来了。”

刘捍卫：“来得正好。这里的群众太落后，太没觉悟！罕富寨主私藏粮食，破坏我们征收公粮，他就是我们的打击对象！铁杉、晓鹏，你们去动员一些积极分子，把那些受过寨主剥削的百姓集合起来，让他们揭发罕富的罪行！一定要从那些受压迫最重、苦难最深，对统治阶级最有仇恨的人身上打开突破口！”

李铁杉、武晓鹏：“是！”

钟喜妹、花蔓犹豫地相互看看。

刀心妍很是尴尬。

钟喜妹：“刘副队长，这么做能行吗?”

花蔓：“是啊，不是说要团结寨主头人吗?”

刘捍卫：“团结是手段，斗争也是手段！最重要的是达到目的！”

钟喜妹看了眼刀心妍，对刘捍卫说：“可是寨子里的百姓不愿意与寨主斗争，他们担心……”

刘捍卫：“担心什么？有人民政府撑腰，有解放军做后盾，他们有什么好怕的？在新中国的土地上，一切封建制度都得消灭！人剥削人、人压迫人的现象必须扫除干净！”

钟喜妹又看了看刀心妍，心里起了变化。刀心妍心情复杂地转过身去，回避地看着别处。

刘捍卫对刀心妍说：“刀姑娘，现在对你来说，是一次严峻的考验，如果你能号召百姓们站出来，揭发批判罕富寨主的剥削行为，那可就……”

心妍紧张地说：“不……”

刘捍卫：“怎么，你不愿意?”

心妍：“我，我要等解放阿哥回来，听他怎么说。”

刘捍卫失望地说：“好吧，我不勉强你。你是土司的女儿，关键时刻，很难和你的家族划清界限，这很正常。（他转向李铁杉、武晓鹏等人）我们走！”

他带头出了草棚，李铁衫、武晓鹏等人跟着他走去。

钟喜妹显出几分快意地招呼花蔓：“花蔓，走。”

花蔓同情地看看愣在那里的心妍，跟着钟喜妹走去。

刀心妍孤零零地望着走去的工作队员们，显得十分委屈。

第十二集完

第十三集

1. 山林中　日外

扎罗头人带领一些年轻人在围猎老虎……

老虎飞奔着冲入密林……

拉祜汉子们呼啸着追向密林深处，扎罗气喘吁吁地赶上来，打了个唿哨。

拉祜汉子们闻声停住脚步，转回到扎罗身边。

扎罗："莫追了，老虎跑进了佤山，就归佤族人了。"

拉祜汉子们遗憾地看着老虎跑去的方向。

2. 靠近拉祜山寨的山路　日外

高川率领的马帮与扎罗带领的拉祜汉子们遥遥相望。

高川老远就喊："扎罗头人！扎罗头人！"

扎罗手搭凉棚望去，露出笑容说："是红汉人，红汉人的马帮！"

山路上，扎罗迎到高川面前，拉起他的胳膊说："高长官，想不到你说话算数，又给我们送粮食来了。"

高川："扎罗头人，我们不光带来了粮食，还有盐巴、毛毯和棉布，都是人民政府救济你们的。"

扎罗看着马背上驮带的物资，高兴地说："太好了！谢谢你们，谢谢你们了！"

高川打量着扎罗和汉子们："扎罗头人，你们是从哪回来？打猎去了？"

扎罗遗憾地叹道："我们发现一只老虎，眼看要追着了，可牠跑进了佤族的地界，我们不敢再追了。"

高川理解地说："扎罗头人，我们带的大部分物资是给岩火部落的。他们有了足够的粮食，就不会再为难你们了。"

扎罗感激地说："这样好，这样就太好了。"

3. 山林中　日外

扎着红包头的岩坚率领一群裸着黢黑上身手持长矛、弓弩或火药枪、步枪的佤族汉子在林中围猎老虎。

被围捕的老虎发出咆哮，在林中飞快奔逃。

岩坚率领佤族汉子们呼喊着勇猛地追逐老虎。

4. 山林中　日外

形同野人的岩虎在采摘野果。虎哮声传来，岩虎转头直起身子，瞪大眼睛望着林中——

被佤族汉子们追逐的老虎在林中飞奔，不时地停下发出咆哮。

5. 山林中　日外

岩坚率领佤族汉子们飞奔着追逐老虎。

老虎在林中奔逃。

岩虎把长矛插在地上，举着弓弩寻着老虎的咆哮声飞奔。
老虎在林中奔逃。
岩虎刚刚穿出荆棘丛，突然触电一般惊呆了。
老虎从他前方跑来。
岩虎立刻端起弓弩，瞪着老虎准备发射。
老虎发出咆哮。
佤族汉子们的喊声迫近。
岩虎听到岩坚等人的喊声，分了心，射出的弩箭没有射中老虎。
老虎扑向岩虎。
岩虎被迅速扑倒在草丛里，老虎从他身上越过，飞快跑去。
岩虎欠身看着跑去的老虎，岩坚等人的喊声迫近，岩虎拔起长矛向林中追去。

6. 山路上 日外

林中传出虎啸。
高川骑的马惊得立起前蹄，发出嘶鸣。
马帮中领头的马匹也惊恐地嘶鸣起来，驮着物资的马匹纷纷显出惊恐，再也不肯向前走了。
高川判断着虎啸的方向，勒住马高喊：“停止前进！大伙牵好马匹，不要乱！”
赶马人和护卫队员们控制着马匹。
高川：“李国梁！”
李国梁：“有！”
高川：“注意警戒！”
李国梁：“是！”
高川扯动缰绳控制着马，警惕地注视林中。

7. 林中 日外

佤族汉子们追了过来，岩坚判断着老虎逃跑的方向。
老虎在林中奔逃，岩虎的身影也若隐若现。
岩坚脸一沉，朝同伴们一挥手，带领众人追了过去。

8. 山路上 日外

虎啸声明显迫近。
高川判明方向，跳下马喊：“李国梁、和水泉！”
和水泉、李国梁：“到！”
高川：“看好马帮！”
和水泉、李国梁：“是！”
高川只身冲入林中。
和水泉不放心地喊：“队长！”他端起枪跟着高川冲入林中。

9. 林中 日外

林中，老虎跳跃着奔了过来。
岩虎从山坡上滑下来，抄到老虎前面。

高川警惕地搜索着，猛然发现在林中闪过的老虎，立即隐蔽在树旁拔出枪。

和水泉在高川身后紧张地喊："队长！老虎！"
高川："喊什么，隐蔽！"
和水泉赶紧躲到树旁，举枪瞄向老虎。
高川沉着地盯着老虎跑来的方向，打开驳壳枪的大机头。

林中，岩虎隐蔽着逼近老虎。
老虎发现了岩虎，发出咆哮，准备扑向岩虎。
岩虎端起弩弓，向老虎射出一箭。
老虎中箭，发出更加凶猛的咆哮，扑向岩虎。
岩虎挺着长矛倚在树边，准备与老虎搏斗。

高川看见了岩虎，惊讶地喊着："岩虎！"冲了过去。

岩虎挺着长矛刺向扑来的老虎，老虎闪过长矛，一只爪子抓伤了岩虎。
岩虎毫不畏惧地倚树站着，准备再次与老虎决斗。

高川快步冲向岩虎……

老虎扑向岩虎，再次躲过岩虎的长矛，将岩虎抓倒在地。
岩虎的长矛落地，他拔出腰间长刀，要与老虎最后一搏。

高川冲向岩虎……

老虎凶猛地扑向岩虎……
岩虎绝望地闭上眼睛，伸出长刀嘶喊着迎击老虎。
老虎扑向岩虎……
高川从树后闪出，举枪迅速射击。
老虎哀号着倒地。
岩虎睁开眼睛，看到眼前的死虎非常奇怪，他看看自己的长刀，显然不是自己杀死的老虎，便转头张望。
高川走向岩虎："岩虎兄弟！"
岩虎看着高川拿着枪走来，明白了。他站起身，想对高川表达什么，却听见岩坚等人呐喊的声音，立刻转身跑进林中。
高川忙喊："岩虎兄弟！岩虎！"
岩虎的身影消失在林中。
高川感到奇怪地回过头，走向死老虎。
和水泉喊着"队长"跟了过来。
高川来到老虎旁边，确定老虎已死，收起了枪。
和水泉看看死虎，兴奋地说："天呐！这么大的老虎！"
高川擦了擦下巴："可惜呀，我不得不开枪。"
林中传来佤族汉子们的喊声。
高川、和水泉警觉地向林中看去。
一会儿，岩坚带领着佤族汉子们从林中闪出来，朝高川、和水泉围拢过来。
尼果指着死老虎喊："岩坚大哥，老虎！"
佤族汉子们都站住了，目光瞄向死老虎。
岩坚失望地说："白给我们追了半天，让红汉人给打死了。"

尼果："大哥，这是我们佤山的老虎，我们抢回去。"

岩坚阴着脸思索。

高川微笑着说："岩坚兄弟，我答应送给岩火头人的物资已经到了，马帮就在林子外头。"

岩坚感到意外："马帮？马帮来了？"

高川："你自己去看吧，顺便带我们去见岩火头人。"

岩坚没有动，目光盯着地上的老虎。

高川："岩坚兄弟，这只老虎就算我送给岩火头人的礼物吧。"

岩坚感到意外："老虎？你们不要老虎了？"

高川微笑道："它是被你们赶到我枪口前的，应该属于你们。快把它抬上，回寨子吧！"

岩坚上前一脚踩着老虎，举起长矛激动地高喊。

佤族汉子们欢呼起来。

岩虎隐蔽在林中，伤口还在渗血，他满目忧伤地看着岩坚等人抬起老虎，和高川一起出了林子。

10. 佤族岩火大寨　日外

岩火大房的篱笆外站了不少拿着武器的佤族青年，空地上人声鼎沸，一群佤族群众看着两个佤族汉子牵着一头牛争吵。

桑木头人挎着驳壳枪走出岩火院子对争吵的汉子喊："不要吵了！不要吵了！大头人马上出来给你们断理！"

两个汉子依然喋喋不休地吵吵着，显然是一起因借牛引起的纠纷。

片刻，扎着红包头、身穿兽皮的岩火在几个佤族武士的护卫下走了出来，人们见到岩火立刻噤声，等着他来断理。

桑木头人吩咐武士们将一张木桌和一个草墩放到当街，又在桌子上放了两个空碗和一碗豆子，恭敬地请岩火入座。

岩火坐下后看了看争执的双方，问："哪个先讲？"

两个汉子争着要先说。

岩火阻止住他们，指着年纪大些的说："你先讲。"

年长的汉子拿出一结草绳用佤族话说："大头人，我三年前向他借了这头牛，说好借五年，每年交他一担谷子，五年以后牛要长到这么高（他展示着草绳上的结向岩火及围观的群众示意），现在只有三年，牛已经长到这么高了，我跟他说今年少交他半担谷子，他硬是不干，还要把牛收回去。"

岩火问年纪小一些的汉子："是这样吗？"

那汉子点点头，说："是呢，说好的条件不可以变。不交给我一担谷子，我就要把牛收回去！"

岩火："那么，牛已经长到这么高了，又该怎么算呢？"

那汉子说："这是因为我的牛自己长得好，跟他没有关系。"

岩火摇摇头，将一颗豆子丢进靠近年长汉子的碗里，示意年长的汉子继续说。

年长的汉子又说自己如何爱惜这头牛，喂料时如何细心，耕田时如何小心翼翼，绝不让牛伤着……

岩火听罢问围观的群众谁能证明？

立刻有不少人喊着说自己可以证明。

岩火又将一颗豆子丢进年长汉子的碗里。

年轻些的汉子说："大头人，我今年可以少要半担谷子，但是必须把牛收回去，因为是他变卦了。"

年长汉子说："我没有变卦，只是在和你讲道理，如果你一定要把牛收回去，今年的谷子就不给了。"

年轻些的说："你今年明明还在用着我的牛，为什么不给我谷子？"

年长的说："给也可以，那就按照说好的时间再让我用两年，每年只给一半谷子，因为牛长得比咱们说好的要大。"

年轻的说：“牛长多大抵多少谷子以前没有讲好，现在说了不算。”

年长的说：“不行，如果你一定要我每年交一担谷子，等两年后牛长过绳结的部分就归我，起码要留下一条牛腿。”

两人你一言我一语地争执着，岩火一会往年长汉子的碗里丢颗豆，一会往年轻汉子的碗里丢颗豆，最后，他拍了下桌子，谁也不再说话了。

岩火把两只碗向前一推，起身对年轻汉子说：“看吧，他比你的理要多些，这样好了，要么他每年给你半担谷子，两年后把牛还给你；要么还是给你一担谷子，等到两年后，如果这头牛比你们事先说好的大了许多，就把牛杀了，给他留下一条牛腿。你愿意怎么办，说说清楚吧?”

年轻汉子想了想，无奈地说：“既然大头人断了理，我就不说什么了，一半就一半吧……”

岩火笑着对二人说：“这就好了嘛，拉拉手，都不要再叫了。”

两个汉子果然向没有争吵过一样，拉着手笑了起来。

这时，尼果跑来喊：“大头人！大头人！红汉人的马帮来了！”

围观的人们立刻兴奋起来。

岩火想不到地说：“人在哪里?”

尼果：“到寨门了！”

岩火朝寨门走去，桑木显出不悦，按着手枪跟了过去。

11. 佤族岩火大寨　日外

高川带领的马帮在岩坚等人的陪伴下走在寨子中，佤族武士们抬着被高川打死的老虎，寨民们夹道欢迎，不住地欢呼着。

人群后面，传教士永安乐阴沉着脸看着这热闹的场面。

威风凛凛的岩火在桑木等头人的陪同下迎向高川带来的马帮。

高川含笑向岩火拱手行礼：“大头人，我答应你的救济物资都运来了。”

岩火也笑着拱手说：“红汉人果然说话算话，我信你了。”

岩坚让佤族武士抬过老虎，兴奋地对岩火说：“大头人，这只老虎是红汉人用神枪打死的！”

岩火眼睛一亮，钦佩地看着高川。

高川谦虚地说：“这不是我的功劳，是岩坚他们把老虎赶到我枪口上了。”

岩火拉拉高川的手臂：“好样的，红汉人，想不到汉人里也有打虎英雄！”

他拉起高川的手举过头顶，对围观的寨民们喊：“乡亲们！这个红汉人为我们打了老虎，给我们带来了马帮！他是我岩火的朋友！是全寨子的朋友！”

寨民们欢呼起来，高喊着：“猛！猛！猛！”

高川向百姓们挥手致意。

岩火拉着高川说：“请吧，到家里去泡酒。”

高川：“大头人请。”

岩火拉着高川的手走向大房。岩坚等武士请和水泉、李国梁一起进大房。

周围的佤族群众一片欢呼，不少人和赶马人、护卫队员一起卸下马驮的物资。

桑木头人一脸不快地望着欢呼的群众，他看见传教士永安乐在人群后面向他示意，便走了过去。

12. 岩火大房　日内

火塘边，岩火、高川、岩坚、和水泉、李国梁等人紧挨着坐在木墩上，岩火的女人娜月和家人将一罐罐自酿的米酒放到他们身前，按照佤族习惯泡入凉水，用小竹斗盛入竹筒杯，递给岩火。

岩火先喝了一口，把竹筒杯放到高川面前，高川端起杯喝了一口之后又放到身边的岩坚面前，岩坚喝过又转给和水泉、李国梁……

娜月高兴地往竹筒杯里添酒。

岩火把又粗又长的竹烟筒递给高川，请他抽烟。高川表示不会，岩火给他示范之后坚持要他抽，高川只好学着岩火的样子抽了一口，呛得咳嗽。

岩火等人大笑起来。

娜月忍不住掩口笑着。

13. 岩火大房　日外

空场上，马帮驮来的物资已经分类摆放成几堆，佤族武士们守在物资边上，许多寨民欢呼着围在物资前，等待分配。

桑木头人和传教士永安乐站在大房门外，面带冷笑看着欢呼的寨民们。

岩火、高川在岩坚等人的簇拥下走出大房，寨民们更加热烈地欢呼起来。

岩火走到堆放的物资边，挥手让大家安静。

岩火：“乡亲们！按照我们阿佤的规矩，红汉人送来的东西，家家有份！人人有份！”

寨民们又欢呼起来。

岩火示意岩坚和武士们分配物资，岩坚和武士们将麻包、驮袋一一打开，将里面的盐巴、茶叶、粮食、布匹等物统统倒出来，分成若干小份让寨民一一领取。

当岩坚等人把一匹棉布长长地拉开后，寨民们依次站在棉布旁，等着岩坚等人用短刀把布割成一小块一小块分给他（她）们，他（她）们每人拿着不大的一块布高兴地离开，又换成另一批寨民站过来，等着分割下一匹棉布。

高川、和水泉、李国梁见到这样分布的方法很是意外，但见寨民们如此兴奋，就不好说什么了。

岩火看着分配物资的场面，高兴地笑着。

桑木头人来到岩火身边，低声说：“大头人，红汉人给我们送这些东西，该不会是个套子吧?”

岩火难掩兴奋地眉心微蹙：“什么套子?”

桑木：“我们吃了这些，用了这些，过些日子，他们会不会成倍成倍地向我们要回去？要是那样的话……”

岩火笑道：“那我们就把东西吐出来，还给他们。”

桑木没听懂地看着岩火。

岩火：“不是抢来的东西谁也要不走。红汉人本事再大，也拖不走青蒙山！”

他转向高川说：“红汉人，你说话算数，岩火的话也算数。你把傣家的耕牛带下山吧，日后只要傣家人不抢我们阿佤人，阿佤人也不会去抢傣家人！”

高川兴奋地说：“谢谢大头人！谢谢！”

岩火拉起高川的手，高兴地看着分配物资的场面。

桑木回到传教士永安乐身边，两人阴着脸看着寨民们欢乐的场面。

14. 曼龙　罕富寨子　日外

李铁杉、武晓鹏等工作队员领着几个百姓进了仓房外的草棚。

李铁杉高兴地对刘捍卫说：“刘副队长，这几位老乡愿意带头揭发寨主！他们还知道罕富要把粮食运到哪去。”

刘捍卫眼睛一亮，“太好了！可找到突破口了！我说嘛，人民群众还是有觉悟的！铁杉，把几位老乡的情况介绍一下，咱们一起确定一个斗争方案。”

他兴奋地让李铁杉等人为老乡们拖凳子倒水。

刀心妍感到别扭地想要离开，那些百姓却拦着她向她鞠躬。

刘捍卫赶紧对百姓们说：“不要这样，不要这样，在我们这里大家都是平等的，刀姑娘是来帮助我们工作的，你们不要有什么顾虑。”

几位百姓还是顾忌地不敢落座。

李铁杉："这几位可以算是苦大仇深了，这个老汉（他指着一位衣衫褴褛，进来就蹲在角落里的黑瘦汉子）是个哑巴，他从小为了治病借了寨主的高利贷，到他爹妈死了也没还清，罕富寨主把他拉进家里做奴隶，叫他干最脏最苦的活，给他吃猪食狗粮，后来看他年纪大了，就一脚把他踢了出来。"

刘捍卫一拍桌子，"这就是最残酷的剥削！最残酷的压迫！老人家，你……（他转向和水泉等）他怎么控诉啊？他连话都……"

李铁杉示意其他百姓："他们可以替他说呀，他受的苦难他们都知道！"

武晓鹏指着老嘎罕说："刘副队长，他是嘎罕老爹，他的儿子被国民党匪兵抓走了。为了救回儿子，他向罕富寨主借了高利贷，谷子刚打出来，罕富寨主就派人把他家的谷子全收走了，根本不顾他的死活！"

刘捍卫："岂有此理！这样的罪行，我们一定要声讨！要为嘎罕老人申冤！为他主持公道！哎，他能讲话吧？"

武晓鹏："能讲，就是不知道他会不会讲。"

刘捍卫："有什么不会的，就讲被罕富寨主欺压的事实嘛！嘎罕老爹，不要怕，有工作队给你做主，罕富寨主不敢把你怎么样！"

嘎罕拘谨地看看刀心妍，没敢做声。

刘捍卫："咱们马上召集群众，开罕富寨主的斗争会，让他交代剥削乡民、迫害百姓的反动罪行！"

刀心妍站在一边，显得十分紧张。

刘捍卫："刀姑娘，你不和我们一起去吗？"

心妍紧张地摇着头："我要等解放阿哥回来，问问他……"

刘捍卫："那你就等吧。我可以告诉你，高川同志的立场和我们是完全一样的！（他向众人一摆手）走！"

那几个当地群众和刘捍卫、李铁杉、武晓鹏等队员一起带着哑巴、嘎罕等人出了草棚，哑巴有些不情愿地做着手势，被那些百姓推着拽着上了路。

刀心妍左右为难地看着众人走去，不知如何是好。

15. 罕富寨子　日外

刀心妍心慌意乱地牵着马走在寨子里，她看见工作队在路边篱笆上贴的标语和远近惶惶走动的寨民，心里感到很不安。

一个寨丁跑近："大小姐！大小姐！"

心妍转头冷冷地看着他。

寨丁向心妍躬身行礼后发慌地说："大小姐，罕富寨主请大小姐去寨公所。"

心妍："去做什么？"

寨丁："罕富寨主担心，红汉人要整治他，请大小姐为他做主。"

心妍心里矛盾地朝寨公所方向看了看，转向寨丁："过来。"

寨丁没明白："啊？"

心妍指着马镫下面："过来！"

寨丁明白地走过来，跪到马镫下。心妍踩着寨丁的肩背上马，向寨口而去。

寨丁见心妍没有去寨公所，跪在那里喊："大小姐！大小姐！"

心妍头也不回地骑马而去。

16. 山间　日外

高川带领赶马人和护卫队员们牵着马匹和佤寨归还的几条耕牛走在山路上。

岩虎藏在林中，望着高川等人，心情十分复杂。

和水泉在马上对高川说："队长，我看岩火头人比刀心荣痛快，说话算话。"

高川笑道："是啊，岩火头人挺讲信用。"

李国梁插话："能不讲信用吗？给他送去那么多粮食物资，他当然高兴了！"

高川："重要的是要回了耕牛，我们和刀心荣就有话说了。"
和水泉："是啊，看他还怎么刁难咱们。"
岩虎透过林木的枝叶，眼巴巴望着高川等人远去。

17. 罕富寨子　日外

刘捍卫、李铁杉、武晓鹏等队员领着几个百姓一路上动员寨里的民众和他们一起去斗争罕富寨主。民众们有的跟随，有的观望，陆续有不少人跟在他们后头。
眼看快要到罕富寨主的竹楼了，那个哑巴趁大家不备跑入一条小巷溜走了。
一行人来到罕富寨主的院子外，刘捍卫才发现哑巴没了，他情绪激动地看看李铁杉和那几个带头的群众，"哑巴呢？他跑哪去了？"
李铁杉也才发现哑巴跑了，左右寻找着不知该怎么办。
刘捍卫："去，把哑巴找回来，快去呀！"
李铁杉赶紧去找哑巴。
刘捍卫对身边的群众挥挥手说："老乡们！你们不要怕！寨主老财欺压咱们穷人的日子一去不复返了！现在有共产党给你们做主，要打倒剥削压迫你们的财主老爷！让他们低头认罪！把剥削霸占的财富都还给你们！"
罕有："说得对！寨主家的财富本来就是我们大家的！"
青年岩旺："分了它！把寨主的家财分给大家！"
十余名群众跟着刘捍卫、武晓鹏等工作队员冲进罕富的院子。

18. 罕富家　日外

刘捍卫带着众人冲到竹楼外，指着竹楼喊："罕富寨主，你给我出来！"
武晓鹏等队员和那些群众积极分子也跟着喊："罕富！快出来！"
罕富的女人在竹楼上露了下头，见这阵势赶紧缩了回去。
队员和百姓积极分子又是一阵喊叫。
罕有："他故意躲在家里，不见我们！"
岩旺："我们把他拖出来！"
刘捍卫："对，把他揪出来！"
武晓鹏等队员和群众积极分子冲上竹楼，冲进罕富家里。

19. 罕富家　日内

武晓鹏等队员和群众积极分子冲进罕富家，喊着罕富。
罕富的女人和家人见势不妙，缩在角落里不敢抬头。
罕有喝问罕富女人："罕富家的，罕富躲在哪里？啊？"
积极分子们七嘴八舌地喝问。罕富家人缩在一起发抖。
工作队员和积极分子开始在竹楼里寻找罕富。
积极分子们发现了罕富的钱财，一哄而上地瓜分了。
又有积极分子发现了存粮的地方，喊过大伙抱的抱，扛的扛，各取所需……
武晓鹏感到苗头不对，想阻止积极分子分刮罕富的钱财、粮食，已经没人听他招呼了。

20. 罕富寨子　日外

李铁杉在寨子里找哑巴，碰上了手里拿着标语和糨糊桶的钟喜妹、花蔓。
钟喜妹："铁杉，你们干什么去？"

李铁杉："找哑巴，刚到罕富家门口，他就跑了。"

钟喜妹："哑巴？什么哑巴？"

李铁杉："就是罕富家的长工，刘副队长让他揭发罕富，他答应得好好的，可到了罕富家门口，就跑没影了。"

钟喜妹："你们去罕富家了？"

李铁杉："对，去了不少积极分子，都要揭发罕富，让他说出藏粮食的地方。"

钟喜妹担心地说："铁杉，发动群众是好事，可是，这么做会不会出事啊？"

李铁杉："出什么事？对罕富那样的人，不斗争能行吗？"

钟喜妹拿不准地说："那倒也是。不过，万一把罕富整毛了，整个寨子会不会失控啊？"

李铁杉着急地说："先不说这些了，我得去找哑巴。你们去罕富家吧，刘副队长他们都在那儿。"

钟喜妹看着匆匆走去的李铁杉，花蔓担心地说："喜妹，会不会出事啊？"

钟喜妹："走，我们去罕富家。"

21. 罕富家　日外

罕富家人被积极分子们赶下竹楼，战战兢兢地站在楼梯下受着围攻唾骂。

刘捍卫站在院子当中一手叉腰一手摇着帽子煽风，扬眉吐气地欣赏着积极分子们围攻罕富家人的场面，却见几个扛了罕富家粮食的群众快步出了院子。

刘捍卫警觉地问武晓鹏："哎，那是怎么回事？他们扛的是什么？"

武晓鹏："粮食。他们还分了罕富家的钱财。"

刘捍卫变了脸："这可不行啊，快去，把他们追回来！快呀！"

武晓鹏示意同伴跟他去追积极分子，他们还没出院子，就见那几个扛了粮食的人被几个寨丁连踢带打地搡回院子。

有的人被打倒在地，身上的钱财掉了出来。

罕富从寨丁身后走出，凶狠地看着抢了他钱财粮食的人，恶狠狠地喊："给我打！往死里打！"

寨丁们扑上去围殴拿了钱财粮食的人。

武晓鹏等工作队员面对突如其来的场面一时束手无策。

围攻罕富家人的积极分子们立刻散开了，露出惶恐的神色。

罕富女人扑向罕富哭喊："老爷！你可回来了，老爷！他们反了天了，老爷……"

罕富目光凶狠地盯向刘捍卫。

刘捍卫这才反应过来发生了什么事，突然高喊："不许打人！都给我住手！"

武晓鹏等工作队员也反应过来，上前拦阻打人的寨丁，寨丁根本不理会他们，有的寨丁竟用枪托把工作队员推开。

刘捍卫拔出手枪朝天开了两枪，大喊："都给我住手！"

罕富一愣。寨丁们果然住了手，纷纷端起枪对准了刘捍卫。

武晓鹏十分紧张地看看身边的队友，队员们也亮出枪和寨丁们对峙，武晓鹏手抖地拔出手枪，不习惯地对着寨丁。

22. 罕富寨子　日外

钟喜妹、花蔓听到枪声不由得一惊，站住了。

钟喜妹："听见了吗？像是枪声。"

花蔓紧张地说："是，是枪声。"

钟喜妹稍一判断："像是罕富家，我们快走！"

二人跑去。

正在找哑巴的李铁杉和另两个队员也被枪声吸引住脚步。

李铁杉判断着响枪的方向："糟了，是罕富家，走！"

两个队员跟着李铁杉跑去。

23. 罕富家　日外

院子里，工作队员们与寨丁持枪对峙。

刘捍卫对罕富喊："罕富寨主，叫你的人把枪收起来！马上收起来！"

罕富瞪着刘捍卫，没发话。

刘捍卫："你想过你们的后果吗？把枪对准我们，就是明目张胆地对抗政府！就是犯罪！"

罕富心里一惊，收敛了目光。

那些寨丁看着罕富，等他发话。

刘捍卫："你们这些寨丁，都是穷苦人出身吧？为欺压乡民的寨主卖命，你们值得吗？跟人民政府作对的后果，你们承担得起吗？"

寨丁们害怕了，有的收起了枪，有的希望罕富发话。

罕富也软了，沉着脸把目光移向一边。

钟喜妹、花蔓和李铁杉等人赶来进了院子，都紧张地看着眼前的场面。

刘捍卫："罕富寨主，你的这几条枪吓不倒我们，我们背后有人民政府，有强大的人民解放军！你敢硬抗，那是以卵击石、自取灭亡！"

罕富无奈地摆了下手，所有的寨丁都收起了枪。

武晓鹏等队员把挨打的人扶起来，有的人还不忘去拣地上的钱财。

刘捍卫："把这些钱财、粮食先集中起来，把寨子里受罕富剥削的百姓都喊来，该还给他们的统统还给他们！"

几个积极分子和工作队员们一起把粮食、钱财集中到一处。

罕富女人哭着："老爷呀，他们把值钱的东西都抢走了，这可怎么好啊……"

罕富愤怒地说："你们，你们共产党和老黄皮一样，说话不作数！"

刘捍卫："你这是恶毒攻击！我们这么做，都是你逼出来的！我问你，收下的稻谷都被你藏到哪去了？为什么不报产量，不报公粮数？"

罕富："粮食都拉到大寨去了，你们去向刀家大少爷要吧！你们口口声声说不分我的田产，不抢我的钱财，现在是做哪样？你们，你们红口白牙，说的都是谎话！"

刘捍卫："罕富！你给我听清楚了！我们工作队不会分你的田产，你的钱财我们一分也不要！但是，你剥削乡民，放高利贷，逼得好多人家没了收成，吃不上饱饭，这绝对不行！我们一定要管！"

罕富："这是寨子里的事情，由不得你们来管！你们当着大少爷，亲口讲过不干涉我们傣家的事情，那些话刚刚落到地上，还没传进东盘江，你们就变卦了！"

刘捍卫："你胡说！变卦的是你们！假惺惺地答应我们进寨子，又变着法地刁难我们！你们这么做，是破坏政府工作！是蓄意对抗！我明白地告诉你，百姓已经被我们发动起来了，他们要揭发你，批判你！要把你剥削他们的劳动果实全都拿回去！"

罕富气得浑身哆嗦："好了，你们要共产了，要让百姓们造反了！你们和老黄皮一个样，进门三分笑，抹抹脸就变成凶神恶煞了！"

刘捍卫："罕富！你再敢攻击共产党和人民政府，我就把你押起来法办！"

罕富："你押不了我！我要去见大少爷，要他给我做主！"

他说着要走向院外。

刘捍卫喝道："拦住他！"

武晓鹏等队员把住了栅栏门，挡住罕富去路。

罕富气急败坏地瞪着刘捍卫。

刘捍卫："你哪里也不许去！要做主的不是你们大少爷，是寨子里的老百姓！李铁杉、武晓鹏！"
李铁杉、武晓鹏："到！"
刘捍卫："把寨子里的百姓都召集起来，让他们面对面地揭发罕富！"
李铁杉、武晓鹏："是！"
二人招呼几个积极分子，和他们一起出了院子。
刘捍卫冷眼看着罕富。
钟喜妹、花蔓有些担心地对视。
那些寨丁不知所措地垂手而立。
罕富突然坐到地上，捶打着胸脯哭喊起来："大少爷呀！红汉人要共产了！他们抢我的钱财，分我的粮食，你要给我做主啊，大少爷……"
罕富的女人和家人也都坐到地上，哭天抹泪地嘶喊起来。
刘捍卫反感地说："起来！都给我起来！"
罕富一家依旧嚎啕不止。

24. 曼龙刀府　日外

刀心妍心烦意乱地骑着马回到府里，在门前下了马，护院家丁刚牵过她的马缰绳，扎布就跑过来说："大小姐，你可回来了，太太已经急不得了。"
心妍："急什么？出什么事了？"
扎布："你快进去吧，太太和大少爷都在厅堂里。"
心妍在门口要脱靴子，扎布赶紧蹲下身子帮她脱了靴子，心妍走进府里。
扎布也脱了鞋，跟了进去。

25. 刀府　日内

厅堂里，刀心荣和刀母冷着脸坐着。
心妍走进来："阿妈，心荣阿哥。"
刀心荣和刀母都没回应。
心妍心急地想说什么："阿妈，我……"
刀母严厉地说："不要说了，去你的房间等我，阿妈有话对你说。"
心妍还想说什么，刀心荣朝一旁的丫鬟玉切吼道："还等什么？送大小姐回房去！"
玉切赶紧走近心妍，躬着身劝她回房去。
心妍只好走向楼梯，上了两步楼梯终于忍不住地转头说："心荣阿哥，快去罕富寨子吧，怕是要出事呢！"
刀心荣立刻紧张起来，他看了刀母一眼，转向心妍："出什么事？"
心妍不好说，支唔着说："我，我……"
刀心荣着急地说："快讲嘛！"
心妍："红汉人和罕富寨主，他们……"
刀心荣感觉不妙地站了起来："他们怎么样？讲啊！"
心妍快急哭了："我不知道该怎么讲，反正是要出事，你快去就是了嘛！"
刀心荣正要发作，乃木带着罕富寨子的寨丁慌张地进来："大少爷！大少爷！"
刀心荣扭身转向乃木，瞪起眼睛。
那个寨丁扑通跪到地上，大口喘气。
刀母发慌地看着乃木："乃木，出什么事了？"
乃木："太太，大少爷，不好了，红汉人煽动寨民抢了罕富寨主的家，把他们一家人都看起来了！"
刀心荣一拍桌子："大胆！该死的红汉人，欺负我们寨子小吗？"

心妍露出吃惊的表情。

乃木："大少爷……"

刀心荣："拾枪来！"

乃木："是了！"

心妍惶惶地看着刀心荣。

刀母站了起来："心荣，你要做什么？"

刀心荣扎上武装带，插上手枪，从乃木手里接过美制冲锋枪："该死的红汉人说一套做一套，和老黄皮没有两样！"

刀母恐慌地说："心荣，你要和他们打仗吗？"

刀心荣："我要让他们知道，曼龙领地是谁家的！我们刀家的人枪，不是摆着看的！"

刀母："心荣！还是和他们说理吧，不能动枪啊！"

心妍担心地说："阿哥！"

刀心荣狠狠瞪了心妍一眼："闭嘴！"

心妍被震住了。

刀心荣对母亲说："干妈，红汉人敢和我动枪，我就要他们留下尸骨！乃木！"

乃木："在！"

刀心荣："把带枪的男人都喊上，跟我去罕富寨子！"

乃木："是了！"

扎布跟着乃木走向府外。

刀心荣："扎布！"

扎布站住"在！"

刀心荣："你留下！"

扎布不明白地看着刀心荣。

刀心荣指着楼梯上的心妍发狠地说："给我看住她，不许她再出这个家！"

心妍怨恨地说："阿哥！"

扎布犹豫地看看心妍，又看着刀心荣。

刀心荣："听到没有？"

扎布："是了。"

刀心荣大步离去。

心妍冲下楼梯喊："阿哥！——"

刀母严厉地说："站住！都是你惹的祸！给我上楼去！"

心妍："阿妈……"

刀母："扎布！"

扎布："在！"

刀母："照大少爷的吩咐，看住她！"

扎布无奈地说："是了。"

心妍还想反对："阿妈……"

刀母毫不留情地说："回房间去！再敢跑出家门，我打断你的腿！"

心妍眼里盈着泪水："阿妈……"

刀母："回去！"

心妍只好和丫鬟一起走上楼梯。

扎布同情地看着心妍。

刀母："扎布，你给我听好了，看不住大小姐，我也打断你的腿！"

扎布低头应诺："是了，太太。"

26. 曼龙大寨　日外

寨丁敲响铜锣、吹响号角，放响号炮。

刀心荣一脸怒色地骑在马上，率领大批全副武装的府兵、寨丁气势汹汹地冲向寨门。

寨门大开，刀心荣率领武装部族冲出寨门……

27. 刀府　日内

刀心妍被锁在房里，她焦急地拉着门，喊着："扎布！扎布！"

房外，扎布和丫鬟玉切躬身守在门口。

（画外）心妍拍着门喊："扎布！快放我出去！快呀！"

扎布十分为难地说："大小姐，扎布不敢。"

房内，心妍焦急万分地拍着门喊："扎布！你放不放我出去？你想死了！"

门外，扎布："大小姐，大少爷和太太的吩咐你听见了，扎布死也不敢放你出去。"

房内，心妍无奈地说："那好，你听我说，你马上出寨子，帮我去做件事！"

门外，扎布为难地说："大小姐，没有太太的吩咐，扎布不敢出府。"

房内，心妍发怒地说："扎布！你这个奴才！我阿爸要你保护我，什么都听我的，你忘记了？"

门外，扎布的声音："大小姐，扎布不敢忘。"

房内，心妍："那你为什么不听我的？真的想死了？"

门外，扎布惶恐地说："大小姐，扎布不想死。"

房里，心妍："那你给我听好，马上出寨子帮我做件事，你敢不答应，我砍掉你的手！"

28. 曼龙领地　日外

刀心荣率领大批府兵、寨丁气势汹汹地赶往罕富寨子。

刀心荣在马上催促跑步前进的人们："快！把腿脚放长些，跟上我的马！"

傣族武装青年们加快了脚步。

29. 曼龙领地　日外

田边路上，高川带领的马队回到曼龙领地，和水泉和李国梁等护卫队员们牵着马匹和佤寨归还的耕牛，显得神清气爽。

扎布骑着马远远跑来："红汉人！——高长官！——"

高川等人朝扎布看去。

和水泉："队长，是刀府的扎布。"

高川迎向扎布。

扎布并未下马，他勒住马急切地说："高长官，大小姐要我告诉你，快去罕富寨子！"

高川紧张起来："罕富寨子？出什么事了？"

扎布："你们的人和罕富寨主斗起来了，大少爷带着好多人枪赶过去了，你们也快些去吧！怕是要出人命了！"

高川感到震惊，跨上马高喊："全体上马！跟我来！"

和水泉和李国梁等护卫队员们纷纷上马，跟着高川疾驰而去。

扎布看着高川等人的背影，露出阴狠之色。

30. 罕富家　日外

院子里外聚集着不少寨民，罕富一家胆怯地站在竹楼前，相互依靠着。

李铁杉、武晓鹏等工作队员站在罕富一家旁边，将他们与那几个灰溜溜的寨丁隔开。

刘捍卫在鼓动寨民："乡亲们！从今以后，你们就是寨子里的主人！你们都看到了，平日里高高在上、作威作福的罕富寨主，现在老老实实地站在这里，乖乖地等着你们揭发批判！你们谁有冤情，就大声说出来！谁受过寨主的剥削就大胆地控诉！我们会把罕富寨主欺压你们的罪行一笔一笔地都记下来，让他签字画押，让他彻底认账！"

31. 罕富寨子 日外

刀心荣率领大批傣族武装冲进罕富寨子。

守在寨口的寨丁放响号炮。

队伍里有府兵朝天鸣枪。

刀心荣在马上高喊："守住寨口！不要放跑了红汉人！"

刀心荣的人马直奔罕富家而来。

沿途百姓纷纷避让并向刀心荣躬身、下跪。

刀心荣一脸怒容地策马奔向罕富家。

32. 罕富家 日外

院子里的人都被号炮声和枪声惊动，百姓们骚动起来。

刘捍卫愣了愣："怎么回事？哪里打枪？"

罕富听了听动静，露出窃笑："好了，好了，一定是大少爷救我来了！"

罕富女人抓着罕富的胳膊喜极而泣。

百姓们四散跑开。

刘捍卫大喊："不要乱！大家镇静！不要乱跑！"

钟喜妹、花蔓等工作队员想劝阻四散的百姓，毫无效果。

原本老实的寨丁显得硬气起来，又端起了枪。

李铁杉、武晓鹏等工作队员与寨丁对峙，显出紧张。

33. 罕富家附近 日外

刀心荣率领傣族武装从两个方向围拢过来。

百姓们避让不及，纷纷躬身挤到路边。

府兵赶开路上的百姓，闪开一条路。

刀心荣耀武扬威地骑着马过来。百姓们纷纷下跪。

刀心荣在马上指着罕富家的院子高喊："给我围起来！"

府兵立即散开，包围了院子并把枪口对准院子里。

34. 罕富家 日外

罕富寨主哭喊着跪到地上："大少爷！大少爷！——"

罕富家人也哭着跪到地上。

寨丁试图推开李铁杉、武晓鹏等工作队员，李铁杉等人拿着手枪不肯退让，武晓鹏却胆怯地退向李铁杉身后。

钟喜妹、花蔓等工作队员更显紧张。

刘捍卫也紧张地对李铁杉等人说："把枪收起来，把枪收起来，看他们敢把我们怎么样！"

李铁杉等人收起枪，寨丁们推开他们，守到罕富身边。

刀心荣在院外下了马，在乃木等亲随的簇拥下进了院子，他阴着脸目光凶狠地扫视着刘捍卫等工作队员，而后走向罕富赛主。

罕富一家哭着向刀心荣叩头。

刀心荣向罕富抬抬手掌："起来，都起来。"

罕富依然跪地哭喊："大少爷，你要给我做主啊！"

罕富家人也哭着求刀心荣给他们做主。

刀心荣的目光再次射向刘捍卫，向部属发令："下掉他们的枪！"

刘捍卫："你、你敢！"

刀心荣转向乃木喝道："下掉他们的枪！"

乃木朝刀府家丁们一挥手："上！"

家丁们端起枪围住刘捍卫等工作队员们，枪口对准他们。

工作队员们紧靠在一起，用手护住随身武器。

李铁杉用身体挡住钟喜妹、花蔓，质问乃木和家丁们："你们想干什么？把枪放下！都把枪放下！"

家丁们步步逼近工作队员们。

刀心荣冷眼看着。

刘捍卫拔出手枪厉声说："刀心荣！你胆大包天了！知道这是什么行为吗？这是武装叛乱！"

刀心荣不为所动地说："把枪交出来，滚出寨子，滚出曼龙！"

刘捍卫："你妄想！这里是人民政府管辖的地方，不是你们刀家的私人领地！谁敢阻拦我们，威胁我们，就是人民政府的敌人！我们绝饶不了他！"

刀心荣："闭嘴！（转向乃木）你们还等什么？"

乃木率众家丁逼向刘捍卫。

刘捍卫毫不畏惧地举起枪喝道："都给我站住！你们以为仗着人多势众就可以吓倒我们吗？我们不怕！我们今天就是牺牲了，解放军会给我们报仇的！会让你们死无葬身之地！"

家丁们停住脚步。

乃木犹豫地看看刀心荣。

刀心荣指着刘捍卫说："要死的是你！别以为我怕了解放！我们刀家打过英国鬼，打过日本鬼，也打过黄皮汉人！解放敢来闯寨子，就叫他们把命都留下！"

刘捍卫："刀心荣！你太不自量了！就凭你一个小小的土司，也想抵抗解放大军？你再不停止对抗政府，就是自取灭亡！"

刀心荣一丝狞笑："乌鸦叫得再响，吃的也是死尸烂肉。马上把枪交出来，滚回南沧去搬解放吧！上！"

乃木带领家丁们再次逼近刘捍卫等工作队员。

刘捍卫做出准备射击的动作高喊："站住！再敢靠近，我就跟你们同归于尽！"

乃木和家丁们再次驻足。

刀心荣："你敢开枪，你们这些汉人统统没命！"

乃木和家丁们又逼近刘捍卫。

刘捍卫突然用枪指着自己的太阳穴："站住！你们再敢上前一步，我就死在这里！"

乃木和家丁们都站住了。

李铁杉、钟喜妹等工作队员们也很吃惊。

刀心荣也没想到地看着刘捍卫。

刘捍卫："刀心荣！你给我听着！共产党人绝不交枪！你今天敢逼死我，来日就得给我偿命！"

刀心荣不为所动地说："让天上的乌鸦给你报丧吧。上！"

乃木和家丁们继续逼向刘捍卫。

刘捍卫把枪口抵住太阳穴，闭上眼睛高喊："共产党万岁！——新中国……"

画外传来高川的喊声："都住手！——"

刘捍卫睁开眼睛，枪口离开太阳穴，禁不住地高喊："高队长！——"

钟喜妹惊喜地喊："高队长！"

李铁杉、武晓鹏、花蔓等队员向高川看去——

乃木和家丁们回头看去——

刀心荣转头看去——

高川带领和水泉、李国梁等人铁青着脸走进院子。

高川严厉地对刘捍卫喊："把枪放下！"

刘捍卫不满地收起了枪。

乃木和家丁们立即把枪口对准了高川等人。

高川走向刀心荣，隔着持枪的家丁质问刀心荣："刀代办，我向你保证过，工作队不会和你们动枪，你为什么要把枪口对准我们？"

刀心荣："高长官，是你们的人逼我动枪！"

刘捍卫争辩："胡说！你们这是武装叛乱！"

高川抬手示意刘捍卫住口，盯着刀心荣说："大少爷，让你的人把枪放下！"

刀心荣不买账："高长官，你先问问你的人干了什么！"

高川："我当然要问，但是我不会对着这些枪口问。请你们都把枪放下。"

乃木等人依然举枪对着高川。

和水泉站到高川身前，瞪着乃木等人喊："你们想干什么？把枪放下！"

高川把他扒到一边，注视着刀心荣。

刀心荣冷眼看着高川，不发话。

高川："大少爷，你真想和我们动枪吗？"

刀心荣："怎么，你也要用解放大军来吓唬我？"

李国梁忍不住说："罗开云司令的队伍就在南沧，你想打吗？"

刀心荣暗自一惊。

乃木和家丁们显出胆怯。

高川："大少爷，我对你说过，我们的枪口不会对准傣家兄弟。如果你真有动枪的念头，那我明白地告诉你，你的这些人，不够资格！"

刀心荣不服气地说："够不够资格要打过才知道，枪里的子弹都不长眼。"

高川："你错了，我枪里的子弹个个都长眼。"

刀心荣不屑地说："你在吓我？"

高川淡淡一笑。

天上传来乌鸦的叫声。

刀心荣抬头看了一眼，拔出枪向天上瞄准。

高川迅速拔出枪朝天射击——

天上的乌鸦中弹坠落。

李国梁的护卫队员们大声叫好。

院子里的人们发出惊叹，有人悄悄称赞："天呐，神枪！神枪！"

工作队员们露出喜色。

乃木和家丁们面面相觑。

刀心荣吃了一惊，看看自己手里的枪，不敢相信地盯着高川手里的枪……

第十三集完

第十四集

1. 曼龙　罕富寨主家　日外

（紧接上集）高川收起枪，从容地说：“刀代办，让你的人把枪都收起来，有什么话，我们用嘴说，莫用枪说。”

刀心荣不服气地看看天上，不情愿地摆了摆手，示意乃木和家丁们都收起枪。他从家丁身后走向高川，依旧冷着脸说：“高长官果然神枪，刀某见识了。既然你不要我们用枪说话，就请拿出理来说给我听。你们的人为什么要抢罕富寨主的粮食、钱财，为什么煽动寨民来捉罕富寨主?”

高川不满地转向刘捍卫。

刘捍卫辩解：“罕富剥削寨民、私藏粮食，他……”

高川严厉地说：“不要说了!”

刘捍卫一愣，回不过神来。

高川诚恳地对刀心荣说：“刀代办，这件事情是我们的错，对不起。”

他说着向刀心荣鞠了一躬。

刀心荣感到非常意外。

刘捍卫变了脸色。

李铁杉、钟喜妹等工作队员们都感到诧异。

高川走到罕富身前，诚恳地说：“罕富寨主，我代表工作队向你们一家表示道歉，对不起了。”

他向罕富一家深深鞠了一躬。

罕富一家受宠若惊。

高川看了眼堆在竹楼旁的粮食、财物，走上前扛起一袋粮食上了竹楼。

和水泉、李国梁跟上去拿起粮食、财物送上竹楼。

罕富一家想不到地看着高川他们把自己的粮食、财物送回家里。

刀心荣看着高川等人把罕富的东西送回竹楼，转头仍旧怨恨地瞪着刘捍卫。

刘捍卫不服地白了刀心荣一眼，扭过脸去。

高川下了竹楼，走近刀心荣说：“刀代办，这件事情我们不会就此了结，对犯错误的同志，我们会严肃批评，还要报请上级领导，给予处分。”

刀心荣半信半疑地审视着高川。

刘捍卫一脸怨愤，却又不好说什么。

高川对刀心荣说：“我向你保证，这样的事情以后绝不会再发生了。”

刀心荣没有表态。

高川：“怎么，你不相信？那我告诉你，佤寨的岩火头人已经把罕富寨子的耕牛还回来了。他还保证，以后不再袭扰曼龙大寨，愿意和你们和睦相处。”

刀心荣很感意外，但仍不作声。

罕富听说耕牛还回来了，显出意外。

高川：“我希望你也能遵守诺言，让我们的工作队进寨子。”

刀心荣不置可否。

高川：“我想，大少爷不会出尔反尔，不讲信用吧?”

刀心荣恢复了傲慢的神情，冷冷地说："高长官，是你的人先不守信用。"
高川怔了怔，抱歉地说："刀代办，我再次向你道歉。"
刀心荣："不必，就算我信了你，你手下的这些人，我也还是信不过。"
高川："那你说，我们怎么做你才信？"
刀心荣："让你的长官来，当面向我道歉，并且写下保证书……"
刘捍卫忍不住地说："刀心荣，你太过分了！"
高川喝道："闭嘴！"
刘捍卫恨恨地扭过脸去。
刀心荣白了刘捍卫一眼，继续对高川说："我要你们红汉人在南沧最大的长官来向我道歉，给我写下保证书。不然的话，就请你们离开曼龙，回南沧去。"
高川不好作答地看着刀心荣。
刀心荣傲慢地盯着高川。
高川下了决心："好，我马上向上级报告。"
刀心荣："我等着。"

2. 曼龙酒家客房　日内

房内，石三娇盯着尼斗说："你说什么？姓高的共匪回来了？你亲眼看见的？"
尼斗："是去罕富寨子收粮的人看见的。共匪的工作队和罕富寨主闹翻了脸，要抄罕富寨主的家。刀大少爷带着人马赶了去，要把共匪赶走，还差点动了枪。原本刀大少爷已经得手了，可那姓高的共匪头目突然去了罕富寨子，三下两下，就把刀心荣压住了。听说是刀大少爷开出了条件，要共匪在南沧的大人物来曼龙谈判。"
石三娇憋着气说："该死的刀心荣，他就是个草包！更该死的是小狼山的张云奎，不是让他在路上干掉姓高的共匪吗？怎么让他活着回来了？"
尼斗不知如何答复，显出尴尬。
石三娇阴狠地说："特派员也是瞎了眼，居然相信一个土匪。那个张云奎就是头吃不来细糠的野猪，根本不堪大用。哼，姓高的回来也好，我要亲手杀了他，为我阿爹报仇。"
尼斗担心地说："石司令，特派员不是不让你动手吗？"
石三娇："住嘴！你敢向特派员透露半个字，我就先宰了你。"
尼斗服从地垂下头。

3. 南沧县城　日外

方明华和两名警卫人员骑马出了县城，快马加鞭地飞驰而去……

4. 曼龙大寨外　工作队临时营地　日外

临时搭建的帐篷外，刘捍卫和高川争辩："明明是罕富寨主剥削寨民，故意瞒报公粮，和政府对抗，难道我们只有妥协退让，不能和他们做斗争吗？"
高川："方书记讲得很明确，对待所有的土司头人，都必须尽可能地团结他们，保护他们的利益，这是个重大的原则问题！"
刘捍卫："你也看到了，他们那是武装反抗，性质非常恶劣！"
高川："你不搞极端做法，他们会那么干吗？"
刘捍卫："我不同意你这个说法。如果他们今天真开了枪……"
高川："如果他们真开了枪，你和同志们只能是无谓的牺牲！白白送死！"
刘捍卫一愣。
高川："而且还要背上严重违反民族政策，给民族工作造成重大损失的罪名！"

刘捍卫忍不住地说："高川同志！你这么说太过分了吧？你还有立场没有？"
高川："我的立场很坚定。现在是你犯了错误，还不肯承认！"
刘捍卫："我承认什么？我犯什么错误了？"
高川气不过地说："等方书记来了，你问他吧！"他说罢转身走了。
刘捍卫依然不服地说："问就问！"他赌气地点起一支烟，发泄似的吸着。

5. 工作队营地　日外

钟喜妹在拉起的晾衣绳上挂着洗好的绷带，李铁杉在一旁帮忙。
钟喜妹抱怨地说："现在老实了吧？刚进寨子，就闯下那么大的祸。"
李铁杉低声辩解："又不是我要那么做，是刘副队长让我们做的。"
钟喜妹："让你做你就做，干吗不动动脑子？盲目。"
李铁杉："我盲目，你干什么去了？"
钟喜妹："我？我又没跟你们去斗寨主，又没去抄罕富的家……"
李铁衫生气地说："我抄家了吗？你不是也在动员群众吗，不是也很积极吗？"
钟喜妹："你，算了，不跟你说了。幸亏队长赶回来，要不然，不知道会发生什么事呢。"
李铁杉："那又怎么样，大不了牺牲了，当英雄。"
钟喜妹："那也叫英雄？为错误牺牲，轻如鸿毛！"
李铁杉想反驳，却找不到合适的话。
钟喜妹："你就该好好学学高队长，做什么说什么，都是在情在理，最危险的时候，一枪就能把刀心荣镇住，那才叫英雄。"
李铁杉赌气地说："对，对，高队长了不起，是英雄，是顶天立地的大英雄。你眼里只有大英雄，我在你眼里屁都不是，行了吧？"
钟喜妹一怔："你，你说什么？"
李铁杉："我说得很清楚！"
他生气地转身走了。
钟喜妹："你站住，你给我回来！"

6. 刀府　日内

刀心妍房间外，扎布带着两名家丁持枪守在门口，门上挂着大锁。
刀心妍拍打着房门喊："开门！让我出去！开门！"
扎布和两个家丁假人一般站立不动。
房内，刀心妍发疯似的拍打房门，喊叫着："扎布！你是死人吗？给我开门！再不开门，我砍掉你的手！"
门外，扎布和家丁一动不动地站着，像是什么也没听见。
刀心妍在房内边拍门边喊："扎布！你想死了！给我开门！开门！"
刀母带着丫鬟玉切、玉凤走来，扎布和家丁躬身行礼："太太。"
刀母板着脸站住，听着心妍拍打房门和喊叫声："开门！你们这些畜生！都不想活了！"
刀母示意扎布："把门打开。"
扎布转身开锁，刀心妍推门怒冲冲地要出来，被刀母挡住。
刀母严厉地说："站住！回房去！"
刀心妍发呆地看着母亲。
刀母喝道："回去！"
刀心妍无奈地转身回房。刀母带着丫鬟进了房，愤怒地瞪着心妍："你也太过分了，闯了那么大的祸，还敢撒野！"

刀心妍不服气地说："阿妈……"

刀母："闭嘴！从今天起，你哪也不许去了，就在房里老实待着，给我好好抄写经文！"

刀心妍想争辩："阿妈……"

刀母："闭嘴！喊谁也没用了。你若是再不听话，我马上把你送到境外去！"

刀心妍一怔，不吭声了。

刀母从玉切手中拿过经文："佛爷说了，你要把经文抄写八十一遍，才能收住你的心。"

刀心妍瞪起眼睛想说什么，又没敢说出口。

刀母转向玉凤："拿过去。"

玉凤把一叠纸和毛笔、砚台放到小桌上。

刀心妍看看那些纸笔，转向母亲想说什么，却被母亲拦住。

刀母："你要在七天里抄写完，若是抄完了还是收不住心，就抄一百零八遍！"

刀心妍："啊?"

刀母："啊什么，七天里，不许迈出房间一步！敢不听话，我就打断你的腿！"

刀心妍意外地看着母亲。

刀母转身走到门口："扎布！"

扎布："在！"

刀母："你们谁敢放她出去，我就要谁坐地牢！"

扎布："是了。"

刀母带着玉切、玉凤出了房门："锁门！"

扎布将门关上，挂上锁。

刀心妍在屋内愣愣地看着关死的房门，委屈地哭了起来。

7. 刀府　傍晚内

厅堂里，方明华搁下笔，把写好的保证书交给刀心荣，带着歉意微笑说："刀代办，我这样写，你满意吗?"

刀心荣接过保证书看看，说："好，方领导亲笔写的，我信了。"

方明华："刀代办，我代表中共南沧县边疆工作委员会向你道歉，请你接受。"

他说着，向刀心荣鞠了一躬。

刀心荣伸出手臂做出姿态："不必不必，方领导太客气了。"

方明华："刀代办，现在你可以履行诺言，让我们的工作队进寨子了吧?"

刀心荣："当然，你说吧，你们要进哪座寨子?"

高川："曼龙大寨，曼龙领地所有的寨子我们都要进。"

刀心荣不好拒绝地说："好吧，就让你们的人住进曼龙大寨。"

高川："谢谢。"

方明华："谢谢刀代办。希望你忘掉不愉快的事情，真心和我们交朋友。"

刀心荣微笑着点头。

方明华："我们最大的愿望，就是和你们这些民族上层一起抓好生产，搞好建设，巩固边防。在曼龙领地没有你们刀家的帮助，我们怕是寸步难行啊。"

刀心荣客气地说："方领导过奖了，请坐。（他转向高川）高长官请坐。"

8. 刀府　傍晚内

丫鬟玉切端着摆有饭菜的托盘来到刀心妍房前，扎布打开门，玉切进了房间。

房内，刀心妍赌气地坐在小桌前，发愣地看着窗外，根本没抄经文。

玉切把饭菜放到一旁，轻声说："大小姐，该吃饭了。"

刀心妍："不吃。"

玉切看看门外，小声说："大小姐，那个姓高的长官把红汉人在南沧的大长官喊来了……"

刀心妍变了表情，关切地问："喊来做什么？"

玉切："大长官给大少爷写了什么……什么保证，大少爷很高兴，答应让红汉人进寨子了。"

刀心妍感到意外："这是真的？"

玉切："嗯。大少爷好像挺开心，和红汉人的大长官有说有笑的。"

刀心妍听罢松心地说："这就好，这就好了。"

玉切："大小姐，快吃些东西吧，饿坏了身子可怎么好啊。"

刀心妍："阿妈让我抄经文，我一个字也不想抄。玉切，帮我想想办法，我要出去。"

玉切："大小姐，我可不敢想什么办法。你就听太太的，把经文抄了吧。抄好了经文，你不就可以出去了？"

刀心妍怨气十足地说："要抄八十一遍呢，要抄到什么时候啊！"

玉切："只要你开始抄了，就有抄完的时候。反正红汉人可以进大寨了，大少爷也不会为难他们了，你就不要再心急了。"

刀心妍嘟着嘴表示不满。

玉切："大小姐，你就抄吧，不管白天晚上，我都给你磨墨，好好伺候你。"

刀心妍作出为难的表情。

9. 刀府　傍晚内

厅堂里，方明华写的保证书挂在墙上，刀心荣站在那里看着保证书，若有所思地摸着下巴，似乎有很多事情想不明白。

10. 曼龙大寨外　傍晚外

竹林里，石三娇一身黑衣埋伏着，手里握着左轮枪，两眼盯着竹林外的小路。

一会儿，高川、方明华骑着马过来，身后跟着和水泉和两名警卫人员。

石三娇扳开手枪机头，向高川瞄准——她看见高川、方明华身后跟着三名战士，犹豫之后，她心中不甘却无奈地放下手枪，怒视着高川等人从竹林外的小路上快速通过。

11. 曼龙酒家客房　傍晚内

掌柜尼斗把身穿便衣、头上蒙着盖布的杜连仲和刀府管家曼珲迎进房内，杜连仲掀掉盖布问："石三娇呢？"

尼斗支吾地说："石司令出去了。"

杜连仲逼视着他："干什么去了？嗯？"

尼斗不敢隐瞒，说："她要去干掉姓高的共匪。"

杜连仲甩下盖布："混账！我不是说了不许她动手吗？为什么不拦着她？"

尼斗："她是司令，我拦不住她。"

杜连仲厉声道："蠢货！马上去把她找回来！"

尼斗应着要出门，杜连仲又说："给我听着，把她带回来关在屋里，等着我。她要敢不服从，你就给我绑了她！"

尼斗顺从地说："是了。"

12. 工作队临时营地　夜外

帐篷外燃起篝火，方明华、高川在篝火边严肃地与刘捍卫谈话。

方明华严厉地对刘捍卫说："你简直是胡闹！乱弹琴！你做了多年民族工作，是个老同志了，怎么能如此莽撞，完全不顾大局……"

刘捍卫面带愧色说："方书记……"

方明华："没让你说话！身为工作队领导，带头破坏纪律，违反民族政策，这是什么性质的问题？会给曼龙的工作造成多坏的影响，你考虑过吗？"

刘捍卫忐忑地说："我……"

高川面色沉重地说："方书记，作为工作队长，我也有责任。"

方明华："你当然有责任！我现在要追究的是主要责任！刘捍卫！"

刘捍卫："到。"

方明华："我代表边工委免去你的副队长职务，跟我回南沧去，好好检讨你的错误，听候组织处理。"

刘捍卫感到委屈："方书记，我也是为工作着想啊……"

方明华："民族地区的工作原则你不清楚吗？为工作着想，你脑子里还有政策吗？"

刘捍卫不敢坚持："方书记，我错了……"

方明华："你错误大了！政策是什么？是党的生命！一个共产党员，党的干部，如果不牢牢把握党的政策，就会走错方向，给党的事业造成损失！"

刘捍卫惭愧地低头不语。

高川想说什么，却被方明华拦住。

方明华："我一再提醒过你们，曼龙的情况非常复杂，那些土司头人的心理很不稳定。我们的工作稍有差错，都可能导致前功尽弃，甚至会适得其反。如果我们不能团结曼龙的土司头人，不能让他们真心诚意地跟我们合作，那就谈不上边疆稳定，就构不成稳固的边防，更谈不上和平建设新边疆了！"

高川："方书记，您批评得对，我们完全接受。不光刘捍卫同志，我本人也要向边工委做出深刻检讨。"

方明华点上烟，平静地吸着。

高川："不过，作为工作队队长，我要向组织上提一个请求。"

方明华："讲。"

高川："我希望，刘捍卫同志能留在工作队，继续担任副队长职务。"

刘捍卫意外地看着高川。

方明华看着高川："说明理由。"

高川："刘捍卫同志对这一地区的情况很熟悉，工作队下一阶段的任务更加艰巨，应该让他留下来发挥作用。另外，我们党对犯错误的同志，历来是批评教育从严，组织处理从宽；我希望能给他一次在工作中改正错误的机会。"

刘捍卫深受触动，等待方明华表态。

方明华思索片刻，对刘捍卫说："你的态度呢？"

刘捍卫诚恳地说："方书记，如果组织上能给我一次就地改正的机会，我一定深刻反省，用实际行动挽回影响，给高川同志当好助手，绝不辜负组织……"

他说着流下了眼泪。

高川："方书记，请您批准我的请求。"

方明华想了想，说："好吧。刘捍卫同志，你必须认认真真地吸取教训，用实际行动改正错误。"

刘捍卫立刻表态："我一定改，一定改！"

13. 刀府　夜外

后院，波香在马厩旁切着草料，她显然已经十分疲惫。

马夫提着马灯走近，没好气地对波香说："快些快些，快去给马添草料，慢腾腾的，要切到什么时候？"

波香将切碎的草料盛进筐箩，抬着筐箩走向马槽。

波香将草料依次倒进马槽，当她要返回切草料的地方时，突然停住脚，躲到马厩的柱子旁，向黑处张望——

一个黑影走向府院角门，悄悄打开门，将两个头上蒙着布的人接进院子，快步走向府邸后门。

波香仔细辨认着黑处的人影——

借着微弱的亮光，可见接应的人是乃木，他和进府的那两个人闪身进了后门。

波香确信后院没人了，才从柱子后面走出来，走向切草料的地方。

14. 刀府　夜内

刀心妍从浴房出来，擦着湿淋淋的头发。丫鬟玉切跟随着她。

刀心妍走过楼梯口时，看见扎布站在那里。

扎布躬身说："大小姐。"

刀心妍不满地说："站在这里干什么？还怕我跑了不成?"

扎布："不敢。是太太吩咐我站在这里。"

心妍瞪了他一眼："哼，奴才。"

扎布又一躬身："扎布就是奴才。"

心妍边走边对玉切说："玉切，去给我拿些水果来。"

玉切答应着走下楼梯。

心妍向自己的房间走去，当她走近另一个楼梯口时，听到了脚步声和小声说话的声音，她警觉地贴到墙边，探头向楼梯下看去——

乃木和那两个蒙布人的身影从楼梯下闪过。

心妍好奇地想了想，蹑足走下楼梯。

15. 刀府　夜内

密室内，乃木将两个蒙着布的人领进密室，两人去掉蒙布，可见是国民党特派员杜连仲和曼珲管家。

乃木给他们斟着茶小声说："特派员，曼珲管家，你们二位稍坐，大少爷马上就来。"

16. 刀府　夜内

刀心妍蹑足走向密室，快要临近时，听见有人下楼梯，赶紧躲到廊道拐角处。

刀心荣下了楼梯，走向密室。

刀心妍从墙边探出半个脸，看着刀心荣走进密室，等他关上门，才轻步走出来，踮着脚走到密室门外，侧耳听着里面的动静。

17. 密室内　夜内

曼珲管家向刀心荣合十躬身："大少爷。"

杜连仲也起身客气地说："大少爷。"

刀心荣冷眼看着杜连仲："杜长官，你来得好，我有话问你。"

杜连仲："大少爷请讲。"

刀心荣："前些天，有人装扮成我们傣家人上山血洗了佤族寨子，又有一些人装扮成佤族人，到我们的寨子里杀人杀牛，这到底是怎么回事?"

曼珲管家也显出惊讶，杜连仲装作吃惊："有这样的事?"

乃木在一旁观察着刀心荣和杜连仲。

刀心荣："你不知道?"

杜连仲："我当然不知道。"

刀心荣："有人说，那些人是你们的士兵装扮的，用的都是美国快枪。"

杜连仲："大少爷，这一定是共匪造的谣言，你千万不要相信。"

刀心荣："那你告诉我，那些人会是哪家的人？"

杜连仲："一定是共匪装扮的，这样的鬼把戏，只有共匪做得出来。"

刀心荣审视着杜连仲。

杜连仲："大少爷，共匪诡计多端，你可不要胡乱猜疑，上了他们的当。"

刀心荣显然不相信，看了眼曼珲，曼珲不好开口，沉默着。

杜连仲从身上解下个包袱放到桌上："大少爷，如果你不信我的话，就请看看国军的诚意吧。"他打开包袱，露出有不少金条。

刀心荣看看那些金条，又看着杜连仲。

杜连仲："大少爷，这是给国军买粮食的，请收下吧。"

刀心荣又问："机关枪呢？你不是答应过吗？"

杜连仲："下一次。我得再带两个帮手，才能把机关枪带过来。不过，我给大少爷带来了比机关枪更重要的东西。"

刀心荣不解地看着杜连仲。

杜连仲从贴身处掏出一张委任状展开，递给刀心荣："大少爷，胡司令委任你为曼龙反共救国挺进纵队司令，这官衔可不比兄弟的低呀。"

刀心荣看看委任状，又看看管家，目光又回到杜连仲脸上："挺进纵队，要我挺到哪里去呀？"

杜连仲："首先是保卫曼龙，下一步是反攻南沧。大少爷，你干爹已经担任了南沧反共救国促进会的会长，这曼龙挺进纵队的司令，当然是非你莫属了。"

刀心荣转着心思没有回应，转向曼珲管家问："曼珲管家，我干爹还好吗？"

曼珲瞟了眼杜连仲，点头说："好，老爷很好。"

刀心荣："他有信吗？"

曼珲："哦，有，有口信。"

刀心荣起疑地盯着曼珲，曼珲又瞟了眼杜连仲。

杜连仲："放心吧，大少爷，刀土司在外头一切都好……"

刀心荣打断他："我在问曼珲管家。"

杜连仲只好住口，向曼珲使个眼色。

曼珲："啊，老爷他过得很好，生活上样样都好，安全嘛，有国军保护，你不用担心。老爷他，就是想念你们，盼望着能和你们团聚。"

刀心荣心里有些难过，沉默着。

曼珲："老爷特别嘱咐，希望你和大小姐能早些到境外去，早些成亲。"

刀心荣感到意外地看着曼珲，露出一丝喜悦。

18. 秘室外　夜内

刀心妍紧贴着门上听着里面的动静，由于实在听不清楚，她打算动手敲门。

扎布在近处轻唤："大小姐。"

心妍吓了一跳，回身瞪着扎布，轻步离开密室门前，低声说："鬼奴才，你要吓死我呀？"

扎布："扎布不敢。大小姐，那里面有人吗？"

心妍："废话，我要问你呢，刚才进府里来的，是什么人？"

扎布发懵："刚才？不知道，我没看见有人进来。"

心妍抱怨地说："笨蛋，还是护卫队长呢，人家进来放火你也不会知道。"

扎布惭愧地顺过背着的枪："我去看看。"

心妍一把拽住他："站住。"

扎布闹不明白地看着心妍。

心妍盘算着盯着密室的门。

19. 密室内　夜内

乃木按着枪，守在门边。

杜连仲对刀心荣说："等大少爷把粮食运出去，你们一家也该到境外和刀土司团聚了。"

刀心荣看看杜连仲，又看看曼珲管家，没做声。

杜连仲："这是刀土司的意思，也是国军的意思。"

刀心荣看看曼珲管家，管家点头说："是了。"

刀心荣沉吟片刻，对杜连仲说："特派员，按照你的计划，这么一大批粮食要经过青蒙山，从芒崖部落的领地运出去，路上出了问题怎么办?"

杜连仲："你放心，只要按照我们商定好的路线走，国军会派人在芒崖隘口接应，不会出问题。"

刀心荣："怎么不会? 芒崖的尼贡头人就那么可靠? 青蒙山上还有岩火部落，菁崖的岩猛部落，若是他们见到了粮食，一定会抢。"

杜连仲："放宽心吧，大少爷，芒崖部落的尼贡头人是国军的朋友。岩火部落和岩猛部落都有我们的人，他们的一举一动都在我的掌握之中。"

刀心荣："想不到，特派员在佤族寨子能留下这么深的脚印。"

杜连仲："常来常往嘛，总会留下脚印的。"

刀心荣："曼龙大寨里，也有你们的人吧?"

杜连仲不置可否地笑笑："大少爷不就是我们的人吗? 你现在是刀司令了，我们可是在一条船上啊。"

刀心荣矜持地笑了。

20. 秘室外　夜内

刀心妍和扎布躲在房子拐角处监视着密室。

扎布有些着急地轻声问："大小姐，到底是谁在里面?"

刀心妍竖起指头"嘘"了一声，继续盯着密室。

一会，密室的门开了，乃木先出来，站到一边。

刀心荣和曼珲管家、杜连仲走了出来，杜连仲把蒙布盖到头上。

刀心妍见到管家不觉一愣。

扎布也愣住了。

刀心妍禁不住喊："曼珲管家!"

刀心荣、管家都是一愣。杜连仲赶紧把头蒙住。

刀心妍走上前，瞪着眼睛看着管家："曼珲管家!"

管家定住神，向刀心妍合十躬身："大小姐。"

刀心荣狠狠瞪了眼扎布，扎布不知所措地退到一旁。

刀心妍有些激动地拉着管家的手说："曼珲管家，怎么是你呀? 我阿爸呢? 他在哪里呀?"

曼珲管家感慨地说："大小姐，老爷在外面，是他让我回来的。"

刀心妍："我阿爸他好吗? 他怎么不回来呀? 曼珲管家，我好想我阿爸……"

管家动容地说："大小姐，老爷他也想你呀，天天都在念着你……"

刀心荣轻咳一声，管家只好住口。

刀心妍向刀心荣瞥了一眼，对着杜连仲问："他是谁? 和你一起来的?"

管家支吾着说："哦，他是……"

刀心荣插话："啊，这位是果崖土司的属官，和管家一起来的。"

杜连仲蒙着头向心妍躬身示意。

刀心妍感到奇怪："你蒙着头做什么? 你的脸很难看吗?"

曼珲管家不知该怎么解释。

刀心荣："阿妹，不要多问。"

刀心妍："为什么?"

刀心荣："他们是冒着危险回来的，若是给老黄皮知道了，干爹就会有危险。"

刀心妍信以为真，对管家说："曼珲管家，你让我阿爸快些回来吧，回到家里，就没有危险了。"

管家动情地点头说："是了，大小姐，我一定转告老爷。"

刀心荣："扎布!"

扎布："在。"

刀心荣："送大小姐回房去。"

心妍不愿走："阿哥……"

刀心荣："阿妈不是要你抄经文吗，乖乖去抄。"

心妍还是有些不愿意。

曼珲管家不舍地说："大小姐，听大少爷的话，一有机会，我就回来看你。"

心妍含泪说："曼珲管家，你一定告诉我阿爸，我好想他，让他早些回来。"

曼珲也含泪说："大小姐，曼珲记下了，记下了……"

刀心荣带着管家和杜连仲走去，乃木跟着离去。

心妍含泪看着管家离去。

21. 刀府外　夜外

刀心荣、乃木把曼珲管家和杜连仲从后门送出府。

刀心荣边走边对曼珲管家说："你对我阿爸讲，等粮食运出去了，我会尽快把阿妹也送出去。她总和红汉人搅在一起，会误大事的。"

曼珲管家："大少爷，对付红汉人要多动些脑子，千万不能硬抗。"

刀心荣："我晓得。我现在就担心阿妹，她中了邪，万不得已，我只好把她关在府里，不让她出去。"

曼珲管家听罢停住脚说："大少爷，这可不是个办法。"

杜连仲和乃木也停住脚，在一旁等着管家。杜连仲悄悄把一根金条塞到乃木手里，乃木赶紧把金条揣进怀里。

杜连仲悄声说："盯紧你家少爷和曼龙的粮食，有情况用老办法告诉我。如果情况紧急，就去镇上的曼龙酒家找尼斗掌柜。明白了?"

乃木没想到尼斗是杜连仲的人，不屑地说："尼斗？那个酒鬼，靠得住吗?"

杜连仲沉下脸："他是我的联络员，照我说的做。"

乃木愣了一下，猜测地点头回答："哦，明白。"

曼珲管家对刀心荣说："大少爷，大小姐见过世面，性子又犟得很，你若是关住她，一定会生出大事的。"

刀心荣："可是，我没有别的办法呀。"

曼珲管家："若是老爷知道了，也一定会怪罪你。"

刀心荣："那我该怎么办嘛?"

曼珲管家叹了口气："迟早要把大小姐送出去，这段时间，就由着她吧。"

刀心荣会意地点头。

杜连仲在一旁催促："曼珲管家，快走吧。"

曼珲管家对刀心荣躬身说："大少爷，我走了。"

刀心荣："路上多加小心。"他目送曼珲和杜连仲在黑暗中离去。

22. 刀府　夜内

刀心荣回到府内，走向自己的房间。

刀心妍等候在厅堂里："心荣阿哥。"

刀心荣意外地看着心妍："你怎么还不回房去?"

刀心妍："告诉我，我阿爸带回什么话了?"

刀心荣想了想，说："干爹希望我们早些去国外，成亲。"

刀心妍不信："你胡说!"

刀心荣："信不信由你。"

他竟自走去，刀心妍负气地走上楼梯。

23. 曼龙酒家客房　夜内

杜连仲、石三娇坐在桌边，桌上摆着酒菜。杜连仲面色严厉地盯着石三娇，石三娇委屈地喝下一杯酒，重重地放下酒杯，含泪赌气地说："我不走，我就留在曼龙，哪也不去。"

杜连仲严厉地说："你现在是党国军人，不服从军命，必受严惩。"

石三娇："随便你，怎么惩罚我都行，我就是不走。"

杜连仲气急无奈地拍拍桌子："你是驴脑子啊? 我不是给你讲清楚了吗? 你的任务是掌控大局，不是干掉姓高的共匪报私仇，你怎么就听不进去呢?"

石三娇犟嘴："谁说我没听进去? 要不是为了大局，我今天拼死也要干掉姓高的。就是想起了你说的话，我才没有蛮干，没和他鱼死网破。"

她给自己倒了杯酒，一口喝干，重重地放下酒杯。

杜连仲稍顿，怜惜地看着她，叹道："关键时刻能忍得住，算你还知道分寸。"

石三娇委屈地看着他："不是有你的教导吗? 说吧，除了让我去境外，还能怎么处罚我，我都接受。"

杜连仲看看她，给她和自己倒上酒，语重心长地说："你以为我真想处罚你? 我是不让你因小失大，更不想看着你去白白送死。三娇，你必须明白，你在曼龙的作用很重要，比杀一两个共匪的作用要大得多。"

石三娇有所触动，不作声了。

杜连仲："曼龙是我们掌控刀家、南沧、青蒙山和小狼山各处的枢纽，不能有半点闪失。我让你守在镇上，是因为我信任你，希望你帮我看好每一颗棋子，下好整个南沧这盘棋。三娇，为了反攻复国的大业，我们必须忍辱负重、卧薪尝胆，放下一切私仇、私利。心为党国所想，命为党国所系，才能积蓄足够的力量，度过最最艰难的时日，迎来反攻复国的那一天呐。"

石三娇听从地看着他，显出愧意。

杜连仲："你必须向我保证，为了党国大业，你要好好保护自己，绝不再冒险蛮干，不再擅自行事。"

石三娇点点头："我保证。"

杜连仲端起酒杯，示意石三娇也端起酒杯："好吧，我信你了，干。"

石三娇略显娇羞地说："我也信你。"

两人干了杯中酒，杜连仲信任地看着石三娇，石三娇露出娇羞的笑容。

24. 刀府　日内

刀心妍房间，刀母很意外地问心妍："你说什么? 曼珲管家回来过?"

刀心妍："是啊，昨天晚上他和果崖土司的属官一起来的，神神秘秘地和心荣阿哥说话，被我碰上的。"

刀母关切地问："那，你阿爸怎么样啊? 他说了没有?"

刀心妍："说了，他说阿爸过得还好。说阿爸，很想我们……"

刀母生气地说："这个心荣，怎么也不告诉我呢? 我连句话也没稍给你阿爸。"

刀心妍："阿妈，曼珲管家像是有重要的事情和心荣阿哥商量，我问阿哥，他不告诉我。"

刀母："这太过分了！我去问他，曼琿到底回来干什么，怎么能丢下老爷自己回来呢？"
刀心妍："就是，你该好好问问心荣阿哥，多重要的事情不告诉我可以，怎么能不告诉阿妈呢。"
刀母怨愤地转身出了屋，心妍借机溜出屋子……

25. 刀府　日内

厅堂里，刀心荣整装准备出门，刀母走来："心荣。"
刀心荣转身看着母亲："干妈。"
刀母："我问你，曼琿管家回来，为什么不告诉我？"
刀心荣："哦，他回来得急，走得也急，再说，你已经睡了。"
刀母："那也该喊我一声，我总该问问你干爹的情况吧。"
刀心荣："干爹还好，干妈不用担心。"
刀母："我怎么不担心？他在外面，样样都比不了家里，万一闹出病来，谁照顾他？"
刀心荣扶母亲坐下："不是有管家和佣人照顾他吗？"
刀母愤愤地说："对了，曼琿都和你说什么了？说给我听听。"
刀心荣："干妈，曼琿是替干爹传话来的。"
刀母："传什么话？"
刀心荣："哦，他希望我和心妍阿妹尽早成亲，到国外去。"
刀母："去国外？去国外做什么？"
刀心荣："干爹觉得，国外安全。"
刀母："他就说了这件事？"
刀心荣："还有，他要我做些事情。"
刀母："要你做什么？"
刀心荣："这，我不好对你讲。"
刀母不满地说："为什么不能对我讲？"
刀心荣："干爹有话，他不在，曼龙的事情我做主。"
刀母生气地说："你，你眼里还有干妈没有？"
刀心荣："干妈，即便干爹在，很多事情他也不会对你讲。"
刀母气愤地瞪着刀心荣。

26. 小狼山匪巢　张云奎住处　日内

内室里，张云奎把一封信交给心腹张喜贵，低声嘱咐："你去趟南沧，找共党的大长官，最好能找到罗开云，把这封信交给他。"

张喜贵诧异地说："总爷，你真想投共党？"

张云奎："蠢货，我这是给弟兄们留条后路。他罗开云可是一手能遮住青蒙山的活阎王，他要是真来剿咱们老窝，咱们死都没地方埋。"

张喜贵似乎明白地点点头。

内室门外，马师爷躲在门边偷听。

内室里，张云奎："既然他要招降咱们，老子就开出条件，看他怎么应对。只要能让咱们保住小狼山，也算是多了条活路。"

张喜贵："小的明白了，我这就下山。"

张云奎："贼精着点，不能让任何人知道。"

张喜贵收起信："是。"

门外偷听的马师爷闪身而去。

27. 张云奎匪巢　日外

马师爷匆匆出了张云奎住处，走到院子里把一个心腹招到身边，神色急切地在他耳边低语……

28. 南沧边工委　日外

张喜贵忐忑地哈着腰跟着一个干部和一名警卫战士进了方明华办公室。

29. 方明华办公室　日内

方明华看罢张云奎的信，转眼看着张喜贵严肃地说："张云奎说的有条件投诚，是些什么条件?"

张喜贵心虚地说："啊，我们总爷要我找见罗司令，把话说给他。"

方明华："罗司令不在，和我说也是一样。说吧，他到底开出了什么条件?"

张喜贵："是这样，我们总爷说了，一是保住我们的地盘，弟兄们还都驻扎在狼坨镇，由我们张总爷统辖。二是小狼山的路卡归我们管辖，我们保证不阻挡你们的人马，也不挡你们的马帮。三是大军的兵马不上山，也不收取山上的钱粮。四是给我们的弟兄们按月发放饷银，每个弟兄三块大洋……"

方明华把手中的信件摔到桌上，正色道："妄想!"

张喜贵吓得一哆嗦。

方明华："你们没资格和人民政府讲条件！你们这伙土匪盘踞小狼山，为害一方，无恶不作！多少年来，你们截杀了多少客商？残害了多少百姓？远的不说，就在前不久，你们勾结国民党残匪，装扮成解放军洗劫佤族寨子，杀死了多少人？你们是各族百姓和人民政府的死敌！罪恶滔天！摆在你们面前的只有一条路，就是无条件缴械投降，接受人民政府的惩处和改造。如果你们拒绝投降，继续勾结蒋匪军为非作歹，与我们为敌，那只有死路一条！解放军很快就会清剿小狼山，让你们死无葬身之地！听清楚没有?"

张喜贵哆唆地回答："是是，听、听清楚了。"

方明华："你走吧。告诉张云奎，如果罗司令上了小狼山，那就是他的末日!"

张喜贵哈腰说："是是。"

方明华冷眼看着警卫战士把张喜贵带了出去，转向一旁的干部说："命令李国梁，派一个侦察组监视小狼山。"

干部："是。"

30. 曼龙酒家　日外

酒家院内，那个马师爷派来的心腹把一封信交给尼斗，尼斗抽出信看了几眼，慌忙上了客房楼梯。

31. 酒家客房　日内

房内，石三娇看罢信件，紧张地问尼斗："张云奎真要投降共匪?"

尼斗："他原本就不是国军的人，现在罗开云到了南沧，他心里害怕，脚底板打滑，什么事都做得出来。"

石三娇愤愤地说："这个草包。不行，我们不能丢了小狼山，得马上报告特派员，让他火速处置。"

32. 酒家后院仓房　日外

仓房外廊，石三娇在尼斗帮助下把一个小纸卷塞进小竹管，绑在一只军鸽脚环上，放飞军鸽……

33. 境外教堂　国民党残军指挥所　日外

军鸽远远飞来，认准了插在教堂一侧的旗子，落了下来。

杜连仲取下军鸽脚环上的情报展开看着，诧异之后露出阴狠之色。

34. 小狼山匪巢 张云奎住处 日内

内室里，张云奎神色慌乱地来回踱步，突然站住对站在一旁的张喜贵说：“他娘的，老子提的条件，共党一条都不答应?”

张喜贵一脸苦相：“可不是吗。莫说条件了，那姓方的长官还说下狠话，要是咱们不投降，解放军就来清剿小狼山。还说，等罗开云上了山，就是……”

张云奎：“就是什么?”

张喜贵：“就是总爷的末日。”

张云奎恼恨地说：“娘的！真把老子往死路上逼呀。去，告诉弟兄们打点好家什，准备挪窝子。”

张喜贵：“是。”

张云奎懊恼地拍头叹气。

35. 曼龙大寨 工作队营地 日外

竹子搭建的仓房成了工作队员的驻地，高川带领队员们里外忙活着，有的队员在打扫仓房，有的在晾晒衣物，有的在把救济物资分成若干份。

高川边修篱笆边对大伙喊：“大家抓紧时间啊！收拾完房子，按照分工去走访贫苦寨民，把救济物资发给他们！”

36. 工作队营地 日内

李铁杉、武晓鹏等人把一大片竹编的隔离墙竖起来，把一大间仓房隔成两半。

钟喜妹、花蔓等女队员在“墙”的另一边用竹条和钉子固定刚竖起的“墙”。

李铁杉、武晓鹏等人在“墙”的这边开始固定。

钟喜妹隔着竹墙对李铁杉说：“铁杉，咱们一会儿去波香家吧。”

李铁杉气不顺，没答应。

钟喜妹：“我跟你说话呢，听见没有。”

李铁杉只好回应：“听见了，我也正想去呢。”

钟喜妹：“听说波香的阿妈去世了，家里一定很困难。”

李铁杉：“那，咱们带些救济品去，看看能帮助他们做什么。”

钟喜妹：“我想把波香发展成积极分子，有机会让她去县里读书，不再受坏人欺负。”

李铁杉：“好啊，你发展波香，我发展根赛，把他们兄妹两个都解放出来，这多好。”

钟喜妹隔着竹墙笑了。

画外传来刀心妍的喊声：“解放阿哥！——”

钟喜妹换了表情，朝外面看去。

37. 工作队营地 日外

刀心妍骑着马过来，在仓房外下了马，走向高川高兴地喊：“解放阿哥!”

高川停下手里的活，看着心妍：“刀姑娘。”

心妍走近高川，好奇地打量着忙碌的队员们。

队员们友好地和她打招呼，只有刘捍卫故意回避她的目光。

高川擦着脸上的汗水迎向刀心妍：“刀姑娘，有事吗?”

心妍：“我就是想来看看，你的伤好了吗?”

高川：“好了，你看。”他晃了晃肩膀。

刀心妍笑笑，问："你们在做些什么。"

高川："哦，在收拾住房，收拾完了，就到寨子里访问。"

心妍："访问什么?"

高川："访问贫苦寨民，给他们送救济品。"

心妍天真地说："好啊，我和你们一起去。"

高川："不不，不用了。访贫问苦是我们工作队的工作，你就不要去了。"

心妍失望地："你不要我去?"

高川："这个，你要真想参加我们的工作，得让你阿哥同意才行。"

心妍："为什么?"

高川："你阿哥是你阿爸的代表，我们在这里做什么，都要尊重他的意见。"

心妍显出不高兴。

高川突然想到："对了，我倒有个建议。"

心妍："什么?"

高川："我们进寨子以后，和寨子里的百姓交流很困难，我们说的话他们听不懂，他们讲的话我们也听不大懂。你如果你能办一所学校，教寨子里的人学汉语，那对我们的帮助可就大了。"

心妍高兴起来："好啊，这有什么难的? 哎，我把学校办起来，就可以和你们在一起了吧?"

高川："如果你需要我们的同志教你的学生说汉语、写汉字，当然没问题。"

心妍："太好了，我这就回去准备。"

她说着回身要走。

高川："这件事啊，还得先跟你阿哥商量。"

心妍上了马："我知道，他会同意的!"

她欢快地骑马走了。高川目送着她。

刘捍卫在一边阴着脸干活，显然很不高兴。

38. 曼龙大寨　日外

钟喜妹、李铁杉带着救济品来到波香家的竹楼下。

钟喜妹喊："波香! 波香!"

李铁杉喊："根赛兄弟! 根赛兄弟!"

没有人回应。钟喜妹、李铁杉上了竹楼。

钟喜妹朝屋里喊："波香! 波香姑娘!"

李铁杉："根赛兄弟! 根赛兄弟!"

还是没人回应。钟喜妹、李铁杉只好把救济品放到天台上，钟喜妹猜测："不在家，下田去了?"

李铁杉："他们家的田不是被土司收了吗?"

钟喜妹："也许刀大小姐帮他们要回来了吧?"

二人下了竹楼。

根赛背着柴草进了自家院子，愣愣地看着从竹楼上下来的李铁杉、钟喜妹。

李铁杉："根赛兄弟!"

他和钟喜妹下了竹楼迎向根赛。

钟喜妹："根赛，波香呢?"

根赛把柴草丢到竹楼下，蹲下身子捂着脸哭了起来。

李铁杉忙俯身问："根赛兄弟，出什么事了?"

钟喜妹也急着问："根赛，波香怎么了? 你别哭啊!"

李铁杉："根赛兄弟，你快告诉我们，到底出什么事了?"

根赛伤心地哭着。

39. 土司府外　日外

天上鸟群飞过。画外传出枪响，鸟群惊散。

一身猎装的刀心荣举着枪露出遗憾的神色，摇了摇头又推上子弹。

乃木和随从的家丁举头瞭望，乃木指着天上喊："飞来了！飞来了！"

刀心荣朝天瞄准，扣动扳机。

一只鸟被击中，坠落下来。

乃木和家丁拍手欢呼："打中了！打中了！"

刀心荣一脸得意："哼，神枪？本少爷也是神枪！"

乃木献媚地竖起拇指夸道："大少爷的神枪比红汉人还要神！"

刀心荣把枪扔给家丁，美滋滋地拍着手。

刀心妍骑马跑来："心荣阿哥！心荣阿哥！"

刀心荣看着刀心妍，不满地说："谁让你出来的？"

刀心妍下马说："阿妈让我出来的。阿哥，我要和你商量个事。"

刀心荣没好气地说："什么事？"

心妍："好事嘛！（满怀希望地）我要办学堂。"

刀心荣一愣："什么？"

刀心妍："阿哥，办一个学堂很容易的。我想好了，就把学堂办在寺庙旁边，孩子们听完佛爷讲经，就到学堂里学说汉话，写汉字……"

刀心荣打断她："好了，不要东想西想了。办什么学堂，教什么汉话？又是红汉人挑唆你干的吧？"

刀心妍："才不是呢，是我自己要干的！"

刀心荣："阿妹，你清醒一些好不好？我们出去念书，是为了和汉人的官衙打交道。那些百姓娃子能懂得规矩，听我们招呼就是了，学什么汉话？"

心妍："他们还不是要和汉人打交道？我们能学，为什么他们不能学？"

刀心荣："因为我们是主子，他们是奴才！"

心妍："我不管他们奴才不奴才，反正我就是要办学堂。"

刀心荣："我不会给你一文钱，看你怎么办。"

心妍："你不给钱，我就找阿妈要。"

刀心荣："干妈也不会给你。"

心妍："那我就卖首饰、卖镯子！看我办不办得到！"

刀心荣："我发一句话，看谁敢买你的首饰！"

心妍："你，你为什么总要和我作对？"

刀心荣："是你总和我作对！"

心妍还想说什么，乃木过来说："大少爷，来了两个红汉人。"

李铁杉、钟喜妹一脸义愤地走来。

刀心荣和乃木走过去，心妍跟在他们身后。

刀心荣冷眼看着李铁杉、钟喜妹，并不发话。

第十四集完

第十五集

1. 曼龙土司府外　日外

（紧接上集）刀心荣冷眼看着李铁杉、钟喜妹，并不发话。

李铁杉："刀大少爷，我们听说根赛和波香兄妹被迫在府里做劳役，干的都是最脏最苦的活，还经常遭到打骂和欺辱，我们想问问大少爷，他们犯了什么错，你为什么要这样对他们？"

刀心荣冷笑着说："因为他们欠了官租，必须在府里做劳役。"

钟喜妹："就算他们欠了官租，可以让他们去种田呀，为什么非要他们干最下贱的事，受那么多侮辱？"

刀心荣："这是我们府里的事，轮不到你们管。"

钟喜妹："你……"

刀心荣："你们的方领导给我写下了保证书，就挂在厅堂里，你们要不要进去看一看？"

李铁杉："刀大少爷，我们不是来干涉你的，我们就是想和你讲讲道理。"

刀心荣："道理嘛，你们有你们的道理，我有我的道理。在曼龙领地，人人都得服从我们刀家的道理。"

钟喜妹："刀大少爷，我们就按你的道理说吧，波香家欠了官租，我们替她还行不行？只要你不再让她做劳役，她家欠你的，我们来还！"

李铁杉："对，我们来还！"

刀心荣："你们还？好啊，波罕家欠的官租就算一千个半开吧，拿来。拿出钱来，根赛兄妹就可以不做劳役。如果你们再拿出一千个半开，我就恢复他们家的寨公田，让他们有地种。怎么样啊？"

刀心妍听不下去："阿哥……"

刀心荣严厉地说："闭嘴！"

李铁杉不可思议地说："刀大少爷，你的心也太黑了！"

钟喜妹："波香一家，怎么可能欠你那么多钱？"

刀心荣："欠多少钱我说了算。你们今天赎他们是一千个半开，明天就是两千。红汉人，你们赎得起吗？"

刀心妍："心荣阿哥，你太过分了！"

刀心荣："你闭嘴！"他转向李铁杉和钟喜妹，冷傲地看着他们。

李铁杉无法忍受地拉了拉钟喜妹："我们走！"

二人愤然离去。

刀心荣大声说："乃木！"

乃木："在！"

刀心荣："把根赛绑来，抽他二十鞭子！"

李铁杉听罢回身愤怒地说："刀心荣！你还有没有人性？"

刀心妍："阿哥，你不能这么做！"

刀心荣毫不理会地对乃木喊："还不快去！"

乃木："是了！"

刀心妍愤愤地说："你为什么要打根赛，他有什么错？"

刀心荣："红汉人敢替他说话，我就要他好看！"

刀心妍："红汉人说得没错，你不能打根赛！"

刀心荣："我不能打？他是个奴才，别说打他，就是要他的命，也只消我一句话！"

刀心妍忍无可忍："你，你真是太没人性了！"
刀心荣愣住了。
刀心妍愤然向府外走去。
刀心荣怒喊："你给我站住！"
刀心妍继续走向府外。
刀心荣暴跳如雷地喊："你敢不听我的话，我照样用鞭子抽你！"
心妍在门口站住，回头瞪着哥哥："你敢！"
刀心荣："你看我敢不敢！"
心妍不敢相信地瞪着哥哥，含泪喊："你不是我阿哥！"
她转身去牵马。
刀心荣暴怒地喊："你走吧！去找红汉人吧！有本事就不要再回来！"

2. 曼龙大寨　日外

刀心妍骑着马在寨子里的土路上飞奔，寨民们纷纷避让。

3. 土司府　日外

根赛被绑在马厩旁的柱子上，乃木用鞭子狠狠抽他……
乃木每抽一鞭，根赛都发出痛苦的惨叫。
波香被家丁拦在一边，哀求地哭喊着："阿哥！阿哥！不要打了，不要打他……我求求你了，不要打他……"
乃木冷笑着走近波香，拧着她的下巴说："你若是随了我，我就不打他。"
根赛忍痛喊："阿妹！不要答应他……"
乃木回到根赛身前，更加用力地挥动鞭子。
根赛皮开肉绽，再次发出惨叫。
波香想冲过去，被家丁抓住。
乃木再次挥动鞭子，根赛又发出惨叫。
波香伏地痛哭。

4. 工作队营地　日外

高川严肃地批评李铁杉、钟喜妹："谁让你们去找刀心荣的？你们没长记性啊？方书记讲过的话你们全都忘了？"

李铁杉不大服气地低头不语。

钟喜妹觉得委屈地说："我们觉得波香太可怜了，就想把她救出来……"

高川："救出来了吗？啊？你们这么做，只会让刀心荣他们变本加厉、更加残酷地迫害她！"

刘捍卫站在一旁，态度暧昧地闷声不语。

李铁杉低声说："队长，我们总不能眼睁睁地看着阶级姐妹受压迫吧，我们总该为她们想想办法，申申冤吧……"

高川："现在不是申冤的时候！李铁杉同志，这是民族区，和汉族地区不一样，我们不能干涉土司的行为。出发前不是学过注意事项，讲过工作纪律吗？你们怎么了，都忘光了？"

李铁杉："我们实在是看不下去，忍无可忍。"

高川："那也得忍！你们以为我看得下去吗？以为我不想把土司武装一锅端了，在土司府插上红旗，把寨子里的贫苦百姓都解放吗？可那不是我们要做的事情，那样做的结果是帮了敌人！"

李铁杉、钟喜妹低头不语。

刘捍卫没表情地站在一旁。

高川：“你们严重违反工作纪律，必须写出深刻检查。马上就写。”
李铁杉、钟喜妹不情愿地点头。
高川：“去写吧，晚上在全队面前做检讨。去吧。”
李铁杉、钟喜妹委屈地走向住房。
刘捍卫看看走去的李铁杉、钟喜妹，迟疑地转向高川，似乎想说什么。
画外传来刀心妍的喊声：“解放阿哥！——”
刘捍卫寻声看去——
高川也寻声望去——
刀心妍下了马，神色激动地朝高川走来。
李铁杉、钟喜妹在住房前回身看看刀心妍，钟喜妹眼中满是怨恨，扭身走去。
高川迎向刀心妍，严肃地看着她。
刀心妍走近高川，激动地说：“解放阿哥，我要和你们在一起。”
高川颇感意外：“你说什么？”
刀心妍：“我要加入你们，和你们在一起！你们做什么，我就做什么。”
高川明白了，拒绝说：“不，这不行。”
心妍：“为什么？钟姑娘、花姑娘，她们可以，为什么我就不可以？”
高川：“因为你不是我们的工作队员，不能参加我们的工作。”
心妍：“我参加了，不就是工作队员了？我念过书，会说汉话，会写汉字，我可以帮你们做很多事情。”
高川：“这我相信。可是，我不能同意。”
心妍急切地说：“为什么？”
高川：“我没有权力接收你参加工作队。”
心妍：“那谁有权力？啊？刘队长，你不是劝过我要和家里划清界限吗？不是希望我参加你们吗？你说话呀！”
刘捍卫尴尬地说：“啊，刀姑娘，是这样，我个人呢，当然欢迎你加入工作队。可是，我们有纪律管着，不能说加入就加入啊。”
心妍转向高川：“谁是纪律？他在哪儿？我找他说……”
高川打断她：“纪律不是谁，是规矩。我们的纪律是，不许干涉土司家族的内部事务。你能不能参加工作队，要由你家里说了算。”
心妍失望地说：“你就那么怕我阿哥吗？”
高川：“不是怕，是我不能违反纪律。”
心妍很不理解：“你的纪律，比我还重要吗？”
高川认真地说：“是。比什么都重要。”
心妍伤心地说：“好，好，我再也不来找你了！”
她狠狠挥了下马鞭，转身上马而去。
高川仍然严肃地看着心妍离去。
刘捍卫一副没想到的表情。
心妍打马奔去。
高川心情复杂地看着她远去。

5. 刀府　日内

刀心妍房间，心妍扑到床上痛哭起来。

6. 刀府　日内

房外，玉切拍着门喊：“大小姐！开门！开门呐！”
刀母和刀心荣走来，刀心荣没好气地说：“干妈，你怎么又让她出去了？”

刀母："我怎么会让她出去，是她自己跑出去的。她这是怎么了？啊？谁欺负她了？"
刀心荣阴阳怪气地说："谁敢欺负她嘛，一定是在红汉人那里讨了没趣。"
刀母："红汉人欺负她了？"
刀心荣："是她自己欺负自己。没分寸，只会给刀家丢脸。"
刀母："住嘴！不许这么说！"
刀心荣怨恨地转身而去。
刀母转向玉切："不要喊了，把门锁上，锁死！"

7. 工作队营地　日外

钟喜妹、李铁杉背靠背坐在石头上，不情愿地写着检讨。
钟喜妹后悔地说："真是的，我们干吗要去找刀心荣呢？要是先向队长汇报了，肯定不会犯错误。"
李铁杉赌着气闷声不语。
钟喜妹抱怨："你也是，跟我一样冲动，也不知道动动脑子劝劝我，提醒我回来向高队长报告……"
李铁杉："我劝你干吗，我还一肚子火呢，我恨不得照刀心荣的鬼脸上狠狠打一砣。"
钟喜妹："所以你才犯错误嘛。要是高队长在，肯定会拦住我们。你要是有高队长一半的本事，肯定不会和我一起犯错误。"
李铁杉生气地起身，失去依靠的钟喜妹差点摔倒。
李铁杉负气地说："高队长，高队长，你除了高队长还会说什么？"
他大步走去。钟喜妹想不通地喊："你什么意思你，你给我回来！"

8. 罕富寨子　日外

高川和武晓鹏、花蔓等工作队员牵着驮马，背着救济品在寨子里走访贫苦人家，把粮食、布匹等救济品分发给他们。
一家穷苦百姓看着高川等人放到院子里的粮食忐忑地问："长官……"
高川笑着说："老乡，别叫我们长官，叫同志。"
百姓："哦，这些粮食要收多少利钱？什么时候要我们还呢？"
高川："你们放心，这是人民政府送给你们的，不要还，没有利钱！"
穷苦百姓有些不相信。
高川："你们看，粮食、盐巴和布料归你们了，不要你们画押，怎么会有利钱呢？放心拿去吧！"
收到救济品的穷苦百姓纷纷合十鞠躬表示感激……
那个前面出现过的哑巴一直尾随着高川等人，却不敢靠近。
武晓鹏看见哑巴，主动把一些救济品送到他跟前，哑巴接过救济品，深深鞠了一躬，转身匆匆走了。

9. 嘎罕家　日外

高川等人来到嘎罕家残破的篾墙外，武晓鹏朝院了里喊："嘎罕老爹！嘎罕老爹！"
嘎罕从破旧的竹屋里探出身子，战战兢兢地望着高川、武晓鹏等人。
高川把一袋粮食放到院子里，微笑着对嘎罕说："嘎罕老爹，这是人民政府给你们的救济粮，还有盐巴和布料，请你收下！"
嘎罕不敢相信地看着高川。
高川扛起粮袋走近嘎罕，武晓鹏、花蔓也拿着救济品跟进院子。
高川："嘎罕老爹，我把粮食给您背进去。"
他说着在门口脱了鞋，背着粮食上了竹楼。
武晓鹏、花蔓也在木梯前脱了鞋，跟着高川上了楼。
嘎罕木呆呆地站在屋前，看着高川等人把粮食等救济品送进了屋。

10. 嘎罕家　日内

破败的竹屋内空空荡荡，几乎没有家具。

武晓鹏帮着嘎罕修理农具，花蔓帮着点火烧水，高川与嘎罕席地而坐。

嘎罕抹着泪说："我孤孤单单一个人，儿子没了，老婆没了，又喂不起牲口。打下的稻谷要交官租，一年下来，能吃进嘴的只有几担荞子和洋芋，半年不到，就要吃野菜和树叶子了……"

高川安慰道："嘎罕老爹，您的苦处我们都知道，人民政府一定会帮助您的。嘎罕老爹，听说你儿子是被老黄皮抓去，和刀土司一起去了境外。他给你捎过信没有?"

嘎罕摇摇头："没有，不晓得是死是活了。"

高川思索着说："您放心吧，嘎罕老爹，田里的活忙不过来，我们会帮你干。粮食不够吃，人民政府会接济你。我们会动员寨子里的穷苦人家互相帮助，大家合起来养些牲口，争取多打些粮食。"

嘎罕："要是有了牲口，再开些荒地，粮食就够吃了。可开荒要问寨主，寨主要问土司，土司不让开，哪个也不敢开。我们这些穷苦人更是开不得，就算想开荒，连种子都没得，拿什么开?"

高川："开荒的事情，我们会去找寨主，找土司，和他们商量。"

11. 刀府　日内

刀心妍房间，刀母在丫鬟玉凤陪同下匆匆赶来，对端着茶点站在心妍房前的玉切说："怎么回事?"

玉切躬身说："太太，大小姐把门扣上了，怎么叫都叫不开。"

刀母拍着门喊："心妍！心妍呐！快把门打开！阿妈来了！"

没人回应。

刀母急切地拍着门喊："心妍，快开门呐！你是怎么了？开门呐！"

房内还是没人回应。

玉切着急地说："太太，大小姐会不会出事了?"

刀母转向扎布："扎布，把门撞开！快呀！"

扎布退后一步，冲上去撞开房门，刀母等人快步进去——

房内没人，窗户大开着。

刀母吃惊："人呢？人呢?"

扎布、玉切都很吃惊。

12. 罕富家　日内

高川和武晓鹏、花蔓坐在堂屋里态度和蔼地与罕富交谈，罕富态度冷漠地抽着竹筒烟，眼皮都不抬地应付着他们。

高川："罕富寨主，寨子里有不少穷苦人家刚收完稻谷就没得吃了，他们的稻谷都交了官租或是还了高利贷。据我们了解，放贷最多的就是你罕富寨主。希望你体谅那些穷苦人家，免除高利贷，也算是帮助人民政府解决困难了。"

罕富咕噜着说："借了钱粮要加倍偿还，这是祖上定下的规矩，谁也不能反悔。穷苦人家没得吃了，不是有你们官衙吗？你们有的是粮食，给他们就是了。"

高川克制着心中的不平。武晓鹏、花蔓听罢露出愠色。

高川耐心地说："罕富寨主，这样好不好，如果你能免除穷苦人家的高利贷，我向县里申请，减少你们寨子的公粮数。你免除多少，政府的公粮也免除多少，怎么样?"

罕富盘算着不吭气。

高川："要不这样吧，你先借一些粮食给穷苦人，让他们渡过难关。你借多少，政府照样免你多少公粮。等下一季粮食收下来，让那些穷苦人把借你的粮食原数奉还，怎么样?"

罕富沉吟着，不表态。

高川："你要是不放心，怕穷苦人还不上粮食，就由我们工作队出面借，这样总可以了吧？"

这时，罕富家人给他端来了洗脚水，罕富竟当着高川等人的面洗起脚来。

武晓鹏、花蔓实在看不下去，武晓鹏想起身呵斥罕富，被高川拦住了。

高川还要耐心地与罕富谈什么，一个家人匆匆走到罕富身边耳语几句，罕富慌忙起身让高川等人跟他一起出去。

高川、武晓鹏、花蔓不解地跟着罕富出了竹楼。

13. 罕富寨子　日外

高川、武晓鹏、花蔓跟着罕富一起走到院子外，见许多寨民聚集着鞠躬行礼，又纷纷把路让开，刀心妍拉着马从人群中大方地走来。

罕富恭敬地迎上前去，向刀心妍施礼。

花蔓感到意外地对高川说："看呐，是心妍姑娘！"

高川神色平静地望着走近的心妍。

心妍微笑着走到高川身前："解放阿哥，听说你们在给穷苦人家送东西，这是善事，我也要送。"

高川向心妍牵着的马匹看去——马上果然驮着些物品。

高川："心妍姑娘，我们发放救济品是为了让那些穷苦人家渡过难关……"

心妍："一样的，你们做什么，我就做什么。况且，那些穷苦人家都是我们曼龙领地的百姓，我更有责任帮助他们，对不对？"

高川想了想，赞许地说："对，很对。（他转向罕富）罕富寨主，刀大小姐都来救济你的穷苦寨民，你的那些高利贷，当真不能免除吗？"

罕富迟疑地看看心妍："这个嘛……"

心妍看看罕富，又看看高川，说："罕富，高队长是代表政府在说话，你照他的话做就是了。"

罕富："大小姐，这件事情，我要向大少爷……"

心妍板起脸："怎么，我讲的话就不作数吗？"

罕富慌忙躬身："不敢不敢，大小姐的话当然作数，当然作数。"

心妍："那就免除高利贷，把多收的稻谷还给穷苦人家！"

罕富躬身答："是了。"

周围的穷苦百姓欢呼起来，纷纷向心妍躬身施礼。

心妍高兴地展开双臂示意他们免礼。

武晓鹏、花蔓兴奋地晃动着拳头。

高川欣慰地看着向心妍欢呼行礼的百姓和在百姓面前欣然开怀的心妍。

14. 曼龙刀府　日内

厅堂里，刀心荣靠在躺椅上看着书，乃木站在一旁向他报告。

乃木："工作队给寨子里许多穷苦人家送去了粮食、盐巴、布料，有的还送了药品和茶叶。"

刀心荣眼睛没离开书，冷言说："他们这是在收买人心。"

乃木："工作队的高长官让罕富寨主退还收下的高利贷，说是退还多少，官衙就免去多少公粮。"

刀心荣警惕地问："嗯？还有什么？"

乃木："高长官还提出，让各寨的寨民开荒地。他还说，开荒的收成不交公粮，全归开荒的百姓。"

刀心荣放下书，阴着脸说："好啊，他这是拉拢百姓，要对付我了。"

乃木犹豫地问："还有……"

刀心荣："还有什么？"

乃木："大小姐去了罕富寨子，让罕富寨主按照高长官的话做，还说……"

刀心荣瞪着乃木让他说下去。

乃木："还说不用请示大少爷。"
刀心荣一拍椅子站了起来："她疯了！简直就是个家贼！"
乃木赶紧劝道："大少爷息怒，大小姐中了红魔，脑子昏了。她的眼里，只有红汉人。"
刀心荣气哼哼地踱步思索，突然站住说："乃木。"
乃木："在。"
刀心荣："你马上到各寨去，传我的话……"

15. 曼龙大寨　日外

结束一天工作的工作队员们返回曼龙大寨，武晓鹏、花蔓等队员牵着驮马走在前面，开心地哼唱着歌曲。高川、刀心妍在队员们身后不远处并肩走着，日落前的余晖洒在他们身上。
高川舒心地对刀心妍说："刀姑娘，今天要不是你发话，罕富寨主是不会免除高利贷的。"
刀心妍扭脸偷笑，故意说："那你打算怎么谢我？"
高川被问住了，想了想才说："我真心地感谢你。"
刀心妍："那你答应我一件事。"
高川："什么？"
刀心妍："见着我的时候，对我笑笑。"
高川感到意外。
刀心妍："我第一次见到你的时候，你是对我笑的。可后来，你再也没对我笑过。"
高川带着歉意笑笑。刀心妍开心地笑了。

走在前面的花蔓回头观察着并排走着的高川、刀心妍，转身拉住武晓鹏，轻声说："哎，你看呐。"
武晓鹏顺着花蔓的眼神向后看看，不解地问："看什么？"
花蔓："傻瓜，心妍姑娘和高队长走在一起，像什么？"
武晓鹏："像什么？"
花蔓调皮地说："像不像一对恋人？"
武晓鹏绷起脸："别胡说。"
花蔓："谁胡说了？你没发现啊，心妍姑娘每次见到高队长的眼神，就像见到恋人一样……"
武晓鹏捂住花蔓的嘴："你还胡说。"
花蔓拉开武晓鹏的手："干什么你，我怎么胡说了？"
武晓鹏严肃地说："这话传出去是什么影响，你知不知道？"
花蔓回头看看高川和刀心妍，嘟囔着："什么影响，我就是觉得像嘛。"
武晓鹏拉着花蔓："快走吧你，嘴上没纪律，早晚犯错误……"

刀心妍略显忧虑地对高川说："心荣阿哥和以前不一样了，以前他总是让着我，护着我。可现在，我讲的话他不听，我要做的事他也不让。只要我和你们在一起，他就对我凶巴巴的，还说要对我动家法。"
高川认真听着，没有插话。
心妍："我想，他还是对你们有戒心吧。再就是，我阿爸在老黄皮手里，他怕和你们太接近了，我阿爸会有危险。"
高川思索着说："你们，有你阿爸的消息吗？"
心妍："前两天，曼珲管家回来了……"
高川警觉起来。
心妍没在意地继续说："他说我阿爸过得还好，就是记挂我们，很想我们。"
高川："你是说，你们府里的管家回来了？"
心妍："嗯，黑夜里悄悄回来的，还有果崖土司的属官，我不认识。"

高川追问："他们回来干什么?"

心妍想了想，回忆地说："不清楚。心荣阿哥不告诉我，连我阿妈都不告诉。真是奇怪。"

高川猜测地问："你阿哥他……有没有让你到境外去?"

心妍回避地说："没有，让我去我也不去。我就盼望着阿爸能早些回来，在外面受老黄皮摆布，日子安生不了。你说呢?"

高川："是啊。如果你们的管家或者你阿爸身边的什么人再回来，你能不能告诉我?"

心妍爽快地说："可以呀，你好好劝劝他们，让我阿爸早些回来。"

高川："其实，人民政府非常希望你阿爸能早些回来，参加民主建政。"

心妍："真的吗?"

高川："当然是真的。"

心妍开心地说："太好了，我一定要转告我阿爸，让他想尽办法，早些回来!"

16. 曼龙大寨　工作队驻地　日外

刘捍卫、和水泉等人在简易灶边忙着做饭，李铁杉、钟喜妹等人帮着添柴、清洗野菜……

李铁杉看着动作熟练的和水泉："行啊，水泉同志，挺麻利呀。"

和水泉自得地说："在部队上学过。"

刚洗好一把野菜的钟喜妹看见武晓鹏、花蔓等人回来了，直起身说："哎，晓鹏、花蔓他们回来了!"

武晓鹏、花蔓等人拴好马匹，与李铁杉、钟喜妹等人打着招呼走了过来。

李铁杉边往灶里添柴边问："晓鹏，你们进展怎么样? 顺利吗?"

武晓鹏擦着汗回答："顺利。救济物资全发完了，还让罕富寨主免除了贫穷百姓的高利贷!"

李铁杉扬起眉毛："真的? 这可太了不起了!"

刘捍卫露出不悦。

和水泉从瓦罐里舀着辣酱插话："我说什么来着，高队长出马，一个顶俩!"

刘捍卫不满地看了眼和水泉："你，上那边抱柴禾去。"

和水泉不情愿地转身走着说："要不是轮到我留守，准能扩大战果。"

刘捍卫白了他一眼，猜测地转向武晓鹏等人。

钟喜妹把水瓢递给花蔓，花蔓接过去大口喝水。

钟喜妹："高队长用了什么法术，罕富寨主怎么会乖乖免除了高利贷呢?"

花蔓放下水瓢，喘着气说："他当然不会乖乖免除高利贷了。高队长和他谈了半天，他摆着寨主的臭架子不理不睬，还当着我们的面洗臭脚丫……"

和水泉愤怒地瞪起眼睛："这个老混球! 我要是在场……"

李铁杉拦住他让他听花蔓讲。

钟喜妹："太可恶了。那后来呢?"

花蔓："后来多亏了心妍姑娘……"

钟喜妹的表情起了变化："刀家小姐?"

刘捍卫也专注起来。

花蔓："是啊，要不是心妍姑娘发话，罕富寨主才不会免除高利贷呢!"

钟喜妹立刻没了兴致。

武晓鹏："没错，心妍姑娘学着咱们工作队的样子到寨子里接济穷人，正好碰上罕富寨主不买我们的账，她就站出来说（学着心妍的样子）罕富，照高队长讲的去做，听到没有? 罕富吓得赶紧答应（学罕富的样子）是了，大小姐。"

李铁杉、和水泉笑了起来。

钟喜妹表情异样，心里很不舒服。

刘捍卫看出钟喜妹的变化，一边把煮好的洋芋从锅里拣出来放到铜盆里一边说："这个刀姑娘还真有意思啊，就喜欢跟着高队长转悠。要是今天高队长去了乃松寨子，她也一定会跟着去，那样的话，免除高利贷的就不是罕富寨主喽，一定是乃松寨主。你们说对不对呀？”

队员们像是没听懂地相互看看，都没表态。

和水泉感到别扭地说：“刘副队长，你这话是什么意思？”

刘捍卫：“什么意思，你听不懂啊？”

和水泉：“听不懂。”

刘捍卫：“听不懂就慢慢琢磨。去，别站这碍事。”

和水泉执拗地说：“你什么态度嘛，我听你的话，不对味儿！”

刘捍卫板起脸：“怎么跟领导讲话？有规矩没有？”

和水泉克制不语。

刘捍卫：“还部队上下来的人呢。去，挑水去！”

和水泉心里不服，瘪着嘴转身走了。

钟喜妹轻声问花蔓：“高队长呢，他怎么没回来？”

花蔓：“哦，他和心妍姑娘谈话呢，在后面。”她朝远处看看，抬手指着说：“哎，那不是吗，在那儿。”

钟喜妹朝花蔓指的方向看去，果然看见高川、刀心妍走在一起。

花蔓小声说：“哎，看他们两个，像不像一对恋人？”

钟喜妹反应过度地说：“谁说的？”

花蔓紧张地说：“没，没谁，我瞎说的。”

钟喜妹愠怒地说：“这也敢瞎说？不怕烂舌头？”

花蔓赶紧捂住嘴，继而夸张地假装吐口水：“呸！呸！我什么也没说，行了吧？”

钟喜妹责怪地转过脸去。花蔓没趣地吐了吐舌头，转身走了。

钟喜妹继续望着远处的高川、刀心妍，流露出怨愤的神情。

17. 曼龙大寨　日外

刀心妍与高川并肩走着，她开心地说：“说吧，还需要我帮你们做什么？”

高川：“我希望你不要由着性子和你阿哥顶牛，不要背着他来找我们。”

心妍不高兴地说：“你这是什么意思？难道我听我阿哥的，他就对你友好了？就能跟你们合作吗？”

高川：“当然不是，不过，这能让他减少对我们的猜忌，能……”

心妍打断他：“什么是猜忌？你到底想说什么？不想要我来找你，对吗？”

高川意外地说：“刀姑娘……”

心妍：“不要叫我！你这个人是怎么了，你还是个英雄，一点胆气都没有！你为什么不直接告诉我，你根本不想见我，不想要我来找你！你说呀！”

高川为难地说：“如果你真想帮助我们，就该照我说的做。”

心妍受到极大委屈，发狠地说：“那好，我也把话说给你，我要帮的是你，不是你们！”

她扭身走去，不由得愣住了——

扎布带着一些家丁站在心妍前面，扎布躬身说：“大小姐，快回府去吧。”

心妍气呼呼地瞪着扎布。

扎布牵过马，单腿跪在马鞍下，心妍踩着扎布跨上马，愤愤地打马而去。

扎布心存怨恨地看了眼高川。

高川并未察觉，紧绷着脸注视心妍离去。

18. 刀府　傍晚内

刀心妍房间，窗户已被绳索绑住，刀心妍沉着脸坐在小桌旁，听着母亲的严厉斥责。

刀母：“你也太放肆了！一个姑娘家，敢爬窗户出去，还敢去为难罕富寨主！你做的这些事，若是让你阿爸知道了，他也会重重罚你。”

刀心妍：“我没做错事，为什么要罚我?”

刀母：“还顶嘴。好，我是管不住你了，只好把你关在房里。过些天，我要你阿爸派人来接你，到国外去。”

刀心妍：“我不去。”

刀母：“不去? 不去就做好准备和你心荣阿哥成亲。”

刀心妍一惊：“我不！我不成亲！”

刀母：“胡说！你们的婚事是你阿爸早早定下的，你不嫁他，要嫁给谁?”

刀心妍：“我就是不嫁！我谁也不嫁！”

刀母：“这件事由不得你！你若是再不听话，我就要你饿肚子！”

刀心妍：“阿妈……”

刀母：“不要说了！简直是太没规矩了，佛爷都说你的心跑去了野地里，再不收回来，就会被野狗叼了去！你还是乖乖抄经文吧，把安心经抄写一百零八遍！”

刀心妍：“阿妈……”

刀母：“闭嘴！再不听我的话，就不要喊我阿妈了！”

刀心妍怔住了。

刀母出了房间，房门被锁住。

刀心妍扑到床上，哭了起来……

19. 曼龙酒家　傍晚外

乃木背着手枪，倒背着手来到酒家门外，抬头看看幌子，心里猜测着进了门。

20. 曼龙酒家　傍晚内

柜台边，伙计向尼斗示意，尼斗转眼看见乃木，放下手中的账本，含笑迎向他：“乃木队长，你一个人来喝酒?”

乃木乜斜着眼朝尼斗示意，走向一个包房。

尼斗跟着乃木进了包房，坏笑道：“你怕是今天精神好，要找两个小菩少（姑娘）喝花酒?”

乃木坐到竹凳上，翻眼看着尼斗：“莫说废话，去把给特派员管事的人找来，我有话说。”

尼斗有些意外地看着乃木，故意问：“你要找哪个?”

乃木不满地说：“莫装洋，我有要紧事和杜特派员的人讲，快去把他喊来。”

尼斗略一思忖，说：“我就是杜特派员的人，有什么事，就对我讲吧。”

乃木一拍桌子：“你算是哪条虫，敢问老子的话? 特派员亲口说了，有要紧事就来这里找替他管事的人。哼，耽误了要紧事，老子要你好看!”

尼斗忍耐地说：“那好，你等着。”

他转身出了包房，伙计进来把茶杯放到乃木面前，乃木看了眼茶水，不屑地把茶杯一推，喝道：“拿酒来!”

伙计赶忙退了出去。乃木得意地自语：“让我猜中了，这里还真有替特派员管事的人呢。”

21. 刀府　刀心妍房间　傍晚内

玉切端着晚饭走到刀心妍房前，守在门外的家丁打开门，玉切进了房。

玉切把食物端到小桌边，见刀心妍坐在床上发呆，两只眼睛哭得红红的。

玉切关心地说：“大小姐，吃饭吧。”

刀心妍：“不吃，你出去。”

玉切不忍地说：“大小姐，不吃饭怎么行啊，你的身体……”

刀心妍：“我不吃！出去!”

玉切一怔，犹豫着。

刀心妍怒喝："出去！"

玉切慌忙退了出去。

刀心妍一脸怨愤地喘息着。

22. 刀府　傍晚内

玉切端着食物慌张地走着，迎面遇上刀心荣，她赶忙让到一边，躬身行礼。

刀心荣看看玉切端着的食物，问："怎么回事？"

玉切："大少爷，这是给大小姐送的，她不吃。"

刀心荣："不吃？"

玉切："大少爷，还是劝劝大小姐吧，她不吃饭，会作下病的。"

刀心荣略一思索："不管她，饿她三天，看她吃不吃。"

玉切心急地说："那……"

刀心荣叮嘱："不许告诉太太，敢乱讲，撕了你的嘴。"

他说罢甩头而去。

玉切想说什么，却又没敢开口。

23. 曼龙酒家　傍晚内

包房里，乃木面前摆了两盘酒菜，他等不及地端起酒杯一口喝干，又给自己倒酒。

尼斗掀开门帘，一身本地装束的石三娇进了门，冷眼看着乃木。

乃木被石三娇的美色吸引，愣愣地抬着酒壶盯着她。

石三娇："乃木队长，有什么要紧事？"

乃木发呆："你，你不是南沧的石小姐吗？你咋个会在这里？"

石三娇冷冷一笑。

乃木："你就是给特派员管事的人？"

尼斗："石小姐是杜特派员的代表，你有话就对她讲吧。"

乃木张口结舌地放下酒壶、酒杯，贪婪地盯着石三娇说："原来石小姐一直留在曼龙，没有出去？我要是早些晓得，早就来关照你了。来来，快请坐。"

石三娇示意尼斗退下，自己走到桌边坐下，问："说吧，有什么要紧事？"

乃木谄笑着给石三娇斟上酒，双手把酒杯放到她面前："石小姐请。"

石三娇冷眼看着他："我问你话呢，到底有什么要紧事？"

乃木："哦，是这样，红汉人的工作队最想要的就是稻谷。刀大少爷让各寨的寨主藏好稻谷，不能让红汉人发现。可是，现在有个大麻烦……"

石三娇："什么麻烦？"

乃木自己喝了口酒，接着说："刀大小姐。"

石三娇皱起眉头。

乃木："她天天和红汉人混在一起，带着红汉人在寨子里到处串，哪个寨主也拦不住她。这样下去，难保藏起的稻谷不被红汉人发现。"

石三娇恼怒地说："这个死丫头，难道刀心荣管不住她？"

乃木摇着头说："管不住。她去昆明读了几年书，中了邪，谁也管不住她。原本她一回来，就要和大少爷成亲的，可老爷去了境外，没人做主，她也不把大少爷当回事了。红汉人一来，她成天帮着那个姓高的长官东串西串，处处和大少爷作对，把大少爷恨得要死，大少爷生怕她乱了分寸，和那姓高的做下丑事。"

石三娇有些诧异："你是说刀家小姐和共匪高川勾搭上了？"

乃木又喝了一口酒："个个都看得清楚，大小姐被红汉人勾了魂，早晚做出丑事。现在要紧的，是不能让她带着红汉人串寨子，万一让他们发现藏起的稻谷，就坏了大事了。"

石三娇思索着问："你有什么办法？"

乃木："办法嘛有两个，一是赶走红汉人，二是送走大小姐。这两样，都得要特派员派人来，才办得到。"

石三娇陷入思索。

乃木色眯眯地看着石三娇，端着酒杯说："石小姐，要紧的话讲完了，你该和我喝一杯了吧？"

石三娇看了他一眼："乃木，你们土司府里那么多人马，就不能放开胆子干掉那个姓高的，赶走共匪的工作队？"

乃木带着酒意说："那些个红汉人算不得哪样，若是大少爷发话，干死他们就像踩死些蚂蚁。可大少爷前脚怕踩水，后脚怕踩泥，根本不敢动手嘛。唉，那个姓高的也是命大，要是那天夜里的那一枪要了他的命，红汉人也早就吓跑了。"

石三娇眼睛一亮："怎么，那天夜里开枪的是你？"

乃木不置可否地说："要是我，那一枪……"

石三娇："好样的。虽说没打死姓高的共匪，也算让他尝到了苦头。来，我敬你一杯。"

她端起酒杯和乃木碰杯，乃木得意地喝干了酒。

24. 刀府　刀心妍房间　夜内

刀心妍坐在小桌前，呆呆地望着闪动的烛火……

高川的形象出现在烛火的光影中——

（闪回）刀心妍在小狼山被救出后第一眼看见的高川……

高川知道她的身份后怒视她的眼神……

高川制止两族械斗时的英武神态……

高川带伤掩护岩虎……

高川得到心妍帮助时露出的感谢神情……（闪回完）

烛火晃动，高川的身影消失了。刀心妍心里酸楚地捂着脸哭起来……

25. 工作队驻地　夜内

高川在屋内擦拭着驳壳枪，刘捍卫凑近说："老高，擦枪呢？"

高川："嗯。"他举起擦好的枪瞄着。

刘捍卫："老高，我有个想法，和你碰一碰。"

高川："快说吧。"

刘捍卫："是这样，我觉得刀心妍还是有觉悟的，和刀心荣比起来，算是个进步青年。我想啊，要是能把她吸收进来，当工作队员，一定对我们有很大帮助。"

高川："老刘，这件事我也想过，可从现在的情况看，还不到时候。"

刘捍卫："噢？为什么？"

高川："刀心荣的情况太不稳定，我们现在让刀心妍参加工作队，一定会引起他的误会，认为我们在利用刀心妍。"

刘捍卫不以为然："这个呀，老高，我可是有不同看法。我们要做好工作，就不能总围着刀心荣的思路转。我们现在和寨子里的百姓沟通很困难，如果有了刀心妍，那可就大不一样了。"

高川："你说的这些我都同意，只是不能太匆忙，对刀心妍，也要再观察一段。这不是件小事，还是慎重些吧。"

刘捍卫无奈地说："也好，我随便说说，你忙吧。"

他离开后，高川又擦起另一支枪，边擦边思索起来。

26. 曼龙酒家　夜内

包房里，石三娇和乃木还在对饮，二人都很兴奋，乃木醉醺醺地端着酒杯靠近石三娇，大着舌头说："石小姐，从今往后乃木就是你的人，样样都听你的。只要你一句话，我就干死那个姓高的，干死所有的红汉人……”

石三娇冷眼含笑地看着他，心里有数地劝道："好了，我信你了。时候不早了，你该回去了。"

乃木拉起她的手说："不，我不走，我要好好陪陪你。石姑娘，你在这里太寂寞了，来，我们再喝一杯，让我好好陪陪你……"说着，他伸手要抱石三娇，把脸凑上去要亲她。

石三娇反手一掌打在乃木脸上，乃木翻到在地，手上的酒杯也飞了出去。

石三娇冷眼看着乃木，乃木昏头昏脑地爬起来，摇摇晃晃地站住，晃晃脑袋看清了石三娇，又朝她扑过去。石三娇一脚将他踹倒，等他再爬起来，她手中的枪口对准了他。

乃木醉眼迷离地指着石三娇："你、你个臭婆娘，敢打老子……"

他说着又要扑向石三娇，尼斗赶过来扭住他，低吼："乃木，你疯了！"

石三娇目光阴冷地盯着他："乃木，你想死吗？"

乃木难以清醒地使劲睁大眼睛。

尼斗在他耳边说："乃木，你听好了，石小姐是反共救国军第一支队司令，是国军在曼龙的最高长官。你敢冒犯石司令，你有几个脑袋？"

乃木糊涂："石、石司令？"

石三娇对尼斗下令："让他滚蛋。"

尼斗把乃木架了出去。

石三娇自己喝了一杯酒，露出冷笑。

27. 小狼山张云奎匪巢　夜外

几个黑衣蒙面人身手敏捷地贴近张云奎居住的院墙，悄无声息地制服墙外的岗哨，纵身翻入院内……

院子里的岗哨在打盹，轻易被翻墙而入的黑衣人制服。

几个黑衣人闪到房门前，房门悄声而开，可见开门的是马师爷。

马师爷一摆手，几个黑衣人迅速蹿入房内。

28. 张云奎匪巢　夜内

卧房内，张云奎搂着女人在酣睡。

两个黑影闪到床边，两只驳壳枪对准张云奎的头。

张云奎身边的女人先醒了，见状发出尖叫。

张云奎从梦中惊醒，见到枪口对着自己，吓得张开大嘴："啊，来……"

黑衣人把张云奎揪下床，张云奎喊着："来人！来人呐……"

黑衣人用匕首抵住张云奎的喉咙，张云奎不敢喊了。

29. 张云奎匪巢　夜内

厅堂里已经点起灯，黑衣人拧着张云奎的胳膊将他押到厅堂。

杜连仲坐在太师椅上冷眼看着被押来的张云奎，马师爷被两个黑衣人押在一边，假惺惺地向杜连仲求饶："特派员，我们总爷对党国没有二心，没有二心呐！"

杜连仲喝道："住口！"他盯着张云奎，问："张云奎，你胆敢投靠共匪？"

张云奎慌忙否认："不不，没有……"

杜连仲："那你派人去南沧做什么？"

张云奎结巴着诡辩："我，兄弟、兄弟是想探听共匪在南沧的虚实，打探罗开云还在不在南沧城。兄弟没劫下共匪的马帮，都是因为有罗开云的人马护着……"

杜连仲："你亲眼看见罗开云的队伍护着共匪的马帮吗？"

张云奎哆嗦地说："千真万确，是罗开云的人马……"

杜连仲把一份报纸摔到张云奎面前："放屁！你自己看看！罗开云刚当了思普区的副专员，他的人马远在普洱接受改编，你敢睁着眼睛说瞎话，不要脑袋了！"

押着张云奎的黑衣人把枪口抵住他的脑袋。

张云奎抓起报纸看了看，打颤地说："特派员饶命！兄弟不敢撒谎，不敢撒谎啊！兄弟去劫马帮的时候，确实看见了罗开云的人马！他们还朝兄弟喊话……"

杜连仲起身给了张云奎一巴掌："孬种！国军给你钱给你枪，还封了你上校团长，你倒好，听见罗开云的名头就像耗子听见猫叫，一枪不放掉头就跑，你这是临阵逃跑违抗军令！按照军法，必须严惩！"

马师爷忙喊："特派员息怒，息怒！"

张云奎吓得跪下求饶："特派员，您饶了小的这一次吧！共党的马帮小的也想劫呀，可那罗开云实在是不好惹啊，他跺跺脚，兄弟的小狼山就得被踩平了啊！"

杜连仲："罗开云能踩平你的小狼山，国军就不能吗？"

张云奎哭丧着脸说："能，当然能！可兄弟是为国军效劳的，国军踩我干吗呀？该去踩平罗开云、踩平解放军呀！要是真有那一天，兄弟心甘情愿给国军当狗使，当马骑！特派员呐，兄弟就盼着那一天呐！"

杜连仲听着不是味，愤怒地拔出手枪对准张云奎："你敢绕着弯的辱骂国军，不想活了！"

他把子弹拉上膛，马师爷扑过来握住杜连仲拿枪的手："使不得呀特派员，万万不能动真格的呀！小狼山没了张总爷，就等于国军没了小狼山呐！"

杜连仲看了眼马师爷，二人会意地对个眼色。杜连仲就坡下驴地说："哼，张云奎，为了党国的反攻大计，我且饶你一命，给你个戴罪立功的机会，如果你不识抬举，再敢违抗军令，我就亲手送你上西天！"

张云奎连连拱手作揖："多谢特派员开恩，张某愿为党国效劳，戴罪立功。"

马师爷："特派员放心，张总爷一定不负党国厚望，一定能为党国立功！"

杜连仲："那好，张云奎，你给我听清楚了……"

30. 罕富寨子 日外

高川带着武晓鹏、花蔓、和水泉等工作队员在寨子里访问百姓，他们来到一户得到过救济的百姓家，那家主人赶忙领着孩子进了屋，显然在躲避他们。

高川不解地喊："老乡！老乡！"

那家主人板着脸关上了门。

武晓鹏看见了那个哑巴，热情地走向他。

哑巴见武晓鹏朝他走来，转身跑了。

武晓鹏不解地望着他的背影，对跟过来的花蔓说："怪了，他们这是怎么了？"

花蔓也想不通地说："是啊，昨天还好好的，怎么今天就这样了？"

高川带着和水泉、武晓鹏、花蔓等队员心情低落地走在寨子里，听到近处传来"赞哈"悠扬却含着悲戚的歌声——

高川停住脚步，用心地听了起来，边听边问武晓鹏："他在唱什么？"

武晓鹏边听边翻译："我们奴隶从生下来到黄土盖脸，都要受领主的剥削，水买吃，路买走，盖脸的黄土也要向领主磕头。奴隶只是会说话的牲口，领主喝光了我们的血，还不放过皮肉和骨头……"

高川听着歌声和武晓鹏的翻译，眼中流露出愤恨和悲情。

31. 嘎罕家 日外

嘎罕在院子里搓着草绳，见到高川他们起身就要回屋。

武晓鹏上前拦住他，恳切地说："嘎罕老爹，昨天我们刚来送过救济品，老乡们不是挺高兴吗，怎么今天就变了？"

花蔓："是啊，见了我们像见到琵琶鬼似的，掉头就跑，这到底是怎么了？"

嘎罕无奈地长叹一声："求求你们不要缠着我了，饶过我这个苦命的人吧！"

高川："嘎罕老爹，到底发生了什么事，您不说出来，我们怎么帮您呢？"

嘎罕："你们帮不了我，你们越帮，我就越苦了！"

武晓鹏："嘎罕老爹，您一定要把话说清楚，如果罕富寨主刁难您，我们一定为您做主！"

嘎罕哀叹地："喏，昨天你们刚送了东西，寨主就派人来了。他们挨家挨户查问过了，谁家领了救济，就要多交一份官租。"

高川没想到地说："什么？"

武晓鹏、和水泉、花蔓等人也是没想到的表情。

嘎罕："你们送来的东西，都被他们抢走了，往后我还要饿肚子不说，还得多交一份官租！你们帮我，是帮我死啊！"他说完，恨恨地走回屋子。

高川和队员们个个满怀义愤。

武晓鹏："罕富寨主敢这么做，简直是无法无天！"

花蔓："太过分了！这不是公开和我们作对吗？"

和水泉："队长，咱们去找罕富寨主，让他把抢去的救济品统统交出来！"

高川："冷静点！找到罕富就能解决问题吗？这件事，一定和刀家有关系。"

32. 工作队驻地　傍晚外

刘捍卫激愤地对高川说："没错，一定是刀心荣指使的！乃松寨子的情况也一样，昨天发的救济品，全被寨主抢走了！太猖狂了，简直就是明目张胆地对抗！"

高川："老刘，你冷静点。"

刘捍卫："我冷静不了！事情发展到这一步，就是因为我们对刀心荣太软弱、太姑息！说句心里话吧，老高，我认为工作队下来以后对刀家的态度有问题，许多做法很没有立场，简直就是妥协，是'右'倾！"

高川："这话不对，我们执行党的政策和上级指示，怎么会是妥协、'右'倾呢？"

刘捍卫："那你说，现在这种局面是怎么造成的？如果我们立场坚定，刀心荣敢这么为所欲为吗？"

高川："你有情绪我理解。说实话，我心里也觉得窝囊。对那些剥削压迫穷苦百姓的土司头人，我恨不得缴了他们的枪，分了他们的田……"

刘捍卫："对呀！就是应该旗帜鲜明地废除剥削，打击土司气焰，解放穷苦百姓嘛！"

高川："可是我们要做的，恰恰不是这些。老刘，今天的情况很突然，我们应该马上想办法解决它。"

刘捍卫："怎么解决？我把话先放这，如果我们不强硬起来，不给刀心荣点颜色看看，什么问题都解决不了！"

高川："你不要带情绪嘛，我们是在商量工作。"

刘捍卫："我不可能不带情绪，他刀心荣铁了心和我们作对，我们能有什么办法？"

高川克制地想了想，说："我的意见是，不管刀心荣怎么做，我们继续向穷苦百姓分发救济物资。"

刘捍卫："什么什么？还发？发来发去，还不是发到寨主土司手里？我们到底是救济谁呀？"

高川："如果我们停止了救济，恰恰是让刀心荣他们达到了目的。"

刘捍卫："这不行，我坚决不同意。"

高川："那好，你可以保留意见。"

刘捍卫："这可不是保留意见，是坚决不同意！如果你要坚持你的意见，必须向边工委报告，向方书记请示！"

高川忍耐地说："好，我这就请示方书记。"

第十五集完

第十六集

1. 南沧边工委　夜内

方明华拿着电报对其他领导同志说：“我赞成高川同志的意见。我们坚持向穷苦百姓发放救济物资，就会造成这样一种局面，工作队给，土司抢，这一给一抢就会让百姓们真正看清楚谁是他们应该依赖的对象，谁在为他们谋福利、谋幸福。”

几位工委领导纷纷表示同意。

方明华转向一位工作人员：“给高川同志回电，边工委同意他的意见。另外，让他尽快征收曼龙的公粮，尽早运回南沧。”

2. 曼龙大寨　工作队营地　夜内

高川看过电报，信心十足地把电报交给刘捍卫，看着他的反应。

刘捍卫看了看电报，不情愿地说：“执行。”

3. 工作队驻地　夜外

刘捍卫走出竹棚，轻摇着头嘲笑地自语：“幼稚，太幼稚。”

4. 罕富寨子　日外

高川带领和水泉、武晓鹏等工作队员们再次向穷苦百姓发放救济物资，穷苦百姓们在工作队员的说服下领取了救济物资，向他们表示感谢……

罕富寨主带着寨丁远远看着穷苦百姓领取救济品的场面，无奈地摇着头……

5. 嘎罕家　日外/内

高川、和水泉、武晓鹏等人把救济品送到嘎罕家，在高川的劝说下，嘎罕接受了救济品……

屋内火塘边，高川替嘎罕点上竹筒烟，问：“嘎罕老爹，寨子里除了罕富寨主的粮仓，还有别的粮仓吗?”

嘎罕抽了口烟，像是被呛到似的咳嗽几声，摇头说：“不晓得。”

和水泉、武晓鹏对视一眼。

高川：“您别紧张，我就是想了解一下。寨子里收了那么多粮食，都堆在罕富寨主的粮仓里，怕也堆不下呀。”

嘎罕回避，说：“粮食堆在哪里，都是寨主的事情，你要问，就去问寨主吧。”

高川会意地不再问了。

6. 乃松寨子　日外

刘捍卫带着李铁杉等工作队员来到粮仓外，看守粮仓的寨丁拦住了他们。

刘捍卫板起脸说：“我是代表政府来清点公粮的，让我们进去!”

寨丁并不买账，把守着仓门不让他们进。
刘捍卫语气严厉地说："你听好了，你不让我们进去，就是阻挠我们执行公务，是要承担后果的！"
寨丁横着枪，依然不让他们进。
这时，乃松寨主带着人赶来。
乃松赶过来说："刘长官！刘长官不要误会，粮仓是我锁的，钥匙在我手里。寨丁只管把守，不能放人进去，是我吩咐的。"
刘捍卫看着乃松。
乃松："粮仓里是全寨子的收成，万一有个闪失可是不得了啊。"
刘捍卫："乃松寨主，请你把仓门打开，我要估算一下你们该交的公粮数。"
乃松："好好，这就打开。"
他让跟随他的寨丁打开仓门，向刘捍卫示意："刘长官，请。"
刘捍卫、李铁杉等人进了粮仓，乃松和亲随寨丁跟了进去。

7. 粮仓　日内

刘捍卫等人在乃松陪同下在粮仓里巡视，刘捍卫看着一垛垛粮食，不由得蹙眉说："乃松寨主，全寨收下的粮食都在这了吗？"
乃松："是，都在这里了。"
刘捍卫狐疑："怎么只有这些？我查看过你们的收成，应该比这多得多嘛。"
乃松："刘长官说笑了，寨子里收下的稻谷，除去各家的口粮和下一季的种子，都在这里了。"
刘捍卫审视着乃松说："乃松寨主，你不要和我打埋伏哟，我可是种田出身，看一眼地里庄稼的长势，就知道有多少收成。"
乃松不置可否地笑笑。
刘捍卫："我敢说，寨子里收下的稻谷远比这仓房里的要多得多，对不对呀？"
乃松："刘长官太会说笑了。寨子里的收成就是这些。如果刘长官以为我藏下了粮食，就请挨家去搜好了。"
刘捍卫不屑地笑笑："搜？乃松寨主真会说笑，你这么大个寨子，我到哪里去搜啊？不过我告诉你，如果你真藏了粮食，用不着我搜，到时候它自己就会冒出来。"
乃松干笑几声："真要是凭空里冒出粮食，那倒好了，那一定是上天佛祖显灵，降福给我的寨子了！"
刘捍卫："只怕那不是上天佛祖显灵，是你们的刀大少爷另有打算吧？"
乃松："长官说笑了，没有的事，没有的事嘛！"

8. 罕富寨子　日外

高川带着和水泉、武晓鹏等人走在寨子里。
和水泉气愤地说："粮仓里的粮食连一半收成都没有，其他的粮食，一定是被罕富寨主藏起来了。"
武晓鹏："他为什么要把粮食藏起来？就为了少交公粮吗？"
高川："恐怕没那么简单。"
和水泉："真可恶，他是成心跟咱们捣蛋，真该把他抓起来，让他老实交代！"
高川严肃地说："干什么？还想犯错误？"
和水泉一吐舌头，不说话了。

那个哑巴一直尾随着高川等人。
武晓鹏无意中发现哑巴跟着他们，哑巴见武晓鹏看见了他，便闪到一户人家的篱笆旁躲了起来。
武晓鹏觉得好笑，不在意地跟上高川等人继续往前走。
那个哑巴又悄悄跟了上去。

高川等人走向寨门。
那个哑巴还在尾随他们。
武晓鹏注意到哑巴跟着他们，想了想对高川说：“队长，那个哑巴老汉一直跟着咱们呢，你看。”
高川停住脚回头看去——哑巴赶紧躲到竹林边。
高川思索地说：“他一直跟着咱们?”
武晓鹏：“没错，刚才我就发现了。”
高川对和水泉说：“去问问他，有什么事。”
和水泉答应着走出两步，回身为难地说：“我怎么问呐? 他又聋又哑的……”
高川：“耐心点就知道怎么问了，快去!”
和水泉答着：“是。”走向哑巴。
哑巴见和水泉走向他，转身就走。
和水泉站住了，为难地看着高川。
高川疑惑地看着走去的哑巴。
哑巴没走多远，又回身打量一下四周，见没旁人，便朝高川等人做着手势。
高川猜测地向前走了几步。
哑巴转身又走。
高川站住了，显然理解不了哑巴的意思。
哑巴没走几步又回身对高川打手势。
高川明白了哑巴的意思，低声说：“晓鹏，你们几个留在这。和水泉。”
和水泉：“到。”
高川：“跟我来。”
和水泉跟着高川走向哑巴。
武晓鹏等人看着高川、和水泉走向哑巴。
哑巴见高川他们走来，转身就走。
高川、和水泉跟了过去。

9. 罕富寨子　日外

高川、和水泉不远不近地跟着哑巴走到寨子边缘，穿过一片竹林，趟过一条小河，翻过一个山坡，进入一片林地。
哑巴在前面走着，不时回头看看高川他们跟上没有，当他将要穿出林地时停住了脚，等着高川他们走近。
高川、和水泉赶了上来。
哑巴没等他们走到跟前，朝一个方向指了指，闪身走入林中。
高川赶过来，朝哑巴所指的方向看去——
可见林间有很大的竹棚。
高川朝哑巴走去的方向看了看，又转向隐在林间的竹棚，对和水泉摆了摆手。
和水泉跟着高川朝竹棚方向走去。

高川、和水泉在树丛中隐蔽接近竹棚，拨开树枝朝竹棚看去——
竹棚外有几个寨丁把守，竹棚里堆放着大批的粮食。
和水泉几乎惊呼。
高川赶紧竖起指头拦住他，示意他立即后退。
两人隐没在树丛中。

10. 刀府　日内

刀心荣卧房，刀心荣仔细看着地图，在上面做着记号。

乃木在一旁站着说：“大少爷，杜长官派人捎信来了，让我们把粮食准备好，下月初五以前一定要运出去。”

刀心荣没好气地说：“什么初五初六的，机关枪呢？他的机关枪不送来，我一粒粮食也不运出去。”

乃木：“杜长官说了，他带着机关枪和金条在芒崖山口等咱们的粮车，粮车一到，他立刻把金条和机关枪交给咱们。”

刀心荣不屑地说：“狡猾的狐狸。”转而冷眼问乃木：“信呢？”

乃木掏出信递给刀心荣。

刀心荣不满地展开信看着，低声问：“红汉人在干什么？”

乃木：“哦，他们又在给各寨的穷鬼们发救济了。”

刀心荣抬起头：“哦，还在发？”

乃木：“是啊，好几个寨主都派人来说，红汉人在查验粮食的数目。”

刀心荣阴着脸不语。

乃木：“大少爷，粮食总这么藏着，怕是夜长梦多啊。”

刀心荣：“你以为我愿意藏吗？这些红汉人比山狸子还要贼精，真是些祸害。”

乃木：“是啊，要是他们发现了我们藏下的粮食，一定会引出祸来。”

刀心荣一脸怨毒地说：“得想个办法，把他们赶出寨子。”

11. 工作队驻地　日外

花蔓在灶棚旁刷洗着洋芋，边洗边朝棚屋里喊：“喜妹！喜妹！你忙什么呢？来帮我洗洋芋好不好？”

棚屋里传出喜妹的声音：“来了！”

12. 工作队驻地　日内

钟喜妹把洗好晾干的床单衣物分放到不同的铺板上，正准备出屋，却看见高川的铺前有两件换下的脏衣服，她走过去拿起衣服，走到门边拎起水桶出了竹棚。

13. 工作队驻地　日外

花蔓见钟喜妹拿着水桶和衣服出来，说：“哎，喜妹，又要洗衣服啊？”

钟喜妹：“就两件，一会就洗好了。”

花蔓笑着说：“是高队长的吧？怪不得不帮我洗洋芋。你呀，对高队长可真周到。”

钟喜妹含笑说：“应该的，我要替我姐姐照顾他。”

花蔓做出猜测的表情：“替你姐姐照顾他？”

喜妹点点头：“嗯。”

花蔓一时不知该说什么，忽然想到地提醒：“哎，现在去河边来得及吗？别回来晚了！”

钟喜妹：“我去井边洗，一会就回来。”

花蔓：“那你快点，我等着你帮我做饭！”

钟喜妹：“误不了你，放心吧！”

花蔓表情异样地看着走去的喜妹，回味地自语：“替她姐姐照顾他……”而后似乎想到了什么偷偷一笑。

14. 刀府　日内

刀心妍房间，刀心妍显得很用心地在写大字。身后传来开门声，刀心妍不为所动地继续写着。

玉切端着一盘水果进来，轻声说：“大小姐，吃水果吧。”
心妍头也不抬地：“不吃，出去。”
玉切放下水果盘，看了看关好的门，低声说：“大小姐……”
心妍要发作：“我说过了我不吃，出去！”
玉切：“大小姐，你不想知道寨子里的事吗？红汉人的事……”
心妍平静了一下，继续写着说：“你说吧。”
玉切松了口气，拿过一个水果边削边说：“大少爷让各寨的寨主把红汉人送给穷人家的东西全都收走了……”
刀心妍停住笔，抬眼问：“为什么？”
玉切：“说是要用那些东西抵债，交官租。”
刀心妍不满地说：“真是过分。”
玉切：“还说谁家收了红汉人的东西，就要多交官租呢。”
刀心妍放下笔：“岂有此理，怎么能这样呢？”
玉切：“大小姐，你千万别惹大少爷了，这两天，大少爷一直黑着脸，像是有好多烦心事呢。”
刀心妍：“哼，我才懒得惹他。我就是想不通，红汉人接济穷苦人家是善事，他为什么也要反对？”
她本能地接过玉切递来的水果吃了一口，又想起什么把水果放到桌上。
玉切看着刀心妍写的字，好奇地问：“大小姐，这两个汉字念什么？你写了这么多……”
纸上几乎写满了高川两字。
刀心妍突然将那张纸团了起来：“乱写的，什么也不念……”
玉切奇怪地看着刀心妍：“你怎么了大小姐，脸红得像火烧一样。”
刀心妍遮掩地说：“我，没什么，屋子里热，热死了……”

15. 寨中水井　日外

钟喜妹来到一个具有傣族特色的水井旁，吃力地将水打上来，就手洗了把脸，当她再要打水时，发现井水上漂着一些草和树叶，她俯身将草和树叶捞了出来，而后将水桶打满，拎到一旁洗起衣服……
几个寨民站在水井旁边不远的地方对钟喜妹的背影指指点点地说着什么，从她（他）们的表情中可见对钟喜妹的行为极为愤怒。
乃木带着两个府兵走过，见到那些不满的百姓，又朝水井旁的钟喜妹看去，心里有了主意。
钟喜妹浑然不觉地在井边洗着衣服。

16. 刀府　日内

厅堂里，刀心荣兴奋地对乃木说：“这是真的？”
乃木：“千真万确。”
刀心荣一拍巴掌：“太好了！真是佛祖显灵了！你马上召集百姓，人越多越好，去找红汉人闹他一场！”
乃木：“是了！”
乃木快步出了厅堂，刀心荣兴奋地踱了几步：“扎布！”
扎布在一旁答应：“在！大少爷。”
刀心荣：“看好院子，要是红汉人来见我，就说我不见！”
扎布：“是了！”
刀心荣看着扎布出了厅堂，松心地长舒一口气。

17. 工作队驻地　日外

那几个在水井旁出现过的寨民和大批寨民一起在乃木带领下怒冲冲地走向工作队居住的竹棚。
刚回到驻地的刘捍卫、李铁杉等人还没顾得上擦洗，就见乃木带着大批寨民涌来。

刘捍卫、李铁杉等人不解地看着围拢来的寨民们。

花蔓紧张地从灶棚旁站起来，手里紧攥着洗好的洋芋。

没等刘捍卫发问，一些寨民就叽里咕噜地说了起来，显得很激动。

刘捍卫赶紧迎向他（她）们：“老乡们！老乡们！不要激动，都不要激动！有什么话慢慢说，说快了我也听不懂啊！”

乃木抬手示意寨民们安静，而后怒视着刘捍卫。

刘捍卫努力保持着镇静问乃木：“请你说说，到底出了什么事？你们这是要干什么？”

乃木蛮横地说：“干什么？去问问你们的女人，她弄脏了我们傣家的水井！”

刘捍卫一怔。李铁杉、花蔓等人也都怔住了。

乃木转向寨民说：“曼龙大寨的井水里有我们阿公阿祖的魂灵，就像寺庙里的佛祖一样尊贵！现在，红汉人玷污了我们的井水，我们全寨子的人再也没有干净的水了！”

寨民们群情激愤，呼喊着要工作队赔他们水井，并要求工作队离开寨子……

刘捍卫再三示意百姓们安静，直到乃木向寨民们示意，寨民们才停止了呼喊。

刘捍卫知道有人闯了大祸，声音颤抖地问乃木：“乃木，先让百姓们安静下来，不管出了什么事，我们都可以协商解决嘛……”

寨民们愤怒的喊声立刻将刘捍卫的声音淹没了。

刘捍卫再次奋力请寨民们安静，高声喊：“乡亲们！你们放心，如果真是我们的同志犯了错误，我们一定会严肃处理！”

寨民们又是一阵愤怒的呼喊。

刘捍卫无奈地对乃木说：“乃木，既然你们这么肯定是工作队的同志弄脏了井水，那你给我说清楚，到底是谁？怎么把井水弄脏了？”

乃木：“是谁？你自己看清楚！”

他把手向旁边一指，众人的目光随着转了过去。

刘捍卫也转头看去——

钟喜妹提着水桶诧异地看着众人，完全不知发生了什么事。

李铁杉、花蔓等人的表情是失望、无奈和紧张。

愤怒的人群立刻逼向钟喜妹，指着她叫骂。

刘捍卫、李铁杉等工作队员赶紧上前拦阻。

钟喜妹惊诧地望着眼前愤怒的寨民，完全不知所措。

18. 曼龙酒家　日外

酒家后院，几架载着粮食的牛车、马车停在仓房外，尼斗和卖粮的商户指使傣族汉子们把成袋的粮食扛进仓房……

乃木兴冲冲地走来，尼斗转向他，乃木走近尼斗轻声说：“我要见石司令，有好消息。”

19. 酒家客房　日内

石三娇站在乃木身前，含着冷笑说：“这么说，共匪的工作队马上就要滚出曼龙了？”

乃木一脸媚态：“我让寨子里的人都去和他们闹，要他们马上离开寨子。他们坏了傣家的规矩，自己闯了祸，寨子里的人是不会饶过他们的。”

石三娇：“好，干得好。要尽快赶走他们，不让他们再进任何寨子。”

乃木：“明白，我一定尽力。”

石三娇向尼斗示意，尼斗拿出些银圆赏给乃木。乃木接过银圆，向石三娇哈腰致谢：“多谢，多谢石司令。”

石三娇：“乃木，你要是真有胆子，就不要让共匪轻轻松松地离开曼龙大寨。”

乃木猜测地看着她。

石三娇："趁他们离开的时候，能杀一个杀一个，能杀两个就杀他一双。让他们知道，曼龙就是他们的阎王殿。"

乃木犹豫地说："这……"

石三娇："怎么，你不敢?"

乃木："敢，我当然敢。就是，要不要等特派员下令……"

石三娇："曼龙的事情我做主，一切后果由我担当。杀一个共匪，赏你一根金条。"

乃木夸张地应承："石司令放心，乃木听你的号令，干掉共匪。"

石三娇露出满意的笑容。

20. 工作队驻地　傍晚内

高川拿着钟喜妹为他洗好的衣服想发作却又忍住了。

刘捍卫阴沉着脸站在钟喜妹面前，大声喝道："你是怎么搞的? 工作条例都忘光了? 不知道傣族的规矩吗? 敢去井边洗衣服，那衣服不洗会死人呐? 就知道穷讲究，洗! 洗! 洗! 自私自利! 地地道道的小资产阶级作风!"

高川觉得刘捍卫有些不得当，但又不好说什么。

钟喜妹眼里含着泪，看了眼高川，似乎想得到谅解和援助。

高川甩了甩手里的衣服，怒气冲冲地："胡闹! 简直是胡闹!"

钟喜妹垂下目光，泪水流了出来。

刘捍卫："你好好反省吧! 造成这么恶劣的影响，给我们的工作造成不可挽回的损失! 组织上一定会严肃处理! 谁也护不了你!"

钟喜妹捂起脸哭了。

高川想说什么，被刘捍卫抢了先："哭，就会哭! 还没到你哭的时候呢!"

钟喜妹哭着扭身出了屋。

21. 刀府　傍晚内

厅堂里，刀心荣和刀母坐在桌边吃饭，玉切、玉凤在一旁伺候。

刀母显得身体不适，不时地抹着额上的虚汗。

刀心荣见状关切地问："干妈，你怎么了? 不舒服吗?"

刀母气虚地回答："没什么，洗头的时候让风吹了，有点头疼。"

刀心荣："要不要紧呀? 请佛爷看看吧?"

刀母："不要紧，一会睡一下就好了。"

刀心荣："干妈，一会我把戏班子喊来，你听听戏，热闹热闹就好了。"

刀母："算了吧，我没精神听。"她转向玉切："给大小姐送饭了吗?"

玉切看看刀心荣，犹豫地说："送了。"

刀母："她还安分吧?"

刀心荣盯着玉切。

玉切忐忑地说："大小姐一直在抄经文，已经抄了几十遍了。"

刀母叹道："让她用心抄，抄完了经文，还要给佛爷缝袈裟呢。"

玉切："是了。"

22. 刀府　傍晚外

扎布站在院子里，望着刀心妍房间被封紧的窗户，显出同情。

乃木带着两个亲随家丁走近，上前拍着扎布的肩膀："扎布兄弟。"

扎布猛地回过神来，发怔地看着乃木。
乃木："发什么呆？怎么，想把大小姐放出来?"
扎布不愿理他："大少爷让我看住大小姐。"
乃木："当心，别看到心窝里去喽，那可是大小姐。"
扎布变了脸，一把揪住乃木："再敢乱讲，割了你的舌头!"
乃木赔笑地拍拍扎布的手让他松开："说笑嘛，急什么。走，我请你喝酒去。"
扎布："不去。"
乃木："怕我灌倒你吗?"
扎布不想说什么了。
乃木换了表情："算了，你还是看好大小姐吧，大少爷要把红汉人赶出寨子，不能让大小姐再去搅了。"
扎布没说话。
乃木："要我说，干脆把那些红汉人都干掉，省得他们找麻烦。"
扎布冷眼看着乃木："杀红汉人，你有胆吗?"
乃木："小看我？要不要打个赌啊，有种我们一起去，看看谁敢先下手。"
扎布扭过头不理他了。
乃木："怕是你没胆吧。"
扎布："若是大少爷叫我杀，我就杀。"
乃木不屑地说："算了，你现在是大少爷的干兄弟，这样的事，大少爷不会要你做的。"
他和家丁走去，扎布猜测地看着乃木的背影，又把目光移向刀心妍的窗户。

23. 刀心妍房间　傍晚内

刀心妍在灯前抄着经文，旁边的小桌上放着食物，玉切跪在一边，似在乞求。
刀心妍冷漠地说："你跪在那里做什么，不要我出去，我就什么也不吃。"
玉切带着哭腔说："大小姐，你就行行好，帮帮玉切吧。"
刀心妍："我连屋子都出不去，能帮你什么?"
玉切："你不吃东西，万一被太太知道了，一定会罚我的……"
刀心妍无动于衷："等她知道了，我也饿死了，她怎么罚你，我也看不见，管不了了。"
玉切朝刀心妍磕头说："大小姐，玉切给你磕头了，求求你可怜可怜我吧……"
刀心妍转过脸："磕头做什么？我又不是菩萨。"
玉切："玉切的性命就在大小姐手里，你若是饿出病来，玉切就活不了了……"
刀心妍叹了口气："你活成这样，有什么意思？不如和我一起死了，到了那边，还有个伴。"
玉切又给心妍磕头："大小姐，玉切不想死。我求求你了，求求你了……"
刀心妍："别求了，你愿意跪就跪着吧，若是跪累了，就来帮我磨墨，若是磨的好呢，兴许我就吃一点。"
玉切本想再磕头，猛然反应过来地起身走到心妍身边，动手磨墨。
刀心妍得意地偷笑。

24. 工作队驻地　晚上内

花蔓进了棚屋，喊了声："喜妹!"
棚屋里没人。花蔓看见钟喜妹的竹床上有张字条，赶紧上前拿起字条看了看，大惊失色地跑向屋外。

25. 棚屋外　晚上外

花蔓跑出来喊："不好了！喜妹她走了!"
高川、刘捍卫等人都一愣。

刘捍卫:“什么?走了?”

花蔓把纸条交给高川:“这是她留下的。”

高川接过纸条紧张地看着。

李铁杉、武晓鹏、和水泉等队员都是一脸紧张。

刘捍卫侧头看着字条:“跑了?这成什么体统?这简直就是逃兵嘛!”

高川厉声说:“不要说了,马上去找!”

男队员们立即回屋拿出电筒、马灯,佩带武器准备出发。

高川从和水泉手中接过双枪背到身上,命令队员们:“出寨以后分成三个小组,一定要找到钟喜妹!出发!”

花蔓急切地说:“队长!我也去!”

高川:“还不够乱吗?你看家!”

高川快步走去,花蔓又委屈又着急地看着高川和队员们远去。

26. 寨口 晚上外

钟喜妹快步走向寨口……

乃木带着两个亲随家丁来到寨口附近,看见了走向寨外的钟喜妹,乃木向身边的家丁示意,跟了过去。

钟喜妹走出寨子……

乃木带着家丁来到寨口,问守寨的寨丁:“刚才出去的,是红汉人吗?”

寨丁:“是红汉人,是个女娃。”

乃木向家丁示意,跟出了寨子。

27. 野外林中 夜外

夜路上,钟喜妹赌着气孤零零地走着,不知不觉地走上了山坡,走进了山林。

乃木带着家丁悄悄跟着钟喜妹,一个家丁端起枪要瞄准,乃木拦住他,示意再跟远一点。

林中十分黑暗,钟喜妹越走越没谱,似乎此时才发现自己一直在毫无目的地走着,被惊起的飞鸟发出凄厉的叫声,吓得她赶紧躲到一棵树旁,紧抱着背包不知道怎么办才好。

乃木带着家丁悄悄接近钟喜妹……

林中各种虫鸣鸟叫使钟喜妹越来越感到恐惧,她坐到树下,把头埋在背包上哭了起来……

乃木和家丁隐蔽在钟喜妹附近的树丛中,乃木从一个家丁手中拿过弩箭,瞄向钟喜妹——

高川带着和水泉、李铁杉等人打着手电筒、提着马灯赶到山坡下喊着:“钟喜妹!——喜妹!——”

林中,乃木听到喊声,转头看去,身边的家丁向他示意山下来人了。乃木犹豫一下,仍然将弩箭瞄向钟喜妹——

钟喜妹听到了高川等人的喊声,惊喜地站起身张望。

乃木扣动扳机,射出弩箭——

钟喜妹向前迎去,那支弩箭从她身后飞过,射在一棵树上。

乃木做出怨悔的表情,伸手让家丁再给他一支箭。家丁紧张地示意找钟喜妹的队员们已经接近了,乃木看看渐渐接近的马灯、手电亮起的光,无奈地和家丁隐蔽起来。

钟喜妹迎着队员们走了几步,又犹豫地停住脚,左右为难地蹲在地上,嘤嘤地哭着……

李铁杉提着马灯走入林中喊着钟喜妹。

钟喜妹本能地捂住自己的嘴，看着李铁杉从身边不远处走过，当他要走远时，钟喜妹突然控制不住地拖着哭腔喊了声："铁杉！我在这儿……"

李铁杉先是一惊，而后欣喜地跑过来说："喜妹！可找到你了！"

钟喜妹委屈地哭着……

李铁杉朝林子外面高喊："高队长！喜妹找到了！——"

高川、和水泉、武晓鹏等人跑了过来。

钟喜妹哭喊着："高大哥！"扑到高川怀里大哭起来。

李铁杉见状感到很别扭。

高川有些不自在，直挺挺地叹道："哭什么嘛？你还有点纪律性没有？还像个工作队员吗？"

钟喜妹哭得更伤心了。高川一脸无奈。

刘捍卫等人也赶了来，他见到钟喜妹在高川怀里哭泣，板着脸"哼"了一声。

高川带着钟喜妹和李铁杉等队员们下了山坡。

一只手拔下插在树上的弩箭——乃木恶狠狠地望着走远的工作队员们。

28. 工作队驻地　夜外

钟喜妹委屈地抹着泪，高川既像批评又像安慰地说："好了，别哭了，自己犯了错误，还擅自离队，你要是真出了事，我怎么向你爹妈交代？我向谁哭去？"

喜妹依然伤心地哭着。

高川："别哭了好不好？有那么委屈吗？你犯了错，还不该批评呀？"

喜妹摇摇头，又点点头。

高川："好了好了，你看你，就是个小姑娘，动不动就哭鼻子。"

他把毛巾递给喜妹，喜妹接过去擦着泪，还在抽泣。

高川："把眼泪擦干，快去休息吧。以后不管出什么事，都不许擅自离队，记住了？"

喜妹点点头，高川："去吧。"

喜妹站着不动，高川："怎么，还觉得委屈？你呀，比你姐姐娇气多了。喜莲可从来没哭过鼻子，从来都是最勇敢、最坚强的。"

喜妹看看高川："高大哥。"

高川看着喜妹，等着她说。

喜妹："你现在，心里还有我姐姐吗？"

高川怔了怔："当然。"

喜妹："是真的？你没忘了她？"

高川："不会，我会永远记住她。"

喜妹忍着悲声，转身走了。

高川看着喜妹的背影，心中泛起感伤。

29. 工作队营地　夜内

高川、刘捍卫借着油灯的光亮交谈。

刘捍卫气呼呼地说："你看看这个钟喜妹，犯了错误还批评不得，动不动就跑，一点组织纪律性都没有。我的意见，一定要严肃处理！"

高川虽然表情严肃，但语气缓和些："老刘，喜妹犯了错误，应该严肃批评。可她还很年轻，刚参加工作不久，犯错误也是难免的……"

刘捍卫："高川同志，我对你有意见！钟喜妹是你的同乡，老相识，你就处处袒护她，这让别的同志看在眼里，会怎么想？"

高川："什么怎么想？喜妹和我是同乡，可我并没有袒护她。钟喜妹犯了纪律，我照样批评她，让她检讨。"

刘捍卫："这样的错误批评教育就行了？她造成的后果有多大，影响有多坏，你都不考虑吗？"

高川："我当然要考虑。我们首先要考虑的是怎么消除影响、弥补过失，在寨子里扎下去。"

刘捍卫："我想不出补救的办法。这件事，钟喜妹要负完全责任。"

高川："要负完全责任的是我，还有你。"

刘捍卫："我？我有什么责任？"

高川："你我是工作队的领导，任何队员犯了错误，我们都要负责任。"

刘捍卫："我不同意。这件事不能大而化之，钟喜妹必须处分。"

高川："捍卫同志，工作队里最先违反工作纪律的不是钟喜妹，是你。"

刘捍卫愣了愣："你，你把老问题扯出来干什么？"

高川："我希望你对年轻同志的态度，也能像方书记对你那样。"

刘捍卫赌气点上支烟。

高川："如果你想处理钟喜妹，我反对。"

刘捍卫拿烟的手抖了一下。

30. 刀府　夜内

玉切拿着油灯匆匆来到刀心妍房外，扎布打开门锁，玉切进了房："大小姐！"

刀心妍正在抄写经文，吃惊地回头看着玉切："什么事？"

玉切焦急地说："大小姐，太太病得厉害，快去看看吧！"

心妍听罢丢下笔，赶忙起身快步走向门口。

31. 刀府　夜内

刀心妍匆匆走向母亲的房间，玉切拿着油灯紧跟着她。

32. 刀母房间　夜内

刀心妍进了屋，赶向母亲床边。

刀母躺在床上一脸虚汗，身上还不时抽搐。

刀心妍挨近母亲轻喊："阿妈，阿妈！你怎么了？（她转向丫鬟玉凤）我阿妈怎么了？啊？"

玉凤束手无策地立在床边，忐忑地说："太太睡下不久，就喊头疼，我帮她捏了捏头，她又说心口疼，再后来，她就……"

刀母艰难地睁了睁眼，用手抚了抚胸口，又闭上眼睛。

心妍急忙抚着母亲的胸口问："阿妈，阿妈，你这是怎么了？啊？"

刀心荣匆匆赶了进来，见状忙喊："干妈，干妈！干妈，这是怎么了？"

心妍心慌地摇头说："我也认不得，怕是得了急症，发疟疾吧？"

刀心荣焦急地说："啊？这可怎么好，这可是要命的啊！"

心妍："快去请摩雅吧，阿妈的病耽误不得，快去吧！"

刀心荣朝房门外喊："来人！"

扎布出现在门口："大少爷。"

刀心荣："快去，把摩雅、波摩都喊来！快！"

扎布："是了。"

刀心荣："等等！把庙里的佛爷、和尚也喊来，给我干妈做法！"

扎布答应着离去。刀心荣转脸心急地看着母亲。

刀心妍轻抚着母亲的胸口，急得流出眼泪。

33. 东盘江畔　清晨外

高川和钟喜妹来到江畔一块巨石旁，高川神色沉重地望着那块巨石和汩汩流动的江水，回忆着令他痛心的往事。

高川："你姐姐喜莲，就是在这牺牲的。"

钟喜妹看看高川，又看向巨石和江水。

高川神色悲痛，眼中聚起泪水……

34. 闪回　东盘江畔　日外

负伤的钟喜莲支撑着站在江水中，激动地呼喊："高川！高川！——"

石三娇咬牙切齿地举枪对准钟喜莲，连开两枪。

钟喜莲再次中弹，满目期待地看着高川催动战马踏着江水向她奔来，她想再喊高川，却没能发出声音，身体晃动着倒在江水中。

高川跃马赶到钟喜莲身前跳下马，蹚着水跑到钟喜莲身边抱起她呼喊："喜莲！喜莲！"

钟喜莲的军衣被鲜血染红，乌黑的头发被江水浸湿，双目紧闭，一动不动。

和水泉吹响冲锋号……

战士们冲上江岸，追击逃敌……

钟喜莲的手抓住了高川的胸口，高川一惊，忙喊："喜莲！喜莲！"

钟喜莲用最后的力气艰难地说："不能追，不能打傣族武装……"

高川愣着："什么？"

钟喜莲："敌人利用傣族武装……你不能违反上级命令……"她再也无力地闭上眼睛，牺牲在高川怀里。

高川悲愤地呼喊："喜莲！喜莲！——"

（闪回完）

35. 东盘江畔　清晨外

钟喜妹望着江面，泣不成声。

高川含着热泪说："我永远忘不了她最后说的话，他不让我去打傣族武装，不让我违反上级的命令。好多次在梦里，我听到她喊我的声音，喊得我心疼，疼得淌血！我多想告诉她，我已经为她报仇了！可是，我现在只能告诉她，这个仇不能找刀家报了，我得服从上级的命令，和刀家交朋友！喜莲她一定明白，一定明白上级为什么要我这么做。我们要把曼龙的土司头人和民族百姓都团结起来，才能彻底剿灭蒋匪军，保证曼龙的和平安宁，让曼龙和和美美，人畜兴旺，年年都有好收成，百姓们天天都过好日子。喜妹，我说的这些，你懂吧？"

钟喜妹哭着点头："懂，我懂。"

36. 刀府　清晨内

厅堂里，波摩（巫师）在施展巫术驱鬼……

刀母房间里香烟弥漫，一个老和尚和几个年轻的和尚还在念经，已经显得十分疲惫。

刀心荣愁容满面地双手合十守在一旁，也显得非常疲惫。

玉切等下人躬身候在一边。

刀母双目紧闭躺在床上，额上盖着毛巾，病情显然没有好转。

丫鬟玉凤守在床边，为刀母换着额头上的毛巾。

37. 刀府　伙房　清晨内

刀心妍守在小火架前亲自熬药，一夜没睡的她显得面容憔悴。

厨娘帮着心妍把熬好的药倒进小碗，心妍端着碗出了伙房。

38. 刀母房间　清晨内

心妍端着药碗进了屋，玉切赶忙上前要接她手里的药碗，心妍示意她让开，自己端着药碗走到母亲床前，舀了勺药轻轻吹了吹，递到母亲嘴边轻唤："阿妈，阿妈，喝药了。"

刀母痛苦地轻哼着，没有张嘴。

心妍让玉凤帮着把母亲的头抬起来，把盛药的小勺伸到母亲嘴边喂她喝药。

刀母突然咳嗽起来，小勺里的药都洒了。

玉凤一慌，撞翻了心妍手里的药碗。

心妍本能地"哎呀"一声。

刀心荣见状怒冲冲地过来抬手要打玉凤："笨丫头，讨打啊！"

玉凤吓得捂住了脸，心妍赶忙拦着哥哥劝道："干什么呀！是我自己打翻的，怪不得玉凤！"

刀心荣愤愤地说："你护着她好了。误了干妈喝药，我剥了她的皮！"

心妍："行了，别再惊着阿妈。药还有呢，我再去拿来。"

刀心荣狠狠瞪了玉凤一眼。

心妍保护着玉凤说："把盆抬着，去换些水来。"

玉凤赶紧抬起铜盆战兢兢地跟着心妍出了屋。

39. 伙房　日内

身穿破旧衣衫的波香把一些柴禾抱进伙房，按厨娘的指点放在灶前。

刀心妍和玉凤进了伙房，厨娘凑近关切地问："大小姐，太太怎么样了？"

心妍忧虑地说："糟透了，佛爷念了一夜的经，阿妈一点没有见好，人还是昏昏的，牙齿都分不开了，药都喂不进去。"

厨娘："哎哟，这可怎么好啊？"

心妍："我也不知道怎么好了，心里乱死了。"

厨娘："不行就送南沧吧？县里的摩雅总该有办法吧？"

心妍："这么远的路，我阿妈怎么受得了啊。"

厨娘："那可怎么好啊，不能让太太这么受罪呀。"

心妍急得叹气，想不出办法。

波香在一旁试探着开口说："大小姐……"

心妍和厨娘、玉凤都转向波香。

波香怯生生地说："大小姐，红汉人有摩雅……"

心妍："你说什么？"

波香胆怯地垂下头。

厨娘："大小姐问你呢，大声说！"

波香："大小姐，红汉人的摩雅，能给太太看病……"

心妍脸上掠过一丝惊喜："对呀！你阿妈病的时候，就是钟姑娘给看的，我怎么给忘了！"她转向玉凤："玉凤，把药抬去喂太太，我去找工作队。"

她说罢快步出了伙房。

厨娘厉声对波香说："死丫头，真敢多嘴！让大小姐去找红汉人，大少爷知道了不得剥了你的皮！"

波香吓得躬身退去。

40. 刀府　日外

刀心妍匆匆走向府外，带着家丁把守院子的乃木迎上来拦住心妍。

乃木躬身说：“大小姐早。”

心妍瞥了他一眼，继续走向府门。

乃木赶紧挡在心妍身前：“大小姐，要办什么事，让奴才去跑吧。”

心妍瞪着乃木：“让开！”

乃木仍然拦着心妍：“大小姐，有什么事尽管吩咐，奴才去办……”

心妍生气地说：“你吃着狗屎了？滚开！”

乃木无奈地说：“大小姐，大少爷吩咐了，寨子里出了乱子，府里的人都不叫出去……”

心妍警觉地说：“乱子？寨子里出了什么乱子？”

乃木支吾着不想明说。

心妍逼视着他：“你说不说？”

乃木：“我说我说，红汉人弄脏了寨子里的井水，百姓们，百姓们发火了，要把红汉人赶出寨子。”

心妍一愣，一时不知该说什么了。此时，她听到府兵的呵斥声，转眼向门口看去——高川带着和水泉出现在府门外，被府兵拦在门口。

心妍赶紧走了过去，乃木也跟了过去。

和水泉见心妍走来，露出笑脸喊：“哎，刀姑娘！”

高川严肃地看了他一眼，和水泉立刻换上严肃的表情。

心妍走近高川，高川：“刀姑娘，我来见你阿哥，为水井的事向你们道歉。”

心妍：“水井的事我刚刚听说，恐怕几句话是说不清楚的。我正要去找你们，我阿妈得了重病，已经昏迷了一整夜了。”

高川：“这么严重？现在怎么样？”

心妍：“还是昏迷不醒，我想请钟姑娘给她看看，要是再拖下去，怕是……”

她难过得说不下去了。

高川转向和水泉：“快，去叫喜妹！”

“是！”和水泉转身跑去。

高川：“跑快点！”

和水泉边跑边答：“是！”

高川转向心妍，一脸关切。

41. 刀府　日内

厅堂里，刀心荣怒容满面地对刀心妍说：“谁让你去找红汉人？他们弄脏了井水，我要把他们赶出寨子！”

心妍：“阿哥……”

刀心荣：“不许讲！他们敢踏进府门，我就把他们砍出去！”

心妍急切地说：“阿妈病成这样，不叫钟姑娘来看怎么行啊？你就看着我阿妈等死吗？”

刀心荣：“你！你怎么知道红汉人能治干妈的病？”

心妍：“波香的阿妈病重的时候，我亲眼看见钟姑娘给她看病！”

刀心荣：“他们治得了奴才，治不了干妈！”

刀心妍：“这算什么话？你怎么知道治不了？”

刀心荣：“我就是不信！要是他们害了干妈，你怎么说？”

心妍：“红汉人来了这些日子，你见他们害过谁？就连我这条命，都是解放阿哥救下的！”

刀心荣还要说什么，玉切赶过来慌张地说：“大少爷！大小姐！太太又昏过去了！”

刀心荣、刀心妍都住了口，慌忙赶向母亲卧房。

42. 工作队营地　日外

钟喜妹难以置信地瞪着骑在马上的和水泉：“让我去给刀家太太看病？你没听错吧？”

和水泉勒着马急切地说:“错什么错,是高队长让我来喊你的,快点拿药箱,快去!”

钟喜妹抵触地说:“不去!我还有好多正经事呢,让刀家去找寨子里的摩雅吧,找寺庙里的佛爷也行!”

和水泉:“喜妹同志!这是高队长的命令,你得马上执行!”

钟喜妹赌气地犹豫着。

和水泉:“刀家要把我们赶出寨子,队长愁得觉都睡不着。他让你去给刀家太太看病,就是要让刀家看到我们的诚意,让你有一个改正错误的机会!你连这都不懂吗?快拿药箱去!”

钟喜妹心里难受地喊:“我就是不想去!”

43. 刀母卧房 日内

注射器扎进刀母的臂膀,钟喜妹给刀母注射完后,拔出针头。

刀心妍忧心忡忡地轻声问喜妹:“钟姑娘,我阿妈要紧吗?”

钟喜妹一脸严肃地收好注射器,从药箱里拿出药瓶,倒出些药片包起来说:“你阿妈受了风寒,在发高烧,今天下午我还要给她打针,要打三天。这些药片你要按时喂她吃,一次吃两片,一天吃三次。”

刀心妍接过药片感谢地说:“谢谢你,钟姑娘,我阿妈的病会好吧?”

钟喜妹依旧板着脸:“只要坚持打针吃药,过几天就会好的。”

刀心妍松了口气:“这可太好了,太感谢你了,钟姑娘。”

钟喜妹收起药箱,看看屋内弥漫的香烟和那几个迷糊着念经的和尚,犹豫了一下,对心妍悄声说:“为了让你阿妈早些康复,屋里要保持空气新鲜,还要保持安静。像这样乌烟瘴气的,还有那些……”她悄悄指指那些和尚。

刀心妍会意地说:“我晓得了。”

44. 厅堂里 日内

刀心荣、高川都坐在椅子上,身后分别站着乃木、和水泉。刀心荣铁青着脸,高川一脸严肃。

刀心妍陪着钟喜妹来到厅堂,高川、刀心荣都站了起来。

刀心荣盯着心妍。

高川问钟喜妹:“怎么样?”

钟喜妹点点头:“没有危险了,坚持治疗,过几天就会好。”

刀心荣不信任地看看钟喜妹,又把目光转向心妍。

刀心妍疲惫中露出微笑说:“阿妈感觉好多了,喝了些糖水,已经睡着了。”

刀心荣释然地深吸口气,想表示感激又放不下架子。

钟喜妹:“队长,我们的药品不多了,刀夫人的病必须保证用药才行。”

高川:“我马上报告方书记,请他派人把药送来。”

喜妹放心地点头:“嗯。”

刀心妍轻声说:“心荣阿哥,你该代表府上谢谢钟姑娘。”

刀心荣过意不去地转向喜妹,双手合十躬了躬身。

高川忙说:“刀代办不必客气,俗话说田里谷子黄,闷头摆子(恶性疟疾)似虎狼。你们府上的人都要注意身体,要是有人病了,只管来找我们。”

刀心荣再次表示谢意:“谢了。”

喜妹也说:“不用谢,这是我们应该做的。大少爷,是我一时疏忽,弄脏了寨里的井水,我向你道歉,请原谅我。”

她说着深深鞠了一躬。刀心荣显得不自在。

刀心妍借机说:“心荣阿哥,他们是真心道歉的,他们说要把井边打扫干净,还要请佛爷做法,向所有的寨民道歉呢。”

刀心荣一时难以表达什么。乃木暗里着急,却又不好开口。

高川："刀代办，喜妹同志弄脏了井水，犯了大错，我们会严肃批评她，并且保证绝不会再犯这样的错误。我们会真心诚意地向全寨的百姓道歉，恳请你和百姓们原谅我们。当然，如果乡亲们不肯接受我们的道歉，还是要我们走，我们就马上撤出寨子。"

刀心荣盯着高川，没有表态。

45. 刀母卧房　日内

刀心荣打发走了念经的和尚们，来到刀母床边。

刀心妍坐在床边望着母亲，玉切、玉凤守候在一旁。

刀母已经清醒，刀心妍用毛巾轻擦着母亲的脸，轻声说："阿妈，红汉人摩雅给你打了针水，喂了药，再过两三天，你的病就会好了。"

刀母有气无力地说："红汉人……"

刀心妍："是，红汉人带的针水药品不够了，他们喊人从南沧骑快马送来呢。"

刀母露出感激的神情，她转向刀心荣："心荣……"

刀心荣："干妈。"

刀母："看在干妈的份上，就让红汉人住下吧，不要赶他们走了……"

刀心妍转头看着刀心荣，刀心荣无奈地点了点头。

46. 曼龙大寨　水井旁　日外

高川带着工作队员们和寨子里的傣族群众一起肃立在水井旁，神情严肃地看着佛爷在佛龛前做法念经……

佛爷做法完毕，向众人做出手势。

刀心荣、刀心妍向佛龛拜谒，上香……

刀心荣上香之后转身注视着高川等人。

刀心妍上过香也看着高川。

高川会意地下了决心，带着钟喜妹一起拜佛龛，上香……

刘捍卫表情阴郁。

和水泉、李铁杉、武晓鹏、花蔓等队员表情不一地注视着高川、钟喜妹。

高川、钟喜妹上香之后又对在场的傣族群众鞠躬致歉……

傣族群众一脸庄重地双手合十，默不作声。

佛爷来到井旁，象征性地打起一舀水洒在地上，而后又默念几句，向大家做出表示圆满的手势，告诉大家水已经干净了！

傣族群众顿时欢呼起来……

高川欣慰地望着钟喜妹，钟喜妹不好意思地笑了。

刀心妍过来高兴地拉住喜妹的手，钟喜妹感到很不自在。

刀心荣面无表情地看着这一切。

李铁杉、武晓鹏、花蔓等上前拉起钟喜妹，和傣族群众一起欢呼起来……

47. 刀府　日外

波香在舂米。

乃木和厨娘在伙房门外嘀咕几句后，恶狠狠地提着鞭子朝波香走来。

波香听见脚步声转过头，见乃木一脸恶相地走来，感觉不妙地转身躲向柴房。

乃木大步追了过来，扬起鞭子抽打着波香骂道："贱货！敢叫大小姐去找红汉人，看我打死你！打死你个贱货！贱货！"

波香被抽打得蹲在柴房门口，双手抱着头哭喊。

乃木凶残地抽打着波香，波香的手臂上、背脊上已是道道鞭痕……

48. 刀府　柴房　日内

遍体鳞伤的波香痛苦地趴在竹床上，根赛含泪给她擦洗着伤处。

根赛："阿妹，往后不要再提红汉人了，红汉人救不了我们。"

波香："红汉人医好了太太的病，乃木为什么还要打我?"

根赛："乃木那个畜牲，他不是人，他对你没安好心。"

波香："阿哥，我们这么熬下去，只有等死了，没有活路的……"

根赛："阿妹，我们不能等死，不能这么熬下去。"

波香："可是我们能去哪里，能去哪里呀?"

根赛低声说："阿妹，阿哥今晚要走……"

波香拉住哥哥的手："阿哥，你要走去哪里? 你不管阿妹了?"

根赛示意波香小声："乃木那个畜生，要阿哥赶着粮车出寨子。"

波香："要去哪里?"

根赛："听说要过青蒙山，到境外去。"

波香："阿哥，你要丢下我吗?"

根赛："怎么会，走了这一趟，我就认得路了。等我转回来，带你一起走，走得远远的，再也不让畜生们欺负你。"

波香："阿哥，境外可都是老黄皮呀，那天夜里我跑到山上，看见吊死阿爸的那些老黄皮……"

根赛："什么? 这是真的?"

波香点头："嗯，他们先是穿着傣家的衣服，后来又换上佤族的衣服，寨子里的人和耕牛，是他们杀的。"

根赛吃惊过后恐惧地说："阿妹，这件事对谁也不要讲了，你就当自己是个哑巴，听懂了吗?"

波香含泪点头。

第十六集完

第十七集

1. 青蒙山　日外

密林中，一些黑衣人赶着几匹驮着木箱的马匹隐秘行进，为首的正是杜连仲。

蓬头垢面、衣衫褴褛的岩虎在林中射猎，他听到了什么动静，警觉地俯身贴近地面凝听——隐约传来马蹄声。

岩虎判断出马蹄的方向，赶了过去。

杜连仲用指南针判明方向，挥手示意部下快速行进……

岩虎接近了马帮，他再次判明马帮的方向，敏捷地爬上棵大树，准备好弩箭。

杜连仲命令马帮在密林中停了下来，他向身旁一个部下示意，那人把手举到嘴边，学着鸟叫。

林中也有鸟叫回应。

岩虎听出人学鸟叫的暗号，判明马帮停在他视线之外，便攀着树藤荡向另一棵大树，拨开枝叶观察，终于看到了林中的黑衣人和马帮。

张云奎带着马师爷、张喜贵等属下与杜连仲碰头。

张云奎向杜连仲拱手说："特派员，在下带着弟兄们，已经候了你们两天了。"

杜连仲并不寒暄："来了就好，别忘了，这是你立功赎罪的机会。"

张云奎："兄弟忘不了。特派员……"

杜连仲指指马帮："答应你的我都带来了。"

张云奎："谢特派员！"

杜连仲："那两挺机枪不能动，那是我打发曼龙刀家的。"

张云奎："是是，兄弟不动。"

他招呼属下去卸属于他的东西。

躲在大树上的岩虎认出洗劫过佤寨的张云奎、张喜贵，怒不可遏地端起弩弓，把箭射了出去。

张云奎刚巧移动身体，弩箭从他头边划过，射中了驮马。驮马跳了几跳撞向一边，驮带的木箱滚落，滚下了山坡。

在场的人全都惊得转向一侧，张喜贵拔出枪朝弩箭射来的方向开了两枪。

杜连仲和手下也都拔出了枪，杜连仲忙喊："不许开枪！隐蔽！"

众人纷纷隐蔽到树后，紧张地观察着林中。

岩虎见无法射中仇人，便顺着树藤滑下大树，隐入林中。

马师爷隐约看见岩虎，对杜连仲说："像是佤寨的人。"

张云奎："娘的，宰了他！"

杜连仲："上哪宰？他们在林子里比猴子还灵。撤，按我的计划，到芒崖山口接应曼龙大寨的粮车。"

张云奎恨恨地向属下摆手，撤离。

2. 曼龙　罕富寨子　隐秘粮仓　傍晚外

秘密粮仓外依然有寨丁守卫。

丛林中，和水泉隐蔽地监视着粮仓。

3. 工作队驻地　傍晚外

刘捍卫激动地对高川说："既然发现了秘密粮仓，为什么不把它封起来，找刀心荣问个明白？"

高川："秘密粮仓肯定不止一个，他们藏粮食的目的我们还不清楚，现在去找刀心荣，只能是打草惊蛇。"

刘捍卫："那也不能放过去吧？万一他偷偷把粮食转移了，或者运到境外去，那就是我们的重大失误啊！"

高川："当然不能放过去。我坚信，刀心荣在其他寨子，甚至在曼龙大寨都有秘密粮仓。"

刘捍卫："那我们更得抓紧行动了，这明摆着是和政府作对，有通敌倾向嘛！"

高川："我们现在没有证据，不能盲目行动。"

刘捍卫："那怎么办？我们就这么等着？等他把粮食运走？"

高川："我已经报告了方书记，方书记指示我们不要惊动刀心荣，静观其变。"

刘捍卫十分不满地看着高川，一时说不出话来。

4. 曼龙酒家后院　傍晚外

军鸽飞来，盘旋后落到酒家仓房的栏杆上。

石三娇从军鸽腿上解下小纸卷，展开看罢露出兴奋之色，对身边的尼斗说："特派员命令，今天夜里和刀府的马队一起把粮食运出去。等粮食运到境外，我们就可以寻找时机，干掉共匪高川。"

尼斗目光阴狠地点点头。

5. 南沧边工委　夜内

方明华和几位边工委领导借着油灯的光亮对照地图商量对策。

方明华用笔在地图上画着线路说："如果刀心荣要把粮食运到境外，只有两条路可走，一是从曼龙领地直接出境，二是走青蒙山，从芒崖部落的领地出境。从目前情况看，刀心荣想在我们和国民党残匪之间找平衡，脚踩两条船，所以，我判断他会选择第二条路线。"

某领导："走青蒙山，穿过芒崖部落的领地？"

方明华："对。我们的侦察人员报告，有一小股敌特已经穿过芒崖部落的领地，到达青蒙山。另外，小狼山的张云奎匪徒也已经潜入青蒙山。看样子，他们是要接应刀家的粮队。"

某领导："事不宜迟，我们应该马上采取行动。"

某领导："对，马上调部队去，截住他们。"

方明华："我建议，派李国梁连队迅速翻越青蒙山，插到芒崖山口，消灭这股敌特和张云奎匪徒，也给刀心荣一点颜色看看。"

6. 刀府　夜内

厅堂门口，刀心荣一脸郑重地嘱咐挎着冲锋枪的乃木："乃木，你给我听好了，路上千万小心，眼睛要放亮，耳朵要竖直，一旦有什么不对头，赶紧把粮食拉回来。”

乃木：“放心吧，大少爷，我一定把粮食平安送到芒崖山口，把机关枪和金条带回来。”

刀心荣想了想才说：“如果有什么意外，放机灵些，一定要保住粮食。”

乃木：“是了。”

刀心荣仍不大放心地说：“去吧。”

乃木向刀心荣鞠了一躬，转身离去。刀心荣望着乃木的背影，揪心起来。

7. 曼龙酒家　夜外

后院仓房外，车夫们把满载粮食的牛车、马车依次赶出院子……

尼斗向石三娇示意后，用盖布盖住头部，跟着运粮的车队走去。

石三娇阴着脸看着出发的车队，双手握住了腰间的枪柄。

8. 隐秘粮仓　夜外

隐蔽在树丛中的和水泉从困倦中惊醒，忙向前看去——

秘密粮仓外停了几辆马车，守护粮仓的寨丁们催促一些傣族汉子将一袋袋粮食从粮仓里搬出来，装上马车。

和水泉瞪大眼睛看着。

几辆马车装满了粮食，赶车人用苫布盖住粮包，再用绳子捆住，领头的吆喝众人赶车上路。

马车一辆接一辆离开粮仓。

和水泉盯着马车，悄悄跟了上去。

9. 竹林　夜外

装满粮包的马车在竹林中的小路上停了一长溜，乃木提着马灯挨车查看，可见根赛也在赶车人当中。

尼斗带着酒家的车队赶过来，乃木迎上去和他招呼。

尼斗轻声问：“都来齐了吗?”

乃木：“就差罕富寨子了。”

这时，一个寨丁走近乃木低声说：“乃木队长，罕富寨主的粮车来了。”

乃木转身望去——

一队粮车从一条小路而来。

乃木：“告诉打头的，上路。”

寨丁：“是了。”

乃木看着寨丁跑去，向尼斗示意出发。尼斗挥手示意车队上路。

和水泉悄悄跟着罕富寨子的粮车来到竹林，他隐蔽地注视着长龙般的粮车队伍起程，露出不可思议的表情。

10. 工作队驻地　夜外

火把光影中，刘捍卫焦急地抽着烟来回踱步。

高川镇定地望着驻地前的小路。

附近竹林中，一袭黑衣的石三娇握着手枪悄悄接近工作队营地……

营地，刘捍卫走近高川心急地说：“和水泉怎么还不回来？他会不会有危险?”

高川不语。

刘捍卫：“这么重要的任务怎么只派他一个人去呢？万一有个闪失，要误大事的！”

高川："我们的队员里只有他侦察过敌情，人派多了容易暴露。"
刘捍卫仍然不满，却说不出什么了。
不远处传来和水泉的声音："队长！——队长！——"
高川、刘捍卫迎了过去。
和水泉匆匆来到高川、刘捍卫面前，擦着脸上的汗说："队长，拉粮食的车队上路了，一共有几十挂马车呢！"
刘捍卫："这么多？"
高川："朝哪个方向走了？"
和水泉："跟你猜的一样，朝青蒙山去了。"
高川拍拍和水泉的肩膀："好样的，辛苦你了！走，向方书记报告。"
刘捍卫发愣地看看走去的高川，又看看和水泉，赶紧跟着高川走向竹棚。

附近竹林中，石三娇接近了营地，潜伏着。

11. 刀府　夜内

刀心荣在佛龛前恭敬地上香，双手合十默默祷告，而后跪地叩拜……

12. 青蒙山　夜外

山路上，粮车排成长龙缓缓行进。
乃木催促赶车人加快速度。
打头的赶车人扬鞭催马，其他的赶车人也纷纷催马快行。

13. 山中　夜外

天开始下雨，远近山中白雾蒙蒙。
李国梁带领队伍在泥泞的山路上急行。

14. 山林中　夜外

杜连仲带着随从等待着，他不时看看手表。

山林中，张云奎将张喜贵等部属分配到山口警戒，他和马师爷顶着雨布在大树下等待着。

15. 山路上　夜外

山间小路上，李国梁指挥战士们穿入丛林，快速行进……
山路上，粮车组成的长龙缓缓行进……

16. 曼龙大寨工作队营地　夜外

高川、刘捍卫难以平静地在竹棚外遥望远处。
刘捍卫点上支烟踱了几步，耐不住地说："粮车快到芒崖山口了吧？"
高川看了看手表，努力平静着自己说："也许吧。"

17. 刀府　夜外

刀心荣心神不宁地在府门前走来走去，不时看看遥远的夜空。
带着家丁守院的扎布小心地站在一旁，随时听候刀心荣的吩咐。

18. 刀府　夜内

刀母卧房，刀心妍喂母亲喝了几口汤，关切地问："阿妈，感觉好些了吧?"

刀母明显好转，轻声说："好些了，身上轻快多了，头也不疼了。"

刀心妍欣慰地笑笑，又喂母亲喝了口汤："钟姑娘说了，县里派的人已经把药送到了，再给你打一天针水，吃上些药，就全好了。"

刀母："红汉人摩雅还真有本事，多亏了她，要不阿妈怕是挺不过来了。"

心妍："什么呀，阿妈，不许这么说，我要你长命百岁呢！"

刀母笑笑："好好，长命百岁，我当然要好好活着，我要看着我的宝贝姑娘嫁人成亲，给我生下孙子、孙女……"

心妍害羞地说："阿妈，说什么呀！"

刀母慈爱地笑笑："看你，还怕羞呢。好，不说了。你心荣阿哥在忙什么？我一天都没见他了。"

心妍："不清楚，他一整天都进进出出的，不晓得在乱些什么。"

刀母担心地说："该不会又出什么事了吧?"

心妍："不会的阿妈，你就好好养病吧，别想那么多了。"

刀母并不放心地猜测着。

19. 芒崖山口　夜外

张喜贵看见远处粮车的灯火，立刻命令喽罗点起火把，向粮车来的方向摇动。

20. 山路上　夜外

走在粮车前面的乃木看见了远处山口摇动的火把，立即从身边的寨丁手里拿过火把，向山口摇动。

21. 山林中　夜外

马师爷指着远处对张云奎说："来了！粮车来了！"

张云奎用手遮着雨滴朝远处看去——

粮车队伍的灯火星星点点地在山路上蜿蜒移动。

张云奎自语："奶奶的，这么些粮食，全他妈拉出去喂狗了。"

杜连仲看到了远处的粮车长龙，露出得意的笑容。

22. 山中　夜外

李国梁率领的队伍在山林中快速行进，一个战士猛地抱着棵树站住，指着远处说："连长，快看！"

李国梁赶过来向远处看去——

粮车队伍一长串灯火在黑夜中闪动着行进。

李国梁向山口处望去——山口处有火把摇动。

李国梁对身边的同志说："山口有敌人接应，你带两个班迅速插过去，我带其他人抄他们后路。"

同伴："是！"

23. 山口处　夜外

张喜贵见粮车缓缓接近，便命令喽啰们向山路上移动，准备接应粮车。

24. 山林中　夜外

李国梁派出的分队迅速插到山口附近。
张云奎发现近处林子里有人快速向山口移动，问："那些是什么人？"
马师爷："一定是特派员的人，急着下去接粮车呢。"
张云奎不禁骂道："娘的，乱窜个鬼呀！怕老子跟他们抢粮食？"
话音未落，快速移动的人影朝这边开了枪。
张云奎赶紧蹲下身子惊呼："奶奶的！你们瞎眼了？朝哪打枪？"
对方又是一排枪打过来，张云奎身边有喽啰中弹倒地。
张云奎和马师爷都趴到地上，张云奎恼怒地说："娘的，这就卸磨杀驴啊？"
马师爷感到不对头："不对头啊，总爷，不像是国军呐！"
张云奎更慌了："那是他妈什么军？难道是他妈共军？"
马师爷："不可能啊？"

25. 山林中　夜外

杜连仲听着枪声，深感意外地望着响枪的地方。
一个挎着美制冲锋枪的随从靠近他说："特派员，是共军。"
杜连仲："不可能，共军离这远得很，不可能知道我们的计划！"
随从猜测地说："那，是别的土匪？"
杜连仲不答话，阴着脸看着响枪的地方说："管他是谁，必须把粮食接出去！"
他回身摆手："跟我来！"
一些黑衣人拿着美制冲锋枪跟着那个随从向山口冲去。

26. 山路上　夜外

走在粮车前的乃木听见远处激烈的枪声，狐疑地再次举起火把摇动。
山口那边没有回应的火把。
乃木惊慌地喊："停下！快停下！"
赶车的人们纷纷拉住马车。
乃木慌张地望着远处的山口。

27. 山林里　夜外

张云奎带着马师爷和部分喽啰撤退。
李国梁带着战士们围了过来，将密集的子弹射向张云奎匪徒。
张云奎身边一些喽啰中弹倒地，张云奎躲到树后喊："你们是谁的人？别他妈打错了冤家！"
李国梁边打边喊："我们是罗开云司令的人！你的死期到了！"
张云奎绝望地说："娘的，怎么又是罗开云的人！"
马师爷："总爷，他们没多少人，赶紧把弟兄们召集起来，跟他们拼了！"
张云奎："拼个屁！弟兄们都散了，你去召集吧！"
他说罢要跑，马师爷一把拉住他："总爷！你要是跑了，特派员饶不了你！"
张云奎："去他妈的特派员！他在哪呢？"
马师爷："特派员就在附近！咱们不能撤！不能丢了粮车！"
张云奎甩开马师爷："去他娘的粮车！"
他一边甩枪射击一边高喊："弟兄们撤啊！留着命跟老子回小狼山！"

28. 山路上　夜外

乃木站在粮车边焦急地看着远处的山口，他再次举起火把摇动。
山口那边传来更加激烈的枪声，没有火把回应。
尼斗走上来凑近乃木说："咋回事？不对头吧？"
乃木发慌地再次摇动火把。

29. 山林中　夜外

杜连仲冷眼看着战场。
一个随从匆匆跑近："特派员，张云奎跑了！"
杜连仲面部抽动着抬起手："枪！"
一个随从将冲锋枪交到他手里，杜连仲将子弹上膛，大步走向战场。

杜连仲带领其他随从抄到李国梁队伍一侧，数支冲锋枪一起开火……
李国梁分出几个战士赶到杜连仲的侧翼，边开火边投出手榴弹。
手榴弹在杜连仲的队伍中爆炸，匪兵们趴在地上不敢抬头。
李国梁等人变换着射击位置，顽强战斗……

30. 山路上　夜外

粮车前的尼斗对乃木说："不好，前面打起来了……"
乃木惊惶地转身喊："快！转回去！转回去！快！"
寨丁们和赶车的人一起慌忙赶着粮车掉头……
乃木惊恐地回望——山口处枪声如炒豆……
乃木、尼斗催促粮车赶紧原路返回。

31. 山口处　夜外

李国梁带领战士们与杜连仲匪兵激战……

杜连仲手下小军官跑到杜连仲身边报告："特派员，粮车退回去了！"
杜连仲："什么？"
他冲到一旁向远处的山路看去——
远远可见大队粮车掉头而去……
杜连仲："混蛋！都是他妈的胆小鬼！"

李国梁指挥战士们压向匪兵……

杜连仲愤恨地下令："撤！"
匪兵们跟着他撤离战场……
李国梁的战士们还在压向匪兵，李国梁命令战士们停止追击。

32. 山中　清晨外

张云奎、张喜贵带着喽啰们沿着山崖下的小路逃窜，他们已经跑得筋疲力尽。
前方山崖上流下一股清泉。

张喜贵对张云奎说：“总爷，前面有水，让弟兄们歇歇脚吧。”

张云奎本能地向后看看，说：“好，总算是他妈捡回条命，还甩了那个狗娘养的杜连仲！”他得意地笑笑，“走！上前头歇歇脚！”

土匪们跟着张云奎向前走去。

张云奎、张喜贵带着喽啰们转过一块大岩石，不由得愣住了——

马师爷陪着杜连仲和那些拿着冲锋枪的黑衣随从虎视眈眈地瞪着他们。

张云奎、张喜贵都大吃一惊，张云奎结结巴巴地说：“特、特、特派员……”

马师爷不卑不亢地说：“张总爷，特派员已经等你多时了。”

张云奎胆战心惊地说：“特派员，不是小的要跑，是他们援兵太多，实在顶不住了啊！”

杜连仲一摆手，那些黑衣人都把冲锋枪子弹上膛，对准了张云奎等人。

张云奎赶紧求饶着说：“别别别，特派员，小的们可不是逃跑啊！那阵势你也看见了，确实顶不住啊！”

杜连仲厉声说：“张云奎！你还有一条活路！”

张云奎乞求地看着杜连仲。

杜连仲：“去曼龙大寨！”

张云奎：“曼龙大寨？我，去那干什么？”

杜连仲：“你说呢？”

33. 曼龙大寨外　清晨外

高川、刘捍卫带着和水泉、李铁衫、武晓鹏等人走向大寨外的大路。

附近竹林中，石三娇隐蔽跟随着高川等人，寻找下手的时机。

寨外大道，乃木带着长长的粮车队接近了曼龙大寨，他突然发现了什么，愣住了。

高川、刘捍卫带着和水泉、李铁杉、武晓鹏等工作队员出现在前方的路上。

乃木呆呆地下马，不知所措。

尼斗见势不妙，悄悄钻入路边竹林逃走了。

高川走近乃木，看看长龙似的粮车微笑着说：“乃木队长，这么多粮食是从各寨收上来的吧？”

乃木无所适从地点头：“哎哎，是。”

高川：“这就对了，跟我们估计的产量差不多了。”

乃木：“哎哎。”

高川：“好啊，曼龙大寨的公粮不用愁了。你去告诉刀心荣，这样的合作态度我们非常欢迎，人民政府会给他奖励的。”

乃木语无伦次地说：“是了，哦，不敢不敢。”

高川：“快走吧，把粮食存进粮仓，我们也好收公粮啊。”

乃木：“啊，是是，是了。”他无奈地示意粮车出发，把粮食拉进曼龙大寨。

高川以胜利者的姿态看着一辆辆粮车从眼前走过。

附近竹林中，石三娇失望地注视着高川，眼中充满仇恨地收起手枪。

34. 刀府　日内

厅堂里，刀心荣恼恨地一甩手：“见鬼！”

他慌乱地在厅堂里踱着步，显然无计可施。

乃木躬身站在一边，听候发落。

刀心荣站住，愤懑地说：“杜连仲这个废物，怎么会让红汉人打了埋伏？”

乃木不知该说什么。

刀心荣："这下好了，粮食在红汉人的眼皮底下，我就是有天大的本事，也运不出去了。"

乃木："是了，红汉人在粮库派了岗，怕是要把那些粮食充公粮了。"

刀心荣："做梦！谁也别想从曼龙大寨白白拉走一粒粮食！"

35. 曼龙大寨粮库　日外

粮库外有持枪的府兵、寨丁看护，和水泉、李铁杉等工作队员也持枪在粮库外站岗，他们与寨丁们相互绷着脸，一副各负其责的样子。

高川、刘捍卫在粮库外巡视，高川察看着粮库四周的地形。

刘捍卫："队长，现在的情况很复杂，为了以防万一，我建议立即让县里派护粮队来，把公粮全部运走。"

高川："不，要给刀心荣一些时间，给他一个转弯子的机会。如果我们强行拉走公粮，会把刀心荣逼向反面。"

刘捍卫："刀心荣有可能走向正面吗？"

高川："只要他没有公开投敌，就有可能走向正面，我们就该积极争取。"

刘捍卫摇了摇头："我看希望不大，他已经给国民党残匪运粮食了，这完全说明了他的立场。"

高川："不能这么定性，也许，他是受了国民党特务的要挟。当然，这也说明他对我们还不信任，对国民党残匪还存有幻想。"

刘捍卫："这正是问题所在呀，如果我们还是一味宽容，不使出点硬邦邦的手段，他更得肆无忌惮地倒向敌人。"

高川有些不耐烦："老刘，你考虑问题怎么总这么绝对呢？如果靠硬邦邦的手段能解决土司领主的问题，上级还派工作队干什么？还要我们这些工作队员干什么？"

刘捍卫："好好好，我们不争了，咱们就说粮食。如果我们不尽快把粮食运走，出了问题怎么办？"

高川："我们的责任，就是不让粮食出问题。"

刘捍卫愣了愣。

高川继续向前走去。

36. 刀府　日外

院内外府兵、家丁林立，一副如临大敌的气氛。

钟喜妹背着药箱来到府门前，被站岗的家丁挡住，要检查她的药箱。

钟喜妹："喂，药箱里都是医疗用具和药品，你要打开看，弄脏了怎么办？"

家丁执意要检查，与喜妹争执不下。

刀心妍从府里出来，见状忙赶了过来："钟姑娘，怎么回事？"

钟喜妹没好气地说："真是怪了，你们的家丁偏要检查我的药箱。"

刀心妍瞪着家丁说："你讨打了？不知道是给太太看病的？"

家丁赶忙躬身说："大小姐，是乃木队长吩咐要检查的。"

心妍生气地说："乃木要你死，你也去死吗？蠢货！"她拉着喜妹进了府院。

喜妹见众多家丁如此戒备，故意问："今天这是怎么了？你们府里出事了？"

心妍："没有啊。"

喜妹："那干吗兴师动众的，这么多人把守？"

心妍："谁知道我阿哥又搞什么鬼。"

喜妹："看样子，你阿哥干了什么事，你还真是不知道。"

心妍："怎么？我阿哥干什么了？"

喜妹沉默着不说。

心妍急切地拉着喜妹："哎呀你快告诉我嘛！快点！"

喜妹严肃地推开心妍的手："刀心荣要把大批粮食运到境外去，被我们的人给截住了。"

心妍吃惊地说："有这种事?"

钟喜妹冷眼看着她。

刀心妍："那你们会对我阿哥怎么样?"

喜妹："别紧张嘛，我们不会对他怎么样。高队长说了，要给刀心荣足够的时间让他转弯子，还说要给他台阶下。"

心妍愧疚地思索着。

喜妹："对了，高队长让我提醒你，你阿哥这么做一定是受了国民党特务的指使，你在府里应该多留心，提高点警惕。"

心妍表情异样地说："他让你提醒我?"

喜妹依然冷淡地说："他还让我转告你，如果发生意外情况，你要注意保护自己。"

心妍心情复杂地点点头："我懂了。"

喜妹不想再和她交流，严肃地走向府内。

37. 曼龙酒家客房　日内

石三娇显出疲态，强打精神对站在面前的乃木说："今天夜里，特派员要带着队伍到曼龙大寨夺取粮食，你要做好内应，控制粮仓的守卫。如果夺粮成功，特派员会有重赏。万一不能成功，你就放火烧了粮仓，照样有你的重赏，明白吗?"

乃木："明白。石司令，今夜你也进大寨吗?"

石三娇摆弄着手枪，透着杀气说："我会盯着那些共匪，送他们见阎王。"

38. 刀府　傍晚外

刀心妍独自在花园里散步，显得心事重重。

扎布走近躬身说："大小姐，大少爷请你去吃饭。"

心妍回身看看扎布，冷眼问："扎布，运粮的事情你知不知道?"

扎布不敢回答。心妍："我问你话呢。"

扎布只好回答："是，大小姐，扎布知道。"

心妍："为什么不告诉我?"

扎布为难地说："是，是大少爷不让讲……"

心妍："你是听我的还是听我阿哥的?"

扎布："我，我听大小姐的。"

心妍："那为什么不告诉我?"

扎布难以回答。

心妍："说!"

扎布愧疚地说："扎布该死，大小姐罚我吧。"

心妍愤怒地说："你滚吧，我不想看到你!"

扎布："大小姐……"

心妍："滚!"

扎布灰溜溜地离去。

心妍难以克制心中的不平，眼中溢出泪水。

39. 刀府　傍晚内

厅堂里，刀心荣坐在餐桌旁看着丰盛的菜肴却无心下咽。

扎布一脸愧色地进来，躬身走近刀心荣。

刀心荣："大小姐呢?"

扎布："大小姐说，她不想吃。"
刀心荣阴着脸丢下筷子，起身离开餐桌，走向卧房。

40. 刀府　傍晚内

刀心荣卧房，刀心荣心绪难平地仰在躺椅上，丫鬟帮他点好水烟递给他，他欠身吸了口烟，长叹着把烟吐出。
乃木进房躬身说："大少爷。"
刀心荣："又有什么事？"
乃木示意丫鬟离开，等丫鬟出屋后才掏出封信凑近刀心荣悄声说："特派员差人送信来了。"
刀心荣冷眼看看那封信，不情愿地接过去打开看，看罢把信一甩，愤愤地说："撞他妈的头了！还要我运粮，粮食就在红汉人眼皮底下，我怎么运？"
乃木："特派员的意思，是要我们来硬的吧？"
刀心荣："硬个屁！我们跟红汉人来硬的，他们等着吃现成的，天底下有这样的好事吗？杜连仲这个王八蛋，算盘打得也太精了！"
乃木："那，大少爷的意思是？"
刀心荣："不理他。给我把粮食看好了，没我的话，谁也不许动！"
乃木："是了。"他动着心思出了房间。
刀心荣烦躁地拿起水烟袋深吸一口，长叹着吐出烟。

41. 东盘江畔　夜外

树林里，张云奎和他的喽啰们在此秘密聚集。
张云奎吩咐张喜贵等小头目："你们给我听好了，特派员的人就在河那边盯着咱们，要是干不利索，他们就得朝咱们下家伙。"
张喜贵："放心吧，总爷，弟兄们就是豁上命，也要把粮食抢出来！"
张云奎："笨蛋，你们把命豁上了，谁还跟我回小狼山？都给我放聪明点，能得手就得手，实在不成，就往夏家渡撤，甩掉杜连仲这个王八蛋。"
张喜贵等小头目纷纷表示明白。

42. 刀府　夜外

府院里火把通明，扎布带着府兵、家丁们守卫着府院。

43. 刀府　夜内

偏房内，乃木在请几个心腹家丁喝酒，乃木碰杯后放下酒杯，拿出一包半开（云南银元）分给众人。众心腹高兴地接过半开。
乃木悄声说："弟兄们，这可是特派员的赏钱，事成之后，每人再赏二十个半开，大哥带你们去镇上逛花窑！"
众心腹淫笑着向乃木举杯。
乃木喝了酒，悄声说："再过两个时辰，特派员的人就会摸进寨子，到时候枪一响，你们就趁乱，嗯……"他攥紧的拳头突然分开。

44. 刀府　夜内

柴房里，波香和哥哥根赛借着月光说话。
根赛："这下，大少爷把红汉人得罪了，红汉人怕是要派枪兵来了。"

波香害怕地说："那可怎么好啊？我们不是又没有活路了吗？"

根赛叹道："有什么法子，现在跑是跑不脱了，只有听天由命了。"

柴房的门被一脚踢开，一身酒气的乃木出现在门口，他恶狠狠地瞪着根赛兄妹，破口大骂："贼娃子，胆敢溜到府里来！想带她逃跑是不是？"

根赛赶紧躬身解释："不敢呐，乃木头人……"

乃木："不敢？我看你个贼娃子什么都敢！说，是不是你给红汉人通消息，叫他们截了粮车？啊？"

根赛："没有的事啊，乃木头人！我怎么会给红汉人通消息呢？"

乃木抽出皮鞭："你个贼娃子还不认账！看我打断你的骨头！"

他说着狠狠抽打根赛。

根赛抬手护着脑袋喊："冤枉啊！乃木头人！实在是冤枉我了！"

波香上前护着哥哥，乞求乃木："别打了，别打他……"

乃木："你个贱货！你随了我，我就不打他！"

根赛："阿妹，不能答应……"

乃木狠狠抽打根赛。

波香哭着哀求："我求求你，别打他……"

乃木再次高举皮鞭，波香拉住乃木的胳膊哭着说："别打了，我答应你，我答应……"

45. 刀府　夜内

刀心妍从刀母房间出来，被波香、根赛的惨叫声惊动，她走到一旁向楼下看去——

柴房外，乃木把波香拉向偏房，根赛想抢回波香，乃木发疯似的抽打根赛，根赛被抽得发出惨叫。

扎布带着护院的家丁赶了过来，却不好上前拦阻。

刀心妍露出怒色。

46. 刀府　夜外

柴房外，乃木将哭喊着的波香拉向偏房，扎布冷脸看着，没有上前劝阻。

扎布等人身后传来刀心妍的喊声："乃木！"

扎布等人回身，立刻躬身让开路，刀心妍愤愤走来，玉切紧跟着她。

乃木站住，愣愣地看着刀心妍。

刀心妍："乃木！你疯了？"

根赛在地上呻吟，波香挨近他，捂着脸哭泣。

乃木："他们，他们私通红汉人。"

刀心妍："胡说！他们是下人，怎么会私通红汉人？"

乃木强辩："他们，他们该死！"

刀心妍："我看是你该死！还不给我滚！"

乃木只好退向一边。

刀心妍："扎布！"

扎布："在！"

刀心妍："把根赛扶到你房间去，给他擦药。"

扎布："是了。"

他吩咐家丁去扶根赛。

刀心妍："玉切。"

玉切："大小姐。"

刀心妍："把波香扶到我房间去。"

玉切："是了。"

她上前扶起波香。
刀心妍："扎布，以后再看见乃木欺负他们，马上告诉我。"
扎布："是了。"
刀心妍狠狠瞪了乃木一眼，转身走去。

47. 曼龙大寨粮仓　夜外

李铁杉、钟喜妹跟着手拿电筒的高川、和水泉沿着小路走向粮仓。
钟喜妹有些害怕地望着四下黑乎乎的田地，低声说："我的天，这么黑呀。"
李铁杉为她壮胆地说："别怕，有我呢。"
和水泉回头说了句："别说话！"
高川回头看了看钟喜妹和李铁杉，没说什么。
他（她）们向前走了一会，前面传来武晓鹏的喊声："口令！"
和水泉："解放！回令?!"
武晓鹏："奋斗！"
武晓鹏和花蔓的身影在黑暗中渐渐靠近……
李铁杉、钟喜妹从武晓鹏、花蔓手中接过长枪背在身上。
高川问武晓鹏："有情况吗?"
武晓鹏："没有。就是那几个府兵，老是阴阳怪气的。"
高川向粮仓外游动的府兵看看，对李铁杉说："你们警惕点，如果发现异常情况，马上鸣枪。"
李铁杉："明白。"
高川转向钟喜妹，把手轻搭在她的肩膀上说："别紧张，没什么好怕的。"
钟喜妹点点头："嗯。"
高川用手电筒向四周照照，"再有两班岗，天就亮了。下一班换岗的时候，我来接你们。"
钟喜妹："队长，你还是睡一会吧。"
高川笑笑："把眼睛放亮，枪握紧了。"
钟喜妹又点点头。高川带着和水泉、武晓鹏、花蔓走了。

48. 粮仓外　夜外

李铁杉、钟喜妹在黑夜中紧靠在一起慢步向前走着，钟喜妹有些胆小地靠近李铁杉，李铁杉轻声问："喜妹，怕吗?"
钟喜妹拉开一点距离："不，不怕。"
李铁杉故意地说："真不怕?那我们分头走吧?"
钟喜妹："干什么?干吗分头走?"
李铁杉得意地笑笑："还是怕了吧?"
钟喜妹："谁怕了，这么黑的天，什么都看不清楚。"
李铁杉："算了，别嘴硬了。靠着我，靠着我就不怕了。"
钟喜妹白了他一眼，故意离开他。没走两步，钟喜妹突然站住，紧张地拉着李铁杉的胳膊说："你看，前面好像有什么东西?"
李铁杉也紧张地向前望去，什么也没看见，低声说："没什么东西呀?你是不是太紧张了，看花眼了?"
钟喜妹："不会吧?我明明看见有个东西一动一动的……"
李铁杉："夜里面黑，很容易看错的。"
钟喜妹："不会，我没看错，肯定有什么东西在我们前面，不会是人吧?"
李铁杉见她说得那么逼真，警惕地把枪握在手里，凝神向前看去。
钟喜妹也把枪拿在手里，和李铁杉一起猫着腰一步步向前探着……

突然，前方传出喊声："什么人？口令！"

钟喜妹一哆嗦，紧拽住李铁杉。

前方的人"哗啦"一声推上子弹，又喊了一声："站住！口令？"

李铁杉忙答："解放！"他轻声对钟喜妹说："是刀府的人。"

两个刀府的府兵来到二人身边，一个府兵不无嘲讽地说："怪不怪，红汉人站岗都是一男一女，是来凑对的吧？"

钟喜妹白了他一眼，李铁杉正色说："好好站你们的岗，少说闲话。"

另一府兵瞄着钟喜妹："阿妹，大半夜的出来站岗，不怕被豹子叼了去？"

钟喜妹："你才被豹子叼去呢！"

李铁杉："我告诉你们，共产党讲的是男女平等，男同志能做的事，女同志照样能做！"

府兵笑道："莫吹牛了！我们男人可以喝酒要钱逛花窑，你们的女人也行吗？"

钟喜妹生气地想斥责他们，李铁杉拉住她："你胡说什么，太不像话了！（转向喜妹）别理他，我们走。"

钟喜妹愤愤地和李铁杉一起走去。

两个府兵在二人身后说着怪话，吹着口哨。

49. 曼龙大寨　夜外

张云奎指挥张喜贵等喽啰出了竹林，隐蔽地潜入大寨……

50. 曼龙酒家　夜外

身穿黑衣的石三娇、尼斗来到马棚，两人用黑布蒙上面，骑着马出了酒家院子，赶往曼龙大寨……

51. 刀府　夜外

偏房的门开了，乃木带着那几个心腹家丁悄悄溜了出来，走到角门前，轻轻打开角门，溜了出去……

52. 刀府　夜内

刀心妍房间，玉切给波香的伤处上了药，帮她穿好衣服。

波香穿着破旧的衣服坐了起来。

刀心妍拿出两件旧衣服递给波香，和善地说："波香，这两件衣服和筒裙你拿去穿吧。"

波香捂着衣衫的破处，不相信地看着刀心妍。

刀心妍怜悯地看着波香："从今以后，你就留在我身边吧，和玉切一样，就算我的丫鬟。"

波香还是不敢相信。

玉切："波香，还不快谢谢大小姐。"

波香不知该说什么。

刀心妍："你在我身边，乃木就不敢欺负你了。"

波香含泪跪下："大小姐……"

刀心妍赶紧扶起波香："看你，快起来，别这样。"

玉切帮着扶起波香，波香想说什么，却被刀心妍打断："玉切，带波香去你房里睡，她缺什么，就告诉我。"

玉切："是了，大小姐。"

波香抹着泪还想说什么，玉切拉着她走向房门。

刀心妍望着她们离去，一脸的同情之色。

53. 曼龙大寨　夜外

乃木带着几个心腹借着竹楼和竹丛的阴影悄悄行进……

54. 大寨外　夜外

张喜贵带着喽啰潜入寨中，隐蔽地摸向粮仓……

55. 大寨外　夜外

石三娇、尼斗在大寨附近下了马，把马拴在树上，穿入竹林中的小路……

56. 大寨粮仓　夜外

李铁杉、钟喜妹在粮仓附近巡逻。

钟喜妹还在怨恨说怪话的府兵，低声说："刀府的狗腿子太可恶了，竟敢说那么下流的话。要是高队长在，准得狠狠教训他。"

李铁杉不满地说："我不是也教训他了吗?"

钟喜妹："你那也算教训?（学铁杉）'太不像话了。'一点气魄都没有。"

李铁杉不高兴地说："那你回去找高队长吧，让他来教训他们。"

说罢，他朝前走去。钟喜妹赶紧追上去："喂，干吗呀？生气了?"

李铁杉赌气地说："你就会说高队长，高队长，高队长，除了高队长，你眼里就没别人啦?"

钟喜妹不解地说："什么别人？怎么了你？什么意思呀?"

李铁衫："哼"了一声径自往前走，钟喜妹追着他说："喂，你说清楚，什么意思啊?"

李铁衫："什么意思……（他站住脚转向喜妹）你是不是那个什么……"

钟喜妹："什么呀？什么那个什么?"

李铁衫："你是不是……喜欢高队长?"

钟喜妹诧异一怔，嗔怪地捶了他一拳："说什么呀？害不害臊啊?"

李铁衫："我害什么臊，我又没胡想乱想。"

钟喜妹："谁胡想乱想了？我眼里就有高队长，怎么了？我就是敬佩他、信赖他，就是要像我姐姐那样跟着他、照顾他，怎么了？不行吗?"

李铁衫愣了片刻，脱口道："糊涂!"说罢转身就走。

钟喜妹拉着他说："谁糊涂，我怎么糊涂了，你说清楚!"

李铁衫赌气地说："说清楚就说清楚，你根本替代不了你姐姐，高队长也不会把你当成你姐姐，因为你根本不是你姐姐，懂了吗?"

钟喜妹犯晕地摇摇头。

李铁衫："不信我们就打个赌，看我说的对不对。"

钟喜妹："不对！我才不和你打赌呢，你说的都是鬼话!"

李铁衫露出"得逞"的笑容："还是糊涂。"他继续向前走去。

钟喜妹对着他的背影委屈地说："你才糊涂呢！小心眼，不像个男子汉!"

李铁衫自己巡视了一圈转回来，发现钟喜妹坐在土坡上，靠着树干睡着了。

李铁杉走近她轻轻"喂"了两声，喜妹没有反应。李铁杉想叫醒她又不忍心，看着她睡着时可爱的样子，李铁杉心中泛起暖融融的情意。他脱下外衣给喜妹盖上，坐在她身边看着她，眼中充满爱意……一会，李铁杉想到了什么，有些不好意思地转过脸，无意中似乎发现了什么，他揉揉眼睛，紧盯着前方看了看，显出紧张地拍着喜妹低声说："喜妹，醒醒，醒醒，好像有人……"

钟喜妹睁开眼，迷茫地随着李铁杉的目光看去——

地里一片漆黑，什么也看不见。

钟喜妹说："没有啊，你是不是又看花了?"

李铁杉竖起食指"嘘"了一声，拿过自己的外衣拉起喜妹躬身走到一边蹲下身子紧张地注视着前方……

一会，田野里果然有黑绰绰的身影站了起来，一个、两个、三个……共有十多个黑影在往一起聚拢……
李铁杉高喊："什么人？口令？"
那些黑影一下子卧倒在地里……
钟喜妹吃惊地说："是敌人吧？"
话音未落，对方已向他们开枪，钟喜妹尖叫一声趴在地上，李铁杉慌忙向对方开枪，枪声吓得钟喜妹捂起了耳朵。
李铁杉高喊："喜妹！快开枪啊！"
钟喜妹慌乱地拿起枪，盲目地向对方射击……
田野里的黑影不停地向李铁杉、钟喜妹开枪……

乃木和跟随他的家丁隐蔽地靠近粮仓，掏出携带的油壶向粮仓泼洒火油……

李铁杉、钟喜妹被土匪的火力压得抬不起头。
守护粮仓的府兵躲在树后面胡乱放枪。
李铁杉趁土匪被府兵的火力吸引，欠身朝土匪射击，大喊："喜妹！快打呀！"
钟喜妹恢复了镇静，勇敢地向土匪射击。
这时，二人身后不远处的仓房燃起大火，火光映红了夜空……
二人吃惊地转身看着着火的仓房——
李铁杉惊呼："不好！粮仓着火了！"
火光中又有几个人影向这边跑来，边跑边向二人开枪……
李铁杉赶忙向来人射击……
府兵和守护粮仓的寨丁也向前来偷袭的土匪射击……
张喜贵和喽啰们疯狂射击……

57. 工作队驻地　夜外

高川挥动驳壳枪："快！快！"
他率领工作队员们冲向粮仓，武晓鹏很紧张地跟在大家后面……

58. 刀府　夜外

守院家丁敲响锣，吹响牛角……
刀心荣拎着枪匆匆出来，慌张地问："怎么回事？怎么回事？"
扎布过来："大少爷！有人来抢粮食！在粮仓放火！"
刀心荣："快！跟我来！"

59. 刀府　夜内

刀心妍匆匆出了房间，问慌张而来的玉切、波香："怎么了？出什么事了？"
玉切指着寨中的火光慌张地说："大小姐，像是粮仓着火了！"
刀心妍朝着火的方向看去："不好，真的是粮仓！"
她快步跑向楼梯，玉切追着她喊："大小姐！大小姐！"
刀心妍边下楼梯边说："你去太太房里，别跟着我！"
玉切犹豫地站住，波香冲过去下了楼梯，追着刀心妍去了。

60. 粮仓附近　夜外

李铁杉、钟喜妹趴在土沟里向土匪们射击……

守护粮仓的府兵、寨丁也躲避着朝有土匪的方向开枪。
张喜贵等土匪分多路向李铁杉、钟喜妹和寨丁们射击……

61. 大寨粮仓　夜外

乃木故意高喊："土匪烂寨子了！快跑啊！"
守护粮仓的府兵、寨丁听见喊声无心再战，纷纷向后逃跑。

62. 粮仓附近　夜外

李铁杉、钟喜妹被土匪的火力压得抬不起头。
李铁杉翻滚着移动位置，向土匪射击。

高川率队冲了过来。
和水泉："队长！那边有敌人！"
高川："散开！瞄准了打！"
他手举双枪朝土匪连连射击。
和水泉、刘捍卫等人散开后朝敌人射击……
武晓鹏趴到土坎上，害怕地缩着头。

刀心荣率领大批府兵、寨丁冲向粮仓，听着枪声响成一片。
扎布："大少爷！红汉人和抢粮的人干上了！"
刀心荣举起冲锋枪："给我冲！"
扎布喊着："冲！"带着家丁们向交火处奔去。

高川率领工作队员们边打边向土匪迫近……
土匪们被迫后退……

李铁杉在土沟里抬起头："是高队长！"
钟喜妹高兴地喊："队长！高队长！"
一排子弹打过来，李铁杉赶紧抱住钟喜妹趴下。
李铁杉再次抬头，端枪边打边喊："喜妹，快打！"
钟喜妹也端起枪射击。

高川边射击边喊："和水泉！你去支援铁杉、喜妹！"
和水泉边射击边向李铁杉、钟喜妹隐蔽的地方移动。
刘捍卫边射击边靠近高川："队长，会不会是国民党残匪打进来了？"
高川："是土匪。同志们，狠狠打！压住敌人火力！"
武晓鹏一直缩在土坎后面，不敢露头。
粮仓的火势越来越大。
高川边打边靠近武晓鹏，狠狠踹了他一脚，喊道："躲什么躲？把枪拿起来，开枪啊！"
武晓鹏哆嗦着低着头，看也不看地朝前方胡乱放了几枪。
高川恼怒地斥责他："朝哪打？你个胆小鬼！把头抬起来！瞄准敌人给我打！"
武晓鹏被迫抬了抬头，朝前方开了一枪，又把头缩了下去。
高川愤怒地朝敌人射击……

第十七集完

第十八集

1. 曼龙大寨粮仓附近　夜外

刀心荣率府兵、家丁冲过来，看着粮仓冲天的火势，怒骂："妈的，敢烧老子的粮仓！给我冲！把蟊贼围起来打，一个也不要放跑！"

他身边的家丁们冲了过去。

大批寨丁从张喜贵等土匪的侧后冲了过来……

一土匪对张喜贵喊："张爷！他们抄过来了！咱们要被包围了！"

张喜贵朝身后看去——大批寨丁举着火把冲了过来。

张喜贵："弟兄们散开！冲出去！"

刘捍卫："队长，土匪要跑！"

高川朝逃窜的土匪开了两枪，对队员们喊："大家不要追！快去救火！"

工作队员们纷纷离开战斗位置，向火光冲天的粮仓奔去……

武晓鹏这才起身，跟着大家朝粮仓跑去。

刀心荣见土匪被打散了，朝府兵们高喊："快！快去救火！"

府兵们冲向粮仓……

2. 寨子里　夜外

刀心妍焦急地跑向粮仓，波香紧紧跟着她。

不少百姓拿着救火工具奔向粮仓……

扎布带着部分家丁追赶着逃窜的土匪……

张喜贵和一些喽啰边还击边向寨外逃窜……

3. 粮仓附近　夜外

高川赶到李铁杉、钟喜妹面前："伤着没有?"

李铁杉："没有！"

钟喜妹："队长！土匪跑了！"

高川："不管他，快去救火！"

李铁杉、钟喜妹跟着高川向粮仓跑去……

4. 寨子里　夜外

扎布率领部分家丁抓住一个受伤的土匪，扎布命家丁把他捆起来，带着人继续追击张喜贵……

张喜贵带着少数喽啰逃窜中不断还击……

寨子里到处都有火把快速移动……

张喜贵惊慌地带着喽啰们改变了逃跑方向。

扎布带着家丁们紧追不舍。

刀心妍快步跑向粮仓，波香紧跟着她。

一些百姓也跟着刀心妍赶往粮仓……

张喜贵等土匪从竹林中蹿了出来，放着枪从刀心妍等人前方冲了过来。

刀心妍身周的百姓们喊叫着四散逃去……

波香将刀心妍拉到路边，想让她躲起来。刀心妍甩开波香的手，瞪眼看着冲过来的土匪。

波香害怕地喊："大小姐，是土匪啊，快躲躲吧！"

刀心妍把手伸向腰间，才发现自己没带手枪，她看着那些土匪怒道："挨千刀的狗土匪，不能让他们跑了！"

波香用力拉着刀心妍朝前跑，没跑几步，突然被两个黑衣蒙面人拦住。

石三娇、尼斗挡住刀心妍和波香的去路，手中的枪对准她们。

波香吓得不知所措，刀心妍挺身问："你们是什么人？是土匪吗？"

石三娇阴狠地说："刀小姐，你要去帮助共匪吗？"

刀心妍："你是谁？有胆子不要蒙着脸，让我看清你！"

石三娇："你这个下贱的叛逆，出卖家门，投靠共匪，真是不知廉耻！"

刀心妍："你才无耻！狗东西，我要抓住你！"

她说着冲向石三娇，石三娇朝刀心妍身前开了几枪，波香惊恐地赶紧把刀心妍拉住。

石三娇："贱货！胆敢勾结共匪，你和你阿爸都不得好死！"

刀心妍怒喊："你才不得好死！"

她还想冲向石三娇，被波香死死拉住。

张喜贵听到枪声，惊慌中发现了刀心妍，带着喽啰朝刀心妍这边冲过来。

石三娇见张喜贵带着土匪赶过来，朝尼斗示意后，二人钻入路边的竹林。

刀心妍怒喊："站住！狗东西！有胆子你们不要跑！"

张喜贵带着土匪们冲了过来，挥着枪喊："抓住她！"

刀心妍毫不畏惧地瞪着土匪们，好像完全不知道自己的处境是什么。

波香拉着刀心妍喊："大小姐！快跑呀！"

已经来不及了，张喜贵和土匪们冲过来，将刀心妍、波香抓住。

刀心妍挣扎着喊："狗土匪！放开！狗土匪！"

张喜贵用枪指着刀心妍："拉上她们！出寨子！"

土匪们拉着刀心妍和波香就走。

扎布带着家丁们呼喊着追了上来。

张喜贵把枪抵住刀心妍的头，对扎布大喊："站住！再往前来，你们大小姐就没命了！"

扎布慌忙站住，见土匪抓了刀心妍，立刻慌了神，赶紧对家丁们喊："站下！不许开枪！"

刀心妍挣扎着朝扎布喊："扎布！打死他们！打死他们！"

张喜贵的枪顶着刀心妍的头，表情狰狞地瞪着扎布。

扎布无奈地举着枪，不敢上前。

张喜贵喊："走！"

土匪们拉着刀心妍、波香快速跑去。张喜贵朝扎布他们开了两枪，转身逃窜。

扎布身边有家丁受伤，家丁们急着要去追，扎布忙喊："不要追！不能伤了大小姐！"

家丁们都站住了，不知所措地看着扎布。

扎布看着远去的土匪和刀心妍，愤怒而无奈。

5. 曼龙大寨粮仓　夜外

工作队员们和刀府家丁、寨丁以及寨民们还在奋力救火……
火势凶猛，显然无法扑灭。
刘捍卫把奋力扑火的高川拉出火场："队长！不行了！火势太大，太危险了！"
高川擦着被烟熏黑的脸，不甘心地望着大火中的粮仓。
刘捍卫："快让同志们住手！快呀！"

刀心荣愤恨而无望地看着火中的粮仓，不知该如何发泄。
扎布带着部分家丁拉着那个被抓的土匪跑近："大少爷！大少爷！"
刀心荣转脸看着跑近的扎布。
扎布急切地喊："大少爷！大小姐被土匪抓去了！"
刀心荣："什么?"
高川听见扎布的喊声，赶了过去。刘捍卫跟着过去。
扎布喘着粗气："大小姐……被土匪抓去了！"
刀心荣一把揪住扎布："你为什么不救她?"
扎布："土匪用枪对着大小姐，我不敢开枪……"
刀心荣："往哪去了？往哪去了?"
扎布："土匪是小狼山的，我抓到一个……"
刀心荣转眼看见那个被抓的土匪，松开扎布，抽出长刀，冲过去一刀砍死了土匪。
高川、刘捍卫注视着刀心荣的举动。
刀心荣举着长刀喊："曼龙大寨的男人听着！带上刀枪！跟我踏平小狼山！救出我阿妹！"
扎布和大批家丁、寨丁呼喊着跟着刀心荣走去。
高川果断地说："老刘，你带女同志和电台留守，其他人跟我追击土匪！"
刘捍卫："队长！你冷静点，擅自作战是违反纪律的！"
高川："情况紧急，来不及请示了！"他转向队员们："跟我来！"
和水泉、李铁杉等男队员跟着高川奔去……
钟喜妹、花蔓也要跟去，刘捍卫挡住她们："站住！不许去！"
武晓鹏看看刘捍卫犹豫片刻，还是跟着高川他们跑去。
钟喜妹、花蔓无奈地看着高川他们远去。

6. 曼龙大寨　夜外

各处响起号角声和号炮声……
刀心荣骑在马上挥着长刀，大批府兵、寨丁跟随着他冲向寨口，不少拿着武器的百姓也跟着冲去……
高川、和水泉、李铁杉、武晓鹏等人骑着马冲向寨口……

7. 工作队驻地　夜内

刘捍卫急切地命令报务员："快，向方书记报告！高队长带着人，去追小狼山的土匪了！"
报务员发报。
钟喜妹、花蔓一脸担忧地站在一边。
刘捍卫抱怨："太莽撞了！为了一个土司女儿盲目追击，万一我们的同志受了损失……太不值了！"
钟喜妹、花蔓对视一眼，显然不同意刘捍卫的说法。

8. 寨外　夜外

刀心荣率领大寨人马呼喊着追向张云奎一伙……

高川、和水泉等工作队员催马跟了上来……

9. 河畔　夜外

张云奎、张喜贵带着土匪们跑到东盘江边，仓皇过江……

张喜贵见押着刀心妍、波香的人行动迟缓，命喽啰扛起刀心妍、波香，蹚水过河……

江对岸的丛林中，杜连仲冷眼看着逃过江的张云奎一伙土匪，又看看远处寨子里腾起的火光，露出冷笑。

手下："特派员，咱们撤不撤?"

杜连仲一言不发。

刀心荣率领大寨人马冲向东盘江……

高川和工作队员们跟了上来……

10. 山林　夜外

张云奎、张喜贵等人快步逃窜……

被土匪扛着的刀心妍不断挣扎、叫骂。

土匪们登上一个山坡，波香突然狠狠咬了扛着她的土匪一口，那个土匪嚎叫着丢下她，波香趁机滚下山坡……

那个土匪朝坡下开了两枪。

张云奎回头喊："混蛋！不许开枪！"

那个土匪："总爷！跑了一个！"

张喜贵冲过来给了他一巴掌："废物！连个娘们都扛不住！"

张云奎："快走！谁再开枪，老子宰了他！"

土匪们跟着张云奎跑去……

11. 南沧边工委　夜内

一位干部将电报记录交给方明华："小狼山土匪袭击了曼龙大寨，还抓走了刀光寿的女儿。高队长带领部分队员和刀家武装一起追击土匪，要上小狼山。"

方明华紧张地看着电报记录。

另一干部："高川这么干太危险了，很可能要吃亏呀！"

方明华急速思考着："得马上想办法，一定要支援他们……"

12. 小狼山　张云奎匪巢　日外

刀心荣率领大寨人马冲到寨外，所有武器都对准寨口、寨墙，众人高声叫骂，杀声震天。

寨墙内的土匪纷纷架起枪，张云奎、张喜贵喝令惊魂未定的喽啰们上寨墙迎战……

高川策马来到刀心荣旁边："大少爷！先不要攻寨子！"

刀心荣："不攻寨子，怎么救我阿妹?"

高川："急着攻寨子，大小姐就危险了！你先缠住他们，我带人从后面抄上去，救出大小姐！"

高川调转马头跑去。

刀心荣怀疑地看着高川。

这时，寨墙上的土匪打来一排子弹，刀心荣和他的人马立即隐蔽。

刀心荣高喊：“打！”

扎布和家丁们一排枪打向寨墙……

13. 匪巢　日外

高川带着和水泉、李铁杉、武晓鹏等人绕到寨子侧面，跳下马翻越寨墙进了寨子……

由于土匪们都被刀家人马吸引，寨子里流动的土匪很少。高川等人翻进寨子后隐蔽地观察着，高川做出手势，示意队员们分成两路，分头去找刀心妍。

和水泉带着几个人沿着石头房子隐蔽前进……

高川带着李铁杉、武晓鹏等人向另一边前进……

一个流动的土匪发现了高川他们，还没喊出声就被高川一枪击毙。

武晓鹏显出恐慌，李铁杉拉了他一下，让他跟上高川。

有土匪发现了和水泉等人，被和水泉击毙……

14. 寨口　日外

两挺机枪架上寨墙，张云奎高喊：“刀心荣！有种你就过来！尝尝老子机关枪的厉害！”

刀心荣隐蔽在马后对张云奎高喊：“张云奎！你个畜牲！绑我阿妹，算什么山林好汉！你够胆就站出来，和我单挑！”

张云奎在土墙上喊：“刀心荣！老子没工夫跟你耍光棍！你就等着给你妹子下葬吧！”

刀心荣：“张云奎！你生吞蝎子毒烂了肠！我阿妹少了一根汗毛，我就砍你家一颗脑袋！”

张云奎：“别在野地里说大话！还是好好求我，赏你阿妹一个全尸吧！给我打！”

机枪手向刀心荣的人马疯狂射击……

刀心荣的人马中有人中弹，其余的迅速躲避。

刀心荣端起冲锋枪扫射，高喊着：“把枪抬起来！给我狠狠打！”

扎布和几个冲锋枪手一起开火，向寨墙猛烈扫射……

寨墙上的土匪被打得纷纷缩头躲避，张云奎藏着头喊：“娘的！把刀家的丫头给我拉上来，给老子挡子弹！”

15. 匪巢　日外

土匪拉着刀心妍出了小屋，刀心妍怒骂着挣扎，马师爷揪着她的头发恶狠狠地喊：“老实点！跟老子上寨墙去，你阿哥不退兵，就把你扒光了吊起来！”

他和土匪们推搡着刀心妍走着。

16. 匪巢　日外

摸进寨子的高川和李铁杉、武晓鹏等人边和零星土匪交战边寻找心妍，他们在关押刀心妍的小屋附近与几个土匪遭遇，高川机警地让李铁杉、武晓鹏等人吸引住敌人，自己攀上石屋，居高临下地手举双枪将土匪一一击毙。

武晓鹏看着高川的神勇，显出赞叹之色。

和水泉带着几个队员迅速移动着寻找刀心妍，他听见附近的枪声，立即指挥队员们向枪响处移动……

17. 匪巢　日外

押着刀心妍的土匪和马师爷听见身后有枪声，都惊慌地回头察看。

马师爷：“娘的，谁打枪？”

一土匪："师爷，刀家的人打进寨子了！"
马师爷："放屁！他们有这本事？快，把小娘们拉寨墙去！"
土匪们连拉带推地押走刀心妍。

高川等人出现在附近，李铁杉突然喊："队长，快看！"
高川转头看去——
马师爷和土匪押着刀心妍赶往寨墙。
高川："跟我来！"他挥着双枪追了上去……

马师爷等人押着刀心妍快步赶往寨墙……

高川等人飞快地绕过几座竹楼和石头屋……

马师爷催促土匪们："快！快！"
土匪们逼着刀心妍快走，刀心妍反抗，被土匪推倒在地。土匪把她拽起来，拉着她跑，刀心妍被拉拽得踉踉跄跄……

高川等人绕到马师爷等人一侧，高川抬手命令大家停住，低声对李铁杉等人说："你们追上去，注意隐蔽，不要轻易开枪，千万别伤着刀心妍！"
李铁杉等人迅速接近马师爷等土匪……
高川快步跑向一侧……
李铁杉等人接近马师爷等土匪，高喊着："站住！你们被包围了！缴枪不杀！"
马师爷等土匪呆愣地站住，不明白发生了什么事。
李铁杉等人从隐蔽处现身，把枪对准土匪们高喊："放下枪！举起手来！"
刀心妍露出惊喜。
马师爷拽住刀心妍举枪乱射，对土匪们喊："打！给我打！"
土匪们朝李铁杉等人胡乱放枪……
李铁杉等人迅速隐蔽，武晓鹏抱着枪缩在墙边不敢抬头了。
马师爷拉着刀心妍就跑，土匪们边放枪边跟着跑……
刀心妍奋力挣扎，使马师爷他们乱了脚步，马师爷吼叫着："走！不走老子毙了你！"
土匪们有的向身后放枪，有的推搡刀心妍……
马师爷不住地喊："快！快！"突然，他愣住了——
高川双手举枪站在他们前面，目光炯炯地盯住他们。
刀心妍惊喜地大喊："解放阿哥！高大哥！——"
马师爷一推刀心妍，胡乱放了一枪就跑，那些土匪纷纷举起枪，但已经晚了——
高川手持双枪连续击发，围在刀心妍身边的土匪逐个中弹倒地……
马师爷再也顾不上刀心妍，仓皇逃窜。
高川冲到刀心妍身前，用身体护着她，枪口瞄向逃窜的土匪，刀心妍含着泪水紧靠住高川："高大哥……"
李铁杉招呼队员向高川靠拢，他拉了一把缩在墙边的武晓鹏，冲出隐蔽处，一边向逃窜的土匪射击一边向高川靠拢……
高川帮刀心妍解开绳索，刀心妍扑到高川怀里，哭着喊："高大哥……"
高川警惕地盯着身周："快，跟我走！"
和水泉带着队员赶了过来："队长！"
高川："你们掩护！"

和水泉："是！"
高川拉着刀心妍跑去，李铁杉、武晓鹏等人分散着跟随高川撤向寨外，和水泉等人撤在最后……

躲在石碾下的马师爷钻了出来，发现高川等人带着刀心妍撤向寨外，赶紧招呼近处的土匪："快！别他妈藏了！都给我追！快追！"
一些土匪跟着他追向高川等人……

18. 匪巢外　日外

高川等人带着刀心妍冲出寨子，跑向马匹所在的地方……

杜连仲和他的黑衣手下出现在林子里，杜连仲一摆手，随从们迅速操起冲锋枪冲出林子……

高川等人跑到马匹附近，发现了从林子里冲来的敌人，高川忙喊："有敌人！快卧倒！"
山坡上杜连仲的手下开火了，密集的冲锋枪子弹扫射过来……
高川抱着刀心妍滚到地上，敏捷地出枪还击。
和水泉等人赶上来掩护高川，但难敌对方的冲锋枪火力……
高川把刀心妍拉到马前："快上马！"
刀心妍："我们一起走！"
高川："你阿哥在前面攻打寨子，你去找他，让他马上撤回曼龙！"
刀心妍坚持："我们一起走！"
一排子弹扫过来，马匹中弹倒地。
高川护住刀心妍举枪连续还击后拉着她跑向山坡。

杜连仲带着手下向高川等人逼近……

高川向队员们喊："同志们！边打边撤，撤到山坡上去！"
和水泉等人边射击边撤向山坡。

马师爷带着一股土匪从寨子里冲出来，嘶喊着围向高川等人退守的山坡……

高川等人在山坡上隐蔽着射击、投弹……

19. 匪巢　日外

寨口处，扎布率领武器精良的府兵冲向寨墙……
张云奎嚎叫着指挥机枪扫射……
扎布中弹受伤，他身边有不少府兵中弹倒地，扎布被府兵拖回隐蔽处。
刀心荣怒喊："打！给我狠狠打！"
傣族武装用各种武器向寨墙射击……

20. 山坡　日外

土匪和杜连仲的人马从两面逼近了，高川和队员们顽强抵抗……
武晓鹏在地上爬着，伸手摸着掉了的眼镜，李铁杉在一旁大喊："晓鹏！打呀！快打呀！"
武晓鹏声音发颤地喊："我的眼镜掉了！我看不见！"
刀心妍过来抓过武晓鹏的枪向敌人射击。

武晓鹏索性趴在地上不动了。

和水泉过来拽起他怒喊："胆小鬼！你是吓大的?"

武晓鹏发蒙地不知如何表达。

高川边射击边过来推开和水泉："武晓鹏！晓鹏！"

武晓鹏已经失态地喊："我看不见！我看不见！"

高川大喊："你给我听好了！听好了！你带刀姑娘快撤！快撤！"

武晓鹏想不到地说："撤？让我撤?"

高川瞪眼吼："对！你带刀姑娘快撤！我们掩护！"

武晓鹏感到有希望地看向刀心妍，刀心妍没等他开口就喊："我不走！要走我们一起走！"

高川正想说什么，敌人一排子弹打过来，他只好掩护刀心妍隐蔽。

刀心妍挣开高川，勇敢地向敌人射击。

和水泉发现山坡后面也有土匪冲上来，对高川喊："队长！后面有敌人！"

高川转向后山坡，举枪击中几个土匪："同志们！节省子弹！坚持住！"

队员们被迫背靠背作战，瞄准敌人射击。

刀心妍毫不畏惧地向土匪射击。

武晓鹏终于找到眼镜，看看英勇战斗的同志们，下决心地握住一颗手榴弹。

马师爷大喊："弟兄们！他们没几个人！给我往上冲啊！打死一个共匪赏大洋五十！抓住一个赏大洋一百！"

匪兵们叫喊着向山上冲去……

李铁杉的子弹打光了，和水泉、刀心妍的子弹打光了……

高川的子弹也打光了，他收起双枪，拿起受伤队员的长枪，上好刺刀。

队员们纷纷上刺刀、抽出匕首、搬起石头准备肉搏……

刀心妍紧握着没子弹的枪，怒视着冲向山坡的敌人。

杜连仲高喊："弟兄们！共匪没有子弹了！冲上去抓活的！"

匪兵们嚎叫着冲向山坡……

武晓鹏鼓足勇气，咬着牙扔出手榴弹，抱着头赶紧趴下。

匪兵们也被迫趴下，手榴弹爆炸之后，他们又冲了上来。

突然，一面山上响起嘹亮的冲锋号声……

匪兵们驻足朝背后山上看去，既而大惊失色地向山下退却……

杜连仲、马师爷朝山上看去，露出惊慌之色。

高川也朝附近山上望去，只见大批解放军从山岗上冲杀下来，队伍中一位威武的中年人（罗开云）率领马队率先冲了过来，李国梁和战士们也跟着马队高喊着冲来，成排山倒海之势……

高川惊喜地喊："罗司令！是罗司令的队伍！"

队员们露出惊喜，和水泉高喊："罗司令来增援我们了！"

匪兵中有人惊恐地喊："罗开云来了！快跑啊！"

匪兵们四散逃跑，杜连仲、马师爷向山林逃去。

高川横起长枪高喊："同志们，冲啊！——"

他带着队员们冲下山去……

李国梁和战士们勇猛地冲向敌人……

在罗开云部队的猛烈冲击下，匪兵们溃逃而去……

罗开云的部队冲向匪巢……

罗开云威风凛凛地策马而来。

21. 小狼山寨口　日外

寨墙上的土匪和寨外的傣族武装激烈对射……

张喜贵慌张地跑到张云奎身边："总爷！不好了！罗开云的队伍从后头抄上来了！"
张云奎一惊："罗开云？"
张喜贵："真是罗开云！他的人马已经打进寨子了！"
张云奎朝寨子里看去——
果见寨子里枪声大作，喊杀震天……
张云奎："娘的！撤！快撤！"
他连滚带爬地下了寨墙，仓皇逃窜……
张喜贵等匪徒跟着他狼狈而逃……

刀心荣挥着冲锋枪喊："傣家汉子们！杀进寨子！活捉张土匪！"
傣族武装呐喊着冲向寨墙，冲进寨子……

22. 匪巢　日外

罗开云的队伍在寨中奋勇杀敌，土匪不断地被击毙……
李国梁率领战士们向困守房屋的土匪发起攻击……
房屋里的土匪负隅顽抗，很快便被机枪、手榴弹消火了……

张云奎、张喜贵带着部分土匪匆匆上马，从一条小路逃出寨子……

刀心荣率领傣族武装杀进寨子，枪击、砍杀四散逃窜的土匪……
退到寨子中心的土匪见大势已去，纷纷跪地举手投降……

高川、刀心妍等人望着骑马而来的罗开云，高川抹着一脸的硝烟和汗水迎向罗开云。
罗开云下马走向高川，高川向罗开云敬礼："罗司令！"
罗开云与高川握手，微笑着说："高川同志，你们受惊了。"
高川："多亏罗司令解围，不然的话，我们要吃大亏了！"
罗开云："方明华十万火急送来消息，我们就快马加鞭地赶来了。"
刀心荣走向罗开云，合十行礼："罗司令！"
罗开云笑着拱手还礼："刀家少爷。"
刀心荣礼貌地说："久仰罗司令威名，今天若不是罗司令相救，我阿妹可是凶多吉少啊！"
罗开云："救下你阿妹的不是我，是我们这位高队长，你该谢他才对。"
刀心荣转向高川合十："多谢高队长！"
高川："大少爷见外了，打掉这伙土匪，是咱们的共同目的。"
刀心妍走近刀心荣："心荣阿哥！"
刀心荣仔细看着刀心妍："阿妹，没伤着你吧？"
刀心妍："没有。"
罗开云："刀家少爷，这一仗下来，你该认清谁是朋友，谁是敌人了吧？"
刀心荣不好表达地点了点头。
罗开云："当年打日本鬼子的时候，你干爹和我可是一起打过联手，一起淌过血的。如今我是共产党的人了，可我还是把你干爹当朋友，盼着他早些回来，和我这个老朋友一起共事啊！"
刀心荣："晚辈记下了，一定转告干爹。罗司令，晚辈请你赏光，到曼龙大寨做客……"
罗开云："这次免了，我还要赶回南沧。你记下我的话，千万不要做对不起朋友的事。"
刀心荣："晚辈记下了。"
罗开云转向高川："高川同志，明华同志要你跟我回南沧，把伤员带回去吧。"

高川："是！"

23. 南沧边工委　日内

办公室里，方明华严肃地对高川说："擅自带队出击，你也太冒险了。如果你发生意外，对我们的工作就是重大损失！"

高川想说什么，又忍住了："我接受组织上的批评处分。"

方明华："你当然要接受。不光要接受，还要在脑子里多上一根弦，越是遇到紧急情况，越是要冷静。"

高川："我只是想，万一刀心妍出了事，我们在曼龙的工作就会前功尽弃。"

方明华："所以就擅自出击？就去冒险？你怎么不想想，万一你救不出刀心妍，自己也报销了呢？"

高川无语。

方明华："高川同志，你是个战斗英雄，可你不是三头六臂、无所不能的活神仙。你必须记住，任何时候，任何情况下，你都必须相信组织，依靠组织，服从组织。"

高川："是。方书记，我错了。"

方明华舒了口气："承认就好。回去以后好好总结一下，曼龙的情况发展到现在这一步，是你们放手发动群众，培养积极分子的时候了。"

高川："是啊，我也这么想。"

方明华："要找准对象，不同出身、不同阶层的都要发展一些。还可以把最有代表性的人吸收到工作队里来，拉近你们和民族群众的关系。"

高川："这太好了！这样一来，我们的工作就方便多了！"

方明华故意说："哦，上道了？不想回部队了？"

高川："想。等工作队的任务完成了，我还是要回部队去。"

方明华笑道："好吧，到时候再说吧。"

24. 曼龙大寨　工作队驻地　日内

刘捍卫严厉地批评李铁杉、钟喜妹："你看看，你们两个，站岗的时候，你们到底在搞什么名堂？啊？"

李铁杉委屈地想解释，钟喜妹脱口说："什么叫我们搞什么名堂？你什么意思啊？"

刘捍卫："你看看，你看看，还老虎屁股摸不得。"

钟喜妹噘着嘴把脸扭向一边嘟囔："谁是老虎屁股。"

刘捍卫："还嘀咕，犯了错误还不能批评了？"

李铁杉低沉地说："当然能批评，不过，最好能实事求是。"

刘捍卫："我不实事求是了吗？那么多土匪摸进来，一下子就摸到了粮仓边上，你们为什么不能早发现、早报警？"

李铁杉："天太黑了，我们……"

刘捍卫："不要找客观。你们两个肯定没有分开巡逻，肯定是凑在一起搞那些小资产阶级的小情小调了，对不对？对不对？"

李铁杉："没有，我们没有……"

钟喜妹："我们没什么小情小调，高队长也没要我们分开巡逻。"

刘捍卫："这是错误的！这就是问题所在！高队长没要你们分开就正确了？我告诉你们，高队长已经挨了处分，你们的处分也跑不了！"

钟喜妹："为什么要处分高队长？错误是我犯的，我不该睡着了，为什么要处分高队长？"

刘捍卫："看看，看看，说实话了吧？睡着了，怎么睡的？"

钟喜妹、李铁杉都反感地瞪起眼睛。

刘捍卫自觉发问不当，改口说："站岗的时候居然睡着了，这是什么性质的问题？说轻了是失职，没有敌情观念，说重了，你们自己想去吧！"

钟喜妹、李铁杉低头不语。
刘捍卫对李铁杉："她睡着了，你干什么去了？为什么不叫醒她？"
李铁杉难言地说："我，我想……"
刘捍卫："想什么想？想讨好她是不是？这不是小资产阶级的小情小调是什么？啊？"
李铁杉尴尬地说不出话。
钟喜妹咬着嘴唇忍着眼泪。
刘捍卫："你怎么不和她一起睡着了，让土匪把你们都抓去就清醒了吧？"
李铁杉难以忍受地说："刘副队长……"
钟喜妹忍不住地哭出了声。
刘捍卫："哭什么？挨了批评就哭鼻子。你们两个，必须写出深刻检查，能不能通过我说了不算，高队长说了也不算！"
钟喜妹委屈地哭着转身走了，李铁衫不满地瞪了刘捍卫一眼，去追喜妹。
刘捍卫瞪起眼睛说："哎，谁让你们走了，给我回来！"
显然没人理他，他气哼哼地说："什么态度，太不像话了。"

25. 工作队营地　日内/外

花蔓在竹屋里床铺旁寻找着什么，显然没有找到，感到奇怪地出了竹屋。

竹屋外，钟喜妹、李铁衫赌着气走近，花蔓迎上去说："喜妹，你没去洗衣服呀？"
钟喜妹不开心地说："没有。"
花蔓："哎呀，出怪事了。"
钟喜妹不解地说："什么怪事？"
花蔓："咱们的衣服，换下来的脏衣服，都不见了。"
钟喜妹感到诧异："啊？怎么会呢？"
花蔓："我在屋里头找遍了，就是不见了。"
李铁衫突然想到："哎，晓鹏呢？（他朝男队员住的竹屋喊）晓鹏！晓鹏！"
钟喜妹和花蔓同时想到了什么，两人快步朝小河边走去。
李铁衫："哎，你们去哪？"他跟着她们走去。

26. 小河边　日外

武晓鹏蹲在河边洗衣服，他身边堆满了同志们换下来的衣服，还有女同志的内衣。他自恼地生着闷气，用木棒狠狠敲打着衣服。
钟喜妹、花蔓赶来，花蔓喊着走近："晓鹏！"
武晓鹏头也不回，继续敲打着洗衣。
花蔓、钟喜妹走到他身边，赶紧在衣服堆里翻找，花蔓找出自己的内衣，尴尬地说："你，你怎么把我们的衣服也拿来洗了？"
武晓鹏没理她，继续敲打着洗衣。
钟喜妹也找出了自己的内衣，有些责怪地说："晓鹏，你这是干啥呀？"
花蔓："你可真是的，这是我们女生的衣服，谁要你拿来洗了？你不难为情呀？"
武晓鹏既难过又怄气："有啥难为情的？反正我的脸都丢尽了，除了给大家洗洗衣服，我还能干啥？"
钟喜妹一时不知该说什么。花蔓："那也用不着洗我们的衣服呀，你不难为情我们还难为情呢！"
武晓鹏："你难为情就别理我，让我一个人在这，行了吧？"
花蔓："你，你怎么这么窝囊？"
武晓鹏："我就是窝囊！我就是个窝囊废！"

李铁衫赶过来，看看钟喜妹、花蔓手里的内衣，钟喜妹、花蔓都显出尴尬。

李铁衫明白地对武晓鹏说："晓鹏，你这是何必呢，大家谁也没怪你，用不着这样嘛。"

武晓鹏："你们嘴上没怪我，可心里头全都瞧不起我！我知道！"

李铁衫："晓鹏，我没瞧不起你，没有！"

武晓鹏委屈、自责："算了吧，我知道你们是怎么想的。我就是胆小，我就是害怕，一听见枪响，我就浑身发软，喘不上气来。我知道你们瞧不起我，我知道！"

李铁衫劝道："我们没有……"

画外传来刘捍卫的声音："知道就好！"

众人转身看去——

刘捍卫走近，板着脸看看钟喜妹、花蔓手里的内衣，讥讽地对武晓鹏说："你就是个胆小鬼，窝囊废！听见枪响就打哆嗦，遇见敌人你就躲，你还像个男人吗？娘娘唧唧的，你就不配当工作队员！"

武晓鹏难以承受地哭了，抹着眼泪转身走去。

李铁衫、钟喜妹都觉得刘捍卫说得太过分了，可又不好阻止。

刘捍卫看着武晓鹏的背影说："还有脸哭，你该把自己关起来，好好反省！真是个软蛋。你们几个……"

他回身才发现李铁衫、钟喜妹、花蔓抱着衣服都走开了，他不满地说："你们几个，也该和他一起好好反省！"

27. 曼龙酒家客房　日内

石三娇心神慌乱地追问站在她面前的乃木："什么，小狼山被共匪占了？"

乃木："是了，原本大少爷是打不下狼坨镇的，可罗开云的人马上了山，三下两下就把那伙土匪打散了，张云奎也不晓得跑到哪去了。"

石三娇："杜特派员呢？他带的人呢？"

乃木："哦，我听说，工作队姓高的红汉人救出了大小姐，被特派员围住了，两下里打了一阵，罗开云的人马一到，特派员他们根本顶不住，被打得没了踪影，怕是凶多吉少啊。"

石三娇显出揪心，她克制着自己，掩饰着内心的沮丧，咬咬牙问："那个姓高的回曼龙了吗？"

乃木："姓高的跟着罗开云去了南沧，他对大少爷讲了，很快就会回来。"

石三娇眼中露出绝望的杀气："回来就好。只要姓高的一回来，咱们就联手干掉他。"

乃木心虚地说："啊？"

石三娇："啊什么？你害怕了？"

乃木掩饰地说："不不，怕倒是不怕。只是那姓高的救下了大小姐，大少爷答应了罗开云，不再和他作对。要是我们对他下手，这万一……"

石三娇发狠地说："万一个屁！刀心荣胆敢通匪，老娘就连他一起杀！姓高的必须死，共匪的工作队必须滚出曼龙，这是命令，懂吗？"

乃木心慌地说："懂，懂。"

石三娇看出乃木心虚，动着心思挨近他，直视他说："乃木，你是本司令最得力的帮手，只要你帮我干掉姓高的，赶走共匪工作队，你想要什么，我就给你什么，明白了？"

乃木似懂非懂地看看石三娇，石三娇神色异样地盯着他，眼神犀利且又勾魂，乃木既恐惧又心痒地点头应承："明白，乃木明白。"

石三娇透出冷笑："去吧，我等你的好消息。"

乃木答应着，像是喝醉了似的被尼斗带出了房门。

石三娇的冷笑中透出阴毒。

28. 山路上　日外

高川、和水泉骑马赶路……

29. 山林 日外

波香沿着山间小路匆匆走着，已疲惫不堪。
她的脚掌显然磨破了，强撑着往前走。
山林间传来佤族汉子们狩猎的呼哨声和喊声。
波香停住脚，惶恐地向林中张望。
佤族汉子们的喊声更加清晰响亮，其间伴随着枪声。
波香紧张地判断着佤族汉子们围猎的方向，逃向林中。

30. 山路上 日外

高川、和水泉显然听到了佤族汉子们的呼喊声，勒住马向山林里观望。
高川伸手："望远镜。"
和水泉把望远镜递给高川，高川举起望远镜观看——
岩坚等佤族汉子们呼喊着追逐着猎物……
望远镜移动——波香踉踉跄跄地跑着，突然绊倒，又艰难地爬起来，一步一晃地向前跑去……
高川跳下马："快！跟我来！"
和水泉也跳下马跟着高川跑进林子……

31. 山林 日外

佤族汉子们追了过来，岩坚判断着猎物逃跑的方向。
尼果发现了波香。
尼果指着前面对岩坚说："岩坚大哥，你看！"
岩坚朝前看去——波香摇晃着跑在林中。
岩坚脸一沉，朝同伴们一挥手，带领众人朝波香追了过去。

32. 山林 日外

波香用最后的力气在林中奔跑，她刚停下脚扶着一棵大树喘气，近处传来佤族汉子的喊声，她又赶紧向前跑去……
岩坚等人追了过来，判断着波香逃跑的方向。
尼果在一个树杈上发现了一小块布片，朝岩坚喊："岩坚大哥！你看！"
岩坚走过来接过布片看看，正是波香衣服上挂破的布头，他挥手呼喊着向前追去。
波香拼尽力气向前跑着。
岩坚追赶中突然停下了，仔细地看着林中——
一棵树下有一个怪异的木桩，木桩上放着一个骷髅。
岩坚拧眉低语："她敢跑进佤寨的鬼林，追上去，砍了她！"
佤族汉子们呼喊着追去。

33. 山林中 日外

波香没命地往前跑，突然被树根绊住，扑倒在地上。
她挣扎着要爬起来，刚一抬头便被吓呆了——眼前有一个骷髅！她像被蛇咬了一般向后一闪，转脸看去，身前竟是一片骷髅。
波香禁不住尖叫起来，疯了一般跑向一边。
她跑着跑着，突然站住了，眼睛死死地盯着前方——

幽暗的林中，雕像一般站着几个裹着包头、手持长矛弩弓，裸着黢黑上身的佤族汉子，为首的正是岩坚。
岩坚等人冷眼看着闯入鬼林的波香，一动不动。
波香以为自己遇上了鬼，尖叫一声转身想跑，却见身后也站着佤族汉子。
波香绝望地抱着肩膀，用惊恐和乞求的目光看着围住她的佤族汉子们。
岩坚一摆手，佤族汉子们逼近波香。
波香无助地流泪，瑟瑟发抖。
佤族汉子们逼视着波香，有人举起了镖枪、端起弩弓。
波香几乎被吓晕了，认命地闭上了眼睛。
佤族汉子们逼近波香。
突然，从树上跳下一个人影，挡在波香和佤族汉子们之间，惊得那些佤族汉子纷纷后退。
波香也被吓得一哆嗦。
那人蓬头垢面赤裸上身形似野人，一手挥舞长刀，一手举着长矛，面向佤族汉子们摆出格斗的架势。
岩坚也摆出格斗的架势逼视那人，仔细辨认后惊讶地喊："岩虎！"
波香惊讶："岩虎？你是岩虎？"
岩虎保持着格斗姿势喊："岩坚！不要过来！不要伤她！"
岩坚也保持着格斗姿势："岩虎！你让开！"
岩虎："我不让开！这个傣家女娃救过岩虎！岩虎要护着她！"
岩坚："岩虎！她敢闯进我们阿佤的鬼林，我要砍了她！你让开！"
岩虎："不！我不让开！"
岩坚怒喊："把他赶开！"
尼果射出弩箭，射中了岩虎的肩膀，岩虎挣扎着没有倒下，坚持用身体挡着波香。
波香惊呼："岩虎！"
岩虎依然保持着格斗姿势。
岩坚和佤族汉子们举着长刀、长矛逼近。
岩虎喊道："不要过来！我们是一个寨子的兄弟！我不想和你们打！"
岩坚和佤族汉子们继续逼近。
波香抱紧了岩虎。
岩坚："岩虎！把傣家女娃留下，你走吧，我不想砍你！"
岩虎："岩坚！过来砍吧！砍不死岩虎，岩虎就挡在这里！"
岩坚举起长矛要投向岩虎，忽听一声枪响，他陡然愣住，头上冒起一小股烟。
高川手举双枪出现在近处，身边是端着冲锋枪的和水泉。
尼果刚要发射弩箭，又一声枪响，他手中的弩弓被打的飞到一边。
高川平举双枪，冷眼看着佤族汉子们。
尼果傻了。
岩坚像中了魔法一般待在那里，手中的长矛掉在地上。
佤族汉子们都呆立不动。
岩坚看着高川喃语："神枪，神枪。"
他摘下红包头，只见上面留着弹孔，不禁大惊失色。
高川走近岩虎："岩虎兄弟，伤得怎么样？"
岩虎挪开两步用阿佤语言喊："岩坚！快跑吧！他比老虎还要凶！你们斗不过他！"
岩坚知趣地一摆手，准备带着阿佤汉子们离去。
高川："等等！"
岩坚臣服地望着高川。
和水泉、波香赶紧上前查看岩虎的伤势。
高川走到岩坚面前，从容地说："岩坚兄弟，你们和岩虎是兄弟，怎么能向他放箭呢？"

岩坚无言以对。

34. 山路边　日外

岩虎的伤处已经过包扎，正在用和水泉的军用水壶喝水。

波香关切地说："岩虎，你回不了寨子，往后怎么办呢？"

岩虎苦笑。

和水泉："要我说呀，你哪也不要去。背井离乡叫什么？那叫流浪。现在是新社会了，人民政府不会看着你流浪的。"

岩虎看着和水泉，像是在寻找答案。

和水泉："你不用愁，跟我们一起下山吧，我们会把你当兄弟的，怎么样？"

波香看着岩虎。

岩虎露出不相信的表情。

高川走近："岩虎兄弟！"

岩虎、波香都看着高川。

高川："岩虎兄弟，你一时半下回不了寨子，那就跟我们下山吧，我们工作队的同志会好好照顾你的。"

岩虎诧异又胆怯地看着高川，摇了摇头。

高川："你不用担心，我们的队伍里有好多像你这样的受苦人，参加革命前，都是奴隶娃子。不信你问小和，他就是个奴隶娃子，而且还是个孤儿，家里人不是被日本鬼子杀害了，就是被地主老财逼死了。"

和水泉有些难过地低下头。

岩虎半信地看看和水泉。

波香有所感触。

高川："像他这样的同志，我们队伍里多的是呢。岩虎兄弟，别犹豫了，跟我们下山吧。"

岩虎犹豫着，不表态。

高川转向波香："波香姑娘，你也别再跑了，跟我们回寨子去。"

波香犹豫地不敢答应。

高川："你不用怕，我会去找刀心荣，让他们不再欺负你，让你平平安安地过日子。"

波香显出感激，又忧心地说："可是，可是我们欠了刀家的官租，还欠了阿妈的盖脸钱……"

高川："你放心，我们会有办法解决的。来，跟我们回去吧，这山里头很不安全，如果遇上老虎、狗熊，或者流窜的土匪，你们会有生命危险。"

波香："长官，若是刀家不肯放过我，该怎么办？"

高川："要真是那样，你就参加工作队，参加革命，看谁还敢欺负你！"

波香眼里闪烁出希望，却又不敢相信地说："参加……工作队？"

岩虎似懂非懂地看着他们。

和水泉："对，你们成了工作队员，就是政府的人了，谁也不敢欺负你们！"

波香："长官，你说话当真？"

高川："只要你愿意，现在就可以参加工作队。"

波香激动地说："好，我跟你们回去！"

高川转向岩虎："岩虎兄弟，跟我们下山吧，你受了伤，一个人在林子里很危险的。"

岩虎很是犹豫。

波香："岩虎，和我们一起走吧，你一个人串林子，没得吃，没得睡，捱不久的。"

岩虎既舍不得离开众人，心里又有很多顾虑，依然犹豫。

高川微笑说："岩虎兄弟，你是佤寨的打虎英雄，该怎么办，你自己想吧。我们走了，你愿意跟着我们就跟来，不愿意跟着我们就继续串林子，哪天串得累了，再来找我们也可以。"

高川从和水泉手里接过治伤药和纱布，塞到岩虎手里："这是治伤药，你自己学着上吧。我们走了，我们会勒着缰绳慢慢走，你要是想好了，就跟上来，要是我们走远了，就喊我，我转回来接你。”

岩虎心生感动，却依然拿不定主意。

35. 山路上　日外

高川、和水泉走上山路。

波香跟着他们走上山路，不忍地回首对岩虎说：“岩虎，和我们走吧！不要一个人留下来！岩虎！”

岩虎看着波香，眼里蓄着泪水。

波香不忍地跟着高川、和水泉走向马匹。

高川上了马，看了看岩虎，催动坐骑慢慢走去。

岩虎不舍地站起身望着走去的高川。

高川在马上大声说：“岩虎兄弟！我们共产党的队伍是为穷苦人做主的！我们的队伍里不分贵贱，不论哪个民族都是好伙伴！不信你就跟我去看看！我们大家就像兄弟姐妹一样！我不骗你！”

岩虎向前走了两步，又站住了。

高川：“岩虎！你救过我，我把你当亲兄弟！我不想让马跑起来，怕你的眼光跟不上，怕你的腿脚走错了地方！岩虎兄弟，跟过来吧！和我们在一起，你就不是一个人了！你就有兄弟姐妹，有家了！”

高川眼含泪水勒住马，回头望着岩虎喊：“岩虎！跟过来呀！”

岩虎的泪水夺眶而出，发出惊天动地的喊声：“红汉人！——”

他高喊着跑向高川。

高川迅速下马，迎向岩虎：“岩虎兄弟！”

岩虎跑近高川，突然双膝跪地，仰面哭喊：“红汉人！——阿哥！——”

高川跑到岩虎身前将他抱起来，紧紧抱住他。

岩虎抱住高川哭喊：“红汉人！阿哥！——”

和水泉望着抱在一起的高川、岩虎，神情肃穆。

波香禁不住泪流满面。

高川拥抱着岩虎说：“岩虎兄弟，跟我走！”

岩虎紧抱着高川痛哭，把满腔的委屈尽情宣泄。

高川含着泪说：“岩虎兄弟，你有家了……”

林涛低吟，青山作证，一对生死场上相遇的英雄，如今结为生死相伴的手足兄弟……

第十八集完

第十九集

1. 曼龙　工作队营地　日外

李铁衫兴奋地喊："高队长回来了！——高队长回来了！——"

高川、和水泉带着岩虎、波香走来。

李铁衫、武晓鹏、花蔓等工作队员们和刘捍卫迎了上去。

高川："同志们！岩虎和波香是我们工作队的新成员！从今天起，他们就是我们的同志和战友了！"

队员们高兴地呼喊起来，李铁衫等人热情地与岩虎握手表示欢迎——

"岩虎，欢迎你！""欢迎你，岩虎同志！"

岩虎憨笑着有些不知所措，当武晓鹏想帮他摘下背着的弩弓时，岩虎警惕地坚决不肯。

和水泉抱怨地挡开武晓鹏，低声说："拿人家伙干什么？那是打狼用的，你敢吗？"

武晓鹏显出尴尬。

花蔓拉过波香表示欢迎："太好了，波香，咱们不光是姐妹，是同志了！"

波香显出不好意思，花蔓拉着她走向宿舍。

钟喜妹从人群后面走来，一脸的不自在。

高川走近她："喜妹！"

喜妹忍不住泪地扭过脸去。

高川："怎么回事？你这是怎么了？说话呀。"

李铁衫走了过来。

高川猜测："是不是挨批评了？"

钟喜妹委屈地抹泪。

李铁杉："批评倒没什么，可是……"

高川："可是什么？别吞吞吐吐的。"

喜妹："刘副队长他没凭没据的，说话伤人！"

她捂着脸跑回屋了。

高川皱起眉头，问李铁杉："到底怎么回事？"

李铁衫为难地说："刘副队长他，他说我和喜妹站岗的时候，搞什么小资产阶级的小情小调，所以才让土匪烧了粮仓。他让我们做检查。"

高川想了想，含笑说："就为这个？"

李铁衫点点头。

高川："那你说，你们有没有搞那个什么小情小调？"

李铁衫坚决地摇头："没有。怎么可能？"

高川："怎么不可能？就算有那个小情小调，也不算违反纪律嘛。"

李铁衫意外地看看高川，转念又露出难色。

高川笑道："怎么，不敢说实话了？"

李铁衫："有啥不敢的……"

高川："那好，你给我说实话，你是不是相中喜妹了？是不是？"

李铁衫犹豫地说："我……"

高川：“你什么你，看上了就直说，就大胆追嘛！”

李铁衫再度意外地看着高川，话到嘴边又咽了回去。

高川：“你个大小伙子，男子汉大丈夫，喜欢人家姑娘不去追，还让别人说什么小情小调，你窝囊不窝囊？”

李铁衫委屈地说：“我窝囊？我一直喜欢喜妹，可她……”

高川：“她怎么了？”

李铁衫：“她有别的心思，你不知道？”

高川有些意外：“我知道什么？她有什么心思，嗯？”

李铁衫为难地说：“你，你还是去问她吧。”

高川严肃地说：“我在问你，快说。”

李铁衫稍一犹豫，下决心地说：“说就说。喜妹的心思，就是队长你……”

高川诧异地说：“嗯？胡扯！”

李铁衫：“我没胡扯，是喜妹亲口说的，不信你去问她嘛。”

高川：“好了，这话到此为止，不许再说了。从现在起，你像往常一样关心喜妹，爱护喜妹……懂了吗？”

李铁衫有点懵：“啊？哦，懂了。”

高川：“傻小子，懂了就好。”

2. 工作队驻地　日内

女宿舍里，钟喜妹、花蔓等人帮着波香梳洗……

她们帮波香换上干净的汉族服装，钟喜妹用心爱的小木梳为波香梳头，花蔓拿过小镜子让波香自己照照，波香羞怯地扭过脸去……

钟喜妹拉起波香的手说：“波香，去让高队长看看，看你像不像个工作队员。”

波香扭捏地不肯去。

花蔓笑道：“走吧，革命队伍里可不兴不好意思！”

钟喜妹拉着，花蔓推着，把波香硬生生带向门口……

3. 工作队驻地　日外

李铁杉在屋前帮岩虎剪头发，武晓鹏打来了热水，和水泉拿来干净的衣服准备给岩虎换上，他没好气地瞥了眼武晓鹏，武晓鹏知趣地退到一边。

钟喜妹、花蔓拉着波香从屋里出来，波香看见李铁杉他们，羞怯地往屋里退，钟喜妹、花蔓硬是把她拉了出来。

李铁杉、和水泉望着打扮一新的波香，不觉一愣。武晓鹏也扶着眼镜发呆地看着波香，没想到波香长得这么漂亮。

岩虎也转头愣愣地看着波香。

波香不好意思地低下了头。

和水泉：“喜妹同志，你们把新同志打扮得太漂亮了吧？”

李铁杉：“是啊，这会影响工作的！”

钟喜妹：“去去，人家波香本来就认生，你们还要逗她。”

花蔓：“就是，一点也不像老同志。”

和水泉、李铁杉对视着做个鬼脸。

岩虎憨笑着。

钟喜妹：“波香，我给你介绍，他叫李铁杉，你认识。他叫武晓鹏，会吹笛子，还会学鸟叫呢！”

波香红着脸低下了头。

和水泉故意说：“他就会吹笛子学鸟叫，一听见枪响就哆嗦，还不如你呢。”

武晓鹏难过地垂下头，转身走回竹屋。
李铁杉示意和水泉不该这么说，和水泉不屑朝武晓鹏的背影白了一眼。
李铁衫缓和气氛地对喜妹说："哎，喜妹，这还有一位岩虎同志，怎么不介绍啊?"
波香窘迫地转过身去。
岩虎憨笑地看看李铁杉，又看着波香。
钟喜妹："你成心是不是? 真讨厌。"

4. 工作队驻地　日外

高川与刘捍卫边走边谈。
刘捍卫："方书记批评得对，你擅自带队追击土匪，的确是莽撞的行为。要不是罗司令及时增援，后果不堪设想。"
高川一脸凝重，没有说话。
刘捍卫："当然了，我没有坚决地拦住你，也应该承担责任。(他叹了口气）好在是把人救回来了，只有几个队员受了伤，没造成更大的损失。"
高川："这件事，我负全部责任。我们的队员表现都很好，都应该表扬。"
刘捍卫听出高川话里有话，正要开口，高川却接着说："我现在想的是，这么多土匪能摸进寨子，在我们眼皮底下烧了粮仓，其中一定有蹊跷。"
刘捍卫思索地看着高川。
高川："寨子里有他们的奸细。"
刘捍卫："这不必说，恐怕不只是有奸细这么简单。说不定就是刀心荣故意把土匪放进来，烧了粮仓。"
高川："这不大可能，刀心荣怎么忍心烧掉这么多粮食?"
刘捍卫："怎么不可能? 万一他和土匪串通一气，唱一出苦肉计呢? 目的就是逼我们离开寨子。"
高川想不通地思索着："不，不像。"

5. 工作队驻地　日外

李铁杉、和水泉已经把岩虎"打整"一新，帮他穿上汉族衣服。
高川、刘捍卫走来。
高川："哟嗬，岩虎兄弟，你这么一打扮，我都快认不出了!"
岩虎憨憨地笑着。
花蔓笑着夸他："岩虎同志，你也太帅了吧?"
钟喜妹："打虎英雄嘛，当然帅了。对不对波香?"
波香不好意思地笑着。
花蔓故意说："波香快说呀，岩虎这副打扮，是不是比以前更帅了?"
波香更不好意思地捂上脸。
钟喜妹也故意说："岩虎你说，波香这副打扮漂不漂亮?"
岩虎腼腆地说："漂亮。"
钟喜妹、花蔓等人欢呼起来。
刘捍卫不大适应地看看热闹的年轻人，对高川说："队长，开会吧。"
高川对大家说："好，大家准备一下，开欢迎会! 人都齐了吗?"
刘捍卫低声说："那个武晓鹏，好像在闹情绪。"
高川思索地看着刘捍卫。

6. 工作队驻地　日内

竹屋里，武晓鹏打好了背包，收拾好自己的东西，准备离开。

高川进屋："武晓鹏！"
武晓鹏停住手，转向高川愧疚地说："队长。"
高川看看他收好的行李："怎么，要出发吗？去哪呀？"
武晓鹏紧张地看看高川，垂下目光。
高川走近他，和缓地说："想开小差？"
武晓鹏赶紧否认："不是。我，队长，我觉得对不起大家。我不配当工作队员……"
高川亲切地："说什么傻话，谁说你不配了？来，坐下，咱们谈谈。"
武晓鹏心虚地坐下。高川拍拍他的肩膀说："打仗的时候，害怕了？"
武晓鹏不好意思地说："我，我的眼睛，看不清楚。"
高川："别紧张，我不怪你，也不批评你。相反，我还要表扬你。"
武晓鹏想不到："啊？"
高川："你能把手榴弹扔出去，炸死了敌人，这就很不简单嘛。"
武晓鹏更不好意思了。
高川："你没当过兵，打仗的时候当然会紧张，这很正常。晓鹏，我们的工作环境很复杂，随时都要准备战斗。枪一响，那就是你死我活，如果你怕了，那就是帮了敌人，害了自己，害了同志们，懂吗？"
武晓鹏认真地点头。
高川："铁杉、喜妹他们也没当过兵，可他们打起仗来都很勇敢，你要向他们学习呀，要把自己锻炼成真正的战士。"
武晓鹏愧疚地说："队长，我一定好好锻炼，向他们学习。"
高川："要相信自己，相信你手里的枪。抽时间，我教你打枪。"
武晓鹏："哎。"

7. 烧毁的粮仓　日外

刀心荣目光阴郁地看着被烧毁的粮仓，乃木等人跟随着他。
刀心荣边走边说："寨子里死伤人家的抚恤都送去了吗？"
乃木："送去了，按大少爷的吩咐，打死的每户一百个半开，带伤的每户三拾个半开。"
刀心荣："被打死的都葬在大寨公墓，葬仪都由府里出。"
乃木："是了。"
刀心荣又看着被烧毁的粮仓，发出沉重的叹息。
刀心荣："乃木。"
乃木："在。"
刀心荣："你说，张土匪为什么要来烧我们的粮食？"
乃木："这个……说不好。"
刀心荣："是那个姓杜的指使的。"
乃木暗自一惊："不会吧，杜特派员急着跟咱们要粮食，怎么会让张土匪来烧粮呢？"
刀心荣："他怕我把粮食交给红汉人。"
乃木："这么说，这把火是冲着红汉人烧的？"
刀心荣："可他烧的是我的粮食。"
乃木顿了顿，跟着刀心荣说："大少爷，不管怎么说，烧粮的事红汉人也脱不了干系。"
刀心荣继续走着，没说话。
乃木："对了，大少爷，那个高长官这次回来，还带回个佤族汉子，就是那个和我们打冤家打的最凶的岩虎。"
刀心荣停住，转头看着乃木。
乃木："那个岩虎可是杀过我们的人呢。"
刀心荣："这是真的？"

乃木："我亲眼看见的。还有波罕家的女儿，也被高长官带回来了。听说，红汉人让她和那个岩虎参加了工作队，跟他们住在一个窝子里。"

刀心荣露出怒相："这些憨贼，简直是岂有此理！"

乃木心中暗喜，露出得意之色。

8. 刀府 日内

偏房里，受伤的扎布靠在床上，门开了，一道光线照到扎布身上。

刀心妍带着玉切进了屋。

扎布见刀心妍进来，赶紧支撑着要下床："大小姐……"

刀心妍："别动，好好躺着。"

玉切把一些水果和精致食品放到小桌上。

扎布感激地说："大小姐……"

刀心妍："扎布，我来看看你，伤口还疼吗？"

扎布强挺着："不疼了。佛爷给上了药，捱几天就好了。"

刀心妍："让我看看。"

她上前想查看扎布的伤处，扎布稍一转动身体就疼得呻吟起来。

刀心妍："这不行，你伤得不轻，我得把钟姑娘喊来，给你治伤。"

扎布："大小姐，不要去喊红汉人，大少爷会生气的。"

刀心妍："你是为救我受的伤，我想办法为你治伤，他生什么气？"

扎布不知该说什么了。

玉切："对了，大小姐，我听说红汉人把波香带回来了。"

刀心妍："是吗？她人呢？"

玉切："听说她，她和红汉人在一起了。"

刀心妍没听懂："她跟哪个红汉人在一起？"

玉切："哦不，不是。是红汉人把她要下了。"

刀心妍更听不懂了。

玉切着急地说："不不，哎呀，说是她归了红汉人了……"

刀心妍糊涂地瞪大眼睛。

9. 工作队驻地 日外

刀心妍匆匆走来。

在驻地外值勤的和水泉迎着她露出笑脸："刀姑娘！"

刀心妍走近："和工作，高队长在吗？"

和水泉："在，他和大伙在开欢迎会呢！"

刀心妍："欢迎会？"

这时，高川和工作队员们从竹房里出来，都显得很高兴的样子。波香、岩虎也在众人的簇拥下走了出来。

刀心妍看见穿戴一新的波香，表情起了变化。

高川看见刀心妍，走了过来："刀姑娘！"

刀心妍礼貌地说："高队长。"

波香匆匆过来向心妍深鞠一躬："大小姐。"

众人当中的岩虎看见波香对心妍卑躬的态度，不禁收起了笑容。

刀心妍打量着身穿汉服的波香："波香，你回了寨子，为什么不回府里来？"

波香支吾着说："大小姐，我……"

花蔓："心妍姑娘，波香现在已经是我们工作队的队员了。"

刀心妍感到几分诧异地看看高川，又看看波香。

波香不敢正视刀心妍，红着脸低下头。

钟喜妹故意显得理直气壮：“放心吧，大小姐，波香在我们这会受到很好的照顾。从此以后，不会再有人欺负她了。”

心妍看看高川，心情复杂地对波香说：“波香，你身上还有伤，要记着擦药。”

波香显出惭愧：“大小姐……”

心妍：“既然你跟了工作队，就不要再回府里来了。万一乃木再欺负你，我也护不了你了。”

波香：“大小姐……”

心妍转身走了。

波香追上两步喊：“大小姐！”

心妍继续走去。

波香突然跪下，哭喊着：“大小姐！——”

高川等人愣住了。

岩虎极为不满。

心妍站住，不情愿地回过头来。

波香跪地说：“大小姐，你对波香好，波香忘不了的！”

心妍没表情地看看波香，转身继续走去。

波香：“大小姐！你保护我，对我好，我一辈子也忘不了……”

心妍远去了。

高川看着远去的心妍，表情凝重。

钟喜妹、花蔓把波香搀了起来。

刘捍卫显出鄙夷地轻轻摇头。

岩虎一脸怒容。

10. 刀府　日内

心妍闷闷不乐地回到府里，在厅堂见到刀心荣。

刀心荣板着脸问：“见到波香了?”

心妍犹豫一下，点了点头。

刀心荣：“哼，知道红汉人的手段了吧？不花一个钱，就抢走了府里的娃子。”

心妍想说什么，却没说出来。

刀心荣：“还敢把个佤族山贼带进大寨，我看他们是昏头了，认不得这里是谁做主了！”

刀心妍轻叹口气，走向楼梯。

11. 工作队驻地附近　日外

队员们在打扫卫生、晾晒衣物，有的队员唱着欢快的歌曲……

高川带着武晓鹏在驻地附近练习射击，高川仔细地向武晓鹏传授射击要领……

钟喜妹拿着一盆洗好的衣服走向驻地。

高川看见喜妹，示意武晓鹏继续练，自己朝喜妹走去。

钟喜妹见高川走近，笑道：“队长。”

高川含笑说：“喜妹，洗衣服去了?”

钟喜妹：“嗯。”

高川拿过装着衣服的盆：“来，一起晾。”

喜妹高兴地和高川一起走到拉在树上的晾衣绳前，分别拿起洗好的衣服晾着。高川边晾衣服边说：“喜妹，我和刘副队长说了，他让你们写的检查就免了。”

钟喜妹开心地说："是啊，太好了，我还真不知道该怎么写呢。"

高川："土匪袭击粮仓的时候，你和铁杉表现得很勇敢，应该表扬。"

喜妹既开心又有点不好意思。

高川："你和铁杉都是好样的，你们应该多在一起，互相学习，互相帮助。就像我和你姐姐喜莲那样。"

钟喜妹心里波动，听出高川话里有话。

高川："其实啊，我和你姐姐这些年各忙各的，想互相照顾都没机会。不过我们俩都惦记着对方，都把对方装在心里了。我有什么心里话就对自己说，就像对她说一样，她都能听见。"

喜妹心有触动，不知该怎么表达。

高川："说真的，我每天见到你，就想起喜莲。我想啊，她要是看到你这么能干，一定非常高兴。当然了，她一定希望我像她一样关心你，爱护你，保护你。所以呀，我得代替你姐姐，把你当成我的亲妹妹。"

钟喜妹听懂了高川的语意，抑制一下波动的心情，说："高大哥，你的心里只有我姐姐，再也没有别人了，对吗？"

高川郑重地说："对。"

钟喜妹心里既失望又满足，略显羞涩地说："好，我懂了。"

她拿起盆，低着头快步走去。

高川看着走去的喜妹，心有感慨。

李铁衫出现在高川身边，满脸期待地轻声问："队长，你和喜妹说了？"

高川故作严肃地说："哼，我告诉你啊，你要是追上了喜妹，和她相好了，你们的检查就不用做了。"

李铁衫："真的？"

高川："这还有假，赶紧行动吧！"

李铁衫乐呵呵地说："是！"

12. 工作队驻地附近　日外

岩虎独自坐在树林旁的石头上，默默地抱着竹烟筒抽着烟。

刘捍卫走过来问他："岩虎兄弟，怎么一个人坐在这儿呀？跟大伙去热闹热闹嘛！怎么了，是不是有什么情绪呀？"

岩虎摇摇头说："不想去，这里清净。"

刘捍卫笑道："你呀，没说实话。一定是有什么心事，（他在岩虎身旁坐下，从岩虎手里接过烟筒抽了一口继续说）或者呢，对什么问题有看法，对不对呀？"

岩虎紧抿着嘴不想说。

刘捍卫："怎么，信不过我？我是工作队的副队长，也算是个领导吧。有什么心里话，你尽管对我讲嘛。"

岩虎还是不说。

刘捍卫："我看呐，一定是对波香给刀家大小姐下跪有意见，没说错吧？"

岩虎嘴上没说什么，但从他的表情中可以看出刘捍卫说对了。

刘捍卫笑道："你看你，咱们已经是同志了，有什么想法可以向组织上反映嘛！自己一个人闹情绪，让其他同志看见了多不好啊。"

岩虎："我就是不痛快，我阿哥不是说，共产党闹革命，是为了让天下的穷苦人当家作主吗？"

刘捍卫："你阿哥？哦，高队长是吧？"

岩虎："你们为什么要对土司头人那么好？波香见了头人为什么还要下跪？"

刘捍卫想了想，把烟筒还给岩虎站起来说："是啊，很多问题，我们还得认真考虑考虑才是啊。"

岩虎站起来说："就是嘛，四只脚的不全都是马，我就不信那些土司头人能跟我们苦娃子一条心！"

刘捍卫笑了笑，把手搭在岩虎的肩上："说得对，四只脚的不全都是马。我们的革命队伍一定要单纯、单纯、再单纯。"

13. 波香家　日外

根赛正在修理破旧的竹楼。
李铁衫、钟喜妹陪着波香进了院子，波香："阿哥！"
根赛停住手，转脸看着身穿汉族衣服的波香，不觉诧异。
波香走向他："阿哥！"
根赛认出了波香："阿妹！"
波香扑到根赛胸前："阿哥！"
根赛抱住波香，激动地说："阿妹！阿妹呀……"
兄妹俩流着泪紧抱在一起。
钟喜妹、李铁衫也很感动。

14. 刀府　日内

厅堂里，刀心荣板着脸把一盘子金条、银元推给坐在一旁的高川。

刀心荣："高长官，你们出兵救下我阿妹，刀某感谢之至。这是谢仪，请收下。"

高川笑着摆了下手："大少爷，我早就说过，我们所做的一切，都不是为了金钱和感谢。况且，小狼山的土匪是我们共同的敌人，对吧?"

刀心荣："那是自然。打跑了小狼山的张土匪，去了我们刀家一块心病。可是，大寨的粮仓还是被他们烧了，我们的损失很大呀。"

高川："粮仓被烧，我们是有责任的。我们可以报请政府，减免你们一部分公粮。不过据我们了解，曼龙今年是大丰收，你们应该存下了足够多的粮食。"

刀心荣摇头笑笑："粮食是地里长的，不是天上掉下来的。这把火一烧，寨子里不少人家怕是要挨饿了。"

高川："言重了吧? 曼龙各寨的存粮今年都超过往年，如果有人家饿肚子，那该是人为的了。"

刀心荣冷笑："既然你不信我的话，那就不说粮食了。"

15. 波香家　日内

钟喜妹、李铁衫从根赛手里接过水碗，李铁衫笑道："根赛兄弟，波香现在是我们的工作队员了，以后啊，谁也不敢再欺负她了。"

根赛感激地说："你们救下她，还收留了她，我阿爸阿妈地下有知，也要给你们磕头，感谢你们呢！"

钟喜妹："别这么说，根赛，波香参加工作队，对我们可是有很大帮助呢！"

根赛："她能做什么，要你们费心了。"

钟喜妹："她能做的可多呢，有了她，我们和百姓们接触，就方便多了。"

波香："阿哥，工作队里都是好人，对我就像亲姐妹一样。阿哥，你也参加工作队吧?"

李铁衫："对呀，根赛，你也来参加吧，我们大家都欢迎你！"

根赛摇头摆手地说："不行不行，刀家不会答应的。阿妹，你可要留心呐，刀家若是知道你随了红汉人，会找麻烦的。"

钟喜妹："怕什么? 波香现在是工作队员，是政府的人，他们敢怎么样?"

16. 刀府　日内

厅堂里，刀心荣冷言说："波香是我们府里的娃子，你们不能收留她，必须让她回来。"

高川："大少爷，我现在正式向你通报，波香已经是民族工作队的队员了，她不再是你们府里的奴隶娃子了。"

刀心荣："你这是要抢人了?"

高川："不，波香是自愿加入工作队的，她在我们那里是主人，受到了大家的尊重。"

刀心荣："她是我们刀家的娃子，要去要留，要由我说了算。"

高川："她是我们工作队的人，她的一切由我们负责。"

刀心荣："她是傣家人，何去何从，要按我们傣家的规矩办。"

高川："她是人民政府的人，我们必须保护她，不让她再受欺负。"

刀心荣："这么说，你们要管我们傣家的事了?"

高川："我们要行使人民政府赋予的权力，只要穷苦百姓中有人愿意为我们工作，我们都会接收。"

刀心荣："这么说，你们要在曼龙招兵买马?"

高川："不，我们不能再看着穷苦百姓被欺压，被任意打骂。"

刀心荣想了想，转口说："波香的事情先放下，那个佤族汉子是怎么回事? 他是我们曼龙大寨的仇人，你得把他交给我。"

高川："这也不可能。岩虎也是我们的工作队员，我不会把他交给任何人。"

刀心荣："好，你不交。不出三天，我就叫他人头落地。"

高川："你这是向我们挑衅。"

刀心荣："是你在向我挑衅。"

高川盯着刀心荣，一时找不到合适的话。

刀心荣："高长官，我给你一天的时间，如果不把那个佤族汉子和波香交给我，就请你们离开寨子。"

高川："大少爷，这样做的后果你想过吗?"

刀心荣毫不示弱："这要你去想。"

17. 波香家　日外

根赛把波香、钟喜妹、李铁衫送到院子外，抱着波香的肩头说："阿妹，你可千万要当心啊，刀家人，还有乃木是不会放过你的。"

钟喜妹："放心吧根赛，我们会照顾好波香，不会再让她受欺负。"

波香："阿哥，你自己要当心啊，若是乃木他们欺负你，你就来找工作队。"

根赛放心地松开波香，看着她和钟喜妹、李铁衫一起走去。

18. 寨子里　日外

钟喜妹、李铁衫、波香走在寨子里，波香开心地和路遇的寨民打招呼。

李铁衫悄悄拉拉喜妹的胳膊，含笑轻声说："哎，喜妹，高队长和你说了吧?"

喜妹想了想，故意说："说什么?"

李铁衫："说咱们俩呀，那个……"

喜妹："哦，对，说了。说咱俩的检查不用写了，以后好好工作，争取进步就行了。"说罢，她偷笑着走向波香。

李铁衫觉得上当地愣了愣："嗯?"

他追向喜妹想要发问，就听寨子里传来锣声，有人远远地高喊："各家小心！红汉人把山贼带进寨子了！各家小心！"

波香朝鸣锣呼喊的刀府家丁看去，露出紧张之色。

钟喜妹警惕地说："寨子里出什么事了?"

李铁衫赶上来说："快，咱们快走，回营地去。"

波香、钟喜妹跟着李铁衫匆匆走去。

19. 寨子里　日外

高川走在寨子里，路遇他的百姓们纷纷躲避着他。

鸣锣喊叫的家丁在乃木带领下迎面而来，他们视而不见地从高川身边经过，继续鸣锣喊叫："各家小心！

红汉人把山贼带进寨里了！各家小心！”

乃木露出得意之色。

高川神色凝重地目视他们走去。

20. 工作队驻地　日外

高川从和水泉手里接过水瓢，大口喝着水。

刘捍卫：“听见了吧，看见了吧？这就是刀心荣的反动本质！狐狸尾巴还是藏不住了。”

高川从和水泉手里接过毛巾，擦着脸。

刘捍卫：“我敢说，烧粮仓的事一定和他们刀家有关，这是跑不了的！”

高川：“我也认为烧粮的事和刀家有关，可我们没有证据，做不到理直气壮。”

刘捍卫：“不管怎么样，我们都不能再顺着他了，一定要义正词严地斗他，批他！彻底打掉他的嚣张气焰！”

高川：“老刘，冷静点，在没有确凿的证据之前，我们不能改变对刀心荣的态度。”

刘捍卫：“那我们该怎么办，就这么听他摆布？”

高川：“现在没有别的办法，只有听他的。和水泉。”

和水泉：“到！”

高川：“通知大伙收拾东西，准备离开曼龙大寨。”

和水泉：“是！（继而不情愿地）队长……”

高川：“执行！”

和水泉：“是！”

他转身跑向竹棚，吹响哨子。

刘捍卫梗着脖子：“这，这也太荒唐了吧？刀心荣叫我们走，我们就得走吗？”

高川：“如果我们不走，波香和岩虎会有危险。”

刘捍卫：“你想过没有，我们这一走，以往的工作就前功尽弃了！”

高川：“那也得走！难道让我把波香和岩虎交给刀心荣？”

21. 刀府　日内

厅堂里，刀心妍和刀心荣一起吃饭，刀心荣边吃边冷眼看着刀心妍：“交不交人是他们的事，我讲得很清楚，不交人就必须离开寨子。”

刀心妍：“阿哥，你以为红汉人真的会怕你吗？”

刀心荣：“怕不怕我也是他们的事。他们敢把岩虎那个蟊贼带进寨子，我就敢叫他人头落地。”

刀心妍：“阿哥……”

刀心荣：“好了，我知道他们救过你，对我们刀家有恩。可我也不能由着他们坏了刀家的规矩。波香是我们刀家的娃子，她敢随了红汉人，她家里欠的官租就要加倍。”

刀心妍：“你这么做，问过良心吗？”

刀心荣横了刀心妍一眼：“浑话，吃饭也不安生，真是讨嫌。”

刀心妍：“你才讨嫌，人家为我们做了那么多，你还要和人家作对，你到底安的什么心？”

刀心荣：“你说我安的什么心？我安的都是傣家人的心！不像你，张嘴闭嘴都是红汉人，就差和红汉人穿一条裤子了！”

刀心妍被激怒了：“你，你胡说！”

刀心荣毫不相让：“你自己做的事情，全寨子人都看着！要不是红汉人甩你冷脸，你还会天天和他们混在一起，把刀家的脸统统丢光！”

刀心妍忍不住流出眼泪，扔下筷子起身就走，玉切赶紧跟着她。

刀心荣喊：“玉切！”

玉切慌忙站住，转身哈腰："在。"

刀心荣："以后把饭菜抬到她房间去，我不要和她一起吃饭！"

玉切为难地不知如何回答。

刀心妍转身哭着说："鬼才要和你一起吃饭！玉切！走！"

玉切跟着刀心妍上了楼梯。

刀心荣气哼哼地喝下一杯酒，朝一旁伺候的丫鬟喊："倒酒！"

22. 寨外　工作队临时驻地　日外

电闪雷鸣，大雨滂沱。

工作队员们冒着大雨搭建临时驻地。

高川指挥和水泉等人把电台等重要物资用雨布盖好，特意将一件雨衣披在岩虎身上……

钟喜妹也将自己的雨衣穿在波香身上……

23. 刀府　日内

刀心妍站在卧房窗前，出神地望着外面的大雨，一脸惆怅。

24. 曼龙酒家客房　夜内

窗外大雨滂沱、电闪雷鸣……

石三娇神色绝望地点燃三支香，插在香炉上。

尼斗站在一旁，默默看着她。

石三娇双手合十闭目拜祭……

（闪回）石三娇策马狂奔，坐在她身后的石潭举着手枪向追来的高川胡乱开枪，高川追赶中举枪射击——

石潭中弹落马，石三娇赶忙勒住马，回身大喊："阿爹！阿爹！"

石潭用最后的力气示意女儿快跑，气绝身亡。

石三娇在马上惨叫："阿爹！——"

（闪回完）石三娇睁开双眼，满含杀气地转身走到桌边，拿起一杯酒洒在地上，又拿起一杯酒一饮而尽，甩手摔了酒杯，抽出两把左轮手枪，冲向房门。

尼斗挡在门前拦住她："石司令，你要做什么?"

石三娇："让开！我要亲手杀了姓高的共匪，为我阿爹报仇！"

尼斗："不，你不能去！"

石三娇："你给我让开！我不去谁去？你吗？你有本事干掉姓高的共匪吗?"

尼斗："石司令，你这是去送死啊！"

石三娇："滚开！本小姐就是死，也要把姓高的带进阎王殿，给我阿爹报仇！"

尼斗："不行，你不能去！你得报告胡司令，不能擅自行动！"

石三娇："放屁！什么狗屁胡司令，他就是一坨狗屎！我现在谁也靠不上了，张云奎垮了，杜特派员不知去向，生死不明，你以为我会指望乃木那个粪草吗？我只能靠我自己！"

尼斗："石司令！特派员交代过，没有他的命令，你不能……"

石三娇的手枪对准尼斗的脑门，尼斗张口结舌地看着她，不敢再说了。

石三娇："滚开，别挡着我。"

尼斗："石小姐……"

石三娇："滚开！"

尼斗见她真要开枪，只好挪开身子。

石三娇上前拉开门，一下愣住了——身披蓑衣的杜连仲站在门口。

石三娇惊诧地瞪大眼睛，张着嘴说不出话。
杜连仲进了门，脱掉蓑衣。
尼斗如释重负："特派员，你可来了，石司令要去找共匪拼命，我拦不住啊。"
杜连仲把蓑衣交给尼斗，语气关切地对石三娇说："又要拼命，我对你说的话全都忘了?"
石三娇惊喜地说："你，你还活着?"
杜连仲淡淡一笑。
石三娇拉着他的胳膊："你这是从哪来? 就你一个人吗?"
杜连仲沉稳地说："我来得是时候啊，再晚一步，你就随你阿爹当英烈去了。"
石三娇嗔怪地捶了他一拳："不许怪我。小狼山败了，你也没了消息，你让我怎么办? 我能眼睁睁看着共匪一再得逞，把曼龙赤化了吗?"
杜连仲含笑说："不愧是支队司令，一心一念都为了党国。"
石三娇娇嗔地瞪了他一眼。
杜连仲轻抚她的肩膀："放心吧，我都布置好了，不出三天，共匪的工作队就会被我们统统消灭。"
石三娇欣喜地说："真的?"
杜连仲故意板起脸："军中无戏言。"
石三娇激动地抱住他，杜连仲也搂住石三娇，示意尼斗回避。
尼斗会意地拿着蓑衣出了门，关上了房门。
杜连仲紧抱着石三娇，亲吻她的面颊、脖颈，石三娇也情不自禁地与他亲吻，复仇的怒火和饥渴的情欲令她近乎癫狂，二人相互撕扯着对方的衣服，杜连仲抱起只剩内衣的石三娇走向床铺……

25. 空镜　日外

朝阳似火，霞光万道……

26. 寨外　水塘边　日外

岩虎的伤口上还缠着纱布，和几个工作队员一起在水塘边刷洗马匹。
武晓鹏一边洗马一边唱起了山歌，岩虎听着兴起，也扯开嗓子唱了起来。
波香拿着一个小包来到水塘近旁的树林里向塘边张望，犹豫了一下，还是走了过去。
武晓鹏见波香走过来，逗笑着向岩虎示意。
岩虎转身看了看波香，又故意转过身去。
波香站在水边望着岩虎，不知道要说什么。
岩虎没有理会波香，牵着马走向一旁。
波香跟着他走了几步："岩虎，你等一等嘛!"
岩虎站下想了想，回过身冒出一句："没骨气!"
波香一愣，不明白岩虎在说什么。
岩虎挑明了说："你为什么要跪刀家小姐? 为什么甘心做奴才?"
波香慌忙解释说："我，大小姐是好人，她帮过我……"
岩虎："红汉人救了你的命，也没要你下跪! 让人下跪的只有坏人，只有土司老爷!"
波香："你，你以前在山寨里，见到头人山官不下跪吗?"
岩虎："以前是以前，现在是现在。我岩虎认了红汉人做阿哥，就不跪任何人了!"他说罢拉着马走了。
波香站在原地又气又恼，眼里盈着泪，她把手里的小包放到地上，拖着哭腔喊："这是喜妹给你的治伤药! 你自己拿好!"
她转身委屈地走了。
岩虎转身看看地上的药包，又看看远去的波香，多少有些后悔。

27. 寨外 工作队临时驻地 日外

开饭了，炊事员用木桶和铜盆将杂粮、野菜和土豆、辣椒等食物抬到竹棚外，分发给每个队员……每个队员分到的食物都很少。花蔓领了食物，看着碗里的一块土豆、一小份杂粮饭和少量的野菜，露出委屈之色。

高川最后一个走到炊事员面前，炊事员一边给他盛食物一边叹道："队长，咱们的给养再不送来，就要断炊了。"

高川也轻叹一声："几天的大雨，把路冲毁了，小狼山还发生了泥石流，运给养的马队根本过不来。"

炊事员："那可怎么办呐?"

高川："先别急，一会跟大伙商量商量，一起想办法。"

高川端着饭碗走向一边，看见蹲在树下的岩虎，走过去把自己的土豆分给岩虎。岩虎抓起土豆要还给高川，高川坚持着让给他……

钟喜妹也把碗里的杂粮饭分给波香，波香躲闪着不要，喜妹坚持地把饭拨到波香的碗里。花蔓在一旁看着，犹豫着是否要像喜妹那样做，但很快放弃了助人的想法，吃起碗里少量的口粮，露出难以下咽的表情。

李铁杉面色沉重地走近岩虎，二话不说就把杂粮饭拨进岩虎的饭碗。岩虎刚一愣神，武晓鹏也过来把自己的土豆分给岩虎。岩虎居然生气了，放下碗说："你们整哪样嘛？个个都把饭分给我，怕我撑不死啊?"

高川笑道："岩虎，你身上有伤，不能饿着，多吃点吧。"

岩虎："阿哥，我不能饿着，你们就能饿着？我们是兄弟嘛，有饱饭我们一起吃，饿肚子我们一起饿!"

高川拍拍他的肩："岩虎兄弟，你听我说，大雨冲毁了山路，粮食给养一时运不来了，我们的粮食，很快就要吃光了……"

岩虎："那又怎么样？可以向寨子里借嘛。等我们的粮食运来了，赔给他们就是了。"

高川："我们试过了，寨子里的百姓不愿借给我们粮食。"

岩虎："为什么?"

高川："有人在寨子里造谣，说是国民党老黄皮要打回来了，他们害怕。"

岩虎变了脸："那就去抢！看看哪个最厉害!"

高川严肃地说："岩虎，我们是人民政府的工作队，不是国民党反动派，也不是土匪。我们是要为百姓们做好事的，怎么可以抢粮食？你要是敢动这种念头，就不是我兄弟。"

岩虎不说话了。

28. 工作队驻地 日外

驻地附近，刘捍卫一边抽烟一边向高川发牢骚："真没想到，这里的群众觉悟会这么低。土匪放了把火，土司领主脸一变，百姓们也跟着没了好脸，就像避瘟疫一样避着我们，全是些孬种!"

高川："老刘，你想过没有，百姓为什么会突然躲着我们?"

刘捍卫："那还用说？是我们太依赖土司领主了，群众对我们不信任。"

高川："我看不是。恰恰是因为我们对土司寨主的工作做得不够。你应该明白，这里的百姓和土司寨主之间虽然有剥削和被剥削的关系，但也有百年来的宗族关系。土司寨主在领地内所起的作用，要比我们预想的大得多。"

刘捍卫："那该怎么办？低三下四地恳求那些老爷把粮食卖给我们，让他们带着家丁走狗和我们一起开展工作?"

高川："你这种情绪很不对。遇到了困难就应该动脑筋想办法，发牢骚有什么用?"

刘捍卫："不是想不出办法吗？眼看着就要吃野菜野果了，这样下去，我们能撑多久?"

高川："不是撑多久，是必须坚持下去！如果我们撤走了，老百姓会对我们彻底失望，国民党残匪就更有空子可钻了。"

刘捍卫："道理我也懂，可现在这个样子我们怎么坚持?"

高川："只要有信心，就能坚持住。"

这时，和水泉拎着一小袋粮食走来，抹着汗水灰心地说：“队长！我跑遍了乃松寨子和罕富寨子，嘴巴都说破了，就搞来这么点粮食，大部分人家见到我们就把门关得死死的，敲都敲不开。还有人说，粮食是有，可不敢卖给我们，怕寨主老爷罚他们，更怕国民党回来杀他们的头。”

刘捍卫：“看见了吧，这就是他们的觉悟！”

高川一脸凝重。

刘捍卫：“我正式建议，工作队暂时撤出曼龙，回南沧去。”

高川：“我不同意。”

刘捍卫怔了怔，坚持地说：“高队长，工作队大小是一级组织，是个集体，遇到这么大的难题，你总得听听大家的意见，不能由你一个人独断吧？”

高川愣了愣，转向队员们：“谁有意见？现在就提。”

队员们发愣地看着高川、刘捍卫，谁也没开口。

高川：“谁有什么想法就直说，不要憋着。”

刘捍卫鼓动大家说：“对对，咱们是共产党的工作队，讲究的是畅所欲言，民主集中。你们谁有意见，就大胆提出来。”

李铁衫、钟喜妹、花蔓、武晓鹏、和水泉等人相互看着，似乎没明白到底要他们说什么。

刘捍卫见没人发言，换了个想法：“这样吧，咱们把程序简化一下。眼下的情况是，我们的工作队遇到了难以克服的巨大困难，曼龙的工作很难开展下去。我建议暂时撤出曼龙，回南沧向边工委领导汇报之后，有了足够的物资给养，咱们再回来。高队长不同意，非要在这里挺着。到底是走还是留，我希望由工作队的全体同志作出选择。”

高川有些意外地看着刘捍卫。

工作队员们也显出不解地看着刘捍卫。

刘捍卫：“你们都不发言，那就按老办法，举手表决吧。少数服从多数，怎么样？”

高川没表态。

刘捍卫：“同意暂时撤回南沧的，请举手。”他率先举起了手。

有几个工作队员也举起了手。

钟喜妹看看花蔓，又看向高川。

高川一脸凝重。

李铁衫看看举手的队员们，又看看武晓鹏，犹豫之后举起了手。武晓鹏不解地看着他，李铁衫对武晓鹏耳语几句，武晓鹏像是明白了，也跟着举起了手。

钟喜妹见他们举了手，吃惊地说：“哎，你、你们干什么？”

花蔓也想举手，被钟喜妹拉住胳膊阻止了。花蔓委屈地看着武晓鹏，微微摇头示意他别举手，武晓鹏坚持地举着手。

刘捍卫阻止道：“哎哎，表达意见是每个同志的权力，谁也不能干涉。”

钟喜妹责怪地瞪了眼花蔓，又瞪着李铁衫。花蔓一脸委屈地低下头。

和水泉生气地瞥了刘捍卫一眼，默默数着举手的人数。

岩虎似乎感到了什么，目露凶光，手握刀柄。

刘捍卫暗喜地数着举手的队员。

高川发话：“不用数了。就算你们全都举了手，我也不同意撤回南沧。”

武晓鹏赶紧放下手，李铁衫也把手放下了。

花蔓和武晓鹏对视一眼，显出无奈。钟喜妹对李铁衫做了个恶狠狠的表情。

刘捍卫不满地说：“高川同志，你也太专断了吧？你不能无视大家的意见吧？”

高川：“你不是说民主集中吗？我要做的就是集中。现在是最困难的时候，也是考验我们的时候。我要求每一个队员，都要鼓起勇气战胜困难，绝不能被困难吓倒！”

刘捍卫：“你这是唱高调，是逞英雄！要是我们断了粮，还怎么坚持？空着肚子等死吗？”

高川：“你这是逃避困难，逃避责任！在战场上，就是临阵逃跑！”

刘捍卫："你、你诬蔑！诽谤！我抗议！我强烈要求向上级报告，让方书记，让边工委领导决定我们谁是谁非！"

队员们不安地骚动着，不知该怎么劝解两位队长。

岩虎刷地抽出长刀，目光凶狠地瞪着刘捍卫怒道："你闭嘴！都给我听好了，哪个敢和我阿哥作对，哪个敢不听我阿哥的话，我就砍了谁！"

刘捍卫一愣，吃惊地瞪着岩虎。队员们都不知所措地看着岩虎。

高川："岩虎！把刀收起来！不许胡说！你敢对自己的同志亮刀子，我头一个惩治你！"

岩虎愤愤地瞪了刘捍卫一眼，收起了长刀。

高川严肃地说："刘捍卫同志，工作队的一切行动由我全权负责，这是方书记交给我的权力和职责，你必须服从。（他转向队员们）我们必须留下，坚持下去！谁要是害怕困难，打退堂鼓，谁就是胆小鬼，是逃兵！就不配当一名工作队员！"

队员们都沉默了。刘捍卫无奈地叹气。

29. 曼龙镇　日外

进镇的道路上，钟喜妹、花蔓背着竹筐赌气地走着，李铁衫、武晓鹏在她们身后紧追。

李铁衫："喜妹，你等等，听我们解释嘛。"

钟喜妹边走边说："不听！真丢人，还有脸解释。"

花蔓不好表达地跟着喜妹。

李铁衫赶到她们身前，拦住她们："喜妹，你听我说嘛。我们不是怕困难，不是不能坚持，我们是……"

钟喜妹："不是怕困难是什么？存心要和高队长作对？"

李铁衫："不是。我们怎么会跟高队长作对呢？我们是……"

武晓鹏抢着说："我们是担心你们！"

钟喜妹："担心我们？我们有什么可担心的？"

李铁衫急着解释："哎呀，我们是怕你们坚持不住嘛。万一断了粮，没了吃的，你们不得饿垮了呀？"

钟喜妹："我们凭什么坚持不住？凭什么我们就饿垮了？我们比你们更能坚持！起码我们不会打退堂鼓！对不对花蔓？"

花蔓犹豫地说："就、就是，我们能坚持。你们要是怕苦怕饿，别拿我们当幌子。"

李铁衫张口结舌，武晓鹏心急地说："我们才不怕苦怕饿呢！花蔓，你们误会我们了，我们不是这个意思！"

花蔓刚想开口，钟喜妹抢着说："不是这个意思就更没意思！你们管好你们自己吧，我们用不着你们担心！我们走。"她拉着花蔓向前走。

李铁衫只好追着她们，委屈地说："喜妹！花蔓！你们怎么不听解释呢？你们真的误会了，我们没那么不中用！"

钟喜妹头也不回地说："那就证明给我们看！"

花蔓劝和地说："你们别再说了，赶紧到镇上买粮食。买到了粮食就不会挨饿了。"

钟喜妹不让她多说地拉着她向前走。

李铁衫看着喜妹、花蔓，无奈地叹气。

武晓鹏懊丧地说："瞧吧，都是你先举的手，我本来不想举手的。"

李铁杉负气地说："那你别举呀，谁让你举了？"说罢甩下晓鹏向前走。

武晓鹏自讨没趣地跟着他。

30. 曼龙镇　日外

钟喜妹、花蔓与李铁衫、武晓鹏分头找商户买粮，但是没有人卖给他们……

钟喜妹和花蔓来到一户粮商摊位前，没等她们开口，粮商就摇头摆手地说着傣语，示意不卖她们粮食。

一身客商装束的石三娇带着长相凶狠的随从在不远处的商铺前盯着钟喜妹等人，看见钟喜妹和花蔓两人分开，各自去找不同的粮商，石三娇示意随从在原地等候，她独自走到一个商摊前买了两个芭蕉叶包着的粑粑，朝花蔓走去。

花蔓在一个卖食物的商摊前拿出钱向商家表示要买食物，商家摆着手表示不能卖给她，花蔓难以理解地质问为什么？商家说着她听不懂的语言，态度坚决地表示不卖。

花蔓生气地转身没走几步，迎面遇上了含笑而立的石三娇。花蔓有些尴尬地对石三娇笑笑，想从她身边走过去，石三娇挡住她，故作和善地说："阿妹，是外乡人吧?"

花蔓礼貌地回答："是，我是人民政府的工作队员，从南沧来。"

石三娇："噢，看样子你是想买吃的?"

花蔓露出难色："是。可是，不知道怎么回事，商户们都不卖给我们。"

石三娇："阿妹，曼龙镇上的人蛮得很，他们不喜欢外乡人，特别是咱们汉人。"

花蔓看看石三娇手里拿着的粑粑，本能地咽下口水，说："阿姐，你不也是汉人吗? 他们为什么卖给你?"

石三娇："哦，我是客商，是和他们做生意的。阿妹，你怕是没饭吃了吧?"

花蔓有些难为情地点点头："嗯，我们的粮食快吃完了，寨子里和镇上的人都不卖粮食给我们，我们就要断粮了。"

石三娇暗自欣喜，假意关心地说："哎呀，那还不赶紧回南沧去? 还在这里做什么?"

花蔓："我们……有工作，不能走。"

石三娇假惺惺叹道："哎，真是难为阿妹了，年轻轻的就来受这份罪。来，拿着，你吃吧。"她把手里的粑粑递给花蔓。

花蔓不接："不不，我不能要……"

石三娇："哎呀，别跟阿姐客气了，咱们都是汉人。你年纪小，饿坏了身子咋个办? 快拿着，拿着。"

她把粑粑塞到花蔓手里，花蔓不忍拒绝地对石三娇鞠了一躬，感激地说："谢谢阿姐，阿姐你真好。"

石三娇含笑说："不用谢了，快回去吧，镇上的人不会卖给你粮食的。"

她朝花蔓摆摆手，转身走去。花蔓怀着感激之心目送着石三娇。

钟喜妹来到花蔓身边，看看走去的石三娇，又看看花蔓手中的粑粑，显出疑问。

花蔓开心地说："喜妹，快吃粑粑，是那个阿姐给的，可香了。"

钟喜妹："你怎么能要人家的东西?"

花蔓："是那个阿姐硬要给我，她可好了。"

钟喜妹猜测地看着走远的石三娇。

花蔓："她还说镇上的人蛮得很，不会卖给我们粮食。"

钟喜妹警觉地说："你和她说什么了?"

花蔓："没，没说什么，就说我们要买吃的买不到，她就把粑粑给我了。来，你吃，可香了。"

钟喜妹没接粑粑，拉着花蔓说："咱们回去，快走吧。"

花蔓和喜妹一起走去。

31. 曼龙酒家　日内

客房内，石三娇兴奋地对杜连仲说："共匪马上就要断粮了，他们的末日就要到了！特派员，咱们绝不能放过这个机会。"

杜连仲阴笑着说："放心吧，三娇，你就等着看好戏吧。"

第十九集完

第二十集

1. 曼龙大寨外　日外

刀心妍骑着马赶往工作队临时驻地，她远远看见钟喜妹、波香从山坡上下来，打马赶了过去。
钟喜妹、波香背着竹筐从山坡上下来，看见骑马而来的刀心妍。
刀心妍下了马："波香！钟姑娘！"
钟喜妹看向刀心妍，没打招呼。
波香习惯地向心妍鞠躬："大小姐！"
刀心妍看看她们背着的竹筐："你们在干什么？"
钟喜妹不想回答。
波香："大小姐，我们在挖野菜，采野果。"
刀心妍一愣："挖野菜？"
波香："是啊，工作队断粮了，高队长带着大家都到山上挖野菜去了。"
刀心妍："断粮？怎么会呢？"
钟喜妹严肃地说："大雨冲垮了山路，我们的粮食运不来了……"
刀心妍转向波香："为什么不告诉我？"
波香："大小姐，我们……"
钟喜妹："我们去各寨借过粮食，可是没人肯借给我们。我们去镇上买粮食，也没人卖给我们。"
刀心妍："怎么会呢？"
钟喜妹："你应该去问问你阿哥。"
刀心妍变了脸色："真是太过分了！你们为什么不来找我？"
波香："大小姐，高队长说了，不能给你添麻烦。"
刀心妍不解地摇摇头，上马而去。

2. 寨外荒地　日外

高川、刘捍卫和李铁杉、武晓鹏、和水泉、岩虎等男队员们在开荒……
饿着肚子的队员们个个挥汗如雨，上气不接下气。
高川看看队员们，虽然心疼，可他还是憋足了劲，继续抡起镢头刨着荒地。
刘捍卫生气地看看高川，想说什么又忍住了，朝手心吐些吐沫，继续挖地。

附近田里的百姓不解地看着开荒的工作队员们，几人凑到一起嘀咕，对工作队员指指点点。老嘎罕背着草筐走来，看着开荒的工作队员，似乎明白了他们在干什么，感到很意外。

高川挥动镢头挖地，突然一阵头晕，眼前一阵昏花，摔倒在地。
和水泉回头看见，急喊："队长！"
他赶过来扶起高川，急切地喊："队长，队长！"
岩虎、刘捍卫、李铁衫等人都扔下工具跑了过来，关切地围住高川。

田里的百姓们看着工作队员们，嘎罕显出不忍。

岩虎扑到高川身前急喊："阿哥！阿哥！"

刘捍卫："快，拿水来！"

李铁衫拿来水壶，岩虎喂高川喝了些水，高川脸色煞白，无力地说："我没事，就是没站稳……"

刘捍卫："这是饿的，你身上还有伤。多喝几口水，歇歇吧。"

高川撑着要起来："不要紧，我没事……"

刘捍卫："快，扶队长去树底下歇着。"

高川被和水泉、岩虎扶起来，还坚持说："我没事，真的没事。"

和水泉、岩虎把高川扶到树下，让他靠着树休息。

岩虎气呼呼地说："阿哥！"

高川粗喘着看向他。

岩虎："傣家人黑心了，不给我们粮食，我们凭哪样为他们开荒地？"

高川吃力地说："岩虎，不许乱讲。傣家人也有吃不饱饭的穷苦人，我们开荒，就是为了多种些粮食，让他们能吃饱。"

岩虎："他们这样对我们，我们还管他们吃不吃得饱？哪有这样的理嘛！"

高川："这是共产党的理。不管我们多苦多累，都要为百姓们着想，为他们做事，懂吗？"

岩虎不能接受地转过脸去。

3. 刀府　日内

刀心妍气呼呼地进了厅堂，质问刀心荣："我问你，工作队已经断粮了，你为什么不让各寨借他们粮食，还不让镇子上的商户卖给他们粮食？"

刀心荣冷漠地说："你还有大小没有？进了门就冲我乱嚷嚷。"

刀心妍："工作队救过我的命，救过阿妈的命，你不记恩情把他们赶出寨子，还下令不借给他们粮食，想逼走他们，你到底长了颗什么心呐？"

刀心荣："给我闭嘴！你简直就是被红汉人捆住的铓锣，红汉人一摇槌，你就汪汪叫！你到底还是不是傣家人？"

刀心妍："我当然是傣家人！我是知恩报恩的傣家人！看着救命恩人断了粮，却要把粮食藏起来不借给他们，这算什么傣家人？"

刀心荣："你，你真是越来越憨了。你以为红汉人真的会断粮？他们有的是粮食，他们能把大批的粮食送给山上的佤族人，他们怎么会断粮呢？他们这是在做戏，想套出我存粮的地方！"

刀心妍："我亲眼看见他们上山挖野菜了。阿哥，既然我们不缺粮，借给他们一些又怎么样嘛？"

刀心荣："我凭什么要借？红汉人抢了府上的娃子，还把佤族人带进寨子，要不是他们救过你，救过干妈，我就把他们赶出曼龙，连野菜都不许他们挖！"

刀心妍："你……"

刀心荣："想要粮食，就要他们用波香和岩虎那个蟊贼来换！"

刀心妍气得说不出话来。

4. 罕富寨子　夜外

一个黑影在寨子里机敏地摸向罕富寨主家……

黑影来到罕富寨主家外面，趁护院家丁不备，翻进罕富家的竹篱笆，摸到竹楼边，敏捷无声地摸上竹楼，闪了进去……

5. 罕富家　夜内

黑影摸进储藏粮食的地方，背起一袋粮食就走。

护院家丁似乎听见动静，提着枪走上竹楼。

黑影扛着粮食从屋子里出来，在外廊上与罕富家人相遇，罕富家丁刚要操枪喊叫，一把长刀已经抵在他的脖子上。家丁哆嗦着不知所措，黑影一头将他撞翻在地，飞快跑下竹楼，跑出院子……

家丁这才爬起来颤声喊："有贼！有贼呀！"

罕富和家人慌慌张张提着油灯、刀枪出来。

家丁惊魂未定地说："老爷，有贼！"

罕富："在哪里？"

家丁："跑了！扛了袋粮食，跑了！"

罕富踹了家丁一脚："你个废物！跑了才喊？"

罕富老婆惊慌地说："老爷，怕是山上的土匪吧？"

罕富："莫慌！（转向那个家丁）去，把寨丁都给我喊来，守住院子！"

家丁答应着跑去。罕富疑惑地自语："土匪？"

6. 工作队临时驻地　夜外

黑影匆匆而来……

站岗的和水泉从树后闪出来，端着枪喊："站住！口令！"

黑影慌忙说："是我！岩虎！"

和水泉收起枪走了过去："岩虎？你跑哪去了？"

岩虎摘下蒙面的黑布，气喘地放下背着的粮食。

和水泉摸了摸粮袋："粮食？你从哪搞来的？"

岩虎："你莫管了，反正我们有得吃了。"

和水泉用电筒照着粮袋。

高川走近："怎么回事？谁在那？"

和水泉转身："队长，是岩虎。"

高川走近看见粮袋："这是怎么回事？哪来的？"

岩虎擦着汗说："阿哥，是粮食，我搞来的。"

高川："粮食？你从哪搞来的？"

和水泉："队长，粮食袋上有罕富寨主的标记。"

高川严肃地问岩虎："岩虎，老实说，这是从哪搞来的？"

岩虎只好承认："是，是从罕富家搞来的……"

高川："你，你这不是胡闹吗？这叫什么行为，你知道吗？"

岩虎不在乎地说："这有什么，不过是一袋粮食。"

高川："你说什么？"

岩虎："罕富寨主和我们打冤家，打死过我们的人，我拿他一袋粮食算什么？高兴了我把他家的人都绑来！"

高川压着嗓子吼："胡闹！你这是犯纪律！是严重错误，你知道吗？"

岩虎愣了愣："阿哥，我这是为大家好啊！那些坏人不借我们粮食，我们还要给他们开荒挖地，不能天天饿肚子啊！"

高川无法跟他说明地自恼着摇头："岩虎啊岩虎，我们就是天天饿肚子，也不能去拿……你这不叫拿懂吗？叫偷！"

岩虎："那又怎么样？我又没拿百姓家的，我拿的是寨主家的。"

高川："寨主家的也不行！我们是革命队伍，我们的纪律是不拿群众一针一线，包括寨主！你倒好，你拿了这一袋粮食，就丢了我们大家的脸！就等于让全寨子的人打我们耳光！"

岩虎似乎听懂了，呆呆地站在那里。

高川心慌意乱地想着解决办法，转过身突然愣住了——

刘捍卫和几乎所有队员都站在竹棚外看着他们。

高川无奈地说："干什么？都回去睡觉！回去！"

队员们无声地转身回了竹棚，刘捍卫依然站在那里，冷眼看着岩虎。

高川沉沉地叹了一声。

7. 罕富寨子 日外

高川扛着那袋粮食，和刘捍卫一起走向罕富家。

刘捍卫抱怨着说："我说什么来着，我们接收新队员，总得有个挑选甄别吧？就算岩虎苦大仇深符合条件，可我们也得加强教育，收收他的野性吧？这下好了，闯了这么大祸，给我们大家丢脸。"

高川沉着脸说："对岩虎没有抓紧教育，是我的失误。真没想到，他会来这一手。"

刘捍卫："想不到的事情还多着呢。如果再吸收几个像岩虎这样的队员，还不知道要闹出什么荒唐事呢。我看呐，还是把岩虎、波香先送回南沧集训，等过了关了再回来吧。"

高川："现在路都不通，怎么把他们送出去？再说了，岩虎、波香刚参加工作，我们不能把他们当包袱，更不能把他们推给边工委。"

刘捍卫："我们现在连饭都没得吃，还要继续开展工作，还要背起教育、改造新同志的责任，我们顾得过来吗?"

高川："顾不过来也要顾，这是上级布置的任务，我们必须无条件执行！"

刘捍卫不满地说："我保留意见。"

8. 罕富家 日外

家丁远远地见高川、刘捍卫走来，赶紧跑进院子喊："老爷！老爷！红汉人长官来了！"

罕富从屋里慌慌张张地出来，问："是真的？你看清楚了?"

家丁："是那个有神枪的长官，马上就到门口了！"

罕富老婆凑过来慌张地说："红汉人来做什么？是不是来要粮食?"

罕富吩咐家丁："快，去把寨丁都喊来，快！"

家丁应着跑去。

罕富故作镇静地等着高川他们上门。

高川扛着粮食和刘捍卫来到院门前。

罕富见高川扛着的粮食，疑惑起来。

高川走进院子，抱歉地说："罕富寨主，这袋粮食是我们的新队员擅自拿走的，我来还给你。对不起了！"

他放下粮袋，向罕富鞠了一躬。刘捍卫也跟着鞠躬致歉。

罕富没想到："这是，你们的人拿的?"

高川："是。我们的新队员违反了纪律，我们已经严肃批评他了。罕富寨主，请你接受我们的道歉。我保证，这样的事情不会再发生了。"

罕富老婆松了口气，白了高川他们一眼，转身回屋去了。

罕富抱怨说："没想到，红汉人的队伍里，也会有偷拿粮食的人。"

刘捍卫："是啊，十个指头有长短嘛。不过我们向来是知错就改，这不，粮食我们送回来了，收下吧。"

罕富让家人把粮袋拿回竹楼，客套地请高川、刘捍卫上竹楼："两位长官请吧，请里面坐。"

高川、刘捍卫脱了鞋，上了竹楼。

9. 罕富家　日内

罕富请高川、刘捍卫在篾桌旁坐下。

罕富："高长官，你们能亲自把粮食送回来，我实在是没想到啊。"

高川："我们有严格的纪律，绝不能侵犯人民群众的利益，也包括你们这些寨主、头人。"

罕富干笑着不知道该说什么，一个劲地让烟让茶。

高川："罕富寨主，我听说刀府放出了话，说蒋匪军很快就会打回来，谁帮助过我们，就会被杀头，有这事吧？"

罕富沉吟着说："其实呢，不管是国民党打共产党，还是你们共产党打国民党，那都是你们汉人的事情，和我们傣家人没有关系。不管你们谁坐天下，我们傣家人还是要过我们自己的日子。"

高川："可这日子的过法就大不一样了，解放一来，我们减除了国民党政府的苛捐杂税，老百姓的日子一天比一天好，你们寨主头人的税赋，也比以前减轻了许多。这一点，你们寨主的心里该有杆秤吧？"

罕富："这是不假，可现在国民党老黄皮就在百里之外，他们的势力还大得很呢，如果他们真的打回来，我们不还得听天由命吗？"

刘捍卫插话："罕富寨主，你希望他们打回来吗？"

罕富："不不，当然不希望。"

高川："这就是了，说明你心里分得出我们和国民党的区别。为了不让老黄皮打回来，你应该打消顾虑，真心实意地跟我们合作。"

罕富："我只是个小小的寨主，能帮你们什么呢？"

高川："能帮多少就帮多少，我们现在最需要的是粮食，如果你愿意帮助我们，就请卖给我们一些粮食。"

罕富沉吟片刻，犹豫地摇了摇头。

高川："那就不勉强了。罕富寨主，我们告辞了。"

他和刘捍卫起身，又说："我们再次向你道歉。"

高川、刘捍卫又向罕富鞠了一躬。

罕富受用不起地想表示什么，高川、刘捍卫已转身出了屋。

罕富看看那袋粮食，有所感触地望着高川他们的背影。

10. 寨外荒地　日外

高川和队员们用顽强的意志坚持开荒，武晓鹏的手磨破了，镢把上染着血迹……

老嘎罕背着竹筐走到荒地边，从竹筐里拿出一罐水和一些食物放到地上，心存感激地看看那些开荒的工作队员们，转身走了。

武晓鹏包着自己磨破的手掌，无意间看见了走远的老嘎罕，喊道："嘎罕老爹！嘎罕老爹！"

嘎罕走远了。

武晓鹏赶到地边，看看嘎罕留下的水和食物，感动地看着远去的嘎罕。

高川等人走近，武晓鹏："队长，看，是嘎罕老爹送来的。"

高川看看食物和水罐，抬眼看着远去的嘎罕，显出感慨。

11. 林子里　日外

钟喜妹在林中挖着野菜，她发现草地里长着色彩斑斓的蘑菇，上前采下几棵研究起来，她正犹豫着是否应该尝一尝，就听见李铁杉喊她。

（画外）李铁杉："喜妹！"

钟喜妹没理他。

李铁杉走来："喜妹！"他走到喜妹身边，拿出一把野果，含笑说："给。"

喜妹看看李铁杉手中的野果，赌气地扭过头去，不理他。

李铁杉讨好地说："喜妹，别生气了，我向你认错行了吧？快吃野果吧，可新鲜了，我给你采的。"

喜妹："我不吃。采到的东西都要带回去，大家一起吃。"

李铁杉失望地说："看你，就是几个野果嘛，是我特意采给你的。"

喜妹故意说："干吗要你采给我？我自己不会采？"

李铁杉一脸尴尬地没了词。

喜妹扭脸偷笑，李铁杉委屈地说："哦，我给你采几个果子也不行了？"

喜妹一本正经地说："就是不行。在最困难的时候，应该想着大家，不该只想一个人。"

李铁杉略显腼腆地笑了："这么说，你知道我想着你呢。"

喜妹："乱讲什么，谁让你想着我了，不理你了。"

她使小性地转过身去，李铁杉又把野果递过去，逗她说："好了，别使性子了，吃吧。你看这果子多红，一定是又酸又甜，好吃得很呢……"

喜妹被逗引得直咽口水，忍不住说："讨厌，不许说了！"

李铁杉笑了："馋了吧，馋了就吃，别忍着了。"

喜妹："我就不吃！"

李铁杉："不吃？不吃我走了啊？"

喜妹："走就走。"

李铁杉想了想，转身走了。

喜妹回身想喊他，又改了主意，她转脸看着手里的蘑菇，琢磨着，片刻，她下决心地尝了一口，慢慢嚼着……

李铁杉走出一段，又想起什么，转身走了回去。

当他走近喜妹时，突然呆住了——

喜妹倒在树下，手里还有剩下的蘑菇。

李铁杉高喊："喜妹！"

他跑到喜妹身边抱起她呼喊："喜妹！喜妹！你怎么了？喜妹！"

喜妹恍惚地半睁着眼睛，李铁杉在她眼中幻化成许多个……

她想说话却什么也说不出来。

李铁杉急切地高喊："来人呐！来人呐！——"

12. 工作队营地　日外

高川、李铁杉、和水泉、刘捍卫、武晓鹏等人都焦急地等在屋外。

片刻，花蔓走了出来，高川急切地问："怎么样了？醒过来没有？"

花蔓："醒过来了……"

高川长出一口气。

李铁杉忙问："不要紧了吧？没有危险了吧？"

花蔓："应该没有危险了，得让她好好休息。"

高川："让她休息，谁也不许打搅她。花蔓，把能用的药都给她用上，千万别省着。"

花蔓："我知道。队长，喜妹的身体太弱了，现在最关键的，是需要营养。"

李铁杉发狠地转身就走，高川忙喊："铁杉！干什么去？"

李铁杉头也不回："去找吃的！"

高川大喊："站住！"

李铁杉只好站住。

高川为难中打定了主意："谁也不许离开，你们照顾好喜妹，我很快就回来。"

他说着离开人群，大步走向马匹。

刘捍卫忙问："队长！你上哪去？"

高川头也不回地上了马。

和水泉跑向马匹，上了马追向高川。

13. 刀府 日内

灶房里，刀心妍和玉切将米饭团、粑粑等食物用布包起来，装进篾箩……刀心妍催促玉切动作快些，玉切紧张地包着食物，显出忐忑。

厨娘和厨女们站在一旁，担惊受怕却又不敢阻止。

刀心妍和玉切拿起装着食物的篾箩正要出后门，身后传来刀心荣的声音："站住！"

刀心荣带着家丁站在门口，恶狠狠地瞪着眼睛。

厨娘、厨女们吓得赶紧躬身行礼，玉切浑身一哆嗦，丢了篾箩。

刀心妍转回身，倔强地看着刀心荣。

刀心荣："把东西放下！"

刀心妍依然抱着篾箩。

刀心荣："放下！"

刀心妍转身要出后门，刀心荣赶上去拽住她，一把抢下篾箩扔到一旁："你要把刀家的脸丢光吗？"

刀心妍："我就要帮他们！他们救了我，救过阿妈，是恩人！"

刀心荣："你还是刀家大小姐吗？还是曼龙的公主吗？你简直是吃里扒外！"

刀母走来："住嘴！"

刀心荣转脸看去——刀母一脸怒色地走上来："不许你这么说她！"

刀心妍眼里聚起泪水，从后门跑了出去。

刀母："心妍！心妍！（转向玉切）还不快追！"

玉切赶紧追了出去。

刀心荣："干妈，我快被她气死了！"

刀母怨愤地说："那也不许你骂她！"

刀心荣："干妈，她的心被鬼吃了，她已经不是刀家人了！"

刀母："乱讲！不是刀家人是哪家人？我看你也是疯了！"

刀母愤愤离去。

刀心荣转脸对厨娘和厨女们厉声说："你们都给我听好了，哪个敢把吃的东西拿出府，我就砍掉她的手，赶出寨子！谁要是看到大小姐把吃的东西拿出去，不报告，不阻拦，我就挖掉她的眼睛！"

厨娘和厨女们惶恐地躬身回答："是了。"

14. 曼龙镇 日外

高川、和水泉牵着马来到街市的摊铺前，向摊主购买食物，竟没有一家摊主敢卖给他们……

无奈中，高川看见曼龙酒家的幌子，牵着马走了过去……

15. 曼龙酒家 日外

高川、和水泉牵着马进了院子，伙计点头哈腰地迎上来牵过他们的马，殷勤地说："二位老总，来吃饭还是住店呢？"

高川没理会他，走向酒家店内。和水泉紧跟着他。

16. 曼龙酒家客房 日内

客房内，石三娇在帮着杜连仲准备行装、武器，她听到外面的动静，走到窗前查看，突然变了脸——

隔窗可见高川、和水泉进了酒家店门。

石三娇本能地抽出手枪，满脸杀气地走向房门。

杜连仲赶紧过来挡住她，质问："怎么回事？你干什么？"

石三娇："姓高的送上门了，我要宰了他！"

杜连仲阻止地低吼："不行，不许乱来！"

石三娇："他们只有两个人，我一枪一个就能干掉他们……"

杜连仲："住嘴！不能在这动手。"

石三娇："为什么？你不是答应我要干掉他吗？这是多好的机会……"

杜连仲："这不是机会。枪一响，我们都得暴露，其他的共匪就会有所准备，就会逃跑！"

石三娇："擒贼擒王，干掉他们的头目，他们往哪跑？"

杜连仲："你糊涂！我要让刀心荣出手，把共匪的工作队统统干掉，一个不留。只有这样，我们才能把曼龙死死地抓住手里，懂吗？"

石三娇不甘心地说："这么好的机会，就白白放掉吗？"

杜连仲："他们活不到明天早上。今天夜里，他们全都得掉脑袋，一个不剩。"

石三娇只好服从："那好，我和你一起行动，我要亲手宰了姓高的。"

杜连仲略一思索："你在店里等着乃木，命令他配合我们行动。行动之前，我派人通知你。"

石三娇无奈地接受。

17. 曼龙酒家　日内

酒家店内，高川来到柜台前，掌柜尼斗假笑着迎向他："两位老总，请里面坐。"

高川："不坐。掌柜的，给我一箩饭，一坨肉，一只鸡。"

尼斗眼中透着阴气："长官，小店可是不赊账的。"

高川掏出钱说："这些够了吧？"

尼斗看看他掏出的人民币，刁难道："长官，小店只收半开和缅票，这样的钱，我们不收。"

高川："为什么？"

尼斗："对不起，长官，我们这里不认这个钱。"

高川又掏出几张人民币："这些钱，到了南沧就可以用，也可以换成缅票或者半开，你把东西卖给我，我给你两倍的钱。"

尼斗还是摇头，表示不收人民币。

和水泉站到高川身边，拿出身上的钱放到桌上："我们出三倍的钱，总可以了吧？"

尼斗还是摇头："这样的钱我们这里不好用，给多少我也不收。"

高川盯住尼斗，本能地把手伸向枪柄。

尼斗不为所动地说："长官，在曼龙，这样的钱是没人要的，收回去吧。"

和水泉："这是中国的钱，在中国的地方，你就得收！"

尼斗："老总，你若是硬要我收，那就是抢了。"

和水泉想说什么，高川拦住他："那好，你不收我们的钱，那你收什么？"

尼斗上下看看高川，目光盯住高川的驳壳枪，挑衅地说："若是长官把枪留下，我可以换给你一箩饭，一只鸡。"

和水泉愤怒地要拔枪，高川已闪电般的速度抽出枪对准了尼斗的脑门。

尼斗惊恐地将身后的板凳翻倒在地。

高川两眼喷火地咬紧牙关，克制地收回枪和桌上的钱，愤然转身离去。

和水泉狠狠瞪了尼斗一眼，跟着高川离去。

18. 镇上　日外

高川、和水泉出了酒家，拉着马愤愤走去。

那个寨子里出现过的哑巴正在卖他猎获的山雀，看见高川他们，跟了上去。
街边不少摊铺在卖着食物，高川、和水泉目不转睛地从那些摊铺前走过……
哑巴快步追着他们……

19. 镇上　日外

镇子边，高川、和水泉正要上马，哑巴终于追上他们，拎着两只山雀咿咿呀呀地比划着，要把山雀给他们。
和水泉明白了他的意思，高兴地对高川说："队长，他要把山雀给我们!"
高川没想到："这是真的?"
和水泉："真的，他就是这个意思。"
哑巴举着山雀比划着，要把山雀塞给高川，高川忙说："不不，我们不能白要，一定要付钱。"
哑巴把山雀塞到高川手里，比划着表达他的心意。
高川掏出钱塞给哑巴，哑巴拒绝，高川把钱硬塞到他身上，转身上了马。
和水泉向哑巴敬了个礼，也转身上马，跟着高川打马而去。
哑巴看着他们，学着和水泉的样子敬个礼，笑了。

20. 工作队营地　日内

十分虚弱的钟喜妹躺在草铺上，波香扶起她，花蔓用小勺舀着汤喂她："喜妹，喝汤吧，高队长好不容易买来山雀，给你补身子。"
喜妹显出感激，花蔓把汤喂到喜妹嘴里。
高川、刘捍卫进来，高川走近喜妹，关切地问："喜妹，感觉好些了吗?"
喜妹点点头，抱歉地说："都怪我，吃了不该吃的东西……"
高川劝慰道："别这么说，你是为了大家才尝了毒菌儿。好好歇着吧，很快会好的。"
钟喜妹："队长，大家不会笑话我，说我没用吧……"
高川："大家都很关心你，希望你早些好起来。别乱想了，你是咱们工作队最有用的。"
钟喜妹露出笑容。

21. 曼龙镇　日外

刀心妍走在镇子的街市里，玉切心慌地跟着她，不住地劝着："大小姐，我们回去吧，太太会着急的。"
心妍根本不理会，走向卖粮食和各种食物的摊铺。
镇上的人纷纷把目光投向刀心妍。
玉切担惊地说："大小姐，你再不回去，太太和大少爷又要罚你了……"
心妍走到卖粮食的摊铺前，在身上摸了摸，才发现自己根本没有钱。她转身问玉切："玉切，你有钱没有?"
玉切摇头："我怎么会有钱?"
心妍抱怨地白了眼玉切，失望地向两旁张望，看见了飘在半空的酒家幌子。

22. 曼龙酒家　日内

灶房里，杜连仲看着尼斗和伙计把一些竹筒饭、腊肉干巴等食物放进竹筐，准备外送。
厅堂里传来刀心妍的声音："掌柜的，掌柜的在不在?"
尼斗警惕地看看杜连仲，杜连仲示意他出去接待，尼斗示意伙计用布把装有食物的竹筐盖上，藏到一旁。

厅堂里，尼斗迎向刀心妍躬身行礼："大小姐，快请，请里面坐。"

刀心妍打量着四处，大摇大摆地进了柜台后面的仓房，尼斗赶紧跟着她说："哎，大小姐，里面是小店的仓房，不好进去。"

刀心妍径自走向仓房："有什么不好进的，难道你藏了见不得人的东西?"

紧挨仓房的灶房里，杜连仲藏在门后，听着外面的动静。

刀心妍从灶房外走过时朝里面看了一眼，继续朝仓房走去。

尼斗无奈地跟着她，担心地朝灶房里看了一眼。

杜连仲等他们从灶房外走过，蹑足从后门出了灶房。

仓房里，刀心妍抬眼看着吊在绳子上的腌鸡腌肉，问："你的店里有多少米?"

尼斗想不到地说："米? 哦，有几担。"

刀心妍："我要一担。"

尼斗："大小姐，你这是……"

刀心妍："不要啰唆。还有这些腌鸡腊肉，我也要了。"

尼斗："是，是了。"

刀心妍："还有盐巴，给我包两块。一共多少钱?"

尼斗："一共……大小姐，就算六个半开吧?"

刀心妍："你记上账，我以后给你。"

尼斗为难地说："大小姐，大少爷有话，不许我赊给你……"

刀心妍："我现在没钱，你难为我是不是?"

尼斗："不敢，大小姐，不敢。要不，我把账单送到府里去?"

刀心妍："送到府里? 送到府里做什么?"

尼斗："乃木队长说了，若是大小姐来要东西，只管给，去府里拿钱就是了。"

刀心妍："呸，我的事情要他管?"

尼斗不吭声了。

刀心妍来到灶房，看见火上炖着瓦罐，上前揭开盖子闻了闻。

尼斗："大小姐，那是野鸡汤。"

刀心妍："给我抬下来，我要了。"

尼斗很诧异："大小姐，你要的这些东西，送到哪去呀?"

刀心妍边走向前厅边说："喊你的伙计给我挑上，跟着我。"

尼斗故作为难地说："大小姐，大少爷可是发了话的，我们……"

刀心妍冷着脸说："怕我不给钱是不是? 欠不了你!"

她摸着身上，确实没有钱，看看手腕，也没戴镯子，终于，她摸到心仪的项链，略一迟疑，还是取了下来："拿好。"

尼斗不敢接："这，大小姐……"

刀心妍："拿好!"

尼斗赶紧接过项链，捧在手上。

刀心妍："给我把东西挑上，快点!"

尼斗赶紧招呼伙计："是是，快，把大小姐要的都抬出去!"

刀心妍转过身，显出几分骄傲。

23. 山坡上　日外

高川带着和水泉、武晓鹏等人在挖野菜，高处的山林里传来清亮的类似鸟鸣的声音，高川、武晓鹏等人感到奇怪地寻声望去——

山林中有树丛摇动，一串串清亮悦耳的声音传来。

武晓鹏突然想到："队长，像是拉祜人吹树叶的声音。"

高川惊讶："拉祜人？"

24. 山林中 日外

山林中，拉祜姑娘和妇女吹着树叶，扎罗头人和两个拉祜汉子站在一旁，姑娘看见走上来的高川等人，高兴地走到扎罗身边，指向高川等人。

扎罗头人向拉祜汉子示意，拉祜汉子和妇女们抬起篾筐走向高川他们。

高川等人穿过树丛走来，高兴地喊："扎罗头人！"

扎罗头人和拉祜寨民走近高川，寨民把几个篾筐放下，筐里满是野果、野菜、蘑菇等物，还有猎获的山鸡、野兔等等。

和水泉、武晓鹏看过之后露出惊喜之色。

高川："扎罗头人，你们这是……"

扎罗："高长官，听说你们断了粮，寨子里的人采来些野果野菜，打了些山鸡野兔给你们送来。"

高川感激地："扎罗头人，拉祜兄弟，拉祜姐妹们，你们的日子过得那么苦，还给我们送东西……"

扎罗："高长官，我们难的时候你们帮我们，你们难的时候，我们也要帮你们。你不是说要和我们拉祜人做兄弟吗？你把东西收下，才是我们的亲兄弟嘛。"

高川不知怎么表达心中的感激："扎罗头人，谢谢，谢谢你们！"

扎罗："不要谢，快把东西抬下山吧。高长官，等你们的马帮来了，希望你再去我们的山寨。"

高川："放心吧，扎罗头人，我们会去的，一定会去的！"

扎罗带着拉祜寨民走向高处的林中，姑娘和妇女们又吹起了树叶。

高川等人望着远去的拉祜人，心中充满了感激。

25. 寨外林中 日外

波香与根赛在林子里悄悄碰头，根赛把几个饭团和粑粑塞给波香。

波香感激地说："阿哥，你怎么会有这么些吃的？"

根赛："这是一起干活的几个兄弟悄悄凑的，快拿着吧。"

波香："阿哥，你能不能想想办法，在寨子里帮我们买些粮食？"

根赛为难地说："大少爷发了话，谁敢拿粮食给红汉人，就要收回寨公田，赶出寨子。"

波香叹了口气。

根赛："阿妹，你莫急，等阿哥回去，仔细想想办法。"

波香："阿哥，你可要当心啊，不要让乃木他们抓到，不然的话……"

根赛："我晓得，你快走吧，我也要赶回去了。"

波香："阿哥，你千万要小心啊！"

根赛："晓得了，快走吧。"

波香拿着根赛给的食物匆匆走了。

根赛目送波香走出林子，回身走去，刚走出不远，就愣住了——

乃木带着几个刀府家丁拦住了他。

根赛自知躲不过了，无奈地看着乃木。

乃木恶狠狠地下令："给我绑起来！"

家丁们扑向根赛……

26. 寨外 工作队临时驻地 日外

用扁担挑着粮食等物的酒家伙计和抱着鸡汤罐的玉切跟着刀心妍走向工作队临时驻地。

过小溪时，心妍脱下脚上的绣鞋，玉切帮她提着鞋，蹚水过溪……

高川、和水泉、武晓鹏等人抬着拉祜人送的食物远远走来，高川看见走向工作队驻地的刀心妍，赶紧迎了过去。

刀心妍看见走来的高川，停住脚喊："解放阿哥！"

高川走近："刀姑娘，你们怎么来了？"

刀心妍："给你们送吃的。"

高川："送吃的？"

他的目光转向伙计的挑子，可见竹筐里有米和腌鸡腊肉等物。

刀心妍："对呀。我知道你们没得吃了，就给你们送些过来。"

她招呼酒家伙计放下挑子，又从玉切手中接过鸡汤罐，递给高川："解放阿哥，这是给你的。"

高川："什么？"

刀心妍："是鸡汤，给你补身子。"

高川没接鸡汤，看着刀心妍殷切的神情，犹豫地说："刀姑娘，谢谢你。不过，这些吃的，还有这鸡汤，我们不能要……"

刀心妍诧异地说："为什么？"

高川："我们不能让你阿哥觉得我们在偷吃府里的东西。"

心妍想不通地说："什么？偷吃？"

高川："现在的情况是这样，你阿哥他……"

心妍急了："他是他，我是我！这些东西是我给你们的，要偷吃也是我偷吃，怪不到你头上！"

和水泉想劝解地看看高川又看看心妍，却找不到合适的话。

高川："刀姑娘，我不是这个意思……"

刀心妍："那是什么意思？难道我送来的东西不干净？难道我不配给你们送东西？"

高川："你不要急，听我给你解释……"

刀心妍："解释什么？就因为我是土司的女儿，就不能给你们送东西吃？就因为我是土司的女儿，你就看不上我？"

玉切、和水泉愣呆呆地看着高川、刀心妍。

高川被心妍逼视得有些尴尬："你，你听我解释，这样影响不好，你这样做，会让我们的处境更困难……"

刀心妍盯着高川，眼里聚起泪水，突然，她把手里的瓦罐狠狠砸到地上——

瓦罐摔得粉碎，鸡汤溅洒一地。

心妍转身跑去，玉切喊了声"大小姐！"追了过去。

酒家伙计发傻地不知如何是好了，和水泉喊声："刀姑娘！"

他想追过去，高川拦住了他，心情复杂地望着跑远的刀心妍。

27. 曼龙镇　日外

扎布带着几名府兵在街上寻找刀心妍，两个戴斗笠的人与他擦身而过，其中一个挑着装满食物的竹筐，另一人撞了扎布一下，扎布转身想发作，突然意识到什么，狐疑地看向那两个戴斗笠的人。

撞他的人侧身回首，此人正是杜连仲。

扎布定了下神，仔细看去——杜连仲和挑着担子的背影在行人中时隐时现，渐渐走远。

28. 曼龙酒家　日外

院子里，掌柜尼斗躬身对扎布说："扎布队长，大小姐来过，要了一挑子吃的东西，带着伙计走了。"

扎布板起脸："你好大的胆子，敢不听大少爷的话！"

尼斗忙说："我哪里敢不听哟，可那大小姐也是得罪不起呀，再说了，她还留下这个，抵钱用的。"

他拿出心妍留下的项链。

扎布拿过项链看了看，装进口袋要走，尼斗忙说："扎布队长，这个……"
扎布掏出几块半开放到尼斗手里。
尼斗："谢了，谢了！"
扎布带着府兵转身走了。
跟随扎布的府兵乃冒低声说："扎布队长，大小姐去找红汉人了吧？"
扎布冷着脸："闭嘴。"

29. 寨子里　日外

根赛被吊在大树上，乃木喝令家丁狠狠鞭打根赛，根赛身上被抽打出道道血痕……
乃木："你个小贼，敢给红汉人送吃的，说！那些吃的是从哪偷的？"
根赛闭着眼睛忍受鞭打，不吭声。
乃木："根赛！大少爷有话，只要你阿妹离开红汉人，乖乖回到府里，你家欠下的债务就一笔勾销！"
根赛咬牙忍受着鞭打，一声不吭。
乃木："波香要是不回来，你家欠的官租就得加倍！"
根赛被抽打得发出呻吟。
乃木："哈，你硬得很嘛！打！给我狠狠打！"
刀心妍气冲冲地走来，玉切紧捯着步子才能跟上她。
刀心妍看见乃木在吊打根赛，立刻赶了过去。
家丁狠狠抽打根赛，根赛已经喊不出声了。
刀心妍赶来："乃木！你这个畜生！"
家丁赶紧停下鞭子，看着乃木。
乃木慌忙迎向心妍："大小姐！"
心妍怒喝："快把他放下来！"
乃木："大小姐，他给红汉人送吃的，大少爷让我……"
心妍："你没心肝了？把人打成这样？快点放下来！"
乃木："大小姐……"
心妍冲向家丁夺下鞭子，没头没脸地抽向乃木："畜生！畜生！畜生！"
乃木捂着头躲了几下，撒腿跑了。
心妍转向那些家丁："狗奴才！把他放下来！"
家丁们赶紧放下根赛，根赛支撑不住地倒在地上。
心妍扔掉鞭子，愤然而去。

30. 刀府　日内

刀心妍把鞋踢在门口，怒冲冲进了厅堂，刚想发作，不由得愣住——
大和尚和刀母、刀心荣坐在堂上，几个和尚和丫鬟候在一旁。
刀心荣冷眼看着心妍，刀母严肃地说："心妍，还不快给佛爷行礼。"
心妍只好合十行礼，大和尚也合十："阿弥陀佛。"
刀母："过来坐下。"
心妍耐着性子走到母亲身边坐下。
大和尚翻看着一篇篇用傣文和汉字抄写的经文，沉吟着说："大小姐的字迹很是娟秀，只可惜笔力不定，心神不宁啊。"
刀心妍忍着心中的火气，不做表示。
刀母带着怨气说："佛爷，她的心思像野雀一样，不知会飞到哪里去呢。"
大和尚合十："阿弥陀佛。"

刀母、刀心荣赶紧合十，刀心妍依然板着脸。
刀母："我是管不住她了，佛爷，就让她去庙里住上七天，跟着佛爷念经，给佛爷缝袈裟吧。"
刀心妍吃惊地看看母亲。
大和尚："善哉，善哉。"
刀母："请佛爷一定要收住她的心，她若是敢不听佛爷的话，我就不再认这个女儿了。"
大和尚闭目合十："阿弥陀佛。"
刀心妍一脸委屈。

31. 佛寺　日内

佛像庄严，香烟袅袅，磬声悦耳……
刀心妍不情愿地跟着母亲合十叩拜……
大和尚在一旁敲磬。
玉切、玉凤候立一旁。

32. 佛寺　日外

扎布率部分家丁等候在寺外，刀母在玉切、玉凤陪伴下走出寺庙。
刀母吩咐玉切："你好生陪着大小姐，缺什么短什么就回府里拿，若是大小姐还收不住心，我连你一起罚。"
玉切忐忑地躬身："是了。"
刀母转向扎布："扎布。"
扎布："在。"
刀母："派你的人日夜守在这里，若是大小姐再跑出去，我就罚你做劳役。"
扎布躬身："是了。"

33. 镇上　日外

乃木带着两个亲随家丁来到酒家外，向前后张望一下，进了酒家院子。

34. 曼龙酒家　日内

乃木让两个家丁留在院子里，自己走进店内，在尼斗示意下挑帘进了包房。
包房内，石三娇坐在桌边，严肃地看着乃木。
乃木哈腰说："石司令，有什么吩咐?"
石三娇："听好了，今天晚上，是你为党国立功的时候……"

35. 山林里　日外

李铁杉心神不宁地和岩虎、波香一起挖野菜、采野果，岩虎和波香争着告诉李铁杉哪些野菜野果是可以吃的，哪些是不能吃的……
岩虎见李铁杉总是走神，不是挖错了野菜就是把野菜放错地方，便说："铁杉兄弟，你在想着钟姑娘，对吧?"
李铁杉坦率地点头："都怪我，当时我看见她手里拿着菌子，要是提醒她一下，不就没事了。"
岩虎笑笑："没要紧的，我们寨子里的人，常常被菌子闹着。我以前也被闹着过，晕乎乎地躺了两天，就好了。"
波香："说得轻巧，那是你，壮得像头牛，当然好得快了。我小的时候被菌子闹着，差点醒不回来了，看见好多小人围着我跳舞呢。"

李铁杉："真的？什么样的小人？"

波香回想着说："嗯，红红绿绿的，穿着花衣服，就这么大点。"她用手指比划着。

岩虎："听她乱讲，我被闹过，怎么没见着小人？"

波香："你砍过人，有血腥气，把小人吓跑了。"

岩虎："乱讲。（他转向李铁杉），你回去问问钟姑娘，她看见小人没有？"

李铁杉："我才不问呢，她准得生气。"

岩虎："咋个，她总和你怄气吗？"

李铁杉："可不吗。她呀，就像咱们头上的天，说晴就晴，说阴就阴的。每次我关心她，对她好，她就怨我，真是怪了。"

波香偷笑。岩虎也笑了。

李铁杉问岩虎："你们笑什么？我就是想不通嘛。波香，若是岩虎对你好，你会这样吗？"

波香不好意思地扭过脸去。

岩虎："铁杉兄弟，这是好事嘛。"

李铁杉："好事？这算什么好事？"

岩虎："我听寨子里的老人说，哪家的姑娘对你好呢，她可能会嫁给你，哪家的姑娘跟你怄气呢，她一定要嫁给你！"他说着又笑了起来。

李铁杉高兴地说："是这样吗？（他转向波香）是这样吗？"

波香："听他乱讲，他就会打歪腔。"

岩虎："怎么是打歪腔？不信等着看好了，钟姑娘一定会跟了铁杉。"

波香笑着白了岩虎一眼。

李铁杉兴奋地憧憬起来……

岩虎和波香走远了。

李铁杉仔细辨认着各种野菜，一会儿，一只野峰飞近，绕着他盘旋，李铁杉不断地赶它，又有几只野蜂飞来，绕着他飞……

36. 山林里　日外

波香和岩虎一起找寻着野菜和猎物。岩虎突然听见什么声响，他赶紧示意波香不要出声，和他一起蹲下身子寻声望去——

一只山鸡在树丛间飞飞停停……

波香兴奋地瞪大了眼睛，刚要喊，又赶紧捂住了嘴……

岩虎摘下弩弓，慢慢向山鸡靠近、瞄准，将箭射了出去——

山鸡中箭落在草丛里。

岩虎和波香欢呼着跑过去拾起山鸡，波香拍着手说："太好了，岩虎！可以给大家煮鸡吃了！喜妹喝了鸡汤，身体就会好了！（她猛然想到）哎呀，队长不是说不准打猎吗，这算不算？"

岩虎得意地取下山鸡身上的箭："当然不算。这是从我们佤寨飞下来的山鸡，我不打谁打？"他突然不笑了，看着箭说："不对呀，这不是我的箭，这是别人射中的……"他说着四下寻觅，却没见到射猎的人。

波香："那，那怎么办？"

岩虎："我们不能要，要留给射中它的人。"

他放下山鸡，对一脸失望的波香说："走，我还会打到别的，哪怕是遇上豹子，我也一定把它打回去！"

波香怏怏地说："能打只山鸡就行了，豹子怎么打得到……"

岩虎："只要让我遇上了，就一定把它打回去！遇不上豹子，有只野猪、麂子也行呀！"

二人边说边走远了。

那个哑巴从树丛中走出来，拾起地上的野鸡看了看，又向岩虎和波香的背影望去……

37. 山林里　日外

李铁杉的目光追逐那几只野蜂，好奇地跟着那些野蜂的去向仔细寻找，终于，在附近树丛中，发现了蜂巢。

38. 山林里　日外

岩虎又发现了猎物，示意波香不要跟着他，他自己快步追去……一会儿，他突然感到一阵头晕，扶着一棵树瘫到地上。

波香赶到岩虎身边，关切地问："岩虎，你怎么了?"

她见岩虎脸色惨白，额头上渗出虚汗，知道他是饿坏了，便从挎包里拿出一个树叶包着的菜团，递给岩虎："岩虎，你是饿坏了，快把菜团吃掉。"

岩虎瞪起眼睛说："这是哪来的? 你把吃的东西藏起来，多丢人!"

波香："什么呀，这是我自己省下来的! 我知道你会饿得撑不住，好心好意地给你留着。"

岩虎后悔地用手背碰碰波香的脸："好好，我错了。我不饿，就是有点头昏，现在没事了，你自己吃吧。"

波香打开包着菜团的树叶，将菜团举到岩虎嘴边，一副非要他吃不可的样子。

岩虎看看波香坚决的神态，笑了笑，接过饭团掰成两半，将一半塞给波香，好好地看着她。

波香看看岩虎，不由得笑了，两人相互看着，一点点吃着菜团……这时，岩虎听到什么动静，示意波香不要出声，他慢慢站起来拿着弩箭寻着猎物走去……

波香看着岩虎的身影消失在林中……

39. 山林里　日外

李铁杉欣喜地悄悄接近蜂巢，用衣服包起脑袋，捡起块石头朝蜂巢打去——

巢中的野蜂密密麻麻地飞了出来，李铁杉不顾一切地跑上前去用挖野菜的小锄将蜂巢敲打下来，丢进箩筐里转身就跑，野蜂立刻朝他追逐而来……

他没有注意到，蜂巢旁插着支细竹竿，竹竿上还绑着根布条。

40. 山林里　日外

波香在挖野菜，近处传来李铁杉的喊叫声，波香一惊，立刻起身辨别着李铁杉所在的方向，嘴里喊着："岩虎! 岩虎! ——"

林中不见岩虎的身影，波香独自朝李铁杉的方向赶去……当她穿过一片林子，攀上一个土坡时，突然愣住了——

土坡下，几十个挎着冲锋枪的黑衣人聚集在一起，正在吃着竹筒饭和腊肉干巴，为首的正是杜连仲。他们目光凶恶地瞪着波香。

波香大惊失色转身就跑，几个匪兵立刻追了上去。

波香边跑边喊："岩虎! 老黄皮来了! 老黄皮来了! ——"

匪兵们追上她，将她扑倒在地，波香反抗着大喊："岩虎! 快来救我……"

匪兵用布堵住她的嘴，将她捆了起来。

41. 山林里　日外

李铁杉跌跌撞撞地跑着，显然已被野蜂蜇到，他龇牙咧嘴地跑着，不时地在地上打个滚，而后起身又跑，边跑边喊着岩虎。

岩虎寻着喊声跑去……看见了狼狈奔逃的李铁杉，明白了是怎么回事，立刻脱下衣服，摘下包头挥舞着上前驱赶野蜂……

他们终于躲过了野蜂的追逐，李铁杉大口喘着气把蜂巢从篾筐里拿出来，对岩虎说："你看，这么大一个蜂窝，有蛹，还有蜜！"

岩虎高兴地说："太好了！可以给喜妹喝蜂蜜水了！"

李铁杉笑着取出一只蜂蛹说："你先吃一只。"

岩虎赶紧摇头："不行不行，蜂蛹是最补的，留给喜妹吃吧。"

他擂了李铁杉一拳，说："你呀，太冒险了，也不先用火熏一下，把蜂子熏跑，要是跑不脱，非让蜂子蜇趴下！"

李铁杉正想说什么，突然感到钻心的疼痛，表情十分痛苦。

岩虎赶紧扯开李铁杉的衣服一看，只见他的脖子上、肩膀上都有被蜂蜇的痕迹，已经肿了起来，他边帮着李铁杉把蜂刺拔出来边说："快挖一点蜂蜜来涂上，这样才好得快！"

李铁杉忍着疼痛抱着蜂巢说："不行，就这么一点蜂蜜，要留给大家吃！"

岩虎拔完了蜂刺，无奈地说："我去给你找点草药擦，回去的路上遇见泉水，给你淋上些，可以止痛。"

李铁杉忍着痛问："波香呢？她在哪里？"

岩虎这才想起波香，四下看看，喊："波香！——波香！——"

林中没有回应。

李铁杉着急地问："她去哪了？会不会迷路啊？"

岩虎："不会的，你先回去，我去找她。"

他起身喊着波香向林子里走去……

42. 山林中　日外

波香被匪兵们捆住手脚靠在树边，嘴上缠了黑布。她听见岩虎在喊她，心急地望着传来喊声的方向。

匪兵们警惕地握着枪盯着四周，杜连仲显得十分冷静。

第二十集完

第二十一集

1. 工作队临时驻地　日内

花蔓将蜂巢中的蜂蛹和蜂蜜一点点挖出来，盛在搪瓷缸里，她看了看坐在旁边的钟喜妹，微笑地说："铁杉冒着风险把蜂巢采回来，是要给你喝蜂蜜水，让你快些好起来，他是在疼你呢。"

钟喜妹不好意思地笑笑，探起身向竹棚外看去，只见李铁杉光着背坐在外面，武晓鹏站在他身后把嚼烂的草药涂在他被蜇到的地方。

李铁杉见钟喜妹在看着自己，忍着剧痛对她微笑。

钟喜妹眼中流露出感激……

花蔓冲好一碗蜂蜜水端到钟喜妹身边说："喜妹，快喝吧，等你的病好了，可要好好感谢铁杉呢！"

钟喜妹接过碗，开心地笑了。

2. 竹屋外　日外

傣族青年岩旺手里拿着那根插在蜂巢旁的竹竿和一些寨民怒冲冲地走来。

李铁杉不解地看看武晓鹏，不知发生了什么事。

手拿竹竿的岩旺气愤地说："你拿的那个蜂巢是我的，我一早就发现了，留下了标记，你怎么还要采！"

李铁杉感到奇怪地问："这，有这规矩吗？"

岩旺："当然有，哪个人先找到蜂巢，当时不好采，就在旁边插个竿子，绑上布条，告诉别人这个蜂巢已经有主人了！"

李铁杉："可是，我当时没看见这个竹竿子呀？真的没看见。"

岩旺不干了，叫嚷着说红汉人不讲道理，要占傣家人的便宜，那些寨民也跟着嚷了起来……

高川、刘捍卫、和水泉等人赶了过来。

高川拿过岩旺手中的竹竿看了看，又看看十分狼狈的李铁杉，微笑着对岩旺说："对不起呀，我们的同志不懂你们的规矩，采了你的蜂巢，我们向你道歉，那个蜂巢是你的，我们还给你。"

花蔓把挖空的蜂巢和盛在搪瓷缸里的蜂蜜、蜂蛹拿了出来。

高川正想把这些东西还给岩旺，岩旺却不满地说蜂巢被弄坏了，而且蜂蜜、蜂蛹也不止这些，一副不依不饶的样子。

花蔓不高兴地对岩旺说："蜂蜜、蜂蛹就是这些，我们除了冲过一碗蜂蜜水，其他的一点也没吃。"

岩旺不信，说他发现的蜂巢比这要大得多，说工作队的人在欺骗他，寨民们也跟着哄吵起来。

刘捍卫见状摇头叹气。

这时，那个哑巴提着山鸡走来，见寨民为了蜂巢在吵闹，他突然变了脸，面露怒状又是吐口水又是跺脚地指责那些寨民。

高川等人并不明白哑巴在表示些什么，哑巴指着山鸡身上的两处箭创比划着示意这只山鸡被两支弩箭射中，其中一支弩箭从山鸡身上穿了过去，那支箭是岩虎的，证明岩虎比他有本事，这只山鸡应该属于岩虎。

高川半懂不懂地请哑巴把山鸡拿回去，哑巴执意要留下山鸡。

哑巴对寨民们比划着，用山鸡的事实告诉他们工作队的人不会撒谎，不会欺负人……他走到锅灶旁指着那些野菜对寨民们比划说工作队为老百姓做了很多好事，可他们自己没有粮食吃，只能天天吃些野菜野果，他劝寨民们要讲良心，不要再难为工作队了。

寨民们沉默了，显出愧疚地要离开，高川执意要把蜂蜜、蜂蛹还给岩旺。

岩旺对高川摇摇头，表示自己真的不要了。

高川："傣家兄弟，你拿回去吧，我们是有纪律的，属于你们的东西，我们不能要。"

岩旺只好接过搪瓷缸，向高川鞠了一躬，转身和伙伴们一起走了。

哑巴追问岩虎在哪里，高川明白了他的意思，问李铁杉："铁杉，岩虎和波香呢？没和你一起回来？"

李铁杉："我被蜂子蜇了，岩虎让我先回来，他去找波香了。"

高川："什么？波香没和你们在一起？"

这时，岩虎远远跑来，喊着："阿哥！——队长！——"

高川赶紧迎了上去："岩虎！波香呢？"

岩虎大口喘气地说："波香，不见了……"

高川神色骤变。

3. 山林里　日外

波香被绑在树上已是伤痕累累，残军小头目和一个凶悍的匪徒手持皮带轮流抽打她，波香发出呻吟，衣衫破处渗出鲜血。

小头目厉声喝问："说！共匪工作队里有几个共军？有多少武器？"

波香紧咬牙关，不开口。

小头目："死丫头，嘴还挺硬。我看你说不说！我让你嘴硬！"

他抡起皮带狠狠抽打她，波香很快昏死过去。

小头目示意手下用水泼醒她，杜连仲上前揪起波香的头发，喝问："说！寨子里有谁勾结共匪？说出来就饶你不死。"

波香恨恨地瞪他一眼，啐了他一脸血水。

杜连仲把波香的头撞到树干上，松了手，拿出帕子擦脸。

凶悍的匪徒再次抡起皮带抽打波香。

小头目："特派员，这丫头死不开口，干脆给她来个开膛破肚，喂野狗吧。"

杜连仲："不，留着她。我要把她交给刀心荣，让他处置。"说着，他冷眼看向波香——

波香再次被抽打得昏死过去。

远处传来高川等人呼喊波香的声音……

杜连仲侧耳听了听，朝传来喊声的方向看看，露出冷笑。

4. 山林里　日外

高川、刘捍卫带着和水泉、岩虎、李铁衫、武晓鹏等队员呼喊着寻找波香，喊声不断。

众人分别喊着："波香！——波香！——波香！——"

高川等人都是一脸焦急，扯着嗓子呼喊："波香！——"

5. 江边林地　日外

刘捍卫带着钟喜妹、花蔓等队员寻找波香……

众人焦急地呼喊着："波香！——波香！——"

6. 寨子里　嘎罕家　傍晚外

嘎罕老爹的儿子罕宝带着一名特务穿出竹林，警惕地向两旁察看后快速来到自家竹楼后面，翻过低矮的篱笆，进入院子。

7. 嘎罕家　傍晚内

老嘎罕正在火塘边煮饭，听到动静回身一看，不觉愣住——
罕宝和特务进了门，罕宝轻喊："阿爸。"
嘎罕惊诧："罕宝！"
罕宝："阿爸！"他上前拉起老爹的胳膊。
嘎罕也抓紧罕宝的胳膊，上下打量着说："罕宝，我的儿啊，你可回来了！"
罕宝激动地叫："阿爸……"
特务旁若无人地拿起盛水的竹筒大口喝水。
嘎罕这才注意到特务，问罕宝："罕宝，这是谁？你们，你是咋个回来的？"
罕宝看了眼特务，有些紧张地说："阿爸，我，是特派员派我们来的。"
嘎罕变了脸："啊？是老黄皮派你来的？来做什么？"
罕宝不好开口地看看特务，特务很没分寸地说："老爹，你们寨子里有谁勾结共匪，你知道吧？"
嘎罕怔了怔，生气地对罕宝说："罕宝，你们到底要做什么？"
罕宝不好回答。特务阴狠地说："我们要消灭共匪的工作队，还有勾结共匪的人。老爹，你把寨子里勾结共匪的人告诉我，就是为党国立了大功。"
嘎罕愤愤地瞪着罕宝："罕宝，你，你是带着老黄皮来杀人的吗？"
罕宝为难地说："阿爸，我……"
特务拉下脸："老东西，我看你就是通匪分子。（他抽出手枪对着嘎罕）说，寨子里通匪的积极分子都有谁，快说！"
嘎罕瞪了眼特务，又怒视罕宝："你这个孽障，你还回来做什么？你怎么不死在外头，啊？"
特务把枪口对准嘎罕的头："住嘴！老东西，你找死啊！"
罕宝抓住特务持枪的手："你做什么？不许这样对我阿爸！"
特务推开罕宝："滚开！老家伙敢私通共匪，老子一枪毙了他！"
罕宝冲上去抓住特务的手："你给我住手！不能杀我阿爸！"
特务和罕宝争夺着手枪，扭成一团。
嘎罕愣愣地看着儿子和特务扭打，突然反应过来，抄起一根木棍等到时机一棍打在特务头上，特务被打得转了个圈，发愣地看着嘎罕。嘎罕又狠狠打了他一棍，特务晃了两晃倒在地上。
罕宝看看昏死的特务，发傻地说："阿爸……"
嘎罕扔下木棍，指着罕宝怒喊："傻儿子，你糊涂啊！"

8. 刀府　夜外

乃木和几个亲随家丁陪同杜连仲及部分手下走进府院，杜连仲的手下押着遍体鳞伤的波香。
刀心荣在亲随家丁的护卫下从府里出来，吃惊地看着杜连仲和乃木等人。
乃木上前躬身说："大少爷，杜长官带人来了，还带来了机关枪。"
刀心荣瞪了眼乃木，盯着杜连仲。
杜连仲拱手说："大少爷，没想到吧？"
刀心荣有些紧张："特派员，你带来这么些人，要做什么？"
杜连仲冷笑："这算什么，兄弟的大队人马就在寨外。大少爷，该是咱们唱好戏的时候了。"
刀心荣没明白杜连仲的话，只见杜连仲向身后摆手："带过来！"
匪兵把波香押了过来，刀心荣深感意外。
被捆住的波香还在挣扎。
乃木："大少爷，杜长官把这妖娃子捉住了……"
刀心荣："闭嘴！把她放开！"

杜连仲："大少爷，她已经是共匪了。"
刀心荣："她是府里的奴才，是被红汉人抢去的，放开！"
杜连仲略一思索，向手下示意。匪兵将波香松开，站立不稳的波香被家丁拉了过来。
刀心荣命令乃木："把她关起来。"
乃木："是了。"他示意手下把波香拉走。
刀心荣转向杜连仲："请吧。"
杜连仲和手下跟着刀心荣进府。
乃木和手下把波香拉到地牢外，打开牢门，乃木一脚将波香踹了进去。

9. 工作队临时驻地　夜外

高川带着和水泉、岩虎等队员打着火把回到住地，刘捍卫和强撑着的钟喜妹立刻迎上来，刘捍卫问："怎么样，找到了吗?"
高川失望地摇头："没有。"
李铁杉等人也打着火把从另一个方向回来。
高川、刘捍卫迎上前问："找到了吗?"
李铁杉："没有！我们把河边都找遍了，没见着人。"
花蔓等队员打着火把回来，喊："队长！"
高川转过去问："找到了吗?"
花蔓喘着说："没有，常去挖野菜的地方都找了，根本没人。"
岩虎懊恼地叹道："唉，都怪我！我不和她分开，怎么会丢了嘛！"
钟喜妹："她会不会回寨子去了?"
岩虎："不会的，她是在林子里丢的，怎么会去寨子里?"
高川焦急却又无措，刘捍卫判断说："队长，会不会是刀家把波香抓走了?"
高川凝神判断。
武晓鹏等队员跑近："队长！"
高川等人转向武晓鹏他们，武晓鹏："队长，听百姓说，有一伙陌生人，被乃木带进大寨了……"
刘捍卫："是什么人?"
武晓鹏："百姓们说不是本地人。对了，他们还绑着一个人，我猜就是波香！"
队员们惊愕地看着高川。
岩虎："我这就去刀家，找他们要人！"他抽出长刀转身就走。
高川："站住！"
岩虎转身，愤怒地看着高川。
高川："你不能去。"
岩虎："为什么?"
高川："你去了，他们也会把你扣下。"
岩虎："他们敢，我一刀砍下他们脑壳！"他说着还要走。
高川："站住！服从命令！"
岩虎不动了，气鼓鼓地盯着高川。
刘捍卫担心地说："老高，看来情况很严重啊，八成是敌人进了曼龙。"
高川："我得去见刀心荣，摸清情况。"
刘捍卫："现在情况不明，你这么去太冒险了。"
高川："不去就更危险。和水泉，把马牵来！"
和水泉要去牵马，就见一个队员领着嘎罕和罕宝走来。
队员："高队长！嘎罕老爹来了！"

高川等人迎向嘎罕，看见陌生的罕宝。
高川带着疑问："嘎罕老爹！"
嘎罕："高长官，要出大事了！"
高川："嘎罕老爹，莫慌，慢慢说。"
嘎罕拉过罕宝："这是我那没出息的儿子。罕宝，你对高长官讲，老老实实地讲！"
高川看向罕宝。
罕宝心慌地说："高长官，杜特派员带着敢死队进了大寨，他要和刀大少爷一起，杀死你们……"
高川听罢一脸凝重。刘捍卫及工作队员们都感到震惊。

10. 刀府　夜内

厅堂里，杜连仲让随从将一挺机关枪放到刀心荣面前，刀心荣看了看机关枪，矜持地对杜连仲说："特派员，这机关枪能抵得上一仓房被烧的粮食吗?"
杜连仲："大少爷话里有话呀。怎么，你怀疑烧粮仓的，是我们的人吗?"
刀心荣："那倒不是，烧粮仓的是小狼山的张土匪，已经被我踩平了。"
杜连仲："在下听说了，张云奎那样的祸害，是该踩平他。我还听说，共匪罗开云的队伍帮了你不小的忙啊。"
刀心荣："那又怎么样? 张土匪捉走了我阿妹，他是我们刀家的死对头，谁帮着我，我就认谁是朋友。"
杜连仲："噢? 这么说，大少爷已经把共匪当朋友了?"
刀心荣："鬼话。罗司令是罗司令，共产党是共产党，该把谁当朋友，我自有分寸。"
杜连仲："那么，大少爷还把在下当朋友吗?"
刀心荣："特派员有话就直说吧，反正粮食是烧光了，你把定钱拿回去好了，这机关枪，我也不好再收了。"
杜连仲："大少爷真会说笑话，谁都知道曼龙是南沧的大粮仓，刀家囤下的粮食，不是一把火就能烧光的吧?"
刀心荣："这么说，特派员带着兵来，是要在大寨里搜粮食了?"
杜连仲冷冷一笑："为了几车粮食，杜某犯不着劳师动众。直说了吧，兄弟这次来，是要和你刀司令联手，消灭共匪的工作队。"
刀心荣一惊，一时说不出话来。

11. 工作队临时驻地　夜外

高川把罕宝带到一边，低声说："罕宝，你能把敌人的计划告诉我，就是立了大功。我问你，你愿不愿意为我们做件事?"
罕宝："愿意。我阿爸说了，你们都是好人，我愿意为你们做事。"
高川："那好，你马上离开这里，回到杜连仲那边去……"
罕宝感到意外："啊? 回去?"
高川："听我说，你要想办法到刀土司身边去，要和跟随刀土司的傣家人一起保护他，懂吗?"
罕宝努力理解地点着头："哦。"
高川："你要告诉刀土司，让他千万别相信国民党残匪，一定要想办法回来。记住了?"
罕宝点头道："哦，我记下了。可是，万一刀土司回不来，我也回不来……"
高川："你放心，刀土司一定想回曼龙。我们共产党人民政府，也会想尽一切办法接他回来。"
罕宝接受地点点头。
高川："你回去就对姓杜的特派员说，跟你一起来的特务被我们工作队发现，打死了。你是靠你阿爸帮忙，好不容易才逃回去的，懂了吗?"
罕宝点点头："懂了。"

嘎罕老爹叮嘱儿子："罕宝，记住高长官的话，要和土司老爷一起回来。"
罕宝："阿爸放心，我一定和土司老爷一起回来。"
高川转向刘捍卫："老刘，你带好队伍，做好战斗准备。"
刘捍卫想说什么，高川打断他："和水泉！"
和水泉："到！"
高川："牵马来！"
刘捍卫："你要去哪？"
高川："去刀府。"
刘捍卫："敌人已经去了刀府，你这不是去冒险吗？"
高川："我得阻止刀心荣，不能让他和敌人联手！"
刘捍卫还想说什么，却见和水泉把马牵了过来，高川跨上马说："如果敌人打过来，你带着同志们向山林里撤，不能往寨子里撤，明白了？"
刘捍卫只好答应："好，我明白。队长……"
没等他说下去，高川已经打马而去，和水泉骑着马紧随着他。
李铁衫、钟喜妹等人担心地看着远去的高川、和水泉。
刘捍卫无奈地长叹一声。

12. 寨口　夜外

寨门处，高川、和水泉催马而来。
寨门处设了障碍，守门的寨丁显出紧张。
高川在寨门前勒住马，正色道："把路让开！我要见你们大少爷！"
寨丁："不行！大少爷有话，今晚谁也不准进出寨子！"
高川："你去告诉刀心荣，我有重要的事找他！"
寨丁："不行！今晚府里有贵客，大少爷不会见你！"
高川神色严厉地看着寨丁。寨丁不知道他要干什么，紧张地盯着高川。
高川拉转马头向回跑去，和水泉愤愤地跟着他拉转马头。
两个寨丁松了口气，很快又愣住了——
高川、和水泉跑出一段又调转马头冲了过来……
在寨丁的惊愕之中，高川纵马跃过障碍，和水泉跟着纵马跃过障碍，向寨内飞奔而去……
两个寨丁目瞪口呆地望着远去的高川、和水泉，一个寨丁反应过来，朝天放了一枪。

13. 刀府　夜内

厅堂里，刀心荣听见枪声一愣："谁在打枪？（转向乃木）去看看。"
乃木答应着出去。
杜连仲冷笑："慌什么，也许是我的弟兄杀了个把共匪。"
刀心荣吃惊："什么？你们怎么敢随便动手？"
杜连仲盯着刀心荣："怎么，大少爷不想动手？"
刀心荣："这不行，万万不行。"

14. 工作队驻地　夜外

刘捍卫等人紧张地望着大寨方向，李铁杉："是枪声，一定是枪声！"
钟喜妹发慌："队长会不会出事了？"
刘捍卫："别慌，都带上武器，跟我来！"

15. 寺庙　夜外

扎布带着部分家丁守在寺院里，扎布显然听见了枪声，望着远处思索着。

一家丁凑近："扎布队长，像是有人打枪。"

扎布冷静地说："把眼睛睁大，护好大小姐。"

16. 刀府　夜内

厅堂里，杜连仲审视着刀心荣："大少爷，共匪的工作队不过区区十几个人，剿灭他们，不费吹灰之力。"

刀心荣："不行。他们救过我阿妹，帮我踩平了张土匪，我不能对他们下手。"

杜连仲："这才是实话，你是要和共匪称兄道弟了吧。"

刀心荣："哼，若是那样，我还会把他们赶出寨子，不给他们粮食吃？"

杜连仲："这算什么，共匪是我们的死敌，如果大少爷真把国军当朋友，就该把共匪当仇人，毫不留情地剿灭他们。"

刀心荣："特派员，杀他们十几个人容易，可南沧有罗开云的人马，他要是来寻仇，我们曼龙的男人就要死绝了。"

杜连仲："你太多虑了。大雨冲垮了山路，罗开云的人马十天半月也过不来。刀土司已经和国军商量好了，只要干掉工作队，刀家武装和曼龙的百姓可以全部撤到境外去，留下几座空寨，让罗开云他们来收尸吧。"

刀心荣："你太会说笑了，曼龙上万个百姓，是抬抬脚就能走的吗？这样的事，除非是我干爹当面对我讲，不然的话，我死都不肯。"

杜连仲："你别忘了，你可是国军委任的纵队司令，你敢违抗军令，别怪兄弟动军法！"

刀心荣毫不示弱："笑话！敢动我一根汗毛，你的人统统出不了曼龙！"

他拿出那张委任状扔到桌上："一张纸上几个破字就想拴住我？老子才不做什么狗屁司令，你拿回去好了！"

杜连仲要发作，又忍住了，克制地说："好，既然大少爷不想动手，那就让兄弟代劳吧。"

刀心荣："没有我的话，谁也不许在曼龙杀人。"

杜连仲："这就由不得你了。"

刀心荣："你试试看！"

杜连仲："大少爷，刀土司的安全可是由国军保护着，你最好不要轻举妄动。"

刀心荣怔住了。杜连仲："今天夜里，你就守在府上好好念经吧，顺便替你阿妹准备一下，明天天亮，我要带她上路。"

刀心荣满腔愤怒却说不出话来。

乃木跑进来说："大少爷，红汉人来了！"

刀心荣、杜连仲都是一愣，刀心荣忙说："快去，把他们挡回去！"

杜连仲："慢！让他们进来。"

乃木为难地看着刀心荣和杜连仲。

刀心荣瞪大眼睛："混账！还不快去！"

"你敢！"杜连仲拔出枪对准刀心荣。刀心荣一惊："你，你要做什么？"

杜连仲："我要断了你通匪的念头！"

17. 刀府　夜外

高川、和水泉进了府院，环视着院内端着枪戒备的府兵、家丁们，高川的目光落在府门口两个端着冲锋枪的汉子身上。

那两个杜连仲的手下冷眼盯着高川，手指按在冲锋枪的扳机上。

高川警惕起来，和水泉也将手指放到冲锋枪扳机上。

乃木慌张地迎上来说："高长官，大少爷有请。"

高川跟着乃木走向府内，在门口仔细看了眼杜连仲的手下，警觉地进了府。

18. 刀府　夜内

厅堂里，高川、和水泉一走进来，杜连仲的手下就把枪口对准了他们，高川迅速拔出双枪，和端着冲锋枪的和水泉背靠背地与敌人对峙。

刀心荣急喊："不许开枪！谁也不许开枪！"

高川毫不畏惧："大少爷，他们就是你的贵客？"

刀心荣："高长官，不要动枪……"

杜连仲命令手下："缴他们的枪！"

匪兵们试图靠近，高川举枪瞄向匪兵，和水泉端平冲锋枪喊："谁敢动！"

刀心荣："杜长官，不能开枪！"

杜连仲看着高川冷笑说："就凭你们两个人，还想活着出去吗？"

高川："你能活着出去吗？"

和水泉拔出手榴弹喊："队长，你快走！他们敢动我就拉弦，让他们一个也跑不了！"

高川蔑视着敌人："同归于尽，他们配吗？"

杜连仲："少废话，动手！"

刀心荣："不能动！杜长官，你们两家的仇恨是你们两家的事，在我们刀家，谁也不能动枪！"他转向乃木和家丁："还愣着干什么？"

家丁们端起枪，却不知该对着谁。乃木更是不知所措。

杜连仲又把枪对准了刀心荣："大少爷，你今天必须押一头了。你是让我痛痛快快地处决共匪，还是要和兄弟翻脸，背叛党国？"

刀心荣："把枪拿开，没人敢把枪对着我！"

杜连仲："对不起了，大少爷，现在是你死我活的时候，兄弟等你下注呢。"

高川："刀代办，他不敢开枪。让你的人把他们围起来！缴他们的枪！"

杜连仲："死到临头还嘴硬，只要我发句话，就能把你们打成筛子！"

高川："你有胆就试试，枪一响谁也别活着出去！"

刀心荣："都给我把枪放下！你们要打，就到寨子外面去打，谁打死谁和我们刀家无关！"

杜连仲："大少爷，你太幼稚了！"

高川："刀代办，这些国民党残匪是我们共同的敌人！和土匪一起烧粮仓，劫走你阿妹的就是他们，装扮成佤族人来杀人杀牛的，也是他们！"

刀心荣瞪着杜连仲。

杜连仲："你胡扯！造谣诬蔑，是共匪的一贯伎俩！大少爷，现在是你为党国立功的时候，干掉他们，你就是党国的功臣！"

刀心荣："够了！我再说一遍，谁也不许在刀家动枪，谁敢动枪，谁就是曼龙的仇人！"

19. 佛寺　夜外

扎布和几个家丁守在寺里，玉切提着食盒走来，她对扎布躬身行礼后，在庙堂门外脱了鞋，走了进去。

20. 佛寺　夜内

房内，烛光摇动，坐在榻上的刀心妍放下正在缝制的袈裟，见到进来的玉切有些抱怨地说："你怎么才来，我都快饿死了。"

玉切把食盒放到榻上，紧张地轻声说："大小姐，府里出事了。"
刀心妍："出什么事了。"
玉切："老黄皮来了。"
刀心妍心里一紧："什么？"
玉切："他们把波香抓回来了……"
刀心妍一惊："啊？"
玉切："那个领头的还说……要去杀红汉人。"
刀心妍浑身一震，急切地问："他们来了多少人，还在府里吗？"
玉切："在。"
刀心妍急忙下榻，心慌地说："走，快跟我走。"
玉切："大小姐，扎布他们守在外面，不会让你出去的。"
刀心妍："他敢拦我，我就打死他。"她习惯地摸向腰间，才发现自己根本没带枪，于是抱怨玉切："玉切，你怎么不把我的枪拿来？"
玉切："我怎么敢拿你的枪啊？"
刀心妍甩手走向门口，玉切赶紧拉住她："大小姐，你出不去的。太太对扎布说了狠话，若是放你出去，会让他做劳役的。"
刀心妍甩开玉切："我不管！"
玉切又拉住她："大小姐，你别回府里去，老黄皮说了，要把你带走呢！"
刀心妍："带我走？"
玉切："是呢，要把你带到国外去！"
刀心妍："呸！我要他们带着鬼魂走！"
玉切："大小姐，玉切求你了，你就留在庙里吧，他们找不到你……"
刀心妍突然想到了什么："玉切，快，把衣服脱了。"
玉切一愣："啊？"
刀心妍："快呀！"

21. 佛寺　夜外

扎布带着家丁守在寺外，刀心妍换了玉切的衣服，扎着玉切的头巾，提着食盒从寺里出来，扎布随意地问："玉切，大小姐还好吧？"
刀心妍躬着身"嗯"了一声，快步走去。
扎布看看走去的心妍，并没怀疑。

22. 刀府　夜内

厅堂里，双方仍在僵持中，气氛格外紧张。
杜连仲："大少爷，我可以不在府里开枪，可这两个共匪我绝不能放。"
高川："你放心，我也不会放过你！"
刀心荣："不要说了，这是在曼龙大寨，一切事情由我做主！我把你们送出寨子，你们要打，就到山上去打！"
杜连仲："大少爷，今天的事你做不了主。用不了多久，我的人就在寨外打响了。共匪的工作队，一个也跑不了！"

23. 刀府　夜外

刀心妍提着食盒来到角门处，拍着门轻喊："马夫！马夫！"
马夫开了门，没认出心妍，想挡住她："谁家的丫头，寻死啊！"

心妍推开门："你才寻死，让开！"

马夫认出心妍，慌忙躬身行礼："大、大小姐……"

心妍："不许出声，当心你的嘴！"

马夫慌张地低声说："不好了，大小姐，老黄皮和红汉人都在府里……"

心妍一惊，把食盒塞给马夫，快步走向府宅……

心妍走到后门外，看见地牢前站岗的家丁，转念走向地牢。

地牢前，看守家丁横起枪："站住，什么人？"

心妍走近："瞎眼了，叫喊什么？"

家丁一愣，赶紧行礼："大小姐。"

心妍："把枪给我。"

家丁没反应过来："啊？"

心妍一把拿过家丁的枪，把子弹推上膛，枪口对准家丁："把门打开。"

家丁慌了："大小姐，这个……"

心妍："打开！"

家丁只好打开牢门，心妍："下去。"

家丁："啊？"

心妍："下去！"

家丁只好下去，心妍跟了下去。

24. 地牢　夜内

家丁用打火石燃起火把，心妍看见了波香，满身伤痕的波香惊异地看着心妍，立刻挣扎着起来。

心妍赶忙上前除去波香嘴里的黑布。

波香急切地说："大小姐，老黄皮来了，他们要杀工作队！"

刀心妍："我知道了，快跟我走！"她拉着波香要出地牢，波香："上次到罕富寨子杀人杀牛的也是他们，我亲眼看见的！"

刀心妍一怔："什么？你怎么不早说？"

波香不知如何回答："我……"

刀心妍拉着她往外走，波香忍着伤痛跟着刀心妍走向地牢出口。

25. 刀府　夜内

厅堂里，杜连仲气急败坏地把枪对准刀心荣："大少爷，委屈你了。"

刀心荣愤怒地说："把枪拿开！你要逼我翻脸吗？"

杜连仲转向高川："姓高的，我数三下，你要是不交枪，我就要了他的命。"

高川神色冷峻地盯着杜连仲和刀心荣。

刀心荣发作地说："你敢……"

杜连仲把枪顶在刀心荣的脑袋上，刀心荣立刻怔住了。

家丁们把枪对准了杜连仲，立刻有杜连仲的手下把枪对准了他们。

乃木发慌地说："杜长官，别……"

杜连仲："住嘴！你们都给我出去，出去！"

乃木战战兢兢地看看刀心荣，又看看杜连仲，表现出无奈地带着那几个家丁出了厅堂。

刀心荣恨得咬牙："乃木！你这个畜生！"

杜连仲："姓高的，你听好了！一！"

高川冷峻地盯住杜连仲，和水泉显出紧张。

杜连仲："二！"

高川依然盯住杜连仲，和水泉汗都下来了。

杜连仲：“把枪交出来！”他的手指扣紧了扳机。

高川额头渗出汗珠，扣在扳机上的手指松开了……

这时，传来刀心妍的喊声（画外）：“放下枪！”

所有的人都吃了一惊，目光都转向杜连仲。

杜连仲吃惊地转过目光——

刀心妍、波香出现在他身后，端着枪瞄向他的脑袋，刀心妍怒喝：“老黄狗！把枪放下！放下！”

高川感到意外地看着刀心妍。

杜连仲犹豫着，刀心妍向前一步把枪口顶到他的脑袋上：“你想死吗?”

杜连仲只好放下枪，他的随从中有人把枪对准刀心妍和刀心荣。

刀心荣指着他们喊：“你们想干什么？给我把枪放下！”

杜连仲：“大少爷，放跑了共匪，你就是党国的罪人！”

刀心荣：“你先保住自己的命吧。阿妹……”

刀心妍没理他，对杜连仲厉声说：“叫你的人滚开，放他们走！”

刀心荣没想到地看着心妍，杜连仲斜了眼刀心荣，转着心思。

刀心妍用枪口戳了一下杜连仲：“放他们走！不然我一枪打死你！”

杜连仲的手下仍与高川、和水泉对峙，不知所措地等着杜连仲发话。

刀心荣劝道：“特派员，放他们走吧，我阿妹是真敢开枪的。”

杜连仲狠狠瞪了刀心荣一眼，对手下说：“让他们走！”

堵在门口的匪兵往两旁挪了挪，让开路。高川不安地看着刀心妍。

刀心妍：“高大哥，你们快走！波香，跟他们走！”

波香：“大小姐……”

心妍：“走啊！”

波香赶紧走向门口。

高川钦佩地看了心妍一眼，转身与和水泉、波香走向门外。

刀心妍的枪仍然顶在杜连仲头上。

刀心荣愤愤地对杜连仲说：“你，你竟敢用枪对着我?”

杜连仲：“大少爷，你自己看看，我这支枪，还没顶上火呢。”

刀心荣上当地拿过杜连仲的手枪查看，刀心妍的目光也转到那支枪上，杜连仲猛一回身从刀心妍手中夺过枪，对准了她。

刀心妍愣住了，刀心荣立刻挡在心妍身前，举起枪对准杜连仲：“姓杜的，你敢耍我?”

杜连仲也把枪对准刀心荣。

刀心妍丝毫不惧：“阿哥，打死他！”

杜连仲：“刀心荣，你身为曼龙挺进司令，背叛了党国，该当何罪?”

刀心妍想不到地看着刀心荣。

杜连仲的手下赶过来把枪口对准刀心荣和刀心妍。

刀心荣护住心妍：“什么狗屁司令，我只管曼龙的事，不认什么党国！”

杜连仲：“说话过过脑子，别害了你干爹。”

刀心荣没话了。刀心妍不管不顾地说：“阿哥，开枪啊，打死他！”

杜连仲：“大小姐，你太天真了。”他吩咐身边的两个手下：“给我看住他们，不许他们出府！”

手下端着枪逼近刀心荣、刀心妍，夺过刀心荣手里的枪。

杜连仲：“大少爷，等我剿灭了共匪，再来和你算账。”

他回身带着其余手下大步出了府。

刀心荣高喊：“来人！来人！”

那两个匪兵把枪口顶到刀心荣头上。

26. 刀府　夜外

乃木和家丁们被杜连仲的手下用枪看着，站成一团不敢乱动。
杜连仲从府里出来，朝乃木一指："你们老实待着！谁敢把刀心荣放出来，格杀勿论！"
乃木等人惊恐地看着杜连仲带着手下出了府院。

27. 佛寺　夜外

扎布带着家丁守卫在寺院里，一家丁凑近说："扎布队长，换班的怎么还不来，会不会府里出事了？"
扎布焦心地思索着，无意中，他发现了什么，露出惊异——
玉切的鞋子摆在庙堂门外。
扎布匆匆走向寺内，家丁不明白地跟了进去。

28. 佛寺　夜内

扎布走到厢房外，一把推开门——
玉切围着袈裟坐在榻上，见到扎布即害羞又慌乱："啊！"
扎布瞪起眼睛。
玉切慌忙行礼："扎布队长……"
扎布拧起眉毛："大小姐呢？"
玉切胆怯地说："大小姐她，回府了……"
扎布大吃一惊。

29. 刀府　夜内

厅堂里，刀心荣、刀心妍被两个匪兵用枪逼着，坐在椅子上。
刀心妍恨恨地瞪着刀心荣："阿哥，你居然勾连老黄狗……"
刀心荣："是他们自己闯来的，我拦不住。"
刀心妍看了眼桌上那张委任状，气愤地说："你还要做什么狗屁司令！"
刀心荣："是姓杜的硬塞给我的，你撕掉就是了。"
刀心妍愤恨地扭过脸去。

30. 大寨外　夜外

高川、和水泉、波香纵马跑向寨门……
守寨的寨丁赶紧打开寨门。
高川、和水泉、波香纵马出寨……

刘捍卫带着工作队员们赶到寨外，看见高川等人策马而来。
刘捍卫松了口气。
不远处，杜连仲手下的小军官向隐蔽在一旁的属下挥手，一群黑衣人悄悄靠近工作队……
高川等人策马而来……
小军官举枪向高川等人开了枪……
和水泉骑的马中弹倒地，把和水泉摔了出去。
波香骑的马一惊，波香也从马背上掉了下去。
高川飞身下马，奋不顾身地跑向波香……
刘捍卫等人立刻转向响枪的方向，李铁杉："敌人！"

刘捍卫："快散开！打！"

小军官向高川举枪开火。
匪兵们纷纷开火……

高川边跑向波香边举枪向敌人射击……
和水泉在地上滚动几圈，持枪向敌人射击……
李铁杉、钟喜妹向敌人射击……
刘捍卫、花蔓向敌人射击……

小军官指挥属下攻击前进……

高川边射击边跑向波香，敌人的子弹打在他身周，他全然不顾地扑向波香。
波香爬了起来，惊恐地喊："队长！——"
高川冲过去将她扑倒——一串子弹打在他们身边。
波香吓得捂住耳朵。高川举枪向敌人射击……
和水泉边射击边喊："队长，你们快撤，我掩护！"
高川拉着波香边打边跑，很快被敌人的火力阻止住。
这时，武晓鹏喊着："打呀！打呀！狠狠打呀……"一边向敌人开枪一边靠近高川、和水泉。
和水泉显出意外地喊："晓鹏，好样的！"
高川急喊："晓鹏！注意隐蔽！"他向黑暗中的敌人连续射击……
武晓鹏开着枪冲了过来，敌人一串子弹打来，和水泉扑上去将他拉倒。
武晓鹏欠起身，继续向敌人射击，嘴里喊着："打！狠狠打！"
和水泉边打边说："晓鹏，别喊了！注意隐蔽！"
刘捍卫靠近高川："队长！"
高川："快！往驻地撤！保护电台！"

杜连仲带人从寨子里追了出来，向工作队员们发起攻击……
高川带领队员们边打边向驻地撤退……

31. 曼龙酒家　夜内

客房内，焦急等待中的石三娇听到远处密集的枪声，抽出手枪走向门口，对尼斗说："打起来了，咱们走！"

尼斗赶上前挡在门口："石司令，你不能去。"

石三娇瞪起眼睛："放肆！特派员和共匪交火了，我们还等什么？"

尼斗："特派员有令，不许你参加行动。"

石三娇冒火："胡说！特派员明明说让我等他消息，一起行动！"

尼斗："特派员离开之前特意交代我，不让你参加行动，让你继续隐蔽。"

石三娇："真是岂有此理！你给我让开，我要去找他，我要亲手杀了姓高的共匪！"

尼斗坚决地挡在门口："石司令，特派员知道你报仇心切，所以才不让你参加行动。他还说了，不能让刀心荣知道你在曼龙。"

石三娇略一思索，还是坚持："我不管。我要亲手杀了姓高的，为我阿爹报仇！你给我让开，让开！"说着，她把枪对准尼斗。

尼斗："司令，我要执行特派员的命令。你就是打死我，我也不能让你出去。"

石三娇恨不得一枪打死他，可还是忍住了，气而无奈地放下枪，怒道："混蛋！你们全是混蛋！"

32. 刀府 夜外

扎布带着部分家丁冲进府院，见到乃木便问："大小姐呢?"
乃木发慌地说："扎布，大少爷和大小姐都在里面，杜长官的手下看着他们……"
他做了个拿枪的手势。
扎布瞪起眼睛，端枪冲向府里，亲随家丁跟着他冲了进去。
乃木想喊什么，却没喊出来。

33. 刀府 夜内/外

扎布带人冲进厅堂，没等杜连仲的手下反应过来，扎布等人已经将他们围住，缴了他们的枪。
刀心妍起身怒视着匪兵："扎布，杀了他们！"
刀心荣："不行！放了他们。"
刀心妍："杀了他们！"
扎布看看刀心妍，又看向刀心荣。刀心荣："放了！"
扎布示意家丁松开匪兵。
刀心妍愤恨地走了。
扎布正想跟上心妍，刀心荣对他说："扎布，守住府院，护好太太！"
扎布："是了。"
刀心荣匆匆走向府门……

府门外，刀心荣走出来，听着密集的枪声，心急如焚却又拿不定主意。
乃木靠近，慌张地说："大少爷，打起来了！"
刀心荣狠狠扇他一巴掌："滚一边去！"

34. 工作队驻地附近 夜外

杜连仲指挥身边的匪兵分成三组从不同方向攻击工作队……

高川掩护着波香回到竹棚边，对她说："快进屋去，趴在地上不要动！"
波香："队长……"
高川："进去！"他把波香推进竹棚，返身向敌人射击……

匪兵们分成三路围向工作队员……
隐蔽在树上的岩虎见匪兵离近，射出弩箭——一匪兵中箭倒地。
岩虎又射出一箭——又一个匪兵倒地。
一匪兵发现树上的岩虎，举枪瞄向岩虎。
岩虎将匕首甩了下来，扎在匪兵胸前。
两三个匪兵都发现了树上的岩虎，举枪瞄向他——
和水泉冲近，端着冲锋枪扫向匪兵——匪兵纷纷倒地。
岩虎从树上滑了下来，扑在地上躲过一串子弹。
高川赶来将近处的匪兵击毙，捡起一支枪扔向岩虎："岩虎！"
岩虎起身接住枪，立即向匪兵射出一串子弹。

35. 刀府　夜外

刀心荣遥望远处，拿不定主意。
刀母惊慌地从府里出来："心荣！你阿妹呢？你阿妹呢？"
刀心荣上前扶住刀母："干妈，别急，阿妹在府里。"
刀母："谁说她在府里？我怎么没看见她？"
刀心荣急了，朝身周喊："大小姐呢？谁看见大小姐了？"
没人回答。刀母："天呐！心妍到哪去了？她跑到哪去了？"
刀心荣发狂地喊："你们都是死人吗？谁看见大小姐了？"
马夫跑来慌张地说："太太，大少爷，大小姐骑着马走了！"
刀心荣一惊，刀母惊呼："天呐！天呐！"
刀心荣返身上马，对府兵们喊："跟我来！"
扎布和府兵们跟着刀心荣出府……
刀母仰天合十："菩萨呀！保佑我的女儿吧！"

36. 工作队驻地　夜外

工作队员们从各自的隐蔽处边打边向高川靠拢……
匪兵们倚仗人多枪好，将工作队员们渐渐压到竹棚边上。
高川带领队员们利用隐蔽物顽强抵抗着……
匪兵们渐渐接近竹棚……
高川和队员们顽强抵抗着……
刘捍卫边射击边赶过来，对高川喊："队长！敌人太多，我们往山上撤吧！"
高川："敌人火力太猛，撤不出去！"
刘捍卫："再这么打下去，我们太被动了！"
高川："老刘，让女同志撤到屋里去，把枪和子弹留给男同志！"
刘捍卫转身高喊："喜妹！花蔓！你们撤到屋里去！把枪留给男同志！"
钟喜妹："不！我们不撤！"
高川厉声喊："服从命令！撤回去！"
喜妹无奈地把枪交给李铁杉，和花蔓一起跑进竹棚。
高川赶到岩虎身边："岩虎，你听着，如果实在顶不住了，我就掩护你们突围，你带着大家向山上撤！"
岩虎："阿哥！我要和你在一起！"
高川："不许犟嘴！听我的！"
匪兵一排枪打来，高川、岩虎隐蔽之后，起身向匪兵射击……

37. 竹棚内　夜内

钟喜妹、花蔓、波香紧靠在一起坐在地上，波香紧张地直打哆嗦。
钟喜妹："波香，别怕，敌人打不进来。"
波香点着头，可还是哆嗦。花蔓搂紧波香，握住她的手。
钟喜妹拿出一颗手榴弹："姐妹们，如果敌人真的打进来了，我就拉响手榴弹，和他们同归于尽。"

38. 寨外　夜外

刀心荣带领府兵赶到寨外，刀心荣勒住马，听着密集的枪声，注视着工作队驻地耀眼的弹火。
扎布急切地说："大少爷，若是大小姐和红汉人在一起，就危险了！"

刀心荣凝视着前方，一言不发。

39. 工作队驻地　夜外

杜连仲带着随从靠近小军官，高声喊着："弟兄们！共匪顶不住了！给我压上去狠狠打！别让他们跑了！"

匪兵们在小军官带领下边开火边围向竹棚……

高川带领队员们顽强抵抗，向敌人投出手榴弹，迫使敌人停止进攻……

高川高喊："同志们！撤回屋子！"

40. 寨外　夜外

刀心荣仍然凝视着战场。

扎布忍不住地说："大少爷，让我带人杀过去吧！"

刀心荣："杀谁?"

扎布："不管杀谁，把大小姐救出来！"

刀心荣："杀了老黄皮，我干爹就没命了！"

扎布："那就杀红汉人！"

刀心荣："大小姐还活得了吗?"

扎布怔住，说不出话了。

41. 竹棚内　夜内

高川和队员们撤回棚内，队员们分头找到射击位置，把枪口瞄向屋外。

高川看着靠在一起的钟喜妹、花蔓、波香和喜妹紧握着的手榴弹，他上前向喜妹伸出手，喜妹把手榴弹交给高川。

高川把手榴弹插在腰间，对刘捍卫说："老刘，一会你带同志们突围，岩虎带路，往山上撤，我和水泉掩护你们。"

刘捍卫："队长……"

高川："执行吧！"

钟喜妹："队长，要撤我们一起撤！"

李铁杉："对，我们一起撤！"

岩虎："阿哥，我和你留下！"

高川："都闭嘴！执行命令！"

武晓鹏高喊："队长！敌人上来了！"

高川立刻和队员们投入战斗，他把那颗手榴弹扔了出去——

手榴弹在匪兵身边爆炸……

队员们纷纷投出手榴弹——手榴弹接二连三地爆炸……匪兵们又被阻住。

高川、和水泉冲出竹棚，刘捍卫和其他队员跟着冲了出去……

42. 工作队驻地　夜外

杜连仲猫腰冲到小军官身边："废物！几个共匪都收拾不了?"

小军官："特派员，他们硬得很，还有手榴弹！"

杜连仲看了看工作队员固守的竹棚，发狠地说："他们有多少手榴弹？冲！给我冲！连房子带人，给我打个稀巴烂！"

小军官再次指挥匪兵们围向竹棚，一排枪打来，杜连仲和匪兵们都俯身隐蔽。

这时，四处传来潮水般的呐喊声。
杜连仲觉得奇怪地探头看去，不觉愣住了——
远处成片的火把向这里移动，呐喊声、火枪声混成一片……
小军官也被这场面镇住了，发慌地说："特派员，撤吧?"

43. 竹棚外 夜内

高川等人听见滚地而来的喊声纷纷转头看去——
大批百姓举着火把和长刀、火枪等武器向这里冲来……
高川激动地说："是乡亲们！乡亲们支援我们来了！"

寨外，刀心妍骑着马，带领大批百姓冲向工作队驻地……

花蔓高喊："看呐！是心妍姑娘！"
高川等人望去——刀心妍一马当先，带领百姓们呼喊着冲了过来……
钟喜妹、花蔓望着英姿飒爽的心妍，露出惊喜之色。
高川几乎不相信这是真的，刘捍卫在一旁赞叹："了不起，了不起啊！"

44. 工作队驻地 夜外

杜连仲带着手下仓皇逃窜……
刀心妍带领大批寨民呼喊而来……
高川等人迎向刀心妍和寨民们。
刀心妍在高川近前勒住马，自豪地望着高川。
高川感激地望着心妍。
刀心妍纵马向匪兵们追去，寨民们呼喊着跟了上去……
高川望着心妍在马上的身影，显出钦佩。

45. 寨外 夜外

刀心荣率领府兵挡住了杜连仲等匪兵的去路，刀心荣在马上冷眼盯着跑近的杜连仲。
杜连仲等人跑到刀心荣面前不远处，胆怯地站住了。
杜连仲看着刀心荣，绝望地嘶喊："大少爷！把枪举起来，朝这打！"
他耍浑地擂着自己的胸膛。
刀心荣绷着脸对身边的府兵说："把路让开！"
扎布拉转马头，他身后的府兵让开一条路。
杜连仲的手下狼狈地跑了过去，杜连仲走到刀心荣马前拱手说："大少爷，后会有期！"
刀心荣毫无表情。
刀心妍带领乡亲们追了过来，她见刀心荣和府兵拦住路，勒住马高声喝问："刀心荣！为什么放跑老黄皮？为什么?"
刀心荣无奈地说："为了你阿爸！"
刀心妍满腔义愤地瞪着刀心荣，拉转马头纵马而去。

第二十一集完

第二十二集

1. 刀府　日内

刀心妍在卧房里动作很快地收拾着衣物……

她收拾好一个背囊，穿上学生装，扎起皮带，配好护身的手枪，套上皮靴，拎起背囊出了屋……

厅堂里，玉切搀扶着刀母赶来，刀母想拦住匆匆下楼的心妍："心妍！你要去哪里？"

刀心妍不答话地走向大门。刀心荣拦住她："站住！"

刀心妍愤怒地瞪着他："让开！"

刀心荣："你要去哪里？"

刀心妍："不要你管！"她要走，刀心荣再次拦住她："站住！不准走！"

刀心妍："你要把我交给老黄皮吗？还要说那个老黄皮是果崖土司的属官吗？就是他装扮成佤族杀了我们的人，你居然和他勾连！"

刀心荣一怔："你是从哪听来的？"

刀心妍："是波香亲眼看见的！"她转身走向门口。

刀心荣一把拉住她："阿妹！"

刀心妍甩开他的手："别叫我阿妹！我没有投靠老黄皮的阿哥！你去给他们做司令吧！"

刀心荣一怔，回过神对门口的家丁喊："拦住她！"

家丁挡住刀心妍去路，刀心妍拔出手枪对准拦路的家丁："滚开！"

家丁胆怯地让开路，刀心妍大步走了出去。

刀母急切地喊："心妍！心妍！"

刀心荣怔怔地站在那里。

刀母怨恨地说："快给我追，给我把她追回来！"

2. 刀府　日外

刀心妍骑着马在众家丁呆愣的目光中冲出了府门……

3. 工作队临时驻地　日外

高川和队员们正在修理战斗中损坏的竹棚。

队员们边干边议论，李铁杉："昨晚上可真够悬的，也不知道来了多少敌人。"

武晓鹏："可不是吗，要不是心妍姑娘带着百姓们赶过来，咱们可就危险了。"

花蔓："晓鹏，昨晚你可够勇敢的，哪来那么大胆子？好像变了个人嘛。"

武晓鹏自辩地说："我本来就不胆小，主要是眼睛看不清楚，要不然呐……"

花蔓："行了，说你胖你就喘，别经不起表扬。"

和水泉："跟你们说吧，还有更悬的呢。昨晚我和队长进了刀府，一下子就被敌人围住了。当时我心里直打鼓啊，这怎么好，万一冲不出去，那不就革命到头了？就在最最要命的时候，就听心妍姑娘喊了声，别动！把枪放下！"

钟喜妹凝神听着，刚想发问，就听见有人在喊："波香！波香！"

玉切匆匆跑来："波香！波香！"

波香在钟喜妹、花蔓等队员的关注下迎向玉切："玉切!"
玉切急切地拉住波香："波香，大小姐来过没有?"
波香："大小姐? 没有啊!"
玉切："糟了糟了……"
波香："莫急、玉切，慢慢说，大小姐她怎么了?"
玉切："大小姐她跑了!"
波香没想到："跑了?"
高川等人赶了过来，高川："出什么事了?"
波香："队长，玉切说，大小姐她跑了!"
高川："跑哪去了?"
玉切："大小姐收了东西，骑上马就跑了。"
高川急喊："和水泉!"
和水泉："到!"
高川："牵马来!"

4. 田边路上　日外

刀心妍一脸愤懑地骑着马跑向田野尽头的山路……
高川催马追了上来，和水泉策马在后面跟着……
高川："刀姑娘! 刀姑娘! ——"
刀心妍回首看看追来的高川，打马狂奔……
高川快马加鞭追上去……
刀心妍催马跑进了山路……
高川追了上来："刀姑娘! 你停下!"
刀心妍赌气地打马快跑。
高川催马追上去："刀姑娘! 停下!"
他加快马速超过心妍，勒马拦住心妍的马头。
刀心妍勒住马，马头高高扬起。
高川勒住马："告诉我，你要去哪里?"
刀心妍："不要你管! 让开!"
高川："我有话对你说!"
刀心妍瞪着高川，一脸委屈。
高川："你下来，我有话对你说。"
刀心妍赌气地说："我不听!"
高川："你下来……"
刀心妍："我不听! 你让开!"
高川提高了嗓门："你必须听! 下来!"
刀心妍倔强地把脸扭向一边。
高川平静着自己说："告诉我，你要去哪?"
刀心妍："我说了，不要你管。"
高川下了马："你下来好吗? 我们好好谈谈。"
刀心妍："有话你说，我听着。"
高川诚恳地说："刀姑娘，你带着乡亲们救了我们，我们全体队员都感谢你!"
刀心妍："不需要。你救过我，我也救过你，咱们两个扯平了!"
高川："刀姑娘，你听我说，我们需要你的帮助，特别是现在这种时候，我们更需要你的帮助。"

刀心妍听着，不表态。

高川："自从我们到了曼龙，你不顾你阿哥的反对，帮了我们很多忙，我都记得清清楚楚！"

刀心妍并不想听这些。

高川："我希望你不要走，希望你留下来！如果你愿意，就参加我们的工作队，我和全体队员真心诚意地欢迎你！"

刀心妍没想到地看着高川。

高川真诚地说："我说的是真心话，请你相信我，留下来吧！"

刀心妍眼中聚起泪水，心中百感交集。

高川等待着她的回应。

刀心妍突然打马，马匹一纵，向前奔去……

高川望着策马而去的心妍，和水泉凑上来说："队长，她真走了？"

高川望着远去的心妍，一言不发。

刀心妍骑在马上，泪水夺眶而出……她突然勒住马，拉转马头跑了回来。

高川眼中闪烁着希望，和水泉在旁边喊："队长，她回来了！"

刀心妍抖着缰绳策马而回，在高川身前勒住马跳下马背，扑向高川……

刀心妍扑到高川怀里哭了起来……

和水泉赶紧闭上眼睛转过身去。

高川不知所措地任由刀心妍在自己胸前捶打、哭泣……

5. 工作队临时驻地　日内

女宿舍里，钟喜妹在花蔓帮助下为波香治疗鞭伤，抹药、包扎……

外面传来高川的喊声："同志们都出来一下！欢迎咱们的新同志！"

姑娘们都朝窗外看去，花蔓帮波香穿好衣服，和钟喜妹一起扶着她走向屋外。

6. 工作队临时驻地　日外

高川带着刀心妍站在空地上，队员们有些好奇地围拢过来。

波香见到刀心妍，不顾伤痛走上前去，向刀心妍鞠了一躬："大小姐！"

刀心妍笑着拉起波香的手："波香。"

岩虎在一旁看到波香给刀心妍鞠躬，露出不满。

钟喜妹不解地看着高川。

高川向大家宣布："同志们！刀姑娘加入了我们的工作队，从今天起，她就是我们的同志了！"

队员们鼓掌欢迎。

刀心妍微笑着双手合十，向大家颔首致意。

紧挨着钟喜妹的花蔓惊喜地说："天呐，心妍姑娘也是咱们的同志了！"

钟喜妹显出意外，没有和大伙一起鼓掌欢迎。

岩虎"哼"了一声转身走去。

刘捍卫注意到了岩虎的表现，不动声色地上前向刀心妍表示欢迎。

刘捍卫向刀心妍伸出手："心妍同志，欢迎你啊！"

刀心妍不习惯握手，仍是双手合十向刘捍卫颔首致意。

刘捍卫收回手："好好，不要客气。"

高川："波香同志，你帮着心妍同志整理一下住的地方。"

波香高兴地说："是了！"

她拉着刀心妍走向竹屋，花蔓拉着钟喜妹跟了过去。

高川欣慰地看着姑娘们走进竹屋。

7. 工作队临时驻地　日内

女队员住的茅草屋里，波香替刀心妍铺着草铺，花蔓等队员分别把挎包、茶缸、饭盒送给刀心妍，刀心妍推辞不成，想拿自己的东西和姐妹们交换，却被她们拒绝了。

花蔓拿出一件干净的列宁装让刀心妍换上……姐妹们都鼓着掌赞叹好看。

钟喜妹看着被同志们的热情包围的刀心妍，心生不快，默默离去。

8. 工作队临时驻地　日外

刀心荣带着乃木等心腹家丁骑马而来。

值勤的李铁杉转向竹屋喊："队长！高队长！"

高川、刘捍卫从竹屋里出来，看着骑马而来的刀心荣等人。

刀心荣在近处勒住马，冷眼看着高川等人。

工作队员们陆续从竹屋里出来，刀心妍、波香也和喜妹、花蔓等女队员一起出了竹屋。

高川上前几步："刀代办，有什么事吗?"

刀心荣："高长官，我来接我阿妹。"

高川回头看了看和女队员们站在一起的心妍，对刀心荣说："刀代办，刀心妍已经是我们的工作队员了。你放心，她在我们这里，会受到很好的照顾。"

刀心荣："她不能和你们在一起，必须跟我回去！"

刀心妍："我不回去！"

刀心荣："阿妹！别昏头了！你是刀家的女儿，是曼龙的公主！不能和他们搅在一起！"

刀心妍："我就是要和他们在一起！我就是要当工作队员！"

刀心荣气急败坏地说："你，你眼里还有没有祖宗家法？还有没有傣家规矩？你这是欺宗灭祖，天大的罪孽！"

高川："刀代办，话说得过头了吧？车佛南（现在的西双版纳）的议事庭长召景哈，德宏的土司方克光都是你们傣家的大领主，他们现在都和共产党人民政府合作，难道他们也是欺宗灭祖，犯了天大的罪孽?"

刀心荣："别人我不管，我只管我的阿妹！"

高川："你阿妹是自愿加入工作队的，如果她愿意跟你回去，我们不会阻拦。如果她不想跟你回去，也希望你尊重她的意愿，不要干涉她的选择。"

刀心荣鄙夷地白了高川一眼："选择？哼，阿妹！"

刀心妍立刻回答："我不回去！我就是要当工作队员！"

刀心荣怒目圆睁地瞪着她，说不出话来。

高川："这是她的选择，请你尊重她。"

刀心荣怒视着高川："高长官，你有把戏！"他转向刀心妍怒喊："从今天起，你再也不是刀家的人！"他勒转马头，打马而去。

乃木等人匆匆跟去。

刀心妍喊："我就是刀家的人！我是刀家的好人！"

高川看着远去的刀心荣等人，眉头紧锁。

9. 刀府　夜内

刀母给佛像上了香，而后跪在佛龛前祈祷："佛祖保佑，让我的心妍快些回来吧……"

10. 刀府　夜内

厅堂里，刀心荣心急火燎地来回踱步，愤怒地一脚踢翻一张篾桌。

乃木在一旁斗胆说："大少爷，大小姐投了红汉人，是坏了祖宗规矩，我们该把她抓回来。"
扎布在一边瞥了乃木一眼。
刀心荣在乃木身前站住，气哼哼地说："你敢去抓她吗?"
乃木愣着。
扎布："大少爷，大小姐的性子是服软不服硬，若是大少爷能对大小姐说几句软话，兴许她能回来。"
刀心荣执拗地说："软话？我从小就领着她，样样事情都是她听我的，我什么时候对她说过软话?"
扎布："可是现在……"
刀心荣叹道："都怪我干爹，不该送她出去读书，不该叫她离开我这么久。"
乃木、扎布没主意地看着刀心荣。
刀心荣："扎布。"
扎布："在。"
刀心荣："你给我盯好了大小姐，她和红汉人做了什么，我都要知道。"
扎布："是了。"
刀心荣走出两步，一脚踢翻另一张篾桌。

11. 工作队临时驻地　清晨外

刀心妍从竹棚屋里出来，用手拢着长发向前走着，看着远处山峦上腾起的橘红色晨光，心情豁然露出笑意。

波香端着铜盆在竹屋旁喊："大小姐！大小姐!"
刀心妍回头看见波香，赶紧走向她说："波香，不要再喊我大小姐，喊我心妍就好了。"
波香不自然地说："哦，是了。洗脸水给你倒好了，大小姐。"
刀心妍故作不悦地皱眉看着波香："还叫?"
波香赶紧改口："哦不，心妍姐。"
刀心妍："对了嘛，以后不要再给我倒洗脸水，我自己会倒。"
波香乖顺地说："是了，大……哦不，心妍姐。"
刀心妍笑着撩起铜盆里的水去泼波香，波香笑着躲闪。

不远处的树林边，岩虎拿着些当柴禾的树枝看着竹屋前的波香和刀心妍，露出怨恨的神色。

刀心妍双手捧着水洗脸，转脸对波香说："你看着我做什么，一起洗呀。"
波香："不，等你洗完了我再洗。"
刀心妍："看你，怎么还把自己当丫鬟。快洗，不然我要不高兴了。"
波香拿着钟喜妹的梳子放进水里蘸了蘸："我会洗的，来，我来帮你梳头。"
刀心妍："不用，我自己梳。"
波香坚持："我就要帮你梳。"
刀心妍只好笑笑，看着小木梳说："这把梳子真好看，是钟姑娘的吧?"
波香："嗯。"
刀心妍转过身让波香帮她梳头。
钟喜妹走到门边，若有所思地注视着刀心妍。
心妍看见喜妹，含笑道："钟姑娘。"
喜妹冷淡地转身进了屋。
心妍发愣："她怎么了？是不是不该用她的梳子?"
波香不解地看看手中的梳子，不知如何是好。

树林边的岩虎扔掉手里的树枝，气哼哼地转身走去。

12. 工作队营地　清晨外

炊事员把一勺勺野菜汤盛到一个个搪瓷缸里，拿着一块盐巴在每个搪瓷缸里蘸几下，又用树叶包起一只只黑乎乎的杂粮野菜团，分发给每一个工作队员。

工作队员们默默地喝着野菜汤，把菜团收了起来，留做白天的食物。

高川从灶火旁端起一碗玉米糊糊和一个装着洋芋的碗走向刀心妍。

刀心妍看着走来的高川，高川把碗递给她，微笑说："心妍同志，我们这条件艰苦，只能委屈你了。"

刀心妍看看碗里的食物，不解地说："干吗要给我吃这些?"

高川误解了她的意思，抱歉地说："我们现在，就剩下一点碎包谷和几个洋芋……"

刀心妍坚决地说："我不要，大家吃什么，我就吃什么。"

高川："心妍同志，我是怕你吃不惯……"

刀心妍："你们能吃，我也能吃。"

她说着抢过波香的碗，喝了一大口野菜汤，却难以下咽地瞪起眼睛，忍了一会还是吐了出来。

波香赶紧把碗接过去，拍抚着她的后背。

队员们都看着她，岩虎蔑视地扭过脸去。

刀心妍愧疚地看看大家，又看着高川："我，我，对不起，对不起……"

高川："没关系，你得慢慢适应。来，拿着，吃这些东西，已经是难为你了，拿着吧。"

岩虎像是嚼到了沙子，狠狠呸了一声。波香狠狠瞪了他一眼。

刀心妍低着头，像犯了错误一样接过高川递来的碗，片刻，她想到地对高川说："解放阿哥，我还是去寨子里借粮吧，寨子里的人会听我的。"

高川："不行，你不能去。你现在出面，你阿哥会觉得我们在利用你，百姓们也很难理解。"

刀心妍有些想不通。

高川："别急，有你发挥作用的时候。"

刀心妍顺从地点点头。

13. 刀府　日内

厅堂里，刀母一脸焦急地带着玉切、玉凤要出门，被刀心荣挡住。

刀心荣："干妈，你去做什么?"

刀母："我去找心妍，我要把她喊回来。"

刀心荣："干妈，她被红汉人勾走了魂，你根本喊不回来。"

刀母："我不去喊，怎么知道喊不回来?（她示意玉切、玉凤）跟我走!"

刀心荣再次挡住她："不要去!干妈，阿妹跟红汉人搅在一起，已经够丢人了，你再去喊她，不是白白让人看笑话吗?"

刀母："我要去和红汉人说理，要他们把女儿还给我!"

刀心荣："好了!若是红汉人讲理，他们会抢走波香，骗走阿妹吗?你去找他们，他们会当是我们刀家在求他们，丢不丢人呐?"

刀母愣愣地看着刀心荣。

刀心荣："我早就说过，身子病了有药医，若是被红汉人教坏了脑筋，就没药可医了!"

刀母呆呆地想了片刻："这可怎么好，这可怎么好?"

刀心荣："干妈，阿妹和红汉人在一起，吃没得吃，用没得用，她熬不了几天，自己就会回来的。"

刀母不相信地摇头，突然想到："去，把波摩请来，让波摩叫魂，把心妍的魂给我叫回来!"

刀心荣反感地说："干妈……"

刀母："去呀!快去!"

14. 大寨 日外

扎布带着玉切、玉凤和几个家丁伺候着波摩在做法，给刀心妍“叫魂”。

波摩端着一个盛着白米的竹盒，白米上放着一个鸡蛋，口中念念有词地一路走到寨门，把鸡蛋放到地上，而后抓起白米慢慢往鸡蛋上洒……

玉切、玉凤紧张地看着波摩做法，盯着落在鸡蛋上的米粒是单数还是双数。

扎布也盯着波摩做法，眼中流露出忧虑。

远处，乃木骑着马奔向镇子方向。

扎布看见骑马远去的乃木，心生疑惑。

15. 曼龙酒家 日内

客房内，精神崩溃的石三娇喝醉了酒，歇斯底里地砸着茶杯、茶壶及随手拿起的物件，恶狠狠地骂着：“废物！蠢货！什么国军敢死队，全都是饭桶！一支小小的共匪工作队都消灭不了，还扯什么反攻复国，做他娘的春秋大梦吧！”

尼斗战战兢兢地站在一旁，看着满地碎物，斗胆劝道：“石司令，你消消气，消消气。昨晚的失利，不能怪特派员他们。一是有人通风报信，共匪有了准备；二是刀心荣按兵不动，没有和特派员一起围剿共匪。这三嘛……”

石三娇大着舌头怒骂：“三个屁！共匪一共就十几个人，还尽是些乳臭未干的学生娃子，国军敢死队连他们都消灭不了，不是废物是什么?”

尼斗哑口无言。

石三娇指着他责骂：“哼，要不是你这该死的蠢货拦着我，我绝不会让这仗打得这么窝囊，绝不会让那些共匪活到现在！”说着，她抓起桌上的茶盘狠狠摔到地上。

尼斗想要收拾砸碎的器物，石三娇指着他怒喊：“滚！你给我滚！”

尼斗只好退出门，把门关上。

石三娇难以泄愤地抓起酒壶大口喝着，站立不稳地坐到椅子上。

16. 曼龙酒家 日外

乃木骑马进了院子，见院子里没人，他下了马，把马拴在马棚的柱子上，走向客房楼梯。

17. 曼龙酒家 日内

乃木推门进了客房，不由得愣住——

满地都是盘碗等器物的碎片，石三娇趴在桌上，手里还抓着酒壶，已经沉醉不醒。

乃木心思一动，关上门走近桌边，轻唤：“石司令，石司令。”

石三娇轻哼一声，喃语：“滚，都是废物、蠢货，都给我滚……”

乃木凑到石三娇身边，观察着说：“石司令，石大小姐，你咋个喝成这样，不怕伤了身子?”

石三娇没有反应。

乃木仔细打量着石三娇，酒醉中的石三娇面颊绯红，秀色撩人。乃木两眼露出贼光，轻轻推了推石三娇，轻声说：“石大小姐，还是上床去歇吧，莫要着凉啊。”

他见石三娇依然没有反应，便斗起色胆伸手抱起她，将她抱到床上。

石三娇微微睁着眼，似乎想说什么，举了举手，又无力地放下了。

乃木通身发颤地看着躺在眼前的美色，按捺不住地扑到她身上亲她的面颊、嘴唇、脖颈，双手颤抖着解开她的衣扣……

石三娇突然意识到危险，喊叫着一把推开乃木，奋力起身一脚将乃木踹开，努力瞪大眼睛看清他，骂道：

“乃木！你这个畜生，胆敢碰我！”

乃木惶恐地说：“石大小姐，石司令，别误会……”

石三娇起身扇乃木耳光，乃木向后退着躲避。

石三娇连踢带打都没有打实，乃木连躲带挡地说：“石司令，你误会了，误会了……”

石三娇打不通快，起了杀心：“你个狗奴才，敢打老娘的主意，本司令要你的狗命！”她转向床头，拿过挂有手枪的皮带。

乃木见势不妙，赶紧打开门窜了出去。

石三娇抽出手枪脚下踉跄地追出门：“畜生！给我站住！”

18. 曼龙酒家　日外

乃木跌跌撞撞地跑下楼梯，闻声而来的尼斗未及发问，乃木已从他身边跑过，直奔马桩。

石三娇举着枪追向楼梯，脚下不稳地踉跄着叫骂：“乃木！你个狗奴才！给老娘站住！”

尼斗赶紧上前扶住石三娇，急劝道：“石司令，莫再喊了，快回房去！”

石三娇不管不顾地怒喊：“畜生！给我站住！本司令非杀了你不可！”

乃木快速解下马缰绳，拉着马跑向院门。

石三娇朝乃木开枪，枪没响，显然枪里没子弹。她怒气冲天地连扣几下扳机，怒喊：“畜生！给我滚回来！老娘要杀了你！”

尼斗费劲地将她拉向客房。

隐蔽在酒家旁边的扎布看着乃木仓皇骑马而去，把目光转向酒家客房——

尼斗把石三娇拉回了房间，关上房门。

扎布看清了石三娇，露出异样神色。

19. 刀府　日内

内厅里，刀心荣诧异地对扎布说：“你看清楚了？”

扎布：“看清楚了，就是南沧石县长的大小姐，石三娇。”

刀心荣思忖地自语：“这么说，她就是姓杜的插在曼龙的一把刀啊。”

扎布神色淡定地等着刀心荣吩咐。

刀心荣：“你用些心思，给我盯着乃木和这个石三娇。”

扎布怀着心思应道：“是了。”

20. 路上　日外

刀心妍拎着水罐，波香用扁担挑着两个罐子，走在通往荒地的小路上。

钟喜妹、花蔓走在刀心妍、波香前面，花蔓回头看了眼跟在后面的刀心妍，轻声说：“喜妹，你说心妍姑娘为什么来参加工作队？”

钟喜妹：“为什么？因为她上进呗，想参加革命。”

花蔓：“嗯，还有呢？”

钟喜妹：“还有？还有什么？”

花蔓：“我觉得，她是为了高队长。”

钟喜妹一怔：“什么？”

花蔓：“我觉得呀，她是相中高队长了。”

钟喜妹严肃地说：“不许瞎说。”

花蔓：“我才没瞎说呢。你没发现，心妍姑娘看高队长的眼神，都和看别人不一样……”

钟喜妹打断她：“行了，她爱看谁看谁，和咱们有啥关系？”

花蔓："哎，这么说，她就是相中了高队长，你也不在意?"
钟喜妹负气地说："在意什么？我有什么可在意的?"
花蔓露出意外表情。

刀心妍和波香走在一起，问波香："波香，你们以前总吃野菜吗?"
波香："是啊，粮食不够吃了，我就跟着阿哥挖野菜、采野果，还采菌子呢。"
刀心妍："真想不到，野菜这么难吃。改天我要去镇上买些糖来。"
波香："买糖?"
刀心妍："对，我要在野菜汤里加些糖，给解放阿哥，看他尝不尝得出来。"
波香："哦，心妍姐……"
刀心妍："嗯?"
波香："你是不是……"
刀心妍："什么?"
波香犹豫着。
刀心妍："说呀，舌头被虫叮了?"
波香："不，有人说，你参加工作队，是为了高队长。"
刀心妍率真地说："对呀，不为了他，我干吗要参加工作队?"她朝前走去。
波香愣愣地跟了过去。

21. 寨外荒地　日外

高川和队员们奋力开荒，身上的衣服全被汗水浸透，有的队员索性光着膀子刨地……
在他们的努力下，荒地已被开出一大片。
嘎罕和一些百姓陆续走到地边，放下水罐和食物，拿起农具走进荒地，加入了开荒的行列……
李铁杉来到奋力刨地的高川身边："队长，你看!"
高川回头看去——
嘎罕和那些百姓在奋力开荒……
高川的脸上浮现出笑意。

钟喜妹、花蔓来到地边，花蔓兴奋地说："看呐，百姓们也来开荒了!"
刀心妍、波香快步跟了过来，见到和队员们一起开荒的百姓，露出惊喜之色。
钟喜妹、花蔓兴冲冲地朝高川和队员们走去。
刀心妍、波香跟了过去，那些开荒的百姓见到心妍赶忙停住手向她鞠躬行礼。
刀心妍和善地对他们说："不要行礼了，不要行礼了！接着干吧，开出荒地，你们就多一份口粮了!"
百姓们高兴地对她行礼。
刀心妍向他们示意后朝高川看去——
高川乐呵呵地从钟喜妹手中接过碗喝着水，钟喜妹用毛巾帮他擦汗，高川从口袋里摸出野果递给她，喜妹尝着野果，开心地笑着……
刀心妍疑惑地问："波香，高队长对钟姑娘很好吗?"
波香："高队长对谁都很好，不过，对钟姑娘要特殊些。"
刀心妍："为什么?"
波香："我听说，钟姑娘的阿姐，是高队长的恋人。"
刀心妍猜测："就为这个?"
波香："对了，我听说钟姑娘的阿姐死在了曼龙，就在东盘江边……"
刀心妍无心再听地看着高川和钟喜妹，心生烦恼。这时，附近传来和水泉激动的喊声："马帮来了！——

高队长！——马帮来了！——”

高川、钟喜妹朝远处看去——

李铁杉、武晓鹏朝远处看去——

刀心妍、波香朝远处看去——

马帮摇响铃声，远远而来……

钟喜妹、花蔓跳了起来：“马帮来了！真的来了！”

高川激动地跑向马帮……

工作队员们高喊着、蹦跳着、欢笑着跑向马帮……

刀心妍松心地笑了，波香追着钟喜妹、花蔓朝马帮跑去。

嘎罕和百姓们也露出欣喜之色。

高川跑近马帮，激动地看着带队的李国梁和马帮驮来的粮食、物资。

李国梁向高川敬礼：“高队长！”

高川上前紧紧抱住李国梁……

工作队员们和护卫马帮的战士们紧紧拥抱，有的队员拥抱了战士又去拥抱驮马……

高川抓着李国梁的肩膀激动地说：“谢谢！太谢谢你们了！”

22. 工作队临时驻地　日内

架设电台的小竹屋里，刘捍卫把水杯递给李国梁，高川看完一封信，激动地说：“太好了！方书记要我们放手发动群众，在各寨建立农民会，组织联防队！”

他把信交给刘捍卫，刘捍卫兴奋地接过信看着。

李国梁：“方书记说了，搞起农会，就能让穷苦人家团结起来互相帮助，搞合作生产。建立联防队，就能把寨民组织起来，保卫劳动果实，保卫家乡。”

高川：“对，完全对！老刘，我们说干就干，马上把农会和联防队组织起来。”

刘捍卫：“好，我完全同意！”

23. 刀府　日内

议事厅里，刀心荣居中坐着，冷眼看着分坐两旁的寨主、属官，声音低沉地说：“红汉人搞起了农会、联防队，分明是要各寨的寨民和我对着干。你们这些寨主、属官没有一个出面去挡，你们是不是也想投靠红汉人，和他们一起搞农会，搞联防队？”

寨主、属官们胆怯地垂头不语。

刀心荣提高嗓门：“讲话呀！一个一个都哑巴了？不怕舌头上长青苔吗？”

寨主们惶恐地面面相觑。

罕富寨主清了清嗓子，硬着头皮说：“大少爷，红汉人搞这些名堂，我们当然想挡。可是，红汉人代表着官衙，我们若是挡了就是对抗政府，吃罪不起啊！”

刀心荣白了他一眼：“挡了红汉人你们吃罪不起，坏了祖宗规矩，你们就吃罪得起了？别忘了，你们这些寨主、属官都是我干爹封的，哪个不想做了，现在就讲出来！”

寨主、属官们默不作声了。

刀心荣：“讲啊！”

乃松寨主忐忑地说：“大少爷，红汉人在我的寨子里搞农会、联防队，我是挡过的。我对他们讲，各寨都有寨丁和府兵保护，用不着另搞联防队。可是高长官说，土匪和老黄皮偷袭大寨，烧掉仓里的粮食，说明寨丁和府兵保护不了乡里，必须建立联防队。他这么讲，我也就不好再挡了。”

刀心荣：“他这是借缝下蛆，找个借口搞把戏！他们把穷娃子纠集起来，摆明了是要和我对着干！你们一个个躲三躲四做缩头乌龟，就等着穷娃子翻天吧！”

罕富：“大少爷息怒。大少爷，真要是穷娃子翻了天，我们也就没日子过了。眼下事态紧迫，还请大少爷发话，给我们拿主意呀。”

乃松：“是了，大少爷怎么吩咐，我们就怎么办。”

寨主、属官们纷纷表态：“请大少爷发话，我们都听大少爷的……”

刀心荣轻蔑地扫了众人一眼：“吩咐你们的寨丁，哪家的娃子跟了红汉人，就加收一成官租。红汉人敢给他们发枪，就给我抢下来。”

24. 工作队临时驻地附近　日外

溪水边的空地上，高川向集合起来的联防队员们讲话：“乡亲们！各寨的联防队，是穷苦百姓自己的队伍！我们大家要团结起来，齐心协力保卫家乡！保卫田地和收成，保卫牛马和山林，就是保卫新中国，保卫边疆！”

刀心荣带着乃木等心腹家丁骑马而来，刀心荣一脸阴郁地远远看着高川向集合起来的联防队员们讲话。

和水泉带领联防队员们高呼口号：“保卫新中国！”

联防队员们：“保卫新中国！”

和水泉：“保卫边疆！”

联防队员们：“保卫边疆！”

刀心荣冷眼看着高呼口号的人们，高川微笑着走近：“刀代办，欢迎啊！欢迎你来看望联防队员。”

刀心荣浅笑道：“高长官，保卫家乡、保卫曼龙是我的事，保卫边疆、保卫新中国是你们的事。”

高川：“这是分不开的，曼龙属于中国，又处在对敌斗争的最前沿，所以，保卫曼龙，就是保卫边疆、保卫新中国。”

刀心荣想了想，没有反驳，看着那些联防队员说：“你们靠这些拿着破枪烂棍的穷娃子就能保卫边疆?”

高川：“我们的解放大军也是从无到有、从弱到强的。只要他们有保卫家乡的决心和勇气，肯于刻苦训练，要不了多久，就会成为一支真正的联防队。”

刀心荣：“高长官不愧是带兵的，能为曼龙领地带出一批敢打仗的汉子，刀某应该谢你才对。不过，联防队既然是在曼龙领地上巡防，就该归我统辖。”

高川：“刀代办，土司府的武装归你统辖，我们不干涉。联防队是在我们的动员下，由各寨群众自发成立的，不能归你管辖。”

刀心荣眯眼看着高川。

高川：“当然了，出于对你的尊重，我愿意和你共同指挥，遇到紧急情况，我们可以协商应对。不过，有两个条件你得接受。”

刀心荣看着高川。

高川：“第一，你加收联防队员的官租必须取消。第二，土司府的武装必须和联防队一样进行操课训练，还要在我的统一安排下，不分昼夜地巡逻站岗。”

刀心荣琢磨着说：“操课训练、巡逻站岗，都是好事嘛。”

高川：“那就说定了。”

刀心荣无奈地说：“说定了。”

25. 工作队驻地附近　日外

高川在教武晓鹏如何瞄准、射击……

刀心妍走近：“高大哥，哦，队长。”

高川示意武晓鹏继续练习，他走近刀心妍，含笑问：“什么事?”

刀心妍：“队长，我还是不明白，你为什么要刀心荣一起指挥联防队?”

高川：“怎么，你觉得不好吗?”
刀心妍：“他巴不得捣些鬼，让联防队散了，你可要加小心啊。”
高川笑笑：“加小心有什么用啊？我们是在曼龙，是在你们刀家的地盘上。”
刀心妍没懂高川的意思，嗔怪地看着他。
高川笑着解释：“土司武装人多势众、武器精良，如果他想和我们捣鬼，随时可以做得到。”
刀心妍：“你觉得，他会真心跟你合作吗?”
高川：“当然不会。他有他的打算，我有我的计划。我要利用这个机会，教育、分化他们的武装，要让我们的同志主动接近府兵和家丁，争取他们转变。”
刀心妍想了想，故意说：“怪不得呢。喂，你们汉人的脑袋都这么好用吗?”
高川奇怪地说：“嗯？什么意思?”
刀心妍扭过身：“没什么意思。”
高川：“我告诉你啊，这叫你打你的，我打我的，将计就计懂了吧?”
刀心妍故意说：“不懂。什么我打你，你打我，我打你做什么?”
高川：“哎呀，我不是说你，说的是刀心荣。”
刀心妍得逞了，笑着闪身走了。高川望着她的背影，知道上了她的当，自嘲地笑了。
钟喜妹拿着装有洗过的衣服的水盆从一旁走过，她看见高川和刀心妍在说笑，露出厌烦的神色。

26. 工作队驻地附近　日外

波香把洗好的衣服晾起来，其中显然有刀心妍的衣服。
岩虎从一旁走过，看见波香晾出的衣服，立刻板起脸。
波香对他说：“岩虎，把换下的衣服拿来，我给你洗。”
岩虎没好气地说：“谁要你洗，你好好伺候你家大小姐就是了。”
波香：“你说什么？谁是我家大小姐?”
岩虎：“你说谁是你家大小姐?”
波香：“你给我说清楚！谁是我家大小姐?”
岩虎：“还来问我？你高兴伺候谁自己不知道吗?”
波香：“我高兴伺候谁？心妍是我们一伙的，是同志！高队长说了，叫我好好照顾她，你难为我做什么?”
岩虎：“我怎么敢难为你，喜欢伺候大小姐，伺候就是了，关我屁事！”
他说着就走，波香拉住他：“站住！你凭什么对我说丑话？你还有良心没有?”
岩虎愣愣地看着波香。
波香：“没记性的憨包，忘了你在山里受了伤，乃木他们要捉你回去，是心妍拦住他们，救了你的命！”
岩虎一时无语。
波香：“你以为土司家里就没好人了？我告诉你，心妍是好人！大好人！要不是她，老黄皮打来的时候，我们大家都完了！”
岩虎无话可说。
波香：“我就是要照顾她，对她好！你再敢对我说丑话，甩丑脸，我就一辈子不理你！”她说完赌气地走了。
岩虎愣愣地看着走去的波香。

27. 工作队营地　傍晚外

岩虎一脸不高兴地坐在一块石头上削着弩箭，高川走近，笑着问：“岩虎，做什么呢?”
岩虎把手上的东西抬了抬。
高川：“同志们都在学习，你怎么不参加呀?”

岩虎:“他们讲些哪样,我听不懂。”
高川笑笑:“听不懂就问嘛,不参加学习,可是要落后的。”
岩虎:“落后?什么是落后?”
高川和蔼地说:“就是别人跑到前面去了,你却跑在后面。”
岩虎:“不会,你们谁也跑不赢我,我可以追老虎。”
高川:“不是这个意思。岩虎啊,我们工作队就像一只手,每个人都是手掌上的指头,谁也离不开谁,懂了吗?”
岩虎:“这我懂,我不会离开。”
高川:“那就要和大家一样,大家做什么,你就做什么,这样才行。”
岩虎想了想:“可是,手掌上长出别样的指头,我就不舒服。”
高川:“别样的指头?什么意思。”
岩虎:“刀家大小姐,她明明和我们不一样,为什么也到这里来?”
高川恍然大悟:“哦,你是为这个不高兴。”
岩虎:“是了。刀家是土司,和我们不是一伙的。”
高川笑道:“可是心妍同志带着百姓们救了我们,你怎么说?”
岩虎:“那刀心荣勾连老黄皮,还不准百姓们给我们粮食,又怎么说?”
高川微笑地说:“你这个岩虎,我对你讲过的话,一点记不住。”
岩虎委屈地说:“你讲过那么多,要我记哪句嘛。”
高川叹了一声,指着岩虎的弩弓说:“我问你,打猎的时候,是弩弓重要,还是弩箭重要?”
岩虎看看弩弓,又看看弩箭:“这怎么分得开,少了一样都不行。”
高川:“就是嘛,对我们来说,土司头人和民族百姓就像是弩弓和弩箭,我们都要团结,少了一样也不行,明白吗?”
岩虎不大明白地看着高川:“这怎么会一样?是两样事情嘛。”
高川拍着他的肩:“岩虎兄弟,好多道理你现在还不明白,我会慢慢讲给你听。”
他拿起岩虎的弩弓,向目标瞄准着说:“来,教教我,怎么才能射得准。”
岩虎高兴地指点起来……

28. 训练场 日外

阴雨绵绵,高川带领联防队员们在空地上训练……
和水泉、李铁杉、武晓鹏分别指挥各寨青年分组训练……
刀心妍、波香、花蔓等女队员和岩虎等人一起也跟着联防队员在雨里训练,岩虎故意跑得飞快,脱离队伍跑出很远……
高川喊住他,命令他跟随队伍一起跑。
刀心妍很快体力不支,波香鼓励着她……
高川站在雨中,注意着刀心妍。
刀心妍咬牙跟着队伍跑步,渐渐落在了后头,她索性站住喘气,不想跑了。
高川命令她跟上队伍,刀心妍站着不动,波香、花蔓赶过来拉着她跟上队伍……
岩虎看看刀心妍,露出不屑的神情。

附近的树林里,披着蓑衣的扎布朝队伍中的刀心妍观望。

雨下大了,工作队员和联防队员们坚持在雨中训练,在高川的指挥下,所有的人在泥水中前进、卧倒、再前进……
波香、花蔓等努力地跟着大家,刀心妍却不断地摔倒……

高川命令刀心妍站起来继续向前，刀心妍却在泥水中爬不起来……

波香、花蔓过来想帮助刀心妍，被高川阻止，他严厉地命令刀心妍继续训练，刀心妍陌生人般地看着高川，从泥水中挣扎着站起来，赌气地站着不动。

岩虎看着这一幕，有些意外。

树林中，扎布面色阴郁地转身走去。

29. 刀府　日内

刀心荣房内，扎布向刀心荣报告："红汉人居然叫大小姐和他们一起操练，大小姐满身都是泥水。那个高长官，对她凶得很呢。"

刀心荣想说什么，话到嘴边又改口，愤愤地说："她活该！"

30. 工作队临时驻地　夜内

刀心妍瘫软地倒在草铺上，精疲力竭地闭着眼睛。

波香、花蔓拎着水桶和盛有热水的铁水壶进了屋，波香放下水壶走近刀心妍关切地说："心妍姐，心妍姐。"

刀心妍懒懒地睁开眼睛。

波香："起来洗洗脸脚吧？"

刀心妍有气无力地摇了摇头。

波香摸了摸她的额头，轻声说："你是累坏了，洗洗脸脚才好睡呀。"

刀心妍躺着没动。

花蔓走近关心地问："不舒服吗？是不是累坏了？"

刀心妍摇摇头。

花蔓："那是怎么了？心里有事？"

刀心妍犹豫片刻，轻声说："高队长对我太凶了，像个庙里的金刚。"

波香看看花蔓，二人偷偷一笑，花蔓劝道："那是为你好。训练的时候，指挥员都是这么严厉。不信你去问问铁杉、晓鹏他们，当初训练的时候，还被教官骂哭过呢。"

刀心妍："是吗？他是为我好？"

花蔓："当然了，他想让你做一名合格的工作队员。"

钟喜妹端着铜盆进来，没有理会刀心妍等人。

花蔓对心妍说："来，快起来，水都打好了，快去洗吧。"

刀心妍推辞："不用，你们先洗吧。"

波香："你先洗，你洗完了我们再洗。"

花蔓："是啊，快点，要不一会水凉了。"

刀心妍懒懒地坐起身，波香扶她站起来。

钟喜妹冷着脸看了眼刀心妍，故意说："大小姐嘛，被人伺候惯了。不会是嫌你们没在水里撒花瓣吧？"

刀心妍不高兴地对波香说："波香，你们先洗，我自己去打水。"

波香："心妍姐……"

花蔓："算了吧，心妍，别逞能了，快洗吧。"

刀心妍坚持："把桶给我。"

波香劝道："心妍姐，你今天太累了，就歇着吧。"

刀心妍执拗地要去拿水桶。

钟喜妹冷语道："波香，你就让她去嘛。既然她参加了工作队，就该和大家一样，不能再让你伺候。"

花蔓小声提醒："喜妹。"

刀心妍生气地转向喜妹："你说这话是什么意思?"

喜妹："我的意思很清楚，你要是连这点苦都受不了，还当什么工作队员? 不如回到土司府去，继续当你的大小姐。"

花蔓制止："喜妹……"

刀心妍："钟姑娘，我知道你看不惯我，知道你心里对我有气……"

波香劝道："心妍姐……"

钟喜妹："你知道就好。"

刀心妍："我知道你为什么这样对我，为了你阿姐对不对? 因为你阿姐死在曼龙，你在心里恨我们刀家，恨着我对不对?"

钟喜妹脱口道："对! 在我心里，你根本就不配参加工作队，不配做我们的同志!"

花蔓、波香显出吃惊，但无言以劝。

刀心妍扔下水桶，走到一旁拿起挂着手枪的皮带，抽出手枪走到钟喜妹身前。

波香惊叫："心妍姐!"

花蔓也急喊："心妍!"

刀心妍把手枪递给钟喜妹："既然你这么恨我，这么想为你阿姐报仇，那就一枪打死我好了!"

钟喜妹愣住了，不知所措地看看手枪，又看看刀心妍。

刀心妍："拿枪呀，打死我，你不就报仇了吗!"

波香、花蔓上前拦着刀心妍。

波香："心妍姐，不要这样!"

花蔓："心妍，放下枪，不能这样!"

钟喜妹尴尬地看着刀心妍，刀心妍生气地瞪着钟喜妹。

31. 工作队临时驻地　夜外

高川严肃地批评钟喜妹："你怎么能这么做? 怎么能对她说那种话?"

钟喜妹委屈地流着泪。

高川："她现在是工作队员，是我们的同志。她来参加工作队，对我们在曼龙开展工作非常重要，你应该明白嘛!"

钟喜妹只顾抹泪，不回话。

高川："我对你讲过，我们共产党人不能记私仇，更不会报私仇。我们连刀光寿、刀心荣都要团结，都要和他们交朋友，何况是刀心妍呢? 她为我们做了许多事，这你都是知道的嘛。那天敌人来袭击我们，要不是她带着乡亲们赶来，赶跑了敌人，我们就会吃大亏，遭大难，甚至是全部牺牲。"

钟喜妹抽泣着。

高川："我现在要求你，必须改变对刀心妍的态度。要关心她，帮助她，像对待自己的同志、对待自己的姐妹一样对待她……"

钟喜妹哭着说："我做不到! 做不到!"

高川严厉地说："你必须做到! 你要是做不到，就不配做一个工作队员!"

钟喜妹委屈地哭出了声。

32. 工作队驻地　晨外

刀心妍独自站在小溪边，心中十分矛盾。

钟喜妹拎着水桶走来，刀心妍竟没有察觉。

钟喜妹放下水桶，犹豫之后轻喊："刀姑娘。"

刀心妍一凛，转身看着喜妹："钟姑娘……"

钟喜妹难以启齿："昨天晚上，对不起。"

刀心妍："不，钟姑娘，是我对不起你，我不该说那些话。"

喜妹："不，是我不对。"

刀心妍："是我不对。我知道你为了你阿姐，心里一直很难过……喜妹，我代我阿爸、阿哥，向你赔罪了。"

她说着就要下跪，喜妹赶紧拉住她："心妍，不要这样，不能这样。"

刀心妍含泪说："喜妹，你要我怎么做，才能替我们刀家赎罪?"

喜妹："不，心妍，我不要你赎罪。我要你做我的好同志、好姐妹。"

刀心妍把喜妹的手握在胸前，流着泪说："喜妹，你真的不想报仇吗?"

喜妹眼里含着泪，咬着牙摇了摇头。

刀心妍哭道："喜妹……"

喜妹："高队长说了，共产党的人，心里只能有国家、民族和百姓，不能有任何私心杂念，更不能报私仇。"

刀心妍感动地说："喜妹，我懂了，从今以后，我就是你的亲姐妹……"

钟喜妹握住刀心妍的手，露出真诚的笑容。

曙光染红了满天云霞……

第二十二集完

第二十三集

1. 训练场 日外

烈日下，一排联防队员拿着火药枪、木棍站到出发线上。

高川吹响哨子。

联防队员们快速向前跑去，虽然快慢不齐，却十分认真。

高川又吹响哨子。

联防队员们纷纷卧倒，做出射击姿势……

训练场边，大树干上吊着个葫芦，李铁杉、和水泉、武晓鹏和一些联防队员围在岩虎身边看他施展箭法。岩虎端着弩弓瞄向葫芦，一箭射去，正中葫芦。

李铁杉等人高声叫好。

和水泉上前向岩虎请教怎样射箭，李铁杉故意说："水泉，在部队上没学过?"

和水泉憨笑道："没学过。"

高川对着李铁衫等工作队员们吹响哨子，喊道："过来集合!"

李铁衫等人赶了过去，岩虎把弩弓挂到树杈上，也赶了过去。

2. 训练场 日外

刀心妍、钟喜妹、波香、花蔓和几个女队员来到挂着弩弓的树边休息，她们都显出疲惫，脸上淌着汗水。

刀心妍接过波香递来的毛巾擦了把汗，问喜妹："喜妹，你们以前也这样训练过吗?"

喜妹："当然。我们刚工作的时候集训了一个月呢，累得爬都爬不起来，浑身都抽筋。"

刀心妍："也是高队长训练你们吗?"

喜妹："不是，那时候他在部队上打仗呢。"

花蔓拉着刀心妍坐到树下歇息，刚一坐下她"啊"地惊叫一声跳了起来，把刀心妍等人也吓了一跳。

花蔓指着草地上声音颤抖着说："蛇，蛇!"

刀心妍、钟喜妹朝草地上看去，果见一条花斑蛇扬起头朝她们吐着信子，扭动着身体。

钟喜妹不由地吓得后退，花蔓浑身发抖地抓住刀心妍和波香的胳膊几乎瘫倒。刀心妍毫无惧色地甩开花蔓的手，本能地向身边寻找，从树上摘下岩虎的弩弓，挥动着朝蛇砸去。

钟喜妹："心妍，当心啊!"

波香也紧张："大小姐，小心啊!"

花蔓吓得连声尖叫。

刀心妍挥动弩弓狠狠砸向花斑蛇，花斑蛇闪转躲避，钻入草丛隐去了。刀心妍解气地将弩弓扔向花斑蛇，摆出一副胜利的架势。

李铁衫、和水泉、岩虎、武晓鹏等人听到花蔓的尖叫声快步赶来，用目光查探究竟。

李铁衫："怎么了? 怎么回事?"

钟喜妹："没啥，一条蛇，吓着花蔓了。"

波香："没事了，蛇被心妍姐打跑了。"

刀心妍自豪地看看姐妹们，又看向李铁衫等人。

岩虎看见地上的弩弓，上前捡起来，发现弩弓已经损坏，立刻变了脸，瞪起眼睛对刀心妍吼道："你个憨贼！你弄坏了我的弩弓，你想死啊？”

刀心妍愣住了，钟喜妹、花蔓也愣住了。

波香制止：“岩虎！她不是故意的，她是要打蛇……”

岩虎不依不饶：“打个鬼！胆敢弄坏我的弩弓，要是在我们寨子里，我一刀砍下她的脑壳！”

李铁衫制止：“岩虎，不许胡说！”

和水泉也劝道：“就是，岩虎，人家不是故意的，别发这么大火嘛。”

岩虎：“我不管，我要她给我个说法！”

刀心妍不服气地说：“不就是个弩弓吗？我赔给你就是了，干嘛说那些难听话？”

岩虎：“你赔我？我要你赔我一模一样的，你赔得出来吗？”

刀心妍气得说不出话来。

波香：“岩虎！心妍姐不是故意的，你别这样好不好？”

李铁衫：“是啊，岩虎，咱们仔细看看，说不定能修好呢。”

岩虎执拗地：“我就是要她赔我一个一模一样的，要是赔不出来，我绝不答应！”

刀心妍忍不住地说：“你不答应要怎么样？要怎么样？”

岩虎做出拔刀的动作：“我砍下你的脑壳……”

李铁衫、和水泉等人赶紧拉住岩虎劝阻。

刀心妍怒道：“你敢！你把刀拔出来，我让你砍！”

花蔓劝着刀心妍：“心妍，别说了。”

钟喜妹也劝道：“心妍，别再争了。”

岩虎怒气冲天地要挣开李铁衫、和水泉，拔出长刀。

高川赶过来喊道：“岩虎！你干什么？”

所有人都看向高川，岩虎愤愤地挣开李铁衫、和水泉，指着刀心妍说：“刀家人弄坏了我的弩弓，我要她赔给我！”

高川拿过弩弓看看，严厉地说：“为了一把弩弓，就要和自己人动手吗？”

岩虎：“要是在我的寨子里，谁敢弄坏我的弩弓，我就砍下他的脑壳！”

高川：“住口！你现在是在寨子里吗？你现在是工作队员，不是佤寨的武士，也不是满山乱窜的流浪汉！动不动就要砍这个杀那个，你当自己是土匪呀？”

岩虎怒气难消，却不敢顶嘴。

高川：“你睁大眼睛看清楚，这里所有的人，包括刀心妍，都是你的同志、战友！你为了一把弩弓，要对自己人动手，你不觉得错吗？不觉得心里有愧吗？你还算个男子汉吗？算个打虎英雄吗？”

岩虎垂首沉默。

刀心妍气呼呼地转身走了。

波香喊了声：“心妍姐！”追了过去。

高川：“好了，弩弓的事回头再说。你们都回去训练，回去吧！”

李铁衫、和水泉、武晓鹏等人走向训练场，岩虎也低着头走去。

高川看看远去的刀心妍，转身走向训练场。

钟喜妹看着远去的刀心妍，显出担心。

3. 刀府　日内

刀心妍气冲冲地走近厅堂，正在打扫卫生的玉切很是意外地看着她：“大小姐！”

刀心妍没理会她，径自走向土司议事的内厅。

玉切愣了愣，赶紧走向楼梯。

刀心妍进了内厅，扫视挂着各式刀剑、弓箭等武器的墙面，目光停在一把做工精美的弩弓上，她走上前取下弩弓，转身出屋。

刀心妍拿着弩弓走过厅堂，刚进门的扎布愣了一下，躬身行礼："大小姐，你回来了……"

刀心妍不予理睬地走出大门。

扎布回身看着刀心妍的背影，犹豫着是否该追出去。

刀母由玉切陪着快步走下楼梯，急道："心妍！心妍呢？心妍在哪里?"

扎布躬身回答："太太，大小姐刚刚出去。"

刀母："你是死人呐？咋个不拦住她?"

扎布为难地说："太太，我……"

刀母："还不去追，给我把她追回来！"

扎布答应着出了大门。

刀母急得直拍大腿。

4. 刀府　日外

府门外，刀心妍拿着弩弓跨上马，催马而去。

扎布赶出府门，看着骑马而去的刀心妍，一脸无奈。

5. 河边树林　日外

刀心荣在乃木和两个亲信家丁陪伴下来到林中空地，看见有人在等着他。

刀心荣下了马，把马缰绳交给家丁，和乃木一起走向等他的人。

那人摘下蒙面的围巾，可见是身穿男服的石三娇。

刀心荣略略一怔："石小姐。"

石三娇："刀大少爷。"

刀心荣动着心思说："真没想到，石小姐会约我在这里见面。"

石三娇："为了安全，没旁的意思。"

刀心荣："听说石小姐一直住在曼龙镇上，怎么不到府里走走，是不是有些见外了?"

石三娇："大少爷莫怪，我在曼龙有重要军务，不便四处走动。况且，你们府里人多眼杂，容易暴露。"

刀心荣含笑点点头："石小姐是杜特派员的眼睛，盯着曼龙的一切，对吧?"

石三娇："大少爷不要误会，除了你和刀家武装，没有人能掌控曼龙。"

刀心荣严肃起来："那你在曼龙做什么？监视我吗?"

石三娇不置可否地说："我的任务是联络南沧和青蒙山，也替杜特派员向你传递消息。"

刀心荣不屑地说："杜特派员？他又要做什么?"

石三娇："他要我提醒你，如果不搞垮联防队，你们刀家的武装很快就会被共匪吃掉。"

刀心荣："笑话，什么狗屁联防队，一群奴才胡整乱整罢了，想吃掉我？做他的春秋大乱梦！"

石三娇冷笑道："你心里很清楚，共匪拉起联防队，就是要笼络曼龙的百姓，削弱你刀家的势力，让曼龙的百姓全听他们的。"

刀心荣赌气地说："有我在，曼龙的百姓就不会听他们的。"

石三娇又是一声冷笑："哼，你连你的阿妹都管不住，让她明目张胆地投靠了共匪……"

刀心荣恼怒地说："她是一时昏头，中了邪，我迟早要把她拉回来！"

石三娇讥讽道："变了心的女人就像飞走的野雀，她是回不来的。你还是好好想想怎么搞垮联防队吧，只要共匪留在曼龙，迟早会煽动百姓造你的反，让你家破人亡。"

刀心荣："我也想赶走红汉人，我也想阻止他们搞联防队，可高长官说了，联防队要保护曼龙百姓的安全，保护曼龙的粮食，你让我怎么反对？说到底，杜特派员的敢死队都对付不了的红汉人，我能拿他们怎么办?"

石三娇言语中透着威胁："我是把特派员的指令传给你，该怎么做你自己看着办。你别忘了，上次特派员和敢死队的行动失败，你阿妹脱不了干系。如果你不能阻止共匪在曼龙为所欲为，不能把答应国军的粮食运出去，你干爹和你们刀家的日子恐怕就不好过了。"

刀心荣想发作，又忍住了。

石三娇："特派员很快会来曼龙，答应给你的新式武器也会带来。你最好别让他失望。"

说罢她冷冷一笑，转身走入树林中。

刀心荣盯着她的背影，一脸怨愤。

6. 刀府　日外

刀心荣骑着马进入府院，在大门前下马，听见刀母在厅堂里喊（画外）："你们这些没用的，大小姐回来了，你们都不给我拦住她。你们是死人呐？都笨死的?!"

刀心荣正要进府，扎布从门里迎出来，躬身道："大少爷。"

刀心荣看看门里，问："怎么回事?"

扎布："刚刚大小姐回来过。"

刀心荣皱起眉："她回来了？回来做什么?"

扎布斟酌地说："大小姐把老爷的弩弓拿走了。"

刀心荣显出诧异，继而露出怒色："跟我走！"

他返身踩着家丁的脊背上马，带着乃木、扎布和家丁们出了府院。

7. 训练场　日外

联防队员们在高川指挥下操练……

训练场边，和水泉和岩虎一起修理摔坏的弩弓。

刀心妍骑着马过来，下马后拿着弩弓走向岩虎。

和水泉和气地喊了声："心妍同志。"

岩虎则是怨恨地白了她一眼。

刀心妍走近，把弩弓递向岩虎："岩虎，赔给你。"

岩虎鄙夷地瞥了眼她手里的弩弓："破烂东西，我不稀罕！"

刀心妍："你……"

和水泉看看刀心妍手中精致的弩弓，故意说："哎，岩虎，这可比你这把弩弓好多了。你看看，多讲究啊，还雕着花纹呢！"

岩虎："我不稀罕！土司家的没有好东西，都是破烂货！"

和水泉劝道："岩虎，不能这么说……"

刀心妍生气地说："你、你太过分了！不要就不要，骂人做什么?"

岩虎："我想骂就骂，怎么样嘛！土司家就是没有好东西，就是破烂货！"

刀心妍气得说不出话来："你、你……"

岩虎指着刀心妍手里的弩弓："信不信我把你这个破烂货砸烂，信不信?"

刀心妍恼怒地递上弩弓："你砸吧，砸吧，有本事就砸吧！"

岩虎拿过弩弓举起来要摔，和水泉赶紧拦着："别别，岩虎，不能这样……"

一旁传来高川的喊声（画外）："岩虎！你住手！"

岩虎、和水泉转眼看去——

高川走近，严肃地说："你要干什么？啊？拿过来！"他向岩虎伸出手。

岩虎只好把弩弓交给高川。

高川看看弩弓，批评道："刚给你讲过，这么快就忘了？对自己的同志撒野，不觉得丢人吗？去，到那边反省去！"

和水泉赶紧把岩虎拉走，岩虎仍显出不服气。
高川："一会儿我再批评你！"
他转向一脸委屈的刀心妍："这是你家里的？"
刀心妍点点头。
高川："送回去吧。"
刀心妍不解地看着高川。
高川："我明白你的心意。你也看见了，岩虎他不会接受，我也不会同意。"
刀心妍更加不解："为什么？"
高川："土司府的东西，我们不能要。"
刀心妍急了："我也是土司府出来的，我也不能要吗？难道你也像岩虎一样看我？"
高川："什么话。你是你嘛，我说的是土司府的东西，不是在说人。"
刀心妍赌气地说："人可以要，东西为什么不能要？"
高川和缓地说："好好，你别急，我慢慢给你讲……"

8. 训练场边的树林　日外

刀心荣在乃木、扎布和亲随家丁陪同下来到训练场附近，看着那些训练中的联防队员。
乃木："大少爷，我去把大小姐喊来？"
刀心荣想了想，摆下手，向乃木做了个手势，乃木立刻让亲随家丁把一块单子铺到草地上。
刀心荣坐到单子上，冷着脸说："我倒要看看，红汉人有多大能耐，能把穷奴才练成兵。"

9. 树林边　日外

波香拎着水罐走过来……

10. 树林中　日外

刀心荣大模大样地坐在单子上，身前摆着酒壶、食盒等器具，乃木、扎布等头目围坐在他身边陪着他喝酒。
旁边不远的地方点起火盆，根赛和另一个青年跪在火盆前为他们烧烤鱼和肠子等食物，乃木不住地催他们快烤。
乃木转回脸时，突然看见了什么，盯着树林外——
波香拎着水罐从林边走过。
乃木对刀心荣说："大少爷，你看。"
刀心荣朝波香看去，变了脸色："该死的丫头，把祖宗都忘了。给我喊过来。"
乃木和一个亲随家丁起身朝林边赶去，根赛立刻紧张起来。

11. 林边　日外

波香朝工作队员们休息的地方走着，乃木和家丁从林子里冲出来，拦住她的去路。
波香赶紧站住，紧张地看着乃木："你，你们要做什么？"
乃木："怕什么？大少爷要你过去，有话对你说。"
波香："不，我不去。"
乃木："不去？你是要我抽你阿哥的筋呢，还是砸断他的腿？"
乃木说着朝林子里看去。
波香也朝林子看去，见到跪在火盆边的根赛，立刻没了主意。
乃木："走吧，你个死丫头。"

波香无奈地放下水罐，跟着乃木进了林子。

12. 林子里　日外

波香忐忑不安地跟着乃木来到刀心荣面前，她偷眼看了看根赛，根赛揪心地看了她一眼，赶紧移开视线。
刀心荣头也不抬地喝着酒。
乃木厉声说："该死的奴才，见了大少爷不行礼吗?"
波香慌乱地向刀心荣鞠躬："大少爷。"
刀心荣没有理会。
乃木恶狠狠地瞪着波香说："你给我说，曼龙领地的主人是谁?"
波香一时不知如何作答。
乃木："说!"
波香："是、是刀家……"
刀心荣："这就对了，傣家人要认自己的主子，要讲祖宗规矩。像你这样的贱娃子，将来怎么去见阿公阿祖? 怕是死了都没处埋。"
波香不知所措地显出恐慌。
刀心荣吃了口东西，慢条斯理地说："红汉人嘴上讲什么民族平等喽，建立大家庭喽，可他们心里，想的是霸占我们的田地，收走我们的粮食，让我们傣家人给他们做奴仆。"
波香满脸汗水。
乃木："听明白了? 汉人没有好东西! 咱们傣家人不能听他们的，更不能受汉人的欺负。"
波香："可是，红汉人没有欺负我。"
刀心荣："憨包! 那是在哄你! 等他们开始欺负你，你怕投河都来不及了!"
波香茫然地不知该说什么好。
乃木："大少爷对你说这些，是为了你好，你不要不知好歹。不管到什么时候，曼龙领地都是刀家说了算!"
波香没有作答。
乃木："快去，烤些东西，伺候大少爷。"
波香没动。
刀心荣冷眼盯着她。
一旁的根赛双手发抖。
乃木："你聋了? 想让你阿哥成死人呐?"
波香迟疑地看了根赛一眼，无奈地走到火盆边，蹲了下来。
乃木吼道："跪下!"
波香犹豫着。
乃木又吼："跪下! 没脸的奴才，讨打啊!"
波香吓得浑身一颤，跪到地上。
根赛颤着手将一条鱼放到铁网上。
乃木："快烤! 烤不好砸断你们的爪子!"
波香拿起竹签翻动着烤鱼，眼里流出屈辱的泪水。

13. 训练场　日外

树荫下，岩虎赌着气修理弩弓。
和水泉在他身边开导说："你做得就是不对，刀心妍虽说是土司家的大小姐，可她现在是咱们的同志，是战友，你对她要像对我一样，懂吗?"
岩虎冷笑道："对她像对你一样? 你也是土司家的大小姐?"

和水泉一时说不出话来。

附近，钟喜妹在花蔓的帮助下为联防队员们检查身体。

花蔓突然说：“哎，波香呢？怎么还不来？”

钟喜妹抬头望了望，问附近的李铁杉：“铁杉！看见波香了吗？”

李铁杉：“没有。不是去提水了吗，该来了吧。”

钟喜妹、花蔓向林子外张望。

岩虎听到他们的话，留心地向林子里望了望，走向林中。

和水泉：“哎，你干啥去？”

岩虎边走边答：“去找波香。”

14. 林子里 日外

火盆边，波香和根赛被迫跪着为刀心荣烧烤食物，波香用竹签插起一条烤好的鱼，胆怯地对乃木说：“这条烧好了……”

乃木指指刀心荣：“给大少爷拿过去！”

波香无奈地起身，忍气吞声地走到刀心荣身前，把烤好的鱼举向刀心荣……

刀心荣冷眼看了看波香，露出不满。

乃木恶狠狠地说：“贱娃子，你跟了红汉人，把傣家规矩都忘了？”

他按着波香让她跪在地上，恶声恶气地说：“跪下！给我跪下！”

波香被乃木按着跪下，既愤怒，又恐惧。

乃木：“把鱼刺挑干净，乖乖地喂大少爷吃鱼……”

刀心荣身边的亲随家丁们不怀好意地笑着。

波香跪在原地没动，显然有反抗的意思。

乃木喝道：“愣着干什么？想讨打啊?!”

波香眼里噙着屈辱的泪水，跪着向刀心荣移动……

这时，传来岩虎的喊声（画外）：“波香！波香！”

刀心荣、乃木等人寻声看去——

波香转头看去——岩虎怒冲冲赶过来喊：“波香！站起来！”

他冲到波香身前一把将她拉起来，夺下她手里的烤鱼扔到一边，又对波香喊：“你在跪谁？跪谁？没出息！”

波香羞愧地低着头，流出眼泪。

岩虎怒目圆睁地指着刀心荣：“刀心荣！你敢欺负人，还有没有王法！”

刀心荣盯着岩虎，心中腾起杀气。

乃木冲岩虎喊：“你个蟊贼，我让你知道知道傣家人的王法！”

他说着抽出长刀，刀心荣身边的扎布和亲随家丁都把枪口对准了岩虎。

岩虎毫不畏惧地抽出长刀怒吼：“哪个敢动？现在是共产党的天下，讲的是共产党的规矩！你们敢欺负人，谁也不会答应！”

乃木举刀要砍岩虎。

刀心荣喝道：“慢着！”他瞪着岩虎说：“共产党的天下？你个山野蟊贼，给我听好了，这是在我刀家的领地上，我打死你就像打死一条癞皮狗！”

岩虎：“你有种就来打呀！打呀！”他转身走到一旁一脚踢翻了烧烤的火盆，愤怒地喊：“我岩虎捉过老虎，打过豹子，像你这样的毛毛虫也敢和我打，我一刀把你砍去见祖宗！”

刀心荣咬牙说：“死狗！（他对身边的傣族青年们一挥手）给我打！打断他的狗脊梁！”

亲随家丁和乃木一拥而上地扑向岩虎，岩虎毫无惧色地和他们打了起来……

波香见他们打成一团，惊恐地撒腿跑去……

15. 林子里　日外

高川和刀心妍刚走到训练场，波香惊慌失措地跑来，一副没了魂的样子。

钟喜妹忙迎过去问："波香，出什么事了？"

波香跑到高川身边，急切地说着傣语。高川听不懂，刀心妍脸色一变，拉着波香说："波香，不要急，岩虎他怎么了？"

波香急得直跺脚："岩虎和乃木他们打起来了，大少爷他们人多，岩虎要吃亏了！"

高川向和水泉、李铁杉等人一挥手："快！"

高川带着队员们冲去……

16. 林子里　日外

岩虎和乃木等人仍在撕打，虽然对方人多势重，却没占到多少便宜……

刀心荣冷眼看着他们厮打。

高川和队员们冲了过来，高川大喊："住手！都给我住手！"

岩虎从"战团"中闪了出来，依然瞪着乃木等人，紧握着拳头。

乃木等人也退到一边，与岩虎怒目相视。

高川瞪着乃木等人："你们干什么？为什么动手？"

刀心妍拿着弩弓赶上前，对刀心荣说："你是为了这把弩弓吗？拿回去就是了，干吗要打人？"

刀心荣夺过弩弓，递给身边的扎布。扎布接过弩弓，有些担心地看看刀心妍。

刀心荣没理会刀心妍，指着岩虎说："高长官，你该问问他想做什么。这个蟊贼竟敢辱骂本少爷……"

岩虎也指着刀心荣说："他欺负人！他让波香跪在地上喂他吃东西！"

高川听罢，转头问波香："是这样吗？"

波香胆怯地点点头。

高川愤怒地瞪着刀心荣说："刀心荣！你太不像话了！"

刀心荣先是一愣，既而梗着脖子说："不要对我吼，在曼龙领地，没有人敢对我吼！"

高川："你敢欺辱我们的工作队员，我绝不答应！"

刀心荣不屑地说："你不答应又怎么样？在曼龙领地，我想做什么就做什么。你们想做什么，必须要听我的，这是你亲口对我讲的。"

高川："那是尊重你，和你协商。你欺辱我们的工作队员，纵容手下殴打岩虎，这是严重的挑衅行为！你必须向波香道歉！你的这些手下，必须受到处罚！"

刀心荣逞强地说："哦？这又是哪家的王法？"

高川："是共产党的王法！"

刀心荣目光阴沉地说："好啊，说来说去，共产党也是这么霸道，和国民党老黄皮没什么两样！"他朝身边的青年们挥挥手，"我们走！不理他们！"

高川怒不可遏地喊："站住！"

刀心荣受到震慑地站住，看着高川。

高川指着乃木等人："你打算怎么处罚他们？"

刀心荣依然强硬地说："这是我们傣家的事，轮不到你管！"

他带着乃木等人准备离去。

高川再次喝道："站住！"

工作队员们朝乃木等人围上去，刀心荣突然拔出枪推上子弹喊道："哪个敢过来！想死吗？！"

工作队员们都愣住了。

刀心妍冲到高川身前挡住他："刀心荣！你要做什么？"

波香惊恐地看看高川，又看看岩虎，不知道会发生什么事。

钟喜妹担心地看着高川和刀心妍。

刀心荣挥着枪对刀心妍喊:“你给我站开!”

刀心妍:“你把枪放下!”

钟喜妹被心妍的举动所震撼。

高川拦开刀心妍,目光炯炯地盯着刀心荣,毫无惧色地接近枪口……

刀心荣显得胆怯了,站在那里进退两难……

高川从容地站在刀心荣面前,表情冷峻地说:“你想动枪?”

刀心荣看着高川,心里发虚。

高川:“如果你不处罚他们,就无权过问联防队的事。”

刀心荣无奈地收起枪。

高川:“一天之内,你必须给我答复。”

刀心荣躲避着高川的目光,不置可否地转身走了。

乃木等人赶紧跟了上去。

刀心妍和工作队员们愤怒地看着走去的刀心荣等人。

高川平复着心中的怒气,转向波香说:“波香,你记住,你是工作队员,是共产党的人,不能再向任何人弯腰低头!”

波香委屈地点点头。

高川转向站在一旁不知所措的根赛:“根赛兄弟,你也记住,是男人就该挺起腰杆做人,不能再做奴隶娃子!”

根赛羞愧地点头。

刀心妍注视着高川,显出钦佩。

17. 工作队临时驻地 日外

岩虎愤愤不平地对高川说:“我怎么会有错?明明是他们欺负波香嘛!要是你看见他们逼着波香跪在那里,你会不去管?”

高川:“当然要管。”

岩虎:“对了嘛!”

高川:“管是要管,可是,不能用你那种管法。”

岩虎:“那要怎么管?求他们放了波香,他们肯吗?”

高川:“岩虎,你现在的身份是什么?”

岩虎:“你兄弟。”

高川:“再想想。”

岩虎:“是你兄弟嘛!哦,工作队员。”

高川:“对了,工作队员。我问你,工作队员的责任是什么。”

岩虎叹了口气:“帮助穷苦百姓,让各族的人像兄弟一样不打架,搞团结。还有,跟那些土司头人……我就是搞不明白,革命就革命嘛,为什么要对土司头人那么好?土司头人能跟我们苦娃子一样吗?”

高川:“当然不一样,要想改造那些土司头人,得要花费很大力气,需要很长很长的时间。”

岩虎:“为什么要为他们费那么大的力?你看看那个刀心荣,根本就是个坏人嘛!他怎么会变得和我们一样?”

高川:“这话就不对了。革命的大门是对每一个人开着的。不管他是什么出身,以前做过什么,只要他愿意加入我们的队伍,我们就有责任教育他们,帮助他们,改造他们。这包括对你,对波香,对刀心妍,也是一样。”

岩虎:“我?我怎么会和刀心荣一样?你说笑吧?”

高川:“我没说笑,你刚参加革命队伍,有很多道理还不明白。你还要经过很多锻炼,经受很多考验,才会吸取教训，才能少犯错误。”

岩虎：“这么说，我今天真是错了?”

高川：“制止刀心荣、乃木欺辱波香是对的，擅自动武和他们打架是错的。”

岩虎：“他们打我，我就不能打他们?”

高川：“你想过没有，如果今天砍伤了人，或者他们动了枪，是什么后果?”

岩虎：“什么后果? 他们敢打死我，我就敢打死他们!”

高川：“那就错上加错! 一个工作队员，最重要的就是遵守纪律! 要打仗，要动武，必须听从上级命令! 没有命令，再大的委屈也得受着!”

岩虎猜想：“上级? ……”

高川：“就是我!”

岩虎：“那时你不在嘛……”

高川：“我不在你就敢随便动武? 那你和在山上乱串的时候有什么两样?”

岩虎眨着眼睛看着高川，似乎还不知道自己错在哪里。

高川拿过岩虎手上的弩弓，从他箭袋里抽出一支弩箭。

岩虎不明白地看着高川，高川说：“这样啊，我和你比试一下，我要是射中了目标，你就听我的，承认错误，好好检讨。”

岩虎来了兴趣：“咋个比?”

高川：“找个目标，咱俩一人一箭，射中了算赢。”

岩虎兴奋地摘下装水的葫芦，要挂到树上，高川拦着说：“哎，换个目标，把它弄坏了我还得赔你。”

岩虎执意将葫芦挂在树干上：“不怕的，射中了它我再去整一个就是了。”

高川只好答应：“那好，我先射，射中了就算我赢。”

岩虎同意地点点头，高川退出一段距离，上好弩箭说：“够远了吧?”

岩虎点头，不相信地看着高川。

高川举起弩弓，用岩虎教他的方法瞄准树干上的葫芦，射出弩箭——

弩箭正中葫芦。

岩虎诧异地瞪大眼睛。

高川笑道：“我赢了，你得照我说的做，给我好好想两个字——纪律。想好了就承认错误，好好检讨。”

岩虎一脸憨态地点头：“哦。”

18. 工作队驻地附近　日外

钟喜妹、花蔓要为一群孩子检查身体，孩子们躲着闹着不让她挨近。喜妹、花蔓正犯愁，李铁杉、武晓鹏拿着几样自制的草编动物和小风车之类的玩意走来，用小玩意逗着孩子们，武晓鹏对孩子们说，哪个乖乖检查身体就送给他一个小玩意，孩子们争着要那些小玩意，只好让喜妹、花蔓检查身体。

花蔓高兴地说：“你们真行，谁想出来的?”

李铁杉：“还用说吗，当然是我。”

钟喜妹故意地说：“才不会呢，一定是晓鹏想出来的。”

武晓鹏：“不不，真是铁杉想出的主意，还真管用呢!”

李铁杉不满地瞥了眼喜妹，喜妹得意地笑了。

刀心妍、波香带着一些妇女走来，波香对喜妹、花蔓说：“喜妹，花蔓，看呐，她们都答应检查身体，听你们讲卫生课了!”

喜妹高兴地说：“真的? 太好了! 你是怎么动员的?”

波香：“还不是靠心妍姐，她讲的话，她们都信。”

喜妹含笑看着心妍：“心妍，谢谢你。”

心妍：“谢什么，我们不是一伙的?”

喜妹笑着说："是，当然是。"
心妍："快给她们讲课吧，我给你当翻译。"
喜妹开心地说："哎。"

19. 曼龙镇　日外

街上不少人摆出山货土产、自制器具与别人以货易货，也有出售鸡鸭鱼类、各色吃食的摊点，人来人往地比较热闹……

岩虎背着弓弩，挎着长刀，拎着两只猎获的山鸡走在街市中，不时被一旁的摊点吸引，饶有兴趣地看个究竟，却时时招来傣家摊主敌意的目光。

20. 曼龙酒家　日内

乃木和两个心腹家丁在喝酒，三人吆喝着干了一碗酒后，一家丁低声对乃木说："乃木大哥，红汉人的高长官硬得很呢，咱们大少爷怕是斗不过他吧？"

乃木一瞪眼睛："屁话！红汉人算什么？他们是过路的野雀，抖抖翅膀就会飞走。你们等着看好了，曼龙领地是傣家的，傣家的地盘永远是傣家人做主！"

两个家丁附和着向乃木敬酒。

站在柜台里的尼斗注意着乃木和家丁，露出得意之色。

一个拿着琴的老人带着个姑娘来到乃木他们桌边，卑微地请乃木点支曲子。

一家丁反感地轰着老人："去去，别烦别烦！"

老人带着姑娘正要离去，乃木却一把拉住那姑娘，色迷迷地端详着说："姑娘不错嘛，俏生生的啊……"

他说着伸手去捏姑娘的脸蛋，老人赶紧护着姑娘向乃木鞠躬："老爷，姑娘还小，还小呢……"

乃木瞪起眼睛："小什么小？不小有人要吗？坐下，陪老子喝酒！"

姑娘恐惧地躲在老人身边，老人哀求："老爷，姑娘还小，陪不了酒，叫她给老爷唱个曲吧……"

乃木："唱个屁！哼哼唧唧的有什么听场！过来坐下，陪老子喝酒！"

老人拉着姑娘要走，两个家丁拦住他们，恶声说："不许走！乖乖坐下！想讨打啊？"

柜台里的尼斗不动声色地看着乃木等人，暗中向伙计示意，不要管他们。

两个家丁推开老人，把姑娘拽到桌边按到凳子上，姑娘挣扎着哭了起来。

乃木端起酒碗要灌姑娘，突然两只山鸡落在桌子上，溅起一些酒菜。

乃木和两个家丁吃惊地转头一看——

岩虎站在近前，怒目圆睁地瞪着他们。

老人趁机赶紧拉着姑娘离开了。

乃木摔下酒碗对岩虎喊："土贼！你活够了吧！"

两个家丁操枪拔刀准备攻击岩虎。

岩虎毫无惧色地瞪着乃木："不要脸皮的歪货，大白青天的欺负女人，像个畜生！"

两个家丁要冲向岩虎，乃木拦住他们，冷笑着对岩虎说："好你个憨贼，仗着红汉人撑腰，敢和老子撒野！"他拎过冲锋枪拍在桌子上。

尼斗有些紧张，注视着乃木和岩虎。

岩虎扫了眼冲锋枪："一支破枪，有什么了不起？老子不怕！"

乃木："不怕？"他拿起枪朝岩虎晃着，"老子让它呱呱一叫，刷倒你们一寨子人！"

岩虎紧握刀柄："你让它叫一声，老子就砍下你的头！"

乃木和岩虎相持片刻，终于软了下来："憨贼，有胆气。老子今天不和你打架，不想给大少爷找麻烦。"

岩虎："草包！不想打就把家伙收起来，留神我把它抢了去！"

乃木看了看手里的冲锋枪，冷笑一声："眼红了吧？好说，你要是真有胆色，我俩就打个赌。"

岩虎："赌哪样？"

乃木放下冲锋枪："喝酒。"
岩虎瞪着乃木："喝酒？咋个喝法？"
乃木："一碗一碗地喝，谁先喝倒谁就输。我输了，这条枪归你！你输了，就滚出曼龙！敢不敢？"
岩虎气鼓鼓地瞪着乃木，犹豫着。
乃木挑衅："怎么，你怕了？"
岩虎："怕？你去打听打听，佤寨的男人谁认得怕字？"
乃木："那就来吧。"
岩虎："来就来！你的枪归我了！"
乃木："做梦！我让你爬着出去！来酒！"
伙计看看尼斗，没等尼斗做出反应，乃木身边的家丁已经来到柜台边，抱起一坛子酒，走回桌边。
尼斗见状向伙计使个眼色，悄悄离开柜台，走向后门。
另一个家丁在桌上摆好两只大碗，抱酒的家丁往大碗里倒酒……

21. 酒家客房　日内

石三娇感到意外地问："你确定是共匪工作队的人？"
尼斗："没错。是个佤族汉子，就是姓高的共匪从山上带回来的那个。"
石三娇略一思索："好，让他们斗，斗得越凶越好。"

22. 工作队临时驻地附近　傍晚外

高川和工作队员们分头在找岩虎……
高川、和水泉在林子里喊："岩虎！——岩虎！——"
李铁杉、钟喜妹在池塘边喊："岩虎！——岩虎！——"
武晓鹏、花蔓在溪水边喊："岩虎！——岩虎！——"

竹屋前，波香焦急地问刚刚回来的队员："找到了吗？找到岩虎了吗？"
队员摇头说："没有。附近都找遍了，没找着他。"
波香更加担忧地看着远处。
刀心妍走近安慰她："波香，别急，会找到的。"

23. 曼龙酒家　傍晚内

岩虎和乃木还在拼酒，两人一人抱着一个酒坛，自己倒满酒，端起碗就喝……
两人身前的桌上各堆起一摞碗。
尼斗、伙计、酒家里的客人和那两个家丁不住地为他们两人叫着好……
岩虎和乃木都已经醉了，仍在拼命喝着，旁边的人仍在叫好。
石三娇躲在包房里，从门帘缝中观察着厅堂里的动静。
乃木终于不支，丢下碗倒在地上。
岩虎晃晃悠悠地笑着，伸手去拿乃木的冲锋枪，一个家丁抢先拿起枪，岩虎变了脸，扑上去抢枪，家丁一闪身，岩虎扑了个空，摔倒在地上。
客人们哄笑起来。
岩虎爬了起来，扑向家丁，和两个家丁撕打起来……
厮打中不知谁扣着了扳机，冲锋枪射出一串子弹，把酒家顶棚打了一溜窟窿。
尼斗、伙计赶紧躲到桌子下面，酒家里看热闹的人们四散而逃……
包房门旁的石三娇抽出手枪，并没有急着冲出去。

24. 曼龙酒家　傍晚外

高川带着和水泉、李铁杉、武晓鹏等工作队员，刀心荣带着扎布等亲随家丁都站在酒家外，铁青着脸。

酒家二楼窗边，石三娇和尼斗隐蔽地看着楼下。

醉醺醺的岩虎被和水泉、李铁杉架住，嘴里不住地说："枪，枪！归我……"

高川厉声道："把他背回去，关禁闭！"

刀府家丁把乃木架走了。

刀心荣不好说什么地看着高川。

高川："刀代办，对不起。"

刀心荣故作大度地摆了下手。

高川："对岩虎我会严厉批评，不会原谅他。但是，事情的起因你已经知道了，该怎么处理乃木，是你的事了。"

刀心荣想了想，盯着高川说："好说，只要你把岩虎赶走，我就把乃木交给你处罚。"

高川："这不行，岩虎是我的队员，谁也不能把他赶走。"

刀心荣："那就不好办了，岩虎在这里有的是仇家，说不上哪天……"

高川："谁敢伤害岩虎，就是挑衅工作队，作为土司代办，你要负责。"

刀心荣冷笑："好啊，你怎么处罚岩虎，我就怎么处罚乃木。扎布！"

扎布："在！"

刀心荣："拿枪来！"

扎布把冲锋枪交到刀心荣手里，刀心荣把枪递向高川："拿去吧，归你们了。"

高川没接。

刀心荣："愿赌服输，这是规矩。我们傣家人不会不讲信用。"

高川："我们有纪律，酗酒闹事用武器赌博的做法我们坚决反对。"

刀心荣没想到地看着高川。

高川："刀代办，如果你能处罚乃木，整肃纪律，带着你的武装真心跟我们合作，那比一百支冲锋枪的威力还要大。"

刀心荣似乎听懂了，他把冲锋枪还给扎布，向高川拱手说："领教了。回府！"

刀心荣带着家丁走了。

高川也带着队员们离开酒家。

隐蔽在二楼窗边的石三娇一脸愤恨地盯着高川，一只手紧握着枪柄。

尼斗轻声说："看样子，刀心荣不是共匪的对手啊。"

石三娇："这个崴货，我得报告特派员，给他下点猛药。"

25. 刀府　夜内

厅堂里，刀心荣心烦意乱地踱着步子，扎布躬身站在一旁。

刀心荣站住，一脸阴郁地说："乃木这个蠢货，害我在红汉人面前下不了台！"

扎布犹豫一下，试探地说："大少爷，我们对红汉人，还是不要硬碰硬的好。"

刀心荣斜眼看着扎布："你说什么?"

扎布："大少爷，虽说在曼龙的红汉人没有几个，可他们背后有数不清的解放军，和他们硬着来，划不着的。"

刀心荣打量着扎布："你还有些心思嘛。照你的说法，我就该处罚乃木，向红汉人低头了?"

扎布："大少爷不会向红汉人低头。可是，不处罚乃木，红汉人就下不了台，他们会带着奴才们对付你。"

刀心荣思索起来。

扎布："大少爷，老爷以前常常讲，小事不忍，会坏大事的。"
刀心荣盯着扎布，似乎对他另眼相看了。

26. 工作队临时驻地　日外

扎布策马而来。
竹屋外，和刀心妍一起晾晒衣服的波香看见了扎布，对刀心妍说："心妍姐，你看，是扎布。"
刀心妍向扎布看去。
扎布在近处下马，走向刀心妍躬身行礼："大小姐！"
心妍迎向他："扎布，你来做什么？"
扎布："大少爷要我传话给高长官。"
心妍："传话？传什么话？"

27. 竹屋　日内

高川没想到地对扎布说："你们大少爷要犒赏联防队？"
扎布："是了。大少爷请高长官把联防队员都喊来，他要当众处罚乃木，给高长官一个交代。"
高川与刘捍卫对视，刘捍卫不以为然。
高川下了决心："好，你回去转告你们大少爷，我答应了。"
扎布躬身行礼："谢高长官。"

28. 竹屋外　日外

刀心妍拦住扎布："扎布，我阿哥到底想干什么？"
扎布躬身回话："大小姐，大少爷真的要处罚乃木，他不想和红汉人结仇。"
刀心妍没想到，说："这是真的？"
扎布："扎布不敢说谎。大小姐，太太有话，让大小姐一定回府里看看她。"
刀心妍的情绪起了变化。
扎布："大小姐出来以后，太太记挂你，天天都在哭呢。"
刀心妍心里一酸，差点流泪。

29. 刀府外的空地上　傍晚外

空地上点起一堆堆篝火，高川带着工作队员和联防队员在篝火旁席地而坐，武晓鹏指挥工作队员唱起了"三大纪律、八项注意"歌，联防队员有节奏地拍着巴掌……
扎布带领府兵、家丁坐在一边，默不作声。

30. 刀府　傍晚内

刀心妍在玉切陪伴下进了刀母卧房。
刀母激动地迎上来抱住心妍："心妍，我的女儿，我的女儿啊……"
她抱着心妍流出眼泪。
心妍："阿妈，别伤心，我不是好好的吗？"
刀母捧着女儿的脸端详着说："我的女儿啊，回家来吧，好好在家陪阿妈吧……"
刀心妍："阿妈，我现在已经是组织的人了。"
刀母疑惑："组织？组织是谁呀？"
刀心妍笑道："妈，组织不是谁，组织就是……（她趴在母亲肩头小声说）"
刀母吃惊地说："怎么，你是共产党了？"

刀心妍："没有，我还不够格呢，不过我们现在做的就是共产党的工作。"

刀母拉心妍坐下："你真是疯了，共产党好不好阿妈不知道，可人家到底是汉人做主啊！"

刀心妍："阿妈，共产党讲的是民族平等，不管什么民族都是一家人。"

刀母："我不信，咱们傣家人自己还打冤家呢，让天下人都成一家，怎么可能？除非共产党是神仙，能叫山上的石头发出芽。"

刀心妍："共产党比神仙还灵，不信，你就等着瞧吧！"

刀母接过玉切端来的汤："好好好，就算共产党是菩萨，你该为菩萨做的都做了。来，喝口汤，刚刚熬好的鸡汤。"

刀心妍摇摇头："我不喝。"

刀母："听话，要喝。看看你现在瘦成什么样子？天天吃洋芋糟辣子，怎么受得了啊！"

刀心妍："别人受得了，我为什么受不了？"

刀母："这是在曼龙，是在咱们的家里呀！在自己家里还要受罪，哪有这样的理嘛！"

刀心妍坐直了说："阿妈，你不明白，这就叫人人平等。"

刀母："平等？平等就让你吃洋芋？你不知道啊，总吃洋芋，会得麻风的。"

刀心妍："谁说的？那是乱讲，那么多人吃洋芋，哪个得麻风了？"

刀母："好好，没有没有，喝汤。"

刀心妍乖乖地端起汤喝了一口，看着母亲笑笑。

31. 刀府外的空地上　傍晚外

刀心荣带着几个亲随家丁来到集合场，两个家丁押着五花大绑的乃木。

工作队员和联防队员们都安静下来，注视着刀心荣他们。

高川、刘捍卫也注视着刀心荣他们。

刀心荣走到高川面前："高长官，我今天当着众人的面，给你个交代。（他转向押着乃木的家丁）把他拉过来！"

两个家丁把乃木押到刀心荣身边。

刀心荣："跪下！"

两个家丁按着乃木，让他跪下，一个家丁拉开乃木上衣的后襟，露出脊背。

刀心荣从一个家丁手里接过鞭子，狠狠抽了下去，乃木发出嚎叫，背上立刻出现了一道血痕……

高川喊了声："住手！不能打！"

刀心荣扬起的鞭子停在空中，转头看着高川："你不是要我处罚他吗？这就是我们刀家的规矩。"

高川："刀代办，在共产党的队伍里，绝对不许打骂士兵。希望你能按照我们的规矩，不再打骂手下的人。"

刀心荣似乎不大相信："你们的队伍里，有这一条？"

高川点点头，掏出一本印着"三大纪律、八项注意"和若干条例的小册子，递给刀心荣："你看，这是毛主席为人民军队立下的规矩，里面清清楚楚写着，要爱护战士，不许打人骂人……"

刀心荣接过小册子看了看，动了下心思，顺坡下驴地放下鞭子，对受罚的乃木说："乃木，你有运气，按红汉人的规矩，免了你一顿鞭子，还不谢过高长官？"

乃木跪着向高川低头："谢过高长官。"

刀心荣："这次不打你了，这样吧，罚你去马房喂马，一步也不许离开马房！"

乃木叩头说："谢大少爷！谢大少爷！"

刀心荣挥了挥手，那两个家丁把乃木押走了。

高川转向大伙说："乡亲们！弟兄们！刀代办带队伍有方，赏罚分明！我们欢迎！"

他带头鼓掌，工作队员和联防队员们都鼓起掌来。

扎布等刀府家丁们也跟着鼓掌。

刀心荣显出得意。

32. 工作队临时驻地　晚上外

波香拿着药包走向柴棚。
在柴棚外守着的队员打开柴棚的门……

33. 柴棚里　晚上内

被关禁闭的岩虎躺在草堆上，瞪着眼睛怒视着漏空的顶棚。
门开了，波香进来，轻声说："岩虎，岩虎。"
岩虎看了看波香，白了她一眼。
波香知道岩虎在记恨自己，难过地说："岩虎，来，我给你换药。"
岩虎恼恨地说："走开！"
波香犹豫一下，凑近他说："岩虎，你要骂就骂吧，都是我不好……"
岩虎翻个身，不理她。
波香："岩虎，别怄气了，等高队长回来，你好好做个检讨，认个错，就用不着关禁闭了……"
岩虎突然起身推倒波香，冲出柴棚。
波香倒在地上喊："岩虎！岩虎！"

34. 工作队临时驻地　晚上外

值勤的队员想拦住岩虎，被岩虎推倒在地。
岩虎跑向拴马的地方……
波香从柴棚里出来，急着喊："岩虎！岩虎！"
岩虎解开马缰绳，拉过马跳上马背，拍马跑去……
波香和值勤的队员追了过来，波香喊："岩虎！回来！回来！——"
值勤的队员拉着枪栓要鸣枪，波香赶紧拦住他："不行！不能开枪！"
值勤的队员急切地说："就让他跑了？"
波香望着远处，急得跺脚："岩虎！——岩虎！——"

35. 野外　夜外

高川和工作队员们举着火把边找边喊："岩虎！——岩虎！——"
四野漆黑，无人应答。
高川对和水泉说："追！往山上追！"

36. 山上　夜外

岩虎拉着马在林子边停住，不舍地看着山下——
点点火把闪动着，传来高川等人的喊声："岩虎！——岩虎！——"
岩虎犹豫片刻，下决心地跳上马背，催马进了山林……

37. 工作队临时驻地　夜内

波香哭着说："都怪我，都是我不好……"
刀心妍、钟喜妹、花蔓安慰着她。
钟喜妹："波香，别哭了，这不能怪你。"
花蔓："是啊，波香，你没有错，别哭了啊。"

刀心妍把毛巾递给波香："波香，把泪擦了。你要相信，岩虎会回来的，一定会回来的。"

38. 工作队临时驻地 夜内

刘捍卫对高川说："我说什么来着，吸收新队员要慎重，要加强教育。现在好了，刚来没几天，闯了祸不说，还跑了。这影响太坏了嘛！"

高川沉默不语。

刘捍卫："我建议，把刚参加工作的同志统统送回南沧去，办学习班，提高觉悟。"

高川心情沉重地说："我现在想的是，岩虎他回不了寨子，没地方可去，又要一个人转山了……"

第二十三集完

第二十四集

1. 山中　清晨外

曙色铺满山岗。

山林中，拴在裸露的树根上的马匹发出嘶鸣，踏动马蹄。

睡在大树下的岩虎醒了过来，猛地坐起身观察近旁，似乎忘了自己睡在什么地方。片刻，他明白自己是独处山林，沮丧地搓了搓脸，站了起来。

马匹又在嘶鸣。

岩虎拍打着身上的露水，走到马匹旁边，安慰地拍拍马的脖子，解开缰绳，拉着马向林深处走去。

2. 山林中　日外

岩虎拉着马疲惫地走在林中。

山石上流下一股清泉。

岩虎发现了清泉，拉着马走过去。他双手接着清泉喝了几口，舒爽地长出一口气，拿过一片阔叶接了些泉水，转身走向马匹，让马饮水。

马匹舔着泉水，突然昂起头不安地晃动着。岩虎拉住缰绳，抚摸着马匹警惕地侧耳凝听。

（画外）传来马蹄声。

岩虎轻抚着马匹让它安静下来，自己摘下背上的弩弓，朝传来马蹄声的方向走去……

3. 山林中　日外

驮着木箱的马帮在山林小路上行进，杜连仲和他的两个手下骑在马上，走在马帮前面，其他的手下也骑着马走在马帮中间。

岩虎拨开树丛，向小路上望去——

杜连仲带领的马帮朝近处走来……

岩虎露出怒色，隐蔽着上好弩箭，悄悄移到一棵树旁，举起弩弓瞄准一匹驮马射出一箭——

驮马中箭后惊叫着纵跳几下，跑向林中……

杜连仲的手下跳下马端起冲锋枪扑向路边。

杜连仲骑着马赶过来："怎么回事?"

手下："特派员，有人袭击我们!"

杜连仲向林中搜寻着："快去，把马追回来!"

手下迅速钻入林中。

杜连仲："不许开枪!"

4. 山林中　日外

中箭的驮马在林中跑着……

岩虎判定马跑的方向，隐蔽而去……

杜连仲的手下在林中追赶驮马……

岩虎在林中隐蔽穿行……
驮马在奔跑……
杜连仲的手下在追赶……
岩虎奔跑中突然停住，躬身听着马蹄声和杜连仲手下的脚步声，片刻，他辨明了方向，转向一旁。
驮马在奔跑……
杜连仲的手下在追赶……
岩虎躲在树丛中，端着弩弓瞄准……
杜连仲的手下出现在岩虎的视线中，岩虎等着目标跑近，射出弩箭——
杜连仲的手下中箭，栽倒在地。另一个手下立即蹲下，惊恐地端着冲锋枪寻找目标。
岩虎在树丛中隐去。
中箭的人痛苦地扭动身体，试图将胸口的弩箭拔出，却很快没了力气。
另一个手下警惕地挨近他，看了看插在他胸口的弩箭，拖着他离开。

5. 山间小路　日外

马帮停在路上，杜连仲的手下围在他身边，警惕地观察林中。
那个去追赶驮马的手下吃力地拖着中箭的同伴回来了，杜连仲和手下们迎了过去。
拖着同伴的手下气喘吁吁地说："特派员，他中了一箭。"
杜连仲："马呢?"
手下："跑了。"
杜连仲低声骂了句："混蛋。"
他低头看看中箭的手下，显然已经断气。他摆了下手，转身向路上走去。
手下们跟了过去，那个把同伴拖回来的人摘下同伴身上的冲锋枪和子弹，将死去的同伴留在林中。

6. 青蒙山　岩火大寨　日外

岩火和桑木头人、岩坚、尼果等人走向寨口。
岩虎牵着马匹站在寨口，见岩火走来，立刻跪下。
岩火站住，盯着驮马背上的木箱。
岩坚、尼果等人过去将马背上的驮架卸下，砸开木箱，都露出吃惊的神色。
岩坚转向岩火："枪！机关枪!"
岩火走了过去，看着砸开的木箱——
木箱里用稻草和油布包裹着的果然是崭新的机关枪。
岩火把目光转向跪着的岩虎。
岩虎低着头跪着。
岩火："岩虎，这是你从老黄皮那里夺下的?"
岩虎："是。"
岩火盯着岩虎思索片刻，露出笑意："起来，回寨子吧。"
岩虎抬起头，激动地闪着泪光："大头人!"
岩火笑了笑，转身走了。
桑木头人赶紧跟了上去。
岩坚等人围向岩虎，亲热地喊着他拉他起来。
岩虎和岩坚激动地拥抱。
寨子里，桑木头人跟着岩火说："大头人，大头人，岩虎一定是在说谎!"
岩火停住脚，转脸盯着桑木。
桑木煞有其事地说："大头人，岩虎已经投了红汉人，怎么又会跑出来，抢了老黄皮的马帮，回到寨子里来呢?"

岩火想了想，回身看去——

岩虎和岩坚等人一起抬着装着机关枪的木箱高兴地走着……

桑木凑近岩火说："大头人，岩虎和红汉人混了这么久，不能信他了。上一回，红汉人用几驮粮食骗回了耕牛，现在又和曼龙的傣族人搞起了联防队。这些机关枪，一定是红汉人送给傣族人的，摆明了是要一起对付我们。岩虎这次回来，一定是红汉人派来当奸细的。"

岩火看了看桑木，犹豫起来。

7. 岩火大房　日外

岩虎和岩坚、尼果等人来到大房外。

岩火目光犀利地盯住岩虎。

岩虎慌乱起来。岩坚等人不解地看看岩火，又看看岩虎。

岩火："岩虎，你不是跟了红汉人吗? 为什么又跑回来?"

岩虎忐忑地回答："大头人，我是跟红汉人到了曼龙，可是红汉人向着傣族头人，我看不惯，才跑回来的。"

桑木："胡说! 一定是红汉人派你回来的，要你做奸细!"

岩虎："不! 大头人，岩虎不是奸细!"

桑木："还说不是，这些枪分明是红汉人送给傣家人的，你瞒骗不了大头人!"

岩虎："不! 不是这样! 大头人，这些枪是送给曼龙刀家的，可是送枪的人不是红汉人，是老黄皮!"

桑木："还敢乱讲! 老黄皮这么憨吗? 会让你夺了这些枪?"

岩虎愤怒地盯着桑木，但又不敢发作："桑木头人，你若是不信，可以和我一起去追老黄皮的马帮，看看岩虎是不是在扯谎!"

桑木："大头人，你听听，岩虎分明是在狡辩。他一定是红汉人派来的奸细，应该砍了他!"

岩虎："你! 大头人，岩虎不敢扯谎! 岩虎抢驮马的时候，还射死了一个老黄皮，就在山林里。你若是信不过岩虎，就让岩坚他们去找老黄皮的尸首，看看岩虎说没说谎话!"

桑木："大头人……"

岩火："好了! 岩坚!"

岩坚："在!"

岩火："把岩虎关起来!"

岩坚愣了愣。岩虎委屈地说："大头人……"

岩火："关起来!"

岩坚："是了。"他只好转向岩虎，示意岩虎跟他走。

岩虎倍感冤枉地喊："大头人! 岩虎真是自己回来的!"

岩火："带走!"

岩坚、尼果等人把岩虎押出院子。

岩火盯着被押走的岩虎，露出难以定夺的神色。

桑木："大头人，你要留下岩虎?"

岩火："先关着他，等我去菁崖大寨见过阿爹，回来再发落。"

8. 曼龙　东盘江畔　夜外

杜连仲和手下领着马帮涉水过河。

刀心荣带着乃木和心腹家丁在河畔的林边等候。

杜连仲上了河岸，刀心荣迎上前冷眼看着杜连仲："特派员，你是和我算账来的吗?"

杜连仲掏出一封信递给刀心荣："大少爷，这是刀土司的亲笔信，你看看吧。"

刀心荣打开信，杜连仲用电筒为他照着。

刀心荣看罢信，怀疑地看着杜连仲："我把粮食运出去，我干爹就能回来?"

杜连仲："那是当然。大少爷，杜某言而有信，答应你的机关枪，都给你送来了。"

刀心荣向陆续上岸的驮马看了看，冷淡地说："请吧。"

刀心荣引着杜连仲一行拉着驮马走入竹林中的小路……

9. 秘密仓房　夜外

刀心荣带领杜连仲一行穿出茂密的竹林，可见山坡下搭建着一座很大的秘密仓房，仓房在竹林掩蔽下，很难被人发觉。

刀心荣、杜连仲带着一行人和马帮来到仓房外，乃木上前吩咐看护仓房的府兵打开大门……

10. 秘密仓房　夜内

几盏马灯在仓房里亮起来，刀府家丁们将驮马上的木箱一一抬进仓房。

刀心荣陪着杜连仲在仓房里察看，可见仓房里堆着许多装满粮食的麻袋、箩筐，仓房一侧堆起一座高高的粮垛。

杜连仲望着仓里的粮食，眼睛发亮地说："乖乖，曼龙真是个米粮仓啊！烧了一仓粮食，还有这么多！"

刀心荣："我要是藏不下这么多粮食，拿什么来换我干爹呢?"

杜连仲笑着说："大少爷有板眼，杜某领教了。"

刀心荣："等你筹划好了运粮食的路线，我就把粮食运出去，绝不食言。"

杜连仲："好，党国会给你记上一大功。"

乃木在杜连仲手下帮助下打开木箱，从里面拿出机关枪，乃木端着崭新的机关枪兴奋不已。

刀心荣、杜连仲走过来，乃木端着机关枪走近刀心荣："大少爷，这是地道的美国货，呱呱一叫嚷，刷倒一大片呐！"

刀心荣矜持地看了眼机关枪。

杜连仲："大少爷，有了这些家伙，你就可以放心地对付共匪，解散他们的联防队了吧?"

刀心荣动着心思说："区区联防队何劳特派员多虑，不过是乌合之众罢了。只要我干爹回来，一声令下，那些参加联防队的穷娃子都得乖乖地回去种田，还得加倍收他们的田租呢！"

杜连仲明白刀心荣的意思，不便纠缠地笑笑："不瞒你说大少爷，杜某原本多给你带了两挺机关枪，可惜在山上，被佤寨的人截去了。"

刀心荣变了脸："佤寨的人敢截你的马帮?"

杜连仲："他们藏在林子里，用弩箭射中了驮马，还射死我一个弟兄。"

刀心荣把机关枪还给乃木，愤愤地说："这些蠡贼，敢抢我的机关枪。特派员，你回去的路上，替我给佤寨捎个信，如果他们不把抢去的机关枪送还给我，我就封住青蒙山的路口，让山上的人下不了山，换不到任何东西！"

11. 岩火大寨　夜外

岩坚带着女青年叶黑穿过竹楼和树林的暗影，悄悄来到关着岩虎的木屋外。

岩坚让叶黑等在黑暗处，自己走上前对看守岩虎的青年低语，片刻，岩坚向叶黑招手，叶黑从暗影中走过来。

12. 木屋　夜内

岩虎被绑着双手，关在木屋里。

门开了，叶黑进来轻声唤道："岩虎，岩虎……"

岩虎欠着身，瞪大眼睛轻呼："叶黑!"
叶黑轻喊着："岩虎!"扑过来抱住他，哭了起来。
岩虎不自在地说："叶黑，你怎么来了? 谁放你进来的?"
叶黑抹着泪说："岩虎，我想你回不来了，我想你会死在山里了……"
她抱紧岩虎哭泣，岩虎劝着她："叶黑，别哭，告诉我，谁让你进来的?"
叶黑："是岩坚，我求他带我来看你。"
岩虎叹道："是岩坚兄弟……"
叶黑："岩虎，告诉我，你是被红汉人抓去的吗? 他们打你了吗?"
岩虎："叶黑，是我自己投了红汉人，他们是好人，没有打我，他们把我当兄弟……"
叶黑赶忙说："岩虎，不敢这样说。神父和桑木头人都说红汉人是魔鬼，会把我们的心挖去吃掉呢!"
岩虎："他们乱讲。"
叶黑："岩虎，你再向着红汉人，他们会杀掉你的。"
岩虎："他们敢? 大头人不发话，谁敢杀我?"
叶黑："若是大头人信了他们呢? 岩虎，别再讲红汉人的好话了，好好向大头人求个情，他兴许就放了你了。"
岩虎想不通地不知该说什么了，叶黑抱紧他轻声说："岩虎，好好向大头人求个情吧，我不想让你死，不想让你走……"

13. 岩火大寨　清晨外

薄雾笼罩着佤寨……

14. 岩火大房　清晨内

岩火的妻子娜月帮岩火把出远门必备的食物放进兽皮做的行囊，岩火穿好行装，扎紧腰带，娜月过来帮他扎起红包头。
娜月："岩火，你真要惩治岩虎吗?"
岩火没作声。
娜月："你把他赶出了寨子，他没有地方可去，才会跟了红汉人。现在，他夺了老黄皮的枪回来了，说明他是个忠心的武士，你还是放了他吧。"
岩火摸了摸扎好的红包头，拿起长刀和冲锋枪，不动声色地说："放不放岩虎，等我从阿爹那里回来再说。"
娜月拿起行囊递给岩火，默默地送他出屋。
岩火走到门口说："寨子里的事有桑木管着，你有什么事，就找他好了。"
娜月点点头："晓得了。你路上小心，早些回来。"
岩火出了门，娜月站到门口，目送他出了院子。

15. 曼龙镇酒家　晚上外/内

根赛悄悄来到酒家后院，招呼酒家伙计。酒家伙计凑近根赛对他耳语，根赛明白地谢过伙计，隐蔽地转到酒家一侧，注意着里面的动静。
一会儿，乃木和几个亲信家丁搂着陪酒的姑娘摇晃着从酒家出来，陪酒的姑娘浪声浪气地和他们告别，撒着娇要他们再来并向他们讨要陪酒钱。乃木摸出几个半开散给她们，说着浑话调戏她们，姑娘们接了钱跑回酒家去了。乃木和家丁浪笑着走向酒家院外。
酒家客房里，杜连仲和石三娇站在窗前看着摇晃而去的乃木和家丁。
石三娇鄙夷地说："酒囊饭袋，能指望这种人对付共匪吗?"
杜连仲淡定地说："走狗而已，我没把他当人用。"

说罢和石三娇相视而笑。

暗中监视的根赛等乃木和家丁走出一段，悄悄跟了上去。

16. 曼龙大寨 晚上外

乃木等人带着酒意哼着小曲走在寨子里的小路上。

根赛悄悄跟在他们后面。

扎布带着几个府兵提着马灯走来，迎面与乃木等人相遇。

扎布："乃木！怎么又喝成这副样子？"

根赛赶紧躲进路边的竹林。

乃木看清了扎布，上前说："扎布兄弟，镇上的酒家新来了几个陪花酒的'小菩少'，俏生生、水汪汪的，别提多有味道了……明天晚上，我请你去喝酒，给你挑一个掐得出水的……"

扎布反感地说："乃木，你除了喝酒就是耍姑娘，大少爷交代你的事，不耽误才怪。"

乃木打了个酒嗝："谁说耽误？咋个会耽误？大少爷交代我的事，我从来没耽误过！"

扎布："还说没耽误，若是再有人烧了仓房，你怕是命都保不住了。"

乃木一梗脖子："你乱讲！哪个敢烧仓房？有我乃木在，看哪个敢来！"

扎布："好了，快去守着仓房吧，真误了大事，你哭都来不及了。"

他招呼跟随他的府兵朝刀府走去。

乃木晃着身体盯着扎布等人的背影："哼！你算哪块洋芋皮？敢教训老子？"

他朝地上啐了一口吐沫，摆手让跟着他的家丁随他走去。

根赛从竹林里出来，跟上乃木等人。

17. 秘密仓房 晚上外

乃木带着跟随他的家丁走近仓房，守护仓房的府兵提着马灯端着枪警惕地迎过来。

府兵："什么人？"

乃木："照什么照？是我！"

府兵赶紧收起枪，躬身说："乃木队长。"

乃木大摇大摆地来到仓房门前："打开！"

府兵打开门，乃木等人进了仓房。

根赛从竹林里闪出来，悄悄来到仓房边，从竹木缝隙向内察看——

可见仓房里堆放的大批粮食，摞在一起的木箱边架着几挺机关枪。

根赛露出惊讶之色。

乃木走到木箱旁拿起一挺机关枪摆弄着说："扎布那个小贼，还敢教训我。大少爷为什么要我来守仓房？哼，大少爷最信任的就是我乃木，不是他扎布！"

府兵们附和着恭维乃木。

乃木端着机关枪晃动着说："哪个土贼敢来惹事，我就叫他尝尝机关枪的厉害！哒哒哒哒……"

根赛闪到一边，定了定神，悄悄离去。

18. 工作队临时驻地 夜内

架设电台的竹屋里，高川抱着根赛的肩膀兴奋地说："你看清楚了？"

根赛："看清楚了，有好多好多粮食，还有枪，有那种架起来打得哒哒哒哒……"

刘捍卫吃惊地说："机关枪？"

根赛："嗯。我听他们说，是那个姓杜的老黄皮送来的。"

高川："根赛兄弟，辛苦你了，我代表工作队，谢谢你！"

根赛："汉人阿哥，我可以参加你们工作队了吧？"

高川："当然，你做了我们的工作队员做不到事情，当然可以参加了。我代表全体同志，欢迎你！"

他和根赛拥抱。

根赛："阿哥，我可以和你们在一起了，不回寨子了吧？"

高川抱着根赛的肩膀："根赛，听我说，你还得回去。你得把今天的事情先忘掉，回到刀家的队伍里去。"

根赛不解地说："为什么？"

高川："你想啊，刀心荣他们有很多事情都在瞒着我们，如果你离开了刀家的队伍，就没人知道他们背着我们干什么了。所以呀，你留在刀家队伍里，对我们很重要，懂吗？"

根赛想了想："懂了，我留在刀家队伍里，做你们的眼睛。"

高川："对，就是做我们的眼睛。"

根赛："好吧，我听你的。"

高川："快回去吧，不要让刀家队伍里的人发现你来我们这儿。"

根赛："我晓得，不会让他们发现。"

高川把根赛送出屋，目送他离去。

刘捍卫走近高川："我说什么来着，刀心荣骨子里就是个反动派，一直在等待机会反攻倒算！我们不能再犹豫了，应该立即查封他的秘密粮仓，缴获他私藏的武器！"

高川："这样做恰恰是敌人最想看到的，等于把犹豫不定的刀心荣推给了他们。"

刘捍卫："我们不推他，他就不勾结敌人了？事实已经很清楚了，解决刀心荣的问题，没有其他的办法，只有斗争！"

高川："就是斗，也得讲究个斗法。"

刘捍卫："你打算怎么斗？和风细雨？说服教育？有用吗？"

高川："和他谈判。"

刘捍卫："谈判？我们谈了多少次了，他哪回不是阴一套阳一套地应付我们？"

高川："这次不一样，我们手里有他的底牌。"

刘捍卫："底牌？"

19. 秘密粮仓　日外

乃木带着亲随家丁从仓房里出来，刚想伸懒腰却连着打了几个喷嚏，等他再次直起腰一下子呆住了——

高川、刘捍卫带着和水泉、李铁杉、武晓鹏等工作队员全副武装地从竹林里出来，审视着他。

乃木的表情像是患了破伤风。

高川做个手势，工作队员们散开围在仓房门口。

乃木呆呆地说："高、高长官，你们这是……"

高川看着仓房说："乃木队长，你不在府里保护你们大少爷，跑到这来做什么？"

乃木慌乱地说："我，这是……"

高川："你们大少爷喜欢和我们捉迷藏，不过这回，我们又赢了。"

乃木支吾着说："啊，啊？"

刘捍卫："别装蒜了，把门打开，让我们进仓房！"

乃木："啊？不行，这不行，大少爷不发话，谁也不许进去！"

高川："这么说，你承认里面的粮食和军火，都是你们大少爷私藏的了？知道这是什么行为吗？这是阴谋叛乱，罪不容赦！"

乃木惶恐地不敢开口了。

高川严厉地说："打开！"

乃木："哦是，是。"

他示意家丁打开仓房，家丁无奈地打开仓房大门。

高川、刘捍卫走了进去。

乃木摸着额头上的汗，跟了进去。

20. 秘密粮仓　日内

高川、刘捍卫看着垛起的粮食和架在木箱垛旁的机关枪，神色严峻。

高川："和水泉！"

和水泉："到！"

高川："看住这座仓房，不许任何人进来！"

和水泉："是！"

21. 刀府　日内

厅堂里，刀心荣将茶杯摔到地上，茶杯粉碎。

刀心荣怒视着乃木："他们是怎么找到的？"

乃木一脸哭相："认不得呀大少爷，他们一下子就冒出来了，我拦也没法拦，挡也没法挡，他们就把仓房给封上了……"

刀心荣劈脸给了乃木一巴掌："饭桶！除了你身边的几个人，谁会知道那里放了粮食军火？"

乃木委屈地捂着脸："大少爷，我也乱不清楚了，寨子里一定有他们的奸细。"

刀心荣愤愤地："奸细，我看你就像个奸细！"

乃木："不敢呐大少爷！乃木再长出两个胆，也不敢给红汉人做奸细呀！"

扎布："大少爷，红汉人找到了秘密仓房，一定不会善罢甘休，我们要早做准备。"

刀心荣："娘的，大不了撕破脸！他们敢怎么样？"

扎布："万一红汉人叫来大军，我们可就难对付了。"

刀心荣发狠地说："那就是他们逼我翻脸！你们两个，把家丁和府兵召集起来，准备好家伙！"

乃木："是了。"

扎布："大少爷，若是真动了枪，曼龙大寨怕是保不住了。"

刀心荣："保不住就走！退到境外找我干爹去！"

扎布还要说什么，护院家丁跑来报告："大少爷！"

刀心荣等人全都看着家丁。

家丁躬身说："大少爷，高长官来了，说是有要紧的事一定要见你。"

刀心荣等人都紧张起来，刀心荣："来了多少人？"

家丁："就他一个。"

刀心荣没想到地看了看扎布，扎布也是狐疑的神情。

刀心荣发慌地说："不见！"

扎布："大少爷，要见。"

刀心荣不解地看着扎布。

扎布："大少爷，这件事横竖躲不过，早晚都要见。听听他说些什么，也好有个应对。"

乃木："对呀，大少爷，他们封了我们的粮食和快枪，我们就扣他的人！"

刀心荣想了想，下决心对家丁说："让他进来。"

家丁应着去了。

刀心荣朝扎布、乃木摆下手："你们退后。"

乃木、扎布躬身后退。

刀心荣双手叉腰，一副如临大敌给自己壮胆的样子。

高川进了厅堂，刀心荣注意到他没有带枪。

高川微笑着向刀心荣拱手："刀代办，打搅了。"

刀心荣感到意外："不客气，高长官请坐。"

高川大方地坐下，依然微笑地看着刀心荣："刀代办，你也请坐。"

刀心荣反应过来，走到椅子边坐下，对伺候在一旁的丫鬟说："上茶。"

高川微笑地看看站在刀心荣身后的乃木、扎布。

乃木慌乱地移过视线，扎布警惕地盯着高川。

刀心荣故作镇定："高长官有话说?"

高川："刀代办已经知道我为什么来了，所以我们也就不必兜圈子了。"

刀心荣掩饰着内心的慌乱："高长官请直说。"

高川："好，我就直说。你藏在秘密仓房里的粮食和军火已经被我们找到了，我来的目的，是想和你商量一下，那些东西该怎么处理。"

刀心荣："商量?"

高川："对，就是谈判。"

刀心荣："谈判?"

高川："怎么，不应该吗?"

刀心荣："啊，应该，应该。这里面，怕是有些误会，说说清楚也好嘛。"

高川："你说的误会，是指什么呢? 是那些粮食，还是美国造的机关枪?"

刀心荣："高长官，那些粮食和枪械都是我们刀家的私产。"

高川审视着刀心荣，等着他继续说。

刀心荣："我们曼龙领地地处边界，长久以来不是战乱就是匪患，我们囤积些粮食，购买一些武器，都是为了预防不测，没什么奇怪吧?"

高川没有回答。

刀心荣："你刚来的时候讲过，你们不收土司的枪，也不收土司的财产，是这样吧?"

高川："不错，我们的政策没有变，土司府仍然可以拥有武装，土司头人的财产依然受人民政府的保护。但是，你藏在秘密仓房里的粮食，有很大一部分是曼龙该交的公粮，你这样做，是欺骗政府。"

刀心荣故作镇定地端起茶杯。

高川："还有，你藏在仓房里的机关枪都是最新出产的美国货，你不说，我也知道是什么人给你送来的。"

刀心荣放下茶杯，冷眼盯着高川："这么说，高长官是要惩治我了?"

高川："我是来和你谈判的，至于结果是什么，完全取决于你。"

刀心荣看着高川，一时不知该说什么。

22. 秘密粮仓　日内

刀心妍走进粮仓，吃惊地看着仓内的粮食和一箱箱武器弹药……

波香陪着她，同样露出吃惊的神色，轻声说："天呐，真有这么多粮食。"

刀心妍既怨恨又歉疚，心情复杂地说不出话来。

23. 刀府　日内

厅堂里，高川对刀心荣说："那些枪械，我们暂时可以不追究。不过我还是劝你想清楚，给你提供武器的人到底是什么居心，是在帮你还是在害你? 蒋匪军被我们解放军打得一败涂地，他们跑到境外去了，反过来给你几挺机关枪，要你对付谁? 我们?"

刀心荣尴尬地说："高长官，不要误会，你们不是搞起联防队了吗，队伍多了，没有几条像样的枪怎么行呢?"

高川："我没有误会。我们建立的联防队不归土司府管辖，目前也不需要配备武器。况且，你的那些机关枪本来就不是用来发给联防队的。"

刀心荣不语。乃木、扎布站在刀心荣身后，察言观色。

高川："刀代办，共产党的政策你应该非常清楚，我不再重复，现在只希望你做一件事，就是按照曼龙的实际产量交出公粮。"

刀心荣沉吟片刻，盘算着说："高长官是个爽快人，我也就有话直说了。你们找到的那座粮仓里的粮食，差不多都是往年的陈粮，原本是要交给国民党县衙的。现在他们的人被你们打跑了，你们硬要收，收去便是，我们拦不住。可是，话又说回来了，如果你们共产党也像国民党一样强收我们的粮食，那这共产党和国民党还有什么区别呢？"

高川没想到刀心荣会来这一手，当即表示："你放心，我们是讲政策、讲道理的，绝不会像国民党那样横征暴敛，强收粮食。"

刀心荣："说得好，那你们打算怎么个收法？"

高川："我说过了，该交的公粮要交，余下的粮食，我们会按市价购买。"

刀心荣："买？用什么买？该不会也用机关枪来换我的粮食吧？"

高川："当然不会。"

24. 刀府外　日外

刀心妍匆匆走来，府门外的守护家丁居然没认出她，上前拦她。

刀心妍摘下解放帽，厉声说："让开！"

家丁见是大小姐，慌忙躬身行礼："大、大小姐……"

刀心妍正要进府，却见高川从容地从府里出来，她迎上前关切地说："队长！"

高川："心妍同志，你怎么回来了？"

刀心妍："我，我怕你一个人来，我阿哥他……"

高川笑道："怕你阿哥吃了我？放心吧，他没那么大胃口。"

刀心妍松了口气，不好意思地笑了。

高川："既然回来了，就去看看你阿妈吧。"

刀心妍："不了，我跟你一起回去。"

高川没再说什么，两人一起离开刀府。

扎布从府门里出来，那个守护家丁对扎布说了些什么，朝高川、刀心妍的背影指点，扎布向走去的高川、刀心妍望去，一脸怨毒。

25. 寨子里　日外

高川、刀心妍并肩走着，刀心妍思索地问："你真的不打算惩治我阿哥？"

高川："惩治？为什么？"

刀心妍："粮食啊，还有那么多武器。"

高川："只要他不对我们放枪，我们对他的诚意就不会变。"

刀心妍体会着高川的话。

高川："我打算报告方书记，让政府出钱，把仓里的粮食都买下来。"

刀心妍感到很意外："买？"

高川："对，买。"

刀心妍："那么多粮食，政府能出那么多钱，都买下来？"

高川笑道："不买怎么办？难道你阿哥会白白送给我们？"

刀心妍深感诧异。

26. 工作队临时驻地　日内

架设电台的竹屋里，刘捍卫对高川说："我说什么来着，刀心荣就是王八吃秤砣，铁了心要和我们作对。

狡辩来狡辩去，还要我们出钱买他的粮食？简直岂有此理！”

高川喝了口水，放下水杯说：“只要上级没有改变争取刀心荣的决心，我们就得尽最大努力争取他。要我看，花钱买粮食不是坏事，只要那些粮食运不到境外去喂敌人，就是个胜利。”

刘捍卫：“这也算是胜利？是刀心荣的胜利吧？”

高川：“不争了。马上向方书记汇报，听边工委的指示。”

27. 南沧边工委　日内

方明华手拿电报来到长桌边，对与会的其他领导同志说：“高川同志的想法我赞成。如果我们强行扣住刀心荣藏匿的粮食和枪械，一定会激化矛盾，把他推向反面。如果我们放他一马，让他下个台阶，这对争取他很有帮助。说不定，能让他转个大弯子。”

罗开云：“我同意高川同志的意见，这样做能体现出我们共产党人的胸怀，对刀心荣是个很好的教育。”

另一领导：“我也同意。可是，一下子收购那么多粮食，我们没有那么多钱呐。”

方明华：“如果大家意见一致，那就马上报告地委，请求上级紧急拨款。”

28. 思普地委　日内

地委书记张怀民在打电话：“明华同志，地委完全支持你们的建议！用黄金收购土司囤积的粮食，这是个创举啊！这不仅能稳定住土司头人，还能稳定住边疆市场。土司头人是不会拿黄金去消费的，当他们知道，黄金、银圆可以在人民政府的银行里兑换等值的人民币，就可以让人民币在边境地区流通起来。这是桩一箭三雕的好买卖呀！我马上派人把黄金给你们送去，你们就放手干吧！”

29. 曼龙　工作队临时驻地　日内

高川从报务员手里接过电报看着，刘捍卫着急地凑了过来。

高川兴奋地说：“上级决定紧急调拨黄金，把刀家的存粮全买下来！”

刘捍卫不敢相信地接过电报仔细看：“黄金？这可能吗？这也太大方了。”

30. 刀府　日内

厅堂里，刀心荣吃惊地看着坐在对面的高川：“高长官，你不是说笑吧？”

高川拿出边工委发来的电报，递给刀心荣：“这是我们上级发来的电报，你自己看吧。”

刀心荣看过报文，难以置信地起身踱了几步，转向高川：“好，只要我看到了金条，就把仓房里的粮食全都卖给你们。”

高川：“一言为定？”

刀心荣：“一言为定！”

高川：“请立下字据，不许反悔。”

刀心荣：“立就立，拿笔来！”

31. 曼龙领地　日外

如画的风景中，运送黄金的马车在李国梁的护卫队护送下进入曼龙领地。

大批寨民涌向田边道路，和工作队员们一起欢呼着迎接马车队……

赞哈唱起悠扬悦耳的赞歌……

32. 刀府　日外

在刀府家丁、府兵和李国梁的护卫队双重护卫下，家丁和政府工作人员将一只沉重的小铁箱搬到院子里。

刀心荣在高川陪同下走近铁箱。

工作人员打开铁箱，可见里面装着成排的金条。

刀心荣眼睛一亮，难以掩饰激动的心情："想不到，真是想不到，你们居然真的运来黄金……"

高川："我们共产党人是讲信用的，说到做到。"

刀心荣感慨地说："从我记事起，不要说没见过，听也没听过这样的事，汉人的官衙会用金子和我们换粮食。"

高川："这就是我们说的民族平等。我们讲信用，希望你也讲信用。"

刀心荣："那是当然，就按我们的约定，我把仓房里的粮食和各寨存下的余粮，全都卖给你们。"

33. 刀府　晚上外

院内，刀心荣和各寨寨主陪同高川、刘捍卫等工作队员在看傣戏……

刀心妍也陪着母亲看戏，不时地注意着与刀心荣坐在一起的高川。

傣戏班子演的是三国时期与诸葛亮有关的剧目。

高川边看边说："大少爷，我还要代表人民政府提出几点要求。"

刀心荣："请讲。"

高川："从今以后，土司府要按照今年的公粮比例收取官租，如果再私藏粮食，就得依法论处了。"

刀心荣："好说，好说。"

高川："还有，人民政府会按照规定的收购价格向广大百姓购买余粮，土司府不能再强行低价收购。"

刀心荣怔怔地看着高川，显然明白这项要求意味着什么。

高川含笑问："没问题吧?"

刀心荣只好说："当然，没有问题，就照政府说的办。"

傣戏演得很热闹，看戏的人们发出叫好声。

刀心荣颇有意味地问高川："高长官可听懂了?"

高川："说实话，听不大懂。这出戏唱的是什么?"

刀心荣："唱的是孟获大王八擒诸葛亮。"

高川显出吃惊的表情。

刀心荣："你们汉人总讲什么诸葛亮七擒孟获，根本就是瞎讲。事实上是孟获大王八次抓住了诸葛亮，可惜没防备他的稻谷箭，被他用一枚小小的谷穗箭给暗算了。"

高川只好接受他的说法。

34. 南沧边工委　日内

会议室里，高川、刘捍卫和各工作队的队长围坐在长桌旁。

方明华："同志们，我们用黄金收购了曼龙土司的全部存粮，打了个大胜仗！这对我们加快开展边疆的民族工作提供了宝贵经验，开了个好头啊！"

与会者鼓掌。

方明华："有了大批的粮食，人们政府就能稳定住市场，就能让人民币在边境地区流通起来。这对全面开展边境地区的经济建设起到了很好的作用！我代表南沧边工委正式宣布，嘉奖曼龙工作队的高川同志和全体工作队员！"

与会者热烈鼓掌。

高川起身向大家敬礼，刘捍卫矜持地露出微笑。

方明华："同志们，地委要求我们再接再厉，要让民族工作在整个边境地区全面开花、全面结果！我们下一步的工作重点，就是扩大生产，巩固边防，积极筹建民族民主联合政府！"

与会者热烈鼓掌。

35. 青蒙山　菁崖部落　日外

岩火带着岩坚等人牵着马匹来到菁崖部落大头人岩猛的大房外，可见几位健硕的佤族武士持着长矛挎着长刀守护在房前。

岩火在大寨里的一位头人陪伴下走向岩猛大房。

36. 岩猛大房　日内

房内挂满了兽皮兽角，大头人岩猛黝黑的面容如石雕般坚毅，他坐在铺着虎皮的椅子上，看着进门来的岩火等人。

岩火单膝下跪行礼："阿爹！"

岩坚等人把两挺机关枪架到地上，单膝下跪："大头人！"

岩猛颔首示意："好，好，都坐吧。"

岩火坐到木墩上，对岩猛说："阿爹，这是我们寨子里的岩虎从老黄皮那里抢来的，献给阿爹。"

岩猛眯眼看看岩火进贡的机关枪，露出不屑的神情，缓慢地说："那些汉人，就喜欢用这些鬼东西吓唬人。当年我们打英国人、打日本鬼的时候，他们都有这些鬼东西，还不是被我砍了头？老黄皮的机关枪最多，又怎么样？还不是被砍到境外去了？"

岩火："阿爹说的是。"

岩猛："你给我说说，山下的红汉人和傣族人在做些什么？"

岩火恭顺地回答："是了，红汉人的工作队进了曼龙傣家的寨子，他们给我的寨子送来过粮食、盐巴、茶叶和衣料，要我们把傣族的耕牛还给他们，说是要我们跟傣族和好，不再拉事打冤家。"

岩猛仔细听着。

岩火："最近听说，红汉人在曼龙搞起了联防队，把曼龙寨子里的穷苦人召集起来，在练兵呢。"

岩猛沉吟地拿出一封公函，声音嘶哑地说："这是红汉人在南沧的官衙给我送来的，他们说，要我下山参加什么联合政府。"

岩火："红汉人也给我带过话，要我去南沧参加他们的政府。阿爹，我这次来，就是讨你一句话，我们要不要去？"

岩猛："早些年，国民党老黄皮也给我发过委任状，说是让我做什么边防司令，接着就是要人要钱要大烟。我们给少了，他们不干。我们不给了，他们就动枪动炮，没办法，只好和他们打了。"

岩火试探地说："阿爹，红汉人和老黄皮不一样，他们什么也没要，还给我们送了不少东西……"

岩猛："现在不要，不一定将来也不要。汉人总归是汉人，没什么好东西。他们现在没有惹我们，我们也不要去惹他们。等等看吧，看看他们日后做些什么。"

岩火："是了。"

37. 曼龙镇街市　日外

从南沧来的政府马帮运来了大批生活用品和生产工具，在街市上销售。卖了余粮的寨民们纷纷用人民币采购各种生活用品和工具，令街市显得格外热闹。

几个被石三娇、尼斗威胁过的商户赶着牛车或让伙计推着小车把成袋的粮食和山货拉到竖着购粮牌子的政府收粮点，把粮食、山货卖给了政府收购人员。

收购人员把粮食、山货仔细检验、过秤后，把一沓沓人民币交给商户，商户感到新奇地仔细观察、清点着崭新的人民币。

几个商户心满意足地离开政府收粮点不远，就被两个用斗笠遮住半张脸的男人挡住去路——

尼斗和石三娇的随从目光阴狠地盯着商户们。

几个商户显出惊恐，在尼斗的示意下顺从地跟着他走去。

38. 曼龙酒家　日内

包房里，几个商户胆战心惊地站在石三娇面前，尼斗和面目凶恶的随从站在石三娇身后。

石三娇恶狠狠地对商户们说："胆敢把粮食卖给共匪，还敢收共匪的货币，你们都吃了豹子胆了？不要命了？"

商户甲颤抖着说："大、大掌柜，我们也是没办法呀。我们是开铺子做生意的，不买不卖我们就没法讨生活了呀。现在街市上都在用共产党的钱币，银圆和缅币已经不好用了呀。"

商户乙："是啊，大掌柜，别说我们这些小商小户了，就连刀家大少爷不是也把粮食卖给了共产党嘛……"

石三娇怒道："住口！少和我提刀家那个孬种，老娘今天要杀一儆百，先拿你们几个软骨头开刀！"说着她抽出手枪，对准几个商户。

商户甲恐惧地作揖求饶："大掌柜，求求你饶了我们吧，我们真的是没有办法呀。"

商户乙扑通跪下，扣头求饶："饶了我们吧，大掌柜，我们都是生意人，一家老小要养活呀。"

商户甲和其他商户也跪地求饶："大掌柜饶了我们吧……饶了我们吧……"

尼斗靠近石三娇劝道："大掌柜，他们都是为国军出过力的，要不就先饶过他们这一次，让他们再给国军买一批粮食，将功赎罪。"

商户们作揖叩首地纷纷承诺："大掌柜，我们愿意为国军买粮，将功赎罪……"

石三娇露出阴冷的笑容："哼，看在你们为国军出过力的份上，饶你们一命。把你们身上的共匪钱币都给我掏出来！"

商户们不知其意，尼斗催促道："愣着干哪样，快掏！"

商户们赶紧把身上的人民币统统拿出来，捏在手里不知咋办。

石三娇向尼斗示意，尼斗让伙计拿来一只火盆，放在商户们面前。

石三娇凶狠地盯着商户们，用枪口指了指火盆。

商户们明白了，犹豫不甘却又不敢违抗地把人民币放进火盆，看着钱币渐渐燃烧，化为灰烬。

石三娇阴笑道："你们给我听好了，三天之内，每人给国军买一车粮食，乖乖地送来。办到了，老娘我给你们双倍价钱，谁要是敢耍花样，我就杀你们全家！听清楚了吗？"

商户们惊恐地点头："清楚了，听清楚了……"

石三娇："都给我滚！"

商户们站起身，失魂落魄地离开包房。

石三娇露出狠毒的阴笑。

39. 曼龙大寨　夜外

乃木带着用布蒙着头的黑衣人悄悄走向刀府角门……

根赛躲在路边树木的阴影中，悄悄跟着他们。

40. 刀府　夜外

一个亲信家丁打开后院角门，乃木和那蒙着头的黑衣人闪进院子，匆匆走向府里。

在院子里巡查的扎布看见乃木和黑衣人从后门进了府，注意了一下，不动声色地离开了。

41. 刀府　夜内

密室里，杜连仲没等刀心荣寒暄便开口责难："大少爷，你也太不守信用了！"

刀心荣假作歉疚地合十说："特派员息怒，请坐。"

杜连仲气呼呼地坐下。

刀心荣对乃木说："快，上茶。"

杜连仲："哪还有心思喝茶？那么多粮食，你一股脑地卖给了共匪，到底想干什么？你必须给我说清楚。"

刀心荣依然赔笑："特派员莫急，莫急嘛。我是要对你讲清楚，那些粮食不是我要卖给红汉人，是那些红汉人太贼精了，居然找到了我藏粮食的地方，动作快得很呢。"

杜连仲："那你也可以不卖给他们，他们能把你怎么样？"

刀心荣："怎么样？他们说了，若是我不卖给他们，就是对抗政府，犯了国法。我能怎么样？现在官衙是他们的，国法也是他们的，我怎么好硬顶嘛。"

杜连仲冷眼看着刀心荣："这么说，你是怕得罪他们。"

刀心荣故作无奈。

杜连仲："你就不怕得罪我们吗？"

刀心荣："这是说哪家话？我现在把你接到府里来，是冒了很大风险的。若是不把你们当朋友，我何苦这样做？"

杜连仲："这就好。不要忘了，你干爹可是和我们在一起，他可不想看到你为了讨好共匪，得罪老朋友。"

刀心荣不卑不亢地说："我不会讨好任何人，也不会得罪老朋友。"

他向乃木示意，乃木把装有金条的托盘放到杜连仲面前。

杜连仲不解地看着刀心荣："这是什么意思？"

刀心荣："这些金条，算是顶了你送来的机关枪，若是你能让我干爹回来，我再送你这么多。"

杜连仲气呼呼地不表态。

刀心荣："特派员，眼下的局势明摆着，共产党的势力太大，我们之间的买卖暂时不要做了。"

杜连仲生气地说："说来说去，你还是怕了共产党。"

刀心荣："你们不怕，为什么要退到境外去？"

杜连仲："那是战略转移，我们迟早会打回来的。"

刀心荣："那好，我等着你们打回来。到时候，我们还是朋友。"

杜连仲无奈地拿起那些金条，叹道："既然这样，我就回去向胡司令交差吧。"

刀心荣："杜长官最好把石三娇也带走，免得她惹出事来，刀某担待不起呀。"

杜连仲稍稍一顿，眼中露出凶光，恶狠狠地说："如果石小姐在曼龙出了事，你干爹也会出事。"

刀心荣心里一惊，没话了。

杜连仲收起金条，阴着脸走向门口。

42. 刀府　夜外

乃木带着蒙着头的杜连仲从后门出来，匆匆走向角门。

站在外廊上的扎布看着他们离去。

43. 刀府外　夜外

乃木将杜连仲带出角门，杜连仲气冲冲地扯下蒙头布，对乃木说："你要留神，你们大少爷的一只脚，已经跨到共匪那边去了。"

乃木："不会的，我们大少爷最恨红汉人，他是迫不得已啊。再说红汉人拿来那么多金条，谁会不眼红呢？"

杜连仲："哼，见钱眼开，小人一个。你给我提醒他，千万别忘了他干爹攥在我们手里。"

乃木："是了，特派员。"

杜连仲大步离开刀府。

根赛躲在树林中，看清了杜连仲。

44. 林中　日外

高川认真地问根赛:"你看清楚了?"

根赛:"看得很清楚，就是姓杜的那个老黄皮，吊死我阿爸和上次来打你们的，就是他。"

高川思索片刻，说:"根赛兄弟，你干得很好，这些情况对我们非常重要。你现在马上回去，千万不要让乃木他们发现你和我们有联系，懂了吗?"

根赛:"懂了。"

高川:"快回去吧。"

高川目送着根赛，直到他的身影消失在林中。

第二十四集完

第二十五集

1. 佤族岩火部落　岩火大房　日外

桑木头人迎向骑马归来的岩火等人。

岩火在大房院外下马，桑木赶过来行礼："大头人，一路辛苦了！岩猛大头人可好啊?"

岩火掸着身上的灰尘，含笑说："我阿爹很好。桑木，寨子里都好吗?"

桑木："寨子里都好，就是曼龙刀家大少爷送来一封信，口气硬得很呢。"

岩火沉下脸："哦?"

2. 岩火大房　日内

岩火打开刀心荣的信看着，面色很难看。

娜月为他端来茶水，岩火喝了一口，不满地说："去，泡酒来。"

娜月赶忙转去。

桑木凑在岩火身边说："这个刀心荣，想要回那两挺机关枪，说是我们不把枪还他，他就要封山，困死我们。"

岩火不屑地说："憨贼，傣家的牛都是他吹大的。"

桑木："那是，他敢封山，我们就去抢他的坝子。不过，刀心荣的背后，怕是有红汉人撑腰了。"

岩火用目光追问究竟。

桑木："大头人，听说红汉人用黄金向刀家买了粮食，这明摆着是要和傣家人串联一气，对付我们呐。"

岩火阴沉着脸思索着。

娜月为他们端来泡酒，岩火拿起竹杯子，一口喝干了酒。

桑木端着竹杯说："大头人，不管红汉人会不会帮傣家人对付我们，我们都该早做准备呀。我们青蒙山没有那么多黄金去换粮食，可是我们有大片的大烟地，那些大烟可以和境外的商人去换最好的快枪。"

岩火犯愁地说："大烟是用来换粮食和盐巴的，拿去换了枪，寨子里的人吃什么?"

桑木："大头人，只要有了好枪我们就不愁没有粮食了，可以去山下抢嘛！"

岩火沉吟着，很是犹豫。

3. 关押岩虎的木屋　日外

叶黑拿着些食物跟着岩坚来看岩虎，看管岩虎的尼果要拦住叶黑，岩坚示意他让开，尼果只好放过叶黑。

岩坚让尼果打开木屋的门，放叶黑进去。叶黑向岩坚、尼果行礼后进了木屋。

尼果担心地说："岩坚大哥，若是让大头人知道了，可不得了啊。"

岩坚瞪了他一眼，尼果不再说什么了。

4. 木屋　日内

岩虎仍被绑着，叶黑打开树叶包，心疼地喂他吃东西，岩虎吃了两口，难过地吃不下去了。

叶黑："怎么，不好吃吗?"

岩虎："不是，我吃不下去。"

叶黑劝道："岩虎，别再乱想了。大头人回来了，你好好求求他，他会放过你的。"
岩虎叹道："我真是悔呀，红汉人阿哥对我那么好，我为什么要跑回来……"
叶黑赶忙捂住他的嘴："不要说了，再这样说，会没命的。"
岩虎倔强地说："我就是悔，悔死了……"
岩坚匆匆进来："叶黑快走，大头人来了！"
叶黑一惊，把食物匆匆包好塞到岩虎身边的草秸下，慌乱地说："岩虎，求求大头人，求他放了你！"
岩坚拉着她说："快走！"
岩坚把叶黑拉出了木屋。
岩虎神色忐忑地等待着。

5. 佤寨木屋　日外

岩火和桑木头人走近，岩坚、尼果迎向他行礼："大头人！"
岩火朝近处看着问："谁来过？"
岩坚垂头不语，尼果看看岩坚，刚要开口，岩坚抢先说："没人来过。"
岩火审视着岩坚，明显知道他在撒谎，但没追究。
岩火示意尼果打开木屋，和桑木走了进去。

6. 木屋　日外

岩虎跪在草秸上行礼："大头人！"
岩火走近岩虎，声音低沉地说："坐下吧。"
岩虎坐在草秸上，忐忑地看着岩火。
岩火盯着岩虎："我来问你，红汉人用黄金和傣家人换粮食，你可知道？"
岩虎吃惊地说："黄金？不，我不知道。"
岩火："我再问你，红汉人和傣家人一起搞什么联防队，是不是要对付我们？"
岩虎："不，不是。"
岩火皱起眉。
桑木："你敢说不是？红汉人在山下到底做了些什么？你老老实实地说给大头人！"
岩虎："大头人，岩虎说的都是实话。红汉人帮着傣家百姓做了很多事情，可那不是为了对付我们，不是的！"
岩火："那为了什么？"
岩虎："为了对付老黄皮，对付坏人！"
岩火露出怒色。
桑木："你听听，他句句都在为红汉人说好话，不是红汉人派来的奸细，还能是什么？"
岩火失望地转身走向屋外，桑木朝岩虎"哼"了一声跟着走去。
岩虎委屈地喊："大头人！岩虎没说谎！大头人！"
木屋门关上了。
岩虎仍在喊："岩虎没说谎！大头人！"

7. 木屋　日外

岩火边走边对桑木说："桑木。"
桑木："在。"
岩火："就照你的办法，联络境外的商人，用大烟跟他们换武器。"
桑木高兴地说："是了，大头人！"

8. 岩火大寨　傍晚外

桑木头人引着杜连仲和随从进了寨子……

9. 木屋　傍晚外

岩虎双手抓着木屋的隔栏凝望远处，眼中透出一腔怨悔。
桑木带着杜连仲和随从从木屋前走过。
岩虎蔑视地看着桑木，突然认出了杜连仲，吃惊地瞪大眼睛。
桑木带着杜连仲和随从走远了。
岩虎喊道："岩坚！岩坚！"
看守岩虎的尼果在屋外喊："叫什么叫？不许叫！"
岩虎急切地说："尼果，快去把岩坚喊来，我有要紧话说！"
尼果不买账地说："你算什么，凭什么叫我去喊？"
岩虎急了："尼果！你这个小贼！不去喊岩坚，会坏大事的！"
尼果："我就是不喊，你把我怎么样？"
岩虎："尼果……"
岩坚（画外）："叫喊什么？"
尼果转头看去——
岩坚走近："叫喊什么？"
尼果未及开口，岩虎急喊："岩坚！我有要紧话说！"

10. 岩火大房　傍晚内

桑木向坐在火塘边的岩火介绍杜连仲："大头人，这位就是境外来的客商，杜先生。"
杜连仲向岩火颔首："大头人好。久仰大头人威名，今日得见，三生有幸啊！"
岩火没听懂杜连仲的奉承，冷漠地指指火塘边的坐处："坐吧。"
他转头对娜月说："泡酒来。"
娜月把酒坛抱过来，为他们倒酒。
杜连仲看看桑木，桑木示意他对岩火开口。
杜连仲："大头人，我听桑木头人说，你想用大烟和我们换武器，你算是找对人了。我们在营盘街……"
岩火："你们是谁？"
杜连仲："哦，就是我了。我是个专做军火买卖的商人，大头人想要什么武器，尽管开口。"
岩火端起竹筒杯，示意杜连仲喝酒。
杜连仲端起杯向岩火致意后，喝了酒。
岩火："我要机关枪。"

杜连仲："机关枪是吗？有，有的是。大头人想要多少就有多少，全都是美国造的新家伙，保管让你满意。"

岩火淡淡一笑，又示意杜连仲喝酒。

杜连仲向身边的随从示意，随从拿出一把手枪，递给杜连仲，杜连仲把枪递给岩火："大头人，这算是见面礼吧，请你收下。"

岩火接过枪看看，随手递给桑木，淡淡地说："归你了。"
桑木恭敬地接过枪："谢大头人。"
岩火问杜连仲："你是从营盘街来？"
杜连仲："是。"
岩火："那里有你的买卖？"

杜连仲："哦，是这样，营盘街上到处都是国军的人……"

岩火："老黄皮?"

杜连仲掩饰着尴尬："啊。营盘街附近，国军集结了大批人马，全都配备了美国造的先进武器，准备打回来呢。"

岩火："老黄皮以前也用美国枪，还不是被红汉人打跑了?"

杜连仲："是啊。不过现在不一样了。美国人开进了中国北方边上一个叫朝鲜的国家，和共匪，哦，就是红汉人。美国人和红汉人打起来了，把红汉人打得落花流水……哦，就是把红汉人打败了。"

岩火半信半疑："有这样的事?"他看看桑木。

桑木："啊……有这样的事?"他看着杜连仲。

杜连仲："千真万确呀，大头人。美国人是红汉人的克星，他们在北方打败了红汉人，很快就要到南边来，帮着国军反攻了。"

岩火怀疑地看看杜连仲，又看看桑木。

桑木："大头人，不管他们谁打烂了谁，只要我们有了美国快枪，就谁也不怕了。"

岩火正要说话，忽听岩坚喊他（画外）："大头人!"

岩火抬眼看向门口——

岩坚进屋怒视着杜连仲说："他不是客商，是老黄皮!"

杜连仲一怔，随从做出掏枪的动作，被他按住。

桑木也吃了一惊。

岩火变了脸，摔掉手中的酒杯。

岩坚刷地抽出长刀，怒目圆睁。

岩火盯着杜连仲，眼中透着杀气。

桑木慌乱地不知所措。

杜连仲镇静地笑笑："大头人，这位兄弟误会了，我是个客商，不是什么老黄皮。"

岩火把目光转向岩坚。

岩坚："大头人，岩虎在山林里见过他，就是他给小狼山的张土匪送武器，给曼龙刀家送快枪的也是他!"

岩火转眼盯住杜连仲对岩坚说："去，把岩虎带来。"

11. 岩火大房　傍晚内

岩坚、尼果把绑着的岩虎带了进来。

杜连仲神态自若地看了眼岩虎。

桑木显出紧张。

岩虎看见杜连仲，怒视着他。

岩火冷眼看着岩虎："岩虎，你可见过这个人?"

岩虎："大头人，他是老黄皮！我抢回来的机关枪就是他的!"

杜连仲："这位兄弟，你一定是认错了……"

岩虎："我没认错！上次和张土匪在一起的就是你！这次给刀家送快枪的也是你!"

桑木："岩虎！你红口白牙诬赖好人！杜先生是我请来的客商，你硬说他是老黄皮，到底想干哪样?"

岩虎："大头人！他不是客商，他真的是老黄皮!"

岩火沉着脸，一言不发。

杜连仲："大头人，我可是好心好意地进山来，想为大头人效力呀。可这位兄弟他……"

桑木："大头人，岩虎存心要坏你的大事，一定是受了红汉人指使。"

岩虎："桑木！你把老黄皮勾进寨子，哄骗大头人，你才是该杀!"

桑木："大头人，你听听，这样的奴才，就该砍了他!"

岩火的目光在桑木、岩虎、杜连仲脸上扫了一遍，开口说："岩坚，把岩虎关回去。"

岩坚："大头人……"

岩火严厉地说："关回去!"

岩坚只好和尼果一起把岩虎带了出去。

岩虎不甘心地喊："大头人！他真是老黄皮！你不要上当啊!"

桑木朝门外白了一眼，对岩火说："大头人，岩虎的心肠已经坏了，不能再留了。"

岩火没理他，盯着杜连仲说："你听着，你若真是老黄皮，我就砍下你的头。"

杜连仲："大头人，等我们的生意做成了，你就知道我是什么人了。"

桑木："大头人，我敢担保，杜先生确实是个客商啊。岩虎那小贼受了红汉人指使，乱讲一气，就该砍了他的头!"

岩火："岩虎该不该砍，要等魔巴杀了鸡看了卦再说。"

12. 曼龙　江畔　清晨外

傣族寨民把耕牛赶到江边饮水。

石三娇带着面相凶恶的随从利用树丛、岩石作掩护悄悄接近江边，石三娇握着手枪向附近观察之后，向随从示意。

随从拿着一个罐子走到江边，将罐子里的毒药投入水中。

浅浅的江水缓缓流向寨民饮牛的地方……

13. 曼龙　工作队临时驻地内

刀心妍坐在草铺上写着什么，由于过于专注，有人进来她都没有察觉。

钟喜妹拿着一捧野花走近说："心妍……"

刀心妍吓得一激灵，拍着胸口说："天呐，吓着我了。"

钟喜妹笑着说："看你，这么专心，写什么呢?"

刀心妍长出一口气，注意到喜妹手里的野花："这么多花，你去采的?"

钟喜妹："是啊，好看吧?"

心妍："嗯。来，插在竹筒里。"

她起身去拿盛水用的竹筒，让喜妹把花插进去。心妍闻着野花，把竹筒摆到木箱上："想不到，你也这么喜欢花。"

喜妹："当然了，这么好看的花，谁不喜欢? 哎，心妍，你刚才写什么呢，那么专心?"

心妍从草铺上拿过小本子给喜妹看："我把我们傣族常用的一些话都标上了汉语，日后你们和寨子里的百姓讲话，就方便了嘛。"

钟喜妹高兴地拿过小本看着："哇！太好了，心妍，你可真有办法!"

心妍翻着小本子："还有这里，我把你们讲课的主要内容也标上了傣语，以后讲课的时候，就不怕他们听不懂了。"

喜妹看着小本子上的内容，赞叹道："哇，标了这么多? 太谢谢你了，心妍姐!"

心妍："谢什么谢，再说谢就别喊我心妍姐。"

喜妹笑笑，轻声念着小本子上的汉语内容和傣语注音，禁不住嗤嗤笑着。

心妍嗔怪地说："笑，笑，有什么好笑嘛。哎，花蔓、波香她们呢?"

喜妹："花蔓跟晓鹏他们走访去了，波香我没看见。"

她继续念着小本子上的内容，突然身痒难熬地扭动着身子，挠着痒痒说："哎哟，心妍姐，我怎么觉得哪哪都痒痒的，真是怪了。"

刀心妍听钟喜妹一说，也觉得周身发痒，一边挠着说："是啊，我也觉得痒痒的，是不是被什么虫子咬了呀?"

钟喜妹痒得靠在柱子上蹭，“是什么虫子呀？我最怕虫子了……”

刀心妍走上前翻起钟喜妹的衣领看看，又去解她的扣子。

钟喜妹慌忙说：“哎哎，你干什么呀？”

刀心妍：“咱们……怕是生虱子了吧？”

钟喜妹浑身一哆嗦，“啊？虱子？那可怎么办呀？”

刀心妍想了想：“走，去我们家，用水洗一洗，把衣服烫一烫……”

钟喜妹摇头说：“不行，让人家知道了，准说我们搞特殊，什么小资产阶级思想……”

刀心妍：“乱讲，身上的虱子又没有思想，咬谁都一样。快，咱们走。”

钟喜妹下决心地跟着刀心妍出屋。

14. 小河边　日外

刀心妍、钟喜妹从竹林中穿出来，走过一个河湾，忽然听到有人唱歌，她们寻声望去——

波香在河水中洗着澡，高兴地唱着歌……

刀心妍和钟喜妹像发现了新大陆般相视而笑。

心妍：“怪不得波香不长虱子，原来她自己悄悄跑到河里来洗澡！波香！——”

波香见到河边的刀心妍和钟喜妹，大方地朝她们挥挥手，邀她们下河：“心妍姐！喜妹！你们下来呀！河水可清了，可滑爽了！”

钟喜妹问刀心妍：“怎么办，下吗？”

刀心妍犹豫着说：“让人看见怎么办？”

波香在水里走向她们说：“快下来吧！不要怕！我们从小就在河里洗澡，没什么好怕的。”

钟喜妹：“好是好，可要是让人家看见了，多难为情呀。”

波香指指河边，笑着说：“那里还有一条筒裙和一块单子，你们像我这样围起来，再把衣服脱掉，下到河里，别人什么也看不到。就是有人过来，还以为我们在游水呢！”

刀心妍、钟喜妹都认为这是个好主意，笑着走到一旁拿起筒裙和单子，喜妹在心妍指导下换好装束，一步步探着下到河里，清凉的河水使她们不断发出悦耳的笑声。

波香故意把水向刀心妍和钟喜妹身上撩，二人躲闪着打着激灵，最后索性跳进河里，发出愉快的喊声……

李铁杉向河边走来……

姑娘们在河里尽情地梳洗着，钟喜妹拿着心爱的小木梳说：“心妍姐，来，我帮你梳头。”

心妍看看喜妹手里的梳子：“喜妹，这把梳子真好看，你是在哪里买的？”

喜妹表情有了变化：“这不是买的，是做的。”

心妍：“你做的？”

喜妹没有回答，帮心妍梳起了头。

片刻，波香好像听见了喊声，赶紧说：“喂，你们听，好像有人来了。”

姑娘们赶紧蹲下身子，望向河边。

李铁杉喊着钟喜妹走了过来，猛见到河里的姑娘们，立刻捂上眼睛转过身去喊：“哎呀！这算怎么回事嘛！是你们犯错误还是我犯错误？”

姑娘们蹲在河里，钟喜妹紧张地喊：“谁叫你过来的！快走开嘛！”

李铁杉：“刘副队长让我找你！他要检查你的卫生课讲义！”

钟喜妹：“我一会就去！你快走嘛！”

李铁杉捂着眼睛走向远处……

钟喜妹突然又喊："等等！你先别走！你在我们看不到的地方等着，给我们放哨！"
李铁杉背对着姑娘们狠狠甩了下胳膊，向远处走去。
姑娘们笑了起来……
这时，远处传来枪响，姑娘们收敛了笑容，都怔住了。
远处号角声、鸣锣声此起彼伏。
李铁杉转身跑向河边，又赶紧捂着眼睛喊："快上来！有情况！"
姑娘们匆匆跑到河边，神色紧张地望着远处……

15. 工作队临时驻地　日外

和水泉气喘地向高川、刘捍卫报告："队长，有人在水里下毒，毒死了罕富寨子的人和牲畜，刀心荣认定是佤族人下的毒，要集合各寨的人马，去攻打佤族山寨！"
高川紧张起来。
刘捍卫："这一定是国民党特务干的！"
高川："集合，带上武器！"
和水泉："是！"

刀心妍、钟喜妹、波香浑身湿淋淋地跟着李铁杉跑回驻地，刀心妍紧张地赶到高川身前："队长，寨子里出什么事了？"
高川："有人在河里下毒，毒死了罕富寨子的人和牲畜，刀心荣要去攻打佤族山寨！"
心妍吃惊地："啊？"
高川："我们马上出发，去拦住他们！"
姑娘们："是！"

16. 东盘江畔　日外

河滩上，大批的傣族和佤族武装手持刀、矛、弩弓、火枪等武器隔着一块空地对峙着，做好了厮杀的准备……
罕富寨主和桑木头人在空地中间用手比划着各说各的理，互不相让地越说越激动……最后，他们都跺跺脚，向地上吐口唾沫，转身气呼呼地走向自己的人马，决意厮杀。

号炮声中，刀心荣全副武装骑着马踏过河水，乃木、扎布率大队府兵紧随着他涉过河水……

呐喊声中，岩火率领岩坚及大批佤族武士赶到河滩……

在刀心荣、岩火指挥下，双方人马呐喊着、怒骂着排开阵势，各种武器对准对方，战事一触即发。

这时，附近传来两声枪响，刀心荣、岩火都转头看去——
两边的武装群众也都紧张地向枪响处看去——
高川、刀心妍等工作队员骑着马赶来，高川举着驳壳枪奔向岩火率领的佤族武装……
刀心妍奔向刀心荣为首的傣族武装……
高川来到岩火面前高声喊："岩火大头人！你们退回去！不要再动武了！"
桑木在岩火身边煽动："你看，红汉人在帮着傣家人。"
岩火没理会他，朝高川喊："高长官，是他们傣家人要攻打我的寨子，你该让他们退！"
高川："你们两边都要退！谁也不许打冤家！大头人，你们一定要冷静，不要上了坏人的当！在河里投毒的一定是国民党特务，他们就是要挑动你们两族争斗！我希望你们克制一下，向后退一退，天大的事情用理来说！”

岩火身边的岩坚注意到什么，指着傣族武装说：“大头人，你看！”

岩火朝傣族武装看去——

只见刀心妍骑着马拦在刀心荣面前，显然在尽力说服他。

桑木继续煽动：“大头人，事情是傣家人挑起来的，要退也该是他们先退！”

岩火对高川说：“高长官！我们不想‘拉事’，都是被他们逼的。如果他们傣家人相信不是我们阿佤人下的毒，就不该再打了！”

高川：“大头人！我会把道理对他们讲清楚！你们先退一退，让他们知道你们不想和他们打！”

桑木喊：“明明是他们惹事，为什么要我们先退？要打就打，我们不怕他们！”

高川继续对岩火喊话：“大头人！我向你保证！只要你们先退一退，今天的事情一定能和平解决！”

岩火：“若是傣家人一定要打，你能拦得住吗？”

高川：“不管谁要打，都得先过我这一关！有种的，就从我身上踏过去！”

岩火思索片刻，抬手示意佤族群众向后退，表示出愿意和平解决的姿态。

17. 河滩 日外

刀心妍骑在马上对刀心荣喊：“心荣阿哥！不要再动武了！把人带回去吧！”

刀心荣怒喝：“你走开！你已经不是刀家人了，不要再管刀家的事！”

刀心妍转向傣族群众喊：“乡亲们！你们听我说——”

扎布示意身边的家丁们收起枪。

傣族群众注视着刀心妍……

刀心妍：“乡亲们！我要你们收起刀枪，不要打了！在河里下毒的不是阿佤人！请你们大家相信我！那些在河里下毒的坏人，就是想挑拨我们傣家人和阿佤人，使我们互相残杀！我们不能上当啊！”

群众中议论纷纷，根赛劝说那些参加了联防队的青年们收起刀枪……

刀心妍指着缓缓流动的河水说：“乡亲们，看呐，河水在这里转过弯，河边住着傣家人，也住着阿佤人，咱们傣家人吃河里的水，阿佤人也吃河里的水，哪有往自家吃水的河里下毒的道理？”

百姓们静静听着，一些联防队员已经开始与刀府人马分开。

刘捍卫带着部分工作队员跑步赶来，站到傣族百姓前面。钟喜妹、花蔓望着阻挡着刀府武装的刀心妍，替她担心。

刀心妍：“下毒的绝不是阿佤人，而是仇恨我们的黑心人！”

群众听罢都觉得有道理。

钟喜妹、花蔓流露出钦佩之色。

刀心荣朝刀心妍喊：“仇恨我们的黑心人是谁？你给我讲清楚！你若还是傣家人，就睁大眼睛看看！罕富寨子里死了人，我不会让他们白白送命！”

几个死者家人立刻哭喊着要求刀心妍拿出凭证来，要不然就向佤族人复仇！

刀心妍正不知该怎么解释时，高川骑马赶过来喊：“老乡们！冷静！冷静！这件事一定是国民党特务干的！他们不甘心失败，到处投毒放火，挑拨造谣，想方设法搞破坏！你们大家千万不要上当！”

刀心荣：“高长官，你说下毒的是老黄皮，就把凭证拿出来！”

乃木等人跟着喧哗起来，嚷嚷着让高川拿出凭证。

扎布冷眼看看乃木，又看向刀心妍。

刀心荣喊道：“拿不出凭证就给我闪开！枪一响子弹可是不长眼！”

傣族武装骚动着准备作战。

刀心妍挥手喊：“收起枪！把刀枪收起来！你们哪个不相信高队长的话，就给我站到前面来！”

群众安静下来，没人再说什么了。

高川：“刀代办！现在解放了，一切争端都要靠说理来解决，绝不允许两族百姓互相残杀！如果谁敢先开枪，那就是犯了国法！”

刀心荣阴着脸说：“高长官，我们的寨子里死了人，依照你说的国法，该怎么了断?”

高川：“刀代办，你有什么证据说是佤寨的人下的毒?”

刀心荣：“你又怎么证明不是他们下的毒?”

高川：“刚才你阿妹说得很明白，阿佤人也要吃河水，他们有什么理由要在河里下毒？换成你们傣家人，会往自己吃的河水里下毒吗?”

刀心荣一时无语。

乃木在一旁说：“大少爷，他分明是向着佤族人说话，我们不能听他的！”

扎布赶紧插话：“大少爷，有大小姐挡着，我们打不得。”

刀心荣无奈地盘算着说：“高长官，就算不是佤族人下的毒，可他们住在上游，出了这么大的事，不能和他们没干系吧?”

高川：“想要他们怎么做，你可以讲出条件，和他们谈判。”

群众又议论起来。

刀心荣：“既然高长官出面了，就请你替我们去向佤族人讲条件吧。”

高川：“那好，我去请岩火头人，和你一起商量怎么料理后事。你现在叫你的人马向后退，拿出愿意和平解决的姿态来。”

刀心荣想了想，无奈地摆手，示意人马向后退。

18. 河滩　傍晚外

河滩上点起几堆篝火，高川、刀心荣、岩火、刀心妍、刘捍卫围坐在篝火旁商议处理纠纷的办法，乃木、扎布和桑木、岩坚分别站在刀心荣、岩火身后，十分警惕。

高川说：“这样就好，既然两位首领都愿意和平解决，那就好办了。刀代办，先说说你的条件吧。”

刀心荣：“我要他们给罕富寨子送去三头牛、三担谷子和一些祭品，安抚死者的家人，岩火头人要参加死者的葬礼。”

高川看着岩火。

岩火冷着脸说：“参加葬礼可以，要我们送牛、送谷子就不合理了。人不是我们毒死的，为什么要我们赔?”

刀心荣：“人也不是我毒死的，我们刀家也要送礼。”

岩火：“死的是你们傣家人，不是我们阿佤人。”

高川：“大头人，我看礼还是该送。傣家的人死了，你们送礼慰问，就说明你们是真心愿意和傣家交朋友嘛。日后你们佤族寨子死了人，大少爷也会送礼慰问的，对不对?”

刀心荣没说话，表示默认。

岩火为难地看着高川。

高川会意地说：“大头人，我知道你们的寨子很困难，这样好不好，三头牛和三担谷子你们送，钱由我们出，好不好?”

岩火：“若是这样，自然是好了。”

高川转向刀心荣：“这就行了吧?”

刀心荣不满地说：“既然你们愿意替阿佤人送礼，那就替我说句话，让他们把抢去的机关枪给我送回来。”

高川没想到地看看岩火。

岩火：“我们没抢过机关枪，没的送。”

刀心荣：“岩火头人，我当着高长官的面把话讲清楚，你们寨子里的岩虎抢了我的机关枪，既然我们不‘拉事’，就请把枪还给我，不然的话……”

岩火：“不然怎样？岩虎已经被我赶出了寨子，是他抢了你的枪，你去找他好了！”

刀心荣变了脸："这么说，你是抵死不给了？"

岩火也变了脸："你想怎么样？封死出山的路？你试试看！"

高川劝道："好了好了，机关枪的事情现在不说。岩火头人，刀代办，既然你们都愿意和平解决问题，愿意交朋友，那两挺机关枪在谁手里又有什么关系呢？不管在谁手里，都是在朋友手里，都是为了对付共同的敌人，对不对？"

岩火扭过脸不说话了。

刀心荣也不好再说什么。

高川："岩火头人，刀代办，既然我们商量好了，你们就拉拉手，和好吧？"

岩火看看刀心荣，并不十分情愿地伸过手，刀心荣也不情愿地伸出手握住岩火的手腕，岩火也握住刀心荣的手腕，摇了一下。

高川："好，事情解决了。明天就为死者举行葬礼，我们都去参加。"

岩火、刀心荣起身，向高川告别后走向自己的人马。

桑木、岩坚和乃木、扎布分别跟着岩火、刀心荣离去。

高川释然地看着走去的刀心荣、岩火，刀心妍轻声问："队长，我们回营地吗？"

高川："不，就在这里宿营，以防万一。"

高川低声对刘捍卫说："老刘，死者的葬礼，我们的队员都去参加。"

刘捍卫："好吧。我去召集大家开个会，多准备几套应急方案。"

高川点头："好。"

刘捍卫："对了，老高，还是要给方书记报告一下，以便上级掌握情况。"

高川："好，马上给方书记发报。"

刘捍卫："那我去了。"

高川看着走去的刘捍卫，长出一口气。

刀心妍轻声说："明天的葬礼不会出事吧？"

高川才注意到心妍还在身边："哦，应该不会，我们提高警惕吧。"

刀心妍点点头。

高川："你今天表现得很了不起，很勇敢。"

刀心妍淡笑着偏头说："那有什么，傣家人不会伤到我。"

高川："我当时真担心控制不住他们，万一打起来，会伤了你。"

刀心妍："不会的，有你在，谁也伤不到我。"

高川看着刀心妍，刀心妍害羞地垂下头。

高川有些尴尬地说："对了，我们在这里宿营，你不大习惯，要不你去罕富寨子住吧？"

刀心妍："我不去。你在哪里，我就在哪里。"

高川一时无语。

刀心妍蹲下身子，向篝火中添着柴草。

19. 罕富家　晚上内

竹楼里，刀心荣、罕富、乃木、扎布围坐在火塘边，罕富家人伺候他们喝茶。

罕富愤愤地说："本来可以让佤族人出二十头牛，一千个半开！让红汉人这么一搅和，三头牛、三担谷子就把我们打发了，真是恼火。"

扎布看着刀心荣，刀心荣默默喝茶。

罕富叹道："有什么法子，现在是红汉人说了算。况且，大小姐还跟他们在一起……"

刀心荣："少在我面前提大小姐，她中了红汉人的邪，已经忘了自己是傣家人了。"

罕富："只有忍了吧，有红汉人挡着，'拉事'是不可能了。只是寨子里死去的人，冤得很呐！"

乃木转了转眼珠，说："大少爷，罕富寨主，我倒有个主意，既能让寨子里的人得到便宜，又能让红汉人和佤族人说不出话来。”

刀心荣和罕富眼睛一亮，刀心荣：“噢？你说说看。”

乃木神情诡秘地对他们低语……

20. 佤族岩火大寨　傍晚外

叶黑悄悄来到关押岩虎的木屋附近……

尼果懒洋洋地坐在木屋外，吃着水果。

岩虎扒着木栏喊：“尼果！你告诉我，大头人带着寨子里的人干什么去了?”

尼果吃着水果，不回答。

岩虎着急地问：“尼果！快告诉我？大头人领着那么多人，到底干什么去了?”

尼果：“你烦不烦？干什么去跟你有哪样关系？老实待着吧，大头人要是打胜了，兴许还会放了你！”

岩虎：“打胜？和谁打？你快告诉我，大头人要和谁打？快说呀！”

尼果反感地刚要说什么，后面有人一棍子将他打倒在地。

岩虎一惊，只见叶黑闪了过来。

岩虎惊呼：“叶黑！”

叶黑来到屋门外，打开木屋的门。

21. 木屋　傍晚内

叶黑进了屋迅速为岩虎解着绳索。

岩虎发慌：“叶黑，你这是干什么?”

叶黑：“大头人带着寨子里的人去和傣家人‘拉事’了，你快跑，等他们回来，就跑不脱了！”

岩虎：“怎么又要‘拉事’？到底为了什么?”

叶黑：“傣家寨子里死了人，说是我们阿佤人在河里下毒，要我们赔命。岩虎，你快跑吧，等大头人回来，你就跑不掉了！”

岩虎活动着刚刚解开的双手，担心地说：“我跑了，你怎么办？大头人回来，会处罚你的。”

叶黑：“我不怕。我是女人，大头人不会处罚女人。岩虎，你快跑吧！”

她说着扑到岩虎怀里，哭了起来。

岩虎难过地抱紧叶黑：“叶黑，你和我一起跑吧，跑到山下去找红汉人，他们是好人，不会欺负我们！”

叶黑哭着说：“不行啊，我走了，我阿爸怎么办啊?”

岩虎无奈地抱紧叶黑。

叶黑伤心地说：“岩虎，快跑吧，跑吧，不要再回来了……”

岩虎伤心地抱着叶黑。

22. 曼龙领地　河滩　早晨外

薄雾中鸟鸣啾啾。

篝火尚未熄灭，刀心妍枕着马鞍睡在篝火旁，片刻，她醒了过来，发现自己盖着高川的外衣，不安地坐了起来，向旁边张望。

高川穿着衬衣在河畔活动着上肢，走向在河边洗脸的钟喜妹、花蔓。

高川关心地说：“早上水凉，当心冻着。”

钟喜妹拧着毛巾说：“不会，河水又清又凉，可舒服了。”

花蔓：“是啊，队长，你来试试。”

高川走近她们，钟喜妹把毛巾递给高川，高川接过毛巾擦着脸。

刀心妍站了起来，望着河边——

高川把毛巾还给钟喜妹，亲切地说着什么，钟喜妹和花蔓开心地笑着。

刀心妍犹豫片刻，拿着高川的外衣向他走去。

钟喜妹、花蔓离开了河边。

高川抽出双枪，向所选择的目标瞄准……

刀心妍在离高川不远的地方站住，静静地看着他。

高川收回枪，插回枪套，无意中看见了站在不远处的心妍，便朝她微笑。

心妍微笑着走近，执意给他披上衣服。

高川："睡在野地里，不习惯吧?"

心妍："还好。你把衣服给我盖了，不会着凉吗?"

高川："不会，我靠着马睡的，挺暖和。"

心妍："你以前行军打仗的时候，经常靠着马睡吗?"

高川："靠着马睡是高级的，好些时候只能盖着茅草树叶。"

心妍："那样也能睡?"

高川："困极了怎么都能睡，连走带打的一天下来，别说躺着了，就是站着都能睡着。"

心妍："真的吗？站着也能睡？像马一样?"

高川："那可不，不光站着能睡，走着都能睡。"

心妍笑了："走着也能睡？你逗我吧?"

高川："是真的，行军的时候实在困了，后面的人就把头抵在前面人的背包上，一边走一边睡。"

心妍："那不会摔倒啊?"

高川："不会，脑袋睡了，脚还醒着呢!"

心妍开心地笑着。

高川也笑了起来。

篝火边的刘捍卫看着河畔笑谈中的高川、刀心妍，心中不快地摇摇头，对和水泉说："小和，让大家准备一下，要出发了。"

和水泉："是!"

刘捍卫又朝河畔的高川、刀心妍看去，显出妒忌。

23. 罕富寨子 日外

一个死者家的竹楼前围了许多傣族群众，都是来参加葬礼的。死者的家人把几个和尚请进院子，亲友们在院子里架起锅煮肉煮饭招待来宾，来宾们也帮着绑竹轿（运尸体用）、破竹皮、理篾条编制彩龙彩凤，准备各种葬礼用品……

刀心荣在罕富、乃木、扎布及亲随家丁的陪同下进了院子，死者家人和那些和尚都向刀心荣合十躬身致意。刀心荣还礼后安慰了死者家人，让乃木、扎布送上慰问礼品，死者家人感激地鞠躬……

高川、刘捍卫、刀心妍陪着岩火走了过来，他（她）们身后跟着桑木、岩坚和工作队员们，几个佤族汉子牵着三头牛，挑着一些礼品跟着。傣族群众纷纷让开路，让他（她）们来到死者家的院子里。

死者家的长者冷漠地看着岩火等人，高川、刘捍卫上前向死者家人表示慰问后，刀心妍走过去对死者家人说明了岩火的来意，死者家人才不情愿地向岩火合十致意。

岩火也双手合十说着安慰的话，而后让桑木、岩坚上前与死者家人见礼，将牛、谷子和礼品送给死者家人。

死者家人收下了礼物，请他们一起进了竹楼……

24. 竹楼 日内

竹楼的正厅里，死者端正地躺在一张竹床上，身穿新衣，双手合在胸前捏着一对蜡烛，腹部以下盖着白布。死者的亲属们依长幼男女分别跪在死者两侧，和尚们为死者诵经超度……

刀心荣、岩火、刀心妍、高川、刘捍卫、罕富等人也和前来送葬的百姓们一样双手合十听着和尚们诵经……

和尚们诵经完毕，死者的兄弟双手捧着一个鸡蛋跪到死者身边祈祷，询问死者愿意埋在什么地方？

乃木在一旁向死者兄弟使个眼色，死者兄弟会意地眨着眼睛，不住地询问死者……

高川感到不解地看看刀心妍。

刀心妍轻声对高川说："按照我们傣族的风俗，要让死去的人把最后的心愿放到叫魂的鸡蛋里，鸡蛋在哪里摔破，死去的人就在哪里火化、埋葬。"

刀心妍狐疑地看了看刀心荣，她突然注意到扎布在刀心荣身后向她投来提醒她的眼神，感到不安地看向高川。

高川镇定地等着事态发展。

这时，死者的兄弟起身挎上长刀，背起弓弩，让家人和亲友们把死者抬到长形的竹轿上，盖上白布、绸缎，再盖上用竹皮、篾条和彩纸编织的彩龙彩凤，请和尚们跟着他为死者引路……

刀心妍又将怀疑的目光投向高川，高川依然镇静地默立一旁，示意岩火跟着刀心荣一起出屋。

25. 竹楼　日外

死者兄弟捧着鸡蛋带着两个汉子先走出院子，抬着竹轿的亲友随后出来，高川、刀心荣、岩火等人跟着竹轿出来，出殡的队伍在他们后面跟了出来，死者的家人和亲属们唱起了韵律委婉、颇有节奏的哭丧调子，唱着死者的生平人品和给寨子里带来的好处……

刀心妍靠近高川拉拉他的袖子，轻声说："他们像是要搞鬼。"

高川从容地点点头，跟着众人走去。

26. 罕富寨子　日外

死者兄弟一直走向寨子外面，出殡的队伍中不时有人敲锣、放枪，以示隆重。

刀心荣、岩火、高川等人默默地走在罕富寨主身边……

死者兄弟走出寨子后一直走向佤族的地盘，出殡队伍中的桑木头人觉着不对头，凑近岩火说："大头人，他们怎么不去傣家的坟地，怎么朝我们的地方走呢？"

岩火向前看了看，也觉得不对头，他转向刀心荣问："刀家少爷，这是怎么回事？他们为什么要往我们的地方去？"

刀心荣假装糊涂地朝前看看："是吗？不会吧？"

岩火气冲冲地赶上前去，桑木、岩坚跟了上去……

高川见势不妙，赶紧追向岩火。

乃木凑近刀心荣，等他下令，刀心荣使个眼色，乃木招呼家丁们赶了上去。

27. 寨外　日外

岩火拦住死者的兄弟："等一等！你们为什么不去傣家坟地，要向河边走？过了河就是我们的地方！"

死者兄弟说："我阿哥的灵魂选定了葬身地方，就是河对岸，谁也不能阻拦！"

岩火："只要你敢过到我们佤族的地方，我就拦你！"

死者亲友们露出敌意，怒视着岩火。

乃木、扎布带着刀府家丁赶上来，与岩火等人对峙。

桑木、岩坚和佤族汉子也手握刀柄，毫不退让。

两方僵持不下，高川、刀心荣、刀心妍、刘捍卫等人赶了上来，高川挥手喊着："大家镇静！镇静！（他来到死者兄弟面前）这是怎么回事？为什么要过河安葬？"

死者兄弟坚持说："这是我阿哥的意愿，不能违抗。如果佤族人不让我阿哥葬在他指定的地方，就要牵二十头牛来安抚亡灵！"

岩火："这哪里是你阿哥的意愿，如果你阿哥的意愿在鸡蛋里，这个鸡蛋为什么不自己走？分明是在故意闹事!"

两方争执着，各不相让。

高川对死者兄弟说："这位兄弟，刀大少爷跟岩火头人已经讲好了条件，不要再难为阿佤人了。我们现在要安葬你死去的阿哥，让他的亡灵得到安息，你们这样闹下去会惹出是非，还要'拉事'，还要有人流血丧命！难道这就是你阿哥的意愿？难道我们这些活着的人就没有自己的意愿吗？快快到傣家的坟地上去，好好葬了你阿哥，大家都太太平平的不好吗?"

死者兄弟听了高川的话，拿不定主意地看着罕富寨主，罕富当然知道这里面的把戏，他故作与己无关地看了看刀心荣。

刀心荣早有准备地说："高长官，我和岩火头人的约定当然作数，可这叫魂选坟是傣家祖传的规矩，既然死人的意愿不能作数，那么活人的意愿也不好作数啊!"

高川知道他话里有话："刀代办，你到底想说什么?"

刀心荣："这样好了，死的人是罕富寨子的，该怎么办，就让罕富寨主来说吧。"

罕富没想到刀心荣会把话题转向自己，慌乱地说："这个，大少爷……"

刀心荣："你是寨主，你寨子里的事，当然要你来做主。"

罕富无奈地想了想，说："要我看，只有把选坟的事情交给神来决定了。"

他从身上拿出一支响箭："这是佛爷做过法的神器，让死者的兄弟把它射出去，它落在哪里，就在哪里下葬，那可是天意呀!"

死者兄弟和送葬的群众纷纷表示赞同。

岩火不同意："这怎么可以？射箭的是你们的人，想往哪里射就往哪里射，怎么能算是天意?"

罕富拿出一块黑布，说："这样好了，我来蒙住射箭人的眼睛，然后在原地转上三圈，再让他把箭射向空中，这样的话，箭射到哪里不就是天意了吗?"

岩火一时想不出办法阻止。

高川明白这里面有把戏，但一时难以说服众人。

刀心妍见罕富他们在捣鬼，有些焦急地看着高川，高川思索地劝她不要急，他开口对罕富说："罕富寨主，如果射出去的箭在天上被挡住了，怎么算?"

罕富："哪里会有这种事？如果箭在天上被挡住了，那也是天意，落在哪里就把人葬在哪里。"

高川又问："如果是我挡住的呢？算不算是天意?"

罕富眯起眼睛看了看高川："高长官说笑了，你怎么挡得住飞出去的箭呢？如果你真的挡住了，那当然也是天意……"

高川点点头："那好，开始吧。"

刀心荣突然想到了什么，想发话已经来不及了。

罕富把黑布蒙在死者兄弟的眼睛上，扶着他转了三圈，他停下来的时候，正好对着佤族的地方，罕富得意地说："天意，天意呀！射吧，高高地射，射得越远越好!"他把箭上到弩弓上，交给死者兄弟。

死者兄弟举起弩弓，要把箭射出去……

岩火见状要上前阻拦，高川拦住了他。

工作队员们都显出紧张。

刀心妍十分焦急地拉着高川的胳膊，似想问他该怎么办……

高川推开她的手，示意她退后。

死者兄弟在傣家人的呼喊声中把箭射向空中……

高川迅速拔出手枪，举枪便射，枪响之后那支箭应声断落，落在了河这边傣寨的地盘上。

所有的人都惊叹地看着高川，像是在瞻仰一尊天神。

高川收起枪冷静地说："这是天意。"

刀心荣、罕富和死者的兄弟都目瞪口呆地看着高川，似乎还不相信刚才发生的事情……

刀心妍欣慰地对傣族群众说："对，这是天意！就在箭落下的地方安葬死去的兄弟吧!"

刀心荣瞪了罕富一眼，示意死者的兄弟安葬死者。

死者兄弟带着跟在他身后的两个傣族汉子走到箭落下的地方，将叫魂的鸡蛋摔破在地上，示意这里是安葬地点。

和水泉、李铁杉、武晓鹏等人终于松了一口气，他们身边的佤族群众不住地称赞高川的神勇。

刀心妍激动地拉着高川的胳膊，一时找不出表达心意的话。

钟喜妹见状显出不自在，她的表情被李铁衫看在眼里。

高川微笑着轻轻推开刀心妍的手。

刀心荣见状，心生嫉恨。

岩火感激地向高川伸出大拇指。

刘捍卫看着刀心妍对高川钦佩的神情，十分不满。

傣寨送葬的人们在空地上搭起木柴，准备火化死者……

高川、岩火、刀心荣、刀心妍、罕富等人与傣寨的人们一起肃立在火化台旁双手合十，听着和尚们念“安魂经”……刀心荣心里嫉恨，阴沉着脸。

傣寨的人们将许多野花、绿枝摆放在火葬台周围，十余名汉子将安放尸体的长轿抬到火葬台上，死者兄弟点燃了木柴……熊熊烈火燃烧起来，傣族群众唱着歌祈祷死者的亡灵能够化作彩云，永远安息在辽阔的天上……

28. 工作队临时驻地　日外

竹林里，钟喜妹拿着一本讲义，但无心看，怀着心事发愣。

李铁衫走到她身后，轻声道：“喜妹。”

钟喜妹被吓着了，赶紧掩饰地做出不高兴的样子：“你做什么，偷偷摸摸跑来吓人，讨厌。”说着扭身要走。

李铁衫拉住她：“喜妹，别这样。”

钟喜妹故作不解地说：“哪样？”

李铁杉：“喜妹，我知道你在想什么。你看见心妍同志对高队长的态度，心里不好受，对吧？”

钟喜妹没否认，嗔怪地扭过身去赌气说：“不要你管。”

李铁衫直率地说：“你既然心里难受，干嘛不去对高队长说？”

钟喜妹：“说什么说？你想让我出丑啊？我又不是我姐姐。”

李铁衫：“这就对了嘛。你要能分清你和你姐姐的区别，就不会难受了。”

钟喜妹有点愣，琢磨着李铁杉说的话。

李铁衫：“你要总是这样，高队长知道了也会难受，心妍同志也会难受，其实，我也难受。”

钟喜妹：“你难受什么？”

李铁衫：“我，我就是难受。你叫钟喜妹，不叫钟喜莲，喜欢你的人是我，你该喜欢的人是我，不是别人！”他还想说什么，却又一时说不出口，转身要走。

钟喜妹喊：“你站住！”

李铁衫站住，背对着喜妹。喜妹扑上来抱住他，把头靠在他的肩头，满怀委屈和感激地流下眼泪。

李铁衫心中腾起热浪，紧紧抓住喜妹的双手。

第二十五集完

第二十六集

1. 曼龙　工作队驻地附近　溪边　日外

波香在溪边洗着衣服，一会儿，她听见有人在附近轻声喊她——

岩虎（画外）："波香！波香！"

波香侧身向溪边的树丛中寻找着，没见着人影。她似乎听出是岩虎的声音，试探地喊："岩虎？是你吗？"

岩虎从附近的树丛中探出身来："波香！"

波香惊喜地起身："岩虎！"

岩虎向四周看看，见没有旁人，才对波香憨笑。

波香丢下手里的衣服，走近岩虎生气地质问："你跑到哪去了？啊？你跑到哪去了？"

岩虎惭愧地躲避着波香的目光。

波香怨恨地捶打他："你说呀说呀，跑到哪去了，跑到哪去了……"

她控制不住地哭了起来。

岩虎任波香捶打，难堪地说："我，回寨子去了……"

波香："那还回来做什么？回来做什么？你多大的人了，怎么一点不懂事？你知道我们大家找你找得有多苦？为你担了多少心？你还有脸回来……"

岩虎羞愧地说："我，我认得错了，你骂我好了，咋个骂都行……"

波香伤心地扭身回到溪边，收起要洗的衣服，拎起水桶要走。

岩虎上前拦着她说："波香，你咋个骂我都行，别走好吗，别丢下我。"

波香拎着桶就走。

岩虎哀求："波香！"

波香回身没好气地说："我会丢下你吗？走啊，跟我回去！"

岩虎胆怯地说："波香，我阿哥他还会要我吗？"

波香："他为你急得饭都吃不下，觉都睡不着，你说他会不会要你？"

岩虎："那他，会整治我吧？"

波香："他该拿鞭子抽你！你犯了这么大的错，不想着去向他认错道歉，还怕他整治你？"

岩虎站在原地犹豫起来。

波香："你还站在那里等什么？要我像赶老牛那样赶你吗？"

岩虎："你走吧，我不回去了。"

波香气得瞪大眼睛，走回来说："你说什么？你还想跑吗？"

岩虎迟疑地摸着后脑勺。

波香拉住他："走，跟我回去！"

岩虎甩开波香的手。

波香："你！你不想跟我回去吗？那你回来做什么？啊？说话呀！"

岩虎不知如何是好地双手抱头蹲下。

波香："你看你这副样子，哪里还像个打虎英雄？好了，跟我回去，高队长不会整治你，更不会用鞭子抽你！"

岩虎仍然抱着头不动。

波香心急地拉了拉他："你听到没有？快起来，跟我回去！"

这时，画外传来钟喜妹的喊声："波香！——波香！——"

波香赶忙回答："喜妹！快来呀！岩虎在这里！——"

岩虎慌忙起身要走，波香拽住他："喜妹！快来呀！岩虎在这里！——"

岩虎甩开波香跑向树丛，没跑几步突然站住了——

钟喜妹、花蔓从树丛中的小路出来，迎着岩虎站住了。

钟喜妹、花蔓惊喜地喊："岩虎！"

波香追过来喊："快拦住他！他还要跑！"

岩虎站在那里看着喜妹、花蔓，不知该说什么。

钟喜妹走向岩虎："岩虎，我们大家都在等你回来，你为什么还要跑？"

花蔓："是啊，岩虎，我们都盼着你回来呢，快跟我们回去吧！"

岩虎突然向后退了几步，转身就跑。

波香急喊："岩虎！你站住！"

钟喜妹追上几步喊："岩虎！你停下！听我说一句话！你停下！"

岩虎放慢脚步，站住。

钟喜妹："岩虎！我就说一句话，你听了以后还要跑，我们就不拦你了！"

岩虎站着没动。

钟喜妹："岩虎！你不是认了高队长做你阿哥吗？你阿哥天天都在想你，你就是要走，也该和你阿哥告个别吧？你要是这么走了，你就是最没情义的人，不配给你阿哥做兄弟！"

岩虎默想片刻，难过地回过头来，看着钟喜妹她们……

2. 工作队临时驻地　日外

岩虎跟着钟喜妹、波香、花蔓走向驻地。

竹屋外，高川正向和水泉交代着什么，和水泉看见跟着钟喜妹她们走来的岩虎，瞪大眼睛指着岩虎——高川转头看见岩虎，深感意外。

岩虎走近几步站住了，满面羞愧地看看高川，低下头。

高川怔怔地看着岩虎："岩虎？"

李铁杉、武晓鹏等工作队员围了过来，惊喜地看着岩虎。

在灶火旁帮忙的刀心妍回过身，感到意外地看着岩虎。

刘捍卫从竹屋里出来，愣住了。

波香推了推岩虎，轻声说："走啊，走啊。"

岩虎垂头站着，迈不动步了。

高川喊："岩虎！"

他大步走到岩虎面前，伸出双臂要拥抱岩虎，岩虎突然跪下，愧疚万分地含泪喊道："阿哥！"

高川一愣。

岩虎："你罚我吧！我错了！"

他说着就要叩头，高川赶忙把他扶起来："岩虎！不能这样，不能这样！"

岩虎抱住高川，流着泪说："阿哥，我错了……"

高川也紧抱着岩虎说："回来就好，回来就好。岩虎兄弟，我知道你会回来，我们天天都在想你，为你担心呐。"

岩虎哭得像个孩子："阿哥……"

高川："你答应我，以后不管发生什么事，都不许再跑了，不许再跑了。"

岩虎："我不跑了，再也不跑了。阿哥就是赶我，我也不跑了！"

高川替岩虎抹着眼泪，上下打量着他："好了，别哭了，让阿哥看看，又伤着没有?"

岩虎抹着眼泪摇头。

高川查看了他的伤处，含笑说："你说你，跑什么跑嘛，我还等着你教我射箭呢。"

和水泉、李铁杉、武晓鹏等队员围上来，亲热地与岩虎拥抱……

刀心妍看着这场面，深受感动。

钟喜妹、花蔓也含着泪水看着男队员们与岩虎拥抱。

波香抹着眼泪靠到钟喜妹肩上。

刘捍卫走到人群边，对李铁杉等人说："好了好了，岩虎回来就好。你们几个帮他收拾收拾，换件衣服。"

李铁杉、武晓鹏等人拉着岩虎去了。

刘捍卫："喜妹!"

钟喜妹："到!"

刘捍卫："给岩虎检查一下身体!"

钟喜妹："是!"

刘捍卫："波香!"

波香："哎!"

刘捍卫："你给岩虎做点好吃的!"

波香："是!"

刘捍卫走近高川："可算是回来了，他说他跑到哪去了吗?"

高川摇了摇头，平静了一下自己的情绪："他会说的。"

3. 岩火大寨　日外

关押岩虎的木屋外，桑木狠狠踹了尼果一脚："你个憨狗！连个人都看不住，怎么让他跑了?"

站在一边的岩火冷眼瞪着尼果，岩坚站在岩火身边，掩饰着内心的高兴。

站在岩火另一边的传教士永安乐阴沉着脸。

尼果哭丧着脸说："我一直守在这里，认不得是谁，狠狠打了我一下，把我打倒了……"

桑木愣了愣，转向岩火。

岩火："谁打的你都认不得吗?"

尼果："真的认不得。我被打得睡过去了，等我醒来，岩虎已经跑了。"

岩火愤愤地叹了口气。

桑木："大头人，岩虎一定去找红汉人了，我们不如下山去，向红汉人要人!"

岩火思忖："他去投红汉人，比投老黄皮要好得多。"

桑木："大头人……"

岩火："红汉人不坏，这次若不是他们，我们和傣家人'拉事'，会死很多人。"

桑木转眼看看永安乐。

永安乐对岩火说："大头人，你下山以后，寨子里的教民天天都在为你们祈祷，是万能的上帝帮助你们躲过了这一劫，并不是红汉人的功劳。"

岩火看看永安乐，犹豫地说："神父，你给我的寨子带来了不少好东西，还有贵重的药品，我感谢你。可是这些东西红汉人也送来了，还送给我们很多粮食。我不和你作对，也不想和红汉人作对。"

永安乐无奈地在胸前划着十字。

桑木还想说什么，岩火已经转身走了。

岩坚跟着他走去。

4. 工作队临时驻地　日外

灶火旁，刀心妍、波香在给岩虎煮稀饭、熬药，刀心妍细心地搅拌着锅里的稀饭，往饭里加些菜叶。

波香扇着药罐下的炭火说："要是有些碎肉就好了，他们佤族最喜欢吃鸡肉烂饭。"

刀心妍："我是想回府里给岩虎拿些好吃的，队长他硬是不让。"

波香笑笑，搅动着药罐里的药说："没关系，下午我去找我阿哥，让他打些野雀来。"

刀心妍："找你阿哥做什么，要打我们自己去打。"

波香不相信地说："你能打到野雀?"

刀心妍："有什么不能？你跟我去好了。"

波香露出羡慕的神色。

5. 工作队临时驻地　日外

竹屋外的竹林边，钟喜妹在为岩虎检查、处理尚未痊愈的伤口，高川、刘捍卫在一旁听岩虎讲述跑回来的过程。

岩虎："……我用弩箭射死他们一个喽啰，抢了一驮马，马背上的木箱里藏着两支机关枪，十支快枪，我就拉回寨子去了。"

高川认真地听着。

刘捍卫："你又从寨子里跑出来了?"

岩虎："嗯，桑木头人硬说我是你们派去的奸细，让大头人把我关起来了。后来桑木头人把那个老黄皮带进寨子，说他是客商，要用快枪和大头人换大烟。我当着大头人的面把他戳穿了，可他硬是不承认，还说他是客商，不是老黄皮。"

高川："你看清了，他就是你在山林里见过的那个人?"

岩虎："就是他了！扒了皮我也认得。他和张土匪是一伙的，和刀心荣也是一伙的！"

高川思索地与刘捍卫对视，刘捍卫猜测："难道说，土匪进寨子烧粮仓，真的跟刀心荣有关系?"

高川正要说什么，突然愣住了——

刀心妍、波香分别捧着装有稀饭和汤药的罐子站在近旁，显然听见了刚才那些话。

刘捍卫有些尴尬："哈，心妍同志，你们给岩虎做好吃的了?"

刀心妍把装稀饭的罐子交给钟喜妹，转身走去。

波香喊了声："哎，心妍姐！"

刘捍卫急喊："心妍同志！你要上哪去？心妍同志！"

高川拦住刘捍卫："不用喊她，让她去吧。"

6. 刀府　日内

厅堂里，那几个受到石三娇威胁的商户正在向刀心荣诉苦，乞求保护。

刀心荣感到意外地对商户们说："什么？曼龙酒家的大掌柜要杀你们全家?"

商户甲惶恐："是了，她要我们三天之内，每人给她一车粮食，运给境外的老黄皮，不然就杀掉我们全家。"

商户乙哀求："大少爷，求求你帮帮我们吧，我们没有活路了……"

刀心荣不屑地摆下手："荒唐！什么给老黄皮运粮食，全是鬼扯！在曼龙，一切有我们刀家做主，谁敢胡乱杀人？不会是你们欠了酒家的钱，想赖账吧?"

商户甲："不是啊，大少爷，那个女掌柜真是老黄皮的人，凶得很呢。"

商户乙："是啊，大少爷，您救救我们吧……"

刀心荣不耐烦地说："好了好了，你们先回去，这件事我会找她问个清楚。"

商户甲不安地说："大少爷，那她向我们要的粮食，就不给了吧?"

刀心荣："你说呢？蠢货！"

商户们猜测着刀心荣的意思，犹豫着躬身后退。

这时，刀心妍气冲冲地进了厅堂，根本没理会那几个商户，径自走到刀心荣面前站住，气愤地瞪着他。

刀心荣挥手示意商户们离去，商户们看看气头上的刀心妍，赶紧退出厅堂。

刀心荣换了表情，故作轻松地说："是哪块云彩下了雨，把你冲回来了?"

刀心妍："我问你，张土匪来烧粮仓，你事先知不知道?"

刀心荣："你鬼扯什么呀?"

刀心妍："姓杜的老黄皮和张土匪是一伙的！他让张土匪来烧粮仓，又给你送机关枪，你到底在做什么?"

刀心荣："你，简直是胡言乱语！你现在满嘴都是红汉人的腔调，我不要听，你走吧！"

刀心妍："我不走，我就要讲！你若想勾连老黄皮对付工作队，那是死路一条！你若是不想勾连老黄皮，就把机关枪交出来，去向高队长认个错！姓杜的老黄皮再敢来，就把他抓起来！"

刀心荣气得发抖地指着心妍："你，你这是在跟阿哥讲话吗？简直就是个张牙舞爪的红婆娘！给我出去……"

刀心妍："我是为你好！在河水里下毒的一定是老黄皮的人，你若还是个傣家人，就该把他们当仇人！"

刀心荣："出去！"

刀心妍瞪了刀心荣一眼，转身就走，正好乃木刚进厅堂，刀心妍伸手抓住他背着的卡宾枪，乃木拉着背带不放，刀心妍狠狠瞪着他喊："放手！"

乃木吓得松了手，刀心妍拿着卡宾枪出了厅堂。

乃木发慌地说："大小姐！"又转向刀心荣："大少爷，你看这……"

刀心荣也慌了："跟着她，看她要做什么。"

乃木赶紧跟了出去。

刀心荣愤恨地说："疯了，疯了！"

7. 山林边　日外

枪声中，野雀被惊飞……

刀心妍一脸怒气地端着卡宾枪瞄准射击——

一只野雀被击落。

刀心妍端着枪边走向落地的野雀边搜寻目标。

乃木和两个心腹家丁在近处跟着刀心妍，战战兢兢地生怕她向他们开枪。

枪声中，又有野雀惊飞……

刀心妍再次举枪瞄准射击——又一只野雀被击落。

刀心妍端着枪走向被击落的野雀，突然回身喊："跟着我做什么？还不把野雀捡起来?"

乃木赶紧催促家丁："快去，快去。"

8. 工作队驻地附近　日外

高川带领一批联防队员正在训练，听见远处声声枪响，不由得停下来向山林边张望。

和水泉走近："队长，是枪声。"

高川："谁在打枪?"

和水泉："兴许是打猎的吧?"

高川朝队伍喊："李铁杉！"

李铁杉："到！"

高川："你带大家继续训练！"

李铁杉："是！"

高川对和水泉说："过去看看。"

和水泉跟着高川走去。

9. 山林边　日外

枪声引来一队联防队员和部分寨丁，他们慌慌张张地赶来，不知发生了什么事。当他们看见刀心妍在打野雀，都呆愣地站住了。

乃木走近他们说：“你们跑来干什么？去去，该做什么做什么去！”

那些联防队员和寨丁准备离开，刀心妍却喊住他们。

刀心妍：“都不要走！到林子里去，给我把野雀赶起来！去呀！”

联防队员们进了林子，寨丁们看着乃木等他发话。

乃木为难地不知怎么办才好。

跟在寨丁中的根赛对同伴说：“走吧，进林子吧！不听大小姐的话，大少爷会发火的！”

乃木想说什么，却又说不出口。

根赛：“走啊，给大小姐赶野雀去！”

寨丁们跟着根赛进了林子，乃木不好阻拦他们，想不通地看向刀心妍。

众人在林中轰着野雀，不少野雀被惊得飞了起来……

刀心妍举枪连连射击——

几只野雀被击落……

刀心妍将子弹打光，满意地露出笑容。

根赛等人拎着成串的野雀走向刀心妍。

刀心妍拎着卡宾枪走下山坡，得意中突然愣住——

高川、和水泉站在坡下看着她。

刀心妍把卡宾枪扔还给乃木，不知该怎么表达地看着高川。

10. 工作队临时驻地　傍晚外

波香捧着盛有野雀肉的瓦盆来到竹屋前：“岩虎！岩虎！”

在和李铁杉、武晓鹏摆弄弩箭的岩虎转头看着波香。

波香把野雀肉端到岩虎面前：“快吃吧，这是心妍姐给你打来的野雀。”

岩虎不相信地看看野雀肉，又看着波香：“她，她给我打野雀？”

波香：“是啊，心妍姐知道你的伤还没好，专门去打来为你养伤，补身子的。”

李铁杉、武晓鹏凑近瓦盆闻着，做出很馋的表情叹道：“哇，真香啊！岩虎，你可真有福气呀！”

岩虎没和他们逗，朝四周打量着说：“她，她人呢？”

波香：“心妍姐吗？她呀，为了给你打野雀犯了错误，高队长正批评她呢。”

岩虎不干了：“啊？这怎么可以？为我去打野雀，还要挨骂。我去找队长。”

波香一把拉住他：“好了，你去管什么用？队长说了，要你把这些野雀都吃掉，快快地把身子养好。若是吃了野雀伤还养不好，他可要处罚心妍姐呢。”

岩虎认真地说：“处罚？会不会把她关起来？这可不行，她是为我好，要关就关我好了……”

波香忍不住笑了，李铁杉、武晓鹏也笑了起来。

岩虎明白上了当，指着波香说：“好啊，你敢逗我！”

波香将瓦盆塞给岩虎：“憨包，一逗你就上当。快吃吧，别负了心妍姐一片好心，赶紧把伤养好。吃啊！”

岩虎端着瓦盆转向李铁杉、武晓鹏：“你们也吃，一起吃。”

李铁杉、武晓鹏闪开了：“我们可不吃。这是心妍同志为你打的，队长又下了命令，让你都吃光。我们吃了，那可是犯错误！”

岩虎又转向波香：“你也吃吧。”

波香退开：“我也不想犯错误，你快吃吧！你都吃了，心妍姐才高兴呢。”

岩虎端着瓦盆，感慨地抬头向远处张望着说："她在哪里，我要去谢谢她。"

11. 工作队驻地附近　傍晚外

溪边，高川在和刀心妍谈话。

高川态度温和地说："真没想到，你的枪法这么准。"

刀心妍浅笑着说："好久以前，我阿爸就要我练骑马、练打枪，说是练会了这些，才不会受欺负。"

高川："你是刀家的公主，谁会欺负你?"

刀心妍："汉人呢，哦，我是说老黄皮。当然了，还有侵略我们的外国鬼子。"

高川笑笑："不错，对付那些敌人，就是要练出真本事，毫不留情地消灭他们。不过，我还是得说，心妍同志，你今天擅自去打野雀，是错误的。"

心妍没想到："我？错了?"

高川："是，错了。"

心妍想不通地说："为什么？我去打野雀，是要给岩虎补身子嘛。"

高川："关心同志，希望岩虎早日康复这没错。可是你现在的身份和以前不同了……"

心妍："当然不同了，我是工作队员。"

高川："对了，你是工作队员，不是土司家的大小姐了。过去在曼龙，你想做什么就做什么，不会有人拦着你。可现在不行了，每一个工作队员，都应该自觉地遵守纪律，这包括不能擅自离队，不能随便用枪，不能……"

心妍："我没用自己的枪，我用的是乃木的枪。"

高川："那也不行。枪一响，会引起百姓们恐慌，以为出了乱子，或者发生了敌情，这很不好。如果我们每个人都随随便便地想开枪就开枪，那老百姓还能安心生活吗？你是工作队员，一定要遵守纪律，听从指挥，不能擅自行动。"

心妍："我懂了，就是服从你了?"

高川："不光是服从我，我也要服从上级的指挥，遵守纪律。"

心妍："那就是服从方领导?"

高川："方书记也要服从上级的指挥，也要遵守纪律。"

心妍："方领导还有上级?"

高川："当然有。方书记要服从地委，地委要服从省委，省委要服从中央。你看啊，（他伸出五指，从拇指数到小指）这是中央，这是省委，这是地委，这是方书记，这是我们……"

心妍有兴趣地看着高川。

高川："只有从上到下都遵守纪律，听从指挥，才能形成很大很大的力量（他把手握成拳头，挥动着说），谁也斗不垮，打不烂！才能团结所有的百姓，建设新中国。"

心妍似乎懂了，好奇地问："那，中央服从谁呢?"

高川："中央？中央是为全国人民谋幸福的，当然是服从全国人民了。"

心妍笑着指指高川握紧的拳头："我懂了，这是中央，（她说着用双手握住高川的拳头）这是全国人民，对吧?"

高川看看被心妍握住的拳头，没把握地说："应该对，应该就是这样。"

心妍笑道："那好吧，我认错了，你会罚我吗?"

高川："既然认了错，就不罚了。不过你得答应我，以后不许再擅自行动，记住了?"

心妍笑着点点头："嗯。（她调皮地故意说）若是我又犯错了，你会把我关起来吗?"

高川知道她在说笑："你想让我关你吗?"

心妍："不想。你若是关了我，我就再也不理你了！"

高川看着心妍，不好说什么了。

心妍害羞地笑笑，朝前走去。高川无奈地笑笑，跟了过去。

12. 工作队临时驻地附近　傍晚外

刀心妍、高川一前一后走向驻地，那几个被石三娇威胁的商户等在路边，见刀心妍走来，赶紧迎上去躬身行礼。

商户甲：“大小姐，请大小姐为我们做主啊！”

商户乙：“大小姐救救我们吧，我们活不了了！”

刀心妍感到奇怪：“你们这是做什么？有什么话好好讲。”

高川走到刀心妍身边，看着商户们。

商户甲：“大小姐，曼龙酒家的大掌柜是老黄皮的人，她要杀我们全家呀！”

刀心妍心里一惊，看看高川，高川感到事态严重。

13. 曼龙镇　夜外

高川带着刘捍卫、刀心妍、和水泉、李铁衫、岩虎、武晓鹏等人和一些联防队员手持武器快步赶往曼龙酒家。

14. 曼龙酒家　夜外

乃木、扎布带着几个家丁分别守护在院子门口和客房楼梯下面。

15. 曼龙酒家客房　夜内

客房里，刀心荣面色难看地对石三娇说：“你也太过分了，逼着镇上的商户向境外运粮食，还要杀了他们全家。你不要忘了，这是在曼龙领地，不是南沧县城，也不是境外！”

石三娇不示弱：“本司令是遵照杜特派员的指令行事。大少爷，你也别忘了，曼龙是国军反攻复国的根据地，谁敢违抗国军的命令，谁就该死！”

刀心荣：“你给我拉倒吧！有本事你就把国军喊回来，夺回南沧。若是没这个本事，就不要在曼龙撒野！”

16. 曼龙酒家　夜外

高川带着工作队员和联防队员接近酒家……

守在酒家院子门口的家丁看见有一队人赶过来，赶紧招呼乃木、扎布。

乃木、扎布赶到大门处观望，见高川带着一队人快速赶过来。

乃木低声说：“见鬼，是红汉人？”

扎布：“快去告诉大少爷。”

乃木转身而去，扎布手持卡宾枪，警惕地盯着来人。

17. 曼龙酒家客房　夜内

刀心荣怒视着石三娇：“我警告你，没有我的允许，谁敢在曼龙杀人，我就要谁偿命！”

石三娇冷笑道：“口气不小。这么说，特派员的手下杀了寨子里的人和耕牛，烧了大寨的粮仓，都是你允许的喽？”

刀心荣怔了怔，怒道：“你总算说了实话。那些伤财害命的勾当都是你们做的！我问你，在河水里下毒，毒死傣家人和耕牛的是不是你们？”

石三娇反讽：“那不也是你大少爷的功劳吗？曼龙的一切反共行动，都应该记在你大少爷头上。等国军打回来，好为你请功领赏啊。”

刀心荣愤怒地说：“鬼扯！对付不了红汉人，你们就祸害百姓，这算什么本事？”

石三娇："你才鬼扯！别忘了你是什么身份！实话告诉你，如果不杀掉姓高的共匪，赶走工作队，曼龙还得死人！"

刀心荣恼怒地拔出手枪："我现在就……"

石三娇比他更快地抽出枪，抢先对准了他："你想干什么？"

18. 曼龙酒家　夜外

高川带人接近酒家，他示意刘捍卫、和水泉分别带领一些人从两侧包围酒家……

守在酒家大门口的扎布看清了高川的意图，故意朝天开了两枪，喊道："什么人！都给我站下！"

高川喝道："不许开枪！把枪放下！"

19. 曼龙酒家客房　夜内/外

对峙中的刀心荣、石三娇听到枪声都本能地转向窗外。

尼斗推开门，和乃木、石三娇的随从一起进来，尼斗急促地说："不好了，共匪来了！"

石三娇和刀心荣吃惊地对视。

尼斗："石司令，快撤！"

刀心荣反应过来，对石三娇说："快走，我去挡住他们。"

石三娇跟着尼斗和随从迅速出门，快步走向外廊一端。

刀心荣出了客房，带着乃木走下楼梯。

石三娇和随从跟着尼斗快速下了房屋一侧的梯子，从酒家后院溜走了。

20. 曼龙酒家　夜外

高川、刀心妍、刘捍卫、和水泉、岩虎等人赶到酒家门口，刀心妍厉声质问扎布："扎布，谁让你开枪的？"

扎布故作失误："大小姐，高长官，我看不清来的是什么人，你们又都带着枪……"

刀心妍狠狠瞪了他一眼。

高川正要发问，刀心荣走近："高长官，你们这么些人，来酒家做什么？"

高川："刀代办，我接到报告，酒家里藏着蒋匪特务。"

刀心荣冷笑道："荒唐。这个酒家是我们傣家人开的，咋个会有什么特务？"

刀心妍怀疑地问："这么晚了，你来这里做什么？"

刀心荣故意摆出轻佻的姿态："男人到酒家能做什么，你不晓得吗？阿妹，这个酒家你以前也是常来的，尼斗掌柜是我们的族人，你也应该了解嘛。"

刀心妍生气地扭过脸。

高川心里有数地看着刀心荣，知道已经抓不到人了，故意说："这么说，刀代办可以为酒家作保了？"

刀心荣："当然可以。若是高长官信不过我，可以进去搜一搜嘛。抓不到你要的特务，我们也可以一起喝喝酒，听听小曲嘛。"

高川克制地说："不必了，既然刀代办肯为酒家作保，我们就不进去了。再会。"

他转身示意刀心妍、刘捍卫等人，离开了酒家。

刀心荣看着走去的高川等人，心情复杂。

路上，刘捍卫愤愤地对高川说："真是此地无银三百两，刀心荣肯定和国民党特务有勾搭，一定是他放跑了特务。"

高川神色严肃地说："没有证据就不能下结论。以后咱们要提高警惕，多发动群众掌握镇上的情况。"

刘捍卫："没错，就是要多发动群众，打人民战争。"

刀心妍跟在高川身后，心情沉重地默默走着。

21. 东盘江畔　日外

岩坚从河边山坡上的丛林中钻了出来，注视着河对岸。
河对岸一队联防队员走近。
岩坚端起弩弓，放上一支绑着信的箭，向河对岸射了出去——
他看见联防队员们警惕地散开，有人捡起了那支箭，便放心地隐入丛林中。

22. 工作队临时驻地附近　日外

高川正带领联防队员们训练，李铁杉和联防队员罕有、岩旺匆匆走来。
李铁杉："队长！"
高川转向李铁杉。
李铁杉他们走近高川，把绑在箭杆上的麻草编成的信件交给高川。
李铁杉："队长，这是他们在河边捡到的，从对岸山坡上射过来的。"
高川展开麻草编成的信件看着，上面画着些图案，显然看不懂。
高川："什么人射过来的？"
罕有："一个佤族汉子。把箭射过来，就钻进林子跑了。"
高川琢磨片刻，对李铁杉说："去，把岩虎叫来。"

高川、刘捍卫盯着看信的岩虎，刘捍卫不大相信："你没看错？是请我们去佤寨做客？"
岩虎："不会错。这是岩火大头人的信，上面画着请红汉人上山寨做客，你看。"
岩虎把麻草信交到高川手里，指点着上面画的内容。
高川展开笑容："太好了！我们明天一早就上山。"

23. 靠近岩火大寨的山路　日外

高川、和水泉、李铁杉、钟喜妹骑着马沿着崎岖山路由远而近……
岩坚、尼果等佤族武士出现在山路上，岩坚向随行武士示意，武士吹响牛角、敲响铜锣以示欢迎。

24. 岩火大寨　日外

岩火、桑木头人带着寨中武士在寨口迎接高川等人，武士们吹响牛角、敲响铜锣、放响号炮……
岩坚陪着高川等人走近。
岩火迎上前去，高川向岩火行礼，岩火高兴地抱住高川的胳膊，拉着他走向寨内。

25. 岩火大房　日内

岩火、桑木头人与高川、和水泉、李铁杉、钟喜妹围坐在火塘边，娜月和两个佤族姑娘为他们端上泡酒、烤鸡烤肉和稀饭……

岩火拿起竹筒杯向高川等人敬酒，高川等人也礼貌地喝了酒，并回敬岩火……

娜月特意为钟喜妹端来糖水，钟喜妹谢过娜月，与娜月轮换着喝那碗糖水。

岩火端起盛满鸡肉烂饭的陶碗，用拇指在碗里转了一圈，将拇指上的烂饭嘬进嘴里，将陶碗递给高川，高川学着岩火的样子也用拇指在碗里转了一圈，将拇指上的烂饭吃进嘴里，又将陶碗递给桑木头人，桑木头人用拇指吃了饭之后将陶碗递给坐在他身边的和水泉，和水泉也学着他的样子用拇指转着挑起烂饭……

娜月也将她用拇指挑过的饭碗递给钟喜妹，钟喜妹也学着她的样子用拇指挑着饭吃。

岩火扯下烤鸡的鸡头客气地递给高川，高川礼貌地谢绝，坚持把鸡头留给岩火。岩火欣然地放下鸡头，又扯了一块鸡肉递给高川，高川道谢着接受了。

岩火对高川说："高长官，你们用黄金向曼龙刀家买了粮食，我都听说了。你要我和傣家人交朋友，我也愿意。可是，我们比起曼龙坝子，可差得远呢。我们的田地都在山坡坡上，种一次谷子要歇上几年才能再种。粮食越来越少，除去山洼里的大烟，没有什么可以去换黄金白银了。你让我们这些饿着肚子、光着脚板的佤族去和吃得饱饱的，又有黄金白银的傣族交朋友，怕是交不成呢。"

高川明白岩火的意思，微笑着说："大头人，你们佤族寨子的生活的确很艰苦，人民政府是了解的。请你放心，我们一定会尽一切力量帮助你们发展生产、改善生活。"

岩火："哦？你们打算咋个帮法？"

高川："我会报告上级领导，再组织一批救济物资，尽快送上山来。还有，我们要对整个山寨的情况作个详细了解，包括有多少人口，多少田地，能收多少粮食，有多少森林，多少牲畜，多少工具，还有百姓们的生活情况、医疗教育情况等等等等。"

岩火没听懂地看看桑木。

桑木问高川："什么是等等等等？"

高川："噢，就是好多好多的意思。我们把寨子里的情况都了解了，才好做一个计划，一步一步地支援你们，帮助你们。"

岩火似乎明白地端起竹筒杯喝了一口，把酒杯递给高川："请酒。"

高川接过竹筒杯向岩火致意，喝了酒。

26. 佤寨懒火地　日外

岩火、桑木等人陪着高川、和水泉来到山坡上的田地边，察看懒火地上的种植情况。

岩火指着大片的懒火地说："这片地是今年烧的，来年就种不成了。要转到山那边再烧一片林子，来年才得种。我们山里只能种些小米荞子和包谷，种不出曼龙坝子那样的稻谷。辛辛苦苦一年下来，锄棒棒上捏出水，锅里也盛不上几粒粮食。还要给老鼠偷、野雀叼，等等等等。"

他学着高川的口气，把高川逗笑了。

岩火："若是天神发火，引来了洪水，一年的辛苦就一样也不剩了。"

高川神情严肃地听着。

岩火："寨子里的人靠打猎、采野果野菜是喂不饱肚皮的，前些年，我们用山洼里的大烟去换银钱，还可以买些粮食回来。这几年山上山下都不太平，我们只好用大烟去换快枪了。"

高川警觉地说："大头人，有些话我必须对你讲。现在解放了，人民政府是坚决禁止种大烟的，也不允许用大烟做交易。还有，要拿武器跟你们换大烟的人并不是什么客商，他是国民党特务，你可千万不要上他的当。"

桑木头人不满地想说什么，岩火不动声色地拦住了他。

岩火盯着高川说："若是不种大烟，我们的粮食不够吃，咋个整？若是不用大烟换快枪，山下的人或是山外的人来打我们，又咋个整？"

高川："人民政府和人民解放军一定会保证山寨的安全，人民政府也不会眼睁睁看着山寨里的百姓饿肚子。"

岩火半信半疑又充满期待地审视着高川。

27. 佤寨　日外

李铁杉、钟喜妹在岩坚等人陪伴下在寨子里走访，路边有不少寨民好奇地看着他（她）们。当他们想接近寨民时，那些寨民却立刻散去。

几个佤族孩子不远不近地总是跟着他（她）们，当钟喜妹上前问好，想为他们检查身体时，孩子们迅速跑开了。

钟喜妹无奈地看着跑开的孩子们，李铁杉拉了拉她，向近处指点："喜妹，你看，好像是个病人。"

叶黑搀扶着病重的父亲缓缓走着。

钟喜妹赶紧走了过去："老乡！老乡！"

叶黑扶着父亲站住，转头看着钟喜妹，一脸的警惕。

喜妹走近问："姑娘，这位老人怎么了？是不是病了？我来看看。"

她伸手摸摸老人的额头，观察着老人的神色，又按着老人的脉搏。

叶黑转脸看看跟来的岩坚，岩坚毫无表情地站着。

叶黑转回目光，露出敌意。

钟喜妹从药箱里拿出药片："姑娘，老人烧得很厉害，得马上吃药……"

叶黑将钟喜妹递来的药片打掉，狠狠瞪了她一眼，扶着老人向前走去。

钟喜妹呆呆地看着叶黑扶着老人走去，不知所措。

李铁杉想喊住叶黑，又觉不妥，转向岩坚说："岩坚兄弟，我们是好意啊，这些药是给老人治病的。"

岩坚不卑不亢地说："寨子里有神父看病，汉人给的药，谁也不会吃。"

李铁杉愣愣地看看喜妹，喜妹不甘心地追着叶黑走去。

28. 佤寨　教堂外　日外

叶黑搀扶着父亲走向教堂。

传教士永安乐在教堂外摆了张桌子，桌子上放了个木箱，一些患病的寨民拿着家禽、山珍来让永安乐诊治，跟他换取药片……

钟喜妹、李铁杉跟着叶黑走近教堂，看着永安乐从木箱里拿出小包小包的药片、药粉和那些患病的寨民换取家禽、山珍……

永安乐发现钟喜妹、李铁杉在看着他，摆出一副傲慢的姿态冷眼看向他（她）们，他身边那些患病的寨民也向李铁杉、钟喜妹投来冷漠的目光。

几个顽皮的孩子跑近钟喜妹、李铁杉，朝他（她）们丢石头、吐口水，钟喜妹、李铁杉无奈地躲避着。

岩坚上前劝他（她）们离开这里，二人只好愤愤离去。

永安乐目光阴鸷地看着钟喜妹、李铁杉的背影，露出一丝得意。

29. 佤寨　日外

岩火、桑木陪着高川、和水泉走在寨子里。

高川："大头人，如果你同意，人民政府会马上派工作队到寨子里来。"

岩火犹豫："工作队到寨子里来，做什么呢？"

高川："就像我说过的那样，帮助你们搞生产，多打粮食。还能为寨子里的百姓看病，教孩子们读书写字。"

岩火浅笑着说："若是能帮我们多打粮食那当然好，看病教书嘛有神父就行了，你们不要管了。当然了，若是能给我们一些快枪，就更好了。"

高川知道一时说服不了他，便说："如果大头人同意工作队进寨子，也可以像傣族寨子那样建联防队，需要的时候，政府可以向你们提供武器。"

岩火："真的吗？那样就好了。"他走了几步又说："上回岩虎拖回来两支机关枪，我拿去送给义父岩猛头人了。我阿爹根本没把那两支枪看在眼里，他说当年的英国人、日本鬼和老黄皮都有机关枪，还不是被他砍了头。"

高川笑笑："早就听说岩猛头人是佤山有名的大英雄，一直想去拜望他呢。"

岩火："你若真心帮助我们，真心和我交朋友，我就会带你去见岩猛大头人。"

高川："那太好了。岩火头人，难道你还不相信我是真心和你交朋友吗？"

岩火打量着高川，微笑着说："信是信，我也很想交你这样的朋友。"

高川："谢谢大头人，我会做你最真诚的朋友。"

岩火摇摇头，看着高川背着的两支驳壳枪说："做朋友当然好，可是朋友总不如兄弟那么可靠。高长官，我最喜欢的是你这两支神枪，若是你能把神枪送给我一支，我就和你结拜兄弟。”

高川爽快地摘下一支枪，双手递给岩火。

岩火愣了愣，伸出双手握住枪，高兴地说：“高长官，我们结拜，做兄弟！”

30. 佤寨 木鼓房 日

寨子里的老人带领鼓手敲响木鼓。

武士们站在寨神标志旁吹响牛角、放响火枪。

岩坚等武士站在岩火、高川身后，注视着岩火杀公鸡，把鸡血淋在水酒里，而后将一杯鸡血酒端给高川，高川双手接了过去。岩火双手端起另一杯鸡血酒，面向寨神双膝下跪。

高川也跟着他双膝下跪。

岩火端着酒杯仰望寨神：“阿佤山神！阿公阿祖！岩火今天跪在这里，和红汉人高川结拜兄弟！从今天起，岩火要和高川兄弟生死同心、永不背叛！”

高川也端着酒杯向阿佤神宣誓：“我高川对着阿佤山神，对着太阳起誓：从今往后，我愿和岩火阿哥生死同心、永不背叛！”

岩火激动地说：“从今天起，阿佤神保佑岩火，也保佑高川兄弟！阿公阿祖保佑岩火，也要保佑高川兄弟！”

他将杯中酒洒在寨神前，高川也学着岩火将酒郑重地洒在寨神前。

娜月为他们斟上鸡血酒，岩火转向高川，与他挽着手臂，喝下交杯酒。

岩火起身将酒杯摔烂：“哪个背叛兄弟，就是这个杯子！”

高川也将酒杯摔烂：“我若是背叛誓言，甘愿碎尸万段！”

岩火与高川紧紧拥抱。

岩坚、娜月和周围的武士、寨民欢呼起来……

31. 曼龙 工作队临时驻地 日外

岩虎拿着一捧鲜花喜滋滋地走近驻地，迎面遇上花蔓。

花蔓：“呀，这么好看的花，哪里采的?”

岩虎憨笑着：“就在田边的林子里。”

花蔓：“真好看。哎，你个大小伙子，采花干什么？给我吧。”

岩虎躲着花蔓，不好意思地笑着。

花蔓猜到：“噢，你是要送给波香，对不对?”

岩虎抹着额头上的汗，点头。

花蔓：“行啊，岩虎，你还有眼光嘛！”

岩虎憨笑着跑去。花蔓看着他的背影笑着。

32. 工作队临时驻地 日外

竹屋外，刀心妍坐在一块石头上手拿小本子和笔却没有写什么，而是望着远处发呆。

刘捍卫拿着些材料走近：“心妍同志，心妍同志。”

刀心妍猛地回过神，有些尴尬地起身：“啊，刘副队长。”

刘捍卫和蔼地说：“怎么，又在备课呀?”

心妍看看自己手中的小本子，慌乱地说：“啊，是。”

刘捍卫：“这么认真，应该表扬啊。”

刀心妍：“不，没有……”

刘捍卫：“怎么没有，你就是进步很快嘛。”

刀心妍正想说什么，岩虎捧着鲜花走来，匆匆走向竹屋。

刘捍卫："岩虎同志，匆匆忙忙地干什么呀?"
岩虎没答话，走向竹屋喊："波香！波香！"
波香出现在门口，看见岩虎手里的鲜花，高兴地差点叫出声来。
刀心妍望着波香，笑了起来。
刘捍卫也微笑地看着岩虎和波香。
波香见刀心妍、刘捍卫在看她，不好意思地转身回了竹屋，岩虎捧着鲜花跟了进去。
刘捍卫："这个岩虎，挺会抓紧时间嘛。"
刀心妍低头笑笑。
刘捍卫："我刚才说到哪了? 哦对，心妍同志，你进步很快，当初我提出让你参加工作队，是完全正确的。"
刀心妍有些意外地看着刘捍卫。
刘捍卫："怎么，你不相信? 我提出让你参加工作队的时候，高队长还不同意呢。"
刀心妍不知该如何表达。
刘捍卫："好了，过去的不说了。心妍同志，你有没有想过积极地靠拢组织，争取入党啊?"
刀心妍："我? 我能入党吗?"
刘捍卫："当然能啊。咱们参加革命工作，就是要为实现共产主义而奋斗，每一个投身革命的人，都应该积极地争取入党啊！"
刀心妍："那，怎么个入法?"
刘捍卫："是这样，你要写个申请，然后呢，组织上会重点帮助你、考察你。心妍同志，如果你愿意呢，我可以做你的入党介绍人。"
刀心妍："介绍人?"
刘捍卫："是啊，就是专门关心你、帮助你的人呢。"
刀心妍："这，不好吧……"
刘捍卫："有什么不好? 同志之间本来就应该互相关心，互相爱护，互相帮助嘛！你看啊……"
波香（画外）："心妍姐！心妍姐！"
刀心妍、刘捍卫朝竹屋看去——
波香头上戴着刚编好的花环，开心地对心妍喊："我和岩虎去溪水边洗马！你去不去?"
刀心妍立刻答应："去！等等我！"
她解脱地对刘捍卫说："刘副队长，我和他（她）们洗马去。"
刘捍卫无奈地说："哦，去吧，咱们以后再谈。"
刀心妍高兴地朝波香、岩虎跑去。
刘捍卫遗憾地看着跑去的心妍。

33. 岩火大寨　傍晚外

木鼓房外点起篝火，寨中的男女老少过节般地围坐在篝火边畅饮。
佤族青年敲响木鼓，男女青年们围着篝火唱着豪放的山歌，跳着欢快的舞蹈……
娜月和其他女人为岩火、高川、和水泉、李铁杉、钟喜妹、桑木、岩坚等人倒酒，岩火开怀地向高川敬酒，高川与岩火一起喝了酒。
岩火对高川说："高川兄弟，我老实对你讲，五六年前，我就和一个汉人结拜过兄弟。"
高川："是吗? 他是什么人?"
岩火："他是天下最好的汉商，对我们佤族就像对亲人一样，处处为我们着想，不骗我们，不欺负我们。"
高川认真地听着。
岩火："他每次进山来，都要给我讲好多山外的事情，讲你们汉人的穷苦人，怎样打翻地主老财，怎样拉起队伍打老黄皮……”

高川：“他是谁？现在在哪里？”

岩火：“他最后一次下山去，被老黄皮捉去，砍了头。”

高川：“他叫什么名字？”

岩火：“他姓李，叫李松涛。和你一样，是个顶好的汉人。”

高川克制着内心的激动说：“我认得他。”

岩火吃惊地看着高川。

高川：“他是我的同志，是个优秀的共产党员。”

岩火愣了愣，端起酒杯举过头顶，而后将酒洒在地上。

高川也将酒杯举过头顶，把酒洒在地上。

娜月为岩火、高川倒酒。

岩火庄重地举杯面向高川，高川也举杯相敬，二人心照不宣地喝了酒。

和水泉、李铁杉、钟喜妹被佤族青年们豪放有力的舞姿所吸引。

岩坚等人请和水泉、李铁杉一起跳舞，佤族姑娘也来拉钟喜妹和她们一起跳舞，工作队员们和佤族青年们一起跳了起来……

桑木头人出了人群，走向站在人群外的永安乐。

永安乐表情阴郁地看着热闹的人们，桑木头人走到他身边，对他低语……

永安乐的神情更加阴鸷，桑木也是一脸怨毒地看着热闹的人们。

34. 曼龙刀府　日内

刀心荣在佛龛前焚香拜佛，叩拜后依然在佛像前合十默祷。

扎布来到刀心荣身后，躬身而立。

刀心荣默祷完毕，转过身来。

扎布：“大少爷，大小姐请回来了。”

刀心荣向厅堂走去。

35. 刀府　日内

刀心荣走近厅堂，故作和气地说：“阿妹。”

刀心妍：“你找我回来，有什么事？”

刀心荣：“坐下，坐下说。”

他等心妍在他对面坐下后才说：“阿妹，我听说高长官被岩火请去了佤寨，你们的工作队是不是要离开曼龙，到佤寨去呀？”

刀心妍：“这怎么会？共产党又不是只有一支工作队，如果需要上佤寨，上级会再派人去的。”

刀心荣：“哦。我还听说，高长官和岩火结拜了兄弟，这以后他会不会一心向着佤族人，和我们过不去呢？”

刀心妍：“心荣阿哥，你怎么会这么想？共产党不管对佤族还是对我们傣族都是一样的，你若是真心诚意地对待工作队，不要想东想西做那些见不得阳光的事，高队长也会和你结拜兄弟。”

刀心荣不满地说：“我才不会和汉人结拜兄弟。再说，我也没做什么见不得阳光的事。”

刀心妍：“那你就把偷买来的武器交给工作队，把那个老黄皮对你讲过的话告诉高队长。”

刀心荣息事宁人：“好了，买枪的事高长官都没有追究，你还刨根问底地做什么？阿妹，我今天喊你回来，是想要你和高长官商量一下，看他愿不愿意帮我训练府兵。”

刀心妍没想到：“训练府兵？”

刀心荣：“是啊，高长官很是神勇，军事上很有一套。我想请他到府里来，调教一下府里的亲兵，不知道他会不会答应。”

刀心妍：“为什么一定要到府里来？高队长每天都在训练联防队员，你把府兵拉过去一起训练不就行了吗？”

刀心荣：“这不一样。若是他愿意到府里来训练亲兵，就说明他没有记恨我们刀家。若是他不来，就是要和我过不去了。”

刀心妍：“他怎么会和你过不去呢？你做了多少阻拦工作队的事，他和你计较过吗？”

刀心荣拦住心妍的话：“好了，我要说的话已经说了，愿不愿意把话传给他，是你的事情。”

刀心妍欲言又止。

第二十六集完

第二十七集

1. 曼龙 工作队驻地 日外

高川、和水泉、李铁杉、钟喜妹回到驻地，刘捍卫、武晓鹏、花蔓、波香等工作队员围拢来迎接他（她）们。

岩虎冲过来拉着高川的胳膊问："阿哥，大头人真的和你结拜兄弟了?"

高川："当然真的，你看。"

他拿过一把佤族长刀："这是岩火头人给我的信物。"

岩虎拿过长刀看着："对，是大头人的长刀！阿哥，大头人还记恨我吗?"

高川："怎么会呢，岩火头人说了，你什么时候回去，他都像以前一样，把你当兄弟！"

岩虎激动地呐喊着抱起高川转了一圈，高喊："我阿哥和大头人做兄弟了！岩虎可以回寨子了！——"

2. 溪水边 日外

岩虎光着膀子站在溪水中，将一盆清水泼到同样光着膀子的高川身上，高川也将一盆清水泼向岩虎……和水泉、李铁杉、武晓鹏等队员也都光着膀子互相泼水，在溪水中欢乐地闹成一团……

刀心妍沿着溪边的草地走来，看见在溪水中逗闹的高川等人，禁不住笑了起来，又害羞地转过身去。

高川看见站在草地上的心妍，匆匆上岸穿上衣服，湿淋淋地走向她。

心妍回身看着高川，被他那副样子逗笑了。

高川走近心妍，不好意思地笑着说："找我有事?"

心妍笑着点点头，严肃起来说："我阿哥想请你去府里……"

高川擦着头发猜测地看着心妍。

心妍："他想让你训练府里的亲兵。"

高川略一思索，爽快地说："好事啊！什么时候?"

心妍："你答应了?"

高川："答应了！"

3. 工作队驻地 日内

高川换上干净的军装，扎上腰带。

刘捍卫在一旁担忧地说："老高，你这个决定是不是太匆忙了?"

高川戴上帽子说："匆忙？有什么不妥吗?"

刘捍卫："你去刀家训练府兵，百姓们知道了，会怎么想?"

高川："刀心荣是我们团结争取的首要对象，这个机会我们必须抓住。"

刘捍卫："团结争取土司头人固然重要，但和他们走得太近了，百姓们的情绪怕是会受影响啊。"

高川看着刘捍卫："老刘，你指的是什么?"

刘捍卫："我就直说吧，你和岩火结拜兄弟，就有些唐突。事先没有请示上级领导，也没有和同志们商量嘛。"

高川："和岩火结拜，就算是我的个人行为吧。事情来得很突然，如果我不答应，岩火就不会同意工作队进佤寨，很可能去和蒋匪特务做交易。"

刘捍卫：“我不是责怪你，老高，你是工作队队长，一切行为都是代表组织，代表边工委的。我建议，我们把你去佤寨的情况和刀心荣要我们训练府兵的情况向方书记报告一下，请领导上给个明确指示。”

高川从木箱垛上找出报告：“这是我起草的报告，你看一下，附上你的意见报给方书记。”

刘捍卫接过报告：“好啊，哎，你去刀府训练府兵的事就先等一等吧。”

高川：“不能等，答应的事就必须去，不能让刀心荣觉得我们不守信用。”

刘捍卫：“不等上级指示了?”

高川背上手枪：“方书记会同意的。万一不同意，就算我的个人行为好了。”

刘捍卫：“你怎么动不动就是个人行为？这不合适吧?”

高川：“我的行为符合工作队的首要任务，你如果有意见，就保留吧。”

他说完出了屋，刘捍卫干在那里，不满地说：“这，这也太没有组织观念了。”

4. 刀府　日外

刀府的亲兵们在宽大的后院里练习冲击、卧倒、射击等一连串动作，从未经过正规训练的亲兵们显得手忙脚乱，全无章法……

高川严厉而耐心地一一指点着他们。

刀心荣在一旁的盖伞下观看，目光里流露出对高川的佩服。

5. 刀府伙房　日内

刀心妍同厨娘、丫鬟一起准备着丰盛的饭菜，由于品种很多，伙房里的人都显得忙忙碌碌。

刀心妍在火塘边烤着鱼，被烟熏得直流泪。

刀母走过来帮她擦了擦眼睛，关切地说：“心妍，烟火这么呛，还是让丫鬟们烤吧。”

刀心妍固执地说：“不不，我要自己烤，她们烤不好。”

刀母会心地笑笑，把一块肉塞到刀心妍嘴里，说：“你尝尝，这是阿妈腌的酸味肉，好吃吧?”

刀心妍嚼着肉说：“嗯，好吃。”

刀母：“不知道那位高长官吃得惯吗?”

刀心妍：“他走南闯北的，什么都吃得惯。平常除了洋芋包谷，没什么好吃的，今天可以让他好好吃一顿。”

刀母怀着心事看着女儿说：“你可真为他着想。心妍呀，那个高长官人长得不错，本事也不小，可就是看起来有点凶巴巴的，会不会……”

刀心妍忙说：“什么凶巴巴的，你一点都不了解他。”

刀母：“阿妈是不了解，所以才问你呀？心妍呀，你跟阿妈说老实话，是不是……相中他了?”

刀心妍嗔怪地说：“哎呀，阿妈，看你说的，羞死人了!”

刀母端详着心妍，认真地说：“怎么？你真相中他了?”

刀心妍：“好了，阿妈，我连他多大岁数还不知道呢，什么相中不相中的。”

刀母：“心妍啊，阿妈最担心的就是这个了。你阿爸早就为你和心荣阿哥订了婚约，你可要……”

心妍：“我不嫁心荣阿哥。”

刀母愣了愣：“这怎么可以?”

心妍：“我就是不嫁。”

刀母：“那你要嫁哪个?”

心妍：“不管嫁哪个，反正不嫁心荣阿哥。”

刀母又愣了愣，无奈地说：“好了，先不说心荣了。你在外面读过书，见过世面，道理比阿妈懂得多，若是自己有了上心的人啊，也该讲给阿妈对不对？但有一条，你相中的，不能是个汉人。”

心妍：“汉人有什么不好？汉人里的好人多着呢！前久我们傣家和佤族拉事，若是没有高队长拦着，不知道要死多少人呢!”

刀母会意：“这个高长官是为我们做了不少好事，也救过你的命，可他毕竟是共产党的人，说不上哪天就要走的……”

心妍：“我也是共产党的人，他要走去哪里，我就跟他去哪里！”

刀母吃惊地望着女儿。

心妍自觉失口，“哎呀”一声害羞地丢下烤着的鱼捂上了脸。

鱼肉在火中“吱吱”作响，刀母忙和女儿一起拣出来，愣愣地看着女儿。

心妍羞红着脸，咬着嘴唇。

刀母喃喃地说：“天呐，你可真是发昏了。”

心妍撒娇地起身走了，刀母一脸忧虑。

6. 刀府　日外

院子里，府兵们在高川的指点下练着刺杀动作，在高川的反复调教下显然有了明显进步，他们听到高川的口令后动作已经规范多了……

高川吹了声哨子，宣布训练结束，命令府兵们散开。

许多府兵汗流浃背地倒地喘气……

乃木不服气地走近高川说：“高长官，这样的刺杀我们傣家人不习惯，当然练不过你们汉人。”

高川：“哦？乃木队长，你习惯练什么呢？”

乃木：“长刀。我们傣家人爱用长刀，若是高长官有兴趣，我们不妨练练看？”

刀心荣不动声色地看着高川、乃木。

高川笑笑：“好啊，那我就向你请教请教。”

乃木朝家丁一摆手：“竹刀！”

家丁拿来几把竹制长刀，分别递给高川、乃木，让他们选用。

乃木挑选着竹刀对身边的扎布低声说：“扎布，若是我有闪失，你帮我一把。”

扎布微微点头。

高川挑好了竹刀，面向乃木：“乃木队长，来吧！”

乃木紧握竹刀，摆出姿势。家丁们围成一圈，定睛观看。

刀心荣貌似平静地看着高川、乃木。

乃木移动着步子，准备进攻，高川拉开架势，紧盯着乃木。

乃木发狠地吼叫着向高川一刀劈去，高川灵巧地躲过，回手一刀将乃木劈倒在地。

乃木翻身起来再次劈向高川，高川再次躲过，又将他扫倒在地。

乃木倒在地上看着扎布：“扎布！上啊！”

扎布的目光盯向高川，握紧了手中的竹刀……

高川准备迎战。

（画外）刀心荣喊：“好了！”

刀心荣拍着手走过来笑着说：“好好好，高长官不仅指挥有方，而且本领过人，刀某佩服。”

高川将竹刀交给家丁，抹了下额上的汗水，谦虚地说：“过奖了，我这点本事算不了什么，比起部队上的战斗英雄，差得远了！”

刀心荣：“高长官太过谦了，我看呐，请你来训练我这些府兵、家丁，真是找对人了，我阿妹果然有眼光啊！”

高川一时不知道该说什么，笑了笑。

刀心荣对众家丁说：“你们都听着！要想维护乡里，对抗老黄皮和那些山匪蟊贼，就得练出一身硬本事！从今往后，你们都跟着高长官好好练，谁练得好，我赏他五十个半开！”

家丁们呼喊着表决心。乃木很没面子地躲向一旁。

刀心荣拉起高川走向府内，笑眯眯地说：“高长官请进府歇息歇息，我干妈和阿妹准备了一些酒菜，我们好好喝两杯!”

高川推辞说:“不必了,大少爷不必客气……”

刀心荣:“嗳,请你留下来吃饭,可是我阿妹的意思,你要是不吃,可是辜负了我阿妹的一片好心啊!”

7. 工作队驻地　日内

刘捍卫走进架设电台的竹屋,将电报稿交给报务员:“马上发给边工委。”

报务员接过电报稿准备发报。

刘捍卫见和水泉在一旁擦枪,问:“小和,你怎么没跟队长去刀府啊?”

和水泉:“队长不叫我去,让我保养武器。”

刘捍卫:“哦,小和啊,你对高队长去刀家训练府兵,怎么看啊?”

和水泉:“我?怎么看?”

刘捍卫:“是啊,你现在不是普通战士了,是个工作队员,又是共产党员,对任何事都该有自己的看法嘛。”

和水泉:“我……高队长做的事一定是组织上同意的,我没有看法。”

刘捍卫笑笑:“你这个同志啊,高队长做的事就一定是组织上同意的?不见得吧?”

和水泉愣愣地看着刘捍卫。

刘捍卫:“比如说,他和岩火结拜兄弟,去刀家训练府兵,就都没有征求上级的意见嘛。”

和水泉不知道该说什么。

刘捍卫:“小和啊,你想想看啊,如果我们总是把工作的重点放在那些上层人物身上,会不会影响咱们对普通群众的号召力呢?”

和水泉:“不会吧,我们的群众工作不是也在做吗?不是成立了联防队,好些百姓都参加了学习班吗?”

刘捍卫:“这些就够了吗?不,远远不够。历史的经验告诉我们,在任何时候都要紧密团结大多数人民群众,要把革命的对象、中间分子和真正的同盟军区分开来,区别对待。”

和水泉似懂非懂地听着。

刘捍卫:“具体地说,我们绝不能过于相信土司头人和他们的武装。如果我们过分热情地和他们拉关系,人民群众就会有意见,甚至闹情绪。这个情况,不能不引起我们的注意呀。”

和水泉还是不大明白。

8. 刀府　日内

厅堂里摆起丰盛的酒席,高川不大自然地坐在刀心荣身边。

刀心荣端着酒杯对高川说:“来,先尝尝我们曼龙的新米酒。”

高川端起酒杯说:“感谢大少爷的盛情,你请。”

刀心荣一口喝下杯里的酒,微笑地看着高川,高川也喝完了自己杯里的酒,二人相互亮着空杯,相视而笑。

刀母和刀心妍进了厅堂,她们显然换过衣服,刀心妍的装扮显得楚楚动人。

高川想起身让座,刀心荣一把拉住了他,对刀母和刀心妍说:“今天高长官改了咱们家的规矩,以往我们傣家的女眷是不上桌陪客的。这样很好,说明共产党里的男人比我们懂得尊重妇人。”

高川:“我们提倡的是男女平等,互敬互爱。”

刀心荣:“好,很好。心妍阿妹,你要好好地敬高长官几杯,让他喝个痛快!”

刀母笑着坐到刀心荣身边,刀心妍面带喜悦坐到高川一边,热情地说:“高队长,你不要客气,都是自家做的东西,多吃些尝尝。”

高川有些腼腆地笑笑,不自然地点点头。

刀心荣:“我看出来了,高长官是好酒量,今天这里没有外人,多喝两杯不要紧,一定要喝好啊!”

高川:“刀代办,我的酒量有限,只能勉强陪你几杯。”

刀心荣："不对不对，你的酒量我看得出来，在我这里你不要作假，来来，给高长官倒酒！"

玉切赶紧过来为高川和刀心荣添酒。

刀心妍："心荣阿哥，光让人家喝酒，菜都不让吃啊？"她说着往高川面前夹菜递肉串，"趁热多吃点，肚子里有东西就不会喝醉。"

刀心荣："对对，吃菜吃菜，多吃一些，你们平日里生活清苦，今天到了府里就不用管那么多规矩了，放开吃。"

他把一只鸡头夹给高川，高川客气地拒绝了。

刀心妍笑着说："高队长，这是我们傣家人的规矩，鸡头要给尊贵的客人。当然了，客人也可以把它奉给席上年纪最大的人，表示尊重。"

高川明白了，赶紧把鸡头夹给刀母，"刀夫人，我是晚辈，应该敬奉您才对呀！"

刀母感到意外地看着高川。

刀心荣看出了刀心妍的心思，掩饰地说："好好，我代干妈谢谢高长官的好意。来，我们喝酒。"

他端起杯向高川让了让，高川也端起杯示意奉陪，二人喝了酒。

刀母递给高川一块酸味肉："高长官，这是我们自家腌制的，你尝尝好吃不好吃？"

高川谢过刀母，把肉夹到嘴里，刚尝到味道就差点吐出来，他努力克制着自己，拼命想把那肉咽下去。

刀心妍看出高川吃不惯，赶紧伸过手来说："算了算了，吃不惯就吐出来吧？"

高川倔强地抿着嘴摇摇头，刀心妍自觉失态地赶紧收回手，害羞地低下了头。

刀心荣和刀母把这一切看在眼里。

高川终于咽下了那块肉，梗着脖子说："好，好吃。"

刀母笑了起来，刀心妍也禁不住笑出了声，刀心荣露出假笑。

刀心荣掩饰着心中的妒恨，再次请高川喝酒，而后抹抹嘴说："高长官，刀某有件事情想请教。"

高川："刀代办不必客气，请讲。"

刀心荣："罗开云罗司令，以前是赶马帮拉杆子的，现在投了共产党，还做了大官，凭的是什么呢？"

高川不明白刀心荣的意思，不好回答。

刀心妍也搞不懂刀心荣的意思。

刀心荣笑道："要论人枪，罗司令的要多一些，可要论田产钱财，怕是我们刀家要多一些吧？"

高川还是不解："大少爷到底想说什么？"

刀心荣："我是在想啊，罗开云能凭着人枪当上共产党的大官，我凭着田产和钱财，是不是也能当啊？"

刀心妍窘迫地说："心荣阿哥！怎么好这么比嘛！"

刀心荣："怎么不好比？既然共产党要拉我们刀家合作，总得有个价钱嘛！"

刀心妍："你……"

她红着脸看看高川，觉得很没面子。

高川浅笑着说："大少爷说得对，跟共产党合作，是要有个价钱。"

刀心荣："就是嘛！（对刀心妍）听见没有？这可是高长官说的。"

刀心妍瞥了他一眼，不解地看着高川。

高川："不过我说的价钱，不是田产人枪，更不是钱财。"

刀心荣："那是什么？"

高川："是贡献。"

刀心荣："贡献？贡献什么？"

高川："罗司令为了民族解放，为了新中国出生入死，打了很多仗……"

刀心荣："我们刀家照样能打仗！我干爹当年……"

高川笑着拦住他："你听我说完嘛。领兵打仗，搞武装斗争那只是革命的手段，不是革命的最终目的。"

刀心荣看着高川，等他说下去。

高川："革命的最终目的，是要建设新中国。我们将来要做的，是把每一个地方都建设好，让所有的百姓都过上幸福的日子。"

刀心荣："这我懂，我懂。"

高川："你们刀家在曼龙的威望很高，应该在建设家乡、保卫家乡的行动中发挥很大的作用，对吧?"

刀心荣："那是自然，责无旁贷嘛!"

高川："如果你能做到，那就是贡献。"

刀心荣回味着高川的话，有所不甘地问："这么说，我出再多的田产、现洋，也买不来大官?"

高川："买不来。可是，只要你真心诚意地和共产党合作，政府一定会把建设曼龙的重任交给你们刀家。"

刀心荣："这么说，共产党还会封我们刀家做曼龙土司?"

高川："土司制度是以前留下来的，以后会不会保留我不好说。但是我敢保证，只要你能做出贡献，政府就会给你们治理曼龙的权力。"

刀心荣似信非信："那就好。喝酒吧，喝酒!"

高川笑着端起杯与刀心荣碰了碰，一饮而尽。

9. 刀府　傍晚外

刀心荣带着乃木、扎布把高川送出府门，高川红光满面，显然喝多了些。

刀心妍被母亲拉着话别，落在刀心荣和高川后面。

刀心荣动着心思含笑说："高长官，参加联合政府不是坏事，也是我们刀家的本分，我可以答应你。"

高川高兴地说："那太好了，那我们就……"

刀心荣拦住高川的话："莫急，高长官，刀某有个条件，你若是应了，我就参加联合政府，怎么样?"

高川不假思索地说："没问题，你说吧，我答应你。"

刀心荣侧目看看身后不远处的刀心妍，低声却郑重地说："你们红汉人不许在曼龙傣家找女人，能答应吗?"

高川没过脑子，爽快地答应："这算啥问题，我答应你!"

刀心荣："好，咱们一言为定。"

高川："一言为定。刀代办，你能参加联合政府，是开了个好头啊!我回去就向上级报告。"

刀心妍不知道刀心荣提出的条件，满心欢喜地凑上来问："你们说定什么了?这么高兴?"

刀心荣含笑不语，高川乐呵呵地说："大好事，你阿哥答应参加联合政府了。"

刀心妍："真的?太好了，阿哥!"

刀心荣另有所思地笑着。

高川礼貌地说："好了，刀代办请留步，不用送了。"

刀心荣矜持地说："好好，高长官慢走。"他转向心妍低声说："阿妹，你一定要走吗?"

刀心妍："当然，我要和高队长一起回去。"

她跟着高川走去，见高川脚下略显不稳，伸手想要搀他，被高川拒绝。

刀心荣注视着走去的高川、刀心妍，脸色沉了下来。

乃木走近说："大少爷……"

刀心荣抬手制止了他，露着冷笑盯着高川、刀心妍。

10. 曼龙大寨外　傍晚外

小路上，微有醉意的高川和刀心妍一起走向工作队驻地，高川走在前面，刀心妍落后几步跟在后面。

高川边走边说："以后我再也不去你们家了……"

刀心妍："为什么?"

高川在身边找了找，回头看见刀心妍才说："还说为什么?这么一大杯一大杯地让我喝酒，让别人看见了……什么影响?幸亏我是有酒量，还没喝醉……"

刀心妍笑着说："那以后我不让阿哥给你酒喝了，这样可以了吧?"

高川："那也不行，那么一大桌子菜，好像打了大胜仗似的，多浪费呀？简直就是剥削阶级的作风。"

刀心妍："那好，以后也不弄那么多菜了，就吃简单的，可以了吗？"

高川又在身旁找了找刀心妍，然后明白过来地回头说："你怎么总跟在我后头啊？这像什么样子？快跟上来！"

刀心妍跟了上来，见高川步态有些不稳，下意识地扶了他一把，高川本能地抽回胳膊，刀心妍也赶紧收回手。

高川想到了什么，皱起眉头思索："我怎么觉得，刀心荣今天说的话有点那个……有点怪。"

刀心妍："没有啊？他第一次把你当客人，话多了一些，也许他有了进步，真想和你交朋友了。"

高川："不对吧？不对。我听起来，就是有点怪，对了，他是看我和岩火结拜了兄弟，害怕了吧？"

刀心妍："我不知道。他若是真怕了那倒好了。高队长，如果我阿哥进步了，你会和他结拜兄弟吗？"

高川："结拜兄弟？当然可以。只要他愿意，我现在就和他结拜兄弟！可有一条，要是他敢背叛，我就饶不了他！他敢应我吗？"

刀心妍："队长，你今天……是喝多了些。"

高川："没有，不是这个问题。你阿哥心里有矛盾，还有，他提的那个条件，真叫个怪……"

刀心妍："条件？他提什么条件了？"

高川笑着摆摆手："没啥，他答应参加联合政府，是好事，好事……"

刀心妍心里猜测，不安地紧跟着他。

11. 工作队驻地　傍晚外

竹屋外，刘捍卫正与李铁杉谈着什么，看见高川和刀心妍一起回来，高川显然喝过酒。

刘捍卫脸色难看，说："你瞧瞧，这像什么样子？太不严肃了。"

李铁杉笑着说："高队长说去刀家执行任务，原来是去喝酒啊？这任务倒不赖啊。"

刘捍卫："你闭嘴，有什么可笑的？（他看着高川不满地说）一天到晚地张嘴纪律，闭嘴纪律，简直就是个两面派。"

12. 工作队驻地　傍晚内

高川回到宿舍内直接倒在床上，瞪着眼睛发呆。

和水泉把他的皮带、外衣挂好，笑着说："队长，刀心荣请你喝酒了？"

高川一下子坐起来，表情严肃地说："这里面有问题，一定有问题。"

和水泉不解地问："有什么问题？"

高川摇摇头说："还没想通，想通了再说吧。"他又躺了下去。

和水泉奇怪地看着高川。

高川喃喃地说："你不懂，根本就不懂……"

和水泉为他盖上被子。

13. 工作队驻地　傍晚外

刘捍卫表情严肃地对刀心妍说："高队长怎么醉成那副样子？什么影响嘛！"

刀心妍自觉有过："我也不知道怎么搞的，我阿哥好像变了个人，对高队长特别好，拼命向他敬酒。还说，要像罗司令那样，跟政府合作呢。"

刘捍卫诧异："这怎么可能？"

刀心妍："他真是那么说的。"

刘捍卫："这不可能，这里面一定有问题。高队长在酒桌上都说什么了？"

刀心妍："他说……"

和水泉走近："心妍同志，你怎么让队长喝那么多酒？都喝醉了。"

刀心妍难过地说："不是我……他怎么样了？我去看看。"
和水泉："别去了，他已经睡了。"
刘捍卫拉着脸哼了一声："不像话。"而后转身走了。
刀心妍委屈地叹着气。

14. 南沧边工委　日内

会议室里，方明华在主持会议，他把一份材料递给与会者传阅……
方明华："地委转来了刘捍卫同志的一封长信，反映了工作队长高川同志的很多问题。主要有这么几点，（他转向身边的一位领导）你给大家说说吧。"
那位领导："好吧。信中反映高川同志的主要问题是，第一，未经组织批准，擅自按照封建习俗与佤寨头人岩火结拜兄弟。第二，没有请示边工委领导，擅自接受曼龙刀府的邀请，帮助刀府训练府兵、家丁，在工作队员和民族百姓当中影响很坏。第三，利用职务之便和土司头人大吃大喝，严重损害了政府工作队的形象。第四，也是最严重的问题，擅自批准曼龙土司的女儿加入工作队，并且和土司女儿刀心妍关系暧昧，影响恶劣。"
方明华严肃地说："地委张书记责成我们对高川同志进行审查，暂停高川同志的队长职务。"

15. 山路　日外

高川、和水泉在山路上策马狂奔……

16. 南沧边工委　日内

办公室里，方明华表情严肃地把一杯水递到高川面前，声音低沉地说："路上辛苦了，喝水吧。"
高川诧异："方书记，出什么事了？"
方明华："把水喝了。"他坐到办公桌前盯着高川说："我代表边工委找你谈话，你自己反省一下，在工作上、生活上，都有什么问题，有什么错误。"
高川吃惊地看着方明华。

17. 南沧边工委　日外

和水泉把马匹拉到水槽边，让它们喝水。
一工作人员走近："小和，把马拉到马厩去吧，你也好好休息休息。"
和水泉："不用了，说不定一会儿就得返回去。"
工作人员："你们队长一时半会怕是回不去了。"
和水泉一愣："为什么？"
工作人员贴近和水泉和他"咬耳朵"，和水泉脸色骤变。

18. 南沧边工委　日内

高川起身愤怒地说："无稽之谈！这是谁说的？简直是胡说八道！"
方明华严肃地说："你坐下。谁说的并不重要，现在是地委责成我们对你进行审查。不管你有多大委屈，都要本着实事求是的态度，认认真真地做出说明，等待组织上做出结论。"
高川一脸怒容："我辞职！"
方明华："你说什么？"
高川："我辞职！我要回部队去！"
方明华："高川同志，注意你的态度！"
高川："我现在就写报告，坚决辞职，回部队去！"

他抓过纸笔愤怒地写起报告。

方明华表情凝重拿起电话："给我接地委，找张怀民书记！"

高川怔了怔，转身出了屋。

方明华急喊："高川！你给我回来！"

19. 曼龙刀府 日内

厅堂里，刀心荣紧张地对刀心妍说："什么？高长官给贬走了？这是真的？"

刀心妍抱怨："都怨你，那天为什么要他喝那么多酒？"

刀心荣诧异："喝多了酒就不给做官了？红汉人的官衙也太死板了嘛！"

刀心妍："那不叫死板，叫纪律。共产党的纪律多得很呢，喝多了酒，又是在我们刀家，一定要受处分的。"

刀心荣："怪事了，口口声声说是要和我交朋友，喝一台酒还要遭处罚。这样的官衙，从来没见过，也没听说过。"

刀心妍："共产党就是这样，什么都要服从上级，人人都要遵守纪律。"

刀心荣无心听："阿妹，高长官给贬走了，就是那个姓刘的管事了？"

刀心妍："他是副队长，队长不在，当然他管事了。"

刀心荣："那个人和高长官不一样，交不成朋友。看样子，红汉人是要变腔调了，不会给我们好脸看了。"

刀心妍："不会的，共产党讲的是政策，不管谁管事，都不能违反政策。"

刀心荣摇头说："我不认得什么政策，我只认他们的人。"

刀心妍："你现在知道认人了，你要是早和高队长交朋友，就不会担心他们变腔调了。对了，你那天和高队长提了什么条件？"

刀心荣："条件？哦，这是我和他的事，你不消管。"

刀心妍："什么不消管？你是不是又提了过分的条件，故意让人家为难了？"

刀心荣："乱讲。好了好了，不要再问了，到时候你就晓得了。"他无心再说，走向内厅。

刀心妍充满疑虑地看着他走去。

20. 刀府 晚上内

卧房里，刀心荣在佛像前上了香，合十默祷。

乃木走了进来，轻声说："大少爷。"

刀心荣转身对乃木说："你马上联系杜特派员，我有急事想见他。"

乃木："是了。"

21. 工作队驻地 日内

刘捍卫在召集队员们开会。

刘捍卫严肃地说："我们不能把工作的重点仅仅放在那些土司头人身上，一定要分清阶级阵线，要把最广大的民族群众团结起来、调动起来，提高他们的觉悟，把他们从封建领主的统治下彻底解放出来，形成真正的革命力量！"

李铁杉、武晓鹏、钟喜妹、花蔓等队员做着笔记，表情迟疑。

岩虎显得很兴奋。

刀心妍感到不安地思索着。

波香转头看了看刀心妍，也流露出不安的神情。

李铁杉："刘副队长，我们下一步的主要工作是什么呢？"

刘捍卫："问得好，我们要动员各寨的百姓，开展轰轰烈烈的诉苦运动，让他们敞开肺腑倒苦水！用自己的苦难教育自己，让他们自己选择是继续忍受封建领主的剥削压迫还是跟着我们干革命，翻身做主人！”

李铁杉：“那刀府的武装呢？他们也参加诉苦运动吗？”

刘捍卫：“当然要参加。我们就是要通过诉苦教育，分化、瓦解土司武装，把那些苦出身的府兵、家丁、寨丁统统拉出来，参加革命。岩虎同志，波香同志，你们两个可是苦大仇深啊，在诉苦大会上，你们应该最先发言，不光要诉苦，还要把你们怎么从一个奴隶娃子成长为工作队员的经历好好说一说，给各寨的民族百姓做个榜样！”

岩虎兴奋地说：“好，我第一个说！”

波香显出为难地看看刀心妍，低下了头。

岩虎看着波香的神态，显出不满。

22. 工作队驻地　马棚　日外

岩虎和两名队员一起铡着马料，一个队员把铡好的马料倒进马槽，另一个队员去一旁整理料草，让岩虎先休息休息。岩虎走到草棚前靠着柱子坐下，拿起水烟筒抽起了烟。

波香拎着一个小药包从岩虎背后走了过来。

喂马的队员看见波香朝她笑笑，转头对岩虎说：“岩虎，有人关心你来了！”

岩虎回头看了看波香，又把头转回去。

波香走近说：“岩虎，换药了。”

岩虎：“我都好了，不用换了。”

他起身要走，波香一把拉住他，口气严厉地说：“不许走！喜妹说要换就得换，坐下！”

岩虎没见过波香有这么厉害的时候，有些不知所措地坐了下来，又拿起水烟筒，掩饰着自己的尴尬。

波香一把拿过水烟筒放到一边，动手解开岩虎肩膀上的纱布，岩虎扭动着身子，不愿配合，波香使劲按了按他，岩虎感到了疼痛，不禁“哎”了一声，抱怨地看了看波香。

波香忍着笑轻声说：“活该，谁让你不听话呢？”

岩虎故意转过脸去，任凭波香为他清理伤口，敷上草药，又包扎起来。

波香见岩虎的样子很可笑，故意逗他说：“岩虎，知道你现在像什么吗？”

岩虎不理她。

波香：“小时候赶牛下田，老水牛见到水塘就要跳下去，怎么赶也赶不出来，你在这边喊它，它就把头扭到那边，你到那边喊它，它又……”

岩虎又好气又好笑地回过头说：“你乱讲，我是老水牛吗？”

波香：“你呀，比老水牛还憨呢！”

岩虎：“再憨也憨不过你，一听说要诉苦了，心里就怕成哪样。咋个，你还想对土司头人下跪呀？”

波香沉默了，一副为难的样子。

岩虎：“我知道，你怕说了刀家对你们干的坏事，刀心妍会不高兴。这就不对了嘛，她也是工作队员，若是她不高兴，她就还是把自己当作土司家的大小姐，没有和我们一条心！”

波香：“好了，哪来那么些话说，你怎么知道心妍姐会不高兴。”

岩虎：“她若是高兴就更好了嘛！说明她是真的革命了，跟我们是一伙的。波香，诉苦的时候你一定要带个头，把你们家里怎么受土司老爷的欺负都说出来，让大家都知道他们有多坏！”

波香：“岩虎，你真的要诉苦吗？”

岩虎：“当然要诉，哪个奴隶娃子没有一肚子苦水？刘副队长讲了，苦水倒得越多，越明白我们为什么要革命！”

波香听着岩虎的话，默默地点头，下着决心……

23. 工作队驻地附近　日外

空地上集合了联防队员和许多百姓，树上挂的布标上写着“诉阶级苦忆血泪仇”，刘捍卫慷慨激昂地在做动员……

波香站起来发言："我诉苦！在过去，到处都是领主的天下，土是领主的，水是领主的，连天上的太阳都是领主的！我们奴隶娃子要向领主买水吃，买路走，买地住！就连死了人，还要向领主买黄土盖脸！我阿爸被老黄皮吊死了，我阿妈也病死了。他（她）们死的时候，家里穷的连给他（她）们盖脸的黄土都买不起，黑心的领主硬要我和阿哥去做苦工杂役，干最脏最累的活，还要挨他们的打，受他们的欺辱！"

根赛坐在刀府家丁队伍中抹着眼泪。

乃木恶眼盯着波香，他身边的扎布不动声色地听着。

工作队员和联防队员们认真地听着，刀心妍看着波香，神色复杂。

波香："……那样的世道，我们穷苦人根本没有活路！现在好了，有共产党给我们做主了，我要跟着共产党，打倒剥削我们的土司老财！"

刘捍卫带头鼓掌……

岩虎和工作队员、联防队员们热烈鼓掌……

刀府家丁中只有根赛和几个积极分子鼓掌，立刻招来乃木恶狠狠的目光。

根赛起身大声说："我也要诉苦！我也要翻身！从今以后我们只听共产党的话！谁再欺压我们就跟他斗！"

一个家丁中的积极分子："对！我们要红汉人来领导我们！我们也要做主人！不再给刀家当奴才了！"

其他家丁中的积极分子也跟着喊了起来……

乃木忙喊："你们想干什么？啊？反了是不是？"

几个家丁不敢做声了。

根赛鼓起勇气说："就是反了！过去我们怕你，现在我们不怕了！共产党教会我们做人了！我们也直起腰杆了！"

一家丁："对！共产党要我们苦娃子当家做主，我们这些苦娃子就要连在一起，为穷苦百姓打天下！不为土司老爷打天下！"

乃木："混账！你们这些忘恩负义的东西！当心咬断舌头烂肠子！"

根赛："你还敢骂人？我们不怕你！"

另一家丁："对！我们不怕你！你再敢骂，我们就斗争你！"

乃木急了，抽出枪喊："狗娘养的！老子毙了你们这群白眼狼！"

根赛和家丁们愤怒地围上来喊："你敢！你敢！有种你就开枪！"

乃木推上子弹，真要开枪，李铁杉、武晓鹏赶紧冲上去拦住他……

根赛和家丁们不依不饶地围着乃木叫喊，扎布赶过来拉住乃木，示意他赶紧离开。

乃木歇斯底里地喝道："你们这些臭奴才，我饶不了你们！"

根赛等家丁毫不示弱。

扎布拉着乃木退出人群，招呼亲随家丁离开了会场。

目睹这一切的刀心妍默默站在树林边，眼里充满了疑惑和不解……

24. 刀府　夜内

刀心荣气急败坏地在厅堂里走来走去，对站在一旁的乃木、扎布说："这些该死的家伙，摆明了是想吃掉我，还他妈开什么诉苦会，阴一套，阳一套，吃人都他妈不吐骨头！你们说，府兵寨丁里跑了多少人？"

乃木："那些在诉苦会上讲了刀家坏话的，都跑去投奔联防队了……"

刀心荣："你们是吃屎的？为什么不给我看住他们？"

乃木："大少爷，实在是看不住啊。那边有红汉人撑腰，队伍里又有根赛那个小贼挑唆，他们说跑就跑了……"

刀心荣："混蛋！共产党真是欺人太甚！假惺惺地说什么不要我的一人一枪，背地里偷着挖墙角！还敢让那些臭奴隶娃子指着鼻子骂我，简直他娘反了天了！老子想好了，跟共产党合作狗屁好处也捞不到，还他娘惹来一身臊！老子不和他们转磨了，大不了跑到境外去，给他们唱出好戏看！”

乃木：“对，我们把大寨的人全都带走，让红汉人自己把苦水咽下去！”

刀心荣：“杜特派员联系上没有？”

乃木：“已经把信送出去了，还没有回话。”

刀心荣：“再去传话，让他尽快来见我。”

乃木：“是了。”

刀心荣：“扎布。”

扎布：“在。”

刀心荣：“你去把根赛和那些跑走的人给我捉回来！传令各寨，解散狗娘养的联防队！我要让所有的人知道，曼龙领地的主人是我们刀家，不是共产党！”

25. 溪水边　日外

李铁杉独自站在溪边思考着……

钟喜妹拿着铜盆和要洗的衣服走来：“铁杉，你在这干什么？”

李铁杉：“喜妹，我觉得这次诉苦教育好像有些问题……”

钟喜妹：“是吗？你也这么想？”

李铁杉：“嗯，你呢？”

钟喜妹：“我也觉得不大对头。听高队长说，以前在解放区搞诉苦教育，动员那些给地主老财扛枪的人起来革命，的确很有必要。可现在这么搞，好像不大合适，搞不好会引起混乱。”

李铁杉：“我觉得吧，还是应该把工作对象分清楚，不能大呼隆地把谷子和稗子一起碾。就好比在平坝上可以开水田、种稻谷，可在高山坡上，就只能种洋芋和荞子啊！”

钟喜妹微笑着说：“哟，不简单呐！会用形象比喻了。”

李铁杉不好意思地笑道：“我就是想到什么说什么，不行啊？”

钟喜妹：“当然行。向你学习！”她说着蹲到溪边要洗衣服。

李铁杉蹲下来说：“这么多衣服，我来帮你吧。”说着去拿脏衣服。

钟喜妹赶紧按住衣服说：“这怎么行？像什么样子？哪有大小伙子给姑娘家洗衣服的？”

李铁杉坚持：“怎么不行？革命队伍里男女平等，怎么不能帮女同志洗衣服？”

钟喜妹推着李铁杉的手：“去去，让人家瞧见笑话死！”

李铁杉抓住衣服不放：“我才不怕呢！我愿意帮你洗！”

两个人争着抢着，突然发现几乎与对方脸挨着脸，钟喜妹一下子不笑了，呆滞片刻，挣开李铁杉的手，李铁杉也非常尴尬地看着钟喜妹，一副不知所措的样子。

这时，两人身后传来咳嗽声，李铁杉赶紧回头看去——

刘捍卫走近，板着脸说：“拉拉扯扯像什么样子，也不怕同志们说闲话。”

他没有理睬李铁杉二人的反应，径自走了过去。

李铁杉一脸的尴尬，钟喜妹埋怨地白了他一眼，李铁杉无奈地站起身，犹豫地朝刘捍卫的方向走去。

钟喜妹尴尬地使劲用木棒捶打衣服。

26. 工作队驻地　傍晚内

架设电台的竹屋里，刘捍卫神情严肃地看着材料。

李铁杉、钟喜妹、武晓鹏走了进来。

武晓鹏急切地说：“刘副队长！”

刘捍卫不满地说：“什么事？慌慌张张的。”

武晓鹏：“刀心荣下令解散联防队，不许联防队在各寨巡防了。”

刘捍卫有些惊讶：“什么？他想干什么？”

武晓鹏："肯定是冲我们的诉苦运动来的。"

刘捍卫起身说："这个刀心荣，根本改不了反动本质，我们绝不能迁就。马上动员民族百姓，集中力量批判他！"

李铁杉："刘副队长，我们是不是应该慎重一点，万一矛盾激化，我们很难控制。"

钟喜妹："是啊，听说各寨寨主的反应也很强烈，搞不好真的会出乱子。"

刘捍卫板起脸说："你们是怎么搞的？啊？一个刀心荣就把你们吓成这个样子？你们还是不是工作队员？还是不是党的干部？"

李铁杉、钟喜妹、武晓鹏都不吭声了。

刘捍卫："遇到困难就退缩，遇到抵触就忍让，这是我们共产党人的做法吗？你们怎么不想一想，那么多民族百姓，包括那些联防队员，还有土司武装里的积极分子，他们为什么敢站出来申冤？就是因为我们旗帜鲜明、立场坚定！我们就是要把民族群众都动员起来，狠狠打击刀心荣一伙的反动气焰！这就是我们的工作原则，谁也不许怀疑，不许动摇！"

李铁杉、钟喜妹、武晓鹏等人默然无语。

27. 曼龙大寨　傍晚外

竹楼外，根赛和几个脱离土司武装的积极分子一边破着用来编制竹器的竹子一边兴奋地畅想着"自由"之后的打算。

根赛："这下痛快了吧？从今以后，咱们再也不要听刀家的话了！"

青年甲："太痛快了！就像糯米饭就着牛干巴，再喝上一罐子新米酒！"

青年乙："从今以后，乃木那个狗贼再也管不到我了！他再敢对我动鞭子，我就打断他的狗腿！"

根赛："说得对！有共产党给我们撑腰，我们谁都不怕！"

青年甲正想说什么，突然愣住了。青年乙也跟着愣住了。

根赛见他们表情异样，转头看去——

扎布带着亲随家丁冷着脸站在他身后。

根赛紧张地问："你们，你们要做什么？"

扎布挥手，家丁们扑向根赛和那两个积极分子……根赛和两个青年想反抗，很快被家丁们制服。

扎布冷着脸看着被扭住的根赛："带走！"

28. 刀府　晚上内

卧房里，乃木把一个小竹筒交给刀心荣："大少爷，特派员来信了。"

刀心荣从竹筒里取出信，匆匆打开看着，吃惊地说："是我干爹的信。"

乃木："老爷怎么说？"他观察着刀心荣，擦着脸上的汗水。

29. 刀府　晚上内

厅堂里，扎布进来问丫鬟玉切："大少爷呢？"

玉切躬身回答："在卧房里。"

扎布走向卧房。

卧房外，扎布走近，听见刀心荣和乃木在里面说话，便停在门外，侧耳偷听。

30. 刀府　晚上内

卧房里，刀心荣低声说："我干爹说，共产党马上就要清算我们刀家了，要我们做好准备，听从杜长官的安排，带上全寨子的人逃出去。"

乃木："这么说，杜长官会带着人马接应我们了？"

刀心荣沉吟片刻才说："那个姓杜的办事我不放心。上回运粮食的线路就是他安排的，结果怎么样？若是真要走，我们就得瞒过姓杜的，另找一条路。"

乃木："大少爷，您看好的，是哪条路？"

31. 刀府 晚上内

卧房外，扎布贴近门边，却什么也听不到了，他直起身，恭敬地说："大少爷，我是扎布。"

刀心荣（画外）："进来。"

扎布推门进了卧房。

32. 工作队驻地 晚上外

刘捍卫点上支烟，抬头看看夜空长舒一口气，一副大战在即重任在肩的样子。

刀心妍（画外）："刘副队长。"

刘捍卫转身迎着刀心妍："哦，心妍同志。"

刀心妍走近刘捍卫："你找我？"

刘捍卫："对。心妍同志，有项重要的工作希望你去完成。"

刀心妍："什么任务？"

刘捍卫显出庄重地："刀心荣下令解散联防队。"

刀心妍感到意外。

刘捍卫："这不奇怪。他是一心要维护封建领主的统治地位，从骨子眼里反对共产党，反对新中国。"

刀心妍："刘副队长……"

刘捍卫："你听我说。现在的问题是，刀心荣到底想做什么？我判断是两种可能，一是和我们对抗，二是武装外逃，这两种选择对他来说，都是死路一条！"

刀心妍显得十分紧张。

刘捍卫："为了挽救他，给他最后一次弃暗投明的机会，我希望你回去和他谈谈。"

刀心妍："我？"

刘捍卫："对。你可以用工作队员和他阿妹的双重身份和他谈话，劝他放弃自绝于人民的念头，赶紧悬崖勒马，否则的话，国民党老黄皮的下场，就是他的下场。"

刀心妍不安地说："刘副队长，他要是不听我劝呢？"

刘捍卫："我们是给他最后一次机会，如果他死不回头，我们只好采取别的办法了。"

刀心妍："情况这么紧急，高队长为什么还不回来？若是他在，有可能说服我阿哥……"

刘捍卫："心妍同志，我们共产党做事，从来都是依靠大家的力量和集体的智慧。高川同志不是神，不是什么问题都能解决的。"

刀心妍："可是他……"

刘捍卫："好了，我是代表组织给你布置任务，当然了，这也是对你的考验，看你有没有决心站在人民的立场上，和封建家庭彻底决裂。"

刀心妍不知如何作答。

刘捍卫："顺便告诉你吧，高川同志的错误很严重，一定会受到严肃处理，不可能再回来领导工作队了。"

刀心妍不相信地说："什么？高队长他犯了什么严重错误？"

刘捍卫："这是组织上掌握的事，以后你就清楚了。"

刀心妍想不通。

33. 溪边 清晨外

刀心妍心情沉重地走在溪边……

波香急匆匆地跑近："心妍姐！心妍姐！"
刀心妍停住，回身看去——
波香跑近，一脸焦急地喘着说："心妍姐，不好了……"
刀心妍："别急波香，出了什么事，你慢慢说。"
波香眼里蓄着泪："我阿哥，被他们抓了！"
刀心妍："被谁抓了？"
波香："我听寨子里的人说，昨天晚上，扎布带着人把他抓进府里，关进牢房了！"
刀心妍："扎布？"
波香："一定是大少爷让抓的！"
刀心妍："你别急，我这就回去问个清楚！"
她说罢匆匆走去。
波香哭着喊："心妍姐！你要把他救出来啊！"
刀心妍快步走去。
波香抹着泪看着刀心妍走远。

第二十七集完

第二十八集

1. 刀府　日内

厅堂里，刀心妍气冲冲地质问刀心荣："你为什么要抓根赛？为什么？"

刀心荣板着脸："你先给我说清楚，你现在是红汉人的工作员，还是我阿妹？"

刀心妍："都是！你把根赛交给我，我要带他走！"

刀心荣："这是红汉人要你做的？"

刀心妍："是我自己要做的！根赛犯了什么错，你为什么把他抓起来？"

刀心荣："他竟敢在狗屁的诉苦会上骂我，还敢煽动家丁造反，去投靠红汉人，我饶不了他！"

刀心妍："你不能处罚他！他要离开家丁队，那是他的自由！"

刀心荣："那我的自由呢？奴才们想怎么样就怎么样，还要土司做什么？我算是清楚了，共产党说话像露水，没落到地上就干了！说什么保留土司权力，一切事情和我们商议，呸！这才几天工夫，抹抹脸就变了！"

刀心妍："共产党说的话没有变，是你自己变来变去，不守信用！"

刀心荣："我要对谁守信用？我答应过他们什么？"

刀心妍："答应过什么？高队长和罗司令在小狼山救下我，你答应罗司令要和工作队交朋友，对不对？"

刀心荣回忆片刻，狡辩说："答应过又怎么样？交朋友要看咋个交法。就是罗司令来了，我也要问问他，姓刘的煽动百姓对付我，这是要和我交朋友吗？呸！这是在打我的脸！打我们刀家的脸！"

刀心妍："你为什么非要这么想呢？百姓们心里有苦，就让他们说嘛！若是我们做错了，以后改过来不就行了吗？"

刀心荣："昏话！我们做错了？你给我抬头看看太阳，低头看看泥土，在曼龙，地上走的、天上飞的都是我们刀家的！谁敢说我们刀家有错，就得给我滚出曼龙！"

刀心妍气得几乎说不出话来，双手握拳使足了力才说出口："你、你怎么就不醒醒？现在解放了，和以前不一样了！"

刀心荣："有什么不一样？天上还是一个太阳，河水还是向东流，曼龙领地还是姓刀！"

刀心妍："不对！曼龙已经解放了，她是各寨百姓的，不再是我们刀家……"

刀心荣："你闭嘴！不想做刀家人就给我滚！有本事，你去和奴隶娃子们一起诉苦，一起骂我，骂干爹，骂我们刀家的祖宗吧！"

刀心妍正要说什么，传来母亲的喊声（画外）："心荣！"

刀母在玉切、玉凤的陪伴下走近："不许这么说你阿妹！"

刀心荣："干妈！"

刀心妍委屈地说："阿妈！"

刀母拉着心妍："心妍，跟阿妈来，阿妈有话对你说。"

刀心荣气得转过身去。刀心妍一脸怨恨地跟着母亲走去。

2. 刀府　日内

刀母卧房，刀母拉着心妍坐下，玉切把水果端来，放在篾桌上。

刀母充满担忧地说："心妍，听阿妈的话，不要再跟着红汉人了……"

刀心妍："阿妈，这怎么可以嘛，我参加工作队，又不是赶街串寨子，想去就去，想回来就回来。"

刀母："怎么？红汉人看死你了？"

刀心妍："没有。我现在是工作队员，是公家的人了。"

刀母："乱讲！什么公家的人，你是我的女儿，是我们刀家的人！"

刀心妍："阿妈……"

刀母："你给我听着，你阿爸让人带信来了，让我带你到外面去，和心荣成亲……"

刀心妍："阿妈！我对你说过了，我不嫁心荣阿哥！"

刀母："不行！阿妈不能听你的。心荣说得对，红汉人这么快就变了脸，一定是要分我们的田产，抢我们的钱财。你若是再跟着他们，就是孔雀伴苍鹰，不会有好下场。"

刀心妍："阿妈，你别听心荣阿哥乱讲，工作队不会分家里的田产，更不会抢家里的钱财，共产党说的话是不会变的。"

刀母："怎么不会？他们不是鼓动百姓骂我们刀家了吗？还有那个高长官，才到我们家里吃顿饭，就给罢了官，你还说他们不会变？"

刀心妍："就是不会变嘛！别人说什么做什么我不管，我就相信高队长。他说的话一定作数！"

刀母："作数？汉人说的话什么时候作过数？"

刀心妍："阿妈……"

刀母："别再傻了，我的好女儿，在这要命的时候，你可不能昏了头，不听阿妈的话呀！"

刀心妍无法说清："阿妈，我……"

刀母："好了好了，不说这些了，你去洗个澡，阿妈去给你做好吃的。"

心妍："阿妈……"

刀母不容分说："快去吧，看你脏的，哪里还像个大小姐。玉切！"

玉切："在。"

刀母："伺候大小姐洗澡，把她身上的衣服都换了。"

心妍执拗地说："阿妈……"

刀母："快去。有什么话，等你洗过澡，吃了饭再说。"

心妍一脸的无奈。

3. 刀府　日内

浴房里，玉切用水瓢舀起温水，帮心妍冲洗长发。

心妍心事重重地说："玉切，你告诉我，是什么人捎来我阿爸的信？"

玉切："我不知道。"

心妍看了眼玉切："你天天跟着太太，怎么会不知道？"

玉切："玉切真的不知道。我只听说，大少爷收到了老爷捎来的信，和太太商议，要太太带你到境外去，和大少爷成婚。府里所有的人，都要到境外参加你和大少爷的婚礼，再也不回来了。"

心妍听罢怔了怔："什么？把府里的人都带出去？"

玉切："是了，大少爷是这么说的，还说要把大寨的人也带出去呢。"

心妍紧张地说："他说了什么时候走吗？"

玉切："太太把你的嫁衣嫁妆都收拾好了，你这一回来，怕是很快就要走呢。"

心妍："快，帮我擦干，快呀！"

4. 刀府　日外

刀心妍一身猎装穿着皮靴，腰带上别着手枪匆匆地从府里出来。

扎布追了出来："大小姐！大小姐！"

刀心妍突然站住，回身质问扎布："扎布！根赛在哪里？"

扎布不敢回答地支吾："这个，大小姐……"

刀心妍拔出手枪对准扎布："说！"

扎布愣愣地看着心妍，解释说："大小姐，根赛是大少爷让抓的，他……"

心妍怒喝："我问你他关在哪里？"

扎布无奈："关在地牢里。"

心妍："带我去！"

5. 刀府　日外

刀心妍用枪逼着扎布来到地牢外，守卫的家丁见状慌忙向心妍躬身行礼："大小姐……"

心妍喝令扎布："把门打开！快点！"

扎布无奈地向守卫家丁示意，家丁赶紧打开地牢门。

心妍："带他出来！听见没有？"

扎布只好下了地牢。心妍拿着手枪等在地牢外，那个守卫家丁左右不是地看着心妍，想问什么又不敢开口。

一会儿，扎布把根赛带出地牢，衣衫褴褛、脸上带着淤伤的根赛被阳光刺得睁不开眼，好不容易看清了站在身前的刀心妍，感到意外地躬身说："大小姐……"

心妍对扎布说："去，把最快的马给我牵来！"

扎布为难："大小姐……"

心妍用枪指着他："去！"

扎布不敢违抗地："是了。"

扎布牵来一匹骏马，心妍接过缰绳，喝令扎布："跪下！"

扎布跪在马蹬下，心妍踩着扎布的背上了马，对根赛说："根赛，跟我走！"

她拉动马头走向府门，根赛在扎布注视下跟着走去。

6. 曼龙大寨　日外

根赛跟着骑在马上的刀心妍出了大寨，心妍对根赛说："根赛，你去找工作队，不要再回家了。"

根赛感激地答应，又问："大小姐，你要去哪里？"

心妍："我去做我要做的事。你快走吧，不要让扎布他们追上你！"

根赛："是了。"

心妍打马奔去，根赛看了看策马而去的心妍，赶紧走去。

7. 刀府　日内

刀母拿着心妍的嫁衣带着玉切来到心妍房外，玉切喊着："大小姐，太太来了。"

刀母没听见回答，推开房门一看——屋里没人。

刀母转向玉切："人呢？"

玉切赶忙说："大小姐洗完澡，回房了呀。"

刀母顿时急了起来，转身边走边喊："心荣！心荣！"

8. 曼龙　日外

刀心妍骑着马在田边土路上飞奔……

刀心妍骑着马沿着东盘江边的土路奔向远方……

9. 刀府　日外

刀心荣厉声训斥看守地牢的家丁："你他妈吃着屎了！为什么不来报告？"

家丁浑身颤抖："大、大小姐用枪顶着扎布队长，放了根赛，我……"
刀心荣给了家丁一巴掌，转头喊："扎布！扎布！"
他身后站着几个发呆的家丁，没听见扎布的回答。
刀心荣又喊："乃木！乃木！"
还是没人答应。
刀心荣气急败坏："妈的，都死绝了！"

10. 竹林　日外

根赛沿着竹林中的小路匆匆赶往工作队驻地，他感到后面有人跟来，警觉地闪进竹林向后观望，没有发现什么，又急急地向前走去。
竹林中一个身影隐秘地追踪根赛。
根赛匆匆走着，又感到身后有人，再次回身察看——还是什么也没看见。
他继续向前走去。
竹林中的人影快速移动……
根赛走到小溪边，疲惫的他俯身捧起溪水痛饮。
竹林中的人影靠近林边，看见了溪水边的根赛。
当根赛起身准备涉过溪水时，突然周身紧缩，面色痛苦地挺了挺，他想回身看，却一头栽倒在水里——他的背上插着一支弩箭。
竹林中的人影迅速隐去。
根赛在溪水中呛醒，挣扎着爬向对岸……

11. 刀府　日内

院子里，刀心荣集合起府兵、家丁，准备出发。
乃木、扎布匆匆跑来，向刀心荣躬身行礼："大少爷！"
刀心荣举起马鞭抽了他们一人一鞭子，怒骂："杂种！杂种！坏了老子的大事，要了你们狗命！"

12. 工作队驻地　日外

波香着急地对钟喜妹、花蔓说："我阿哥会不会出事啊？心妍姐现在还不回来，我都担心死了！"
钟喜妹："别急，波香，你阿哥到底怎么了？"
花蔓："是啊，你阿哥出什么事了？"
波香："我阿哥被刀府抓去了，心妍姐答应救他出来，可去了这么久还不回来……"
钟喜妹："波香，你先别急，咱们去报告刘副队长，一起想办法。"

13. 工作队驻地　日内

竹屋里，刘捍卫激动地对波香、钟喜妹等人说："这么大的事，怎么现在才报告？"
波香紧张地说："心妍姐说，她一定把我阿哥救出来，我想她是刀家大小姐，大少爷他……"
刘捍卫："什么大少爷大小姐的，你怎么还乱不清自己的身份？你现在是工作队员，任何事情都得先向组织汇报！"
波香忐忑地不出声了。
钟喜妹："刘副队长，现在该怎么办？要不要去找刀心荣？"
刘捍卫："当然要找。根赛是为我们工作的，我们当然要保护他！"
(画外)李铁杉急切的声音："刘副队长！刘副队长！"
刘捍卫不耐烦地说："什么事？"

14. 工作队驻地　日外

刘捍卫、钟喜妹、花蔓、波香等人出了竹屋。

李铁杉有些紧张地指着驻地外说："刘副队长，快看！刀心荣带着家丁来了！"

刘捍卫等人朝李铁杉指的方向看去——

刀心荣骑在马上，带着乃木、扎布和一批府兵、家丁冲来。

刘捍卫也有些紧张："他们要干什么？要干什么？"

李铁杉："看样子来者不善，让同志们集合吧？"

刘捍卫发慌："集合，集合！让大家带上武器，做好准备！"

李铁杉："是！"他转身跑去集合队伍。

刘捍卫紧张地看着冲近的刀心荣和家丁们。

刀心荣带领着府兵、家丁冲到工作队驻地外勒住马，怒视着刘捍卫。

刘捍卫冷眼看着刀心荣，并没退缩。

李铁杉、武晓鹏、岩虎等队员带着武器赶到刘捍卫身边，警惕地看着刀心荣和家丁们。

刘捍卫向前走了两步："刀心荣！你想干什么？"

刀心荣："我阿妹在哪里？"

刘捍卫感到意外地稍顿："她回府了，还没有回来。"

刀心荣："胡说！她早就出了大寨，你把她交出来！"

刘捍卫："我说过了，她没有回来。我倒要问你，根赛在哪里？你凭什么把他关起来？"

刀心荣："你少和我装糊涂！我阿妹已经把根赛放跑了，还要问我？"

波香想不到地与钟喜妹交换眼神，钟喜妹劝她先不要急。

刀心荣："你们把我阿妹藏在哪里？快把她交出来！"

刘捍卫："刀心荣！我再说一遍，刀心妍没有回来，我们也没见到根赛！如果他们出了任何意外，都要由你们府里负责！"

刀心荣："放屁！明明是你们藏起了我阿妹，还要抵赖！若是再不把我阿妹交出来，我要你们好看！"

刘捍卫："刀心荣！刀心妍是我们的工作队员，我不可能把她交给你！我现在郑重声明，如果刀心妍同志和根赛有什么意外，我们不会放过你！"

刀心荣："你少给我耍花腔！你们都给我听好了，三天之内，若是我阿妹回不到府里，我就把你们统统赶出曼龙！"

刘捍卫："你敢！"

刀心荣："你等着看！"他调转马头，打马而去。

乃木、扎布带着家丁随着刀心荣跑去。

岩虎愤怒地要用弩箭射刀心荣，被李铁杉、武晓鹏拦住。

刘捍卫松了一口气，怒视着远去的刀心荣："敢向我们挑战，你试试看吧！"

15. 南沧边工委　傍晚外

刀心妍策马而来，在边工委院外下了马，牵着马进了院子。

16. 边工委　傍晚内

办公室里，心妍急切地问："方领导，高队长在哪里？"

方明华和善地说："别急，心妍同志，坐下喝口水，慢慢说。"

心妍急不得地说："你告诉我，高队长在哪里？我要见他！"

方明华倒了水说："看你，这么性急。高川同志现在不在这里，他……"

心妍："他怎么样了？你们是不是要惩治他？"

方明华笑着说："惩治他？为什么呀？"

心妍："因为我！是我请他到我们家里训练家丁，请他在我们家里吃饭喝酒。你们要惩治就惩治我吧，都是我的错，我的错！"

方明华把水杯递给心妍："看你，一口气说了这么多，连个说话的机会都不给我。来，坐下，喝点水。"

心妍："不，我要见高队长！"

方明华放下水杯，和蔼地说："心妍同志，你听谁说我们要惩治高川同志了？"

心妍愣了愣："不惩治他？为什么不让他回曼龙？"

方明华："谁说不让他回曼龙了？"

心妍："那他为什么不回去？他到底在哪里？"

方明华："你不要急嘛，高川同志丢不了，他好好的。"

心妍松了口气："真的吗？"

方明华："那还有假？来来，坐下，喝口水。心妍同志，你来得正好，我想听你说说工作队在曼龙的情况。"

心妍："听我说？高队长没有说吗？"

方明华："我现在就想听你说，你说的情况对我们、对高队长都很重要。"

心妍不解地看着方明华。

17. 边工委　傍晚内

会议室里，几位领导坐在长桌旁。

方明华让心妍坐在他身边，对大家说："同志们，刀心妍同志是曼龙土司刀光寿先生的女儿，也是我们在曼龙工作队的队员。现在，请她给大家介绍一下曼龙工作队这些天的情况，请大家认真听，不要插话。"

方明华示意心妍发言。

心妍有些紧张地说："各位领导，我就把刚才对方领导讲过的话，再对你们讲一遍……"

18. 曼龙　工作队驻地附近　傍晚外

工作队员和部分联防队员打着火把、灯笼四处寻找刀心妍、根赛……

李铁杉、钟喜妹等人在竹林里寻找……

武晓鹏、花蔓等人在大寨周围寻找……

岩虎、波香等人在河水边寻找……

波香担心地说："岩虎，我阿哥和心妍姐会不会都被关在刀府了？"

岩虎想了想："难讲。刀心荣不是个好东西，什么坏事都做得出来。"

波香："那可怎么办呐？若是我阿哥被他们害了，我们也不知道啊！"

岩虎："波香，你不要急。若是我们找不到他，我就悄悄摸进刀府去，把你阿哥抢出来！"

波香："那样行吗？刀府里的家丁可多呢。"

岩虎："我才不怕。哪个敢拦我，我就……"

波香突然发现了什么："岩虎，快看！"

岩虎举着火把朝前看去——

根赛趴在溪边，一动不动。

岩虎："像是个人……"

波香："阿哥！——"

波香喊着奔了过去，岩虎赶紧追过去。

波香跑到根赛身边，看到根赛背上插着弩箭，俯身扶起他喊："阿哥！阿哥！"

岩虎赶忙趴在根赛胸前听了听，抬头说："他活着，快，扶到我背上！"

波香把根赛扶到岩虎背上，岩虎背起根赛说："快喊喜妹，要她来救根赛！"

岩虎背着根赛跑向驻地……

19. 边工委　晚上内

会议室里，方明华："刀心妍同志向大家说明了高川同志在曼龙工作的成绩和刘捍卫同志擅自进行诉苦教育带来的严重后果。我认为，高川同志的工作方法符合党的民族工作政策，是积极有效的。相反，刘捍卫同志搞的这个'诉苦教育'应该立即停止，并且立即采取措施挽回不利影响。"

与会领导纷纷表示同意。

刀心妍感到欣慰。

20. 边工委　早晨外

刀心妍跟着方明华和李国梁等护卫人员牵着马从院里出来，准备出发。

刀心妍向两旁看看，忍不住地问方明华："方领导，高队长到底在哪里？他可以和我们一起回去了吧？"

方明华无奈地说："心妍同志，是这样，高川同志给上级写了报告，执意要回部队去，他已经离开南沧了。"

刀心妍不能接受地说："什么？他走了？"

方明华不忍地点点头。

刀心妍不相信地盯着方明华看了看，突然飞身上马，向城外奔去……

方明华赶紧示意李国梁等人上马，追了上去……

21. 南沧城外　早晨外

刀心妍策马奔向山路……

方明华等人紧追而来……

刀心妍策马上了一处山坡，向远处眺望——

山路遥遥，不见高川的身影。

刀心妍伤心地喊着："高大哥！——高大哥！——"

山间传来她的回声，刀心妍伤心地哭了起来。

方明华等人在近处勒住马，看着伤心呼喊高川的刀心妍，完全明白了她对高川的心意。

刀心妍流着泪呼喊："你回来！——回来！——"

她的喊声在山间回荡……

山间突然回响起高川的喊声："方书记！——方书记！——"

刀心妍听出高川的声音，先是一愣，继而惊喜地回身张望——

方明华也在马上回身张望——

高川、和水泉从远处策马而来……

方明华诧异地说："高川？"

刀心妍惊喜地说："高大哥！——"她催马奔下高坡，奔向高川……

李国梁等人也要催马过去，被方明华用手势拦住。

刀心妍催马奔向高川："高大哥！——"

高川勒住马，感到意外地看着奔来的心妍。

和水泉："队长，是心妍同志！"

刀心妍在近处勒住马。

高川下了马，走向心妍。

刀心妍跳下马奔向高川，高川正要说什么，心妍已经扑到他的怀里，高川顿时不知所措。

刀心妍紧抱住高川流着泪说："你怎么丢下我就走了……"

高川为难地说："心妍同志，别这样……"

刀心妍："我不！我要你答应我，以后不管你去哪里，都要带着我！"

高川不知该怎么表达。

刀心妍："你答应我！答应我！"

高川只好答应："好，我答应你。"

刀心妍靠在高川肩头痛哭起来。

方明华等人缓缓而近，看着抱住高川的刀心妍，方明华又勒住马，显出感慨。

刀心妍依然抱住高川，委屈地哭着。

高川任她宣泄，不知如何劝解。

22. 山路　日外

方明华、高川一行骑着马走在山路上。

方明华、高川并辔而行，刀心妍心情爽朗地跟在他们后面。

方明华微笑说："怎么样，不听我的劝告，挨尅了吧?"

高川坦诚地笑笑："没错，张书记和刘团长狠狠熊了我一顿，把我赶回来了。"

方明华："我就知道。上级有明确指示，必须尊重各地保留民族工作骨干的要求，不可能批准你回部队。"

高川："方书记，我向你检讨。"

方明华："好，我接受了。不过你得拿出实际行动将功补过，不能当口头革命派。"

高川："是！"

方明华打马加速，高川等人也催马跑了起来……

23. 曼龙刀府　日内

厅堂里，刀心荣吃惊地对乃木说："什么？我阿妹和高长官一起回来的?"

乃木："是了。南沧的方长官也到了曼龙，一定是大小姐喊来的。"

刀心荣："这么说，阿妹去了南沧？那姓刘的怎么会不知道?"

乃木："姓刘的一定在瞒骗我们。大少爷，高长官和方长官一起回来，会不会又要搞出什么名堂对付你呀?"

刀心荣猜想："他们若是算计好了对付我，我又有什么法子？用汉人的话说，是福不是祸，是祸躲不过。对了，听说根赛中了箭，被红汉人救走了?"

乃木："是了，我也听说了。"

刀心荣："你听说？那一箭，是你放的吧?"

乃木："不，不是我。若是我放的，早就要那憨贼的命了。"

刀心荣："真不是你?"

乃木："真不是我。"

刀心荣猜度："怪了，谁会知道我的心思，替我放这一箭?"

乃木悄悄观察着刀心荣，不说话了。

24. 工作队驻地　日内

竹屋内，方明华严肃地对刘捍卫说："边工委决定，对你擅自开展诉苦教育，给整个曼龙地区的工作带来严重后果，给予严肃批评，责令你做出深刻检查，暂时调离工作队。"

刘捍卫显得很惊讶，却不知该说什么。

高川表情沉重。

方明华："另外，要马上开展一次大团结教育，教育广大百姓和被我们组织起来的联防队员，要和土司武装搞好团结，带动他们一起为保卫家乡、保卫边疆出力。"

高川：“这样好，这样可以打消刀心荣的顾虑。”

刘捍卫阴着脸说：“这样一来，百姓们的积极性会不会受影响？他们会不会觉得我们左右不定，政策摇摆？”

高川：“我们继续进行正面教育，同时维护刀心荣在曼龙的威信。这样一来，不但可以稳定民心，还能推进工作的进展。”

刘捍卫：“我看问题没那么简单，刀心荣从骨子里反对我们，他让土司武装退出联防队，分明就是要挟。革命革到他头上，他就受不了了，就要跳了！”

方明华：“捍卫同志，你这种说法是错误的。省委、地委再三强调，在民族地区的工作策略是联合封建反封建。刀心荣是我们在曼龙地区最重要的团结对象，我们必须尽一切努力争取他、帮助他，而不是组织百姓批判他，拆他的台。”

刘捍卫：“方书记，领导的决定我服从，不过，我保留我的意见。”

方明华：“你可以保留意见，也可以直接向地委汇报。”

25. 工作队驻地　日内

刀心妍和波香一起来看望躺在草铺上的根赛。

钟喜妹正在给尚未清醒的根赛换药，刀心妍走近把一包药品交给钟喜妹：“喜妹，这是方书记带来的治伤药，快给根赛用上吧。”

钟喜妹接过药：“太好了，我们的治伤药马上就用完了。”

心妍看着伤重的根赛，轻声问：“根赛怎么样了？伤得要紧吗？”

钟喜妹：“他中了弩箭，伤口很深，不过没有生命危险。有了这些治伤药，他会好的。”

心妍欣慰地看着根赛。

波香轻唤：“阿哥，阿哥，心妍姐看你来了。”

根赛睁开眼睛，吃力地说：“大小姐……”

心妍赶紧说：“根赛，不要喊我大小姐，叫我心妍好了。”

根赛依然感激：“大小姐，我……”

心妍：“根赛，你看清了吗，是谁用箭射的你？”

根赛艰难地摇摇头：“一定是，府里的人……”

心妍心里紧了起来。

波香拿过那支射中根赛的弩箭对心妍说：“你看，就是这支箭射中了我阿哥。”

心妍拿过那支弩箭看着，想问根赛什么。

钟喜妹：“心妍，根赛现在需要休息，先不要和他说话了，好吗？”

心妍点点头，思索着说：“府里的人，一定是乃木那个坏蛋。”

26. 刀府　日内

方明华、高川在扎布引领下进了厅堂。

刀心荣迎上前双手合十说：“方长官，高长官，大驾光临，刀某没能远迎，恕罪恕罪。”

方明华合十还礼：“刀代办不必客气，我今天来，还是来向你道歉的。”

高川也合十还礼：“刀代办。”

刀心荣：“不敢不敢，请坐。”

方明华、高川落座，玉切、玉凤为他们端上茶水。

方明华和气地说：“刀代办，我是真心诚意来给你道歉的，我们工作队的一些做法过了头，伤害了你，对不起呀。”

刀心荣：“这么说，那位刘长官搞的什么诉苦，不是你让搞的？”

方明华：“不是。我已经严厉批评了刘捍卫同志，让他做出深刻检查，并且调离工作队。”

刀心荣感到释然。

方明华："刀先生，请你放心，我们共产党的政策是不会变的，我方明华对你承诺的一切，也是不会变的。当然了，我们共产党人也不是完人，更不是圣人，我们也会犯错误。所以，还请刀代办放开心胸，多多包涵呐。"

刀心荣："哪里哪里。"

方明华："我们共产党人和历代统治阶级最大的不同就是犯了错误能够立即改正，绝不姑息犯错误的同志，更不会以势压人，不许别人批评。我知道你憋了一肚子怨气，今天就当着我和高队长的面发个痛快，我们一定洗耳恭听，说得对我们就改，说得不对也不要紧。"

刀心荣："岂敢岂敢，方领导言重了，我哪里有那么多怨气。要说对方领导和高长官，我是相信的。不然的话，我怎么会请高长官来帮我训练亲兵，还请他在府里喝酒呢？"

方明华与高川相视而笑。

刀心荣："只可惜高长官一走，你们那位刘长官就变了脸，召集各寨的百姓对我们刀家发难，我心里怎么受得了啊。"

方明华："非常理解。我向你保证，这样的事情以后绝不会再发生了。为此，我再次向你道歉。"

27. 工作队驻地　日内

竹屋内，波香守在根赛身边，把湿毛巾盖在根赛头上，帮他退烧。

喜妹给根赛量了血压，用听诊器检查他的身体状况。

花蔓、刀心妍一脸兴奋地进来，花蔓忍不住说："波香！喜妹！你们知道吗？"

喜妹赶紧竖起指头嘘着让她小声。

花蔓吐了下舌头，做个鬼脸，轻轻走到根赛躺着的草铺旁低声说："你们知道吗？边工委要办民族青年学习班，心妍姐、波香，还有岩虎，都要去参加呢！"

波香欣喜地问心妍："心妍姐，这是真的吗？"

心妍笑着点头："嗯。"

喜妹轻呼："心妍，波香，祝贺你们啊！"

波香高兴地看看根赛，又犹豫起来。

心妍："波香，方书记说了，要把根赛送到南沧去治伤，伤治好了，也让他参加学习班。"

波香想不到："真的？真是太好了！"

波香挨近根赛，拉起他的手轻声说："阿哥，你听见了吧？我们要去南沧学习了，要带你去南沧治伤，我们可以天天在一起了。"

根赛看着妹妹，露出笑容。

28. 刀府　日内

厅堂里，玉切、玉凤给方明华、高川换了茶。

方明华拿出一份文件递给刀心荣："刀代办，这是我们给你的邀请函，请你到南沧参加协商会议，和我们一起组建民族民主联合政府。"

刀心荣看过邀请函，诚惶诚恐地说："多谢多谢。方领导的美意刀某深表感谢。在我的记忆中，自从祖上改土归流以后，没有哪朝官衙请过我们傣家人一起组建政府，这可是开天辟地头一回呀！"

方领导："这么说，你答应去了？"

刀心荣犹豫："这件事，容我考虑一下。眼下虽说是改朝换代，但我以为，还是应该汉人管汉人的地方，傣族管傣族的地方。按说呢，山上的佤族部落原本也归我们曼龙土司管辖，当然，如果官府不喜欢我们管佤族的地方，我们就不管了。我们就管好我们自己的地方，保证向你们交粮纳税，不就行了？"

方明华笑道："你这个说法还是停留在应付旧政府的老套套上，和我们要建的联合政府，完全是两回事嘛！我们要建的联合政府，是各民族高度自治的民主政府。我们不仅要让傣族管好傣族的地方、佤族管好佤族的地方，还要让各民族的首领共同协商，让各民族团结互助、共同发展。刀代办，这才叫开天辟地头一回呀！”

刀心荣：“抱歉了，从没遇到的事情，我一时也拿不定主意。这样好了，容我向干爹通报一下，听听他的说法，再做决定。”

方明华：“我知道你有顾虑，不要紧，你先看看这些。”

他拿出几份文件翻给刀心荣看，刀心荣见文件上印有傣文，认真地看着。

方明华：“这是西双版纳和德宏傣族的最高首领发表的公告，他们通令属地所有土司领主跟共产党合作，参加民族民主联合政府。”

刀心荣看着文件，有些吃惊。

方明华：“没想到吧？如果你不参加协商会议，不跟我们合作，那可是违抗了最高首领的通令啊！”

刀心荣无奈地点点头：“既然大首领下了通令，我去参加就是了。”

方明华：“这就对了嘛！我们希望你带个好头，发挥你们曼龙的优势，给各民族首领做个榜样。”

刀心荣勉强回答：“我尽力而为。不过，我还是要把这件事，说给我干爹。”

方明华：“那是再好不过了，顺便转告刀光寿先生，我们希望他早日回来，在即将成立的联合政府里，担任重要职务。”

刀心荣：“好的，我一定把方领导的话转给他。”

29. 刀心荣卧房　傍晚内

刀心荣躺在靠椅上，闭目沉思。丫鬟在为他捶腿。

玉切进来，恭敬地说：“大少爷，大小姐回来了。”

刀心荣猛地睁开眼欠起身：“人呢？”

玉切：“在厅堂等大少爷。”

刀心荣快速起身出屋。

30. 刀府　厅堂　傍晚内

刀心荣匆匆走到厅堂：“阿妹。”

刀心妍从座椅上起身，拿着一份材料说：“心荣阿哥，你要去南沧参加协商会，我真为你高兴。”

刀心荣：“哦，我是看在你的分上才答应的，不然的话，我才不会去呢。”

刀心妍含笑说：“去了就好。阿哥，这是开会用的文件，方书记要你先看看。”

刀心荣接过文件，无心看，说：“阿妹，坐下嘛。”

刀心妍：“不了，我要赶回去准备，我也要去南沧，参加民族青年学习班。”

刀心荣：“哦？阿妹，既然你也要去南沧，就和我一起去嘛。”

刀心妍：“不，我要和工作队的同志们一起去。”

刀心荣失望地说：“阿妹，我有几句话，想对你说呢。”

刀心妍：“你说呀。”

刀心荣想了想，说：“干妈也许对你讲了，干爹来信说，要我和你去境外……”

刀心妍打断他：“心荣阿哥，我对阿妈讲过，这件事，我不会答应。”

刀心荣一怔：“怎么，你不愿和我成亲？”

刀心妍：“心荣阿哥，你从小对我好，一直护着我，我都记在心里。我会永远把你当作我的亲阿哥，做你的亲阿妹。”

刀心荣难以接受却努力掩饰：“这么说，你心里有别人了？”

刀心妍：“阿哥，如果我有了意中人，我希望，你为我高兴，为我祝福。”

刀心荣口是心非：“啊，是这样。只要干爹干妈同意，我没话说。”

刀心妍：“那好，我走了。”

她走向门口，出了门。

刀心荣直盯着她的身影，心中腾起妒火。

乃木悄悄走近："大少爷……"

刀心荣："你都听见了?"

乃木："大小姐不会是相中了红汉人吧?"

刀心荣露出凶相："那她就会遭天打雷劈。我发誓，除了我刀心荣，她不能嫁给任何人。"

31. 境外　刀光寿住处　夜内/外

胡超武、刀光寿、杜连仲分坐在篾桌旁，胡超武借着油灯的光亮看罢刀心荣给刀光寿的信，面色阴沉地把信放到桌上，恶狠狠地说："不行，不能让刀心荣去南沧。他要是去了，就是背叛党国!"

刀光寿："心荣也是没有办法。红汉人逼着他去，他怎能不去?"

胡超武瞪了一眼刀光寿，转向杜连仲："不能让共匪得逞。要想尽一切办法，阻止共匪在南沧开他娘的建政会。"

杜连仲不动声色地向胡超武示意，他们应该离开这里再讨论。

胡超武会意地起身，对刀光寿说："刀土司，你马上给刀心荣写信，一定要阻止他去南沧开会。"

刀光寿："怕是来不及了，他恐怕已经出发了。"

胡超武语气带威胁地说："出发了也要把他叫回来，你自己看着办吧。"

他和杜连仲不顾礼数地转身就走，出了竹楼。

刀光寿也没起身相送，心有算计地看着二人离去。

胡超武、杜连仲出了竹楼走向院外。

在竹楼外站岗的罕宝（嘎罕老爹的儿子）注视着走去的二人，若有所思。

32. 教堂　国军残部指挥部　夜内

石三娇在她居住的小屋里换上百姓服装，检查两只手枪，显然是准备出发。

杜连仲出现在门口，心有不忍地看着石三娇。

石三娇发现了门口的杜连仲，先是一愣，继而带着娇羞说："偷看什么? 不是什么都让你看了吗?"

杜连仲走近她，劝道："三娇，这次行动很危险，你还是不要去了吧。"

石三娇娇嗔地瞪着他说："我要去。我说过了，从今往后我跟定你了，你到哪里我就跟到哪里。生是你的人，死是你的鬼，你别想甩了我。"

杜连仲心有触动地把石三娇揽到怀里，石三娇紧紧抱住他。

33. 教堂　夜内

几名身穿黑衣的作战队员全副武装地站在胡超武和同样身穿黑衣的杜连仲面前，身穿男装的石三娇站在队列末尾。

胡超武审视着即将出发的队员们，故作姿态地说："弟兄们，云南反共救国军的李总指挥就快到了，我们要用胜利的行动迎接李总指挥，务必要阻止共匪在南沧的建政会，绝不让共匪为所欲为! 弟兄们有信心没有?"

队员们齐声："有!"

胡超武点点头："此去一路艰辛，任务艰巨，诸位是党国的精英，胡某的手足，还望你们多多保重，早日凯旋。"

队员们齐声："誓为党国效劳!"

胡超武看着石三娇，别有用心地说："石小姐刚刚回来，又要长途奔袭，未免太劳累了吧? 特派员，还是让石小姐留下，好好休息休息吧。"

未等杜连仲开口，石三娇干脆地说："南沧是我的家，没人比我更熟悉。粉碎共匪在南沧的阴谋，属下义不容辞！"

她说罢和杜连仲交流着眼神，杜连仲会意地对胡超武说："司令，石小姐说得对，没有人比她更熟悉南沧，我需要她参加行动。"

胡超武无奈地说："那好，那就出发吧，我等着你们平安归来。"

杜连仲与胡超武相互敬礼后，转向队员们说："出发！"

他带领石三娇和队员们走向大门。

胡超武看着杜连仲、石三娇等人的背影，露出不自在的神色。

34. 佤寨　岩火大房　日外

岩火全身披挂从房里出来，身怀胎儿小腹隆起的娜月拿着装食物和饮水的皮口袋跟了出来。

岩火微笑着走向马匹，娜月将食物和饮水挂在马背上，不舍地看着岩火。

岩火也不舍地对妻子说："娜月，不要担心，照顾好自己和肚子里的娃儿。"

娜月含泪点头。

岩火笑道："看你，高川兄弟请我去做客，是件高兴的事嘛！"

桑木头人凑近说："大头人，若是红汉人搞鬼，哄骗你怎么办？"

岩火："高川兄弟不会哄骗我，我信他。"

桑木："汉人的肠子三丈长，大头人不能轻信呐！"

岩火笑笑："我让魔巴打了鸡卦，是大吉。（他转向娜月）高川兄弟说了，他们的长官请我去商议大事，还要给我们寨子送粮食和花布。娜月，我要挑些最好看的花布，带给你。"

娜月笑着点头，却又抹着眼泪。

35. 山口　日外

方明华、高川、和水泉和拉祜族扎罗头人一起骑着马等在山口。

岩火在岩坚等佤族武士护卫下从山路上骑马而来。

方明华和高川下了马，迎向岩火。

岩火也下了马，笑着走来："高川阿弟！"

高川喊着："岩火阿哥！"

岩火上前和高川拥抱，又高兴地擂他的胸膛。

高川向岩火介绍："岩火阿哥，这位是南沧边工委的方书记，是我的领导。"

方明华礼貌地与岩火握手："岩火头人，你好啊！"

岩火打量着方明华："好，好。这么说，你是我阿弟的大头人？"

方明华："岩火头人，我们共产党里不论职务高低，一律都是同志，是兄弟。"

岩火笑着说："兄弟好，兄弟好啊！你们是兄弟，我和他也是兄弟，我们都是兄弟了！"

扎罗走上前来，高川说："岩火阿哥，这位你该认识吧。"

扎罗向岩火行礼："岩火头人。"

岩火也向他行礼："扎罗头人。"

高川："岩火阿哥，扎罗头人是我们的好朋友，他和我们一起去南沧。"

岩火对扎罗说："好啊，高川阿弟把你当朋友，我就把你当朋友！"

扎罗："岩火头人，我们原本就该是朋友嘛！"

方明华："对，大家都是朋友，是兄弟！岩火头人，你能下山参加协商会，我非常高兴。我代表南沧边工委和上级领导，对你表示热烈欢迎啊！"

岩火："我阿弟请我下山，我当然要来。寨子里有人说，你们喊我下山是要搞鬼，算计我，我对他们讲了，若是我阿弟敢和我搞鬼，我就用神枪和他说话！"

他说着拍了拍高川送他的驳壳枪。

高川、方明华笑了起来。

36. 南沧边工委　民族代表驻地　日外

接待各族首领的院子里，李铁杉、武晓鹏、钟喜妹、花蔓、波香、岩虎等人头上包着报纸、拿着扫把墩布或抹布在忙着打扫卫生，整理布置生活环境。

高川、和水泉陪着岩火、岩坚等人进了院子，岩虎看见岩火，赶忙摘下头上的报纸，走到岩火身前躬身行礼："大头人！"

岩火打量着岩虎："岩虎？"

岩虎："大头人。"

岩火笑了，拉着岩虎的胳膊说："好兄弟，是我错怪你了。"

岩虎激动地跪下："大头人……"

岩火赶忙拉起岩虎："不要跪，不要跪了。你现在是官衙的人了，不过嘛，我还是认你做兄弟。"

高川笑着插话："岩火阿哥，岩虎兄弟是好样的，在工作队里，进步可大了！"

岩火："好，好啊！我们佤寨，也有官衙里的兄弟了！"

一旁打扫卫生的波香、花蔓忍不住相视着捂嘴笑了。

37. 边工委　日外

刘捍卫、刀心妍拿着教学材料和笔记本一前一后走着。

刘捍卫侧头看看走在身后的刀心妍，犹豫一下，站住说："心妍同志。"

刀心妍也站住："嗯？"

刘捍卫："你怎么总跟在后面，一起走嘛。"

刀心妍："噢。"但她还是等刘捍卫先迈步后依然走在他身后。

刘捍卫解嘲地笑笑，侧头说："心妍同志，你是不是看我犯了错误，故意疏远我了？"

刀心妍："不是。"

刘捍卫笑着等心妍走上来，心妍却依然差着他半步。

刘捍卫："其实啊，犯错误并不可怕，我们共产党里有一些高级干部也是犯过错误的，接受批评以后，不是照样担任领导职务吗？心妍同志，你在学校里学过哲学吧？"

刀心妍没有回答。

刘捍卫："我们共产党的哲学是斗争的哲学，而且是最讲究辩证法的。辩证法是个好东西呀，从一个角度看是错误的事情，换一个角度看就是正确的。你懂这个道理吗？"

刀心妍想了想："你是说，你没有错？"

刘捍卫："那倒不是，在某一个时间、某一个地点我可能错了，但是换一个时间、换一个地点，我就是正确的。"

刀心妍琢磨着他的话，没有作答。

38. 民族代表驻地　日内

波香、花蔓在一间屋里打扫卫生，岩虎进来，两个姑娘见着他就笑。

岩虎看看自己身上，不解地问："你们笑什么？"

波香只顾笑，没有回答。

花蔓笑着学岩火说："不要跪，不要跪了，我们佤寨也有官衙里的兄弟了！"

岩虎憨笑起来。

波香："岩虎，你总怪我给头人下跪，今天你见了头人，怎么也跪了？"

岩虎一愣："我跪了？"

波香："还不承认！"

岩虎摸着脑袋，不好意思地说："还真是跪了。可是，见了大头人，不跪怎么行礼嘛。"

花蔓："这简单，就像我们一样，这样，敬礼！"她示范了一下军礼。

岩虎、波香模仿着举起手，两人相互看看，笑了起来。

岩虎有些滑稽地对波香敬礼："敬礼！"

波香和花蔓忍不住大笑。

这时，院子里传来吵嚷声，岩虎等人收敛笑容，赶出房门。

39. 院子里　日外

岩火、岩坚、扎罗和几个民族代表气恼地对工作人员吵嚷，岩虎、波香、花蔓赶了过来。

岩虎："大头人，出什么事了？"

岩火不满地指着让他们居住的二层楼房说："你看看，他们汉人和傣家人住在上面，让我们阿佤人和拉祜人住在下面，这分明是欺负我们！"

岩坚："是了嘛，房子下面都是给牲口住的，为什么要我们住？"

岩虎立刻明白了，赶紧解释："大头人，扎罗头人，这里的房子和我们寨子里的不一样，上面住人，下面也住人，不住牲畜。"

岩火："不行！我没见过下面住人的房子。要住你住，我们不住！"

岩坚等人也说："我们不住！""我们不住！"

岩虎一时不知该怎么办才好。

方明华、高川走近，方明华："各位头人，出什么事了？别急，慢慢说。"

岩火生气地转过脸去，岩虎对方明华、高川说："是这样，方书记，我们寨子里的房子，上面住人，下面住牲畜，可这里的房子……"

方明华看了眼高川，高川一拍脑门："明白了。方书记，山寨里都是杆栏式房子，上面住人，下面养牲口。安排岩火头人他们住在下层，他们误会了。"

方明华立刻明白了，歉疚地对岩火、扎罗等人说："对不起，对不起，各位头人，是我们疏忽了，实在是对不起呀！不过，我们这些房子从来不养牲畜，上面下面都是住人的。既然你们不习惯，我们立刻给你们换地方。"

他转向工作人员："上面的房子还有吗？"

工作人员："有两间办公室。"

方明华："马上腾出来，让楼下的代表们住上去。"

工作人员："是！"

方明华再次向岩火、扎罗等人表示歉意："岩火头人，扎罗头人，我给你们赔礼了。"

他向岩火、扎罗等人拱手致歉，岩火气消了大半，扎罗通情达理地说："不要紧了，方领导，换到上面就好了，对不对，岩火头人？"

岩火点点头："你们不是故意的，不怪你们。"

这时，院门处传来车马声，岩坚朝院门口看去，对岩火说："大头人，你看。"

岩火朝院门口看去，方明华、高川等人也向院门口看去——

刀心荣的车马进了院子，刀心荣颐指气使地骑在马上，冷眼打量着院子，当他看到岩火、岩坚等人时，露出蔑视的神色。

岩火也冷眼看着刀心荣。

陪他进来的和水泉礼貌地说："刀先生，请下马吧。"

刀心荣："我不和他们住在一起。乃木。"

乃木："在！"

刀心荣："我们另找地方。"

和水泉想劝说，刀心荣已经调转马头走向院外。

方明华、高川感到诧异地走了过去。

40. 民族代表驻地　日外

刀心荣的车马出了院子，方明华、高川赶了过来。

方明华热情地招手喊："刀代办！欢迎啊！"

刀心荣下了马，迎着方明华、高川："方长官，高长官。"

高川："刀代办，欢迎欢迎！"

方明华看看刀家的车马队，问："怎么，没住下吗?"

刀心荣："这里人太杂了，我要另找地方住。"

方明华劝道："刀代办，听我解释啊，我们把参加协商会的代表安排在一起住，是为了各民族首领能多一些交流，相互熟悉，也是为了方便警卫。这安全问题可是最重要的呀。"

刀心荣："方领导，安全嘛我自己可以保证。"

方明华："这怎么行啊，你是我们请来的贵客，万一有个闪失，那可就是大问题了……"

刀心荣坚持："我倒是不怕，南沧到处都是你们的人，又有罗司令的队伍，一定是安全得很呢。"

方明华："刀代办……"

刀心荣打断方明华："方领导，我带的人多马多，你们这个院子怕是住不下了，况且，我也不想和那些不干净的人住在一处。我还是另找地方吧。"

方明华无奈地看看高川。

高川："既然刀代办坚持，分着住也好。这么多人，住在一起确实挤了点。"

方明华："那就这样，安排在翠云客栈吧。罗司令的指挥部就在客栈对面，安全上也有保障。"

高川点点头，看着刀心荣。

刀心荣欣慰地合十："谢谢方领导谅解。"

方明华："不用客气，请吧。"

高川："请。"

刀心荣让乃木牵着马，招呼随从人员去往客栈。

第二十八集完

第二十九集

1. 南沧边工委　日内

会议室里，罗开云、方明华等领导主持会议，高川、刘捍卫及部分领导在座。

罗开云：“同志们，建立民族民主联合政府是个从来没搞过的新鲜事，现在各民族的代表们在认识上还不大一致，有些民族上层把民族区域自治的政策理解为民族独立，各行其是。我们有些干部和百姓代表也担心民族上层掌了权，只顾到本民族的利益，不搞民族团结。我看呐，这些问题说明我们的工作做得还不够，还没有让所有的人真正了解建立民族民主联合政府和实行民族区域自治的根本目的。”

方明华：“罗开云同志讲得很对，民族区域自治是在党的领导下实现少数民族当家做主的最好形式，体现的是少数民族群众的利益。”

罗开云：“这一点很重要，我们的民族区域自治，是在共产党领导下的区域自治，绝不是搞民族独立！有很多代表对那些有劣迹的民族上层提出了尖锐批评，还主张不让那些和帝国主义、国民党残匪有关系的人参加联合政府。有的还提出边疆地区要尽快改革，这充分说明他们的民主觉悟和阶级觉悟都在提高。”

方明华：“南沧是民族杂居地区，现在还是应该以加强民族团结、发展生产、强化对敌斗争和巩固边防为主，等到条件成熟了再进行民族内部的社会改革，这一点我们的头脑要非常清楚。”

刘捍卫：“方书记，罗司令，不少同志有这样的想法，让民族上层管理民族地区已经是很冒险了，为什么还要让他们到联合政府来担任领导职务？论水平、论功劳，都说不过去嘛！”

罗开云：“对这个问题我只讲三点，一是信任，二是团结，三是帮助，这就是要民族上层在联合政府担任领导职务的关键。哪个想不通，就回去慢慢想，实在想不通，就开帮助会，批评教育！”

刘捍卫虽然不满意，但没敢再做声。

2. 翠云客栈　日外

客栈紧邻一塘莲花池，院内柏树掩映，鸟语花香，甚是幽雅。

罗开云的部下身穿解放军制服在院内外布了岗，刀心荣的随从们在院子里忙碌地穿梭……

李铁杉、钟喜妹拿着一些会议材料进了客栈院子，钟喜妹欣赏着院子里的环境，羡慕地说：“这么漂亮的地方，就像是个大花园，风景真好。”

李铁杉：“刀心荣可真会挑地方。我听说这是南沧最好的客栈。”

钟喜妹：“当然是最好的。你看你看……”

她用目光向李铁杉示意——

刀家的下人正将洗好的衣物晾在房前，另一些下人将一盘盘食物、水果端向正房……

钟喜妹低声说：“这哪像是来开会的，这么讲究。”

李铁杉：“土司嘛，到哪都得臭显。”

乃木走近：“二位，有何贵干？”

李铁杉转向乃木：“我们给刀代表送会议材料，他在哪个房间？”

乃木：“交给我吧，大少爷正在休息，没什么要紧的事，就不要打搅他了。”

李铁杉、钟喜妹互看一眼，李铁杉不计较地说：“那好，你就转交给他，请他在开会前认真看看。”

乃木接过材料，不屑地笑笑。

李铁杉：“我们告辞了。”

乃木："慢走，不送了。"

李铁杉、钟喜妹走回院子门口，恰好方明华、高川陪同罗开云走来。

李铁杉、钟喜妹向罗开云、方明华敬礼："罗司令！方书记！"

罗开云、方明华和气地跟他们打了招呼，走进院子。

钟喜妹把高川拉到一边，低声说："队长，刀心荣怎么这么特殊？为什么不和其他代表住在一起?"

高川微笑说："他本来就特殊嘛，要不方书记会亲自请他来参加会议?"

钟喜妹："可是你看他，丫鬟佣人一大堆，像什么样子嘛！"

高川："好了好了，特殊人物就要特殊对待，记住啊，团结和气是第一位的。"

钟喜妹做个鬼脸。高川笑着进了院子。

3. 民族青年学习班　日外

学习班所在的院子里，刀心妍、刘捍卫等人在为报到的各民族学员登记。

波香、岩虎也在帮忙登记，招呼学员们去宿舍。

学员中大部分是贫苦青年，也有部分民族上层子女，两种人服饰作派迥异。

有几位民族上层模样的学员，骑马或乘坐马车进了学校，他们衣着华丽，拉家带口，还带着许多生活用品，一副把家都搬来的样子……

波香不满地对岩虎说："你看呐，又是头人家的，这是来上学的吗？把家都搬来了。"

岩虎鄙夷地说："哼，臭讲究，还带着丫鬟呢！"

波香："你看那个，还带着大烟枪呢！这种人也来上学?"

一些工作人员热情地帮着来人把行李物品送进专门安顿他们的房屋……

波香、岩虎很不理解地看着那些人。

刘捍卫、刀心妍走近，岩虎不满地对刘捍卫说："这些人是学员吗？怎么会是这个样子？老婆丫鬟一大堆，哪像是来上学的。"

波香："是啊，还抽大烟呢！这种人将来也能当干部吗?"

刘捍卫带着情绪说："这就是我们要面对的特殊学员。这些山官头人能够离开乡土来学习，本身就是很大的进步嘛。领导上向他们承诺，到了学校以后，不改变他们的生活方式，可以带家属和佣人，可以抽大烟，还特地让管委会给他们批大烟呢！"

波香、岩虎流露出想不通的表情。

刘捍卫："我们不是要两条腿走路吗？穷苦人要学习，头人领主也要学习。学习的目的，就是要把他们培训成领导干部。"

波香不敢相信地对刀心妍说："心妍姐，这可能吗?"

刀心妍不好回答地看着那些特殊学员……

4. 铁匠铺　傍晚外

一辆拉着货的马车来到铁匠铺外，车上和车旁都有头戴斗笠身穿便衣的汉子。赶车的拉住马，两个戴斗笠的人走近正在打铁的吴铁匠。

吴铁匠停下手上的活，打量着来人。

其中一人抬起头，此人正是杜连仲。

吴铁匠一怔，赶忙向四周观察。

杜连仲："别紧张，里面说话。"

吴铁匠示意助手盯着点，转身请杜连仲进入屋子。

杜连仲身边的石三娇向马车旁的同伴示意，赶车的和车边的匪兵分散开装作休息向四周警戒。

5. 铁匠铺　傍晚内

黑乎乎的屋内，吴铁匠和杜连仲、石三娇坐在小桌旁，吴铁匠借着油灯的光亮在桌上画着图说："这是共匪边工委的院子，旁边不远，在这，就是各族头人们住的地方。还有这里，刀心荣的人都住在这里。"

石三娇："这是县衙和翠云客栈，我熟悉。"

杜连仲点点头，问铁匠："这两个地方，共匪有多少兵力?"

吴铁匠："大门和院子里的哨兵，有一个班。罗开云的人都住在翠云客栈对面的司令部里，离这隔着百八十步。"

石三娇自信地说："几个哨兵不在话下，这里地形有利，我们可以摸进去。"

杜连仲心中盘算着……

6. 边工委　夜外

刀心妍在院子里踱步，一副有心事的样子。

高川走近，看见刀心妍显出意外："心妍同志。"

刀心妍显出欣喜，又有些害羞。

高川："来找我?"

刀心妍不好意思地点点头。

高川微笑着走近她："怎么，遇到问题了?"

刀心妍不好开口："我听说，心荣阿哥给领导上添了很多麻烦，我想……"

高川："没什么麻烦，他能来参加会议，领导上非常高兴。"

刀心妍："是吗，那就好。"

高川："对了，我听说学习班那边来了不少特殊学员，怎么样，能应付吧?"

刀心妍："还行吧。其实，我也担心，按教学计划给他们上课，他们能不能接受。"

高川："这么说，在教学上你们得多动动脑筋了。我觉得，你得注意不同民族、不同身份的学员的接受能力，最好是对症下药。他们需要什么，就教他们什么，不能搞太多的条条框框。"

刀心妍："我和其他教员已经做了些准备，把民主建国的共同纲领和一些重要文件翻译成了各民族的文字，没有文字的民族也给他们注上了译音，可以方便讲学。"

高川赞许地说："好啊，这是你的专长，好好发挥吧。"

刀心妍："你放心，我会干好的。"

高川："放心，我放心。"

刀心妍看看高川，似乎有话憋在心口，又难以说出来。

高川看着刀心妍，一时不知该说什么了。

7. 民族代表驻地　夜外

靠近民族首领们居住的地方有棵大树，一个黑衣人爬在枝叶茂密的树干上，向民族首领居住的院子里偷偷张望——

院子里很安静，两名哨兵来回巡视……

大门处的哨兵警惕地警戒。

窥探的黑衣人从大树上下来。

院子后墙外，几个黑衣人悄悄移动到近处，为首的杜连仲向石三娇吩咐后，石三娇指挥手下们散开，带着手下迂回到院子一侧监视大门处的哨兵，有的在后墙外警戒。

一人检查一下炸药包，另外一人踩着同伴的肩膀探到墙头，观察哨兵的动静。他见哨兵走向房屋侧面去了，便向拿炸药包的人示意。拿着炸药包的特务飞身攀上院墙，迅速翻进院内。

杜连仲冷静地蹲身等在原处。

院子里，两个黑衣人悄悄接近民族首领们居住的房屋后墙，一人警戒，另一人准备安放炸药包……

房屋侧面，哨兵听到了动静，端着枪向房后走去……

8. 边工委 夜外

刀心妍对高川说："其实，我是想来问你，以后，我们还能在一起吗?"
高川感到意外："啊?"
刀心妍有些害羞地说："我是说，在一起工作。"
高川："我们不就是在一起工作吗?"
刀心妍："不，我是说像在工作队那样，天天在一起……"
高川："这要听从组织安排，组织上要我们做什么，我们就做什么。"
刀心妍："不，我要听你说。"
高川明白她的意思，婉转地说："心妍同志，你应该明白，你已经是革命队伍里的人了，是为革命工作，不是为我工作。不管你自己怎么想，都得服从革命的需要，对吧?"
刀心妍不愉快地垂下目光。
高川："我相信，不管以后我们在不在一起工作，你都会很努力，对吧?"
刀心妍显然不想听这些，她想表达什么，却没说出口。
高川："好了，天不早了，快回去吧。要不，我送送你?"
刀心妍摇摇头，转身走去。
高川目送着她，心绪复杂。
心妍突然站住，回身说："我，我有话对你说。"
高川猜测地看着心妍。
心妍："我要你心里有我!"
高川怔住了。
心妍盯着高川，片刻转身走去。
高川怔怔地望着她的背影。
这时，传来一声枪响，高川略一惊诧，迅速拔枪朝响枪的方向赶去。
刀心妍也拔出手枪，跟着高川赶去……

9. 民族代表驻地 夜外

院子里，哨兵向房屋后面的黑衣人射击……
黑衣人边还击边撤向院墙。
院子侧面的石三娇和手下向大门处的哨兵开枪，哨兵中弹倒地，立刻有其他哨兵赶来，向黑衣人射击……
岩火、扎罗等民族首领拿着武器冲出住房，哨兵赶紧朝他们喊："散开！快隐蔽!"
两个黑衣人先后攀上院墙翻了出去，哨兵的子弹并没有击中他们。
石三娇和手下连续射击掩护同伴撤离。
一个哨兵发现房屋下安放的炸药包，导火索在迅速燃烧，哨兵奋不顾身地冲上前拿起炸药包，奋力仍向墙外——

杜连仲向石三娇挥手示意迅速撤离，石三娇和手下撤离院墙，炸药包在他们身后的院墙外爆炸，院墙被炸毁了一段。

杜连仲恼恨地看了眼身后，对跑到他身前的石三娇说："撤！"

石三娇看了眼炸塌的院墙，遗憾地跟着杜连仲跑去。

10. 民族代表驻地　夜外

院子里，民族首领们被爆炸声震惊，显得有些慌乱。岩火、扎罗、岩坚等人拿着武器赶往后墙，哨兵极力拦阻："退后！不要过去，现在还很危险！"

高川、刀心妍跑来，高川紧张地问哨兵："怎么回事？"

哨兵："特务偷袭，还放了炸药。"

高川快步赶往后院，刀心妍跟了过去。

高川赶到房后，看着被炸毁的院墙问哨兵："伤着人没有？"

哨兵："伤了一个同志，民族首领都很安全。"

高川："注意警戒。"

哨兵："是！"

李国梁带着队伍赶来，见到高川忙问："高营长，情况怎么样？"

高川："把队伍撤开，全城搜索！"

李国梁："是！"

11. 民族代表驻地　夜外

方明华、罗开云带着一队解放军赶来，罗开云示意队伍散开警戒，队伍迅速散开在院子四处警戒。

方明华走到岩火、扎罗等头人身前，关切地问："各位头人，有人受伤没有？"

岩火："没有，解放把炸弹丢出去了，没伤着人。"

方明华："这就好，请大家放心，我们一定能保证各位头人的安全。敌人想用偷袭的方法破坏我们的协商会，他们不会得逞！"

12. 翠云客栈　夜外

刀心荣拿着枪和亲随家丁站在院子里张望，乃木匆匆赶来："大少爷！"

刀心荣急问："出了什么事？"

乃木："有人向那些头人们住的地方丢了炸弹。"

刀心荣："炸死人了？"

乃木："好像没有。大少爷，这一定是国军的人干的。"

刀心荣冷着脸看向民族首领们居住的方向……

13. 县城　夜外

杜连仲、石三娇等人跟着吴铁匠沿着街边建筑隐蔽地接近城门——

城门处的解放军加强了警戒。

街上，高川带领一些战士搜索而来……

吴铁匠一时无着，石三娇轻声说："跟我走。"

她带着杜连仲等人快步走向小巷口。

高川发现前面街边的人影，高喊："什么人？站住！"

石三娇回身举枪向高川射击，杜连仲、吴铁匠和手下也纷纷向高川及战士们射击……

高川和战士们立刻分散隐蔽还击……

石三娇发狠地连连射击……

杜连仲阻止地拉着她："别打了，快走！"

石三娇不甘心地和杜连仲一起转入小巷口，吴铁匠和手下掩护地边打边转入小巷。

高川对战士们喊："追！"

战士们跟着高川追向小巷口。

树丛掩蔽的城墙下，石三娇把杜连仲等人带到城墙下的排水沟前，轻声说："从这里出去。"

杜连仲听了听解放军追赶而来的枪声和喊声，示意手下们从排水沟钻出去："快，快撤！"他转向吴铁匠吩咐道："密切监视共匪动向，要尽一切努力阻止他们的行动。"

吴铁匠："明白。特派员多多保重。"

他看着杜连仲和石三娇从排水沟钻了出去，朝解放军追来的方向看了看，转身迅速隐入树丛之中。

14. 边工委会议室　日内

民族代表们济济一堂，很多人抽着竹烟筒或兰花烟，屋里烟气弥漫。

刀心荣坐在长桌一边，身边站着乃木。岩火坐在长桌另一边，身后站着岩坚。

罗开云、高川等人坐在长桌两端。

方明华站在罗开云身边说："各位代表，你们没有惧怕国民党特务的偷袭、爆炸，坚持参加协商会，我代表中共南沧边工委感谢你们，向你们表示敬意！"

他向民族代表们鞠躬致意。

岩火："方长官，不要谢，老黄皮的炸弹吓不住我们。他们是洞洞里的老鼠，见不得光亮！"

扎罗等代表纷纷说："对，我们不怕他们！""有本事，他们从明处来！"

方明华笑着说："对，我们不怕他们。只要我们大家团结一致，任何敌人、任何困难都吓不倒我们！好了，我们继续开会，大家发言吧。"

众人平静下来后，一位傣族代表说："方长官，成立了联合政府，是不是就把事情都交给我们自己办了，你们红汉人什么都不管了？"

刀心荣看看发言的代表，表情平静。

扎罗："不会的，成立了联合政府，还是要有共产党来领导，我们才能学会走新路，把事情做好。"

岩火看看扎罗，没表示什么。

傣族代表："那还叫什么自治？哄人的嘛！过去没有共产党，我们还不是把寨子管得好好的？我看还是要让土司掌权，傣族自己管傣族的事情！"

刀心荣透出淡淡的笑容。

一个傣族群众代表："你这个说法我第一个不同意。过去说是土司掌权，可国民党老黄皮来的时候，土司管什么用？你们这些寨主头人，不照样被他们欺负，被抓去坐大牢吗？没有共产党解放我们，我们还在受老黄皮的欺负。不要共产党领导，老黄皮再打回来，我们还要受罪！"

傣族代表："不管是国民党还是共产党，只要是汉人管我们，我们就要受罪！"

一位佤族代表站起来指着傣族代表说："你反动！你想要土司掌权，继续剥削老百姓！我看你们一个个都不配参加联合政府，个个都剥削过老百姓！"

乃木火了："放肆！你算个什么东西？敢管我们傣家的事！"

傣族群众代表："你喊什么？你算什么东西？你是代表吗？"

乃木："混账！老子是曼龙土司的属官！你是哪个寨子的？你们寨主是哪个？"

傣族群众代表："你才混账！老子是百姓代表！是你们的对头！"

一些群众代表纷纷指责乃木，不让他再开口说话。

岩火、岩坚冷眼看着刀心荣、乃木。

罗开云、方明华、高川等人赶紧劝着群众代表，让他们冷静。

刀心荣见乃木犯了众怒，示意他不要说话。

方明华："安静！大家请安静！我说两句。我们开的是协商会议，在这个会上，不管是土司头人，还是普通群众的代表，大家都是平等的，都有充分表达自己意见的权利！”

群众代表们鼓掌。

头人代表们露出不满，纷纷看向刀心荣、岩火等首领。

方明华：“我还要说明一下，参加会议的土司头人、民族首领都是我们的朋友，他们在云南解放的过程中，或者是在新中国成立之后，是做过不少好事的……”

傣族群众代表起身说：“就算他们做过好事，可他们的钱财、武器是怎么来的？不都是用我们老百姓交的官租换来的吗？你们这些土司头人，哪个没有欺压过百姓？哪家没有霸占过女人？哪家没有伤过人命？”

刀心荣几乎要发作，怒视着发言的代表。

傣族群众代表指指罗开云说：“你罗开云名头最大，能打仗，立了不少功。可你以前是怎么发家的？还不是贩大烟打客商起家的？”

罗开云表情木然，一言不发。

岩火站起来说：“你这样讲没有道理！罗司令打日本鬼、打老黄皮立过大功，共产党都把他当兄弟，不提过去的事情，你这样讲，是故意捣蛋！”

会场上又是一阵争执。

罗开云压压手示意大家安静，提高嗓音说：“这位代表说得对，我罗开云过去是马帮出身，做过一些错事，我应该检讨，接受大家批评。不过，自从我抗日那天起，就再没有做过一件对不起人民、对不起国家的事情。我希望，各位代表都能把过去的事情放一放，打开心胸，放开眼量向前看，在共产党的领导下团结起来，一起建设家乡、保卫边疆！”

方明华、高川带头鼓掌，岩火、扎罗和代表们也跟着鼓掌。

刀心荣并不由衷地鼓了鼓掌。

方明华：“罗司令说得很好，我们共产党有个政策，叫作既往不咎。过去的事情就让他过去，从今往后，我们大家心往一处想，劲往一处使，共同组建一个能代表各民族利益的联合政府，在各民族区，真正实现民族自治！”

代表们又鼓起掌来。

刀心荣等掌声停下之后慢吞吞地说：“我也讲两句，成立联合政府是件好事，只是各民族原本就有自己的领地，既然是要民族自治，那么原有的领地就不能变。而且，还应该按照领地的大小在联合政府里担当官职，对吧？”

罗开云、方明华对视一眼，没有表态。

高川明白刀心荣的意思。

一群众代表当即反对：“不对！照你这么说，联合政府里当领导的，都该是你们这些土司头人了？那还不是像过去一样，换汤不换药？”

傣族群众代表：“我也反对！土司领主的土地田产，都是从我们百姓手里抢去的！现在，应该还给我们老百姓！”

另一群众代表：“不能按领地担当官职！他们的领地都是抢来的，不能作数！”

刀心荣愤怒地起身：“昏话！我们的领地是抢来的？什么时候抢来的？从谁的手里抢来的？你们给我说出来！说呀！”

方明华劝道：“刀代办，冷静。”

罗开云：“刀家少爷，慢慢说，莫急嘛。”

刀心荣向乃木伸出手，乃木将一个布包交给刀心荣，刀心荣把布包放到桌上打开，可见里面是几方官印和几份委任状。

刀心荣拿起官印瞪着群众代表说：“睁开眼睛看看，这是什么？大清皇帝册封的土司官印！这是什么？民国政府授给的土司官印！说我们是抢来的，你们给我抢个看看！”

那几个群众代表虽然不满，却也不知说什么了。

岩火瞪着刀心荣站了起来，从岩坚手里接过兽皮口袋，将里面的东西倒在桌上，可见有官印、委任状和几颗狗牙。

岩火:“你有皇帝给的东西，我就没有吗？看好了，这些都是皇帝给的！要我们的阿祖守好边寨，守好青蒙山！”

刀心荣轻蔑地笑笑:“你放心，我已经对方领导讲过了，佤寨我不管了，交给你就是了……”

岩火:“轮不到你管！我要你把过去拿走的东西，统统还回来！”

刀心荣:“这你就错了，罗司令、方领导都讲了，过去的事已经过去了，你若想要回以往的贡品，就对罗司令、方领导说吧。”

方明华:“岩火头人，刀代办，你们先坐下，坐下。我们开的是协商会，不是来吵架的。任何人有想法，都可以说出来，畅所欲言嘛！”

群众代表忍不住地说:“你们拿出这些官印做什么？那也是以前的事了，不作数了！”

几个群众代表附和:“对！不作数了！我们才是百姓派来的民族代表，要担当官职也是我们担当！”“让土司领主担当官职我们坚决不同意！”

罗开云劝解道:“大家安静！大家安静！其实我们大家已经在一起为人民政府工作了，谁当领导谁不当领导不是哪个人说了算的，要经过大家选举！”

群众代表:“选就选！我就不信，我们选不过土司领主！”

刀心荣发狠地说:“你们都听好了，若是不按领地大小担当官职，我就退出！”

岩火:“你退出好了，没有你，我们心里才痛快！”

刀心荣:“你做梦！没有我，就没有联合政府！”

群众代表们纷纷指责刀心荣的态度，刀心荣扫了代表们一眼，拂袖而去。

乃木赶紧跟着离去。

罗开云、方明华示意大家安静，高川追到门口想劝回刀心荣，刀心荣却大步出了门。

高川看着走去的刀心荣，一脸遗憾。

15. 翠云客栈　日外

刀心妍绷着脸匆匆走来，进了院子，快步走向正房。

玉切端着一盆水走近，看见刀心妍惊喜地喊:“大小姐！”

刀心妍没心情:“刀心荣在哪?”

玉切赶紧答:“哦，在房里。”

刀心妍走向房间。

乃木从房里出来，看见匆匆而来的心妍，赶忙躬身行礼:“大小姐！”

心妍气哼哼地说:“刀心荣呢?”

乃木:“在、在房里，刚要休息……”

心妍朝房里走，乃木赶紧追着:“大小姐！大小姐……”

心妍回头瞪他一眼:“滚开！”

乃木怔在那里，表情瞬间又起了变化。

刀心荣走出房门，冷眼看着走近的心妍。

心妍见到他，站住了。

刀心荣不阴不阳地说:“阿妹，你来做什么?”

心妍毫不客气地喝问:“我来问你，为什么要搅乱会场，说走就走?”

刀心荣:“大白天的讲鬼话！怎么是我搅乱会场？他们哄着我来协商什么联合政府，又喊来那么些穷娃子当代表，一上来就乱锵锵，烦都烦死了，还协商个鬼！”

刀心妍:“你怎么可以这样嘛！协商会议就是要有百姓代表参加，他们是各民族的百姓选出来的，还要参加政府工作呢！你应该尊重他们，多听听他们的意见！”

刀心荣:“呸！说话过过秤好不好？我听他们的？那些鬼话和姓刘的搞的诉苦会有什么两样?”

刀心妍:“那也要听！你想代表曼龙土司参加政府，就要听那些你不想听的意见！”

刀心荣一副怪样："哈！我偏不听！能把我怎么样？大不了老子回曼龙去，不和他们扯球蛋！"

刀心妍愤怒地说："你这是什么态度？你这么做，是破坏协商会议！破坏联合政府！"

刀心荣："破坏了又怎样？那些憨人烂人是些什么东西？也配和我们刀家议事？这样的联合政府，老子根本就不想参加！"

刀心妍："你、你太过分了！你这样的态度，会挨批判的！"

刀心荣："批判？谁敢批判？叫他们放眼看看，整个南沧的坪坝，都是我们刀家的领地，离开了我们刀家，谁家的官衙也坐不住！那些有几座山寨的憨贼，也配和我们刀家一起开官衙？他们也不划量划量，脚底下开了几块田？手掌里握着几杆枪？没有我们刀家，南沧的官衙只能是喝凉水，吞干风！"

刀心妍："你乱讲！你以为联合政府缺了你不行吗？你以为你这样做，对刀家有好处吗？"

刀心荣："你闭嘴！你去问问那些憨贼，他们祖上种谁家的地？向谁家交租？要不是红汉人给他们撑腰，我一句话就把他们的田地收回来！"

刀心妍："别做梦了！以前你做不到，现在更是做不到！"

刀心荣："你看我做到做不到，老子今天就回曼龙！"

刀心妍："你若是敢走，我头一个批判你！"

刀心荣："你、你这个疯子！给我走！我不要看见你，不想听你说鬼话！"

刀心妍："我告诉你，你这样做伤害不到别人，只能伤害你自己，伤害我们刀家！"

刀心荣："刀家跟你没关系！你不要再提刀家！乃木，送她走！"

他转身进屋，把门狠狠关上。

刀心妍冲上去推门："开门！把门打开！"

乃木上来劝道："大小姐，大小姐……"

心妍一巴掌打在乃木脸上："滚开！"

乃木坚持着劝阻心妍，心妍拔出腰间的手枪对准乃木："你想死吗？滚！"

乃木呆呆地看着心妍。

高川（画外）："把枪放下！"

刀心妍转头一看——

高川走近，严厉地瞪着她："放下枪！简直是胡闹！"

刀心妍委屈地扭过脸去。

高川："你道歉。"

刀心妍不解地看着他。

高川："随便打人，擅自动枪，像什么样子？向他道歉！"

刀心妍怔怔地看着高川，好像没听懂他的话。

乃木赶忙说："不不，高长官，不能……"

高川直视心妍："听见没有？向他道歉！"

刀心妍眼里聚起泪花，转身跑了。

乃木惶恐地喊："哎！大小姐！大小姐……"

刀心荣打开门，不卑不亢地看着高川："高长官，我这个阿妹是得好好管教了，她现在像个什么样子，男不男女不女的……"

高川："刀代办，我是代表方书记和罗司令来和你谈话的，可以进去吗？"

刀心荣："当然可以，请。"

16. 南沧边工委　日内

办公室里，方明华把水杯放到刀心妍面前，语重心长地说："心妍同志，高川同志批评你，是对的。"

刀心妍有些不服气："我，我有什么错嘛。"

方明华和蔼地说："你有错。你现在是我们边工委的工作员，不是刀家的大小姐了，不能再随便打人，擅自动枪了。”

刀心妍：“乃木不是好东西，总是给我阿哥出坏主意，就是该打。”

方明华：“这可不行啊。过去你在府里是大小姐，乃木是下人，你可以想怎么处置就怎么处置。可现在不同了，你的一举一动都代表着我们边工委啊。你这么一动手，痛快是痛快了，可是后果呢？人家会说，我们共产党的工作人员动不动就打人，还要动枪，这不是太霸道了吗？是不是啊？”

刀心妍：“我，我和别的同志不一样，我那么做，不能代表别人吧？”

方明华：“怎么不代表啊？当然代表了。难道你现在还只是刀家的大小姐，不是我们的工作员，不是为党工作？”

刀心妍不知如何作答：“我……”

方明华：“心妍同志，你应该非常清楚我们为什么要花那么多力气去争取刀心荣，让他代表曼龙土司参加联合政府。曼龙是整个南沧最富庶的地方，也是我们和境外的敌人做斗争的焦点地区。在曼龙，绝大多数的百姓都服从你们刀家，你阿爸或者刀心荣说一句话，比我们说上百句千句还管用啊。不是有这样的说法吗，土司是石头，汉官是流水，水流石头在。这是几百年的传统了，我们不可能一下子就转变过来。所以呀，团结了你阿哥，就等于团结了曼龙的老百姓。反过来说，得罪了你阿哥，就是得罪了曼龙的老百姓啊。”

刀心妍似乎明白了，心里有些歉疚。

方明华：“说实话，刀心荣的许多做法，我们是不能接受。可是为了边疆稳定的大局，我们必须委曲求全，必须迁就他才行啊。当然了，我也相信，随着联合政府的建立，随着边境局势的稳固，我们把生产发展起来，让各族百姓的生活都好起来，你阿哥也好，你阿爸也好，都会转变对我们的看法，相信我们是为各族人民谋福利的。到那时候，用不着我们多费口舌，他们就会真心诚意地跟我们合作。你说对不对呀？”

刀心妍认错地点点头。

方明华笑着说：“这就对了嘛，我希望你能放下架子，去给你阿哥和乃木道个歉。可不是以大小姐的身份哟，是以工作员的身份，让他们看看，我们是真心诚意的，是有胸怀的。好不好？”

刀心妍不好意思地笑着点头。

17. 翠云客栈　日外

方明华和刀心妍走近客栈，院门外站岗的战士向方明华敬礼。

高川从院子里出来，见到方明华和刀心妍有些诧异。

方明华：“怎么样？谈通了吗？”

高川：“谈通了，他答应继续参加协商会。”

方明华：“这就好，你还挺有办法嘛。”

高川笑笑，看向心妍。心妍不好意思地低下头。

方明华：“心妍同志已经知道错了，她是来给刀心荣和乃木道歉的。”

高川欣慰地说：“是吗？这太好了，要不要我陪你去？”

心妍摇了下头走进院子。

高川、方明华看着心妍的背影，相视而笑。

18. 翠云客栈　日外

刀心荣带着乃木正要回房间，刀心妍走来喊：“心荣阿哥！”

刀心荣和乃木都回身看她，有些发愣。

乃木错开一步，躬身行礼：“大小姐！”

刀心妍走上前：“乃木，你听着，我今天不该打你，也不该用枪对着你，我，我向你道歉。”

乃木像是听错似的一愣，继而惶恐地说：“不不，大小姐，乃木不敢……”

刀心荣也感到意外地看着心妍。

刀心妍：“什么不敢，我在给你道歉，你好好听着就是了。”

乃木赶紧垂下头："是了，大小姐。"
刀心妍转向哥哥："心荣阿哥，我也给你道歉，我今天……"
刀心荣忙说："好了好了，什么道歉不道歉的，你是我阿妹，吵过闹过也就算了……"
刀心妍："那不行，我现在是工作员了，是有纪律的。我今天态度不好，就要给你道歉。"
刀心荣和缓地说："好好好，什么工作员不工作员，你不还是我阿妹吗?"
刀心妍："是你阿妹，也是工作员。"
刀心荣："哈，老腔老调的，把自己当成大婆娘了?"
刀心妍："阿哥……"
刀心荣笑道："装洋，你和我吵嚷多少回了？若是都要道歉，口水都要讲干了！"
刀心妍："以前的就不算了，从今天开始，我保证不和你耍态度了，行吧?"
刀心荣："好了，快进屋吧。"
刀心妍做个撒娇的表情，跟着刀心荣进了屋。

19. 翠云客栈　日内

刀心荣和刀心妍进了屋，刀心荣接着说："你怕是忘了吧，你小的时候什么都要抢我的，不给就哭、就闹，好像我的东西样样都比你的好。"
刀心妍："那怎么样，你是我阿哥，不要你的要谁的？怎么，要和我算总账啊?"
刀心荣："算什么总账，我是看你长大了，知道给我道歉了。"
玉切端来水果，刀心妍主动削水果。
刀心妍："我不是说了吗，我现在是工作员了，不能再和你吵闹了。今天方书记批评我了，是他要我向你、向乃木道歉的。"
刀心荣感叹着说："唉，这个共产党还真有办法，就像是把你变了个人。"
刀心妍撒娇地说："怎么，不好啊?"
刀心荣："好不好你也还是我阿妹。若是依着干爹干妈的意思，我们应该是……"
刀心妍："不说这些，好吗?"
刀心荣掩饰地点点头："好，就先不说。"
刀心妍把削好的水果递给他，刀心荣接过水果，思忖着说："这些红汉人，有意思。我以为他们要说出来的话，他们偏偏不说；我以为他们会这么做，他们却偏偏那么做。我本来一肚子恼恨，打算今天就回曼龙，可他们呢，三弄两弄，就把我的火气收得光光的。"
刀心妍笑道："你也承认他们比以前的汉官本事大了吧?"
刀心荣："是了，要不那些老黄皮怎么会被他们打得那么惨。"
刀心妍："就是嘛，你就安心地跟他们合作，不会有亏吃的。方书记说了，在南沧，曼龙领地是最重要的。"
刀心荣："那是当然。南沧最好的地方就是我们曼龙，要什么有什么，样样都是最好的。这南沧城有什么？没一样稀罕的，住了两天我就住够了。"
刀心妍："阿哥，你是来开会的，又不是来耍的，不想住也得住。若是哪点不方便，就和我说，我帮你改善。"
刀心荣："哦？到底是工作员了，口气这么大。"
刀心妍："什么呀，我是关心你嘛。"
刀心荣："那好啊，用的东西我不缺，就是吃的东西太差了，样样都比不上曼龙……"
刀心妍："这好办，我去街上买好吃的，回来做给你吃，好不好?"
刀心荣："那当然好，我是好久没吃到你做的菜了，想得很呢。"
刀心妍开心地说："那好啊，我这就去街市买东西，只要你好好开会，不和人家吵嘴，我什么都帮你做。"

刀心荣："这可是你说的，不许反悔哟。"
刀心妍："不反悔。"

20. 民族青年学习班所在的院子 日外

校舍外，刘捍卫正向刀心妍、波香交代什么。
岩虎、李铁衫走近，刘捍卫："铁杉岩虎，来得正好，有任务。"
岩虎兴冲冲地说："什么任务？"
刘捍卫："和她们一起，去街市采购。"
岩虎："怎么，要打牙祭？"
刘捍卫："打什么牙祭，给刀心荣和他的属下改善生活。"
岩虎甩手要走。
刘捍卫："站住！想开小差吗？"
岩虎："刘副队长，我还有别的事，你喊别人去吧。"
刘捍卫："不行，这是命令，你必须去！"
岩虎一脸无奈的表情。
波香和刀心妍相视一笑，拎起背篓准备出发。波香把一个背篓递给岩虎，岩虎没接，不满地扭身走去。
李铁衫接过背篓，和心妍、波香跟了上去。
刘捍卫也显出不满地看着走去的年轻人。
一个衣着华丽的民族上层青年凑近问："刘教官。"
刘捍卫看他一眼："什么事？"
青年："那两个女娃太好瞧了，能不能赏我一个？"
刘捍卫瞪起眼："你说什么？昏头了吧？"
青年愣了愣："她们……是大长官的通房？"
刘捍卫："混账话！"
青年一哆嗦。
刘捍卫："革命队伍里兴这套吗？再敢胡言乱语，看我收拾你！"
青年："是是，不敢。"
刘捍卫愤愤离去。
那青年眼馋地看着心妍、波香的背影，讪讪走去。

21. 南沧街市 日外

刀心妍和背着背篓的波香走在前面，李铁杉、岩虎走在后面，岩虎拎着背篓一脸的不高兴。
波香回头说："岩虎，快点嘛。把背篓背上。"
岩虎不理她，闷声闷气地走着。
李铁杉："岩虎，谁招惹你了，一脸的不高兴。"
岩虎："我就是想不通，你说心妍同志和刀心荣都是刀家人，怎么一点都不像呢？"
李铁杉笑道："是吗？"
岩虎："是呢嘛，心妍同志这么好，又聪明又和善。刀心荣呢，死头干犟的处处和我们作对，没一样好的。你说，他们哪里像是一家人嘛。"
李铁杉："那你说，这是为什么？"
岩虎："要我说，怕不是一个妈生的，再不，他们当中一个，是捡来的。"
岩虎说完得意地笑了。
李铁杉："不许乱讲，你这可是犯纪律！"
岩虎笑着走向前去。

22. 翠云客栈　日外

花园里，刀心荣在用弩箭射鸟，屡射不中。他气得扔下弩弓转身要走，发现罗开云站在自己身后，他愣了愣："罗司令？"

罗开云笑笑："刀家少爷，你的箭法不怎么样嘛！"

刀心荣尴尬地笑笑："罗司令见笑了，请屋里坐吧。"

罗开云："不了，这里很好，空气新鲜，有花有鸟，就在这里走走吧。"

刀心荣只好陪着罗开云漫步。

罗开云："刀家少爷，我知道你们刀家家大业大，有钱有枪。可是，你们刀家的队伍拉出来，抵不上我的一个支队吧？"

刀心荣不明白他的意思："罗司令，你这是……"

罗开云："你知道我为什么投奔共产党吗？"

刀心荣摇摇头："不知道。罗司令是威震青蒙山的大英雄，有那么多的人枪和钱粮，怎么会投了共产党呢？"

罗开云笑了笑："人枪钱粮再多，不能直起腰杆做人有什么用？民国三十五年，我的抗日游击总队被国民党遣散以后，我是心灰意懒，认不得该走哪条路。后来，我有幸结识了张怀民同志，他给我讲了共产主义的道理，他对我说，在我们中国，只有共产党的主张和共产党领导的军队才能彻底打败国民党的反动统治，彻底推翻这个人吃人、大民族压迫小民族的反动制度。我听了以后太高兴了，眼里面出现了一个崭新的世界……"

刀心荣仔细听着罗开云的话。

罗开云："共产党主张不论民族大小一律平等，这个道理太好了！刀家少爷，我们的家业再大，大不过国家。我们的队伍再多，本事再大，也抵不过共产党的主张。共产党是要把我们大家，把天下人团结成一家人。人人都是主人，谁也不得欺负谁。"

刀心荣沉吟不语。

罗开云："刀家少爷，你要是肯放下土司的架子，开好协商会议，我罗开云就把你当作自己的兄弟，实实在在地支持你。"

刀心荣："支持我？怎么个支持法？"

罗开云："你不是喜欢机关枪吗？不用费那么多心思去境外搞，我给你十挺，够不够啊？"

刀心荣："十挺机关枪？这是真的？"

罗开云："罗某言出必行，就看你拿到拿不到喽。"

刀心荣："我……我听罗司令的！"

罗开云："口说无凭，我看你的表现。"

刀心荣："罗司令，要我怎么表现？"

罗开云："好好地把会开完，拿出诚意参加联合政府，这不难吧？"

刀心荣思索地点头。

罗开云笑道："小伙子，你以后的路还长着呢，肩上的担子会越来越重。我罗开云的人枪是和英国人、日本人，还有那些老黄皮拼了二十多年拼出来的，你要是真有本事，将来和国民党残匪好好拼上一拼，拼他个兵强马壮！"

刀心荣看看罗开云，似乎有了信心。

23. 街市　日外

刀心妍、波香买了些东西，波香仔细地和卖主算着账。

岩虎、李铁杉走来，他们没买到合适的东西。

波香问岩虎："喂，你逛了半天，一样也没买吗？"

岩虎："不是你们管买，我管背吗？"

波香朝一边看看，突然想到了什么，对岩虎说："去，你去那边买只烤鸡，总可以吧？"

岩虎朝卖烤鸡的摊子看看，问："为什么要我去买？"

波香："你不是常打山鸡吗？认得哪只好噻。"

岩虎信以为真，自得地走向卖烤鸡的姑娘。

几个傣族姑娘在街边摆着篾桌卖烤鸡，篾桌上都摆着一个酒壶、两只酒杯，姑娘却并不吆喝。

岩虎走到那几个傣族姑娘跟前问："姑娘，烤鸡咋个卖？"

一个姑娘看了看他："不卖，给多少钱也不卖。"

岩虎："为什么？"

姑娘羞怯地笑了。

岩虎奇怪地转向另一个姑娘，那姑娘调笑地说："可以卖呀，一只鸡要卖十个半开！"

岩虎吓了一跳："乖乖，哪里有这么贵的鸡呀！"

姑娘说："告诉你买不到嘛！你出多少也不会卖给你！"

岩虎解释说："姑娘，我买烤鸡不是给自己吃的，是要买给傣家的刀大少爷吃的，你就卖我一只吧。"

姑娘说："那好啊，你让刀大少爷自己来买吧！"

岩虎莫名其妙地要走开，有一个面相很善良的姑娘对他说："阿哥要是真有心买，就请坐下喝杯米酒吧。"

其他的姑娘立刻乜着那姑娘，表示出不满。

姑娘大方地说："这有什么嘛！现在解放了，佤族伙子里有的是好人呢！阿哥，你是共产党的人吧？"

岩虎点点头。

姑娘："阿哥请坐吧，尝一尝新做的米酒……"

岩虎："不不，我不喝酒，只想买烤鸡……"

姑娘不高兴地把头扭向一边，岩虎实在搞不懂地挠着头走开了。

波香在不远处看到了岩虎的窘境，偷笑着告诉了刀心妍、李铁衫，二人向岩虎这边看看，立刻明白了是怎么回事，都笑了起来。

岩虎走过来见波香她们在笑自己，有些尴尬地说："她们不卖给我，还说要刀大少爷自己去买。"

李铁杉笑道："岩虎兄弟，她们不是在卖烤鸡，是在挑姑爷！你要是喝了哪个姑娘的酒，吃了哪个的鸡，你就得做她们家的女婿了！"

岩虎恍然大悟，红着脸瞪着波香。

波香得意地说："快去呀，人家不是相中你了吗……"

岩虎气得白了她一眼，转身走了。

波香、刀心妍、李铁杉笑得合不拢嘴……

24. 翠云客栈 傍晚内

客厅里，刀心荣坐在桌边，品尝着桌上丰盛的菜肴。刀心妍坐在他旁边，不住地给他夹菜，劝他多吃。

刀心荣满足地说："还是阿妹的手艺好啊，做的菜样样可口，样样都是美味！"

刀心妍满意地说："那你就多吃，不要剩下。"

刀心荣："这怎么可能嘛，这么多菜，我怎么吃也吃不完嘛。"

刀心妍："那就赏给下人，让他们吃。"

刀心荣："这怎么可以？这是你亲手给我做的，怎么好给下人吃，坏了规矩。"

刀心妍又给刀心荣夹了菜："阿哥，现在解放了，你又要参加联合政府，很多规矩，真的要改改了。"

刀心荣打岔地说："若是阿妹你天天给我做好吃的，要我改什么都可以。"

刀心妍明白他的意思，转口说："好了，快吃吧。"

25. 南沧城　街上　傍晚外

乃木带着几个家丁大摇大摆地走向客栈，路经铁匠铺时，看见几匹驮马在钉掌，乃木看看那些驮马，动着心思。

吴铁匠边钉马掌边问牵马的工作队员："这位兄弟，要赶山路啊？"

工作队员："是呢，明天一早上路，去青蒙山。"

吴铁匠盘算着钉着马掌，向一旁的马夫使个眼色。

乃木走近铁匠，故意说："铁匠，留下几副好马掌，我的马也要换掌了。"

吴铁匠："这位大哥，你们明早也要去青蒙山吗？若是不去，就请明天再来吧，今天怕是忙不赢了。"

乃木会意地点点头，带着家丁走去。

工作队员拉走了钉好掌的马，马夫走近铁匠，铁匠留意着周围，对他耳语。

26. 街上　傍晚外

乃木和手下经过边工委旁的空地，被集中起来的马帮吸引了。

空地上，李铁杉、钟喜妹、岩虎、武晓鹏、花蔓等人正在和工作人员一起搬运、清点物资……

一家丁凑近乃木："乃木队长，你看。"

乃木转眼看去——

方明华、高川和岩火一起有说有笑地指点着准备驮运的物资。

乃木有数地眯起眼睛："又是去佤寨的，红汉人可真下本钱呐……"

27. 边工委旁的空地　早晨外

马帮准备出发，罗开云、方明华、高川、岩火来为李铁杉、钟喜妹、武晓鹏、花蔓、波香、岩虎等人以及李国梁等护卫队员送行。岩坚也要护送马帮回山寨。

在铁匠铺出现过的特务马夫也在马帮队伍中，牵着马留意着其他人。

刀心妍、波香匆匆赶来，波香去和马帮队伍会合，刀心妍气呼呼地走近高川，把他拉到一边质问："你们要去青蒙山，为什么丢下我？"

高川愣愣地说："什么丢下你？谁丢下你了？"

刀心妍："你！你说话不算数！"

高川不知该怎么回答："我……"

方明华走过来笑着说："心妍同志，你误会了，这次带马帮去青蒙山的，不是他。"

刀心妍看着高川："你不去？"

方明华："他不去，他还要参加协商会呢。"

刀心妍这才觉得自己失态，红着脸一时语塞。

高川责怪地说："你呀……"

刀心妍不等他说完，羞怯地扭身跑开了。

方明华看着跑去的心妍，提醒高川："这姑娘，心思还挺重呢。"

高川看着心妍的背影，不好表态。

第二十九集完

第三十集

1. 翠云客栈　傍晚外

扎布飞马而来，在客栈外下了马，急匆匆要进院子，却被站岗的哨兵拦住。
扎布急切地说："我来找大少爷！让我进去！"
哨兵："你是什么人？"
扎布："我是扎布！是曼龙刀府的人！"
哨兵依然不让他进："你等着，我们核实一下。"
扎布："核哪样？我就是扎布！我有要紧事来见大少爷！"
他硬要往里闯，与哨兵推搡起来。
乃木从院子里走近，想看清门口发生了什么事，突然认出扎布："扎布！"
他赶忙来到门口，对哨兵说："别动手，别动手！他是扎布，让他进来！"
哨兵不再拦扎布了，扎布气呼呼地白了眼哨兵，跟着乃木进了院子。
乃木问："扎布，你怎么来了？"
扎布："老爷捎来急信，太太让我马上给大少爷送来。"
乃木："急信？老爷说些哪样？"

2. 翠云客栈　傍晚内

客厅里，刀心荣看着信，表情十分严肃。
乃木、扎布侍立一旁，紧张地看着刀心荣。
刀心荣看罢信心情沉重地沉吟不语。
乃木试探地问："大少爷，老爷在信上说什么了？"
刀心荣没有回答，片刻才说："你们先出去，我要一个人想一想。"
乃木、扎布后退、出屋。
刀心荣再次看信，显得十分不安。

3. 屋外　傍晚外

乃木追问扎布："扎布，老爷信上到底怎么说的？是不是出大事了？"
扎布向两旁看看，低声对乃木耳语，乃木露出明白的表情。

4. 客栈一隅　晚上外

一个黑影抓着一只信鸽，把一个绑着纸条的脚环套在信鸽腿上，放出信鸽……

5. 山路边　马帮营地　夜外

马帮在此宿营，护卫战士和佤族武士警惕地巡视着四外……
野地里点起篝火，李铁杉、钟喜妹、岩虎、波香、武晓鹏、花蔓、岩坚等人围坐在篝火旁烧水、烤洋芋、烧竹筒饭，有说有笑……

特务马夫在一旁抽着竹筒烟，暗自观察着队员们。
岩坚一边吃着东西一边说："岩虎，告诉我，你到底为什么要和这些红汉人在一起？"
岩虎憨憨地笑笑。
李铁杉："岩虎，这个问题不难嘛，你怎么想的就怎么说嘛。"
花蔓："是啊，你说说，岩虎，你为什么要参加革命？"
岩虎想着说："是……为了你们待我好，为了不受欺负……"
钟喜妹："还有呢？"
岩虎想了一会："为了波香。"
波香羞红了脸："死鬼！乱讲什么呀？"
喜妹、花蔓等人都笑了起来。
岩虎："笑什么嘛，是为了波香嘛！"
波香狠命捶打岩虎……

6. 南沧　翠云客栈　日外

方明华、高川匆匆走进客栈大门，哨兵向他们敬礼。
院子里，可见刀府下人和家丁在往马车上搬运东西。
方明华、高川神色凝重地走向正房。

7. 翠云客栈　日内

客厅里，刀心荣一脸无奈地对方明华、高川说："方领导，高长官，刀某退出协商会实属无奈，家里捎来急信，我干妈突发急症，要我马上回去。"
方明华："刀代办，请你坦率地告诉我，你急着回曼龙，有没有别的原因？"
刀心荣："什么是别的原因？我干妈病重，做儿子的不该回去守护吗？"
方明华："应该，当然应该。"
高川："刀代办，我们可以派最好的医生，骑快马去曼龙……"
刀心荣："不必劳烦，高长官的好意我心领了。"
高川："可是……"
方明华拦住高川："好吧，我们理解你，你要回去，我们不会拦着。如果你决定退出协商会，我们也不勉强。不过，我还是劝你不要退出，就算是请假吧，好不好？"
刀心荣："谢了。方长官，刀某还有一事相求，请长官恩准。"
方明华："别这么客气，说吧。"
刀心荣："我干妈十分思念我阿妹，希望阿妹能和我一起回去，在她身边守护，不知二位长官可否答应？"
高川猜测地看看方明华。
方明华："当然可以，孝顺父母是人之常情嘛。我们马上通知心妍同志，让她和你一起回去。"
刀心荣双手合十："多谢方长官。"

8. 边工委　日内

方明华、罗开云、高川等人在商量对策。
罗开云："明华同志分析得对，国民党残匪利用刀光寿这个人质，威胁刀心荣，逼迫他退出协商会议。"
方明华："敌人挟持了刀光寿，就捆住了刀心荣和曼龙大寨。他们下一步要干什么，才是问题的关键。"
罗开云："我猜想，最大的可能就是逼迫刀心荣出境，甚至要他把整个曼龙的百姓都拉出去。"
高川："要是那样，曼龙的局面就无法控制了。"
方明华："是啊，后果不堪设想。"

罗开云："这次工作队去曼龙，就是要紧紧盯住刀心荣，而且要想办法通过他，掌握刀光寿的情况。"

方明华："高川同志，最艰巨的任务并不在你们身上，而是在刀心妍同志身上。我担心，她的压力太大，很难完成这么重要的任务。"

高川："方书记，罗司令，我对心妍同志有信心。"

9. 民族青年学习班 日内

刀心妍在给妇女学员上课："姐妹们！在旧社会，穷苦人脊背上压着三座大山，那就是封建主义、帝国主义和官衙领主。可是我们女人的脊背上，还要多压了一座大山，那就是男人！"

女人中不少人笑了起来。

刀心妍："姐妹们不要笑，听我说，我们傣家女人能吃苦、爱劳动，除了在家里管老管小，还要下田种地，喂牛喂马。可是很多的男人根本不懂得尊重女人、爱护女人，她们要你们伺候，动不动还要打骂你们。这样的男人就是压在你们脊背上的大山，你们要敢于反抗，敢于斗争！"

一个妇女说："若是那样，男人不要我们了怎么办？"

另一个妇女说："是噢，男人发起火来，我们吓都吓倒了，哪个还敢反抗哟！"

刀心妍："姐妹们！现在解放了，和以前不一样了！人民政府号召妇女解放，就是要让我们女人抬起头做人，不再做男人的奴隶！"

妇女们议论起来。

和水泉来到门外，向刀心妍示意，让她出去。

刀心妍走向门边……

10. 边工委 日内

刀心妍面对方明华、罗开云、高川，想不到地说："到底出了什么事？为什么要我回曼龙？"

方明华："心妍同志，你家里捎来信，说你阿妈患了急症……"

刀心妍："我阿妈病了？真的吗？"

方明华："我们猜测，是你阿爸从境外传来话，让你阿哥退出协商会议。"

刀心妍："我阿爸？"

罗开云："是啊，事情很突然，我们认为，你阿爸是被国民党残匪操控了，如果不按他们的话做，你阿爸就会有危险。"

刀心妍紧张起来："那该怎么办呐？"

方明华："我们决定，答应你阿哥的要求，让你和他一起回曼龙。"

刀心妍："让我回去？一个人吗？"她下意识地看看高川。

高川镇定地看着她。

方明华："当然不是你一个人，高川同志马上带着工作队赶回曼龙，目的就是密切关注你阿爸的消息，随时掌握你阿哥的情况。"

刀心妍放心地看着高川："那我就放心了。"

方明华："心妍同志，这次回去，你不能和工作队在一起。你要回到府里照看你阿妈，更重要的是，要把你掌握的情况及时报告给高川同志。"

刀心妍没把握地犹豫起来。

方明华："怎么样，有困难吗？"

刀心妍再次把目光投向高川。

高川微笑地鼓励她。

心妍释然地笑笑："好，我尽力吧。"

方明华："怎么，听起来好像信心不足啊。"

刀心妍不大熟练地向方明华敬礼："请领导放心，我保证完成任务！"

11. 山洞里　日内

藏在山洞里的张云奎残匪颓败中丑态毕露，有的在赌身上仅有的财物、香烟等等，有的在相互抢夺值钱的东西，有的饿死鬼一般靠着洞壁发呆……

张云奎躺在草铺上抽着大烟，洞里匪兵们的嘈杂声令他按捺不住，他恼怒地丢下烟枪，起身拿着鞭子走向那些赌钱、相互抢夺的手下，劈头盖脸地抽打他们，那些挨鞭子的匪兵发出哀号……

张喜贵匆匆进了山洞，喊："总爷！总爷！"

张云奎停住手："咋呼什么?"

张喜贵激动地说："来了！马师爷和特派员来了！"

张云奎眼睛一瞪："人呢?"

12. 山洞口　日外

洞口处，马师爷陪同杜连仲、石三娇和几个戴着斗笠、披着蓑衣的随从朝洞里走来。

张云奎赶忙迎上去拱手施礼："特派员！马师爷！可把你们盼来了！"

杜连仲摘下斗笠，脱去蓑衣，微笑着向张云奎拱手："张旅长不畏艰辛，忠勇救国，兄弟有礼了。"

张云奎没听明白："什么? 旅长?"

马师爷拱手道："恭喜总爷荣升，国防部委任总爷为南沧保安旅少将旅长了！"

张云奎发出绝望中的干笑："少将旅长? 我老张混到这步田地，还成了少将旅长了?"

13. 山洞里　日内

张云奎换上国民党军将军制服，透着傻乎乎的张狂劲儿。

张喜贵带着仅存的二十余个喽啰向张云奎道贺，张喜贵："恭喜总爷高升！"

众喽啰："恭喜总爷高升！"

杜连仲、石三娇、马师爷和几个随从暗中得意地看着道贺的土匪们。

张云奎："同喜！同喜！今天开荤！把能吃的都搬出来！明天跟老子下山，狠狠抢他两个寨子！"

土匪们欢呼着。

杜连仲："张旅长，抢两个寨子的买卖太小了，不够你塞牙缝的。"

张云奎："特派员，你是不知道啊，这些日子弟兄们憋在洞里，吃没得吃，喝没得喝，都他妈熬成干巴了。"

杜连仲笑着拍拍张云奎："哈哈，俗话说天无绝人之路。这不，张总爷刚封了少将旅长，就有一票大买卖送上门来了。"

张云奎："大买卖? 你看看我剩下这些个歪瓜裂枣，哪还干得动大买卖。"

杜连仲向随从摆摆手，随从将两个背篓放到张云奎面前。

张云奎盯着背篓。

随从将一个布包拿出背篓，交给杜连仲，杜连仲将布包放到张云奎面前打开——里面是金条和银元。

张云奎眼睛一亮。

另一随从背篓中拿出几支冲锋枪，按照杜连仲的示意放到张云奎身前，接着又拿出铁盒装的子弹和手雷……

张云奎盘算着翻翻眼睛，试探地说："特派员，该不是用这点玩意儿，又逼着我老张和共匪拼命吧?"

杜连仲："哪里，是为了勉励张旅长建功立业，不辜负党国对你的器重。"

张云奎盯着杜连仲看了看，突然笑了："拉倒吧，特派员，玩命不讨好的买卖老子再也不干了！"

马师爷："旅座，听特派员把话说完嘛。"

石三娇露出杀气，盯着张云奎。

张云奎："听个屁！就是听了他的鬼话，老子才丢了小狼山！弟兄们死的死，散的散，像群没窝的耗子东躲西藏，还他妈反共救国？说给鬼听都不信！”

杜连仲板起脸：“张旅长！你身为国军将领，不可信口雌黄动摇军心！”

张云奎：“军心？你睁大眼睛看看，就这几个半人，几条破枪，哪还有什么军心呐？”

杜连仲：“住口！蒋总统严训，全体国军将士，须以反共救国为己任！任何畏敌动摇、贪生怕死者，格杀勿论！”

张云奎：“放屁！老子不听这一套！什么他妈的蒋总统，他在哪里？在哪里？早他妈跑的没影了！我看他就是个假总统！”

张喜贵和喽啰们笑了起来。

石三娇高喝一声：“放肆！”她迅速抽出双枪，对准张云奎。

张云奎愣住了——

杜连仲和随从们的枪口都对准了他。

马师爷赶紧走到杜连仲与张云奎之间劝解道：“息怒！息怒！有话好说，有话好说嘛！”

张云奎换上笑脸：“对对，都是自己人，有话好说，有话好说……”

石三娇和随从们依然用枪指着张云奎。

杜连仲收起枪：“你给我听着，共匪的马帮要进青蒙山，你我必须齐心协力，把他们截住。”

张云奎：“是是，听从特派员调遣。”

杜连仲：“干下这一票，马帮归你，功劳也归你。”

张云奎只能答应：“明白，愿为党国效劳！”

14. 南沧城　日外

刀心荣一行或骑马或乘坐马车离开县城……

刀心妍骑在马上，用目光向送行的方明华、高川、罗开云等人告别。

方明华、高川平静地送别刀家一行，高川向刀心妍挥手，目光里充满鼓励。

刀心荣沉着脸向方明华、罗开云、高川等人告别。

刀心妍再次回首看着高川，似在催促他快些起程。

高川目光坚定地看着远去的刀心妍，向她挥手。

15. 民族代表驻地　日内

会堂内，岩火和一些民族首领、民族代表纷纷向罗开云、方明华指责刀心荣。

岩火：“刀家人搞什么名堂？拍拍屁股就走了，他是来赶街的？”

扎罗：“他说走就走，连个招呼都不打，太不把我们放眼里了！”

群众代表：“他走就走吧，没有他，我们照样协商，照样成立联合政府！”

群众代表：“对！我们不要他参加了！我们开除他！”

罗开云、方明华劝大家冷静，罗开云高声说：“各位首领，各位代表！刀心荣急着赶回去，确实是家里出了急事，他向我们请了假，是我们同意他回去的！”

某代表：“他有急事，我们就没有吗？都回去管自家的事，那我们散伙好了！”

另一代表：“就是嘛，再大的事，还能大过成立新政府吗？他就是不把我们放在眼里！”

代表们又抱怨起来。

方明华：“各位代表，各位代表，大家冷静，冷静！刀心荣的确是遇上了特殊情况，他走得急，没和大家打招呼，我和罗司令替他向各位抱歉了！”

他和罗开云向各位代表鞠躬致歉，代表们平静了下来。

方明华：“各位代表，刀心荣虽然回去了，但他并没有退出协商会议，还是我们的正式代表。”

岩火不满地说：“走都走了，还代表什么？”

方明华：“岩火头人，刀心荣代表着成千上万的曼龙百姓，如果他真的退出了协商会，那我们的联合政府就像是少了一条腿呀。”

岩火：“方长官，你们是不是看他人多枪多，就把他抬到牛背上，让他高我们一截？”

罗开云：“岩火头人，在我们眼里，不管民族大小，人多人少，都是一样的、平等的。我们怎么对待刀心荣，就会怎样对待你们大家。”

方明华：“是啊，我们要建立的联合政府，是南沧各族人民的政府，不论哪个民族，都像是手掌上的指头，一个都不能少。”

岩火：“他若是个烂指头，也要让他硬长着？”

方明华：“岩火头人，我知道你们和曼龙傣族有不少老账，甚至有仇，可那都是过去的事了。过去的官衙巴不得你们打来打去，甚至故意挑唆你们打冤家，为什么？为了统治你们，压迫你们，不让你们团结起来，去反对他们的压迫。今天，我们要做的是让各族同胞团结起来，手拉手地建设起友爱合作的大家庭，这是历朝历代都没做过的事情。如果我们不能让你们大家坐到一起，像兄弟姐妹一样相亲相爱，我们就建设不了新边疆，建设不了新中国。我们这些人，也就不配做共产党人！”

16. 靠近山村的山路　傍晚外

李铁杉等人带领的马帮沿着山路而来……

骑在马上的岩虎看见前方有个山村，对李铁杉说：“铁杉，前面有个村子，我们到村里过夜吧。”

李铁杉向前方看看，说：“不了，咱们人多马多，进了村难免打搅百姓，就在路边宿营吧。”他转向大伙：“同志们，把垛子卸了，就地宿营！”

山上林中，两个匪兵隐蔽监视着马帮。其中一个向同伴使个眼色，同伴会意地悄然离去。

山路边，李铁杉、钟喜妹、岩虎、波香、武晓鹏、花蔓、岩坚等人一边准备宿营，一边说笑。

特务马夫靠在一个马垛子上，眯眼看似入睡。

岩坚点上竹筒烟，递给李铁杉、武晓鹏，二人都表示不抽。

岩坚自己抽口烟说：“你们这些官衙里的人也是怪了，赶着这么大的马帮，为什么不去住马店？”

岩虎：“岩坚，你不知道，共产党是不乱花钱的，他们给佤寨送去那么多东西，自己却穷得很。”

岩坚不大相信地看看李铁杉等人。

岩虎：“你看他们一路上吃些什么？还不是和我们一样烤洋芋？”

钟喜妹笑着对岩虎说：“岩虎，明天就能到你们寨子了吧？”

岩虎点点头，看向远处：“若是不下雨，路上没有泥巴，今天就该到了。”

花蔓：“岩虎，你们佤寨的姑娘小伙歌唱得好，舞也跳得好，你也不简单吧？给我们唱一段，怎么样？”

岩虎：“不行不行，我们唱的歌，是串姑娘的时候才唱的，现在不好唱。”

钟喜妹：“怎么不好唱？一会波香过来，你对她唱就行了嘛！”

花蔓等人笑了起来。

岩坚：“岩虎在我们寨子里，歌唱得最好，要不寨子里最漂亮的姑娘怎么会看上他？”

花蔓：“什么什么？有姑娘看上你了？你们恋爱了？”

岩虎：“没有，他是乱讲。”

岩坚：“我怎么乱讲？叶黑就是看上你了嘛！”

岩虎：“你就是乱讲，我和叶黑是兄妹，不是恋爱！”

岩坚：“什么兄妹，你们就是相好嘛！”

岩虎：“不是！我们就是兄妹！”

花蔓发急地说：“等等等等，岩虎，你给我说清楚，谁是叶黑？你和她怎么了？”

岩虎：“我和她没怎么，就是兄妹嘛！”

岩坚：“不对！你们就是相好！”

岩虎："不是！我们就是兄妹！"
岩坚："那好，等回到寨子，我们去问叶黑！"
岩虎："问就问！"
钟喜妹、花蔓被他们俩吵糊涂了。
波香抱着些柴草走来，岩虎赶紧向岩坚示意，岩坚白了岩虎一眼，不说话了。
钟喜妹、花蔓看着波香，也不知说什么好。
波香放下柴草："你们说什么呢？这么热闹？"
众人尴尬地掩饰着，岩虎："没，没讲什么。"
武晓鹏赶紧接话："哦，我们在讲……佤寨能不能开水田呢。"
波香："开水田？佤寨的山坡地也能开水田？"
岩虎："对对，我说不行，铁杉说行，你问他嘛。"
波香转向李铁杉："铁杉，山坡地上真能开水田吗？"
李铁杉："啊，对呀，如果肯下一番功夫，方法得当，一定能行。"
波香："太好了！岩虎，以后你们佤寨就有水田了，能吃到白米了！"
岩虎尴尬地说："是，是啊。"
他看了看岩坚，岩坚不愿理他地转过脸。
岩虎解嘲地干笑。

17. 山路上　傍晚外

刀家一行走在山路上，刀心妍与刀心荣骑马并行。
乃木赶上来问："大少爷，天色晚了，要不要在马店歇一晚再走？"
刀心荣："不歇，直接回曼龙。"
乃木："是了。"
刀心妍："心荣阿哥，阿妈真的患了急症吗？"
刀心荣："怎么，你不相信？"
刀心妍："我猜想，是阿爸来了急信，对不对？"
刀心荣："谁对你讲的？方领导还是高长官？"
刀心妍："是我猜的。没错吧？"
刀心荣不置可否。

18. 山间马店　傍晚外

高川一行在马店外下马，准备入住。
刘捍卫走近高川："队长，咱们还是接着赶路吧，说不定能赶上刀心荣他们。"
高川："不用赶他们，夜里到曼龙会惊扰百姓，就在这住下吧。和水泉！"
和水泉："到！"
高川："把马拴到马厩去，喂上料！"
和水泉："是！"
高川对刘捍卫说："我们借这个机会分析一下，刀心荣下一步会怎么做，我们也好早做准备。"
刘捍卫点头："嗯，也好。"

19. 山村　傍晚外

那个从山林中赶来的匪兵跑进村子，跑向村中有匪兵警戒的房屋……

20. 村中民居　傍晚内

屋内，杜连仲、石三娇、张云奎等匪首聚在火塘边，望着赶来报信的匪兵。
报信的匪兵喘着说："报告特派员，共匪的马帮到村子外了！"
杜连仲："他们要进村?"
匪兵摇下头："没有，他们在村外扎营了。"
石三娇："有多少人?"
匪兵："二十来个人，二十多匹马。"
张云奎瞪着眼睛："嘿，真他娘够肥的！"
杜连仲："张旅长！"
张云奎愣了一下才反应过来："在！"
杜连仲："把你的人分成两队，从山路两边的林子里悄悄过去，从两面夹击共匪马帮。"
张云奎："兄弟明白。"
杜连仲："三娇，你带些弟兄插到马帮后面去，截断他们的退路。"
石三娇抽出双枪："明白。"
杜连仲："行动要隐蔽，等我发出信号一起动手，一定要全歼共匪马帮，绝不能放跑一个！"
张云奎、石三娇："明白！"

21. 山路边　傍晚外

马帮宿营地，李国梁和几个护卫队员在马帮周围巡视。
篝火边，李铁杉、钟喜妹、岩虎、波香、武晓鹏、花蔓等人谈笑着烧饭……
武晓鹏拎起水桶说："我去前面村里打水，谁和我一起去?"
花蔓也拎起水桶："走，我和你去。"
岩虎："还是我去吧，你歇着。"
花蔓："算了吧，你还是好好想想，怎么向波香交代问题吧！"
波香不解地问："交代什么问题?"
岩虎显出尴尬，花蔓朝他做个鬼脸，跟着武晓鹏走去。
波香："岩虎，你到底有什么问题? 快讲！"
岩虎躲闪地："我哪有什么问题? 听她乱讲。"
钟喜妹、李铁杉相视而笑。

22. 山村里　傍晚外

武晓鹏、花蔓进了村，走了不远就警觉起来。
村里静得吓人，显得空空荡荡。
武晓鹏、花蔓都显出紧张，花蔓拉着武晓鹏说："晓鹏，这村里怎么这么安静，人都见不着。"
武晓鹏走到一户茅屋外，喊："老乡！老乡！有人在家吗?"
没人回答。
武晓鹏、花蔓走向另一座茅屋，武晓鹏喊："老乡！家里有人吗? 老乡！"
仍是没人回答。
武晓鹏见一旁有座较大的木屋，拉着花蔓走了过去。
木屋外静悄悄的，武晓鹏、花蔓走来，喊着："老乡！老乡！"
还是没人回答。
花蔓见木屋附近有一口水井，便向武晓鹏示意："你看，那有水井。"
武晓鹏示意花蔓去打水，自己走向木屋，在门外又喊了声："老乡！有人吗?"

没听见回答，他试探着进了屋。

23. 木屋内 傍晚内

昏暗中显出凌乱，显然是被劫掠过。武晓鹏环视屋内，紧张地正要退出去，却突然发现了什么——通往内室的门边露出一只脚。

武晓鹏拔出手枪，提心吊胆地走向那扇门，他走到门旁，顺着那只脚看去，不由得大吃一惊——屋里倒着几具几乎赤裸的尸体，都是被残害的女人。

武晓鹏惊呆了，忽听外面传来花蔓的惊呼："啊——"他拔腿跑向屋外。

24. 山村 傍晚外

花蔓惊恐地站在井边，水桶已被她扔到地上。

武晓鹏跑过来说："花蔓，快走！"

花蔓指着水井却说不出话。

武晓鹏走到井旁一看，又是一惊——井里塞了几具男人的尸体。

武晓鹏："快，快走！"他拉着花蔓就跑。

杜连仲带着几名穿黑衣的敢死队员隐蔽地接近村口，见武晓鹏、花蔓跑向村外，杜连仲举枪射击——

武晓鹏拉着花蔓跑过先前经过的茅屋，他一个趔趄摔倒在地，花蔓回身拉他："快起来，快！"

武晓鹏欠起身发愣地说："是枪声。"

花蔓发现武晓鹏的腿上在流血，不敢相信地用手去摸了一下，果然沾了一手鲜血，她吃惊地刚要说什么，一下子愣住了——

杜连仲和几个黑衣匪兵端着枪向他们走来。

武晓鹏回头一看，毫不犹豫地举枪就打。

杜连仲和匪兵们立刻隐蔽。

武晓鹏喊着："快跑！"

他起身刚一迈步又栽倒了，花蔓回身拉他："晓鹏！起来，快起来呀！"

武晓鹏挺起身使劲推了花蔓一把："快跑，跑啊！"他转身向匪兵射击。

花蔓疯了一般跑向村口，边跑边喊："土匪！——有土匪！有土匪……"

匪兵们开着枪逼向武晓鹏……

武晓鹏毫不畏惧地向匪兵射击，直到打光手枪子弹，依然举枪对准敌人。

杜连仲和匪兵们围到武晓鹏身前，枪口对准了他。

武晓鹏将手枪砸向敌人，大吼着爬起身向敌人扑去——

杜连仲一枪击中他的胸膛，匪兵们纷纷开枪，武晓鹏身中数弹，壮烈牺牲。

25. 山路边 傍晚外

篝火边的李铁杉、岩虎、李国梁等人都已拿起武器，紧张地望着山村方向。

李国梁："大家看好驮马，准备战斗！"

队员们立刻散开拿起武器……

特务马夫悄悄躲到马驮子旁边，观察着动静。

岩虎、岩坚向村子跑去。

钟喜妹拔出手枪对波香说："走，我们去接花蔓！"

李铁杉："等等！你们留下，注意隐蔽。"他带着两个队员追着岩虎去了。

钟喜妹、波香担心地看着他们跑去。

山林中冒出十余个黑影，快速接近马帮……

一个护卫队员发现林子里有人影晃动，端起枪喊："什么人？出来！"

林中冒出一小团火光，随着一声枪响，哨兵应声倒地。

其他的队员立刻赶过来，向林中射击……

李国梁高喊着指挥护卫队员们分组守护马帮，在马帮周围组成防御。

26. 小村外　傍晚外

花蔓疯一般跑出村，喊着："有土匪！土匪来了！"

匪兵们从村口追出来，迅速追近……

花蔓奔跑中摔倒，当她要爬起来时，见匪兵向她冲来，她急得快哭了，嘶声大喊："来人呐！土匪来了！"

杜连仲和匪兵们已冲到近前，花蔓恐惧地闭上眼睛，发出尖叫。

花蔓身后传来枪声，有匪兵中弹倒地。

花蔓睁开眼睛，吃惊地转头看去——

岩虎、岩坚冲了过来……

杜连仲和匪兵们隐蔽地朝岩虎、岩坚射击。

花蔓尖声喊："岩虎！岩虎！"

岩虎、岩坚相互掩护着冲近，岩虎拉起花曼："晓鹏呢？"

花蔓："还在村里……"

岩虎欲冲向村子，只见杜连仲带领匪兵们冲出村口。

岩坚边射击边喊："岩虎，快退！"

岩虎拉着花蔓向马帮跑去。

27. 山路边　夜外

林中冲出许多匪兵，朝马帮攻击……

李国梁和护卫队员们在各自射击位置压制敌人火力。

李铁杉、岩虎、岩坚把枪架在马垛子上向土匪射击……

钟喜妹、波香也趴在马垛子后面向土匪射击……

特务马夫躲在马驮子旁边，等待下手时机。

山林中，张云奎命令匪兵们围向马帮，用冲锋枪、机枪猛烈扫射，并连续投出手雷……

石三娇带着黑衣匪兵从马帮另一个方向打了过来……

马帮中有人牺牲，有的马匹惊叫着奔走……

李铁杉指挥工作队员们奋勇还击，鼓励着大家："同志们！拿出勇气来！我们一定要打垮土匪！"

李国梁指挥护卫队员奋勇战斗："同志们！节省弹药！瞄准了再打！"

岩虎爬近李铁杉："铁杉，我们的子弹快打完了，土匪再冲过来，就得跟他们拼了！"

李铁杉边打边说："拼！拼掉多少算多少！"

匪兵们在杜连仲、张云奎、石三娇的指挥下再次冲向马帮队伍……

工作队员和护卫队员们躲避在马垛子后面严阵以待。

冲在前面的土匪已经迫近马帮，李国梁率先开火，守卫马帮的人们一起开火，冲在前面的土匪纷纷倒毙。

杜连仲的手下一起用冲锋枪向马帮扫射，在他们的掩护下匪兵们又冲了上来……

石三娇举着双枪轮流射击，带着匪兵们逼向马帮。

守卫马帮的战士接二连三地有人中弹……

李铁杉的子弹打完了，一个土匪近距离用枪瞄准他，千钧一发之际，一支弩箭射穿了土匪咽喉。
李铁杉回身看去，见是岩虎。
岩坚也射出弩箭，射杀了一个匪兵。
匪兵们冲了上来，岩虎、岩坚抽出长刀扑上去与敌人展开肉搏，奋力砍杀着土匪……
李国梁等人向冲上来的土匪射击，子弹打完了就同敌人抱在一起撕打……

杜连仲大喊："弟兄们冲啊！他们没有子弹了！冲上去抓活的！"
石三娇和身边的匪兵连续射击，火力压制马帮。
匪兵们狂喊着冲了过来……

钟喜妹隐蔽在马垛子后面向土匪射击，对花蔓喊："花蔓，别害怕，快开枪！"
花蔓伸出手朝敌人开了一枪。
钟喜妹："打得好！接着打！"
两个匪兵扑向钟喜妹、花蔓，李铁杉等人赶过来与匪兵肉搏……
波香见岩虎、岩坚与土匪们激烈搏斗，奋不顾身地冲上前去，朝扑向岩虎的土匪开枪。
土匪被击毙，岩虎冲过来将波香推回马垛子后面。
李国梁、李铁杉等人捡起土匪丢下的冲锋枪向土匪扫射……
后面的土匪在猛烈的火力面前畏缩不前。
钟喜妹、花蔓向土匪投出手榴弹。
手榴弹在土匪中爆炸，土匪们被打得抱头鼠窜……

杜连仲狂喊着驱赶匪兵冲锋："弟兄们！共匪已经山穷水尽了！给我冲上去活捉他们！"
张云奎也挥着枪喊："弟兄们！打死一个赏大洋五十！活捉一个赏大洋一百！谁立了头功，共匪的小娘们就是谁的！"
石三娇对身边的匪兵喊："给我上！"
匪兵们嚎叫着冲向马帮。
石三娇举枪射击，打伤了李国梁。岩虎、岩坚赶紧把他扶到马垛子后面，钟喜妹赶过去给他包扎……
李铁杉见李国梁负了伤，赶过来惊呼："李连长！李连长！"
李国梁拉着李铁杉的手说："铁杉，你要想办法……出去报信，叫部队……来支援我们……"
李铁杉点着头说："放心吧，我一定想办法冲出去……"
岩虎靠近李铁杉急切地说："铁杉！土匪人多，这样打下去，我们要吃大亏！你们掩护我冲出去，上山顶给寨子发信号，让寨子里的人来帮我们！"
李铁杉："你一个人冲出去，太危险了！"
岩虎："这里更危险！要紧的是喊人帮我们，不然就来不及了！"
特务马夫凑过来说："你们人手少，我跟他去发信号！"
李铁杉下了决心："好！岩虎，我们掩护你！"
岩虎赶到岩坚身边，朝他要了火石、油布等物包在一起。
李铁杉见岩虎做好了准备，对大家喊："同志们！狠狠打呀！把土匪的火力压下去！"
众人向土匪冲来的方向开火……
岩虎起身越过马垛子，特务马夫跟着岩虎越过马垛子，朝林中飞奔……
波香见岩虎冲了出去，将一颗手榴弹塞到花蔓手里，借着硝烟弥漫，也越过马垛子跟了过去……
花蔓喊："波香！波香！"
土匪们向马帮猛烈射击。
李铁杉指挥大家向土匪们扔出手榴弹。
岩虎飞快地跑向树林，特务马夫紧跟着他……

28. 林中　夜外

岩虎借月光沿着山间小路向山上奔跑。

特务马夫紧跟着他。

岩虎跑到一个陡坡前，对特务马夫说："爬上去。"

岩虎刚开始攀爬，特务马夫抽出匕首，狠狠插进岩虎后背，岩虎从陡坡上栽下来，摔在草丛中痛苦地挣扎。

特务马夫狠狠踢了一脚地上的岩虎。

岩虎愤恨地瞪着特务马夫，却无能为力。

特务马夫阴笑着说："想报信，见鬼去吧！"

身后一声枪响，特务马夫身子一颤，栽倒在地。

波香拿着枪跑过来喊："岩虎，你怎么样？"

她想把岩虎扶起来，岩虎吃力地说："快，快去点火，发信号。"

波香拿过火石油布，向陡坡上爬去……

29. 山路边　夜外

李铁杉和同志们在与土匪激战……

杜连仲、张云奎、石三娇分别催促匪兵们向马帮冲锋……

李国梁挣扎着把枪架到马垛子上，向土匪射击……

钟喜妹、花蔓也勇敢地向土匪射击……

30. 山顶　夜外

波香爬到山顶，匆匆聚起一堆树枝干草，用火石引着了油布，点燃了火堆……

31. 佤寨　夜外

在寨子里巡夜的尼果和另一个汉子走近寨口，看见了远处山上的火光。

尼果不禁一惊："不好！怕是大头人他们遭劫了！"

汉子："快喊人吧！"

尼果赶紧吹响了牛角……

寨子里的男人们拿着刀枪弩箭纷纷冲出竹楼，跑向寨口集中。

32. 马店　夜外

高川、刘捍卫站在店外焦急地等候着。

和水泉骑马赶回来，"队长！山那边枪声很紧，山顶上有火光！"

高川："一定是马帮出事了！我们得去支援！"

刘捍卫："老高，现在情况不明，还是向方书记报告吧！"

高川："来不及了，（他指着几个队员）你们几个跟我出发！其余的同志跟着刘副队长，我们在曼龙会合！"

刘捍卫想说什么，却又语塞。

高川拉过马上了马背，带着和水泉及几个队员奔入夜暗之中……

33. 山路边 夜外

马帮护卫人员与土匪僵持着，护卫人员们疲惫地坚守在各自的射击位置上，黑暗处仍有零星的冷枪打来……

34. 林中 夜外

杜连仲气哼哼地说：“废物！就这么几个共匪，你们就冲不过去?”
张喜贵擦着脸上的汗水说：“特派员，弟兄们都卖力了，实在是冲不动啊！”
杜连仲：“一群饭桶！国军的脸都让你们丢尽了！张旅长！”
张云奎灰心地看着杜连仲。
杜连仲：“带你的人从左面冲，我带人从右面冲，天亮以前，一定要把他们统统干掉！”
张云奎：“特派员，我把这点血本拼光了，还怎么配合国军反攻啊?”
杜连仲：“屁话！劫下马帮，够你养活几百号人！要是煮熟的鸭子都叫它飞了，国军还留着你干什么?”
张云奎无话说了。
杜连仲撸起袖子，举起枪喊：“弟兄们！为党国立功的时候到了！干掉这伙共匪，你们都跟着我去境外享福！冲啊！”
石三娇对身边的匪兵们喊：“冲！”

杜连仲、张云奎、石三娇各自带领一股匪兵，在机关枪、冲锋枪火力支持下，再次向马帮发起冲锋……

35. 马帮营地 夜外

李铁杉高喊：“敌人又冲上来了！”
枪声大作，战士们再次投入战斗……
负伤的李国梁艰难地架起枪，向敌人射击。
钟喜妹、花蔓勇敢地向敌人射击……

36. 山中 拂晓外

东方露晓，波香背着岩虎一步步走到小溪边，她放下岩虎，用溪水给他擦脸，喊着他想喂他喝水。
岩虎一动不动，波香惊慌地把手伸在他鼻子下试了试，感到他还有气，急忙背起他艰难地走向山下……

37. 山路上 拂晓外

高川带领和水泉等人奔向战场……

38. 马帮营地 拂晓外

匪兵们渐渐迫近了马帮阵地，工作队员们以赴死的决心顽强抵抗……
李铁杉扔出一颗手榴弹的同时负了伤，他捂着中弹的肩膀倒下。
钟喜妹喊着他扑过来为他包扎。
李铁杉：“不要管我，敌人上来了，快打！”
钟喜妹向匪兵开了几枪，子弹打光了，将最后一颗手榴弹扔了出去。
护卫队员们的子弹差不多都打光了，战士们上好刺刀，准备肉搏。

张喜贵嚎叫着催动匪兵：“弟兄们！共匪没子弹了！冲上去捉活的！”
匪兵们嗷嗷叫着冲过来……

岩坚将最后一支弩箭射向匪兵——一匪兵中箭。
岩坚握紧长刀，准备厮杀……

负伤的李铁杉、李国梁等人也做好了最后一搏的准备……
花蔓握着一颗手榴弹，与钟喜妹靠在一起，准备与敌人同归于尽。

远处隐隐传来喊杀声，渐渐清晰、宏大……
冲向马帮的匪兵们听见远处的喊声纷纷停住脚步，紧张起来。
杜连仲、张云奎听着越来越响亮的喊杀声，向远处张望——
星星点点的火把从远处的山林中显露出来，很快向战场跃进……
张云奎惊慌地说："特派员，共匪的援兵来了！"
杜连仲不敢相信地望着喊杀过来的人群："见鬼，哪来这么多共匪?"

佤寨的汉子们手持长刀、长矛、火枪成片地扑了过来……

马帮中，岩坚听出自己人的喊声，兴奋地说："是我们的人！是我们寨子里的人！"
李铁杉、李国梁等队员们露出欣喜之色。
钟喜妹、花蔓激动地向佤寨武士们张望……

张云奎惶恐地对杜连仲说："特派员，撤吧……"
杜连仲："一群山贼有什么可怕的？谁敢逃跑格杀勿论！"
杜连仲朝马帮方向射出一串冲锋枪子弹，狂喊："弟兄们！共匪顶不住了！给我狠狠打呀！"
石三娇身边的匪兵所剩无几，只能隐蔽地向马帮阵地射击。
张喜贵再次催促匪兵向前冲，匪兵们一个个畏缩不前，张喜贵用脚踹着匪兵，叫骂着让他们冲，匪兵们干脆趴在地上不动了。
张喜贵枪毙了一个赖在地上的匪兵，吼叫着："哪个怕死，这就是下场！都他妈给老子爬起来！给我冲！冲！"
匪兵们无奈地猫着腰向马帮前进……

守卫马帮的队员们严阵以待，李铁杉鼓励着战友："同志们！佤寨的武士们支援我们来了！我们一定要顶住！坚持到胜利！"
钟喜妹见匪兵近了，抓过花蔓手里的手榴弹扔了出去——
手榴弹在匪兵中爆炸……
这时，匪兵侧翼响起枪声，匪兵们惊慌中已有几个被击毙……
张喜贵赶忙卧倒，向一旁看去——
高川带领和水泉等人冲了过来，高川手持双枪向土匪射击，弹无虚发。
张喜贵看见高川，惊慌地喊："撤！弟兄们快撤！"
匪兵们掉头逃窜……
钟喜妹惊喜地高呼："高队长！"
护卫队员们冲向逃窜的匪兵，岩坚挥着长刀砍杀追上的匪兵……

阻挡佤寨武士的匪兵见身后大乱，无心再战地向树林撤退……

石三娇见到高川，立刻怒目圆睁地转向他连连射击。

高川隐蔽着还击，子弹打在石三娇身边。

石三娇蹲身隐蔽着，发现枪里的子弹打光了，匆忙地从皮带上的子弹夹里摸子弹……杜连仲带人赶到她身边，一把拉起她："快撤！"

跟着杜连仲的匪兵们朝高川等人密集射击，掩护杜连仲、石三娇撤离。

杜连仲拉着石三娇一边跑一边对张云奎的手下们狂喊："顶住！给我顶住！"

张云奎绝望地喊："顶不住了！共匪的大部队杀过来了！"

他惊慌失措地跑向树林，抢先上马逃跑。

土匪们纷纷逃窜……

杜连仲举枪想打张云奎，又咬牙改了主意。

马师爷在一旁说："特派员，共匪来势凶猛，我们还是留点本钱吧。"

杜连仲无奈地下令："撤！"

石三娇不甘心地看着冲近的高川，还想和他死拼，杜连仲不由分说地将她拉进林子，快速撤离。

高川等人和护卫队员们追击匪兵……

跑在后面的匪兵被一一击毙……

高川打个呼哨，战马"云里站"从后面的林子跑来……高川跃上马背追击匪兵，枪响处便有匪兵倒地……

张喜贵拉着一匹马想跑，那匹受惊的马转悠着不让他上，张喜贵急切中用枪托砸着马，马匹嘶鸣着蹬跳几下，向林中跑去，张喜贵只好撒腿跑向林中……

高川骑着马追了过来，他奔到高处拦住张喜贵，张喜贵惊恐地举起枪，却被高川一枪击中脑门。

高川策马回到马帮营地，钟喜妹和队员们望着高川勇武矫健的身影，目光里透出钦佩……

39. 马帮营地 晨外

队员们把武晓鹏的遗体抬过来，放到地上。

花蔓哭喊着："晓鹏！晓鹏！"

钟喜妹含泪抱住她。

高川附身用军帽擦去武晓鹏脸上的烟尘和血迹，起身肃立在武晓鹏遗体旁，工作队员和战士们也都肃立志哀。

高川痛心地说："晓鹏，好样的。你是最勇敢的战士，我们会永远记住你，永远。"

他转向队员们，望着一张张被战火熏黑的脸，激动地说："同志们，你们保住了马帮，战胜了敌人！你们是好样的，是真正的战士！"

40. 林中 晨外

波香背着负伤的岩虎回来了，她看到高川、岩坚、钟喜妹等人喊着她迎过来，终于支持不住倒在地上……

41. 曼龙刀府 晨内

刀心荣、刀心妍一行进了府院，刀心荣示意护院的府兵把院门关紧。

刀心妍感到气氛诡异，警觉地下了马，和刀心荣走进府中。

42. 刀府 晨内

刀心荣、刀心妍摘下身上的枪械交给佣人，丫鬟玉切、玉凤赶来伺候二人。

刀心妍关切地问："玉切，我阿妈染了什么病?"
玉切为难地看看刀心荣："太太她……"
刀心荣："玉切，送大小姐回房休息。"
刀心妍明白了，严肃地问刀心荣："阿妈根本没染病，对不对?"
刀心荣略一思索，说："你随我来。"
他带着刀心妍向后堂走去。乃木和亲随家丁紧随而去。

43. 刀府　晨内

刀心妍跟着刀心荣进了后堂密室，乃木和家丁守在门外。
密室里，刀心妍："告诉我，是不是我阿爸来信了?"
刀心荣："阿妹，干爹传来话，要我带着你和干妈到境外去。"
刀心妍："去境外?"
刀心荣："对。如果我们不去，干爹就有危险。"
刀心妍："你，这么重要的事，你为什么不告诉方书记和高队长?"
刀心荣："若是告诉他们，干爹就没命了。"
刀心妍急切地说："不，不行，我去找高队长，告诉他……"
刀心荣拦住她："阿妹，忘了红汉人吧，你不会再见到他们了。"
刀心妍惊讶地说："你、你要干什么?"
刀心荣："我们离开前，我不会让你出这间房子。"
刀心妍愤怒地说："你敢，你给我让开!"
她想推开刀心荣，却被刀心荣推倒在地。
刀心荣："来人!"
乃木带着家丁进入，刀心荣："把大小姐绑起来，堵上她的嘴!"
刀心妍爬起来："你们敢?"
乃木看看刀心荣："大少爷……"
刀心荣发狠地："动手!"
乃木转向刀心妍："大小姐，得罪了。"
他和家丁上前抓住刀心妍的胳膊反绑起来，用帕子堵住她的嘴。
刀心荣心情复杂地注视着刀心妍。

第三十集完

第三十一集

1. 曼龙　工作队驻地　日外

高川、和水泉等人一身硝烟地策马而来，焦急等待着的刘捍卫快步迎了上去。

高川下了马，将马缰绳甩给和水泉。

刘捍卫："高队长，情况怎么样?"

高川："敌人袭击马帮，我们的损失不小，武晓鹏同志牺牲了……"

刘捍卫感到震惊。

高川："李铁杉、岩虎，还有护卫队的李国梁都负了伤，还牺牲了几个战士。"

刘捍卫："那马帮呢? 撤回去了?"

高川："佤寨的人把马帮接上山了，我让喜妹、花蔓她们把伤员和牺牲的同志送回南沧去了。"

刘捍卫叹道："老高，我怀疑有人给土匪通风报信，不然的话，他们怎么那么快就得到消息，截我们的马帮。"

高川点点头："分析得对。"

刘捍卫："国民党特务不止一次到过刀府，还给刀心荣送来那么多武器。我认为，刀府里一定藏着敌人的奸细。"

高川思索地点头。

2. 曼龙刀府　日内

丫鬟玉凤在给刀母梳头，玉切端来些食物放到篾桌上。

刀母："大少爷是什么时候到的?"

玉切："一早就到了。"

刀母："那为什么不来看我?"

玉切："哦，大少爷要把所有的寨主都喊来，像是有要紧事商议。"

刀母："要紧事? 心妍回来没有?"

玉切支吾地说："不，没有。"

刀母："把大少爷喊来，我有话问他。"

3. 刀府　日内

厅堂里，刀心荣假惺惺地对高川、刘捍卫说："高长官，刘长官，你们的马帮损失大吗?"

高川："我们的同志战胜了敌人，马帮没受什么损失。"

刀心荣有些意外："哦，这就好，这就好。"

高川："刀代办，刀夫人的身体怎么样了? 我们是特来看望的。"

刀心荣："哦，你们的心意我领了。我干妈一直躺在床上，不见好。现在，也不便探望。"

刘捍卫："还是从南沧请医生来看看吧。"

刀心荣："不必，不必了。"

高川："那我们就不打搅了。刀代办，希望你能把方书记的话转达给刀土司，请他早日回来，参加民主建政。"

刀心荣："谢了，我一定想办法转达。"
高川、刘捍卫起身，高川："我们告辞了。"
刀心荣将他们送到门口。

4. 刀府　日外

高川、刘捍卫走向府院大门。
刀心荣站在府门前目送他们，忽听背后刀母喊他："心荣！"
他心中一惊，赶紧回身。
高川、刘捍卫站住，刘捍卫转身看看："这不是……"
刀心荣显出尴尬。
高川拉了刘捍卫一下，示意他继续走，二人出了府院大门。

5. 刀府　日内

厅堂里，刀母抱怨地说："你回来也不说一声，也不来看我……"
刀心荣："干妈，有些急事我要马上处理。"
刀母："什么急事？谁出事了？"
刀心荣："没有，是……协商会的事，我要和寨主们商议一下。"
刀母："哦，心妍呢？没和你一起回来？"
刀心荣："阿妹她，过两天回来。干妈，你先休息，我马上要和寨主们议事，回头再和你细说。"
刀母猜疑地点点头。

6. 曼龙大寨　日外

高川、刘捍卫神色严峻地走在寨子里。
刘捍卫："刀心荣在撒谎，这里面一定有阴谋。"
高川："是啊，最大的可能，就是敌人用刀光寿胁迫刀心荣，逼他出境。"
刘捍卫："那我们马上报告方书记，多派些人来，拦住他们。"
高川："不行，没有确凿的证据，我们不能采取行动。"
刘捍卫："要是我们眼睁睁看着刀心荣把人带出去，那就不是失职的问题了，那可是对党和人民犯罪呀！"
高川："别紧张，我们现在不能盲动，只能静观其变。刀心荣一有动静，心妍同志会向我们报告的。"
刘捍卫："这么重的担子全压在心妍同志肩上，她担得起吗？"
高川："我相信她，担得起。"

7. 刀府　日内

议事厅里烟气弥漫，刀心荣心情沉重地对与会的寨主们说："你们都说说自己的想法，走还是不走。若要走，怎么个走法，若是不走，怎么对付老黄皮，保住我干爹。"
罕富、乃松等寨主抽着竹筒烟，愁眉不展地一言不发……

8. 刀府　日内

刀母在玉凤陪伴下从后堂走来，看见密室门口站着家丁守卫，便问玉凤："密室里关了人吗？"
玉凤："不晓得。"
刀母疑心地走着，看见玉切端着食物走向密室，便迎了过去。
玉切见刀母走来，慌张地躬身行礼。

刀母走近，问："玉切，你给谁送吃的？"

玉切惊慌地说："我，我是……"

刀母严厉地说："说！"

玉切慌忙跪下："太太，你饶了玉切吧……"

刀母："密室里关着什么人？"

玉切："是、是大小姐……"

刀母心中一凛，怒冲冲走向密室，喝令守门的家丁："狗奴才，把门打开！"

家丁无奈地赶紧打开门，刀母向房内看去——

刀心妍被反绑双手、堵着嘴坐在竹床上，求救地看着母亲。

刀母惊心地说："心妍！"

她快步走向女儿，取下心妍口中的帕子，心疼地说："心妍……"

刀心妍："阿妈……"

刀母："快，解开绳子！"

玉切、玉凤赶紧动手解绳子。看门的家丁站在门口不知所措。

刀母怒视他们喊："狗奴才，我剥了你们的皮！"

两个家丁跪地求饶："太太饶命，是大少爷吩咐我们的……"

刀母："去！把刀心荣喊来，我要狠狠教训他！"

松了绑的刀心妍拉着母亲："阿妈，不要喊他。你别急，我有话和你说。"

9. 刀府 日内

议事厅里，烟气更加浓重，各寨寨主沉默着抽着烟，谁也不发话。

刀心荣摆手赶开面前的烟雾，怨道："你们都哑巴了？舌头让狗吃了？"

罕富犹豫地说："大少爷，这件事情太大了，我们不好讲啊……"

刀心荣："不好讲？难道要我一个人讲，我怎么讲你们就怎么做吗？"

罕富："大少爷，土司老爷要我们出去，我们不能违抗。可是，要我们带上这么多寨民，实在是不容易啊。就算是逼着他们跟我们走了，到了外面，这么多寨民要田没田，要地没地，让他们怎么生活呢？"

乃松寨主："是啊，大少爷，到了那一步，我们这些寨主头人没了寨公田，靠什么过活？就连你们刀家，怕也没官租可收了。"

另一寨主："说的是啊，请大少爷三思啊……"

刀心荣怨恨地说："三思三思，三思有个屁用！你们平日里好吃好在地当着寨主，到了关键时候，都他妈干棍子拧不出水，死眯羊眼的没个主意！要你们有什么用？"

乃木匆匆走到刀心荣身边，对他耳语几句，刀心荣脸色骤变，起身出门。

寨主们猜疑地看着走去的刀心荣。

10. 刀府 日内

刀母卧房，刀心荣进了门，看着和刀母坐在一起的刀心妍，尴尬地说："干妈。"

刀母怒视着他："你太过分了！"

刀心荣："干妈，你听我解释……"

刀母："不要你解释，把老爷的信拿给我。"

刀心荣为难地说："干吗……"

刀母："你若是不拿，就不再是我的干儿子。从今天起，给我滚出府去！"

刀心荣看了眼刀心妍，刀心妍冷眼看着他。

刀心荣无奈地拿出信，递给刀母："信在这里，你们看吧。"

刀母看过信把信交给心妍，难以置信地说："你阿爸是怎么了？他真要让我们马上出去，还要带上全寨子的人?”

刀心妍快速看信。

刀心荣:“干妈,干爹是被老黄皮逼的,他不写这封信,怕是命就没了!”

刀母吃惊地说:“什么?老黄皮要杀你干爹?”

刀心妍:“阿妈,老黄皮在用阿爸的命逼我们,若是不照他们的话做,阿爸就会没命。若是照他们的话做,不光我们刀家,曼龙的百姓就再也没有家了……”

刀母不知所措:“这可怎么好,这可怎么好啊……”

刀心荣:“你们说,我该怎么办?”

刀母慌乱地说:“快求菩萨,快求菩萨保佑……”

刀心荣:“要是菩萨能帮我们,干爹就不会被老黄皮拉走了!”

刀心妍:“阿妈,这件事,必须和高队长商量。”

刀心荣:“不行!不能和他商量!”

刀心妍:“为什么?到现在,你还不相信高队长?”

刀心荣:“相信什么?他能保住干爹的命吗?”

刀心妍:“他会想尽办法帮我们!”

刀心荣:“他凭什么帮我们?他既不是傣家人,更不是我们刀家人,你凭什么相信他?”

刀心妍:“就凭他不计私仇,对我们刀家真心相待。”

刀心荣:“你怎么知道他不记私仇?他若是在意干爹的性命,就该让我们出去。”

刀心妍:“阿哥,你真的想走吗?”

刀心荣:“我们不走,干爹的性命就保不住。”

刀母浑身一颤,对刀心妍说:“这、这可怎么好啊?”

刀心妍一时不知如何回答。

刀母绝望地说:“天呐,菩萨呀……”她惊惶地走向佛龛,跪到蒲团上双手合十祈求:“菩萨呀,你发发慈悲,保佑我们刀家吧……”

刀心荣看看刀母,转向心妍:“你听着,想要干爹活命,就不要去找红汉人。”

11. 南沧郊外墓地　日外

方明华带着缠着绷带的李铁衫、岩虎和钟喜妹、花蔓、波香等人在墓碑前肃立默哀……

墓碑上刻着:武晓鹏烈士之墓及相关字样。

默哀毕,花蔓和钟喜妹、波香将几捧野花放到墓碑前,花蔓蹲身抚摸墓碑,流着泪说:“晓鹏,你是为了救我才牺牲的,我对不起你……”

钟喜妹擦着眼泪劝道:“花蔓,别这么说。晓鹏很勇敢,他是为了完成任务、为了消灭敌人牺牲的,他是我们的榜样!”

波香也伤心地说:“对,晓鹏是我们的榜样,我们以后要向他一样勇敢……”

李铁衫走到姑娘们身后,悲伤地说:“晓鹏,你放心吧,我们会永远记住你,不管以后要完成什么任务,我李铁衫一定替你担上一份!让你知道,我们没有分开!”

岩虎走到李铁衫身边,悲愤地对姑娘们说:“花蔓姑娘,你们莫再哭了。岩虎对你们发誓,若是遇到杀害晓鹏的老黄皮和土匪,岩虎一定砍下他们的脑壳,为晓鹏报仇!”

钟喜妹:“对,我们一定要为晓鹏报仇!”

李铁衫:“对,一定要报仇!”

方明华看着青年们,肃立无言。

离开墓地的路上,李铁杉对方明华说:“方书记,我不想回医院了,让我回工作队去吧。”

岩虎也缠着方明华说:“是啊,方书记,我这点伤,两把草药就治好了,哪里需要住院嘛。”

没等方明华开口，钟喜妹在他们身后说："看看你们，缠着方书记干嘛呀，你们伤都没好呢，必须听医生的，乖乖回去住院。"

方明华："就是嘛，你们急什么嘛。什么时候出院要由医生决定，不能由我决定。"

李铁杉："医生根本不了解情况，我们明明可以出来工作了，还非让我们天天躺着……"

岩虎："是呢嘛，好像我们是没骨头的大姑娘，风吹就倒似的。"

钟喜妹刚要开口，身后却传来波香的声音："谁说姑娘没骨头？"

波香："我被风吹倒过吗？"

岩虎意外地怔住，尴尬地笑道："波香，我不是在说你嘛……"

钟喜妹："那是在说我了？"

岩虎躲向李铁杉身后，连连摆手："不不，不是说你们，我咋个敢说你们嘛！"

钟喜妹不依不饶地追问："那在说谁？"

波香："对呀，那在说谁？"

李铁杉和稀泥："好了好了，岩虎不过是打个比方，你们不要借题发挥了好不好？"

钟喜妹故意："不行，他看不起女同志，方书记，要他检讨！"

波香："对，要他检讨！"

方明华笑而不语。

岩虎："好好，我检讨，我检讨……"

钟喜妹："嘴上检讨不行，拿出行动来，马上回医院去！"

波香："就是嘛，回医院去。"

李铁杉故作正经地对岩虎说："就是嘛，你的伤重，服从命令，回医院去。"

钟喜妹瞪着李铁杉："还有你！赶紧回去！"

她轻推一下李铁杉，李铁杉痛苦地勾住身子，龇牙咧嘴地哼哼起来。

钟喜妹赶忙收回手，花蔓赶紧过来搀住李铁杉，关切地问："是不是碰到伤口了？让我看看。"

李铁杉勾着身子观察钟喜妹，钟喜妹看出端倪，对花蔓说："别理他，他是装洋。"

花蔓松开李铁衫，李铁衫果然乖乖直起身子。

钟喜妹："我告诉你们，只要你们的伤口没有痊愈，医生是不会让你们出院的。"

方明华笑道："对嘛，你们不要急，安心养好了伤，马上让你们回去工作。"

李铁杉嘟囔地，"能不急吗？别人都在工作，我们却躺在医院里……"

方明华边走边说："看你，革命工作有的是，够你干一辈子的。毛主席不是说了吗，夺取全国政权，只是万里长征走完了第一步。以后啊，要做的工作还多着呢。"

岩虎追着方明华："方书记，高队长他们咋个又急着去曼龙了？"

方明华："哦，是这样，刀心容突然退出了协商会议，回曼龙了。"

李铁杉急切地："这么说，曼龙有情况？"

方明华："嗯。我们派高川他们去曼龙，就是为了掌控局势，了解情况。"

李铁杉："方书记，让我们出院，去曼龙吧。"

岩虎："是啊，方书记，让我们去吧。"

方明华："怎么，你们信不过高队长？"

李铁杉："不，不是……"

岩虎："我们担心队长阿哥有危险。"

钟喜妹担心地说："是啊，方书记，高队长和心妍他们会不会有危险啊？"

方明华："别担心，不管发生什么情况，我们都能应付。你们现在的任务，就是养伤。谁先把伤养好，我表扬他！"

12. 曼龙领地　日外

斜阳里，一只信鸽飞越竹林上空，飞向刀府……

13. 刀府　日外

信鸽滑翔着降落，似乎受了惊扰，又飞了起来，在府院上空盘旋……

刀心妍和玉切沿着楼上外廊走来，那只盘旋的鸽子吸引了心妍。

鸽子落在外廊一端的高台上，不安地叫着，不时地扑扇翅膀。

心妍注意着鸽子，让玉切先走，自己轻步朝鸽子走去。

玉切走向木楼梯，猜疑着大小姐为什么突然对鸽子感兴趣，当她迈下窄窄的木楼梯时，突然被吓着了，身子一颤，差点摔倒——

楼梯上的扎布差点撞上玉切，他见玉切像只受惊的鸟，赶紧退下去让她先下。

玉切小心地下了楼梯，慌乱地向扎布行礼。

扎布："大小姐在上面吗?"

玉切："在。"

扎布上了楼梯。

14. 刀府　日内

外廊一端，刀心妍走近那只信鸽，发现信鸽腿上绑着一只小竹管，她上前向鸽子伸出手，那鸽子蹦跳几下跳到心妍手上。心妍摘下竹管，从中抽出一张小纸卷。心妍紧张起来，打开纸卷看着——纸条上画了几个简单的符号，心妍显然看不懂，正犹豫间，身后传来扎布的声音："大小姐。"

心妍微微一哆嗦，镇定着握住纸卷想了想，才回头说："扎布，你过来。"

扎布走近心妍："大小姐。"

心妍展开手中的纸卷，盯着扎布问："这上面画着什么? 你看得懂吗?"

扎布接过纸条仔细看看，摇摇头："看不懂。"

心妍："这只鸽子是谁养的?"

扎布看看鸽子，动着心思说："是大少爷。"

心妍："谁替他养?"

扎布："是乃木。"

心妍思索片刻，把纸条卷了起来，放回竹管里，绑回鸽子腿上。

扎布关注着心妍的举动。

心妍："扎布，你听着，这件事不许对任何人讲。"

扎布："是了，大小姐。"

心妍走了几步又站住，转身说："你替我盯住乃木，看他是不是把信交给我阿哥。"

扎布："是了，大小姐。"

心妍审视着扎布，扎布的表情十分忠诚。

心妍朝楼梯走去，无意地问："你是来找我的吗?"

扎布跟着心妍："是太太找你，大小姐。"

心妍走下楼梯，扎布跟了下去。

15. 刀府　日内

刀心荣卧房，刀心荣在房间里焦虑不安地来回踱步，手中的佛珠被他捻得哗哗响。一会，他像是拿定了主意，走到门前拉开门喊："乃木！乃木！"

丫鬟玉凤赶来，躬身说："大少爷。"

刀心荣："去，把乃木喊来！"

玉凤答应着去了，刀心荣焦躁地关上了门。

16. 刀府　傍晚外

那只信鸽在高台上叫着，来回移动着显出不安。

一双手抓住信鸽，摘下信鸽腿上的竹管，从中取出纸卷——此人正是乃木。

17. 刀府　傍晚内

扎布来到刀心妍房外，轻声唤："大小姐！我是扎布。"

门开了，心妍看着扎布。

扎布低声说："大小姐，我看见乃木取下那纸条，去找大少爷了。"

心妍并未感到意外，她犹豫片刻说："你进来。"

扎布犹豫着不敢进去。

心妍命令他："进来！"

扎布只好进了心妍房间。

18. 刀府　傍晚内

刀心妍卧房，心妍拿出射中根赛的那支弩箭问扎布："你仔细看看，这支箭会是谁的？"

扎布接过那支弩箭仔细辨认后确定地说："是乃木的。"

心妍："你不会看错？"

扎布："不会。是乃木的。"

心妍露出怒色。

19. 曼龙大寨　刀府　夜外

雷电交加，风雨中竹林摇曳……

竹林中，三个用披着蓑衣戴着斗笠的黑影冒雨快步穿过竹林，来到刀府角门附近，警惕地向四周观察之后，一人上前轻轻拍门，这人是乃木。

门开了，开门的是扎布。

三个黑影迅速进门……

20. 刀府　夜内

密道内，乃木、扎布提着油灯和湿淋淋的蓑衣斗笠，引领杜连仲、石三娇沿着阶梯下到密室……

21. 刀府　夜内

密室内点着几盏油灯，可见里面存放着大批枪械和金银财物。

刀心荣迎向杜连仲，见到石三娇微微一愣。

石三娇冷眼看着刀心荣。

刀心荣没理会她，双手合十对杜连仲说："特派员一路辛苦。"

杜连仲拱手说："大少爷不必客套。"

刀心荣向杜连仲身后看看，问："曼珲管家怎么没来？"

杜连仲："哦，刀土司身边的事多，把他留住了。"

刀心荣面露怀疑之色。

杜连仲："我是受你干爹委托，来接你们出去的。大少爷，都准备好了吗？"

刀心荣掩饰地说："哦，差不多了，等各寨的人都准备好，就可以动身了。"

22. 刀府　夜内

刀心妍卧房，躺在床上的刀心妍被窗外的风雨干扰，一直没有入睡。一阵雷声响过，她不安地坐起来，看看窗外，下了床。

她走到窗边注视着雨夜，夜空中划过闪电，电光下可见竹林晃动、雨丝如注……

风将雨水泼打到窗上，刀心妍本能地向后一避，思索地转过身。

23. 刀府　夜内

刀心妍端着油灯出了卧房，小心地走向楼梯。

她下了楼梯，查看着走向厅堂……厅堂空闪着几支烛火。

刀心妍准备返身上楼时，感到一阵风从灶房那边吹来，便转向灶房。

灶房空无一人，只是门虚着，被风雨吹打出阵阵响声。

刀心妍上前关好门，转身走回来。

当她回到厅堂附近准备走向楼梯时，感到自己踩到了水迹，她弯下身看看自己的脚，用手摸摸地上，果然是水渍。她狐疑地向一旁看着，举灯照过去察看，发现带着水渍污渍的足迹……

刀心妍举着油灯沿着那些足迹走去，一步步转到密室附近。

那些沾水的足迹延伸到密室门外，刀心妍犹豫一下，走向密室。

她走到密室门外轻轻拉了拉门，没有拉动。她想了想，转身走去。

刀心妍上了楼梯，走回自己卧房，关上了门。

24. 刀府　清晨内

风雨已过，霞光从远山散射过来，将竹林染色……

刀心荣站在卧房里望着窗外的景色，像是一夜未眠地显出疲惫和焦虑。

门开了，丫鬟玉凤端着铜盆进来。

刀心荣受了惊吓，不满地说："谁让你进来的?"

玉凤紧张地说："大少爷，给您送洗脸水……"

刀心荣反感地说："摆着吧，出去。"

玉凤把铜盆放到盆架上，赶紧退向门外，没等她关门，乃木便进了门。

乃木："大少爷。"

刀心荣不耐烦地说："什么事?"

乃木关上门，凑近说："特派员一早就问，你打算什么时候上路?"

刀心荣烦躁地说："他是催命鬼吗? 腿长在我身上，我想几时走就几时走!"

乃木低声下气地说："特派员的意思是……越快越好。"

刀心荣冷眼看看乃木："说得轻巧，他以为人人都像他们一样，光棍来光棍去，拔脚就走吗? 我要带走的是十几个寨子，上万口人! 这是件容易的事吗?"

乃木："大少爷说得是，十几个寨子一起走，确实太困难了。特派员的意思是，大少爷可以带大寨的人先走，其他寨子日后再想办法……"

刀心荣："放屁! 大寨是我们刀家的，其他寨子就不是我们刀家的吗? 你这个畜牲，开口闭口都是特派员的意思，你到底是他的人还是我的人?"

乃木惶恐地说："我、我当然是大少爷的人……"

刀心荣："那就给我告诉他，要他乖乖等着，再来催我，老子就他妈不走了!"

乃木鸡啄米似的点头："是了是了，我就去告诉他……"他惶惶地退了出去。

刀心荣一脸怒色。

25. 刀府　日内

密室里，石三娇面色阴冷地质问乃木："刀心荣在搞什么名堂？不会是跟我们耍花枪吧？"

乃木："不会不会，怎么敢呢？老爷在你们手上，他不敢不走。"

杜连仲："就怕他犯了糊涂，把他干爹卖了。乃木，你带我去找他，我要当面问个明白。"

乃木拦住他："不行不行，特派员，你可不能出去。"

杜连仲："为什么？"

乃木："你不知道啊，大小姐回来了，她和红汉人一伙的，若是看见你们，一定会报告红汉人的。"

石三娇："刀家那个贱货，为什么不把她控制起来？"

乃木："有太太护着，大少爷不好办呐。"

石三娇想发作，杜连仲拦住她，略一盘算，对乃木说："你告诉我，这间密室还有别的出口没有？"

乃木："有，就在那边的角上。"

杜连仲向屋角看去——

乃木："有条暗道，可以通到竹林里。"

杜连仲思索地点头："很好。你去告诉刀心荣，让他马上告诉我行动的时间，我好安排接应。如果他故意拖延，我也有办法对付他。你去布置几个心腹，照我的话做……"

乃木恭顺地说："是了。"

26. 刀府　日外

府门前和院门处加派了不少府兵把守，扎布带着亲随家丁在巡查。

刀心妍出了府门，看着站岗的府兵们，扎布走了过来。

扎布躬身："大小姐。"

刀心妍盯着他问："扎布，府里来了外人吗？"

扎布犹豫地说："我，不晓得。"

刀心妍审视他片刻，见他很不自然，冷笑着转身走向府内。

扎布担心地说："大小姐，大小姐……"

27. 刀府　日内

刀心妍沿着狭窄的木梯下到通往密室的暗道，拔出腰间的手枪，一步步向密室走去……

她走到密室门前，趴在门上听了听里面的动静，拉着密室门，但没有拉动。她正想办法打开密室门，突然感到有人过来，她端着枪问："谁？"

扎布从阴影里走出来："大小姐。"

刀心妍："快过来，把门给我撬开。"

扎布犹豫地说："大小姐，大少爷若是知道了……"

刀心妍低吼："少啰唆，快点！"

扎布只好过来，用匕首撬开门，刀心妍立刻进了密室，扎布跟了进去。

28. 刀府密室　日内

密室里光线昏暗，刀心妍和扎布警惕地走过通道，走进室中，才发现里面没有人，只有一些装着枪械的木箱和装着金银财物的箱子。

刀心妍纳闷地说："人呢？你不是说在这里吗？"

扎布也不明白："他们夜里进府的时候，是来这里了。"

刀心妍看着堆在密室里的军火箱子，问："这么多枪是什么时候搬进来的？"

扎布："从南沧一回来，大少爷就要乃木把枪都搬到这里来了。"

刀心妍预感不妙："还有这么多钱财，我阿哥真的想跑吗?"

扎布不说话了。

刀心妍无意中发现了屋角的另一个出口，立刻走了过去，扎布也跟了过去。

刀心妍推开暗门，一股阴风袭来，她下意识地捂着胳膊："这是通到哪里的?"

扎布："我没有走过，应该是通到寨子里。"

刀心妍指使扎布："去，把灯拿过来。"

扎布走过去拿来马灯，刀心妍要拿过马灯，扎布知道拦不住她，只好提着马灯进了密道，刀心妍跟了进去。

29. 密道　日内

密道里，扎布点亮马灯，小心翼翼地走着，刀心妍警惕地跟在后面。

密道很长，隔不远就有一个灯台，还有一些藏身洞。

刀心妍显然没想到自己家里还有这么长的一条密道，即紧张又好奇地跟着扎布向前走。突然，扎布站住，迅速熄灭了手里的马灯。

刀心妍在黑暗中紧张地问："扎布……"

扎布"嘘"了一声，把刀心妍拽进一个藏身洞里，心妍发慌地瞪大眼睛，扎布示意她不要出声，有人来了。

心妍屏住呼吸仔细听着，果然听到说话声和脚步声渐渐移近……

一会儿，随着油灯光亮的移近，杜连仲和乃木等人走了过来。

杜连仲低声说："你们几个抓紧时间，把能搬的都给我搬出去，把能召集的人都给我召集起来，要是刀心荣敢不听老子的话，就把他的宝贝统统拉走!"

乃木："是了，我听特派员的。"

刀心妍听到这些，控制不住地要冲出藏身洞，扎布赶紧拦住她。

杜连仲："到时候，你就像上次烧粮仓那样，在他的密室里点上一把火，把刀府烧个精光，看他走不走!"

乃木："是了。"

杜连仲等人走远了，藏身洞里的心妍冲了出来，肺都快气炸了。

扎布也一脸愤怒地说："大小姐……"

刀心妍："乃木这个畜牲，我要杀了他!"

扎布拦住心妍："大小姐，我们不能回密室去，马上出去吧，去告诉大少爷。"

刀心妍几乎气昏了头，被扎布拽着向出口走去。

30. 寨子里　日外

竹林中拴着几匹马，一些搬出密室的有枪械、财物的木箱堆在密道的出口旁，石三娇和两个家丁在看守。

刀心妍、扎布从密道里出来，那两个家丁像是见了鬼，惶恐地愣住。没等石三娇反应过来，刀心妍举枪对准了她，石三娇要掏枪，刀心妍怒喝："别动! 动我就打死你!"

扎布举枪对准了石三娇。

石三娇冷眼瞪着刀心妍，毫无惧色。

两个家丁不知所措地向刀心妍躬身求饶："大小姐饶命，大小姐饶命，我们是听乃木队长的吩咐……"

刀心妍没理会家丁，怒视着石三娇，片刻，她觉得石三娇有些眼熟："是你，你是南沧石县长家的小姐?"

石三娇轻蔑地："算你没瞎了眼珠，你个卖身投靠共匪的贱货!"

刀心妍怒道："你才是贱货! 我听出来了，土匪烧粮仓那天晚上，在路上拦住我的就是你! 你和张土匪、老黄皮都是一伙的!"

石三娇冷笑道:"是又怎么样?贱货,你敢把我怎么样?"

刀心妍:"我一枪打死你!"

石三娇狂妄地笑道:"哈哈哈,有胆子就开枪吧,只要你敢开枪,死的就是你阿爸!"

刀心妍一怔,扎布赶紧劝道:"大小姐,不能杀她,老爷还在他们手里。"

石三娇得意地:"小贱货,还没个奴才有见识。"

刀心妍愤恨地咬牙说:"扎布,把她绑起来!"

石三娇:"敢?绑了我,你们谁也活不了!"

刀心妍:"扎布!听到没有?把她绑起来!"

石三娇露出凶狠之色准备一搏,扎布暗中向她使个眼色,石三娇有些意外,继而放弃了拼命的意图。

扎布喝令那两个家丁:"你们是死人吗?快把她绑了!"

两个家丁忙上前抓住石三娇的胳膊,石三娇没有反抗,冷笑地盯着刀心妍。

刀心妍克制着怒火:"扎布,你看住她。我去找高队长,一定要抓住那个老黄皮,还有乃木那个畜牲!"

扎布:"是了。"

刀心妍收起手枪,走到拴马处解下一匹马,扎布跟过去单膝跪地,让刀心妍踩着他的背上了马,打马跑去。

扎布冷着脸转向石三娇,石三娇对他露出阴笑。

31. 工作队驻地　日内

高川、刘捍卫盯着气喘吁吁的刀心妍。

高川:"你看清了,就是那个姓杜的特派员?"

刀心妍:"就是他,还有南沧石县长的姑娘,石三娇……"

刘捍卫:"石三娇?"

刀心妍:"对,他们是一伙的。土匪烧粮仓那天夜里,我在寨子里碰到过她,她和张土匪、老黄皮都是一伙的!"

刘捍卫明白地转向高川,高川急速思考着:"看样子,他们马上就要行动。"

刘捍卫:"情况紧急,应该马上报告方书记,立刻调队伍来包围寨子。"

高川:"来不及了,我们必须立刻行动。"

刘捍卫:"怎么行动?就凭咱们几个人,怎么可能拦住他们?"

高川:"你留在这里,向方书记报告。心妍同志,你带我进府,找你阿哥。"

刀心妍点头。

刘捍卫:"不行!你现在进府太危险了!要是刀心荣决定出逃,你去找他不是送死吗?"

高川:"刀心荣还没下决心,如果我不去,就会错失最后的机会!"

刘捍卫:"这太冒险了,他们很可能把你扣住,甚至会……"

刀心妍担心地看着高川。

高川:"再危险也得去。现在各寨的寨主都在刀府,说明他们还没有决定走还是不走,一旦他们做出决定,那就一切都晚了。"

刘捍卫:"那好,我和你一起去。"

高川:"不,你留下,随时接收方书记的指示。"

刘捍卫有些激动:"高川同志……"

高川:"就这么决定了。"

32. 曼龙大寨　日外

高川、刀心妍骑着马奔入寨口,守寨的寨丁木呆呆地看着二人的身影。

33. 刀府　日内

刀心荣闷闷不乐地走向厅堂，扎布赶来向他报告："大少爷！"
刀心荣："什么事？慌慌张张的。"
扎布见旁边有人走动，便凑上前向刀心荣耳语，刀心荣闻过神色骤变："这是真的?"
扎布："是大小姐和我亲眼看见的。"
刀心荣一脸怒色地转身走去，扎布紧跟着他。

34. 刀府　日内

刀心荣带着扎布匆匆走进密室，果然见室内的武器财物被搬走不少，屋里却没有人。
刀心荣愤怒地说："乃木！这个该杀的畜牲！"
扎布："大少爷，乃木跟着他们跑了……"
刀心荣："给我追！把乃木和姓杜的都给我抓回来！我要吊死他们！"
扎布："是了！"

35. 竹林中　日外

高川、刀心妍骑着马来到密道出口处。
刀心荣一脸怒色地和几名刀府亲兵站在那些装有枪械、财物的木箱旁边。
高川、刀心妍下了马，走向刀心荣。
刀心妍："心荣阿哥，扎布呢？我让他看住那个女贼，他人呢?"
刀心荣愤愤地："乃木那个家贼，偷袭了扎布，把姓石的和姓杜的都放跑了！"
刀心妍失望地转向高川，高川注视着刀心荣。
刀心妍："心荣阿哥，乃木是老黄皮的奸细，他要带着人枪逃跑，还要放火烧掉咱们家！"
刀心荣："不要说了，我让扎布去追了。乃木这个畜生，我要亲手吊死他！"
高川："刀代办，那个姓杜的特派员来找你做什么?"
刀心荣收起枪走出几步，没说话。
高川走近他说："他让你带着乡亲们外逃，对不对?"
刀心荣沉默片刻，叹道："事到如今，我也不瞒你了。姓杜的来逼我，若是我不把曼龙的百姓带出去，那些天杀的老黄皮就会要了我干爹的命！"
远处传来枪声，刀心荣、高川、刀心妍关切地向远处看去。

36. 刀府　日内

扎布喘息未定地进了厅堂，刀心荣立刻迎了上去，高川、刀心妍也迎向扎布。
刀心荣："抓到了吗?"
扎布："大少爷，乃木这家伙太鬼了，他让两个人把我们引到河边，他自己带着姓杜的和姓石的从山上的小路跑脱了。"
刀心荣愤恨地挥了下拳头。
刀心妍抱怨地看看扎布："我让你看住姓石的，你怎么就让她跑了！"
扎布感到惭愧地低下头。
刀心荣："莫怪他了，他是被乃木偷袭了。"
刀心妍："心荣阿哥，你真打算带着百姓到国外去吗?"
刀心荣叹道："干爹的命攥在他们手里，我能怎么办?"
高川："刀代办，国民党特务就是利用这一点，逼着你把百姓带出去。你这么做了，他们就得逞了。你不做，他们就不敢伤害刀土司。”

刀心荣：“你怎么知道？”

高川：“你冷静一下，好好想想。他们用刀土司胁迫你，目的是为了控制你，控制曼龙。如果伤害了刀土司，你就不会再受他们摆布，他们也就没有办法控制曼龙了。”

刀心荣想了想：“这么说，他们不会伤害我干爹？”

高川：“暂时不会。如果你真的服从他们，把曼龙的百姓带出去，你干爹对他们来说，也就没有用处了。”

刀心荣暗自一惊。

刀心妍也颇感惊心地看看高川和刀心荣。

高川：“刀代办，你退出协商会议的真正原因，就是受到了胁迫，对吧？”

刀心荣叹了一声，摆手示意扎布出去。

扎布退了出去。

刀心荣自知理亏地对高川说：“这么说，你们早就猜到了？”

高川微笑不语。

刀心荣：“我现在没什么话好讲了。姓杜的是从我们府里跑的，还出了乃木这个家贼，该怎么发落我，全凭你们了。”

高川：“刀代办言重了，你能顶着压力，没有让蒋匪特务阴谋得逞，是立了一大功啊！”

刀心荣感到意外地看着高川：“立功？”

高川：“对。只要你继续跟我们合作，参加联合政府，我们还把你当朋友。”

刀心荣松了口气。

高川：“刀代办，我们应该一起想办法，让刀土司脱离危险，早日回来。”

刀心荣：“谈何容易啊，姓杜的一回去，会把我干爹看得更紧。而且，我们之间的消息也彻底断了。”

刀心妍也忧心地看着高川。

高川：“别着急，有句老话叫事在人为，只要我们一起努力，一定能把刀土司接回来。”

37. 境外某镇　竹楼　日外

竹楼外有刀府家丁守卫，管家曼珲匆匆走来，走向竹楼。

38. 竹楼　日内

刀光寿坐在竹椅上闷闷地抽着水烟，眼中露出绝望之色。

曼珲管家走进来，低声说：“老爷。”

刀光寿挺起身子：“有消息了？”

曼珲凑近说：“大少爷没把人带出来，只有乃木跟着姓杜的跑出来了。”

刀光寿略一沉吟，拍了下椅子扶手：“好，这就好。”

曼珲有些不解：“老爷？这好吗？”

刀光寿：“怎么不好，若是心荣真的把人带出来，曼龙就再也不姓刀了。”

39. 竹楼　日外

一辆涂有国民党军徽的吉普车开进院子，停在竹楼外。胡超武下了车，卫兵及乃木也下了车，卫兵站到竹楼外警卫，胡超武大摇大摆地走向竹楼，乃木有些胆怯，与卫兵们一起站在竹楼外。

嘎罕老爹的儿子罕宝也在竹楼外站岗，貌似恭顺地向胡超武躬身行礼，心中猜测着他的来意。

40. 竹楼　日内/外

竹楼内，刀光寿双手合十：“胡司令。”

胡超武随意地拱了拱手：“刀土司。”

刀光寿客气地说：“请坐。”

胡超武大大咧咧地坐到椅子上，仆人给他倒来茶水。

胡超武神色傲慢地说：“刀土司，你的那个干儿子，可不大听招呼啊。这样下去，反共复国的大计可就要坏在他身上了。”

刀光寿赔笑：“胡司令，小儿心荣一定有他的难处。要把那么多人都带出来，别说是他了，就是我在曼龙，也不是件容易的事啊。”

胡超武：“噢，这么说，是胡某为难你们了？”

刀光寿：“不敢。胡司令，容我再给小儿写封信去，催促他快办。”

胡超武：“时间可是不等人啊。国防部命令我们加紧备战，随时准备反攻南沧。我要你们把曼龙的百姓撤出来，就是担心一旦打起仗来，会殃及无辜啊。”

刀光寿掩饰地说：“明白，胡长官用心良苦。”

胡超武：“上峰有令，为确保你们这些土司头人的安全，近期会把你们撤到台湾去。你抓紧准备吧，人手不够的话，我可以派人来帮你。”

刀光寿意外地说：“胡司令，我这把年纪，要去那么远的地方，怕是受不了啊。”

胡超武：“这是上峰的命令，胡某是来和你打个招呼。十天之内，如果曼龙的百姓出不来，你就得走。”

刀光寿没了主意：“这，这也太匆忙了吧？”

胡超武转了话题：“还有件事，听说你家大小姐受了共匪蒙骗，被赤化的不成样子。你还是让她赶紧出来吧，不然的话，你们刀家可要背上通匪的罪名了。”

刀光寿无奈地叹息。

41. 曼龙刀府　日内

刀心荣卧房，刀心荣匆匆打开扎布交给他的信，快速看着。

扎布看着刀心荣，一脸猜测。刀心荣看罢信紧张起来，不安地在屋里踱步。

扎布的目光在询问，刀心荣想说什么，又改了主意：“去，把高长官请来。”

扎布犹豫着，刀心荣：“去呀！”

扎布：“是了。”

刀心荣看着出屋的扎布，内心充满矛盾。

42. 刀府　日内

扎布把高川请进厅堂，高川见厅堂里没人，用目光询问扎布，扎布把他引向刀心荣卧房。

43. 刀府　日内

刀心荣卧房，刀心荣不安地看着高川，高川看过刀光寿的信，神色严肃。

刀心荣：“高长官，这会不会又是老黄皮的圈套？”

高川谨慎地说：“是圈套，也是刀土司最后的机会。”

刀心荣：“哦？”

高川：“我们必须尽快想办法把刀土司接回来，否则，他会被送往台湾，再也回不来了。”

刀心荣：“这么说，他们真要把我干爹送去台湾？”

高川：“我相信这是真的。”

刀心荣：“这……我们该怎么办呢？干爹在他们手里，有什么法子能把他接回来呢？”

高川：“别急，我们一起想办法。”

刀心荣思忖着说：“其实，我倒有个将计就计的法子，可以试一试。”

高川：“请讲。”

刀心荣："干爹信上不是说，让我带着心妍阿妹去境外成亲吗？我们就用这个办法，多带些人去境外，寻机把干爹抢回来。"

高川感到意外："这样……"

刀心荣："如果你们不放心，可以派些人扮作府里的家丁，随我们一起去。"

高川心情复杂："这也许是个办法。"

刀心荣："我只是担心，心妍阿妹不答应。若是高长官能出面说服她，这件事就有八成把握。"

高川："刀代办，事关重大，我必须马上向上级报告，希望你保守秘密，不要对任何人透露。"

刀心荣点头许诺。

44. 刀府　日内

刀心妍出了卧房，走向楼梯。

玉切从一旁过来，轻喊："大小姐。"

心妍回身看着玉切，玉切走近说："大小姐，高长官来了。"

心妍："是吗？在厅堂吗？"

玉切摇头："在大少爷卧房，像是有重要的事。"

刀心妍猜测地走下楼梯。

45. 刀府　日内

厅堂里，高川匆匆走了出去。

刀心妍从楼梯下来，看看空着的厅堂，走向刀心荣卧房。

刀心荣从卧房出来，与守候在门外的扎布一起向外走，见心妍走来。

心妍："阿哥，高队长呢？"

刀心荣有些反常："啊，他回去了。"

心妍："回去了？他来做什么？"

刀心荣："哦，没什么，和我商议安抚寨民的事。"

他带着扎布继续向外走。

心妍追上他："告诉我，是不是又出事了？"

刀心荣看看心妍，遮掩地说："没有，真没有，我去寨子里转转，你在家陪干妈吧。"他和扎布走出厅堂。

心妍看着刀心荣的背影，心生疑窦。

46. 山路上　日外

方明华、罗开云带着部分护卫人员快马加鞭赶路……

47. 曼龙　工作队驻地　日外

方明华与高川在竹林边漫步交谈。

方明华："高川同志，边工委决定采用刀心荣的建议，我和罗司令决定派你带领小分队和送亲队伍一起出境，说服刀光寿回国。你有什么想法，就直说吧。"

高川："坚决服从命令。我只是在想，万一出现预想不到的情况，后果会怎么样。"

方明华："刀心妍同志可能会滞留境外，你和小分队的同志会面临极大的困难，甚至是牺牲。"

高川："我最担心的，是心妍同志能不能接受这次行动。"

方明华："是啊，这对她来说，是一次严峻的考验。高川同志，对你来说，也是一次严峻的考验呐。"

高川看着方明华，难以表态。

方明华："高川同志，心妍同志对你的态度，我是看得出来的。"
高川："我担心她，会有抵触情绪。"
方明华："时间很紧急，不管她有多大抵触，我们也要想办法说服她。"
高川心情复杂地看着方明华。

48. 刀府　日内

刀母卧房，刀心妍吃惊地对母亲和刀心荣说："要我去境外成亲？你们疯了吗？我说过我不会嫁，为什么要我去成亲？"
刀母："心妍，听你阿哥慢慢说……"
刀心妍："我不听！我现在是工作员，是政府的人，你们不能逼我！"
刀心荣："阿妹，不是我们逼你，这件事，是高长官和方领导要你做的，他们要我告诉你……"
刀心妍："不！这不可能！你在骗我，高队长不会要我做这样的事，不会的！"
刀心荣带着怨气说："阿妹，你就对高长官死了心吧！他亲口对我承诺过，不会在曼龙找女人！"
刀心妍吃惊地说："什么？"
刀心荣："你若不信，去问他好了。"
刀心妍转身就走，拉开了房门。
刀心荣追着她："阿妹！你听我说……"
刀心妍头也不回："我不听！"
刀心荣喊着心妍追出房间。
心妍激动地冲下楼梯，冲出府门……

49. 曼龙　日外

刀心妍情绪冲动地在大寨中纵马狂奔……
刀心妍纵马跑出寨口……
刀心妍纵马跑过田边……
刀心妍纵马穿越竹林、奔向工作队驻地……

50. 小溪边　日外

高川正在溪水边洗马，显得心情很沉重。
马匹嘶鸣，高川转眼望去——
刀心妍在溪水边勒住马，满怀怨气地大喊："高川！"
高川立刻明白她是为什么来的。
心妍跳下马，喘息着瞪着高川，心中充满怨恨。
高川看着心妍，一时难以开口。
心妍踏着溪水走向高川，高川像是做了错事般地看着她。
心妍走近高川，含泪说："为什么？为什么要这样？你对刀心荣承诺过什么？为什么要我去成亲？"
高川克制着自己的情绪："心妍同志……"
心妍："不要叫我！告诉我为什么！为什么?!"
高川似乎也有一股怨气："我现在就告诉你！"
心妍看着高川。
高川："只有这样，才有机会把你阿爸接回来！"
心妍痛心地看着高川，流着泪说："若是我阿爸不肯回来，怎么办？若是他要我和刀心荣成亲，怎么办？"
高川深知她的心意，隐忍地说："心妍同志，争取你阿爸回来，是我们的最大任务。你现在是革命者，应该懂得为大局着想。”

心妍：“我不懂！革命者就没有儿女心肠了吗？就没有心上人了吗？”

高川：“心妍同志……”

心妍：“不要叫我同志！我问你，为了大局，你就可以舍弃我吗？”

高川难以回答地看着心妍。

刀心妍：“回答我！”

高川忍痛说：“我，希望你去。”

刀心妍猛地挥起拳头，却又忍不住哭声，她转身绝望地跑向岸边，跳上马打马而去……

高川痛苦地望着心妍的身影。

第三十一集完

第三十二集

1. 刀府　夜内

刀心妍卧房，模糊的烛火渐渐聚焦，刀心妍眼中流出伤心的泪水。
高川的身影在心妍眼前浮现——
（闪回）山路上，高川跨马飞奔追击土匪，救下刀心妍……
东盘江，高川阻止傣族和佤族械斗……
寨外，高川让刀心妍加入工作队……
林间，高川严厉对待训练中的刀心妍……
南沧城外，回归工作队的高川策马而来，刀心妍激动地扑到高川胸前……
（闪回完）烛火跃动，烛泪凝红，心妍双手捂着面庞难掩心中的悲伤，肩膀抽动着发出呜咽……

2. 工作队驻地　夜外

高川独自坐在溪水边，出神地望着对岸……

3. 工作队驻地　清晨外

朝霞似火，晨光在云层中散射。
高川眺望着层峦之上的云霞，神色凝重而坚定。

4. 刀府　早晨内

灿烂云霞映入刀心妍眼中，她站在窗前，悲情中已痛下决心。
刀心妍打开卧房的门，可见她梳妆得体，神色淡定。

厅堂里，刀心荣站在佛像前默祷。
刀心妍走近，看着刀心荣。
刀心荣转脸看着刀心妍，似乎看到了希望。
刀心妍显出坚定，偶人般从刀心荣眼前走过。

5. 工作队驻地　日内

方明华、罗开云、高川等人刚接到刀府的消息。
方明华："马上出发。"
高川："是！"
罗开云："把护卫队的战士都带去，我马上通知接应的部队向边境运动。"
方明华："要多带些马匹，回来的时候用得上。"
高川："是。"

6. 刀府 日外

刀心妍一身新装地走出府门，丫鬟玉切紧跟着她。

刀母在丫鬟玉凤搀扶下出门相送。

刀心荣扶着刀心妍上了马车，心妍转头对母亲说："阿妈，我去了。"

刀母扬扬手，话没出口泪却流了出来。

心妍不忍看地转回脸。

刀心荣上马，对护送的扎布等武装家丁示意。

一行人马走向府外。

刀母抹着泪望着离去的心妍。

7. 寨外 日外

高川、和水泉等准备加入"送亲"队伍的队员都换上了傣装，波香的哥哥根赛也在其中。方明华、罗开云为他们送行。

方明华对高川说："你要注意，和刀光寿谈的时候，不要操之过急，要多听他的想法，耐心消除他的顾虑。"

高川："我明白。"

罗开云："一定要沉着冷静，随机应变。就是出了意外也不要慌，边境上有我们的队伍，准备好了接应你。"

高川："谢谢罗司令，您放心吧。"

刀心荣带着刀府"送亲"的队伍走来，刀心妍乘坐的盛装马车格外醒目。

刀心荣下马，向罗开云、方明华双手合十："罗司令，方领导。"

罗开云："大少爷，这一回就看你的了，只要你和高队长好好配合，你干爹一定能接回来。"

刀心荣："罗司令放心，我一定配合高长官。"

罗开云："好了，上路吧。我们等着你们的好消息。"

刀心荣再次向方明华、罗开云合十后上马，看了眼高川，有些得意地招呼刀府人马前行。

高川等人注视着刀府人马走过，盛装马车篷帘紧闭，无法看见刀心妍。

刀心妍坐在马车棚内，面若冰霜。

高川心绪复杂地看着马车从眼前经过。

方明华拍拍高川的肩膀："出发吧。"

高川向方明华、罗开云敬礼，招呼和水泉、根赛和战士们上马，跟着"送亲"队伍出发了。

方明华、罗开云等人目送队伍远去。

8. 境外 刀光寿居住的竹楼 日内

罕宝恭敬地站在刀光寿面前，急切地说："土司老爷，您千万不能在这里等着大少爷和大小姐，若是他们真到了这里，你们就再也回不了曼龙了。"

刀光寿审视着罕宝："什么意思，你怎么会知道这些事?"

罕宝："我是罕富寨子的罕宝，被老黄皮抓来以后，跟着杜长官回过曼龙。杜长官要去杀红汉人，结果被红汉人打败了。我，我见过红汉人工作队的高长官，他要我转告土司老爷，千万别相信老黄皮，一定要想办法回曼龙。高长官说了，老爷一定想回曼龙，共产党人民政府，也会想尽一切办法接您回去，继续当曼龙土司。"

刀光寿思忖着："红汉人的话，能作数吗?"

罕宝："老爷，红汉人的话作不作数，您得回到曼龙才知道。若是您信了老黄皮，在这里死等，就再也回不了曼龙了。”

管家曼珲思索地说：“老爷，罕宝说的有些道理。”

刀光寿思忖片刻，说：“我们去接亲，离开这里。”

曼珲：“是了。”

9. 刀光寿居住的竹楼　日外

管家曼珲指挥乃木、罕宝等十余名随从在竹楼前准备好马匹、马车。

刀光寿和几个佣人从竹楼下来，准备上路。

这时，两辆吉普车开到竹楼前，胡超武、杜连仲带着一些卫兵下了车。

刀光寿、曼珲感觉不妙地看着他们。

胡超武、杜连仲走向刀光寿。

胡超武拱手笑道：“刀土司，恭喜了！”

刀光寿合十还礼：“胡司令，同喜同喜。”

胡超武看了看准备出发的刀家人，换了表情说：“刀土司，你们这是要去哪里呀？”

刀光寿：“去孟邦镇，接我女儿和女婿。”

胡超武：“哎呀，这可不行啊，孟邦一带国军少有布防，你们的安全可是没有保障啊。”

刀光寿：“不怕，我们的人都带着枪，遇上山贼流匪，可以对付。”

胡超武摇头：“不不，这不行。我要对刀土司的安全负责，这样吧，你们就在这里静候，我派人去孟邦接你家公主和驸马。”

刀光寿变了脸：“这怎么可以，我女儿在孟邦见不到我，会掉头回去的。”

曼珲：“是啊，胡司令，大小姐和大少爷走了这么远的路，我们不去接，说不过去呀。”

杜连仲：“刀土司，现在是非常时期，还是听从国军的安排吧，谁也不要去。”

刀光寿火了：“这是为什么？难道你们信不过我？这天底下哪有不让父亲接女儿的道理？若是我女儿不来，我就回曼龙去！什么台湾自由世界，老子不去了！”

胡超武想发火，杜连仲见势不妙，在胡超武耳边低语几句，胡超武换上假笑，说：“好了好了，不要吵了。既然一定要接去接就是了。等公主和驸马一到，本司令亲自为他们主持婚礼。”

刀光寿带着气说：“那就多谢了。”

杜连仲话里有话：“刀土司，你们可要平安归来呀。”

刀光寿：“托你们的福，一定平安。”

胡超武：“为了你们的安全，胡某派两个班的弟兄保护你们。刀土司，快去快回吧。”

刀光寿合十致谢，曼珲管家扶着他上了马。

曼珲招呼乃木等人上马出发。

杜连仲盯着乃木，向他使眼色。

乃木会意地上了马。

刀光寿带着管家及罕宝等亲随家丁，在一小队国民党兵的“护卫”下离去。

胡超武望着远去的刀家人马低声对杜连仲说：“不会出什么岔子吧？”

杜连仲：“放心吧，司令，我在刀家下了钩，线在我们手里。”

10. 境外　日外

刀府的“送亲”队伍临近孟邦镇，刀心荣突然想到什么，掉转马头跑向队伍后面。

刀心荣骑着马从刀心妍乘坐的马车旁经过，刀心妍从篷窗看见刀心荣，流露出几分猜测。

刀心荣来到高川旁边：“高长官，前面就到孟邦镇了，你们最好回避一下。”

高川：“为什么？”

刀心荣：“我担心乃木会跟我干爹一起来。”

高川明白地说："好吧。见了刀土司安排一下，我要和他当面谈话。"

刀心荣："好的，我会安排。"

他打马向前去了。

高川向根赛使个眼色，又示意和水泉及化了装的战士们与"送亲"队伍拉开距离。

根赛会意地跟着刀府人员走向前去。

刀心荣骑着马再次从刀心妍视线里掠过，刀心妍显得十分麻木。

11. 境外　孟邦镇客栈　傍晚外

刀光寿和曼珲等人看着刀心荣一行走近，难以抑制地激动起来。

刀心荣下了马，喊了声："干爹！"

刀光寿："心荣！"

刀心荣奔向父亲，扶住他的双臂："干爹！"

刀光寿含着泪："心荣！"

刀心妍下了马车，快步走向父亲："阿爸！"

刀光寿看着心妍："心妍！"

心妍赶过来扑到父亲胸前："阿爸！"

刀光寿抱着心妍，热泪盈眶："心妍，我的女儿……阿爸想你啊！"

心妍流着泪："阿爸……"

刀光寿捧起心妍的脸："让阿爸好好看看，我的女儿，阿爸听说你被解放抓去了，阿爸的心都急碎了……"

刀心妍："阿爸，抓我的不是解放军，是小狼山的张土匪。"

刀光寿："晓得晓得，阿爸晓得了。心荣，心妍，只有府里的人随你们来吗?"

刀心荣会意地说："干爹，我们进去说吧。"

刀光寿："好好，进去说，进去说。"

刀光寿、刀心荣、刀心妍、曼珲等人进了客栈，扎布带领亲随家丁与护送刀光寿的国民党兵一起在院子里设岗。

罕宝和刀府家丁一起把马匹牵向马棚，悄悄向刀府人员中查看，没看见熟悉的人，有些失望。这时，一只手拍了下他的肩头，他回头一看，惊喜地几乎喊出声——根赛示意罕宝不要出声，两人牵着马走向马棚。

12. 客栈　傍晚内

刀心荣、刀心妍跟着父亲和管家进了客栈厅房，刀心荣转眼看见站在一旁的乃木，立刻变了脸。

乃木忐忑："大、大少爷……"

刀心荣向身后的亲随家丁摆手："给我捆起来！"

家丁上前扭住乃木，乃木想喊冤，被家丁用布堵住了嘴。

刀光寿不解："心荣，这是……"

刀心荣："干爹，我有重要的话对你讲。"

刀心妍搀起刀光寿的胳膊："阿爸，快上去吧。"

刀光寿看看被捆住的乃木，和刀心妍、刀心荣一起上了楼梯。

13. 客栈　傍晚内

刀心妍、刀心荣和刀光寿进了屋，刀心荣把门关上。

刀心妍："阿爸……"

刀心荣抢先说："干爹，红汉人跟来了。"

刀光寿虽然想到了，但还是有些吃惊："人呢?"

刀心荣："就在附近，我怕乃木声张，让他们等我消息。"
刀光寿看看刀心妍，又转向刀心荣："他们、他们要把我怎么样？"
刀心荣："他们要接你回曼龙。"
刀光寿："回曼龙？他们为什么要接我回去？"
刀心妍："阿爸，共产党的领导说了，你回去以后，还做曼龙土司。"
刀光寿半信半疑："这是真的？"
刀心妍："当然是真的。南沧的方书记和工作队的高队长亲口说的，我们就是来接你的。"
刀光寿有些欣喜："那好，快把他们喊来，我要见他们。"
刀心妍高兴地看向刀心荣，刀心荣阻拦道："不急。干爹，我们一路赶来，都累得很，今天就好好歇一歇，明天再说。"
刀心妍急道："这怎么行？高队长是特意来接阿爸回去的，若是耽搁久了，出了变故怎么办？"
刀光寿思索地看着二人。
刀心荣："能有什么变故？老黄皮一共来了十几号人，不够我们收拾的。干爹，您不是要我和阿妹到境外来成亲吗？正好，今晚我们就在这里摆上喜酒喜宴，我和阿妹把亲事办了……"
刀心妍气道："刀心荣！你昏头了？我们是做什么来了？方书记、高队长是怎么交代你的，忘了吗？高队长他们还在等着我们发信号呢！"
刀心荣："我不管。今晚的喜酒我是摆定了，你若是不和我成亲，我就不回曼龙！"
刀心妍："你……"
刀光寿看出心妍和心荣的矛盾所在，动着心思劝道："好了好了，你们两个不要吵了。心荣，你的心思我明白，你和心妍的亲事是我定下的，我会给你做主。不过，在这种荒村野店里摆喜酒，也太不成体统了。这样好了，等我们回到曼龙，我一定……"
刀心荣执拗地说："不行，今晚不摆喜酒，不能成亲，我就不回曼龙。"
刀心妍怒道："你，你这是要挟我！"
刀心荣："就算是吧，今天晚上，我一定要和你成亲！"
刀光寿愠怒地低吼："心荣！你眼里还有没有干爹了？"
刀心荣一脸执拗，坚持他的主意。
刀心妍生气地转过脸去。

14. 竹林中　傍晚外

高川带领的战士们隐蔽在竹林中，喝凉水吃干粮，等待行动。
高川带着和水泉观察着远处的客栈，和水泉轻声问："队长，刀心荣怎么还不发信号，他不会反悔吧？"
高川不满地说："哪那么多话，注意隐蔽！"
和水泉："是。"
高川继续观察客栈。

15. 客栈　傍晚外

护送刀光寿的国民党小军官不耐烦地站在院子里高声说："刀土司！该上路了！我们不能在这儿过夜！"
曼珲管家走近："长官，我们老爷吩咐了，今晚就住在这里，明天天亮再走。"
小军官："不行！上峰有令，今晚必须赶路，天亮以前赶回去！"
曼珲："长官，大少爷、大小姐他们一路上走累了，赶不了夜路了。"
小军官："累什么累？他们有马有车的，脚不沾地还嫌累？"
曼珲："不光是少爷小姐呀长官，还有那么多老的少的，都走不动了。"
小军官："少啰唆！走不动也得走！快把他们喊出来，上路！"
曼珲："长官，你总得讲讲理吧……"

小军官："少废话！快把人喊出来！别让老子用枪逼你们走！"

刀心荣（画外）："放肆！"

小军官一愣，转眼看去——

刀心荣带着扎布等人出现在正房门口，刀心荣手握枪柄瞪着小军官："你在对谁叫喊？属狗的？"

小军官骂了一声要掏枪。

刀心荣和扎布等人迅速出枪，对准了小军官。

小军官愣了一下，高喊："弟兄们抄家伙！"

那些护卫的士兵举起了枪。

刀府家丁们也都举起了枪。

刀光寿和刀心妍从门里出来，刀光寿："做什么？你们这是做什么？这里是动枪的地方吗？都把枪放下！"

刀心荣、扎布和刀府家丁们收起了枪，小军官和士兵们依然举着枪。

刀光寿走到刀心荣前面，冷眼看着小军官："这位长官，知道我们刀家有多少条枪吗？你们这几条枪，吓不住我们。"

小军官向两旁看看，见刀家人个个目露杀气盯着他，有些不知所措。

刀光寿和缓地说："把枪收起来吧，路上走累了，火气大。管家。"

曼珲："在。"

刀光寿："国军弟兄们一路辛苦，请他们吃好菜，喝好酒，让他们痛快痛快。"

刀心荣趁机说："对，今天是我和心妍阿妹成亲的好日子，我请你们大家吃喜宴、喝喜酒！"

不明就里的刀府家丁和国民党官兵们都起哄地欢呼起来。

刀心妍气得扭身走回门里。

刀心荣看了眼刀心妍，向身边的心腹家丁使个眼色，家丁会意地跟着刀心妍进了客栈大门。

刀光寿看看走去的刀心妍，又看看刀心荣，心里有数地对众人笑笑，对曼珲点点头。

曼珲会意地转向小军官赔笑说："长官，消消火，让弟兄们都歇歇，痛痛快快地喝台酒。来吧，我陪你们。"

小军官无奈地收起枪，向刀光寿拱手："那就谢谢刀土司。"

刀光寿微笑："客气了，让弟兄们敞开喝，敞开吃，算我谢你们了。"

根赛、罕宝陪着小军官走去，士兵们随着走去。

刀光寿低声对曼珲说："喊上几个酒量好的，陪他们喝。"

曼珲明白地说："是了。"

刀光寿不满地看了刀心荣一眼，走向房门。

16. 客栈　夜外

院子里点着火把，那队国民党官兵凑成几桌喧闹着喝酒划拳，刀府的人轮番向国民党官兵敬酒……

玉切穿过混乱的人群走近根赛，对他耳语。

根赛听罢示意玉切先离开，他在人群中找见罕宝，向他示意。

17. 客栈　夜内

刀心妍站在房间窗口看着院子里吆五喝六的人们，目光里透出厌恶，关上了窗户。她转过身，拿出手枪把子弹上膛，插进枪套。

房门开了，玉切端着放有饭菜的托盘进来，可见门口站着刀心荣的心腹家丁。

玉切把饭菜放到小桌上，向刀心妍示意。

刀心妍会意地看看饭菜，放心地吃了起来。

片刻，罕宝、根赛来到房门外，站在门外的家丁拦道："你们做什么？"

罕宝："兄弟，土司老爷要你下去陪着大少爷，快去吧。"
家丁犹豫："大少爷没喊我，我不走。"
罕宝："喂，你是听大少爷的还是听土司老爷的？啊？"
家丁还是犹豫。
根赛："快去吧，惹恼了土司老爷，你就当不了差了。"
家丁想了想，只好服从地走向楼梯。
罕宝、根赛走到门口，见刀心妍已经迎了过来，便对她行礼。
根赛抬起手里的马灯："大小姐，你要的马灯。"
刀心妍上前拿过马灯，走向外廊一侧。玉切、罕宝、根赛紧跟着她。
刀心妍拿着马灯走到客栈外廊的拐角处，举起马灯摇动着。
玉切不解地看着她。

18. 竹林中　夜外

高川有些着急地观察着客栈，和水泉凑近，也盯着客栈。
远处，黑暗中有灯摇晃。
和水泉兴奋地说："队长，信号！"
高川："喊什么？我过去，你们注意警戒。"
和水泉："是。"
高川走出竹林，向客栈走去。

19. 客栈　夜外

刀心妍吩咐玉切："你去告诉府里的人，谁也不许乱走动，静静等着。"
玉切："是了。"
刀心妍："告诉扎布，让马夫把马喂饱了，我们还要赶路。"
玉切："是了。大小姐，我们还能回曼龙吗？"
刀心妍："当然，我们一定要回去。"
她下了楼梯，罕宝、根赛跟着她走向客栈后门。

20. 客栈　夜外

高川快速隐蔽地接近客栈后院。
后门开了，刀心妍出现在门口。
高川快步走过去，进了后门。
根赛、罕宝守在后门外。

21. 客栈　夜内

客房里，刀心妍陪着高川与刀光寿谈话。
高川把一封信交给刀光寿："刀土司，这是罗开云司令给您的信。"
刀光寿看了来信，仍有怀疑地说："罗司令果然念旧。不过，我刀光寿是为国民党做过事的，又跟着他们到了境外，你们共产党真的不计较吗？"
高川拿出一份刊有《关于加强民族团结，坚决剿匪，巩固国防》（既十项公告）的《云南日报》拿给刀光寿，耐心地说："刀土司请看，这是云南省政府颁布的十项公告，上面明确讲了，共产党对民族上层的团结是真心的。凡是受国民党欺骗或者胁迫脱离祖国的土司头人，只要愿意回来，都会确保他们的安全，并且请他们在人民政府中担任领导职务。"

刀光寿仔细地看着报纸，若有所思。

22. 客栈 夜外

院子里，那队国民党官兵和刀府的人还在喧闹着喝酒划拳，刀心荣、管家曼珲和扎布等人轮番向小军官敬酒，小军官已经喝得身子直晃。根赛、罕宝和刀府家丁们分别与国民党士兵划拳拼酒，不少士兵也已经东倒西歪。

23. 客栈 夜内

客房里，刀光寿问高川：“你们共产党红汉人，还会让我做土司?”

高川：“您本来就是土司嘛。我们的中央领导都说了，土司土司，离开了故土，还能司什么呢？刀土司，您就别再犹豫了。”

刀心妍：“阿爸，共产党红汉人说话算话，真的不会为难你。你不是天天都想回家吗？我们就是来接你的。高队长他们可是冒着生命危险来的，你若是还要犹豫，错过了时机，我们可就回不去了!”

刀光寿思忖片刻，点点头说：“好，我跟你们回去。”

高川：“事不宜迟，必须马上准备，连夜动身。”

刀光寿：“好，我听你们的。”

高川：“驮运东西的马匹我们都带来了，到了边境就有解放军接应我们。”

刀光寿：“那好，我把家人召集好，等那些黄皮兵醉倒了，我们就动身。心妍，你把心荣和曼珲喊来。”

刀心妍：“哎。”

24. 客栈 夜外

院子里，围桌喝酒的大部分国民党士兵已经醉倒，几个刀府家丁把醉得不省人事的士兵扶进客房，那个小军官已经迷糊了，还抓着酒筒嚷嚷着要喝，管家曼珲向根赛、罕宝示意，两人架起小军官，曼珲走上前又灌了他一碗。

玉切匆匆走出房门，走到刀心荣身边低语……刀心荣不解地看看她，又看看楼上的房子。玉切转身走向曼珲，对他耳语……曼珲明白地点点头，走向刀心荣，和他一起进了客栈。

扎布看着刀心荣和曼珲，心中猜测着。

玉切走到他身前，低声说：“扎布队长，大小姐要我问你，马喂好了吗?”

扎布：“喂好了。”

玉切：“做好准备，我们马上就走。”

扎布：“是了。”

玉切走向客栈房门，扎布看着她的背影，若有所思。

25. 客栈 夜内

刀心荣、曼珲进了客房，刀心荣看见站在刀光寿身边的刀心妍和身穿傣装的高川，显出不满。

曼珲恭敬地叫：“老爷。”

刀光寿严肃地说：“我和高长官说定了，马上动身，回曼龙。”

刀心荣：“干爹……”

刀光寿目光冷峻地盯着他，严厉地说：“我已经决定了，谁若反对，就不是我刀家的人。”

刀心荣怔住，不再开口。

26. 客栈 夜内

厅房里没人，扎布走了进来，观察着走向后门，当他走到楼梯旁时，听到近处有人发出“哼哼”声，他寻声沿着楼梯旁的通道走去。

一间小屋门外有家丁站岗，扎布走近，家丁躬身行礼："扎布队长。"

扎布："你在这里做什么?"

家丁："扎布队长，乃木关在里面。"

扎布："乃木?"

家丁："是，大少爷要关的。"

扎布把门推开条缝向里看——

乃木被捆着缩在屋里，嘴里塞着布，他见到扎布，挣扎着哼哼。

扎布做出轻蔑的表情，转向家丁和善地说："没吃东西吧?"

家丁："哦，吃了一个米团。"

扎布："院子里有酒有肉，去吃吧。"

家丁："那这里……"

扎布："我看着他，去吧。"

家丁感激地躬身："谢谢扎布队长!"

家丁高兴地去了。扎布转过脸看着屋里的乃木，片刻，他打开屋门走进去，盯着乃木。乃木扭动身子哼哼，用目光向扎布求救。

扎布冷眼看着乃木，似乎下了决心："乃木，你这个畜牲。"他从腰间抽出长刀。

乃木吃惊地瞪大眼睛。扎布冷笑着："谁叫我们是兄弟呢。"

他举起了长刀——乃木发出惊恐的声音，蜷伏在扎布身前。

扎布奋力一劈，长刀从乃木背上滑过，斩断了捆住他的绳索。

乃木从惊恐中反应过来，抬头看着扎布。扎布揪出塞在他嘴里的烂布，示意他不要出声。

画外传来刀心荣的声音："扎布！扎布!"

扎布冷眼看看乃木，收起刀转身走了。乃木感激地看着他离去。

扎布出了关押乃木的小屋，见刀心荣带着几个心腹家丁等在楼梯旁，忙走过去躬身说："大少爷。"

刀心荣冷着脸说："带上你的属下，护着大小姐马上走。"

扎布："大少爷，我们去哪里?"

刀心荣："回曼龙。"

扎布感到意外地转眼看向楼梯上——刀心妍和玉切等女仆已经从楼梯上下来，后面跟着刀光寿、身穿傣装的高川、管家曼珲和心腹家丁。

扎布动着心思转向刀心荣："大少爷，你们先走，我断后。"

刀心荣："不用了，你保护好大小姐，我和管家保护老爷，高长官他们负责断后，快行动吧。"

扎布只好答应："是了。"

刀心妍在丫鬟仆人陪同下出了客栈。

27. 客栈　夜外

院子里的国民党官兵已悉数醉倒，扎布招呼家丁拉过马车和马匹。

刀心荣带着亲随家丁从门里出来，曼珲上前拨弄着国民党小军官的脑袋，趴在小桌上的小军官哼哼一声没有其他反应，曼珲向刀心荣示意，刀心荣示意家丁们行动。

高川陪着刀光寿出了客栈房门，曼珲走近说："老爷，都摆平了，上路吧。"

刀光寿看了眼醉倒的国民党官兵，透出冷笑："上路。"

家丁们把马牵了过来。

刀心妍走过院子，看着那些东倒西歪的国民党官兵，露出轻蔑的神情。

扎布迎着刀心妍，低声催促："大小姐，快上车吧。"

刀心妍透着淡淡的微笑走到车边，回身看了眼陪着父亲的高川。

高川向她颔首示意。
刀心妍在扎布搀扶下上了马车，示意车夫出发。
马车前行，刀心妍一脸镇定地从扎布眼前移过。
刀光寿、高川、刀心荣、曼珲等人纷纷上马，离开客栈。
扎布看了眼客栈院子里醉倒的国民党官兵，脸上露出一丝怨愤，他转身上马，挥手示意家丁们跟上。

28. 客栈　夜内

小屋里，乃木轻轻打开屋门，仔细听着外面的动静——
客栈内外都静悄悄的，乃木判定刀家人都已走了，他快步跑过厅堂，边跑边喊："来人呐！快来人呐！"
他呼喊着跑出大门……

29. 客栈　夜外

乃木张着大嘴跑到院子里，傻眼了——
院子里只剩下几个不省人事的国民党官兵，桌上杯盘狼藉。
乃木赶到小军官身边，晃着他喊："老总！快醒醒！快醒醒啊老总！"
小军官哼了一声继续沉睡，乃木欲哭不得地拍打小军官的脸狂喊："人都跑了！全都跑了！快醒醒啊老总！"
小军官恍惚地睁了睁眼，含混地说："跑了？谁、谁跑了？"
乃木："全都跑了！老爷、少爷，还有大小姐她们，全都跑了！快去追呀！"
小军官翻着白眼，又倒下了。
乃木无奈地拔出小军官的手枪，朝天开了几枪。
两个醉酒的士兵被惊醒，晃悠着站起来："谁开枪？谁开枪？"
两三个士兵踉跄地从客房出来："哪打枪？哪打枪？"
乃木带着哭腔喊："刀家的人全都跑了！你们还不快追呀！"
小军官迷迷糊糊站起身："谁、谁开枪？啊？"
乃木："我的祖宗，刀家人的全都跑了，快去追呀！"
小军官卷着舌头喊："追，追！"
他跌跌撞撞地走向院外，几个半醒的士兵摇晃着跟着他。
小军官、乃木和几个士兵刚出客栈院子，就见一队人马举着火把赶来。
杜连仲、石三娇带着数十名官兵骑马赶到，乃木急喊："杜长官！"
杜连仲看着小军官的醉态怒问："人呢？"
小军官无法正常表达，乃木急切地说："跑了！全都跑了！"
小军官口齿不清地想说什么，石三娇露出鄙夷之色。
杜连仲拔出手枪一枪将小军官击毙，对部下喊道："追！"
他和石三娇带着人马追赶而去。
乃木看看被枪毙的小军官，吓得瘫坐在地。

30. 小镇外　夜外

和水泉和战士们等在路边，焦急地望着小镇。
小镇方向传来声声枪响。
战士："是镇子里传来的枪声，咱们要不要去接应高队长他们？"
和水泉心急地说："高队长命令咱们等着，咱们就乖乖等着。"
他紧张地看着远方的夜路，远处可见马车出了小镇……
和水泉兴奋地说："来了！来了！"

他带着战士们迎了过去，看见骑马而来的高川，喊道："队长！"
高川："准备战斗！让他们先过去，咱们断后！"
和水泉和战士们散开，让开道路，向后方警戒。
刀光寿、刀心荣等人骑马追上了刀心妍等女眷，刀心荣催促家丁们加快速度。
高川骑马守在路边，看着刀家一行人通过。
马车上的刀心妍注视着高川，担心地说："是不是老黄皮追来了？"
高川："放心走吧，有我们呢。"他策马来到刀心荣、刀光寿近前勒住马："刀土司，大少爷，你们快走，我们掩护。"
刀光寿在马上向高川合十："高长官，有劳了。"
刀心荣催促家人加快速度前进。
高川等刀府人马走过之后，向身后的小镇方向观察——
急促的马蹄声由远及近。
高川对战士们下令："隐蔽！准备战斗！"
他跳下马，拉着马隐蔽到路边树林中。
和水泉和战士们分散开在路边寻找掩蔽物，准备迎击来敌。

杜连仲、石三娇带着一众匪兵或骑马或奔跑着沿路追来。
隐蔽在林中的高川注视着快速移近的火把和匪兵身影，喊道："打！"
他率先举枪射击，和水泉及战士们纷纷开火……
杜连仲、石三娇迅速跳下马隐蔽还击……
匪兵中有人中弹扑倒。
杜连仲边打边喊："打！给我狠狠打！不能跑了刀光寿！"
石三娇手举双枪隐蔽着向前方射击，发狠地喊："压上去！把刀光寿抢回来！"
残军士兵们分散着朝前方射击……

刀家一行在刀心荣、曼珲催促下加快了行进速度，刀光寿在马上回身看着后方，听着激烈的枪声，担忧地说："心荣，后面枪打得紧，怕是老黄皮追来了，你派些人去支援高长官！"
刀心荣："放心吧，干爹，红汉人能打得很，咱们快快赶路，老黄皮追不上来。"
刀光寿只好催马前行。
马车上的刀心妍听着枪声，揪心地看着后方。

31. 境外　早晨外

刀府一行穿出密林小路，赶向前面的山路。
拆了车篷的马车上，刀心妍揪心地向后看去——
密林中，高川指挥战士们分散着阻击追到林边的杜连仲等人，双方激烈交火……
高川双枪轮番射击，将两名冲进林子的匪兵击毙，后面的匪兵纷纷扑倒隐蔽。
杜连仲挥枪喊："冲！冲上去！给我冲！"
石三娇手举双枪边打边率先冲向林中，匪兵们纷纷起身跟着她冲进密林。
和水泉和战士们纷纷投出手榴弹——
石三娇大喊："趴下！"她迅速卧倒隐蔽。
手榴弹接连爆炸，几名残军士兵被炸死、炸伤。
残军士兵们躲避着不敢再向前冲。
高川向战士们下令："撤！"
战士们跟随高川向林中小路退去……

杜连仲对手下喊："冲上去狠狠打，不能让他们跑了！快冲！"
石三娇赶到他身边："特派员，再这么打打停停，刀家人早就跑了！"
杜连仲看着她，拿不定主意地等着下文。
石三娇："穿过这片林子就是走马坡，过了走马坡就是国界！"
杜连仲心急地说："妈的，我亲自带人冲上去，你在后面跟着我！"
石三娇拉住他："不行！和我们交火的不像是刀家武装，硬得很。我们不能让他们拖住。"
杜连仲觉得有理："你有什么主意？"
石三娇："我带一些弟兄绕过他们，快速赶到走马坡，拦住刀光寿！"
杜连仲："好！马上行动！"
石三娇朝附近的匪兵挥手："跟我来！"
匪兵们跟着她跑向马匹。
杜连仲突然喊："三娇！"
石三娇回身看着他。
杜连仲："你要当心！"
石三娇感激地点下头，跳上马带领十余名匪兵朝树林另一侧赶去。

32. 境外　日外

刀家一行赶往前方的山路。
高川带领和水泉及战士们出了密林，追向刀家一行。
刀家一行中，为高川揪心的刀心妍最先看见从密林中出来的高川等人，脱口喊道："阿爸！高队长他们跟来了！"
刀光寿勒住马回身看去，果见高川等人骑着马追了上来。
刀心荣催道："干爹，我们得快走，过了走马坡才是国界呢。"
刀光寿没理会他，等着高川他们追赶上来，喊道："高长官！辛苦了！"
高川催马赶到近前，喘着说："刀土司，你们快走，前面不远就是边境，罗司令已经派人迎我们了。"
刀光寿放心道："啊，你们安排得如此精心，刀某感激不尽呐！"
高川："不用客气，这是我们的职责。大少爷，快带着人马赶路吧！"
没等刀心荣开口，前方的山林里突然传出枪声，高川和刀光寿都是一愣。
高川急喊："快下马隐蔽！"
家丁扶着刀光寿下马，高川立刻打马向前奔去。
马车上的刀心妍注视着策马而过的高川。
刀光寿紧张地对刀心荣说："怎么回事？前面有人挡路？"
刀心荣看看前方山林，对扎布等人喊："都给我过来！护着老爷快走！"
扎布等人赶过来在刀光寿周围组成保护圈。

山林中，石三娇看着刀家人马从乱作一团到四散隐蔽，策马上前的高川进入她的视线。石三娇阴狠地："姓高的，你的死期到了！给我狠狠打！"
埋伏在林中的匪兵们向刀家一行密集射击……

33. 路边　日外

高川下了马，弓着腰跑向在路边散开的战士们。
和水泉向高川报告："队长，后边的敌人追上来了！"
高川向后方观察一下，又看看前方山林，拔出双枪对和水泉下令："你带几个人挡住后面的敌人，其余的人跟我对付前面的敌人，一定要保护刀家的人马冲过去！"

和水泉："是！"他招呼几个战友迎向后方追来的杜连仲一伙。

山坡上的树林里枪声密集，子弹射在高川和战士们身旁。

战士们迅速向山林中还击。

高川边向坡上射击边喊："隐蔽射击！瞄准了再打！"

战士们分散隐蔽地向山林里还击……

根赛、罕宝也和战士们一起向林子里的敌人开火……

高川转向刀光寿高喊："刀土司！你们快走，我们掩护！"

山路上，刀光寿对刀心荣说："心荣，带着咱们的人，去和高长官一起打！"

刀心荣："干爹，高长官不是说了，他们掩护，我们赶紧走！"

刀光寿怒道："心荣！你若还是刀家的后代，就给我带人冲上去打！不然就给我滚开，我自己去打！"他说着从家丁手中夺过枪，迈步上前。

刀心荣、曼珲赶紧拦住他。

曼珲："老爷，去不得……"

刀心荣下狠心地说："干爹，你们快走，我来掩护！"

他抓起冲锋枪将子弹上膛，向家丁们下令："都把枪抬起来，跟我打老黄皮！"

家丁们端起枪："是了！"

刀心荣："扎布！"

扎布："在！"

刀心荣："保护老爷和大小姐！"

扎布："是了！"

刀心荣带着家丁们冲向前方山林……

一排子弹打向刀家人马，子弹打在马车上"叭、叭"响，扎布赶来把刀心妍扶下马车。

扎布："快，快躲到后面去！"

刀心妍一把抢过扎布手里的冲锋枪，向前面冲去。

扎布急喊："大小姐！大小姐！"

曼珲扶着刀光寿跑向路边的坑洼地，喊过几个亲随家丁："你们护着老爷！不许乱动！"

刀光寿见刀心妍端着冲锋枪冲向前方，急切地喊："心妍！当心呐！"

石三娇指挥山林中的匪兵不停射击，她始终瞄准高川开枪，却未能击中……

高川带着部分战士隐蔽在路边坡地上与敌人对射，他提醒跟随他战斗的根赛、罕宝："注意隐蔽！跟在我们后面！"

杜连仲指挥部分残军从后方逼近……

和水泉和几名战士顽强地阻击他们……

刀心荣带着家丁们支援高川，向山林中开火……

刀心妍毫无畏惧地冲了过来，端着冲锋枪向山林中的土匪扫射。

匪兵向她射击，子弹打在她身前。

刀心荣惊呼着跑向刀心妍："阿妹！危险！"

刀心妍不知躲避地向匪兵扫射。

高川见状边向匪兵射击边扑向心妍，将她撞倒在地，用自己的身体挡住她。

匪兵的子弹密集地打在高川和心妍身前。

刀心荣见到此景才俯身隐蔽。

心妍抓起冲锋枪还要起身射击，高川一把推倒她："趴下！不要命了！"

心妍受到震慑，瞪大眼睛看着高川。

高川向山林一指："你看，有多少支枪对着你！"

心妍向山林看去——

匪兵们已经压到林边，火力十分密集。

后方，和水泉等战士们组成两个战斗组，顽强抵抗着人数众多的匪兵……

匪兵们停止了射击，传来杜连仲的喊声："刀土司！你们不要再打了！——再打下去，就是死路一条！马上放下武器，跟我回去！"

和水泉和战士们用一阵射击回应他。

山林中，石三娇也对刀心荣高喊："刀心荣！你胆敢勾结共匪背叛党国，我要把你们一家老小统统杀光！"

高川、刀心妍向山林中注视。

刀心荣愤怒地端起冲锋枪朝山林射出一串子弹。

林中的匪兵们用密集火力射击。

战士们和刀府家丁们立即还击。

高川急切地对刀心妍说："快，让刀心荣护着你阿爸他们冲过去，我们掩护！"

心妍不干："不！我和你一起掩护！"

高川："不行！这是命令！"

匪兵的子弹打来，高川躲避之后举枪向林中还击。

刀心妍也举枪扫射。

高川厉声吼道："快去！执行命令！"

心妍怔住了。

高川转向根赛、罕宝："你们跟她去！让刀家人丢下马车，行动要快！去呀！"

心妍只好服从，和根赛、罕宝一起躬身向后跑去。

高川向林中的匪兵射击——林中的匪兵被击中。

刀光寿和曼珲、扎布躲在马车后面，紧张地望着前面激战的人们。

刀心妍和刀心荣带着家丁回到马车旁，刀光寿颤声喊："心荣！心妍！"

刀心荣跑近："干爹，高长官让我们冲过去，他们掩护我们！"

刀光寿："这，冲得过去吗？"

刀心妍："阿爸，一定要冲过去！冲过走马坡，我们就能回家了！"

刀光寿下了决心："好，我们冲过去！"

刀心荣喝令扎布等家丁："把马车丢掉，护着老爷冲过去！快！"

家丁们簇拥着刀光寿沿着路边草地向山坡路口前进。

山林中的匪兵向路边压了下来，他们喊叫着边打边扑向掩护的战士们……

杜连仲嘶喊着指挥匪兵们逼近和水泉等人……

战士中已有人负伤，但依然顽强地抵抗着。

高川边打边喊："同志们坚持住！瞄准了再打！不能让敌人过来！"

他从隐蔽地闪身射击——两名匪兵被击中。

和水泉等战士集中冲锋枪火力扫射——几个匪兵被击中。

杜连仲嚎叫着："弟兄们冲啊！打死一个共匪，赏大洋五十！捉回刀光寿，赏大洋一百！"

匪兵们呼喊着冲了过来，一部分冲向和水泉和战士们，大部分冲向赶往山坡路口的刀家队伍。

山林中，石三娇带着匪兵们冲了出来，她举枪对准高川连续射击……

高川闪身隐蔽着还击，没能击中石三娇。

刀心荣率领扎布和家丁们迅速扑到路沟旁阻击匪兵，但火力显然不比匪兵，被敌方密集的扫射压得抬不起头。

匪兵们嚎叫着逼近刀府队伍……

刀光寿等人被迫躲在洼地里不敢前行，刀光寿手里握着枪，绝望地看着逼近的匪兵。

刀心妍欠起身用冲锋枪向匪兵扫射，子弹打光了又拔出手枪射击。

刀光寿："心妍！别打了，我们冲不出去了！"

心妍赶到父亲身边坚定地说："阿爸，一定要冲出去，不能被他们捉住！"

刀光寿："他们人太多，我们冲不过去呀……"

一排子弹打来，刀光寿赶紧拉着心妍趴下。

高川指挥战士们将冲向他们的匪兵打退，回身朝路上望去——匪兵们狂叫着冲向刀府人马。

高川大喊："冲锋枪！"

战士把冲锋枪扔给高川，高川接住枪高喊："跟我来！"

他率先冲向逼近刀府队伍的匪兵，战士们紧跟着他冲了过去……

逼近刀府队伍的一些匪兵被扫来的子弹击倒，余下的匪兵见高川等人冲来，立刻乱了队形。

刀心妍望着身先士卒的高川，激动地说："阿爸，你看！"

刀光寿抬眼望着英勇无畏的高川，露出惊叹之色。

刀心荣喝令家丁们集中火力射击——几名继续逼近的匪兵被击中。

刀心妍搀起父亲："阿爸，快走！"

心妍搀着父亲向山口跑，在扎布等家丁的掩护下跑向山坡。

高川和战士们边向匪兵们猛烈扫射边追赶刀家人马……

匪兵们开始溃退，四散逃窜……石三娇喝阻不了四散的匪兵，不顾一切地举枪冲向高川。

高川向石三娇射击，石三娇被迫躲避。

高川和战士们调转方向，跟和水泉等人一起阻击从后方追来的杜连仲一伙。

刀府人马赶往山坡，刀心荣率扎布等家丁撤在后面，刀心荣看着身先士卒的高川，心有所动。

根赛在一旁说："大少爷，我们去和红汉人一起打吧！"

罕宝喊："是啊，我们去帮他们！"

刀心荣犹豫着，扎布在他身边说："大少爷，我们要保护老爷，不能恋战。咱们撤吧，让红汉人断后！"

刀心荣有些不忍地下令："撤！"

杜连仲迎着溃退回来的匪兵，气冲冲地朝天开了两枪怒喊："不许退！再退老子枪毙你们！给我冲过去！跑了刀光寿，你们统统都得掉脑袋！冲！"

匪兵们只好转回去，与石三娇带领的匪兵合在一处，再次扑向高川和战士们……石三娇发狠地冲向高川，举枪射击。

高川、和水泉分别向她射击，石三娇躲避之后拼死向高川射击，没能击中。

杜连仲冲过来按倒石三娇，吼道："疯了？不要命了？"

石三娇："我要杀了他！"说着挺身举枪还要开枪。

杜连仲一把按住她，朝高川等人开了两枪，对手下喊："冲！冲上去！"

34. 山口　日外

撤到山口的刀心荣看见那些匪兵狂喊着扑向后撤中的高川和战士们，高川和战士们边打边撤，渐渐移近山口。

刀心荣横下心："扎布！"

扎布："在！"

刀心荣："你护着老爷先走，我和高长官他们一起顶着！"

扎布："大少爷，太危险了！还是让红汉人断后，你快走吧！"
刀心荣："废话！我是肉长的，他们不是肉长的？快去，让老爷他们快走！"
扎布不忍地感："大少爷！"
刀心荣："快去！"
扎布只好跑去。刀心荣对身边的家丁们下令："散开！给我挡住老黄皮！打死一个，赏五十个半开！"
家丁们立刻散开，进入射击位置。根赛、罕宝立即准备战斗。
高川带领战士们撤上山口，匪兵们呼喊着追来。
杜连仲、石三娇催动匪兵们冲向山口。
高川和战士们奋勇阻击，一些战士的子弹已经打光了。
刀心荣端着冲锋枪向匪兵扫射，家丁们也向冲来的匪兵射击……

刀光寿、刀心妍等刀府人马越过山口，匆匆下山……

35. 边境　日外

界河边，李国梁率领一队解放军战士前来接应，他们听着河对岸山坡那边激烈的枪声，一个个面色焦急。
一战士高喊："连长！他们过来了！"
李国梁抬眼望去——可见刀府人马正在越过山坡……
李国梁："同志们！准备接应！"
战士突然喊："连长，敌人！"
李国梁再次看向山坡——可见不少匪兵已经从刀府人马的侧面冲上山坡，与高川等人和刀府家丁们激战……
李国梁果断地："不能等了，我们冲过去！司号员！"
司号员："到！"
李国梁："吹冲锋号！"
司号员吹响嘹亮的冲锋号……
李国梁带领战士们成战斗队形冲过界河……

36. 山坡　日外

刀心妍扶着父亲，看着冲杀而来的解放军战士，激动地说："阿爸，看呐，解放军！"
刀光寿望着军号声中冲杀过来的战士们，满脸赞叹之色。
接应的队伍从刀光寿、刀心妍等人身边飞奔而过，直扑坡上的匪兵。
心妍对父亲说："阿爸，你们快过河去！过了河就安全了！"
她跟着接应队伍跑向坡上。
刀光寿急喊："心妍！心妍！"
刚赶来的扎布也急转身喊："大小姐！"
心妍义无反顾地跑向山坡。

扑向高川等人的匪兵听到嘹亮的冲锋号声惊惶地停止了攻击。
接应队伍出现在山坡上，势不可挡地扑向匪兵……
匪兵们纷纷溃逃……
刀心荣和家丁们欣赏着接应部队的强大战斗力，纷纷露出惊叹之色。
根赛、罕宝等人欢呼起来……

溃败的匪兵们逃向树林……

小军官狼狈地跑近督战的杜连仲："杜长官，共军冲过来了！快撤吧！"
他等不及杜连仲说什么，撒腿跑向树林。
杜连仲仍不死心地向山坡望去——
接应部队在冲锋号声中扑向溃逃的匪兵……
杜连仲绝望地摔掉军帽，拉着不甘心的石三娇转身逃去。

高川望着溃逃的匪兵，向士气高昂的战士们喊："同志们！我们的任务完成了！过河！"
刀心荣带领家丁们撤下山坡，遇上赶来的心妍。
刀心荣："阿妹！老黄皮被打跑了，快过河吧！"
心妍似乎没听见他的话，继续向山坡上走去。
刀心荣望着心妍，似乎明白了什么。
高川率领和水泉等战士们下着山坡，看见迎上来的心妍，高川站住了。
刀心妍望着满身硝烟的高川，心情激动。
和水泉等战士们从心妍身边走过。
高川走近刀心妍，心妍情不自禁地扑到高川胸前，紧紧抱住他。
高川不由得抱住心妍。
刀心荣沉下脸，心中腾起妒火。
心妍靠在高川的肩膀上流着泪说："我的任务完成了，你满意了吧……"
高川："心妍同志，你听我说……"
心妍抬头盯着高川："你听我说！从今以后，别再让我做伤心的事了，好吗?"
高川看着心妍。
心妍："你答应我！"
高川感动地低语："好，我答应。"
心妍把脸埋在高川的肩窝里，哭了起来。
高川感受着她的心情，为她感动……

第三十二集完

第三十三集

1. 曼龙刀府　日内

厅堂里，方明华、罗开云在高川陪同下来看望刀光寿一家，刀家人齐聚厅堂向方明华等人表示谢意。

丫鬟、仆人穿梭着端上茶盘、水果……

罗开云握着刀光寿的手微笑说："刀土司，路上受惊了，家里人没伤着吧?"

刀光寿笑答："没伤到，一个也没伤到。全仗解放军的虎威，刀某躲过了一场劫难啊!"

罗开云笑道："一定是菩萨在保佑你们一家吧?"

刀光寿："你们这位高队长，简直就是再造金刚啊！若不是他作战神勇，我们一家肯定是活不成了。"

方明华："刀土司，我们衷心欢迎你回到故土，也希望你能跟我们合作，参加民族民主联合政府，继续带领曼龙百姓为边疆建设和边防建设做贡献呐。"

刀光寿："方长官美意，刀某岂敢不从? 从今往后，刀某断绝与国民党的一切来往，满心满意地跟共产党合作。"

罗开云："刀土司，你说话可要作数啊!"

刀光寿："罗司令，我对刀家的祖宗起誓，今天的话句句作数，决不反悔!"

罗开云玩笑地说："好啊，曼龙的菩萨要显灵了!"

众人开怀大笑，唯有刀心荣笑得很不自然。

2. 曼龙大寨　日外

佛寺外，方明华、罗开云、高川陪同身着傣族盛装的刀光寿一家及亲随在百姓们的夹道欢呼中来到佛寺，刀光寿向欢呼的百姓们频频致意……

3. 佛寺　日内

刀光寿一家及亲随一起礼佛……

大和尚为刀光寿栓线（祝福仪式）、祝诵……

心妍心不在焉地东张西望，看见了与方明华、罗开云一起站在寺门旁的高川。

刀母拉了拉心妍，提醒她双手合十向佛像祈祷。刀心妍含羞瞥了眼母亲，赶紧面朝佛像双手合十。

4. 佛寺外　日外

刀光寿一家出了佛寺，百姓们热烈地向他们欢呼、泼水祝福……

5. 曼龙大寨　傍晚外

河畔放起了"高升"（烟花）、孔明灯，空地上燃起了篝火，青年男女们跳起欢快的傣族舞蹈，男青年拍打着象脚鼓，女青年跳起孔雀舞……刀心荣、刀心妍兴奋地和青年们一起跳了起来，并拉着高川、和水泉等战士一起加入舞蹈的行列……

那个帮助过工作队的哑巴寨民也和根赛、罕宝等青年人一起欢快地手舞足蹈，十分惹人注目。

傣族"赞哈"唱起了动听的歌……

刀心妍出众的舞姿引来青年们热烈的叫好声，高川等人都被她的舞姿吸引。

刀心妍尽情地舞蹈，用舞姿表达她快乐的心情和对高川的爱意。

高川和青年们一起随着刀心妍舞蹈的节奏拍着手，突然，刀心妍将一个花荷包扔向高川——高川本能地将花包接住，还没等他反应过来，旁边的傣族青年就对他呼喊着祝贺起来。

高川不解地看着刀心妍。

刀心妍面带羞怯的笑容，继续在人群中跳舞。

刀心荣注意到心妍的举动，板起脸看着高川，眼中透着怨毒。

高川不知所措地看着舞蹈中的刀心妍。

刀心妍欢快地舞蹈着，心情无比畅快……

6. 曼龙大寨　夜外

竹林边传出青年男女的绵绵情歌……

傣族姑娘们三三两两地与不远处的男青年们对唱着情歌……

高川、刀心妍从姑娘们身边走过，心妍看着那些唱情歌的姑娘，流露出羡慕和畅想。

高川并未体会到心妍的心情，含笑说："心妍同志，我们明天就回南沧，你是和我们一起回去，还是在家住几天，陪陪你阿爸？"

心妍回过神来："我吗？当然和你一起回去。"

高川笑笑："那就回去陪陪你阿爸，明天一早就得上路了。"

心妍："没关系，还早呢。"

高川拿着心妍丢给他的花荷包："这是你绣的？"

心妍有些不好意思："当然是我绣的。"

高川很自然地要把花荷包还给心妍，心妍愣了愣："干什么？你接都接了，怎么还能还给我？"她嗔怪地转身走了。

高川不解地看着她的背影，问跟在身后的和水泉："她这是什么意思？"

和水泉略显神秘地说："我听说，傣家姑娘的荷包，是丢给心上人的。"

高川："胡说什么？"

和水泉："我没胡说。寨子里的姑娘小伙不都在唱吗，'花包有眼，只看有情人。接包有意，喜得爱人心'。"

高川板起脸："胡扯！去，替我还给心妍同志。"

和水泉赶紧退后："我可不去，要还你自己去还。"

高川要发作，和水泉已经跑开了。

和水泉边跑边说："你要是还给她，她不恨你才怪呢！"

高川无奈地看看手中的花包，又看向心妍走去的方向……

不远处，刀心荣注视着刚刚分开的刀心妍和高川，眼中喷出妒火。

扎布在一旁轻声说："大少爷，大小姐对高长官，怕是动了心了。"

刀心荣恼恨地说："哼，敢耍我。"

7. 东盘江畔　夜外

刀心妍来到江边那块巨石旁，她知道高川跟在身后，露出惬意的笑容。高川走近刀心妍，一时不知说什么。

刀心妍心中欢喜地看着那块巨石，说："你知道这块石头叫什么吗？"

高川看看巨石，摇头说："叫什么？"

刀心妍："叫公主石。"

高川不解地："公主石?"

刀心妍："很久以前，曼龙领主家的公主爱上了一个外族的伙子，她不顾家人的反对，要和心爱的人一起远走他乡。领主派人追杀他们，就在这块石头旁，公主为了保护心爱的人，用自己的身体挡住射来的弩箭，死在这里……"

高川看着巨石，眼前浮现出钟喜莲最后的身影……

8. 闪回　江畔　日外

身受重伤的钟喜莲满目期待地看着高川催动战马踏着江水向她奔来，她想再喊高川，却没能发出声音，身体晃动着倒在江水中。

高川赶到钟喜莲身前跳下马，蹚着水跑到钟喜莲身边抱起她呼喊："喜莲！喜莲！"

钟喜莲的军衣被鲜血染红，乌黑的头发被江水浸湿，双目紧闭，一动不动。

高川怒火万丈地下令："追！给我追！不许跑掉一个敌人！给我统统消灭！"冲锋号响，战士们冲上江岸，追击逃敌……

钟喜莲的手抓住了高川的胸口，用最后的力气艰难地说："不能追，不能打傣族武装……不能违反上级命令……"

她再也无力地闭上眼睛，牺牲在高川怀里。

高川悲愤地呼喊："喜莲！喜莲！——"

9. 东盘江畔　夜外

刀心妍没有发现高川在追忆往事，继续说着："……从那以后，这块石头就叫作公主石。它象征着公主和恋人忠贞的爱情，天雷劈不散，地火烧不断，风吹不动，浪打不摇。"

高川为心中的喜莲而眼含泪水。

刀心妍很意外地看着高川，以为他是被自己的叙述而感动，禁不住说："这也是我向往的爱情。你呢?"

高川没答话，他走近巨石，摘下帽子，望着巨石默默悼念着喜莲。

刀心妍感到有些诧异。

10. 刀府　夜内

刀光寿卧房，房中亮着烛火，刀光寿坐在案几前，提笔书写。

刀心妍进了屋："阿爸。"

刀光寿转头，高兴地说："心妍。"

心妍含笑走近父亲："阿爸，这么晚了还不睡，在写什么?"

她俯下身子看父亲写的东西。

刀光寿："罗司令和方书记要阿爸去参加建政协商会，阿爸要做些准备呀。"

心妍："阿爸，女儿有件心事要对你讲。"

刀光寿："心事? 讲嘛。"

心妍："阿爸，我要你取消我和心荣阿哥的婚约。"

刀光寿看看心妍，似乎看穿了什么："哦? 为什么呢?"

心妍："阿爸，这桩婚事我本来就不愿意，心荣是我的阿哥，不是我的爱人。再说，我现在是政府的人了，不能嫁给族兄了。"

刀光寿："是这样啊，那心荣他，会怎么想啊?"

心妍："我已经对他讲过了，你再对他讲一次嘛。"

刀光寿略显为难："这桩婚事是我订下的，我怎么好对他讲呢?"

心妍："你就说，我不愿意，谁也不能强迫我。"

刀光寿想了想，猜测地说："心妍，你不嫁心荣，要嫁给谁呀?"

心妍不好意思地说："这是我自己的事。"
刀光寿宽容地笑笑，猜度地说："这么说，我的宝贝女儿有了心上人了?"
刀心妍撒娇地说："阿爸……"
刀光寿："好好，阿爸不问，阿爸不问了。"
心妍："你答应我，要对心荣阿哥讲清楚，答应我嘛。"
刀光寿只好答应："好好，我答应，对他讲讲。"
心妍高兴地靠紧父亲："好阿爸，你是天底下最好的阿爸。"
刀光寿保持着笑容，心里却有些沉重。

11. 刀府　夜内

刀心荣进了厅堂，等候他的管家曼珲说："大少爷回来了。"
刀心荣没好气地"嗯"了一声朝后堂走。
曼珲："老爷叫你去，有话对你讲。"
刀心荣站住想了想，朝楼梯走去。

12. 刀府　夜内

刀心荣进了刀光寿卧房，走近在案几前书写的刀光寿，恭顺地躬了躬身，说："干爹。"
刀光寿从案几前起身，看着他说："心荣，来，坐下。"
刀心荣："干爹有话尽管吩咐。"
刀光寿："哦，是这样，方长官和罗司令要我参加建政协商会，我想听听你的想法。"
刀心荣心有怨气地说："我还以为，干爹要和我商议和阿妹的婚事呢。"
刀光寿："这件事不急，先放一放。"
刀心荣："干爹，你要我带着阿妹去境外，原本就是去成亲的。现在干爹回来了，不会要反悔吧?"
刀光寿严肃起来："心荣，我要和你商议去南沧的事，你总提亲事做什么?"
刀心荣："干爹，你若不为我主持和阿妹的婚事，南沧我是不去的。干爹也不要去。"
刀光寿："你说什么?"
刀心荣："红汉人利用我接回了干爹，若是他们敢耍我，我就不同他们合作。"
刀光寿："心荣!"
刀心荣："我会把他们赶出曼龙!"
他转身出了门，刀光寿感到震惊地喊："心荣!"
刀心荣头也不回地关上了门。刀光寿望着关上的门，感到势态严重。

13. 工作队驻地　日外

管家曼珲神色紧张地对方明华、罗开云说："府里的兵马，都由大少爷管着。他若死犟着不让老爷去南沧，老爷连大寨都出不了啊。"
方明华与罗开云对视，不解地问："刀心荣怎么突然翻脸了呢?"
曼珲叹道："是为了和大小姐的亲事。大小姐不愿嫁他，他就翻了脸。"
罗开云："刀土司没和他好好谈谈?"
曼珲："这种事情，很难讲得通啊。老爷说不动他，才叫我向罗司令和方长官讨主意。"
罗开云感到难办。方明华思索："这样吧，去南沧开会的事先缓一缓，我们想想办法，争取妥善解决。"
曼珲："那好，我回去告诉老爷，叫他安心等一等。"
方明华、罗开云目送曼珲离去。

14. 思普地委　张怀民办公室　日内

地委书记张怀民对西双版纳傣族首领召景哈说："召景哈先生，曼龙土司刀光寿，被儿女的事情绊住了。为了不耽误建政协商，还得请你出面说句话。你是他们的最高首领，说话比我们管用啊。"

召景哈爽快地说："没二话，需要我做什么，张书记尽管说就是了。"

张怀民："那好，我就直说……"

15. 曼龙刀府　日外

刀心荣骑马进府，下马后把缰绳甩给亲随家丁，傲慢地走入府去。

16. 刀府　日内

议事房里，刀光寿冷着脸将一封信交给刀心荣："这是车佛南（西双版纳地区）议事庭长召景哈写来的信，你仔细看看吧。"

刀心荣展信看着，面露难色。

刀光寿："召景哈要我们无条件和共产党合作，你看清楚了吧。"

刀心荣为难地没表态。

刀光寿："曼龙土司是不能违抗召景哈的，即便是你做了土司，也要听从他。"

刀心荣心有不甘地紧绷着脸说："我还是那句话，只要干爹为我和心妍阿妹主持了婚礼，叫我做什么都行，不然的话……"

刀光寿："不然怎样？"

刀心荣："我谁的话也不再听！"

刀光寿："放肆！"

扎布带着两名家丁进门，站在门边。

刀心荣转脸看看扎布，又看向刀光寿。

17. 刀府外的空场　日外

府兵及家丁、寨丁集合一处，听管家曼珲训话。

曼珲："你们都听好了，土司老爷有话，从今天起，大少爷不再掌管府兵和寨丁了！曼龙所有的兵丁，由我替老爷掌管！你们听清了没有？"

府兵、家丁回答："听清了！"

18. 刀府　日内

议事房里，刀光寿："扎布！"

扎布："在。"

刀光寿："把他给我看起来，不许他出府！"

扎布："是，老爷。"

刀心荣瞪着扎布："你们敢?!"

刀光寿："你给我听着，从今天起，曼龙的武装由管家曼珲掌管。你给我留在府里好好反省，再敢和我作对，我就对你动家法！"

刀心荣想争辩："干爹！"

刀光寿："顺便说一句，你和心妍的婚约，不作数了。"

刀心荣："干爹，这不公平！"

刀光寿："若是我硬要心妍嫁给你，对她公平吗？"

刀心荣："干爹……"
刀光寿："不要说了，去反省吧。"
刀心荣："干爹！"
刀光寿："去吧。（他看着扎布和家丁）你们还愣着干什么？"
扎布走近刀心荣："大少爷，走吧。"
刀心荣愤恨地瞪着扎布，无奈地出门。扎布和家丁跟了出去。
刀光寿长舒一口气。

19. 刀府　日外

高川策马而来，在府门外下马，管家曼珲把他迎进府里。

20. 刀府　日内

高川跟着曼珲进了厅堂，刀光寿迎向他，欲言又止地长叹。
高川："刀土司，出什么事了？"
刀光寿难以开口，向曼珲示意。
曼珲礼貌地说："高长官，请随我来。"
高川不解地看看刀光寿，刀光寿无奈地摇头叹息。
高川跟着曼珲走向内厅，站在刀光寿身后的扎布侧脸盯着高川，眼中透出怨恨。

内厅通廊上，曼珲边走边说："我们大少爷怕是得了疯心症了，不吃不睡，喝得烂醉，就是吵着要见你。"
高川心里明白了几分。

刀心荣住房，门口站着家丁。隔门就能听见刀心荣在屋里喊叫。
刀心荣（画外）："把姓高的喊来！我要见他！我要和他说说清楚！把姓高的给我喊来！"
曼珲带着高川走到门前，做出无奈的表情。高川示意他开门。
曼珲把门打开，和高川一起进屋。
刀心荣看清了高川，醉立不稳地晃到他身前，指着他喊道："姓高的，你不守信用！说话就像牛放屁！"
曼珲劝道："大少爷……"
刀心荣："滚开！姓高的，你不是答应我，不在曼龙找女人吗？你为什么要勾走我的心妍阿妹？为什么骗我？！你他妈黑心烂肠子！"
曼珲："大少爷！"
刀心荣："滚！"
高川示意曼珲不必再劝，冷静地对刀心荣说："大少爷，请听我说，你的心妍阿妹是自由的人。她要走什么路，喜欢什么人，都有她自己的选择，任何人不能强迫。如果你强迫她嫁给你，你就不是真心爱她。"
刀心荣："放屁！鬼扯！就是你勾走了她的心，你把心妍阿妹还给我！还给我！"
高川："大少爷，你最好清醒清醒，拿出点傣族武士的气魄来，不要让曼龙的汉子们瞧不起你。你现在这副样子，不要说你心妍阿妹，任何一个好姑娘都不会嫁给你。告辞。"说罢，他转身出了屋门。
刀心荣歇斯底里地吼叫："你站住！给我回来！你这个骗子，骗子！把心妍阿妹还给我！还给我！"
曼珲无法劝阻地出了屋，示意家丁赶紧锁上门。

21. 山路　日外

方明华、罗开云、高川、刀心妍、刘捍卫等人在和水泉等战士护卫下骑着马行进在山路上……坡上绿草葱郁，野花绚烂。

刀心妍见此美景，难以抑制欢悦的心情，纵马奔入花海……

刘捍卫过度关切地喊："心妍同志！注意安全呐！"

方明华向高川示意，高川打马向心妍追去。

刀心妍、高川一前一后纵马飞奔，宛如驰骋在绿草如茵、鲜花如潮的童话之中……高川渐渐追上心妍，心妍放慢了马速，最终勒住马举目远山，眼中满是憧憬……

22. 南沧边工委　日外

钟喜妹、花蔓喊着："心妍！心妍姐！"热情地迎向刚刚回来的刀心妍。

刀心妍："喜妹！花蔓！"

姑娘们亲热地拥抱，李铁杉赶过来接过心妍的背包行李，钟喜妹、花蔓拉着心妍的胳膊，叽叽喳喳问个不停。

钟喜妹："心妍，你可回来了。听说你们去境外接你阿爸，特别危险……"

花蔓："听说你们把蒋匪军都灌醉了才跑回来，还打了一场恶仗……"

钟喜妹："我们都担心死了，生怕你被伤着。"

花蔓："是啊，心妍姐，你没伤着吧？"

钟喜妹："快给我们说说，你们是怎么突围的？仗打得很激烈吧？"

心妍含笑看着喜妹和花蔓，不知道先回答哪个问题。

李铁杉："看你们，心妍同志刚回来，气没喘，水没喝，你们就叽叽喳喳问个没完，让她怎么回答嘛。"

钟喜妹使性子："不要你管！"

花蔓从李铁杉手中抢过心妍的背包："就是，我们姐妹说话，关你什么事？"

心妍笑着问李铁杉："铁杉，你的伤都好了？"

李铁杉绷着胳膊："好了，壮得像头牛！"

钟喜妹做个鬼脸："像蛮牛。"

心妍笑问："岩虎呢？他的伤也好了吗？"

李铁杉："好了，壮得像野牛！"

青年们笑了起来。

钟喜妹："心妍，你回来的正是时候，快来。"

心妍不解地被喜妹和花蔓拉到宿舍门口，喜妹朝宿舍里喊："岩虎！波香！心妍回来了！"

花蔓也喊："快点出来！快呀！"

心妍不知她们在搞什么名堂，好奇地等着。

一间宿舍门开了，岩虎一身新衣出来，热情地说："心妍同志，你回来了？"

心妍打量着岩虎，笑问："岩虎同志，你穿得这么整齐，要去做什么？"

岩虎憨笑着，不好回答。

钟喜妹、花蔓故意追问："说呀，要去做什么？快说呀！"

岩虎更加不好意思了。

心妍猜测："穿得这么漂亮，一定是有喜事吧？"

花蔓在一旁说："这还有穿得更漂亮的呢！"

她说着把另一间宿舍里的波香拽了出来，波香一身傣家新装，羞怯地抬手遮脸。

心妍猜到了几分："波香，你们这是……"

波香害羞地说："心妍姐，你回来太好了，我们……"

心妍看看波香，又看看同样害羞的岩虎。

钟喜妹："心妍，我向你正式宣布，他们两个，订、婚、了！"

心妍露出欣喜，与青年们一起鼓掌欢呼。

23. 照相馆　日内

波香、岩虎站在背景前，照相师调整着两人的位置，让他们显得亲密些，岩虎不好意思地憨笑，波香害羞地捂上脸。

钟喜妹、花蔓在照相机旁边不住地提醒岩虎挺胸站直，让波香大方些……

高川、刘捍卫站在青年们身后，高川一脸笑意，刘捍卫显得拘谨，不时地整理服装。

李铁杉做出夸张的姿势让岩虎跟他学，使岩虎越站越别扭，引来大伙的笑声。

心妍掩口笑着，把目光转向一旁的高川，高川、和水泉也被岩虎、波香的窘态逗笑了，只有刘捍卫故意绷着，领导似的劝阻青年们："好了好了，不要逗了，注意影响，让他们好好拍。"

青年们忍住了笑声，照相师终于抓住岩虎、波香较为自然的瞬间，按下快门。

岩虎、波香如释重负，喜妹、花蔓却上前调整二人的姿势，强烈要求照相师再给他们拍一张。岩虎表示坚决不拍了，波香也提议大家一起拍。

岩虎邀请高川、刘捍卫来和大家拍合影，高川笑着说："你们先拍，等你们都拍完了，我们大家再合影。"

刘捍卫也说："对对，你们先拍，你们先拍。"

波香建议："喜妹，铁杉，你们也拍一张嘛。"

花蔓立刻附和："对对，你们也拍一张，快来呀。"

李铁杉期待地看着喜妹，又看看高川，高川示以鼓励。

喜妹难为情地说："不拍不拍，我们一起拍做什么？"

花蔓故意说："哟，还不好意思呢，你不和铁杉拍和谁拍？"

喜妹挥拳要捶打花蔓。

岩虎笑道："是了，是了，铁杉和喜妹拍一张，心妍同志和高队长拍一张。"

波香赶紧说："岩虎。"

心妍已经羞红了脸。

喜妹看着高川的反应，花蔓鼓着掌看向高川，高川显出不自然。

刘捍卫一本正经地说："好了好了，不要乱开玩笑。岩虎，今天是庆祝你和波香同志订婚，我们还是先拍合影吧。"

高川："对对，我们大家一起合影，留个纪念。"

青年们只好附和着说一起拍。

趁照相师安排位置的时候，花蔓故意把刀心妍让到高川身边。心妍虽然有些羞怯，但却心满意足。

高川大方地露出微笑，站在他另一边的刘捍卫却露出不悦。

照相师按下快门，除了刘捍卫表情严肃之外，所有的人都面带喜悦。

24. 边工委宿舍　日内

刀心妍拿着和大家一起照的合影，深情地注视着在她身旁笑容灿烂的高川，脸上洋溢出纯洁的爱意。

钟喜妹（画外）："心妍！心妍！"

心妍赶紧收起照片："唉！"

钟喜妹（画外）："开会了！快点！"

心妍："来了！"

25. 会议室　日内

墙上挂着鲜红的党旗，方明华站在党旗前宣布："根据李铁杉同志和岩虎同志的个人申请，经过党组织的帮助和考验，现在正式批准李铁杉、岩虎同志加入中国共产党！"

高川、刘捍卫、李铁杉、刀心妍、钟喜妹、岩虎、波香等人热烈鼓掌。

在高川带领下，李铁杉、岩虎在党旗下庄严宣誓……
刀心妍、钟喜妹等注视着宣誓的李铁杉、岩虎，目光里满是羡慕和渴望。

26. 边工委宿舍　日外

刀心妍来到高川宿舍外，轻喊："队长！高队长！"
没人回应，她走上前敲着门："高队长！"
还是没人回应，她失望地转身要走，却突然站住了——
刘捍卫微笑地站在她面前，心妍慌乱地说："刘副队长……"
刘捍卫："心妍同志，找队长有事？"
心妍："哦，没，没什么事。"
刘捍卫："你看你，有事就说嘛。怎么，非得跟高队长说？"
心妍："不，不是。"
刘捍卫猜出她的心思："我看出来了，你是看岩虎他们入了党，心里有想法对不对？"
心妍："刘副队长，我和岩虎他们比，差得很远吗？"
刘捍卫："不不，当然不是。要我看呐，你比他们一点不差，在很多方面，还要优秀很多呢！就拿曼龙的工作来说吧，要不是你，我们整个工作队都可能牺牲，要是没有你，我们很难把你阿爸顺利地接回来嘛。"
心妍显出几分委屈："那为什么岩虎能入党，我不能入？"
刘捍卫："岩虎出身贫寒，背景很单纯，这是他的优势。你就不同了，你出身领主家庭，家庭背景要复杂一些……"
心妍不明白地说："我的出身和我入党有关系吗？"
刘捍卫："当然有关系了，对你的考验就要多一些嘛。最关键的，是你要积极申请，主动靠拢组织才行啊。"
心妍："靠拢组织？"
刘捍卫："就是多汇报思想，多找领导谈谈心。当然了，不光是找高队长，找我也可以嘛，我对你的优点看得非常清楚。对了，你还没写过申请书吧？"
心妍："申请书？"
刘捍卫："入党申请书呀，这可是必须要写的。这样吧，我来当你的入党介绍人，教你写入党申请书，从今以后……"
画外传来钟喜妹、花蔓的声音："心妍姐！心妍！"
刘捍卫只好收口，刀心妍向一旁看去——
钟喜妹、花蔓、波香三人兴冲冲地过来，钟喜妹："心妍，我们到处找你。刘副队长。"
刘捍卫有些尴尬地和她们招呼。
刀心妍："你们要干什么？这么热闹？"
钟喜妹："快走啊，跟我们去打牙祭。"
刀心妍："打牙祭？"
钟喜妹过来拉着她："铁杉、岩虎入了党，我们大家要庆祝一下，快走吧。"
花蔓："刘副队长，和我们一起去吧！"
刘捍卫："哦，你们先去，我一会就来。"
钟喜妹、波香把刀心妍拉走了。
刘捍卫看着姑娘们的背影，露出失落的神色。

27. 方明华宿舍　傍晚内

方明华正伏案写信，屋外传来钟喜妹、花蔓的呼喊："方书记！方书记！"
方明华起身来到门前，门不打自开，钟喜妹、花蔓在前，后面跟着的高川、李铁杉、刀心妍、和水泉、波香、岩虎陆续进来，一下子把屋里挤得满满的。

方明华笑道："好嘛，集体行动啊！"

钟喜妹："方书记，我们要祝贺岩虎和铁杉入党，借您的宝地用一用，不反对吧？"

方明华："呵呵，值得庆祝，我怎么能反对呢？大家都坐，随便坐。"

高川："方书记，不打搅吧？"

方明华："装什么洋蒜，来都来了。快坐，我给你们倒水……"

花蔓："方书记，我们自己动手，您就别忙了！"

方明华："好，我的家就是你们大伙的家。你们坐坐，我去生火，咱们好好吃上一顿！"

波香："不用了，方书记，我和岩虎去生火，您不是在工作吗？"

方明华："哪是在工作，我正写信呢。"

钟喜妹："给您爱人写信吧？那可不能耽误。方书记，您接着写吧，等您写好了，我们也就开饭了。"

李铁衫："是啊，家书抵万金呐！方书记，您接着写，我们张罗吃的。"

方明华："我知道你们比我能张罗，可这毕竟是我的地盘，总比你们熟悉吧？咱们先伺候肚子，吃高兴了，那写起来才热闹呢！"他乐呵呵地去了灶房，波香、岩虎忙跟了出去。

钟喜妹收拾起饭桌，刀心妍、花蔓把带来的东西放到桌上，李铁杉、和水泉也帮忙准备着小吃、凉菜。

高川站在一旁不知自己该干什么。

和水泉看看钟喜妹和李铁杉，故意问："喜妹同志，你和铁杉同志打算啥时候请我们大家喝喜酒、吃喜糖啊？"

钟喜妹不好意思地说："谁说要喝喜酒了，我还年轻呢。"

和水泉："哎，喝喜酒当然得趁年轻了，大家说是不是？"

青年们笑了起来。

钟喜妹："你们笑什么呀。我等入了党，立了功，再考虑个人问题！到时候，我也要来个双喜临门！"

花蔓故意说："喜妹，那要等到什么时候，不会等到头发都白了吧？"

喜妹嗔怪地打了她一下，大方地说："才不会呢。到时候，我会和我的爱人一起去北京，给你们大家买喜糖，北京的喜糖！还要在天安门广场照张相，每人送你们一张！"

大家听了欢呼起来。

岩虎从灶房探过头说："你可真大方，快告诉我们，你的爱人是谁呀？"

喜妹害羞地摇摇头，众人的目光转向李铁杉，李铁杉也不好意思地低下头。

波香也从灶房探头催问："快说呀，你的爱人是谁呀？"

和水泉、花蔓也催问："说呀，说呀！"

喜妹捂着脸转向一旁。

众人开心地笑起来，李铁杉腼腆地在喜妹身后碰她一下，众人一片欢呼。

灶房里，方明华、刀心妍、花蔓、波香忙碌地准备着饭菜，刀心妍一边干一边指导花蔓怎么做米线调料才好吃。

花蔓夸赞她说："心妍姐，你可真能干，一点儿没有小姐架子。"

刀心妍："说什么呀，会煮米线就算能干吗？我们傣族女人，能做的事情多着呢。"

花蔓："我不是说煮米线，我是说你又漂亮又贤惠，将来谁娶到你做媳妇，真是幸福死了。"

刀心妍不好意思地笑了，下意识地向一旁看看，在灶房门口帮着拌佐料的高川与她目光相遇，不自然地转了身。

刀心妍显出害羞，花蔓突然喊："哎呀，水涨了！"

刀心妍回过神来，赶紧把要煮的东西放进锅里。

花蔓转向方明华："哎，方书记，心妍为工作队立了那么多功，怎么不让她入党啊？"

刀心妍尴尬地说："花蔓，看你。"

方明华笑着说："心妍同志，我们讨论过你的入党问题。"

刀心妍没想到地看着方明华。

方明华："你在工作中的表现和你做出的贡献，组织上都很清楚。这次没有发展你，不是因为你不够资格，而是考虑到你阿爸的反应。"

刀心妍不明白地看着方明华，又转头看看高川，高川含笑向她点点头。

方明华："等你阿爸参加了联合政府，我会第一个建议发展你入党。"

刀心妍："真的?"

方明华："当然是真的，我和高川同志商量过了，我们两个做你的入党介绍人。没意见吧?"

刀心妍开心地看看高川："没意见。"

花蔓摇着刀心妍的胳膊："心妍姐，我羡慕死了……"

方明华笑着说："不好意思了，到了我这里还要你们自己动手，要是我爱人在，就不用你们忙活了。"

刀心妍："方书记，您的爱人为什么不和您在一起?"

方明华："她要随部队行动，每年只有很短的假期。"

刀心妍："两个人总不在一起，会很牵挂吧?"

方明华："也许，这就是革命者的爱情生活吧。我们之间虽然少了很多儿女情长，但是她的每一封信都会让我非常感动。我很庆幸能有这样一位志同道合的好伴侣，虽然我们隔山隔水，天各一方，但是我们的心灵相通，就好像如影随形、朝夕相处……"

花蔓："想不到，方书记也这么浪漫。"

刀心妍："方书记，爱情也是革命者的财富吧?"

方明华："当然是。要我说啊，革命者的爱情就是革命事业的一部分。在革命队伍中相爱的人就好比用理想的火焰点燃的两只火把，不管在哪里燃烧，都能相互温暖、相互照耀。革命者的爱是最无私、最高尚的!"

刀心妍出神地憧憬起来……她扭脸看向高川，高川却回避地拿着作料离开了灶房门口。刀心妍含羞转身到灶前蹲下，掩饰地往炉火中加柴，炉火映红了她秀丽的脸庞。

李铁衫、和水泉、岩虎等人把一盘盘食物放到桌上，方明华和波香、花蔓端来煮好的大碗米线，放到桌上。钟喜妹把几样小菜放到桌上，开心地说："都整好了，方书记，请您下令，开始吧!"

方明华："好，那我就……（他突然想到地）对了，趁这个机会，我向你们宣布一个特大的好消息!"

钟喜妹、花蔓急问："什么好消息? 什么好消息?"

方明华："地委张书记赶到西南局开会去了……"

青年们露出失望，花蔓嘟囔："这算什么大好消息呀?"

方明华："知道张书记去开什么会吗?"

青年们期待着下文。

方明华眉飞色舞地宣布："迎接中央访问团。党中央、毛主席要派中央访问团到云南来了!"

青年们欢呼起来。

方明华："这对我们的民族工作可是一件天大的好事! 还有啊，等访问团到了以后，还有非常重要的工作要你们去做呢!"

青年们热烈地地欢呼："太好了! 保证完成任务!"

屋里充满了青年们的欢呼笑闹声……

蹲在炉火前遐想的刀心妍似乎没听见同伴们欢闹的声音，望着闪动的炉火露出甜蜜的微笑……

28. 北京　晨外

霞光万道，天安门广场上飘扬着五星红旗……

29. 中南海　毛泽东书房　晨内

毛泽东伏案审阅着"中共云南省委关于少数民族地区工作的报告"，并在上面做着批示。

秘书轻轻走进来，为毛泽东换了一杯茶，打开窗帘，曙光照射进来，映红了毛泽东的身影。毛泽东轻舒一口气，捻灭了烟头，放下手中的毛笔，微笑着说："不知不觉，小小寰球又转了一圈呀！"

秘书："主席，您应该注意休息。总这么熬夜，身体受不了啊。"

毛泽东笑着摆摆手，指指桌上的材料说："云南的同志写来的这份报告，很有价值。"

秘书探头看了看报告的题目，笑着说："主席，我听说云南就是彩云之南的意思，是个很美的地方。"

毛泽东起身活动着上肢，在屋里踱着步说："'彩云一片舞天鸡，五色光中望欲迷。'云南是个好地方啊！十五年前，我们中央红军就是从云南渡过金沙江，开始北上抗日的。云南和川西的少数民族同胞，为红军的长征做过很大贡献。你听说过吧？朱总司令和那里的苗族头人熊治荣交上了朋友，刘伯承同志还和彝族首领小叶丹歃血盟誓，结为兄弟，留下了一段佳话呐！"

秘书："我听说过。"

毛泽东高兴地正要说什么，周恩来走了进来，笑着说："主席，又是一夜没合眼吧?"

毛泽东："恩来，这一夜，我收获很大呀！"

周恩来："要注意劳逸结合呀！"

毛泽东请周恩来坐下，点上支烟说："我前半夜去了'新西兰'，(他见周恩来有些不解，笑着解释）新疆、西宁、兰州嘛！后半夜又到了云贵川藏……"

周恩来："主席是在关心那些地区的少数民族问题吧?"

毛泽东点了点头："一个国家只要有民族存在，就会有民族问题。怎么样啊？中央民族访问团准备好了吗?"

周恩来："人员已经安排好了，准备分成三个分团，分别去西北、中南和西南的各个少数民族地区。"

毛泽东："要多去些地方，尽可能把少数民族同胞生活的地方全跑到。多了解各民族人民的疾苦，多做一些调查研究，把各族人民对我们党、对中央人民政府的意见带回来，便于我们改进工作，制定政策。"

周恩来："嗯，民族问题是个大问题。孙中山先生曾经把民族两个字写到了国民党的旗帜上，在中国历史上首先提出了各民族一律平等的口号。可是蒋介石政府背叛了孙先生的主张，继续进行民族压迫，使少数民族同胞除了受帝国主义、封建主义和官僚资本主义这三座大山的压迫以外，还承受着很重的民族压迫。看来，资产阶级发明的'一律平等'，要靠我们共产党人来实现了。"

毛泽东："国民党蒋介石给我们留下个残破不堪、民族隔阂深重的烂摊子，拍拍屁股跑到海上去了。我们这些人，也是孙中山先生的学生。但是，我们和蒋介石那些个坏学生、假学生不一样。我们现在继承着一个多民族的国家，同时继承着中华民族深远的历史。上下五千年的古老文明和灿烂文化，是祖祖辈辈生活在这块土地上的各族人民共同创造出来的。要想解决好民族之间的问题，民族与国家的问题，必须首先弄清这一点。"

周恩来："我完全同意。我们要帮助各少数民族的广大群众，也包括那些民族首领，争取他们在政治上、经济上、文化上都获得解放和发展。对少数民族的语言、文字、风俗习惯和宗教信仰都应该尊重。要实现真正的民族平等，就必须在消除民族隔阂的基础上，经过各民族人民的共同努力，真正形成中华民族美好和睦的大家庭。"

毛泽东："说得好啊！恩来，少数民族地区的社会改革，是一件重大的事情，必须谨慎对待。我们无论如何不能急躁，急了会出毛病。条件不成熟，就不能进行改革。一个条件成熟了，其他条件不成熟，也不要进行重大的改革。"

周恩来赞同地点头。

毛泽东："我看了云南省委写来的报告，他们在团结少数民族上层的工作中取得了不小的成绩。这些经验，进入云南的部队和到那里工作的同志都可以借鉴。我们的同志一定要有清醒的认识，历代封建王朝从来没有真正实现过中国各民族的统一，更不可能实现民族平等。要彻底解决好民族问题，就一定要相信少数民族同志，没有大批的少数民族干部，是不可能做好民族工作的。我们共产党人要做的，是我们的前人从来没有做过的事情，把全国各民族同胞团结起来，实现真正的民族平等，是一项开天辟地的伟业，是我们共产党人的神圣使命！"

30. 重庆　西南军政委员会大会堂　日内

西南各省、各地党政军干部在台下热烈鼓掌，思普地委书记张怀民坐在云南领导当中……

刘伯承及西南军政委员会领导坐在主席台上，邓小平在讲话。

邓小平热情洋溢地说："同志们，共产党领导的新政协颁布的共同纲领所规定的民族政策，一定能够消除民族隔阂，实现各民族大团结。只要我们抛弃大民族主义，就可以换得少数民族抛弃狭隘的民族主义。我们不能首先要求少数民族取消狭隘的民族主义，而是应当首先老老实实地取消大民族主义。两个主义一取消，团结就出现了！"

全场热烈鼓掌。

31. 大会堂门厅　日内

会后，邓小平、刘伯承等领导同志与西南各省相关领导气氛热烈地交谈。

邓小平亲切地对大家说："今天我在会上哇啦哇啦讲了很多，没有机会听听你们大家的意见。我和刘司令员要找你们大家补补课，讨教讨教，希望你们大家不吝赐教啊。"

在场的人们笑了起来。

张怀民说："邓政委讲得太好了，对我们的民族工作有很大意义。"

邓小平谦虚、诙谐地说："同志哥，先不要忙着抬轿子。在少数民族问题上，我还是一个小学生。你们大家对民族问题研究得比我多，肯定比我有经验。当然了，刘司令员、贺老总他们很早就做过民族工作，有过'杯酒得大道'的历史经验。我们大家要互相帮助，目的就是一个，做好民族工作，搞好民族团结。"

刘伯承："是啊，在西南边疆，如果离开了民族问题，就等于是离开了实际。特别是在云南边疆的民族地区，必须坚持争取和团结民族上层，巩固爱国统一战线，才能加强对敌斗争，巩固国防。"

邓小平："刘司令员讲得很对，西南的国防和民族问题是分不开的。有了民族团结，就有了国防；没有民族团结，就没有国防。这一点，云南的同志在给中央的报告里已经体现出来了，党中央毛主席给予了充分肯定。云南的同志在民族工作上取得了不小的成绩，也很有创造性。是不是请云南的同志把你们的经验公开一下，作为公共财产呀？"

领导们看着张怀民等云南同志，鼓励他发言。

张怀民谦虚地说："感谢党中央毛主席和西南局首长的鼓励。其实，我们的经验还很有限。不过呢，我们在民族工作的实践中深切认识到，少数民族同胞都继承着非常可贵的民族精神和优秀品质。要做好民族工作，首先要端正我们的态度，要尊重民族兄弟，不懂的事情，要虚心向他们学习。不论是对民族群众还是民族上层，我们都要用老老实实的态度，虚心请教。"

邓小平赞同地说："对头。一定要做好民族上层的工作，如果这一关过不好，一切工作都会落空。有些同志可能会有顾虑，怀疑这样做会不会丧失阶级立场。我们首先要搞清楚，什么是正确的阶级立场？就是现在不要发动阶级斗争，做到民族与民族之间的团结，这就叫正确的阶级立场。当然，我们也不是要完全依靠民族上层，而是通过他们慢慢影响各方面的工作，等那些地方的进步力量发展起来了，这个进步的力量就会起到很大的甚至是决定性的作用。"

32. 外景　晚上

一轮明月挂在晴朗的空中。

33. 边工委宿舍　夜内

刀心妍坐在床边往一只崭新的挎包上绣着五星和彩云图案，隔壁传来花蔓的歌声，让她想到了什么，她停住手，呆呆出神……

34. 刀心妍想象画面　日外

阳光下的草地郁郁葱葱、繁花烂漫……身着傣家新衣的刀心妍背着绣有五星图案的挎包兴高采烈地采集鲜花……

身穿崭新军装的高川骑着战马朝刀心妍驰来……

刀心妍捧着一大把鲜花奔向高川，高川在刀心妍身前下马，含笑看着她。刀心妍把鲜花递给高川，又摘下挎包给高川背上。高川看看挎包上绣着的五星图案，赞赏地笑着。他用鲜花编成花环，戴在含羞的刀心妍头上，又抱起她将她送上马背，自己也跨上马背，将刀心妍护在身前催动战马……

刀心妍和高川骑着“云里站”在绿草、鲜花中奔驰，二人洋溢着幸福的欢笑……

35. 边工委宿舍　夜内

开门声让刀心妍从遐想中回过神来。

波香拿着个布包进了屋，高兴地叫了声：“心妍姐！”

刀心妍仿佛受了惊，掩饰地说：“哦，波香。”

波香并未注意刀心妍的神色，兴冲冲地来到床边打开布包，一件件地拿起布包里的筒帕（佤族惯用的挎包）、长刀和布衫，向刀心妍展示。

波香：“心妍姐，你看，这个筒帕好不好看？这把长刀可快了，手腕粗的木头一刀就砍断了！这件衣服……”

刀心妍：“波香，你要长刀做什么？那是小伙子用的。”

波香笑道：“我是给岩虎的。”

刀心妍才反应过来，抱歉地说：“你看我，没头没脑的，好看，都好看。”

刀心妍拿起筒帕看了看，欣赏地说：“他们佤族伙子最喜欢好看的筒帕了，岩虎一定会喜欢。这件衣服也不错，蛮神气的，是不是大了一点？”

波香：“大一点好，这样的布料会缩水的。（她看见刀心妍正在绣的五星彩云，拿起那个挎包看着说）哎呀，绣得真好！心妍姐，你教教我吧，我也在筒帕上绣个五星。”

刀心妍：“好啊，一会我给你画个样子，教你绣。”

波香：“心妍姐，你这是给谁绣的？”

刀心妍摇摇头，掩饰地说：“是我自己的背包，给自己绣的。”

波香：“不对吧？这只背包发了那么久，从来没见你用过，你又绣得那么仔细，一定是送给高队长的，对不对？”

刀心妍难为情地说：“波香，你也快成花蔓了，什么话都讲得出来。快坐下，我教你绣五星。”

波香笑着撇撇嘴，坐到刀心妍身旁看她绣五星……

36. 边工委宿舍　晚上外

院子里，李铁杉、钟喜妹坐在树下的石凳上，钟喜妹织着一件红毛衣。

钟喜妹有些害羞地说：“你看，我要在你胸前绣上镰刀和斧头，人人看了都知道你是共产党员！”

李铁杉：“太好了！你可真了不起！我要穿着这件毛衣好好照张相，寄回家去，告诉我爹妈是你织的。”

岩虎躲在树后偷听二人对话。

钟喜妹看了看天上的月亮，说：“铁杉，你们去昆明接运物资，会很久吧？”

李铁杉：“说不好，这么远的路，时间肯定会长一些。”

钟喜妹：“可惜毛衣没织好，真该早些织出来，让你穿着去。”

李铁杉：“没关系，我的衣服够了，冻不着。”

钟喜妹笑笑说：“去昆明山高路远，路上还有土匪出没，你可要多加小心，时刻警惕呀！”

李铁杉：“放心吧，我又不是没打过仗。”

钟喜妹："有空的时候，给我写信，给我讲讲有趣的事。"

李铁杉："行，我一定写。"

钟喜妹笑了。李铁杉："喜妹，那什么，你能不能，给我张照片?"

钟喜妹："要我照片做什么?"

李铁杉："我是想，这回路过我们家，把你的照片给我爹妈看看。"

钟喜妹暗笑："干吗要把我的照片给你爹妈看?"

李铁杉："这，总得让老人看看未来的儿媳妇吧?"

钟喜妹："呸！谁是你们家儿媳妇，羞死人了！"她起身跑了。

李铁杉低声喊："喜妹！喜妹！你回来！我还没说完呢！"

钟喜妹跑进了宿舍，李铁杉无奈地笑着。

黑暗中传出岩虎的声音："谁是你家的媳妇，羞死人了！"他说完笑着跑了。

李铁杉恼恨地说："好啊，你岩虎，敢偷听我的秘密，看我收拾你！"

37. 边工委院外　早晨外

一辆卡车停在院外，李铁杉、李国梁等人要出发了，方明华、高川、刘捍卫、刀心妍、波香、花蔓都在送行，唯独不见钟喜妹的身影。

和水泉、岩虎帮李铁杉等人把行李装上车，李铁杉不舍地向院内张望，岩虎故意对他说："铁杉，咋个还不上车？等谁呀?"

李铁杉不好意思地说："没有，不等谁。"

刀心妍："铁杉，在等喜妹对不对？喂，你昨天是不是欺负她了?"

李铁杉："没有啊，我怎么会欺负呢？她说什么了?"

刀心妍故意地说："她生你的气了，让我把这封信交给你，一定是骂你的！"

她将一个信封交给李铁杉。

李铁杉接过信封就要打开，刀心妍拦住他说："去，上车再看。"

李铁杉转身上了车，急忙打开信封——钟喜妹的笑脸出现在他眼前。

他看着钟喜妹的照片开怀地笑了，一抬头，见钟喜妹已经站在刀心妍身旁，含羞地看着他。

车开了，同志们相互挥手告别。

李国梁见到李铁杉手里的照片，故意大声喊："放心吧，喜妹，铁杉的爹妈会满意的！就等着喝你们的喜酒了！"

大家哄笑起来，钟喜妹难为情地转过身，靠在心妍肩上。

第三十三集完

第三十四集

1. 南沧边工委　日内

方明华、罗开云等领导同志与高川、刘捍卫等工作队干部在开会。

方明华："同志们，省委地委发来紧急通知，党中央要求我们组织一些民族首领到北京去参加国庆观礼。"

与会者都显出兴奋。

罗开云："这是件大喜事啊！借着中央访问团带来的喜气，把民族首领请到北京去，这一来一往，就是创造了历史，创造了奇迹呀！"

方明华："是啊，这说明党中央毛主席对民族工作高度重视。一些参加协商建政的民族上层已经同意去北京，现在要做的工作是，动员那些对我们还存有怀疑，不愿意走出山寨的头人们走出来，到北京去。这件事情办起来，怕是不那么简单哟！"

高川："方书记，应该请那些同意去北京的民族首领一起来说服他们。"

方明华："思路是对的，对我们来说，最大的难点就是佤族首领。"

罗开云："明华同志，我们可以先说服岩火，让他和我们一起去说服岩猛和其他头人。"

方明华："是得这么办。我看我们先去曼龙，请出刀光寿以后，再去青蒙山。"

罗开云："我同意。我先派人给岩火送信，让他有所准备。"

方明华看看高川："就用高川的名义给岩火送信吧，他们可是结拜兄弟哟。"

罗开云："好，这样最好。"

2. 曼龙　镇上酒家　日内

刀心荣与罕富、乃松等寨主属官聚在一处，刀心荣举杯对众人说："各位寨主头人，我干爹被红汉人迷了心，曼龙迟早要被红汉人吞掉。你们都去劝劝老爷，让他多为曼龙的傣家人着想，不要事事顺着红汉人。"

寨主们点头答应。

刀心荣："拜托你们了，如果能叫老爷回心转意，我会重重地赏你们。"

他与寨主属官们干杯。

3. 曼龙刀府　日内

卧房里，刀母病在床上，一位大和尚带着几个小和尚在为她念经，刀光寿不安地陪在一旁，神色焦急。管家曼珲进来对刀光寿耳语几句，刀光寿不放心地看看病中的夫人，无奈地走了出去。

4. 刀府　日内

厅堂里，迎门的墙壁上已经挂上毛泽东、朱德的画像，画像下方仍是佛龛。

罕富、乃松等寨主、属官坐在椅子上等着刀光寿，见刀光寿出来，纷纷放下手里的茶杯、烟筒起身向他施礼、询问。

罕富："老爷，太太的病怎么样了？好些没有？"

乃松："老爷，田里的稻谷就要熟了，太太这时候染病，怕不是好兆头啊！"

罕富："是啊，老爷，一定是红汉人带来了邪气，太太怕是中了邪了。"

刀光寿疲倦地坐到正中的椅子上，没精打采地说："佛爷在给太太念经，你们在这里乱吵吵，还有没有规矩？什么中邪，太太的病就是你们吵吵出来的！"

罕富："老爷，乃松寨主说得不错，太太这时候染病，的确不是好兆头啊！红汉人来了以后，催交那么多稻谷不说，还要把傣家人拉去当兵呐！"

刀光寿："你见到他们拉傣家人去当兵了？没见到就不要乱讲。"

罕富："他们拉了不少姑娘伙子去参加什么学习班，还发了兵服，不就是要拉他们去当兵吗？"

刀光寿："那是教孩子们读书念字，他们办的是学堂。"

乃松："傣家人从来都是进佛堂念字，学汉文说汉话，分明是要坏我们祖上的规矩嘛。"

刀光寿："我也懂汉文，也会说汉话，我坏过祖上的规矩吗？"

罕富："不管怎么说，共产党要的公粮我们是交不出来了，还请老爷出面跟他们周旋周旋。"

刀光寿："周旋什么，共产党要的公粮必须要交，你们交不出来，就摊到下面去，让租户们多交一些不就行了吗？"

几位寨主、属官面露不悦。

刀光寿："好啦，现在共产党收的公粮比国民党县衙三征五征的时候少多了。共产党没绑人吊人，用枪逼着谁交公粮吧？你们除了官租还有官烟和门户的收入，哪个一年不收几万块半开？知足吧！"

罕富："老爷，有件大事，我们想劝劝你，听说红汉人要你去北京，可万万去不得呀！"

乃松："是啊，是去不得！他们为什么要你去那么远的地方？一定没安好心！"

刀光寿："北京要举行国庆大典，他们要我去参加观礼，说是毛主席要见我。"

罕富："毛主席要见你，就让他到我们这里来，反正红汉人来了这么多，他来了也没有危险，为什么一定要你去北京？"

乃松："对呀，北京那个地方是专给皇帝住的，寨子又大，坡又多，我们傣家人去不得。"

其他寨主："是了，老爷一定要三思啊。"

刀光寿摆手说："好了好了，吵得我心里乱乱的，你们都回去吧，我去不去北京，总要等太太病好了再说。你们各回各的寨子，该忙什么忙什么。都给我记住，不要跟红汉人工作队过不去，他们跟国民党不一样，不会欺负我们傣家人。"

寨主们无奈地起身施礼，曼珲管家送他们出去。

5. 刀府　日外

府院外，方明华、罗开云、高川、刀心妍、钟喜妹等人走来，扎布礼貌地将他们请进府。

6. 刀府　日内

厅堂里，方明华、罗开云看到墙上的毛泽东、朱德画像，露出会心的微笑。

刀光寿带着管家走来，强笑着对方明华、罗开云合十说："方长官、罗司令大驾光临，刀某理当远迎，真是冒犯了。"

方明华上前握了握刀光寿的手："刀先生不要客气，我们现在不分彼此，都是一家人了嘛。"

罗开云："是嘛，什么冒犯不冒犯，不拿我们当朋友？"

刀光寿："岂敢岂敢，罗司令身经百战，威风八面，刀某怎敢和您攀朋友。"

罗开云："刀代办说笑了，在曼龙，你可比我有发言权。"

高川拿出委任状递给罗开云，罗开云将委任状交给刀光寿："你看看，这是云南省军政委员会特地让我转给你的委任状，委任你为云南省民族事务委员会委员、南沧专区联合政府协商委员会委员，是不是比我更有发言权呢？"

刀光寿有些欣喜地看着委任状，又有些不安地问："这，这真让我不敢相信，怎么一下子封了我这么多官啊？那我这个土司……"

方明华：“土司你还要做，这些职务是人民政府对你的信任，你的主要职责，还是管理曼龙。”

刀光寿放心地笑道：“好，好，共产党确实没把我当外人。”

他把委任状交给管家说：“去把它裱起来，挂在厅堂里。”

他笑逐颜开地请方明华等人坐下喝茶。

罗开云：“刀土司，我听说夫人近来身体不大好，现在好些了吗？”

刀光寿：“老是不见好，我也是心急呀！曼龙没有个好摩雅，过去有的一些药材，都让老黄皮带走了，没办法，只好请寺庙里的佛爷、和尚来给她念经。若是再不好，就只有请‘波摩’（巫师）‘放大痧’（割脉放血）了……”

罗开云：“我们给你带来一位摩雅，她是我们工作队最好的医生，还给你的夫人看过病呢。”他说罢转向钟喜妹。

刀光寿看了看钟喜妹，似有些犹豫地看看管家。

刀心妍：“阿爸，上次阿妈患了急症就是喜妹医好的。”

刀光寿：“这是真的？”

刀心妍：“当然是真的。”

高川：“刀土司，现在正是疟疾、瘟疫流行的时候，夫人的病，一定要抓紧治疗才好啊。”

钟喜妹：“放心吧，刀土司，我了解夫人的身体情况，可以帮她治好病。”

刀光寿只好点头，向刀心妍示意：“心妍，就请这位摩雅去看看你阿妈吧。”心妍带着钟喜妹走向刀母卧房。

7. 刀府　日内

刀母卧房，几个和尚见刀心妍领着钟喜妹进来，有的停止了念经。

钟喜妹来到床边查看刀母的病情，刀母认出喜妹，露出宽慰的神情。

刀心妍反感地朝和尚们摆了下手，和尚们赶紧停止念经。

钟喜妹为刀母检查之后，对心妍说：“你阿妈的病不要紧，还是受了风寒，在发高烧。我给她打一针，再吃些药，就会好的。”

心妍笑着点点头。

钟喜妹看了看那些和尚：“请他们回避一下。”

心妍对和尚们做了个请的手势，和尚们只好退了出去。大和尚似有些不放心地回头看了看，刀心妍走过来关上了门。

8. 刀府　晚上内

厅堂里灯火通明，刀光寿设宴招待方明华、罗开云、高川等人。

刀光寿乐呵呵地端起酒杯说：“方长官，罗司令，请，为你们红汉人干杯！为你们的摩雅干杯！”

方明华：“为民族团结、真诚合作干杯！”

在座的人一起干杯。

方明华：“我这次来曼龙，还有一项非常重要的任务，要请刀先生支持啊！”

刀光寿：“方长官，有什么事尽管吩咐，刀某绝不推辞。”

方明华为刀光寿满上酒，刀光寿忙表示礼让，方明华坚持给他倒满了酒：“刀土司，我今天来，是奉了中央领导的命令，专程请你去北京参加国庆观礼的。”

刀光寿猜度地说：“方长官说笑吧？我不过是小小的曼龙土司，中央领导怎么会知道我？”

方明华：“刀土司，你能够审时度势，明辨是非，拒绝了国民党残匪的拉拢，毅然回国参加新中国的建设，是件了不起的事啊！我们把你的情况报告了上级，上级报告了中央，周总理知道以后，亲自点名请你去参加国庆观礼。”

刀光寿看看罗开云：“周总理，是位大长官？”

罗开云笑道：“这么说吧，召景哈主持的议事厅，掌管的是西双版纳。周总理主持的政务院，掌管着整个国家。怎么样，大吧?”

刀光寿显出惊讶。

方明华递上请帖：“刀土司，这是给你的请帖，请收下吧。”

刀光寿双手颤抖地接过请帖，起身凑到灯前仔细看着——

请帖上中华人民共和国中央人民政府和云南省军政委员会的大印赫然醒目。

刀光寿激动得有些不知所措，片刻，他来到佛像前，把请帖端端正正地放在佛前，对管家说：“快！点蜡烛，我要上香!”

曼珲点亮了蜡烛，刀光寿恭恭敬敬地在佛前对着大红请帖敬了香，一拜再拜……

方明华、罗开云等人会心地看着刀光寿。

罕富寨主和乃松寨主匆匆忙忙地闯进来，罕富不顾方明华等在场就慌里慌张地对刀光寿说：“老爷，不好啊！我们有要紧的事情告诉你!”

刀光寿不高兴地看着他说：“什么要紧事？没看见我这里有贵客吗?”

罕富：“不得了啊，刚才我在路上，见到西山顶上闪了道红光，太吓人了！我们请波摩打了卦，说是老爷近日不可上路，会有血光之灾呀!”

刀光寿不满地瞪着罕富、乃松，侍立一旁的管家和扎布对视一眼。

乃松：“是啊，老爷，波摩打的卦上说，东北方向邪气很重啊！太太的病就是被东北方来的邪气给冲的!”

罕富：“不错，东北方向就是北京嘛！老爷，你可不能去啊!”

刀光寿生气地说：“你们一会儿说红汉人带来了邪气，一会儿又说北京传来了邪气，简直是胡扯八扯！汉人摩雅医好了太太的病，如果说红汉人带来了邪气，太太的病她医得好吗？我看呐，这里的邪气都是你们带来的!”

罕富、乃松尴尬地没话说了。

刀光寿指着方明华、罗开云说：“这位是南沧的方长官，这位你们都该知道，大名鼎鼎的罗司令，他们两位奉了中央大长官的命令请我去北京，参加国庆观礼。你们看，这大红请帖上盖着中央政府和云南军政委员会的大印，说明共产党是真心跟我们傣家人交朋友，你们谁再乱讲共产党的坏话，就和我刀某不是一条心!”

罕富、乃松讨了没趣，惶惶离去。

刀光寿回到桌前郑重地说：“方长官，罗司令，刀某感谢中央领导的盛情，非常荣幸地接受中央政府的邀请，什么时候去北京，全听你们吩咐。”

罗开云高兴地说：“好啊，刀土司不愧为民族首领。你先准备一下，等我们把佤族首领请下山，大家一起出发。”

刀光寿：“你们还要去请佤族头人?”

方明华：“对，要体现民族大团结，各民族的首领都要请。”

刀光寿：“共产党心量如海，刀某感佩之至。这杯酒，我敬共产党。”

方明华、罗开云、高川等人都举起酒杯，与刀光寿一起干了杯。

9. 刀府　夜内

议事房里，刀光寿严厉地对站在对面的刀心荣说：“你不要以为我不晓得，那些寨主们拦着我去北京，都是受了你的指使!”

刀心荣：“干爹……”

刀光寿：“闭嘴！你若再敢背着我串联寨主，就不要再叫我干爹!”

刀心荣满腔怨愤，却不敢回嘴。

10. 佤族岩火大寨　日外

岩火带着岩坚等武士风尘仆仆地回到大寨，在自家院外下了马，岩火把缰绳甩给岩坚，郁闷地走向大房。

11. 岩火大房　日内

岩火进了屋，妻子娜月挺着大肚子迎上前帮他卸下身上的弩弓、长刀，问："岩火，阿爹答应下山了吗?"

岩火接过娜月递来的水酒喝了几大口，叹气摇头："阿爹不肯下山。"

娜月关切地说："那可怎么好，阿爹不下山，你还能下山吗?"

岩火叹道："阿爹说了，要红汉人的大头人亲自去请他。"

娜月："那红汉人长官会去吗?"

岩火难以回答。

12. 曼龙　工作队驻地　日外

驻地的条件明显改善，钟喜妹、波香、岩虎等工作队员们在竹木搭建的房屋前出出进进地忙碌着，做着出发准备。

刀心妍回到驻地，见大家都在忙着，走近收衣服的波香问："波香，忙什么呢？要出发吗?"

波香："是啊，要去佤寨。"

刀心妍："去佤寨?"

波香："是啊，我和喜妹都要去呢。"

刀心妍不高兴了。

花蔓凑近说："哎，心妍姐，听说你要陪你阿爸去北京，真叫人羡慕。"

刀心妍："去北京？谁说的?"

花蔓："大伙都知道了，怎么，你不知道?"

刀心妍没回答，一脸严肃地走向一边。

花蔓不解地自语："我说错什么了?"

13. 工作队驻地　日外

刀心妍来到驻地一侧的屋前，喊："高队长！高队长！"

高川从屋里出来："心妍同志。"

在不远处晾晒被子的刘捍卫关注着高川和刀心妍。

刀心妍："要去佤寨是吗?"

高川："对，岩火派人送信来了，他义父岩猛不打算下山，要我们去菁崖部落当面请他。方书记和罗司令……"

刀心妍没好气地说："为什么不要我去?"

高川："我正要告诉你呢，上级决定，让你陪你阿爸一起去北京，这可是难得的机会呀……"

刀心妍不为所动："你去不去?"

高川："我？我怎么能去呢？跟你说实话，我做梦都想去，（他畅想地）到北京，见毛主席，那是多好的事啊！"

刀心妍："我不去。"

高川一愣："你说什么?"

心妍："我不去北京，我要和你一起去佤寨。"

高川陌生人般地打量心妍："你，你昏头了？那可是去北京，参加国庆典礼！"

刀心妍："我就是不去。你若是不答应，我就去找方书记和罗司令。"

高川："你这不是胡闹嘛！上级决定的事，你就得执行。"

心妍固执地说："我去找方书记和罗司令。"

她转身就走，高川赶紧拦住她："你站住。心妍同志，你怎么不听招呼呢?"

心妍："我对你讲过，你到哪里，我就跟你到哪里。一到关键时候你就丢下我，你是故意的。"
高川："这可是上级决定，组织的安排。"
刀心妍："我不管谁的安排，我一定要跟你去佤寨。"
她转身又走，高川提高了嗓音："站住！"
心妍站住了，赌气不看他。
高川叹了口气，缓和地说："好吧，你先回去，我去向方书记和罗司令报告，你等消息吧。"
心妍转脸要说什么，高川抢先说："服从命令。"
心妍倔强地看着高川。
不远处的刘捍卫露出不悦的表情，转过脸去。

14. 工作队驻地　日内

方明华、罗开云、高川、刘捍卫等在开会。
方明华："地委和边工委派人给佤族各部落送了几次邀请信，有的已经回了话，说是派家人或者属官代表他们去。听说这里面有不少名堂，凡是答应代表大头人下山的，都准备好了棺材，得了不少钱。看来，他们还是信不过我们啊！"
罗开云："所以呀，我们这次去，不仅要把岩猛请出来，还要在菁崖部落开展工作，宣传党的政策。"
高川："请领导放心，我们一定完成任务。"
方明华："这次上山，罗司令亲自带队。他是老佤山了，和岩猛有交情。"
高川："那太好了，我们什么时候动身？"
方明华："做好准备，明天就出发。你们都准备好了吗？还有什么问题没有？"
高川："准备好了。只有一个问题……"
方明华、罗开云看着高川，一旁的刘捍卫已经猜出高川要说什么。
高川："刀心妍同志坚决要求和我们一起去佤寨，请领导考虑她的要求。"
方明华："不是让她陪刀光寿去北京吗？怎么，这么好的机会都要放弃？"
高川："她说，她要争取进步，早日入党。"
罗开云笑道："这个姑娘，蛮有性格嘛。明华同志，既然刀心妍同志这么强烈地要求上佤寨，我看不是不可以考虑。她的身份特殊，对消除傣佤两族的隔阂，化解矛盾，会有我们起不到的作用。"
方明华想了想，问高川："你们工作队的意见呢？"
高川："我没意见，请领导决定。"
刘捍卫插话："我不同意。"
方明华、罗开云转向刘捍卫，高川想不到地看着刘捍卫。
刘捍卫："方书记，有件事情应该注意一下……"
方明华、罗开云看着他，等着他说下去。
刘捍卫继续说："刀心妍同志也许能对消除傣佤两族的隔阂起到一定作用，但是，正因为她身份特殊，这时候让她去佤寨，很可能不安全。"
方明华："就这个理由？"
刘捍卫看了眼高川："还有，更重要的是，刀心妍同志和高川同志的关系扯不清楚，这么重要的工作，他们不应该一起去。"
高川吃惊地看着刘捍卫。
刘捍卫："方书记，罗司令，我完全是从工作出发才这么说的，请高川同志能够谅解。"
方明华、罗开云也感到意外，二人对视之后，方明华示意高川："高川同志，你有什么要说的吗？"
高川克制地说："方书记，罗司令，我向你们，向组织保证，我和刀心妍同志没有扯不清的关系。"
刘捍卫："高川同志，你这样说就不对了。你和心妍同志的关系，工作队的同志们都很清楚，你怎么能不说实话呢？"

高川语塞，难以接受地看着刘捍卫。

刘捍卫："方书记，罗司令，如果你们不相信，可以把工作队的同志们都喊来，听听他们怎么说。"

高川努力克制地说不出话了。

方明华看看高川，冷静地说："开云同志，这样好不好，你以刀家老朋友的身份和心妍同志谈一谈，听听她怎么说。"

刘捍卫："方书记，高川同志和心妍同志的关系已经表面化了，个别谈话没什么意义。"

方明华："那你的意见呢?"

刘捍卫："我建议召开党员会，让高川同志对大家说清楚，他和心妍同志到底是什么关系。"

高川控制不住地站起来，方明华示意他冷静。

高川："方书记，罗司令，我先回避一下。"他转身出了竹屋。

刘捍卫借机说："不需要回避嘛，我是希望他能坦诚一些……"

方明华："捍卫同志，这可是私人感情问题，召开党员会，这好吗?"

刘捍卫："对一个共产党员来说，哪有什么私人问题?任何事情都应该对组织襟怀坦白。我坚持建议，召开党员会。"

方明华看看罗开云，罗开云似乎没有更好的主意。

方明华思索地说："好吧，那就把党员同志都喊来，请高川同志自己把问题谈一谈，向大家表个态。"

罗开云无奈地说："好吧，我同意。"

刘捍卫显出得意。

15. 工作队驻地　日内

方明华、罗开云、高川、刘捍卫、岩虎、和水泉等人在开会。

高川带着情绪，一脸严肃地说："我还是那句话，我和刀心妍同志没有什么特殊关系，更没有扯不清的关系。"

岩虎、和水泉感到奇怪地对视。

方明华、罗开云把目光转向刘捍卫。

刘捍卫："刀心妍同志也这么认为吗?"

高川："她怎么认为是她的事情。"

刘捍卫："这么说不对吧，这是对同志负责的态度吗?"

高川："我对哪个同志不负责?你想要我怎么负责?"

刘捍卫："哎，该负什么责就负什么责嘛。心妍同志和你关系特殊，这是同志们都知道的事嘛。"

高川："同志们知道什么?我和心妍同志有什么特殊关系?"

刘捍卫："你看，你让其他同志说说，听听他们怎么说。"

他把目光转向和水泉、岩虎等人。

和水泉、岩虎等人都愣愣地，不知该说什么。

方明华："小和，岩虎，你们有什么看法，都说说。"

和水泉、岩虎相互看看，有些发懵。

刘捍卫："这是党员会，大家权利平等，知道什么就说什么。"

和水泉紧张地举了举手："我说。我觉得，队长和心妍同志，没有什么特殊关系，就是同志关系嘛。"

刘捍卫："高川同志对心妍同志的态度，和对其他同志一样吗?"

和水泉："不一样……"

刘捍卫："对了嘛，那还不叫特殊?"

和水泉："那是因为，心妍同志的身份特殊，又是刚参加工作不久，所以，队长经常要我们大家多照顾心妍同志，多帮助她……"

刘捍卫："工作以外呢?说工作以外的情况嘛。"

和水泉："工作以外？队长他，没有工作以外的时候。"

刘捍卫不满地瞪了和水泉一眼。

岩虎起身发言："是了，水泉同志讲得对，我们队长总是在工作，没有别的时间。"

刘捍卫："岩虎同志，别人说过的话就不必重复了。"

岩虎："是了。要说队长和心妍同志的关系，我最看得出，心妍同志喜欢我阿哥，哦，就是高队长。"

高川感到意外地看着岩虎，和水泉也瞪着岩虎。

刘捍卫得意地说："这就对了嘛，继续说，继续说。"

方明华、罗开云感兴趣地看着岩虎。

岩虎："要我说，我阿哥，哦，高队长和心妍同志，就是般配。"

方明华、罗开云笑了，高川难堪地说："岩虎……"

和水泉拉了拉岩虎的衣袖。

刘捍卫提醒道："水泉同志。岩虎，你说。"

岩虎："我说，我知道，革命队伍里不许串姑娘，可是，串一个姑娘，总是可以的吧？"

和水泉忍不住笑了，高川瞪了他一眼，他赶紧绷住笑容。

方明华笑道："岩虎同志，在革命队伍里，那叫自由恋爱。"

岩虎："对了嘛，自由恋爱嘛。就像我和波香，我恋爱她，她恋爱我，我们就订婚了……"

刘捍卫："岩虎，你到底要说什么？"

岩虎："我要说，高队长这么好，心妍同志也这么好，心妍同志喜欢高队长，就要高队长和她串嘛！恋爱嘛！"

和水泉开心地鼓掌，方明华、罗开云也笑着鼓掌，高川有些不知所措。

刘捍卫气得来回转动，不知该说什么了。

罗开云开心地说："岩虎同志，你是要当媒人喽。"

岩虎："大家说嘛，这有什么不好嘛！高队长和心妍同志就该恋爱嘛！"

高川忍不住地说："岩虎，不要再说了。"

岩虎不解地看看高川，坐了下来。

方明华笑道："岩虎同志的发言很直率，很好。高川同志，如果你和心妍同志确实没什么特殊关系，也就不必背什么包袱了。"

高川："我本来就没背包袱，我提议刀心妍同志参加佤寨工作队，怎么会扯出什么特殊关系，莫名其妙嘛。"

刘捍卫很是不满。

高川："不过，我要当着领导声明，心妍同志是个非常好的同志，如果有一天我和她真的有了特殊关系，我一定主动向组织上汇报！"

和水泉、岩虎等人鼓起掌来。

刘捍卫愤愤地瞪着他们。

方明华笑道："好，你这个态度我赞成！这件事就不要再提了，大家都集中精力做好工作。我的意见是，心妍同志还是留在曼龙，陪同刀光寿去北京。罗司令，你的意见呢？"

罗开云："我同意。让她留下，也好帮她父亲做些准备。"

高川："那就请领导跟她谈吧，心妍同志比较任性，我和她谈，恐怕谈不通。"

方明华："那好，我们抽时间和她谈。就这样，散会。"

16. 溪水边　日外

刀心妍打了一桶水，拎起水桶往驻地走。

刘捍卫走来，微笑地："心妍同志。"

心妍："刘副队长。"

刘捍卫伸出手："来，把水桶给我。"
心妍回避着："不用，我能行。"
刘捍卫："先把桶放下，我和你说几句话，工作上的事。"
心妍放下水桶，期待地看着刘捍卫："什么事?"
刘捍卫："是这样，我们研究过了，还是决定让你留下来，陪你阿爸去北京。"
心妍不高兴了。
刘捍卫："心妍同志，你们要准备的事情实在是太多了，这一路要过南沧、过思普，再到昆明……"
心妍拎起水桶走了。
刘捍卫尴尬地说："哎，心妍同志，心妍同志……"

17. 工作队驻地　日外

伙房外，岩虎闷闷不悦地杀着黄鳝，波香、钟喜妹在一边高兴地帮忙。
钟喜妹开玩笑说："波香，你可真是好福气，以后不愁没黄鳝吃了，岩虎天天会给你抓!"
波香："算了吧，他还没我会抓呢!"
岩虎赌着气说："抓黄鳝算什么本事? 我会抓老虎，你会吗?"
波香："尽吹牛! 你现在去抓只老虎来，去呀!"
岩虎："现在我这么忙，抓什么老虎?"
钟喜妹、波香笑着说他肯定是吹牛。
刀心妍拎着水桶走近，放下水桶问岩虎："岩虎，我问你，你们今天开会，都说些什么?"
钟喜妹、波香见心妍的情绪不对，感到奇怪。
岩虎为难地说："我们，我们开的是党员会，说了什么，不好讲。"
心妍："你们党员会，说到我没有?"
岩虎躲闪地回身继续杀黄鳝。
钟喜妹低声问："心妍，怎么了?"
心妍追问岩虎："说呀，说到我没有?"
岩虎无奈地点点头。
心妍："说我什么?"
岩虎憋得难受，想说又不能说地："你，你去问高队长好了!"
心妍愤愤地看着岩虎。
波香有些忐忑："心妍姐，到底怎么了嘛?"
心妍气得转身要走，突然愣住了——高川站在她面前。
岩虎、钟喜妹、波香都看着高川。
高川平静地说："心妍同志，你来一下。"
刀心妍感到有些突然，她平静了一下自己，擦了擦手，跟着高川走去。

18. 工作队驻地附近　日外

大树下，高川态度认真地对刀心妍说："刀心妍同志，我以前跟你讲过，现在想对你再讲一次。我们都是革命工作者，干什么不干什么，都必须听从上级安排，不能任性。这是工作纪律，你应该明白。"
心妍不服气地看着高川。
高川："另外，我们现在的任务很艰巨，不能考虑工作以外的事情。就是说，我们之间，和其他同志一样，只有同志关系。"
刀心妍不理解地看着高川，用眼神在问为什么。
高川："我想，你是能够理解的。"
他拿出当初刀心妍扔给他的花包："这件东西，还是先还给你吧。"

刀心妍很受刺激，眼中聚起泪水，委屈地扭头走了。

高川有些尴尬地站在那里，不知道该怎么办。

19. 工作队驻地附近　日外

钟喜妹关切地迎向刀心妍，刀心妍没等她发问，擦着眼泪快步走去。

钟喜妹猜到了原因，走向高川。

高川依然站在树下，手里拿着那个花包，很是为难。

钟喜妹走近他说：“队长。”

高川看看喜妹，收起花包。

喜妹：“高大哥，我对你有意见。”

高川：“哦？那就提吧。”

喜妹：“你对心妍的态度有问题。”

高川怔了怔，等着下文。

喜妹：“她心里有你，一心想和你在一起，我们大家都清楚。你为什么总是回避她？难道就是为了工作，还是怕有人说闲话？还是因为刀家杀害了我姐姐，你心里的石头放不下？”

高川：“好了，喜妹，不要说了，现在不是说这事的时候。”

喜妹：“我要说。心妍是个好姑娘，她美丽纯洁聪明善良，她是真心对你好的，你不应该拒绝她。”

高川：“喜妹……”

喜妹：“高大哥，你在我心中是个英雄，可英雄不光是面对敌人有胆量，面对真心爱你的人，也应该有胆量接受她、爱护她！若是我姐姐在天有灵，知道有心妍这样的好姑娘爱着你，她一定会为你高兴的。”

高川心有触动，却不知如何表达。

20. 刀府　日内

厅堂里，刀光寿、刀母和管家曼珲正在挑选向中央领导进献的礼物，傣锦、筒帕和金银宝石饰品堆了一篾桌。

刀母拿起一块傣锦说：“老爷，这块傣锦是我亲手织的，你献上去吧。”

刀光寿挑来选去都不满意：“这些东西，献给云南的长官可以，若要献给北京的大长官，怕是拿不出手啊。”

刀母想了想：“实在不行，就把家里的金佛献上去。”

刀光寿：“那倒是够分量了，可惜共产党不信佛，献上金佛，怕会惹来怪罪。”

曼珲管家：“要不然，把罗司令和方长官请来，问问他们？”

刀光寿：“献礼是我们的心意，怎么好和人家商议。”

刀母想了想，说“老爷，你等一等。”

她转身走向后堂，刀光寿猜测地看着夫人。

片刻，刀母拿着个丝绸包袱回到厅堂，在刀光寿等人的注视下把包袱放到桌上，慢慢打开，拿起一块光彩夺目的傣锦。

刀母：“老爷，把这块金线绣成的傣锦拿去献礼吧。”

刀光寿看着傣锦，心存感激地说：“夫人，这是你最珍贵的东西呀。”

刀母：“觐见红汉人最大的长官，自然要献上最贵重的礼物。拿去吧。”

站在一旁的刀心荣插话：“干妈，这可是祖传的宝物，把它献给红汉人，太可惜了。”

刀母：“这是我阿妈传给我的，已经传了几代人了。我想，这该能代表我们的心意了吧？”

刀光寿拿过傣锦，郑重地点头：“能，能代表。”

刀心荣感到很可惜。

21. 刀府 傍晚外

一只信鸽飞临，盘旋后落在楼台上，咕咕叫着。
一个身影走近，抓住信鸽，从腿上取下小竹管，把信鸽放了。

22. 曼龙酒家 夜内

隔间里，刀心荣在两个艳丽的姑娘陪伴下放荡地喝着花酒，姑娘不住地给刀心荣斟酒、夹菜，嗲声嗲气地说着奉承话。刀心荣则变着法地往姑娘嘴里倒酒，显然是在发泄。

厅堂里，掌柜尼斗让伙计给隔间送酒，伙计抬着酒走向隔间。这时，两个戴斗笠的黑衣人进来，尼斗诧异之后，立刻上前关了门。

隔间里，刀心荣和姑娘举着酒壶相互往对方嘴里倒酒，姑娘被酒呛着，刀心荣发出浪笑。他放下空了的酒壶，拍着桌子喊："掌柜的！尼斗！拿酒来！"

一个黑衣人抬着几只酒壶进来，坐到刀心荣对面，拿起酒壶为刀心荣斟酒。

刀心荣醉眼迷离地仔细辨认，终于看清了来人，诧异地："杜、杜长官?"

杜连仲摆手示意，跟进来的尼斗让那两个陪酒的姑娘出了房。

刀心荣不满地说："哎，站住，不许走！老子还没喝够呢……"

杜连仲冷笑道："大少爷，我陪你喝。"他拿起酒杯一饮而尽。

刀心荣调笑地说："杜长官，你是从地里钻出来的？你们国军不是要反攻吗？反倒哪去了?"

杜连仲："大少爷，还是笑话你自己吧。堂堂土司代办，现在落个孤家寡人，连你想娶的女人都背叛了你，真是可悲呀。"

刀心荣："哼，若不是认了你这种朋友，我怎么会落到这一步。"

杜连仲："你要是听我的话，带着刀大小姐在境外成了亲，哪还会有今天？你们早在自由世界享受荣华富贵了。可惜呀，你偏要相信共匪的鬼话，背叛朋友，落到今天这一步，只能怪你自己了。"

刀心荣赌气地说："我就不信，我干爹会把曼龙的家业传给别人，早早晚晚，曼龙领地还是由我说了算！"

杜连仲："到那时候，你怕是连棵草都捞不到，早就被共匪共产了。"

刀心荣怔怔地看着杜连仲。

杜连仲："大少爷，我们汉人有句老话，叫作'行到水穷处，坐看云起时'。只要你肯于悔过，知耻而后勇，国军还会把你当朋友。"

刀心荣："哈，当朋友又怎么样？你们能叫我掌管曼龙领地？能叫心妍阿妹嫁给我吗?"

杜连仲："这有何难？只要你死心塌地跟着我干，串联起曼龙的武装剿灭共匪工作队，阻止你干爹去北平。蒋总统会立刻委任你为南沧县长。"

刀心荣听罢狂笑不止，杜连仲面露愠色却不好喝止。

刀心荣透着轻蔑说："杜长官，你太会说笑了，要我搞死工作队，拦住我干爹去北京，我若有这些本事，还会去做什么狗屁县长？怕是要跟蒋总统平起平坐了吧？你们这些不中用的国军也要归我管了吧?"说罢又是狂笑。

杜连仲忍无可忍地说："刀心荣！你太放肆了！杜某今天来，是想给你个机会，帮你夺回曼龙的兵权。你不领情，就别怪杜某手下无情，等国军打回来，你就给你干爹陪葬吧。"

刀心荣："杜长官，大话吓不死人。国军真能打回来，我这条命随你拿。若是没那个本事，就不要对着我放狗屁了。"

杜连仲本能地想掏枪，刀心荣看在眼里，冷冷一笑："这里是曼龙，你若整死我，就得给我陪葬。"

杜连仲无奈地放下手。

刀心荣向尼斗喊："去，把小卜少喊来，陪老子喝酒！"

杜连仲悻悻起身离去，刀心荣举起酒杯一饮而尽。

23. 工作队驻地　清晨外

工作队准备出发了，岩虎背着冲锋枪往马背上放干粮袋、水桶等物，又帮报务员把电台安置在马背上。

钟喜妹腰间挂着手枪检查药箱里的药品器具，波香和花蔓抬着一些礼物走到驮马旁，和水泉等人帮着她们把东西捆到驮架上。

方明华、罗开云、高川、刘捍卫走来，方明华对罗开云说："罗司令，祝你们马到成功啊！"

罗开云："你放心，若是岩猛不下山，我也不下山，跟他耗到底！"

这时，刀心妍一身行装骑马赶来。

工作队的同志们感到意外地看着刀心妍。

方明华、罗开云、高川、刘捍卫都感到意外。

刀心妍下了马，走到方明华、罗开云面前，态度坚决地说："方书记，罗司令，我要和同志们去佤寨！"

方明华、罗开云诧异地看着刀心妍。

方明华："心妍同志，不是让你陪你阿爸去北京吗？怎么，这么好的机会要放弃啊？"

刀心妍："方书记，你不是对我说过，要我向岩虎、波香他们学习，忘掉自己的身份，去做最艰苦的工作吗？我要求和他们一起去佤寨，就是照你说的做，没有错吧？"

方明华看看罗开云，带笑说："当然没错。心妍同志，可是我们已经安排了，让你陪你阿爸去北京，这也是工作需要嘛。"

刀心妍："若是同志们都去北京，我当然要去。可现在要我陪着阿爸去北京，别人只会把我当作土司的女儿，不会当我是工作队员。我已经和阿爸讲好了，他同意我和同志们去佤寨。罗司令，方书记，你们就让我去佤寨吧，不要把我和同志们分开。"

方明华和罗开云对视。

高川用目光肯定了心妍的要求，刘捍卫显出反感。

刀心妍："罗司令，方书记，我求你们了。"

她向方明华、罗开云鞠了一躬。

方明华赶紧说："心妍同志，不要这样……"

罗开云："你这个姑娘可真倔呀。明华同志，既然她这么坚决，那就让她去吧。对她来说，也是个锻炼的机会嘛。"

方明华笑道："罗司令都发话了，我还能有什么意见？那好，去吧。"

刀心妍高兴地再次向方明华、罗开云鞠躬："谢谢了！"

方明华："谢什么谢，你可得听招呼啊，不许任性！"

刀心妍开心地说："是！"她转身走向钟喜妹、波香。

方明华笑着转向高川："这姑娘，真拿她没办法。"

高川满意地笑笑。

原本不自在的刘捍卫马上变了态度："真想不到，她这么要强。"他突然想到什么走向刀心妍："心妍同志！"

刀心妍回身看着刘捍卫。

刘捍卫拿出一副新绑腿，递给心妍："心妍同志，我这有副新绑腿，你带着用吧，是用烟筒水煮过的，能防蛇咬。"

刀心妍有些反感地推辞："不用了，我不打绑腿。"

刘捍卫："还是要学会打绑腿，而且一定要打紧。走山路不打紧绑腿，一会儿就走不动了。要不要我帮你打上啊？"

刀心妍赶紧挪了挪腿说："不用不用，上了山我自己绑。"

刘捍卫要把绑腿塞进马背上的行李，心妍婉拒着，一个背包掉下来，露出那只绣着五星的挎包。

刘捍卫捡起挎包欣赏地说："哎呀，绣得太好了，这红星，好像在放光啊！这是你绣的？"

刀心妍起身拿过挎包，掸着上面的土点点头。

刘捍卫："真是心灵手巧啊，有空的时候，也帮我绣一个？"

刀心妍正不知道该怎么回答，钟喜妹走过来拿过刘捍卫手里的新绑腿说："刘副队长，这副新绑腿给我用吧，我只有一副绑腿，正愁不够用呢。"

刘捍卫无奈地说："拿去用嘛，我就是拿来给你们用的……"

钟喜妹："谢谢刘副队长！心妍姐，来帮我一下。"

刀心妍把新挎包放进背包里，跟着钟喜妹走到一边去了。

刘捍卫站在那里干笑。

24. 菁崖部落附近　日外

罗开云、高川、岩火一行登上山坡，望见了山谷对面的菁崖大寨，队员们都显出兴奋。

岩火："那就是我阿爹的菁崖大寨。罗司令，你们歇一歇，我去通报。"

岩虎挎上一箩腊肉、盐巴等见面礼，跟着岩火、岩坚向山谷走去。

罗开云对报务员说："给方明华同志发报，我们已经到了菁崖部落。"

高川对大伙说："大家原地休息，不要走远了。"

刀心妍拎起一只空水桶走向山谷中的树林。

波香："心妍姐，你干什么去？"

刀心妍："我去找找附近有没有水。"

波香："我和你一起去。"

她转向高川："高队长，我和心妍姐找水去。"

高川："快去快回，别走远了！"

刀心妍没有回头，只是摸了摸自己腰间的手枪，示意没问题。

25. 山谷中　日外

树林里，一条小溪汩汩流淌，溪边有点点野花。

刀心妍和波香拎着水桶来到溪边，她们迫不及待地摘下挎包和军用水壶放到一边，脱了鞋下到溪水里欢乐地洗脸、踩水，还互相撩着水嬉闹。

树林中露出一张黝黑而年轻的脸，接着一张张同样的脸露了出来，几个佤族青年光着上身腰挎长刀手持弓弩窥视着溪水中的刀心妍和波香……

刀心妍、波香只顾着在水里擦洗，往水桶里灌水，对身边的一切全然不觉。

一个戴着红包头的佤族汉子（岩相）和身边的几个佤族青年互相交换了一下眼神，其中两人悄悄摸向溪边，其他人用弩箭瞄准了刀心妍和波香……

刀心妍拎起盛满水的水桶，波香拧干了毛巾，正要绾起淋湿的头发，猛然发现那两个佤族青年在悄悄走近，吓得她"啊"地大叫起来。

刀心妍见状丢下水桶迅速拔出手枪对准佤族青年喊："不许动！不许过来！"

那两个青年似乎认识手枪，在原地愣了愣，其中一人捡起刀心妍的挎包转身就跑，躲在林中的青年们也跟着跑去……

刀心妍冲到岸上边穿鞋边喊："站住！把包放下！"她穿好鞋追了过去。

波香跑到岸上朝刀心妍喊："心妍姐！别过去！危险！"

刀心妍边追边喊："波香！你去报告队长！我去追他们！"

波香无奈地拎着水桶向休息地点跑去……

26. 林子里　日外

刀心妍寻踪追赶那几个佤族青年，追着追着不见了踪影，她正在四下张望，一只射来的弩箭扎在她身旁的树干上。刀心妍惊恐之中胡乱开了一枪，喊叫着朝树影晃动的地方追了过去……

27. 山坡上　日外

罗开云、高川听到枪响，立刻起身向林中望去。

钟喜妹吃惊地望着林中。

罗开云："怎么回事?"

高川抽出枪喊："快！跟我来!"

和水泉跟着高川跑向树林。

波香从林子里跑出来上气不接下气地说："快！心妍追他们去了……"

高川急切地问："什么人？她追谁去了?"

波香："当地的……佤族……他们抢了她的包……"

高川带着和水泉冲进林子……

钟喜妹紧张地望着高川等人。

28. 菁崖大寨　日外

岩火已经把见面礼交给了岩猛大寨的武士，准备进入大寨。

突然传来的枪声令众人紧张起来，岩虎向枪响的地方张望："糟了，出事了!"

岩火："你快去看看，我去见阿爹。"

岩虎抽出枪返身跑去……

岩火急切地对大寨武士说："快带我去见阿爹，来的都是朋友，千万不要伤了他们!"

武士和岩火、岩坚快步走向藤桥……

29. 山谷中　日外

林中，刀心妍快步追赶那几个佤族青年，突然一条绳索将她绊倒，手里的枪也飞了出去。她正想爬起来，那几个青年从树后面钻出来用麻袋套住她……

刀心妍一边挣扎一边在麻袋里喊叫……

30. 林中　日外

高川追出一片树林，见几个佤族青年扛着套在麻袋里的刀心妍往山寨里跑，高川焦急地喊："站住！站住!"

和水泉情急之中朝天开了一枪。

高川转脸喝道："不许开枪!"他又追了下去……

31. 林中　日外

岩虎抄小路赶到那几个佤族青年的前面，站在路中央伸手拦住了他们，用佤族语言对他们说："兄弟！放下麻袋里的人，她是共产党的人，是阿佤人的朋友!"

一个佤族青年背着刀心妍的挎包，举着长刀问岩虎："你是哪个部落的，敢拦我们的路!"

岩虎说："我是岩火部落的武士，现在是共产党的人！快把她放了!"

为首的岩相拿着刀心妍的手枪比划着说："她是我们的战利品，她不是朋友，她用枪对着我们。"说着，他还模仿开枪的样子和枪响声。

岩虎有些急了："你听好了，你不放了她，我就不让你们过去！"

岩相："你不让路，就是我们的敌人！"

这时，高川、和水泉赶了过来，见岩虎正与对方争执不下，他让和水泉隐蔽起来，自己上前收起枪向岩虎示意，让他冷静，继续跟佤族青年讲道理。

岩虎又对岩相说："兄弟，共产党工作队是来和岩猛大头人交朋友的，你若伤害了我们的人，大头人会处罚你的！"

岩相坚持不放人，说："她是我们的战利品，咋个处理我说了算！要么你拿出东西来换，要么就让我砍下她的头！"

岩虎知道这时跟他们讲不通道理，抽出长刀吼道："讲理讲不通，那就拿出本事来吧！抽出你的长刀，跟我拼上一场！若是我赢了，你就把人放了！若是你赢了，就把人带走！"

岩相冷笑着指了指岩虎、高川的身后。

高川、岩虎转头一看——

他们身后围着几十个佤族汉子，个个用长刀弩箭对着他们。

岩虎冷静地说："好，你们人多，我不和你斗了。请把岩猛大头人喊来，我们要跟你们大头人讲理！"

岩相："要见大头人，先把刀枪交出来。"

岩虎把那人的话告诉高川，高川毫不犹豫地把枪交给了岩相，岩虎也交出了身上的武器。

佤族青年们扛着刀心妍，押着岩虎、高川走向山寨。

高川边走边向和水泉隐蔽的地方喊："快去找罗司令！让他去找岩猛！"

本想冲过去的和水泉听到高川的喊声，只好隐蔽后退。

佤族青年们不知道高川在喊什么，以为他害怕了，露出嘲笑的神色。

32. 山寨外　日外

木鼓声声，一些手持武器的佤族青年来到空场上，和岩相一起先拜了鬼神，然后让人把高川、岩虎和依然套在麻袋里的刀心妍带过来。

佤族青年们全都围了过来。

岩相向在场的人用佤族语言大声宣布要砍下高川等人的头。

围观的人们欢呼起来。

高川不知道岩相在说什么，岩虎紧张地把岩相的话告诉了他。

高川不相信地瞪起眼睛："什么？要砍我的头？他好大的胆子！"

佤族青年们上来把高川和岩虎捆了起来。

这时，罗开云带着和水泉和几名队员赶了过来，罗开云用佤族话高喊："不要绑人！不要绑人！"

岩相转向罗开云等人，向青年们挥手，青年们立刻举起长矛、长刀。

罗开云抬着双手示意他们冷静，对岩相说："你是头人吧？就算你不认得我，也一定知道我的名字，我是罗开云，是岩猛大头人的朋友！"

青年们显然听说过罗开云的名头，转脸看着岩相。

罗开云："你绑的这几个人都是岩猛大头人的客人，绑不得，更是砍不得！"

岩相听了半信半疑，无法相信眼前的人就是罗开云。他和身边的几个人嘀咕几句后，让人把罗开云也绑了起来，又命人点上一盏小油灯，大声说："你们听好了，如果灯灭的时候岩猛大头人没派人来接你们，就要砍下你们的头！"

佤族青年们把罗开云、高川、岩虎和刀心妍等人都绑在了木桩上，几个头包红布腰挎长刀的"砍头英雄"守候在他们身边，一边喝酒一边等着灯灭。

围观的人们有节奏地呼喊着，盼望着砍人头的时刻。

第三十四集完

第三十五集

1. 菁崖部落大寨外　林中　日外

钟喜妹、波香等人隐蔽在稍远处的树林里，望着罗开云、高川等人的处境，十分焦急。

钟喜妹："他们要干什么？怎么把他们都绑起来了？"

波香："糟了，佤族有砍人头的习惯，会不会……"

钟喜妹："砍头？那还了得？咱们得想办法救他们！"

她看着那些喧闹的人们和绑在木桩上的高川、罗开云、岩虎等人，心急火燎地想着办法，片刻，她下决心说："波香，你和两个队员守在这里，我带其他同志迂回过去，如果情况危急，我们就冲过去救人，你们在这里放枪，把人打散就行，千万别伤人！"

波香点点头："喜妹，你们要小心，他们人多啊！"

钟喜妹和几个队员从树林里向寨子靠近。

2. 山寨外　日外

油灯还在燃烧，灯碗中的油已经越来越少。

岩相等"砍头英雄"们在擦拭长刀，围观人们的呼声越来越高。

被绑在木桩上的罗开云、高川、岩虎等人面不改色地等待着。

刀心妍悔恨地闭上眼睛。

3. 林中　日外

钟喜妹等队员已经接近了寨外……

4. 山寨外　日外

岩坚和一个岩猛大寨的武士骑马奔来，武士跳下马对岩相说了些什么，围观的人们立刻安静了下来。

岩相对大家宣布："岩猛大头人传话来了！他们是大头人的客人，不能砍！"

围观的人们又欢呼起来。

岩相来到罗开云、高川、岩虎身边为他们松了绑，把他们的武器还给了他们。

5. 林中　日外

钟喜妹见高川等人已经脱险，松了一口气。

波香高兴地跳了起来，招呼队员们一起赶往寨外。

6. 山寨外　日外

罗开云、高川向岩相和岩猛派来的武士致谢，高川毫无表情地示意刀心妍快跟他走。

刀心妍找那个背着她的挎包的佤族青年要挎包，那青年不给，他身边的人又喊叫起来。

那青年对岩相说："岩相头人，他们的人可以放，这个包包是我在林子里捡的，不能给。"

他身边的青年们也连连称是。

高川轻声劝刀心妍："算了，别为一个挎包再惹麻烦。"

刀心妍倔强地说："不行，一定要拿回来。"

她转身又和那青年争执，岩相板起脸说："按照我们的佤寨规矩，谁捡到的东西就归谁！你这个女人不讲理，硬要说包包是你的，我们只好用老规矩来解决了！"

罗开云问："老规矩？怎么解决？"

岩相："让这个女人和那个伙子站过来，我用竹签戳他们的手臂，谁先出了血，谁就是说谎。"

刀心妍下意识地捂着手臂。

岩虎抢上来说："不行！让女人流血，你们看得过去吗？"

罗开云："这位头人，这个法子不好吧，竹签子戳人，哪有不出血的？（他摘下自己的挎包对那个青年说）这样吧，我用我的挎包和你换，好不好？"

青年抓着心妍的挎包，表示不换。

高川抱怨地看了眼心妍，心妍却固执地不表态。

岩相："这样吧，若是你们这个女人没有说谎，就让她顶着油灯站到木桩那里，让我们这个捡了包的伙子和你们的人去比试，谁能用弩箭把油灯射灭谁就得到那个布包。"

岩虎担心地说："那怎么行？若是你们的人箭法不准，伤到我们的人怎么办？"

岩相："兄弟，你应该晓得，我们阿佤人是讲信用的，不会故意射她。如果射中了她，那一定是她说了谎。"

岩虎想劝刀心妍，刀心妍却不由分说地站到木桩前，等着寨子里的人把油灯放到她的头上。

在围观人们的呼喊中，那个佤族青年上好了弩箭，问谁来跟他比。

岩虎拿起自己的弩弓说他来比。

那青年说："不行，你是阿佤人，不能替外族人跟我比。"

岩虎想争辩，高川上前拍拍他的肩，表示由自己来比试。岩虎担心地看着高川，高川示意他放心，拿过岩虎的弩弓转向岩相，问："在哪射？"

岩相让一个汉子把油灯放到刀心妍的头上，又从她身前量出二十步，用长刀在地上画了一条线，示意要在线后面射箭。他示意由佤族青年先射。

佤族青年走到线后上好弩箭，举起弩弓瞄准，所有的人都无声地看着。

钟喜妹、波香紧张地屏住呼吸。

岩虎紧盯着佤族青年的弩箭。

钟喜妹、波香紧拉着手几乎不敢看了。

佤族青年射出的箭擦着刀心妍的头发钉在了木桩上，没有射中油灯。

高川走到线后，冷眼看了看刀心妍，举起了弩弓……

罗开云担心地看着高川，又看看刀心妍。

钟喜妹、波香紧张地不敢看了，和水泉担心地攥紧了拳头。

岩虎也捏紧了拳头，额头上渗出汗珠……

高川按照岩虎教他的方法瞄准刀心妍头上的油灯，射出弩箭——

刀心妍本能地闭上眼睛，弩箭飞速而来，准确地射灭了灯芯。

围观的人们欢呼起来！岩相和佤族青年十分吃惊。

岩虎、钟喜妹、波香、和水泉等人高兴地跳了起来。

罗开云舒心地长叹。

高川走到岩虎身前，把弩弓还给他。

佤族青年愣愣地看着高川。

岩相把挎包还给了刀心妍，刀心妍举着挎包欣喜地跑过来想对高川说什么，高川严肃地瞪了她一眼，转身走了。

刀心妍呆呆地站在那里，一脸的委屈……

7. 菁崖大寨　日外

罗开云、高川、岩虎等人在一群佤族汉子的监视下走向岩猛居住的竹木建起的大房子，房前有一些手持武器的精壮汉子护卫。

岩火、岩相陪同罗开云等人进了大房，把岩坚留在外面。

8. 岩猛大房　日内

房中光线很暗，岩猛坐在火塘前的虎皮椅子上，一双鹰一般的眼睛盯着罗开云等人。

罗开云礼貌地摘下帽子："岩猛大头人，你好啊！"

岩猛淡淡一笑："罗司令，你也好啊。"

罗开云让岩虎将带来的盐巴、腊肉和布料等礼物拿到岩猛面前，岩猛拿起一块腊肉闻了闻，拿起块盐巴舔了舔，又用手摸了摸布料，吩咐岩相让屋里的汉子们将这些东西分成若干份。

汉子们立刻开始分盐分肉，将布料也撕成一块一块的。

罗开云、高川看着他们的举动，会心一笑。

岩猛表情冷漠地示意罗开云等人可以到火塘边坐下喝茶，岩火招呼罗开云、高川、岩虎坐到火塘边，屋里的女人为他们倒茶并拿来竹筒酒放到他们面前。

汉子们将分成若干份的礼物拿到屋外分给寨子里的人，院子里立刻传来一片呼声……

岩猛听着院子里的欢呼声，笑了。

罗开云向岩猛介绍说："大头人，我这次来，是作为思普专署和南沧边工委的代表，专程来请你下山去北京的。这位是我们的工作队长，高川同志。"

高川客气地说："岩猛大头人，你好。"

他起身向岩猛敬礼，又向他伸出手，岩猛不太习惯地与高川拉了拉手，带着警惕的神情勉强笑了笑，示意罗开云等人喝酒。

岩火向高川使个眼色，高川和岩虎拿起竹筒酒喝了起来。

岩猛用生硬的汉话对罗开云说："罗司令，昨天魔巴打了鸡卦，半凶半吉。听说你们是带着枪来的?"

罗开云笑道："我们只来了几个人，带着枪是路上防身用的。我们进寨子的人都没带枪，枪都留在寨子外了。"

岩猛点点头，说："罗司令，我在青蒙山住得好好的，为什么要到北京去? 北京太远了，我不去。"

罗开云："大头人，你是不相信我还是不相信共产党?"

岩猛："我信你。"

罗开云："那你听我说，上山之前我也打了一卦，卦上说中国从此不打仗了，汉人不打阿佤人，阿佤人也不打汉人，你信不信?"

岩猛笑笑："罗司令的话我信。"

罗开云："岩猛，我早就不当游击司令了，我现在是共产党的干部，代表共产党来请你。"

岩猛："共产党请我做什么? 他们的头人要见我，就不能来我的菁崖大寨吗? 岩猛没有打过红汉人，他们不用怕嘛！"

罗开云："岩猛呀，共产党的中央在北京，领导着中国所有的地方。中央要请你去北京吃酒，还请了很多部落的首领，别人去了你不去，不怕人家笑你岩猛没胆子?"

岩猛变了表情："岩猛的胆子比天大！北京的头人有多了不起? 他们的地盘，大的过青蒙山吗?"

罗开云："岩猛啊，北京是一座城市，也许没有青蒙山那么大，可是北京的党中央领导着整个中国。"

高川："大头人，咱们的国家非常大。你来看……"

他用石子在地上画了个大概的中国地图，对岩猛说："这就是中国的地图，北京在这里，云南在这里，青蒙山在这里……"

岩猛显然不相信，慢悠悠地说："你搞错了，青蒙山不会这么小，等山上的雾散了，你好好看一看。"

罗开云："岩猛啊，青蒙山的雾都散了，也顶多看出去五十里。可从青蒙山到北京，要走几千里。青蒙山再大，方圆不过几百里，可整个中国有九百六十万平方公里，能装下多少个青蒙山啊！"

岩猛眯起眼睛似在心算，很难算出中国到底有多大。

罗开云："我和你说吧，咱们中国好比是个太阳，咱们云南呢，好比是个月亮，你们的青蒙山呢，就好比是颗星星，懂了吧？"

岩猛半信半疑，片刻才说："共产党红汉人，怎么会得了那么大的地方……"

罗开云："得人心者得天下嘛。岩猛啊，你们打英国人的时候，清朝政府不打英国人，反而杀了你们阿佤人。你打日本鬼的时候，国民党政府也没派一个兵来帮你们。现在共产党的兵虽然没进青蒙山，但是共产党说了，阿佤人过去打英国人、打日本鬼都是在保卫中国，以后不管是哪国的毛贼，只要他们敢闯进青蒙山，共产党就派兵和阿佤人一起把他们打出去！"

岩猛从身后取出一把英国军人的指挥刀，这显然是他抗英时留下的战利品，他抚弄着刀柄和刀鞘说："是了是了，英国人来了我们打英国人，日本鬼来了我们打日本鬼，国民党黄皮兵来了我们打黄皮兵，可你们的解放来了我们没有去打。"

罗开云："岩猛，能告诉我这是为什么吗？"

岩猛笑笑，说："罗司令，这位长官，喝酒吧。"

罗开云、高川、岩虎和岩猛、岩火、岩相一起喝了酒。

罗开云抹着嘴说："岩猛头人，我替你说了吧，自从解放军进了云南，没有冒犯过任何山寨，受到各族百姓的欢迎。他们走到哪里，就把好事做到哪里，人们都在传说解放军是菩萨派来的救苦救难的天兵呢！"

岩猛淡淡地笑了笑："共产党解放人好多吧？是不是都到了云南？"

高川："解放军要保卫全中国的领土，不管敌人从哪里来，都要把他们消灭掉。解放军现在没有进驻青蒙山，是为了尊重当地头人的意愿，不愿和少数民族发生误会。"

岩猛不大相信地说："这么说出了青蒙山到处都有解放的兵了？这么多的兵，共产党大头人管得下吗？"

罗开云："岩猛啊，共产党的毛主席请你去吃酒，你不正好可以问问他，是怎么管下几百万兵的吗？"

岩猛眯起眼睛盘算几百万兵是个什么概念，他掐着指头怎么也算不清楚。

罗开云："岩猛，你不要算了，在青蒙山打仗的时候，你和班洪王可以召集几千个武士，共产党解放有你一千个那么多！"

岩猛有些吃惊地说："那可以把青蒙山站满了，共产党大头人会有那么多兵？难怪有人说，岩猛下了山就回不来了，共产党解放会抢了青蒙山……"

罗开云："岩猛，那些都是谣言，信不得。解放军那么多人枪，要想抢你的青蒙山，何苦还要派我们来请你？你看看，我们进寨子前就被你的人下了枪，一点也不怪罪。我们要是想害你，会两手空空的来吗？"

岩虎："大头人，过去我在你的部落里做'教客'，又在岩火头人那里做武士，现在我是共产党的工作员，共产党对我们阿佤人像亲兄弟一样，处处帮助我们阿佤人。大头人不信我的话，我愿意留在山上，如果大头人下山出了事，我宁愿让寨子里的人砍下我的头！"

高川："只要岩猛头人答应下山，我也愿意留在山上，一直等到你平安回来。"

岩猛闭上眼睛，思索地说："下不下山，要听听雀叫，要看看鸡卦……"

9. 芒崖佤族部落　夜内

部落首领尼贡的大房内，尼贡和几位佤族头人与传教士永享乐、杜连仲、石三娇等人围坐在火塘边。

尼贡："南沧的红汉人给我送来书信，要我和岩猛大头人，还有班洪王子、西蒙中课的部落头人都下山去，说是要请我们去北京，去见共产党的大头人……"

杜连仲打断他："尼贡大头人，共匪是在哄骗你们，只要你们下了山，就再也回不来了。"

永享乐："是啊，大头人，他们可以不用刀不用枪，只给你吃不下去的食物和放了毒药的水，把你活活饿死或者毒死。"

尼贡显出恐惧地与几位佤族头人面面相觑。

石三娇："大头人，你可曾见过下了佤山，去了汉族地界的佤族头人，还有活着回来的?"

尼贡惊疑地摇摇头。

杜连仲："无论如何，你都不能下山。不光是你不能去，还要劝阻岩猛大头人，让他也不要去。"

尼贡叹道："我是信不过红汉人，不会下山的。不过，岩猛头人要做什么，我怕是拦不住啊。"

石三娇："拦不住就来硬的，让你的人和我们一起去岩猛部落，不让他下山。"

尼贡："这怕不行，万一话讲不清楚，两下动起手来，不成了自家人打自家人了吗? 这不行，绝对不行。"

杜连仲："那就请大头人给岩猛头人送一封十万火急的书信，劝他不要下山。这总可以吧?"

永享乐："对，送一封书信，向岩猛头人陈说利害。如果他不听大头人的劝告，那就后果自负。"

尼贡想了想，答应道："好吧，我派人送信给他，劝他不要下山。"

10. 尼贡部落　夜外

杜连仲、石三娇、永享乐等人出了尼贡的院子。

石三娇心急地对杜连仲说："要是岩猛不听劝，执意下山怎么办?"

杜连仲一时没有主意。

石三娇："咱们马上出发，赶到岩猛下山的路上埋伏。要是他真的下了山，就索性干掉他!"

杜连仲："不行。岩猛身经百战，对青蒙山的地形了如指掌。况且送他下山的武士肯定少不了，我们打他的埋伏，那是山猪惹豹子，自己送死。"

石三娇："可是……"

杜连仲："别再说了。等尼贡头人送去了书信，看看结果再说吧。"

石三娇一副不甘心的表情。

11. 菁崖大寨　清晨外

太阳在鸡鸣中升起，青蒙山的雾散了。

12. 岩猛大房　日内

魔巴在用竹签杀鸡取骨，准备打卦。

岩猛、罗开云、高川、岩火、岩虎、岩相等人都静静地看着。

魔巴用线捆住两根鸡骨，用细竹签刺进鸡骨上的小孔向上一抛，喃喃地诵着经咒……

岩猛、罗开云、高川、岩虎、岩火、岩相表情各异地看着魔巴打卦。

魔巴诵完了经，看了看鸡骨，躬身对岩猛说："大头人，是个吉卦。"

岩猛上前看了看地上的鸡骨，转身对罗开云和高川笑着说："是个吉卦，是大吉。"

他捡起鸡骨对魔巴说："包起来，我要带着这副吉卦下山去。"

岩火高兴地看着罗开云、高川，岩虎也舒心笑着。

岩猛请罗开云、高川等人在火塘边坐下，罗开云笑着说："岩猛头人，班洪王子出山前也打了副吉卦，看来从青蒙山到北京，是条金光大道啊!"

岩猛也笑着说："班洪王去得，岩猛也去得。"

他按佤族的习惯把酒筒举在胸前，另一只手向罗开云平伸做"请"状，而后自己喝了一口酒，将酒筒递给罗开云。罗开云接过酒筒喝了一口，又递给岩火，岩火喝完了又递给高川……

岩猛兴奋地说："罗司令，高长官，北京的山大不大呀?"

罗开云："我没有去过北京，只听说北京有山，怕是没有青蒙山大。有些山很有名气，像景山、万寿山，过去都是皇帝去的……"

岩猛："皇帝的山岩猛也去得? 不会被砍头吗?"

高川笑道："大头人，皇帝早就没有了，现在是人民百姓当家做主，皇帝的山人人都去得。"

岩猛点点头，说："路上要走几千里，怕是要多带些马了……"

罗开云："带那么多马做什么？"

岩猛："你想想嘛，路上累死几匹怎么办？外省坝子的断肠草闹死几匹又怎么办？"

罗开云笑道："岩猛呀岩猛，哪个要你骑马去北京了？你们骑马到南沧就好了，然后有汽车送你们到普洱，去昆明。从昆明到北京，还要坐飞机呢！"

岩猛闭着眼睛想了想，似乎明白地说："昨天晚上我做了个梦，梦里坐了顶金色的轿子……那就是飞机了？"

罗开云、高川等笑了起来。

高川："岩猛头人，飞机不是在路上走的，是在天上飞的，比鸟飞得还要快！"

岩猛有些惊讶："这么说，阿佤人要上天了……"

罗开云笑道："你这只佤山的老苍鹰，要飞上天了！"

岩猛笑着点点头，对岩相说："岩相，敲木鼓吧，告诉部落里的人，岩猛要下山了……"

13. 菁崖大寨　日外

木鼓房，岩相头人敲响了木鼓。

木鼓声传遍山野，震人心魄……

寨口，佤族群众簇拥着岩猛、罗开云、岩火等上马，欢呼着送他们下山。

岩猛裹着红包头，腰挎缴获英军的指挥刀向送行的人群不住地挥手。

佤族武士放响火枪，为岩猛驱鬼……岩猛一行出了寨门。

高川、刀心妍、岩虎、钟喜妹、波香、和水泉等工作队员也随着岩猛等人出了大寨。

14. 尼贡部落　日外

杜连仲带着手下走出宿营的木屋，向一旁的房子走去，目光停在拴马的栅栏——发现马匹少了。

杜连仲预感不妙地喊："石三娇！石三娇！"

一名手下匆匆过来："杜长官，石长官天不亮就带着人走了。"

杜连仲："什么？为什么不拦住她？"

手下："她说是执行您的命令，我就……"

杜连仲揪起他的衣领，急问："她带了几个人？"

手下结巴地说："没、没几个……"

杜连仲怒喊："全体集合，马上出发！"

15. 山路上　日外

高川和工作队员们跟随岩猛、岩火、罗开云等人沿着山路行进。

尼贡派来的信使和岩火大寨的桑木头人骑着马远远地迎着队伍赶来。

岩猛、岩火、罗开云都勒住马，看着赶来的信使和桑木头人。

信使和桑木头人在岩猛等人前方下马，急匆匆走上前来。

信使行礼后把绑着火炭的木刻信递给马上的岩猛："岩猛大头人，尼贡大头人给你的火炭文书。"

岩猛神色一变，看了看木刻信的内容，沉吟着。

桑木头人上前行礼后对岩猛、岩火说："岩猛大头人，岩火大头人，桑木和信差一路赶来，烂翅膀的小雀一直追着我们叫，这是凶兆啊，大头人万万不能下山了！"

岩猛略作思索，眯着眼睛对罗开云说："罗司令，岩猛怕是不能下山了……"

罗开云看了看桑木头人和信差，问岩猛："为什么？不是讲好的吗，怎么又反悔了？"

岩猛把火炭文书递给罗开云："尼贡头人叫我不要下山，说是山下凶多吉少，我去了就回不来了。"

桑木头人："尼贡大头人说得对，一路上小雀追着我们叫，就是凶兆。"

罗开云没理会桑木，转问岩猛："岩猛，你不是装着一副吉卦吗？怎么又信他们的话呢？"

岩猛掏出那副吉卦看看，为难地说："怕是魔巴的鸡卦打反了。罗司令，你是知道的，小雀在身前叫是吉，在身后叫是凶，出了山是要被砍头的。你们走吧，我要回寨子了。"

罗开云、高川心中着急，却毫无办法。岩火想说什么，却没敢开口。

岩虎上前对岩猛说："大头人，桑木头人说雀在身后叫，我们没听到，我们一路下山去，也听听鸟叫，若是得了一个凶兆，我照样走，要是活着出了青蒙山，看桑木头人怎么说！"

岩猛意外地看着岩虎。

罗开云对岩猛说："对，我也下山。我倒要看看，到底有多大凶险，看看谁敢砍我的头！我若活着走出青蒙山，你我今后就是东山的月亮西山的日头，不再见面了！朋友做到这里，你自己回寨子吧！"

岩猛脸上挂着笑，似有些不过意。

罗开云："岩猛！你是佤族的大英雄！被一只烂雀吓怕了吗？你要拿我罗开云当朋友，今天就跟我下山去！"

桑木头人："大头人，红汉人拉你下山，用什么来保证让你平安回来？没有凭证，大头人就不能下山。"

岩火不满地瞪了桑木一眼，却不能反驳。

岩猛沉吟片刻，神色凝重地说："桑木说得对，要我下山，就得留下红汉人。"

罗开云："你是要押人质？我陪着你去北京，就是你的人质！来来回回上万里，有风我给你挡，有雨我给你遮，你还押什么人？"

岩猛不说话，目光阴沉地看着高川。岩火担心地看着高川。

高川笑着说："好，就按大头人说的办，我们工作队的人都留在山上，大头人什么时候回来，我们什么时候下山。如果岩猛头人有什么三长两短，我们听凭寨子里的人发落。可以吗？"

岩猛点了点头，中肯地说："背靠背的土才垒得起山，不掺石头的谷子才吃得下。罗司令，留下的人是岩猛的客人，岩猛在，他们就在。"

罗开云只好说："有句话说在前面，若是你平平安安回来了，我的人出了问题，我可不依你！"

岩猛转向岩火："岩火，这里挨近你的寨子，把红汉人带去，好好照看。"

岩火无奈地说："是了。"

16. 曼龙　工作队驻地　日内

报务员收到电报后兴冲冲地向方明华报告："方书记！岩猛下山了！"

方明华兴奋地看了电报，对刘捍卫说："太好了！终于成功了！"

刘捍卫接过电报，高兴地说："这下好了，南沧十四位民族代表全都齐了！"

报务员又将后续电文译出，有些紧张地向方明华报告："方书记，岩猛要求工作队的同志留在山寨，当人质。"

刘捍卫："什么？"

方明华接过电文看着。

刘捍卫："这算什么？这也太过分了吧？"

方明华："这是意料之中的事，我们必须答应。"

刘捍卫："可是，只留下高川他们，万一有什么紧急情况，他们应付得了吗？方书记，让我上青蒙山吧……"

方明华："我相信高川他们能应付。我们要抓紧做的，就是尽快筹集粮食和急需物品，组织马帮送到佤寨去。这件事情，你来负责。"

刘捍卫不太情愿地点了点头："好吧。"

17. 岩火大寨外　日外

工作队员和寨民们一起送别岩猛、岩火等人。

高川与罗开云在人群边低语，高川担心地说："罗司令，尼贡头人派人来阻止岩猛下山，一定是受了蒋匪特务指使。我判断，敌人不会让岩猛轻易下山，一定会在山路上偷袭。我建议你们不要走近路下山，要绕过芒果、芒杏部落，往小狼山走。"

罗开云思忖地点头："嗯，你担心得有道理。不过，岩猛这个人倔得很，就怕他不肯绕路啊。"

高川："放心，我已经和岩火讲好了，岩猛的工作由他去做。"

罗开云赞许地："还是你想得周到。这样就保险了，到了小狼山，就有我们的队伍来接应了。"

高川："我还想上个双保险，请罗司令批准。"

罗开云不解地看着他，高川凑近他低语几句，罗开云思索一下，问："你有把握吗?"

高川："有。"

罗开云含笑拍拍高川的肩膀："好，我批准了。不过有一条，只许杀敌，不许自损。"

高川："明白。"

18. 岩火大寨外　日外

岩猛、罗开云等人要出发了，高川等工作队员和佤族百姓们一起欢送他们。

岩火拉着高川对岩坚、桑木头人交代："桑木，岩坚，这是我的汉人阿弟，你们一定要好好待他。"

岩坚："放心了，大头人，只要你和岩猛头人好好回来，我会像兄弟一样对他。"

桑木阴脸不语。

岩火向岩坚低语几句，岩坚看看高川，点头应承。

岩火向高川拱手，与他告别。高川也向他拱手告别。

刀心妍在人群中对罗开云喊："罗司令！让我阿爸代我向毛主席问好！"

钟喜妹："还有我！代我向毛主席问好！"

波香："还有我！"

和水泉："还有我！还有我们！向毛主席问好！——"

罗开云在马上招手："放心吧！忘不了！你们自己要保重！等着我们胜利归来！——"

19. 山路边的树林　日外

石三娇和几名拿着冲锋枪的黑衣手下隐蔽在山路边的树林里……

20. 山路　日外

山路上，岩虎扎上红包头，打扮成岩猛的样子骑马前行，高川、和水泉和岩坚等佤族武士在一旁陪伴。

行至弯路，高川向岩坚示意，让他带着佤族武士从林中搜索前进。

岩坚明白了高川的意图，有些担心地说："高长官，你们不会自己下了山，不回寨子了吧?"

高川笑答："放心吧，岩坚兄弟，我们答应岩猛头人留在山寨，就不会反悔。再说了，我们的女同志还在寨子里，我们怎么会丢下她们自己下山呢?"

岩坚看看岩虎，岩虎笑着向他点点头。岩坚相信了他们，带着佤族武士们进了树林……

高川示意岩虎、和水泉等人继续前行。

21. 山路　树林　日外

埋伏在山林里的石三娇靠着大树闭目养神。

一个爬在树上瞭望的匪兵学了声鸟叫，石三娇睁开眼睛，朝山路看去——

高川、岩虎、和水泉等人装扮的岩猛一行沿山路而来……

石三娇眼睛一亮，立即抽出双枪下令："准备行动!"

树上的匪兵滑了下来，和另外的同伙一起隐蔽在树木旁，端起冲锋枪瞄向高川等人……

高川、岩虎等人向前行进，高川见前方林木密集、地形险峻，示意大家放慢速度，做好战斗准备。他抽出双枪，警惕地向山林观望……

石三娇看见高川，心中腾起复仇的怒火，打开枪机，举枪向高川瞄准……

高川的战马“云里站”摆动着耳朵，发出报警的鼻响。

高川轻拍战马，向岩虎示意。岩虎朝山林里打个呼哨。

山林里传出回应的呼哨声。

高川放心地示意大家继续前行。

石三娇听到山林里的呼哨显出诧异，一个匪兵靠近她报告：“石长官，林子里有人。”

石三娇看了眼近处的山林，发狠地转向山路下令：“不管他，对准路上的人，开火！”

她率先朝高川开枪，匪兵们纷纷开火。

高川等人迅速下马，在路边隐蔽还击……

战马也迅速在路边趴下，隐蔽起来。

石三娇报仇心切地边打边喊：“冲过去！给我狠狠打！不要放跑一个！”

她指挥匪兵们向高川等人压过去……

高川、岩虎、和水泉等人在路边隐蔽还击……

山林中，岩坚带领的佤族武士们快速穿林而来……岩坚率先向匪兵开火，武士们也分别用步枪、火枪向匪兵射击，有的射出弩箭……

石三娇和手下的匪兵两面受敌，一名匪兵被高川击中，一名匪兵被岩坚击中，一名匪兵被弩箭射中……

中箭的匪兵喊着：“石长官，共匪人多，快撤吧！”

石三娇不甘心地向高川和岩坚所在的两个方向射出子弹，喊着：“撤你个头！就是和共匪同归于尽，也要拦住岩猛！”

她看不见高川在哪里，气急败坏地喊着：“姓高的，你给我站出来！老娘我要宰了你，宰了你！”

高川在隐蔽处从容射击，将石三娇身边的一名匪兵击毙。

剩下的两名匪兵分别用冲锋枪向高川和岩坚的方向扫射。

中箭的匪兵边射击边喊：“石长官，那些人里没有岩猛！我们上当了！”

石三娇听罢，更加狂怒地向高川的方向射击。

高川、和水泉、岩虎等人分散着向石三娇和匪兵逼近……

岩坚和佤族武士们利用树林做掩护，不时地向石三娇等人射击、放箭……

石三娇身边的匪兵急喊：“石长官，再不撤退，就被围死了！”

石三娇杀红眼地边打边喊：“不干掉姓高的共匪，我绝不撤退！”

隐蔽接近的岩虎放出一枪，石三娇身前的匪兵被击毙。

石三娇朝岩虎的方向连开数枪，岩虎机敏地躲过。

石三娇收起打光子弹的手枪，捡起倒毙匪兵的冲锋枪，向高川、岩虎所在的方向扫射，直至子弹打光。

另一名匪兵近乎哭求地喊：“石长官，没子弹了，快撤吧！”

石三娇怒吼：“混账！再敢说撤我毙了你！”

她从腰间取下一颗手雷扔向高川的方向——

高川、岩虎、和水泉等人迅速卧倒隐蔽。手雷爆炸后，高川等人继续逼近石三娇。

石三娇发现确实没子弹了，抽出匕首背靠一棵大树，想要与高川搏命。

仅剩的匪兵射出最后的子弹，被高川击毙。

高川带领和水泉、岩虎等人搜索前进，慢慢接近了石三娇。

石三娇闭目咬牙，做好了拼死一搏的准备。

这时，山林里响起密集枪声，岩坚和佤族武士们遭到侧面攻击，岩坚和武士们匆忙隐蔽……

杜连仲带领十余名精干匪兵从林中冲过来，十余支冲锋枪的火力让岩坚和武士们不敢露头，只好隐蔽地分散后撤，零星还击……

躲在大树后的石三娇露出惊喜，高声喊："快过来！共匪头子在这边！"

杜连仲和匪兵们扫射着移动过来……

高川、和水泉、岩虎等人调转方向还击，与杜连仲的匪兵们形成对峙……

杜连仲朝石三娇急喊："快过来！快撤！"

石三娇执拗地不愿撤退，高喊："共匪没几个人！给我子弹，我要杀光他们！"

杜连仲躲避着枪弹冲到石三娇身前，一把将她拉倒在地，怒斥道："混账！你擅自行动，牺牲了弟兄，该当何罪?!"

石三娇咬牙切齿地说："我要杀了姓高的共匪，为我阿爹报仇！"

她伸手要从杜连仲手里夺枪，杜连仲狠狠扇了她一巴掌，揪住她的头发怒道："再敢抗命，我现在就枪毙了你！"

石三娇愤恨地瞪着杜连仲，不开口了。

杜连仲用力把她甩向一旁，喝令："给我撤！"

石三娇被杜连仲推搡着撤向树林中。

杜连仲和手下匪兵分别用火力压制高川、岩坚等人，撤向树林中……

高川、和水泉、岩虎等人隐蔽在树后向撤退的匪兵们射击……

岩坚等佤族武士也在树林中隐蔽着向匪兵们射击、射箭……

岩虎、和水泉等人要追击匪兵，被高川喝住："停止射击！不许追击！"

和水泉、岩虎等人有些不甘地看向高川。

高川："我们的任务完成了，回寨子去。岩虎，给岩坚发信号，让他们也撤。"

岩虎服从地打个呼哨。

岩坚听到呼哨立即示意佤族武士们撤退，又打个呼哨回应岩虎。

高川摆手示意和水泉、岩虎等人退向林外。

22. 山林中　日外

杜连仲带着石三娇和手下匪兵撤到拴着马匹的地方。

石三娇不服气地说："为什么要跑？明明只有十来个共匪，我们完全可以把他们全都干掉！"

杜连仲怒喝："住口！那些人里根本没有岩猛，摆明了是个圈套！后面一定有共匪的援军！"

石三娇："狗屁援军！林子里只有不堪一击的佤族人，哪有共匪?"

杜连仲："你懂个屁！你就知道为你阿爹报仇，根本不顾弟兄们死活！"

石三娇："我看你是畏敌怯战，不敢和姓高的共匪较量！"

杜连仲把枪口对准了她，怒道："你再说一句，再说一句?!"

石三娇不屑地扭身上马，把脸扭向一旁。

杜连仲用枪指着她说："再有下一次，我绝不饶你！"

他愤愤上马，抽了一鞭怒喝："撤！"

石三娇和匪兵们跟着他骑马而去。

23. 思普地委　民族代表居住地　日外

院子里，即将赴京的民族代表和边工委领导及工作人员聚在一起，热热闹闹地互相寒暄。

地委书记张怀民和西双版纳傣族首领、议事庭长召景哈迎向刚刚到达的方明华、刀光寿一行。

方明华与张怀民握手：“张书记。”

张怀民：“明华同志，路上辛苦了。”

刀光寿向召景哈施礼：“召庭长。”

召景哈还礼：“刀土司，你能和我们一起去北京，真是太好了。”

这时，罗开云、岩猛、岩火、扎罗等人在李国梁带领的一队解放军战士护送下进了院子，立刻有一些代表和他们招呼。

张怀民、方明华和召景哈、刀光寿走向岩猛、岩火、扎罗等人。

张怀民与罗开云握手：“开云同志，路上辛苦了。”

罗开云：“不辛苦，不辛苦，各位头人，这位是我们思普地委书记张怀民同志。”

岩猛、岩火、扎罗向张怀民施礼，张怀民还礼说：“各位头人的马跑得很快哟，五天的路程只用了三天就赶来了。”

岩猛：“心里面高兴，又有解放军保驾，马就跑得快嘛！”

张怀民：“我给你们介绍，这位是西双版纳的议事庭长召景哈。”

召景哈和岩猛等人相互致意。

张怀民：“这位是……”

刀光寿：“不必介绍，都是老熟人了。岩猛大头人，岩火头人，刀某有礼了。”他说着向岩猛、岩火合十。

岩猛拱手说：“有礼有礼，刀土司，以后你若不收我们佤寨的官租，就更有礼了。”

刀光寿笑着说：“岩猛头人，你们佤寨的官租，我们早就收不到了。日后你们不抢我们的耕牛，那才有礼了。”

岩猛笑道：“罗司令对我讲，红汉人会给我们送耕牛和粮食，我们有的吃，不耐烦去抢了。”

罗开云：“好啊，这就是民族团结了嘛！各位大头人，你们给党中央和毛主席带了些什么礼物啊？”

召景哈：“你们看，这是我代表西双版纳人民为毛主席准备的礼物……”他打开一个织锦套子，从里面拿出一把金伞，这是傣族至高无上的最珍贵的礼物。

张怀民、方明华及各位首领看着绢绸伞盖上金丝绣制的花朵和傣族传统纹样，不住地称赞。

张怀民：“召景哈，这把金伞不仅代表了傣族人民的心意，也代表了云南各民族人民的心意呀！”

刀光寿拿出金线绣成的傣锦：“各位请看，这是我们刀家的传家宝，我要把它献给毛主席。”

张怀民、方明华、罗开云等人都显出赞叹。

召景哈：“好，你这傣锦配我这把金伞，是再合适不过了！”

罗开云问岩猛：“岩猛啊，你给毛主席带了些什么礼物啊？”

岩猛：“金伞我们是没得，山珍野味倒是带了不少。哎，罗司令，你不是说毛主席也喜欢咂烟，我带了最好的毛烟送给他。”

扎罗头人：“罗司令，各位长官，不知道毛主席他喜不喜欢吃酒？”

方明华：“这么说，你要给他老人家送好酒了？”

岩火：“我看见了，他带了好几坛呢！”

罗开云：“扎罗头人，北京城是毛主席和中央领导住的地方，你只要把酒带去了北京，什么时候喝，不都等于跟毛主席一起喝吗？”

岩猛笑道：“对对，就是我们几个喝，也算是和毛主席一起喝了。”

扎罗后悔地说：“早知道是这样，我就再多带几坛来，跟毛主席喝个痛快！”

24. 餐厅　傍晚内

岩猛、岩火和几个佤族代表围桌而坐，桌上的菜肴几乎没动。

炊事员端上来热气腾腾的面条，为他们一一盛到碗里，客气地请代表们用餐。

岩猛等人挑着面吃了两口，就放下筷子不动了。

炊事员又端来几盘火腿等荤素小菜，岩猛等人还是不动筷子。

炊事员感到奇怪地报告了司务长，司务长也不明白为什么，只好去问方明华，方明华不知究竟地和罗开云一起走向岩猛等人。

这时，岩猛等人纷纷离席，面带不悦走向餐厅外。

方明华、罗开云追上岩猛、岩火，关切地询问。

方明华："岩猛头人，岩火头人，你们怎么不吃饭呢？"

罗开云："岩猛，是不是不舒服了？要不要请医生看看？"

岩猛冷言："要我们吃哪样？一样吃的也没得，要我们饿着肚子去北京吗？"

方明华愣着："不是有那么些饭菜吗？你们是不是……吃不惯呐？"

岩猛："阿佤人只会吃小红米，别样东西不会吃。（他抱怨地看了眼罗开云）你又不是不知道。"

罗开云恍然大悟地拍了下脑袋，拉着方明华说："我的错，是我的错。我怎么忘了阿佤人爱吃小红米和鸡肉烂饭呢？"

司务长忙问："什么小红米？什么叫烂饭？是什么东西？"

罗开云："小红米是青蒙山上的一种谷子，可现在，到哪里去找小红米呢？"

司务长想了想，说："不要紧，只要佤族同胞有一样会吃的东西，我们就能做出来！炊事员！"

炊事员："有！"

司务长："跟我来！"

炊事员："是！"

25. 灶房　傍晚内

司务长和炊事员们精心制作着小红米和鸡肉烂饭，他们把小米在热锅里捞着，用"苋菜"挤出汁把小米染红，把大米砸碎煮进锅里，又加进剁碎的鸡肉……

26. 餐厅　傍晚内

桌子上摆着小红米饭和鸡肉烂饭，岩猛、岩火等人先是不大相信，尝了几口后大胆地吃了起来，不住地夸炊事员做得好吃。

方明华、罗开云高兴地看着满头汗水的司务长和炊事员，罗开云伸出拇指笑着说："好样的，给你们记三等功！"

27. 院子里　晚上外

护卫岩猛等人的李国梁和战士们整齐地靠在房子的墙边喝着军用壶里的凉水，嚼着自带的干粮……

岩猛、岩火等人出了餐厅，好奇地看着整齐排列的战士们吃干粮，露出惊讶的神色。

岩猛悄悄问罗开云："罗司令，这些解放没得吃吗？"

罗开云："不，他们在执行任务，一路上都是这样喝冷水，吃干粮。"

岩猛、岩火等人呆呆地看着面带笑容的战士们，他们的心灵受到强烈震撼。

岩火："罗司令，还有些鸡肉烂饭，都拿给解放吃吧。以后解放吃什么，我们也吃什么。"

罗开云："那怎么行呢？部队是有纪律的。只要你们满意，我们就高兴了！"

岩猛声音发颤地竖起拇指说："共产党解放，红汉人……好！"

李国梁见罗开云、岩猛等人注视他们，下令："全体，立正！——"

战士们整齐地列队立正，向罗开云、岩猛等人行注目礼。

岩猛、岩火看着威武肃立的战士们，感动地拱手行礼，岩猛由衷地赞叹："好，好！解放大军，猛！"

28. 岩火大寨　日外

寨子里暴发传染病，工作队在寨子里搭建了临时诊所，刀心妍、波香协助钟喜妹紧张地治疗着患病的寨民们，她们十分忙碌，也十分焦虑。

高川、岩虎、和水泉等人也在帮着照顾生病的寨民。

药品已经快用完了，钟喜妹一边指导刀心妍她们怎样使用草药，一边焦急地对高川说：“队长，要是运送物资、药品的马帮再不来，我们可真是弹尽粮绝了。”

岩虎：“是啊，他们应该到了，会不会在路上遇到了土匪？”

高川：“应该不会，也许是路太难走了，既要翻山，又要过河，速度快不了。岩虎，你和波香带几个队员再去找些草药来，一定要把困难克服过去。”

岩虎答应着招呼波香，走去了。

临时诊所附近，神父永安乐目光阴郁地看着救治病人的工作队员们，低声对桑木头人说：“看见了吧，就是这些红汉人把瘟疫带进了寨子。若是不惩治他们，寨子里的人都要遭殃。”

桑木头人也恨恨地看着工作队员，无奈地说：“我也想惩治他们，可是岩猛大头人和岩火大头人有话，要我好好待他们，我能咋个办呐。”

永安乐：“再让他们住下去，寨子里就要死人了。”

桑木头人：“等到岩猛和岩火大头人回来，让他们处置吧。若是大头人回不来，哼，我就砍了他们。”

29. 山路上　日外

李铁杉、花蔓、李国梁等工作队员带着运送物资药品的马帮艰难地走在山路上，他们穿密林、涉激流、相互协助着翻越陡坡，下雨时都脱下自己的衣服盖在运送的物资上……

30. 岩火大寨　日外

临时搭建的诊所，钟喜妹、刀心妍、波香把熬好的草药分送给患病的寨民们。

一个寨民已经开始昏迷，不住地说着呓语。

钟喜妹找遍了药瓶和药箱，全都空了，一片药、一支针剂也没了……

刀心妍焦急地用毛巾擦着寨民的额头，试图为他降温。

这时，波香在一旁惊喜地喊了起来：“马帮！马帮来了！快看呐！我们的马帮来了！”

高川、岩虎、和水泉等人激动地呼喊着冲向李铁杉、李国梁带来的马帮……

钟喜妹、刀心妍望着牵马而来的李铁杉等人，钟喜妹露出笑容：“终于来了……”

高川和队员们兴奋地把李铁杉、李国梁高高举起抛向空中……

刀心妍、波香高兴地与花蔓拥抱。

钟喜妹走向李铁杉，李铁杉含笑看着她，刚想说什么，喜妹转身走向马匹。

队员们争先恐后地把药品物资从马背上卸下来，抬向诊所……

高川激动地拉着李铁杉上下打量着说：“瞧瞧，还真像个队长了，怎么样，路上很辛苦吧？”

李铁杉摇摇头，“没什么，我不怕吃苦。”

高川：“行啊，进步很快嘛！”

李铁杉不好意思地笑着说：“哪儿啊，还不是领导帮助得好。”

高川：“呵，还学会说大人的话了！哎，路过大理的时候，看你父母了吗？”

李铁杉点点头，露出孩子气的笑容说：“看了。”

高川：“他们都好吧？”

李铁杉点着头，露出开心的笑容。

高川觉得他笑得有点怪，问：“你笑什么？有什么喜事？”

李铁杉笑着点头，把高川拉到一边，从挎包里拿出一个红布包，打开布包让高川看——布包里是一只精美的玉镯。

高川立刻明白了：“给喜妹的？”

李铁杉笑着点头。

高川："老人家答应了你们的婚事？"
李铁杉越发孩子气地笑着点头。
高川高兴地擂了他一拳，"怪不得笑得没样了，等着当新郎官呢！喂，什么时候请我们吃喜糖啊？"
李铁杉："等佤寨的工作结束了，回到南沧再说吧。"
高川："真是件高兴的事儿，还不快去告诉喜妹！"
李铁杉："队长，你替我告诉她吧。"
高川："胡说，又不是我要当新郎官。快去！"
李铁杉笑着朝钟喜妹走去……

31. 岩火大寨　日外

临时诊所外，钟喜妹在洗着医疗用具和纱布等物，李铁杉想帮她，钟喜妹拦着他说："你别沾手了，路上这么辛苦，歇歇吧。"
李铁杉："不用，你才辛苦呢，这么多病人。"
钟喜妹："是突发疟疾，传染得很快。幸亏你们及时来了，要不可真麻烦了。"
李铁杉帮着喜妹擦干洗好的用具，又帮喜妹擦干了手。
喜妹有些不好意思："干什么，我自己擦。"
李铁杉含笑从挎包里拿出包镯子的布包，看着喜妹。
喜妹："干什么嘛，神秘兮兮的，什么好东西？"
李铁杉打开布包，喜妹看见了镯子，突然感到害羞了。
李铁杉："喜妹，这是我妈送给你的。"
喜妹羞怯地半转过身："干吗呀，送我干什么？"
李铁杉："你看，送你就是送你嘛。我妈说，有机会，让你跟我一起回家去。"
喜妹低着头笑了。
李铁杉拉过喜妹的手："来，戴上看看。"
喜妹抽回手，铁杉一时不知该怎么办了。
喜妹看了眼铁杉，被他的窘态逗笑了，铁杉也憨笑着。
喜妹接过玉镯，满心欢喜地看了看，又包了起来，还给李铁杉。
李铁杉："怎么，你不喜欢？"
喜妹抬眼看着铁杉，目光格外明亮："傻瓜，我怎么会不喜欢。我从心里感谢老人家。"
铁杉露出满意的笑容，又把镯子递给喜妹。
喜妹："你收着吧，等我要戴的时候，你再给我。"
铁杉想说什么，喜妹先说了："告诉我，你是怎么对阿妈说我的？"
铁杉："我就说，你是个最好最好的姑娘，人好，心也好。"
喜妹低下头："瞎说……"
铁杉："真的，我就是这么说的。我妈说，我看好的她就喜欢，她还说……"
喜妹打断他："你没对阿妈说，我要等到工作队的任务完成了，到首都北京去成亲？"
铁杉："没，没说。"
喜妹故意地说："看吧，不老实吧？"
铁杉："怎么，你真要去北京结婚呐？"
喜妹点点头："嗯。怎么，你不答应？"
铁杉虽然不情愿，但只好无奈地点头："那好嘛，我答应。"
喜妹得意地笑了。
铁杉看看喜妹，突然反应过来："你故意逗我是不是？你这个鬼丫头！"
喜妹边走边说："我才没逗你呢，我就要去北京结婚，你干不干？"

铁杉："干！去莫斯科结婚也干！"

画外传来工作队员们有节奏的喊声："李铁衫！钟喜妹！李铁杉！钟喜妹！"

李铁杉、钟喜妹面色通红地相互看看，不好意思地走向大伙。

岩虎喊道："亲一个！亲一个！"

李国梁等人也喊道："亲一个！亲一个！"

钟喜妹害羞地转身要走，李铁衫鼓起勇气抱住她，在她额头上深深一吻。

队员们欢呼起来。

李铁衫和钟喜妹羞怯中紧紧拥抱在一起……

第三十五集完

第三十六集

1. 资料片

北京，少数民族代表们乘坐的列车进站，受到中央有关领导和首都群众的热烈欢迎……

2. 中南海　宴会厅　日内

来自全国各地的少数民族代表济济一堂，都显得异常兴奋。云南省的各族代表被安排在明显的位置，佩戴着“少数民族观礼团”胸章的召景哈、刀光寿、岩猛、岩火、扎罗、罗开云、张怀民等人激动地打量着厅内的陈设，期盼中显出紧张。召景哈深恐有失地把用织锦包着的金伞背在身上，岩猛、刀光寿站在他身边，扎罗捧着一坛酒……

军乐队奏响《东方红》乐曲，毛泽东、刘少奇、朱德、周恩来等党和国家领导人面带微笑步入宴会厅，在场的人们纷纷起身热烈鼓掌，欢呼“毛主席万岁!”“共产党万岁!”

毛泽东等领导同志走到席前向民族代表们鼓掌、招手致意。

代表们的呼声不断，掌声如潮……

云南的代表们也拼命地鼓掌，高声呼喊：“毛主席万岁！共产党万岁!”

刀光寿拿出一张毛泽东画像在领导人中对照，看清了居中的人就是毛泽东后，激动地对岩猛和其他代表说：“毛主席！中间那个就是毛主席!”

毛泽东在主宾席前挥手喊：“人民万岁！中国各民族人民大团结万岁!”

代表们的情绪更加高涨，欢声如雷，掌声不息……

席间，各民族代表依次被请到主宾席向毛泽东等领导人致意，毛泽东、周恩来等领导人高兴地与他们握手寒暄，互相祝福。

工作人员将张怀民、召景哈、刀光寿、岩猛、岩火、扎罗等云南代表领到主宾席，向毛泽东等领导人致敬。

张怀民向毛泽东介绍召景哈，毛泽东握住召景哈的手，上下打量后慈祥地说：“你就是召景哈同志？很年轻嘛！你为西双版纳的解放做出了贡献，立了功啊!”

召景哈既激动又惊讶，似乎不相信自己的耳朵。

毛泽东：“希望你好好工作，把边疆建设好。”

召景哈声音发颤地说：“毛主席，我们一定遵照您老人家的话去做，永远跟着共产党走!”

毛泽东：“好啊，我相信你们会做出很大的成绩。”

周恩来拉着岩猛、岩火的手说：“你们佤族是个勇敢的民族。在历史上，你们反抗过英帝国主义和日本帝国主义的侵略，用生命捍卫过国家领土主权和中华民族的尊严。你们为国家立过功，是中华民族的功臣呐!”

周恩来笑着把岩猛、岩火介绍给毛泽东。毛泽东高兴地和岩猛、岩火握手，又向身边的朱德、刘少奇介绍岩猛、岩火……

张怀民向周恩来介绍刀光寿：“总理，这位就是从缅甸回来的曼龙土司，刀光寿先生。”

刀光寿向周恩来合十行礼。

周恩来握住刀光寿的手，亲切地说：“刀先生，你能回国参加新中国建设，是立了一大功啊。”

刀光寿激动地说："总理，您这样讲，我真是不敢当啊。"

周恩来："你能拒绝和国民党势力合作，回到祖国的怀抱，这就说明你是爱国的嘛，这对促进民族团结和边疆稳定都很有意义，这就是你的功劳嘛。"

扎罗捧着一坛子酒向毛泽东等领导人敬酒："毛主席呀，这是我们拉祜人自家酿的新谷酒，我代表所有的拉祜人敬您一杯酒，好让我们托您的福，托共产党的福，庄稼越长越旺，生活越过越好！"他说着为毛泽东、刘少奇、朱德、周恩来等领导人倒酒。

毛泽东欣然端起酒杯，高兴地说："好啊，让我们借拉祜族同胞的美酒，共同祝愿各民族人民生活幸福、吉祥如意吧！我提议，为各民族人民的大团结，为建设各民族友爱合作的大家庭，干杯！"

大厅里爆发出无比热烈的掌声和欢呼声……

3. 北京 云南代表们的驻地 晚上

会议厅里，代表们围在一起，激动地谈论着见到毛泽东等领导人的切身感受。

岩猛用红包头包着自己的右手说："汉族和佤族再也不会打仗了！毛主席说了，阿佤人打英国人、打日本人有功劳，汉人和阿佤人是兄弟！"

岩火："阿爹，你用红包头包手做什么？"

岩猛："这手是和毛主席握过的，我要好好包起来，回去让部落里的人都来摸一摸，大吉大利呀！"

在座的人笑了起来。

罗开云欣慰地笑着，故意问岩猛："岩猛，你现在相信共产党毛主席是真心和少数民族交朋友了吧？以后再要你出山来，还要不要打鸡卦呀？"

岩猛认真地说："要打，这次出来没有绊着石头，靠的就是这副吉卦。"

他从身上摸出那副包着的鸡卦，笑着对大家说："这副吉卦我一直带在身上，好管用哟！它能保我一路吉祥。昨天夜间我就有好梦兆，梦见一只红色的小鸟一路在我前头飞，带着我见到了毛主席。"

岩火："阿爹，梦里见到的毛主席和今天见到的一样不一样？"

岩猛点头说："一样的，一模一样的！"

大家都笑了起来。

岩火："这下好了，以后外国人再来打我们，就有毛主席和解放做主了。共产党解放有几百万神兵，凭谁也不敢和我们打了！"

扎罗："说的是啊，共产党对我们少数民族比兄弟还亲。人民政府给我们送来了各种各样的生产工具，送来粮食、布匹、盐巴……"

一位景颇族代表："还派了医疗队为各族百姓看病，像什么天花、霍乱、疟疾这些以往医不好的病，现在都有得治了。"

岩猛带着酒意笑着说："你们的话讲得好，可你们回去对族里人讲见到了毛主席，见到了共产党的大头人，有哪个信哟？"

众人不解地看着岩猛，不知道他葫芦里卖的什么药。

岩猛笑嘻嘻地说："我回去以后，拿一样东西给族里人看，他们都会信我和毛主席一起吃过饭，吃过酒，我讲的他们都会相信！"

说着，他从怀里掏出一双在宴会桌上拿回来的筷子，向大伙得意地摇着。

刀光寿有些不满地说："岩猛头人，你怎么吃了人家的酒席，还要拿人家的东西呢？这不合人家的规矩吧？"

岩猛理直气壮地说："哎，我没有筷子，谁个证明我和毛主席一起吃过饭，一起吃过酒？"

刀光寿笑道："我没有拿人家的东西，一样能证明我和毛主席一起吃了酒。我向毛主席敬酒的时候，有位长官手里拿着一闪一闪的东西对着我们，那叫照相机，可以把我和毛主席放在一张照片上，人人都瞧得着！"

岩猛："我和毛主席握手的时候，也是有个人拿着个一闪一闪的东西对着我，怕是我也有照片了？"

扎罗："一定有，人人都会有，还是把筷子赔给人家吧。"

岩猛："我不赔回去，我来的时候给毛主席带了礼，这双筷子就算我和毛主席换来的。"

张怀民正想说什么，召景哈突然懊悔地拍着自己的脑袋说："哎呀，糟了糟了！我忘了把金伞献给毛主席了！"

刀光寿猛省地说："哎呀，我也忘了献礼了。"

召景哈解下一直背在身上的金伞，愧疚地说："见到毛主席我太激动了，好多要说的话都没有想起来，结果把这件最最要紧事情也搞忘了。张书记，你看这可怎么好呀！"

张怀民见召景哈、刀光寿心急如焚的样子，劝慰道："召庭长，刀土司，你们先不要急，我把情况向有关领导说一下，就算没有机会直接把礼物献给毛主席，也可以请有关部门转交上去，一定让毛主席收下你们的心意。"

召景哈："还是让我来献给毛主席吧，不能把金伞亲手献给毛主席，我是吃不下饭，也睡不着觉了！"

刀光寿："我也一样啊。"

岩猛："对呀，我还给毛主席带了最好的毛烟呢！"

张怀民笑着安慰大家说："大家不要急，都不要急，我们会把大家的心意转达给中央的领导同志，请领导上为大家想一个妥善的办法，好不好?"

各民族代表心怀不安地点着头，似有些半信半疑。

4. 资　料

1950 年 10 月 1 日，天安门广场举行中华人民共和国成立一周年盛典，毛泽东等党和国家领导人登上天安门城楼检阅受阅部队和游行群众，并向广场上的解放军部队和人民群众挥手致意。

来自全国各地的少数民族代表在观礼台上向毛泽东等领导人热情欢呼……

5. 中南海怀仁堂　日内

《东方红》乐曲声中，毛泽东、刘少奇、朱德、周恩来等中央领导笑容满面地接受着少数民族代表敬献的礼品。各少数民族代表洋溢着激动和兴奋的神情，依次向毛泽东等党和国家领导人献礼。

岩猛向毛主席敬献了佤族长刀，召景哈、刀光寿向毛泽东敬献了金伞和傣锦，毛泽东接过金伞仔细看了看，高兴地举在头顶笑了笑，刘少奇、朱德、周恩来等人向毛泽东鼓掌。全场代表都情不自禁地鼓掌欢呼起来。

毛泽东把金伞和傣锦交给工作人员，与召景哈、刀光寿握着手说："请代我感谢云南各族人民，我相信，在新中国的旗帜下，彩云之南会建设得更加美丽富饶！"

人民领袖和各族代表们再一次热烈地鼓掌……

6. 云南民族代表驻地　日内

会议厅里，毛泽东、周恩来和云南各民族代表们聚在一起，亲切交谈。

岩猛把一些烟丝装进烟锅里，递给毛泽东说："毛主席，这是我们阿佤人自家种的毛烟，你老人家尝尝，可抽得惯?"

毛泽东欣然接过烟杆，岩猛为他点燃，毛泽东吸了一口笑着说："好啊，还是蛮有劲的哩！"他把烟杆还给岩猛，对在座的各位代表说："你们从老远的地方来，给我们带了那么多珍贵的礼物，我们是却之不恭，受之有愧呀！"

扎罗："毛主席，您是全中国的大领导，能瞧得起我们，请我们到北京来做客，这是我们祖祖辈辈没有过的荣幸。我们山里人拿不出像样的东西，请毛主席不要笑我们哟！"

毛泽东摆摆手说："有朋自远方来，不亦乐乎? 我们大家是兄弟，是亲戚嘛！你们送来的礼物，我们都收下了。哪有亲戚送礼不收的道理呀? 更不能挑挑拣拣嘛！老祖宗说过，来而不往非礼也！我们也为你们准备了礼物，一定要收下哟！"

周恩来："毛主席为大家准备了礼物，请大家务必收下。这也是毛主席代表党中央对各民族同胞的一片心意呀!"

召景哈:"毛主席,我们向中央领导献礼是应该的,是代表各族人民对您老人家和共产党的热爱。我们怎么好收您老人家的礼物呢?我们不敢当啊!"

毛泽东:"有什么不敢当啊?我刚才说过,哪有亲戚送礼不收的道理呀?不光是你们,以后我还要多请些少数民族同胞到北京来走亲戚,越走越亲嘛!"

岩猛听后感动地说:"毛主席,我送给您的阿佤长刀,您喜欢吗?"

毛泽东点点头:"喜欢,我很喜欢。我知道,阿佤人民就是用锋利的长刀和英国侵略者、日本侵略者作战的。你还用它砍下过侵略者的脑袋,对吧?"

岩猛笑着点头。

毛泽东:"我会好好保存起来,留做纪念。岩猛头人,你喜欢什么礼物,告诉我,我好为你准备呀。"

岩猛笑了笑,没开口。

毛泽东:"哎,不要不给面子嘛。我要了你的,你不要我的,算什么朋友嘛!"

岩猛腼腆地说:"岩猛从小就打仗,以后就是不打仗了,还要打老虎。毛主席要送,就送岩猛一支枪吧。"

毛泽东听罢笑道:"好嘛,打虎的英雄要支枪,天经地义嘛!我答应了。不过,只能送一支哟,多了,我也拿不出来哟!"

岩猛和代表们都笑了起来。

毛泽东:"我听说,你们佤族还保留着砍人头祭谷子的习惯?"

岩猛点点头:"是的。"

毛泽东:"为什么一定要这样做呢?"

岩火插话:"用砍下的人头供木鼓神,谷子才会长得好。"

毛泽东微笑着说:"可不可以不砍人头,用别的法子代替呢?"

岩猛十分肯定地摇摇头:"不行,这是老辈子传下来的,不能改。"

毛泽东、周恩来相视着笑笑。

毛泽东思索着说:"岩猛呀,人人都是父母所生、父母所养,砍了谁家的人头,谁家都会伤心哟。你看看,换一个方法,比如说,用老鼠怎么样?老鼠总是很讨嫌啊,还偷吃很多的粮食。"

岩火摇头说:"不行不行。老鼠太小,供了木鼓,木鼓神会不高兴。"

周恩来:"那用猴子怎么样?猴子和人长得比较像,可以吧?"

岩猛:"怕不行,猴子的灵魂会偷吃我们的苞谷。"

岩火:"除非用老虎,老虎是百兽之王,可是……老虎不好捉呢。"

毛泽东笑着说:"这样吧,你们回去和各部落的头人们商量商量,看看有没有办法改一改。"

周恩来:"请你们放心,如果粮食不够吃,人民政府一定会帮助你们。不光是给你们粮食,还要帮助你们发展生产,丰衣足食啊!"

岩猛:"好吧,我们回去和部落里的人商量商量,就说是毛主席的意思。毛主席是我们的大头人,你的话一定是有道理的。"

毛泽东、周恩来开怀地笑了。

7. 云南民族代表驻地　日内

张怀民和一位秘书带着几个工作人员拿着各种各样的礼物来到会议室。

张怀民:"各位代表,中央办公厅的同志代表党中央、毛主席给大家送来了礼品!"

代表们鼓着掌起身凑过来高兴地看着礼物。

工作人员们把一件件毛呢中山装、一双双皮鞋、一顶顶呢料帽子及钢笔、书本等礼物分发给代表们。

召景哈:"真是不敢当啊,毛主席请我们到北京来,长了那么多见识不说,还送我们这么好的衣服,对我们真是太好了!"

扎罗："谁会舍得穿哟，回去好好收起来，这可是最珍贵的纪念。"

刀光寿："我也要好好收起来，等毛主席到我们曼龙来的时候，穿给他老人家看。"

秘书拿着一个精致的盒子来到岩猛面前，亲切地说："岩猛代表，这是毛主席特地送你的礼物，请你收下。"

岩猛赶紧接过盒子打开一看，高兴地"哈哈"笑了起来，盒子里是一支精制的勃朗宁手枪，还配着一些子弹。他捧着手枪对岩火、扎罗等人说："毛主席说话算话，把我岩猛当朋友！"

扎罗、岩火等人纷纷传看着手枪，面露赞叹和喜悦之情。

秘书："岩猛代表，毛主席让我转告你，不要忘了你答应他的事情。"

岩猛似乎想不起来。

罗开云提醒道："毛主席要你回去以后，和部落里的人商量一下，不砍人头了，用别的动物代替。"

岩猛恍然大悟地点点头："忘不了，忘不了。回去以后，一定和部落里的人商量，能不砍就不砍了。"

工作人员把代表们参加各项活动时拍的照片分发给大家，代表们拿着照片看来看去，觉得十分神奇。岩猛、岩火等奇怪地问为什么会把人变得这么小?

张怀民对他们解释了照相机的大概原理，代表们似懂非懂地听着，岩猛似在担心有什么不测。

扎罗大大咧咧地对他说："有什么好怕的? 这就和画像一样嘛！只不过不是用笔和纸头画，是用这个照相机画的嘛！你看看你，浑身上下不还是好好的? 一样没少！"

岩猛和岩火你拍拍我，我拍拍你，又捶打捶打自己，果真没什么异样，乐呵呵地收起了照片。

8. 平原　日外

列车行驶在辽阔的沃野上……

9. 列车　日内

车厢里，召景哈、岩猛、岩火、刀光寿、扎罗等民族代表们情绪亢奋地欣赏着车窗外一望无际的阔野，痴迷地领略着没有群山的国土所展示出的博大胸怀……

10. 岩火大寨　教堂　日内

传教士永安乐一脸伪善地带着以桑木头人为首的教民们做祷告，而后开始了反共宣传："教民们，寨子里又来了共产党红汉人，他们会给你们带来劫难。圣经上也说到了共产党，上帝说，他们的天下只有二十四个月，上帝的大军一到，他们就要完蛋了……"

他指着案几上点燃的两根蜡烛，对教民们说："这根蜡烛代表教会，这根代表共产党，如果这根先烧完了，就说明共产党是战胜不了教会的。"

教民们都看着那两根蜡烛——

代表共产党的那支蜡烛烛芯比较粗，肯定会先烧完。

永安乐继续说："共产党走到哪里就抢到哪里，他们抢人、抢牛、抢谷子，画着镰刀斧头的旗子一到，就要把你们所有的一切统统抢光，这就是共产共妻！万能的上帝是不会让他们得逞的，美国军队已经打到了黄河，很快就要打过来了，所以你们什么也不要怕。你们看，这根代表共产党的蜡烛先烧完了，这就是上帝的意志。"

教民们发出感叹之声。永安乐："上帝是不会让他的子民遭殃的。你们需要的东西，上帝都会让他的使者给你们送来。共产党送来的东西你们谁也不许要，他们的东西都是有魔法的，谁要了就会遇到灾难。"

他向后面一摆手，几个教徒将一些生活用品和药品抬了出来，放在永安乐身前的案几上。

永安乐："这些都是你们需要的东西，全都是从美国和英国运来的，你们可以用最便宜的东西换取它们。"

桑木头人带头用银钱购买他所需要的物品，百姓们也纷纷用鸡鸭、蛋类和山货换取他们所需要的物品……

叶黑看着案几上的药品，默默地站在一旁。

永安乐不怀好意地望着叶黑，露出一丝狞笑……

11. 教堂 日内

永安乐寝室，叶黑站在屋子里，一脸期待地看着关上房门的永安乐。

永安乐拿出一小瓶药片放在桌子上，淫笑地望着面前的叶黑。

叶黑看看桌上的药瓶，含着眼泪脱去身上的衣服……

12. 叶黑家 日外

李铁杉、钟喜妹等队员来到叶黑住的木板棚，叶黑警惕地看着他们，不知道他们要干什么。

李铁杉、钟喜妹把一些衣服、布匹和粮食放在叶黑面前，告诉她这是工作队救济她的，叶黑表示不要。

李铁杉看见板棚里的火塘边躺着个病重呻吟的老人，显然是叶黑的父亲，赶紧让钟喜妹进去给老人看病。

13. 叶黑家 傍晚内

钟喜妹为老人做了检查，李铁杉关切地问："情况怎么样?"

钟喜妹："是痢疾，得马上吃药。"

她立刻从药箱里取出药要喂老人吃，叶黑上来阻拦，坚决不让老人吃药。

李铁杉向她解释："姑娘，不要怕，我们不会害你阿爸，吃了药老人的病才会好啊。"

叶黑拿过永安乐给的药，说："神父已经给过药了，我们只相信神父。"

钟喜妹拿起永安乐给的药看了看，取出一片舔了舔，对李铁杉说："这药根本治不了老人的病，而且早就过期了。"

李铁杉劝叶黑："姑娘，听到了吗? 神父给的药不能吃，那治不了病，还会中毒呢。"

叶黑还是不相信。

李铁杉有些激动地说："姑娘，神父说共产党给的东西有魔法，穿在身上烂皮肤，吃到肚里烂肠子，我现在就吃给你看，看看我会不会烂肠子!"

他说着从钟喜妹手里拿过一片药吞了下去，让叶黑好好看着。

叶黑怔怔地看着李铁杉，她显然被李铁杉的举动搞糊涂了。

李铁杉见她的态度有所缓和，让钟喜妹赶紧给老人看病。

钟喜妹给老人喂了药，打了针，老人的痛苦明显减轻了。

叶黑看着不再呻吟的老人，又看看李铁杉、钟喜妹等人，目光中充满了疑惑……

14. 岩火大寨 日外

桑木头人和两个身穿教徒装束的人在监视着李铁杉等人，他们见李铁杉、钟喜妹从叶黑家出来，目光阴郁地低语几句，转身走向教堂……

15. 岩火大寨 日外

工作队员们在临时驻地的帐篷旁边架火煮饭，高川、李铁杉、钟喜妹、岩虎、波香、李国梁、花蔓等队员边吃边谈。

李铁杉："这里的老百姓受传教士的毒害太深，一时很难分清是非。"

高川："是啊，永安乐那些人天天在做反动宣传，我们想制止他，他就说共产党要灭教，搞得信教的百姓们都跟着他起哄，给我们开展工作造成很大困难。"

李铁杉："我们下山以后，马上向方书记汇报，请边工委多派些干部、多运些物资来，想方设法争取群众，让他们看清传教士的反动本质和险恶用心，不能让他们的阴谋得逞。"

高川笑着点头："说得对。铁杉，你是越来越成熟了。"

这时，一个背着孩子的佤族妇女走来，朝钟喜妹喊着什么。

岩虎把妇女的话翻译给钟喜妹："喜妹，她的孩子病了，请你看呢。"

钟喜妹赶紧走近妇女，耐心地哄着孩子，用听诊器为他听了听，而后从药箱里拿了些药片交给那个妇女。

岩虎按照钟喜妹的嘱咐转告给那个妇女："阿姐，你记好了，这些药嘛一天喂三次，一次喂一片。可记住了?"

那个妇女点着头接过药片，一定要把几个鸡蛋留给钟喜妹表示谢意，钟喜妹坚决不收。

岩虎解释说："阿姐，共产党工作队的医生给阿佤人看病是不收钱的，也不要东西。你把鸡蛋拿回去，给孩子吃。"

那个妇女听后不住地对钟喜妹鞠躬致谢。

妇女还没走，岩坚就神色慌张地跑来，气喘吁吁地拉着岩虎说着一些佤族语。

岩虎听罢紧张地转向钟喜妹："喜妹，岩火头人的女人在生孩子，可是怎么也生不下来，你快去看看吧!"

钟喜妹转向高川。

高川："快去！心妍、花蔓，你们和喜妹一起去。"

刀心妍、花蔓："好!"

岩虎："我陪她们去!"

高川："好，快去吧!"

钟喜妹背起药箱和刀心妍、花蔓、岩虎一起跟着岩坚匆忙走去。

高川望着她们走去的背影微笑着对身边的队员说："生孩子可是件大事啊!"

16. 岩火大房　日外

竹楼门头上挂着驱鬼神的刺棵，门外站着桑木头人和尼果等武士，看着魔巴打卦。屋里传出岩火妻子娜月痛苦的声音。

桑木焦急地看着魔巴打卦，可打出来的卦并不吉利。

岩坚带着岩虎、钟喜妹、刀心妍、花蔓赶了来，桑木却拦住刀心妍她们，不让她们进去。

岩坚急切地说："桑木头人，快让她们进去!"

桑木执意说："不行！娜月生不下孩子，就是因为寨子里住进了外人，惹怒了寨神!"

岩虎上前解释："桑木头人，钟姑娘是医生，只有她能帮忙，让娜月嫂子把孩子生下来。"

桑木不听岩虎的解释，执意不让钟喜妹她们进屋。

屋里娜月的哭叫声十分惨烈，钟喜妹恳求地说："桑木头人，快让我进去吧，要不然，岩火头人的妻子会出事的!"

桑木横着长刀就是不让她进："你说，若是你帮不了娜月，她和孩子出了事咋个办?"

钟喜妹："如果不让我进去，我怎么帮得了她们呢?"

桑木坚持说："不行！你要进去就要给我保证！不做保证，谁也不准进去!"

岩虎："桑木头人，你要她做什么保证?"

桑木："保证娜月生下孩子！保证她和孩子都活下来！若是人死了，就要她来抵命!"

岩虎"唰"地抽出长刀，桑木以为岩虎要和他动武，也摆出一副决斗的架势。

岩虎双手拿着长刀递给桑木："桑木头人，我把长刀交给你，赶紧让喜妹进去。如果是她害的娜月嫂子丢了性命，你就用我的长刀砍下我的头!"

岩坚也急切地说："桑木头人，不要再拦着她们了，快让她们进去!"

桑木没想到岩虎如此坚决，只好接过长刀示意钟喜妹她们进去。

钟喜妹有几分担忧地看着岩虎，岩虎鼓励地对她点点头，表示相信她一定能够成功。

钟喜妹对岩虎握了握拳头，和刀心妍、花蔓一起进了竹楼。

17. 岩火大房　日内

竹楼里，一个佤族老太太协助娜月用佤族传统的生产方式跪在地上，娜月双手拉着头前的木桩痛苦地哀号着。

钟喜妹赶过来扶起娜月，刀心妍、花蔓帮着一起把娜月搀到地铺上躺好。

喜妹检查了一下，说："是难产，要马上手术！快烧热水，拿毛巾来！"

刀心妍、花蔓赶紧烧热水、煮毛巾。

钟喜妹把一些简单的手术器具拿到火上消毒，又把一些要用的布放到水里煮……

18. 岩火大房　日外

竹楼外，桑木和尼果等人抬着枪在房前屋后不停地放枪驱鬼……

寨子里的老人敲着木鼓为娜月请求神助……

19. 岩火大房　日内

钟喜妹紧张地为娜月接生，刀心妍、花蔓不时地为钟喜妹和孕妇擦去脸上的汗水，安慰娜月坚持住，孩子一定能平安降生……

终于传出了婴儿的啼哭声，钟喜妹抱起出生的婴儿，开心地笑了。

20. 岩火大房　日外

岩虎听到婴儿的哭声，对桑木和放枪的汉子们大喊："生出来了！生出来了！孩子生出来了！"

岩坚也高兴地喊："生出来了！生出来了！"

桑木和那些佤族汉子纷纷跑了过来，有些不相信地在房前听着里面的动静。

21. 岩火大房　日内

钟喜妹把孩子交给刀心妍，刀心妍、花蔓高兴地为孩子擦洗……

钟喜妹拿着一根缝衣服的大针穿上麻线为娜月缝合伤口……

刀心妍把洗净的婴儿抱给娜月看，娜月疲惫不堪的脸上露出了幸福的笑容。

佤族老太太接过孩子，喜上眉梢地用芭蕉叶把孩子包起来。

22. 岩火大房　日外

佤族老太太抱着婴儿来到屋外，岩坚一把抱过来，对着挤在院子里的人们举起婴儿，幸福地欢呼起来。

刀心妍、钟喜妹想抱回孩子，岩虎拦住了她们。

人们向那孩子欢呼跳跃、鸣枪致喜……

钟喜妹、刀心妍、花蔓与岩虎一起高兴地看着那些欢呼的人们。

高川、波香等人匆匆跑来，看到被众人欢呼的婴儿，露出放心的笑容。

木鼓声声，传递着阿佤人添丁的喜讯……

23. 叶黑家　晚上外

永安乐带着几个教徒来到叶黑家的板棚外，叶黑挪开当作门的木板，显得十分忐忑。

24. 叶黑家　晚上内

永安乐进了板棚，看见屋里放着工作队送的东西，恶狠狠地斥责叶黑："你敢背叛教会，一定会受到上帝的责罚！"

叶黑吓得直哆嗦，跪在永安乐面前不住地在胸前画着十字……
永安乐向一个教徒使个眼色。
教徒来到老人身边，悄悄给老人打了一针……

25. 岩火大寨 早晨外

李铁杉、花蔓、李国梁等人带领马帮离开大寨，高川和工作队员们送他们出了大寨。
岩坚、尼果等寨民也来相送。
李铁杉向岩坚、尼果挥手："岩坚兄弟，你们回吧！我们还会来的！会送来更多的物资，更多的药品！"
岩坚："若是有了岩火头人的消息，早早告诉我们！"
李铁杉："一定！你们放心吧！岩火头人会平安回来的！"
岩坚依依不舍地向李铁杉等人招手，看着高川等人把李铁衫他们送出寨子。
高川叮嘱李铁衫："铁杉，去菁崖部落要有心理准备，要让岩相头人放心，告诉他岩猛大头人一定会平安回来。"
李铁衫："我明白。他要是实在不放心啊，那就把我们也留下，我们正好在菁崖大寨开展工作。"
高川笑着拍拍他的肩膀："好了，快走吧。一路小心。"
李铁杉故意走在队伍最后，向高川等人挥着手，眼睛却始终看着钟喜妹。
钟喜妹和刀心妍、波香站在一起向马帮挥手，她的目光也始终盯着李铁杉。
看着马帮要走远了，刀心妍忍不住推了推喜妹："喜妹，去呀，去送送铁杉。"
喜妹不好意思地没往前去。
波香也不忍地说："喜妹，铁杉走远了，快去和他说句话呀！"
喜妹被心妍和波香推着向前走了几步，望着渐渐远去的李铁杉。
高川看到此景，对着远去的李铁杉高喊："铁杉！喜妹有话对你说，你好好听着！"
李铁杉在马上回首看着喜妹，朝她挥手。
喜妹也向铁杉挥手，她想说话，眼中却聚起泪水，哽咽住了。
李铁杉鼓起勇气喊："喜妹！"
钟喜妹看着远去的李铁杉。
李铁杉："喜妹！我会天天想着你！你要好好爱护身体，好好保重！等佤寨工作结束了，我就娶你！我要和你一起生活！一起奋斗！"
高川、刀心妍等送行的队员们激动地热烈鼓掌。
钟喜妹眼里闪动着泪花，不住地向远去的李铁杉点头、挥手，终于喊道："铁杉！你要保重！——"
李铁杉和马帮一起走向远处的山岗……

26. 叶黑家 早晨外内

叶黑从木板棚里跑了出来，站在高坡上哭喊："来人呀！——看看我阿爸呀！"
闻声赶来的青年进了板棚马上出来，朝天放枪，向寨子里的人传递有人死亡的消息……

许多寨民围在叶黑家外面，永安乐带着教徒们也来了。

永安乐看过老人的尸体，出了板棚对寨民们高喊："教民们！寨民们！这个老人是吃了红汉人给的药才死的！是红汉人害死了他！"
寨民们大哗。
永安乐大声问叶黑："你说，是不是这样?"
叶黑边哭边点头……
寨民们愤怒地呐喊起来，声言要向工作队复仇……

27. 工作队临时驻地 日外

永安乐、桑木头人带着叶黑和一批教众、寨民围在工作队驻地，吵嚷着要工作队的人偿命。

高川、岩虎、刀心妍、钟喜妹、波香、和水泉等人十分意外地面对愤怒的寨民们，分别耐心地劝他们不要激动，好好说话。

桑木头人拉着叶黑对高川说："你们的人给他阿爸吃了毒药，害死了他！你们的人要赔出性命！"

高川惊讶地看看叶黑，叶黑低着头哭泣。

钟喜妹上前对桑木说："你胡说！我给叶黑阿爸的药是治病的，怎么会是毒药？在喂她阿爸吃药之前，我们的同志还当着她的面尝了药！叶黑，你摸着良心说说，这是不是真的？"

叶黑只是低头哭泣，不开口。

永安乐凑上来说："哼，你们汉人鬼得很。你们尝的药当然是没有毒的，可是给她阿爸吃的药，一定有毒！"

钟喜妹："你胡说！我们给那么多寨民治了病，送了药，哪家人吃了我们的药中毒了？倒是你这个神父卖给叶黑阿爸的药早就过期了，根本治不了他的病！"

永安乐："你这是抵赖！"

桑木头人："对，你们害死了人，还想抵赖！"

刀心妍："你乱讲！你说我们害死了叶黑阿爸，有什么证据？"

岩虎："你是黑心烂舌头！工作队救了那么多人，凭什么要毒死叶黑阿爸？"

桑木头人："岩虎，你才是黑心烂肠子！叶黑对你掏心掏肺，你拍拍屁股丢下她，去串傣家女人，你是没了心肝的畜生！叶黑阿爸就是吃了你们的毒药才死的，她自己最清楚不过！叶黑，你说！"

波香感到惊讶地看着岩虎，岩虎难再开口地看着叶黑。

叶黑哭泣不语。

高川严肃地说："叶黑姑娘，你阿爸的事，我们都为你难过。如果你阿爸的死真和我们工作队有关系，我们绝不抵赖，一定会查明原因，为你负责到底。如果不是这样，有人想借你阿爸的事污蔑我们工作队，给我们抹黑泼脏水，我们也绝不答应。叶黑姑娘，希望你能对着乡亲们说出真话，你心里应该最清楚，到底是谁害死了你阿爸。"

叶黑哭泣不语。

桑木头人逼迫地说："叶黑，快说，就是他们红汉人害死了你阿爸！快说呀！"

叶黑伤心地哭着。

桑木朝寨民们喊："叶黑已经说过，她的阿爸是被红汉人毒死的！我们要让红汉人偿命！偿命！"

教众和寨民们呼喊着："偿命！偿命！"

这时，岩坚、尼果陪着岩火妻子娜月走来，岩坚伸着手臂示意寨民们不要再喊，搀着娜月走到叶黑、高川身前，所有人的目光都集中到娜月身上。

娜月有些虚弱但不失威严，她看看高川、桑木头人，转向叶黑，问道："叶黑，我要你向山神、寨神和阿公阿祖起誓，不说谎话。"

叶黑抽泣着点点头，举手起誓。

娜月："你阿爸是被红汉人毒死的吗？"

叶黑犹豫之后摇头说："我认不得，认不得……"

寨民一阵骚动。

娜月示意大家安静，转向桑木头人："桑木，叶黑阿爸不是红汉人毒死的，你们不要闹了。"

桑木："娜月嫂子……"

娜月："听着，红汉人救下了寨子里的很多人，救下了我和岩火头人的孩子，他们不会毒死叶黑阿爸。你若再和他们闹，岩火头人回来，会怨你的。"

桑木无奈地点点头，转身走去。教众和寨民们随之散去。叶黑也哭着走了。

娜月转向高川，示好地点点头。
高川："谢谢了，娜月夫人。"
娜月含笑说："你是岩火的阿弟，叫我嫂子好了。"
高川笑着说："娜月嫂子。"
娜月满意地转向钟喜妹、刀心妍："谢谢你们了。"
钟喜妹、刀心妍笑着摇头。
娜月在岩坚、尼果陪伴下走去。高川等人看着娜月的背影，感激地松了口气。
波香把岩虎拉到一边，低声追问："喂，你给我讲清楚，那个叶黑姑娘，被你欺负过，对不对?"
岩虎否认："咋个可能，我和她就像兄妹一样，好得很。别听桑木头人鬼扯。"
波香怀疑地说："那刚才桑木头人骂你的时候，你怎么不回嘴? 不让叶黑姑娘自己说清楚?"
岩虎："哎呀，她刚死了阿爸，我咋能和她乱这些嘛。好了，不要扯了，快走吧。"他躲避地快步走去。
波香不再追问地跟着他走去。

28. 岩火大寨　日外

教堂附近，永安乐和几个教徒在大树下密谋。
教徒："寨子里有娜月、岩坚他们盯着，我们下不了手。"
永安乐阴险地说："有一小队红汉人，一早赶着马帮出了寨子，他们应该是去菁崖大寨。"
教徒明白地说："我们去追他们。"
永安乐："要追得远一些，一定要隐蔽。"
教徒："明白。"

29. 山坡上　日外

工作队员们在山坡上休息、埋锅造饭……
李铁杉独自走到一旁，望着满山盛开的杜鹃花，想起了钟喜妹，他悄悄从挎包里拿出喜妹的照片和那个包着玉镯的红布包，准备打开……
李国梁走到李铁杉身后，笑道："铁杉，这是什么宝贝，藏得这么严实?"
李铁杉收起红布包："这是我的个人秘密。"
李国梁："既然是秘密，我就不看了。哎，铁杉，什么时候请同志们喝喜酒啊?"
李铁杉："喜妹说了，等青蒙山的工作结束了，我们要去北京，在天安门广场照结婚照，再回来请同志们喝喜酒!"
李国梁琢磨着说："嚯，安排得够远的，还要去北京?"
花蔓喊他们："铁杉！李连长！开饭了!"
李铁杉和李国梁笑着走向大伙……
李铁杉来到大伙中间，接过花蔓递来的饭盒刚要吃饭，就发现花蔓拿着一把锅铲在盛饭，问："花蔓，这把铲子是哪来的?"
花蔓："噢，是在寨子里管岩坚家借的，走的时候忘了还了，下次来的时候再还给他们……"
李铁杉放下饭盒："这怎么行? 这不是违反群众纪律吗? 得马上送回去!"
花蔓："我又不是故意不还，确实忘了嘛! 再说，已经走出来几十里路了，现在送回去……"
李铁杉拿过铲子，认真地说："不是故意的也不行。你知道吗，阿佤人最忌讳丢饭铲。丢了饭铲，就是触犯了灶火神，会挨饿的!"
花蔓："这不是迷信吗……"
李铁杉："这是风俗，我们必须尊重。再说了，三大纪律的第二条就是不拿群众一针一线，八项注意的第三条就是借东西要还!"
花蔓："好吧，算我错了。反正铲子坏不了，下次来的时候送回去，再向人家赔礼道歉不行吗?"

李铁杉："不行，必须马上送回去。"

花蔓："这么远的路，来去要走大半天呢。"

李铁杉正要说什么，李国梁拦住他对花蔓说："花蔓同志，铁杉说得对，我们每一个细小的疏忽都可能引来群众的误解，让坏人钻了空子。这样吧，铁杉同志，你带着大家往前赶路，我把铲子送回去。"

李铁杉："不，我去。我是队长，这个责任应该由我来负。"

他说着走向马匹。

花蔓："铁杉！我去！"

李铁杉跨上马说："你认识到错误就行了！国梁同志，吃过饭你们继续赶路，我能追上你们！"他催马跑去。

30. 钟喜妹的梦境　日外

寂静的山路上，马蹄清脆……

钟喜妹一身新衣，蒙着红盖头，戴着大红花骑在马上，李铁杉也是一身新衣戴着大红花拉着马走在山路上……

山坡上岚雾漫染，松柏苍翠，花丛锦簇，坡下河水潺潺，倒映彩云……

喜妹禁不住悄悄掀开盖头，却没看见李铁杉，她左右前后找着，仍然不见人影。她开始呼喊铁杉，铁杉还是没有出现。

她的马消失了，四周一片死寂，她紧张地呼喊着："铁杉！——铁杉！——"

空谷中居然听不到她的回声。

喜妹恐慌地大声呼喊："铁杉！——铁杉！——"

31. 岩火大寨　工作队驻地　清晨内

钟喜妹从梦中惊醒，猛地坐起来，抹着额头上的汗水，慌乱地喘息着……

32. 工作队驻地　清晨外

晨光中的山林无比寂静……

钟喜妹从竹屋里出来，走到篱笆旁，满怀思念地望着远山。

刀心妍出了屋，轻声说："喜妹，这么早就起来了?"

钟喜妹回头看看心妍："山里的景色真美，空气真好。"

刀心妍："是啊。听，小鸟唱得多好听。"

二人一同看向山林，心怀向往……

33. 山林中　清晨外

刀心妍、钟喜妹、波香、岩虎结伴挑着水桶，抱着一大堆同志们的衣服来到树林里的小溪旁担水、洗脸、洗衣服。

林中野花点点，鸟鸣悦耳，静谧怡人。

姑娘们洗完了脸，来到溪畔的石头边用木棍捶打着洗衣服。

波香数了数要洗的衣服，抬头问岩虎："岩虎，你的褂子呢?"

岩虎张开双臂说："这不是，穿在身上。"

波香："干吗不换下来? 再不换就洗不干净了。"

岩虎憨笑着说："不换了，再穿些日子吧。"

波香上前拉着他的衣服看了看，嗔怪地："还穿些日子，脏的可以下谷种了，快换下来！"

钟喜妹边洗衣服边笑着说："波香，你就让他穿着吧，再过些日子，就可以当冬衣穿了！"

刀心妍："是啊，一件可以变两件了，多划算呀！"

波香拉着岩虎让他脱下上衣："瞧见没有，人家都笑话你呢，快换下来呀！"
岩虎不想脱，嘟囔着说："脱下来又没的换，像什么样子？"
波香："不是还有一件吗？"
岩虎努着嘴看了看那一堆脏衣服，示意在里面。
波香在脏衣服堆里翻了翻，拿起一件问："这件？"
岩虎点点头。
波香："前些天告诉我你自己洗了，撒谎，干吗不早点拿给我？"
她扔下脏衣服起身说："我上回给你的那件呢？新的？"
岩虎不好意思地笑着说："那件，我不穿。"
波香："为什么？不合身吗？"
岩虎："不是，我现在不穿。"
钟喜妹："他呀，舍不得穿！要等到做新郎的时候才穿呢！对不对岩虎？"
刀心妍和钟喜妹一起开心地笑着。
波香害羞地打了岩虎一下，不由分说地脱他的上衣。
岩虎扭动着身子躲闪着。
波香："还害羞呀？你不也是佤族吗？寨子里那么多伙子都光着背，有谁笑话了？你呀，越来越没出息。"
岩虎无奈地脱下上衣，掏出他和波香的合影拿在手里。
波香不好意思地说："总装在身上干什么，折坏了怎么办？"
岩虎："这才叫心贴着心嘛！再说你那里还有一张，折坏了也不怕。"
刀心妍、钟喜妹哈哈笑着。
波香拉着岩虎脱下来的衣服说："快放手啊，人家都笑你呢！"
岩虎紧抓在手里不给波香，走到溪边蹲下来要自己洗。
波香不理他了，到一旁赌气地洗起来。
刀心妍玩笑地说："岩虎呀，没姑娘要的男人才自己洗衣服呢！波香，你不要岩虎了吧？"
波香："不要了！他那个鬼样子，没有人要！"
刀心妍："听到了吗，岩虎？波香不要你了！"
岩虎："她乱讲，开玩笑的，对不对波香？"
波香扭过脸不理他。
钟喜妹："看见了吧，人家波香没开玩笑！岩虎，要是波香真的不要你了，你怎么办？"
岩虎："不会的！她不能不要我！她敢不要我，我就把她抢回去！"
波香低声地"呸"了一声，"还讲鬼话。"
刀心妍："抢回去有什么用啊？人家会跑啊！"
岩虎："跑不掉的，我会捉一只老虎来看住她！"
钟喜妹："好黑心哟！波香，听见没有？还是现在就跑吧，当心以后被老虎吃掉了！"
波香羞恼地举着洗衣服的棍子要打岩虎，"我让你讲鬼话！"
岩虎捂着脑袋起身逃跑，笑个不停。
波香无心追他，回身拿起岩虎的衣服，走到刀心妍和钟喜妹身边洗起衣服。
刀心妍："岩虎，别跑了！她哪里舍得打你呀？疼还疼不够呢！"
岩虎从树后探出头说："不闹了，我去砍些柴，一会就回来。你们自己要当心，别乱跑啊！"
钟喜妹："放心去吧，当我们是绣花针呀？"
刀心妍："你自己别跑丢了就行了！我们会替你看好波香的！"
岩虎憨笑着进了树林。

34. 山林中　清晨外

树林里，岩虎砍了不少柴，他把砍好的柴捆在一起，擦了擦汗，把长刀插在地上，坐下来休息。他拿出一杆竹笛，刚想拭着吹，似乎听到什么动静，他侧耳仔细听了听，果然有杂乱的脚步声，他起身躬着腰拿着弩弓和长刀，悄悄走向脚步传来的方向。

林中小路上，岩坚带着几个佤族汉子手持长矛和长刀匆匆走着，他们拉着一个用麻绳捆绑着的少年。

岩虎赶了过来，躲在树丛里窥视岩坚和那些汉子，他已经明白了他们在干什么，表情紧张地看着他们走去的方向，而后转身向回跑。

岩坚和几个汉子来到溪边喝水，一个汉子取下塞在少年嘴里的麻布，把他的头按向河里让他喝水，少年"哇"地哭了起来，汉子立刻揪起他，又堵上他的嘴。

35. 山林中　清晨外

刀心妍、钟喜妹、波香都听见了少年的哭声，抬头张望着。

溪水在前面不远的地方转了弯，刚才的哭声似从那边传来。

刀心妍："你们听见了吗？"

钟喜妹点点头，"好像有人在哭。"

波香向前面指了指，"好像是那边。"

钟喜妹："是有人在哭吧？"

波香："听不清楚，也许是。"

刀心妍："我过去看看。"

钟喜妹："不行，要去我们一起去。"

波香："算了吧，也许是听错了，我们都去了，一会岩虎找不到我们，会急的。"

钟喜妹："等等，再听听？"

这时，岩虎匆匆跑了回来，面色紧张地收着衣服说："快，快收拾衣服回寨子去，晚了就来不及了。"

刀心妍："岩虎，到底发生了什么事？"

岩虎："他们……寨子里的人要砍人头了！我们赶快回去，想办法拦住他们！"

钟喜妹不解地说："砍人头？"

岩虎："现在来不及说了，快呀，收拾衣服，赶紧回去！"

刀心妍、钟喜妹、波香匆忙和岩虎一起收好衣服往回跑。

36. 岩火大寨　日外

寨子里，木鼓声震人心魄。

男女老少全都涌向寨门处，岩坚和那几个汉子得意洋洋地拉着那个少年进了寨子，人们向他们欢呼。

37. 工作队驻地　日外

岩虎、刀心妍、钟喜妹、波香神色匆匆地跑回驻地。

高川见状警惕地问："怎么回事？寨子里出什么事了？"

岩虎上气不接下气地说："他们，要砍头，砍人头……"

高川："别急嘛，你喝口水，慢慢说。"他把水壶递给岩虎。

岩虎挡开水壶，焦急地说："来不及了，他们抓来了别的部落的人，要砍头……"

高川明白了："在哪儿？"

刀心妍："刚进寨子，在寨门呢！"

钟喜妹："他们抓的是个孩子，才这么高。"

高川对队员们喊："带好武器！跟我来！"

第三十六集完

第三十七集

1. 岩火大寨　日外

寨门处，岩坚让人把那个少年绑在木桩上，少年吓得魂不附体，浑身哆嗦着哭泣。

桑木头人为岩坚扎上一块崭新的红包头，向他表示祝贺。

人们向岩坚欢呼着……

高川带着队员们赶来，问桑木："桑木头人，你们要做什么？"

桑木："寨子里闹瘟疫，又要收谷子了，天不下雨，谷子长不好，我们要用砍下的人头驱瘟鬼，祭谷子。"

高川："砍人？这怎么可以？（他看了看绑在木桩上的少年）他还是个孩子！你们不能杀他！"

桑木："我们可以杀他，他是我们抓来祭谷子用的。"

高川："这是条人命啊，你们怎么能随便杀人呢？"

桑木："这是我们阿公阿祖传下的规矩，谷子熟的时候，每个寨子都要砍人头。我们寨子里的人，也有被别的寨子捉去的，也被砍了头。"

高川："桑木头人，现在解放了，想要谷子长得好，我们可以一起想办法，不能再随便杀人了呀！请你们放了这孩子。"

桑木摇头摆手："不砍他的头，谷子长不好，寨子里的人要饿肚子……"

刀心妍："你要是怕谷子长不好，我用钱买下这个孩子，你用钱去买谷子，这样总可以了吧？"

桑木摇摇头，不同意。

高川耐着性子说："桑木头人，你要多少钱才能放了这孩子？"

桑木看了看高川，说："在青蒙山用钱买不来谷子。我不要钱，明天一定要砍掉他的头。"

高川："如果我们不答应呢？"

桑木："你们是外人，不能管我们阿佤人的事。"

岩虎"唰"地抽出长刀，喊："我不是外人！我也是阿佤人！讲理不行就来和我砍吧！谁砍赢了谁说了算！"

岩坚阻止道："岩虎！"

桑木拿过一个汉子的火药枪朝天放了一枪，所有的人都安静下来。

桑木指着高川、岩虎等人说："他们不让我们砍头！"

人们立刻愤怒、有节奏地发出挑战似的喊声。

岩虎毫不畏惧地挥舞着长刀喊："来吧！来砍我吧！看你们谁有本事砍倒我！砍不倒我，那孩子就归我了！"

他前后纵跳着，开辟出一块搏杀的场地。

桑木盯了眼岩坚："岩坚，你是寨子里的第一武士，不会被他吓到吧？"

岩坚只好走到岩虎对面，紧了紧红包头，抽出腰间的长刀，摆出搏杀的架势。

岩虎大喊："来啊来啊！有种的就来吧！阿佤的老祖宗都看着呢，阿佤人还在砍阿佤人呢！"

高川喊："岩虎，不要这样！"

岩虎毫不理会地继续对岩坚等喊："砍啊砍啊！不害臊的孬种，砍一个娃娃算什么本事？有种的来砍我呀！"

岩坚身边的几个汉子都抽出长刀，逼向岩虎。

岩虎毫无惧色地盯着他们，攥紧了刀柄。

岩坚向几个汉子使个眼色，几个人大叫着一起冲了上来。

千钧一发的时刻，高川拔出枪朝天开了两枪，大喊："住手！把刀放下！"

队员们迅速站在高川身边，紧握着枪准备战斗。

刀心妍、钟喜妹、波香显得格外紧张。

岩坚领教过高川的枪法，不敢轻举妄动。

高川："桑木头人，我们不想动武，但是你们不能杀这个孩子。要多少钱，我们出！这个孩子，我们买了！"

桑木略一思索，说："我和砍头英雄们商量一下，太阳落了坡，我就答复你。"

高川点点头："好，我们等着。"

桑木头人在岩坚等簇拥下离去了，高川神色复杂地看着他们的背影，又看看绑在木桩上祈求他们的少年，心情沉重地等待着答案。

2. 工作队驻地　晚上内

高川和管理钱物的波香一边数着半开、纸币，一边估算着到底要用多少钱才能买回那个即将被砍头的少年。

高川："我们还有多少粮食？"

波香："一天两顿稀饭，勉强还能撑上三四天。"

高川叹了口气，说："如果粮食再运不上来，我们的困难就更大了。岩虎！"

岩虎走过来："有！"

高川："从明天开始，你带着同志们上山采些能吃的东西，无论如何要把眼前的难关度过去。"

岩虎："放心吧，阿哥，噢，队长，现在山上的果子都熟了，能吃的东西多得很呢。"

（画外）有队员喊："队长，他们来了！"

高川、岩虎等闻声出了屋。

3. 工作队驻地　晚上外

院子里，岩坚和几个佤族汉子走来，高川、岩虎迎了上去。

刀心妍、钟喜妹等人走近高川、岩虎。

高川："怎么样？你们商量好了吗？"

岩坚："高长官，桑木头人说了，给红汉人一个面子，明天早上先不砍那颗人头……"

高川兴奋地说："好啊，你们要多少钱？"

岩坚："桑木头人说，我们不要钱。你们真想救那个娃子，就在明天中午以前捉一只老虎来，我们可以用老虎头换下那个娃子的头。"

高川似不相信自己的耳朵，"你说什么？老虎？这不是……胡扯吗？"

岩虎生气地说："你们存心要杀那孩子，说些没头没脑的话来哄我们！我给你三天时间，你捉只老虎来我看看！"

岩坚毫不理会地说："桑木头人就是这么说的，捉到捉不到，就看你们的本事了。"他说完要走。

高川："你等等！"他回身进屋，片刻，从屋里拿出银圆半开和一袋粮食，激动地说："这些钱和粮食都归你们，这些钱够买一驮谷子！"

岩坚："够买三驮谷子我们也不要。桑木头人说了，就要你们捉只老虎来，别的什么都不要！"

岩虎气道："岩坚！你是岩火头人的武士还是桑木的武士？"

岩坚："我是寨子里的武士，谁拦着我砍头，就是和我作对。"

说完，他带着人走了。

高川站在那里，克制着愤怒的心情。

岩虎抽出长刀说："我去把那个孩子抢回来！"

高川："不行！不到万不得已，不能和他们发生冲突。"

岩虎："他们是存心刁难我们，现在没别的办法，只有抢了那孩子，下山去！"

高川："胡闹！我们干什么来了？光是为抢个孩子吗？我们做了多少工作，好不容易把岩猛、岩火请下了山，我们不能不讲信用，更不能让敌人钻了空子！"

刀心妍："那怎么办？就让他们杀了那孩子？"

高川："大家都别急，咱们一起想想办法。无论如何，我们不能硬来，不能和寨子里的人动武。"

4. 山路上　日外

刘捍卫、和水泉和一些工作队员带着驮有粮食物品的马帮向佤寨行进。

刘捍卫抬头望着高耸入云的群山，皱着眉擦汗。

和水泉过来把水壶递给他："刘副队长，喝点水吧。"

刘捍卫接过水壶喝了几口，说："让大家休息一下，喘口气。"

和水泉转身向队伍喊："大家原地休息！喝口水歇一歇！"

刘捍卫坐到地上用帽子扇着风，说："乖乖，这么大的山我还是第一次爬呢！"

和水泉："是吗，怪不得高队长不放心，让我来山口接你们。"

刘捍卫看看马帮说："他是怕我们走得慢，耽误了你们的给养吧？"

和水泉不好回答地笑笑。

刘捍卫叹道："咳，真没想到，工作这么多年，落了个送粮食的差事。"

和水泉："刘副队长，你以前不是总说吗，在革命队伍里不论做什么工作，都是光荣的。"

刘捍卫："我当时说的没错，可现在和以前不一样了，不是吃苦受累最光荣的时候了，懂吗？"

和水泉摇摇头，"不懂。"

刘捍卫："你还年轻，以后慢慢就懂了。我就想不通，凭什么好差事都给了高川，还让我来给他敲边鼓。"

和水泉："高队长就是有本事，工作扎实，还立过战功，我们都很佩服他。"

刘捍卫："盲目！有什么可佩服的？他高川就会逞英雄，什么时候都忘不了出风头。"

和水泉："刘副队长，你这么说不好吧，这不是背后说怪话吗？"

刘捍卫："你呀，年轻，看问题太简单。这样下去，没多大出息。"

和水泉不高兴地说："刘副队长，你怎么这样说呢？在党内我们都是同志，我有什么缺点你可以批评，怎么能说我没出息呢？我对你有意见。"

刘捍卫不耐烦地说："好好好，有意见以后开党员会的时候再提。叫大伙把马赶起来，快出发吧！"

5. 岩火大寨　夜外

刀心妍、钟喜妹、波香悄悄来到寨门处，向绑着少年的木桩周围窥探。

少年耷拉着脑袋已经睡着了，旁边不远处有两个看守他的汉子也靠在土墙上抱着火药枪睡着了。

刀心妍示意钟喜妹和波香盯住那两个汉子，她自己拿着把匕首悄悄来到木桩旁，摸到少年身后割断绳子。

少年惊醒后想挣扎，刀心妍赶紧抱住他，捂住他的嘴用手势告诉他自己是来救他的。

少年惊魂未定地看着刀心妍，还是不知道她到底要干什么。

刀心妍解开绳子后拉着少年悄悄走到寨子外面，把一包食物和一个军用水壶交给他，指指山上的树林示意他快跑。

少年终于明白了刀心妍的意思，他向刀心妍鞠了一躬，撒腿跑向林中，片刻间便无影无踪了。

刀心妍舒心地看着少年跑进了树林，转身悄悄回到寨子里，向钟喜妹、波香示意已经成功了，可以走了。

三人抑制着内心的激动，蹑足离开寨门处。等走到离看守稍远的地方，她们抬起脚跑了起来，边跑边忍不住地笑着。

看守中的尼果被尿憋醒了，他想到土墙边撒尿，猛见木桩上没了人，只有一截断了的绳子丢在地上。他慌忙喊醒另一个汉子，指指木桩说孩子跑了。两人急忙跑到寨子外面，四下里看看，根本没有孩子的影子……

6. 工作队驻地 早晨外

桑木头人、岩坚等带着几十个寨子里的人将工作队的住处围了起来。

高川、岩虎等人走出屋子，高川走近桑木问："桑木头人，你们这是要做什么？"

桑木头人拿出被割断的绳子和一只军用水壶，阴着脸对高川说："红汉人，我要你们交出那个孩子。"

高川微笑地说："桑木头人，你先不要急，如果是我们的人放走了那个孩子，我一定会给你一个说法。不过，现在光凭这些东西，不能说明那孩子就是我们的人放的。"

岩坚眼里冒火地说："还说不是！这绳子是刀砍的，这装水的东西是我们在林子里找到的！不是你们的人还能是谁？"

岩虎："寨子里人人都有刀，人人都可以割断绳子！我们的水壶又不是天天带在身上，被谁拿了去也说不定！"

岩坚："你乱讲！你诬赖我们偷了你们的水壶？"

岩虎："我没这样讲！我们的水壶也会丢，砍柴摘果子的时候，也会自己丢在林子里！"

桑木一脸怒气："岩虎！你早就不是阿佤人了，你和红汉人穿一条裤子，一起骗我们！今天你们交不出那个娃子，就自己挑一个出来让我们砍头！等太阳照到头顶上，我就要砍下你们当中一个的脑袋，供木鼓，祭谷子！"

岩虎："共产党从没有乱杀过阿佤人，阿佤人也不能杀共产党！你们要是乱来，会遭大祸的！"

岩坚："不要吓唬我们，阿佤人不知道什么叫怕！你们有刀，我们也有刀！你们有枪，我们也有枪！你们只有几个人，我们的人有成百上千！"

他把长刀一挥，围住院子的阿佤人摆开阵势，弩箭、火药枪、竹制的"大炮"都对准了工作队员们，战事一触即发。

岩虎和队员们都端起了枪，被迫准备战斗。

高川平静地对桑木说："桑木头人，我们不会和你们动武。请你们想清楚，岩猛大头人和岩火头人去了北京，和毛主席交朋友，他们都不愿看到我们像现在这样。请你们把武器收起来，我们好好谈谈。"

桑木："岩猛大头人和岩火头人都下山了，他们的话我们听不到。太阳照到头顶上，你们不交出人来，我们就开打！"

高川咬了咬牙，他的手本能地伸向枪柄。

岩虎举起一颗手榴弹，说："看见没有？这是炸弹！比大竹炮还要厉害！一丢出去，可以刷倒一大片！谁要来试试？"

岩坚："你吓不住我！我们现在就打吧！"

他端起火药枪，指挥寨子里的青年们在院子周围隐蔽起来准备开火。

高川见事态无法控制，拔出了手枪指挥队员们撤向屋内回避。

刀心妍从屋里冲了出来，高喊："慢着！人是我放的！要砍你们就砍我吧！"

桑木、岩坚等人都愣住了，直起身看着刀心妍。

高川对刀心妍低吼："胡闹什么？回屋里去！"

刀心妍："队长，人是我放的，我不能看着大家受损失！"

钟喜妹冲了出来："是我放的那个孩子，我来负责！"

波香也冲了出来："不是她们，是我放的！他们要砍就砍我！"

岩虎："你们乱讲些什么？有我在，看谁敢砍你们？"

高川对桑木喊："桑木头人！你们听好了！人是我们放的，但是我们的人不会让你们砍！要想开火，我们可以陪你们打上三天三夜！要是不想开火，我们愿意赔偿你们的损失，马上去山上捉老虎！"

面对三个勇敢的女人，桑木和岩坚相互看着，一时没了主意。

尼果突然对桑木说："桑木头人，这几个女人不能砍，她们救了娜月嫂子和孩子，砍恩人的头，不是阿佤理。"

另外一些汉子也说共产党解放是好人，为他们的亲人看病，帮他们干了很多好事，不应该和他们开火。

桑木只好说："叫魔巴来打卦，是吉卦就和他们谈判，是凶卦就开打。"

7. 工作队驻地　日外

魔巴杀鸡取骨，正准备打卦，一个青年兴冲冲地跑来对头人喊："桑木头人！山路上来了大队的马帮，驮了大袋大袋的麻包，像是谷子！"

桑木显出诧异。岩坚等人听后当即撇下高川他们，带着寨子里的人们兴奋地赶往寨门。

高川不知道发生了什么事，正在疑惑，岩虎喜上眉梢地说："马帮！队长，马帮来了！粮食运来了！"

高川高兴地说："我的天呐！可算是来了！同志们！接马帮去！"

战士们欢呼着冲向寨子门口。

刀心妍手捂胸前，终于松了一口气，"太好了，总算来了！"

高川笑容里带着埋怨说："你呀，留着脑袋吧！还笑呢。"

他昂首挺胸地走向寨门，刀心妍、钟喜妹、波香等喜笑颜开地跟了上去。

8. 岩火大寨外　日外

进寨子的山路上，刘捍卫、和水泉等带着工作队员们赶着长长的马队走向寨门……

岩坚、尼果和寨子里的人们向马帮欢呼着。

高川、岩虎和队员们迎上前去，帮着刘捍卫等人牵马背行李。

高川握着刘捍卫的手说："老刘，可把你们盼来了！我们险些要人头落地呀！"

刘捍卫："人头落地？有这么严重？我看佤族同胞对我们很友好嘛！"

高川来不及多解释，走到岩坚面前说："岩坚兄弟，这下你们不愁吃了，这些粮食够换一颗人头了吧？也不用叫我们捉老虎了吧？"

岩坚脸上露出了笑容，魔巴赶来举着鸡骨卦说刚才打的那一卦是大吉。岩坚带头欢呼起来，寨子里的男女老少挥舞着长矛长刀欢呼着。

刘捍卫对高川说："你刚才说什么呢？这些粮食是给佤山的救济粮，换什么人头？捉什么老虎？"

高川笑着说："一会儿我再告诉你，今天的事可太悬了。"

刘捍卫看着欢呼中的人群，似乎很不适应。

9. 岩火大寨　日外

高川、刘捍卫、岩虎、和水泉、刀心妍、钟喜妹、波香和工作队员们一起给寨子里的人分粮食、盐巴、布匹等，男女老少各个笑逐颜开，抱着成袋的粮食你来我往，舔盐巴，试布料，人人欢天喜地……

一棵树阴下，永安乐和桑木目光阴沉地望着欢乐的人们。片刻，桑木向身边的随从挥挥手，走向寨子深处……

10. 工作队驻地　早晨外

桑木带着岩坚、尼果等人将工作队送的粮食、盐巴、茶叶、布匹等物放到了工作队住处的篱笆墙外，面色阴冷地看着院子里的工作队员们。

一些佤族群众也陆陆续续将工作队发放的物品拿了来，阴沉着脸把东西放到篱笆外。

聚集在院子外面的佤族群众越来越多……

院子里的和水泉觉得不对劲，赶紧朝屋里喊："队长！队长！"

高川、岩虎、刘捍卫等人出了屋，不解地看着围在篱笆外的寨民。

刘捍卫紧张地看着篱笆墙外越聚越多的人们，小声问："这是干什么？他们要干什么？"

高川也觉得奇怪，他和岩虎一起来到篱笆墙边。

岩虎问岩坚："岩坚，怎么回事，为什么要把东西送回来？"

未等岩坚开口，桑木恶狠狠地盯着高川说："你们对阿佤人没存好心，我们上当了。"

高川忙问："你这话是什么意思？到底发生了什么事？"

桑木："山外的野雀带回消息，岩猛和岩火头人被你们哄到昆明杀死了！"

岩虎："你胡说！岩猛头人和岩火头人去了北京，很快就要回来了！"

桑木："你才胡说！菁崖大寨传来消息，有人从昆明回来，亲眼看见岩猛头人和岩火头人被杀死了，他们的尸体丢在路上没人管！"

岩虎："乱讲！从昆明回来的人呢？你把他找出来！"

桑木举起一个小罐，说："岩火头人对我讲，他下山一百天就回来。我每天丢进罐罐里一颗包谷，你自己数数是多少颗了！"

岩虎明白是有人在挑唆，质问他说："罐子里有多少颗包谷，说明不了大头人的死活。我要你们把从昆明回来的人喊出来，问他在哪里见到了大头人的尸首！"

桑木狡辩说："要是大头人还活着，为什么现在还不回来？为什么一点消息都没有传回来？"

高川指着太阳说："你们看，太阳升起来的地方是北京，太阳落坡的地方是青蒙山。从青蒙山到北京有多远？隔着千山万水呢！你们谁到过太阳升起的地方？怎么会知道一百天就能回来？"

岩虎："对嘛，大头人没有去过北京，他想着一百天就回来，可是路太远回不来，他也没办法。"

桑木："大头人被你们哄了，要不你们会送我们这么多东西？天底下没有这样的好事情！"

高川："这是人民政府看到你们生活困难，无偿地帮助你们……"

桑木："天上只有一个太阳，地上的谷子一样长。青蒙山的谷子长不好，你们的谷子就长得好了？谁个不晓得，你们的谷子是抢来的！我们不要你们的谷子！就要你们把岩猛和岩火交还来！"

岩坚："对，把大头人交还来！"

高川见寨子里的人越聚越多，一时无法和他们说清楚，便客气地对桑木说："这样好不好，我们有电台，可以和南沧联系，也可以和昆明联系，我们现在就发电报，让他们把岩猛头人和岩火头人的消息告诉你们，好不好？"

显然，桑木和岩坚都不知道电台、电报是什么意思，但听说可以知道岩猛、岩火的消息，岩坚等人还是愿意见识见识。

11. 工作队驻地　早晨内

高川、岩虎把桑木、岩坚请到屋里，对报务员说："马上发报，向方书记报告这里的情况，请他尽快把岩猛的情况告诉我们。"

报务员立刻发报。

桑木、岩坚等人好奇地看着嘀嘀作响的发报机，猜不出报务员在搞什么名堂，十分紧张地握着长刀的刀柄。

12. 工作队驻地　早晨外

寨子里的百姓聚集在篱笆墙外，人人脸上都带着怀疑和焦急的神色。

刀心妍、钟喜妹、波香凑近安置电台的竹屋门口，焦急地等待着。

13. 工作队驻地 早晨内

边工委的电报来了，报务员记录完电文，翻译出来，刘捍卫刚想去拿，报务员却起身将电文交给了高川。

高川看了电文，笑着对桑木和岩坚说："你们不用担心，岩猛头人、岩火头人和所有的民族代表已经结束了在北京的观礼活动，他们的身体都很好。"

岩坚心急地说："几日能回来?"

高川："他们离开北京以后，要去天津、武汉、南京和上海这些地方参观访问，这可都是中国有名的大城市啊！"

岩虎："要去那么多地方，大头人总要好好耍一耍，时间就耽搁长了嘛！你们放宽心，他一样事也没有。"

岩坚："你讲的那些……天，还有啥子海，在什么地方，有好远?"

高川笑了笑，找出中国地图铺开来对桑木、岩坚说："你们看，这些地方，就是我们中国。这里是云南，青蒙山在这里，昆明在这里，北京在这里。我刚才告诉你岩猛头人要去的城市是……这里，天津。看，这里是南京，这里是上海，知道有多远了吗?"

桑木、岩坚显然不知道，好奇地看着地图，下意识地用手比量着。

高川："知道吗？你用手指这么一量，就是上千里地呀！"

桑木听了一愣，赶紧收回手，问："大头人现在在哪里?"

高川："按日子算，就快回来了。他一到昆明我们就会知道，马上告诉你们。"

岩坚半信半疑地看看桑木，桑木眼珠子转了转，摇头说："这个什么电报机咋个会知道大头人的死活？这些纸上的东西是你们画来哄我们的，我们不相信。"

刘捍卫在一旁着急了，显得很无奈地说："我们怎么会骗你们呢？这消息是千真万确呀！（他指着电台说）这电台是科学，它传送的消息，就向我们面对面讲话一样，不会错的。你们怎么就不相信呢?"

岩坚、桑木目光古怪地看着刘捍卫，听不懂他在说什么。

刘捍卫摊开两手对高川说："他们这些人怎么、怎么什么都不明白呀?"

高川示意他不要着急，沉住气。

刘捍卫："问问他们，到底想干什么?"

桑木："大头人回不来了，你们就要赔命！"

岩坚："对，大头人真的死了，你们要赔命！"

岩虎："大头人没死，活得好好的！你们这样咒他死，是想做部落的大头人吧？啊?"

岩坚和桑木听了一愣，面面相觑地不知该说什么好。

高川见岩虎这话奏了效，和气地笑着说："你们不要急嘛，岩猛、岩火两位大头人好不容易下一次山，要去的地方又那么多，不看够了怎么行呢？你们该吃就吃，该喝就喝，该做什么还做什么，不要听信传言，如果有坏人故意挑拨我们的关系，你们岂不是会上当吗?"

岩坚看看桑木，桑木阴起脸不说话了。

岩坚向天上一指："告诉我，月亮圆的时候，大头人会不会回来?"

高川："这个我可说不好，我可以告诉你的是，大头人一定会回来。"

岩坚："大头人死了，你赔命！"

高川："一言为定，大头人要是不能活着回来，我这颗脑袋归你了！"

刘捍卫惊讶地："老高！"

高川示意他不要表态。

岩坚："好，我信你了。月亮圆的时候大头人还不回来，我还会来找你的！"

高川微笑着点点头。

14. 昆明机场 日外

一架飞机徐徐降落……

召景哈、刀光寿、岩猛、岩火、扎罗等代表在罗开云、张怀民陪同下走下舷梯，和前来欢迎的领导人热烈握手，领导们向各位代表表示热烈的祝贺。

欢迎的群众向代表们献上鲜花，簇拥着他们走向停机坪上的车队。

15. 青蒙山 日外

电报声穿越山谷密林……

16. 岩火大寨 工作队驻地 日外

高川举着电报对在院子里忙碌的大伙喊道："同志们！民族代表们回来了！"

岩虎、刀心妍、钟喜妹、波香、和水泉等人纷纷放下手里的活围过来催着高川快念电报内容。

高川喜不自胜地说："这是方书记发来的电报，他说，赴京观礼的全体代表已于昨日回到南沧，望你们坚守岗位，再接再厉，胜利完成开辟青蒙山的光荣任务。向你们致敬！"

年轻人们高兴地欢呼着跳了起来。

17. 岩火大寨 晚上外

明月高悬，浮云飘动……

月光铺满山寨……

18. 工作队驻地 晚上内/外

宿舍里，钟喜妹叠起为李铁杉织好的毛衣，红毛衣前胸的党徽十分醒目。她见刀心妍在木箱上写着什么，走过去问："心妍姐，写什么呢？"

刀心妍大方地把正在写的稿子拿给喜妹："喜妹，帮我看看，写得行不行？"

喜妹拿起稿子看着，标题醒目——入党申请书。

喜妹与心妍相视而笑，她突然想到什么，拉着心妍向外走。心妍不知所以地被她拉出了宿舍。

高川、刘捍卫正在篱笆旁谈话，喜妹拉着心妍来到高川身前，把心妍的入党申请书交给高川："队长，你看。"

心妍有些不好意思。

刘捍卫好奇地看着高川手里的申请书，高川看过后高兴地对心妍说："好，好啊！"

喜妹开心地看着心妍，心妍害羞地从高川手里拿回申请书："我还没写完呢！"说着转身回宿舍去了。

高川笑着看着她的背影，转向喜妹说："喜妹，你要多帮助她。"

喜妹："是你要多帮助她，你不是要当她的入党介绍人吗？"

高川："没错，我也要当你的入党介绍人。"

喜妹满意地笑着转身回屋。

刘捍卫显出醋意。

19. 岩火大寨 晚上外

桑木头人把菁崖大寨的岩相头人迎进院子，和岩坚、尼果及几个裹着红包头的汉子围坐到火堆旁，桑木说："岩相头人，你看，月亮圆了，岩猛大头人和岩火大头人还是没有回来，我们不能再相信红汉人了，石头不能做枕头，汉人不能做朋友，他们把我们全哄骗了！"

岩坚："红汉人不是说，大头人已经到了昆明，就要回来了？"

桑木："你还信他们？他们这是故意哄我们的，好让他们拖长时间，等解放的兵马一到，烂掉整个寨子！"

岩相头人半信半疑地看着桑木头人，似乎下不了决心。

桑木从身上拿出一副鸡卦，对他们说：“你们看呐，这是我今天才打的鸡卦，是吉是凶，你们自己看吧！”

岩相头人、岩坚等看看鸡卦，脸色大变，显然是一副凶卦。

岩相头人看看天上的月亮，默念了几句咒语，对桑木、岩坚等人做了个象征开战的手势。

岩坚等挥拳擂着自己的胸脯表示出必胜的决心，转身要往外走，桑木拦住他们：“不能就这样去打，红汉人比以前多了，他们的枪又好，这样去你们会吃亏的。要让寨子里的人都准备好，等红汉人分开的时候再动手，他们有人去担水拾柴，就在林子里干掉。有人下田，就在田里动手。有人进了阿佤人的竹楼，就不要叫他再出来……”

岩坚表示照办，尼果显出忧心。

20. 岩火大寨　夜外

岩坚等挨家挨户地通知着寨子里的汉子……

人们纷纷在自家的院子里开始磨起长刀、梭镖，擦拭土枪土炮，修弓弩，舂火药……

21. 工作队驻地　夜外

尼果在房子后面攀上一棵树，抓住树藤悠到房前，岩虎和队员们立刻围了上来，问他来做什么？

尼果急切地对岩虎说：“岩虎大哥，桑木头人和菁崖大寨的岩相头人，要和你们动刀枪了！”

岩虎一惊，赶紧把他带进屋里。

22. 工作队驻地　夜内

高川握着尼果的手说：“谢谢你，尼果兄弟，你要尽可能说服寨子里的人，岩猛和岩火没有死，他马上就会回来。共产党是阿佤人的朋友，不会杀大头人，更不愿意和阿佤人开战。”

尼果表示他愿意按高川的话去做。

高川示意岩虎从后院送他出去，千万不要被人看见。

岩虎带着尼果出了屋。

刘捍卫紧张地说：“现在怎么办？他们明天就要动手，我们该怎么应付？”

高川思索片刻，对和水泉说：“让大家做好战斗准备，增加岗哨，从现在开始，谁也不许离开院子！”

和水泉：“是！”

高川对刘捍卫说：“向方书记报告，我们尽一切努力避免冲突，请上级尽快安排岩猛、岩火赶回山寨。”

23. 工作队驻地　夜外

高川走到院子里，看看明月，看看远处的群山，表情严峻地思考着对策。片刻，他听到身后有响动，回头一看，见是刀心妍站在他身后，好像有话要说。

高川：“怎么没休息？”

刀心妍：“我们很危险，是吗？”

高川：“怎么，有点怕了？”

刀心妍摇摇头，“不，我不怕。有你在，我什么都不怕。”

高川严肃地说：“回去休息吧，太晚了。”

刀心妍站着没动。

高川：“回去休息，这是命令。”

刀心妍看了看高川，低头一笑，“是，队长。你也早点休息，也许明天要指挥打仗呢。”她做了个开枪的动作，笑着走回屋去。

高川转回头，想着刀心妍说话时的表情，不由得笑了。

24. 南沧　民族代表驻地　日外

院子里，方明华将青蒙山的情况告诉了岩猛、岩火，岩猛听后捶胸顿足地大骂岩火寨子里的人有眼无珠，听信了谣言。

方明华："岩猛头人，现在情况紧急，没有别的办法，只能请你和岩火头人尽快赶回青蒙山了。"

岩火："阿爹，再好的办法也抵不过快马，只要我们回了寨子，就一样事情也没有了！"

岩猛连说："对对，方长官，罗司令，给我几匹快马，我马上赶回去！"

罗开云："这没问题，我给你最好的马，派人送你回去！"

岩猛、岩火跟着方明华、罗开云匆匆走去。

25. 岩火大寨　工作队驻地　日外

岩坚将一个树叶包扔进工作队住的院子，转身离去。

和水泉捡起树叶包打开一看，里面是火药和子弹。

26. 工作队驻地　日内

岩虎指着放在高川面前的树叶包说："队长，他们向我们宣战了！"

高川看了看代表宣战的东西，对大家说："按照我们布置的方案，分头做好准备。"

岩虎、和水泉："是！"

27. 工作队驻地　日外

高川拿着望远镜爬上竹梯，从竹楼上观察寨子里的情况，刘捍卫紧跟了上来。

从望远镜里可见很多佤族汉子拿着武器分群聚集在寨子各处，岩坚带着一些精壮的汉子将竹炮架在离工作队不远的小坡上，显然做好了战斗准备。

高川放下望远镜，面带微笑说："看样子，他们还懂点战术，知道和我们硬来占不了便宜。"

刘捍卫："我看呐，一定有人在背后出谋划策，肯定又是那个桑木头人！说不定，他就是国民党特务！"

高川笑笑："老刘，你知道我现在在想什么吗？"

刘捍卫看看高川，表示不知道。

高川："我真想变成一只老鹰，背着岩猛飞回来。"

刘捍卫："这都什么时候了，还开玩笑？"

高川："你信不信，只要岩猛一回来，寨子里的男女老少又该唱啊跳啊地请我们喝酒了，就像什么都没发生一样。"

刘捍卫："可岩猛他现在回不来，上级又没有新的指示，你说我们该怎么办？"

高川："别急嘛，我看他们一时半刻的还动不了手，心里头也没底呀。岩虎！"

岩虎走近："有！"

高川："我们去拜见桑木头人和岩相头人，还有酒没有？都带上，跟他们喝个痛快。"

刘捍卫："老高，这样不行，这太危险了！"

高川下了竹梯："总这么僵着才是最危险的。我和岩虎去找他们头人，这里就全靠你了。我们在青蒙山开辟的局面来之不易，为了使党的工作不受损失，我个人就是牺牲了也值得！"

刘捍卫跟下竹梯："高川同志，不管情况多紧急，总要等方书记来了指示再做决定嘛！你这样去太冒险了，我不能同意！"

高川："我是工作队长，对一切行动负完全责任。无论如何，我们都不能和佤族群众交火，一旦造成流血事件，局面就更难收拾了。"

刘捍卫："那好，我和你一起去。"

高川："不行，你留下，全队的同志都交给你了。"

刘捍卫无奈地说："再想一想，还会有别的办法……"

高川："来不及了，就这样决定吧。岩虎，我们走。"

高川和岩虎正要出屋，和水泉在院子里喊："队长！南沧来人了！"

高川、刘捍卫、岩虎赶出来，只见一位干部匆匆下马，气喘吁吁地将一个信封交给高川说："高队长，好不容易赶到了，这是岩猛、岩火他们在北京的照片，方书记让我赶紧给你们送来……"

高川惊喜地说："照片？"

他打开信封一看，果然是岩猛、岩火和毛泽东等领导人在一起的照片，他激动地抓着干部的肩膀说："太谢谢你了！帮我们解决了大难题呀！"

刘捍卫也高兴地说："这下好了，总算是能过这一关了！"

高川收起照片说："岩虎，我们走！"

28. 桑木头人家　日外

院子里，桑木和岩相头人轮流拿着岩猛的照片仔细看着，岩相渐渐露出笑容，对围在他身边的岩坚、桑木说："是岩猛头人，还有岩火头人，大头人活着！喏，岩火和岩猛在一起，不会错。"

岩坚拿过照片看了看，也笑了，但很快就皱起眉头说："怪事了，大头人怎么会变得这么小？这么多人，怎么会放在一个纸片片上？"

高川解释说："这是用照相机照的照片，你们没见过照相机，所以不明白，等再有工作队上来，让他们带一个照相机来，全寨子的人都可以照相，照片可以放得很大，也可以做成这样小，带起来方便嘛！"

岩虎把高川的话翻译给他们听，他们基本听不明白。

桑木拿过照片翻了翻眼珠说："这是汉人搞的鬼。这哪里是活人？分明是死人嘛！"

岩相头人和岩坚听了一愣，高川和岩虎知道他要耍花样，却无法阻止。

桑木指着照片说："这上面是岩猛的鬼魂，如果他还活着，怎么会让汉人把他放在这么小的纸头上？你们看，他不会说话，也不会动，不是鬼魂是什么？岩猛分明是被他们哄去杀了，还把他的鬼魂弄在纸头上来哄我们！他们都是黑心烂肠子！"

岩相头人怒视着高川向地上吐了口吐沫，岩坚等人拔出长刀或端起火药枪对准了高川。

岩虎挡在高川身前端起冲锋枪"哗啦"一声推上子弹，高川按住岩虎的手，对桑木说："桑木头人，你要对你讲的话负责任。等岩猛、岩火平安回来了，看你怎么向寨子里的人交代！"

桑木："不要信他的，岩猛回不来了！"

岩虎："桑木头人！河水涨不到山上，乌云挡不住太阳！岩猛、岩火明明活着，你一定要说他死了，分明是故意捣乱！你才是黑心烂肠子！"

他急切之中突然想起什么，对岩相头人说："你等着，我给你们看一样东西。"

他从衣兜里掏出同波香的合影，把照片举向岩相头人："你们看，这纸头上是谁？"

岩相头人和岩坚看了看，认出是岩虎和波香，指着岩虎说上面有个他。

岩虎："你们叫他喊他，他会答应吗？他会动吗？如果照片上是我的鬼魂，我怎么还会好好地站在这里？"

岩相头人、岩坚愣了愣，觉得岩虎说的有道理，不住地对他点头。

桑木急了，瞪着眼睛喊："汉人的鬼花样多，不要上他们的当！"

岩相头人："桑木头人，岩虎是阿佤人，不是汉人，他的话可以信。"

桑木凶狠地说："岩相头人，大头人不在，寨子里的事就要听我的。我要关起他们，不能放他们走！大头人回不来，就要他们抵命！"

岩相头人无奈地对高川说："红汉人长官，我愿意相信大头人还活着，可是桑木头人说了，在大头人回来之前，你要留在这里，等月亮再圆一次，如果大头人还不回来，我就再也不会相信你了。"

岩虎急着说："要留人就留下我，让我们队长回去！"
桑木不同意："不行！他是红汉人的头人，如果我们的大头人死了，抵命的也要是头人。"
高川笑着说："好啊，我愿意留下来。而且，我还有很多话，要对岩相头人说呢。"
岩虎想劝高川，被高川拦住。
桑木看了看高川身上的两只驳壳枪，说："你是不能带枪了，要把枪交出来。"
岩虎："这不行，共产党没有交枪的理，如果不让队长带枪，我就把枪带回去。"
岩相头人显得很犹豫。
高川大方地抽出枪，把枪递给岩相头人："我信得过佤族朋友，拿去吧。我相信你们很快就会还给我的。"
他示意岩虎也把冲锋枪交给岩坚。
岩虎尽管很不情愿，但还是照高川的话做了。
岩坚接过冲锋枪，感到很新奇地左看右看，岩虎不高兴地说："别乱动，当心爆炸！"
岩坚学着岩虎的样子背起冲锋枪，很是得意。
岩相头人拿着高川的驳壳枪，向桑木头人示意。
桑木转向竹楼对高川说："高长官，请吧。"
高川客气地请桑木和岩相走在前面，岩虎要跟着他们进去，岩坚却拦住他不让进。岩虎想争辩，高川转头说："岩虎，你回去，做好该做的事，不用为我担心。"
岩虎无奈地看着高川进了头人家竹楼，他盯着桑木和岩坚说："你们敢碰我们队长一指头，我会让你们后悔的！"

29. 山路上　日外

岩猛、岩火等人骑着快马在山路上奔驰……

30. 岩火大寨　工作队驻地　日外

一批佤族青年奉命在篱笆墙外面监视工作队的人，他们当中很多人听信了桑木头人的谣言，手持武器虎视眈眈地盯着院子里的工作队员们，一副随时准备冲进去的样子。

31. 工作队驻地　日内

竹楼里，刀心妍在钟喜妹、波香的注视下把一些饭菜装进一个军用饭盒，取出绣着红星的新挎包背在身上，解下腰间的手枪把子弹推上膛，然后又拿起一棵手榴弹和手枪一起装进挎包，拿起饭盒准备出屋。
钟喜妹拉着她的胳臂说："心妍姐，你真要去呀？高队长不是命令我们谁也不准离开屋子吗？"
波香："是呀，你这样做，可是违反纪律呀。"
刀心妍："他们不给他饭吃怎么办？让他受苦怎么办？我一定要去。"
钟喜妹："那我和你一起去。"
波香："我也去。"
刀心妍坚决地说："不，我一个人去。你们谁也不要跟来。"

32. 工作队驻地　日外

刀心妍走到院子里，刘捍卫见她要出去，赶紧追出来喊："心妍同志！你回来！你要干什么去？"
刀心妍回头说："去送饭。"
刘捍卫追上来说："谁让你去了？快回去，谁也不许出去，这是纪律。"
刀心妍："我要去，要是他们不给他饭吃，就让他饿死吗？"
刘捍卫："这不可能嘛！高队长是去和他们谈判，就算是两国交兵还不斩来使呢，怎么会不给他饭吃呢?”

刀心妍：“我不放心，我要去看他。”

刘捍卫急了：“刀心妍同志，你应该知道工作队的纪律！你必须服从命令！”

岩虎、钟喜妹、波香、和水泉等人都出来看着刀心妍和刘捍卫。

刀心妍激动地说：“刘副队长，你就让我犯一次错误吧，就算是最后一次，要是我见不到他，要是他出了事，我宁肯去死！你明白吗?”

刘捍卫怔住了。

岩虎走到刘捍卫身边，说：“刘副队长，我陪她去。”

和水泉也走了过来：“我也陪她去。”

刀心妍：“不，你们都不能去。我一个人去。”

刘捍卫受到很大的触动，他站在那里，一句话也不说，看着刀心妍出了院子。

篱笆墙外的佤族青年们见刀心妍出来，上前要阻止她，刀心妍视而不见地继续向前走。青年们让开路，刀心妍目光坚定地向寨子里走去。几个拿着梭镖、长刀的佤族青年尾随在她的身后，那样子很像要把刀心妍押赴刑场。

钟喜妹、波香等人赶到篱笆墙边，揪心地看着刀心妍走去。

33. 桑木头人家　日外

刀心妍在佤族青年们的尾随下进了院子，守卫在院子里的汉子用梭镖挡住了她，她毫不畏惧地看着他们，表示自己是来送饭的。

岩坚走出竹楼，示意守卫让刀心妍进去，守卫们收回梭镖，刀心妍从容地上了竹楼。

34. 桑木家　日内

刀心妍进到屋里，看见了高川。

高川见刀心妍进来，感到很惊讶，带着埋怨的语气问：“你来干什么？谁让你来的?”

刀心妍镇定中带着喜悦：“来给你送饭。”

高川看了看桑木和岩相头人，桑木阴沉着脸，岩相居然会意地笑着。

高川抱怨地说：“真是胡闹，头人家里怎么会没饭吃呢？你给我马上回去！”

刀心妍似乎没听见高川的话，她十分镇定地打开饭盒，举到高川面前，目光坚决地望着他说：“快吃吧，一下就凉了。”

高川急得涨红了脸，“我的话你没听见？马上给我回去！”

刀心妍毫不在意地含笑说：“寨子里的头人听信谣言，不把我们当朋友，他给的饭不会合胃口。这是同志们做的，吃了才踏实。”

岩相头人似乎听懂了刀心妍的话，怪模怪样地笑了起来。

高川又好气又好笑地说：“你以为这是在唱戏呀？怎么这么任性?”

刀心妍：“你不怕，我也不怕。我要和你在一起。”

高川：“不行。马上回去，当心我处分你！”

刀心妍依然含笑地摘下挎包，背在高川身上，一手捏着挎包一手抚摸着自己绣的红星说：“这是我为你绣的，好看吗?”

高川不好再说什么，突然感觉到了挎包的重量，伸手捏了捏，明白了。

刀心妍：“一个勇士，不能离开自己需要的东西。”

高川终于笑了，和蔼地说：“你听说过武松打虎吗？真正的勇士，只需要一种东西，那就是勇气和信心。”

刀心妍笑了，全部真诚都写在她的笑脸上……

35. 桑木家 日外

娜月在尼果等人陪伴下进了院子，岩坚上前行礼：“娜月嫂子。”

娜月生气地说：“不要叫我嫂子！你们到底想做什么？为什么要把红汉人关起来？你们真的要和红汉人开战吗?”

岩坚解释：“嫂子，山外传来消息，大头人怕是出事了……”

娜月：“乱讲！哪里传来的消息？传消息的人呢？叫他来见我！”

岩坚还想解释，桑木从他身后出现，说：“娜月嫂子，山外的消息向风一样四处传，说是岩猛和岩火大头人都被红汉人骗去砍了头……”

娜月：“鬼扯！红汉人得了疯魔症吗？他们的人就在寨子里，敢把大头人砍了，他们的人岂不随我们砍?”

桑木：“汉人的把戏多得很，鬼晓得他们在打什么主意？也许很快就会开来大军，烂我们的寨子，占了我们的青蒙山。”

娜月：“他们若是要烂我们的寨子，要占青蒙山，还会把人留在这里，还会一次一次地给我们送粮送布送盐巴吗?”

桑木一时难以对应。

娜月：“桑木，我看你的脑壳是被牛顶了，忘了高长官是岩火头人的结拜弟兄，忘了红汉人对我们好！”

桑木变了脸：“娜月！岩火不在，寨子里的事我做主！我和菁崖大寨的岩相头人说定了，再等月亮圆一次，若是大头人还不回来，我们就砍下红汉人的头！”

娜月：“桑木！你就不怕岩火回来，砍下你的头?”

桑木正要回嘴，忽听寨子里传来沸腾之声——

寨民们蜂拥地冲向寨口……

36. 寨口 日外

岩猛、岩火和护卫人员骑着马进了寨子，寨子里的男女老少见到二人不住地呼喊：“岩猛！岩火！岩猛！岩火！”

尼果等高声喊着：“大头人！大头人回来了！大头人回来了！”

刘捍卫、岩虎、和水泉、钟喜妹、波香等队员们望着骑在马上的岩猛和欢声雷动的人群，也高兴地呼喊起来。

岩相头人和娜月、岩坚等人赶了过来，高川、刀心妍紧跟着他们。

岩相见到岩猛高高举起双手，呼喊着：“大头人！大头人！”

娜月和岩坚等青年也呼喊着奔向岩猛、岩火，岩火和娜月开心地拥抱，岩坚等人把岩火举了起来……

岩猛挥着手大声说：“岩猛回来了！岩猛到了北京，和毛主席交了朋友！”

寨民们呼喊起来，工作队员们和佤族群众一起拉起手欢呼着，拥抱在一起。

高川欢快中与岩虎、和水泉、钟喜妹、波香等队员热烈拥抱，当他和刀心妍拥抱时，刀心妍激动地抱住他，眼中溢出幸福的泪水，高川想松开手，却被她紧紧抱住……

岩火高喊：“毛主席对我阿爹说，汉人和阿佤人要做好朋友，好兄弟！汉人和阿佤人再也不打仗了！”

人们呼喊着回应他：“岩猛！岩火！岩猛！岩火……”

寨子里的武士一起跺着脚挥舞着长刀、梭镖喊着：“猛！猛！猛！”

岩猛下了马，走到高川身前与他拥抱，又引来寨民的欢呼。

岩火也上前拥抱高川，寨民们再次欢呼。

娜月把婴儿抱给岩火看，岩火激动地亲吻了儿子，开怀大笑着把婴儿高高举起……人们又发出欢呼！

人群边的桑木头人一脸阴郁。

岩相头人把驳壳枪和冲锋枪还给高川，像对待朋友一样拉住他的胳臂使劲摇了摇，然后十分惭愧地解下腰间的长刀送给高川，示意愿和高川结为好兄弟。高川愉快地接受了长刀，把那支冲锋枪回赠给岩相头人，表示今后要团结一致，共同对敌。

岩相头人一手高举起冲锋枪，另一只手和高川的手攥在一起举了起来，人们又一次欢呼："猛！猛猛猛！"

沉浸在激动中的刀心妍挤出人群，高川追过来喊："傻丫头！等等！"

刀心妍站住，似乎不知该如何回应高川。

高川追上来说："现在急着走了？武器都不要了？"

他从挎包里拿出手枪交给刀心妍，又拿出那颗手榴弹："这个嘛，我留下了。"

刀心妍心情激动地说："你刚才，叫我什么？"

高川有些尴尬："我……叫你什么了？"

刀心妍心里喜悦地说："只要你喜欢，就叫我傻丫头好了。"

她说完转身跑了。

高川望着刀心妍欢快的身影，眼里溢出幸福的光芒……

第三十七集完

第三十八集

1. 南沧边工委　日外

鞭炮声中，鼓乐齐鸣，院子里举行着岩虎和波香的婚礼，方明华、罗开云、高川、刘捍卫、刀心妍、钟喜妹、和水泉、根赛、岩火等人和各民族首领济济一堂，欢天喜地地为两位新人祝福……

刀光寿和岩猛一起按照傣族的习俗为岩虎和波香举行“栓线”仪式，把白线分别拴在两位新人的手腕上……傣、佤两族的亲友们也纷纷上前把彩线栓上二人的手腕……

岩猛高兴地说：“没想到我们阿佤的伙子能娶到这么漂亮的傣族姑娘，(他指着岩虎说) 在以前，你要先挨上三刀哩！”

刀光寿：“是啊，过去外族的伙子要娶傣族姑娘，先要在他身上砍三刀，如果砍不出血来，才能把姑娘娶走。哪里有砍三刀还不出血的呢？就是民族之间不信任，不团结嘛！”

岩猛：“以后我们团结了，阿佤和傣族恋爱了！”

在众人的欢呼声中，岩虎、波香向毛泽东、朱德的画像鞠躬，向方明华、罗开云、刀光寿、岩猛、岩火鞠躬，向来宾鞠躬……

刀光寿和岩猛、岩火向新人赠送了本民族特有的礼品，再次向他们祝福……

罕宝、岩旺等傣族青年们敲着鋩锣、打着象脚鼓，翩翩起舞……

刀心妍等傣族姑娘和波香一起跳起了优美的孔雀舞……

根赛唱起了礼歌：“今天是凤凰起舞的日子，今天是孔雀开屏的日子！此时是最美好的时辰，九宽十宽不如芭蕉叶宽，九绿十绿不如棕子叶绿！九尖十尖不如早稻叶尖，九象十象不如洁白的神像！九天十天不如今天美好吉祥……”

佤族青年们吹着芦笙、竹笛，也唱起了祝福的歌：“嘹亮的笛声吹动了心房，出嫁的姑娘换好了新装。出嫁的姑娘哟，跟着小伙子去了！跟着小伙子的姑娘，就像挂在小伙子身上的长刀——一步也不离开郎！”

新人一一向来宾们敬酒，年轻人们笑着、跳着……

曼珲管家和扎布抱着两只小孔雀来到岩虎、波香面前，表示要将孔雀送给新人，为他们祝福。

钟喜妹从扎布手里接过小孔雀，高兴地递给波香。波香、岩虎向曼珲、扎布道谢，向他们敬酒……

方明华望着欢乐中的钟喜妹，心情十分复杂。

人群中，刀心妍兴奋地问父亲：“阿爸，你真的见到毛主席了？”

刀光寿：“当然，我还向他敬了酒，他还敬了我一支烟哩！”

刀心妍：“你和毛主席握手了？”

刀光寿：“当然，一见面，毛主席就把手伸过来喽，他的手好大，一把握过来，就像捂住了我的心窝，热乎乎的……”

刀心妍一把握住父亲的手，激动地说：“快让我试试，看有多热乎。”

扎罗对对方明华、罗开云说：“毛主席对我们讲，每个中国人都要有一颗爱国的心，各族人民的心合在一处，就是一颗最大最大的心！这颗心，就是中国！”

方明华夸他说得好。

岩猛抬着酒碗对大家说："兄弟姐妹们！共产党领导我们团结了，不管是傣族、佤族还是汉族，从今以后都是一家人了！为了我们永远团结在一起，跟着共产党！干杯！"

人们欢呼着干杯。

人群中，方明华亲切地对钟喜妹说："喜妹同志，你在青蒙山上表现得非常好，非常勇敢，我真为你高兴呀！"

钟喜妹："方书记，您不是一直要我多向党员同志学习，争取早日入党吗？我比铁杉、岩虎他们还差得远呢！"

方明华："喜妹同志，我和高川同志商量过了，愿意做你的入党介绍人。"

钟喜妹激动地说："真的？我能入党了？"

方明华庄重地点点头。

钟喜妹："太好了！铁杉还说要当我的介绍人呢！他要是知道了，非笑破云彩不可！方书记，你有铁杉的消息吗？"

方明华掩饰着内心的感情，望着欢快的人群说："他一定会知道你的好消息，一定会为你高兴的……"

2. 南沧边工委　日内

方明华心情沉痛地打开一个包裹，里面是李铁衫的遗物，有染着血迹的笔记本、信件、钟喜妹的照片和已经断了的玉镯……

钟喜妹呆呆地看着这些，热泪盈眶……

3. 闪回　山路　日外

李铁杉骑着马赶往岩火大寨，准备将那只小锅铲送还给岩坚。

山路上，几个骑马追赶的教徒发现前方有人来，迅速下马躲进山坡林中。

李铁衫策马跑近……

躲在山林中的几个教徒分别举枪朝李铁衫射击……

李铁杉身中数弹跌落马下……（闪回完）

4. 南沧边工委　日内

钟喜妹拿着断了的玉镯，颤抖着泣不成声……

方明华痛心地说："喜妹，坚强些。你要相信，共产党人的血，绝不会白流！"

5. 林边　日外

血红的夕阳把松柏映照得苍劲挺拔。

伤心欲绝的钟喜妹冲到山崖边对着群山呼喊："铁杉！——铁杉！——"

夕阳中群山肃立，似在呜咽……

6. 边工委宿舍　夜内

钟喜妹将李铁杉的遗物慢慢包好，拿出那件为他织好的红毛衣，禁不住泪水涌出，她把毛衣蒙在了脸上……

刀心妍、波香来到她的身边，分担她的悲痛。

钟喜妹打开毛衣，露出了绣在前胸处金黄色的镰刀斧头，喃喃地说："铁杉，告诉你一个好消息，组织上批准我入党了。方书记和高队长是我的入党介绍人……你一定很高兴吧？你笑一声让我听听呀！……"

刀心妍紧紧抱住钟喜妹，潸然泪下。

7. 边工委会议室　日内

鲜红的党旗悬挂在墙上，钟喜妹目光坚毅地从刘捍卫、和水泉、岩虎、波香、花蔓、刀心妍、高川身前走过，来到方明华身前，面对党旗庄严地举起拳头，跟着方明华宣读神圣的誓词：“我志愿加入中国共产党……”

钟喜妹和李铁杉共同经历过的主要场面一一在画面中叠过……

钟喜妹从方明华手中接过党证，神情庄重地向方明华敬礼……

8. 边工委　夜外

高川和方明华在大树下谈心。

方明华：“你们在佤寨的表现非常好，取得了很大的成绩。地委决定把你们的事迹上报省委和中央。张书记说了，要给你们工作队的全体人员记上一大功。”

高川谦虚地笑笑。

方明华：“对了，刘团长要带着队伍去参加抗美援朝，他特意让我问问你，现在是什么打算?”

高川没反应过来：“什么打算?”

方明华：“你不是说过，等曼龙的工作结束了，就要离开工作队，回部队吗? 现在还这么想吗?”

高川考虑了一下，说：“曼龙和佤寨的工作还没有结束。方书记，我现在认为，边疆地区的民族工作和抗美援朝同样重要，都是为了团结同胞，战胜敌人，保家卫国。”

方明华满意地说：“说得好。我也希望你能坚守现在的岗位，继续担任民族工作队的队长。”

高川郑重地向方明华敬礼。

方明华郑重还礼。

9. 境外教堂　残军指挥所　日外

大批残军官兵在教堂前的空地上列队，队列前排树立着国民党旗帜，众人目视着几辆吉普车组成的车队驶到教堂前。

胡超武、杜连仲、石三娇、张云奎等人身穿国军制服，在台阶前站成一排，目视吉普车开过来，在他们身前停住。

身穿军装、披着将军斗篷、佩戴中将军衔的“云南反共救国军”总指挥李弥和一些随从下了吉普车，胡超武、杜连仲等人举手行礼。

年已半百的李弥抬手还礼，神色威严地扫了一眼残军队列，目光转向教堂大门——大门旁已挂上两块招牌，“云南人民反共救国军指挥部”和“中华民国云南省政府”，与“云南省政府”并列写着“云南绥靖公署”。

李弥踏上台阶，转向列队的官兵们，颇有气势地发表讲话：“弟兄们辛苦了！你们经历千难万险，保持了忠勇报国的国军精神！我代表蒋总统、国防部，以‘云南反共救国军’总指挥、云南省政府主席的名义向你们致以崇高敬意！”

他庄重地向官兵们敬礼。

官兵们齐喊：“愿为党国效劳！”

李弥：“蒋总统告诫我们，现在是党国最艰苦的阶段，也是建功立业、千载难逢的机会！自由世界对共匪的全面反击已经开始了！我们的美国盟友在朝鲜把共匪打得落花流水，国军反攻大陆、拯救同胞于水火的日子就要到了！”

官兵们齐喊：“效忠党国、反攻大陆！”

李弥：“一年准备，二年反攻，三年扫荡，五年成功！这是蒋总统复兴中华民国、完成国民革命、实现三民主义的战斗宣言！我等务必铭记在心，坚定必胜的信念，精诚团结，通力合作，充实反攻的准备。经蒋总统批准，国防部命令，原陆军237师709团改编的云南反共救国军第一纵队番号取消，正式扩编为国军第26

军第193师，任命胡超武将军为193师师长，杜连仲上校为193师参谋长兼情报处长。”

他带头鼓掌，官兵们集体鼓掌。

胡超武、杜连仲踌躇满志地向李弥和官兵们敬礼。

李弥：“弟兄们！忠勇无畏的国军将士们！为了帮助我们完成反攻复国大业，美国盟友将向我们提供大批军械物资援助。等援助的物资一到，我们立即实施反攻作战，克复云南，光复大陆！”

胡超武、杜连仲、石三娇、张云奎等人和官兵们齐喊：“克复云南！光复大陆！”

李弥举起右拳，带头宣誓：“誓死效忠党国、效忠领袖！不成功便成仁！”

胡超武、杜连仲等人及官兵们全体举拳宣誓：“誓死效忠党国、效忠领袖！不成功便成仁！”

10. 芒崖部落尼贡大房　日外

身穿便衣的杜连仲、石三娇带着几名精干手下骑着马来到尼贡大房外，被佤族武士引入院子。几名手下和佤族武士在院子内外警戒。

11. 尼贡大房　日内

杜连仲、石三娇与尼贡头人、传教士永享乐等人围聚在火塘边商议。

杜连仲显出亢奋地对尼贡说：“大头人，国军在勐撒集结了几万人马，等美国的飞机大炮一到，我们立刻开始反攻，打回云南，收复昆明。”

尼贡有些意外：“你们已经有了几万人马？”

杜连仲：“对。美国盟友马上要给我们运来最先进的武器装备，确保国军把进占云南的共匪统统消灭。大头人，国军主力会越过青蒙山实施反攻，你是我们的盟友，到时候，你的人马要和我们一起杀出青蒙山，夺回南沧。”

尼贡有所保留说：“哦。”

杜连仲：“菁崖部落的岩猛、岩火和曼龙的刀光寿背叛党国，投靠了共匪，罪不可赦。国军反攻的时候，会把他们一并扫荡。到时候，整个青蒙山，就全是大头人你的地盘了。”

尼贡迟疑地叹道：“岩猛毕竟是我的同族兄弟，你们要杀掉他，毁掉他的部落，我怕是不能答应。部落里的人也不会答应。”

永享乐：“岩猛、岩火投靠了共匪，就不再是大头人的兄弟了。你不下手对付他们，他们会和共匪一起来对付你，捣毁你的部落，占了你的地盘。”

石三娇：“没错。岩猛、岩火是国军的敌人，也是大头人的敌人。大头人万万不可心慈手软。”

尼贡依然迟疑不语。

杜连仲：“大头人，如果要给岩猛、岩火最后一次机会，就请你派人去南沧给他们送信，要求他们像你一样拒绝与共匪合作，脱离共匪政权的管辖，速速回到青蒙山，和你一起配合国军反攻。如若不然，国军反攻之日，必将他们的族人统统杀光。”

尼贡看了看杜连仲，杜连仲阴毒的目光令他胆寒，他只好点头道：“我马上派人，去南沧送信。”

12. 南沧边工委　日内

边工委后院空地上搭建了大席棚，棚内主席台上方挂着大幅布标，上书“南沧县民族民主联合政府成立大会”。

欢快的乐曲中，参会的各民族代表依次走到主席台的长桌前，向候选人身前的碗中投下豆子……

张怀民、方明华、罗开云、召景哈、刀光寿、岩猛、岩火、扎罗等人站在主席台长桌后面，看着“投票”的代表们含笑鼓掌。

高川、刀心妍、钟喜妹、岩虎、波香、花蔓、刘捍卫等工作队员在会场上与代表们一起随着乐曲有节奏地鼓掌。

刀光寿、岩猛、扎罗、岩火身前的碗中被投下不少豆子……

13. 边工委 日外

席棚外，张怀民、方明华、罗开云、召景哈等人和各民族代表、政府干部们兴高采烈地出了会场。

席棚外也张挂着大幅标语——团结一致建立民族民主联合政府！

胸前戴着大红花的刀光寿、岩猛、岩火、扎罗等人不断接受代表们的祝贺……

刀光寿向道贺的代表们合十道谢后，快步走向张怀民、方明华等人，在他们身后喊道："方书记，张书记！"

张怀民、方明华、罗开云、召景哈正在开心地议论着，听到刀光寿的喊声，驻足回身等着他走近。

刀光寿走到几人身前，有些局促不安地说："张书记，方书记，罗司令，召庭长，你们让我做了副县长，刀某不胜感激……"

罗开云大大咧咧地说："哎，别搞错啊，不是我们让你当的，是民族代表选你当的。"

刀光寿："是了，是选我当的。可是，这么大的官，我可是从没做过啊。况且，以往和其他民族还有过不少恩怨，只怕是将来，会招人责难呐。"

张怀民、方明华相视而笑。

罗开云："你呀，当个副县长就怕这怕那了？我问你，共产党什么时候计较过你以前的事情？历史上有过错，那是历史上的事情嘛！人家要说就让人家说两句嘛，有什么好怕的？你看看召景哈，年纪轻轻就选上了车里县长，不是干得红红火火，响当当的嘛！"

刀光寿："我和召县长比不了啊，召县长是车佛南的议事庭长，一直是做大首领的，况且他早就跟着共产党干了，可我……"

召景哈："刀土司，你不是也跟共产党合作了吗？共产党讲得好，干革命不分先后，一条心就行了嘛！"

方明华："就是嘛，你看人家岩猛、岩火和扎罗头人，选上了乡长、副乡长，不是都很高兴吗？"

刀光寿："方书记，我已经有些年纪了，副县长不做也罢。我是做土司的，区区一介乡吏，做不了城里的官。"

罗开云："鬼话嘛，那岩猛和扎罗的年纪不比你大吗？"

刀光寿一时无语。

张怀民："刀先生，你是不是对我们有怀疑，让你当了副县长，就不让你做曼龙土司了？"

刀光寿不好意思地笑了笑，想辩解。

召景哈笑道："噢，你是怕做不成土司了啊？"

罗开云："你怕个鬼哟！在国民党时期，我做的官比你大吧？在地方上的势力也比你大得多吧？我还不是跟了共产党，照样做了官，照样带着兵。共产党没有怀疑过我，更不会怀疑你！你有什么好怀疑的？"

方明华："你就放心吧，刀先生，不要说你当了副县长，就是当了副专员、副省长，曼龙土司还是你的。"

刀光寿："这是真的？"

罗开云："那还是假的？疑神疑鬼像个小女人，不怕别人讲笑话？"

刀光寿惭愧地笑着说："你这么说，我就放心了。"

罗开云："这就对了嘛！要有信心，要相信共产党的政策，好好地为国家、为人民工作。"

刀光寿："我一定记住各位长官的话，好好工作，哦，为人民服务。"

张怀民等人笑了起来。

刀光寿和罗开云一起离开张怀民、方明华、召景哈，就见岩猛、岩火和扎罗等头人走过来，岩猛拉着刀光寿热情地说："刀土司，从今以后，我们要一起做汉人的官了！你是副县长，我和扎罗是乡长，我们要归你管了！"

刀光寿摇头摆手："不敢当，不敢当。"

岩猛："哪样不敢当，我们佤族和傣族不是团结了吗？今天我们请你这个县长大人喝一台团结酒，酒喝好了，你就敢当了！"

扎罗："对对，我们请你喝酒，走。"

岩猛、扎罗拉着刀光寿就走。

罗开云故意说："好你个岩猛，喝酒怎么不请我呀？"

岩火笑道："你还要我们请吗？凭你是佤山罗司令，有酒的地方就该有你嘛！"

岩猛："我们今天是诚心要请刀土司，你若是来了，就得你请客喽！"

罗开云大方地说："好！我请就我请！"他大步追着岩猛等人去了。

14. 边工委　日外

方明华走近办公室，见刘捍卫在屋外等他，便含笑说："捍卫同志，找我有事？"

刘捍卫："啊，方书记，我有些想法，想跟您汇报一下。"

方明华："好啊，说吧。"

刘捍卫："方书记，不少民族上层，过去是很反动的，做过不少坏事，现在让他们在联合政府里担任领导职务，一旦旧病复发，再干坏事怎么办？我们不好向人民群众交代吧？"

方明华笑了笑："捍卫同志，你是民族工作的老同志了，这些问题不用我多讲，你自己回顾一下我们走过的路，答案就在里面，多个朋友要比多个敌人强。我看呐，你是自己有些问题没想通，对不对？说出来听听，我帮你分析分析。"

刘捍卫犹豫一下，说："我觉得，这次建立联合政府的很多做法不太妥当。很多同志都在议论，说是打了这么多年仗，好不容易解放了，倒成了阶级敌人、封建土司的下级，这简直岂有此理嘛！还有人说，早革命不如晚革命，晚革命不如反革命，小反革命不如大反革命。"

方明华皱起眉头严肃地说："这不光是别人的议论吧？我看你自己也有这种想法，对不对？"

刘捍卫支吾地说："我……主要是听别人在议论。"

方明华："不管是别人议论，还是你自己有想法，我必须严肃地提醒你，这是关系到党性观念的大问题。革命成功了，想当官了，对不对？"

刘捍卫尴尬无语。

方明华："省委领导反复强调，我们的同志要看到党的、国家的、民族的根本利益和长远利益，为了党的事业和人民利益要忍耐一些不公平。张书记给我们举过这样的例子，在中央人民政府成立的时候，有的老同志不服气，找中央领导要官做。毛主席对他们说，你们有功劳，想当大官可以，但先要开除党籍，然后再去做官！同志，想做官讲怪话都是严重的无组织、无纪律，是一种落后意识，不是共产党员应该有的胸怀和气魄。你自己好好考虑考虑，想清楚了再来找我。"

刘捍卫额头渗出汗水，惭愧地说："是，我一定好好想想，好好检查。"

15. 南沧县城　日外

装扮成客商的杜连仲和身穿男装、头戴斗笠的石三娇带着十余名精干手下与尼贡的信使先后进入县城，杜连仲向信使暗示之后，信使骑马赶往城内。

杜连仲、石三娇分别带着手下沿街而行。

16. 街道　日外

尼贡信使在翠云客栈外下马，将马拴在桩子上，走入客栈。

身穿男装的石三娇带着两名扮成客商的手下暗中观察着从客栈前走过，走向边工委所在的前县衙。

石三娇走近边工委大门，凑到路边的水果摊前停下，假意挑选水果，目光瞟向边工委大门外的岗哨。

这时，高川和刀心妍拿着一些文件材料有说有笑地从边工委大门出来，和水泉、岩虎跟在二人身后，一起走向翠云客栈。

石三娇看见高川怒从心生，下意识地将手伸进衣摆准备掏枪。跟在她身边的手下见状警觉地凑上一步挡住她，轻声说："石长官，现在不能动手。"

石三娇遮掩在斗笠下的双眼怒视着高川，眼睁睁看着他从街对面走过……

（闪回）

硝烟中，高川策马驰来，手中双枪弹无虚发，举枪顽抗的保安队员一一中弹毙命。

石三娇催马跑向西门，高川纵马追赶。

石潭举着手枪向追来的高川胡乱开枪，高川追赶中举枪射击——

石潭中弹落马，石三娇赶忙勒住马，回身大喊："阿爹！阿爹！"

石潭用最后的力气示意女儿快跑，气绝身亡。

石三娇在马上惨叫："阿爹！——"

（闪回完）

石三娇怒视着高川的背影，咬着牙把手从衣摆下抽了出来。

17. 翠云客栈　日内

饭厅里，岩猛、刀光寿、罗开云站在饭桌旁，分别看着信件，岩火和一些民族头人猜测地站在他们身边。刀光寿手中是纸书信函，岩猛手中是木刻信，二人都显出紧张和气愤。

岩猛看罢木刻信，面色沉重地对罗开云、刀光寿说："芒崖部落的林子太密，瘴气太重，尼贡头人怕是迷了眼了。"

罗开云接过木刻信看着，露出轻蔑的神色："这个尼贡头人真的要投靠老黄皮，对抗人民政府？"

岩猛点点头，叹道："他要我和他一起投靠老黄皮，若是我不答应，坚持和共产党合作，就要杀光我的族人。"

几个民族头人露出惊恐之色。岩火一脸怒气。

罗开云："好大的口气，青蒙山都要让他吹倒了。"

刀光寿抖了抖手中的信件："这是老黄皮给我的恐吓信，他们也威胁我说，如果敢和共产党合作，也要杀光我的族人。哼，癞蛤蟆叫得再响也翻不起池里的水。他们若真有本事，能被解放军打得屁滚尿流，逃到境外去吗？"

罗开云："刀副县长说得对，蒋匪军要是真敢回来，那就是老鼠钻火塘——自取灭亡。"

他身后的民族头人却忐忑地悄悄私语。

岩猛含笑道："看得出，刀土司是铁了心肠跟着红汉人了。"

刀光寿："岩猛头人，你也是铁了心肠吧？"

岩猛拉起刀光寿和罗开云的手臂："当然，我们现在是枝连着树，藤连着根，一天做兄弟，永远是兄弟。"

说罢，他从怀里掏出红布包着的勃朗宁手枪，打开包布握着枪说："这是毛主席给我的枪，老黄皮若是敢来，我就用它打烂他们的脑壳。"

他转向尼贡派来的信使，神色凛然地说："你回去说给尼贡头人，月亮晒不干谷子，老黄皮做不了阿佤人的主。阿佤人要向着光明走，砍掉脑壳也不回头。若是尼贡头人真要背叛阿佤的祖先，和老黄皮一起来杀我的族人，那叫他们来吧，我岩猛不会睡着等刀砍死！"

尼贡信使躬身后转身离去。

一个傣族头人胆怯地说："刀土司，岩猛头人，你们寨子大，人多枪多，不怕国民党和尼贡头人。可我们人少枪少，万一国民党真的打回来，我们岂不是要吃大亏嘛！"

几个民族头人胆小地附和。

岩猛："几位头人，你们有什么好怕的？共产党解放军就在南沧，他们会看着老黄皮去烂你们的寨子，杀你们的人吗？"

刀光寿："就是嘛，有解放军在，你们怕什么？就算老黄皮个个都吃了疯牛胆，真敢打回来，那就是自寻死路，自取灭亡！"

罗开云："讲得好！老话说，恶狼钻不透扎紧的篱笆，大象踩不断成捆的箭。只要我们大家团结起来，就能打败任何敌人！来，喝酒！"

他转身从桌上端起酒碗，与刀光寿、岩猛、岩火等头人将酒碗碰在一起，众人宣誓般地喝干了碗中酒。

18. 铁匠铺　日内

杜连仲、石三娇、吴铁匠和几个精干手下围在一处，看罢桌上的草图，杜连仲对尼贡信使说："你回去转告尼贡头人，让他做好准备，配合国军行动。"

信使躬身答应后转身出了门。

杜连仲转向石三娇、吴铁匠等人，面色阴狠地说："天黑以后，我们按计划分头行动。"

19. 边工委　日内

张怀民、方明华站在桌前看着刀光寿、岩猛接到的书信，罗开云、高川站在他们身边。

张怀民面带自信地微笑着把书信放到桌上，转身说："我们成立了民族民主联合政府，实现了各民族大团结，让我们的敌人感到了绝望。他们气急败坏，想用威胁的手段破坏民族团结，破坏新生的人民政权，这是痴心妄想。"

方明华："是啊，敌人的阴谋是不会得逞的。不过，我们也要提高警惕，提防他们狗急跳墙，不择手段地捣乱破坏。"

罗开云："对。敌人很可能派特务来搞暗杀、爆炸，破坏我们的建政大会。我们要加强警戒，增加边工委和翠云客栈的岗哨，县城里也要加强巡逻，确保各民族首领和民族代表的安全。"

高川："请首长们放心，我和李连长一起负责警卫工作，保证各位民族首领和民族代表们绝对安全，不受任何伤害。"

方明华满意地说："好。"

李国梁（画外）："报告！"

方明华："进来！"

李国梁进门，报告说："方书记，罗司令，我刚接到报告，城东铁匠铺有可疑的人进出，像是蒋匪特务。"

方明华："有多少人？"

李国梁："十多个人。"

罗开云："好嘛，说曹操，曹操还就到了。欢迎啊，来了就别想走了。"

张怀民："十多个人，一定都是亡命之徒。我们不能大意，一定要做好部署，确保民族首领和民族代表的安全。"

方明华："嗯。敌特要袭击的目标肯定是边工委和翠云客栈，我们索性来个将计就计，把敌人放进来，一举歼灭。"

高川、李国梁："是！"

20. 翠云客栈　夜外

杜连仲带着几名黑衣手下跟着吴铁匠和助手穿过小树林接近客栈后院，他们隐蔽地向客栈观望——

客栈楼上楼下都亮着灯，周围并无岗哨，楼里还传出说笑和唱歌的声音。

杜连仲向吴铁匠示意，吴铁匠和助手拎着一些刀具、厨具走近客栈后院，杜连仲和手下悄悄跟着二人，在院门外散开，分别躲在墙边。

吴铁匠拍了拍小木门，喊道："伙计！伙计！"

院子里有伙计答："是哪个？"

吴铁匠："我是吴铁匠，你们要的厨具、刀具打好了，给你们送来了！"

伙计打开门，客气地说："是吴铁匠，进来吧。"

吴铁匠带着助手进了门，跟着客栈伙计沿着院内甬道走向厨房。

杜连仲躲在门边听了听动静，认定安全后才向手下摆手示意。手下们将美制冲锋枪的子弹上膛，跟着杜连仲进入院门。

21. 边工委　夜外/内

石三娇带着几名黑衣手下隐蔽在后院墙外的草丛里，悄悄看着流动哨兵从视线中走过，由近而远……

石三娇对身边的手下示意后，几个人迅速起身跑到墙边，石三娇踩着手下肩头爬上墙头，观察院内——

院内空落落的，没有岗哨，对面的大仓房里灯火通明，传出青年们的歌声……

石三娇向手下摆手示意后，麻利地翻过墙头，跳进院里。几名手下也迅速翻过院墙，跳进院内，俯身隐蔽观察。

石三娇用手势指挥手下利用院墙的阴影和树木做掩护，向传出歌声的仓房移动……

仓房里在开着联欢会，刀心妍、钟喜妹、波香、花蔓等工作队员站在仓房一端正在表演小合唱，姑娘们轻松活泼地唱着："革命人永远是年轻，他好比大松树冬夏常青……"

张怀民、方明华、罗开云、召景哈、刀光寿、岩猛、扎罗等领导和民族首领同许多民族代表一起坐在仓房内，笑吟吟地欣赏着节目。

仓房大门的墙边站着一排持枪战士，已经做好了战斗准备。

院内建筑的房顶上埋伏着解放军战士，战士们注视着在院内移动的石三娇等人，等待命令……

院子一侧的厢房里，高川、和水泉、岩虎等人握着枪守在窗边，注视着向仓房移动的石三娇等人。

石三娇和手下们分散地靠近仓房，手下们按照石三娇的手势，分成两组向仓房两侧移动……

仓房另一侧的房屋内，一些战士无声地守卫在门窗边，在黑暗中注意着外面的动静。

22. 翠云客栈　夜内

吴铁匠和助手进了宽大的厨房，厨房里灭了灶火，灯光昏暗。客栈伙计故意拉开一些距离，从容地说："把东西拿过来，放台子上吧。"

吴铁匠扫了眼厨房，向助手使个眼色，突然从背后抽出手枪，助手也举起一把砍刀，凶相毕露地冲向客栈伙计……

客栈伙计身周的柱子、灶具后面突然冒出几名解放军战士，端着枪喝令吴铁匠和助手："不许动！放下武器！举起手来！"

吴铁匠吃惊地要向战士开枪，几名战士同时开火，吴铁匠和助手身中数弹被当场击毙……

23. 翠云客栈　夜外

杜连仲带着手下穿过花园赶往客房，听到枪声后立即止步，训练有素地端枪瞄向周围。

杜连仲急喊："撤！"

他刚转身，周围便传出战士们的喊声："不许动！举起手来！缴枪不杀！"

杜连仲和手下向隐蔽的战士们开火，企图后撤冲出院门。

隐蔽在楼上的李国梁率先开枪："打！"

霎时间，客房楼上窗内、屋角、墙边和院子里的战士们纷纷开火，杜连仲身边的两名手下即刻中弹倒地。

杜连仲剩余的手下用冲锋枪向周围扫射并投出手雷，掩护杜连仲撤退。杜连仲趁着手雷爆炸端起冲锋枪向楼上扫射，压制了战士们的火力，大喊着："撤！快撤！"

在手下的拼死掩护下，杜连仲和一名手下逃出了院门……其余的手下先后被战士们击毙在院子里……

24. 边工委　夜外/内

后院仓房附近，正准备冲向仓房的石三娇和手下们听到翠云客栈方向密集的枪声、爆炸声，瞬间站住，判断着战况。

一名手下轻声对石三娇说：“杜长官那边打响了，咱们动手吧。”

石三娇下决心地点下头，掏出手雷示意手下们冲进仓房。

这时，他们身后的厢房里响起枪声，石三娇一名手下被击中。

石三娇惊喊：“有埋伏！”她迅即蹲身端起冲锋枪向后扫射……

高川带领和水泉、岩虎等人冲出厢房，向石三娇和手下射击……

石三娇和手下迅即分散隐蔽用冲锋枪还击……

房屋顶上的战士们也向石三娇等人开火……

仓房另一侧厢房内的战士们冲了出来，向石三娇等人射击……

仓房内，灯熄灭了，守在墙边的战士们冲出仓房，向石三娇等人射击……

张怀民、方明华、罗开云、召景哈、刀光寿等人镇定地等待着战果。

岩猛拿出勃朗宁手枪，按捺不住地跟岩火和战士们一起冲了出去，刀心妍、钟喜妹、波香也抽出手枪跟着岩猛等人冲了出去……

院子里，石三娇将手雷投向高川等人，高川急喊：“卧倒！”

手雷在厢房附近爆炸……

刀心妍、钟喜妹、波香、岩猛、岩火等人跟着战士们冲出仓房，向石三娇等人射击……

石三娇和手下分别将手雷投向仓房和另一侧厢房外的战士，战士们掩护着岩猛、岩火卧倒，刀心妍、钟喜妹、波香等人也迅速卧倒……

手雷相继爆炸后，石三娇对手下们喊：“撤！”

她和几名手下边用冲锋枪扫射边向后院马厩方向退去。

高川带领和水泉、岩虎等战士们一边射击一边压向石三娇等人……

刀心妍、钟喜妹、波香、岩猛、岩火等人也和战士们一起向石三娇等人射击……

25. 翠云客栈　夜外

杜连仲带着一名手下仓皇逃进树林，他跑到一棵树边停住，扶着树干粗喘着。跟着他的手下也弯腰粗喘。

树林边际可见解放军战士们举着火把追赶而来……

杜连仲恨恨地说：“娘的，共匪有埋伏，我们的计划暴露了……”

手下惊慌地说：“长官，咱们赶紧出城吧。”

杜连仲：“不行。县府那边肯定也有埋伏，咱们得去接应石长官。”

手下犹豫地说：“杜长官，共匪人多，又有埋伏，咱们就是去了，怕也救不了石长官……”

杜连仲怒喝：“住嘴！想逃跑我枪毙了你！跟我走！”

手下只好跟着他跑去……

26. 边工委　夜外

高川带领和水泉、岩虎和战士们与院子另一侧的刀心妍、钟喜妹、波香、岩猛、岩火及战士们不停射击，将石三娇和手下压向院子角落的马厩。

石三娇和手下利用马厩和马匹做掩护，分别用冲锋枪扫射，投出手雷负隅顽抗……

高川率众边打边逼近马厩……

战士们喊着：“放下武器！缴枪不杀！”

石三娇向马厩后面的院墙投出一颗手雷，炸塌了一截院墙。

受到惊吓的马匹挣跳着嘶鸣，石三娇用匕首割断缰绳，一名手下会意地也用匕首割断其他马匹的缰绳……马匹惊叫着奔出马厩，迫使围堵的战士们纷纷躲闪。

石三娇趁机向战士们射击，击中了两名战士。

她向身边的手下喊："快撤！"

一名手下："长官先撤，我们掩护！"

石三娇刚想喊话，几颗手榴弹丢了过来，她赶紧卧倒隐蔽。

手榴弹接连爆炸后，两名手下倒毙。

石三娇起身向战士们扫射后，对剩下的手下喊："听我的命令，快撤！"

她和手下朝高川等人扔出手雷，从炸塌的院墙处逃了出去。

手雷爆炸后，高川率众逼近马厩，发现石三娇等人已逃，立刻带领和水泉、岩虎和战士们从炸塌的院墙处追了出去。

刀心妍、钟喜妹、波香、岩火等人也跟着战士们冲进马厩，追击敌人……

跟着张怀民、方明华、罗开云等人出了仓房的刀光寿见刀心妍冲进马厩，担心地喊："心妍！小心呐！"

27. 边工委外 夜外

石三娇和手下分散着边射击边从野地草丛逃往城边树林……

高川率领和水泉、岩虎和战士们追击，渐渐逼近石三娇等人……

刀心妍、钟喜妹、波香、花蔓等人跟着岩猛、岩火和战士们一起追击，不时向敌人开枪射击……

杜连仲带着一名手下从一侧赶来，向追击石三娇的高川等人开火。

石三娇见杜连仲前来接应，边射击边向他靠拢……

李国梁率领战士们追击杜连仲而来，向杜连仲和手下开火……

杜连仲朝李国梁追来的方向射出一串子弹，转向石三娇高喊："三娇！快撤！"

石三娇见高川等人追得紧，李国梁那边的火力也很猛，知道已是两面受敌难以脱逃，横下心向高川等人扫射，对杜连仲喊："你们快撤！我掩护你们！"

杜连仲急喊："服从命令！快撤！"

石三娇执拗地与手下一起向逼近的高川等人扫射，冲锋枪子弹打光了，她投出最后的手雷……

高川见敌人投出手雷，大喊："卧倒！"

追击的战士和工作队员们全都卧倒隐蔽，手雷爆炸后，高川率领大家继续密集射击，逼向石三娇等人……

石三娇的两名手下被高川击毙，剩余的边还击边向杜连仲靠拢。

石三娇横下心趴在隐蔽处一动不动，紧握手枪做好了拼死一搏的准备。

不远处，杜连仲一边与李国梁等人对射一边急喊："三娇！快撤！"

石三娇剩余的手下接近了杜连仲，与他一起对抗高川、李国梁等人的分头追击……

石三娇俯身躲在草丛中，怒视着接近的高川，悄悄举起手枪。

高川率众向杜连仲等人围击，并未发现躲在草丛里的石三娇。

石三娇的枪口对准了高川，正要开枪时，身边近距离的枪声干扰了她，她转身举枪对准接近的战士射击——一名战士中弹倒地。

紧跟着战士的刀心妍举枪向石三娇射击，没能打中，再开枪时子弹却打光了。在她不知所措的一瞬间，石三娇扑上来一把勾住她的脖子，一手持枪对准她的头部，向一旁追击的人喝道："放下枪！都给我放下枪！再敢开枪，我打烂她的脑袋！"

距刀心妍、石三娇最近的钟喜妹、波香、花蔓和战士们都愣住了，稍远一些的岩猛、岩火等人也不知所措地举枪对着石三娇却不敢开枪。

高川见状赶了过来，和水泉、岩虎等人紧跟着他。

杜连仲向高川等人扫射，喊着："三娇！"

李国梁和战士们向杜连仲等人射击，压制他们的火力。

石三娇手扣扳机，恶狠狠地对走近的高川喊："姓高的，让你的人把枪放下！想让她活命，你就过来受死！"

高川走向她们，举枪瞄向石三娇。

刀心妍喊道："高川，别过来！不要管我！开枪打死她！"

石三娇手中的枪紧抵着刀心妍的太阳穴，嘶声喊着："姓高的！你杀了我阿爹，我今天要杀了你，为我阿爹报仇！"

刀心妍急喊："高川，不要过来！快开枪啊！"

高川侧身举枪接近她们，神色镇定。

钟喜妹等人和岩猛、岩火及战士们都把枪口对着石三娇，却无人敢冒险开火。

石三娇："谁敢开枪？枪一响，最先死的就是这个贱货！"

与杜连仲和手下对射的李国梁抬手示意战士们停止射击，紧张地看向石三娇和刀心妍……

杜连仲也看向石三娇，深知她难以逃脱，神色痛苦。

石三娇喊："杜长官，你们快撤！我石三娇不负党国，要和共匪同归于尽，为我阿爹报仇雪恨！"

一个手下轻声说："杜长官，快撤吧。"

杜连仲狠狠瞪他一眼，从腰间取下手雷，发狠地扔向李国梁等人，迅即向城边树林逃窜……

手雷爆炸后，李国梁带着战士们追向杜连仲等人。

石三娇见杜连仲跑了，露出冷笑对高川喊："姓高的，你怕了吗？磨磨蹭蹭的像个胆小鬼！是汉子就快些过来，让我亲手杀了你！"

从后面赶来的刀光寿见女儿被石三娇抓住，揪心地喊着："心妍！心妍！"

方明华、罗开云拦住他，不让他再向前去。

高川镇定地举枪接近石三娇和刀心妍。

石三娇向高川开了一枪，刀心妍惊恐地喊了一声。

子弹擦着高川飞过，高川毫不畏惧地继续向前。

石三娇露出狞笑："姓高的，你有种。再走近些，让这个贱货亲眼看着你死在她面前！过来呀！"

高川继续接近石三娇和刀心妍。

和水泉担心地轻喊："队长！"

岩虎也着急地轻喊："阿哥！"

钟喜妹、波香、花蔓和岩猛、岩火都揪心地看着高川走近……

刀心妍喊着："不要过来！"

石三娇恶狠狠地盯着走近的高川，突然嘶喊着要向他开枪，未等她扣动扳机，高川的枪先响了，子弹正中石三娇眉心，她一脸不甘地瞪着眼睛，直挺挺地向后倒下，当场毙命。

刀心妍发愣地看着高川，难以相信石三娇已被击毙。

钟喜妹、波香、花蔓赶过来围着刀心妍，关切地急问："心妍，你没事吧？没受伤吧？"

刀心妍感激又钦佩地看着高川，高川向周围的战士挥动手枪，喊道："快跟我来！"

和水泉、岩虎和战士们跟着高川追向杜连仲等人逃跑的方向……

刀光寿赶过来喊："心妍！心妍！"

刀心妍转向父亲："阿爸，我没事。"

刀光寿如释重负地叹道："我知道，我看见了。多亏了高长官，真是神枪啊！"

刀心妍转向高川追击的方向，满目期切。

28. 南沧城外　夜外

杜连仲和一名手下狼狈不堪地逃至树林中，解下提前拴在这里的马匹，慌忙上马。

不远处传来追兵的枪声。

杜连仲回望南沧城，满腔悲愤地自语：“三娇，我杜连仲对天发誓，一定要杀了姓高的共匪，为你报仇！”

他狠狠地挥鞭抽马，带着手下跑入林中……

29. 南沧边工委 夜外

院子里，刀光寿、岩猛、岩火、扎罗等民族首领和民族代表聚集在张怀民、方明华、罗开云身边，个个义愤填膺。

张怀民高声说：“各位首领，各位代表！蒋匪军妄图破坏我们的建政大会，阻挠我们建立民族民主联合政府！我们的民族代表们和解放军官兵团结一心，共同作战，把他们的阴谋粉碎了！”

民族代表和战士们欢呼起来……

方明华高声说：“事实证明，只要我们像兄弟一样团结在一起，就可以战胜任何敌人！”

民族代表和战士们再次欢呼……

岩猛兴奋地说：“我们要好好庆祝一下！我们各民族的代表要结盟，要起誓，一条心地跟着共产党红汉人！”

岩火、扎罗立刻表示赞同，另有几位民族头人却显出犹豫。

一位头人对岩猛说：“岩猛头人，我们不反对共产党，可要向你说的那样结盟起誓，我们一下子做不了主，要回去和族人商议呢。”

几个头人附和着说：“是啊，做不了主啊，要回去商议商议……”

张怀民、方明华猜测地对视。

岩猛笑道：“我晓得，你们怕和红汉人结盟，坏了你们祖上的规矩，怕遭天神、山神、寨神的责罚。这样好了，按照我们佤族的规矩，我来剽一头大水牛，看看和红汉人结盟是吉是凶，是不是天意，可行？”

几个犹豫的代表、头人面面相觑，不好作答。

扎罗有些担心地说：“岩猛头人，按照你们佤族的规矩，被剽的水牛倒向南方才是大吉，若是牛头不对着南方，那可是大凶啊。”

刀光寿也担心地说：“岩猛头人，照这么说，若是牛头不能倒向南方，就不能结盟起誓了？”

岩猛笑道：“不会这样。若是牛头真的不向着南方，我就剽他十头八头，看看是不是冲南方的多些！我不相信，天神、山神，我们的阿公阿祖，会挡着我们结盟起誓！”

刀光寿有些犹豫地看着方明华、张怀民。

站在方明华身边的刘捍卫小声说：“方书记，用这种迷信的方式来决定跟不跟共产党合作，怕是影响不好吧？”

方明华：“我看没什么不好，我们是民族民主新政府，民族首领和民族代表选择用什么方式做出决定，是他们的权利。”

张怀民自信地笑道：“说得对。我赞成剽牛。我相信，共产党人对各民族同胞的真心诚意，各民族同胞和共产党人团结一致、生死同心的真情实意一定会感动上天的，剽牛的结果一定是大吉！”

罗开云开心地说：“好！明天剽牛！岩猛，我给你准备一条最漂亮的大水牛，祝你成功，大吉大利！”

岩猛高兴地说：“好！”

民族首领、代表和战士们再次欢呼起来……

30. 南沧县城外广场 日外

晴空下，宽阔的场地上彩旗飘舞，人声鼎沸。

主席台上挂着大红横标，上书：“南沧县兄弟民族代表大会”。

在人们的欢呼声中，岩火和岩虎将一条大水牛拉进会场，拴到主席台前，向主席台上的代表们致意。

主席台上的张怀民、方明华、罗开云、召景哈、刀光寿、岩猛、扎罗等人热烈鼓掌。

高川、刘捍卫、刀心妍、钟喜妹、波香、和水泉、花蔓、根赛等队员也在欢乐的人群当中尽情地欢呼。

在人们的欢呼声中，岩猛头裹红包头，手腕上缠着红布带，胸前佩带着“民族代表观礼证”，手执锋利雪亮的梭镖走下主席台，向人们高高举起梭镖。

岩火带头呼喊：“岩猛！岩猛！岩猛……”

岩猛在人们的呼喊声中走到拴在木桩上的水牛前，挥舞着梭镖围着水牛舞蹈，口里念着咒语。

人们的呼声一浪高过一浪。

岩猛来到牛的右侧，高举着梭镖做出手势，人们瞬间安静下来，目光全都集中在岩猛的梭镖上。

岩猛深吸一口气，使足了力气挺着梭镖刺向水牛，镖尖从牛的右肋直入牛心，岩猛抽回梭镖，牛血喷涌而出，硕大的牛身缓缓倒向左方，牛头正对着西南方向……

岩猛顺着牛头的指向高喊：“南！”

人们知道这正是大吉的征兆，爆发出雷霆般的呼喊。

岩猛跪在地上，仰天舞动着梭镖大喊：“猛！猛猛猛！”

佤族群众高呼：“猛！猛！猛……”

傣族群众喊着祝福之声：“南（水）！南！南！”

主席台上，一坛美酒倒进一只只排在一起的碗中……岩火抱着一只大公鸡，一刀割开公鸡的脖颈，将鸡血滴入一只只碗里。

召景哈高声宣布：“现在，我代表普洱区全体民族代表宣读民族团结誓词！（他庄严地举起右手，握紧了拳头。各位民族首领也举手，握紧拳）我们二十六种民族的代表，代表全普洱区各族同胞，郑重地举行了剽牛，喝了咒水，从此我们一心一德，团结到底，在中国共产党的领导下，誓为建设平等、自由、幸福的大家庭而奋斗！”

会场上欢声雷动。

主席台上的领导和民族代表们端起酒碗，岩猛高喊：“我们起誓！生死同在！团结到底！”

各位领导和民族首领们齐声高呼：“生死同在！团结到底！”

他们一起将酒一饮而尽……

会场上的各族群众齐声欢呼：“我们起誓！生死同在！团结到底！”

欢呼声中，巨型石碑上渐渐显出了庄严的誓词，血红的夕阳把立于苍松下的民族团结誓词碑映照得苍劲挺拔。

31. 边工委　日内

方明华站在地图前对罗开云、高川等人说：“我们在青蒙山的工作已经取得了初步的成绩，但这还远远不够。我们要下大力气深入到青蒙山的村村寨寨，要彻底改变那里的落后面貌。”

高川：“根据我们的调查，佤族各部落基本上处在原始社会末期。生产条件和生活条件都非常恶劣，生产力水平很低，生产方式还是刀耕火种。山官头人和部族百姓的生活差别微乎其微，几乎构不成剥削。”

方明华：“省委已经决定，在青蒙山不搞阶级斗争，而是要解决民族落后的问题。要团结所有的民族首领和民族群众，在政府的大力帮助下，通过互助合作的方式发展生产，直接过渡到社会主义。”

罗开云：“实现这个目标，就是创造了人间奇迹呀！”

方明华：“对！我们就是要创造人间奇迹！高川同志，再派你去青蒙山，有信心没有?”

高川：“有！保证完成任务！”

罗开云故意说：“呵，你现在彻底想通了，不再要求回部队了?”

高川：“我现在只有一个想法，当好工作队长，替我们牺牲的同志们完成使命！”

罗开云：“好样的，这才像个真正的英雄！”

这时，刀心妍进了办公室。

刀心妍：“方书记，罗司令，我坚决要求参加工作队，上青蒙山！”

罗开云开玩笑地说：“瞧，又来了。”

心妍倔强地看着高川。

高川显出为难。

方明华笑道：“心妍同志，我们打算让你去曼龙，曼龙是你的家，那里的情况你最熟悉。”

心妍：“曼龙不是有波香吗？她比我更熟悉那里的情况。我要求去青蒙山，是有充分理由的。”

方明华：“哦，还有充分理由？你说说看。”

心妍：“第一，我是刀光寿的女儿，参加工作队去青蒙山，可以让佤族百姓相信我们傣族是真心和他们团结友爱。第二，我可以帮助喜妹给佤族百姓治病。第三，佤族的教育水平非常低，我要在佤寨办学校，教佤族孩子们写汉字，说汉话，让他们都能听懂党的政策。第四……”

方明华：“好了好了，理由已经够充分了。”

罗开云笑道：“你想好的理由，怕是十条也不止吧？”

心妍笑了，高川露出欣赏的神色，刘捍卫显出不悦。

方明华：“这样吧，高川同志，你是工作队长，你表个态吧。”

心妍期待地看着高川。

高川大方地说：“我没意见。”

心妍由衷地笑了。

方明华转向罗开云：“看见了吧，县官不如现管，我们还能说什么？（转向刀心妍）那就这么定了，回去做准备吧。”

心妍高兴地说：“是！”

罗开云：“哎，心妍同志，要对你阿爸说清楚哦，不要让他觉得，是我们硬把你从他身边拉走了。”

心妍：“放心吧，罗司令，我阿爸会支持我的。”

她看了高川一眼，红着脸跑了出去。

方明华笑着说：“真是个好姑娘啊。高川同志，你要是考虑好了，可得向组织打报告啊。”

高川：“打什么报告？考虑什么？”

罗开云：“谈恋爱嘛！别想和组织打马虎眼！”

高川窘得不知该说什么：“我，我打什么马虎眼嘛……”

方明华、罗开云笑了起来。

第三十八集完

第三十九集

1. 南沧　翠云客栈　刀光寿住宅　日内

客厅里，曼珲管家有些担心地对刀光寿说："老爷，方长官他们是不是不要你回曼龙了?"

刀光寿："不，他们说了，要我在县里住一段，熟悉一下县里的情况，然后就让我回曼龙。"

曼珲："还要你做曼龙土司?"

刀光寿："当然，不做曼龙土司，哪来的官租? 我们刀家吃什么、穿什么?"

曼珲："这就好，我是怕他们把你扣在这里，收了曼龙的田地。"

刀光寿："不会的，方长官和罗司令，都是讲话算数的。"

这时，刀心妍走进来："阿爸，曼珲管家。"

刀光寿高兴地说："心妍。"

曼珲："大小姐。"

刀光寿："心妍，方长官说，把你留在县里工作了，日后还要和阿爸一起回曼龙，阿爸真高兴啊。"

刀心妍："阿爸，我没留在县里，我要和工作队去佤寨。"

刀光寿："什么? 又要去佤寨? 难道方长官说话不作数吗?"

刀心妍："不是的，阿爸，是我自己要求去佤寨的。"

刀光寿不解地与曼珲对视。

刀心妍："阿爸，你现在是副县长了，是联合政府的领导，你的女儿当然要带头，给大家做榜样了?"

刀光寿没听懂："什么带头? 做什么榜样?"

刀心妍："带头就是要去最艰苦的地方，为穷苦百姓服务。明白了吧?"

刀光寿又和曼珲对视，显出迷茫，当他转回目光时，心妍已经走向后院了。

2. 翠云客栈　刀母房间　日内

刀母正和玉切一起缝制衣服，见心妍进来，刀母高兴地拿起正在缝制的绣花衣让刀心妍比试："心妍，来得正好，穿上试试，阿妈给你做的，好看吧?"

刀心妍："阿妈，这是什么衣服，绣了这么多花?"

刀母："还能是什么衣服，是你的嫁衣嘛。"

刀心妍不好意思地说："阿妈，我什么时候说要嫁了?"

刀母："都这么大了，总要嫁的。"

刀心妍："阿妈！看你说的。"

刀母一边帮着女儿穿新衣一边说："联合政府成立了，你们革命也革成了，你也该收收心，别再东奔西跑的，让阿妈担惊受怕了。"

刀心妍："阿妈，联合政府是成立了，可离革命成功啊，还早着呢！"

刀母："还早? 那得什么时候算成功啊?"

刀心妍："等到天下所有的人都过上好日子，革命才算成功呢！"

刀母："口气怪大的。你一个姑娘家，哪管了那么多? 过来，照照看。"

刀心妍照着镜子，不由得笑了。

母亲："好看吧?"

刀心妍点点头："真好看，谢谢阿妈！"

刀母心疼地说："你呀，还是回来陪阿妈吧。革命的事，让人家去做吧。"

刀心妍："那怎么行？我是革命队伍里的人，党叫我去哪里，我就得去哪里。"

刀母："党？党又要你去哪里呀？"

刀心妍："去青蒙山。"

刀母："又要去青蒙山？不是已经去过了吗？"

刀心妍："阿妈，阿佤人的日子可苦了，好多人吃没得吃，穿没得穿，好些像我这么大的姑娘，连衣服都穿不上。"

刀母："啊？那，那你们是给他们送吃穿去？"

刀心妍："不光是送他们吃穿，还要帮他们发展生产，给他们医病，办学校。"

刀母："那得多久啊？"

刀心妍："需要多久就多久。"

刀母无奈地捧着刀心妍的脸，舍不得地说："日子久了，阿妈会想死的！"

刀心妍握着母亲的手："阿妈，别这么说嘛，我会回来的。等我在青蒙山的工作结束了，我给你……带个女婿回来好不好？"

刀母含泪笑着问："我的女婿？是哪个？是那个汉人吧？"

刀心妍肯定地点头说："是。他要是不跟我回来，我这辈子就不嫁了！"

刀母："傻孩子，哪有你这样招女婿的。"

刀心妍娇嗔地说："我就这样！他要是不跟我回来，阿妈替我去骂他！"

刀母心疼地哄着她说："好，好，阿妈替你去骂他……"

3. 曼龙镇　曼龙酒家　夜外

刀心荣带着两个亲随家丁骑着马而来，在酒家外下了马，刀心荣吩咐家丁等候在门口，自己进入酒家。

4. 酒家　夜内

刀心荣进了酒家，厅内隔间里还有商贩在喝花酒，调笑声不断。

掌柜尼斗迎上来说："大少爷，这边请。"

刀心荣跟着尼斗向后厅走去。

尼斗把刀心荣带过一段密道，来到一间密室前，乃木迎上来躬身行礼："大少爷。"

刀心荣并不惊讶地点点头。

乃木推开密室门："大少爷请进。"

刀心荣进了密室，昏暗的灯光里可见三个黑衣人坐在小桌前，居中一人正是杜连仲。

杜连仲起身说："大少爷。"

刀心荣不卑不亢地说："杜长官。"

杜连仲身边的随从起身站立，杜连仲请刀心荣坐在对面，乃木为刀心荣倒茶。

刀心荣不乏揶揄："杜长官这趟来，又有什么好买卖呀？"

杜连仲阴声说："大少爷，你干爹投靠了共匪，国军是不会饶恕他的。"

刀心荣不屑地说："你说的国军在哪里？在八莫，在勐撒，还是密支那？"

杜连仲并不在意地说："大少爷，曼龙是个闭塞的地方，外面发生了什么事，你是一无所知。共匪在朝鲜被美国人打得一败涂地，美军马上就要攻占中国东北。蒋总统已经下令国军全面反攻，很快就会光复大陆。"

刀心荣："既是这样，杜长官何必悄悄地来呢？应该带着国军打回来才是。"

杜连仲："大少爷，我不是来和你说笑的。我今天来，是要给你最后的机会，希望你认清局势，不要像你干爹那样背叛党国、勾结共匪，最终落个兔死狗烹的下场。"

刀心荣不大明白："什么意思？"

杜连仲："共匪马上就要搞土改了，他们把你干爹和一些领主头人骗进伪政府，就是要瓜分你们的钱财，抢走你们的田产，到时候，你干爹就会叫天天不应，呼地地不灵了。"

刀心荣紧张起来："这是真的?"

杜连仲："等着看吧，用不了多久，他们就会动员曼龙的百姓不交官租，抗粮抗税，接着就会分田分地，让你们刀家徒有虚名，两手空空。曼龙土司，转眼之间就会无土无司了。"

刀心荣："若是那样，刀家不会答应。"

杜连仲："没有国军撑腰，你靠什么不答应?"

刀心荣："没有踪影的国军，能撑起谁的腰?"

杜连仲："大少爷，你若是愿意让共匪分光家产，我无话可说。等国军反攻之日，会把你们刀家视同反贼，与共匪一并论处。你若是决心反共，愿意配合国军剿灭共匪，杜某过去对你的承诺依然有效。"

他示意手下拿过一包东西放到桌上，杜连仲打开包裹，里面是一些金条。

刀心荣看着金条猜测着杜连仲下面的话。

杜连仲："这是供你串联曼龙武装的饷钱，如果不够，尽管开口。"

他拿出一张委任状，向刀心荣展开："这是蒋总统亲自签署的委任状。国军反攻之后，你就走马上任。"

刀心荣看清了委任他为南沧县长的委任状，上面还有蒋中正的亲笔签字。他伸手要拿委任状，杜连仲却收回去说："接了委任状，你可就不得反悔了。身为党国的一县之长，就得受国法约束。如若反悔，国法难容。"

刀心荣并不在意地拿过委任状仔细看过，又收起了那些金条。

杜连仲面露悦色。

刀心荣："你讲清楚，国军什么时候反攻?"

杜连仲："少则一个月，多则三个月。"

刀心荣动着心思："好，我等你三个月。三个月内国军打回来，我跟你们干。若是过了三个月，今天讲的话统统不作数。"

杜连仲话到嘴边又留住，克制地说："好，我们一言为定。"

刀心荣："一言为定。"

5. 南沧城外　早晨外

方明华、罗开云、刀光寿和刀母等人送高川带领的工作队上路。

方明华嘱咐高川："路上注意安全，到了佤寨，和我们保持联系。"

高川向方明华、罗开云敬礼后握手告别，他走到马匹旁边，看着刀心妍和家人告别。

刀心妍牵着马准备上路，刀母紧跟着她。

刀母拢着女儿的头发，不舍地说："女儿，好好去，好好的回啊!"

刀心妍拉着母亲的手说："阿妈，别担心，新米节的时候，女儿一定回来，吃阿妈亲手煮的新米饭。"

刀母擦着泪说："好女儿，阿妈等着你!"

刀心妍上马，和同志们一起上路。

刀母挥手相送。

方明华、罗开云、刀光寿也向队员们告别。

刀心妍走出一段在马上回头，见母亲依然在路边挥手，她高喊："阿妈！阿爸！回了！——"

刀母点着头，身子却没动。

刀心妍打马快步追上队伍。

队伍上了山，刀心妍在山弯处勒住马，看着远处向她挥手的母亲，禁不住热泪盈眶，喃喃地说："阿妈，新米节的时候，女儿一定回来!"

她催马而去。

6. 青蒙山　岩火大寨　日外

岩火带着岩坚等人帮着高川的工作队打整驻地，并送来了柴禾、山货……
娜月也带着女人们背着长长的竹筒为工作队送来了水……
队员们和寨民们有说有笑地打整着院子……
岩虎把一捆柴禾抱到灶火旁，听见有人喊他，抬头一看——叶黑一脸怒容地瞪着他。
岩虎不自然地说："叶黑……"
叶黑："岩虎，你骗我！"
岩虎想解释："叶黑，我……"
叶黑："你娶了傣族女人，你骗我！"
岩虎："叶黑，你听我讲……"
叶黑根本不听："你不得好死！"
她转身跑去。
岩虎望着她的背影，不知如何是好。
岩坚在一旁看着岩虎，又看向跑去的叶黑。

7. 岩火大寨　日外

教堂敲响钟声……
一些佤族孩子夹着课本进了教堂。
刀心妍走来，望着那些进教堂的孩子显出好奇。

8. 教堂　日内

传教士永安乐在给孩子们上课，孩子们看着课本跟永安乐念课文。
永安乐："我们是大不列颠的臣民……"
孩子们跟着念："我们是大不列颠的臣民……"
永安乐："伊丽莎白是我们的女王。"
孩子们跟着念："伊丽莎白是我们的女王。"
刀心妍走进来，听着这样的课文，露出怒容。
永安乐看看刀心妍，不予理睬地继续念："我们反对汉人，汉人来了，我害怕……"
孩子们："我们反对汉人，汉人来了，我害怕……"
刀心妍忍不住地说："这是什么课文？谁准你教孩子们念这些？"
孩子们转向刀心妍，显出无辜和好奇。
刀心妍："孩子们，不要跟他念了，这样的课本，会害你们的！"
孩子们的目光转向永安乐。
永安乐阴着脸说："这位小姐，你是什么人？"
刀心妍："我是工作队员，我不许你……"
永安乐打断她："请你出去！这里是教堂，是传播上帝福音的地方，不是你们宣传赤化的地方！"
刀心妍怒视着永安乐。
永安乐："出去！"
刀心妍无奈地看了看无辜的孩子们，转身走向大门。
永安乐盯着刀心妍的背影说："孩子们，你们记住，这样的女人，就是撒旦。"

9. 曼龙镇　日外

街市上，桑木头人带着背着背架的尼果等人在用山货和傣族人换米，他们仔细地挑选米摊上的米，与傣族人商量如何交换，卖米的傣族人显然很看不起他们，十分轻蔑说他们的山货只能换最差的米。

桑木不悦地说："你明明是欺负人嘛，我们给你的是最好的东西，你却给我们最差的米，哪有这样的理嘛！"

卖米的人说："你不换就算了，我根本不想和你们佤族人换东西，到别处去吧，不要挡在这里！"

桑木不干了："你是白米吃多了，敢和我这样讲话！我是换定你的米了，你换也得换，不换也得换！我要换最好的米！"

尼果等人围着卖米的傣族人，露出狠相。

卖米的慌了，高声喊起来："抢米啦！佤族人抢米了！佤族人抢米了！——"

一时间，集市上的傣族人纷纷赶过来，不容分说围住桑木、尼果等人，谩骂着抢下他们的背架，连踢带打地把他们赶出了集市……

10. 山上　日外

桑木、尼果等人跑到山上，桑木气喘地站下，回望山下愤怒地说："说什么佤族和傣族团结了，是兄弟了，呸！"

尼果："桑木头人，我们回去喊人，冲下山去砍他们！"

桑木望着山下潺潺流动的河水，发狠地说："用不着下山，我要他们自己送上山来让我们砍！"

尼果等人不解地看着桑木。

桑木："走！"

尼果等人跟着桑木愤愤走去……

11. 山上　日外

河水在山谷里流淌……

桑木头人带着尼果等佤族汉子来到河边，用石头、树干等物将河流拦腰截断……

12. 曼龙　田地　日外

在河边劳作的傣族人发现河水越来越浅，最后干脆断了流……人们立刻猜出是山上的佤族人搞的鬼，他（她）们呼喊着、叫骂着陆续奔向寨子……

13. 罕富家　日外

一寨丁跑来向罕富报告："罕富寨主！山上的佤族截断了河水，东盘江已经断流了！"

罕富难以置信地说："河水断流了？"

寨丁："是呢，都见着河底了！"

罕富露出怒色："这些山贼，又要拉事了。"

14. 罕富寨子　日外

寨丁敲锣鸣枪，呼喊着集合人马……

波香、根赛等人正在帮着一家制糖的作坊榨甘蔗，嘎罕的儿子罕宝匆匆跑来，粗喘着对根赛说："根赛大哥！快，佤族人断了寨子的水源，罕富寨主要带大家上山，找佤族'拉事'！"

没等根赛、波香做出反应，作坊主人立刻让伙计们都放下手里的活，抄起刀枪冲了出去……

波香、根赛赶紧跟着他们跑去……

寨门处，许多傣族青年手持武器纷纷赶来，围拢在罕富周围，罕富手一挥，带着愤怒的人们走向寨外……

波香、根赛、罕宝等人匆匆赶来，波香冲到头人身前，张开双臂拦住了他，用傣语喊着要他停下，不能带着乡亲们去动武。

罕富吼叫着说："不要拦我！傣家人从来不受佤族人的欺负，佤族人胆敢断了傣家的河水，我就要去烂掉他们的寨子！"

波香依然拦着他说："罕富寨主，佤族人断水不应该，但要先弄清楚他们为什么要断水，傣家人有没有做过对不起人家的事！如果做了，就应该先对佤族人道歉，两下里用和平方式解决争端！"

罕富怒气冲天地说："波香！想让我们不动武，除非你有办法让佤族人把水放下来，不然的话，我一定要上山打他们！"

波香："罕富寨主，若是你们上了山，人家也不承认河水是他们断的，你怎么办？若是大家都不讲理，就只有没完没了地打下去了。这样做对谁有好处？对我们傣家人有好处吗？你们带着刀枪去'拉事'，人民政府是不会答应的！"

根赛、罕宝等人在一旁听着波香和罕富的对话，十分赞许。

罕富听波香的话语句句在理，便说："波香，你是政府的人，我听你一句，这会不带人上山去。但有一条，你要在天黑以前让佤族人把河水放下来，不然的话，就说明你们管不住佤族人，我只好带人去打了。"

波香情急中只好答应："好，我答应你，天黑以前，一定要他们把水放下来！"

15. 工作队驻地　日内

刘捍卫紧张地对波香说："这你也敢答应？波香同志，你也太轻率了吧！"

波香："队长，如果不让佤寨的人把水放下来，罕富寨子的人就会打上山去，那是要出大事的！"

刘捍卫："他们是什么毛病啊？联合政府都成立了，团结大会也开了，怎么还要打来打去的？"

波香："我打听过了，有几个下山来买米的佤族人被米贩子说成了抢米贼，傣家人打了他们，抢了他们的山货，还把他们赶出了镇子……"

根赛："他们肯定是冤枉的，为了出气，他们就断了河水。"

波香："最糟糕的是，被打的人当中，有桑木头人，他肯定不会善罢甘休的。"

刘捍卫："瞧他们闹的，刚刚安定下来，又出这种事。我给高队长发报，让他去找岩火吧，他们不是结拜兄弟吗，总能解决问题吧？"

波香："刘队长，如果我们不上山，高队长也会为难的。"

刘捍卫："为什么？他为难我们就不为难吗？"

波香："桑木头人挨了打，又被抢了山货，一定咽不下这口气……"

刘捍卫："那该怎么办？我们上山去说，不也是一样吗？"

波香："不一样。其实，佤族人是不难讲话的，只要把他们要的白米送上去，再向他们好好道歉，他们会把河水放下来的。"

根赛："可是寨子里没人承认抢了他们的东西、打了他们的人，不会有人去道歉的。"

波香："这样吧，我们把米送上山去，向他们道歉，让他们先把水放下来，其他的事情以后再说。"

刘捍卫无奈地说："可以是可以，可是……我们的人手怕不够吧？"

波香："怎么不够？我可以背米！"

根赛："我也可以！"

刘捍卫不情愿地说："那好，你们去吧，我和高队长联系。"

16. 山间小路　日外

波香、根赛、罕宝等人挑着担子、背着米袋艰难地走向山上……

17. 山上　日外

桑木头人和一些佤族汉子守着那道拦水“坝”，在一旁瞭望的尼果发现了背着米上山的波香等人，飞快地跑到桑木身边报信……

桑木立刻招呼身边的汉子们朝山路上赶去……

18. 山路上　日外

波香等人背着米袋走向山寨……

桑木带着尼果等人冲过来拦住他们。

波香放下米袋，擦着汗水上走向桑木。

桑木抬手拦住她：“你们来做什么？是替傣家人说话的吧？”

波香：“桑木头人，我们是工作队的，我们知道你们在曼龙集市上受了欺负，特地来向你们道歉，给你们送白米。”

桑木半信半疑地让尼果检验工作队送来的米，尼果上前打开米袋，抓起一把米看了看，拿到桑木面前让他过目。

桑木阴着脸盘算着说：“傣家人和汉人背来的米，我们阿佤人不吃，你们把米背回去吧！”

波香等人没想到桑木会这么说，感到很意外：“桑木头人，我们以前送米来，你们不是也吃了吗？”

桑木：“那是驮马驮来的，不是你们背来的。”

波香：“桑木头人，请你告诉我，我们背来的米为什么不能吃？”

桑木：“我们只吃阿佤人背上山的米，吃了你们背来的米，寨神是要怪罪我们的。”

波香：“桑木头人，你们阿佤人背上山的米，不也是我们傣家人种出来的吗？我们傣家人和你们阿佤人吃的是一块田里种出来的米，喝的是一条河里的水，我们栽下的米你们可以吃，我们背上山的米怎么就不能吃了呢？”

桑木瞪着波香说：“我说不能吃就是不能吃，你们下山去吧！告诉傣家人，要他们送十条耕牛来赔礼，不然的话，曼龙就没有河水了！”

波香：“你……”

根赛：“桑木头人，你这样做，问过岩火头人吗？联合政府刚成立，团结大会刚开过，岩火头人和岩猛头人都发过誓，要和傣族做朋友、做兄弟！你这样做，不是让他们背了誓约吗？”

桑木：“傣家人打的是我，不是岩火头人！和你们盟誓的是岩火，不是我桑木头人！”

罕宝：“桑木头人，难道岩火头人立下的誓约，不代表你吗？”

桑木：“不要啰唆了！你们快快下山，不然我把你们赶下去！”

一个佤族汉子跑来：“桑木头人！桑木头人！”

桑木转头看着来人，那汉子跑近说：“桑木头人，岩火头人和红汉人，把河水放下去了！”

桑木一愣：“什么？”

波香、根赛、罕宝等人露出笑意。

桑木赶紧带着人赶去，波香等人跟了过去……

19. 山谷　日外

河边，高川、岩火指挥着岩虎、和水泉、刀心妍、钟喜妹、花蔓等工作队员和岩坚等佤族青年挖开堵住河水的石头、树干等物，高川、岩火和青年们一起动手，眼看着河水奔腾而下，众人都激动地喊了起来……

桑木带着人赶来，波香、根赛、罕宝等人跟着赶来。

桑木和尼果等人愣愣地看着被挖开的河道。

波香、根赛、罕宝等人与高川、岩虎、刀心妍、钟喜妹等人高兴地打着招呼，赶过去一起疏浚河道……

桑木走近岩火，委屈地说：“大头人，傣家人打了我，还抢了我们的山货……”

岩火露出威严说："桑木，我还是不是你的大头人？"
桑木发慌地说："大头人，那些傣家人……"
岩火："好了，我知道了。傣家人做得不对，你堵死了河道也不对。我和曼龙刀家立了约，以后我们做朋友，不再拉事了。"
桑木："可是他们……"
高川："桑木头人，你受的委屈，我们都清楚。我们的工作队员是代表傣家人来向你们赔不是的，我们的工作没做好，让你们受了委屈，对不起呀！"
桑木有话不好说地看看岩火，闷住了。
岩火："桑木，这件事就像河水一样，过去吧。日后再有这样的事，我也不会带着你们去拉事了，我们去找政府说理，现在的政府，是讲公道的。"
高川："桑木头人，希望你能以民族团结的大局为重，不要再怨恨傣家弟兄了。改天我们请你下山，让傣家的头人，当面给你认错。"
桑木尽管有气，但却不好再说什么了。
岩火拍拍桑木的肩，笑着说："桑木，工作队送来的白米，归你了。"

20. 曼龙　河边　日外

傣族群众见河水流了过来，立刻高兴地呼喊起来……
罕富寨主不敢相信地看着流淌而来的河水，不由得笑了起来。

21. 山谷　日外

刀心妍、钟喜妹、波香、花蔓在河边撩着河水擦洗着满是尘土、泥泞的脸……
刀心妍开心地说："波香，喜妹，可惜这水流得太快，不然呐，我真想跳下去洗个痛快！"
喜妹："是啊，要是河水像在曼龙那样慢慢地流，我也想跳下去。"
花蔓："我现在就想跳下去！"
喜妹："你跳啊，跳啊！"
她撩起水泼着花蔓，姑娘们互相逗了起来……
波香见岩虎来到她身边，便用水撩他。
岩虎也开心地用水撩波香……
岩坚看着与波香嬉闹的岩虎，露出异样的表情。

林中，叶黑站在一棵大树旁，充满怨恨地盯着岩虎和波香……

岩火看看相互撩水擦洗的姑娘们，笑着对高川说："阿弟，姑娘们喜欢水，我可以让她们去个好地方。"
高川用目光询问。
岩火："我们这山上有条神泉，她们可以到那里去洗。"
岩虎回过身对岩火说："大头人，你说的是山神赐给我们的神潭吧？"
波香问："什么神潭？在哪里呀？"
岩虎："在山后面，神潭里的水是从神泉流下来的，热腾腾的。"
波香欣喜地说："真的？太好了！"
刀心妍、钟喜妹、花蔓围过来问："什么神潭？什么太好了？"
高川明白岩火说的是温泉，客气地问："岩火阿哥，我们的人去洗，会不会坏了你们的规矩？"
岩火："以前我是不准外人去洗的，你们帮我们做了那么多好事，对我们诚心诚意，我愿意让你们的姑娘洗神泉。"
高川转向姑娘们。

姑娘们高兴地笑了起来。

22. 山泉　日外

一股清澈的温泉汩汩流入山石构成的天然水塘，淡淡的雾气氤氲缥缈，四周山林寂静，鸟鸣清脆。

刀心妍、钟喜妹、波香、花蔓在温泉水中舒展安详地洗浴……

刀心妍闭着眼睛享受着泉水的温暖，说："真舒服，想不到在这么高的山上，能有这么好的温泉水。"

钟喜妹："我们老家也有个温泉，以前只有财主家的人才能去洗，穷苦人是不能去的。我和姐姐偷偷去洗过一次，差点让人抓住，要是抓住了，命都没了。"

刀心妍："喜妹，你的老家很远吧？你们的寨子大不大？是不是也很漂亮？"

钟喜妹："我们那里不叫寨子，叫村子。那里有山，有水，也有坝子，不过，坝子没有曼龙这么大，山也没有青蒙山这么高，可她在我心里，很美很美……"

花蔓："可不是吗，不管走到什么地方，老家都是最美的。"

波香："花蔓，喜妹，你们想家了吧？"

花蔓："可想呢，好多次晚上一闭上眼睛，就看见我爸爸妈妈，听见他们在喊我……"

喜妹："我也很想爸爸妈妈，想着我离开家的时候，他们送我的样子……要是我突然回去了，他们肯定不敢认我了。"

刀心妍："为什么呢？"

喜妹："我长大了呀，他们没见过这么大的喜妹。"

心妍被逗笑了。

波香："我知道，你们想家的时候，心里一定不好过。"

花蔓："可不是吗，一想到爸爸妈妈，心里就酸酸的。"

波香："以后就好了，我和岩虎有了家，我们的家就是你们的家，你们天天到我们家里来，我给你们做香茅草烤鱼，可好吃了！"

花蔓："馋死我了，我们当然天天去了，不光要吃香茅草烤鱼，还要帮你带小宝宝呢！"

波香嗔怪地捶打花蔓："什么呀，羞死人了！"

花蔓："羞什么嘛，有你这么漂亮的阿妈，小宝宝一定可爱死了！"

波香挥着拳头："你还说，还说……"

钟喜妹拿着精致的小梳子对心妍说："心妍，我帮你梳头吧。"

心妍转过身，让喜妹帮她梳头。

钟喜妹边梳边轻声说："心妍姐，你是真想和他在一起，对吗？"

心妍会意地点点头。

钟喜妹："我真佩服你，这么勇敢，这么坦荡，高大哥能有你在一起，真是幸福……"

心妍："喜妹，你真这么想吗？"

钟喜妹："嗯。"

心妍含羞笑笑，而后毫不隐瞒地说："喜妹，他在我心里是个最了不起的英雄，比世上的一切都珍贵……"

钟喜妹羡慕地看着她。

心妍憧憬地说："要是我能嫁给他，一定要让他天天吃新稻米，喝新谷酒，我还要天天给他唱好听的歌……风大的时候为他遮风，有雨的时候替他挡雨，让他知道世间最美的爱是什么样子……"

心妍的话让钟喜妹非常感动，仿佛看到了流淌的清泉、舒卷的白云、春季里灿烂的花朵……

心妍转回身握着喜妹的手说："喜妹，我也帮你梳梳头。"

喜妹把小梳子交给她，心妍看着手里的小梳子显出喜欢的样子。

喜妹猜到了她的心思："你喜欢吗？"

心妍："喜欢呀。"

喜妹："那我就送给你。"
心妍高兴却又不好意思地说："这……真的?"
喜妹点点头："只能送给你，别人不能送。"
心妍："为什么?"
喜妹："以后你就知道了。"

23. 林中 日外

叶黑在林中接近水潭，她看见了在潭中沐浴的姑娘们，目光停留在波香身上……她满腔怒火地端起弩弓，搭上弩箭，向波香瞄准……
一只粗壮的手臂将叶黑揽到树后，叶黑刚要喊叫，一只手又捂住她的嘴。
岩坚瞪着她低吼："叶黑，你疯了!"
叶黑瞪大眼睛怒视岩坚，粗喘几声哭了出来。
岩坚抱着她的肩膀说："你若是杀了她，岩虎会恨死你的!"
叶黑扑到岩坚胸前，伤心地痛哭……
岩坚抱着她，一脸怜悯。

24. 山泉 日外

刀心妍轻哼着歌在给钟喜妹梳头，片刻，她发现喜妹的肩膀在抽动，便将脸贴近她问："喜妹，你怎么了?伤心了?"
喜妹含泪说："心妍，还记得咱们一起在河里洗澡吗?"
刀心妍想起来了，伤心地搂着喜妹的肩膀。波香和花蔓也靠了过来。
喜妹看着山上说："那时候，还有铁杉……他为我们站岗，我想他……"她说不下去地哭了起来。
刀心妍含泪劝道："喜妹，别哭，铁杉他一定不会走远，就像以前一样，他就在我们身边，还有晓鹏，还有你阿姐……喜妹，我们一起唱支歌吧，铁杉他们一定能听到，一定能听到……"
波香、花蔓唱起了歌，姑娘们的歌声悠扬婉转，随着淡淡的山岚萦绕在苍劲挺拔的松林之中……

25. 岩火大寨 清晨外

雾气笼罩的寨子显出几分诡异。
一户人家传出哭声，一个男人出了屋，悲痛地朝天鸣放火枪，通知寨子里的乡亲他们家死人了。

26. 岩火大房 清晨外

岩火匆匆出屋，娜月慌张地跟了出来，岩火忧心地望着寨子里响枪的方向，娜月紧张地说："岩火，寨子里又死人了。"
岩火神色冷峻地走向院外。

27. 教堂 清晨外

教堂敲响钟声，寨民们惶恐地陆续赶往教堂……

28. 教堂 清晨内

永安乐和助手们匆忙地收拾东西，有的助手把箱子抬向外面。
桑木头人赶来慌张地说："神父，神父，寨子里死人了，怕是来了大祸呀!"
永安乐阴着脸说："万能的上帝早就预言，红色的魔鬼会给你们的寨子带来灭顶之灾，会让寨子里的人统统死光。"

桑木："那可怎么好啊，岩火头人向着他们，我们赶不走他们呐。"

永安乐："岩火头人背叛了上帝，他的心里住进了魔鬼。你要想拯救寨子里的百姓，就按照上帝的旨意，把他们都带走，然后放火烧掉寨子，让地狱之火烧死那些红色的魔鬼。"

桑木拿不定主意，永安乐："这是上帝的旨意，万能的上帝会保佑你的。"

29. 工作队驻地　清晨外

高川等人走出院子，不解地看着那些神色慌乱的寨民。

钟喜妹迎着一个寨民问："老乡，寨子里出什么事了？你们到哪去呀？"

寨民紧张地说："死人了！寨子里死人了！我们要去教堂祈祷去……"

钟喜妹望着惶惶而去的寨民，显得紧张起来。

几个寨民用木板抬着病人匆匆走近，钟喜妹赶上前想查看病人，那几个寨民不情愿地躲着她，钟喜妹坚持拦下他们查看病人的情况，不禁吃了一惊。

寨民们抬着病人向教堂跑去，钟喜妹显出震惊地看着他们远去……

30. 岩火大寨　日外

寨子里支着帐篷和竹棚充作诊所，钟喜妹、刀心妍、花蔓和医疗队员们在帐篷内外忙碌地为很多染上急性病的寨民进行处置，她们一个个汗流满面，忙个不停……

钟喜妹边处置病人边对刀心妍说："真想不到，政府送来那么多药品，可还是没起到预防作用，让这么多人染上了病。"

刀心妍无奈地说："政府分下来的器材药品，都控制在教会和牧师手里，他们只给教徒看病，不信教的群众根本看不上病，一片药也吃不到。"

钟喜妹："基督教不是宣扬人人平等、共济互助吗？难道信教的是人，不信教的就不是人吗？"

花蔓："这里的神父不是来传教的，是专门和我们作对的。"

这时，附近的教堂传出钟声，寨子里也有不少群众敲着锣呼喊……

钟喜妹和刀心妍、花蔓走到一边向寨子里望去——

只见从教堂里出来很多教徒，边走边喊："红汉人要灭教了！——神父走了！——我们也走了！——跟着神父走，就是跟着基督走！——"

寨子里的人也敲着锣喊："红汉人灭教了！——神父走了！——教徒们都走了！——"

刀心妍紧张地问："怎么回事？他们真的要走了吗？"

钟喜妹："高队长去找岩火了，他不会有危险吧？"

31. 岩火大寨外　日外

岩火带着部分武士拦住桑木头人带领的大批百姓，那些百姓背着口粮、带着武器和简单的用具，显然已准备离开寨子。

岩火挡住桑木和众人："桑木！你要把百姓带到哪去？"

桑木："大头人，我们要遭大难了，我们要避难去！"

岩火对桑木和百姓们喊："谁也不许走！都给我站住！"

桑木："大头人，红汉人逼走了神父，寨子里来了恶魔，我们若是不走，统统会被恶鬼缠死！"

岩火："不许乱讲！寨子里发了疫病，工作队已经在救人了，哪来的什么恶鬼？"

桑木："疫病就是红汉人带来的恶魔，神父说了，红汉人要灭教，要让寨子里的人统统死光！你却处处向着红汉人，你还是不是我们的大头人！"

百姓们躁动起来。岩火身边的武士们拦住他们。

岩火："桑木！再敢乱讲，割掉你的舌头！"

桑木转向百姓喊："乡亲们！教民们！神父丢下话了，红汉人给我们的寨子引来了恶鬼！我们若是再不走，就没命了！”

百姓们纷纷要求岩火带他们走，站在前面的向岩火躬身祈求。

岩火：“你们都昏头了？你们离开寨子，到哪里去安家？”

桑木：“我们去芒崖部落，投奔尼贡大头人！”

岩火抽出长刀，愤怒地瞪着桑木：“桑木！你敢胡言乱语，拉走我的寨民，我砍下你的脑袋！”

桑木：“大头人，你若是砍了桑木，能让一寨子的人躲过灾祸，那你就砍吧！你问问他们，哪个是我逼着走的？他们是要去找永安乐神父，要跟着上帝走！”

寨民们再次要求岩火带他们走，岩火一时没了主意。

高川带着岩虎、和水泉匆匆赶来，高川喊着：“大头人！大头人！”

岩火、桑木和百姓们朝高川看去……

32. 岩火大寨　日外

钟喜妹、刀心妍、花蔓和医疗队员们紧张地处置、护理着众多的病人，药瓶里的药越来越少，药箱里的针剂也越来越少……

钟喜妹仔细地诊断着病人，自己却一阵阵发抖、虚汗淋漓。

岩坚抱着叶黑赶来，高声喊着：“救人！救人！”

花蔓赶上前，让岩坚把叶黑放到草铺上，转头喊：“喜妹！这有个姑娘晕倒了，你快来看看！”

钟喜妹和刀心妍快步走来，只见叶黑的身体蜷缩成一团，痛苦地呻吟着。

钟喜妹为她做了检查，迅速作出诊断，“她不是鼠疫，是急性阑尾炎，要马上手术！快做准备！”

刀心妍、花蔓立刻拿器械、铺白单、准备麻醉、消毒……

岩坚气求地看看叶黑，又看着喜妹她们。

钟喜妹对叶黑安慰了几句，刚一起身，就站立不住地晃了晃，几乎摔倒……

刀心妍赶过来扶住她：“喜妹，你怎么了？要不要紧？”

钟喜妹挺住身子，坚持地说：“不要紧，快做准备，马上手术。”

她和医护人员忙碌起来……

33. 树林里　日外

高川来到岩火身前，向他拱手行礼：“岩火阿哥，你们这是要去哪呀？”

岩火一脸怒色地瞪着桑木：“你问他！”

高川看向桑木，桑木不理睬地转向百姓，百姓们向高川投来怨恨的目光……

34. 岩火大寨　日内

帐篷内，钟喜妹终于为叶黑做完了手术，汗水已经浸透了她的衣服。她刚交代花蔓为病人缝合刀口，就再也支撑不住地倒了下去……

刀心妍和队员们把钟喜妹抬到行军床上，立刻展开抢救……

35. 树林里　日外

高川耐心地对百姓们说：“乡亲们，你们不要听信谣言！寨子里每年都会爆发疫病，难道以往的疫病，也和我们工作队有关系吗？”

百姓们沉默地看着高川和岩火。

岩火瞪了桑木一眼：“桑木头人说，你们共产党要灭教，给我们的寨子引来了灾祸。”

高川：“桑木头人，你说的这些话，有什么根据？”

桑木：“是神父讲的，神父的话，就是上帝的话。”

高川轻蔑地笑笑：“神父的话真的那么灵验吗？他不是说过，美国人要帮着老黄皮来打我们，共产党不出三个月就要垮台吗？现在怎么样？他的话应验了吗？”

桑木不答话地转过脸去。

高川：“乡亲们，你们不要相信谣言！共产党不会灭教！我们工作队到了佤寨以后是怎么做的，你们应该看得清楚！”

桑木：“你们做的那些事，神父早就在做了。”

高川：“不错，传教士为你们做过一些好事。他们用医药替代了祭神打卦治病的老办法，提倡一夫一妻，禁止酗酒、赌博、抽大烟，号召教民勤劳耕作、讲卫生，这些都是好事。”

桑木：“神父还办了学堂，教我们的孩子认字。”

高川拿出一本教科书说：“不错，这就是他们的课本，上面说，‘上帝好，英国人好，八莫、蜜支那好……多一个基督徒就少一个中国人。’岩火阿哥，这样的课本是非常坏的，他们让教民只懂得爱教，爱外国，不爱自己的民族、自己的国家，我们必须坚决反对！桑木头人，你可以问问神父，如果把这上面的话改成多一个基督徒就少一个英国人，他干吗？”

桑木不说话了。

高川：“岩火阿哥，桑木头人，不论是教徒还是我们共产党人，都首先是一个中国人。谁也不能忘了国家民族，不能忘了阿公阿祖。难道上帝的意愿就是让中国的基督徒们忘掉自己的祖国，去为外国人做事吗？”

岩火：“不不，上帝不会有这样的意愿！上帝是讲人人互爱的，当然要爱国爱家，不忘祖宗。”

高川：“这就好，既然教民都是爱国爱家的，就该回到寨子去，和我们一起做好家乡的事。”

百姓们犹豫地看着岩火和桑木，桑木垂下目光。

高川：“乡亲们！你们好好想想，你们若是走了，这么大的寨子留给谁？你们辛辛苦苦开出的田地留给谁？阿公阿祖留下的山林丢给谁？”

一位老人说：“大头人，只要共产党答应不灭教，我们就回去！”

寨民们又看向岩火。

岩火：“阿弟，我信你的话，我会要乡亲们都信你的话，不过，我要你答应我一件事。”

高川：“阿哥请讲。”

岩火：“为了让他们相信共产党是教民的朋友，我请你代表红汉人到教堂里去祈祷，表示你们的诚意。”

高川想了想，说：“可以，为了表示共产党人对教民的尊重，我答应你。”

岩火高兴地握住高川的手说：“这就好了。”他转向百姓们：“你们都听着，我的红汉人阿弟要和我们一起祈祷了！”

百姓们欢呼起来……桑木恨得咬牙。

岩火：“走啊！回寨子去！”

百姓们跟随岩火走向寨子……

36. 岩火大寨　日内

诊所里，花蔓和医护人员在抢救生命垂危的钟喜妹……

钟喜妹预感到生命已到尽头，不甘地抓着刀心妍的手，无限期待地轻呼：“队长，高大哥……”

刀心妍含着泪说：“喜妹，坚持住，队长马上就来了……”

喜妹的眼中聚起泪水，声音颤抖地唤着：“高大哥，送我，回家……”

刀心妍、花蔓流着泪呼唤昏迷过去的钟喜妹……

37. 岩火大寨　日外

高川、岩火等人带着寨民们回到寨中……

刀心妍跑来，向高川报告钟喜妹病危的消息，高川、岩火等人匆匆赶往诊所……

38. 岩火大寨　诊所　日内

帐篷里，花蔓等医护人员竭尽全力，也没能挽回钟喜妹的生命……

钟喜妹的双眼还微睁着，残泪挂在眼角，高川强忍悲痛伸出颤抖的手轻轻阖上她的双目。

高川、刀心妍、花蔓、和水泉、岩虎等人与医护人员们一起悲痛地站在钟喜妹的遗体旁，脱帽致哀……

画外传来在天地间回荡的阵阵钟声……

39. 教堂　日内

耶稣殉难的十字架下摆放着钟喜妹的棺木，唱诗班唱着安魂的挽歌，清纯婉约的歌声伴着岩火等教众含泪祷告……

叶黑被岩坚搀扶着，手捧十字架泪流满面地走到钟喜妹的棺木前，双膝跪地，痛哭失声……

高川、刀心妍、花蔓、和水泉、岩虎等人站在钟喜妹的棺木前，怀着无限的悲伤默默听着回荡不绝的挽歌、祷告和钟声，在向挚爱的战友做最后告别的同时体会着一个共产党员的生命价值……

40. 工作队驻地　傍晚内

悲伤中的刀心妍、花蔓默默地收拾起钟喜妹的遗物……

高川望着钟喜妹的一件件遗物，眼中透着哀伤，他拿起喜妹的小镜子，看到了镜子背后夹着的照片……他凝视着照片，慢慢转身出了竹屋。

刀心妍和花蔓一直注视着他。

41. 工作队驻地　傍晚外

刀心妍走出竹屋，望着走去的高川。

高川走到篱笆边上，远望群山，似在诉说心中的哀痛……

刀心妍注视着他，发现他的肩背在颤抖，他在伤心地落泪。

刀心妍的泪水夺眶而出，转身回了竹屋。

高川依然站在那里，哀悼着死去的姐妹，洒下英雄泪……

42. 曼龙大寨　日外

即将收割的稻田泛起金色的波浪，护田的联防队员们和在田间劳作的姑娘们对歌，歌声在田间飘来荡去，此起彼伏……

43. 曼龙大寨　日外

刀光寿和管家曼珲等人骑着马沿着田边大路走向寨口，刀光寿看着宽广的稻田舒心地说：“曼珲，今年的稻谷长得好啊，一定是大丰收了。”

曼珲：“是啊，老爷，咱们曼龙是风水宝地，稻谷神丢下种子，就欢喜得住下，不愿走了。”

刀光寿笑道：“是阿公阿祖供奉得好，才留下了稻谷神。若是我们傣家人不懂得开田栽秧，留不下种子，稻谷神怕是要住到青蒙山去了。”

曼珲等随从笑了起来。

刀心荣带着扎布等亲随家丁赶来迎接刀光寿。

刀心荣：“干爹！”

刀光寿：“心荣！”

刀心荣走近，殷勤地把刀光寿扶下马：“干爹，你是赶回来拜祭稻谷神的吧？你看，今年的稻谷长得多好，比往年都要好。”

刀光寿望着丰产的稻田：“是啊，看到了。心荣，我这次回来是有公干的。”

刀心荣：“公干？什么公干？”

刀光寿：“方长官和罗司令讲了，今年曼龙的稻谷长得好，要我们多交些公粮呢。”

刀心荣：“多交公粮？那我们的官租呢？总要先把官租收了吧？”

刀光寿：“那是当然，不收官租，我还做什么土司嘛。公粮、官租我们都要收，一样都不能少。”

刀心荣：“这就是了。”

刀光寿：“心荣，我为你向方长官讨了公差，你现在是曼龙镇的镇长，这公粮和官租，可就都交给你去收了。”

刀心荣：“多谢干爹。您放心，我已经把府里的兵丁派到各寨去了，要他们看好寨公田，盯着寨主们，先把官租收上来。”

刀光寿满意地说：“嗯，做得好。心荣，罗司令特意嘱咐我，一定要派够人手巡田护寨，万一境外的老黄皮来抢稻谷，要我们坚决打，他会带着解放来帮我们。”

刀心荣：“我懂了干爹，靠近果崖、芒崖和边界的稻田，我会亲自带人去看护，不会有错。”

刀光寿点点头，满意地走去。

44. 罕富寨子　日外

根赛背着火枪、挎着长刀带领罕宝等联防队员在田边巡查，他走到田里拈着稻穗查看，高兴地说：“今年的稻谷长得太好了，每块田都能多收几担，不会再有人家饿肚子了。”

队员罕有带着情绪说：“难讲了，该饿肚子的还是要饿肚子。”

根赛不解地看着他。

罕宝：“根赛队长，你在大寨那边没听说吗？刀家已经发话了，今年的公粮要多交一成，官租也要多交一成。”

根赛皱起眉头。

队员岩旺：“刀家已经派了兵丁住进寨子了，说是来帮着看田，其实就是来催收官租的。”

根赛：“有这样的事？”他一脸义愤，扔掉手中的稻穗。

45. 罕富家　日外

罕富寨主和家人一起在院子里摆下酒席，招待刀府派来“护田”的家丁。

家丁们胡吃海塞猜拳行令，罕富妻子显出不满，丢下筷子带着孩子进了竹楼。

罕富赔着笑给家丁队长倒酒：“乃冒队长，请酒，请酒。”

乃冒毫不客气地喝了酒，放下碗喊：“再来！”

罕富边倒酒边说：“乃冒队长，我们寨子的稻田，可全都仰仗你们看护了。”

乃冒：“看护什么？谁会把稻田背走？我们就是来吃、喝，收官租！”

罕富无奈地说：“是了是了，来来，请酒。”

46. 工作队驻地　日外

工作队的竹楼外，根赛对波香、刘捍卫说：“刘队长，阿妹，刀家要把今年的官租提高一成，大概是怕百姓们不交，就提前定下数目，让家丁去等着收。”

刘捍卫：“这也太不像话了，粮食还没收，怎么能先定官租呢？走，我们去找刀光寿！”

波香劝道：“队长，先等等。现在去找刀光寿，他一定会说是为了看护稻田，保证公粮才把家丁派下去的。”

刘捍卫：“看田护寨，不是有联防队吗？要他派家丁做什么？”

根赛：“刘队长，我们联防队都是些穷苦人，没有几件像样的家伙。寨主们都说了，联防队是穷腿子，赶赶野猪还可以，若是蟊贼来抢稻谷，根本靠不住。”

刘捍卫一时想不出对策。

波香：“队长，阿哥，咱们要好好想个办法，不能让刀家多收官租，又不能让他们有抱怨。”

刘捍卫：“这可是件两难的事，得好好想想。”

波香思忖：“不如这样，我们先把功夫下在那些家丁身上。”

第三十九集完

第四十集

1. 曼龙　罕富家　傍晚外

院子里，那些刀府家丁已经醉倒了几个，剩下几个清醒的与乃冒围在一起大呼小叫地赌钱。

罕富老婆在一旁向罕富发牢骚："看看这些人，吃了喝了还不算，还在咱们家里赌钱，你也不管管。"

罕富无奈："我咋个管得了？他们都是大少爷的人，我咋个敢管？"

罕富老婆："不敢管就请他们回去好了，成天在这里吃喝，要我们供到什么时候？"

这时，根赛、罕宝和罕有、岩旺等联防队员来到院子外，根赛礼貌地喊："罕富寨主，我们来交防了！"

罕富走向根赛，乃冒和那些赌兴正浓的刀府家丁不满地看着根赛等人。

根赛："罕富寨主，天要黑了，我们该交防了，请大寨来的兵丁去看田吧。"

罕富有些为难地干笑，转向乃冒等人。

乃冒装糊涂地让家丁们继续下注赌博。

根赛等人看着罕富。

罕富走近乃冒，低声下气地说："乃冒队长，天晚了，是不是该去巡田了？"

乃冒翻翻眼睛，乜了眼根赛他们："巡田？要我们巡田，他们是干什么吃的？"

罕富："他们已经巡了一天了，夜里就该换你们了。"

乃冒："哪个要他们巡一天的？大白天的巡什么田？谁听说过蟊贼大白天里来抢的？谁听说过？"

家丁们摇头晃脑地都说没听说过。

乃冒："就是嘛，白天巡田不作数。今天夜里，就要他们去巡田，哪个不去，就加收他们官租。"

罕富："乃冒队长，这怕不合适啊，我们事先讲好的，白天是联防队巡田，夜里是你们去嘛……"

乃冒横了眼罕富："这么说，罕富寨主一定要我们去巡田了？"

罕富笑笑。

乃冒："好了，去就去，我们每个人算十个半开，数给我吧。"

他说着向罕富伸出手。

罕富为难地说："这个……"

根赛借机说："罕富寨主，其实，我们联防队也可以夜里巡田，也不要你出一文钱。可是，我们手里没有像样的家伙，万一遇上蟊贼，怕是对付不了啊。"

罕富的目光从根赛转向乃冒。

乃冒："哎呀，你们去就是了，真来了蟊贼，放枪喊我们就是了。"

罕富又看向根赛等人。

罕宝："我们拢共才有几支火药枪，在的远了，寨子里根本听不到声音。若是遇上雨，怕是打都打不响了。"

乃冒："你们到底想要咋个整？啰里啰唆一半天，没句明白话。"

根赛："罕富寨主，你看能不能这样，我们朝刀家的弟兄们借上几杆枪，夜里巡田的事，就包给我们联防队了。怎么样？"

罕富拿不准地看向乃冒。

乃冒没想到地翻着眼睛："借枪？"

根赛："是啊，这不是两下都方便的事吗？我们替罕富寨主去巡田，你们在这里歇着，即省了劳累，又不会被大少爷怪罪。若是真来了蟊贼，我们用你们的快枪劈劈啪啪放几枪，不等你们来帮忙，蟊贼吓也吓跑了，对不对?”

罕有、岩旺等联防队员连声附和。

乃冒还在犹豫，罕富笑着说：“乃冒队长，这也是个法子。你们路上累了，酒也喝多了，就好好歇了，借他们几支枪，要他们去巡田吧。”

乃冒：“嗯，好了，就这么办了。(他指着身边的家丁）你，你，还有你，把枪借给他们。”

家丁们巴不得地拿过枪，交给根赛等人，根赛等人欢喜地看着手里的快枪。

乃冒冲着根赛等人：“你们听好了，这些都是顶新的快枪，不要给我弄坏了。”

根赛：“放心吧，乃冒队长，我们会好好爱惜，舍不得弄坏。”

乃冒：“数好子弹，要一颗不少地还回来。少一颗子弹，要你们多交一担谷子。弄坏了枪，要你们多交十担谷子!”

根赛：“是了！为了我们的谷子，我们会像保命一样保着它!”

他举举手里的枪，开心地背到肩上，和同伴们一起走了。

2. 刀府　日内

厅堂里，刀心荣瞪着罕富和乃冒：“说什么？你们的枪都叫根赛他们拿去了？这到底是怎么回事?”

乃冒跪到地上，告饶地说：“大少爷，都是我的罪过，我上了他们的当了……”

刀心荣愤怒地：“畜牲！我没要你跪，我要你说话!”

罕富只好替他开口：“大少爷，乃冒他们原本是要去巡田的，可根赛他们说，不要他们劳累，联防队会去巡田，可他们没有快枪，就向乃冒借……”

刀心荣：“你就借了。”

乃冒点了点头。

刀心荣：“混账东西，你怎么不把脑袋借给他们?”

乃冒不敢说话了。

罕富：“可，可后来，他们越借越多，不光把乃冒他们的枪借去了，就连寨子里寨丁的枪，也都被他们借去了。”

刀心荣：“这是借吗？这是抢！蟊贼没来抢稻谷，守稻谷的枪倒先让他们抢光了！你们为什么不去要回来?”

罕富：“要是要了，可他们不给……”

刀心荣：“混账，为什么不给?”

罕富：“他们说，稻谷还没收，他们还要巡田。”

刀心荣：“去告诉他们，不要他们巡田了，马上把枪还回来。”

罕富：“我也是这样讲的，可根赛说，他们信不过乃冒他们和寨子里的寨丁，一定要由他们去巡田，因为，他们联防队要看护百姓的口粮和政府的公粮……”

刀心荣意识到问题严重了。

罕富：“我们知道闯下祸了，赶紧跑来告诉大少爷。”

刀心荣：“口粮，公粮。难道说，他们想抗交官租吗?”

罕富：“大少爷，他们说了，官租要交，但是要向往年一样，不能多交。”

刀心荣明白了，发狠地说：“反了，他们这是要翻天了。你们两个，给我滚!”

罕富、乃冒没敢动。

刀心荣：“滚!”

罕富、乃冒赶紧退了出去。

刀心荣：“扎布。”

扎布：“在。”

刀心荣："把府里的人都带上，去罕富寨子！"

扎布："是了。"

刀心荣从仆人手中接过武装带和手枪，走向大门。

刀光寿（画外）："心荣！"

刀心荣回身："干爹。"

刀光寿和管家曼珲进了厅堂，刀光寿："去做什么？"

刀心荣："干爹，根赛那些穷小子骗走了乃冒的枪，我去要回来！"

刀光寿显然知道此事："好了，不要去了。"

刀心荣："干爹？"

刀光寿："你以为他们只是在罕富寨子借枪吗？乃松寨子，多应寨子，还有不少寨子的联防队都是这么干的。"

刀心荣："干爹，他们想要造反吗？"

刀光寿："造谁的反？我们现在都是政府的人，他们把枪借去，说是保口粮保公粮，是为政府做事，我们能说他们造反吗？"

刀心荣："这帮穷娃子，就是摆明了要抢我们的枪了？干爹，共产党要你做了副县长，要我做了镇长，可又指使穷娃子骗走我们的枪，这里头有名堂啊。"

曼珲、扎布观察着刀光寿。

刀光寿叹了一声，轻轻摇头。

刀心荣："他们给我们的官名，是空的，除了曼龙，我们一块地方也管不到。可他们要联防队收走我们的枪，是在夺走我们的本钱。"

刀光寿："曼珲，扎布，你们两个怎么看呐？"

曼珲思忖着说："老爷，大少爷，是不是该直接问问方长官和罗司令，听他们怎么说。"

刀光寿的目光转向扎布。

扎布："老爷，大少爷，要我说，先要把枪夺回来，然后再向他们讨说法。"

刀心荣："对，一定要把枪夺回来。搞不好，我们真是上了共产党的当。"

刀光寿沉吟片刻，说："枪，我们不急着要。话，我们一句也不说。耐心等一等，什么都会清楚的。"

3. 工作队驻地　日外

刘捍卫兴奋地对波香、根赛说："好啊！人民群众觉悟了，马上就出现新局面嘛！这叫什么，这叫枪换肩。过去枪在土司寨主手里，是欺压百姓保官租的，现在呢，枪在百姓手里，就是反剥削反压迫，保口粮保公粮的！"

波香担心地说："队长，我们最初让联防队借枪的目的，是为了不让刀家多收官租，可现在借了那么多枪，如果不还回去，刀光寿和刀心荣一定会有想法的。"

刘捍卫："让他们想去吧，群众这么做，就是要让他们好好想想，在曼龙，他们是依靠寨主属官和刀府的家丁队，还是要依靠广大的人民群众，这是个大问题呀。"

波香："可是，我担心他们会想不通，生出别的事来。"

刘捍卫："生什么事？刀光寿是南沧的副县长，刀心荣是曼龙镇的镇长，要生事，那不是自己打自己的脸吗？"

波香："若是他们要我们帮着把枪要回去，该怎么办？"

刘捍卫："不管。枪又不是我们借的，是联防队借的。联防队要保证百姓口粮和国家公粮的安全，就是要用他们的枪。你说对不对？"

根赛表示赞同。

刘捍卫和根赛走向竹楼。

波香似乎没想通刘捍卫说的话，仍然感到忧心。

4. 青蒙山　岩火大寨　日外

高川、岩虎、刀心妍、和水泉、花蔓等人和工作队员们砍树、锯木材、般石头、建起了一座木屋……

刀心妍在一块木板上写下“解放小学”。

高川和岩虎一起把牌子挂在木屋门楣上，大家高兴地鼓掌。

和水泉拎来一桶水让大家擦脸，同志们都让刀心妍先洗，刀心妍知道拗不过大家，便高兴地撩着桶里的水洗了起来，边洗边故意把头发上的水往花蔓身上淋。

高川望着刀心妍高兴的样子，心里一阵喜悦。他不自觉地站在一旁，看着刀心妍动人的神态。

刀心妍掏出钟喜妹送给她的小木梳，梳着被水淋湿的头发。

高川见到木梳，表情起了变化。

刀心妍猛然发现高川呆呆地看着自己，有些不好意思地转过身笑了。

高川走过来，仔细看着刀心妍手里的木梳。

刀心妍不知道他是什么意思，嗔怪地说：“干吗这样看着我，多羞人。”

高川这才感到自己走神了，觉得有点不合适地笑了笑，问她：“这把木梳，是喜妹的?”

刀心妍点点头：“嗯，喜妹送我的。你怎么知道?”

高川没回答，拿出喜妹留下的小镜子，递给心妍。

心妍接过小镜子，有所触动地看着高川。

高川转过身来，见大家都面带诡异的笑容看着他，他故意板起脸喊：“干什么干什么，嬉皮笑脸的。还不赶紧收拾!”

工作队员大笑着散开了。

刀心妍看看手里的小镜子，又看看高川，害羞地笑了。

5. 寨外山地　日外

岩火带领全寨青壮男女站在准备开种的山林地旁，等着魔巴打卦。

魔巴看过鸡卦，跳大神般地对山林喊：“山神哟！树神哟！今天要砍树烧荒喽！请你们快快离开啰！莫让刀砍手，莫让火烧皮！老天保佑，明年的谷子吃不完哟！新谷子接得上，年年都要得吃得穿咯!”

见魔巴做法完毕，岩火举起长刀向寨民示意，寨民们涌进山林挥动刀斧砍伐树木，砍割树丛荒草……

高川带着岩虎、和水泉等工作队员赶来，看着寨民们砍伐的情景，显得十分无奈。

高川走近岩火：“岩火头人！阿哥!”

岩火擦着汗水转向高川。

高川：“岩火阿哥，今年开耕，用我们的法子试试吧，我保证能多几倍的收成。”

岩火：“高川阿弟，部落里的头人们商议过了，怕用了新法子，会惹恼了山神，收不下谷子。还是按我们的法子种吧，谷子不够吃了，你们送些来就是了。”

他说完继续砍割茅草，高川无奈地不知所措。

和水泉着急地问：“队长，怎么办？咱们和他们一起砍树吗?”

高川望着岩火说：“岩火头人坚持用老法子刀耕火种，我说不服他。”

岩虎出主意说：“队长，我有个法子，一定能让岩火头人听我们的。”

高川：“哦？快说。”

6. 拉祜寨子山地　日外

山坡上，高川带着岩虎、和水泉、花蔓等工作队员们和拉祜寨民一起平坡造田、套牛犁地……

扎罗头人带着寨民们向工作队员学习打垄、下种……

休息时，拉祜青年吹响芦笙，唱着山歌，妇女、姑娘们弹着口弦、吹着树叶，都显得轻松快乐……

扎罗头人把盛着水的竹筒递给高川，高川接过去大口喝着……

岩火带着岩坚、尼果骑马而来，看着山地上开出的田，不觉诧异。

7. 山地边　日外

高川和扎罗头人迎向岩火等人。
扎罗含笑施礼：“岩火头人。”
岩火还礼：“扎罗头人。”
扎罗：“快来看看吧，我们用汉人的办法耕田，耕得又多又好，今年的谷子，要多收好几倍呢！”
岩火看着耕出的田地，感叹地转向高川：“高川阿弟，你们开好拉祜寨子的田，就回我的寨子去吧。我也要用你们的法子，开耕山地。”
高川开怀地说：“好啊，我们开完了这片山地，马上就回去！”
岩火高兴地笑了。
扎罗：“岩火头人，以后我们的粮食够吃了，就不会再抢猎物了。”
岩火笑道：“是了，不抢了，不再抢了。”

8. 曼龙大寨　工作队驻地　日内

报务员把刚收到的电报交给刘捍卫，刘捍卫看过之后赌气地说：“这还让我怎么工作嘛，只讲团结不讲斗争，我们到底是在为谁革命？”
他气愤地把电报递给波香，波香看了电报，露出意外的表情。
波香：“县委要我们停止‘枪换肩’的行动，要和刀家协商解决粮食问题。”
刘捍卫：“这不是妥协是什么？让我怎么执行嘛。”
波香：“上级要我们这样做，是为了和平协商土改吧？”
刘捍卫：“什么和平土改，土改就是土改，就是要剥夺剥夺者，能不能和平不取决于我们，要看土司寨主的态度！”
波香：“可是，在边疆民族区实行和平协商土改，是省委的决定。队长，我们还是马上执行吧。”
刘捍卫不情愿地说：“不执行怎么办？既然上级不要我们讲斗争，那我就和他们讲团结，讲和气嘛！不要以为我刘捍卫只会斗争，不会团结，我就团结一回给他们看看！”

9. 曼龙酒家　傍晚内

宽敞的厅房里，刀心荣、扎布、尼斗等人陪着刘捍卫边喝酒边欣赏傣族歌舞班子表演的歌舞。
刘捍卫品着酒菜，看着年轻美貌的傣族姑娘们柔若无骨的舞姿，眼中透出自得与安逸的神情。
刀心荣端起酒杯：“刘队长，我再敬你一杯，这回联防队能把枪还给我们，全都仰仗刘队长啊。”
刘捍卫假意推辞：“哎，我是在执行政策。”
刀心荣：“对对，执行政策。”
二人碰杯，喝干了酒。扎布为他们斟酒。
刀心荣：“刘队长，有件事情我一直不大放心，听说，马上要搞土改了，以前不是说我们曼龙不搞土改吗？怎么政策又变了？”
刘捍卫：“哎，改总是要改的嘛，但不管怎么改，还要和你们这些土司头人们商量嘛。”
刀心荣：“可是，一旦把土地都分给了种田的，我们的官租还怎么收啊？这土司头人不也当不成了吗？”
刘捍卫：“你放心，还早呢。按我过去的想法，早就想搞土改了，可现在，我明白了很多，你们这些人，还是愿意和政府合作的嘛，保护你们的利益，也就是保护了民族团结和社会稳定嘛。所以呀，你不用心急，不是还要协商吗？你们不同意，谁也改不了。”
刀心荣笑着说：“有你这句话我就放心了，来，喝酒。刘队长，以后我什么都听你的，你有什么需要，只管吩咐……”

刘捍卫喝了酒，放下杯子说："不要这么说，我们都是革命的同盟军嘛！"

刀心荣笑着向尼斗使个眼色，尼斗朝歌舞班的班主拍拍巴掌，班主会意地将两个年轻姑娘领到他们面前，表示要让姑娘们陪刘捍卫喝酒。

刘捍卫阻止道："这可不行，这让人家看到了像什么话？你这个小刀啊，怎么一点原则都没有，我这个当领导的，要随时注意影响嘛！"

刀心荣挥手让姑娘们退下，轻声对刘捍卫说："对不起，刘队长，我是想让你喝得尽兴嘛。"

刘捍卫："你的心意我明白，可要是被别人看到了传出去，我这个队长还怎么当呀？你呀，太欠考虑了。"

刀心荣陪着笑说："是我不对。刘队长，如果你高兴的话，改天请你到我们府里去喝酒，府里有几个标致的丫鬟也是会唱会跳，比起歌舞班子也不差呢。"

刘捍卫不置可否："那就另当别论了嘛，我们是自己人，去你们家里坐坐有什么不可以呀？"

刀心荣："那好那好，改天我请刘队长到府里去，痛痛快快喝一场。"

他们都端起杯子笑呵呵喝了起来。

10. 岩火寨外山地　日外

山坡地上，佤族百姓们在用古老的方式在火烧地上"点种"谷种，男人在前面用剁铲、木锄挖出小洞，娜月、叶黑等妇女们抱着装有谷种的竹筒跟在男人身后，把谷种点在小洞里……

临近的坡地上，高川等工作队员们在用牛拉犁耕地，进度很快。

岩火带着岩坚、尼果守在地边，探究地看着高川他们。

桑木走近，慌慌地说："大头人，你让红汉人铲了我的大烟地，以后我拿什么去换粮食，我的人吃什么呀？"

岩火没好气地说："桑木，我没有把你赶出寨子，就不会饿死你。"

桑木一脸阴沉地看着开梯田的工作队员们，看了一会，他凑近岩火低声说："大头人，红汉人这种整法，怕是要触犯山神，坏了我们的风水呀。"

岩火犹豫地说："阿佤的山神，怕是还认不得红汉人。"

桑木："那就更不得了了，若是惹怒了山神，会让我们种不出谷子，做饿死鬼的。"

岩火面露愠色："乱讲，开田下种的时候，说什么饿死鬼？"

桑木不敢说话了。

岩火："等他们开出了田，寨子里的人都去拜拜山神吧。"

桑木："是了，山神要拜，谷神更是要拜。"

岩火的目光始终投向浑身大汗的高川等人。

这时，开田的铁犁突然被什么硬物绊住，耕牛几乎失蹄，站住不动了，任凭高川、岩虎等人如何帮着用力，耕牛仍是不动。

岩火见状紧张起来，桑木立刻说："看呐，牛都不走了，怕是撞到鬼了。"

岩火走了过去，桑木跟了过去。

附近山地里的寨民们也都赶过来看究竟。

高川等人扒开铁犁边的土，发现犁到了一块很大的石头，岩虎、和水泉等人用铁锹铲着盖住石头的土，没想到那石头会那么大……

岩火看着石头，露出宽慰的神色。

桑木却说："天呐，不得了了，撞到石头鬼了！"

岩火一愣，围观的百姓立刻散开了。

桑木大声说："大头人，你仔细看看，这不是石头鬼是什么？我们祖祖辈辈烧山开田，也没挖到过这么大的石头！不得了了，这就是石头鬼了！"

岩火半信半疑地看看那块大石头，又看看高川等人。

岩虎生气地说：“什么石头鬼，石头就是石头，怎么会是鬼呢？桑木头人，你不要吓唬人！”

桑木：“岩虎，你是在讲鬼话吧？牛都拉不动，这不是石头鬼是什么？”

高川：“桑木头人，根本没有什么石头鬼，这就是块石头，不过比别的石头大一些罢了，没什么好怕的。”

岩火又转向桑木。

桑木不理会高川，拉着岩火惶恐地说：“大头人，快领着大家拜山神吧，撞上石头鬼，一寨子都会遭殃的！”

岩虎：“大头人，不要听他乱讲！石头到处都有，凭什么说这块石头就是鬼?”

桑木：“岩虎，你存心哄骗大头人！别的石头抬得起，搬得走，这块石头你抬的起，搬的走吗?”

岩虎：“这算什么理？若是抬不起，搬不走的石头就是鬼，青蒙山上的石岩，岂不都是鬼了?”

岩火又看向桑木。

桑木狡辩：“大头人，岩虎是被鬼缠了，在讲鬼话呢！乡亲们！大家快去拜山神吧！撞上石头鬼，会让我们种不出谷子的！”

岩虎气得说不出话了，高川大声说：“桑木头人！你说抬不走，搬不动的就是石头鬼，若是我们把它抬走了，它就不是石头鬼了吧?”

桑木看了看高川，对岩火说：“大头人，你听见了吧？红汉人也在讲鬼话了，这么大的石头鬼，他们咋个抬得起，搬得走?”

岩火审视高川。

高川：“岩火阿哥，我讲话从来都作数。桑木头人，你好好看着，用不了多久，我们就把你的石头鬼抬起来，丢下山去！”

桑木愣了愣，摆出不可能的表情。

岩坚、尼果、娜月、叶黑和寨民们都围了过来，要看看高川他们怎样把“石头鬼”抬起来，丢下山。

11. 寨外山地　日外

高川和队员们找来干柴，在石头周围点起了火……

岩火和寨民们专注地看着火烧石头。

和水泉、岩虎等人挑来了水，高川和他们一起把一桶桶水倒在烧的滚烫的石头上，石头炸开了，高川等人用锄头砸了几下，大石头便裂开了，碎成小块。

高川等人用铁锹将裂成小块的石头一一铲进一只只竹筐，和水泉、岩虎等人将竹筐抬到山崖边倒下石头，看着石头滚下山坡。

岩火明白了，露出笑容。

寨民们欢呼起来。

桑木丧气地甩手走了。

高川走近岩火说：“岩火阿哥，这山上没有鬼，只有几块捣乱的石头。只要我们齐心合力，就能把它们都搬开。阿哥，让寨民们都按着我们的法子耕种吧，大家合起伙来互助合作，就能种出更多的谷子！”

岩火信服地说：“是了，是了。”

12. 岩火大寨　日外

工作队建起的小学校，木屋门口挂着“解放小学”的牌子。

画外传来刀心妍给孩子们上课的声音……

13. 小学校　日内

木屋里，刀心妍站在一块涂了锅灰的木板前教十多个佤族孩子和几个青年认字，“黑板”上写着“我是中国人”。

刀心妍："你们跟我念，中——国！"

孩子们："中——国！"

刀心妍："再念一遍，中——国。"

孩子们："中——国。"

刀心妍："对，念得很好。"

孩子们跟着学："对，念、的、很、好——"

刀心妍笑道："没让你们念这句，我让你们念的时候你们再念，好吗？"

孩子们点点头。

刀心妍："你们看，中国的中字像什么？"

孩子们摇摇头。

刀心妍："像不像阿佤人用的弩弓？"

她拿起岩虎用的弩弓在"黑板"上比着。

孩子们笑着喊："像！"

刀心妍指着"国"字说："这个'国'字像什么呢？就像我们的家。你们看啊，这个大大的口字像个城，也像我们的寨子。里面的'戈'就是长刀，我们用它来保卫寨子。这里呢，有一个小'口'字和一个横，就好像我们有了一个家，大家一起来吃饭。"

孩子们又笑了起来。

一个青年站起来说："你讲得不对，和我们以前学过的不一样。"

刀心妍："哦？你们以前学的是什么？"

青年拿起一个课本说："是这些。"

刀心妍："你念给我听听好吗？"

青年点点头，念："我们是大不列颠的臣民，伊丽莎白是我们的女王。我们反对汉人，汉人来了，我害怕……"

刀心妍皱起眉问："这是永安乐神父教你的吧？"

青年点点头。

刀心妍走过来拿过那个课本看了看，严肃地说："孩子们，你们说青蒙山是中国的还是英国的？"

孩子们："中——国！"

刀心妍："对，青蒙山是中国的。你们永远不要忘了，你们的祖先和前辈为了保卫青蒙山，和英国强盗打了很久很久，死了很多人。但是，他们没有让英国强盗抢走一寸土地。孩子们，要是外国强盗再敢闯进青蒙山，闯进我们的寨子，我们该怎么办？"

孩子们纷纷做出砍头的动作，喊着："砍！砍！砍！"

那个拿着课本的青年也将课本丢在地上，用脚踩了踩说："砍！"

刀心妍开心地笑了。

14. 岩火部落山坡地　日外

岩火率领寨民们与工作队一起平地、打垄、点种、盖土……

岩坚看着队员们手里的麦种不知道是什么东西，问岩虎："你们种的是什么？这样的种子，我从来没见过。"

岩虎："这是麦子，种出来很好吃，真的。麦子磨成的粉白生生的，香喷喷的，可好吃呢。"

岩坚表示自己也要试一试，高川高兴地送他一小袋麦种，并表示愿意帮他犁好地，帮他下种。

尼果见岩坚白白得了一袋粮食，也走过来要，岩虎告诉他那是种子，只能种到地里，不能拿去吃。

尼果表示自己是要种，高川也给了他一小袋种子，让他先学学怎么种。

尼果背着种子就跑了。

岩火望着跑去的尼果，笑了。

15. 岩坚家　日内

火塘边，岩坚把那袋麦种全都煮了，他舀起一碗吃了一口，觉得很难吃。
他给自己的母亲吃了一口，母亲也觉得非常难吃，吐到地上。
岩坚又让叶黑尝尝，叶黑尝了一点，也觉得难吃吐了出来。
岩坚生气地端着碗出了家门。
他母亲赶紧让叶黑跟着去……

16. 工作队驻地　日外

岩坚、尼果端着碗怒冲冲地来到工作队的院子，高川、岩坚诧异地看着他。
岩坚："你们哄骗我嘛，这东西根本吃不成嘛！"
尼果："是嘛，难吃死了！"
高川、岩虎看到碗里煮熟的麦种，和工作队员们笑了起来。
岩虎："岩坚兄弟，这东西不是这样吃的，要磨了粉才能吃呢。"
岩坚还是不相信地说："你哄鬼呀，这东西咋个磨成粉?"
高川笑着对岩虎说："岩虎，去拿几个馒头来。"
岩虎来到灶火旁，和水泉正在帮厨，见岩虎动手拿屉里的馒头，便阻拦说："哎哎，大家都没吃呢，你这是干什么?"
岩虎："这是队长的命令，要送给佤族兄弟尝尝。"
和水泉老大不情愿地只许岩虎拿两个。
岩虎拿着两个馒头过来递给岩坚和尼果，岩坚没见过馒头，一个劲地闻着不下嘴。
尼果一口咬下半个，嚼了几口惊异地说："好吃，好吃！"
岩坚也咬了一口，立刻露出笑容，转手让跟着他的叶黑也咬了一口，叶黑觉得好吃，使劲点头。
岩坚伸手对高川说："高长官，再给我几个。"

17. 岩火大房　日内

岩坚、尼果兴冲冲地进了屋，把馒头送给岩火。
岩坚："大头人，这是红汉人给的……'猛头'，很好吃。"
岩火拿着馒头"研究"了一会，问："这东西不是你们乱拿的吧?"
岩坚："不不，是红汉人给的。"
尼果补充说："红汉人种下的谷子，长出来就可以做这个东西吃。"
岩坚纠正："这叫麦子，不叫谷子。大头人，你吃嘛。"
岩火吃了一口，感觉很妙地递给妻子娜月，娜月也吃了一口，表示非常好吃。
桑木头人进了屋，看着在吃馒头的岩火愣住了。
岩火让岩坚给他一个馒头，告诉他这个东西很好吃。
岩坚把一个馒头递给桑木，桑木阴沉着脸没有去接馒头，瞪了眼岩坚说："当心吃了穿肠子！"说罢气冲冲地走了。
岩坚不知所措地看着岩火，岩火却乐呵呵地吃着馒头，让岩坚把桑木不吃的馒头也留给他。

18. 曼龙酒家　日内

刀心荣召集罕富、乃松等寨主属官密商。
刀心荣："各位寨主头人，你们要和刀家一条心，不能搞什么土改。只要我们死咬着不答应，共产党就奈何不了我们。"

他把一个布包放到桌上打开，亮出里面的金条。

寨主们都盯着金条。

刀心荣："这是老爷的奖赏，你们一人拿一根。"

寨主、属官们每人拿了根金条，颇显满意。

刀心荣："只要我们齐心协力保住了田产，老爷会多给你们一些田地。若是哪个软了骨头，向穷娃子们低了头，就不要再做寨主了。寨子里欠下的官租，就统统算在他头上。"

罕富："不敢，我们都听大少爷的。"

寨主们纷纷表示："对对，我们都听大少爷的。"

19. 刀府　傍晚内

灶房里十分忙碌，正在准备丰盛的宴席。

20. 刀府　傍晚内

厅堂里，扎布向刀心荣报告："大少爷，我派人到临近的几个镇子探听过了，他们全都在分田分地。看样子，咱们这里也躲不过去了。"

刀心荣："莫慌，刘队长不是说了吗，地怎么分，还得跟我们商量呢。政府的章程我们不同意，他们什么也分不了。"

扎布："姓刘的到底是共产党的官，他的话能信吗？到时候上头一纸文告下来，还不是说分就分吗？"

刀心荣想了想，说："就算是这样，能让他帮我们拖些时间也好嘛。扎布，你让乃冒抓紧时间到各寨去收官租，把以前欠下的也一次收清。不管欠了多久，利息多高，统统一次收上来！他们拿不出钱粮，就拖牲口，收他们的份田！"

扎布："明白了，我这就让乃冒下寨子去。"

21. 刀府　傍晚外

刀心荣殷勤地把刘捍卫迎进院子。

那个帮助过工作队的哑巴寨民正给刀府送柴禾，见刀心荣和刘捍卫一起有说有笑地进了府，露出疑惑的表情。

22. 刀府　傍晚内

厅堂里摆着酒席，刀光寿和刀心荣不住地向刘捍卫敬酒，请他品尝各种山珍佳肴。

刘捍卫愉快地与刀家父子碰杯……

丝竹鼓乐之中，玉凤、玉切等丫鬟献媚地舞蹈吟唱，取悦着刘捍卫。

刘捍卫已经微醉，他看着刀府丫鬟们妩媚的面容和身段，眯着眼睛摇头晃脑。

刀光寿向刀心荣使个眼色，刀心荣凑近刘捍卫说："刘队长，听说这土改是非搞不可了，像我们这样田产最多的人家，岂不是要吃大亏了吗？"

刘捍卫："你不要担心嘛，在民族地区搞土改，是要和你们这些土司头人商量的，你们也可以拿出个办法来嘛。"

刀心荣看了看刀光寿。

刀光寿："办法倒是有，就是不知道在政府那里行得通行不通啊。"

刘捍卫看看刀心荣，又看看刀光寿，等着他说下去。

刀光寿："政府下决心要分田，我们也拦不住，我们家里头上上下下有几十口人，再加上那些府丁，就有一百几十口了。实在要分田，就按人头分给家里人，这不是也算改了吗？"

刘捍卫笑道："刀副县长，可真有你的，这个办法就是要让肉烂在锅里，说到底那些田产还掌握在你们一家人手里。这恐怕是……”

刀心荣向玉凤使个眼色。

玉凤扭着腰身过来为刘捍卫添了酒，娇滴滴地向刘捍卫敬酒。

刘捍卫看着清秀玲珑的玉凤，晕晕乎乎地喝了酒。

刀心荣：“刘队长，我干爹的意思也是要分田，只不过是先分给家里人，让他们每个人都去政府领一份完粮纳税的田契，这不就等于搞过土改了吗？至于那些一直欠粮欠税的佃户，我们让他们交最后一次租，纳最后一次税，以后的事嘛，就凭政府做主了。”

刘捍卫听后笑着说：“小刀啊，你这个算盘打得蛮精的嘛！”

刀心荣又向玉凤使个眼色，玉凤会意地偎到刘捍卫身边撒娇地让他喝酒，刘捍卫被玉凤迷得几乎丢了魂，要说什么已经全忘了。

刀心荣边为刘捍卫添酒边说：“刘队长，我们也是为政府着想啊。真要把地分给了各寨的百姓，还有谁去替政府催收公粮啊？若是公粮收的少了，上级领导不是还要怪罪你吗？”

刘捍卫已经被玉凤缠得神志不清了，带着酒意说：“你们说的这些……不是没有道理，你们就按这个主意办吧，到时候，我会在方书记那里为你们说说话。”

刀光寿感激地为刘捍卫添酒，刘捍卫喝下这杯酒，一头醉倒在玉凤的怀里……

刀光寿和刀心荣望着被他们“打倒”的刘捍卫，舒心地笑了。

23. 刀府　晚上内

扎布将喝醉的刘捍卫扶进客房，送到床上。

躺倒在床上的刘捍卫迷糊地胡乱哼着，不省人事。

刀心荣将玉凤叫进屋，低声说：“打些水来，替刘长官洗把脸，你今晚就睡在这里。”

玉凤既恐惧又害羞地说：“大少爷，我不能……”

刀心荣露出凶相瞪着玉凤。

玉凤哀求地说：“大少爷开恩，放过玉凤吧……”

刀心荣打了玉凤一个耳光：“想死了？”

玉凤捂着脸哭了。

扎布：“玉凤，大少爷是抬举你，不要不识相。”

刀心荣：“老老实实听我的话，和他睡一个晚上，我赏你二十个半开。”

说罢，他和扎布走了出去。

玉凤双手捂着脸，哭了起来。

24. 刀府　日内

客房里，玉凤和刘捍卫睡在一张大竹床上……玉凤先醒了，她看了看仍在熟睡的刘捍卫，忐忑地爬起来，慌忙穿着衣服出了屋。

25. 刀府　日内

刀心荣在客房外迎着玉凤问：“怎么样，他还没醒过来？”

玉凤羞怯地摇了摇头。

刀心荣拿出银元赏给玉凤，玉凤向刀心荣鞠躬：“谢谢大少爷。”

刀心荣摆摆手，玉凤快步走去。

26. 刀府　日内

厅堂里，刀心荣和刀光寿露出得意的笑容。

刀心荣:“这下好了,他若是说话不作数,我们就告他欺负女人!”

刀光寿满意地微笑。

这时,扎布带着乃冒进来,扎布紧张地说:“老爷,大少爷,出事了!”

刀光寿、刀心荣都是一惊,刀心荣:“出什么事了?”

乃冒气喘吁吁地说:“老爷,大少爷,不好了,百姓们全都反了!”

刀光寿、刀心荣更加吃惊。

乃冒:“他们不但不交租、不纳税,还勾连了几个寨子的人和我们作对。”

刀心荣:“他们想造反吗?老爷是南沧的副县长,我是曼龙镇的镇长,造我们刀家的反,就是造政府的反!造共产党的反!”

乃冒:“我也对他们这样讲了,可他们不听,还说、还说刀家代表不了政府,代表不了共产党。”

刀心荣:“那还不教训他们?不把他们绑起几个,吊起几个来?”

乃冒:“我是想教训他们,可他们人太多,刚一动手,就把我们冲散了,这会,他们已经追到府上来了!”

刀光寿、刀心荣侧耳一听,果然听见杂乱的呐喊声越来越近……

刀心荣一把推开乃冒,从墙上摘下枪走向门口,扎布赶紧跟了出去。

刀光寿十分紧张,没了主意。

27. 刀府　日外

刀心荣来到院子里,对府兵、家丁们高喊:“都给我拿起家伙!关起大门!你们几个,到楼台上去!快!”

扎布指挥家丁们各就各位把住射击位置,守门的府兵关上大门,一些拿着冲锋枪的家丁跟着刀心荣和扎布上了楼梯,登上楼台,摆好了射击的姿势。

刀心荣上了楼台,怒视着向府邸冲来的群众,把子弹上了膛……

根赛、罕宝等联防队员带着大批群众冲到府门外,高声呐喊着。

刀心荣站到楼台上,面对冲到府门外的百姓高喊:“根赛!你们想造反吗?种田交租是祖上留下的规矩!谁敢抗租不交,坏了祖上的规矩,我饶不了他!”

根赛:“刀心荣!从今以后我们除了政府派的公粮,其他什么也不交!谁敢再逼我们交官租我们就和他斗!”

群众附和着呼喊起来。

刀心荣气得大喊:“好大的口气!就凭你们这些穷娃子也想和我们刀家斗?共产党的领导说了,就是要土改,也要先听听我们刀家的主意!我们刀家不发话,你们一块田也别想分!”

根赛高喊:“你胡说!你们能做官是我们大家选的!你们还敢欺负我们,我们就另选一个镇长!另选一个副县长!大家说对不对?”

群众同声喊着“对!”

根赛:“你敢说政府搞土改要听你们刀家的主意,那是骗人!共产党解放了全天下,就是要让我们老百姓当家做主!我们说要分田,就一定要分田!”

群众又呼喊起来。

28. 刀府　日内

客房里,刘捍卫被外面的喊声吵醒了,他发现自己躺在一个陌生的房间里,几乎没穿衣服,他惊慌地四下看看,见屋里只有他一个人,才放心地下了床,一边抓起衣服快速穿着,一边回想自己怎么会睡在这里……外面的喊声使他彻底清醒了,他快步走到门前拉开门,见院子里和楼台上站满府兵、家丁,又听见刀心荣和院门外群众的对骂,猜出发生了什么事,他赶紧关上门,心慌意乱地想着对策。

刀光寿推门进了屋,对刘捍卫说:“刘队长,不得了了,各寨的百姓围在府门前闹事,你快出去把他们赶走吧！"

刘捍卫生气地问："你们，你们为什么把我留在这里？这分明是要让我在群众面前抬不起头嘛！"

刀光寿："哎呀，你昨晚上喝醉了酒，只好请你在这里过一夜嘛！刘队长，百姓们搞不好会冲进来，你赶紧去劝劝他们，不然的话，真要搞得没法收拾了！"

刘捍卫："我现在怎么出去？让他们知道我在这里过夜，他们还会听我的吗？"

刀光寿一时没了主意。

刘捍卫："后门在哪？啊？你赶紧让我从后门出去，我先装着不知道，以后才好为你们说话嘛！"

刀光寿无奈，只好让刘捍卫出屋。

29. 刀府　日外

院子里，刀光寿打开后门，送刘捍卫出去。

刀光寿："刘队长，可别忘了为我们做主啊！"

刘捍卫恨不得立刻从刀家消失，头也不回地跑了。

正在后院劈柴的哑巴见刘捍卫跑出去，吐了口吐沫狠狠地劈断一根木柴……

30. 刀府　日外

楼台上，刀心荣见大门外的群众围着不散，而且人越来越多，担心地对扎布说："扎布，快去客房，把刘长官喊出来。"

扎布转身离去。

门外的群众在根赛带领下喊着口号："反官租！要土改！反剥削！要田地！"

扎布回到楼台上，告诉刀心荣刘捍卫已经从后门跑了。

刀心荣气急败坏地举着枪对外面的群众喊："你们都给我听着！谁也不许再闹了！有什么话，我们可以到政府去说！你们谁再闹，我就不客气了！"

根赛："你别吓唬人！别以为你手里有枪我们就怕了你！现在解放了，有共产党给我们做主，你今天不答应免了官租杂税，我们就不走！"

群众立刻跟着喊起来，有人喊着要冲进刀家把被他们收去的钱粮抢回去！

一些群众开始冲撞刀府的大门，刀心荣见势不妙，朝天开了一枪，扎布、乃冒和家丁们也跟着朝天开枪。

刀心荣把枪对准群众喊："哪个再敢撞门，就叫哪个先死！"

大部分群众见刀家的人开了枪，立刻退到一边，甚至四散而去……

只有根赛、罕宝和几个积极分子还站在门前愤怒地瞪着刀心荣和家丁们。

根赛："刀心荣，你敢开枪！我就不信共产党的王法管不到你！有本事你对我开枪呀！打死我共产党就要你赔命！"

乃冒举枪要打根赛，被刀心荣挡住了，他看看四散而去的群众，冷笑着说："你就站在那里好了，看看我们哪个硬！开门！"

31. 刀府　日外

家丁们打开了大门，刀心荣带着扎布、乃冒和家丁们从大门里出来。

刀心荣走到根赛面前一枪托将他打倒，乃冒等家丁冲上去对根赛、罕宝、罕有、岩旺等积极分子拳打脚踢……

哑巴从院子里扑出来拼命拦着刀心荣和乃冒等人，让他们不要打了，刀心荣一脚将哑巴踢倒在地，恶狠狠地骂道："哑巴狗！我要你死！"

家丁们疯狂地殴打哑巴和根赛等人，群众看不下去，又聚拢回来，呼喊着要家丁们住手。

这时，波香和工作队员从人群中冲了出来，喊着："不许打人！不许打人！"

工作队员们奋力推开殴打哑巴和根赛的家丁，波香扶起根赛，工作队员扶起罕宝等人，波香义愤地质问刀心荣：“你们凭什么打人？你们有什么权力打人？”

刀心荣：“他们聚众闹事，我是自卫！”

波香：“你胡说！你若是有理，就和我们去县里说去！”

罕有：“对！去县里说理，你敢吗？”

刀心荣不想纠缠地朝扎布、乃冒等家丁们摆下手，扭头回了府里。

根赛擦着脸上的血迹，瞪着刀心荣的背影喊：“刀心荣！我要去告你！”

32. 工作队驻地　日内

刘捍卫一脸“正气”地拍着桌子怒喊：“岂有此理！敢强收官租，敢随便开枪还敢打人，这还是新社会吗？马上把告示贴到刀家去！限他们在天黑以前把武器统统交出来！还要正告他们，胆敢反抗就让县大队来缴他们的枪！”

积极分子们拍手称快，罕宝：“这就对了！早就应该这样了！”

岩旺：“我说嘛，刘队长是最革命的，绝不会和刀家穿一条裤子！”

刘捍卫听后皱着眉头说：“行了，快去办吧。”

波香：“那，刀心荣该怎么处理？”

刘捍卫：“叫他来，我看他到底想要干什么！”

罕宝、罕有、岩旺等积极分子摩拳擦掌地出了屋。

刘捍卫心中有些慌乱地点起一支烟，紧张思索着该怎样处理刀心荣……

33. 刀府　日内

厅堂里，刀光寿紧张地对刀心荣说：“心荣，还是我去一趟吧，我好赖是个副县长，他们总要有些顾忌。”

刀心荣扎上武装带，插上手枪：“我是曼龙的镇长，他们能把我怎么样？”

刀光寿：“心荣，千万不要逞强啊，那些人不闹出个天黑地白是不会罢休的。”

刀心荣：“我就不信，他们能闹上天去。曼龙是我们刀家的，过去是，将来也是！”

刀光寿：“心荣，听干爹一句，现在可是红汉人当家，和过去不一样了。”

刀心荣：“那又怎么样，姓刘的敢不替我们说话，我要他好看！”

他转头对扎布说：“走！”

扎布跟着刀心荣出了门。

刀光寿不安地叹气。

34. 工作队驻地　日外

刀心荣、扎布和罕宝、罕有、岩旺等人一起来到工作队的竹楼外，罕宝挡住扎布：“刀镇长，请你自己进去。”

刀心荣不屑地对扎布说：“等在这里。”

扎布：“是了。”

刀心荣跟着罕宝上了竹楼，扎布和岩旺等在竹楼前，扎布冷眼看着岩旺等人。

35. 工作队驻地　日内

刀心荣满不在乎地走进屋，见屋里除了刘捍卫还有波香、根赛和被打伤的哑巴等人，虽有些紧张，但还是壮着胆子问刘捍卫：“刘队长，喊我来这里做什么？”

刘捍卫：“刀心荣，你怎么敢随便开枪，随便伤人？”

刀心荣："是他们闹事，要冲进府里抢东西……"

根赛："不错，我们是要抢东西！我们要抢回被你们抢走的东西！"

刘捍卫："都别说了！刀心荣，你马上向被打伤的群众道歉！还要负责为他们治伤！"

刀心荣没想到地看着刘捍卫。

刘捍卫："限你天黑以前，把府里的武器都交出来！听到没有？"

刀心荣冷眼看着刘捍卫："刘队长，你们共产党说话算不算数？不是说要保护土司的利益，不收我们的枪吗？怎么说变就变了？"

刘捍卫摆出非常严厉的样子说："刀心荣！你擅自开枪伤害百姓，必须收你们的枪！从现在起，你们的枪被联防队征用了，他们负责各寨的巡逻，保护各寨不受土匪偷袭。可你们呢？你们拿着枪都干了些什么？欺压百姓，强收官租，简直是无法无天！你以为共产党管不了你吗？你以为共产党会让你们胡作非为吗？！"

刀心荣被刘捍卫激怒了，他瞪大眼睛喊："姓刘的，你装什么好人！你吃我们家的，喝我们家的，还睡我们家的女人！现在说翻脸就翻脸，你连国民党老黄狗都不如！我算是看错你了！"

波香、根赛、罕宝等人听了刀心荣的话都愣住了。

刘捍卫暴怒地喊："刀心荣！你简直太狂妄了！你这个剥削阶级的残渣余孽，竟敢血口喷人，陷害革命干部！来人！把他给我关起来！"

根赛、罕宝等人上前抓住刀心荣，下了他的枪。

36. 工作队驻地　日外

竹楼外，扎布听到动静，想冲进竹楼，被岩旺等人拦住，扎布想拔枪，岩旺先把枪口对准了他。

扎布大喊："大少爷！大少爷！"

37. 工作队驻地　日内

根赛、罕宝等人扭住刀心荣，刀心荣不服地挣扎。

刘捍卫："给我捆起来！看他还敢不敢造谣中伤！还敢不敢欺压百姓！"

根赛等人把刀心荣押了下去，刀心荣挣扎着喊："姓刘的！你是不守信用的小人！我要找方书记和罗司令告你！你等着瞧！"

38. 南沧边工委　日内

办公室里，方明华紧锁眉头看着信件，片刻，他拍案而起，怒道："胡闹！简直是胡闹！"

刚进屋的罗开云看着方明华："出什么事了？"

方明华走近罗开云，把信递给他："刘捍卫扣押了刀心荣，还缴了刀家的枪。"

罗开云感到惊愕，接过信看着。

方明华："这是刀光寿和十几个寨主联名写的信，说是不把关押刀心荣的事情解释清楚，他们就要带着族人跑到国外去。本来很好的工作局面，让刘捍卫这么一折腾，搞出这么大乱子！"

罗开云看过信说："废官租搞土改，在民族地区是件非常复杂的事情。如果我们的工作做不好，他们恐怕不光是要跑，很可能会引发更大的事端，甚至是武装叛乱。"

方明华："是啊，工作队的同志反映说，刘捍卫最近和刀心荣打得火热，根本没有认认真真地做和平协商土改的准备工作。刀心荣和当地群众一冲突，他又立刻把刀心荣关了起来，匆匆忙忙地搞起了土改，大家都觉得他是有什么把柄抓在刀心荣手里。"

罗开云："明华同志，我们应该下去调查一下，把情况搞清楚。"

方明华："咱们现在就走，边走边商量。"

39. 曼龙　工作队驻地　日外

一辆吉普车开到驻地的竹楼外停下，波香、根赛等人迎了上来，方明华、罗开云和警卫战士下了车。

波香等人热情地喊："方书记，罗司令。"

方明华顾不上和队员们寒暄，板着脸走上竹楼。

40. 工作队驻地　日内

办公室里，方明华脸色铁青地走了进来，刘捍卫吃惊地起身："方书记……"

第四十集完

第四十一集

1. 曼龙　工作队驻地　日外

竹楼后面的马棚，刀心荣被捆着双臂关在马棚边的木栏里面，一脸怨恨地坐在草堆上。
罕宝过来打开木栏，刀心荣脸都不抬，理也不理。
罗开云走进马房，来到刀心荣身边亲切地说："刀家少爷，让你受委屈了，我是来向你道歉的。"
刀心荣见是罗开云，满腹怨气地说："罗司令！他们凭什么捆我？凭什么关我？"
罗开云替他解开绳子："好了好了，我这不是来道歉了吗。走吧，我们出去，有什么话，我们慢慢谈。"
刀心荣狠狠瞪了罕宝一眼，跟着罗开云走出来。

2. 工作队驻地　日内

办公室里，方明华严肃地对刘捍卫说："你关起一个刀心荣，外面多少土司头人在传言我们共产党要变卦了，要镇压土司头人了！这对我们的工作带来多坏的影响？"

刘捍卫："方书记，这是人民群众的要求嘛！他强收官租，放高利贷，还打伤了人，当然得关他。"

方明华："你还蛮有道理，我问你，谁让你去缴刀家的枪了？这符合党的政策吗？"

刘捍卫："方书记，我们对土司头人也太客气了，事事处处顾及他们的态度，那人民群众怎么办？人民群众的利益怎么保护？"

方明华："你总把人民群众的利益挂在嘴上，可实际行动又是怎么样的呢？同志们有很多反映，说你平时不注意工作纪律，生活作风很不严肃！"

刘捍卫强辩："这，这都是坏人造谣，他们是想破坏我的形象，达到他们不可告人的险恶目的！"

方明华："是不是造谣你自己心里最清楚，有人说你到刀心荣家里喝花酒，有这种事吧？"

刘捍卫抵赖："我，我真搞不懂，我为党工作了这么多年，组织上到现在还不了解我吗？怎么能只相信别有用心的谣言，偏偏信不过我呢？我想不通！"

方明华："想不通就回县里去慢慢想，必要的话，可以给你办个学习班。别的事情以后再说，刀心荣这件事，你必须马上做检查，要向他本人道歉。"

刘捍卫："我为什么要向他道歉？"

方明华："为了工作，为了党的民族政策能够顺利执行，你必须道歉！"

3. 工作队驻地　日外

竹楼外，罗开云和刀心荣在交谈。

罗开云："你放心吧，我们现在就可以让联防队员们把枪还给你。"

刀心荣："枪我不担心，我也不相信共产党会镇压我们。我想不通的是，共产党不是说不分土地，不废官租吗？怎么又变了？"

罗开云："刀镇长，你在县里参加过学习，应该明白一切剥削制度都是阻碍社会发展和进步的，不好的东西我们总要想办法把它改过来。当然，我们绝不会强迫你们改，要和你们商量，要尊重历史。对你们这些帮助过我们，一起反对过国民党反动派的民族上层，我们是不会忘记旧情，翻脸不认人的。"

刀心荣："这么说，还是要土改，还是要废官租了？"

罗开云："你先不要急嘛！我们在民族地区进行土地改革，和在内地的做法是不同的，叫作'和平协商土地改革’。”

刀心荣：“协商？咋个协商法？”

罗开云：“就是要跟你们这些土司头人坐下来慢慢商量，大家同意了，我们才改。”

刀心荣：“那，到底要怎么改呢？官租、放贷和土地都没了，土司衙门、属官和府兵、家丁们怎么生活呢？”

罗开云：“当然要照顾到你们的生活，而且一定要照顾好。你看，取消了官租和高利贷，人民政府会按人头发给你们固定的生活补助。土地归公以后，你们还可以分到和寨民一样的份田，并且保留你们的牲口、农具、浮财和房产，参加政府工作的还发给固定的工资，将来你们的子女上学、工作等问题，也由人民政府来解决。”

刀心荣：“给我们的补助和工资有没有以前的官租多？”

罗开云：“政府给的工资和补助是固定的，不管是丰收年还是欠产年都一样。你们收官租、放高利贷就不同了，谁也不能保证年年都风调雨顺，也不能保证年年有人向你们借钱吧？”

刀心荣想了想，说：“要是我们家里死了人，或者新添了人，补助金怎么发？”

罗开云：“这样好不好，生不增死不减，公平吧？不光是你们，过去拿土司津贴的属官、寨头和佛爷，我们也要发他们生活补助，要不佛爷没得吃，你们上哪念经去呀？”

刀心荣觉得有道理，笑了笑又问：“那，分土地的时候，能不能让我们先挑？”

罗开云：“当然可以，群众要是有意见，我们去做工作。”

刀心荣点点头：“那好，罗司令，我信你，回去和我干爹说，把土地交给公家！”

罗开云：“这就对了嘛！你干爹过去打过侵略者，政府还要专门发给他奖金呢！”

刀心荣高兴地笑了：“那就谢谢政府了。”

罗开云：“先别急着谢，我还要问你一件重要的事情。你把刘捍卫同志叫到你们家里喝花酒了对不对？”

刀心荣想了想，点点头。

罗开云：“小刀啊，这样做是非常错误的。说轻了，你这是为自己的利益搞投机，说重了，你就是拉拢腐蚀干部！”

刀心荣慌乱地说：“罗司令，我是想……”

罗开云：“我知道你想干什么，这次我们就不追究了，但是你一定要记住，下不为例。如果你再用这样的方式和政府里的同志打交道，我会亲自动员群众批判你。”

刀心荣：“我记下了，再也不敢了。”

罗开云：“方书记让你去昆明民族学院学习，你想好了吗？”

刀心荣：“想好了，土改一搞完，我马上就去！”

罗开云：“这就对了，多受受教育，多长些知识，对你有好处啊！”

刀心荣：“我信，我听方书记的，听罗司令的。”

罗开云不由得笑了。

4. 刀府 日内

厅堂里，方明华、罗开云在和刀光寿、刀心荣谈话，管家曼珲和扎布站在刀光寿、刀心荣身后。

刀光寿犹豫地说：“方长官，罗司令，心荣和我讲了和平土改的章法。政府的条件听上去不错，可是，一下子把官租和捐税都免了，我们的收入怕是会减去很多呀，我们这么一大家子，怕是难以为继吧？”

方明华：“刀先生，我们替你算过账了，取消了官租、捐税和高利贷，你们会减少很多收入，但是人民政府补偿给你的，也并不少啊。你算算啊，政府要负担你府上所有的子女上学，并且保证给他们安排工作，就连你们的属官寨主，政府也要安排。还有啊，政府除了发给你们职务工资，还要按月发给你们父子俩每人一千元的生活补助，这可是不小的一笔钱呐。”

罗开云：“刀副县长，你和心荣的工资补助加起来，一人一个月就有两千块了。你知道我们的省长、省委书记拿多少钱吗？”

刀光寿摇摇头。

罗开云："一个月只有三百多块。"

刀光寿父子显然没想到。

方明华："就连我们的毛主席和朱总司令，一个月也只拿几百块呀。"

刀光寿一脸错愕地与刀心荣对视。

管家看了看扎布，两人毫无表情。

罗开云："刀先生，你们一家除了土地收入，一个月能拿几千块现钱，不能说难以为继了吧?"

刀光寿惭愧地笑笑："不说了，不说了。方书记，罗司令，现在这样的条件，以后不会改了吧?"

方明华："绝对不会。我们讲的条件是政策，不是你我之间的交易。我们党的政策是不会变的，请你放心。"

罗开云："当然咯，主动权还是在你的手里，若是你有顾虑，不同意改，我们可以再协商嘛。"

刀光寿："不不，我同意，同意。"

5. 曼龙大寨　日外

方明华、罗开云带领波香、根赛等工作队的同志们和刀光寿、刀心荣及寨主们、当地群众一起丈量土地……

6. 曼龙大寨　日外

群众集会，在方明华、罗开云主持下，刀光寿和罕富、乃松等寨主们交出地契……

方明华把一份份"土地证"颁发给民族群众……

根赛、嘎罕老爹、罕宝、罕有、岩旺、哑巴等寨民们手捧刚刚领到的土地证异常兴奋地欢呼雀跃……

7. 青蒙山　岩火大寨　日外

高川、刀心妍、岩虎、和水泉等工作队员和岩火率领的岩坚、尼果、娜月、叶黑等寨民共同开挖水渠……

高川和岩火一起搬开挡水木板，水流沿着水渠流向新开的山坡地……

工作队员和寨民们欢呼起来……

岩火、岩坚等人倒着水酒与高川、岩虎等队员畅饮……

8. 岩火大寨　解放小学　日内

刀心妍在教孩子们唱歌，她唱一句，孩子们开心地学唱一句……

一个孩子趁刀心妍不注意转头撕了张课本上的纸塞进嘴里吃了。

刀心妍停下教歌，对那孩子说："这东西不能吃，吃了会得病的。肚子会疼，懂了吗?"

她拿出个果子递给孩子，又对其他孩子说："大家都记好了，谁要是不再吃课本了，就给谁果子吃。"

一个孩子很用功地用一块发白的滑石在一块小石板上学写"黑板"上的牛字。

刀心妍走到他身旁看了看他的"滑石笔"和小石板，问："告诉老师，这块滑石和石板你在哪里找到的?"

孩子："在寨子外面。"

刀心妍问："寨子外面什么地方?"

孩子："山谷里的水塘边上。"

刀心妍拍拍孩子的头，继续教孩子们唱歌……

9. 山中　日外

刀心妍背着背篓独自来到山谷中的水塘边，果然看见有滑石和一层层石板，她走过去，用小锄敲着滑石和石板……

10. 工作队驻地　日外

劳动一天的高川和队员们兴冲冲地回到驻地，花蔓提来水桶笑着说："大家快来洗洗吧，洗完了就好开饭了！"

队员们一拥而上地撩水擦洗。

高川问："花蔓，心妍同志回来了吗？"

花蔓："没呢。"

高川："还在给孩子们上课吗？"

花蔓："没有，她去寨子外的山谷了。"

高川："去山谷干什么？"

花蔓："说是去找什么石头，对，能写字的石头板。"

高川换了表情，向院子外走去。

和水泉赶紧跟了上去。

11. 山中　傍晚外

刀心妍背着装有滑石和石板的背篓艰难地攀着石坡，一不小心滑了下来，摔在石头上，她强撑着坐了起来，忍着痛站起来，感觉一条腿很疼，低头查看，发现擦伤了一大块，她咬着牙，又向上爬去……

高川、和水泉来到山谷，高川喊着："心妍同志！——刀心妍！——"

和水泉也喊："心妍同志！——刀心妍同志！——"

爬在石坡上的刀心妍听见喊声，一下子没了力气，她瘫在石头上使足了力喊："队长！——我在这里！——"

高川、和水泉听见喊声，赶紧朝刀心妍的方向走去……

高川、和水泉靠近刀心妍，刀心妍想站起来，却又瘫倒了。

高川关切地问："心妍，你受伤了？"

刀心妍："没有，就是摔了一下，腿好疼。"

高川蹲下来查看心妍的腿，心妍赶紧说："没事，真的没事，就是有点疼。"

高川把心妍的背篓递给和水泉，把后背转向心妍："来，我背你。"

心妍不好意思地说："不，不用。"

高川："快，天都要黑了，我们得赶回去，快上来。"

心妍偷偷一笑，趴到高川背上。

高川背着心妍上了石坡，走向寨子。

心妍趴在高川背上，惬意地想到了什么，轻声一笑。

高川严肃地说："笑什么？好玩是不是？一个人跑到山谷来，无组织，无纪律，要是出了事，我怎么向组织交代？"

心妍："我不是来玩的，我是来找滑石和石板，给孩子们写字用。"

高川："那也不该一个人来。我不是讲过吗，你们女同志，必须两个人行动。"

心妍："好吧好吧，我错了，下次不敢了。"

高川不说话了。

心妍想了片刻，轻声说："高大哥……"
高川："叫队长。"
心妍："我就叫高大哥，我问你，若是喜妹的阿姐还活着，你是不是要娶她？"
高川的表情起了变化，沉默着。
心妍："我知道，喜妹的阿姐一定很爱你……"
高川："心妍，别说了。"
心妍："我要说，我会像喜妹的阿姐一样，对你好，一辈子对你好……"
高川有所触动地看着前方。
心妍："我对阿妈说过了，从青蒙山回去，我要给她带回个女婿……你做我家的女婿，好不好？"
高川："傻丫头，哪有这样招女婿的？"
心妍笑了："我阿妈也这么说，我对阿妈说了，若是你不答应，我就喊阿妈来骂你，喊我阿爸来捉你。你答不答应？答不答应……"
高川心里感动却又难以表达地背着心妍，走在晚霞笼罩的山坡上……

12. 岩火大寨外　夜外

山林中点着一小堆篝火，桑木头人和几个面色阴沉的佤族头人在篝火边密商，其中有化了装的杜连仲和张云奎那里的马师爷。
杜连仲："山外的共产党已经在收缴土司头人的枪支武器，把他们的土地也分给了奴隶娃子。"
马师爷："共军的大部队就要进山了，我们在山外看得真切，他们抬着大枪大炮，要把整个青蒙山的寨子全踏平，寨主头人，一个也活不了。"
头人甲："红汉人过去把话说得多好听，现在他们闭上了说好话的嘴，张开了吃人肉的嘴。"
桑木："红汉人进山第一件事，就是不许砍人头，我们的木鼓房就要被废了。"
头人甲："木鼓房传了二十七代，几百颗人头看护了青蒙山二百年的庄稼。阿佤人不砍人头不得吃，这是阿公阿祖留下来的规矩。"
马师爷："工作队不是在打听寨子里有多少支枪了吗？他们是要收枪了。"
杜连仲："不怕豹子闯进家，就怕野狗撵不走。阿佤的大头人为什么不发句话？凭青蒙山的几千条枪，当柴烧也把共产党烧光了。"
桑木："岩猛、岩火被红汉人取走了魂，不再为阿佤人讲话了。"
头人甲："怪不得鸡卦上说天上打干雷，地上淌红水，是要'烂寨子'（意遭扫荡）了！"
杜连仲："各位头人不用愁，国军的人马就要打回来了，青蒙山的共匪，一个都逃不掉！"
头人乙："国军不是都撤到台湾去了吗？"
马师爷："那是共产党造谣。你没见公明山上亮起蓝光，神泉里冒出红红的血水，菁崖老寨的竹子都开了花。"
杜连仲："国军在营盘街集合了几万人马，几天之内，就要踏平青蒙山，铲除共党！"
马师爷："各位头人，你们马上召集各寨的人马，等国军一到，一起杀共产党，把他们的头砍来祭谷子，青蒙山的木鼓又会敲得连天响！"
头人甲叹道："岩猛不发话，难哟！"
桑木："是啊，岩火吃了红汉人的粮，中了红毒，举不起刀了。"
杜连仲恶狠狠地说："你去告诉各寨的头人，国军讲了，哪个寨子不打响，就把哪个寨子全杀光！"

13. 境外　日外

一座阴森的建筑外，一些国民党官兵正向一群土匪装束的人发放武器。

14. 匪部 日内

一些国民党军官和几个土匪头子围桌而坐，其中有杜连仲和张云奎。

佩带少将军衔的胡超武站在桌前，拿着一些委任状宣布：“‘云南反共救国军’总指挥李弥将军手令，特委任李民哲为宁洱反共救国军司令；委任马平之为缅宁反共救国军司令；委任张云奎为南沧反共救国军司令；委任杜连仲为滇西南反共救国军总指挥……”

被任命的匪首纷纷起立。

胡超武：“诸位立即调集人马，全面进剿共匪，恢复各县政权。在行动中，犹以捕杀共匪首要分子，特别是共匪的政工人员为主要目的……”

15. 山路上 日

一队工作队员赶着马帮行进，林中射出一排子弹，工作队员纷纷中弹倒地，张云奎指挥土匪们冲出林子，劫走马帮……

16. 通往山寨的道路 日外

几个工作队员正在赶路，一个衣衫褴褛的青年过来央求他们，他们以为他没有吃的，拿出饭包送给他。那个青年表示不要，拉着工作队员走向山沟，原来一头牛卡在山沟的夹缝里，他让工作队员们帮忙把牛拽上来。

工作队员们正在拉牛，树丛中射出多支弩箭，将一个个工作队员射倒……

17. 芒崖部落 日外

尼贡大头人和胡超武、杜连仲、传教士永享乐、永安乐等人围坐在竹楼外，院子里有一些国民党士兵警戒。

胡超武：“尼贡头人，只要你把青蒙山各部落的首领都招来，就是为党国立了大功。”

尼贡犹豫着。

永享乐：“尼贡头人，胡司令是和你盟过誓的，你可不要毁了誓约啊。”

杜连仲：“是啊，尼贡头人，如果你毁约，可要赔给我们一大块黄金啊。”

尼贡无奈地说：“好了，我答应你们就是了。”

18. 菁崖大寨 日外

一个佤族汉子骑着快马进了寨子……

19. 岩猛大房 日外

岩相头人将来人带进房……

20. 岩猛大房 日内

岩猛看着来人交给他的象征着紧急见面的木刻文书，疑惑地问：“尼贡大头人这么急着约我，有什么要紧事?”

来人：“尼贡大头人邀约了青蒙山各部落的大头人，说是十万火急，请岩猛大头人马上动身。”

岩猛看看岩相头人，犹豫着。

岩相：“大头人，你近日身体不好，不如我代你去一趟。”

来人：“岩猛大头人，尼贡大头人有话，事关重大，各部落的大头人都要去芒崖部落，请岩猛头人务必前往。”

岩猛思忖地点点头，对来人说：“你先去吧，我和岩相有话说。”

送信人退了出去。

岩猛让岩相到他身前，拿出毛泽东送给他的勃朗宁手枪交给岩相，嘱咐道：“你听仔细，要出大事了。你马上派人去给岩火送信，把这枪交给他。”

岩相感到不妙，担心地说：“大头人，尼贡部落你去不得。”

岩猛叹道：“尼贡勾连着老黄皮，怕是要对我们动手了。我若不去，会连累整个部落。”

岩相毫不畏惧地说：“大头人，你是我们的首领。若是你要走，我们像牛群跟着头牛，若是你要战，我们绝不吝惜自己的头！”

岩猛信任地点点头：“岩相，我信你。我不想和尼贡开战，我要去劝阻他，不能跟着老黄皮来打我们阿佤人。”

岩相：“大头人……”

岩猛：“不要讲了，听我的话，马上派人去找岩火，把枪交给他。”

岩相只好答应：“是了。”

21. 拉祜山寨　日外

扎罗头人从田边走来，一个身穿汉族服装的人骑着马喊他：“扎罗头人！扎罗头人！”

扎罗走近那人：“年轻人，有什么事吗？”

来人：“唐区长让你到区政府去开会！”

扎罗“噢”了声，感到来人面生，问：“你是哪个？”

来人：“我是从县里刚来的文书！你快跟我走吧，区长等着你呢。”

扎罗点点头，又“噢”了一声，走到一边牵过马，上马和年轻人一起上路。

22. 岩火大寨　日外

那个给岩猛送过信的汉子骑着马进了寨子……

23. 岩火大房　日内

岩火看了来人送交的急信，猜度地说：“我阿爹已经去芒崖了？”

来人：“岩猛大头人已经到了芒崖，他和尼贡大头人都在等你。”

岩火想了想，看看身边的妻子娜月，遮掩地说：“好，我会马上动身。你先回吧。”

来人：“尼贡大头人有话，要我护送岩火头人。”

岩火不高兴地说：“我的寨子里缺武士吗？你先回吧，我要安顿好寨子里的事，随后就去。”

来人还想说什么，岩火向一旁的岩坚示意，岩坚向来人做出请的手势，来人只好向岩火行礼，和岩坚一起出屋。

娜月看出了岩火的不安，问：“岩火，一定要去吗？”

岩火：“若是阿爹不去，我是不会去的，现在阿爹去了，我一定要去。”

娜月：“尼贡头人把你们喊去做什么？”

岩火沉重地说：“我也说不上，一定是出了天大的事。”

娜月：“要魔巴打了鸡卦再走吧？”

岩火摇了摇头：“打不打鸡卦都要走，给我准备路上用的吧。”

这时，岩坚带着岩猛大寨那个曾经和刀心妍争挎包的青年进了屋，青年上气不接下气地说：“岩火头人，这是岩相头人要我传给你的……”

岩火接过青年递来的手枪和木刻文书，大吃一惊。

24. 工作队驻地 日内

岩火把岩相送来的木刻文书交给高川，高川接过来一看，见木刻上绑着用篾丝捆扎的毛主席像，还有铁针、木炭、辣椒（这暗示着要有一次大规模的武装叛乱，攻击目标是人民政府和各地的工作队）。

高川似乎看懂了木刻文书传达的意思，但他依然不确定到底发生了什么事。

高川："岩火阿哥，到底发生什么事了?"

岩火大口喝下刀心妍端来的水，急切地说："老黄皮打回来了，好多头人都反了，要杀你们红汉人……"

高川："你别急，慢慢说。"

岩火："老黄皮和土匪，还有反叛的部落有几千人，他们已经过了南卡河，到了芒崖，这是岩相头人送来的信，要你们快离开……"

高川："岩猛头人呢，他在哪里?"

岩火："芒崖部落的尼贡大头人把他喊去了，尼贡头人也给我送了信，要我去芒崖。"

高川："你真的要去?"

岩火："要去，尼贡大头人勾连了老黄皮，我怕他会害了我阿爹。"

高川："岩火阿哥，你去了芒崖，转告尼贡大头人，要他立即停止叛乱，千万不要上国民党的当!"

岩火点点头，"我会对他讲。高川阿弟，你们快走吧！你们走了，我好告诉阿爹，叫他放心!"

高川："你去吧，去告诉岩猛头人，告诉芒崖部落的头人和百姓，我们不会走，国民党反动派吓不倒我们！青蒙山是属于新中国的，我们背后有成千上万的解放军，我们不怕他们!"

刀心妍："对，工作队是人民政府派来的，敌人想赶我们走，我们偏要像大青树一样长在山上，风吹不动，雷劈不倒!"

岩火担心地问："高川阿弟，你们的解放真会来吗？赶得到吗?"

高川："会赶到的，阿哥，你等着看吧，我们的队伍来的时候，一人比作一棵树，就能站满整个青蒙山!"

岩火高兴地说："好，我去告诉阿爹，也告诉尼贡头人，不信老黄皮，等着解放军!"

25. 芒崖部落 傍晚外

尼贡大头人的院子里点着多支火把，有不少国民党兵和佤族武士站岗。

竹楼前摆着酒席，胡超武、杜连仲和尼贡头人请岩猛坐到桌边，邀他喝酒。

尼贡："岩猛头人，胡司令和杜总指挥是我们阿佤人的朋友，把你约来，是要商议恢复民国的大事情。"

岩猛不客气地拿起竹筒杯一饮而尽，擦了擦嘴，说："恢复民国，是坏事情吧？若是好事，用得着把我绑来吗?"

尼贡笑道："误会了，岩猛大头人，误会了。"

岩猛不再理他，冷眼看着胡超武："讲嘛，绑都绑来了，假惺惺的做什么?"

胡超武："岩猛头人，第三次世界大战已经爆发了，国军已经开始反攻，很快就要打回来了。芒崖、南沧、思普乃至整个云南，都会回到国军手里!"

尼贡："岩猛头人，共产党是'懒火地'里的荒草，养不住人的。"

岩猛没理他，故意问胡超武："你们反攻的人马在哪里？就凭你们这几杆枪，牛年马月能打到南沧、打到昆明?"

杜连仲："国军的大队人马和飞机大炮很快就要运到，美国人已经占领了朝鲜，很快就要打进东北。他们在东北打，国军在西南打，不出一年，我们就可以光复大陆！岩猛头人，只要你归顺国军，我们保你做南沧县的县长!"

岩猛笑道："共产党要我做乡长，是客客气气请我做的。你们既然要我做县长，为什么不送我去南沧？把我绑到芒崖做什么？你不要站在白天说夜话了，你们根本到不了南沧，那里的解放会像踩蚂蚁一样踩死你们!"

胡超武："你这个不知好歹的老东西！我叫你看看勾连共匪的下场！来人！"
一旁的匪兵："有！"
胡超武："给我拖上来！"
匪兵："是！"
片刻，匪兵把打得不省人事的扎罗头人拖了过来。
胡超武："看看吧，这就是勾结共匪，反抗国军的下场！"
岩猛仔细看看，认清了扎罗："扎罗头人？"
扎罗遍体鳞伤，昏迷不醒。
胡超武："岩猛头人，人人都说共产党是流水，土司是石头。你倒好，人家要来搬你这块石头，你还倒过来帮人家，真是老糊涂了！"
岩猛："我一点也不糊涂！共产党对我们好，对我岩猛像亲兄弟一样！要害我的是你们这些黄皮狗！你们从来不把我们阿佤人当人看，从来把我们叫蛮子！我问你，我们阿佤人打英国人的时候，你在哪里？打日本鬼的时候，你来过吗？哼，粪土上的蝇子不打蜜！有本事你们去和解放真刀真枪地干！别像黄鼠狼偷鸡崽一样缩着头来又翘起屁股跑！"
胡超武气急败坏地喝道："老不死的！少说废话！你说，你到底反不反共？"
岩猛狠狠啐了他一口："呸！要我反共产党红汉人，除非天变作地、地变作天！你个千刀万剐的老黄狗！等解放来了，要你的狗命！"
胡超武一把将酒桌掀翻，对匪兵们喊："来人！把这老东西给我关起来！"
岩猛仰天大笑。

26. 曼龙刀府　夜外

一个蒙着头的黑影隐蔽地穿过竹林、沿着树木的阴影快步走向刀府后墙……
黑影来到角门外，转身四下看看，慌慌地到角门前拍门。

27. 刀府　夜内

刀光寿书房，刀光寿和刀心荣正在谈话，管家曼珲进来："老爷，大少爷，乃木回来了。"
刀光寿、刀心荣深感意外，刀心荣："乃木？他还有胆回来？"
曼珲："他是替国军的杜长官送信来了。"
刀心荣："还敢来送信，我砍了他的手！"
刀光寿拦住刀心荣："莫急，去看看。"

28. 刀府　夜内

厅堂里，刀光寿、刀心荣和管家曼珲进来，见乃木躬身站在堂上，扎布和两个亲随家丁看着他。
乃木忐忑地喊："老爷，大少爷……"
刀心荣："闭嘴，谁是你家老爷，谁是你家大少爷！"
刀光寿示意刀心荣冷静，盯着乃木说："乃木，你不是带了信吗？拿来吧。"
乃木摸出一个竹管，取出信递给刀光寿，而后发颤地躬身站到一边。
刀光寿凑到油灯前看过信，露出轻蔑的微笑，把信递给刀心荣："老黄皮要我们配合他们反攻南沧，若是不答应，就按通匪论处。"
刀心荣看过信，等着刀光寿拿主意。
刀光寿点上水烟袋，眯眼看着乃木问："乃木，你老实讲，老黄皮真的要打回来吗？"
乃木："老爷，国军集合了几万兵马，用的都是美国枪、美国炮。胡司令讲了，他们会分两路大军一起打，一路从曼龙打到南沧，一路从青蒙山打下来，芒崖部落的尼贡头人和菁崖部落的岩猛头人都要和国军一起打呢。"

刀光寿暗自吃惊，看了看刀心荣。

乃木："老爷，胡司令还讲了，美国的飞机会帮着他们炸平南沧。美国飞机凶得很呢，丢下一个铁砣砣，就能炸烂一个寨子。"

刀光寿："这么说，我是一定要答应他们，和他们一起打南沧了?"

刀心荣："干爹……"

刀光寿示意他不要说话。

乃木："老爷，大少爷，胡司令讲了，若是你们和国军一起打，过去的事情就不追究了。若是你们不答应，他们打回来以后，就要，就要……"

刀心荣："就怎么样?"

乃木："就把你们一家和大寨的人统统杀光，鸡犬不留。"

刀光寿一拍案几："鬼话!"

乃木一哆嗦。

刀光寿："给我绑了!"

两个亲随家丁上前扭住乃木。

刀心荣："吊死他!"

刀光寿："不。管家，把乃木和这封信送到南沧，交给方长官和罗司令。"

曼珲："是了。"

乃木挣扎着喊："老爷！放过我吧，是他们逼我来送信的！扎布！替我向老爷求个情啊！扎布！——"

扎布毫无表情，看着家丁把乃木拖了出去。

曼珲收起乃木带来的信，担忧地说："老爷，大少爷，若是老黄皮真要打回来，可得早做准备呀。"

刀光寿："我有数，我让你带信去南沧，请罗司令发兵来。"

刀心荣："干爹，若是老黄皮勾连尼贡和岩猛占了青蒙山，那阿妹他们会遭祸的。"

刀光寿一经提醒，倒吸一口凉气："天呐，这可怎么好啊?"

曼珲："老爷，马上派人上佤寨，把大小姐接回来。"

刀光寿："对对，马上就去，马上就去。"

扎布："老爷，大少爷，我去佤寨找大小姐。"

刀心荣："好，骑最快的马，立刻动身。"

刀光寿："扎布，一定要把大小姐接回来，告诉高队长，佤寨不能在了，要他们马上下山。"

扎布："是了。"

刀心荣："快去。"

扎布和曼珲一起出了厅堂。

刀光寿、刀心荣一脸担忧地看着他们的背影。

29. 南沧县工委　日内

方明华看过杜连仲写给刀光寿的信，感到形势严峻，他掩饰着内心的紧张对曼珲管家说："曼珲管家，谢谢你了。"

曼珲："不谢。"

方明华："回去告诉刀先生，让他把曼龙的武装全都集合起来，做好打仗的准备，不要怕敌人打进来，他们敢打进来，我们就叫他们有来无回。"

罗开云："对，告诉刀副县长，县大队和独立团一定会去支援他的。"

曼珲："是了，我这就赶回去。"

方明华、罗开云把曼珲送出屋。

30. 报务室　日内

报务员正在收报，方明华、罗开云匆匆进来。

方明华："有没有高川的消息?"
报务员："没有。从昨天开始，青蒙山的电台全都被干扰了。"
方明华："什么？换个频率试试。"
报务员："试过了，还是联系不上。"
方明华转向罗开云："糟了，敌人开始行动了。"
罗开云："马上派人上山，把工作队撤下来。"
方明华："只能这样了。(转向报务员）给地委发报，青蒙山和曼龙情况紧急……"

31. 岩火部落　日外

寨子里不少百姓慌慌地相互传话，一些人牵着牛担着家什离开寨子……
刀心妍、花蔓各自拿着一束野花走向寨外，看到惶恐不安的百姓感到奇怪，花蔓："他们这是怎么了？像是要逃寨呀。"
刀心妍显出不安。
高川、和水泉迎着刀心妍她们走来，刀心妍、花蔓："队长。"
高川："你们干什么去?"
刀心妍："我们想去看看喜妹。"
高川明白地点点头："走，我们一起去。"
花蔓："队长，百姓们这是怎么了？是不是又出什么事了?"
高川一脸凝重，没有回答。

32. 山坡上　日外

高川、刀心妍、和水泉、花蔓走向林中，快到墓地时不由得站住了，感到意外地看去——
坟前竖着碑，书有"钟喜妹烈士之墓"。叶黑姑娘跪在喜妹墓前，将竹筒中的茶水倒进三只小竹杯，恭敬地摆到墓碑前，望着墓碑含泪说："钟姑娘，你是好心人，叶黑对不起你，给你赔罪了。"
她流着泪向墓碑叩首。
高川、刀心妍等人肃立着看着叶黑。
叶黑哭着说："钟姑娘，叶黑没有好东西供奉你，只有这些茶水，是叶黑用心煮的，你不要笑我……你路上走得累了，就抬起喝了吧……你若是在山上迷了路，叶黑给你唱支歌，引你下山吧……"
她伤心地唱起了为喜妹引路的歌……
高川眼里噙着泪水，肃立默哀。刀心妍和花蔓已是泪流满面……

33. 芒崖部落　尼贡家　日外

院子里站着一些国民党匪兵和佤族汉子，他们各自紧握武器，显得十分警惕。
岩火被带到尼贡、胡超武、杜连仲面前。
岩火尽管怨愤，还是向尼贡行了礼："尼贡大头人。"
尼贡请岩火坐下，递上竹筒杯，岩火拒绝了。
胡超武、杜连仲冷眼看着岩火。
尼贡："岩火头人，国军已经光复了芒崖、果崖，很快就要光复整个青蒙山和南沧县城，共产党是山坡上的青草，过不了冬了。虽说你和你阿爹上了共产党的当，去了北平，可胡司令和杜总指挥不打算怪罪你们，还特意给你带来了赏银和礼物。"
杜连仲打开一个布包，里面有金条、手枪和子弹。
岩火盯着杜连仲说："岩虎讲得对，你果真是个老黄皮。"
杜连仲矜持地笑笑："岩火头人，我们希望你不要再受共匪的欺骗，和国军一起光复青蒙山，光复南沧。如果你答应，就封你为'青蒙山反共促进会'副会长兼游击总队司令。"

岩火阴着脸沉默。
尼贡："岩火，只要你在反共联盟书上签了字，国军就发给一百条枪，两万发子弹。"
岩火："我阿爹在哪里?"
尼贡愣了愣，看向胡超武和杜连仲。
胡超武和杜连仲并不回答。
岩火又问尼贡："我阿爹在哪里?"
尼贡只好撒谎："你阿爹身体不好，我让他歇着了。"
岩火："我要见我阿爹，见不到我阿爹，什么都不必讲。"
尼贡无奈地看向胡超武和杜连仲。
胡超武："岩火头人，你只要在反共联盟书上签了字，马上就可以见到岩猛头人。"
岩火："哼，见不到我阿爹，岩火就是个死人。"
胡超武怔了怔，向尼贡使眼色。
尼贡："好好，岩火，你随我来。"
岩火跟随尼贡走向竹楼。

34. 尼贡家 日内

尼贡带着岩火进了屋，劝道："岩火呀，你可要看准风向啊，这下国军是真的要打回来了，你怎么……"
岩火愤怒地说："尼贡头人，老黄皮从没把我们阿佤人当朋友，和他们搅在一起，一定会遭报应的!"
尼贡："你听我讲嘛，眼下他们势力大，野狗蹿进寨子里，总得丢块骨头哄哄嘛!"
岩火："尼贡头人，你已经参加了'民族团结保家卫国会'，怎么还能和老黄皮再来往? 说话不算话，要烂舌头的!"
尼贡鬼黠地笑笑："你个嫩树杆杆拴不住牛，没听说吗? 一根篾子可以拴两个葫芦，一只脚可以踩住两条船嘛。"
岩火不屑地说："哼，一把刀还有两面刃呢! 一面杀人，一面杀了自己!"
尼贡动了怒，拉下脸说："给我闭嘴! 实话说给你，岩猛已经被国军关起来了，你若是不跟着国军，就会丢下两条命!"
岩火怔住了："尼贡头人，你要害我阿爹?"
尼贡叹道："我有什么法子，若是不约你们来，他们会要了我的命。"
岩火急切地说："大头人，蒙着眼睛走山路，会跌下崖子送掉命的! 共产党解放迟早要进青蒙山，老黄皮跑了你走哪条路?"
尼贡："算了，别再提红汉人了，出了青蒙山，就没有阿佤人的一条路! 岩火，听我一句，就随了国军，签下字，你和你阿爹都平安了。"
岩火："我还是那句话，见不到阿爹，我一样也不答应。"

35. 尼贡大寨 日外

尼贡和几个佤族武士及国民党兵把岩火带到关押岩猛的房子外。
士兵打开门，尼贡示意岩火进去，轻声说："你阿爹一口饭不肯吃，一口水不肯喝，你好好劝劝他吧。"
岩火忍着愤怒进了门。

36. 关押岩猛的房子 日内

房子里光线昏暗，岩猛身患重病，躺在竹床上。
岩火来到竹床边，难过地说："阿爹……"
岩猛艰难地睁开眼睛，见到岩火十分意外，吃力地说："岩火，你怎么会来?"
岩火心疼地握住岩猛的手："阿爹，你放心，老黄皮要我做的事，我一样也不会答应。"

岩猛放心地说："好，好。寨子里的红汉人，都走了吗？"

岩火摇着头："他们不走，高川阿弟说，他们要守住寨子，等着解放来。"

岩猛失望地叹气摇头："他们怎么不走啊？来不及了呀！"

他剧烈地咳嗽起来。

岩火在一旁帮他捶背，安慰他说："高川阿弟说，解放一定会赶来的，等大军到的时候，一人仿作一棵树，会绿了整个青蒙山！"

他拿过竹筒喂岩猛喝水，岩猛拒绝了，喘着说："我信，我信。黄皮狗在青蒙山站不住脚，一棵树抖一片叶子也要埋死他们！岩火啊，你快回去吧，告诉寨子里的人，岩猛答应过毛主席，阿佤人不打红汉人，阿佤人不能在毛主席那里……丢脸呐！"

岩火："放心吧，阿爹，我会告诉他们。"

岩猛："岩火，阿爹送给你的那支枪，要收好啊。"

岩火："放心吧，阿爹，岩火带在身上了。"他说着把枪拿出来。

岩猛吃力地说："这是毛主席送给我的，也是送给阿佤人的。你问问尼贡，阿佤人打过给自己送枪的朋友吗？杀共产党红汉人，是对不起阿公阿祖啊！木鼓神是要惩罚他们的！"

37. 尼贡家　日外

阴云笼罩下，岩火被几个佤族汉子和国民党匪兵押着来到院子里。

胡超武带着阴险的笑容看着岩火，岩火冷冰冰地看着他。

胡超武把一份"联盟书"放到桌上，指着身边大批的武器弹药说："岩火兄弟，你是青蒙山有名的大英雄，共产党敬你三分，我敬你十分！你只要在这联盟书上签下名字，日后整个青蒙山就是你的天地了！"

岩火看了看那份"联盟书"，面无表情地说："不消说这些了，你是人是鬼，我分得清楚。"

胡超武要发作，杜连仲示意他冷静。

尼贡劝岩火："岩火兄弟，共产党解放是汉人，国军也是汉人，都是和汉人做朋友，何必那么认真嘛。"

岩火："岩火只有一颗心，我的心发过誓。"

杜连仲："对谁发誓？"

岩火："共产党，红汉人。"

杜连仲露出凶相。

尼贡："岩火啊，红汉人远在山外，国军就在眼前，你不顺从国军，就不怕被砍了脑壳？"

岩火："阿佤人的刀是砍过长毛鬼的，阿佤人的肉是阿公阿祖传下来的，谁敢砍，谁就得做青蒙山的鬼。"

胡超武皮笑肉不笑地说："好了好了，岩火兄弟，别那么大火气嘛！只要你抬抬手，在纸上签个名字，我多给你二十支枪，三万发子弹！"

岩火："不是朋友的礼物我不要。"

尼贡心急地劝道："岩火呀，你憨了？不知道你站在悬崖边上？走错一只脚，就没有活路了！"

岩火："尼贡头人，阿佤人不能好坏分不清。今天我就是走了断头路，也绝不会背叛真兄弟！"

胡超武怒道："告诉他，再不签字，我就处死岩猛！"

尼贡："岩火，你要你阿爹去死吗？"

岩火悲愤地说："你们敢杀我阿爹，血水会淹了青蒙山！所有的阿佤人都会找你们索命的！"

天空中划过闪电，天雷炸响……

38. 关押岩猛的地方　日内

两个国民党匪兵开门进入，走近竹床边不禁愣住——

岩猛已经咽气，死不瞑目。

39. 尼贡大寨　日外

乌云下，匪军官指挥匪兵们在山坡上挖好了坑，将扎罗头人丢进坑里。

一锹锹土铲进坑里……

扎罗仰天大笑，高声喊着："老黄狗！你们杀不了我！我的鬼魂会留在青蒙山！明天会有另一个扎罗带着解放来，把你们统统杀光！"

他的笑声在天空中回荡，炽白的阳光从乌云中透射出来，似在迎接不屈的灵魂……

40. 尼贡大寨　晚上外

岩火神情呆滞地走向木鼓房，几个看押他的汉子不知道他要干什么，也不敢拦他。

岩火走进木鼓房，拿起木槌"咚咚"敲响木鼓。

几个汉子默默地看着岩火，谁也不敢询问为什么敲木鼓。

寨子里的男女老少陆续赶来，想听他说什么。

岩火看着乡亲们，目光黯淡地解下自己的红包头，声音低沉地对大家说："尼贡部落的乡亲们，我是岩猛大头人的义子，我是岩火……"

一个老人悲伤地说："岩火头人，我们认得你，你是阿佤的勇士呢！"

岩火惨笑："老人家，岩火算不得勇士。我在这里敲木鼓，不是要镖牛，也不是要打仗，我心里有些话，要对你们讲。"

老人："岩火头人，你讲吧，我们都在听呢！"

岩火眼里聚起泪水："我和阿爹往北京回来的时候，给你们的寨子分过东西，有白米、布料，还有盐巴、糖果……你们都记得吧?"

老人和寨民们纷纷点头表示记得。

岩火："那些东西都是红汉人送的，红汉人才是我们阿佤人的真朋友、真兄弟！"

那几个看管岩火的汉子想要上前把他带走，被老人和寨民们挡住了。

岩火眼里流出悲愤的泪水："我和阿爹在北京对毛主席起过誓，在南沧对共产党起过誓，阿佤人要和红汉人做朋友、做兄弟，永不反悔！现在，老黄皮要我去杀红汉人，我宁愿把刀插进自己的胸膛，也绝不会答应！"

老人和寨民们明白岩火的苦衷，也跟着落泪。

老人："岩火啊，想对谁开战你讲吧！寨子里人手不够，可以去邀别寨的一起来！我们这就去抬枪吧！"

岩火摇摇头，流着泪说："老人家，不用了，你们记下我的话就好了。我的岩猛阿爹在喊我了，岩火要去找阿爹了……"

岩火离开木鼓，神色悲壮地从老人和寨民们身前走过……老人和女人们哭了起来。老人走到木鼓旁，难过地拿起木槌，悲愤地敲响木鼓……

41. 尼贡大寨　竹屋　晚上内

岩火满腔悲愤地坐到铺上，流着热泪拿起毛泽东送给岩猛的勃朗宁手枪看了看，推上子弹。

他躺到铺上，闭着眼睛听着屋外的木鼓声，喃喃地说："阿爹，我来了……"

他举起手枪，对准自己的太阳穴扣动了扳机……

42. 木鼓房　晚上外

老人继续敲着木鼓，木鼓声声，震撼山野……

43. 岩火大寨　日外

刀心妍带着一个孩子一起走向寨外。

和水泉背着竹筐走过来问："心妍同志，你们要去哪呀?"

刀心妍："我们去山下捡滑石，纸笔太少，孩子们不够用，我们多捡点滑石来，让他们练习写字。"

和水泉："今天不给孩子们上课了?"

刀心妍："我让孩子们念课文呢，我们捡了滑石就回来。"

和水泉："不就是几块滑石和石板吗? 我给你们整回来，我正好要去挖山菜，顺便了。"

刀心妍："你一个人背得过来吗?"

和水泉："今天背不过来还有明天嘛，总不能一天就把山下的滑石都捡来吧?"

刀心妍笑道："那就谢谢你了。"

和水泉："谢什么，都是为了工作嘛。你回去教孩子们念书吧，我保证把最好的滑石给你捡回来!"

刀心妍："那好，我们回去了。你别回来太晚，注意安全呐!"

和水泉拍拍腰间的手枪，笑着说："放心吧，没事!"

他唱着歌走了。

刀心妍拉着孩子向寨子里走，不一会，岩坚骑着马从她身边奔过，刀心妍看着岩坚的身影，有一种不祥的感觉。

44. 岩火大寨　日外

岩坚在岩火大房外下了马，跑进屋去……

不一会，传出娜月凄惨的哭声。

45. 岩火大寨　日外

刀心妍拉着孩子回到"解放小学"，见教室里空无一人，她正在纳闷，叶黑匆匆赶来对她说："阿姐! 阿姐! 不得了了，岩火头人死了!"

刀心妍一愣："什么? 岩火头人他……怎么死的?"

叶黑："我也讲不清楚，山外来了好多黄皮兵，要烂寨子了! 你们快些走吧!"

刀心妍感到震惊地听着，知道要出大事了。她想问得清楚一点，可叶黑一个劲地要她赶紧离开寨子，说完就慌慌张张地走了。

刀心妍关上教室的门，匆匆走去。

46. 岩火大寨　日外

刀心妍快步走在寨子里，见到许多人神情紧张地把工作队给的衣服、工具、粮食丢到路上，见到刀心妍走来也不搭话，慌忙躲避。

刀心妍越来越感到情况不妙，她加快了脚步走向驻地……

第四十一集完

第四十二集

1. 岩火大寨　工作队驻地　日外

高川吃惊地看着悲痛中的岩坚："什么？岩火头人和岩猛头人都……"他说不下去地抑制着悲愤。

岩坚沉痛地点着头："还有拉祜寨子的扎罗头人，也被老黄皮杀害了。"

高川望着远山，显出悲伤。

岩坚："高长官，尼贡头人勾连了老黄皮，说是有好几千人，很快要打到菁崖来。老黄皮放出话了，哪个跟共产党来往，就要被砍头！

高川："岩坚，别说他们有几千人，就是再多也不够解放军打的。他们当年几百万军队都被我们打得落花流水，现在想靠几个残兵败将打回来，那是做梦！"

岩虎在一旁说："对，岩坚，老黄皮真的敢回来，等着他们的没有别的，只有解放军的子弹！"

岩坚担心着说："现在你们人少，还是躲走吧！木鼓里的老鼠敲不响木鼓，阿佤人也不全是一条心啊！尼贡头人把绑着鸡毛火炭的令牌传给各处寨子，好多寨子里的人都在磨刀呢！"

高川："你放心，我们有数了。请你告诉乡亲们，大家都做好准备，如果敌人和叛匪来了，就先躲到山上去，等解放军来了再回寨子。"

岩坚点点头，向高川拱手后转身离开。

高川沉思地说："看样子，敌人真的有行动……"

岩虎："许是吹牛说大话，吓唬人的。队长，我到附近的寨子去转转，看看有什么动静。"

高川："好，快去快回，天黑以前一定要赶回来。"

岩虎："是！"他走向马匹。

刀心妍进了院子，对高川说："队长，岩火头人出事了……"

高川："我知道了，我们都得提高警惕，很可能会有重大敌情。"

刀心妍："县里没来消息吗？"

高川："电台有故障，一直联系不上。"

刀心妍："这里离边境这么近，要真是敌人进来了，百姓们可要受损失了。"

高川："先不要忙，岩虎到附近的寨子打听消息去了，等他回来，我们再商量对策。"他转头喊："和水泉！"

没人答应。

花蔓："水泉去挖山菜了，还没回来。"

高川："挖个山菜挖这么半天。"

刀心妍："噢，他要去山下帮我捡滑石，给孩子们写字用。"

高川着急地看了看天。

刀心妍："我去找他。"

花蔓："我也去。"她跟着刀心妍跑出院子。

2. 工作队驻地　日内

高川进到屋里，问正在调试电台的报务员："怎么样，故障排除了吗？"

报务员已经忙得满头大汗："还没有。我们的电台受到了干扰，很可能是敌人在搞鬼。"

高川紧张地想着对策。

3. 岩火大寨　日外

岩虎骑着马进了寨子……

4. 工作队驻地　日外

岩虎在院子里跳下马对高川说："队长，附近的寨子都关了寨门，不让外人进去。我一路上看到不少人把我们送的东西丢在路边，看样子，真要出大事了！"

高川："马上清点武器弹药，把干粮和饮水集中起来，准备应付紧急情况！"

岩虎："是！"

5. 岩火部落寨外　日外

刀心妍、花蔓沿着山坡小路走向下面的水塘，一路喊着："小和！和水泉！"

树林中，有一双眼睛盯着刀心妍，隐蔽地接近她。

刀心妍边走边喊："小和！和水泉！"

那双眼睛在向刀心妍移动，这时，花蔓的身影进入视线，移动的目光停住了。

花蔓跟着刀心妍边喊边走向坡下的水塘。

水塘边的石头堆里丢着和水泉背来的竹筐，刀心妍看见竹筐喊着和水泉快步走向塘边。

刀心妍走到竹筐前，见竹筐里的山菜和几块滑石已经倒了出来。

花蔓跟了过来，看到竹筐问："这是小和背来的?"

刀心妍点点头，目光转向周边，预感不祥地喊："小和，和水泉……"

花蔓跟她一起边喊边找。

刀心妍走上一块大石头，突然惊愕地捂住嘴。跟来的花蔓发出一声惊叫。

和水泉的尸首躺在大石板上，胸前插着弩箭，鲜血在石板上流淌。

刀心妍震惊地瞪大了眼睛，花蔓不忍地转过身去。

6. 水塘边　日外

高川带着岩虎等工作队员赶来。

刀心妍守在和水泉的尸体旁。

高川示意工作队员们散开警戒，自己走到和水泉的尸体前，慢慢蹲下，脱下外衣裹住和水泉的头部，抱起他一步步走上山坡……

他的目光里充满了仇恨，心里燃烧着复仇的怒火……

刀心妍悲愤地看着和水泉的尸体，目光落在插在他胸前的弩箭上……

7. 工作队驻地　晚上内

高川神色严峻地擦拭着他钟爱的驳壳枪。

岩虎满腔怒火地检查完冲锋枪，又抽出长刀试着刀锋。

高川把子弹压进弹仓，举枪瞄准。

画外传来刀心妍的声音："队长。"

高川转头看向门口——刀心妍拿着射中和水泉的那只弩箭进来："队长，岩虎，你们看。这支弩箭，和在曼龙大寨射中根赛的那支一模一样。"

高川把弩箭接过去看了看，岩虎又拿过去仔细看看："对，是一样的。"

高川感到意外："那支弩箭不是乃木的吗？难道他会……"

刀心妍："乃木投靠了老黄狗，留在境外了呀。"

岩虎紧张地看着高川："他把老黄皮带来了?"

高川："也许只是带了特务，说不定，他们已经摸进了寨子。"

岩虎："这么说，老黄皮真的过了南卡河?"

高川："也许，他们已经占了区政府。"

岩虎、刀心妍更加紧张。

高川："要是那样，他们肯定会沿着山路往菁崖打，从芒崖到我们这里，最多只要一天的路，我们很可能要打一场恶仗。"

岩虎："队长，我们的人手太少，硬打起来，会吃亏的。"

高川："没有上级的指示，我们不能撤。为了减少损失，你带着女同志先撤出寨子，到芒果、芒杏部落，组织那里的民兵来增援我们，派路熟的同志赶回南沧报告。"

岩虎："这怎么行，你是队长，不能把你留下。你带同志们撤出去，我和战斗人员留下来!"

高川："现在不是争的时候，我要你服从命令。"

岩虎："队长，就算找到了芒果、芒杏的民兵，他们刚刚组织起来，没什么战斗力，很难堵住那么多敌人！我建议，让刀心妍同志带着女同志撤出去……"

刀心妍："不，我不撤，我要和你们在一起。"

岩虎："心妍同志，若是没人回南沧报告，我们的队伍就来不了!"

刀心妍："那你去报告，我留下。"

岩虎："心妍同志……"

高川："不要争了，现在情况紧急，你们都得服从命令!"他还想说什么，好像听到了什么动静，他侧耳听着说："你们听，这是什么声音?"

岩虎起身到门口听了听，说："是舂碓的声音，看来寨子里家家都在舂米，阿佤人逃寨前都是这样。"

8. 工作队驻地　晚上外

高川、刀心妍、岩虎出了屋，听着远近传来的舂碓声，看着寨子里四处游移的憧憧火把，高川不由得叹道："阿佤人刚过上和平的日子，又让敌人搅得人心惶惶。我们不能撤，我们一走，他们更会失去信心。"

刀心妍："你不走，我也不走。"

岩虎："我也不走，狗日的敢来，就和他们拼了!"

高川正想说什么，岩坚急匆匆喊着"高队长!"跑进院子。

岩坚："高队长，芒崖部落来人了，和桑木头人一起召集寨子里的人，要杀你们呢!"

岩虎、刀心妍紧张起来。

高川："岩坚兄弟，你愿意和我们开战吗?"

岩坚摇摇头："不，你们对我们像兄弟一样，我们不会对兄弟开战。"

岩虎："说得对，岩坚兄弟，共产党和咱们阿佤人是一家，是兄弟，我们的血是一样红!"

岩坚拉着岩虎的手说："岩虎，你们放心，我去告诉寨子里的人，不能和兄弟开战!"

高川："岩坚兄弟，去告诉乡亲们，老黄皮打来了，千万不要留在寨子里，一定要躲到山上去，等解放军来了再回来!"

岩坚和他们告别，匆匆出了院子。

高川、刀心妍、岩虎心情沉重地看着黑夜笼罩的寨子……

9. 工作队驻地　夜内

屋子里，刀心妍、花蔓在收拾东西，刀心妍把一些材料放进挎包，又拿起一份材料看了看，凑到灯前修改着。

高川走了进来，花蔓："队长。"

高川示意她继续，对刀心妍说："你在写什么？"

刀心妍："哦，小学校的教学计划，我想把这份计划和请县里帮我们解决教材的报告一起带回去，马上就写完了。"

高川拿起报告看看，说："马上收拾东西，做好准备，天亮以前撤出寨子。"

刀心妍："不是决定留下来吗？怎么又要走了？"

高川："现在敌情很严重，桑木头人要反叛，入境的匪军随时可能打到这里，我们必须做最坏的打算。"

刀心妍："那，我们都走吗？"

高川："你和岩虎带着非战斗人员先走，我和战斗人员先留下来，应付可能发生的情况。"

刀心妍："你不走，我也不走。"

高川："什么话，现在不是任性的时候，马上收拾东西，天亮前出发，服从命令！"说罢，他走向门口。

10. 工作队驻地　夜外

刀心妍追出屋门："队长！"

高川站住了，回身看着刀心妍。

刀心妍恳求说："让我留下来，好吗？"

高川决断地说："你必须走。"

这时，报务员在一旁喊："队长！电台正常了！"

高川惊喜地拍了下拳头："快！给方书记发报！"

11. 南沧县工委　夜内

方明华、罗开云等领导在办公室里焦急地分析着严峻的局势。

方明华："从各地来的消息看，敌人已经占领了芒崖区政府，我们派往青蒙山的工作队都会成为他们攻击的目标。"

罗开云："形势危急，应该马上把独立团派上去，接出工作队。"

方明华为难地说："我们对青蒙山的民族首领承诺过，不经过他们的同意，部队不进青蒙山。"

罗开云："可是工作队势单力孤，纵使人人奋力死战，也难有胜算啊！"

方明华叹道："不惜一切代价维护民族团结，是我们的最大原则。"

罗开云无奈地叹气。

方明华："我现在最担心的是高川他们，电台联系不上，一点消息也没有。"

罗开云："那就通知曼龙，让联防队上山去找他们，去的人越多越好，一定要把他们接应出来！"

方明华："要是敌人进攻曼龙怎么办？联防队必须留在那，保护各寨的百姓。"

罗开云更加无奈。

方明华："开云同志，我的心情和你一样，我们的同志面临着极大的危险，很可能要付出生命的代价。可是，我们共产党人担得起天下，就要担得起牺牲……"

通讯员进来："报告！高川工作队联系上了，他们在等待指示！"

方明华惊喜地下令："命令他们立即、全部撤离！以最快的速度撤回南沧！"

罗开云："让他们走芒果、芒杏一带的山路，那里比较安全。"

方明华："告诉他们只带武器和干粮，其他的东西都扔掉，动作越快越好！"

12. 岩火大寨　夜外

桑木头人的院子里，桑木头人和手持武器的岩坚等青年人围着芒崖部落来的人，看着他打了一副鸡卦，见是凶卦，都面露惊慌之色。

来人阴沉地说："天上打干雷，地上滚红水，共产党解放要杀阿佤的头人，烂阿佤的寨子了。"

桑木看了眼岩坚，岩坚不信任地看看他和芒崖部落的人，又转向尼果等人。

桑木头人：“快快敲响木鼓吧，用红汉人的头祭鼓神，阿佤才能逃过这一劫！”

岩坚反对地说：“红汉人把阿佤人当朋友，为阿佤人做了那么多好事，我们为什么要杀他们？黄皮狗真的来了，阿佤人才没有好日子过！”

桑木头人恶狠狠地说：“你怕是中了红毒，被红汉人收走了魂。”

岩坚：“让大家说说，红汉人没帮过哪一家？他们给我们粮食、给我们盐巴、给我们治病、教娃娃们念书、帮我们种谷子……过去黄皮狗来的时候，为我们做过哪一样？”

尼果等人认为岩坚说得对。桑木和芒崖来的人对视一眼。

桑木头人：“那些都是红汉人的花样，哄着你们跟他们跑。你们哪个再跟共产党来往，就是反了阿公阿祖！”

岩坚：“蜘蛛吐的丝再长，风吹就会断！老树藤子再细也捆得起石头！谁是敌人谁是朋友，阿佤人应该分清了！”

桑木头人：“岩坚，你敢向着红汉人说话的，该砍头了！”

岩坚：“桑木头人，我的头你可以砍，只怕你担不起雷劈天火烧！”

芒崖来的人恼怒地对桑木说：“岩蜂酿蜜会毒死人！他这样的毒虫还留着做什么？”

桑木一脸阴毒地对武士们喊：“你们还等什么？把岩坚捆起来！”

人群后面传来娜月的声音：“谁敢！”

武士们让开路，娜月走近，怒视着桑木和芒崖来的人说：“寨子再大只听一个木鼓，菁崖部落里要听岩猛头人的话，大寨子的百姓要听岩火的话！你算什么？”

桑木：“岩猛和岩火已经是死树空心摇不起风了，等到山鬼传来他们的话，寨子已经烂完了！”

娜月：“寨子烂了，可以重新建起来。错砍了兄弟的头，就再也接不上了。”

岩坚：“娜月嫂子说得对，红汉人没砍过阿佤一颗头，阿佤也不砍红汉人！”

尼果等青年一起喊：“对！我们不砍红汉人！”

桑木和芒崖来的人无奈地说不出话来。

娜月对众人说：“兄弟姐妹们，我们不能等着老黄皮来砍，我们上山去，等着红汉人的大军来！”

岩坚、尼果等人一致响应。

娜月对岩坚说：“敲木鼓吧，愿木鼓神保佑我们，保佑红汉人！”

木鼓声声，震人心魄。

寨子里的男女老少举着火把上山避难，火似游龙，悲凄而壮观。

13. 岩火大寨　工作队驻地　夜内

报务员对高川说：“队长，方书记命令我们立即撤离，除了武器和干粮，不许带任何东西。”

高川从报务员手中接过电文，看着说：“看来情况非常严重，可寨子里的百姓们……”

（画外）岩虎在院子里喊：“队长，快来看！”

14. 工作队驻地　夜外

高川出了屋子，见刀心妍等人都在院子里望着山上。

岩虎指着山上说：“你看，百姓们上山了！”

高川望着山上游龙般移动的火把，叹道：“他们上山了，就安全了。愿木鼓神保佑他们，以后再也不要经历战火，永远能过太平的日子……”

15. 曼龙大寨　夜外

寨子里带武器举火把的联防队员和寨丁来往穿梭……

曼珲管家带着亲随家丁骑着马奔向刀府……

16. 曼龙刀府　夜外

院子里外和房屋楼台上都有举着火把的府兵、家丁守卫，刀光寿、刀心荣披挂齐整地在府门前调动府兵和家丁队。

曼珲赶来下了马，向刀光寿、刀心荣报告："老爷，大少爷，老黄皮没有来打曼龙，他们分成两路，全都上了青蒙山！"

刀光寿脸色凝重。

刀心荣："干爹，老黄皮占了青蒙山，阿妹他们要遭殃了！"

刀光寿急切地说："快，快带人，上青蒙山，救你阿妹！"

刀心荣走到一边上了马，高喊："带枪的男人，都跟我走！"

府兵、家丁们跟着刀心荣出府。

17. 曼龙大寨　夜外

寨子里敲响铜锣，吹响号角，放响号跑……

大队府兵、寨丁跟随刀心荣赶往寨口……

根赛带领罕宝、罕有、岩旺及众多联防队员等候在寨口。

刀心荣率众赶来，见到根赛等人，感到意外。

根赛："刀镇长，我们联防队跟你上山！救出工作队，救出大小姐！"

罕宝等联防队员们高喊："救出工作队！救出大小姐！"

刀心荣感动地向根赛和联防队员们拱拱手，而后挥手高呼："走！"

曼龙大寨的人马跟随刀心荣浩浩荡荡出了寨……

18. 曼龙酒家　夜外

掌柜尼斗披着毯子站在楼台上，看着远处密集移动的火把，听着远处传来的喊杀声，露出阴冷的笑容……

19. 刀府　夜内

厅堂里，刀母一脸哀愁地点燃香烛，在佛像前双手合十跪拜，叩头……

丫鬟、厨娘统统跟着跪拜。

刀母凄声祈求："菩萨呀，千万保佑我的女儿呀，让她平平安安地回来吧！"

刀光寿进了厅堂，见状痛上心头，合十默祷。

刀母："心妍，我的好女儿，你可要好好回来呀……"

刀光寿闭目默祷，面部抽动，双手颤抖。

20. 岩火大寨　工作队驻地　拂晓外

工作队员们在院子里将一些必须带走的物品放上马背，高川仔细地检查着大家的行李装备……

21. 工作队驻地　拂晓内

刀心妍在屋里把自己整理得十分利索，她收好了东西，扎好了皮带，检查了一下手枪，插进皮套。而后拿起军帽，习惯地照了照挂在木柱上的镜子，掏出小木梳，梳着稍乱的头发。

花蔓拎起行囊对心妍说："心妍姐，走了。"

心妍答应着戴上军帽。

岩虎在门口轻声喊："心妍同志，出发了！"

刀心妍："来了！"

她收起镜子，把木梳装进口袋，背起挎包，岩虎进来帮她把背包拿了出去。

22. 工作队驻地 拂晓外

高川检查着刀心妍的行装，发现刀心妍的绑腿没绑结实，上前蹲身帮她重新绑紧。刀心妍感到满足地露出笑容。

高川替心妍绑好绑腿，起身对岩虎说："岩虎，你带一个战斗小组在前面开路。心妍，你们女同志走在中间。我带剩下的同志跟在后面。注意，大家在路上不许交谈，不许划火柴。遇到意外情况，听我指挥！出发！"

岩虎等率先出了院子，工作队排成一路走向寨外。

23. 山谷中 拂晓外

岩相头人带领菁崖大寨的百姓们走在山谷中……

曾和刀心妍争挎包的青年问岩相："岩相头人，我们要往哪里走？"

岩相停住脚，抬头望了望天："天上的雀在向哪里飞？"

青年抬头看看："在向岩火头人的寨子飞呢。"

岩相："这就对了，岩火寨子住着红汉人，我们就往那里走吧。"

岩相带领着百姓们即将走出山谷，行进中人们突然愣住了——

谷口出现了国民党匪兵，一排枪对准了他们。

青年惊喊："老黄狗！"

岩相头人向两面山坡上望去，更是大惊失色——

山坡上也出现了国民党匪兵，枪口对准了他们。

跟随岩相的百姓惊恐地乱作一团。

青年们愣愣地看着谷口的匪兵，纷纷抽出长刀。

青年："和他们拼了！"

岩相转向百姓们："快，向回跑！向回跑啊！"

匪军官一挥手，匪兵们集火射击……

岩相身中数弹，扑地而亡。

青年举刀冲向匪兵："杀啊！——"

武士们举着长矛、长刀和火药枪冲向匪兵……

谷口的匪兵和两面山坡上的匪兵向佤族武士们猛烈开火……

青年武士们纷纷中弹倒地……

匪兵们并没有停止扫射，被困在山谷中的百姓们惨遭屠杀……

24. 山林中 清晨外

东方欲晓，山林中雾气弥漫。

工作队员们在山间小路上匆匆行进。

岩虎和两个同志在前面开路，他们穿出一片树林，见山坡下有一条小河，河水奔流，哗哗作响……

一个队员提着枪刚想走向河边，岩虎一把拉住他，食指竖在嘴边轻轻"嘘"了一声，他向同伴示意，河边好像有动静。同伴侧耳谛听……

岩虎悄悄移动到另一个位置，拨开树丛往河边看去——

几十个国民党匪兵正在河边休息，他们有人警戒，显得十分小心。

岩虎退回林子里，向同伴摆摆手，向工作队来的方向走去。

25. 山林中　清晨外

林中，岩虎向高川报告："队长，前面过不去了，河边有敌人。"
高川："有多少?"
岩虎："有两个排。"
高川："还有别的路吗?"
岩虎："有条小路，可以到芒杏。"
高川："走！"

26. 山林中　清晨外

工作队员们在山林里快速穿行……
岩虎和两名同志先行来到林子外，前面是一条山谷，一同伴突然紧张地轻喊："看，有敌人！"
岩虎猫着腰向前看去，见一大队匪军从山谷中走来，为首的正是张云奎。
岩虎等慢慢地退向林中。
附近林中，有人暗中跟踪、监视岩虎等人，目光随着他们移动……

27. 山林中　清晨外

工作队员们在林中待命，岩虎跑回来喘着气对高川说："前面的山谷里也有敌人，过不去。"
高川："再没别的路能走了吗?"
岩虎摇摇头："再没路了，除非硬闯过去。"
高川想了想，说："大家原地休息，敌人不会在山上久留，等他们过去了咱们再走。"
这时，一支响箭划空而来，落在高川等人附近。

山谷里的匪军全都停住了脚步，转向响箭落下的方向……

林中，高川急喊："有特务！"他拉着岩虎说："快！河边敌人少，往河边走！实在不行，就冲过去！"
岩虎一挥手，一些战斗人员跟着他沿着原路向河边跑去。
高川指挥着工作队员们赶紧跟了上去。

28. 山谷中　清晨外

张云奎观察着山林，他身边的小头目说："林子里有人！长官，肯定是共匪！"
张云奎举着冲锋枪高喊："弟兄们，给我进去搜！抓住一个共匪赏二十大洋！打死一个赏十块大洋！"
匪兵们喊叫着冲进树林。

29. 山林中　清晨外

高川指挥着工作队员们迅速跑向河边，队员们紧张地拉着马匹前进，刀心妍、花蔓等女同志互相拉拽着紧跟队伍……

30. 河边　清晨外

河边的匪军正准备上路，林中惊起的一群飞鸟引起了带队长官杜连仲的警觉，他抬手示意队伍停下，对身边的小军官说："林子里好像有动静。"
小军官："怕是早起砍柴拾草的吧?"
杜连仲正想说什么，远处的林子里响起了枪声，他赶忙抽出手枪，匪兵们也稀里哗啦地拉着枪栓，显得非常紧张。

杜连仲："慌什么？一定是张司令他们发现了共匪！"

小军官："万一是共军来了怎么办？"

杜连仲："共军离这还有十万八千里呢！弟兄们，给我进林子搜！抓住共匪，重重有赏！"

匪兵们忐忑地不敢进林子。

杜连仲火了，喊道："违抗命令格杀勿论！"

他朝天开了两枪，逼着匪兵们向林子里围过去……

31. 山林中　清晨外

高川听着前后的枪声，意识到情况非常严重，他把岩虎叫到身边："岩虎，现在情况紧急，我们必须分开行动。我带几个人往河边冲一下，吸引敌人。我们一打响，你马上带着同志们抢过河去，清楚了吗？"

岩虎："队长，我去拖住敌人，这地方我比你熟啊！"

高川："服从命令！"

他转身点了几个战斗人员，示意他们跟他走。

刀心妍紧张地看着高川，急切地说："队长，我也跟你去！"

高川瞪了她一眼："胡闹！岩虎，队伍交给你了，你要对每一个同志负责！"

岩虎不情愿地看着高川，高川把战马"云里站"的缰绳塞到刀心妍手里，喝道："快，骑上马快走，这是命令！"

刀心妍只好接过马缰，仍不忍离去。

岩虎："队长！"

高川急喊："快走！"

岩虎无奈地摘下冲锋枪递给他："队长，把它带上。"

高川看了看岩虎，接过冲锋枪，带着几个人跑向河边。

岩虎催促工作队员们赶紧上路。

刀心妍揪心地看着远去的高川，对岩虎说："岩虎，那他们……"

岩虎安慰她说："放心，他们会跟上来的，我们快走！"

刀心妍骑上"云里站"，跟同志们向前跑去，不时地回头向高川的方向张望。

32. 林中　清晨外

河边的敌人逼近了林子……

高川隐蔽在树丛后面，示意跟着他的同志们散开，准备战斗。他端起冲锋枪，推上子弹，紧盯着越来越近的匪兵们。

匪兵们在小军官的驱使下走到了林边，探头探脑地向林子里张望。

高川的冲锋枪响了，跟随他同志们连连向匪兵们射击，匪兵们接二连三地栽倒在地……

其他匪兵都趴在地上，头也不抬地胡乱放枪。

岩虎听高川那边打响了，催促工作队员们赶紧涉水过河……

杜连仲发现了要过河的工作队员，大喊："弟兄们！他们是共匪的工作队，不是正规军！给我狠狠打！"

匪兵们来了精神，嗷嗷叫着冲向高川等人……

高川和队员们猛烈地向敌人射击，在敌人和过河的同志们中间形成了一道顽强的屏障……

工作队员们正在过河，敌人从远处向他（她）们不断射击。

岩虎一边拉着驮马一边催促同志们快快上岸。

刀心妍在河心帮着女同志过河，子弹在她们身边溅起一片水花，女同志吓得惊叫，刀心妍拉着她，不顾一切地跑向河岸……

河对岸树林里，岩虎见工作队员们都已经安全过河，把自己的挎包交给报务员："你们沿着小路往芒杏寨子走，让那里的民兵带你们去南沧！不要等我！”

他拿过报务员的冲锋枪，转回来跑到河边，以岩石为掩体向河对岸的敌人猛烈射击，用火力支援在对岸阻击敌人的高川等人。

33. 山谷　清晨外

从山谷里进林子搜索的匪兵们听见这边枪声大作，张云奎挥动着手枪催赶匪兵们快速向河边跑来……

34. 林中　清晨外

高川身边已有人中弹，他指挥着同志们边打边撤，退到河边的岩石旁坚守。

从山谷赶来的敌人与河边的敌人合成一股，分两路向高川等人发起进攻。

高川和剩下的同志们隐蔽好伤员，沉着应战。他的冲锋枪子弹打完了，交给受伤的队员替他装子弹，他抽出两支驳壳枪向来敌频频射击，弹无虚发……

一支枪的子弹打光了，他熟练地把枪夹在腿弯里换子弹，用另一支枪继续打。

工作队员向敌人连续扔出手榴弹，敌人被压住了，胆怯地退回林子里……

岩虎在河对岸高喊：“队长！快过河！我掩护你们！”

高川看了看河对岸的岩虎，知道工作队员们已经安全过河，他向剩下的战斗人员下令：“快！背上伤员，准备过河！”

林子里的敌人发现了他们的企图，又叫喊着冲了出来。

高川身边又有人中弹，他们被迫爬在岩石边，继续迎敌。

岩虎见高川等人十分危险，奋不顾身地从河对岸边射击边冲了过来。

高川迅速指挥队员们用火力压住敌人，掩护岩虎。

岩虎冲过来和高川等人一起把敌人压回了林子……

35. 林中小路　清晨外

过了河的工作队员们快速行进……

刀心妍忧心忡忡地听着身后激烈的枪声和爆炸声，终于下决心跳下马，把马缰交给花蔓，从一个队员身上夺过冲锋枪转身往来的路上跑回去。

花蔓急切地喊：“心妍！回来！”

刀心妍头也不回地跑向河边……

“云里站”发出嘶鸣……

36. 林中小路　清晨外

刀心妍朝枪声密集的河边奔跑……

突然，林中闪出一个身影将她扑倒在地，她翻滚着推开扑倒她的人起身抽出手枪，却一下子愣住了——

在她眼前的竟是扎布，扎布急切地喊：“大小姐！是我！”

刀心妍惊讶地说：“扎布？你怎么会在这里？”

扎布：“大小姐，我是来救你的！”

刀心妍露出喜色：“是我阿爸叫你来的？你带来多少人？”

扎布：“大小姐，快跟我走，这里太危险了！”

刀心妍：“快跟我到河边去，把高队长他们接出来！”

扎布拉住心妍：“大小姐，你不能去，快跟我走吧！”

心妍突然感到了什么，盯着扎布说：“扎布，你是一个人来的？”

扎布："大小姐，快跟我走。这里到处都是国军，他们跑不掉了！"
心妍甩开扎布的手，把枪对准他："扎布！告诉我，你到底跑来做什么？"
扎布焦急地说："大小姐，我是来救你的！跟着我走，国军不会伤害你！"
心妍明白了，露出怒色："扎布！你是个特务，对不对？"
扎布："大小姐……"
心妍："是你杀了和水泉，对不对？是你用响箭给匪兵报信，对不对？"
扎布："大小姐，你必须跟我走，我不能让你跟了红汉人！"
他说着伸手拔枪，心妍的枪响了，扎布胸口中弹，一脸想不通地跪到地上。
心妍的枪口仍然对准扎布。
扎布摸出那条配着玉坠的项链，伸向心妍，艰难地说："大小姐，扎布是你的人……"
心妍厌恶地扣动扳机，再次击中扎布的胸口，扎布倒地身亡，手里紧攥着那条项链。

37. 山路 清晨外

刀心荣率领曼龙人马赶往佤寨……
远处传来激烈的枪声，刀心荣勒住马，紧张地向远处观望——
高山遮断了视线，枪声却是真真切切。
根赛："刀镇长，一定是工作队被围住了！"
刀心荣："快！跟我来！"
他催马奔向前方，大队人马跟着跑去……

38. 河边 清晨外

敌人又一次扑向高川、岩虎等人。
杜连仲指挥匪兵分成两路，一路从正面进攻，一路向岩石边包抄……
高川等人集中火力压住了正面的敌人，他边打边喊："岩虎！你赶快带着伤员和同志们过河！我掩护你们！"
岩虎边换子弹边说："要走我们一起走！"
高川："一起走，谁也过不了河！"
岩虎："你带同志们走！我掩护！"
高川："岩虎！服从命令！马上带同志们撤！"
岩虎正想说什么，他们身后响起一阵猛烈的枪声。
高川、岩虎赶紧卧倒，回头一看，刀心妍举着冲锋枪向已经包抄到高川等侧翼的敌人猛烈扫射……
高川举枪向来到近前的敌人连连开火……
岩虎的冲锋枪卡了壳，他就地一滚，躲过射来的子弹，用弩箭射倒冲在前面的敌人，抽出长刀向一个小头目砍去——长刀落处，小头目惨叫着倒下……
高川、刀心妍等人向后面的敌人猛烈射击，队员们向敌人投弹……
几颗手榴弹爆炸之后，敌人又退了回去……
刀心妍刚露出笑脸想对高川说什么，高川声色俱厉地吼道："谁让你回来的！你就这么想死吗！"
刀心妍怔怔地看着高川，似遭了雷击一般。
岩虎想说什么，高川对他喊："你马上把她和伤员带走！不服从命令我枪毙了你！"
敌人又扑了上来，他们已经不幻想抓活的了，一颗颗手榴弹扔了过来……
高川再一次对岩虎、刀心妍大喊："还等什么？快走啊！"
他端起冲锋枪向扑上来的敌人狂扫……
手榴弹在岩石边接连爆炸，高川受伤倒下……
岩虎大喊："阿哥！——"

心妍呼喊："高川！——"

岩虎、刀心妍冲上岩石压制住妄想冲过来的敌人。

岩虎边打边对刀心妍和仅剩的同志喊："你们带着队长快走！我掩护你们！"

刀心妍赶到高川身边，急切地呼喊："高川！高川！你醒醒！"

高川一身血迹，昏迷不醒，刀心妍正想拖起他，猛见一些敌人已经从侧翼围了上来，她抄起冲锋枪边打边喊："岩虎！敌人上来了！"

岩虎和仅存的队员扑向围上来的敌人，子弹打光了，就与敌人展开肉搏，他挥舞长刀，勇不可当，杀得浑身是血……

匪兵们被岩虎等人的神勇所震慑，向后退去……

杜连仲见状拿过一支冲锋枪对着岩虎及围在他身边的匪兵一阵扫射，匪兵们或死或散，岩虎身中数弹，扑倒在地，他试图用手中的长刀支撑起来，但没有成功，他最后向岩石边看了一眼，拼尽力气喊了声："阿哥……"

刀心妍喊着"岩虎！——"

岩虎牺牲了。

刀心妍打完了冲锋枪里的子弹……

杜连仲充满杀气地仰天自语："三娇，我要为你报仇了！"

张云奎扯着嗓子喊："刀大小姐！别再打了！赶快投降国军吧！国军不会亏待你！"

匪兵们向刀心妍围了过来……

刀心妍扔掉冲锋枪，全然不顾渐渐围上来的敌人，拼尽力气把高川抱了起来，咬着牙一步步走向河水，似要把心爱的人抱向心灵的归宿……

杜连仲想不到地盯着刀心妍，张云奎也是一脸惊讶。

小军官举枪瞄向刀心妍，杜连仲拦住他："不许开枪！抓活的！"

匪兵们围向刀心妍……

刀心妍没走几步实在走不动了，她耗尽体力跪到河边，双手依然抱着高川。

她环顾四周，战友们都牺牲了……

她用力抱起高川，把他的头放到自己怀里，轻声呼唤："高川！高川！你听得见吗？"

高川缓缓睁开眼睛，刀心妍惊喜地喊："高川！高川！我在这儿！"

她伸手撩起河水，擦拭着高川脸上的血迹。

高川喃喃地说："心妍，我没能……保护你……"

刀心妍笑着摇摇头，抱紧了他。

高川艰难地抓过那只绣着红星的挎包，从里面拿出那颗刀心妍送给他的手榴弹，吃力地说："心妍，我们，不当俘虏……"

刀心妍抓起手榴弹，郑重地点点头："放心吧，我知道怎么做。"

她拧开手榴弹底盖，拉出拉环，含笑问："我的头发乱了吧？"

高川深情地望着刀心妍，默默地笑了。

刀心妍掏出小木梳，神态自若地梳理头发。

高川指指小木梳："这是，我……"

刀心妍会意地说："是你亲手做的？……"

高川笑着点点头。

刀心妍："我带着它，一直带着它，下辈子，我带着它来找你……"

高川露出幸福的笑容。

刀心妍："高川，我给你唱支歌吧，你记住我的歌声，要是以后我们隔山隔水，你就寻着歌声来找我！"

高川艰难地点着头，眼里闪着泪花……

刀心妍紧抱着高川，唱起了动人的歌……

曙光越过山冈，层林尽染霞红……

爆炸声中，万里长空云霞漫卷，五彩斑斓……

刀心妍的歌声依然在云中缭绕……歌声中，一对形影相随的彩雀飞向初升的太阳……

高川的战马“云里站”奔上山岗，发出凄厉的嘶鸣……

39. 山坡上 日外

刀心荣撕心裂肺地呼喊：“阿妹！——阿妹！——”

他悲痛欲绝地跪倒在山坡上。

山谷回荡着他的悲声：“阿妹！——”

40. 南沧县工委 夜内

灵堂里，高川、刀心妍、岩虎的遗像前点燃着蜡烛，波香双手合十泪如雨下……

花蔓、根赛站在波香身旁，垂泪哀悼。

波香终于控制不住地跑出房间，花蔓喊着她追了出去。

41. 南沧县工委 夜外

灿烂星空下，波香泪眼模糊地仰望星空，悲痛地呼唤：“岩虎！岩虎！——我在喊你！你听得见吗？听得见吗——?!”

花蔓过来抱住波香，流着泪和她一起仰望星空，喊着“高队长！心妍姐……”

她们相拥而泣，泪如雨下……

42. 南沧边工委 夜内

会议室里，方明华、罗开云等领导同志神情悲痛地坐在会议桌边。

方明华语气沉痛地说：“我提议，追认刀心妍同志为中国共产党党员，同意的请举手。”

他先举起了手，罗开云等领导同志都举起了手。

43. 南沧城外 日外

青松挺拔的山冈上，方明华、罗开云、刀光寿、刀心容等悲怀满目，遥望青蒙山，哀思无限……

罗开云、刀光寿等在香案上燃起香烛，洒泪祭拜……

波香、花蔓、根赛及工作队员们列队默哀……

一队威武的解放军战士在李国梁指挥下向天鸣枪，射出复仇的怒火……

44. 思普地委 日内

张怀民、方明华、罗开云等领导同志神情严肃地商谈着局势。

张怀民：“近年来，我们在边疆民族区成功地进行了和平协商土改，团结了民族上层，调动了广大民族群众的生产积极性。我们的民族工作队，深入到高山密林中的民族村寨，帮助他们开田引水，恢复生产，建立了互助合作的生产方式。我们的同志坚决贯彻中央提出的‘团结对敌、团结进步、团结生产’的总方针，为引导贫穷落后的山地民族区从农奴社会直接过渡到社会主义社会打下了很好的基础。这是了不起的成就，是前所未有的创举！是我们共产党人的骄傲！”

方明华：“我们的成就让敌人清楚地知道，他们永远、彻底地失败了！所以他们狗急跳墙，疯狂反扑，国民党残匪的袭击和一些民族地区的武装叛乱，使我们的同志付出了生命的代价。”

罗开云：“严酷事实告诫我们，不彻底消灭国民党残匪，不采取果断措施镇压反革命，敌人就不会死心，封建势力就不会低头！”

张怀民："地委要求各民族区的同志们，必须做好军事斗争的准备，坚决肃清国民党残匪和一切反动势力，保卫新生的人民政权。"

罗开云："对，为了保卫边防，巩固新生的人民政权，一定要让解放军开进青蒙山地区。"

张怀民："我同意。罗司令，明华同志，我们马上起草报告，请省委报告西南局、党中央，让解放大军越过'四一年线'，进驻边境地区。"

45. 北京　中南海毛泽东驻地　日外

毛泽东和周恩来在院子里漫步交谈。

毛泽东："恩来，我们是该向全国各地的同志敲一下警钟了，不大张旗鼓地镇压反革命，封建势力就不会低头服输。一些边缘地区，解放军不进入，反革命势力就抱有幻想，疑难杂症就得不到根治。"

周恩来："是啊，像云南边境的青蒙山地区，解放军为了避免和少数民族发生矛盾，一直没有越过'四一年线'，这在战略上，是很被动的。"

毛泽东："'四一年线'是英国人在抗日战争时期强加给我们中国人的，不能作数。那条线的外面，不是还有中国的大片土地，居住着不少中国人吗?"

周恩来："是的，青蒙山地区自古以来就是中国的领土，生活在那里的少数民族同胞从来都表明自己是中国人。在历史上，他们和帝国主义侵略者进行过长期英勇的斗争，捍卫了国家的领土主权。"

毛泽东："既然是中国的地方，解放军就应该进去，守土有责嘛！那里的地方势力有顾虑，就跟他们谈嘛。要什么都可以给，要多少就给多少。我们做到仁至义尽，他们还要反对，那就说不过去喽！"

周恩来："对，政治为先导，军事为后盾，无论如何，解放军一定要进入青蒙山地区。"

46. 青蒙山　山路　日外

红旗猎猎，铁流滚滚，解放军主力进军青蒙山……

方明华、罗开云、波香、花蔓等工作队员与部队一同前进……

刀心荣率领曼龙人马向青蒙山进军……

47. 山上　日外

岩火大寨的百姓们在娜月带领下跪拜神灵……

岩坚、尼果等武士神色坚毅地扎起红包头，拿起武器……

百姓们齐呼："猛！猛！猛！"

娜月将岩火的长刀交给岩坚，郑重地说："岩坚，现在是需要勇士的时候，是为岩火和岩猛头人，为菁崖部落的族人报仇的时候！

岩坚接过岩火的长刀，两眼喷火地面朝百姓将长刀高高举起。

百姓们举着长刀、长矛呼喊："杀！杀！杀！"

悲愤的喊声震彻山谷……

48. 山上　日外

冲锋号响，解放军部队向国民党匪兵发起冲击……

国民党残匪四散溃逃……

解放军追击溃败的匪兵……

方明华、罗开云率队追击匪兵……

匪兵们缴械投降……

岩坚率领佤族武装追击匪兵，将张云奎部追到山崖上。

张云奎身边的匪兵被纷纷击毙，张云奎跪地求饶，岩坚纵马上前，挥刀将他斩杀。

杜连仲和残余匪兵逃至山谷，傣族武装射出的子弹、弩箭，接二连三地将匪兵们射倒……

根赛、罕宝率领傣族武士们从林中冲杀出来……

杜连仲和幸存的匪兵仓皇逃窜，被刀心荣率领的府兵、寨丁们拦住去路。

刀心荣举着冲锋枪高喊："杀！——"

傣族武士们将弩箭和子弹射向仇敌……

杜连仲和匪兵们纷纷中弹或中箭，杜连仲强撑着不愿倒地。

刀心荣怒吼着开火，冲锋枪射出一连串子弹，杜连仲身中数弹倒毙。

49. 芒崖部落　残匪指挥所　日外

胡超武气急败坏地将军用地图扯烂，踢翻桌案，跟着仓惶的部属们匆匆上了吉普车，逃离寨子……

尼贡头人和随从武士看着胡超武和残匪狼狈逃离，无奈地闭目长叹……

50. 山上　日外

方明华、罗开云等人和解放军战士、工作队员们与岩坚率领的佤族武士，刀心荣率领的曼龙人马一起欢庆胜利……

胜利的呼声响彻云霄……

51. 山坡上　日外

解放军战士们整齐地持枪排列，张怀民、方明华、罗开云、刀光寿等人站在队列前，望着尼贡等佤族头人在岩坚、尼果等武士的簇拥下缓缓走来……

尼贡看看庄严肃立的张怀民、方明华、罗开云等人和解放军战士们，面带愧色地向他们躬身拱手，表示出深切的懊悔和敬意。

张怀民、方明华、罗开云走上前和他握手。

尼贡深受感动地说："张长官，方长官，罗司令，共产党解放心胸坦阔，不计我们的过错，尼贡深感敬佩，也深表惭愧……"

张怀民："尼贡大头人，我们共产党人是不记仇的，今天我们能在这里签约盟誓、永结同心，是对九泉之下的烈士们最好的告慰！"

尼贡点点头，拉着张怀民、方明华的手说："共产党死了人不要我们赔命，我们信了。你们给青蒙山拉来这么多粮食、盐巴、种子、布料，日后也不会要我们赔吗？尼贡担心阿佤人赔不起呀！"

方明华："大头人放心吧，一样也不要赔，都写在协议里面了。以后人民政府在芒崖、菁崖不征税、不派款、不派粮、不抽丁。"

尼贡紧握住张怀民、方明华、罗开云的手，激动地说："好！好……"

张怀民、罗开云、尼贡分别在解放军和人民政府工作人员进入青蒙山边境地区的协议书上签字画押……

尼贡拿起协议书看看，说："这下好了，这就是我们的誓约了。"

张怀民："对，大头人请放心，我们一定会严守誓约。"

尼贡："我尼贡也会遵守誓约。各位长官，按照我们阿佤人的习惯，我们栽下一块石头，誓约就生下根了。"

岩坚、尼果等佤族青年和波香、花蔓、根赛、罕宝等人一起挖了个大坑，张怀民、方明华、罗开云和尼贡一起将一块大石头"栽"到坑里，尼贡信誓旦旦地说："日后哪家违背誓约，就要赔出和这块石头一样重的金子。"

张怀民、方明华、罗开云都表示赞同。

一位魔巴端着一口盛着清水的铓锣来到张怀民、方明华、罗开云、尼贡、岩坚等人面前，请他们一起“喝咒水”，张怀民、方明华、罗开云、尼贡、岩坚等人分别刺破手指，向水中滴入鲜血……

魔巴将血水斟在几只竹杯中，手捧铓锣念起誓言：“天上的太阳看清了！阿佤人和红汉人立下誓约，大家要做兄弟了！从今以后，阿佤人和红汉人是一家人，一条心，一个不错待一个！若是红汉人错待阿佤人，红汉人不得好死！若是阿佤变了心，错待红汉人，阿佤人不得好死！”

岩坚举起长刀高声喊：“今天的誓言，人听着，鬼听着，老天老地、阿公阿祖也听着！今天以后，阿佤人和红汉人团结一心！生死同在！”

佤族百姓们齐声喊：“团结一心！生死同在！团结一心！生死同在！”

张怀民、方明华、尼贡、罗开云、岩坚等人各执一杯血水，参天谒地，一饮而尽……

52. 山坡上　日外

苍翠的青松在阳光下诉说着历史的沉重，木鼓声将无限情怀寄语绵延逶迤的群山，漫山遍野的鲜花似在歌唱，绽放出绚丽无比的璀璨乐章……

和光漫散的松林中，高川、刀心妍、李铁杉、钟喜妹、岩虎、和水泉、武晓鹏、岩火、岩猛、扎罗等人笑容灿烂地一一出现……阳光为他们开辟出通道，他们聚在一起、笑谈着走向铺满阳光和鲜花的林间大道……

木鼓声声，傣族、佤族、拉祜族和汉族青年们仪式般地随着鼓声起舞……

木鼓声漫过山野，似在呼唤那些为实现民族团结、边疆稳定而英勇牺牲的烈士们的不朽英魂……

万里晴空之下，峰峦叠嶂……

叠印字幕（毛泽东手迹）：中华人民共和国各民族团结起来！

——全剧终——

2014 年 10 月 1 日